Otherland
Stadt der goldenen Schatten (Band 1)
Fluß aus blauem Feuer (Band 2)
Berg aus schwarzem Glas (Band 3)
Meer des silbernen Lichts (Band 4)

http://www.tadwilliams.de

Tad Williams

Otherland

Band 1
Stadt der goldenen Schatten

Aus dem Englischen übersetzt
von Hans-Ulrich Möhring

Klett-Cotta

Dieses Buch ist meinem Vater Joseph Hill Evans gewidmet, von Herzen.

Eigentlich liest Vater keine Romane, deshalb sollte ihm jemand Bescheid sagen, sonst wird er nie davon erfahren.

Vorbemerkung des Autors

Die Ureinwohner Südafrikas sind unter vielen Namen bekannt - als San, Basarwa, Remote Area Dwellers (im derzeitigen südafrikanischen Behördenjargon) und im allgemeineren Gebrauch als Buschleute oder Buschmänner. Ich gebe gern zu, daß ich mir bei meiner Darstellung des Lebens und der Anschauungen der Buschleute in diesem Roman große Freiheiten erlaubt habe. Die Buschleute haben keine monolithische Überlieferung - jede Gegend und manchmal jede Großfamilie kann ihre eigenen fesselnden Mythen haben - und keine einheitliche Kultur. Ich habe Buschmanngedanken, -lieder und -geschichten vereinfacht und manchmal abgewandelt. Die Literatur stellt ihre eigenen Forderungen.

Aber die alten Traditionen der Buschleute sind am Aussterben. Eine meiner fragwürdigsten Entstellungen der Wahrheit könnte letzten Endes die schlichte Annahme sein, daß in der Mitte des einundzwanzigsten Jahrhunderts *überhaupt* noch jemand übrig sein wird, der das Jäger- und Sammlerleben im Busch weiterführt.

Aber bei allem Herumdoktern an der Wahrheit habe ich mich bei meiner Darstellung doch nach Kräften um innere Genauigkeit bemüht. Sollte ich jemanden beleidigt oder ausgenutzt haben, wäre ich gescheitert. Meine Absicht ist es in erster Linie, eine Geschichte zu erzählen, aber wenn die Geschichte zur Folge hätte, daß einige Leser mehr über die Buschleute und über eine Lebensweise erfahren, die keiner von uns achtlos vom Tisch wischen darf, so wäre ich darüber sehr glücklich.

Inhalt

Vorspann   > 11

Eins · Das Universum nebenan

1	Mister Jingos Lächeln	> 35
2	Der Flieger	> 63
3	Graues Leersignal	> 71
4	Das Leuchten	> 97
5	Ein Weltbrand	> 109
6	Niemandsland	> 129
7	Der gerissene Faden	> 145
8	Dread	> 167
9	Verrückte Schatten	> 177

Zwei · Der Traum des roten Königs

10	Dornen	> 209
11	Im Innern der Bestie	> 231
12	Hinter den Spiegeln	> 257
13	Elentochters Sohn	> 287
14	Die Stimme seines Herrn	> 311
15	Freunde hoch oben	> 327
16	Der tödliche Turm des Senbar-Flay	> 355
17	Besuch von Jeremiah	> 379
18	Rot und Weiß	> 405
19	Fragmente	> 425
20	Seth	> 449
21	Die Leiter hinauf	> 473
22	Gear	> 499
23	Der Einsiedlerkrebs	> 523

Drei · Anderswo

24	Unter zwei Monden	>543
25	Hunger	>571
26	Jäger und Gejagte	>589
27	Die Braut des Morgensterns	>615
28	Wiedersehen mit dem Onkel	>645
29	Sarg aus Glas	>669
30	In des Kaisers Garten	>689
31	Lichtlose Räume	>715
32	Der Tanz	>729

Vier · Die Stadt

33	Der Traum eines anderen	>761
34	Schmetterling und Kaiser	>791
35	Der Herr von Temilún	>819
36	Die singende Harfe	>845
37	Johnnys Dreh	>855
38	Ein neuer Tag	>873
39	Blaues Feuer	>905

Vorspann

> Im Schlamm fing es an, wie so vieles.

In einer normalen Welt wäre Frühstückszeit gewesen, aber in der Hölle wurde offenbar kein Frühstück serviert; das Bombardement, das vor Tagesanbruch losgegangen war, sah nicht danach aus, als wollte es nachlassen. Dem Gefreiten Jonas stand der Sinn ohnehin nicht nach Essen.

Bis auf die kurze Zeit des panischen Rückzugs über ein Stück schlammiger Erde, das wüst und verkratert war wie der Mond, hatte Paul Jonas diesen ganzen vierundzwanzigsten Tag des Monats März 1918 genauso zugebracht wie die drei Tage davor und wie den Großteil der letzten paar Monate - zitternd zusammengekauert im kalten, stinkenden Schleim irgendwo zwischen Ypern und St. Quentin, betäubt von dem schädelerschütternden Donner der schweren deutschen Geschütze, blindlings zu Irgend Etwas betend, woran er längst nicht mehr glaubte. Er hatte Finch und Mullet und den Rest der Einheit im Chaos des Rückzugs irgendwo verloren - hoffentlich, dachte er, hatten sie wohlbehalten einen anderen Teil der Gräben erreicht, aber es fiel schwer, sehr weit über das eigene Fleckchen Elend hinauszudenken. Die ganze Welt war naß und pappig. Die aufgerissene Erde, die skelettartigen Bäume und Paul selbst waren alle reichlich von dem Nieselschleier besprüht worden, der jedesmal langsam niederging, wenn wieder etliche hundert Pfund rotglühenden Metalls in einer Schar Menschen explodiert waren.

Roter Nebel, graue Erde, der Himmel fahl wie alte Knochen: Paul Jonas war in der Hölle - aber es war eine ganz besondere Hölle. Nicht alle darin waren schon tot.

Einer ihrer Bewohner etwa, stellte Paul fest, ließ sich weiß Gott Zeit mit dem Sterben. Dem Klang seiner Stimme nach zu urteilen konnte der Mann nicht weiter als zwei Dutzend Meter entfernt sein, aber er hätte genauso gut in Timbuktu sein können. Paul hatte keine Ahnung, wie der verwundete Soldat aussah - seinen Kopf aus eigenem Antrieb über den Rand des Schützengrabens zu heben, war nicht minder undenkbar, als aus eigener Willenskraft zu fliegen -, aber was er nur allzu gut kannte, war die Stimme des Mannes, die seit einer vollen Stunde fluchte, schluchzte und vor Schmerzen wimmerte und jede kleine Pause zwischen dem Kanonengebrüll ausfüllte.

Die übrigen Männer, die während des Rückzugs getroffen worden waren, hatten alle den Anstand besessen, rasch zu sterben oder wenigstens leise zu leiden. Pauls unsichtbarer Kamerad hatte nach seinem Feldwebel, nach seiner Mutter und nach Gott geschrien, und als keiner davon kam, hatte er einfach so weitergeschrien. Er schrie immer noch, ein schluchzendes, wortloses Heulen. Nachdem er ein gesichtsloser Landser wie Tausende anderer gewesen war, schien der Verwundete jetzt entschlossen zu sein, jedermann an der Westfront zum Zeugen seines Sterbens zu machen.

Paul haßte ihn.

Das schreckliche Krachen der Einschläge verstummte. Ein göttlicher Moment der Stille trat ein, bis der Verwundete wieder anfing zu kreischen; er pfiff wie ein kochender Hummer.

»Hast du mal Feuer?«

Paul drehte sich um. Helle biergelbe Augen starrten neben ihm aus einer Schlammaske heraus. Die Erscheinung, auf Händen und Knien kauernd, hatte einen Feldmantel an, der so zerschlissen war, daß er aus Spinnweben zu bestehen schien.

»Was?«

»Hast du mal Feuer? Ein Streichholz?«

Die Normalität der Frage inmitten von so viel Irrealem überraschte Paul dermaßen, daß er nicht wußte, ob er richtig gehört hatte. Die Gestalt hob eine Hand hoch, nicht minder schlammig als das Gesicht, und hielt ihm ein schlankes weißes Röllchen vor die Nase, so strahlend sauber, als wäre es eben vom Mond gefallen.

»Hörst du schlecht, Mensch? Feuer?«

Paul langte in seine Tasche und fummelte mit tauben Fingern darin herum, bis er eine Schachtel Streichhölzer gefunden hatte, in verblüffend trockenem Zustand. Der verwundete Soldat fing an, noch lauter zu heulen, einen Steinwurf entfernt in der Wüste verloren.

Der Mann im abgerissenen Feldmantel ließ sich an die Wand des Grabens zurückkippen und schmiegte die Krümmung seines Rückens in den schützenden Schlamm, dann zerpflückte er die Zigarette behutsam in zwei Teile und gab einen davon Paul. Als er das Streichholz anzündete, neigte er lauschend den Kopf.

»Gütiger Himmel, schreit der da oben immer noch!« Er gab die Steichhölzer zurück und hielt die Flamme still, damit Paul seine Zigarette auch anzünden konnte. »Hätte der Fritz ihm doch richtig eine verpassen können, dann hätten wir wenigstens ein bißchen Frieden.« Paul nickte. Schon das war eine Anstrengung.

Sein Gefährte reckte das Kinn hoch und ließ ein Rauchfähnchen entweichen, das sich um den Rand seines Helms ringelte und sich vor dem stumpfen Morgenhimmel in Luft auflöste. »Hast du je das Gefühl ...?«

»Gefühl?«

»Daß es ein Irrtum ist.« Der Fremde bedeutete mit einer Kopfbewegung die Schützengräben, die deutschen Kanonen, die ganze Westfront. »Daß Gott auf und davon ist oder ein Nickerchen macht oder sonstwas. Hoffst du nicht auch manchmal, daß er eines Tages runterschaut und sieht, was hier los ist, und ... und was dagegen unternimmt?«

Paul nickte, obwohl er sich die Sache noch nie so genau überlegt hatte. Aber er hatte die Leere des ewig grauen Himmels empfunden, und hin und wieder hatte er das merkwürdige Gefühl gehabt, aus weiter Ferne auf das Blut und den Schlamm hinunterzuschauen und die mörderischen Kampfhandlungen mit dem inneren Abstand eines Mannes zu betrachten, der vor einem Ameisenhaufen steht. Gott konnte nicht zuschauen, soviel war sicher; wenn doch, und wenn er die Dinge gesehen hatte, die Paul Jonas gesehen hatte - Männer, die tot waren, aber es noch nicht wußten, sondern hektisch versuchten, ihre hervorquellenden Eingeweide in ihre Feldjacken zurückzustopfen; geschwollene und fliegenbesudelte Leichen, die tagelang unbestattet wenige Meter von Freunden entfernt lagen, mit denen sie gesungen und gelacht hatten -, wenn er das alles gesehen hatte, ohne einzugreifen, dann mußte er verrückt sein.

Aber Paul hatte noch niemals auch nur einen Moment lang geglaubt, daß Gott die winzigen Kreaturen, die sich zu Tausenden auf einem zerbombten Schlammfeld abschlachteten, retten würde. Das war einfach zu märchenhaft. Bettelknaben heirateten keine Prinzessinnen; sie starben in verschneiten Straßen oder dunklen Gassen ... oder in schlammigen Schützengräben in Frankreich, während der alte Papa Gott sich gründlich ausschlief.

Er raffte sich zu einer Frage auf. »Irgendwas gehört?«

Der Fremde zog inbrünstig an seiner Zigarette, ohne sich darum zu kümmern, daß die Glut an seinen schlammigen Fingern brannte, und seufzte. »Alles. Nichts. Das Übliche. Der Fritz bricht im Süden durch und wird schnurstracks bis Paris vorstoßen. Oder die Yanks sind jetzt dort, und wir werden sie aufrollen wie nichts und im Juni in Berlin einmarschieren. Die geflügelte Siegesgöttin von Samodingsbums ist am Himmel über Flandern erschienen, dabei hat sie ein Flammenschwert geschwenkt und den Hootchy-cootchy getanzt. Alles Scheiße.«

»Alles Scheiße«, pflichtete Paul bei. Er zog nochmal an seiner Zigarette und ließ sie dann in eine Pfütze fallen. Traurig sah er zu, wie schlammiges Wasser das Papier durchtränkte und die letzten Krümel Tabak darin schwammen. Wie viele Zigaretten würde er noch rauchen, bevor der Tod ihn traf? Ein Dutzend? Hundert? Oder war das vielleicht seine letzte? Er hob das Papier auf und zerknüllte es zwischen Finger und Daumen zu einem festen Kügelchen.

»Danke, Kamerad.« Der Fremde wälzte sich herum und kroch schon durch den Graben davon, als er noch etwas Seltsames über die Schulter rief. »Halt dich bedeckt. Überleg dir mal, wie du rauskommst. Wie du wirklich *raus* kommst.«

Paul erhob die Hand zum Abschiedsgruß, obwohl der Mann ihn gar nicht sehen konnte. Der verwundete Soldat oben brüllte schon wieder, wortlose grunzende Schreie, die sich anhörten, als ob etwas Unmenschliches in den Geburtswehen läge.

Unmittelbar darauf, wie aufgeweckt von einer dämonischen Anrufung, nahmen die Geschütze das Feuer wieder auf.

Paul biß die Zähne zusammen und versuchte sich die Ohren zuzuhalten, aber *immer noch* konnte er den Mann schreien hören; die krächzende Stimme war wie ein heißer Draht, der zum einen Ohr hinein und zum anderen hinaus ging und dabei hin und her sägte. Er hatte in den letzten zwei Tagen vielleicht drei Stunden Schlaf ergattert, und die rasch näherrückende Nacht würde bestimmt noch schlimmer werden. Warum waren keine Krankenträger losgelaufen, um den Verwundeten zu holen? Die Geschütze schwiegen seit mindestens einer Stunde.

Aber als er darüber nachdachte, ging Paul auf, daß er außer dem Mann, der ihn um Feuer gebeten hatte, niemanden gesehen hatte, seit sie alle heute morgen aus den vorderen Gräben geflohen waren. Er hatte angenommen, daß nur ein paar Biegungen weiter noch andere saßen, und der Mann mit der Zigarette schien das bestätigt zu haben, aber der Beschuß war so stetig gewesen, daß Paul nicht den Wunsch verspürt hatte, sich vom Fleck zu bewegen. Jetzt, wo seit einer Weile Ruhe herrschte, fragte er sich, wie es um den Rest der Einheit stand. Hatten sich Finch und die übrigen alle noch weiter zurückgezogen, in irgendwelche früher gebuddelten Löcher? Oder lagen sie bloß ein paar Meter weiter platt am Boden und waren von keinen zehn Pferden aufs offene Schlachtfeld zu bringen, auch nicht für einen Hilfseinsatz?

Er ließ sich auf die Knie fallen, schob den Helm nach hinten, damit er ihm nicht über die Augen rutschte, und kroch in westlicher Richtung los. Obwohl er sich weit unterhalb des Grabenrands hielt, empfand er seine Bewegung als provokativen Akt. In Erwartung eines furchtbaren Schlages von oben zog er die Schultern hoch, aber außer dem unablässigen Jammern des sterbenden Mannes kam nichts.

Zwanzig Meter und zwei Biegungen weiter stieß er auf eine Wand aus Schlamm.

Paul versuchte sich die Tränen wegzuwischen, aber rieb sich dabei nur Schmutz in die Augen. Eine letzte Explosion ertönte droben, und die Erde bebte im Einklang. Ein Klumpen Schlamm an einer der in den Graben ragenden Wurzeln erzitterte, fiel ab und wurde ein nicht zu unterscheidender Teil der allgemeinen Schlammigkeit des Bodens.

Er saß in der Falle. Das war die schlichte, schreckliche Wahrheit. Sofern er sich nicht oben aufs ungeschützte Gelände wagte, konnte er sich nur in seinem abgeschnittenen Stück Schützengraben zusammenkauern, bis ihn eine Granate traf. Er machte sich keine Illusionen, daß er lange genug durchhalten würde, um mit Verhungern rechnen zu müssen. Er machte sich überhaupt keine Illusionen. Er war so gut wie tot. Nie wieder würde er Mullet über die Rationen klagen hören oder den guten alten Finch dabei beobachten, wie er sich den Schnurrbart mit dem Taschenmesser stutzte. Solche Kleinigkeiten, so nichtig, und doch vermißte er sie schon so sehr, daß es weh tat.

Der Sterbende war immer noch dort draußen und heulte.

Dies ist die Hölle, drin bin ich, nicht draußen ...

Wo war das her? Aus einem Gedicht? Der Bibel?

Er knipste sein Halfter auf und zog seine Webley, führte sie vor sein Auge. In dem schwindenden Licht wirkte das Loch im Lauf brunnentief, eine Leere, in die er hineinfallen konnte, um nie wieder herauszukommen, eine stille, dunkle, Ruhe spendende Leere ...

Paul verzog den Mund zu einem trostlosen kleinen Lächeln, dann

legte er vorsichtig den Revolver in seinen Schoß. Es wäre unpatriotisch, zweifellos. Lieber die Deutschen zwingen, ihre teuren Granaten an ihn zu verschwenden. Noch ein paar Arbeitsstunden mehr aus einem Fräulein mit frostblauen Armen an einem Fließband an der Ruhr herausschinden. Und überhaupt, Hoffnung gab es immer, oder?
Er fing abermals an zu weinen.
Oben unterbrach der Verwundete einen Augenblick sein Kreischen, um zu husten. Er hörte sich an wie ein Hund, der Prügel kriegte. Paul legte den Kopf nach hinten in den Schlamm und brüllte:»Halt's Maul! Halt um Himmels willen das Maul!« Er holte tief Luft.»Halt endlich dein Maul und *verreck*, verdammt nochmal!«
Von der Tatsache, daß er Gesellschaft hatte, offenbar ermuntert, fing der Mann wieder zu schreien an.

Die Nacht schien ein Jahr oder noch länger zu dauern, Monate der Finsternis, große Blöcke aus unbeweglichem Schwarz. Die Geschütze knatterten und brüllten. Der sterbende Mann heulte. Paul zählte jeden einzelnen Gegenstand, an den er sich aus seinem Leben vor den Schützengräben erinnern konnte, dann fing er wieder von vorne an und zählte abermals. Bei einigen wußte er nur noch die Namen, aber nicht mehr, was die Namen eigentlich hießen. Manche Worte wirkten unglaublich fremd -»Liegestuhl« war eines,»Badewanne« ein anderes.»Garten« kam in mehreren Liedern im Gesangbuch des Kompaniepfarrers vor, aber Paul war sich ziemlich sicher, daß das auch etwas Wirkliches war, und so zählte er es mit.

»*Überleg dir mal, wie du rauskommst*«, hatte der gelbäugige Mann gesagt.
»*Wie du wirklich raus kommst.*«
Die Geschütze schwiegen. Der Himmel war eine Idee fahler geworden, als ob jemand mit einem schmutzigen Lumpen drübergewischt hätte. Es war gerade so hell, daß Paul den Rand des Schützengrabens sehen konnte. Er kletterte hoch und rutschte so prompt ab, daß er über das Auf und Nieder lachen mußte. *Wie du rauskommst.* Er fand mit seinem Fuß eine dicke Wurzel und schwang sich auf den Rand der Feldschanze. Er hatte seine Waffe dabei. Er wollte den fortwährend schreienden Mann umbringen. Viel mehr wußte er nicht.

Irgendwo kam die Sonne hoch, obwohl Paul keine Ahnung hatte, wo genau das sein mochte: die entstehende Helligkeit war gering und über eine weite, matte Himmelsfläche verschmiert. Unter diesem Himmel war alles grau. Schlamm und Wasser. Er wußte, daß die flachen Stellen das Wasser waren, also mußte alles andere Schlamm sein, bis auf die hohen Dinger vielleicht. Ja, das waren Bäume, erinnerte er sich. Waren Bäume gewesen.

Paul stand auf und drehte sich langsam im Kreis. Die Welt ging in allen Richtungen nur wenige hundert Meter weit, bevor sie im Dunst endete. Er fühlte sich mitten in einem leeren Raum ausgesetzt, so als hätte er sich versehentlich auf eine Bühne verirrt und stände jetzt vor einem schweigenden, erwartungsvollen Publikum.

Doch er war nicht ganz allein. Irgendwo im Leeren stand ein einsamer Baum, eine krallende Hand mit einem verdrehten Stacheldrahtarmband. Etwas Dunkles hing in seinen entblößten Ästen. Paul zog den Revolver und stolperte darauf zu.

Eine menschliche Gestalt hing kopfunter im Baum wie eine weggeworfene Marionette, ein Bein in dem spitzen Winkel zwischen Ast und Stamm verklemmt. Alle ihre Gliedmaßen schienen gebrochen zu sein, und die Arme baumelten mit greifenden Fingern nach unten, als ob der Modder der Himmel wäre und sie zu fliegen gedächte. Die Vorderseite des Kopfes war eine zerfetzte, konturlose Masse, rot und schwarz verbrannt und grau, bis auf ein hell glotzendes gelbes Auge, irr und starr wie ein Vogelauge, das sein langsames Näherkommen beobachtete.

»Ich bin draußen«, sagte Paul. Er hob die Waffe, aber der Mann schrie gerade nicht.

Ein Loch ging in dem verwüsteten Gesicht auf. Es redete. »Endlich kommst du. Ich habe auf dich gewartet.«

Paul stierte. Der Revolvergriff war glitschig in seinen Fingern. Sein Arm zitterte vor Anstrengung, oben zu bleiben.

»Gewartet?«

»Gewartet. So lange gewartet.« Der Mund, leer bis auf ein paar rot eingelegte weiße Splitter, verzog sich zu einem umgekehrten Grinsen. »Hast du je das Gefühl ...?«

Paul zuckte zusammen, als das Schreien wieder losging. Aber es konnte nicht der sterbende Mann sein - *dies hier* war der sterbende Mann. Demnach ...

»Gefühl?« fragte er und blickte auf.

Die dunkle Form stürzte aus dem Himmel auf ihn zu, ein schwarzes Loch in der stumpfgrauen Luft; sie pfiff im Fallen. Der dumpfe Knall der

Haubitze folgte einen Moment später, als ob die Zeit sich zurückgewandt und sich selbst in den Schwanz gebissen hätte.
»*Daß es ein Irrtum ist*«, sagte der hängende Mann.
Und dann schlug die Granate ein, und die Welt klappte zusammen: Kniff für Kniff wurde sie lichterloh brennend immer kleiner eingefaltet und dann an den Kanten plattgedrückt, bis alles verschwunden war.

> Nach Pauls Tod wurde alles noch komplizierter.

Er *war* natürlich tot, und er wußte es auch. Was hätte er sonst sein sollen? Er hatte das Haubitzengeschoß vom Himmel auf sich niedergehen sehen, einen flügellosen, augenlosen, atemberaubend modernen Todesengel, stromlinienförmig und unpersönlich wie ein Hai. Er hatte gespürt, wie ein Stoß durch die Welt ging und die Luft Feuer fing, wie der Sauerstoff aus seinen Lungen floh und diese in seiner Brust zu Kruste verkohlten. Es konnte keinen Zweifel geben, daß er tot war.

Aber warum tat ihm der Kopf weh?

Natürlich ließ sich in einem Leben nach dem Tode, in dem die Strafe für eine verpfuschte Existenz ein ewig hämmernder Kopfschmerz war, ein gewisser Sinn sehen. Ein Sinn der grauenhaftesten Art.

Paul schlug die Augen auf und blinzelte vor Helligkeit.

Er saß aufrecht am Rand eines riesigen Kraters - eine unbedingt tödliche Wunde, tief in die schlammige Erde gebohrt. Das Gelände ringsherum war flach und leer. Es gab keine Schützengräben, oder falls doch, waren sie unter dem Auswurf der Explosion begraben; in allen Richtungen sah er nichts als aufgewühlten Schlamm bis zum umschließenden Horizont, wo die Erde selbst im grauschimmernden Dunst verschwamm.

Aber irgend etwas Festes war hinter ihm und gab ihm Halt, und das Druckgefühl im Kreuz und an den Schulterblättern ließ in ihm erste Zweifel aufkommen, ob er sich den Tod nicht zu früh eingebildet hatte. Als er den Kopf in den Nacken legte, um nachzuschauen, rutschte ihm sein Helm über die Augen, so daß er einen Moment lang wieder im Finstern saß, glitt dann weiter übers Gesicht und fiel ihm in den Schoß. Er starrte den Helm an. Der obere Teil war weitgehend weggesprengt; das zerrissene und verbogene Metall des Randes ähnelte nichts so sehr wie einer Dornenkrone.

Horrorgeschichten von bombardierten Soldaten fielen ihm ein, die ohne Kopf oder mit den eigenen Innereien in den Händen noch zwei Dutzend Meter gelaufen waren, ohne ihren Zustand zu begreifen, und ein heftiges Zittern ergriff Paul. Langsam, wie in einem grausigen Spiel mit sich selbst, befühlte er mit den Fingern das Gesicht, fuhr sich damit über Wangen und Schläfen, tastete nach der Schädeldecke in der Erwartung, nur noch Brei vorzufinden. Er fühlte Haare, Haut und Knochen ... aber alles an seinem richtigen Platz. Keine Wunde. Als er sich die Hände vors Gesicht hielt, waren sie ebenso mit Blut beschmiert wie mit Schlamm, aber das Rot war schon trocken, alte Farbe, Pulver. Er ließ die lange angehaltene Luft hinaus.

Er war tot, aber sein Kopf tat weh. Er war am Leben, aber ein rotglühender Granatsplitter hatte seinen Helm durchschlitzt wie ein Messer eine Tortenglasur.

Paul blickte auf und sah den Baum, das kleine, skelettartige Ding, das ihn ins Niemandsland hinausgelockt hatte. Den Baum, in dem der sterbende Mann gehangen hatte.

Jetzt ragte er durch die Wolken.

Paul Jonas seufzte. Er war fünfmal um den Baum herumgegangen, und das Ding machte keinerlei Anstalten, weniger unmöglich zu werden.

Das zierliche, blattlose Bäumchen war so hoch gewachsen, daß seine Krone hinter den Wolken verborgen war, die bewegungslos am grauen Himmel hingen. Sein Stamm war so breit wie ein Burgturm aus dem Märchen, ein gewaltiger Zylinder aus rauher Rinde, der sich genauso weit nach unten wie nach oben zu erstrecken schien, denn er stieß ganz gerade in den Bombenkrater hinab und verschwand auf dem Grund in der Erde, ohne Wurzeln erkennen zu lassen.

Er war um den Baum herumgegangen und konnte sich keinen Reim darauf machen. Er war vom Baum weggegangen in der Hoffnung, einen Blickwinkel zu finden, aus dem er seine Höhe abschätzen konnte, aber das hatte seinem Verständnis auch nicht aufgeholfen. Ganz gleich, wie weit zurück er über die kahle Ebene stolperte, der Baum ragte weiterhin durch die Wolkendecke. Und ob er wollte oder nicht, er mußte stets zu dem Baum zurückkehren. Nicht nur, daß sich nirgends ein anderes Ziel bot, nein, die Welt selbst wirkte irgendwie gekrümmt, so daß er sich am Schluß immer wieder auf den monumentalen Stamm zubewegte, ob er nun diese oder jene Richtung einschlug.

Er setzte sich eine Zeitlang mit dem Rücken dagegen und versuchte zu schlafen. Der Schlaf wollte nicht kommen, aber er hielt seine Augen trotzdem hartnäckig geschlossen. Die Rätsel, die sich ihm stellten, paßten ihm nicht. Er war von einer explodierenden Granate getroffen worden. Der Krieg und alle daran Beteiligten schienen wie vom Erdboden verschluckt, dabei konnte man einen bewaffneten Konflikt von solchen Ausmaßen eigentlich nur schwer einfach so verschwinden lassen. Das Licht hatte sich nicht verändert, seit er hierhergekommen war, obwohl die Explosion nun schon Stunden her sein mußte. Und das einzige andere Ding auf der Welt war ein immenses, unmögliches Gewächs.

Er betete darum, wenn er die Augen wieder öffnete, möge er sich entweder in einem respektablen Jenseits befinden oder zurückversetzt sein in den gewohnten Jammer der Schützengräben mit Mullet und Finch und dem Rest der Einheit. Als er fertig gebetet hatte, wagte er noch nicht zu schauen, weil er Gott - oder Irgend Jemand - genug Zeit geben wollte, alles wieder in Ordnung zu bringen. Er saß da, bemühte sich, den Schmerz quer über seinen Hinterkopf zu ignorieren, und ließ die Stille in sich einsinken, während er darauf wartete, daß wieder normale Verhältnisse einkehrten. Schließlich öffnete er die Augen.

Dunst, Schlamm und der immense, verfluchte Baum. Nichts hatte sich verändert.

Paul seufzte tief und stand auf. Er hatte nicht viele Erinnerungen an sein Leben vor dem Krieg, und im Augenblick war selbst die unmittelbare Vergangenheit verdüstert, aber an eines erinnerte er sich jetzt, nämlich daß es eine Geschichte gegeben hatte, in der etwas Unmögliches geschah, und sobald klar war, daß das Unmögliche nicht daran dachte, sich als ungeschehen herauszustellen, blieb nur eines übrig: Das Unmögliche mußte als möglich behandelt werden.

Was macht man mit einem unausweichlichen Baum, der durch die Wolken in den Himmel wächst? Man steigt hinauf.

> Es war nicht so schwierig, wie er erwartet hatte. Zwar standen bis dicht unter den Wolkenbäuchen keine Äste vom Stamm ab, aber die schiere Riesigkeit des Baums half ihm; die Rinde war narbig und zerklüftet wie die Haut einer ungeheuren Schlange und bot Zehen und Händen hervorragend Halt. Einige der Höcker waren groß genug, um eine Sitzfläche zu bieten, so daß er relativ sicher und bequem verschnaufen konnte.

Trotzdem war es nicht einfach. Obwohl es an diesem zeitlosen, sonnenlosen Ort schwer zu sagen war, hatte er, als er den ersten Ast erreichte, das Gefühl, schon wenigstens einen halben Tag geklettert zu sein. Der ausladende und nach oben schwingende Ast war breit wie eine Landstraße, und wo auch er in den Wolken verschwand, erblickte Paul die ersten undeutlichen Umrisse von Blättern.

Er legte sich an der Abgabelung des Astes vom Stamm hin und versuchte zu schlafen, aber obwohl er sehr müde war, wollte der Schlaf noch immer nicht kommen. Als er sich ein wenig ausgeruht hatte, erhob er sich und kletterte weiter.

Nach einer Weile wurde die Luft kühler, und er spürte den feuchten Anhauch der Wolken. Der Himmel rings um den großen Baum wurde diesiger und verschleierte die Enden der Äste. Im fernen Laubwerk über Paul hingen riesige, schattenhafte Gebilde, aber er wußte nicht, was sie waren. Nach einer weiteren halben Stunde Klettern gaben sie sich als gigantische Äpfel zu erkennen, jeder so groß wie ein Sperrballon.

Beim Höhersteigen wurde der Nebel immer dichter, bis Paul von einer Phantomwelt aus Ästen und treibenden, zerrissenen Wolkenschwaden umgeben war, ganz als kraxelte er in der Takelage eines Geisterschiffs. Kein Laut außer dem Knirschen und Kratzen der Rinde unter seinen Füßen drang an seine Ohren. Brisen kühlten den dünnen Schweiß an seiner Stirn, aber keine blies stark genug, um die großen, flachen Blätter erzittern zu lassen.

Stille und Nebelfetzen. Der große Stamm und seine Umhüllung aus belaubten Ästen über und unter ihm, eine Welt für sich. Paul kletterte weiter.

Die Wolken wurden jetzt noch dichter, und er spürte, wie das Licht sich veränderte: Etwas Warmes brachte die Schwaden zum Glühen, wie eine Lampe hinter dicken Vorhängen. Er ruhte sich abermals aus und überlegte, wie lange er wohl fiele, wenn er neben den Ast treten würde, auf dem er saß. Er zupfte sich einen losen Knopf von der Hemdmanschette und ließ ihn fallen, sah zu, wie er durch die Luftströmungen hinabtrudelte, bis er lautlos unter ihm in den Wolken verschwand.

Später – er hatte keine Vorstellung, wie viel später – merkte er, daß es heller wurde, je höher er kam. Die graue Rinde zeigte erste Anzeichen anderer Farben, sandige Beige- und blasse Gelbtöne. Die Oberseiten der Äste wirkten abgeplattet durch das neue, grellere Licht, und der Dunst ringsherum gleißte und funkelte, als ob zwischen den einzelnen Tröpfchen winzige Regenbogen spielten. Der Wolkendunst war hier so dicht, daß er Paul am Klettern hinderte: er schlang sich in triefenden Ranken um sein Gesicht, machte die Griff- und Trittstellen glitschig, beschwerte seine Sachen und zerrte tückisch an ihm, wenn er schwierige Handwechsel durchführte. Er dachte kurz daran aufzugeben, aber außer wieder nach unten konnte er nirgendwo hin. Lieber einen unangenehm raschen Absturz riskieren, als die langsamere Alternative wählen, die nur ins ewige Nichts auf der grauen Ebene dort unten führen konnte.

Wie dem auch sei, dachte Paul, wenn er schon tot war, konnte er nicht noch einmal sterben. Und wenn er am Leben war, dann war er Teil eines Märchens, und so früh am Anfang kam bestimmt niemand um.

Die Wolken wurden dichter; die letzten hundert Meter seines Aufstiegs hätte er durch modernden Musselin klettern können. Wegen des klammen Widerstands merkte er gar nicht, wie hell die Welt wurde, doch als er sich durch die letzten Wolken schob und blinzelnd den Kopf hob, befand er sich auf einmal unter einer blendenden, messingfarbenen Sonne und einem wolkenlosen, reinblauen Himmel.

Keine Wolken über ihm, aber Wolken überall sonst; die Oberseite der großen schaumigen Masse, durch die er soeben geklettert war, erstreckte sich vor ihm wie eine weiße Wiese, ein meilenweites buckliges Feld aus Wolkenwatte. Und in der Ferne, im strahlenden Sonnenlicht glänzend ... ein Schloß.

Während Paul es anstarrte, schienen die hellen, schlanken Türme sich zu strecken und zu verzittern, wie durch das Wasser eines Bergsees gesehen. Dennoch war es offensichtlich ein Schloß, nicht bloß ein trügerisches Zusammenspiel von Wolken und Sonne; bunte Fahnen tanzten an den Spitzen der steilen Türmchen, und das mächtige Tor mit dem Fallgitter war ein grinsender Mund, durch den man ins Dunkle blickte.

Er lachte plötzlich abrupt, doch seine Augen füllten sich mit Tränen. Es war schön. Es war furchterregend. Nach der großen grauen Leere und der Halbwelt der Wolken war es zu leuchtend, zu stark, beinahe zu real.

Und doch war er genau darauf zugeklettert: Es rief ihn so deutlich, als ob es eine Stimme hätte – so wie die düstere Ahnung eines auf ihn wartenden unausweichlichen *Etwas* ihn getrieben hatte, den Baum zu erklimmen.

Es gab die ganz schwache Andeutung eines Pfades über das Zuckerwattefeld, einen stärkeren Strich Weiß, der vom Baum ausging und sich auf das ferne Schloßtor zuschlängelte. Er kletterte das letzte Stück, bis seine Füße auf gleicher Höhe mit der Wolkenfläche waren, zögerte einen Moment, um das heftige, schnelle Schlagen seines Herzens auszukosten, und trat dann vom Ast. Eine schreckliche Sekunde lang gab das Weiße nach, aber nur wenig. Er balancierte mit wedelnden Armen, bis er feststellte, daß es nicht schlimmer war, als auf einer Matratze zu stehen.

Er ging los.

Das Schloß wurde größer, je näher er kam. Wenn Paul noch irgendwelche Zweifel daran gehabt hätte, daß er in einer Geschichte und nicht an einem realen Ort war, hätte der immer klarer werdende Anblick seines Ziels sie vertrieben. Es war ganz deutlich etwas, das jemand erfunden hatte.

Sicher, es war real und recht solid - doch was hieß das schon für einen Mann, der über die Wolken ging? Aber es war real, real wie etwas, woran man lange geglaubt, aber was man nie gesehen hat. Es hatte die Form eines Schlosses - es war so sehr ein *Schloß*, wie es überhaupt nur möglich war -, aber es war so wenig eine mittelalterliche Feste, wie es ein Stuhl oder ein Glas Bier war. Es war die *Idee* eines Schlosses, erkannte Paul, so etwas wie ein platonisches Ideal, unbefleckt von den schmuddeligen Realitäten irgendwelcher Mauern und Gräben oder feudaler Kriege.

Platonisches Ideal? Er hatte keine Ahnung, wie er darauf gekommen war. Erinnerungen schwammen dicht unter der Oberfläche seines Bewußtseins, näher denn je, aber immer noch so seltsam unscharf wie die vieltürmige Vision dort vor ihm.

Er schritt unter der regungslosen Sonne dahin, während Wolkenfähnchen von seinen Fersen aufstoben wie Rauch.

Das Tor stand offen, sah aber nicht gerade einladend aus. Im Kontrast zu dem diffusen Gleißen der Türme war der Eingang tief, schwarz und leer. Paul blieb eine Zeitlang vor dem unheimlichen Loch stehen, denn das Blut raste in seinen Adern und seine Selbstschutzreflexe wollten ihn dazu drängen umzukehren, doch er wußte, daß er eintreten mußte. Obwohl er sich noch nackter fühlte als vorher unter dem Granatenhagel, mit dem der ganze irrsinnige Traum angefangen hatte, holte er schließlich tief Luft und schritt hindurch.

Das mächtige steinerne Gelaß hinter dem Tor war eigentümlich kahl, der einzige Schmuck ein einzelnes großes Banner, Rot mit Schwarz und Gold bestickt, das an der gegenüberliegenden Wand hing. Darauf war eine Vase oder ein Kelch abgebildet, woraus zwei verschlungene Rosen wuchsen, und über den Blumen eine Krone. Unter dem Bild stand die Inschrift »*Ad Aeternum*«.

Als er darauf zutrat, um es genauer zu betrachten, hallten seine Schritte nach dem dämpfenden Wolkenteppich so laut durch den leeren Saal, daß er erschrak. Er nahm sicher an, jemand würde nachsehen kommen, wer eingetreten war, aber die Türen an beiden Enden des Saales blieben geschlossen, und kein anderer Laut gesellte sich zu dem ersterbenden Echo.

Es fiel schwer, das Banner lange anzuschauen. Jeder einzelne schwarze und goldene Faden schien sich zu bewegen, so daß ihm das ganze Bild verschwommen vor den Augen tanzte. Erst als er fast bis zum Eingang zurücktrat, sah er es wieder deutlich, aber trotzdem verriet es ihm nichts über das Schloß und seine Bewohner.

Paul musterte die Türen an den beiden Enden. Es gab kaum einen Anhaltspunkt, zwischen ihnen zu wählen, und so wandte er sich der zur Linken zu. Obwohl sie höchstens zwanzig Schritte entfernt zu sein schien, brauchte er überraschend lange, um sie zu erreichen. Paul schaute zurück. Das Portal gegenüber war jetzt nur noch ein dunkler Fleck in weiter Ferne, und der Vorraum selbst schien sich mit Nebel zu füllen, als ob die Wolken von außen hereintrieben. Er drehte sich um und sah die Tür, auf die er zugegangen war, jetzt unmittelbar vor sich aufragen. Kaum hatte er sie berührt, schwang sie auch schon auf, und er trat hindurch.

Und befand sich in einem Dschungel.

Aber es war kein richtiger Dschungel, erkannte er gleich darauf. Die Vegetation war überall dicht, aber zwischen den herabhängenden Lianen und langen Blättern hindurch erspähte er schattenhafte Mauern; Rundbogenfenster hoch oben in diesen Mauern gewährten Durchblick auf einen Himmel mit dahinjagenden Sturmwolken - einen ganz anderen Himmel als den blauen Schild, den er vor dem Eingangstor hinter sich gelassen hatte. Der Dschungel war überall, aber Paul war trotzdem noch innerhalb des Schlosses, auch wenn das Außen hier ganz anders aussah.

Dieser Raum war noch größer als der riesige Eingangssaal. Ganz oben, hoch über den nickenden, giftig wirkenden Blumen und dem grünen Gewucher, erstreckte sich eine mit komplizierten Winkelmustern aus schimmerndem Gold überzogene Decke, die einem juwelbesetzten Lageplan eines Labyrinths glich.

Eine andere Erinnerung trieb nach oben, angestoßen vom Geruch und der feuchtwarmen Luft. Einen solchen Ort nannte man ... nannte man ... ein Gewächshaus. Es war ein Ort, wo Sachen gezogen wurden, erinnerte er sich dunkel, wo Sachen wuchsen, wo Geheimnisse verborgen waren.

Er schob die klebrigen Wedel einer langblättrigen Pflanze aus dem Weg und trat vor, aber plötzlich mußte er heftig mit den Armen rudern, um nicht in einen Teich zu plumpsen, den die Pflanze verborgen hatte. Scharen winziger Fische, knallrot wie im Ofen erhitzte Pennys, schossen aufgeschreckt davon.

Er drehte sich um und ging am Rand des Teiches entlang, um einen Fußpfad zu finden. Die Pflanzen waren staubig. Während er sich durch das dickste Gestrüpp arbeitete, stoben pulverige Wolken in das schräg durch die hohen Fenster fallende Licht, wirbelnde Schwebeteilchen aus Silber und Glimmer. Er stutzte und wartete, daß der Staub sich legte. In der Stille drang ein leiser Ton an sein Ohr. Jemand weinte.

Er streckte beide Hände in die Höhe und schob das Laub auseinander, als ob es Vorhänge wären. Von üppigen Pflanzen eingefaßt stand vor ihm ein großer glockenförmiger Käfig, dessen schlanke goldene Stäbe so dicht von blühenden Ranken umwunden waren, daß man kaum sah, was darin war. Paul trat näher, und im Innern des Käfigs bewegte sich etwas. Er blieb wie angewurzelt stehen.

Es war eine Frau. Es war ein Vogel.

Es war eine Frau.

Sie drehte sich um; ihre weit aufgerissenen schwarzen Augen waren feucht. Ein großer Schwall dunkler Haare umrahmte ihr langes Gesicht und ergoß sich über ihren Rücken, wo er mit dem Lila und schillernden Grün ihres seltsamen Kostüms verschmolz. Aber es war kein Kostüm. Sie war in Federn gehüllt; unter ihren Armen waren lange Schwingen fächerförmig eingefaltet. Flügel.

»Wer da?« rief sie.

Es war natürlich alles ein Traum - vielleicht nur die letzten Halluzinationen kurz vor dem Tod auf dem Schlachtfeld -, aber als ihre Stimme in ihn einsickerte und sich in ihm niederließ wie etwas, das sein Zuhause gefunden hatte, wußte er, daß er ihren Klang nie vergessen würde. Entschlossenheit und Leid und ein Anflug von Wahnsinn lagen darin, alles in diesen zwei Worten. Er trat vor.

Ihre großen runden Augen wurden noch weiter. »Wer bist du? Du gehörst nicht hierher.«

Paul starrte sie an, obwohl er sich des Eindrucks nicht erwehren konnte, daß er sie damit kränkte, so als ob ihre befiederten Gliedmaßen eine Art Mißbildung wären. Vielleicht waren sie das. Oder vielleicht war an diesem merkwürdigen Ort er der Mißgebildete.

»Bist du ein Geist?« fragte sie. »Wenn ja, vergeude ich bloß meinen Atem. Aber du siehst nicht wie ein Geist aus.«

»Ich weiß nicht, was ich bin.« Sein trockener Mund machte Paul das Sprechen schwer. »Ich weiß auch nicht, wo ich bin. Aber ich fühle mich nicht wie ein Geist.«

»Du kannst reden!« Sie war so bestürzt, daß Paul Angst hatte, etwas Schreckliches getan zu haben. »Du gehörst nicht hierher!«

»Warum weinst du? Kann ich dir helfen?«

»Du mußt verschwinden. Unbedingt! Der Alte Mann wird bald zurücksein.« Ihre aufgeregten Bewegungen erfüllten den Raum mit leisem Rascheln. Noch mehr Staub wirbelte in die Luft.

»Wer ist dieser alte Mann? Und wer bist du?«

Sie trat an den Rand des Käfigs und umklammerte mit ihren schlanken Fingern die Stäbe. »Geh! Geh sofort!« Aber ihr Blick war gierig, als wollte sie sich ein Erinnerungsbild von ihm einprägen, das nie verblassen würde. »Du bist verletzt – an deinen Sachen klebt Blut.«

Paul sah an sich hinunter. »Altes Blut. Wer bist du?«

Sie schüttelte den Kopf. »Niemand.« Sie zögerte, und in ihrem Gesicht arbeitete es, als ob sie etwas Schockierendes oder Gefährliches sagen wollte, aber der Augenblick ging vorbei. »Ich bin niemand. Du muß verschwinden, bevor der Alte Mann zurückkommt.«

»Aber was ist das hier für ein Ort? Wo bin ich? Ich habe lauter Fragen, Fragen über Fragen.«

»Du darfst hier nicht sein. Nur Geister besuchen mich hier – und die bösen Werkzeuge des Alten Mannes. Er sagt, sie sollen mir Gesellschaft leisten, aber manche von ihnen haben Zähne und einen sehr ausgefallenen Humor. Wabbelsack und Nickelblech – das sind die grausamsten.«

Im Überschwang seines Gefühls trat Paul plötzlich vor und faßte ihre

um das Gitter gelegte Hand. Ihre Haut war kühl, und ihr Gesicht war ganz nah. »Du bist eine Gefangene. Ich werde dich befreien.«
Sie riß ihre Hand weg. »Außerhalb dieses Käfigs kann ich nicht überleben. Und du wirst nicht überleben, wenn der Alte Mann dich hier findet. Bist du hinter dem Gral her? Du wirst ihn hier nicht finden - dies ist nur ein Schattenort.«
Paul schüttelte ungeduldig den Kopf. »Ich weiß nichts von einem Gral.« Aber noch während er das sagte, erkannte er, daß das nicht die volle Wahrheit war: Das Wort löste tief in seinem Innern ein Echo aus, berührte Stellen, an die er noch nicht herankam. *Gral.* Irgend etwas, es bedeutete irgend etwas ...
»Begreifst du denn nicht?« rief die Vogelfrau, und glänzende Federn plusterten und sträubten sich vor Zorn um ihren Hals. »Ich bin keiner der Hüter. Ich habe nichts vor dir zu verbergen, und ich will nicht ... ich will nicht, daß dir ein Leid geschieht. Geh, du Narr! Selbst wenn du ihn dir nehmen *könntest*, würde der Alte Mann dich doch finden, wo du auch hingingest. Er würde dich zur Strecke bringen, auch wenn du den Weißen Ozean überquertest.«
Paul fühlte, wie ihre Angst ihm entgegenschlug, und einen Moment lang war er überwältigt, unfähig zu sprechen oder sich zu bewegen. Sie ängstigte sich seinetwegen. Dieser gefangene Engel empfand etwas ... für *ihn.*
Und der Gral, was das auch sein mochte - er fühlte eine Ahnung davon, fühlte sie knapp außer seiner Reichweite schwimmen wie einen der bunten Fische ...
Ein fürchterliches Zischen, laut wie tausend Schlangen, rührte die Blätter ringsherum auf. Die Vogelfrau erschrak und wich in die Mitte ihres Käfigs zurück. Gleich darauf erscholl ein schwerer scheppernder Schritt, der die Bäume erbeben ließ, so daß noch mehr Staub aufwirbelte.
»Das ist er!« Ihre Stimme war ein erstickter Schrei. »Er ist zurück!«
Etwas Riesiges näherte sich schnaufend und polternd wie eine Kriegsmaschine. Ein grelles Licht blitzte durch die Bäume.
»Versteck dich!« Das nackte Entsetzen in ihrem Flüstern ließ sein Herz hämmern. »Er wird dir das Mark aus den Knochen saugen!«
Der Lärm wurde lauter; sogar die Mauern bebten und der Boden wackelte. Paul tat einen Schritt, dann stolperte er und sank in die Knie, denn das Grauen brach über ihn herein wie eine schwarze Welle. Er

kroch dorthin, wo der Wildwuchs am dichtesten war, und die Blätter, die ihm entgegenklatschten, schmierten ihm Staub und Nässe ins Gesicht.

Ein lautes Knarren erscholl wie von mächtigen Scharnieren, dann verbreitete sich der Geruch eines Gewitters im Raum. Paul hielt sich die Augen zu.

»ICH BIN WIEDER DA.« Die Stimme des Alten Mannes war laut wie Kanonenfeuer und genauso dröhnend unmenschlich. »UND WO BLEIBT DEIN LIED ZU MEINER BEGRÜSSUNG?«

Die lange Stille wurde nur von dem Zischen unterbrochen, das wie entweichender Dampf klang. Schließlich antwortete die Vogelfrau, leise und zittrig.

»Ich habe dich nicht so früh zurückerwartet. Ich war nicht darauf vorbereitet.«

»UND WAS HAST DU ZU TUN, AUSSER DICH AUF MEINE RÜCKKEHR VORZUBEREITEN?« Wieder ertönten krachende Schritte und zeigten das Näherkommen des Alten Mannes an. »DU WIRKST GANZ AUFGELÖST, MEINE NACHTIGALL. IST WABBELSACK GROB MIT DIR UMGESPRUNGEN?«

»Nein! Nein, ich ... ich fühle mich heute nicht wohl.«

»DAS ÜBERRASCHT MICH NICHT. ES LIEGT EIN WIDERLICHER GERUCH IN DER LUFT.« Der Ozongestank wurde stärker, und zwischen seinen verklammerten Fingern hindurch sah Paul wieder das Licht blitzen. »WENN ICH'S RECHT BEDENKE, RIECHT ES HIER NACH MENSCH.«

»W-wie ... wie sollte das möglich sein?«

»WARUM SCHAUST DU MIR NICHT IN DIE AUGEN, MEIN SINGVÖGELCHEN? IRGEND ETWAS STIMMT HIER NICHT.« Die Schritte kamen näher. Der Fußboden vibrierte, und Paul hörte ein mißtönendes Quietschen wie von einer Brücke bei starkem Wind. »ICH GLAUBE, HIER IST EIN MENSCH. ICH GLAUBE, DU HAST BESUCH.«

»Lauf!« schrie die Vogelfrau. Paul fluchte und rappelte sich inmitten kopfhoher Zweige taumelnd auf. Ein gewaltiger Schatten lag über dem Raum, der das weiche graue Licht von den Fenstern verdeckte und dafür den kalten blauweißen Schein seiner sprühenden Funken verbreitete. Wild um sich schlagend brach Paul durch das klebende Laubwerk, und sein Herz bummerte wie das eines Windhunds. Die Tür ... wenn er bloß die Tür wiederfinden könnte.

»IRGEND ETWAS HUSCHT DA IM GEBÜSCH HERUM.« Die Stimme des Titanen klang amüsiert. »WARMES FLEISCH ... UND NASSES BLUT ... UND KNACKIGE KNÖCHELCHEN.«

Paul platschte durch den Teich und hätte fast das Gleichgewicht verloren. Er sah die Tür nur wenige Meter vor sich, aber das mächtige scheppernde Ungetüm war ihm dicht auf den Fersen.

»Lauf!« flehte die Frau. Noch in seiner Panik war ihm klar, daß sie dafür eine furchtbare Strafe würde erdulden müssen; er hatte das Gefühl, sie verraten zu haben. Er erreichte die Tür und flog förmlich hindurch, so daß er auf dem glatten Steinboden ausrutschte und hinschlug. Er sah das riesige Tor vor sich, und Gottseidank, Gottseidank, es war offen!

Hundert Schritte, vielleicht mehr, ein zähes Vorankommen, wie in Sirup. Das ganz Schloß erbebte unter den Schritten seines Verfolgers. Schließlich stürzte er durch das Tor nach draußen, wo jetzt aber nicht mehr helles Sonnenlicht, sondern Dämmergrau herrschte. Die obersten Äste des großen Baumes ragten in schier unerreichbarer Ferne über den Rand der Wolken. Paul rannte über das Wolkenfeld darauf zu.

Das Ungetüm kam angetrampelt, und er hörte die großen Scharniere kreischen, als es die Torflügel zurückwarf. Ein brenzlig riechender Windstoß ging über ihn hin und warf ihn fast zu Boden, und ein mächtiges Brüllen tönte über den Himmel: Der Alte Mann lachte.

»KOMM ZURÜCK, KLEINER WICHT! ICH WILL MIT DIR SPIELEN!«

Paul sprintete den Wolkenpfad entlang, und sein Atem war sengend heiß in den Lungen. Der Baum war schon ein bißchen näher. Wie schnell würde er absteigen müssen, um dem Zugriff dieses schrecklichen Monstrums zu entkommen? Es würde ihm doch bestimmt nicht folgen können - wie sollte selbst der große Baum das Gewicht eines solchen Kolosses tragen?

Die Wolken unter seinen Füßen spannten sich und federten wie ein Trampolin, als der Alte Mann aus der Burg trat. Paul stolperte und fiel vornüber; eine seiner Hände kam neben dem Pfad auf und stieß durch die Wolkendecke wie durch Spinnweben. Er rappelte sich auf und sauste weiter - der Baum war jetzt nur noch wenige hundert Schritte entfernt. Wenn er bloß ...

Eine mächtige graue Hand von der Größe einer Baggerschaufel schloß sich um ihn, ein Ding aus Kabeln und Nieten und rostendem Eisenblech. Paul schrie auf.

Die Wolken blieben weit unter ihm zurück, als er hoch in die Luft gerissen wurde, wo er umgedreht vor dem Gesicht des Alten Mannes baumelte. Paul schrie abermals auf, und diesmal hörte er einen anderen Schrei, schwach, aber deutlich traurig, aus dem fernen Schloß widerhallen - den Klageruf eines eingesperrten Vogels.

Die Augen des Alten Mannes waren gewaltige rissige Turmuhrzifferblätter, sein Bart ein Gewirr aus verschlungenen, rostigen Drähten. Er war unglaublich riesig, ein Koloß aus Eisen und zerbeulten Kupferrohren und sich langsam drehenden Rädern, der aus jedem Riß und jedem Schlitz dampfte. Er stank nach Elektrizität und entblößte beim Grinsen eine Reihe grabsteingroßer Betonhauer.

»GÄSTE DÜRFEN NICHT FORTGEHEN, EHE SIE IN DEN GENUSS MEINER GASTFREUNDSCHAFT GEKOMMEN SIND.« Paul spürte, wie seine Schädelknochen von der mächtigen Stimme des Alten Mannes vibrierten. Als der Riesenrachen sich weiter öffnete, strampelte und zappelte Paul in der stickigen Dampfwolke. »GERADE GENUG FÜR MEINEN HOHLEN ZAHN«, sagte der Alte Mann. Dann schluckte er ihn hinunter.

Kreischend stürzte Paul in die ölige, räderknirschende Finsternis.

> »Laß das, du Blödmann!«
Paul wehrte sich, aber irgendwer oder -was hielt seine Arme fest. Er bäumte sich noch einmal auf und erschlaffte dann.
»Schon besser. Hier - nimm mal 'nen Schluck.«
Etwas rieselte ihm in den Mund und brannte die Kehle hinunter. Er bekam einen Hustenanfall und fuhr ungestüm hoch. Diesmal wurde er gelassen. Jemand lachte.

Er schlug die Augen auf. Vor dem Schlamm der Schützengrabenwand und einem Streifen Himmel saß Finch neben ihm, beinahe auf ihm drauf.

»Wird schon wieder.« Finch schraubte den Flachmann zu und steckte ihn in die Tasche. »Bloß ein kleiner Bums auf den Kopf. Reicht leider nicht aus, um dich nach Hause zu schicken, alter Junge. Immerhin wird Mullet sich freuen, dich zu sehen, wenn er vom Töpfchen zurückkommt. Ich hab ihm schon gesagt, du wärst bald wieder auf dem Damm.«

Paul lehnte sich zurück, den Kopf voll wirrer Gedanken.

»Wo ...?«

»In einem der hinteren Gräben - ich glaub, ich hab dieses Scheißding vor zwei Jahren selber gegraben. Der Fritz war plötzlich der Meinung, der Krieg wär doch noch nicht aus. Er hat uns ein ziemliches Stück zurückgeworfen - weißt du nicht mehr?«

Paul haschte nach den verwehenden Fetzen seines Traumes. Eine Frau mit Federn wie ein Vogel, die von einem Gral gesprochen hatte. Ein Riese wie eine Lokomotive, ein Ungetüm aus Metall und heißem Dampf.

»Und was ist passiert? Mit mir?«

Finch langte hinter ihn und angelte sich Pauls Helm. Er war oben an einer Seite eingedellt. »Ein Stück Schrapnell. Aber zum Heimtransport nicht genug. Kein Glück, was, Jonesie?«

Also war alles ein Traum gewesen. Nur eine Halluzination nach einer geringfügigen Kopfverletzung. Paul blickte Finchs altvertrautes Gesicht an, seinen angegrauten Schnurrbart, die müden Augen hinter stahlumrandeten Brillengläsern, und wußte, daß er wieder da war, wo er sein sollte, in der schlammigen, blutigen Patsche. Klarer Fall. Der Krieg ging weiter, ohne Rücksicht auf Soldatenträume, eine vernichtende Realität, gegen die keine andere Realität ankam.

Paul tat der Kopf weh. Er hob eine schmutzige Hand, um sich die Schläfe zu reiben, und dabei flatterte ihm etwas aus dem Ärmel in den Schoß. Er schaute rasch zu Finch hinüber, aber der andere Mann wühlte in seiner Feldtasche nach einer Dose Corned beef und hatte nichts gesehen.

Er hob das Ding auf und ließ die letzten Sonnenstrahlen darauf fallen. Die grüne Feder funkelte - unglaublich real, unglaublich leuchtend und vollkommen unberührt vom Schlamm.

Eins

Das Universum nebenan

bedauert dies gehetzte UnTier Mensch

nicht. Fortschritt ist eine kommode Krankheit:
das Opfer (Tod und Leben ausgeklammert)

spielt mit der Größe seiner Kleinheit
- zur Bergkette vergotten Elektronen
eine Rasierklinge, und Linsen werfen

den Unwunsch durchs gekrümmte Wowann wieder
auf sich unselbst zurück.
                        Die Welt der Mache
ist keine Welt des Werdens - nein, bedauert

Fleisch Bäume Sterne Steine, aber nie
dies Prachtstück hypermagischer Ultra-

Omnipotenz. Wir Ärzte wissen, wann

ein Fall unheilbar ... Hör mal: nebenan
gibt's ein saugutes Universum; komm.

e. e. cummings

Kapitel

Mister Jingos Lächeln

NETFEED/NACHRICHTEN:
Massaker wegen eines defekten Chips
(Bild: Kaschiwili in Fesseln bei der Anklageerhebung)
Off-Stimme: Im Verhaltenschip des Sträflings Aleksander Kaschiwili sei ein unerwarteter Defekt aufgetreten, wurde heute von amtlicher Seite bekanntgegeben, nachdem der mod-kontrolliert in Hafturlaub entlassene Kaschiwili –
(Bild: mehrere Feuerwehr- und Krankenwagen vor verbrannter Ladenfassade)
– im Großmoskauer Stadtteil Serpuchow 17 Gäste eines Restaurants mit einem Flammenwerfer getötet hatte.
(Bild: Doktor Konstantin Gruchow in seinem Universitätsbüro)
Gruchow: "Die Technik ist noch im Frühstadium. Unfälle sind nicht auszuschließen ..."

Einer der anderen Dozenten stieß die Tür der Bürozelle auf und beugte sich hinein. Der Lärm vom Korridor kam mit hereingeschwappt, lauter als gewöhnlich.

»Bombendrohung.«

»*Schon wieder?*« Renie stellte ihr Pad auf den Tisch und nahm ihre Tasche. Dann fiel ihr ein, wie viele Sachen während des letzten Alarms auf Nimmerwiedersehen verschwunden waren, und sie griff sich noch das Pad, bevor sie in den Flur trat. Der Mann, der ihr Bescheid gesagt hatte – sie konnte sich einfach seinen Namen nicht merken, Yono Soundso –, war ihr mehrere Schritte voraus und im Strom der gemütlich zu den Ausgängen schlendernden Studenten und Dozenten schon kaum mehr auszumachen. Sie ging schneller, um ihn einzuholen.

»Alle zwei Wochen«, sagte sie. »Einmal am Tag, wenn Prüfungen sind. Das macht mich noch wahnsinnig.«

Er lächelte. Er hatte dicke Brillengläser, aber hübsche Zähne. »Wenigstens kommen wir mal an die frische Luft.«

Minutenschnell war auf der breiten Straße vor der Technischen Hochschule von Durban 4 eine Art spontaner Karneval lachender Studenten und Studentinnen im Gange, die froh über den Unterrichtsausfall waren. Eine Gruppe junger Männer hatte sich die Jacken wie Röcke um die Taillen gebunden und tanzte auf dem Dach eines geparkten Wagens, ohne sich um die schrill und schriller werdenden Befehle einer älteren Professorin zu kümmern, sofort damit aufzuhören.

Renie beobachtete sie mit gemischten Gefühlen. Auch sie fühlte den Reiz der Freiheit, genauso wie sie die warme afrikanische Sonne auf Armen und Nacken fühlte, aber sie wußte auch, daß sie mit dem Korrigieren der Semesterarbeiten drei Tage im Rückstand war, und wenn der Bombenalarm zu lange dauerte, mußte sie eine Einzelstunde ausfallen lassen und diese dann neu ansetzen, was abermals ein Stück ihrer rapide schwindenden Zeit fressen würde.

Yono, oder wie er sonst heißen mochte, grinste beim Anblick der tanzenden Studenten. Ein Anflug von Verärgerung über seine verantwortungslose Heiterkeit überkam Renie. »Wenn sie frei haben wollen«, sagte sie, »warum zum Teufel schwänzen sie dann nicht einfach? Warum stellen sie so einen Unfug an und zwingen uns andere -«

Ein blendender Lichtblitz ließ den Himmel weiß aufleuchten. Renie wurde von einem orkanartigen Stoß heißer, trockener Luft zu Boden geworfen, als ein gewaltiger Donnerschlag an der ganzen Hochschulfassade das Glas zerschmetterte und an Dutzenden von geparkten Autos die Scheiben zersplittern ließ. Sie hielt sich die Arme über den Kopf, aber es gab keine fliegenden Trümmer, nur das Schreien der Menschen. Als sie wieder auf den Beinen stand, erblickte sie keine Anzeichen von Verletzungen an den ringsherum durcheinanderlaufenden Studenten, aber eine schwarze Rauchwolke wallte über der Stelle auf, wo sich das Verwaltungsgebäude in der Mitte des Campus befinden mußte. Der Campanile war fort, von dem schönen bunten Turm war nur noch der schwarze, rauchende Stumpf des Fibramicskeletts übrig. Jäh von Übelkeit und Schwindel erfaßt, stieß sie die Luft aus. »Gott im Himmel!«

Ihr Kollege neben ihr erhob sich schwerfällig, und seine dunkle Haut war beinahe grau. »Diesmal war's echt. Mein Gott, ich hoffe, sie haben alle rausgeschafft. Wahrscheinlich schon - die Leute von der Verwaltung verlassen immer als erste das Gebäude, damit sie die Evakuierung überwachen können.« Er redete so schnell, daß sie ihn kaum verstehen konnte. »Wer war's deiner Meinung nach?«

Renie schüttelte den Kopf. »Der Broderbund? Zulu Mamba? Wer weiß? Verdammt nochmal, das war das dritte Mal in zwei Jahren. Wie können die das machen? Warum lassen die uns nicht arbeiten?«

Der Schreck im Blick ihres Begleiters verstärkte sich. »Mein Auto! Es steht auf dem Verwaltungsparkplatz!« Er drehte sich um und drängelte sich, so schnell er konnte, durch die Scharen betäubt wirkender Studenten hindurch, von denen einige weinten und offenbar keinem mehr der Sinn nach Lachen und Tanzen stand. Ein Wachmann, der den Bereich um den Explosionsort abzusperren versuchte, rief ihm etwas zu, als er vorbeirannte.

»Sein *Auto*? Idiot.« Renie war selber nach Weinen zumute. Aus der Ferne erscholl Sirenengeheul. Sie klaubte eine Zigarette aus der Tasche und zog mit zitternden Fingern den Zündstreifen. Sie waren angeblich nicht krebserregend, aber im Moment war ihr das egal. Ein Stück Papier, schwarz an den Rändern, flatterte herab und landete vor ihren Füßen.

Und schon stießen die ferngesteuerten Kameras vom Himmel herab wie ein Schwarm Fliegen und saugten Bildmaterial für das Netz auf.

Sie war bei der zweiten Zigarette und fühlte sich schon ein wenig ruhiger, als jemand ihr auf die Schulter klopfte.

»Frau Sulaweyo?«

Als sie sich umdrehte, stand vor ihr ein schlanker Junge mit gelbbrauner Haut. Er hatte kurze, kleinkräuselige Haarknötchen. Er trug eine Krawatte, ein Kleidungsstück, das Renie schon seit Jahren nicht mehr gesehen hatte.

»Ja, bitte?«

»Ich glaube, wir waren verabredet. Zu einer Einzelstunde.«

Sie blickte begriffsstutzig. Er ging ihr knapp bis zur Schulter. »Du ... du bist ...?«

»!Xabbu.« Es war ein Klicklaut darin, der klang, als hätte er einen Knöchel knacken lassen. »Mit X und einem Ausrufezeichen, wenn der Name mit lateinischen Buchstaben geschrieben wird.«

Ihr ging ein Licht auf. »Ah! Du bist ...«

Er lächelte, und um seine Augen bildeten sich weiße Fältchen. »Ein San - manchmal auch Buschmann genannt, ja.«

»Ich wollte nicht unhöflich sein.«

»Du warst nicht unhöflich. Es sind nur noch wenige von uns übrig, die das reine Blut haben, das alte Aussehen. Die meisten haben in die Stadtwelt eingeheiratet. Oder sie starben im Busch, weil sie in dieser Zeit nicht leben konnten.«

Sein Grinsen und seine forsche, genaue Redeweise gefielen ihr. »Aber du hast weder noch getan.«

»Nein, weder noch. Ich bin Student an der Universität.« Er sagte das mit einem gewissen Stolz, aber auch mit einem Schuß Selbstironie. Er schaute sich nach der verwehenden Rauchwolke um. »Sofern noch eine Universität übrigbleiben wird.«

Sie schüttelte den Kopf und unterdrückte ein Erschauern. Der Himmel, von treibender Asche besudelt, war dämmrig grau geworden. »Schrecklich ist das.«

»Ja, schrecklich. Aber zum Glück scheint niemand ernsthaft verletzt worden zu sein.«

»Tja, tut mir leid, daß unsere Einzelstunde ausfallen muß«, sagte sie und gewann ein bißchen von ihrer lehrerhaften Schärfe wieder. »Ich denke, wir sollten einen neuen Termin ausmachen - ich schau mal auf meinem Pad nach.«

»Brauchen wir einen neuen Termin?« fragte !Xabbu. »Ich habe nichts vor. Es sieht so aus, als ob wir eine ganze Weile nicht wieder in die Universität könnten. Wie wäre es, wenn wir irgendwo anders hingingen - vielleicht in ein Lokal, wo man ein Bier bekommt, meine Kehle ist von dem Rauch ganz trocken - und unser Gespräch dort führten.«

Renie zögerte. Sollte sie einfach den Campus verlassen? Und wenn ihr Chef oder sonst jemand sie brauchte? Sie schaute sich auf der Straße und auf der Haupttreppe um, wo es nach einer Mischung aus Flüchtlingslager und Volksfest auszusehen begann, und zuckte mit den Achseln. Hier würde heute nichts Sinnvolles mehr stattfinden.

»Also gut, gehen wir auf ein Bier.«

> Der Zug nach Pinetown fuhr nicht - irgend jemand war in Durban Outskirt auf die Gleise gesprungen oder gestoßen worden. Renie taten

die Beine weh, und das schweißnasse Hemd klebte ihr am Leib, als sie schließlich den Wohnblock erreichte. Der Aufzug ging auch nicht, aber das war nichts Neues. Sie stapfte die Treppe hoch, ließ ihre Tasche auf den Tisch vor dem Spiegel plumpsen und blieb vor ihrem Spiegelbild stehen. Erst gestern hatte eine Kollegin in der Arbeit ihren kurzen, praktischen Haarschnitt kritisiert: Eine Frau von Renies Größe sollte sich um ein feminineres Aussehen bemühen, hatte sie gemeint. Sie warf einen finsteren Blick auf die Schmutzstreifen auf ihrem langen weißen Hemd. Wann hatte sie schon die Zeit, sich hübsch zu machen? Und überhaupt, wer achtete schon darauf?

»Ich bin's«, rief sie.

Niemand gab Antwort. Sie lugte um die Ecke und sah ihren jüngeren Bruder Stephen auf seinem Stuhl, wie erwartet. Stephens Gesicht verschwand hinter seinem Netzhelm, und er kippelte von einer Seite zur anderen, in jeder Hand einen Squeezer. Was er wohl gerade erlebte? fragte sich Renie, aber fand es dann besser, es nicht zu wissen.

Die Küche war leer, nichts in Sicht, was nach einer fertigen warmen Mahlzeit aussah. Sie fluchte im stillen und hoffte, es lag bloß daran, daß ihr Vater eingeschlafen war.

»Wer is da? Bist du das, Mädel?«

Wut stieg in ihr auf, und sie fluchte abermals. Seine lallende Aussprache verriet, daß ihr Vater für den Nachmittag einen besseren Zeitvertreib gefunden hatte als Kochen. »Ja, ich bin's.«

Nach einem dumpfen Knall und einem Geräusch, das sich anhörte, als würde ein großes Möbelstück über den Boden geschleift, erschien seine hochgewachsene Gestalt leicht schwankend im Türrahmen.

»Was kommst'n so spät?«

»Der Zug ist nicht gefahren. Außerdem hat heute jemand die halbe Hochschule in die Luft gejagt.«

Ihr Vater ließ sich das einen Moment durch den Kopf gehen. »Broderbund. Diese Afrikaanderschweine. Todsicher.« Long Joseph Sulaweyo war einer, der steif und fest an die unauslöschliche Bosheit aller weißen Südafrikaner glaubte.

»Das weiß man noch nicht. Es könnte sonstwer gewesen sein.«

»Suchst du Streit oder was?« Long Joseph versuchte sie mit einem grimmigen Blick aus roten und wäßrigen Augen in Grund und Boden zu starren. Er ist wie ein alter Stier, dachte sie, geschwächt, aber immer noch gefährlich. Sie wurde schon müde, wenn sie ihn nur anschaute.

»Nein, such ich nicht. Ich dachte, du würdest ein einziges Mal was zu Abend machen.«

»Walter war da. Gab viel zu reden.«

Gab viel zu trinken, dachte sie, aber hielt den Mund. So wütend sie war, lohnte es sich doch nicht, schon wieder einen Abend lang herumzuschreien und Geschirr zu zerteppern. »Also bleibt's wieder an mir hängen, stimmt's?«

Schwankend zog er sich wieder in die Dunkelheit seines Zimmers zurück. »Mach doch, was du willst. Ich hab keinen Hunger. Ich will meine Ruhe haben - ein Mann braucht seinen Schlaf.« Die Sprungfedern seines Bettes knarrten, dann war es still.

Renie stand einen Moment da, öffnete und schloß die Fäuste, dann ging sie mit erzwungener Ruhe zur Tür seines Zimmers und zog sie zu, um sich Platz zu verschaffen, freien Raum. Sie schaute nach Stephen, der immer noch im Netz herumwackelte und -zuckte. Wie ein Katatoniker. Sie ließ sich auf einen Stuhl sacken und zündete sich die nächste Zigarette an. Es war wichtig, daß sie die Erinnerung an ihren Vater wachhielt, wie er einmal gewesen war, sagte sie sich, wie er manchmal immer noch war: ein stolzer Mann, ein gütiger Mann. Es gab Leute, in denen die Schwäche, wenn sie einmal zutage getreten war, wie ein Krebsgeschwür wuchs. Mamas Tod bei dem Kaufhausbrand hatte diese Schwäche getroffen und offengelegt. Joseph Sulaweyo schien nicht mehr die Kraft zu haben, gegen das Leben anzukämpfen. Er ließ alles schleifen, koppelte sich langsam, aber sicher von der Welt ab, von ihren Schmerzen und Enttäuschungen.

Ein Mann braucht seinen Schlaf, dachte Renie, und zum zweitenmal an diesem Tag erschauerte sie.

Sie beugte sich hinab und drückte auf *Unterbrechung.* Noch immer gesichtslos in seinem Headset verkrampfte sich Stephen vor Empörung. Als er die insektenartige Visette nicht hochklappte, hielt Renie den Knopf gedrückt.

»Wieso?« quengelte Stephen schon, bevor er überhaupt die Kopfarmatur fertig abgesetzt hatte. »Ich und Soki und Eddie waren fast schon am Gateway zum Inneren Distrikt. So weit waren wir noch nie!«

»Weil ich was für dich gekocht hab und will, daß du es ißt, bevor es kalt wird.«

»Ich schieb's in die Welle, wenn ich fertig bin.«

»Nein, das wirst du nicht. Los, komm, Stephen. In der Uni ist heute eine Bombe explodiert. Es war schrecklich. Ich hätte beim Essen gern deine Gesellschaft.«

Er streckte sich, der Appell an seine Eitelkeit wirkte. »Chizz. Was gibt's?«

»Hühnchen mit Reis.«

Er verzog das Gesicht, aber saß schon und stopfte sich den Mund voll, bevor sie mit einem Glas Bier für sich und einer Limo für ihn aus der Küche zurück war.

»Was is'n hochgegangen?« Er kaute hastig. »Gab's Tote?«

»Gott sei Dank nicht.« Sie versuchte, sich von seinem deutlich enttäuschten Blick nicht deprimieren zu lassen. »Aber es hat den Campanile zerstört - du weißt schon, den Turm mitten auf dem Campus.«

»Megachizz! Wer war's? Zulu Mamba?«

»Man weiß es nicht. Aber mir hat's Angst gemacht.«

»Bei mir in der Schule ist vorige Woche auch 'ne Bombe losgegangen.«

»Was? Davon hast du kein Wort erzählt!«

Er schnitt eine genervte Grimasse und wischte sich das Fett vom Kinn. »Doch nicht so eine. Im SchulNetz. Sabotage. Es hieß, ein paar Typen aus der letzten Klasse hätten sich einen Abgangsjux gemacht.«

»Du redest von einem Systemabsturz im Netz.« Einen Moment lang fragte sie sich, ob Stephen eigentlich der Unterschied zwischen dem Netz und dem wirklichen Leben klar war. *Er ist erst elf*, sagte sie sich. *Was außerhalb seines engen Horizonts passiert, ist noch nicht sehr real.* »Die Bombe, die heute in der TH hochgegangen ist, hätte Hunderte von Menschen töten können. Richtig tot.«

»Ich weiß. Aber bei dem Crash im SchulNetz sind eine Menge Makes und sogar ein paar höhere Constellations draufgegangen, mit Backups und allem. Die kommen auch nie wieder.« Er nahm sich aus der Reisschüssel eine zweite Portion.

Renie seufzte. Makes, Constellations - wenn sie nicht selber eine netzerfahrene Dozentin wäre, würde sie wahrscheinlich nur Bahnhof verstehen, wenn sie sich mit ihrem Bruder unterhielt. »Erzähl mir, was du sonst noch getrieben hast. Hast du mal in dem Buch gelesen, das ich dir geschenkt hab?« Zu seinem Geburtstag hatte sie zu einem recht stolzen Preis Otulus *Der lange Weg zur Freiheit* heruntergeladen, das beste und spannendste Buch über den Kampf Südafrikas für Demokratie im

41 <

späten zwanzigsten Jahrhundert, das sie kannte. Als Zugeständnis an die Vorlieben ihres kleinen Bruders hatte sie die teure interaktive Version mit reichlich historischem Videomaterial und schicken 3D nachgespielten »Live-dabei«-Szenen gekauft.

»Noch nicht. Hab's mir angeschaut. Politik.«

»Es ist mehr als das, Stephen. Es ist dein historisches Erbe – unsere Geschichte.«

Er kaute. »Soki und Eddie und ich wären beinah in den Inneren Distrikt reingekommen. Wir hatten 'nen Passiercode von 'nem Jungen aus der letzten Klasse. Wir waren beinah drin! Voll durch!«

»Stephen, ich will nicht, daß du versuchst, in den Inneren Distrikt zu kommen.«

»Hast du doch auch gemacht, als du so alt warst wie ich.« Sein Grinsen war unverschämt entwaffnend.

»Damals waren die Verhältnisse anders – heutzutage kannst du verhaftet werden und dir eine hohe Strafe einhandeln. Im Ernst, Bruderherz. Tu's nicht!« Doch sie wußte, daß die Warnung sinnlos war. Genauso gut konnte man Kindern verbieten, auf Bäume zu klettern. Stephen plapperte bereits munter weiter, als ob sie gar nichts gesagt hätte. Sie seufzte. Am Grad der Erregung konnte sie erkennen, daß ihr ein dreiviertelstündiger Vortrag, gespickt mit obskurem Junior-Netboy-Jargon, bevorstand.

»... echt megachizz späcig. Drei Bullenboxen ham wir ausgetrickst. Aber wir ham nichts Verbotenes gemacht«, setzte er hastig hinzu. »Nur'n bißchen angezapft und rumgespitzelt. Aber es war total abgezoomt! Wir haben einen getroffen, der in Mister J's drin war!«

»Mister J's?« Bei dem Wort kam sie zum erstenmal nicht mehr mit.

Stephens Blick veränderte sich plötzlich, Renie meinte, ein unsicheres Flackern in seinen Augen zu bemerken. »Och, bloß so'n Schuppen. Sowas wie'n Club.«

»Was für ein Club? Ein Vergnügungslokal? Mit Shows und solchem Zeug?«

»Genau. Shows und so Zeug.« Er spielte einen Augenblick mit seinem Hühnerknochen. »Bloß so'n Schuppen.«

Es bummerte an die Wand.

»Renie! Bring mir ein Glas Wasser.« Long Josephs Stimme klang schwer und benommen. Renie verzog das Gesicht, aber ging zum Waschbecken. Bis auf weiteres brauchte Stephen so etwas wie ein normales

Familienleben, aber wenn er erst einmal aus dem Haus war, würde es hier anders langgehen.

Als sie zurückkam, schlang Stephen gerade den letzten Rest seines dritten Tellers hinunter, aber an seinem zappelnden Bein und seiner halb erhobenen Sitzhaltung sah sie, daß er es kaum erwarten konnte, wieder ins Netz zu kommen.

»Nicht so eilig, junger Krieger. Wir sind kaum dazu gekommen, uns zu unterhalten.«

Jetzt zuckte beinahe etwas wie Panik über sein Gesicht, und Renie spürte, wie sich ihr der Magen zusammenkrampfte. Er verbrachte eindeutig zu viel Zeit an der Strippe, wenn er derart süchtig danach war. Sie nahm sich vor, dafür zu sorgen, daß er auch mal vor die Tür kam. Wenn sie ihn am Samstag in den Park mitnahm, konnte sie verhindern, daß er einfach zu einem Freund ging, sich einstöpselte und dann den ganzen Tag am Boden herumflezte wie ein Weichtier.

»Na schön, erzähl mir mehr über die Bombe«, sagte Stephen plötzlich. »Erzähl mir alles darüber.«

Sie erzählte, und er hörte aufmerksam zu und stellte Fragen. Er wirkte so interessiert, daß sie ihm auch von dem ersten Treffen mit ihrem Studenten !Xabbu erzählte, wie klein und höflich er gewesen war, wie komisch und altmodisch angezogen.

»Voriges Jahr hatten wir einen Jungen wie ihn in der Schule«, sagte Stephen. »Aber er wurde krank und mußte abgehen.«

Renie mußte daran denken, wie !Xabbu ihr beim Abschied gewunken hatte, an seinen schlanken Arm und sein liebes, fast trauriges Gesicht. Würde auch er krank werden, körperlich oder seelisch? Er hatte gesagt, daß nur wenige von seinen Leuten das Leben in der Stadt gut vertrugen. Hoffentlich war er eine Ausnahme, dachte sie - sein stiller Humor hatte ihr gut gefallen.

Stephen stand auf und räumte unaufgefordert ab, dann stöpselte er sich wieder ein, aber zu ihrer Überraschung ging er in *Der lange Weg zur Freiheit*, wobei er hin und wieder unterbrach, um ihr Fragen dazu zu stellen. Nachdem er schließlich auf sein Zimmer verschwunden war, las Renie anderthalb Stunden lang Semesterarbeiten und ging dann in die Nachrichtenbank. Sie guckte Berichte über diverse weit entfernte Probleme - über Quarantänemaßnahmen in Zentralafrika wegen einer neuen Abart des Bukavu-Virus, einen Tsunami in den Philippinen, UN-Sanktionen gegen den Freistaat Rotes Meer und eine Gruppenklage gegen einen Kinderbetreuungsdienst in Johannesburg - und dann noch die Lokalnachrichten, die jede Menge Bildmaterial über die Bombe im College brachten. Es war merkwürdig, im Netz zu sein und sich im Stereobild von 360 Grad dasselbe anzuschauen, was sie an dem Vormittag schon einmal in echt gesehen hatte. Es war schwer zu sagen, welche Erfahrung realer wirkte. Und überhaupt, was hieß heutzutage denn schon »real«?

Die Kopfarmatur wurde ihr zu eng und drückend, deshalb setzte sie sie ab und schaute sich die übrigen Nachrichten, die sie noch sehen wollte, auf dem Wandbildschirm an. Bei voller Immersion hatte sie ohnehin immer das Gefühl, noch in der Arbeit zu sein.

Erst als sie allen für den nächsten Tag etwas zu Mittag gemacht, dann den Wecker gestellt und sich ins Bett gelegt hatte, kam das Gefühl, das schon den ganzen Abend an ihr genagt hatte, endlich an die Oberfläche: Stephen hatte sie irgendwie an der Nase herumgeführt. Sie hatten über etwas geredet, und er hatte das Thema gewechselt, und sie waren nicht mehr darauf zurückgekommen. Sein anschließendes Verhalten war ziemlich verdächtig gewesen und ließ darauf schließen, daß er etwas verheimlichte.

Sie konnte sich beim besten Willen nicht mehr erinnern, worüber sie geredet hatten - über irgendwelche Netboytricksereien wahrscheinlich. Sie nahm sich vor, ihn noch einmal darauf anzusprechen.

Aber es gab so viel zu tun, so furchtbar viel zu tun. Und nie genug Stunden am Tag.

Das ist es, was ich brauche. Der nahende Schlaf benebelte sie; sogar ihre Gedanken fühlten sich schwer an, wie eine Last, die sie nur zu gern abwerfen würde. *Ich brauche nicht noch mehr Netz, noch mehr realistische Immersion, noch mehr Bilder und Töne. Ich brauche einfach mehr Zeit.*

> »Jetzt habe ich es gesehen.« !Xabbu betrachtete die weit weg erscheinenden weißen Wände der Simulation. »Aber ich verstehe es immer noch nicht richtig. Du sagst, dieser Ort ist *nicht* real?«

Sie wandte sich ihm voll zu. Obwohl ihr Äußeres nur andeutungsweise menschlich war, beruhigte es Anfänger, wenn so viele Formen normaler Interaktion wie möglich erhalten blieben. !Xabbu war in dieser Anfängersimulation eine graue menschenartige Figur mit einem roten X auf der Brust. Obwohl das X ein normaler Bestandteil des Simuloiden war, hatte Renie auf ihre Figur ein entsprechendes knallrotes R geschrieben - auch dies, um die Umstellung zu erleichtern.

»Ich möchte nicht unhöflich sein«, sagte sie vorsichtig, »aber ich bin es wirklich nicht gewohnt, Sitzungen dieser Art mit einem Erwachsenen durchzuführen. Sei bitte nicht beleidigt, wenn ich etwas erkläre, was dir ganz selbstverständlich vorkommt.«

!Xabbus Simuloid hatte kein Gesicht, somit auch keinen Gesichtsausdruck, aber seine Stimme war unbefangen. »Ich bin nicht leicht zu beleidigen. Und ich weiß, daß ich ein merkwürdiger Fall bin, aber im Okawangobecken gibt es keinen Netzanschluß. Bitte bringe mir alles bei, was du einem Kind beibringen würdest.«

Wieder fragte sich Renie, was !Xabbu ihr wohl verschwieg. In den letzten paar Wochen war deutlich geworden, daß er über ungewöhnliche Verbindungen verfügte - niemand sonst an der Technischen Hochschule hätte ohne Vorkenntnisse einen Platz im Networkerkurs für Fortgeschrittene bekommen. Es war, als wollte man jemanden, der das ABC lernen sollte, in ein Literaturseminar an der Universität Johannesburg schicken. Aber er war gescheit, sehr gescheit: Bei seiner kleinen Statur und seiner förmlichen Art war man wirklich versucht, ihn für ein Wunderkind oder eine Art Naturgenie zu halten.

Andererseits, dachte sie, *wie lange würde ich nackt und unbewaffnet in der Kalahari überleben? Nicht allzu lange.* Zum Leben in der Welt gehörte immer noch mehr als Netzerfahrung.

»Also gut. Das Basiswissen über Computer und Datenverarbeitung hast du. Wenn du nun fragst: ›Ist dieser Ort real?‹ wirfst du damit ein sehr schwieriges Problem auf. Ein Apfel ist real, stimmt's? Aber das *Bild* eines Apfels ist kein Apfel. Es sieht aus wie ein Apfel, es erinnert dich an Äpfel, du kannst sogar beschließen, daß ein abgebildeter Apfel wahrscheinlich besser schmeckt als ein anderer - aber wirklich schmecken kannst du keinen von beiden. Du kannst kein Bild essen - oder wenigstens wäre es etwas anderes, als einen realen Apfel zu essen. Es ist nur ein Symbol für etwas Reales, egal, wie realistisch es aussieht. Verstanden?«

!Xabbu lachte. »So weit verstehe ich dich.«

»Der Unterschied nun zwischen etwas Vorgestelltem - einem Begriff - und einem realen Ding war früher eine ziemlich fraglose Sache. Auch das realistischste Bild eines Hauses war nur ein Bild. Man konnte sich *vorstellen,* wie es wäre, hineinzugehen, aber man konnte nicht wirklich hinein, einfach weil es die Erfahrung, in ein reales Haus zu gehen, mit allem was dazugehört, nicht vollständig reproduzierte. Aber wenn man nun etwas herstellen *kann*, das sich wie ein reales Ding anfühlt, so schmeckt, so riecht, aber nicht das Ding ist, eigentlich gar kein ›Ding‹ ist, sondern nur das Symbol eines Dings, wie ein Bild - was ist dann?«

»Es gibt Stellen in der Kalahari«, sagte !Xabbu langsam, »wo man Wasser sieht, einen Tümpel mit frischem Wasser. Aber wenn man hingeht, ist es weg.«

»Ein Trugbild.« Renie wedelte kurz mit der Hand, und am anderen Ende der Simulation erschien ein Wassertümpel.

»Ein Trugbild«, stimmte !Xabbu zu. Er schien ihr Bildbeispiel zu ignorieren. »Aber wenn man es anfassen könnte, und es wäre naß, wenn man es trinken könnte, und es stillte den Durst - *wäre* es dann nicht Wasser? Es ist schwer, sich etwas vorzustellen, was zugleich real und nicht real ist.«

Renie führte ihn über den kahlen weißen Boden der Simulation zu dem Tümpel, den sie herbeigezaubert hatte. »Schau dorthin. Siehst du die Reflexionen? Jetzt schau, was ich mache.« Sie kniete sich hin und schöpfte mit ihren Simuloidenhänden Wasser. Es floß zwischen ihren Fingern hindurch und rieselte in den Tümpel. Ringförmige Kräuselwellen überschnitten sich mehrfach. »Dies ist eine sehr einfache Anlage - das heißt, deine Interfaceteile, die Brille und die Sensoren, die du gerade angelegt hast, sind nicht gerade auf dem neuesten Stand. Aber selbst mit dem, was wir haben, sieht das doch wie Wasser aus, oder? Bewegt sich wie Wasser?«

!Xabbu bückte sich und strich mit seinen grauen Fingern durch den Tümpel. »Es fließt etwas seltsam.«

Renie winkte ab. »Mit mehr Geld und Zeit kriegt man es realistischer. Es gibt Simulationsapparaturen, die so gut sind, daß dies hier sich nicht nur genau wie wirkliches Wasser bewegen würde, sondern daß du es auch kalt und naß auf der Haut fühlen würdest. Und dann gibt es ›Cans‹ - neurokanulare Implantate -, an die du und ich nie herankommen werden, es sei denn, wir arbeiten irgendwann einmal für die staatlichen Spitzenlabors. Damit kannst du dir computersimulierte Empfindungen direkt ins Nervensystem einspeisen. Wenn du eine von denen hättest, dann *könntest* du dieses Wasser trinken, und es würde sich genauso anfühlen und genauso schmecken wie echtes.«

»Aber es würde nicht meinen Durst löschen, nicht wahr? Ohne echtes Wasser zu trinken, würde ich sterben.« Er klang nicht besorgt, nur interessiert.

»Allerdings. Daran sollte man immer denken. Vor ein oder zwei Jahrzehnten gab es alle paar Wochen Meldungen darüber, daß wieder ein Netboy oder ein Netgirl gestorben war - sie hatten sich zu lange unter simulierten Bedingungen aufgehalten und dabei völlig vergessen, daß sie richtiges Essen und richtiges Wasser brauchten. Von Kleinigkeiten wie Druckstellen ganz zu schweigen. Sowas kommt heute nicht mehr oft vor - zu viele Schutzvorrichtungen bei den kommerziellen Produkten, zu viele Restriktionen und Alarmauslöser beim Netzzugang an Universitäten und in Unternehmen.«

Renie winkte, und das Wasser verschwand. Sie winkte abermals, und ein Wald aus immergrünen Bäumen füllte plötzlich den leeren Raum um sie herum, hoch aufragende Säulen mit rötlicher rissiger Rinde und diffusen dunkelgrünen Laubmassen hoch oben. !Xabbus scharfes Einatmen verschaffte ihr eine kindliche Befriedigung. »Es ist nur eine Frage von Eingabe und Ausgabe«, sagte sie. »Genau wie früher jemand vor einem flachen Bildschirm saß und Befehle über ein Keyboard eingab, so bewegen wir heute auf bestimmte Weise die Hände und zaubern. Aber es ist nicht gezaubert. Es ist bloß eine Eingabe, mit der man dem Rechenteil der Anlage sagt, was er tun soll. Und statt daß das Ergebnis vor uns auf einem Bildschirm erscheint, erhalten wir die Ausgabe in Form von stereoskopischen Visualisierungen«, sie deutete auf die Bäume, »Geräuschen«, sie machte wieder eine Geste, und leises Vogelgezwitscher erfüllte den Wald, »und was wir sonst noch wollen. Was geht und was nicht geht, richtet sich allein nach der Leistungsfähigkeit der Prozessoren und der Interfaceteile.«

Renie rundete das Bild noch ein wenig ab, indem sie über das vielverästelte Gezweig eine Sonne an den Himmel setzte und den Waldboden mit Gras und kleinen weißen Blumen bedeckte. Als sie fertig war, breitete sie mit leichter Theatralik die Hände aus. »Siehst du, man braucht nicht mal die ganze Arbeit selbst zu machen - die Maschinen sorgen dafür, daß die Details stimmen, Winkel und Schattenlängen und so. Diese Sachen sind einfach. Die Grundlagen hast du schon gelernt - in wenigen Wochen wirst du sowas selber machen.«

»Als ich das erste Mal meinem Großvater zusah, wie er einen Fischspeer machte«, sagte !Xabbu langsam, »dachte ich auch, es sei gezaubert. Seine Finger bewegten sich so schnell, daß ich nicht erkennen konnte, was sie machten. Sie hackten hier, drehten dort, zwirbelten die Schnur - und auf einmal war der Speer fertig!«

»Genau. Der einzige Unterschied ist, daß, wenn du unter *diesen* Bedingungen hier die besten Fischspeere machen willst, du jemanden finden mußt, der das bezahlt. Eine VR-Ausstattung fängt mit dem einfachen Zeug an, das jeder zuhause hat - jeder außerhalb des Okawangobeckens, heißt das -« Sie wünschte, er könnte sie lächeln sehen; sie hatte die Bemerkung nicht böse gemeint. »Aber um an die Spitzenprodukte ranzukommen, mußt du eine Diamantenmine oder zwei besitzen. Oder ein kleines Land. Doch selbst an einer Provinzuni wie dieser mit ihrem alten Klapperkram kann ich dir eine Menge zeigen.«

»Du hast mir bereits eine Menge gezeigt, Frau Sulaweyo. Könnten wir jetzt etwas anderes machen? Dürfte ich etwas machen?«

»In VR-Environments etwas zu erschaffen ...« Sie stockte und überlegte, wie sie es erklären sollte. »Ich kann dir zeigen, wie du etwas tun, wie du Sachen machen kannst, aber in Wirklichkeit wärst du nicht der gestaltende Teil. Nicht auf diesem Niveau. Du würdest lediglich ein paar extrem leistungsfähigen Programmen sagen, was du haben willst, und die würden es dir geben. Das kann man machen, aber zuerst solltest du dir die Basistechniken aneignen. Das wäre so, als ob dein Großvater die ganze Arbeit an dem Speer gemacht hätte und dir jetzt den letzten Handgriff überließe. Du hättest den Speer nicht gemacht, und du hättest auch nicht gelernt, wie du selber einen machen kannst.«

»Du willst damit sagen, daß ich zuerst das richtige Holz finden muß, lernen muß, wie man die Speerspitze erkennt und formt, wo man den ersten Hieb ansetzt.« Er breitete seine Simuloidenarme auf drollige Weise aus. »Ja?«

Sie lachte. »Ja. Aber wenn du mir versprichst, nicht zu vergessen, daß noch eine Menge weniger spektakulärer Arbeit zu tun ist, bevor derartige Sachen etwas bringen, will ich dir zeigen, wie du etwas machen kannst.«

Unter Renies geduldiger Anleitung studierte !Xabbu die Handbewegungen und Körperhaltungen ein, mit denen man den Mikroprozessoren Befehle gab. Er lernte rasch, und sie fühlte sich abermals an die Art und Weise erinnert, wie Kinder das Netz erlernten. Wenn man Erwachsenen eine neue Aufgabe stellte, versuchten die meisten, sie logisch zu durchdringen, und gerieten dabei häufig in Sackgassen, wenn ihre Denkmodelle den neuen Umständen nicht entsprachen. Aber trotz seiner offensichtlichen Intelligenz ging !Xabbu die VR viel intuitiver an.

Statt sich etwas Bestimmtes vorzunehmen und dann mit Gewalt zu versuchen, daß die Anlage seine Vorstellungen umsetzte, ließ er sich von den Mikroprozessoren und der Software zeigen, was sie konnten, und verfolgte dann die Richtungen weiter, die ihn interessierten.

Während sie zusahen, wie seine ersten Ansätze, Formen und Farben zu steuern, wie aus dem Nichts erschienen und wieder verschwanden, fragte er sie: »Aber wozu diese ganzen Mühen und Kosten, um die Realität zu ... fingieren - ist das das richtige Wort? Warum wollen wir die Realität überhaupt fingieren?«

Renie zögerte. »Na ja, indem wir lernen, die Realität zu ... fingieren, können wir Sachen machen, die es nur in unserer Phantasie geben kann, wie Künstler es von jeher getan haben, oder anschaulich vorführen, was wir gern herstellen würden, wie Architekten es tun, wenn sie einen Bauplan zeichnen. Aber wir können uns auch ein Environment schaffen, in dem sich bequemer arbeiten läßt. Genau wie dieses Programm eine Geste nimmt«, sie schwenkte einen Arm, und ein weißes Wölkchen erschien über ihnen am Himmel, »und eine Wolke macht, kann es die gleiche Geste nehmen und eine große Datenmenge von einem Ort an einen andern transportieren oder andere Daten ausfindig machen. Statt krumm und bucklig vor einem Keyboard oder einem Touchscreen zu hängen wie früher, können wir sitzen oder stehen oder liegen, deuten oder winken oder sprechen. Die Geräte zu benutzen, auf die wir im Leben angewiesen sind, kann so leicht sein wie ...« Sie suchte nach einem passenden Vergleich.

»Wie einen Fischspeer zu machen.« Seine Stimme hatte einen seltsamen Unterton. »Damit wären wir, scheint es, wieder am Ausgangspunkt angelangt. Erst komplizieren wir unser Leben mit Maschinen, und dann setzen wir alles daran, es so einfach zu machen wie vorher, als wir noch keine hatten. Haben wir damit irgend etwas gewonnen, Frau Sulaweyo?«

Renie fühlte sich irgendwie angegriffen. »Unsere Fähigkeiten sind größer - wir verfügen über mehr Möglichkeiten ...«

»Können wir mit den Göttern reden und ihre Stimmen deutlicher hören? Oder sind wir jetzt, mit all diesen Fähigkeiten, *selber* Götter geworden?«

!Xabbus veränderter Ton hatte sie überrumpelt. Während sie noch krampfhaft nach einer einleuchtenden Antwort suchte, sprach er abermals.

»Schau mal, Frau Sulaweyo. Was hältst du davon?«

Ein kleines und etwas scharfkantiges Blümchen war aus dem simulierten Waldboden gesprossen. Es glich keiner Blume, die Renie kannte, aber es hatte eine Intensität, die sie bestechend fand; es glich fast mehr einem Kunstwerk als einem Versuch, eine echte Pflanze zu imitieren. Seine samtigen Blütenblätter waren blutrot.

»Das ... das ist fürs erste Mal sehr gut, !Xabbu.«

»Du bist eine sehr gute Lehrerin.«

Er schnippte mit seinen plumpen grauen Fingern, und die Blume verschwand.

> Sie drehte sich um und streckte die Hand aus. Ein Regal voller Bücher sprang vor, damit sie die Titel lesen konnte.

»Mist«, flüsterte sie. »Wieder nichts. Ich komme einfach nicht auf den Namen. *Suche alles mit ›räumliche Gestaltung‹ oder ›räumliche Darstellung‹ und ›Kind‹ oder ›Jugend‹ im Titel.*«

Drei Bände erschienen und blieben vor den Mediatheksregalen im Raum stehen.

»*Analyse der räumlichen Darstellungsfähigkeit im Jugendalter*«, las sie. »Sehr schön. *Liste mir nach Häufigkeit geordnet die Fälle von ...*«

»Renie!«

Auf den Ruf der körperlosen Stimme ihres Bruders hin wirbelte sie herum, genau wie sie es in der wirklichen Welt getan hätte. »Stephen? Wo bist du?«

»Bei Eddie. Aber wir ... haben ein Problem.« Er hörte sich ängstlich an. Renie fühlte, wie ihr Puls schneller schlug. »Was für ein Problem? Irgendwas dort im Haus? Hast du Ärger mit jemand?«

»Nein. Nicht hier im Haus.« Er klang so elend, als ob ihn ältere Jungs auf dem Heimweg von der Schule in den Kanal geworfen hätten. »Wir sind im Netz. Kannst du kommen und uns helfen?«

»Stephen, was ist los? Sag schon!«

»Wir sind im Inneren Distrikt. Komm schnell!« Der Kontakt war weg.

Renie preßte zweimal ihre Fingerspitzen zusammen, und ihre Mediathek verschwand. Während ihre Anlage keine Daten zu kauen hatte, hing sie einen Moment lang im blanken grauen Netspace. Mit einer raschen Handbewegung holte sie sich ihr Hauptmenü herbei und versuchte, direkt zum augenblicklichen Aufenthalt ihres Bruders zu springen, aber eine Anzeige »Kein Zugang« hinderte sie daran. Er war also wirklich im Inneren Distrikt, und dazu in einer Zone nur für zahlende Kunden. Kein Wunder, daß er den Kontakt nicht lange gehalten hatte. Er belastete das Konto von jemand anders - wahrscheinlich von seiner Schule - mit Anschlußgebühren, und jede große Benutzergruppe hielt genau nach solchen Verlusten die Augen offen.

»Zum Teufel mit dem Bengel!« Erwartete er vielleicht, daß sie sich in ein großes kommerzielles System hineinhäckte? Darauf standen Strafen, in manchen Fällen sogar Haftstrafen wegen unbefugten Eindringens. Ganz zu schweigen davon, wie die Technische Hochschule reagieren würde, wenn eine ihrer Dozentinnen bei einem derartigen Dummemädchenstreich erwischt wurde. Aber er hatte sich so verängstigt angehört ...

»Zum Teufel!« sagte sie noch einmal, seufzte und machte sich daran, sich eine Tarnidentität zu basteln.

Jeder, der den Inneren Distrikt betreten wollte, brauchte dazu einen Simuloiden: Die Elite des Netzes wollte keine unsichtbaren Gaffer zu befürchten haben. Renie wäre am liebsten im äußersten Minimum aufgetreten - einem gesichts- und geschlechtslosen Ding ähnlich einem Fußgänger auf einem Verkehrsschild -, aber ein primitiver Sim zeugte von Armut, und mit nichts machte man sich am Gateway zum Inneren Distrikt schneller verdächtig. Sie entschied sich schließlich für einen androgynen Dienst-Sim, der hoffentlich gerade genug Mienenspiel und Körpersprache zuließ, um sie als Botengänger irgendeines reichen Netzmagnaten erscheinen zu lassen. Die Kosten müßten, durch mehrere Buchungsvorgänge gefiltert, unter den Betriebsausgaben der Hochschule in einem Nebenposten auftauchen; wenn sie schnell genug drinnen und wieder draußen war, durfte der Betrag eigentlich niemandem auffallen.

Dennoch war ihr das Risiko zuwider, und die Unredlichkeit noch mehr. Wenn sie Stephen gefunden und dort aus der Patsche gezogen hatte, würde sie ihm gründlich den Kopf waschen.

Aber er hatte sich so verängstigt angehört ...

Das Gateway zum Inneren Distrikt war ein leuchtendes Rechteck am Fuß einer Fläche, die eine kilometerhohe Mauer aus weißem Granit zu sein schien, taghell erleuchtet, obwohl an der Kuppel des simulierten schwarzen Himmels nirgends eine sichtbare Sonne schien. Ein Getümmel von Figuren wartete darauf, datenverarbeitet zu werden, einige davon mit wilden Körperformen und knalligen Farben - es gab einen besonderen Typ von Gaffern, die am Zugang herumstanden, obwohl sie nicht auf Einlaß hoffen konnten, so als wäre der Innere Distrikt ein Club, der plötzlich beschließen könnte, daß die Kundschaft an dem Abend etwas bunter werden müßte -, aber die meisten waren so funktional bekörpert wie Renie, und alle hielten sich an ungefähr menschliche Maße. Es war ein Witz, daß dort, wo die Konzentration von Reichtum und Macht im Netz am größten war, die Geschwindigkeit wieder so langsam wurde wie der schleppende Gang der Dinge in der wirklichen Welt. In ihrer Mediathek oder im Informationsnetz der TH konnte sie mit einer einzigen Geste an jeden Ort springen, an den sie wollte, oder sich genauso rasch alles basteln, was sie brauchte, aber der Innere Distrikt und andere Zentren der Macht zwangen Benutzer in Sims und behandelten die Sims dann genau wie richtige Leute: trieben sie in virtuelle Büros und Kontrollstellen und ließen sie elend lange warten, während ihre Anschlußgebühren stetig stiegen.

Wenn die Politiker je eine Möglichkeit finden, das Licht zu besteuern, dachte sie mürrisch, *werden sie wahrscheinlich auch Wartezimmer für die Prüfung von Sonnenstrahlen einrichten.* Sie stellte sich hinter einem gebückten grauen Etwas in die Schlange, einem Sim der untersten Kategorie, dessen hängende Schultern bereits die Erwartung der Abweisung erkennen ließen.

Nach einer unerträglich lange erscheinenden Wartezeit wurde der Sim vor ihr erwartungsgemäß abgewiesen, und sie stand zu guter Letzt einem Funktionär gegenüber, der so sehr nach einer Witzfigur aussah, daß sie es kaum glauben konnte. Er war klein und hatte ein Nagetiergesicht mit einer altmodischen Brille auf der Nasenspitze, über die zwei kleine, mißtrauische Augen spähten. Bestimmt war er ein Replikant, dachte sie, ein Programm mit dem Aussehen eines Menschen. Kein Mensch konnte dermaßen wie ein mieser, kleiner Bürokrat aussehen oder würde, wenn doch, sein Aussehen im Netz beibehalten, wo man sich gestalten konnte, wie man wollte.

»Anliegen im Inneren Distrikt?« Sogar seine Stimme klang gepreßt wie ein Kazoo, als ob sie durch etwas anderes käme als die normale Mundöffnung.

»Sendung an Johanna Bundazi.« Die Rektorin der Technischen Hochschule unterhielt, wie Renie wußte, einen kleinen Netzknoten im Inneren Distrikt.

Der Funktionär blickte sie eine ganze Weile feindselig an. Irgendwo rechneten Rechner. »Frau Bundazi ist zur Zeit nicht anwesend.«
»Ich weiß.« Sie wußte es wirklich - sie hatte sich das genau zurechtgelegt. »Ich soll etwas persönlich an ihren Knoten zustellen.«
»Warum? Sie ist nicht hier. Es wäre sicher sinnvoller, es an den Knoten zu senden, auf den sie gerade zugreift.« Abermals eine kurze Pause. »Sie ist im Augenblick an keinem Knoten erreichbar.«
Renie bemühte sich, ruhig zu bleiben. Das *mußte* ein Replikant sein - die Simulation bürokratischer Engstirnigkeit war zu perfekt. »Ich weiß nur, daß ich gebeten wurde, es an ihren Knoten im Inneren Distrikt zuzustellen. Warum sie unbedingt möchte, daß es direkt hinaufgeladen wird, ist ihre Sache. Sofern du keine gegenteiligen Anweisungen hast, laß mich meinen Auftrag erledigen.«
»Warum besteht die Senderin auf persönlicher Zustellung, wenn sie gar nicht dort anwesend ist?«
»Ich weiß es nicht! Und du mußt es auch nicht wissen. Soll ich unverrichteter Dinge abziehen, und du sagst Frau Bundazi, daß du ihr eine Sendung verweigert hast?«

Der Funktionär kniff die Augen zusammen, als forschte er in einem richtigen Menschengesicht nach Anzeichen von Falschheit oder bösen Absichten. Renie war froh, daß die Simmaske sie abschirmte. *Na los, du blöder Korinthenkacker, versuch doch, mich zu durchleuchten!*

»Na gut«, sagte er schließlich. »Du hast zwanzig Minuten Zeit.« Das, wußte Renie, war die absolute Mindestzugangszeit und somit eine ausgesprochene Unfreundlichkeit.

»Was ist, wenn weitere Anweisungen da sind? Was ist, wenn sie eine Mitteilung in dieser Sache zurückgelassen hat und ich noch etwas an jemand anders im Distrikt zustellen muß?« Renie wünschte sich plötzlich, dies wäre ein Spiel und sie könnte eine Laserpistole zücken und den Rep zu Klump schießen.

»Zwanzig Minuten.« Er erhob eine kurzfingrige Hand, um weitere Einwände abzuwürgen. »Neunzehn Minuten und ... sechsundfünfzig Sekunden genau. Die Zeit läuft. Wenn du mehr brauchst, mußt du wieder vorsprechen.«

Schon im Weggehen begriffen, drehte sie sich noch einmal zu dem Mann mit dem Rattengesicht um, was den nächsten Antragsteller, der endlich das Heilige Land erreicht hatte, zu einem protestierenden Aufstöhnen veranlaßte. »Bist du ein Replikant?« wollte Renie wissen. Ein paar andere in der Schlange tuschelten überrascht. Es war eine sehr unhöfliche Frage, aber das Gesetz verlangte, daß sie beantwortet wurde. Der Funktionär warf sich empört in die Brust. »Ich bin ein Bürger. Willst du meine Nummer wissen?«

Herr im Himmel. Er war tatsächlich ein richtiger Mensch. »Nein«, sagte sie. »Pure Neugier.«

Sie verfluchte sich für ihre Hitzköpfigkeit, aber eine Frau konnte sich schließlich nicht alles bieten lassen.

Im Unterschied zu der sorgfältigen Nachahmung des wirklichen Lebens überall sonst im Inneren Distrikt wurde einem kein Durchgang durch das Tor vorgespiegelt: Kaum war ihr Einlaß bestätigt, wurde Renie einfach auf die Gateway Plaza befördert, eine riesige und deprimierend neofaschistische Masse simulierter Steine, ein gepflasterter Platz von der scheinbaren Größe eines kleinen Landes, umgeben von turmhohen Bögen und speichenförmig abgehenden Straßen, die sich in trügerischer Geradheit in der Ferne verliefen. Das Ganze war natürlich eine Illusion. Ein kurzer Spaziergang auf einer der Straßen brachte einen zwar immer irgendwo hin, aber nicht unbedingt an einen Ort, den man von der Plaza aus sehen konnte, und auch nicht unbedingt auf einer breiten, geraden Hauptstraße oder überhaupt auf einer Straße.

Trotz ihrer ungeheuren Größe ging es auf der Plaza drängeliger und lauter zu als im Wartebereich vor dem Gateway. Die Leute hier waren *drinnen*, und sei es nur kurzzeitig, und das verlieh ihren Bewegungen eine gewisse Bestimmtheit und Selbstgefälligkeit. Und wenn sie überhaupt die Muße hatten, das wirkliche Leben so weitgehend zu imitieren, daß sie über die Plaza schlendern konnten, dann hatten sie wahrscheinlich allen Grund, selbstgefällig zu sein: Den Zutrittsberechtigten der untersten Stufe wie Renie räumte man gar nicht erst die Zeit ein, etwas anderes zu tun, als unverzüglich zu ihrem Bestimmungsort und zurück zu eilen.

Es war ein Ort, der zum Verweilen einlud. Die eigentlichen Bewohner des Inneren Distrikts, die Leute, die das Geld und die Macht hatten, in diesem Elitesektor des Netzes ihren eigenen privaten Raum zu beanspruchen, unterlagen in der Gestaltung ihrer Sims nicht denselben Beschränkungen wie Besucher. In der Ferne erblickte Renie zwei nackte Männer mit unglaublichen Muskelpaketen, die zudem beide knallrot und zehn Meter groß waren. Was *die* wohl dafür berappen mußten, fragte sie sich, allein an Steuern und Anschlußgebühren – denn es war viel

kostspieliger, einen aus dem Rahmen fallenden Körper durch die Simulationen spazieren zu führen.
Neureiche, entschied sie.

Bei den wenigen anderen Gelegenheiten, zu denen sie in den Inneren Distrikt hineingekommen war - meistens auf dem Häckerweg als studentisches Netgirl, aber zweimal auch als rechtmäßiger Gast von jemand anders -, hatte sie sich mit Wonne einfach alles angeschaut. Der Innere Distrikt war ja auch einzigartig: die erste wirkliche Weltstadt, deren Einwohnerschaft (auch wenn sie simuliert war) aus den etwa zehn Millionen einflußreichsten Bürgern des Planeten Erde bestand ... oder wenigstens glaubte das die Klientel des Distrikts, und sie gab sich große Mühe, diesem Anspruch gerecht zu werden.

Die Dinge, die sie sich schufen, waren großartig. An einem Ort ohne Schwerkraft oder auch nur die Notwendigkeit normaler geometrischer Formen und mit überaus flexiblen Zonenaufteilungen in den Privatsektoren hatte das menschliche schöpferische Genie die spektakulärsten Blüten getrieben. Konstruktionen, die in der wirklichen Welt Gebäude und damit irdischen Gesetzmäßigkeiten unterworfen gewesen wären, brauchten hier auf solche irrelevanten Gesichtspunkte wie oben und unten und das Verhältnis von Größe zu Gewicht keine Rücksicht nehmen. Sie mußten nur als Netzknoten dienen, und deshalb konnte es sein, daß die abenteuerlichsten Kunststücke des Computerdesigns, wild und bunt wie Dschungelblüten, über Nacht aus dem Boden sprossen und genauso schnell wieder verschwanden. Selbst jetzt hielt sie einen Moment an, um einen unmöglich dünnen, durchsichtigen grünen Wolkenkratzer zu bewundern, der hinter den Bögen hoch in den Himmel stach. Sie fand ihn wunderschön und ungewöhnlich maßvoll, eine Stricknadel aus feinster Jade.

Wenn die Dinge, die sich diese Bewohner des innersten Kreises der Menschheit schufen, spektakulär waren, so waren die Dinge, die sie aus sich selbst machten, das nicht minder. An einem Ort, dessen einzige absolute Bedingung war, daß man existierte, und wo nur die Finanzen, der Geschmack und der normale Anstand der Phantasie Grenzen setzten (und manche Stammkunden im Distrikt waren notorisch gut mit Nummer eins und schlecht mit den beiden anderen ausgestattet), gaben allein schon die Passanten, die auf den Hauptverkehrsadern herumflanierten, ein endloses und endlos abwechslungsreiches Schauspiel ab. Von den Extremen der aktuellen Mode (langgezogene Köpfe und Gliedmaßen schienen im Moment in zu sein) bis zur Nachbildung realer Dinge und Personen (auf ihrem ersten Ausflug in den Distrikt hatte Renie drei verschiedene Hitler gesehen, einer davon in einem Ballkleid aus blauen Orchideen) und noch weiter bis in die Sphären des Designs, wo die Ausstattung mit einem Körper nur einen Ausgangspunkt darstellte, war der Distrikt eine einzige Nonstop-Parade. In der Anfangszeit hatten Touristen, die sich den Zugang als Teil ihres Urlaubspakets erkauft hatten, oft stundenlang gaffend in Straßencafés gesessen, bis es ihnen wie den allerjüngsten Netboys ging und ihre wirklichen fleischlichen Körper vor Hunger und Durst umfielen und ihre Simulationen erstarrten oder ausgingen. Der Grund war leicht zu verstehen. Es gab immer *noch* etwas zu sehen, immer erschien schon die nächste phantastische Kuriosität in der Ferne.

Aber heute war sie nur zu einem einzigen Zweck hier: um Stephen zu finden. Dabei belastete sie das Konto der TH mit Gebühren, und sie hatte sich jetzt den Zorn des widerlichen kleinen Kerls am Gateway zugezogen. Daher programmierte sie die Sendung für Rektorin Bundazi auf *Eintrittszeit plus 19 Minuten*, denn sie wußte, daß der Herr »Bürger« nachprüfen würde. Die Sendung war in Wirklichkeit eine belanglose Lieferung an den Fachbereich mit der Rektorin als Adressatin. Sie hatte den Lieferschein mit einer Nachricht vertauscht, die tatsächlich persönlich an einen von Frau Bundazis anderen Knoten zugestellt werden sollte, und sie hoffte, man würde die Schuld an der daraus entstehenden Verwirrung der Poststelle zuschieben, einem seit zwei Jahrzehnten überholten E-mail-System, dem man auf jeden Fall gar nicht genug Schuld zuschieben konnte. Der Versuch, eine Mitteilung durch das interne Nachrichtensystem der TH zu schicken, war so, als wollte man Butter durch einen Stein drücken.

Nach einer kurzen Überprüfung von Stephens letzten Sendekoordinaten sprang Renie in die Lullaby Lane, die Hauptverkehrsader von Toytown, einem leicht angestaubten Sektor, der die kleineren und weniger erfolgreichen kreativen Firmen und Händler ebenso wie die Privatknoten derjenigen beherbergte, die ihren Einwohnerstatus im Inneren Distrikt nur noch mit Ach und Krach halten konnten. Die Grundgebühren für das Distriktnetz waren sehr teuer, und teuer waren auch die kreativen Moden, die man mitmachen mußte, wenn man seinen Platz in der Elite behaupten wollte. Doch selbst wenn man sich nicht jeden Tag einen neuen und exotischen Sim leisten konnte, selbst wenn man es sich nicht leisten konnte, seinen Geschäfts- oder Privatknoten jede Woche umzustylen, war die schlichte Tatsache einer Adresse im Inneren Distrikt immer noch ein wesentlicher Prestigefaktor in der wirklichen Welt. In der heutigen Zeit war sie oft die letzte Fassade, die die sozialen Absteiger fallen ließen - und das auch nur, wenn sie gar nicht anders konnten.

Renie konnte die Signalquelle nicht gleich lokalisieren, deshalb ging sie auf Schrittgeschwindigkeit herunter, jedoch ohne daß ihr auf das Nötigste reduzierter Sim so etwas Teures und unnütz Kompliziertes wie Gehbewegungen gemacht hätte. Toytowns Randständigkeit war überall um sie herum deutlich erkennbar. Die meisten Knoten waren hochgradig funktional - weiße, schwarze oder graue Boxen, die keinen anderen Zweck hatten, als das Unternehmen eines um seine Existenz ringenden Bürgers von dem des nächsten abzugrenzen. Einige der anderen Knoten waren früher einmal ziemlich pompös gewesen, aber inzwischen stilistisch hoffnungslos veraltet. Einige lösten sich sogar nach und nach auf, weil die Eigentümer die teureren visuellen Funktionen geopfert hatten, um den Platz halten zu können. Sie kam an einem großen Knoten vorbei, angeähnelt einem Bau aus Fritz Langs *Metropolis* - alte Science-Fiction-Filme waren vor nahezu einem Jahrzehnt die große Mode im Distrikt gewesen -, jetzt aber völlig transparent und die große Kuppel nur noch ein polyedrisches Skelett, alle Details verschwunden, die einst so prachtvollen Farben und Texturen abgeschaltet.

Es gab nur einen einzigen Knoten in der Lullaby Lane, der sowohl zeitgemäß als auch teuer aussah, und der war ganz in der Nähe des Herkunftspunktes von Stephens Hilferuf. Das virtuelle Bauwerk war eine riesige neugotische Villa, die ein Areal von der Größe zweier Häuserblocks in der wirklichen Welt bedeckte, mit spitzen Türmchen und labyrinthisch wie ein Termitenbau. Bunte Lichter blinkten in den Fenstern: dunkles Rot, kalkig mattes Lila und aufpeitschendes Weiß. Dumpf dröhnende Musik tat kund, daß es sich um eine Art Club handelte, desgleichen die bewegten Buchstaben, die wie gleißende Schlangen auf englisch - und anscheinend auch auf japanisch, chinesisch, arabisch und in noch ein paar anderen Schriften - »MISTER J'S« auf die Fassade malten. Und als ob die Cheshire-Katze ihren unschlüssigen Tag hätte, sah man mitten zwischen den sich windenden Buchstaben ein riesiges, zähnefletschendes, körperloses Grinsen aufleuchten und sofort wieder verschwinden.

Sie erkannte den Namen wieder – Stephen hatte ihn erwähnt. Dieser Ort hatte ihn in den Inneren Distrikt gelockt, oder jedenfalls in diesen Teil des Distrikts. Angewidert und fasziniert starrte sie darauf. Die Lockwirkung war leicht zu begreifen: Jeder sorgfältig schattierte Winkel, jedes Licht verströmende Fenster schrie es hinaus, daß hier eine Fluchtmöglichkeit war, die große Freiheit, vor allem die Freiheit von Verboten. Hier gab es ein Asyl, wo alles erlaubt war. Bei dem Gedanken, daß ihr elfjähriger Bruder an einem solchen Ort sein könnte, schoß ihr ein kalter Angststoß das Rückgrat hinauf. Aber wenn er tatsächlich dort war, mußte sie dort hinein ...

»*Renie! Hier oben!*«

Ein leiser Ruf, wie aus nächster Nähe. Stephen versuchte, nur im Nahbereich zu senden, ohne zu begreifen, daß es im Distrikt so etwas wie eine Nahbereichssendung nicht gab beziehungsweise nur dann, wenn man für seine Privatsphäre bezahlte. Wenn jemand mithören wollte, hörte er mit, deshalb war Schnelligkeit das einzige, worauf es jetzt ankam.

»*Wo bist du? Bist du in diesem ... Club?*«

»*Nein! Auf der andern Straßenseite! In dem Gebäude mit dem Stoffding davor.*«

Sie schaute sich um. Ein Stück die Lullaby Lane hinunter, gegenüber von Mister J's, erblickte sie etwas, das wie die leere Hülse eines alten Toytown-Hotels aussah – die vertrauenerweckende Simulation einer realen Herberge, ein Ort, wo Distrikt-Touristen Nachrichten empfangen und Tagesausflüge planen konnten. In den Anfangstagen, als die VR noch eine leicht unheimliche Neuheit war, waren solche Hotels populärer gewesen. Dieses Haus hatte seine Glanzzeit offensichtlich schon lange hinter sich. Die Wände hatten die Farbschärfe verloren und waren an manchen Stellen sogar schon ganz verblaßt. Über dem breiten Eingangsportal hing eine Markise und bewegte sich nicht, obwohl sie in einer simulierten Brise hätte flattern sollen – wie das ganze Gebäude war sie auf das Minimalniveau heruntergefahren worden.

Renie begab sich zum Eingang, und nachdem eine kurze Überprüfung ergeben hatte, daß es keinerlei Sicherheitsvorkehrungen mehr gab, trat sie ein. Das Innere war noch verwahrloster als das Äußere, der allmähliche Verfall hatte daraus ein Arsenal von Phantomwürfeln gemacht, aufeinandergestapelt wie ausrangierte Spielzeugbausteine. Ein paar besser gearbeitete Simobjekte hatten sich ihren ursprünglichen Zustand weitgehend bewahrt und bildeten einen unheimlichen Kontrast.

Die Rezeption war einer davon, ein schimmernder Klotz aus neonblauem Marmor. Dahinter entdeckte sie Stephen und Eddie.

»Was zum Teufel wird hier gespielt?«

Beide hatten SchulNetz-Sims, die höchstens so detailliert gestaltet waren wie ihrer, aber trotzdem sah sie an Stephens Gesicht, daß er schreckliche Angst hatte. Er rappelte sich auf und umschlang ihre Taille. Nur die Hände ihres Sims waren an die taktile Rückmeldung angeschlossen, und trotzdem merkte sie, daß er fest drückte. »Sie sind hinter uns her«, sagte Stephen atemlos. »Leute aus dem Club. Eddie hat einen Tarnschild, und hinter dem haben wir uns versteckt, aber es ist ein billiger, und sie werden uns bald gefunden haben.«

»Du hast mir gesagt, daß ihr hier drin seid, und damit weiß jeder hier, den es interessiert, das auch.« Sie drehte sich zu Eddie um. »Und wo in Gottes Names hast du einen Schild herbekommen? Nein, sag's mir nicht. Nicht jetzt.« Sie machte sich sacht von Stephen los. Es war merkwürdig, seinen dünnen Arm zwischen den Finger zu fühlen und gleichzeitig zu wissen, daß ihre echten Körper sich in der wirklichen Welt an entgegengesetzten Enden der Stadt befanden, aber genau solche Wunder waren es, die sie ursprünglich auf das VR-Feld gelockt hatten. »Wir reden später drüber - und ich habe *reichlich* Fragen. Aber erst mal müßt ihr hier verschwinden, bevor wir wegen euch noch alle ein Strafverfahren an den Hals kriegen.«

Eddie machte schließlich den Mund auf. »Aber ... Soki ...«

»Wieso Soki?« fragte Renie unwirsch. »Ist er etwa auch hier?«

»Er ist immer noch in Mister J's drin. Quasi.« Eddie schien mit den Nerven am Ende zu sein. Stephen redete für ihn weiter.

»Soki ist ... er ist in ein Loch gefallen. So 'ne Art Loch. Als wir ihn rausholen wollten, sind diese Männer gekommen. Ich glaube, es waren Reps.« Seine Stimme zitterte. »Sie waren echt zum Fürchten.«

Renie schüttelte den Kopf. »Für Soki kann ich nichts tun. Mir läuft die Zeit weg, und ich werde mich nicht widerrechtlich in einen Privatclub einschleichen. Wenn er erwischt wird, wird er erwischt. Wenn er verrät, wer mit dabei war, müßt ihr die Suppe auslöffeln, die ihr euch eingebrockt habt. Netboy-Lektion Nummer eins: Du kriegst, was du verdienst.«

»Aber ... aber wenn sie ihm was tun?«

»Ihm was tun? Sie können ihm einen Schreck einjagen - und das habt ihr Rotzlöffel auch verdient. Aber niemand wird ihm was tun.« Sie griff sich Eddie, so daß sie jetzt beide Jungen am Arm hielt; in den Prozessoren der TH zählte ihr Escape-Algorithmus zwei dazu.»Und wir werden jetzt ...«

Ein gewaltiges Krachen erscholl, beinahe so laut wie die Bombe in der TH, so laut, daß Renies Kopfhörer den höchsten Lärmpegel nicht mehr übertragen konnten und einen Augenblick lang gnädig verstummten. Die Hotelfront zerstäubte zu winzigen wirbelnden Netzstaubteilchen. Ein ungeheurer Schatten baute sich zwischen ihnen und der Toytown-Straße auf, viel größer als die meisten normalen Sims. Das war so ziemlich alles, was sie erkennen konnte: Etwas daran, etwas Dunkles und arrhythmisch Flackerndes in seinem Darstellungsmodus, machte es beinahe unmöglich, ihn anzuschauen.

»Mein Gott.« Renie klangen die Ohren. Das sollte ihr eine Lehre sein, nie wieder die Kopfhörer laut gestellt zu lassen.»Mein Gott!« Einen Moment lang erstarrte sie vor Schreck über die Gestalt, die sich vor ihr auftürmte, eine brillante abstrakte Umsetzung der Begriffe »groß« und »gefährlich«. Dann packte sie die Jungen und klinkte sich aus dem System aus.

»Wir ... wir sind in Mister J's rein. Bei uns an der Schule machen das alle.«

Renie starrte ihren Bruder über den Küchentisch hinweg an. Sie hatte sich Sorgen um ihn gemacht, sogar Angst ausgestanden, aber jetzt verdrängte die Wut alle anderen Gefühle. Erst hatte er ihr einen Haufen Umstände gemacht, und dann hatte er auch noch eine Stunde länger von Eddies Wohnblock nach Hause gebraucht als sie von der TH und sie gezwungen zu warten.

»Es ist mir egal, ob es alle machen, Stephen, und überhaupt bezweifele ich sehr, daß das stimmt. Ich bin gründlich verätzt! Du bist illegal in den Distrikt eingedrungen, und wenn sie dich erwischen, können wir das Bußgeld nie im Leben aufbringen. Und wenn meine Chefin spitzkriegt, wie ich dich da rausbugsiert habe, kann es sein, daß ich fliege.« Sie nahm seine Hand und drückte sie, bis er vor Schmerz das Gesicht verzog.»Ich könnte meinen Job loswerden, Stephen!«

»Still da drüben, dumme Kinder!« rief ihr Vater aus dem hinteren Zimmer.»Da kriegt man ja Kopfweh von.«

Wenn keine Tür zwischen ihnen gewesen wäre, hätte Renies Blick Long Josephs Laken in Brand stecken können.

»Tut mir leid, Renie. Tut mir echt leid. Echt. Kann ich Soki nochmal probieren?« Ohne die Erlaubnis abzuwarten, drehte er sich zum Wandbildschirm um und gab den Anrufbefehl. Bei Soki meldete sich niemand.

Renie bemühte sich, ruhig zu bleiben. »Was war das für eine Geschichte, daß Soki in ein Loch gefallen ist?«

Stephen trommelte mit den Fingern nervös auf dem Tisch herum. »Eddie hat ihn getriezt.«

»Wozu getriezt? Verdammt nochmal, Stephen, laß dir doch nicht jedes Wort aus der Nase rausziehen.«

»Es gibt da so ein Zimmer in Mister J's. Ein paar Jungs aus der Schule haben uns davon erzählt. Sie haben ... na ja, da sind Sachen drin, die sind echt chizz.«

»Sachen? Was für Sachen?«

»So ... Sachen halt. Zum Angucken.« Stephen wich ihrem Blick aus. »Aber wir haben sie nicht gesehen, Renie. Wir haben das Zimmer gar nicht gefunden. Der Club ist drinnen megariesig - du würdest es nicht für möglich halten. *Ewig* groß!« Einen Moment lang funkelten seine Augen, als er über die Erinnerung an die Herrlichkeiten in Mister J's völlig vergaß, daß er in ernsten Schwierigkeiten steckte. Ein Blick auf das Gesicht seiner Schwester erinnerte ihn wieder daran. »Na, egal, wir haben jedenfalls gesucht und gesucht und Leute gefragt - ich denke, die meisten waren Bürger, aber ein paar von denen haben sich echt komisch benommen -, aber niemand konnte uns was sagen. Irgendwann meinte einer, so ein trans megafetter Typ, man käme durch ein Zimmer unten im Keller rein.«

Renie unterdrückte ein angewidertes Schaudern. »Bevor du weitererzählst, junger Mann, möchte ich eins klarstellen. Du wirst *nie wieder* dort hingehen. Ist das klar? Schau mir in die Augen. *Nie wieder!*«

Widerwillig nickte Stephen. »Okay, okay. Ich laß es. Wir sind also diese ganzen wendligen Treppen runter - es war wie in einem Verliesspiel! -, und nach einer Weile sind wir an diese Tür gekommen. Soki hat sie aufgemacht und ist ... reingefallen.«

»Wo reingefallen?«

»Keine Ahnung! Es war einfach wie ein großes Loch auf der andern Seite. Ganz tief unten war Rauch und so blaues Licht.«

Renie setzte sich auf ihrem Stuhl zurück. »Jemand hat euch einen gemeinen, sadistischen kleinen Streich gespielt. Das geschieht euch ganz recht, ich hoffe bloß, Soki hat keinen zu großen Schreck gekriegt. Hat er auch SchulNetz-Geräte schwarz benutzt wie ihr beide?«

»Nein. Einfach seine Heimanlage. Ein billiges nigerianisches Teil.« Genau das, was ihre Familie auch hatte. Wie konnten Kids arm sein und trotzdem so verdammt snobistisch?

»Na ja, dann wird es mit der Schwindel- oder Fallsimulation nicht so weit her sein. Es wird ihm schon nichts passieren sein.« Sie blickte Stephen mit schmalen Augen an. »Du hast mich verstanden, ja? Du wirst nie wieder dorthin gehen, oder mit den Computerspielereien und den Besuchen bei Eddie und Soki ist es *ein für allemal* vorbei - und nicht bloß für den Rest des Monats.«

»Was?« Stephen sprang empört in die Höhe. »Kein Netz?«

»Bis zum Monatsende. Du kannst dankbar sein, daß ich Papa nichts erzählt habe - sonst würde er dir deinen bockigen schwarzen Hintern mit dem Riemen versohlen.«

»Das wär mir noch lieber als kein Netz«, sagte er mürrisch.

»Du würdest beides kriegen.«

Nachdem sie den maulenden und jammernden Stephen auf sein Zimmer geschickt hatte, begab sich Renie in ihre Mediathek am Arbeitsplatz - nicht ohne sich vorher zu vergewissern, daß ihre Inbox keine Mitteilung von Frau Bundazi wegen Hintergehung der TH enthielt - und rief einige Dateien über Unternehmen im Inneren Distrikt auf. Sie fand Mister J's, eingetragen als »Spiel- und Vergnügungsclub« und zugelassen ausschließlich für erwachsene Besucher. Der Club gehörte einer sogenannten »Happy Juggler Novelty Corporation« und hatte zuerst »Mister Jingo's Smile« geheißen.

Während sie in jener Nacht auf den Schlaf wartete, kamen ihr Bilder von der ekligen Fassade des Clubs, von Türmchen wie spitzen Idiotenköpfen und von Fenstern wie glotzenden Augen. Am schwersten abzuschalten war die Erinnerung an den riesigen beweglichen Mund und die Reihen schimmernder Zähne über der Tür - einem Eingang ohne Ausgang.

Kapitel

Der Flieger

NETFEED/MUSIK:
Drone "Bigger Than Ever"
(Bild: ein Auge)
Off-Stimme: Ganga Drone Musik wird dieses Jahr "stärker denn je" werden, meint einer ihrer führenden Vertreter.
(Bild: eine Gesichtshälfte, glitzernde Zähne)
Ayatollah Jones, der für die Dronegruppe Your First Heart Attack singt und Neurokithara spielt, erklärte uns:
Jones: "Wir ... die Sache ... wird ... stark. Mordo stark. Stärker ..."
(Bild: sich verschränkende Finger, viele Ringe, Schönheitshäutchen)
Jones: "... denn je. Ungeduppt. Echt stark."

> Christabel Sorensen war keine gute Lügnerin, aber mit ein wenig Übung wurde sie besser.

Sie war eigentlich kein böses Mädchen, obwohl einmal ihr Fisch gestorben war, weil sie ihn mehrere Tage lang zu füttern vergessen hatte. Sie hielt sich auch nicht für eine Lügnerin, obwohl es manchmal einfach ... bequemer war, nichts zu sagen. Als darum ihre Mutter sie fragte, wo sie hinwolle, lächelte sie und sagte:»Portia hat Otterland. Es ist ganz neu, und es ist, als ob du richtig schwimmst, bloß daß du atmen kannst, und es gibt einen Otterkönig und eine Otterkönigin ...«

Ihre Mutter winkte ab, um dem Redefluß Einhalt zu gebieten.»Das klingt doch nett, Liebes. Bleib nicht zu lange bei Portia - Papi wird zum Essen da sein. Ausnahmsweise.«

Christabel grinste. Papi arbeitete zu viel - das sagte Mami immer. Er hatte einen wichtigen Posten als Sicherheitschef des Militärstützpunkts.

Christabel wußte nicht genau, was das hieß. Er war sowas wie ein Polizist, bloß bei der Armee. Aber er trug keine Uniform wie die Armeesoldaten in Filmen.

»Kann's Eis geben?«

»Wenn du rechtzeitig heimkommst und mir beim Erbsenschälen hilfst, gibt's Eis.«

»Okay.« Christabel zockelte los. Als sich die Tür mit dem bekannten Saugton hinter ihr schloß, mußte sie lachen. Manche Geräusche waren einfach zu komisch.

Sie wußte, daß der Militärstützpunkt anders war als die Städte, in denen die Leute in den Netshows wohnten oder sogar in anderen Gegenden von North Carolina, aber sie wußte nicht warum. Es gab dort Straßen und Bäume und einen Park und eine Schule - eigentlich zwei Schulen, denn es gab eine Schule für erwachsene Armeebedienstete und eine für Kinder wie Christabel, deren Eltern auf dem Stützpunkt lebten. Papis und Mamis gingen normal gekleidet zur Arbeit, fuhren Autos, mähten ihren Rasen, luden sich gegenseitig zum Essen und Feiern und Grillen ein. Der Stützpunkt hatte zwar ein paar Sachen, die die meisten Städte nicht hatten - einen doppelten elektrischen Zaun ringsherum zum Schutz gegen die übervölkerte Hängemattensiedlung jenseits des Grünstreifens und drei verschiedene Häuschen, Kontrollpunkte genannt, an denen alle Autos vorbeifahren mußten -, aber allein deswegen, fand sie, mußte er noch lange kein Stützpunkt sein und nicht einfach ein ganz normaler Ort, wo man wohnte. Die anderen Kinder in der Schule hatten genau wie sie ihr Leben lang auf Stützpunkten gelebt und verstanden es deshalb auch nicht.

Sie bog links in die Windicott Lane ein. Wenn sie wirklich zu Portia gegangen wäre, hätte sie rechts gemußt, weshalb sie froh war, daß die Straßenecke von ihrem Haus aus nicht zu sehen war, nur für den Fall, daß ihre Mutter ihr hinterherblickte. Es war ein wenig seltsam, Mami zu sagen, sie ginge irgendwo hin, und dann ganz woanders hinzugehen. Es war etwas Schlimmes, das wußte sie, aber nichts *richtig* Schlimmes, und es war sehr aufregend. Jedesmal, wenn sie es tat, fühlte sie sich ganz zittrig und neu, wie ein schlotterbeiniges Jungfohlen, das sie mal im Netz gesehen hatte.

Von der Windicott bog sie um die Ecke in die Stillwell Lane. Sie hüpfte eine Weile und paßte dabei auf, ja auf keine Bürgersteigritzen zu treten, dann bog sie in die Redland Road ein. Die Häuser hier waren deutlich kleiner als ihres. Einige sahen ein wenig traurig aus. Das Gras auf den Rasen war kurz wie überall auf dem Stützpunkt, aber das schien hier daher zu kommen, daß es nicht genug Kraft hatte, um höher zu wachsen. Manche Rasen hatten kahle Stellen, und viele Häuser waren schmuddelig und ein bißchen ausgeblichen. Sie wunderte sich, daß die Leute, die darin wohnten, sie nicht einfach abwuschen oder strichen, damit sie wieder wie neu aussahen. Wenn sie eines Tages ein eigenes Haus hatte, würde sie es jede Woche in einer anderen Farbe streichen.

Den ganzen Weg die Redland Road hinunter dachte sie über verschiedene Farben für Häuser nach, dann hüpfte sie wieder, als sie die Fußbrücke über den Fluß überquerte - sie mochte das Ka-wumm, Ka-wumm dabei -, und eilte den Beekman Court hinunter, wo die Bäume sehr dicht standen. Obwohl Herrn Sellars' Haus ganz in der Nähe des Zaunes war, der die Grenze des Stützpunkts markierte, war das kaum zu erkennen, weil die Bäume und Hecken einem die Sicht versperrten.

Das war natürlich das erste gewesen, was sie zu dem Haus hingezogen hatte - die Bäume. Im Garten hinter dem Haus ihrer Eltern wuchsen Platanen und neben dem Fenster zur Straße eine Birke mit papierener Rinde, aber Herrn Sellars' Haus war rundherum von Bäumen *umgeben*, von so vielen Bäumen, daß man das Haus dazwischen kaum erkennen konnte. Als sie es zum erstenmal gesehen hatte - das war, als sie Ophelia Weiner ihre entlaufene Katze Dickens hatte suchen helfen -, hatte sie gefunden, daß es genau wie ein Haus im Märchen wirkte. Als sie später wiedergekommen und die gewundene Kiesauffahrt hinaufgegangen war, hatte sie beinahe erwartet, daß es aus Pfefferkuchen war. Das war es natürlich nicht - es war einfach ein kleines Haus wie alle anderen -, aber es war dennoch ein sehr interessanter Ort.

Und Herr Sellars war ein sehr interessanter Mann. Sie wußte nicht, warum ihre Eltern nicht wollten, daß sie zu ihm nach Hause ging, und sie sagten es ihr auch nicht. Er sah ein wenig gruselig aus, aber das war ja nicht seine Schuld.

Christabel hörte zu hüpfen auf, damit sie das knirschige Gefühl beim Gehen auf Herrn Sellars' langer Auffahrt besser auskosten konnte. Es war ziemlich unsinnig, daß es überhaupt eine Auffahrt gab, denn das große Auto in seiner Garage war seit Jahren nicht mehr gefahren worden. Herr Sellars ging ja nicht einmal vor die Tür. Sie hatte ihn einmal gefragt, warum er ein Auto besitze, und er hatte irgendwie traurig gelacht und gesagt, es sei beim Haus mit dabeigewesen. »Wenn ich ganz, ganz brav bin«, hatte er zu ihr gesagt, »lassen sie mich eines Tages vielleicht in diesen Cadillac steigen, kleine Christabel. Dann mache ich das Garagentor ganz fest zu und fahre nach Hause.«

Sie hatte das für einen Witz gehalten, aber ganz verstanden hatte sie ihn nicht. Erwachsenenwitze waren manchmal so, und andererseits lachten Erwachsene selten über die Witze, die Onkel Jingle in seiner Netshow machte, und dabei waren die so lustig (und ziemlich frech, obwohl sie nicht genau wußte wieso), daß Christabel sich manchmal vor Lachen fast in die Hose machte.

Um an die Türklingel zu kommen, mußte sie einen der Farne beiseite schieben, die praktisch die ganze Veranda einnahmen. Dann mußte sie lange warten. Schließlich ertönte Herrn Sellars' seltsame Stimme hinter der Tür, ganz pfeifend und leise.

»Wer da?«

»Christabel.«

Die Tür ging auf, und feuchte Luft kam heraus und der schwere grüne Geruch der Pflanzen. Sie trat rasch ein, damit Herr Sellars wieder zumachen konnte. Als sie das erste Mal bei ihm gewesen war, hatte er ihr erzählt, es sei schlecht für ihn, wenn er zu viel von der Feuchtigkeit hinausließ.

»So so, die kleine Christabel!« Er wirkte sehr erfreut, sie zu sehen. »Und welchem Umstand verdanke ich diese reizende Überraschung?«

»Ich hab Mami gesagt, daß ich zu Portia gehe, Otterland spielen.«

Er nickte. Er war so lang und gebückt, daß sie manchmal, wenn er wie jetzt beim Nicken den Kopf heftig auf und ab bewegte, Angst hatte, er könne sich seinen dünnen Hals verknacksen. »Aha, dann dürfen wir deinen Besuch nicht allzu sehr in die Länge ziehen, nicht wahr? Aber trotzdem sollten wir alles so machen, daß es seine Ordnung hat. Du weißt, wo du dich umziehen kannst. Ich denke, dort wird etwas hängen, das dir paßt.«

Er fuhr mit dem Rollstuhl aus dem Weg, und sie eilte den Flur entlang. Er hatte recht. Sie hatten nicht viel Zeit, wenn sie nicht riskieren wollte, daß ihre Mutter bei Portia zuhause anrief, um sie an die Erbsen zu erinnern. Dann müßte sie sich eine Geschichte darüber ausdenken, warum sie nicht Otterland spielen gegangen war. Das war das Problem mit dem Lügen - wenn jemand anfing nachzuprüfen, wurde alles sehr kompliziert.

Das Umkleidezimmer war wie jedes Zimmer im Haus voller Pflanzen.

Sie hatte noch nie so viele an einem Ort gesehen, nicht einmal in Frau Gullisons Haus, und Frau Gullison gab ständig mit ihren Pflanzen an, wie viel Arbeit sie wären, obwohl zweimal die Woche ein kleiner dunkelhäutiger Mann kam und alles Schneiden und Gießen und Graben machte. Herrn Sellars' Pflanzen dagegen kriegten zwar jede Menge Wasser, wurden aber nie geschnitten. Sie *wuchsen* einfach. Manchmal fragte sie sich, ob die Pflanzen eines Tages das ganze Haus zuwuchern würden und der komische alte Mann dann ausziehen mußte.

Ein Bademantel genau in ihrer Größe hing an dem Haken hinter der Tür. Sie zog schleunig Shorts und Hemd, Strümpfe und Schuhe aus und steckte sie alle in den Plastikbeutel, genau wie Herr Sellars es ihr gezeigt hatte. Als sie sich bückte, um den letzten Schuh hineinzustecken, kitzelte einer der Farne sie am Rücken. Sie quiekte.

»Alles in Ordnung, kleine Christabel?« rief Herr Sellars.

»Ja. Eine von deinen Pflanzen hat mich gekitzelt.«

»So etwas würde sie nie tun.« Er tat so, als wäre er böse, aber sie wußte, daß er Spaß machte. »Meine Pflanzen sind die wohlerzogensten auf dem ganzen Stützpunkt.«

Sie band den Frotteebademantel zu und schlüpfte in die Duschsandalen.

Herr Sellars saß in seinem Rollstuhl neben dem Apparat, der das ganze Wasser in die Luft blies. Er blickte auf, als sie hereinkam, und sein schiefes Gesicht machte eine Lachbewegung. »Ach, schön, daß du da bist.«

Als sie das Gesicht zum erstenmal gesehen hatte, hatte sie sich gefürchtet. Die Haut war nicht bloß runzlig wie in Omas Gesicht, sondern sah beinah geschmolzen aus, wie das Wachs an einer weit heruntergebrannten Kerze. Er hatte auch keine Haare, und seine Ohren waren nur Knubbel, die ihm seitlich vom Kopf abstanden. Aber er hatte ihr bei diesem ersten Mal erklärt, daß es ganz in Ordnung sei, Angst zu haben – er wüßte, wie er aussah. Es sei von einer schlimmen Verbrennung, hatte er erzählt, einem Unfall mit Flugzeugtreibstoff. Es sei sogar erlaubt, ihn anzugucken, hatte er ihr gesagt. Und sie hatte ihn angeguckt, und Wochen nach ihrer ersten Begegnung hatte sie immer noch von seinem Gesicht geträumt, das wie von einer geschmolzenen Puppe war. Aber er war sehr nett gewesen, und Christabel wußte, daß er einsam war. Wie traurig, ein alter Mann zu sein und ein Gesicht zu haben, auf das die Leute mit Fingern zeigten und über das sie Witze rissen, und in einem

Haus sein zu müssen, wo die Luft immer kühl und feucht war, damit einem die Haut nicht weh tat! Er hatte eine Freundin verdient. Es gefiel ihr nicht, deswegen zu lügen, aber was blieb ihr anderes übrig? Ihre Eltern hatten ihr verboten, ihn weiter zu besuchen, aber ohne richtigen Grund. Christabel war schon fast erwachsen. Sie wollte Gründe gesagt bekommen.

»Also, kleine Christabel, erzähl mir etwas von der Welt.« Herr Sellars setzte sich im strömenden Dampf des Luftbefeuchters zurück. Christabel erzählte ihm von ihrer Schule, von Ophelia Weiner, die sich für was Besonderes hielt, weil sie ein Nanoo-Kleid hatte, bei dem sie die Form und die Farbe verändern konnte, wenn sie dran zog, und vom Otterlandspielen mit Portia.

»... Und weißt du, woran der Otterkönig immer merken kann, ob man einen Fisch dabei hat? Am Geruch?« Sie schaute Herrn Sellars an. Mit geschlossenen Augen wirkte sein knotiges, haarloses Gesicht wie eine Tonmaske. Sie überlegte gerade, ob er wohl eingeschlafen war, als seine Augen wieder aufklappten. Sie hatten eine total faszinierende Farbe, gelb wie die von Dickens, der Katze.

»Ich fürchte, ich bin mit den Verhältnissen im Otterreich nicht sehr bewandert, meine kleine Freundin. Ein sträfliches Versäumnis, wie ich erkennen muß.«

»Gab's das noch nicht, als du ein Junge warst?«

Er lachte, leise gurrend wie eine Taube. »Eigentlich nicht. Nein, nichts, was sich mit Otterland vergleichen ließe.«

Sie sah sein riefiges Gesicht an und verspürte eine ähnliche Liebe wie zu ihrer Mutter und ihrem Vater. »War es schlimm, als du Pilot warst? Damals in deiner Jugend?«

Sein Lächeln erlosch. »Manchmal war es schlimm, ja. Und manchmal war es sehr einsam. Aber es war das, wozu ich erzogen worden war, Christabel. Ich wußte das, seit ... seit der Zeit, als ich noch ein kleiner Junge war. Es war meine Pflicht, und ich war stolz darauf, sie zu erfüllen.« Sein Gesicht nahm einen etwas seltsamen Ausdruck an, und er beugte sich vor, um an seinem Wassergerät zu hantieren. »Nein, es war mehr als bloß das. Es gibt ein Gedicht, in dem heißt es:

> *... Mein Grund zum Kampf war kein Du-mußt,*
> *Nicht Ruhm, nicht Pflicht, nicht Gier nach Sieg,*
> *Ein einsamer Impuls der Lust*

Trieb mich in diesen Wolkenkrieg.
Ich wog es ab, dann war's geklärt:
Nichts wert schien, was die Zukunft bot,
Was hingegangen war, nichts wert
Gegen dies Leben, diesen Tod.«

Er hustete. »Das ist Yeats. Es ist immer schwer zu sagen, was genau uns zu bestimmten Entscheidungen treibt. Besonders zu solchen, vor denen wir Angst haben.«

Christabel wußte nicht, was Jäitz war, und verstand nicht, was das Gedicht sagen wollte, aber es gefiel ihr nicht, wenn Herr Sellars so traurig dreinschaute. »Wenn ich mal groß bin, werde ich Ärztin«, sagte sie. Anfang des Jahres hatte sie noch gedacht, sie wollte vielleicht Tänzerin oder Sängerin im Netz werden, aber jetzt wußte sie es besser. »Soll ich dir erzählen, wo ich meine Praxis haben werde?«

Der alte Mann lächelte wieder. »Das würde ich liebend gern hören - aber wird es nicht langsam ein bißchen spät für dich?«

Christabel sah nach. Ihr Armband blinkte. Sie sprang auf. »Ich muß mich umziehen. Aber ich wollte eigentlich, daß du mir die Geschichte weitererzählst.«

»Das nächste Mal, Liebes. Wir wollen doch nicht, daß du Schwierigkeiten mit deiner Mutter bekommst. Es wäre mir sehr unangenehm, in der Zukunft auf deine Gesellschaft verzichten zu müssen.«

»Ich wollte, daß du mir die Geschichte von Hans fertig erzählst.« Sie eilte ins Umkleidezimmer und zog sich wieder an. In dem Plastikbeutel waren ihre Sachen trocken geblieben, genau wie gedacht.

»Ah, ja«, sagte Herr Sellars, als sie zurückkam. »Und wobei war Hans gerade, als wir aufgehört hatten?«

»Er war die Bohnenranke hochgeklettert und war jetzt im Schloß des Riesen.« Christabel war ein wenig beleidigt, daß er das nicht mehr wußte. »Und der Riese sollte bald zurückkommen!«

»Ah, genau, ganz genau. Der arme Hans. Schön, an der Stelle machen wir weiter, wenn du mich das nächste Mal besuchst. Jetzt aber los!« Er tätschelte ihr sanft den Kopf. So wie sein Gesicht dabei aussah, dachte sie, daß es vielleicht seiner Hand weh tat, sie anzufassen, aber er machte es jedesmal.

Sie war schon so gut wie zur Tür hinaus, als ihr noch etwas einfiel, was sie ihn über die Pflanzen fragen wollte. Sie drehte sich um und ging zurück, aber Herr Sellars hatte seine Augen wieder geschlossen und sich in seinen Stuhl zurücksinken lassen. Seine langen, spindeligen Finger bewegten sich langsam, als ob er Fingerbilder in die Luft malte. Sie starrte ihn einen Moment lang an - sie hatte das noch nie gesehen und dachte, es sei vielleicht eine besondere Übung, die er machen mußte -, dann merkte sie, daß Dampfwolken an ihr vorbei in die heiße Nachmittagsluft hinauswallten. Sie ging schnell wieder hinaus und zog die Tür hinter sich zu. Die Übungen, wenn es denn welche gewesen waren, hatten einen privaten und leicht unheimlichen Eindruck gemacht.

Er hatte seine Hände in der Luft bewegt wie jemand, der im Netz war, fiel ihr plötzlich ein. Aber Herr Sellars hatte gar keinen Helm auf dem Kopf gehabt oder eines dieser Kabel im Hals wie einige der Leute, die für ihren Papi arbeiteten. Er hatte einfach die Augen zugehabt.

Ihr Armband blinkte noch schneller. Christabel wußte, daß es nur noch wenige Minuten dauern würde, bis ihre Mutter bei Portia zuhause anrief. Sie vertrödelte keine Zeit mehr mit Hüpfen, als sie über die Fußbrücke zurückging.

Kapitel

Graues Leersignal

NETFEED/NACHRICHTEN:
Asiens Führer proklamieren "Prosperitätszone"
(Bild: Empress Palace, Singapur)
Off-Stimme: Führende asiatische Persönlichkeiten aus Politik und Wirtschaft, die unter dem Vorsitz des greisen, zurückgezogen lebenden chinesischen Finanziers Jiun Bhao und Singapurs Premierminister Low zusammenkamen -
(Bild: Low Wee Kuo und Jiun Bhao geben sich die Hand)
- einigten sich auf ein historisches Handelsabkommen, von Jiun als eine "Prosperitätszone" bezeichnet, die Asien eine noch nie dagewesene wirtschaftliche Einheit verleihen soll.
(Bild: Jiun Bhao, gestützt von Beratern, vor der Presse)
Jiun: "Die Zeit ist gekommen. Die Zukunft gehört einem vereinigten Asien. Wir sind voller Hoffnung, aber wir wissen, daß noch viel zu tun ist ..."

> Sie erstreckte sich vor ihnen von Horizont zu Horizont mit ihren Millionen von Verkehrsadern, die wie extrem vergrößerte Kratzer auf Glas wirkten - doch in jedem einzelnen dieser Kratzer flackerten Lichter und bewegten sich winzige Objekte.
»So etwas Großes kann es in Wirklichkeit doch gar nicht geben!«
»Es ist nicht wirklich, vergiß das nicht, nicht *wirklich* wirklich. Das Ganze sind nur elektronische Impulse in einer Kette ungemein leistungsstarker Computer. Es kann so groß sein, wie die Programmierer es sich ausdenken können.«
!Xabbu schwieg eine lange Weile. Sie schwebten Seite an Seite, ein

Doppelgestirn an einem leeren schwarzen Firmament, zwei Engel, die vom Himmel auf die Unermeßlichkeit der menschlichen kommerziellen Phantasiewelt hinabblickten.

»*Das Mädchen stand auf*«, sagte !Xabbu schließlich, »*sie steckte ihre Hände in die Holzasche ...*«

»Was?«

»Es ist ein Gedicht - oder ein Märchen - von einem aus meinem Volk:

Das Mädchen stand auf, sie steckte ihre Hände in die Holzasche, sie warf sie an den Himmel. Sie sprach zu den Aschestäubchen: ›Ihr Aschestäubchen, die ihr hier seid, sollt zusammen zur Milchstraße werden. Weiß sollt ihr euch über den Himmel hinziehen ...«

Er hielt wie verlegen inne. »Das ist aus meiner Kindheit. Es heißt ›Das Mädchen aus dem Urgeschlecht, das die Sterne machte‹. Durch mein Hiersein, durch das, was du getan hast, ist es mir wieder in den Sinn gekommen.«

Jetzt war es an Renie, verlegen zu sein, obwohl sie nicht ganz sicher war, warum. Sie krümmte die Finger, und augenblicklich waren sie auf Bodenhöhe. Die Lambda Mall, das Hauptkommerzzentrum des ganzen Netzes, umgab sie ganz und gar. Die Mall war ein Labyrinth simulierter Einkaufsviertel von der Größe eines ganzen Staates, ein uferloser Kontinent der Information. Millionen von Geschäftsknoten blinkten, flatterten, schillerten und sangen in dem Bestreben, den Kunden nach Kräften die Kredite aus der Tasche zu ziehen. Auf den zahllosen virtuellen Straßen wimmelte es nur so von Sims jedes visuellen Typs, jeder erdenklichen Komplexitätsstufe. »Groß ist sie wirklich«, sagte sie, »aber denk dran, daß die meisten Leute sich nie eine Übersicht von oben antun, wie wir sie eben hatten - sie gehen einfach direkt dorthin, wo sie hinwollen. Wenn du jeden Knoten im Netz aufsuchen wolltest, oder auch nur jeden Knoten in dieser Mall ... tja, das wäre so, als wolltest du jede einzelne Nummer im Telefonbuch von Groß-Beijing anrufen. Selbst all die hier«, sie deutete auf das Gedränge von Sims, die in einem endlosen Zug an ihnen vorbeidefilierten, »sind nur ein winziger Bruchteil der Leute, die in diesem Moment die Mall benutzen. Dies hier sind lediglich diejenigen, die gern die visuelle Erfahrung des Herumstöberns und Leutegucken haben möchten.«

»Die visuelle Erfahrung?« !Xabbus grauer Simuloid drehte sich nach einer Schar von Pelzwesen um, die sich durch die Menge schoben, Karikaturen weiblicher Lüsternheit mit Tierköpfen.

»Wie du sie jetzt hast. Es gibt eine Menge zu sehen. Aber es geht viel schneller, wenn man sich direkt zu dem, was man haben will, hinbegibt. Wenn du das normale Computerinterface benutzt, liest du dann die Namen sämtlicher vorhandener Dateien?«

!Xabbu brauchte Zeit, um zu reagieren. Die Pelzweiber hatten zwei schlangenköpfige Männer getroffen und ergingen sich in einer umständlichen Begrüßungszeremonie, zu der ausgiebiges Beschnüffeln gehörte. »Wenn ich mich direkt zu dem, was ich haben will, hinbegebe?«

»Ich zeig's dir. Nehmen wir an, wir wollen ... sagen wir, ein neues Daten-Pad kaufen. Wenn du weißt, wo der Elektronikdistrikt ist, kannst du dich direkt dort hinbegeben und dich *dann* physisch herumbewegen - die Leute geben eine Menge Geld dafür aus, ihre Geschäftsknoten attraktiv aufzumachen, genau wie in der wirklichen Welt. Aber nehmen wir mal an, du weißt gar nicht, wo der Distrikt ist.«

Er hatte sich ihr zugewandt. Sein graues Gesicht mit den grob angedeuteten Zügen machte sie einen Moment lang beklommen. Sie vermißte seine Lebendigkeit, sein Lächeln: Es war, als würde man mit einer Vogelscheuche umherziehen. Andererseits sah sie selbst sicher auch nicht ansprechender aus. »Das entspricht der Wahrheit«, sagte er. »Ich weiß wirklich nicht, wo der Elektronikdistrikt ist.«

»Eben. Siehst du, du hast in den letzten paar Wochen viel Zeit damit verbracht zu lernen, wie du dich mit der elementaren Computertechnik zurechtfindest. Der einzige Unterschied hier ist der, daß du im Computer *drin* bist - oder jedenfalls kommt es einem so vor.«

»Es fällt mir schwer, daran zu denken, daß ich einen wirklichen Körper habe und daß er sich zur Zeit in der Technischen Hochschule befindet - daß ich *immer noch* in der Hochschule bin.«

»Das ist die Zauberei.« Sie ließ ihre Stimme lächelnd klingen, da sie mit ihrem Gesicht nicht viel ausdrücken konnte. »So, und nun such.«

!Xabbu bewegte langsam die Finger. Eine leuchtende blaue Kugel erschien vor ihm.

»Gut.« Renie trat einen Schritt näher. »Niemand als du und ich kann diese Kugel sehen - sie ist ein Bestandteil unserer Interaktion mit unserm Computer in der TH. Aber wir werden unsern Computer benutzen, um auf das Branchenverzeichnis der Mall zuzugreifen.« Sie zeigte ihm das Verfahren. »Hol jetzt die Liste herbei. Du kannst auch mit der

Stimme Befehle geben, entweder offline, so daß niemand außer dir sie hört, oder online. Wenn du hier in der Mall mal drauf achtest, wirst du einen Haufen Leute sehen, die mit sich selbst reden. Kann sein, daß sie einfach verrückt sind - das sind mehr als nur ein paar -, aber sie könnten auch mit ihren eigenen Systemen reden, ohne dabei auf Privatheit zu achten.«

Die Kugel spuckte eine Liste von Branchen aus, die in Form von Zeilen feurig blauer Buchstaben im Raum schwebte. Renie stellte die Liste auf sonnenuntergangsrot, was vor dem Hintergrund besser lesbar war, und deutete dann auf die Einträge unter *Elektronik.* »Da haben wir's. ›Personal Access Devices‹. Klick es an.«

Die Welt veränderte sich augenblicklich. Die weiten Räume des öffentlichen Mallbereichs wurden von einer langen, breiten Straße abgelöst. Die simulierten Gebäude auf beiden Seiten ragten hoch in den falschen Himmel, jedes mit einem Tumult von Farben und Bewegungen auf den Außendisplays, die so bunt und konkurrenzfreudig waren wie tropische Blüten. *Und wir sind die Bienen,* dachte sie bei sich, *die überall Kreditpollen hintragen. Herzlich willkommen im Informationsdschungel.* Die Metapher gefiel ihr ganz gut. Vielleicht konnte sie sie in einer ihrer Vorlesungen verwenden.

»So«, sagte sie laut. »Wenn du im Branchenverzeichnis einen bestimmten Laden gefunden hättest, hätten wir uns direkt dort hinbeamen können.«

»Beamen?«!Xabbu hatte seinen Kopf weit in den simulierten Nacken zurückgelegt. Die Haltung erinnerte sie daran, wie sehr sie bei ihren ersten Spaziergängen im Netz über die Displays gestaunt hatte.

»Das war mal ein alter Science-Fiction-Ausdruck, glaube ich. Eine Art Netzwitz. Das soll bloß heißen, daß man sich direkt irgendwo hinbegibt statt lang und umständlich auf dem RL-Weg. RL steht für ›Reales Leben‹, weißt du noch?«

»Mmmmm.«!Xabbu wirkte sehr still und verschlossen. Renie fragte sich, ob es für den ersten Besuch reichte - es war schwer zu sagen, wie ein Erwachsenengehirn mit all dem fertig wurde. Alle Leute, die sie kannte, hatten mit dem Netzsurfen schon als Kinder angefangen.

»Möchtest du, daß wir mit unserm simulierten Einkaufsbummel weitermachen?«

!Xabbu drehte sich um. »Selbstverständlich. Bitte. Das ist alles so ... erstaunlich.«

Sie lächelte still vor sich hin. »Gut. Also, wie gesagt, wenn wir in einen bestimmten Laden gewollt hätten, hätten wir uns direkt hinbeamen können. Jetzt stöbern wir ein wenig herum.«

Für Renie war das schon so lange beruflicher Alltag, daß der Reiz der vielen Möglichkeiten einigermaßen schal geworden war. Wie ihr kleiner Bruder hatte sie das Netz ungefähr zur gleichen Zeit entdeckt wie die wirkliche Welt und lange vor dem Jugendalter gelernt, sich in dem einen wie in der anderen zu bewegen. Stephen hatte immer noch Interesse am Netz an sich, aber Renie war längst über das Stadium des Staunens hinaus. Nicht einmal Einkaufen machte ihr mehr Spaß, und am liebsten war es ihr, sie hatte irgendwo ein laufendes Konto und konnte einfach nachbestellen.

!Xabbu jedoch war in diesen virtuellen Bereichen ein Kind - aber ein großes Kind, rief sie sich in Erinnerung, mit der komplexen Empfindungswelt eines Erwachsenen, einerlei wie primitiv seine Herkunft durch die Brille ihrer Städtervorurteile erschien -, so daß es sowohl erfrischend als auch ein wenig beängstigend war, ihn auf seiner Jungfernfahrt zu begleiten. Nein, mehr als nur ein wenig beängstigend: Durch seine Augen betrachtet wirkte die Lambda Mall so aufgedunsen und laut, so *vulgär* ...

!Xabbu blieb vor den virtuellen Auslagen eines Ladens stehen und machte eine Handbewegung, um die ganze Reklame zu sehen. Renie machte sich gar nicht erst die Mühe. Obwohl sein Sim regungslos vor der glitzernden Fassade des Ladens stand, wußte sie, daß er gerade mitten in einem Familienmelodrama drinsteckte, in dem dem barschen, aber gutmütigen Vater langsam klargemacht wurde, was für Freuden ihm entgingen, wenn er nicht die Heimunterhaltungseinheit mit Mehrfachzugang von Krittapong kaufte. Sie beobachtete, wie der kleine Sim des Buschmanns mit unsichtbaren Personen redete und umging, und abermals beschlich sie ein leises Gefühl der Verantwortung und der Scham. Nach einigen Minuten schüttelte sich !Xabbu am ganzen Leib wie ein nasser Hund und trat zurück.

»Hat der knauserige-aber-eigentlich-herzensgute Papa seine falsche Einstellung eingesehen?« fragte sie.

»Wer waren diese Leute?«

»Keine Leute. Im Netz nennt man richtige Menschen ›Bürger‹. Das da waren Replikanten - Konstrukte, die wie Menschen aussehen. Erfundene Sachen, genau wie die Läden hier und sogar wie die Mall selbst.«

»Keine richtigen Menschen? Aber sie haben mit mir geredet - Fragen beantwortet.«

»Nichts weiter als eine etwas aufwendigere Form der Werbung. Und sie sind nicht so klug, wie sie tun. Geh zurück und frag Mama nach dem Aufstand von Soweto oder nach Ngosanes zweiter Amtsperiode. Sie wird dir einfach die Freuden der direkten Bildprojektion auf die Netzhaut von vorne herunterbeten.«

!Xabbu dachte darüber nach. »Dann sind sie so etwas ... wie Geister. Dinge ohne Seele.«

Renie schüttelte den Kopf. »Ohne Seele, das stimmt. Aber ›Geister‹ bedeutet im Netz etwas anderes. Ich werde dir ein andermal was darüber erzählen.«

Sie glitten weiter die Straße im Schritttempo hinunter, so daß sie bequem die Auslagen betrachten konnten.

»Wie merkt man den Unterschied?« fragte !Xabbu. »Zwischen Bürgern und Replikanten?«

»Man merkt ihn nicht immer. Wenn du es wissen willst, mußt du fragen. Nach dem Gesetz müssen wir alle darauf antworten - auch Konstrukte. Und wir müssen alle die Wahrheit sagen, obwohl ich mir sicher bin, daß das Gesetz oft genug gebrochen wird.«

»Ich finde diesen Gedanken ... bestürzend.«

»Man muß sich erst dran gewöhnen. Nun gut, wenn wir schon Einkaufen spielen, können wir da mal reingehen - oder fandest du die Reklame zu abstoßend?«

»Nein. Es war interessant. Ich finde, der Papa sollte sich mehr Bewegung verschaffen. Er hatte ein ungesundes Gesicht.«

Renie lachte, als sie in den Laden eintraten.

!Xabbu sperrte den Mund auf. »Aber von außen sah das alles ganz winzig aus! Ist das schon wieder visuelle Zauberei?«

»Du darfst nicht vergessen, daß nichts von alledem im normalen Sinne wirklich ist. Frontflächen in der Mall sind teuer, deshalb sind die Auslagendisplays meistens klein, aber der Geschäftsknoten selbst ist nicht *dahinter*, wie es bei einem wirklichen Geschäft der Fall wäre. Wir haben uns einfach an einen anderen Ort im Informationsnetzwerk begeben, der unmittelbar neben dem Hausmeisterdienst der Technischen Hochschule liegen könnte, oder neben einem Abenteuerspiel für Kinder oder den Bankbelegen einer Versicherungsgesellschaft.« Sie schauten sich in dem großen und teuer aussehenden Laden um. Leise Musik spielte, die Renie sofort abschaltete – einige der unterschwelligen Effekte waren sehr raffiniert, und wenn sie wieder offline war, wollte sie nicht entdecken, daß sie sich irgendeinen teuren Firlefanz angeschafft hatte. Wand- und Bodenflächen des simulierten Ladens zierten geschmackvolle abstrakte Skulpturen; die Produkte selbst, auf niedrigen Säulen ausgestellt, schienen ein weiches inneres Licht abzugeben und wirkten wie heilige Reliquien.

»Fällt dir auf, daß es hier keine Fenster gibt?«

!Xabbu schaute zurück. »Aber es waren mehrere zu beiden Seiten der Tür, durch die wir gekommen sind.«

»Nur außen. Was die uns zeigten, war so etwas wie eine Seite in einem gedruckten Katalog – kein Kunststück. Viel schwieriger und teurer und nicht zuletzt ablenkender für potentielle Kunden wäre es zu zeigen, was vor der Fassade in der Lambda Mall vor sich geht. Deshalb innen keine Fenster.«

»Und Leute auch keine. Geht dieser Laden denn so schlecht?«

»Alles ist so, wie man's haben will. Ich habe die vorgegebene Einstellung nicht geändert, als wir hier reingekommen sind. Wenn du dich noch an die Computerbegriffe von letzter Woche erinnern kannst, ist die vorgegebene Einstellung ...«

»... die Einstellung, die man bekommt, sofern man keine andere angibt.«

»Genau. Und in so einem Laden ist die Vorgabe in der Regel ›allein mit der Ware‹. Wenn wir wollen, können wir alle Kunden sehen, die sich sehen lassen wollen.« Sie machte eine Geste, und einen Augenblick lang wurde ein halbes Dutzend Sims sichtbar, über diese oder jene Säule gebeugt. »Und wenn wir wollen, können wir sofort eine Bedienung bei uns haben. Oder wenn wir uns lange genug umschauen, wird irgendwann eine auftauchen, um uns zu einer Entscheidung zu verhelfen.«

!Xabbu begab sich zu dem am nächsten stehenden sanft schimmernden Gerät. »Und dies sind Darstellungen der Produkte, die dieses Unternehmen verkauft?«

»Einiger davon. Wir können auch die Auswahl ändern oder nur die Sachen zu Gesicht bekommen, die uns interessieren. Wir können sogar den Ausstellungsraum ausblenden und sie uns nur als Text betrachten, mit Beschreibungen und Preisen. Ich muß gestehen, daß ich das meistens so mache.«

!Xabbu kicherte. »*Wer neben dem Wasserloch lebt, träumt nicht von Durst.*«

»Wieder ein Sprichwort deines Volkes?«

»Eines von meinem Vater.« Er streckte seine plumpen Finger nach einem der Pads aus, einem dünnen Rechteck, das so klein war, daß es in eine simulierte Hand paßte. »Darf ich das in die Hand nehmen?«

»Ja, aber es wird sich nur so realistisch anfühlen, wie deine Ausstattung das zuläßt. Ich fürchte, unsere Sims sind ziemlich simpel.«

!Xabbu drehte es in den Händen. »Ich kann das Gewicht fühlen. Ziemlich beeindruckend. Und sieh doch, die Spiegelung auf dem Bildschirm! Aber ich nehme an, es ist nicht realer als das Wasser, das du an meinem ersten Tag in einer Simulation erzeugtest.«

»Na ja, in das hier hat jemand mehr Arbeit investiert als ich in meine Pfütze.«

»Guten Tag, Bürger.« Eine attraktive schwarze Frau, ein paar Jahre jünger als Renie, erschien neben ihnen. !Xabbu zuckte schuldbewußt zusammen, und sie lächelte. »Interessiert ihr euch für Persönliche Zugangsgeräte?«

»Wir wollten uns nur mal umschauen, vielen Dank.« Renie betrachtete die perfekte, frisch gebügelte Falte in der Hose der Frau und ihre makellosen weißen Zähne. »Mein Freund ...«

»Bist du ein Bürger oder ein Replikant?« fragte !Xabbu.

Die Frau wandte sich ihm zu. »Ich bin ein Konstrukt vom Typ E«, sagte sie mit einer Stimme, die noch genauso herzlich und gewinnend war wie bei ihrer Begrüßung, »und spreche auf alle UN-Codes für Verkaufsberatung an. Wenn du von einem Bürger bedient werden möchtest, rufe ich dir gern einen. Wenn du mit meiner Beratung unzufrieden bist, sag bitte Bescheid, und du wirst weitergeleitet ...«

»Nein, nein«, unterbrach Renie. »Davon kann keine Rede sein. Mein Freund ist zum erstenmal in der Lambda Mall und war einfach neugierig.«

Das Lächeln war immer noch da, obwohl es Renie so vorkam, als wäre es ein wenig steifer als vorher. Aber das war albern – wieso sollte man einem Rep verletzte Gefühle einprogrammieren? »Es freut mich, daß ich deine Frage beantworten konnte. Gibt es sonst noch etwas, was ich euch über dieses oder eines der anderen hochwertigen Produkte von Krittapong Electronics erzählen kann?«

Aus einem diffusen Schuldgefühl heraus bat sie die Verkäuferin – den Verkaufs*replikanten*, sagte sie sich, nichts weiter als ein Stück Code –, ihnen das Pad vorzuführen.

»Das Freehand ist das Neueste, was an portablen Zugangsdateneinheiten auf dem Markt ist«, begann der Replikant, »mit der technisch ausgereiftesten Spracherkennung von allen Pads in seiner Preisklasse. Es bietet euch die Möglichkeit, Hunderte von unterschiedlichen täglichen Verrichtungen vorzuprogrammieren, ferner einen ausgeklügelten Anruffilterservice und eine Unmenge weiterer Extras, die Krittapong zum führenden Unternehmen Asiens auf dem Gebiet von Datenbearbeitungsprodukten für den Heimgebrauch gemacht haben ...«

Während der Replikant !Xabbu die Spracherkennungstechnik beschrieb, überlegte Renie, ob es Zufall war, daß diese Verkaufskraft als schwarze Frau erschien, oder ob man sie speziell auf ihren persönlichen Netzindex zugeschnitten hatte.

Wenige Minuten später standen sie wieder draußen auf der simulierten Straße.

»Nur zur Information«, sagte sie. »Es ist nicht gerade höflich, sich zu erkundigen, ob jemand ein Bürger ist oder nicht. Aber sofern du nicht eigens einen lebendigen Menschen verlangst, werden die meisten Bedienungen in den Läden Reps sein.«

»Aber ich dachte, du hättest gesagt, daß es gesetzlich vorgeschrieben ist ...«

»Es *ist* gesetzlich vorgeschrieben. Aber es ist ein wenig heikel und verlangt einen gewissen Takt. Wenn du mit einem Bürger sprichst und ihm diese Frage stellst, gibst du damit zu verstehen, daß er ... nun ja, so langweilig oder so mechanisch ist, daß er künstlich sein könnte.«

»Aha. Also sollte man das nur dann fragen, wenn man sich einigermaßen sicher ist, daß die betreffende Person ein Replikant ist.«

»Oder wenn man es wirklich unbedingt wissen muß.«

»Und was gäbe es da für zwingende Gründe?«

Renie grinste. »Ein Grund wäre, daß du dich in eine Person verliebst, die du hier kennenlernst. Komm, wir suchen uns einen Ort, wo wir uns hinsetzen können.«

!Xabbu seufzte und streckte sich. Sein grauer Sim hatte in sich zusammengesunken auf dem Stuhl gesessen.

»Es gibt noch so viel, was ich nicht verstehe. Wir sind immer noch auf ... in ... der Mall, nicht wahr?«

»Ja. Dies ist einer ihrer großen öffentlichen Plätze.«

»Und wozu soll diese Lokalität gut sein? Wir können nicht essen, wir können nicht trinken.«

»Zunächst einmal können wir uns ausruhen. VR kann ähnlich wirken wie langes Autofahren. Man *macht* nicht viel, aber müde wird man trotzdem.«

Wie Blut immer rot und flüssig ist, ganz gleich durch welche Arterie es strömt, so schien auch die Menge auf den betriebsamen Straßen in ihrer Buntgemischtheit allen anderen Mengen in der Lambda Mall zu gleichen. Diejenigen unter den Mallbesuchern, die am Café Boulle vorbeischwebten, -gingen oder -krochen, schienen sich in nichts von denen zu unterscheiden, die Renie und !Xabbu bei ihrem ersten Eintritt in den Geschäftssektor oder in die Straßen des Elektronikdistrikts gesehen hatten. Die einfachsten Sims, an denen man gewöhnlich die unerfahrenen Besucher erkannte, blieben häufig stehen und verdrehten die Hälse. Andere, detaillierter ausgeführte Sims waren schrill und bunt aufgetakelt wie für eine Party und zogen in Gruppen herum. Und einige hätten sich in den schicksten Sektoren des Inneren Distrikts sehen lassen können, perfekt gestaltete Sims wie stattliche junge Götter, nach denen sich überall, wo sie vorbeikamen, die virtuellen Köpfe umdrehten.

»Aber wieso ist es ein Café? Warum kein Rasthaus oder etwas in der Art?«

Renie wandte sich wieder !Xabbu zu. Seine hängenden Schultern deuteten auf Erschöpfung hin. Sie mußte ihn bald von der Strippe nehmen. Man vergaß leicht, was für eine überwältigende sinnliche Erfahrung der erste Besuch im Netz sein konnte. »Weil ›Café‹ sich netter anhört. Nein, ich mache Spaß. Einmal ist es so, daß wir, wenn wir die entsprechende Ausrüstung hätten, durchaus hier essen und trinken könnten - oder uns wenigstens das Gefühl verschaffen könnten. Wenn wir die Implantate hätten, die manche reichen Leute haben, könnten wir Dinge schmecken, die wir in der wirklichen Welt noch nie geschmeckt haben. Aber selbst in einem wirklichen Café gibt es mehr als bloß Essen und Trinken.« Sie machte eine Geste, und die sanften Klänge eines Poulenc-Streichquartetts umsäuselten sie; der Straßenlärm sank auf ein leises Hintergrundsgemurmel ab. »Im Prinzip mieten wir uns einen Platz, wo wir *sein* können - wo wir einfach bleiben und nachdenken und reden und die Passanten bestaunen können, ohne eine öffentliche Durchgangsstraße zu blockieren. Und anders als in einem wirklichen Restaurant bezahlt man seinen Tisch, und von dem Moment an steht immer der Kellner für einen bereit, aber kommt nur, wenn man ihn ruft.«

!Xabbu lehnte sich zurück. »Ein Bier wäre wunderbar.«

»Wenn wir offline gehen, ich versprech's. Zur Feier deines ersten Tages im Netz.«

Ihr Begleiter sah eine Zeitlang dem Straßentreiben zu, dann drehte er sich um und nahm das Café Boulle selbst in Augenschein. Die gestreiften Markisen flatterten, obwohl kein Wind ging. Kellner und Kellnerinnen in sauberen weißen Schürzen schritten zwischen den Tischen hindurch und balancierten Tabletts mit unglaublich hohen Gläserstapeln, obwohl nur sehr wenige Kunden Gläser vor sich stehen hatten.

»Es ist nett hier, Frau Sulaweyo.«

»Renie, bitte.«

»Gern. Es ist nett hier, Renie. Aber warum sind so viele Tische leer? Wenn es so billig ist, wie du gesagt hast ...«

»Nicht jeder hier möchte gesehen werden, obwohl man nicht einfach unsichtbar sein kann, ohne daß es einen Hinweis gäbe.« Sie deutete auf die perfekte, aber menschenleere Simulation eines schwarzen gußeisernen Tischchens mit weißer Tischdecke, auf dem eine Vase mit wunderschönen Margeriten stand. »Siehst du die Blumen da? Auf wie vielen anderen leeren Tischen stehen welche?«

»Auf den meisten.«

»Das heißt, daß dort jemand sitzt - oder den virtuellen Raum beansprucht, genauer gesagt. Es ist ihnen einfach lieber, nicht gesehen zu werden. Vielleicht sind es heimliche Liebespaare, oder ihre Sims sind berühmt und leicht zu erkennen. Oder vielleicht haben sie einfach vergessen, die Vorgabe der letzten Leute, die dort saßen, zu ändern.«

!Xabbu betrachtete nachdenklich den leeren Tisch. »Sind wir sichtbar?« fragte er schließlich.

»O ja. Ich habe nichts zu verbergen. Ich habe allerdings unser Gespräch nach außen stummgeschaltet. Ansonsten wären wir beim Weggehen von Straßenhändlern umlagert, die darauf warten, einem Lagepläne zu verkaufen, Betriebsanleitungen, sogenannte ›Optimierungspakete‹ - allen möglichen Plunder. Sie sind ganz wild auf Neulinge.«

»Und das ist alles, was die meisten Leute hier machen? Herumsitzen?«

»Für diejenigen, die keine Lust haben, dem Treiben zuzuschauen, laufen verschiedene virtuelle Veranstaltungen: Tanzen, Objektgestaltung, Komödien. Ich habe einfach keinen Zugriff darauf bestellt. Möchtest du eine sehen?«

»Nein, danke, Renie. Die Ruhe ist sehr angenehm.«

Die Ruhe dauerte nur noch wenige Sekunden. Eine laute Detonation ließ Renie erschrocken aufschreien. Auf der Straße vor dem Café stob die Menge wild auseinander wie eine Antilopenherde, die vor dem Angriff eines Löwen floh.

Sechs Sims, alles muskelbepackte Männer in martialischer Leder- und Stahlmontur, standen auf der freien Fläche, schrien sich gegenseitig an und schwenkten große Gewehre. Renie stellte den Ton lauter, damit sie und !Xabbu alles verstehen konnten.

»Wir haben euch gesagt, ihr sollt euch in der Englebart Street nicht mehr blicken lassen!« brüllte einer von ihnen mit scharfem amerikanischen Tonfall und brachte sein Maschinengewehr in Anschlag, so daß es von seiner Hüfte vorsprang wie ein schwarzer Metallphallus.

»Eher lernen Schweine fliegen, als daß uns ein Blaffmaul was zu sagen hat!« schrie ein anderer zurück. »Verpiß dich in deine Höllenbox, Kleiner!«

Ein explodierender Feuerstern schlug aus der Gewehrmündung des ersten Mannes. Das Pat-Pat-Pat war noch durch die gedämpfte Tonwiedergabe in Renies Ohrenstöpseln laut. Der Mann, der sich nicht mehr in der Englebart Street hatte blicken lassen sollen, wurde in Form von hellrotem Blut, Eingeweiden und Fleischfetzen über eben jene Straße verspritzt. Die Menge stieß einen kollektiven Angstschrei aus und versuchte, noch weiter zurückzuweichen. Abermals zuckte es aus den Gewehren, und noch zwei der muskelbepackten Männer wurden mit schwarz verbrannten und rot triefenden Löchern zu Boden geschmettert. Die Sieger hoben ihre Waffen hoch, glotzten sich einen Augenblick an und verschwanden.

»Idioten.« Renie wandte sich !Xabbu zu, aber der war gleichfalls verschwunden. Ihre kurze Unruhe legte sich, als sie den Rand seines grauen Sims hinter dem Stuhl hervorlugen sah. »Komm wieder hoch, !Xabbu. Es war bloß ein Dummejungenstreich.«

»Aber er hat den Mann dort erschossen!« !Xabbu krabbelte auf seinen Stuhl zurück und beäugte mißtrauisch die Menge, die wie eine anrollende Welle wieder über die Stelle geschwappt war.

»Alles simuliert, schon vergessen? In Wirklichkeit ist niemand erschossen worden - trotzdem ist sowas in öffentlichen Bereichen nicht erlaubt. Wahrscheinlich eine Bande Schuljungen.« Einen quälenden Moment lang dachte sie an Stephen, aber solche Mätzchen waren nicht

seine Art. Sie bezweifelte auch, daß er und seine Freunde an derart erstklassige Sims herankommen konnten. Kleine reiche Stinker, die Sorte war das gewesen. »Und es kann ihnen passieren, daß sie ihre Zugangsrechte verlieren, wenn sie erwischt werden.«
»Dann war das alles nicht echt?«
»Alles nicht echt. Bloß eine Horde Netboys auf dem Machotrip.«
»Das ist wirklich eine seltsame Welt, Renie. Ich glaube, ich möchte jetzt zurückgehen.«
Sie hatte recht gehabt - sie hatte ihn zu lange bleiben lassen. »Nicht ›zurück‹«, sagte sie sanft. »Offline. Mit solchen Gedächtnisstützen merkst du dir vielleicht besser, daß dies hier kein realer Ort ist.«
»Na schön, offline.«
»Genau.« Sie bewegte die Hand, und es geschah.

> Das Bier war kalt, !Xabbu war müde, aber glücklich, und Renie fing eben an sich zu entspannen, als sie merkte, daß ihr Pad blinkte. Sie wollte es erst ignorieren - die Batterie war ziemlich leer, und wenn der Strom ausging, passierten oft merkwürdige Dinge -, aber die einzigen dringlichen Mitteilungen waren die von zuhause, und Stephen mußte seit ein paar Stunden aus der Schule zurück sein.

Da der Knoten der Bierschenke nicht funktionierte und ihre schwache Batterie das Signal nicht ausreichend verstärken konnte, um am Tisch eine Verbindung herzustellen, entschuldigte sie sich bei !Xabbu, trat in das grelle spätnachmittägliche Licht der Straße hinaus und hielt blinzelnd Ausschau nach einem öffentlichen Knoten. Knittrige Plastikfetzen, die wie Herbstlaub im Wind wehten, leere Flaschen und Ampullen, die in schmuddeligen Papiertüten im Rinnstein lagen, verrieten, daß die Gegend dafür nicht günstig war. Sie mußte vier lange Häuserblocks weit gehen, bevor sie einen Knoten fand, von Graffiti verunstaltet, aber in Betrieb.

Es war seltsam, den gepflegten Anlagen der TH so nahe und doch in einer ganz anderen Welt zu sein, einer entropischen Welt, in der sich alles in Staub und Müll und abgeblätterte Farbschuppen aufzulösen schien. Sogar die kleine Rasenfläche rings um den öffentlichen Knoten war nur eine Travestie, ein Fleckchen verbrannter Erde mit dürrem, braunem Gras.

Sie fummelte die Steckbuchse des Pads in den Knoten, bis sie einen halbwegs ordentlichen Kontakt hergestellt hatte. Es war eine reine Sprechzelle, und sie hörte, wie ihr Fon zuhause etliche Male summte, bevor jemand dran ging.

»Was'n los?« nuschelte ihr Vater.

»Papa? Mein Pad zeigt eine Mitteilung an. Hat Stephen mich angerufen?«

»Der Bengel? Nee, Mädel, ich hab. Weil ich nämlich die Nase voll hab von den Mätzchen. Ein Mann hat ein Recht auf seine Ruhe. Dein Bruder, er und seine Freunde ham rumgesaut und Radau gemacht. Sag ich, er soll die Küche aufräumen, sagt er, es is nich sein Job.«

»Es ist auch nicht sein Job. Ich hab ihm gesagt, wenn er sein Zimmer aufräumt -«

»Nich so keß, Mädel. Ihr denkt alle, ihr könnt euerm Vater dumm kommen, als wenn ich gar niemand wär. Jedenfalls, dieser oberschlaue Bengel, ich hab ihn rausgeworfen, ein für allemal, und wenn du nicht kommst und räumst hier auf, werf ich dich gleich hinterher.«

»*Was* hast du? Was soll das heißen, du hast ihn rausgeworfen?«

In Long Josephs Stimme schwang jetzt ein pfiffiger, selbstzufriedener Ton. »Du verstehst ganz gut. Vor die Tür gesetzt hab ich ihn. Will er Rotzlöffel spielen mit seinen Freunden und Radau machen, kann er bei seinen Freunden wohnen. Ich hab meinen Frieden verdient.«

»Du ... du ...!« Renie schluckte mühsam. Wenn ihr Vater in dieser Laune war, lechzte er förmlich nach Streit; beduselt und selbstgerecht würde er tagelang damit weitermachen, wenn sie ihm widersprach.

»Das war nicht fair. Stephen hat ein Recht darauf, Freunde zu haben.«

»Wenn's dir nich paßt, kannst du gleich mit gehen.«

Renie beendete das Gespräch und blickte lange auf einen Streifen kadmiumgelber Farbe, den jemand quer über die Vorderfront des Knotens gesprüht hatte, den langen Schweif eines Graffitibuchstabens von solcher Abstrusität, daß sie ihn nicht entziffern konnte. Ihre Augen füllten sich mit Tränen. Es gab Zeiten, da verstand sie die gewalttätigen Impulse, aus denen heraus die Netboys sich gegenseitig mit falschen Gewehren zersiebten. Manchmal verstand sie sogar Leute, die das mit echten Gewehren machten.

Die Buchse blieb in dem öffentlichen Knoten hängen, als sie sie rausziehen wollte. Sie starrte einen Moment lang das abgerissene Kabel an, dann fluchte sie und warf es auf den Boden, wo es liegenblieb wie eine winzige betäubte Schlange.

> »Er ist erst elf! Du kannst ihn nicht rausschmeißen, bloß weil er laut war! Und überhaupt, er muß hier wohnen, das ist Gesetz!«
»Oho, mit dem Gesetz willst mir kommen, Mädel?« Long Josephs Unterhemd hatte Schweißflecken unter den Achseln. Die Nägel an seinen nackten Füßen waren gelb und zu lang. In dem Moment haßte Renie ihn.
»Du kannst das nicht *machen!*«
»Dann raus mit dir. Geh doch - ich brauch keine kleine Klugscheißerin in meinem Haus. Ich hab schon zu deiner Mama gesagt, bevor sie gestorben is, das Mädel hat Flausen im Kopf. Hält sich für was Besseres.«
Renie trat um den Tisch herum auf ihn zu. Ihr Kopf fühlte sich an, als wollte er gleich explodieren. »Nur weiter so, schmeiß mich raus, du alter Sturkopf! Wer wird dann wohl für dich saubermachen, für dich kochen? Was denkst du, wie weit du mit deinem bißchen Rente kommst, wenn ich mein Gehalt nicht mehr hier abliefere?«
Joseph Sulaweyo schlenkerte verächtlich seine langen Hände. »Dummes Zeug. Wer hat dich denn in die Welt gesetzt? Wer hat gearbeitet, bloß daß du auf diese Afrikaanderschule gehen und den ganzen Computerquatsch lernen konntest?«
»Ich hab für mein Studium *selber* gearbeitet.« Was als einfacher Druck im Kopf angefangen hatte, hatte sich inzwischen zu eisig stechenden Schmerzen ausgewachsen. »*Vier Jahre lang* hab ich in der Cafeteria hinter andern Studenten abgeräumt und gewischt. Und jetzt, wo ich eine gute Stelle habe, komm ich nach Hause und räume und wische hinter dir her.« Sie nahm ein schmutziges Glas in die Hand, in dem ein angetrockneter Milchrest vom Vorabend stand, und hob es hoch, um es auf den Fußboden zu schmettern, es in die tausend scharfen Splitter zu zerbrechen, die schon in ihrem Kopf klirrten. Nach kurzem Zögern stellte sie es wieder auf den Tisch und wandte sich schwer atmend ab. »Wo ist er?«
»Wo ist wer?«
»Verdammt nochmal, das weißt du genau! Wo ist Stephen hin?«
»Woher soll ich das wissen?« Long Joseph durchsuchte den Schrank nach der Flasche billigen Wein, die er zwei Abende vorher ausgetrunken hatte. »Abgehauen mit seinem hundsmiserablen Freund. Diesem Eddie. Wo bist du mit meinem Wein hin, Mädel?«
Renie drehte sich um, ging in ihr Zimmer und knallte die Tür hinter

sich zu. Man konnte einfach nicht mit ihm reden. Warum versuchte sie es überhaupt?

Auf dem Bild, das auf ihrem Schreibtisch stand, war er mehr als zwanzig Jahre jünger, groß und dunkel und stattlich. Ihre Mutter stand in einem trägerlosen Kleid neben ihm und schirmte sich die Augen vor der Sommersonne in Margate ab. Und Renie selbst, drei oder vier Jahre alt, kuschelte sich in die Armbeuge ihres Vaters und hatte eine alberne Haube auf, mit der ihr Kopf so groß aussah wie ihr ganzer Körper. Eine kleine Hand hatte sich in das Tropenhemd ihres Vaters gekrallt, als suchte sie einen Anker gegen die starken Strömungen des Lebens.

Renie verzog das Gesicht und blinzelte gegen die Tränen an. Es hatte keinen Zweck, dieses Bild anzuschauen. Die beiden Leute darauf waren tot, oder so gut wie. Es war ein gräßlicher Gedanke, aber bei aller Schrecklichkeit doch wahr.

Ganz hinten in ihrer Schreibtischschublade fand sie eine letzte Ersatzbatterie, steckte sie in ihr Pad und rief bei Eddie an.

Eddie ging dran. Das wunderte Renie nicht. Eddies Mutter Mutsie verbrachte mehr Zeit auf Kneipentouren mit ihren Freundinnen als zuhause bei ihren Kindern. Das war einer der Gründe, weshalb Eddie immer wieder in Kalamitäten geriet, und obwohl er eigentlich ein netter Junge war, war es einer der Gründe, weshalb Renie nicht wohl bei dem Gedanken war, daß Stephen sich dort aufhielt.

Mein Gott, hab dich nicht so, Frau! dachte sie, während sie darauf wartete, daß Eddie ihren Bruder an den Apparat holte. *Du benimmst dich schon wie ein altes Weib, die an allen was auszusetzen hat.*

»Renie?«

»Ja, Stephen, ich bin's. Alles okay mit dir? Er hat dich doch nicht geschlagen oder so?«

»Nein. Hat mich nicht erwischt, der alte Suffkopp.«

Trotz ihrer eigenen Wut versetzte es ihr einen Stich, daß er so über ihren Vater sprach. »Hör zu, kannst du heute nacht dort bleiben, bloß bis Papa sich wieder beruhigt hat? Laß mich mal mit Eddies Mutter reden.«

»Sie ist nicht da, aber sie hat gesagt, es wär okay.«

Renie runzelte die Stirn. »Sag ihr trotzdem, sie soll mich mal anrufen. Ich will mit ihr über was reden. Stephen, mach noch nicht aus!«

»Ich bin ja da.« Er war mürrisch.

»Was ist mit Soki? Du hast mir nie erzählt, ob er wieder zur Schule gekommen ist – nachdem ihr drei diesen Ärger hattet.«

Stephen zögerte. »Er war krank.«

»Ich weiß. Aber geht er jetzt wieder zur Schule?«

»Nein. Seine Mama und sein Papa sind nach Durban reingezogen. Ich glaube, sie wohnen bei Sokis Tante oder so.«

Sie trommelte mit den Fingern auf das Pad, als sie merkte, daß sie beinah die Verbindung unterbrochen hätte. »Stephen, stell bitte das Bild an!«

»Ist kaputt. Eddies kleine Schwester hat die Station umgeschmissen.«

Renie fragte sich, ob das wirklich stimmte oder ob Stephen und sein Freund gerade irgend etwas anstellten, was sie nicht sehen sollte. Sie seufzte. Bis zu Eddies Wohnblock waren es mit dem Bus vierzig Minuten, und sie war erschöpft. Sie konnte nichts machen.

»Du rufst mich morgen in der Arbeit an, wenn du von der Schule kommst. Wann kommt Eddies Mama wieder?«

»Bald.«

»Und was treibt ihr zwei heute abend, bis sie wieder da ist?«

»Nichts.« Seine Stimme hatte eindeutig einen rechtfertigenden Ton.

»Bloß'n bißchen Netz. Vielleicht'n Fußballmatch.«

»Stephen«, hob sie an, aber ließ es dann sein. Sie konnte den Verhörston ihrer Stimme nicht leiden. Wie sollte er lernen, auf eigenen Füßen zu stehen, wenn sie ihn wie ein Baby behandelte? Sein eigener Vater hatte ihn vor wenigen Stunden erst zu Unrecht gescholten und ihn dann vor die Tür gesetzt. »Stephen, ich vertraue dir. Du rufst mich morgen an, klar?«

»Okay.« Die Leitung klickte, und weg war er.

Renie klopfte ihr Kissen auf und setzte sich auf ihrem Bett zurück, um eine bequeme Position für die schmerzende Kopf- und Nackenpartie zu finden. Sie hatte eigentlich vorgehabt, heute abend einen Artikel in einer Fachzeitschrift zu lesen - über Themen, die sie gerne intus hätte, wenn das nächste Mal die Beförderung zur Debatte stand -, aber sie war zu ausgelaugt, um noch etwas zustande zu bringen. Schnell was Tiefgefrorenes in die Welle und die Nachrichten gucken. Bloß nicht stundenlang wach liegen und sich rumquälen.

Wieder ein Abend für die Katz.

> »Du wirkst verstört, Frau Sulaweyo. Kann ich dir irgendwie helfen?«

Sie holte scharf Luft. »Ich heiße Renie. Ich wollte, du würdest mich

langsam so nennen, !Xabbu - ich komme mir schon wie eine Oma vor.«
»Entschuldige bitte. Es war nicht böse gemeint.« Sein schmales Gesicht war ungewöhnlich ernst. Er nahm seinen Schlips in die Hand und studierte das Muster.

Renie wischte die Grafik vom Bildschirm, mit der sie sich die letzte halbe Stunde über abgeplagt hatte. Sie nahm sich eine Zigarette und zog den Streifen. »Nein, ich muß mich entschuldigen. Ich hatte kein Recht, an dir meine ... Es tut mir leid.« Sie beugte sich vor und blickte durch den aufsteigenden Rauch auf das Himmelblau des leeren Bildschirms. »Du hast mir nie etwas von deiner Familie erzählt. Jedenfalls nicht viel.«

Sie spürte, wie er sie anschaute. Als sie seinem Blick begegnete, empfand sie ihn als unangenehm scharf, als ob er aus ihrer Frage nach seiner Familie Rückschlüsse auf ihre eigenen Sorgen gezogen hätte. Es war ein Fehler, !Xabbu zu unterschätzen. Er hatte sich das Computerbasiswissen inzwischen angeeignet und tastete sich bereits in Bereiche vor, bei denen ihre anderen erwachsenen Studenten Zustände bekamen. Er würde bald programmreifen Code schreiben können. Und das alles binnen weniger Monate. Wenn er seine raschen Fortschritte nächtlichen Studien zu verdanken hatte, mußte er völlig ohne Schlaf auskommen.

»Meine Familie?« fragte er. »Dort, wo ich herkomme, versteht man etwas anderes darunter. Meine Familie ist sehr groß. Aber ich nehme an, du meinst meine Mutter und meinen Vater.«

»Und deine Schwestern. Und Brüder.«

»Brüder habe ich keine, dafür mehrere Cousins. Ich habe zwei jüngere Schwestern, die beide noch bei meinen Leuten leben. Meine Mutter lebt auch dort, aber es geht ihr nicht gut.« Sein Gesichtsausdruck beziehungsweise dessen Fehlen deutete darauf hin, daß die Krankheit seiner Mutter keine Kleinigkeit war. »Mein Vater starb vor vielen Jahren.«

»Das tut mir leid. Woran ist er gestorben? Wenn es dir nichts ausmacht, darüber zu reden.«

»Sein Herz blieb stehen.« Er sagte es ganz schlicht, aber Renie wunderte sich über die Steifheit seines Tons. !Xabbu war oft förmlich, aber im Gespräch eigentlich meistens offen. Sie führte es auf einen Schmerz zurück, an den er nicht rühren wollte. Sie verstand das.

»Wie bist du aufgewachsen, wie war das? Es muß ganz anders gewesen sein als bei mir.«

Sein Lächeln kam wieder, aber nur ein kleines. »Da bin ich nicht so sicher, Renie. Im Delta lebten wir hauptsächlich im Freien, und das ist sicher ganz anders, als in der Stadt unter einem Dach zu leben - in manchen Nächten fällt es mir hier immer noch schwer einzuschlafen, muß ich gestehen. Ich gehe nach draußen und schlafe im Garten, einfach damit ich den Wind fühlen kann, die Sterne sehen kann. Meine Vermieterin findet mich sehr sonderbar.« Er lachte, und dabei gingen seine Augen fast ganz zu. »Aber ansonsten habe ich den Eindruck, daß die Kindheit überall ziemlich gleich sein muß. Ich spielte, ich stellte Fragen nach den Dingen um mich herum, manchmal tat ich etwas Verbotenes und wurde bestraft. Ich sah meine Eltern jeden Tag zur Arbeit gehen, und als ich alt genug war, bekam ich Unterricht.«

»Unterricht? Im Okawangobecken?«

»Nicht in einer Schule, wie du sie kennst, Renie - nicht mit einer elektronischen Bildwand und VR-Helmen. In eine richtige Schule kam ich erst viel später. Meine Mutter und ihre Verwandten nahmen mich mit und brachten mir die Dinge bei, die ich wissen sollte. Ich habe nicht behauptet, unsere Kindheit wäre identisch gewesen, nur ziemlich gleich. Als ich zum erstenmal bestraft wurde, weil ich etwas Verbotenes getan hatte, da hatte ich mich zu nahe am Fluß herumgetrieben. Meine Mutter hatte Angst, die Krokodile könnten mich erwischen. Ich nehme an, daß du deine ersten Strafen für andere Sachen bekamst.«

»Das stimmt. Allerdings hatten wir in *meiner* Schule keine elektronischen Bildwände. Als ich ein kleines Mädchen war, hatten wir nichts weiter als ein paar verstaubte Mikrocomputer. Wenn sie heute überhaupt noch irgendwo stehen, dann in einem Museum.«

»Meine Welt hat sich seit meiner Kinderzeit auch verändert. Das ist eine der Sachen, die mich hierhergeführt haben.«

»Was meinst du damit?«

!Xabbu schüttelte mit langsamem Bedauern den Kopf, als ob sie in der Studentenposition wäre und nicht er und sie sich in eine letztlich aussichtslose Theorie verrannt hätte. Als er sprach, wechselte er das Thema. »Hast du aus Neugier nach meiner Familie gefragt, Renie? Oder hast du mit deiner eigenen ein Problem, das dich traurig macht? Du siehst wirklich traurig aus.«

Einen Moment lang war sie versucht, es abzustreiten oder vom Tisch zu wischen. Es kam ihr als Dozentin nicht richtig vor, sich bei einem Studenten über ihr Familienleben auszuweinen, auch wenn sie beide mehr oder weniger gleichaltrig waren. Aber !Xabbu war ihr Freund geworden – ein etwas absonderlicher Umgang aufgrund seiner Herkunft, aber dennoch ein Freund. Die Belastung, für einen kleinen Bruder die Mutterrolle übernehmen und sich um ihren geplagten und andere plagenden Vater kümmern zu müssen, hatte dazu geführt, daß sie ihre Freunde aus der Studienzeit aus den Augen verloren und nicht viele neue gefunden hatte.

»Ich ... mach mir Sorgen.« Sie schluckte, weil ihre Schwäche ihr zuwider war, das Kuddelmuddel ihrer Probleme, aber jetzt mußte sie damit heraus. »Mein Vater hat meinen kleinen Bruder vor die Tür gesetzt, und er ist erst elf. Aber verbohrt, wie mein Vater ist, meint er, es ginge ums Prinzip, und will ihn nicht eher wieder heimkommen lassen, als bis er sich entschuldigt. Stephen ist genauso stur – ich hoffe, das ist das einzige, worin er nach seinem Vater kommt.« Sie war ein wenig überrascht über ihre Vehemenz. »Das heißt, er wird nicht nachgeben. Seit drei Wochen wohnt er jetzt bei einem Freund – seit drei Wochen! Ich kriege ihn kaum zu sehen, spreche ihn kaum.«

!Xabbu nickte. »Ich verstehe deine Sorgen. Wenn einer von meinen Leuten einen Streit mit seiner Familie hat, zieht er manchmal zu anderen Verwandten. Aber wir leben sehr eng zusammen, und alle sehen sich sehr häufig.«

»Das ist genau der Punkt. Stephen geht weiter zur Schule – ich hab mich im Rektorat erkundigt –, und Eddies Mutter, die Mutter von diesem Freund, sagt, es geht ihm gut. Ich weiß allerdings nicht, wie weit ich *ihr* traue, das kommt noch dazu.« Sie stand auf und ging vor sich hinqualmend zur gegenüberliegenden Wand, um sich Bewegung zu verschaffen. »Jetzt wälze ich die Sache schon wieder hin und her. Aber es paßt mir nicht. Zwei dumme Männer, ein großer und ein kleiner, und keiner von beiden wird zugeben, daß er im Unrecht ist.«

»Aber du sagtest, dein jüngerer Bruder sei *nicht* im Unrecht«, wandte !Xabbu ein. »Sicher, wenn er sich entschuldigen würde, dann wäre das ein Zeichen der Achtung vor seinem Vater – aber wenn er eine Schuld auf sich nimmt, die ihm gar nicht zukommt, dann beugt er sich damit auch einer Ungerechtigkeit, nur um den Frieden zu wahren. Ich denke, deine Sorge ist, daß das keine gute Lehre wäre.«

»Richtig. Sein Volk – unser Volk – hat jahrzehntelang genau dagegen kämpfen müssen.« Renie zuckte wütend mit den Schultern und drückte die Zigarette aus. »Aber es ist mehr als bloß Politik. Ich will einfach nicht, daß er denkt, wer die Macht hat, hat das Recht, und wenn du selbst getreten wirst, dann ist es ganz in Ordnung, sich nach einem Schwächeren umzuschauen, den *du* treten kannst. Ich will nicht, daß er am Schluß so wird wie ... wie sein ...«

!Xabbu hielt ihren Blick. Er sah so aus, als könnte er den Satz für sie beenden, aber tat es nicht.

Nach einer langen Pause räusperte sich Renie. »Wir vergeuden hier bloß deine Stunde. Entschuldige bitte. Sollen wir nochmal das Flußdiagramm üben? Ich weiß, es ist langweilig, aber es gehört zu den Dingen, die du für die Prüfung unbedingt wissen mußt, auch wenn du alles andere noch so gut kannst.«

!Xabbu zog fragend eine Braue hoch, doch sie ging nicht darauf ein.

> !Xabbu stand an der Kante eines schroffen Felsvorsprungs. Die Bergwand stürzte unter ihm ins Bodenlose, ein geschwungener, glasglatter Steilabfall von glänzender Schwärze. In seiner offenen Hand lag eine altmodische Taschenuhr. Vor Renies Augen fing !Xabbu an, sie auseinanderzunehmen.

»Geh weg von der Kante!« rief sie. Sah er denn die Gefahr nicht? »Steh nicht so dicht am Rand!«

Mit zusammengekniffenen Augen blickte !Xabbu zu ihr auf und lächelte. »Ich muß herausfinden, wie sie funktioniert. Da ist ein Geist drin.«

Bevor sie ihn ein weiteres Mal warnen konnte, zuckte er zusammen und hielt dann verwundert wie ein Kind seine Hand hoch; ein Blutstropfen, rund wie ein Edelstein, löste sich und lief ihm die Hand hinunter.

»Sie hat mich gebissen«, sagte er. Er machte einen Schritt nach hinten und stürzte in den Abgrund.

Renie starrte oben vom Rand in die Tiefe. !Xabbu war verschwunden. Sie schaute suchend nach unten, aber konnte nichts erkennen als Dunstschleier und langflügelige weiße Vögel, die langsam kreisten und klagende Laute ausstießen: ti-wiep, ti-wiep, ti-wiep ...

Mit hämmerndem Herzen erwachte sie aus ihrem Traum. Ihr Pad piepte nach ihr, leise, aber beharrlich. Sie tastete den Nachttisch danach ab. Auf der Digitalanzeige stand 2:27.

»*Annehmen.*« Sie klappte den Bildschirm hoch.

Sie brauchte einen Moment, um Stephens Freund Eddie zu erkennen. Er weinte, und die Tränen zeichneten eine silberne Spur über sein blau erleuchtetes Gesicht. Das Herz erfror ihr in der Brust.

»Renie ...?«

»Wo ist Stephen?«

»Er ... er ist krank, Renie. Ich weiß nicht ...«

»Was meinst du mit ›krank‹? Wo ist deine Mama? Laß mich mit ihr reden.«

»Sie ist nicht da.«

»Himmel Herrgott ...! Was hat er, Eddie? Antworte doch!«

»Er wird einfach nicht wach. Ich weiß es nicht, Renie. Er ist krank.« Ihre Hände zitterten. »Bist du sicher? Er schläft nicht bloß ganz tief und fest?«

Eddie schüttelte den Kopf. Er war verwirrt und verängstigt. »Ich bin aufgestanden. Er ... er liegt einfach da auf dem Fußboden.«

»Deck ihn mit irgendwas zu. Hol eine Decke. Ich bin gleich da. Sag deiner Mutter, wenn sie ... Scheiße, vergiß es. Ich bin gleich da.«

Sie forderte einen Krankenwagen an, gab ihnen Eddies Adresse und rief dann ein Taxi. Während sie fieberkalt vor Angst wartete, durchwühlte sie ihre Schreibtischschubladen nach Münzen, damit sie auch ja genug Geld bei sich hatte. Long Joseph hatte ihren Kredit bei dem Taxiunternehmen schon vor Monaten überzogen.

Außer ein paar schwach erleuchteten Fenstern war vor Eddies Wohnblock keinerlei Lebenszeichen zu sehen – kein Krankenwagen, keine Polizei. Ein Stachel der Wut bohrte sich durch Renies Angst. Schon fünfunddreißig Minuten und noch immer niemand da. Das hatte man davon, wenn man in Pinetown wohnte. Dinge knirschten unter ihren Füßen, als sie auf den Hauseingang zueilte.

Auf einem handgeschriebenen Schild war zu lesen, daß das elektronische Schloß an der Haupttür außer Betrieb sei; irgendwer hatte daraufhin den ganzen Schließmechanismus mit der Brechstange entfernt. Das Treppenhaus stank nach all den üblichen Sachen, aber es hatte auch einen verbrannten Geruch – schwach, aber scharf – wie von einem Brand vor langer Zeit. Renie rannte die Treppe hoch, immer zwei Stufen auf einmal, und rang nach Atem, als sie vor der Wohnungstür ankam.

Eddie machte auf. Zwei kleinere Schwestern lugten mit großen Augen hinter seinem Rücken hervor. Die Wohnung war dunkel bis auf das flimmernde Standlicht des Wandbildschirms. Verängstigt und auf eine Bestrafung gefaßt, konnte Eddie nur tonlos den Mund bewegen. Renie wartete nicht ab, bis ihm etwas zu sagen eingefallen war.

Stephen lag auf dem Wohnzimmerteppich leicht eingekrümmt auf der Seite, die Arme an die Brust gezogen. Sie zog die fadenscheinige Decke weg und schüttelte ihn, zuerst sanft, aber dann mit zunehmender Heftigkeit, und rief dabei seinen Namen. Sie rollte ihn auf den Rücken und erschrak über die Schlaffheit seiner Glieder. Ihre Hände wanderten von der schmalen Brust zu der Arterie unterm Kinn. Er atmete, aber langsam, und auch sein Herzschlag war deutlich spürbar, aber träge. Um die Lehrbefugnis zu erhalten, hatte sie auch einen Erstehilfekurs mitmachen müssen, doch außer daß man das Unfallopfer warmhalten und es beatmen sollte, konnte sie sich kaum noch an etwas erinnern. Die Beatmung brauchte Stephen nicht, jedenfalls soweit sie sehen konnte. Sie hob ihn an und hielt ihn fest, um ihm etwas zu geben, irgend etwas, was ihn vielleicht zurückholen konnte. Er kam ihr klein, aber schwer vor. Es war schon eine Weile her, seit er sich das letzte Mal so ungehemmt von ihr hatte drücken lassen. Bei dem fremden Gefühl seines Gewichts in ihren Armen wurde ihr plötzlich am ganzen Leib kalt.

»Was ist passiert, Eddie?« Ihr Herz fühlte sich an, als ob es schon seit Stunden zu schnell schlüge. »Habt ihr irgendwelche Drogen genommen? Euch Charge reingezogen?«

Stephens Freund schüttelte heftig den Kopf. »Wir haben nichts gemacht! Gar nichts!«

Sie holte tief Luft, bemühte sich um einen klaren Kopf. In dem silberblauen Licht sah die Wohnung mit den Spielsachen, Kleidungsstücken und ungespülten Töpfen und Tellern überall wie ein surreales Chaos aus: Nirgends gab es eine freie Fläche. »Was habt ihr gegessen? Hat Stephen irgendwas anderes gegessen als du?«

Eddie schüttelte wieder den Kopf. »Wir haben uns einfach was in die Welle geschoben.« Er deutete auf die Fertigkostschachteln, die natürlich immer noch auf dem Küchentresen standen.

Renie hielt ihre Wange dicht an Stephens Mund, um seinen Atem zu spüren. Als sie den Anhauch fühlte, warm und leicht süßlich, füllten sich ihre Augen mit Tränen. »Erzähl mir, was passiert ist. Alles. Verdammt nochmal, wo bleibt dieser Krankenwagen?«

Eddie zufolge hatten sie wirklich und wahrhaftig nichts Besonderes gemacht. Seine Mutter sei zu ihrer Schwester gegangen und habe versprochen, bis Mitternacht wieder zuhause zu sein. Sie hätten sich ein paar Filme runtergeladen – die Sorte, die Renie Stephen zuhause nicht gucken ließ, aber nichts derart Gräßliches, daß sie an einen physischen Effekt glauben konnte – und sich etwas zu essen gemacht. Nachdem sie Eddies Schwestern zu Bett geschickt hatten, hätten sie noch eine Weile zusammengesessen und geredet und seien dann ihrerseits zu Bett gegangen.

»... Aber ich bin wach geworden. Ich weiß nicht wovon. Stephen war nicht da. Ich dachte einfach, er ist aufs Klo oder so, aber er ist nicht wiedergekommen. Und irgendwie hat's so komisch gerochen, daß ich Angst hatte, wir hätten die Welle angelassen oder so. Da bin ich rübergegangen ...« Seine Stimme versagte. Er schluckte. »Er lag einfach so da ...«

Es klopfte an der unverriegelten Tür, und sie flog auf. Zwei Sanitäter in Jumpsuits kamen hereingestürmt wie ein Rollkommando und nahmen ihr Stephen brüsk ab. Sie empfand einen Widerwillen, ihn diesen Fremden zu überlassen, obwohl sie sie selber gerufen hatte; sie machte ihrer Anspannung und Angst ein wenig Luft, indem sie sie wissen ließ, was sie von ihrer Trödelei hielt. Sie ignorierten sie mit professioneller Geschäftigkeit, während sie rasch Stephens Lebensfunktionen durchcheckten. Aber ihre uhrwerkartig ablaufende Routineuntersuchung ergab auch nicht mehr, als was Renie bereits wußte: Stephen war am Leben, aber bewußtlos, und es gab keinerlei Hinweis darauf, was ihm zugestoßen war.

»Wir nehmen ihn mit ins Krankenhaus«, sagte einer von ihnen. Renie fand, es klang wie eine besondere Gunst.

»Ich komme mit.« Sie wollte Eddie und seine Schwestern nicht allein zurücklassen – wußte der Himmel, wann ihre nichtsnutzige Mutter aufkreuzen mochte –, deshalb rief sie abermals ein Taxi und schrieb hastig einen Zettel, um zu erklären, wo sie alle waren. Da ihr Vater bei dem Taxiunternehmen des Viertels unbekannt war, konnte sie eine Karte benutzen.

Als die Sanitäter Stephens Bahre in den weißen Krankenwagen luden, drückte sie die kleine, regungslose Hand ihres Bruders, beugte sich über ihn und küßte ihn auf die Backe. Sie war noch warm, was beruhigend war, aber seine Augen waren nach oben unter die Lider gerutscht wie bei einem Gehängten, den sie als Schulkind einmal in Geschichte gesehen hatte. Alles, was sie bei der trüben Straßenbeleuchtung von ihnen erkennen konnte, waren zwei graue Schlitze, Bildschirme, die ein Leersignal zeigten.

Kapitel

Das Leuchten

NETFEED/KUNST:
Beginn der Retrospektive von TT Jensen
(Bild: "Zweitürer, metallic, mit Soße" von Jensen)
Off-Stimme: ... Die sorgfältig inszenierten "Skulpturaktionen" des flüchtigen San Franciscoer Künstlers Tillamook Taillard Jensen, die auf Autojagdbildern aus Filmen des zwanzigsten Jahrhunderts aufbauen, erfordern die Mitwirkung ahnungsloser Personen. Ein Beispiel dafür ist dieser legendäre Dreierzusammenstoß mit mehrfachem tödlichen Ausgang, für den der menschenscheue Jensen immer noch von den Behörden gesucht wird ...

> Thargor saß auf der Bank und nippte an seinem Met. Einige der anderen Wirtshausgäste musterten ihn verstohlen, wenn sie meinten, er merke es nicht, aber schauten rasch weg, wenn er ihre Blicke erwiderte. Vom Kragen bis zu den Zehenspitzen in schwarzes Leder gekleidet und mit einem Halsband messerscharfer Murghzähne, das an seiner Brust rasselte, sah er nicht wie einer aus, den sie gern gereizt hätten, und sei es nur unabsichtlich.

Das war klüger, als sie ahnten. Nicht nur war Thargor ein Söldner, der in ganz Mittland für seinen raschen Zorn und seine noch raschere Klinge berühmt war, sondern er hatte zudem noch schlechtere Laune als gewöhnlich. Er hatte lange gebraucht, um das Wirtshaus »Zum Basiliskenschwanz« zu finden, und derjenige, dessentwegen er überhaupt gekommen war, hätte beim letzten Stundenruf da sein sollen – und der lag schon eine ganze Weile zurück. Während er gezwungen war, untätig herumzusitzen und zu warten, drohten sowohl sein Groll als auch sein runenbeschriftetes Breitschwert Raffzahn diese niedrige

Schenke zu sprengen. Zu allem Überfluß war auch noch der Met dünn und sauer.

Er betrachtete das Schlangennest weißer Narben auf dem Rücken seiner breiten Faust, als jemand hinter ihm ein Ähem-nichts-für-ungut-Geräusch machte. Die Finger seiner anderen Hand umspannten Raffzahns lederumwickelten Griff, während er den Kopf wandte und den nervösen Wirt mit scharfen eisblauen Augen fixierte.

»Bitte um Verzeihung, Herr«, stotterte der Mann. Er war groß, aber dick. Thargor entschied, daß er sein Runenschwert nicht brauchte, selbst wenn der Mann gewalttätige Absichten hatte - nicht daß seine vorquellenden Augen und blassen Wangen dergleichen vermuten ließen -, und zog forschend die Brauen hoch: Er hielt nichts davon, zu viele Worte zu machen. »Ist der Met nach Eurem Geschmack?« fragte der Wirt. »Er stammt aus der Gegend. Direkt hier aus dem Silnor-Tal.«

»Die reinste Pferdepisse. Und ich möchte das Pferd nicht kennenlernen.«

Der Mann lachte laut und nervös. »Nein, gewiß nicht, gewiß nicht.« Sein Lachen endete eher wie ein hysterisches Kichern, wobei er Raffzahn in seiner langen schwarzen Scheide beäugte. »Was ich sagen wollte, Herr, was ich sagen wollte ... draußen wartet jemand auf Euch. Sagt, er will Euch sprechen.«

»Mich? Hat er dir etwa meinen Namen genannt?«

»Nein, Herr! Nein! Ich kenne Euren Namen ja gar nicht. Habe nicht die leiseste Ahnung, wie Ihr heißen könntet, und gar kein Interesse, es herauszufinden.« Er stockte, um Atem zu holen. »Obwohl ich sicher bin, daß es ein sehr achtbarer und wohllautender Name ist, Herr.«

Thargor schnitt eine Grimasse. »Woher weißt du also, daß er mich sprechen will? Und wie sieht er aus?«

»Ganz einfach, Herr. Er sagte, ›der kräftige Kerl‹ - bitte vielmals um Verzeihung, Herr -, ›der ganz in Schwarz gekleidet ist‹. Na ja, wie Ihr sehen könnt, Herr, seid Ihr hier drin der Kräftigste, und Eure Tracht ist einwandfrei schwarz. Darum werdet Ihr verstehen ...«

Eine erhobene Hand ließ ihn verstummen. »Und ...?«

»Und, Herr? Ach so, wie er aussieht. Also das kann ich Euch wirklich nicht sagen, Herr. Es war ziemlich düster, und er trug einen Kapuzenmantel. Wahrscheinlich ein sehr achtbarer Edelmann, unbedingt, aber wie er aussieht, kann ich Euch nicht sagen. Kapuzenmantel. Vielen Dank, Herr. Verzeiht die Störung.«

Thargor blickte mißmutig hinter dem davonwatschelnden Wirt her, der für einen Mann seines Umfangs eine beachtliche Behendigkeit an den Tag legte. Wer konnte draußen sein? Der Zauberer Dreyra Jarh? Es hieß, er sei anonym in diesem Teil von Mittland unterwegs, und er hatte mit Thargor gewiß noch das eine oder andere Hühnchen zu rupfen - allein die Sache mit dem Onyxschiff hätte ausgereicht, um sich seine ewige Feindschaft zuzuziehen, und das war lediglich ihr jüngster Zusammenstoß gewesen. Oder konnte es der Geisterreiter Ceithlynn sein, der verbannte Elfenprinz? Obwohl er kein geschworener Feind Thargors war, hätte der bleiche Elf nach dem, was auf ihrer Fahrt durch das Mithandor-Tal geschehen war, sicherlich gern die eine oder andere Rechnung beglichen. Wer sonst konnte an diesem abwegigen Ort nach dem Krieger fahnden? Ein paar hiesige Wegelagerer, die ihm ans Leder wollten? Er hatte diesen Strolchen gestern an der Kreuzung eine furchtbare Tracht Prügel verpaßt, aber er bezweifelte, daß sie jetzt schon zum nächsten Durchgang mit ihm bereit waren, und sei es aus dem Hinterhalt.

Ihm blieb nichts übrig, als nachsehen zu gehen. Als er mit knarrender Lederhose aufstand, studierten die Gäste im Basiliskenschwanz eifrig den Inhalt ihrer Krüge, nur zwei der tapfereren Kneipenflittchen beobachteten mit mehr als nur ein bißchen Bewunderung, wie er vorbeiging. Er zog an Raffzahns Knauf, um sicherzugehen, daß das Schwert locker in der Scheide steckte, und schritt dann zur Tür.

Der Mond hing voll und dick über dem Stallhof und bestrich die geduckten Dächer mit buttergelbem Licht. Thargor ließ die Tür hinter sich zufallen und blieb ein wenig schwankend stehen, so als wäre er betrunken, doch seine Falkenaugen schweiften mit der Schärfe umher, die er sich in tausend Nächten wie dieser angeeignet hatte, Nächten voll Mondschein und Zauber und Blut.

Eine Gestalt löste sich aus dem Schatten eines Baumes und trat vor. Thargors Finger faßten den Schwertgriff fester, während er lauschte, ob ihm ein leises Geräusch die Position anderer Angreifer verriet.

»Thargor?« Die vermummte Gestalt blieb wenige Schritte vor ihm stehen. »Menschenskind, bist du betrunken?«

Die Augen des Söldners verengten sich. »Pithlit? Was führst du im Schilde? Du solltest mich doch schon vor einer Stunde treffen, und zwar da drinnen.«

»Es ist ... etwas geschehen. Ich wurde aufgehalten. Und als ich hier ankam, konnte ich ... konnte ich nicht reingehen, ohne zu viel Aufmerksamkeit zu erregen ...« Pithlit schwankte seinerseits, und nicht aus gespielter Trunkenheit. Thargor überwand den Abstand zwischen ihnen mit zwei schnellen Schritten und fing den kleineren Mann auf, kurz bevor er zusammenbrach. Verdeckt von dem lockeren Umhang hatte sich ein dunkler Fleck vorne über Pithlits Gewand ausgebreitet.

»Alle Götter, was ist dir zugestoßen?«

Pithlit lächelte schwach. »Ein paar Banditen an der Kreuzung - hiesige Strauchdiebe, nehme ich an. Zwei von ihnen habe ich getötet, aber das waren vier zu wenig.«

Thargor fluchte. »Ich hatte gestern mit ihnen zu tun. Da waren sie noch zu zwölft. Es wundert mich, daß sie schon so bald wieder zu Werke gehen.«

»Tja, jeder verdient sich seine Imperiale auf seine Weise.« Pithlit krümmte sich zusammen. »Der letzte Schlag hat mich erwischt, als ich gerade zur Flucht ansetzte. Ich glaube nicht, daß es tödlich ist, aber bei den Göttern, es tut höllisch weh!«

»Dann komm. Wir sehen zu, daß du die Wunde versorgt bekommst. Wir haben in dieser Vollmondnacht noch was vor, und ich brauche dich an meiner Seite - aber danach werden wir ein wenig zaubern, du und ich.«

Pithlit schnitt eine Grimasse, als Thargor ihn wieder auf die Beine stellte. »Zaubern?«

»Ja. Wir werden zu dieser Kreuzung zurückreiten und vier in nichts verwandeln.«

Wie sich herausstellte, war Pithlits Wunde lang und blutig, aber flach. Als sie verbunden war und der kleine Mann zum Ausgleich für den Blutverlust mehrere Becher gespriteten Wein geleert hatte, gab er an, er sei aufbruchsbereit. Da die harte körperliche Arbeit des geplanten nächtlichen Unternehmens bei Thargor liegen sollte, nahm der Söldner den Dieb beim Wort. Während der Mond noch am Himmel aufstieg, ließen sie das Wirtshaus »Zum Basiliskenschwanz« und seine bäurischen Gäste hinter sich.

Das Silnor-Tal war eine lange, enge Schlucht, die sich durch das Katzenrückengebirge wand. Während er und Pithlit ihre Pferde auf dem schmalen Gebirgspfad aus dem Tal hinauslenkten, dachte Thargor bei sich, daß eine Katze wahrlich schlecht genährt sein mußte, um einen derart knochigen und scharfgratigen Rücken zu haben.

Die wenigen Lebenszeichen und Geräusche, die es unten im Tal noch gegeben hatte, schienen hier oben schon unendlich fern. Der Wald war drückend dicht und still: Ohne den hellen Mondschein, dachte der Krieger, wäre einem zumute wie auf dem Grund eines Brunnens. Er war schon an gefährlicheren Orten gewesen, aber wenige waren so beklemmend schaurig wie dieser Teil des Katzenrückens.

Die Atmosphäre schien auch Pithlit zuzusetzen. »Das ist keine Gegend für einen Dieb«, sagte er. »Wir mögen die Dunkelheit, aber nur zur Tarnung, wenn wir uns an funkelnde Schätze heranschleichen. Und es ist schön, den erbeuteten Reichtum hinterher irgendwo ausgeben und andere Sachen als Moos und Steine damit kaufen zu können.«

Thargor grinste. »Wenn wir Glück haben, kannst du dir eine kleine Stadt zum drin Spielen kaufen, mit allen Spielsachen und hellen Lichtern, die du dir wünschst.«

»Und wenn wir kein Glück haben, werde ich mir zweifellos wünschen, ich dürfte wieder gegen die Wegelagerer antreten, und hätte ich noch so viele Wunden über den Rippen.«

»Zweifellos.«

Sie ritten eine Zeitlang still dahin, begleitet nur von dem Klippklapp der Pferdehufe. Der Steig schlängelte sich bergan, zwischen knorrigen Bäumen und merkwürdig geformten stehenden Steinen hindurch, auf denen der Vollmond schwache Ritzzeichen hervortreten ließ, die meisten davon unergründlich, alle kein erfreulicher Anblick.

»Man sagt, die Alten hätten einst hier gelebt.« Pithlits Stimme klang krampfhaft locker.

»Das sagt man.«

»Vor langer Zeit, versteht sich. Vor Urzeiten. Heute nicht mehr.«

Thargor nickte und verbarg dabei ein dünnes Lächeln über Pithlits nervösen Ton. Von allen Menschen wußten nur Dreyra Jarh und ein paar andere Zauberer mehr über die Alten als Thargor, und keinen fürchteten diese atavistischen Bewohner der Tiefe mehr als ihn. Wenn die der alten Rasse sich hier noch einen Sitz bewahrt hatten, sollten sie sich zeigen. Sie bluteten wie andere Wesen auch - wenn auch träger -, und Thargor hatte bereits ganze Horden ihres Schlags zur Hölle geschickt. Sollten sie doch kommen! Das waren heute nacht seine geringsten Sorgen.

»Hörst du was?« fragte Pithlit. Thargor zügelte sein Streitroß Schwarzwind mit starker Hand. Es war in der Tat ein leiser Ton zu hören, ein fernes pfeifendes Leiern, das so klang wie ...

»Musik«, knurrte er. »Vielleicht bekommst du doch noch die Unterhaltung, deren Fehlen du vorhin beklagtest.«

Pithlits Augen waren weit aufgerissen. »Diesen Musikanten möchte ich lieber nicht begegnen.«

»Könnte sein, daß du keine Wahl hast.« Thargor blickte zum Himmel empor, dann wieder auf den schmalen Steig. Die unirdische Musik verklang wieder. »Der Pfad zur Massanek-Kuhle kreuzt hier und führt in diese Richtung.«

Pithlit schluckte. »Ich wußte, ich würde es noch bereuen, mit dir geritten zu sein.«

Thargor lachte leise. »Wenn jene Pfeifer dort das Schlimmste sind, was wir heute nacht zu hören oder zu sehen bekommen, und wir das finden, was wir suchen, wirst du dich verfluchen, daß du überhaupt gezögert hast.«

»*Wenn*, Krieger. Wenn.«

Thargor lenkte Schwarzwind nach rechts und führte Pithlit den nahezu unsichtbaren Steig hinab in noch düstereren Schatten.

Die Massanek-Kuhle lag unter dem Mond wie ein großes dunkles Tier, eine verrufene Talmulde, auf der die Einsamkeit bleischwer lastete. Selbst die Bäume des Berghangs hörten an ihrem Rand auf, als scheuten sie die Berührung mit ihr; das Gras, das auf ihrem Boden wuchs, war kurz und dünn. Die Kuhle war eine Narbe im Wald, ein leerer Fleck.

Fast leer, sagte sich Thargor.

In der Mitte, vom aufsteigenden Nebel teilweise verschleiert, erhob sich der große Steinring. Im Innern des Rings lag der Grabhügel.

Pithlit neigte den Kopf. »Die Musik hat wieder aufgehört. Warum?«

»Man kann verrückt darüber werden, solchen Sachen nachzugrübeln.« Thargor stieg ab und schlang Schwarzwinds Zügel um einen Ast. Der Renner war bereits unruhig geworden, und das, obwohl er sich ein Leben lang auf Pfaden bewegt hatte, die kein anderes Pferd kannte. Es hatte keinen Zweck, ihn weiter nach unten zu ziehen, näher zur Mitte der Stätte hin.

»Genauso verrückt kann man werden, wenn man dem hier nachgrübelt.« Pithlit starrte die hohen Steine an und erschauerte. »Wer Gräber entweiht, mit dem kann es ein böses Ende nehmen, Thargor. Und wer das Grab einer berüchtigten Zauberin entweiht, muß völlig den Verstand verloren haben.«

Thargor zog Raffzahn aus der Scheide. Die Runen schimmerten silberblau im kühlen Licht des Mondes. »Xalisa Thol hätte zu ihren Lebzeiten Gefallen an dir gefunden, kleiner Dieb. Wie ich höre, hatte sie einen ganzen Stall voll kleiner und gutgebauter Burschen wie dich. Warum sollte sie ihre Vorlieben ändern, bloß weil sie tot ist?«

»Mach keine Witze! ›Mit Xalisa Thol verlobt‹ war eine stehende Redewendung für ein schlechtes Geschäft - ein paar Tage irrsinnigen Glückstaumels gefolgt von Jahren schrecklicher Qualen.« Die Augen des Diebes wurden schmal. »Jedenfalls werde nicht ich es sein, den sie trifft. Wenn du es dir anders überlegt hast, von mir aus, aber ich werde nicht an deiner Stelle hineingehen.«

Targor feixte. »Ich habe es mir nicht anders überlegt. Ich habe mir nur einen Scherz mit dir erlaubt - ich fand dich ziemlich blaß, aber vielleicht liegt das am Mondlicht. Hast du die Schriftrolle des Nantheor mitgebracht?«

»Allerdings.« Pithlit kramte in seiner Satteltasche und holte das Gewünschte hervor, eine dicke Rolle aus getrockneter Haut. Thargor meinte, erraten zu können, woher die Haut stammte. »Ich wäre dabei fast zwischen den gräßlichen Hauern eines Werkeilers geendet«, fügte Pithlit hinzu. »Denk dran, du hast versprochen, daß sie nicht beschädigt wird. Ich habe einen Käufer dafür.«

»Ich verbürge mich für die Sicherheit - der Rolle.« Als Thargor sie in die Hand nahm, verursachte ihm die Art, wie die Schrift sich an seiner Haut zu winden schien, einen leichten, aber unmerklichen Ekel. »Folge mir jetzt. Wir werden dafür sorgen, daß du der Gefahr nicht zu nahe kommst.«

»Der Gefahr nicht zu nahe hieße, raus aus diesen Bergen«, klagte Pithlit, aber trottete hinter ihm her.

Die Dunstschwaden umschlossen sie wie eine Schar aufdringlicher Bettler, angelten mit kalten Schlingen nach ihren Beinen. Der große Steinkreis ragte vor ihnen auf und warf breite Schatten auf den mondhellen Nebel.

»Ist denn irgendein magischer Gegenstand ein solches Wagnis wert?« erkundigte sich Pithlit leise. »Was kann die Maske von Xalisa Thol dir wert sein, der du gar kein Zauberer bist?«

»Genau so viel, wie sie dem Zauberer wert ist, der mich gedingt hat, sie zu stehlen«, erwiderte Thargor. »Fünfzig Diamante, jeder einen Imperial schwer.«

»Fünfzig! Bei den Göttern!«

»Ja. Und jetzt sei still.«

Noch während Thargor sprach, schwebte wieder die seltsame Musik auf dem Wind herbei, ein unheimliches, dissonantes Schrillen. Pithlit traten fast die Augen aus dem Kopf, aber er hielt den Mund. Die beiden schritten zwischen dem nächsten Paar stehender Steine hindurch, ohne sich um die darin eingemeißelten Symbole zu kümmern, und blieben am Fuße des großen Grabhügels stehen.

Mit einem kurzen Blick in die Augen des Diebes bekräftigte der Krieger den Befehl zu schweigen, dann bückte er sich und betätigte Raffzahn, als ob das Schwert bloß ein gewöhnliches Grabegerät wäre. Bald hatte Thargor ein großes Stück Rasen weggehackt. Als er begann, die dahinter liegende Steinmauer abzutragen, drang ein Hauch von Verwesung und fremdartigen Gewürzen durch die Lücke. Oben auf der Kuppe wieherten die Pferde ängstlich.

Sobald er ein Loch gemacht hatte, das groß genug für seine breiten Schultern war, winkte Thargor seinem Gefährten, ihm die Schriftrolle des Nantheor zu reichen. Während er sie entrollte und die Worte flüsterte, die der Zauberer ihn gelehrt hatte, Worte, die er sich eingeprägt hatte, aber deren Bedeutung er nicht kannte, wurden die aufgemalten Symbole leuchtend rot; im gleichen Moment ging in den Tiefen des Hügelgrabs ein trübes zinnoberrotes Licht an. Als es erstarb und die glühenden Runen ebenfalls erloschen waren, drehte Thargor die Rolle wieder ein und gab sie Pithlit zurück. Er holte seine Feuersteine hervor und zündete die Fackel an, die er mitgebracht hatte - im hellen Mondschein war die Fackel nicht nötig gewesen -, dann ließ er sich durch das Loch nach unten, das er in Xalisa Thols Grab gebrochen hatte. Sein letzter Blick zurück fiel auf die vom Mondlicht umrissene Silhouette des nervösen Diebes.

Sein erster Blick in das Innere des Hügelgrabs war entmutigend und beruhigend zugleich. Am hinteren Ende der Kammer, in der er stand, führte ein anderes Loch - diesmal in Form einer Türöffnung mit merkwürdigen Winkeln - noch tiefer ins Dunkel hinab: der große Hügel war nur der Vorraum einer viel größeren Höhle. Aber Thargor hatte nichts anderes erwartet. In dem alten Buch des Zauberers, der ihn beauftragt hatte, wurde der Ort, wo Xalisa Thol sich eingemauert hatte, bevor sie sich zum Sterben niederlegte, als »ein Labyrinth« bezeichnet.

Er nahm einen kleinen Beutel von seinem Gürtel und leerte den

Inhalt in seine Hand. Leuchtsamen, jeder einzelne ein kleines Lichtkorn an diesem finsteren Ort, würden ihm den Weg markieren, damit er nicht ewig unter der Erde herumirren mußte. Thargor war der Tapfersten einer, aber wenn für ihn der Tag des Todes kam, sollte es unter offenem Himmel sein. Sein Vater, der sein Leben lang wie ein Sklave in den Eisenbergwerken von Borrikar gefront hatte, war bei einem Stolleneinsturz ums Leben gekommen. Es war eine gräßliche und unmännliche Art zu sterben.

Während er sich durch das klamme weiße Wurzelwerk, das von der Decke hing, auf die Türöffnung am anderen Ende des Raumes zubewegte, sah er etwas Seltsames und Unerwartetes: Wenige Schritte zur Rechten des dunklen Durchgangs flackerte etwas wie ein schwaches Feuer, ohne allerdings Licht auf die Erdwände zu werfen. Vor Thargors Augen flammte es strahlend auf und wurde zu einem Loch in der Luft, durch das gelbes Licht strömte. Während er zornig schnaubend Raffzahn erhob, fragte er sich, ob er hier mit einem Zauber in eine Falle gelockt werden sollte, aber seine Klinge schimmerte nicht in seiner Faust wie sonst, wenn Zauberei im Spiel war, und die Gruft roch nach nichts anderem als nach feuchter Erde und schwach nach Mumienbalsam - beides nicht unerwartet in einem Bestattungshügel.

Mit eisenhart angespannten Muskeln blieb er stehen und wartete darauf, daß ein Dämon oder Hexenmeister durch diese magische Tür kam. Als sich nichts zeigte, näherte er sich dem Leuchten und prüfte die Öffnung mit der Hand. Sie gab keine Wärme ab, nur Licht. Nachdem er sich zur Sicherheit abermals in dem Vorraum umgeschaut hatte - nicht durch Unvorsichtigkeit hatte Thargor so viele Abenteuer mit beinahe tödlichem Ausgang überlebt -, beugte er sich vor, bis er zu der hellen Pforte hineinschauen konnte.

Thargor verschlug es vor Staunen den Atem.

Zeit verstrich. Er rührte sich nicht. Er zeigte auch keinerlei Lebenszeichen, als Pithlit den Kopf durch das Eingangsloch steckte und ihn zunächst leise, dann aber mit zunehmender Lautstärke und Dringlichkeit anrief. Der Krieger schien zu Stein geworden zu sein, ein in Leder gehüllter Stalagmit.

»Thargor!« Pithlit schrie mittlerweile, aber sein Gefährte reagierte nicht. »Die Musik spielt wieder. Thargor!« Auf einmal wurde der Dieb noch aufgeregter. »Da kommt irgendwas in den Raum! Der Hüter des Grabes! *Thargor!*«

Schwankend, wie aus tiefem Schlaf geweckt, riß sich der Söldner von dem goldenen Licht los, und vor Pithlits entsetzten Augen wandte er sich dem vertrockneten Leichnam eines ehemals großen Kriegers zu, der durch die dunkle Tür am anderen Ende des Raumes getappt kam. Thargors Bewegungen waren langsam und träumerisch. Er hatte Raffzahn kaum erhoben, als die gepanzerte Mumie ihm schon mit ihrer verrosteten Streitaxt den Schädel bis zum obersten Halswirbel spaltete.

> Thargor tastete in der grauen Leere herum. Pithlits erstaunte Schreie klangen ihm immer noch in den Ohren. Sein eigenes Erstaunen war nicht minder groß.
Ich bin tot! Ich bin tot! Wie kann ich tot sein?
Es war nicht zu glauben.
Das war ein Untoter. Ein dämlicher, hundserbärmlicher Untoter. Von denen hab ich Tausende über die Klinge springen lassen. Wie konnte das passieren, daß so ein Nullo mich in die Pfanne haut?

Einen Moment lang dachte er fieberhaft nach, überspült vom grauen Nichts, aber es gab keine Antwort, keine Möglichkeit, etwas zu tun. Der Schaden war zu groß. Er klinkte sich aus und war wieder Orlando Gardiner.

> Orlando zog seine Buchse heraus und setzte sich auf. Er war von der Wendung der Ereignisse dermaßen verblüfft, daß seine Hände noch lange in der leeren Luft herumfuchtelten, bevor er stieren Blicks die Kissen ertastete, die seinen Kopf polsterten, sie geistesabwesend zurechtklopfte und dann das Bett so rekonfigurierte, daß er aufrecht sitzen konnte. Kalter Schweiß stand ihm auf der Stirn. Sein Nacken tat weh, weil er zu lange in einer Position gelegen hatte. Auch sein Kopf tat weh, und das grelle Mittagslicht, das durch sein Schlafzimmerfenster fiel, machte es auch nicht besser. Er krächzte einen Befehl, der das Fenster in eine nackte Wand zurückverwandelte. Er mußte nachdenken.

Thargor ist tot. Es war so schockierend, daß er kaum einen anderen Gedanken fassen konnte, obwohl er über vieles nachzudenken hatte. Mit der obsessiven Arbeit von vier langen Jahren hatte er Thargor gemacht, ja hatte er *sich selbst* zu Thargor gemacht. Er hatte alle Gefahren überlebt und dabei eine Geschicklichkeit entwickelt, um die ihn Spieler überall im Netz beneideten. Er war die berühmteste Gestalt in dem Spiel »Mittland«, wurde für jeden Kampf angeworben, war erste Wahl für jede wichtige Aufgabe. Jetzt war Thargor tot, weil eine lächerliche Schmeißfliege der primitivsten Sorte - ein Untoter, Herrgott nochmal! - ihm den Schädel zertrümmert hatte. Die verdammten Dinger, billig und allgegenwärtig wie Bonbonpapier, machten jedes Verlies und jede Gruft in der Simwelt unsicher.

Orlando griff sich eine neben dem Bett stehende Plastikflasche und trank. Ihm war fiebrig zumute. Sein Kopf pochte, als ob die Axt das Grabhüters ihn tatsächlich erwischt hätte. Alles war mit derart bestürzender Plötzlichkeit erfolgt.

Das schimmernde Loch dort, dieses leuchtende goldene Irgendwie-Irgendwas - das war etwas viel Größeres, viel Absonderlicheres gewesen als alles andere in dem Abenteuerspiel. In *jedem* Abenteuerspiel. Entweder einer seiner Rivalen hatte die ultimative Falle gestellt oder etwas war geschehen, das sein Fassungsvermögen überstieg.

Was er gesehen hatte, war ... eine Stadt, eine leuchtende, majestätische Stadt in der Farbe sonnenbeschienenen Bernsteins. Es war *keine* der pseudomittelalterlichen Festungsstädte gewesen, die über die ganze Simwelt, das Spielterritorium namens Mittland, verteilt waren. Der Anblick war fremdartig, aber unbedingt modern gewesen, eine Metropolis mit kunstvoll verzierten Gebäuden, die so hoch waren wie die höchsten in Hongkong oder Tokyokohama.

Aber es war mehr als nur eine Science-Fiction-Vision: Die Stadt hatte etwas *Reales* gehabt, realer als alles, was er jemals im Netz gesehen hatte. Im Vergleich zu den sorgfältig komponierten Fraktalen der Spielwelt hatte sie eine Pracht und Überlegenheit ausgestrahlt wie ein Edelstein auf einem Misthaufen. Morpher, Dieter Cabo, Duke Slowleft - wie hätte irgendeiner von Orlandos Rivalen *so etwas* in Mittland einschmuggeln können? Alle Zauberpunkte der Welt erlaubten es einem nicht, die Grundlagen eines Simlandes dermaßen zu verändern. Die Stadt hatte ganz einfach einer höheren Realitätsebene angehört als das Spiel, das er gespielt hatte, ja einer höheren Ebene, hatte es fast den Eindruck gemacht, als das RL selbst.

Sagenhaft, diese Stadt. Sie mußte real sein - oder wenigstens etwas anderes als ein Netzprodukt. Orlando hatte fast sein ganzes Leben im Netz verbracht, kannte es so, wie ein Mississippilotse des neunzehnten Jahrhunderts den großen Fluß gekannt hatte. Dies hier war etwas

Neues, eine Erfahrung vollkommen anderer Art. Irgendwer ... irgendwas ... versuchte mit ihm zu kommunizieren.

Kein Wunder, daß der Untote ihn hatte überrumpeln können. Pithlit mußte gedacht haben, sein Gefährte sei verrückt geworden. Orlando runzelte die Stirn. Er mußte Fredericks anrufen und es ihm erklären, aber er war noch nicht ganz so weit, die Sache mit Fredericks durchzukauen. Es gab noch zu viel zu bedenken. Thargor, Orlando Gardiners Alter ego, sein höheres Ich, war tot. Und das war nur eines seiner Probleme.

Was sollte ein vierzehnjähriger Junge tun, nachdem er von den Göttern berührt worden war?

Kapitel

Ein Weltbrand

NETFEED/NACHRICHTEN:
Protestgedenkfeier in Stuttgart
(Bild: ein Zug Kerzen tragender Menschen)
Off-Stimme: Tausende versammelten sich in Stuttgart zu einer Nachtwache bei Kerzenlicht, um der dreiundzwanzig Obdachlosen zu gedenken, die bei den jüngsten Hausbesetzerunruhen von der deutschen Bundespolizei getötet worden waren.
(Bild: junger Mann in Tränen, der Kopf blutbeschmiert)
Zeuge: "Sie hatten Panzeruniformen. Mit großen Spitzen überall. Sie gingen einfach auf uns los ..."

> Einen flachen Bildschirm zu benutzen, machte Renie rasend. Als wollte man Wasser für die große Wäsche über einer offenen Flamme zum Kochen bringen. Nur in einem elenden Vorstadtkrankenhaus wie diesem ...

Sie fluchte und stellte den Bildschirm wieder an. Diesmal schoß der Bildlauf an der S-Rubrik vorbei und war mitten im T, bevor sie ihn anhalten konnte. Es sollte nicht so ein Aufwand sein, sich kurz mal zu informieren. Es war gemein. Als ob die bescheuerte Quarantäne nicht schon lästig genug wäre!

Infoplakate über Bukavu 4 hingen derzeit überall in Pinetown, aber die meisten waren so dicht mit Graffiti übermalt, daß sie nie richtig schlau daraus geworden war. Sie wußte, daß es Ausbrüche des Virus in Durban gegeben hatte, und hatte sogar mitgehört, wie sich zwei Frauen über die Tochter von jemand aus Pinetown unterhalten hatten, die nach einer Reise durch Zentralafrika daran gestorben war, aber Renie hätte nie gedacht, daß das gesamte Klinikum Durban Outskirt unter die amtlichen UN-Quarantänebestimmungen für Bukavu-Ausbrüche fallen könnte.

Wenn die Seuche so scheißgefährlich ist, dachte sie, *was denken die sich dann dabei, Kranke hierherzubringen, die gar nicht davon befallen sind?* Der Gedanke machte sie wütend, ihr Bruder, der ohnehin schon an einer unbekannten Krankheit darniederlag, könnte an dem Ort, an den sie ihn zur Behandlung gebracht hatte, einer noch schlimmeren Ansteckungsgefahr ausgesetzt sein.

Doch noch während sie innerlich tobte, sah sie auch schon die Gründe ein. Sie war selbst bei einer öffentlichen Einrichtung beschäftigt. Die Mittel waren knapp - *immer* waren die Mittel knapp. Wenn ein Krankenhaus eigens für Bukavu-Patienten finanzierbar wäre, gäbe es eines. Die Krankenhausverwaltung war bestimmt nicht sehr glücklich darüber, daß sie versuchen mußte, den normalen Betrieb unter Quarantänebedingungen aufrechtzuerhalten. Vielleicht lag darin ja sogar ein ganz vager Hoffnungsschimmer: Durban hatte offenbar noch nicht genug B4-Fälle, daß es ein ganzes Krankenhaus zu ihrer Pflege gerechtfertigt hätte.

Aber das war ein schwacher Trost.

Renie brachte das alte Interface schließlich bei S zum Stehen und gab ihren Besuchercode ein. Bei »Sulaweyo, Stephen« stand »unverändert«, was bedeutete, daß sie ihn wenigstens besuchen konnte. Aber Stephen derzeit zu sehen, hatte herzzerreißend wenig mit irgend etwas zu tun, das sie einen »Besuch« genannt hätte.

Ein Pfleger las ihr von einem Pad Verhaltensmaßregeln vor, während sie sich in einen Ensuit quälte, obwohl er Renie nur wenig sagen konnte, was sie nicht schon dem einen Wort auf dem Monitor im Wartezimmer entnommen hatte. Sie war mittlerweile so vertraut mit der Litanei, daß sie sie selbst hätte aufsagen können, und deshalb ließ sie den Pfleger gehen, als er fertig war, und unterdrückte den Drang, sich an das erstbeste Symbol offizieller Kompetenz zu klammern und um Antworten zu betteln. Renie wußte inzwischen, daß es keine Antworten gab. Keine erkennbaren Viren - Gott sei Dank auch keine Anzeichen der tödlichen Krankheit, die dem Krankenhaus derart strenge Sicherheitsvorkehrungen aufnötigte. Kein Blutgerinnsel und keine sonstigen Blockierungen, kein Gehirntrauma. Nichts. Nur ein kleiner Bruder, der seit zweiundzwanzig Tagen nicht aufgewacht war.

Sie schlurfte den Flur entlang und hielt ihren Luftschlauch hoch, damit er nirgends hängenblieb. Gruppen von Ärzten und Pflegern – möglicherweise auch andere Besucher, da in einem Ensuit alle ziemlich gleich aussahen – eilten mit den gleichen knisternden und zischenden Geräuschen, die sie auch machte, an ihr vorbei. Es war ein wenig so, als wäre sie in einem alten Nachrichtenvideo über den bemannten Raumflug; als sie an einem großen Fenster vorbeikam, rechnete sie beinahe damit, draußen die sternenübersäten Tiefen des Weltraums zu erblicken oder vielleicht die Saturnringe. Statt dessen fiel ihr Blick nur auf noch eine Station voll zeltüberspannter Betten, den nächsten Campingplatz der lebenden Toten.

Auf ihrem Weg in den dritten Stock wurde Renie zweimal angehalten und aufgefordert, ihren Besucherpaß vorzuzeigen. Obwohl beide Ordnungskräfte viel Zeit für die Überprüfung der schlecht leserlichen Beschriftung brauchten – die Folge eines krepierenden Druckers, verschärft durch den Plexiglasgesichtsschutz der Ensuits –, ärgerte sie die Verzögerung nicht. Ja, sie fand es sogar irgendwie beruhigend zu wissen, daß das Krankenhaus wirklich auf die Einhaltung der Quarantäne achtete. Stephen war so rasch und so schwer erkrankt ... und auf so rätselhafte Art ... daß es ihr fast wie eine vorsätzliche Bosheit vorkam. Renie hatte Angst um ihr Brüderchen, Angst vor etwas, das sie nicht erklären konnte. Sie empfand es als tröstlich, wenn Leute gut aufpaßten.

Renie wünschte sich von ganzem Herzen, daß der Zustand ihres Bruders sich besserte, aber noch mehr fürchtete sie eine Verschlechterung. Als sie ihn in genau derselben Lage antraf wie am Tag zuvor und alle Monitore immer noch wie eingerastet auf Werten standen, die sie inzwischen so gut kannte wie ihre eigene Adresse, war sie unglücklich und erleichtert zugleich.

O Gott, mein armer kleiner Mann ... Er war so winzig in dem großen Bett. Wie konnte ein kleiner Wildfang wie Stephen so ruhig sein, so still? Und wie konnte sie, die ihn gefüttert, ihn beschützt, ihn abends ins Bett gesteckt hatte, die ihm in jeder Hinsicht außer der leiblichen eine Mutter gewesen war, wie konnte sie jetzt derart qualvoll außerstande sein, irgend etwas für ihn zu tun? Das durfte nicht sein! Aber es war so.

Sie setzte sich neben sein Bett und steckte ihre handschuhumschlossene Hand in den größeren Handschuh, der in die Wand des Zeltes eingebaut war. Sie führte ihre Finger vorsichtig an dem Gewirr von Sensorkabeln vorbei, die von seiner Schädeldecke ausgingen, und streichelte sein Gesicht, die bekannte und ihr so liebe Linie seiner runden Stirn, seine Stupsnase. Es brach ihr fast das Herz, so vollkommen von ihm getrennt zu sein. Es war so, wie jemanden in der VR zu berühren - sie hätten sich genauso gut im Inneren Distrikt treffen können ...

Ein Erinnerungsfunke wurde von einer Bewegung an der Tür erstickt. Trotz ihres eigenen Ensuits fuhr sie bei dem Anblick der weißen Erscheinung zusammen.

»Tut mir leid, daß ich dich erschreckt habe, Frau Sulaweyo.«

»Oh, du bist's. Irgendeine Veränderung?«

Doktor Chandhar beugte sich vor und prüfte die Monitoranzeigen, doch selbst Renie wußte, daß dort keine Informationen zu holen waren.

»Ziemlich gleichbleibend, wie es aussieht. Tut mir leid.«

Renies Achselzucken hätte Schicksalsergebenheit sein können, aber das Ziehen im Unterleib, das warme Vorgefühl von Tränen strafte den Eindruck Lügen. Aber Weinen half nichts. Davon beschlug nur die Gesichtsscheibe. »Warum kann mir niemand sagen, was ihm fehlt?«

Die Ärztin schüttelte den Kopf oder bewegte wenigstens die Haube ihres Ensuits hin und her. »Du bist ein gebildeter Mensch, Frau Sulaweyo. Manchmal hat die Medizin keine Antworten, nur Vermutungen. Im Augenblick sind unsere Vermutungen nicht sehr fundiert. Aber das kann sich ändern. Wenigstens ist der Zustand deines Bruders stabil.«

»Stabil! Das ist er auch bei einer Topfpflanze!« Jetzt kamen die Tränen doch. Sie drehte sich wieder zu Stephen um, obwohl sie im Moment gar nichts sah.

Eine unmenschliche Handschuhhand berührte ihre Schulter. »Es tut mir leid. Wir tun alles, was in unserer Macht steht.«

»Und das wäre?« Renie bemühte sich um Festigkeit in der Stimme, aber sie konnte das Schniefen nicht unterdrücken. Wie sollte sich ein Mensch in diesen verdammten Anzügen die Nase putzen? »Sag mir doch bitte, *was* ihr tut. Außer ihn in die Sonne stellen und regelmäßig gießen.«

»Der Fall deines Bruders ist selten, aber nicht einmalig.« Doktor Chandhars Stimme bekam den für die Kategorie »Umgang mit schwierigen Angehörigen« typischen Klang. »Es gab - und gibt - noch andere Kinder, die ohne ersichtlichen Grund in einen solchen komatösen Zustand gefallen sind. Einige sind spontan wieder genesen, sind einfach eines Tages aufgewacht und wollten etwas zu trinken oder zu essen haben.«

»Und die andern? Diejenigen, die sich *nicht* einfach aufgesetzt und ein Eis verlangt haben?«

Die Ärztin nahm die Hand von Renies Schulter. »Wir tun unser Bestes, Frau Sulaweyo. Und du kannst nichts anderes tun, als was du jetzt schon tust - hierherkommen, damit Stephen deine Berührung fühlen und deine vertraute Stimme hören kann.«

»Ich weiß, das hast du mir schon mal gesagt. Das heißt im Klartext, ich soll mit Stephen reden, statt dir in den Ohren zu liegen.« Renie holte zitternd Luft. Die Tränen flossen nicht mehr, aber ihre Gesichtsscheibe war noch beschlagen. »Ich will's ja gar nicht an dir auslassen, Frau Doktor. Ich weiß, daß du eine Menge Kummer hast.«

»Die letzten paar Monate hier waren keine besonders gute Zeit. Ich frage mich manchmal, warum ich mir einen Beruf ausgesucht habe, wo man so viel Trauriges erlebt.« Doktor Chandhar drehte sich in der Tür um. »Aber es ist gut, etwas dagegen tun zu können, und manchmal kann ich das. Und manchmal, Frau Sulaweyo, gibt es wunderbare Glücksmomente. Ich hoffe sehr, daß du und ich einen solchen Moment erleben werden, wenn Stephen zu uns zurückkommt.«

Renie schaute hinterher, wie die verschwommene weiße Gestalt in den Korridor schlurfte. Die Schiebetür ging wieder zu. Es war zum Verrücktwerden: Auch wenn sie noch so sehr jemanden suchte, mit dem sie sich anlegen, dem sie die Schuld geben konnte, es gab niemanden. Die Ärzte taten wirklich ihr Bestes. Trotz seiner eingeschränkten Möglichkeiten hatte das Krankenhaus nahezu jeden Test mit Stephen veranstaltet, der zu einer Klärung der Ursachen seiner Erkrankung hätte beitragen können. Keiner hatte angeschlagen. Es gab keine Antworten. Man konnte wahrhaftig niemandem Vorwürfe machen.

Außer Gott, dachte sie. *Vielleicht.* Aber das hatte noch nie viel genützt. Und vielleicht war auch Long Joseph Sulaweyo nicht ganz schuldlos an allem.

Renie berührte abermals Stephens Gesicht. Sie hoffte, daß der reaktionslose Körper sie irgendwo tief drinnen fühlen und hören konnte, selbst durch zwei Schutzschichten hindurch.

»Ich hab ein Buch mit, Stephen. Diesmal keins von meinen Lieblingsbüchern, sondern eins von deinen.« Sie lächelte traurig. Sie wollte ihn immer dazu bewegen, afrikanische Sachen zu lesen - Geschichten,

Berichte, Märchen aus dem gemischten Stammeserbe ihrer Familie. Sie wollte, daß er in einer Welt, wo solche Relikte rasch vom unerbittlichen Gletscherstrom der Erstweltkultur zerrieben wurden, stolz auf seine Herkunft war. Aber Stephens Vorlieben hatten nie diese Richtung genommen.

Sie schaltete ihr Pad an und stellte den Text größer, um ihn trotz der Tränen in ihren Augen lesen zu können. Sie ließ die Bilder weg. Sie wollte sie nicht sehen und Stephen konnte nicht. »Es ist Netsurfer auf Streife«, sagte sie und fing an zu lesen.

»*Der Malibu-Hyperblock ist total dicht*«, *rief Masker, während er durch die Tür gebrettert kam und sein Skimboard ohne die gewohnte Achtsamkeit ins Nebenzimmer abzoomen ließ. Bei dem Versuch, sich selbst zurück in das Gestell zu manövrieren, stieß das Zingray 220 mehrere andere Bretter zur Seite. Masker ignorierte das Gepolter, seine Meldung beschäftigte ihn mehr. ›Sie haben tierisch starke Sonden an allen Flowpoints.‹*

›Ein hundsbrutaler Hammer ist das‹, sagte Scoop. Er ließ sein hologestreiftes Pad in der Luft schweben und drehte sich zu seinem aufgeregten Freund um. ›Da muß ein Megastunk im Gange sein - späcig hoch zwei! ...«

> »Wenn du ihn doch einfach besuchen gehen würdest!«

Long Joseph hielt sich die Hände an den Kopf, wie um den Lärm nicht hören zu müssen. »Ich war da, oder etwa nich?«

»Zweimal! Zweimal warst du da - einen Tag, nachdem ich ihn eingeliefert hatte, und dann als die Ärztin dich zu einer Besprechung bestellte.«

»Was sonst noch? Er is krank. Soll ich vielleicht jeden Tag hingehn wie du, ihn mir anschauen? Er is trotzdem krank. Besuch ihn, soviel du willst, dadurch wird er auch nich gesünder.«

Renie kochte innerlich. Wie konnte jemand so unmöglich sein? »Er ist dein Sohn, Papa. Er ist noch ein Kind. Er liegt ganz allein in dieser Klinik.«

»Und kriegt nix mit, gar nix! Ich bin hin, hab mit ihm geredet, und er kriegt nix mit. Wozu dein ganzes Reden, Reden ...? Du liest ihm sogar Bücher vor!«

»Weil eine vertraute Stimme ihm helfen könnte, den Weg zurück zu finden.« Sie hielt inne und betete zu dem Gott ihres Kinderglaubens -

> 114

einem Gott, der gütiger war als jeder, für den sie in diesen Tagen Glauben mobilisieren konnte - um Stärke.»Und vielleicht ist es *deine* Stimme, die er am dringendsten braucht, Papa. Das hat jedenfalls die Ärztin gemeint.« Wie bei einem gehetzten Fuchs schossen seine Augen zur Seite, als suchte er einen Fluchtweg.»Was soll der Quatsch heißen?«
»Ihr habt euch gestritten. Du warst wütend auf ihn, hast ihm gesagt, er soll nicht wiederkommen. Jetzt ist ihm etwas zugestoßen, und vielleicht hat er irgendwo tief drinnen Angst davor wiederzukommen, wie in einem Traum. Vielleicht denkt er, du bist ihm böse, und bleibt deshalb weg.«

Long Joseph stieß sich von der Couch hoch und versuchte, seinen Schrecken hinter lautem Gepolter zu verstecken.»Sowas ... so kannst du mit mir nich reden, Mädel, und von so 'ner Ärztin laß ich mir schon gleich gar nich in meine Angelegenheiten reinreden.« Er stampfte in die Küche und machte Schranktüren auf und zu.»Ein Haufen dummes Zeug. Angst vor mir! Ich hab ihm nur die Meinung gesagt. Nich mal angerührt hab ich ihn.«

»Es ist keiner da.«

Das Kramen im Schrank hörte auf.»Was?«

»Es ist keiner da. Ich hab dir keinen Wein gekauft.«

»Sag du mir nich, wo ich nach suche!«

»Schön. Mach, was du willst.« Renie schmerzte der Kopf, und sie war so müde, daß sie nicht aus ihrem Sessel aufstehen wollte, bis der Anbruch des kommenden Tages sie dazu zwang. Mit Arbeit, Fahrzeit und Besuchen bei Stephen brachte sie mindestens vierzehn Stunden am Tag außer Haus zu. So viel zum Jahrhundert der Information - wegen jeder Kleinigkeit mußte man irgendwohin, irgendwen aufsuchen, meistens auf wehen Füßen, weil die elenden Züge nicht fuhren. Das Cyberzeitalter. Ein Scheißdreck.

Long Joseph tauchte wieder im Wohnzimmer auf.»Ich geh wohin. Ein Mann hat auch mal Frieden verdient.«

Renie beschloß, einen letzten Versuch zu unternehmen.»Hör mal, Papa, egal, was du denkst, es würde Stephen gut tun, deine Stimme zu hören. Komm mit, wenn ich ihn besuche.«

Er erhob die Hand, wie um nach etwas auszuholen, dann hielt er sie lange über die Augen gepreßt. Als er sie wegnahm, war sein Gesicht ganz verzweifelt.»Da hingehn«, sagte er heiser.»Ich soll also da hingehn und zugucken, wie mein Sohn stirbt.«

Renie war schockiert. »Er stirbt doch nicht!«

»Ach? Springt wohl und rennt rum? Spielt Fußball?« Long Joseph streckte weit die Arme aus; seine Kiefermuskeln arbeiteten heftig. »Nein, er liegt da im Krankenhaus genau wie seine Mama. Du warst bei deiner Großmutter, Mädel. Du warst nich da. Drei Wochen hab ich da gesessen und deine Mama mit ihren Verbrennungen da in dem Bett angeschaut. Versucht, ihr Wasser zu geben, wenn sie geweint hat. Zugeguckt, wie sie langsam gestorben ist.« Er blinzelte mehrmals und kehrte ihr dann abrupt den Rücken zu, die Schultern eingezogen wie vor dem Schlag einer Nilpferdpeitsche. Als er die Stimme wiederfand, war sie beinahe die eines anderen. »Viel ... viel Zeit hab ich in dem verdammten Krankenhaus verbracht.«

Tränen schossen ihr in die Augen, und vor Erschütterung konnte Renie eine Weile nichts sagen. »Papa?«

Er wandte sich nicht zu ihr um. »Genug jetzt, Mädel. Ich geh hin. Ich bin sein Vater - du mußt mir nich meine Pflichten sagen.«

»Du gehst hin? Magst du morgen mit mir mitkommen?«

Er machte einen unwirschen Ton in der Kehle. »Ich hab was vor. Ich sag Bescheid, wenn ich geh.«

Sie versuchte zärtlich zu sein. »Tu's bitte bald, Papa. Er braucht dich.«

»Ja, ja, ich geh schon, verdammt. Wieder den blöden Anzug anziehen. Aber sag du mir nich wann.« Noch immer nicht willens oder nicht fähig, ihr in die Augen zu sehen, stieß er die Tür auf und taumelte hinaus.

Völlig ausgelaugt und verwirrt blieb Renie sitzen und starrte lange die geschlossene Tür an. Irgend etwas war gerade passiert, aber sie war sich nicht ganz sicher, was es war oder was es bedeutete. Einen Moment lang hatte sie so etwas wie eine Verbindung zu dem Vater gespürt, den sie einst gekannt hatte - zu dem Mann, der nach dem Tod seiner Frau solche Anstrengungen unternommen hatte, die Familie beisammen zu halten, der noch nebenher gearbeitet und sie zum Studium ermuntert und sogar versucht hatte, Renie und ihrer Großmutter Uma' Bongela mit dem kleinen Stephen zu helfen. Doch nachdem ihre Uma' gestorben und Renie eine erwachsene Frau geworden war, hatte er einfach kapituliert. Mit dem Long Joseph von einst schien es aus und vorbei zu sein.

Renie seufzte. Ob das nun stimmte oder nicht, sie hatte jedenfalls im Moment nicht die Kraft, sich damit auseinanderzusetzen.

Sie ließ sich tiefer in den Sessel sinken und kniff vor rasenden Kopfschmerzen die Augen zusammen. Sie hatte natürlich vergessen, sich Schmerzmittel nachzukaufen, und wenn sie sich nicht um alles kümmerte, tat es niemand. Sie stellte den Wandbildschirm an und geriet an einen Bericht über den jüngsten Beschluß der UN-Kulturkommission, die Höflichkeitsanrede in allen Sprachen, die sie formell noch besaßen, endgültig abzuschaffen. Mein Gott, als ob irgendwo auf der Welt sich tatsächlich noch Leute siezten, außer in historischen Abenteuerspielen; die entsprechenden Formen waren schon seit Jahrzehnten nicht mehr in Gebrauch, und auch die französische Kultusministerin, die sich bis zuletzt gegen den Beschluß gewehrt hatte, hatte immer nur mit der »Bewahrung des sprachlichen und kulturellen Erbes« argumentiert und hätte selber nie im Leben jemanden »voussoyiert«. Renie gähnte gelangweilt und stellte um auf einen Reisebericht über Urlaub in Tasmanien, traumhaft schöne Bilder, die über sie hinwegschwappten und ihre quälenden Gedanken betäubten. Einen kurzen Augenblick lang wünschte sie, sie hätte eine von diesen sündteuren Anlagen mit voller sensorischer Immersion, damit sie sich tatsächlich an diesen Strand begeben, die Apfelblüten riechen, den Sand unter den Füßen und die Luft der Urlaubsfreiheit fühlen konnte, die ganzen Eindrücke, die so aufwendig in das Programm eingeschrieben worden waren.

Alles, was ihr half, die ständig wiederkehrende Erinnerung an die eingezogenen Schultern ihres Vaters und an Stephens blicklose Augen abzuschütteln.

> Als das Piepsen sie weckte, griff Renie nach ihrem Pad. Acht Uhr morgens, aber das war nicht ihr Wecksignal. Ob es die Klinik war?

»Annehmen!« rief sie. Nichts geschah.

Während sie sich mühsam in eine sitzende Position brachte, begriff Renie schließlich, daß das Geräusch nicht vom Fon, sondern von der Türsprechanlage kam. Sie zog sich einen Bademantel über und tapste benommen durchs Wohnzimmer. Ihr Sessel lag auf der Seite wie die ausgedörrte Leiche eines fremdartigen Tieres, das Opfer von Long Josephs spätnächtlicher und volltrunkener Heimkehr. Sie lehnte sich gegen den Sprechknopf.

»Hallo?«

»Frau Sulaweyo? Hier ist !Xabbu. Tut mir leid, wenn ich störe.«

»!Xabbu? Was machst du denn hier?«
»Ich werde es erklären - es ist nichts Schlimmes oder Erschreckendes.«

Sie schaute sich in der Wohnung um: in den besten Zeiten schlampig, aber jetzt deutlich gezeichnet von ihrer ständigen Abwesenheit. Aus dem Zimmer ihres Vaters drangen grollende Schnarchtöne. »Ich komm runter. Wart einen Moment.«

!Xabbu wirkte völlig normal, abgesehen davon, daß er ein sehr sauberes weißes Hemd anhatte. Verwirrt und ein wenig ratlos musterte Renie ihn von Kopf bis Fuß.

»Ich hoffe, ich störe nicht über Gebühr«, sagte er lächelnd. »Ich war heute morgen schon in der Hochschule. Ich mag es, wenn es still ist. Aber dann kam das mit der Bombe.«

»Schon wieder eine? O Gott!«

»Keine richtige - jedenfalls soweit ich weiß. Nur eine telefonische Drohung. Die ganze Hochschule wurde geräumt. Ich dachte mir, du wüßtest es vielleicht noch nicht, deshalb wollte ich dir eine überflüssige Fahrt ersparen.«

»Vielen Dank. Wart mal kurz.« Sie zog ihr Pad aus der Tasche hervor und schaute im Collegesystem nach Post. Es gab eine allgemeine Mitteilung von der Rektorin, die besagte, die TH bleibe bis auf weiteres geschlossen, so daß !Xabbu ihr tatsächlich eine Fahrt erspart hatte, aber sie fragte sich plötzlich, weshalb er sie nicht einfach angerufen hatte. Sie sah auf; er lächelte immer noch. Fast unvorstellbar, daß hinter diesen Augen Falschheit sitzen sollte - aber warum war er den ganzen Weg nach Pinetown hinausgefahren?

Sie bemerkte die Bügelfalten in dem weißen Hemd und hatte auf einmal einen verstörenden Gedanken. Lief hier ein Liebesfilm ab? War der kleine Buschmann mit dem Vorsatz gekommen, sie um eine Art Rendezvous zu bitten? Sie wußte nicht so recht, wie ihr dabei zumute war, aber das Wort »unbehaglich« kam ihr in den Sinn.

»Tja«, sagte sie langsam, »da die TH geschlossen ist, habe ich wohl einen freien Tag.« Sie sprach mit Absicht in der Einzahl.

»Dann würde ich meine Dozentin gern irgendwohin ausführen. Zum Frühstück?« !Xabbus Lächeln verzitterte und erlosch dann, und an seine Stelle trat ein Blick von beunruhigender Intensität. »Du warst in letzter Zeit sehr traurig, Frau ... Renie. Du warst sehr traurig, aber mir warst du trotzdem eine gute Freundin. Ich glaube, jetzt bist du es, die einen Freund braucht.«

»Ich ... denke ...« Sie zögerte, aber kam auf keinen triftigen Grund, nicht anzunehmen. Es war erst halb neun, und die Wohnung erschien ihr wie Gift. Ihr kleiner Bruder lag in einem Sauerstoffzelt, so unerreichbar, als wäre er tot, und bei dem Gedanken, in einer Küche mit ihrem Vater zu sein, wenn er sich in ein paar Stunden mühsam aus den Federn quälte, wurden ihr Nacken und ihre Schultern hart wie ein zugezogener Knoten. »Gut«, sagte sie. »Gehen wir.«

Wenn !Xabbu romantische Absichten hatte, ließ er sie jedenfalls nicht erkennen. Auf dem Weg in das Geschäftsviertel von Pinetown schien er alles anzuschauen, nur nicht Renie. Seine halb geschlossenen Augen, die so leicht schüchtern oder schläfrig wirken konnten, huschten über abblätternde Farbe und verbretterte Fenster, blickten den Abfällen hinterher, die der Wind durch die breiten Straßen wehte.

»Es ist kein sehr hübscher Stadtteil, fürchte ich.«

»Das Haus meiner Vermieterin ist in Chesterville«, entgegnete er. »Die Gegend hier wirkt ein klein wenig wohlhabender, allerdings sind weniger Menschen auf den Straßen. Aber was mich erstaunt - und mich, muß ich gestehen, Renie, auch ein wenig erschreckt -, ist die *Menschenhaftigkeit* überall.«

»Was meinst du damit?«

»Sagt man das nicht, ›Menschenhaftigkeit‹? ›Menschlichkeit‹ vielleicht? Was ich meine, ist, daß alles hier - alles, was ich seit dem Weggang von meinem Volk von der Stadt gesehen habe - zu dem Zweck getan wird, die Erde auszusperren und zu verhindern, daß die Menschen sie sehen und an sie denken. Man hat die Felsen abgetragen, den Busch abgebrannt und alles mit Asphalt zugedeckt.« Er trat auf den rissigen Straßenbelag, daß seine Sandalensohle klatschte. »Sogar die paar Bäume wie dieser armselige Vertreter hier werden von Menschen hergebracht und gepflanzt. Menschen verwandeln die Orte, die sie bewohnen, in große überfüllte Steinhaufen, ganz ähnlich wie Termitenbauten - aber was passiert, wenn überall in der Welt nur noch Termitenhügel übrig sind, aber kein Busch mehr?«

Renie schüttelte den Kopf. »Was sollen wir sonst machen? Wenn das hier Buschland wäre, könnten wir nicht überleben, weil wir zu viele sind. Wir würden verhungern. Wir würden uns gegenseitig umbringen.«

»Was werden die Menschen machen, wenn es zuletzt keinen Busch mehr gibt, den sie verbrennen können?« !Xabbu bückte sich und hob einen Plastikreif auf, ein schon jetzt unklassifizierbares Relikt der gegenwärtigen Zivilisation. Er legte die Finger zusammen und streifte ihn über sein Handgelenk, dann hielt er seinen neuen Armschmuck mit einem gequälten Lächeln auf den Lippen hoch und betrachtete ihn. »Dann verhungern? Sich dann umbringen? Das Problem wird dasselbe sein, aber vorher werden wir alles zugedeckt haben - mit Teer und Stein und Beton und ... wie heißt es, ›Fibramic‹? Und wenn dann das Umbringen losgeht, werden viel mehr Menschen sterben müssen.«

»Wir weichen in den Weltraum aus.« Renie deutete vage auf den grauen Himmel. »Wir ... was weiß ich, kolonisieren andere Planeten.«

!Xabbu nickte. »Aha.«

Johnny's Café war überfüllt. Die meisten der Gäste waren Lastwagenfahrer, die einen langen Tag auf der Strecke Durban-Pretoria vor sich hatten, stämmige, freundliche Männer mit Sonnenbrillen und knallbunten Hemden. Zu freundlich mitunter - in der Zeit, die sie brauchten, um sich zu einer freien Sitznische durchzuquetschen, bekam Renie einen Heiratsantrag und mehrere weniger ehrbare Angebote gemacht. Sie biß die Zähne zusammen und verkniff sich das Lächeln, auch wenn die Flirtversuche völlig harmlos und anständig waren. Wenn man reagierte, wurde es nur schlimmer.

Aber manche Sachen gefielen Renie an Johnny's Café, und eine davon war, daß man hier richtiges Essen bekam. So viele der kleinen Restaurants und Cafés servierten heutzutage nur noch amerikanische Schnellgerichte - Beefburger aus der Welle, Würstchen im Schlafrock mit pappiger Käsesauce und natürlich Coca-Cola und Pommes frites, Wein und Brot der westlichen Kommerzreligion. Aber hier in der Küche kochte tatsächlich jemand - vielleicht Johnny selbst, sofern es jemand dieses Namens gab.

Zu der Tasse mit aufputschendem Fernfahrerkaffee nahm Renie Brot mit Butter und Honig und einen Teller gebratene Mehlbananen mit Reis. !Xabbu ließ sich von ihr das gleiche bestellen. Als die riesige Platte kam, starrte er mit offenkundiger Bestürzung darauf.

»So groß!«

»Im wesentlichen Kohlehydrate. Du brauchst es nicht aufzuessen, wenn du nicht magst.«

»Ißt du es auf?«

Sie lachte. »Danke, aber das hier reicht völlig für mich.«

»Was wird dann damit geschehen?«

Renie verstummte. Als Stiefkind der Wohlstandskultur hatte sie nie viel über ihr Konsum- und Wegwerfverhalten nachgedacht. »Ich bin sicher, jemand in der Küche nimmt das, was übrig bleibt, mit nach Hause«, meinte sie schließlich und fühlte sich schuldig und beschämt, noch während sie es aussprach. Sie zweifelte nicht daran, daß die einstigen Herren Südafrikas die gleichen Ausreden gebraucht hatten, wenn wieder einmal die Reste eines caliguläischen Gelages vor ihren Augen abgeräumt wurden.

Sie war dankbar, daß !Xabbu darauf verzichtete, der Frage weiter nachzugehen. In Augenblicken wie diesen wurde ihr klar, wie anders seine Lebenseinstellung wirklich war. Sein Englisch war besser als das ihres Vaters, und seine Intelligenz und rasche Einfühlungsgabe halfen ihm, viele sehr subtile Zusammenhänge zu erfassen. Aber er war *nicht* wie sie, ganz und gar nicht - er hätte von einem anderen Planeten sein können. Wieder überkam Renie ein diffuses Schamgefühl, als sie erkannte, daß ihre Einstellung eher der eines reichen weißen Teenagers in England oder Amerika glich als der dieses jungen Afrikaners, der nur wenige hundert Meilen entfernt von ihr aufgewachsen war.

Nachdem er ein paar Happen Reis gegessen hatte, sah !Xabbu auf. »Ich bin jetzt schon in zwei Cafés gewesen«, sagte er. »In dem hier und in dem in der Lambda Mall.«

»Welches ist dir lieber?«

Er grinste. »Hier ist das Essen besser.« Er nahm noch einen Happen und piekste dann mit der Gabel in die glänzende Banane, wie um sich zu vergewissern, daß sie tot war. »Es kommt noch etwas hinzu. Erinnerst du dich, daß ich dich nach Geistern im Netz fragte? Ich sehe das Leben dort, aber ich kann es nicht *fühlen*, und das drückt mir auf das Gemüt. Es ist schwer zu erklären. Aber hier gefällt es mir viel besser.«

Für Renie war das Netz schon so lange eine Selbstverständlichkeit, daß sie darin manchmal tatsächlich eine Art Kontinent sah, einen Kontinent von riesigen Ausmaßen, aber genauso geographisch real wie Europa oder Australien. Doch !Xabbu hatte recht - es war nicht real. Es war eine Übereinkunft, ein gemeinsames So-tun-als-ob vieler Leute. In gewisser Hinsicht *war* es ein Geisterland ... aber alle Geister spukten wild durcheinander.

»Ja, das RL hat doch was für sich.« Wie um es sich zu beweisen, setzte sie den Becher mit sehr gutem, sehr starkem Kaffee an die Lippen.

»Keine Frage.«

»Und jetzt, Renie, sage mir bitte, was dich quält. Du hast mir erzählt, dein Bruder sei krank. Ist es das, oder hast du noch andere Probleme? Ich hoffe, ich bin nicht zu aufdringlich.«

Nach anfänglicher Verlegenheit schilderte sie ihren letzten Besuch bei Stephen und die jüngste Version ihres ewigen Streits mit Long Joseph. Als sie einmal angefangen hatte, wurde es zusehends leichter zu reden, die hoffnungslose Frustration zu beschreiben, die ihr der tägliche Gang zu einem jedesmal unveränderten Stephen und die immer qualvoller werdende Spirale der Beziehung zu ihrem Vater bereitete. !Xabbu hörte zu und stellte nur Fragen, wenn sie vor einem peinlichen Eingeständnis ein wenig zögerte, aber sie beantwortete die Fragen alle und stellte fest, daß sie immer freimütiger wurde. Sie war es nicht gewohnt, sich zu öffnen, ihre geheimen Ängste zu zeigen; es fühlte sich gefährlich an. Aber je mehr ihr Frühstück sich in die Länge zog und der Pulk der anderen frühen Gäste sich langsam verlief, um so mehr verspürte sie auch eine Erleichterung darüber, endlich reden zu können.

Sie süßte gerade ihre dritte Tasse Kaffee, als !Xabbu plötzlich fragte: »Wirst du heute hingehen? Zu deinem Bruder?«

»Ich gehe normalerweise am Abend. Nach der Arbeit.«

»Darf ich mitkommen?«

Renie zauderte. Zum erstenmal, seit sie hier Platz genommen hatten, fragte sie sich, ob !Xabbu vielleicht ein Interesse hatte, das über bloße Kameradschaft hinausging. Sie zündete sich eine Zigarette an, um die Unsicherheit zu kaschieren. Stellte er sich vor, der Mann in ihrem Leben zu werden, ihr Beschützer? Es hatte seit Del Ray niemand von Bedeutung mehr gegeben, und diese Beziehung (sie fand die Erkenntnis verblüffend und ein wenig erschreckend) lag schon Jahre zurück. Außer in kurzen Augenblicken der Schwäche spät nachts wollte sie nicht, daß jemand für sie sorgte. Sie war ihr Leben lang stark gewesen und konnte sich nicht vorstellen, an jemand anderen Verantwortung abzugeben. Auf jeden Fall hegte sie für diesen kleinen jungen Mann keinerlei romantische Gefühle. Sie schaute ihn lange an, während er, vielleicht um ihr genau dazu Gelegenheit zu geben, die vor dem schmutzigen Caféfenster geparkte Kolonne farbenprächtiger Laster betrachtete.

Wovor hast du Angst, Frau? fragte sie sich. *Er ist ein Freund. Nimm ihn bei seinem Wort, solange er dein Vertrauen nicht enttäuscht.*

»Ja, komm mit. Es wäre ganz nett, Gesellschaft zu haben.«

Er wandte ihr wieder seinen Blick zu und wurde auf einmal schüchtern. »Ich bin noch nie in einem Krankenhaus gewesen - aber das ist nicht der Grund, weshalb ich dich begleiten möchte«, setzte er hastig hinzu. »Ich möchte deinen Bruder kennenlernen.«

»Ich wollte, du *könntest* ihn kennenlernen, ihn so kennenlernen, wie er war ... *ist*.« Sie kämpfte mit den Tränen. »Es fällt mir manchmal schwer zu glauben, daß er da drin ist. Es ist qualvoll, ihn so sehen zu müssen ...«

!Xabbu nickte ernst. »Ich frage mich, ob es nicht härter ist, es so zu machen wie ihr und die Menschen, die man liebt, wegzubringen. Bei meinen Leuten bleiben die Kranken bei den anderen. Aber vielleicht wäre die Belastung noch größer, wenn du ständig mit ansehen müßtest, wie er Tag für Tag in diesem traurigen Zustand daliegt.«

»Ich glaube, das könnte ich nicht ertragen. Ich frage mich, wie die andern Familien damit fertig werden.«

»Andere Familien? Von Kranken?«

»Von Kindern wie Stephen. Seine Ärztin meinte, es gäbe eine ganze Reihe anderer Fälle.«

Etwas wie ein Schock durchlief sie, als ihr klarwurde, was sie da sagte. Zum erstenmal seit Tagen verging plötzlich das Gefühl der Hilflosigkeit, an dem auch !Xabbus geduldiges Zuhören nicht viel geändert hatte.

»Jetzt ist Schluß damit«, sagte sie.

Verblüfft von der Veränderung in ihrer Stimme blickte !Xabbu auf. »Schluß womit?«

»Mit sitzen und sich sorgen. Darauf warten, daß mir irgendwer irgendwas sagt, wo ich doch selbst etwas unternehmen könnte. Warum ist Stephen das zugestoßen?«

Der kleine Mann war verwirrt. »Ich bin kein Klinikarzt, Renie.«

»Das ist genau der Punkt. Du weißt es nicht. Ich weiß es nicht. Die Ärzte wissen es nicht. Aber es gibt andere Fälle - das haben sie selbst gesagt. Stephen wird in einem Krankenhaus behandelt, das unter Bukavu-4-Quarantäne steht, und die Ärzte dort arbeiten bis zum Umfallen. Könnte es nicht sein, daß sie etwas übersehen haben? Wie viel wirkliche Ursachenforschung haben sie denn betreiben können?« Sie schob

ihre Karte in den Tisch und bestätigte dann die Rechnung auf dem lädierten Bildschirm per Daumenabdruck. »Willst du mit in die TH kommen?«
»Aber die ist heute geschlossen.«
»Verdammt.« Sie steckte die Karte zurück in die Tasche. »Aber macht nichts - der Netzzugang ist trotzdem offen. Ich brauche lediglich eine Station.« Sie dachte an ihr Heimsystem und wog die Bequemlichkeit gegen die Wahrscheinlichkeit ab, daß ihr Vater soeben in die Küche torkelte. Selbst wenn er, was nicht anzunehmen war, keinen Kater und keine schlechte Laune hatte, würde sie sich mit Sicherheit monatelang Bemerkungen über ihren »Buschmannverehrer« anhören müssen, wenn sie !Xabbu mit nach Hause brachte.
»Mein Freund«, sagte sie und stand auf, »wir werden der Stadtmediathek von Pinetown einen Besuch abstatten.«

> »Wir könnten uns das meiste davon auch über mein Pad holen«, erklärte sie, als der pummelige junge Mediathekar ihnen das Netzzimmer aufschloß, »oder über eines von hier. Aber dann hätten wir nur Text und flache Bilder, und ich arbeite einfach nicht gern auf die Art.«
!Xabbu folgte ihr. Der Mediathekar beäugte den Buschmann über den Rand seiner Brille, zuckte mit den Schultern und schlich dann an seinen Schreibtisch zurück. Die wenigen alten Männer, die sich in Bildschirmkojen die Nachrichten anguckten, hatten sich bereits wieder der Farbbildberichterstattung über das jüngste Schwebebahnunglück auf dem Dekkanplateau in Indien zugewandt. Renie schloß die Tür, damit sie vor zermalmtem Metall, geplünderten Leichen und dem atemlosen Kommentar des Reporters Ruhe hatten.
Sie zog ein trauriges Kabelgewühl aus dem Abstellschrank und begutachtete dann die nicht mehr ganz taufrischen Kopfarmaturen, bis sie zwei gefunden hatte, die in annehmbarem Zustand waren. Sie steckte die Finger in die Squeezer und befahl Netzzugang.
»Ich sehe nichts«, sagte !Xabbu.
Renie schob ihren Helm hoch, beugte sich vor und hantierte an !Xabbus Visette herum, bis sie den lockeren Kontakt gefunden hatte. Sie setzte sich ihren Helm wieder richtig auf, und das Grau des nackten Netzraums umgab sie.
»Ich habe keinen Körper.«

»Ich weiß. Das wird ein reiner Informationstrip, und ein ziemlich reduzierter obendrein - keine Kraftreflexion und folglich auch nicht das Gefühl, irgendwas zu berühren. Viel mehr bringt ein billiges Heimsystem nicht. Und als Dozentin an der TH kann man sich ohnehin nichts anderes leisten.«

Sie verstärkte den Fingerdruck, und das Grau ging in eine Schwärze über, die der Weltraum hätte sein können, wenn nicht die Sterne gefehlt hätten. »Ich hätte das schon längst machen sollen«, sagte sie. »Aber ich war immer so beschäftigt, so müde ...«

»Was machen sollen?« !Xabbus Ton blieb ruhig, aber unter der Geduld spürte sie eine leichte Anspannung. Egal, entschied sie, er mußte einfach warten. Er fuhr jetzt bei *ihr* mit.

»Selber ein wenig Ursachenforschung betreiben«, sagte sie. »Zugriff rund um die Uhr auf das größte Informationssystem, das die Welt je gesehen hat, und dann lasse ich mir von jemand anders das Denken abnehmen.« Sie drückte, und eine Kugel aus leuchtend blauem Licht erstrahlte wie eine Propansonne im Herzen eines leeren Universums. »Diese Einheit müßte meine Stimme mittlerweile in- und auswendig kennen«, sagte sie, und dann mit deutlicher Aussprache: »*Medizinische Information*. Ab die Post.«

Nachdem sie noch ein paar Befehle gegeben hatte, erschien vor ihnen im leeren Raum eine liegende menschliche Gestalt, ein merkwürdig konturloses Gebilde, rudimentär wie ein billiger Sim. Lichtfäden schlängelten sich hindurch und erhellten den Blutkreislauf, während eine ruhige Frauenstimme die Gerinnselbildung und den dadurch entstehenden Sauerstoffmangel im Gehirn beschrieb.

»Wie Götter.« !Xabbu klang ein wenig perplex. »Nichts ist verborgen.«

»Wir vergeuden hier unsere Zeit«, sagte Renie, ohne auf ihn einzugehen. »Wir wissen, daß bei Stephen keine pathologischen Anzeichen vorliegen - sogar seine chemischen Gehirnwerte sind normal, von etwas derart Offensichtlichem wie einem Blutgerinnsel oder einem Tumor kann also gar nicht die Rede sein. Hören wir auf mit diesem Lexikonkram und fangen wir an, nach wirklichen Informationen zu suchen. *Medizinische Zeitschriften, vom heutigen Datum bis zwölf Monate zurück. Stichworte und/oder:* ›Koma‹, ›Kind...‹, ›Jugend...‹ - was noch? - ›Gehirntrauma‹, ›Stupor‹ ...«

Renie hatte eine schimmernde Zeitanzeige gerade noch gut sichtbar an den oberen Rand ihres Gesichtsfeldes gehängt. Die meisten Zugriffe lagen im Nahbereich, da die Informationen zum größten Teil direkt in den großen Infobanken des Netzes verfügbar waren, aber einige der Downloads waren mit Kosten verbunden, und die finanziell knapp gehaltene Mediathek von Pinetown würde außerdem einen zeitabhängigen Zuschlag berechnen. Sie waren bereits seit über drei Stunden online, und noch immer hatte sie nichts gefunden, was ihr das Gefühl gab, die Suche hätte sich gelohnt. !Xabbu hatte vor mindestens einer Stunde aufgehört, Fragen zu stellen, sei es, weil ihn die schwindelerregend wechselnden Schaubilder überwältigten, oder einfach aus Langeweile.

»Nur wenige tausend Fälle wie seiner insgesamt«, sagte sie. »Ansonsten alles bekannte Ursachen. Bei zehn Milliarden Menschen sind das nicht viele. *Verteilungsplan, gemeldete Fälle in Rot.* Vielleicht schauen wir uns den nochmal an.«

Das Raster aus leuchtenden Linien verschwand, und an seine Stelle trat eine von innen heraus schimmernde stilisierte Erdkugel - eine Frucht, rund und vollkommen, im freien Fall durchs Leere.

Und wie sollten wir je wieder so einen Planeten finden? fragte sie sich, als ihr einfiel, was sie zu !Xabbu über Kolonisierung gesagt hatte. *Das größte Geschenk, das es geben kann, und wie wenig pfleglich sind wir damit umgegangen.*

Scharlachrot leuchtende Punkte erschienen auf dem Globus und breiteten sich wie Schimmel aus, womit sie die chronologische Reihenfolge nachzeichneten, in der die Vorfälle aufgetreten waren. Die Bewegung wies keine erkennbare Ordnung auf, sondern ging anscheinend nach dem Zufallsprinzip über die ganze simulierte Erde hinweg, ohne Rücksicht auf Nähe oder Ferne. Wenn es eine Epidemie war, dann eine äußerst merkwürdige. Renie runzelte die Stirn. Als alle Punkte brannten, sagte das Muster noch immer nichts aus. Die höchsten Konzentrationen der Punkte lagen in den am dichtesten bevölkerten Gebieten, was keine Überraschung war. In den Erstweltländern Europas, Amerikas und des Pazifikgürtels waren sie zahlenmäßig geringer, aber weit über die Landmassen verstreut. In der Dritten Welt bildeten die Flecken fast ausschließlich an den Meeresküsten, Buchten und Flüssen glutrote Ballungsgebiete, die sie an einen Hautausschlag denken ließen. Kurzfristig meinte sie, sie hätte vielleicht etwas entdeckt, einen Zusammenhang mit verseuchtem Wasser, eingeleiteten Giftstoffen.

»Umweltverschmutzung über den von den UN vorgeschriebenen Richtwerten«, sagte sie. »Violett.«

Als die lavendelfarbigen Punkte aufflammten, schaute Renie mißmutig. »Scheiße.«

!Xabbus Stimme drang aus der Dunkelheit zu ihr. »Was ist los?«

»Violett sind die Stellen mit starker Belastung durch Umweltgifte. Siehst du, wie die Komafälle sich hier an den Küsten und Flüssen und in Südasien häufen? Ich dachte, es könnte einen Zusammenhang geben, aber für Nordamerika stimmt das Muster nicht - die Hälfte der Fälle sind weit entfernt von allen hochkontaminierten Gebieten. In der Ersten Welt gibt es nicht annähernd so viele Fälle, aber es fällt mir schwer zu glauben, daß es zwei verschiedene Ursachen gibt, eine für sie und eine für uns.« Sie seufzte. »Violett weg. Vielleicht gibt es doch zwei verschiedene Ursachen. Vielleicht gibt es Hunderte.« Sie dachte einen Moment nach. »Bevölkerungsdichte, in Gelb.«

Als die kleinen gelben Lichter angingen, fluchte sie abermals. »Deshalb natürlich all die Fälle an Flüssen und Küsten - dort sind die meisten großen Städte. Das hätte mir schon vor zwanzig Minuten einfallen sollen.«

»Vielleicht bist du müde, Renie«, meinte !Xabbu. »Es ist eine Weile her, daß du zum letztenmal etwas gegessen hast, und diese Arbeit hier ist sehr anstrengend ...«

»Ich laß es gleich sein.« Sie starrte den mit roten und gelben Lichtern übersäten Globus an. »Aber es ist komisch, !Xabbu. Auch die Bevölkerungsdichte gibt keinen rechten Sinn. Fast alle Fälle in Afrika, Nordeurasien und Indien sind in stark bevölkerten Gebieten. Aber in der Ersten Welt sind sie zwar um die großen Metroplexe herum ein bißchen dichter, aber auch sonst tauchen überall Fälle auf. Schau dir die ganzen roten Punkte in der Mitte von Nordamerika an.«

»Du versuchst etwas zu finden, das auf die Kinder zutrifft, die in ähnliche Komazustände wie Stephen verfallen sind, stimmt's? Irgend etwas, das Leute tun oder erfahren oder erleiden, was dazu in einer Verbindung stehen könnte?«

»Ja. Aber gewöhnliche Krankheitserreger scheinen nichts damit zu tun zu haben. Umweltgifte auch nicht. Ich kann mir keinen Reim auf die Sache machen. Ein Weilchen dachte ich sogar, es könnte etwas mit elektromagnetischen Störungen zu tun haben, du weißt schon, wie zum Beispiel Transformatoren sie machen - aber Indien und Afrika sind schon vor Jahren praktisch flächendeckend elektrifiziert worden, das heißt, wenn elektromagnetische Störungen an diesen Komas schuld wären, warum sollten sie dann *ausschließlich* in den städtischen Gebieten auftreten? Was hat man nur in den städtischen Metroplexen der Dritten Welt, aber in der gesamten Ersten Welt?«

Der Erdball hing vor ihr mit den geheimnisvollen Lichtern, geheimnisvoll wie Worte in einer unbekannten Schrift. Es war aussichtslos - zu viele Fragen, keine Antworten. Sie fing an, die Ausstiegsschritte einzugeben.

»Andersherum«, sagte !Xabbu plötzlich, »könnte man fragen, was in den Gegenden, die Stadtbewohner als ›unentwickelt‹ bezeichnen, *nicht* zu finden ist.« Es lag eine Eindringlichkeit in seinem Ton, als hätte er etwas Wichtiges zu fassen, und doch hörte er sich zugleich eigentümlich entrückt an. »Renie, was ist in Gegenden wie meinem Okawangodelta nicht zu finden?«

Zunächst begriff sie nicht, was er meinte. Dann durchfuhr etwas sie wie ein kalter Wind.

»*Gebiete mit gewohnheitsmäßiger Netzbenutzung anzeigen.*« Ihre Stimme war nur ein wenig zittrig. »*Minimum eine - nein, zwei Stunden am Tag, pro Haushalt. In Orange.*«

Die neuen Indikatoren entzündeten sich, ein Schwarm winziger Flämmchen, die den Erdball in eine kugelrunde Feuersbrunst verwandelten. In nahezu jeder orange leuchtenden Zone brannte wenigstens ein giftiges rotes Pünktchen.

»O mein Gott«, flüsterte sie. »O mein Gott, sie stimmen überein.«

Kapitel

Niemandsland

NETFEED/MODE:
Mbinda bringt die Straße auf den Laufsteg
(Bild: Mbindas Frühjahrsmodenschau — vorführende Models)
Off-Stimme: Modeschöpfer Hussein Mbinda hat das "Straßenjahr" ausgerufen und diese Erklärung mit der Vorstellung seiner Frühjahrskollektion in Mailand untermauert, in der er die Hängematten der Obdachlosen und die Mäntel aus Fallschirmseide, die typischen "Chutes" der städtischen Goggleboys, mit neuestem Synthemorphicgewebe nachempfunden hat.
(Bild: Mbinda schaut aus einer Pappkartonbude heraus)
Mbinda: "Die Straße ist um uns, sie ist in uns. Man kann sie nicht ignorieren."

> Ihr Atem war wie Zimt. Ihre langfingrige Hand auf seiner Brust schien nicht mehr als ein Blatt zu wiegen. Er hielt die Augen geschlossen aus Angst, wenn er sie öffnete, würde sie verschwinden wie so viele Male zuvor.

»Hast du vergessen?« Ein Flüstern, zart und süß wie Vogelsang in einem fernen Hain.

»Nein, ich habe nicht vergessen.«

»Dann komm zu uns zurück, Paul. Komm zu uns zurück.«

Ihre Traurigkeit überschwemmte ihn, und er hob die Arme, um sie an sich zu drücken. »Ich habe nicht vergessen«, sagte er. »Ich habe nicht ...«

Explosionsdonner riß Paul Jonas in die Höhe. Eine der deutschen 28-cm-Haubitzen war brüllend zum Leben erwacht. Die Erde bebte erbost, und das Grabengebälk ächzte, als die ersten Granaten eine Viertelmeile entfernt Löcher in die Linie rissen. Leuchtkugeln flogen über den Himmel und ließen die Geschoßspuren rot erstrahlen. Ein Sprühregen spritzte über Pauls Gesicht. Seine Arme waren leer.

»Ich habe nicht ...«, sagte er benommen. Er hielt die Hände ausgestreckt und starrte den grell erleuchteten Schlamm an, der sie bedeckte.

»Was hast du nicht?« Finch kauerte einen Meter neben ihm und schrieb einen Brief nach Hause. Seine Brillengläser flackerten glutrot, als er sich Paul zuwandte. »Schön geträumt, ja? War sie hübsch?« Sein bohrender Blick strafte seinen lockeren Ton Lügen.

Paul schaute verlegen zur Seite. Warum starrte ihn sein Kamerad so an? Es war doch bloß ein Traum gewesen, oder? Einer von den Träumen, die ihm so hartnäckig zusetzten. Eine Frau, ein kummervoller Engel ... *Bin ich dabei, verrückt zu werden? Starrt Finch mich deshalb so an?*

Er setzte sich auf und verzog das Gesicht. Eine Pfütze hatte sich während des Schlafs unter seinen Stiefeln gebildet und seine Füße durchnäßt. Wenn er nichts machte, würde er Schützengrabenfüße bekommen. Schlimm genug, daß Leute, die man nicht kannte und nicht sah, einen mit explodierenden Metallsplittern überschütteten, da mußte man nicht auch noch zuschauen, wie einem die eigenen Extremitäten abfaulten. Er zog seine Stiefel aus und schob sie an den winzigen Gaskocher, die Laschen runtergezogen, damit sie schneller trockneten.

Aber schneller als niemals kann immer noch unheimlich langsam sein, dachte er. Die Feuchtigkeit war ein noch hartnäckigerer Feind als die Deutschen. Sie machte nicht einen Abend Pause, um Weihnachten oder Ostern zu feiern, und alle Geschütze und Bomben, die die Fünfte Armee aufzubieten hatte, konnten sie nicht umbringen. Sie kam einfach angekrochen, füllte Gräben, Gräber, Stiefel ... füllte Menschen.

Schützengrabenseele. Wenn alles, was einen zum Menschen macht, schwärt und abstirbt.

Seine Füße sahen bleich aus wie abgehäutete Tiere, rissig und weich; an den Zehen, wo das Blut nicht richtig zirkulierte, waren sie blau angelaufen. Er beugte sich vor, um sie zu reiben, und stellte mit einer Mischung aus abstraktem Interesse und stillem Entsetzen fest, das er weder die Zehen fühlen konnte noch die Finger, die sie drückten. »Welcher Tag ist heute?« fragte er.

Überrascht von der Frage blickte Finch auf. »Hol's der Henker, Jonesie, woher soll ich das wissen? Frag Mullett. Er zählt die Tage, weil er bald Heimaturlaub hat.«

Hinter Finch erhob sich Mulletts massige Gestalt, ein am Wasserloch aufgestörtes Nashorn. Sein kurzgeschorener Schädel drehte sich langsam zu Paul um. »Was willst du?«

»Ich hab bloß gefragt, welcher Tag heute ist.« Das Bombardement hatte kurz einmal ausgesetzt, und seine Stimme klang unnatürlich laut. Mullett schnitt ein Gesicht, als ob Paul ihn die Entfernung zum Mond in Seemeilen gefragt hätte. »Der zwanzigste März doch, oder? Noch sechsunddreißig Tage, bis ich heim nach Blighty komm. Was kümmert dich das, zum Teufel?«

Paul schüttelte den Kopf. Manchmal machte es den Eindruck, als wäre es schon immer März 1918 gewesen, als hätte er schon immer mit Mullett und Finch und dem mürrischen Rest des Siebten Korps in diesem Schützengraben gehaust.

»Jonesie hat wieder diesen Traum gehabt«, sagte Finch. Er und Mullett wechselten einen kurzen Blick. Sie dachten wirklich, daß er verrückt wurde, da war sich Paul sicher. »Wer war sie, Jonesie - die kleine Kellnerin aus dem Estaminet? Oder Madame Entroyers kleine Madeleine?« Er spuckte die Namen mit seiner üblichen Verachtung für französische Aussprache aus. »Sie ist zu jung für dich, altes Haus. Wird kaum mal eben bluten, das Luder.«

»Herrgott, sei still.« Paul wandte sich angeekelt ab. Er griff nach seinen Stiefeln und stellte sie um, damit jede Seite den gleichen Anteil der spärlichen Wärme von dem Primuskocher erhielt.

»Jonesie ist ein Romantiker«, wieherte Mullett. Er hatte Zähne, die zu seiner Nashornstatur paßten - flach, breit und gelb. »Weißt du nicht, daß jeder vom Siebten außer dir diese Madeleine schon gehabt hat?«

»Ich hab gesagt, sei still, Mullett. Ich will nicht reden.«

Der bullige Mann grinste und sank in den Schatten hinter Finch zurück, der sich Jonas zudrehte. In der Stimme des hageren Mannes lag mehr als nur ein bißchen Gereiztheit, als er sagte: »Warum legst du dich nicht einfach wieder schlafen, Jonesie? Mach keinen Stunk. Davon gibt's hier eh schon genug.«

Paul zog seinen Feldmantel aus und kroch ein Stück weiter den Graben hinunter, bis er einen Platz gefunden hatte, wo seine Füße eine bessere Chance hatten, nicht naß zu werden. Er wickelte den Mantel um seine nackten Zehen und lehnte sich an den Laufrost. Er wußte, daß er auf seine Kameraden - ach was, seine Freunde, die einzigen Freunde, die er hatte - nicht böse werden sollte, aber die Drohung eines letzten deutschen Verzweiflungsangriffs hing schon seit Tagen über ihren Köpfen. Bei dem ständigen Sperrfeuer, das sie mürbe machen sollte, der Befürchtung, es könnte noch schlimmer kommen, und den Träumen, die ihm keine Ruhe ließen ... mein Gott, da war es kein Wunder, wenn ihm zumute war, als ob seine Nerven lichterloh brannten.

Paul warf Finch einen verstohlenen Blick zu, aber der war schon wieder über seinen Brief gebeugt und blinzelte im trüben Laternenschein. Beruhigt kehrte er seinen Frontkameraden den Rücken zu und zog die grüne Feder aus der Tasche. Obwohl das Licht der Leuchtkugeln verblaßte, schien die Feder einen eigenen schwachen Glanz zu haben. Er hielt sie sich nahe ans Gesicht und atmete tief ein, aber wenn sie je einen Duft besessen hatte, so hatten die Gerüche von Tabak, Schweiß und Schlamm ihn inzwischen erstickt.

Sie bedeutete etwas, diese Feder, auch wenn er nicht sagen konnte was. Er erinnerte sich nicht, sie aufgehoben zu haben, aber er trug sie seit Tagen in der Tasche. Irgendwie erinnerte sie ihn an den Engelstraum, aber er war sich nicht sicher, warum - vermutlich hatten sich die Träume eher an dem Besitz der Feder entzündet.

Und die Träume selbst waren sehr merkwürdig. Er hatte nur noch Bruchstücke im Gedächtnis - die Engelsfrau und ihre eindringliche Stimme, irgendeine Maschine, die ihn töten wollte -, aber ihm war so, als wären selbst diese Bruchstücke kostbar, immaterielle Glücksbringer, auf die er keinesfalls verzichten konnte.

Du klammerst dich an Strohhalme, Jonas, sagte er sich. *An Federn.* Er steckte das glänzende Etwas wieder in die Tasche. *Sterbende denken an komische Sachen - und nichts anderes sind wir doch alle hier, oder? Sterbende?*

Er versuchte, den Gedanken wegzuwischen. Solche Grübeleien würden seinen gehetzten Herzschlag nicht verlangsamen und seine zitternden Muskeln nicht entspannen. Er schloß die Augen und begann die zähe Suche nach dem Weg, der ihn wieder in den Schlaf hinabführen würde. Irgendwo auf der anderen Seite des Niemandslandes donnerten erneut die Geschütze los.

> *Komm zu uns ...*

Paul wachte von einem lauten Krachen auf, das den Himmel zerriß. Der Schweiß, der ihm auf Stirn und Wangen stand, wurde von einem

Regenguß weggewaschen. Der Himmel flammte auf, und urplötzlich waren die Wolken weiß an den Rändern und brannten auf der Rückseite. Ein weiteres mächtiges Donnerrollen folgte. Es waren nicht die Geschütze. Es war überhaupt kein Angriff, sondern nur die Natur, die mit harter Hand Entsprechungen lieferte. Paul setzte sich auf. Zwei Meter weiter lag Finch wie ein Toter, den Feldmantel über Kopf und Schultern gezogen. Ein heller Blitz zeigte eine Reihe schlafender Gestalten hinter ihm.

Komm zu uns ... Die Traumstimme klang ihm noch in den Ohren. Er hatte sie wieder gefühlt - und so nahe! Ein Engel der Barmherzigkeit, der ihm ins Ohr flüsterte, der ihn rief ... aber wohin? In den Himmel? War es das, ein Omen seines kommenden Todes?

Paul hielt sich die Ohren zu, als der Donner wieder loskrachte, aber er konnte den Lärm nicht abstellen und den Schmerz in seinem Schädel nicht lindern. Er würde hier sterben. Er hatte sich schon lange mit dieser gräßlichen Aussicht abgefunden - immerhin hätte er dann Frieden, Ruhe. Aber jetzt erkannte er plötzlich, daß der Tod nichts leichter machen würde. Etwas Schlimmeres wartete jenseits der Schwelle des Todes auf ihn, etwas viel Schlimmeres. Es hatte mit dem Engel zu tun, obwohl er nicht an etwas Böses von seiner Seite glauben konnte.

Ein Zitteranfall schüttelte ihn. Etwas jenseits des Todes machte Jagd auf ihn - er konnte es beinahe sehen! Es hatte Augen und Zähne, und es würde ihn in seinen Bauch hinunterschlucken, wo ihm ein ewiges Zerreißen und Zermalmen bevorstand.

Das Grauen stieg ihm aus der Magengrube in die Kehle. Beim nächsten Blitzschlag riß er den Mund weit auf und verschluckte sich an dem hineinregnenden Wasser. Als er es ausgespuckt hatte, schrie er hilflos, doch seine Stimme ging in dem wilden Brüllen des Gewitters unter. Die Nacht, das Gewitter, die namenlosen Schrecken des Traumes und des Todes, alles stürzte auf ihn ein.

»Überleg dir mal, wie du rauskommst«, hatte eine Stimme in einem anderen halb vergessenen Traum ihn beschworen. *»Wie du wirklich rauskommst.«* Er klammerte sich an diese Erinnerung wie an etwas Warmes. In diesem Moment des Zusammenbruchs war sie sein einziger kohärenter Gedanke.

Paul richtete sich taumelnd auf und ging ein paar Schritte im Graben, weg vom Rest der Einheit, dann packte er die Sprossen der nächsten Leiter und kletterte hinauf, als wollte er sich ins feindliche Feuer stürzen.

Aber er floh vor dem Tod, eilte ihm nicht entgegen. Oben angekommen, zögerte er.

Fahnenflucht. Wenn seine Kameraden ihn erwischten, würden sie ihn erschießen. Er hatte es erlebt, hatte selbst gesehen, wie sie einen Rothaarigen aus Newcastle exekutierten, weil er sich geweigert hatte, sich einem Stoßtrupp anzuschließen. Der Junge war nicht älter als fünfzehn oder sechzehn gewesen, hatte vorher bei der Meldung als Kriegsfreiwilliger ein falsches Alter angegeben, und er hatte in einem fort um Verzeihung gefleht und geweint, bis die Kugeln des Exekutionskommandos in ihn einschlugen und ihn augenblicklich aus einem Menschen in einen auslaufenden Fleischsack verwandelten.

Der Wind heulte, und der Regen kam horizontal von der Seite, als Paul seinen Kopf über den Grabenrand schob. Sollten sie ihn doch erschießen, egal welche Seite, sollten sie ihn erschießen, wenn sie ihn kriegen konnten. Er war verrückt, so verrückt wie Lear. Das Gewitter hatte ihm den Verstand weggeblasen, und mit einem Mal fühlte er sich frei.

Wie du rauskommst ...

Paul stolperte von der Leiter und fiel hin. Der Himmel loderte wieder auf. Große schlaffe Stacheldrahtrollen, die die Tommies vor deutschen Überraschungsangriffen schützen sollten, erstreckten sich vor ihm über die ganze Länge der Schützengräben. Dahinter lag das Niemandsland, und hinter diesem gespenstischen Streifen Land lag das dunkle Gegenstück zu den britischen Linien, so als ob man quer über die Westfront einen riesigen Spiegel aufgestellt hätte. Der Fritz hatte seinen eigenen Draht ausgelegt, um die Löcher zu schützen, in denen er in seiner vielgestalten Einerleiheit hockte.

Wohin? Welche von zwei so gut wie hoffnungslosen Alternativen wählen? Vorwärts über das wüste Land in einer Nacht, in der die deutschen Posten und Scharfschützen sich vielleicht hinter ihre Wälle verkrochen hatten, oder zurück durch die eigenen Linien ins freie Frankreich?

Das eingefleischte Grauen des Infanteristen vor der Leere zwischen den Heeren hätte beinahe den Ausschlag gegeben, aber der Wind war wild und sein Blut schien darauf zu antworten, eine ähnliche Freiheit von allen Fesseln zu fordern. Niemand würde damit rechnen, daß er nach vorn floh.

Gebückt wie ein Affe lief er blind durch den Regen, bis er sich einige hundert Meter von der Stellung seiner Einheit entfernt hatte. Als er sich vor der Absperrung hinkauerte und seine Drahtschere aus dem Gürtel zog, hörte er jemanden leise lachen. Er erstarrte vor Schreck, bis ihm klarwurde, daß der Lacher er selbst gewesen war.

Der lose Draht blieb an seinen Sachen hängen, als er sich hindurchschob, wie die schützende Dornenhecke um das Schloß einer schlafenden Prinzessin. Paul warf sich flach in den Schlamm, als der nächste grelle Blitz den Himmel weiß aufleuchten ließ. Der Donner folgte auf dem Fuße. Das Gewitter kam näher. Er kroch auf Händen und Knien vorwärts, den Kopf voller Getöse.

Bleib im Niemandsland. Irgendwo wird eine Stelle kommen, wo du wieder ausbrechen kannst. Irgendwo. Bleib zwischen den Linien.

Die Welt war nichts als Schlamm und Draht. Der Krieg im Himmel war nur ein müder Abklatsch des Schreckens, den die Menschen anrichten gelernt hatten.

> Er wußte nicht mehr, wo *oben* war. Er hatte die Orientierung verloren.

Paul fuhr sich übers Gesicht, um sich den Matsch aus den Augen zu wischen, aber der Matsch nahm kein Ende. Er schwamm förmlich darin. Es gab nichts Festes, worauf er sich stützen konnte, keinen Widerstand, der ihm sagte: *Hier ist der Boden.* Er war am Ertrinken.

Er gab das Kämpfen auf und blieb liegen, die Hand vor dem Mund, um beim Atmen den Schlamm abzuhalten. Irgendwo weit links eröffnete ein Maschinengewehr das Feuer und bildete mit seinem kratzigen Knattern einen leisen Kontrapunkt zu dem Sturm und dem polternden Gewitter. Er neigte langsam den Kopf von einer Seite zur anderen, bis der Schwindel und die Wirrnis nachließen.

Überleg. Überleg!

Er war irgendwo im Niemandsland und versuchte, zwischen den Linien nach Süden zu kriechen. Das von Blitzen und Flammenstößen gezeichnete Dunkel - das war der Himmel. Das tiefere Dunkel, in dem nur die Spiegelungen im stehenden Wasser Licht abgaben, war die kriegsgepeinigte Erde. Er, Gefreiter Paul Jonas, Deserteur, Verräter, klammerte sich an dieses letztere Dunkel wie ein Floh an den Rücken eines sterbenden Hundes.

Er lag auf dem Bauch. Soweit nichts Neues. Er lag schon seit ewigen Zeiten auf dem Bauch, oder etwa nicht?

Mit Ellbogen und Händen im Schlamm wühlend, schob er sich vorwärts. Das jahrelange Bombardement hatte den Schlamm im Niemandsland zu einer Million Wellengipfel und -täler aufgequirlt, zu einem endlosen, starren, kackbraunen Meer. Unbeholfen und mechanisch krabbelte er jetzt schon stundenlang darin herum wie ein verletzter Käfer. Jede Zelle in seinem Körper schrie ihm zu, sich zu beeilen, das Weite zu suchen, sich aus diesem Nirgendwo hinauszuschleifen, diesem öden und toten Gelände, aber schneller zu machen war ausgeschlossen - wenn er sich erhob, setzte er sich damit den Augen und Geschützen auf beiden Seiten aus. Er konnte nur jämmerlich Zentimeter für Zentimeter zwischen Schrapnell und Gewitter vorwärtskriechen.

Er bekam etwas Hartes unter die Finger. Im Blitzschein erkannte er den Totenkopf eines Pferdes, der durch den Schlamm stieß wie eine Ausgeburt ausgesäter Hydrazähne. Er riß die Hand zurück, die auf der Schnauze gelegen hatte, auf den steinernen Zähnen, die zwischen geschrumpften Lippen bleckten. Die Augen waren schon lange fort, die Höhlen voller Schlamm. Ein windschiefer Bretterverhau ragte dahinter aus der Erde, die Überreste der Munitionsprotze, die es gezogen hatte. Eine seltsame, nachgerade unmögliche Vorstellung, daß diese Hölle einst eine Landstraße gewesen war, ein ruhiger Teil eines ruhigen Frankreich. Ein Pferd wie dieses war dort mit einem Wagen hintendran dahingetrappelt und hatte einen Bauern zum Markt oder Milch oder Post zu den Dorfhäusern befördert. Als noch alles im Lot gewesen war. Denn alles *war* einmal im Lot gewesen. Er konnte sich nicht mehr richtig an eine solche Zeit erinnern, aber er konnte sich nicht gestatten, daran zu zweifeln. Alles in der Welt hatte seine Ordnung gehabt. Jetzt wurden Landstraßen, Häuser, Zugpferde, all die Dinge, die einst die Zivilisation von der vorrückenden Dunkelheit geschieden hatten, zu einem homogenen Urschleim vermahlen.

Häuser, Pferde, Menschen. Die Vergangenheit, die Toten. Zwischen dem Aufflammen und dem Verlöschen der grellen Blitze sah er sich von entstellten Soldatenleichen umgeben - ob andere Tommies oder Deutsche war nicht zu sagen. Nationalität, Würde, Atem, alles war weggerissen worden. Wie ein mit Shillings gespickter Weihnachtspudding war der Schlamm mit bruchstückhaften Lebensresten durchsetzt - Arm- und Beinteile, von Granaten verbrannte Rumpfstücke mit Extremitäten, Stiefel mit Füßen drin, Uniformfetzen verklebt mit Hautstreifen. Auch vollständiger erhaltene Körper lagen unter dem Gestückel, von Bomben zerstört und weggeworfen wie Puppen, erst verschlungen von dem Ozean aus zähem Lehm und dann von dem peitschenden Regen wieder entblößt. Augen glotzten leer, Münder klafften; alle ertranken sie im Matsch. Und alles überall, ob es einst lebendig gewesen war oder nicht, hatte die gleiche scheußliche kotige Farbe. Es war der Sündenpfuhl. Es war der neunte Kreis der Hölle. Und wenn an seinem Ende keine Erlösung kam, dann war das Universum ein schrecklicher, schlechter Witz.

Zitternd und stöhnend, den Rücken gegen den wütenden Himmel gekehrt, kroch Paul weiter.

> Ein ungeheurer Schlag schmetterte ihn in den Schleim. Der Boden hob sich, verschlang ihn.

Während er sich wieder an die Luft arbeitete, hörte er das nächste gellende Pfeifen, und die Erde bäumte sich abermals auf. Zweihundert Meter weiter ließ der Einschlag einen mächtigen Schwall Schlamm aufschießen. Kleine Dinge zischten vorbei, und Paul schrie auf. Die Feldgeschütze hinter den deutschen Linien veranstalteten einen regelrechten Trommelwirbel und malten dabei einen Feuerbogen über den Horizont, der das weite Feld spitzer Schlammhöcker scharf hervortreten ließ. Wieder schlug eine Granate ein. Matsch flog durch die Luft. Eine brennende Kralle wischte ihm über den Rücken und riß Hemd und Haut auf, und Pauls Schrei stieg gegen den Donner auf und brach dann ab, als sein Gesicht wieder in den Schlamm fiel.

Einen Moment meinte er sicher zu sterben. Sein stotterndes Herz schlug so schnell, daß es sich fast verhaspelte. Er krümmte die Finger, bewegte den Arm. Es fühlte sich an, als ob jemand ihn aufgeschnitten und ihm eine Stricknadel ins Rückgrat gebohrt hätte, aber alles schien zu funktionieren. Er schleifte sich einen halben Meter vorwärts und erstarrte dann, als eine Granate hinter ihm niederkrachte und den nächsten großen Strudel aus Lehm und Leichenteilen in die Luft schleuderte. Er konnte sich bewegen. Er war am Leben.

Er rollte sich in einer Wasserpfütze zusammen und preßte sich die Hände an den Kopf, um das unerträgliche Brüllen der Geschütze zu dämpfen, das viel lauter war als vorher der Donner. Wie eine der über das Niemandsland verstreuten Leichen blieb er regungslos liegen, erfüllt von nichts anderem als blankem Entsetzen, und wartete, daß das

Bombardement nachließ. Die Erde wackelte. Rotglühendes Schrapnell schwirrte über seinen Kopf hinweg. Die 28-cm-Geschosse aus den deutschen Haubitzen kamen in sturem Preßlufthammertakt geflogen – er fühlte, wie sie mit schwerem Tritt von einer Seite der britischen Schützengräben zur anderen marschierten und dabei Krater, Splitter und zerstäubtes Fleisch zurückließen.

Der ohrenbetäubende Lärm wollte nicht aufhören. Es war aussichtslos. Der Beschuß würde niemals ein Ende nehmen.

Dies war das Crescendo, das Finale, der Augenblick, in dem der Krieg zuletzt den Himmel selbst in Brand steckte und die Wolken blitzend und lodernd herabfielen wie brennende Vorhänge.

Hau ab oder stirb. Es gab hier keine Deckung, keine Versteckmöglichkeit. Paul wälzte sich abermals auf den Bauch und glitschte auf schwankendem Grund weiter. Hau ab oder stirb. Vor ihm fiel das Gelände in eine Senke ab, wo vor Jahren einmal, bevor der Granatenregen eingesetzt hatte, vielleicht ein Bach geflossen war. Unten in der Sohle lag eine Nebelzunge. Paul sah darin nur eine Tarnung, ein weißes Geschleier, das er über sich ziehen konnte wie eine Decke. Darunter würde er schlafen.

Schlafen.

Dieses eine Wort stieg in seiner zerschundenen Seele auf wie eine Flamme in einem dunklen Raum. Schlafen. Sich hinlegen und den Lärm abstellen, die Angst, die nicht enden wollende Not.

Schlafen.

Er erreichte die Kuppe des sanften Abhangs, dann stieß er sich über den Rand und rutschte hinab. All seine Sinne waren auf den kühlen weißen Nebel gerichtet, der auf dem Grund der Mulde lag. Während er durch die äußere Dunstschicht kroch, schien der Geschützdonner leiser zu werden, obwohl die Welt immer noch wackelte. Er robbte sich vor, bis der Nebel sich über seinem Kopf schloß und die über den Himmel schießenden roten Lichtpfeile verdeckte. Er war völlig in kühles Weiß gehüllt. Das Hämmern in seinem Kopf legte sich.

Er machte langsamer. Vor ihm tauchte aus dem Düstern ein Umriß auf – nein, mehrere dunkle, rechteckige Umrisse, die über den Hang verteilt lagen. Er schleifte sich weiter und versuchte mit seinen weit aufgerissenen und vor Schmutz brennenden Augen zu erkennen, was sie waren.

Särge. Der Hügel war mit Dutzenden von Särgen übersät, von denen manche aus dem klaffenden Schlamm ragten wie Schiffe, die durch eine Welle schnitten. Viele hatten ihre Insassen ausgespien: Bleiche Leichentücher wehten über den flachen Hang, als ob die Sargbesitzer ihrerseits vor dem Krieg auf der Flucht wären.

Die Geschütze dröhnten noch, aber sie klangen seltsam gedämpft. Paul stemmte sich in die Hocke, schaute sich um, und so etwas wie eine normale Wahrnehmung setzte wieder ein. Dies war ein Friedhof. Der weggeschwemmte Boden hatte eine alte Gräberstätte ans Licht gebracht, deren Kreuze schon vor langem zu Kleinholz zersplittert waren. Eine mittlerweile von Tod übersättigte Erde hatte die Toten ausgespuckt.

Paul arbeitete sich tiefer in den Nebel vor. Diese Leichen waren jetzt genauso obdachlos wie die seiner Brüder droben, hundert tragische Geschichten, die im Getöse des Massensterbens ungehört verhallen würden. Hier hing über einem mit Schlamm bespritzten weißen Hochzeitskleid ein mumifizierter Schädel mit heruntergeklapptem Unterkiefer, so als ob seine Besitzerin den Bräutigam riefe, der sie am Altar des Todes alleingelassen hatte. Dicht daneben winkte eine kleine Skeletthand unter dem Deckel eines winzigen Sarges hervor - Baby hatte schön Aufwiedersehnsagen gelernt.

Paul erstickte fast an seinem schluchzenden Gelächter.

Der Tod war überall, in unabsehbarer Vielfalt. Dies war das Wunderland des Sensenmannes, der Privatpark des Dunklen. Ein lang hingestrecktes Skelett trug die Uniform einer früheren Armee, als ob es zum Appell kriechen wollte, um auch in diesem Kampf anzutreten. Ein verfaultes Leichentuch gab den Blick auf zwei gemeinsam eingewickelte mumifizierte Kinder frei, deren Münder runde Löcher waren, wie lobsingende Engel auf einer Kitschpostkarte sie hatten. Ob alt oder jung, groß oder klein waren die Zivilistenleichen in makabrer demokratischer Gleichheit zu den Ausländern dazugeworfen worden, die oben in Massen starben, und vermischten sich mit ihnen im Schlamm.

Paul kämpfte sich weiter durch die neblige Gemeinde der Toten. Die Geräusche des Krieges wurden ferner, und das trieb ihn immer weiter vorwärts. Einen Ort finden, wo der Schlachtlärm nicht hindrang. Und dann schlafen.

Ein Sarg am Rand des Bachbettes fiel ihm ins Auge. Dunkle Haare hingen heraus und wehten im Wind wie die Wedel einer Tiefseepflanze. Der Deckel war ab, und beim Näherkriechen sah er, daß das ins Leichentuch geschmiegte Gesicht der darin liegenden Frau merkwürdig unverwest wirkte. Irgend etwas an ihrem blutlosen Profil ließ ihn stocken.

Er starrte sie an. Bebend näherte er sich dem Sarg, legte die Hände auf den schlammigen Kasten, um sich daran hochzustemmen. Seine Hand zog den zerfallenden Musselin weg.

Es war sie. *Sie.* Der Engel seiner Träume. Tot in einer Kiste, eingehüllt in einen schmutzigen Schleier, für ihn für immer verloren. Seine Eingeweide krampften sich zusammen - einen Moment lang meinte er, er würde selbst hineinfallen, zu Nichts zergehen wie Stroh in der Flamme. Da schlug sie die Augen auf - schwarz, schwarz und leer -, und ihre bleichen Lippen bewegten sich.

»*Komm zu uns, Paul.*«

Er schrie auf und sprang in die Höhe, aber verfing sich mit dem Fuß am Sarggriff und stürzte wieder mit dem Gesicht zuerst in den Schlamm. Wild um sich schlagend wie ein verwundetes Tier floh er auf allen vieren durch den saugenden Matsch. Sie erhob sich nicht, um ihm zu folgen, aber ihre leise, rufende Stimme klang durch den Nebel hinter ihm her, bis ihm schwarz vor Augen wurde.

> Er war an einem seltsamen Ort, seltsamer als alle, die er bis jetzt gesehen hatte. Ein Ort, der ... nichts war. Die Wahrheit des Niemandslandes.

Paul setzte sich mit einem merkwürdig tauben Gefühl auf. In seinem Kopf hallte immer noch der Schlachtlärm nach, aber ringsumher herrschte Stille. Er war von einer dicken Schlammschicht überkrustet, aber der Grund, auf dem er lag, war weder naß noch trocken, weder hart noch weich. Der Nebel, durch den er gekrochen war, war lichter geworden, aber in keiner Richtung sah er etwas anderes als perlweißes Nichts.

Er stellte sich auf wacklige Beine. War er entkommen? Der tote Engel, die Gemeinde in den Särgen - waren sie der Wahntraum eines Kriegsopfers gewesen?

Er tat einen Schritt, dann noch ein Dutzend. Alles blieb, wie es war. Er rechnete damit, jeden Moment erkennbare Umrisse durch den Nebel auftauchen zu sehen - Bäume, Felsen, Häuser -, aber die Leere schien mit ihm zu ziehen.

Nach vielleicht einer Stunde fruchtlosen Herumirrens setzte er sich hin und weinte, weinte schwache Tränen der Erschöpfung und Verwirrung. War er tot? Was dies das Fegefeuer? Oder schlimmer noch - denn im Fegefeuer konnte man wenigstens hoffen, irgendwann geläutert entlassen zu werden -, war das der Ort, an den man nach dem Tod kam, für immer und ewig?

»Hilfe!« Nicht die Spur eines Echos - seine Stimme floh einfach davon, ohne wiederzutönen. »So hilf mir doch jemand!« Er schluchzte wieder. »Was habe ich denn getan?«

Es kam keine Antwort. Paul rollte sich auf dem Ungrund zusammen und preßte sein Gesicht in die Hände.

Warum hatten die Träume ihn an diesen Ort gebracht? Der Engel hatte sich ihm zugeneigt gezeigt, aber wie konnte Freundlichkeit zu so etwas führen? Es sei denn, der Tod eines Menschen wäre freundlich, aber das Leben danach absolut trostlos.

Paul wollte, daß es vor seinen Augen dunkel blieb. Er konnte den Anblick des Nebels nicht mehr ertragen. Das blasse Gesicht des Engels erschien vor seinem inneren Auge, nicht kalt und leer wie eben auf dem verwüsteten Friedhof, sondern das lieblich traurige Antlitz, das schon so lange durch seine Träume geisterte.

War vielleicht *alles* Wahnsinn? War er überhaupt hier an diesem Ort, oder lag sein Körper auf dem Grund des schlammigen Schützengrabens oder neben den anderen Gefallenen im Leichenzelt eines Feldlazaretts?

Langsam, beinahe ohne sein bewußtes Zutun stahl sich seine Hand über seine verschlammte Uniformjacke. Als sie an die Brusttasche kam, wußte er plötzlich, was sie - was er selbst - suchte. Der Schreck ließ ihn innehalten, die Angst vor dem, was er entdecken konnte.

Aber sonst ist mir nichts geblieben.

Seine Hand schob sich in die Tasche und schloß sich darum. Als er die Augen aufmachte und sie an das trübe Licht holte, schimmerte und schillerte sie grünlich.

Sie war wirklich.

Während Paul die Feder in seiner Faust anstarrte, begann noch etwas anderes zu schimmern. Nicht weit entfernt - jedenfalls schien es an diesem unausdenkbaren Ort nicht weit entfernt zu sein - glomm ein Licht wie geschmolzenes Gold im Nebel. Ohne einen Gedanken an seine Müdigkeit und seine Wunden rappelte er sich auf.

Etwas - eine Art Tür oder Loch - hob sich aus dem Dunst heraus. Er konnte in dem umgrenzten Feld nichts erkennen als ein wechselndes bernsteingelbes Licht, das sich wie Öl auf Wasser bewegte, und dennoch war ihm mit einer jähen, unerschütterlichen Gewißheit klar, daß auf der anderen Seite etwas war. Es führte *irgendwo anders* hin. Er trat auf das goldene Glühen zu.

»Warum so eilig, Jonesie?«

»*Ja, du willst doch nicht etwa ausbüxen, ohne deinen Kameraden was davon zu sagen, oder?*«

Paul blieb stehen und drehte sich langsam um. Aus den Nebelschleiern kamen zwei Gestalten auf ihn zu, eine große und eine kleine. Auf einem der verschwommenen Gesichter sah er etwas blinken.

»F-Finch? Mullett?«

Der Große stieß einen Lacher aus. »Wir wollten dir zeigen, wo's nach Hause geht.«

Das Grauen, das sich verflüchtigt hatte, brach wieder über ihn herein. Er trat einen Schritt näher an das goldene Glühen heran.

»Laß das!« sagte Finch scharf. Beim Weiterreden war sein Ton sanfter. »Komm schon, alter Junge, mach dir nicht noch mehr Scherereien. Wenn du schön artig mitkommst, dann lassen wir's einfach 'ne Kriegsneurose sein. Vielleicht darfst du sogar ein Weilchen ins Lazarett, um wieder auf die Reihe zu kommen.«

»Ich ... ich will nicht mit zurück.«

»Fahnenflucht, was?« Mullett kam näher. Er wirkte größer als vorher, unglaublich rund und merkwürdig muskelbepackt. Sein Mund ging nicht ganz zu, weil zu viele Zähne drin waren. »Oh, das ist sehr schlimm, sehr, sehr schlimm.«

»Nimm Vernunft an, Jonesie.« Finchs Brillengläser reflektierten das Licht, so daß man seine Augen nicht sah. »Mach dir nicht alles kaputt. Wir sind deine Freunde. Wir wollen dir helfen.«

Pauls Atem wurde hechelnd. Finchs Stimme schien an ihm zu ziehen. »Aber ...«

»Ich weiß, du hast Schlimmes durchgemacht«, sagte der kleine Mann. »Du bist durcheinander. Manchmal denkst du sogar, du wirst verrückt. Du brauchst einfach Ruhe. Schlaf. Wir werden uns um dich kümmern.«

Er brauchte wirklich Ruhe. Finch hatte recht. Sie würden ihm helfen, klar würden sie das. Seine Freunde. Paul schwankte innerlich, aber wich nicht zurück, als sie näherkamen. Das goldene Glühen flackerte hinter ihm, wurde trüber.

»So, und jetzt gibst du mir das Ding da in deiner Hand, alter Junge.« Finchs Stimme war einlullend, und Paul merkte, wie er ihm die Feder hinhielt. »So ist's recht, gib es her.« Das goldene Licht wurde schwächer, und die Spiegelung auf Finchs Brillengläsern wurde ebenfalls schwächer, so daß Paul jetzt hindurchsehen konnte. Finch hatte keine Augen.

»Nein!« Paul taumelte einen Schritt zurück und erhob die Hände. »Laßt mich!«

Die beiden Gestalten vor ihm verwackelten und verzerrten sich: Finch wurde noch dünner und spinnenhafter, Mullett schwoll an, bis ihm der Kopf zwischen den Schultern verschwand.

»*Du gehörst uns!*« schrie Finch. Er sah nicht im geringsten mehr wie ein Mensch aus.

Paul Jonas hielt die Feder fest, drehte sich um und sprang in das Licht.

Kapitel

Der gerissene Faden

NETFEED/NACHRICHTEN:
Fischsterben im Pazifik befürchtet
(Bild: schottische Fischer im Hafen beim Ausleeren der Netze)
Off-Stimme: Die parasitischen Dinoflagellaten, die Ursache des riesigen Fischsterbens im Nordatlantik, dem vor einem Jahrzehnt Hunderte Millionen von Fischen zum Opfer fielen, sind in mutierter Form in einigen Laichgründen im Pazifik wieder aufgetaucht.
(Bild: tote Fische mit großen Geschwüren auf der Haut)
UN-Stellen befürchten, diese Abart des Organismus könnte resistent gegen den künstlich erzeugten Virus sein, mit dem die Schreckensherrschaft der Panzergeißler das letzte Mal gebrochen wurde ...

> Regungslos lag Stephen tief drinnen in dem schmierigen Plastikzelt wie eine in Bernstein eingeschlossene Fliege. Er hatte Schläuche in der Nase, im Mund, in den Armen. Er sah aus, fand Renie, als ob er langsam ein Teil der Klinik würde. Ein weiterer Apparat. Ein weiteres Teil. Sie ballte die Fäuste, um den Anfall von Verzweiflung zu unterdrücken.

!Xabbu steckte seine Hände in die Handschuhe in der Zeltwand, dann blickte er Erlaubnis heischend zu ihr auf. Alles, was sie zustande brachte, war ein kurzes Nicken. Sie traute sich nicht, etwas zu sagen.

»Er ist sehr weit weg«, flüsterte der kleine Mann. Sein hellhäutiges Buschmanngesicht hinter einer Plastikscheibe war ein merkwürdiger Anblick. Eine jähe Angst um ihn durchfuhr Renie, ein plötzlicher Stich, der sogar durch das Unglück drang, das sie empfand, wenn sie den unveränderten Zustand ihres Brudes sah. VR, Quarantäne - jede neue

Erfahrung, die sie !Xabbu verschaffte, schien ihm eine andere Form des Berührungsverbots vorzuführen. Ob ihn das alles nicht krank machte? Ob nicht sein Geist schon schwach wurde?

Sie schob den Gedanken weit von sich. !Xabbu war der normalste, bodenständigste Mensch, den sie kannte. Sie sorgte sich, weil ihr Bruder und ihr Freund ungefähr gleich groß waren, und beide waren hinter Schichten von Plastik abgeschottet. Es war ihre eigene Hilflosigkeit, die an ihr zehrte. Sie trat vor und berührte !Xabbus Schulter mit ihrer Handschuhhand. Da er Stephen berührte, berührte sie damit in gewisser Weise auch ihren Bruder.

!Xabbus Finger fuhren die Linien von Stephens schlafendem Gesicht mit derart sorgfältigen und präzisen Bewegungen nach, daß der Eindruck von *Tun* und nicht bloß von Fühlen entstand, und gingen dann weiter zum Hals und zum Brustbein. »Er ist sehr weit weg«, sagte er noch einmal. »Wie in einer starken Medizintrance.«

»Was ist das?«

!Xabbu gab keine Antwort. Seine Hände blieben auf Stephens Brust liegen, so wie ihre auf den Schultern des kleinen Mannes liegenblieben. Eine ganze Weile waren alle Teile der kleinen Menschenkette still, dann fühlte Renie eine leichte Bewegung: In der sackartigen Hülle des Ensuits hatte !Xabbu angefangen, hin und her zu schwanken. Leise Töne, vergleichbar dem sonoren Brummen und Klicken von Insekten im hohen Gras, erklangen und mischten sich mit den mechanischen Geräuschen der Lebenserhaltungsgeräte. Nach ein paar Sekunden begriff sie, daß !Xabbu sang.

Der kleine Mann schwieg, als sie das Krankenhaus verließen. An der Bushaltestelle blieb er stehen, als Renie sich hinsetzte, und starrte die vorbeifahrenden Autos an, als suchte er im Rhythmus des Verkehrsflusses die Antwort auf eine schwierige Frage.

»Eine Medizintrance ist nicht leicht zu erklären«, sagte er. »Ich bin auf städtische Schulen gegangen. Ich kann dir sagen, wie sie es dort nennen - einen selbst herbeigeführten hypnotischen Zustand. Oder ich kann dir sagen, was mir als Kind im Okawangobecken beigebracht wurde - daß sich der Medizinmann an einen Ort begeben hat, wo er mit den Geistern, ja mit den Göttern reden kann.« Er schloß die Augen und schwieg eine Zeitlang, als wollte er sich seinerseits auf einen Trancezustand vorbereiten. Zuletzt schlug er die Augen wieder auf und lächelte.

»Je besser ich die Wissenschaft kennenlerne, um so höher achte ich die Mysterien meines Volkes.«

Ein Bus fuhr vor und spie eine Schar müde wirkender Fahrgäste aus, die auf dem Weg die Krankenhausauffahrt hinauf alle zu lahmen, zu schleichen oder zu humpeln schienen. Renie spähte mit zusammengekniffenen Augen, bis sie die Nummer des Busses lesen konnte. Es war nicht der richtige. Verärgert wandte sie sich ab. Sie fühlte sich gereizt, wie der Himmel vor einem Gewitter.

»Wenn du damit sagen willst, die Wissenschaft sei nutzlos, dann kann ich dir leider nicht zustimmen ... es sei denn, du meinst die Medizin. Wertlos bis dorthinaus.« Sie seufzte. »Nein, das ist nicht fair.«

!Xabbu schüttelte den Kopf. »Das wollte ich gar nicht sagen, Renie. Es ist schwer auszudrücken. Vermutlich geht es mir so, daß ich das, was meine Leute schon wissen, um so höher achte, je mehr ich über die Entdeckungen von Wissenschaftlern lese. Sie sind nicht auf denselben Wegen zu diesen Einsichten gelangt, in geschlossenen Labors und mit Hilfe denkender Maschinen, aber eine Million Jahre Empirie hat durchaus etwas für sich - vor allem in den Sümpfen der Kalahari, wo ein Fehler nicht bloß ein verpatztes Experiment, sondern mit einiger Wahrscheinlichkeit den Tod bedeutet.«

»Ich kann ... von was für Einsichten redest du?«

»Von der Weisheit unserer Eltern, Großeltern, Ahnen. In jedem individuellen Leben müssen wir, wie es scheint, diese Weisheit zuerst verwerfen, um sie später doch schätzen zu lernen.« Sein Lächeln kam wieder, doch es war klein und nachdenklich. »Wie gesagt, es ist schwer zu erklären ... und du siehst müde aus, meine Freundin.«

Renie setzte sich zurück. »Ich bin müde. Aber es gibt viel zu tun.« Sie rutschte ein wenig auf der Plastikbank herum, um eine bequemere Sitzhaltung zu finden. Wer diese Dinger herstellte, schien damit einen anderen Zweck zu verfolgen, als daß Leute sich darauf setzten: Welche Haltung man auch einnahm, richtig bequem saß man nie. Sie gab es auf, hockte sich auf den Rand und zog eine Zigarette heraus. Der Zündstreifen war defekt, und unlustig durchwühlte sie ihre Handtasche nach dem Feuerzeug. »Was hast du vorhin gesungen? Hatte es was mit einer Medizintrance zu tun?«

»O nein.« Er wirkte leicht entrüstet, als ob sie ihn des Diebstahls bezichtigt hätte. »Nein, es war einfach ein Lied. Ein trauriges Lied, von einem Mann meines Volkes. Ich sang es, weil es mich unglücklich

machte, deinen Bruder so fern von seiner Familie herumirren zu sehen.«
»Erzähl mir was darüber.«
!Xabbu ließ seine braunen Augen abermals über das Verkehrsgewühl schweifen. »Es ist ein Lied der Trauer über den Verlust eines Freundes. Außerdem handelt es vom Fadenspiel - kennst du es?«
Renie hielt ihre Finger zu einem imaginären Fadenspannbild hoch.
!Xabbu nickte.
»Ich weiß nicht, ob ich den Text auf englisch genau wiedergeben kann. Ungefähr so:

> *Leute, bestimmte Leute waren es,*
> *Die mir den Faden zerrissen,*
> *Darum*
> *Ist mir dieser Ort jetzt verödet,*
> *Weil der Faden gerissen ist.*
>
> *Der Faden riß mir,*
> *Darum*
> *Ist mir dieser Ort nicht mehr,*
> *Wie er einst war,*
> *Weil der Faden gerissen ist.*
>
> *Dieser Ort ist mir,*
> *Als ob er offen stünde,*
> *Leer,*
> *Weil der Faden riß,*
> *Darum*
> *Ist dieser Ort jetzt freudlos,*
> *Weil der Faden gerissen ist.«*

Er verstummte.
»Weil mir der Faden riß ...«, wiederholte Renie. Die Verhaltenheit des Leids, die schlichte Art, es auszudrücken, ließ ihre eigenen Verlustgefühle hochschießen. Vier Wochen - ein ganzer Monat schon. Ihr kleiner Bruder schlief schon einen ganzen Monat, wie ein Toter. Ein Schluchzen schüttelte ihren Körper, und die Tränen brachen sich Bahn. Sie versuchte, den Kummer zurückzudrängen, aber er ließ sich nicht

unterdrücken. Sie weinte noch heftiger. Sie versuchte zu sprechen, sich !Xabbu zu erklären, aber es ging nicht. Zu ihrer Beschämung und Bestürzung merkte sie, daß sie die Kontrolle verloren hatte, daß sie an einer öffentlichen Bushaltestelle saß und hemmungslos heulte. Sie fühlte sich nackt und gedemütigt.

!Xabbu legte nicht den Arm um sie, redete ihr nicht zu, es wäre schon gut, es würde schon alles werden. Statt dessen setzte er sich neben sie auf die glatte Plastikbank, nahm ihre Hand und wartete, daß der Sturm sich legte.

Er legte sich nicht so rasch. Jedesmal, wenn Renie dachte, er wäre vorbei, sie hätte ihre Gefühle wieder im Griff, wurde sie abermals vom Leid übermannt und ging das Weinen von vorne los. Durch die Tränen in den Augen sah sie, wie die nächste Busladung Fahrgäste auf den Bürgersteig schwappte. Mehrere Leute starrten die hochgewachsene, weinende Frau an, die von einem kleinen Buschmann in einem altmodischen Anzug getröstet wurde. Die Vorstellung, wie absurd sie und !Xabbu aussehen mußten, brachte sie vollends aus der Fassung, und obwohl sie immer noch mit unverminderter Heftigkeit weinte, lachte sie obendrein. Ein kleiner, abgespaltener Teil von ihr, der mitten in dem Gefühlsaufruhr völlig unbewegt zu bleiben schien, fragte sich, ob das wohl jemals aufhörte, oder ob sie hier festhing wie ein abgestürztes Programm und von Überdrehtheit in Kummer überkippen mußte und zurück, bis der Himmel dunkel wurde und alle nach Hause gingen.

Schließlich hörte es auf - mehr aus Erschöpfung als aus wiedergewonnener Kontrolle, wie Renie bitter vermerkte. !Xabbu ließ ihre Hand los. Da sie ihn noch nicht anschauen konnte, langte sie in ihre Jackentasche und fand dort ein zerknülltes Papiertaschentuch, mit dem sie sich vorher den Lippenstift abgetupft hatte und mit dem sie sich jetzt, soweit möglich, die Tränen trocknete und die Nase putzte. Als sie ihrem Freund endlich in die Augen sah, tat sie es mit einem gewissen Trotz, der zu sagen schien, er solle sich ja hüten, sich ihre Schwäche zunutze zu machen.

»Ist die Traurigkeit jetzt weniger schmerzvoll?«

Sie drehte sich wieder weg. Er schien es für völlig natürlich zu halten, daß man sich vor dem Klinikum Durban Outskirt wie ein Idiot aufführte. Vielleicht war es das. Die Scham hatte bereits nachgelassen und war jetzt nur noch eine leise tadelnde Stimme im Hinterkopf.

»Es geht mir besser«, sagte sie. »Ich glaube, wir haben unsern Bus verpaßt.«

!Xabbu zuckte mit den Achseln. Renie beugte sich vor, nahm seine Hand und drückte sie kurz und fest. »Danke, daß du so viel Geduld mit mir hast.« Seine ruhigen braunen Augen machten sie nervös. Was erwartete er von ihr - daß sie auf ihren Zusammenbruch stolz war? »Eine Sache. Eine Sache in diesem Lied.«

»Ja?« Er betrachtete sie aufmerksam. Sie verstand nicht warum, aber sie konnte den prüfenden Blick nicht ertragen. Nicht jetzt, nicht mit geschwollenen Lidern und laufender Nase. Sie schlug den Blick auf ihre Hände nieder, die jetzt wieder sicher in ihrem Schoß lagen.

»Wo es heißt: ›Leute, bestimmte Leute waren es, die mir den Faden zerrissen‹ ... Weil ... es *gibt* irgendwo Leute - es *muß* welche geben.«

!Xabbu kniff die Augen zusammen. »Ich verstehe nicht.«

»Stephen ist nicht einfach ... krank. Daran glaube ich nicht mehr. Eigentlich hab ich nie daran geglaubt, auch wenn ich das Gefühl nie richtig einordnen konnte. *Irgend jemand* - bestimmte Leute, wie in dem Lied - hat das mit ihm gemacht. Ich weiß nicht wer oder wie oder warum, aber ich weiß es.« Ihr Lachen klang gezwungen. »Ich weiß, das sagen alle Verrückten. ›Ich kann's nicht erklären, ich weiß einfach, daß es wahr ist.‹«

»Du denkst das wegen der Recherche? Wegen der Sachen, die wir in der Mediathek gesehen haben?«

Sie nickte und richtete sich auf. Sie spürte die Kräfte wiederkehren. Handeln - das war es, was not tat. Weinen nützte nichts. Probleme wollten *angepackt* werden. »Richtig. Ich weiß nicht, was sie bedeuten, aber es hat etwas mit dem Netz zu tun.«

»Aber du sagtest, das Netz sei kein realer Ort - was dort geschieht, sei nicht wirklich. Wenn jemand dort ißt, nährt es ihn nicht. Wie könnte irgend etwas im Netz jemandem ein Leid zufügen, ein Kind in einen Schlaf versetzen, aus dem es nicht mehr aufwacht?«

»Ich weiß es nicht. Aber ich find's raus, darauf kannst du dich verlassen.« Plötzlich mußte Renie darüber grinsen, wie man in den kritischsten Situationen im Leben immer wieder auf Klischees verfiel. Das war ein Spruch, den die Leute in Krimis immer sagten - er war wenigstens einmal in dem Buch vorgekommen, das sie Stephen gerade vorlas. Sie stand auf. »Ich will nicht auf den nächsten Bus warten, und ich kann diese Bank nicht mehr sehen. Komm, wir gehen was essen - oder hast du was dagegen? Du hast schon einen ganzen Tag wegen mir und meinen Problemen vertrödelt. Wie weit bist du mit deiner Arbeit?«

!Xabbu grinste verschmitzt. »Ich arbeite sehr hart, Frau Sulaweyo. Die Aufgaben für diese Woche habe ich bereits erledigt.«

»Dann komm doch mit. Ich brauch was zu essen und Kaffee - vor allem Kaffee. Soll mein Vater ruhig mal allein zurechtkommen. Das wird ihm ganz gut tun.«

Entschlossenen Schritts marschierte sie los und fühlte sich dabei so leicht wie seit Wochen nicht mehr, als ob sie eine klatschnasse Jacke ausgezogen hätte.

»Es muß etwas geben, was wir in Erfahrung bringen können«, sagte sie. »Alle Probleme haben Lösungen. Man muß sie bloß in Angriff nehmen.«

!Xabbu gab darauf keine Antwort, sondern ging nur schneller, um mit ihren längeren Schritten mitzuhalten. Der graue Nachmittag bekam einen warmen Ton, als überall ringsherum orangerote Punkte aufglühten. Die Straßenlaternen gingen an.

> »Hallo, Mutsie. Dürfen wir reinkommen?«

Eddies Mutter stand in der Tür und ließ den Blick mit einer Mischung aus Neugier und Mißtrauen von Renie zu !Xabbu schweifen. »Was willst du?«

»Ich will mit Eddie reden.«

»Wieso? Hat er was ausgefressen?«

»Ich will bloß mal mit ihm reden.« Renie war kurz davor, die Beherrschung zu verlieren, und das wäre kein guter Auftakt gewesen. »Komm schon, du kennst mich doch. Laß mich nicht hier vor der Tür stehen wie eine Fremde.«

»Tut mir leid. Kommt rein.« Sie trat zur Seite, um sie einzulassen, und deutete dann auf das leicht eingesunkene Sofa, das ein bunter Überwurf bedeckte. Renie schob !Xabbu sanft darauf zu. Eine andere Sitzgelegenheit hätte es sowieso nicht gegeben - in der Wohnung herrschte noch genauso ein Schlamp wie in der Nacht, als Stephen krank geworden war.

Wahrscheinlich noch derselbe Schlamp, dachte Renie und schämte sich sofort für ihre Gehässigkeit.

»Der Junge badet grade.« Mutsie bot ihnen nichts an und setzte sich nicht zu ihnen. Es entstand eine verlegene Pause. Eddies beide Schwestern lagen wie Götzenanbeter vor dem Wandbildschirm auf dem Bauch und sahen zwei Männern in knallbunten Jumpsuits zu, die sich in einem großen Bottich mit irgendeiner klebrigen Masse abzappelten. Mutsie drehte immer wieder den Kopf danach um; sie wollte sich offensichtlich dazusetzen und mitschauen. »Das mit Stephen tut mir leid«, sagte sie schließlich. »Er ist ein guter Junge. Wie geht's ihm?«

»Immer gleich.« Renie hörte den Krampf in ihrer Stimme. »Die Ärzte wissen nicht, was es ist. Er ... schläft einfach.« Sie schüttelte den Kopf, versuchte zu lächeln. Es war nicht Mutsies Schuld. Sie war keine großartige Mutter, aber Renie glaubte nicht, daß sie irgendeine Schuld daran traf, was mit Stephen passiert war. »Vielleicht könnte Eddie irgendwann mal mitkommen und ihn besuchen. Die Ärztin meinte, es wäre gut, wenn er bekannte Stimmen hört.«

Mutsie nickte, aber blickte unsicher drein. Gleich darauf ging sie in den Flur. »Eddie! Beeil dich, Junge. Stephens Schwester will mit dir reden.« Kopfschüttelnd kam sie wieder herein, als ob sie eine schwierige und undankbare Aufgabe erledigt hätte. »Er bleibt immer stundenlang drin. Manchmal schau ich mich um und frag: ›Wo ist der Bengel? Ist er tot oder was?‹« Sie unterbrach sich. Ihre Augen wurden rund. »Tut mir leid, Irene.«

Renie winkte ab. Sie konnte förmlich spüren, wie !Xabbu die Brauen hochzog. Sie hatte ihm ihren richtigen Namen nie gesagt. »Schon gut, Mutsie. Ach, ich hab dir !Xabbu gar nicht vorgestellt. Er ist ein Student von mir. Er hilft bei meinen Recherchen. Wir wollen schauen, ob wir etwas über Stephens Zustand rausfinden können.«

Mutsie warf dem Buschmann auf ihrem Sofa einen Blick zu. »Was für Recherchen?«

»Ich möchte prüfen, ob die Ärzte vielleicht was übersehen haben – einen Artikel in einer medizinischen Fachzeitschrift, irgendwas.« Renie beschloß, es dabei zu belassen. Mutsie hatte sich zweifellos schon ihre Meinung darüber gebildet, wer und was !Xabbu für Renie war: Eine Erklärung, sie wollten herausfinden, ob das Netz Stephen krank gemacht haben könnte, würde die Geschichte nur noch unglaubhafter erscheinen lassen. »Ich will einfach alles tun, was ich kann.«

Mutsies Aufmerksamkeit wurde wieder vom Wandbildschirm abgelenkt. Die beiden Männer, mit klebrigem Schleim überzogen, versuchten die Wände eines schaukelnden, durchsichtigen Bottichs zu erklimmen. »Natürlich«, sagte sie. »Du tust alles, was du kannst.«

Renie überlegte kurz, was dieser Spruch aus dem Mund einer Frau wert war, die ihre Kinder einmal übers Wochenende mit dem Bus zu ihrer Schwester geschickt hatte, ohne daran zu denken, daß ihre Schwester ans andere Ende von Pinetown gezogen war. Renie wußte davon, weil die Kinder zuletzt bei ihr vor der Tür gestanden hatten und sie einen ganzen Nachmittag damit beschäftigt gewesen war, die neue Adresse der Tante ausfindig zu machen und sie dort abzuliefern.

O ja, Mutsie, du und ich, wir tun alles, was wir können.

Eddie tauchte hinter ihr auf, die Haare naß und angeklatscht und in einem gestreiften Pyjama, der ihm viel zu groß war: die mehrmals umgekrempelten Aufschläge schleiften immer noch am Boden. Er hielt den Kopf geduckt, als rechnete er mit einer Abreibung.

»Komm rein, Junge. Sag Irene hallo.«

»'lo, Renie.«

»Hallo, Eddie. Setzt du dich kurz zu mir? Ich hätte gern, daß du mir ein paar Fragen beantwortest.«

»Leute aus dem Krankenhaus haben ihm schon alle möglichen Fragen gestellt«, bemerkte Mutsie über die Schulter. Sie klang beinahe stolz. »Ein Mann ist angekommen, hat das Essenszeug aus dem Kühlschrank geholt, sich Notizen gemacht.«

»Was ich fragen will, ist was anderes. Eddie, ich möchte, daß du ganz genau nachdenkst, bevor du mir antwortest, okay?«

Er warf seiner Mutter einen flehenden Blick zu, aber sie hatte sich bereits wieder dem Wandbildschirm zugekehrt. Eddie setzte sich vor Renie und !Xabbu auf den Boden. Er klaubte eine der Actionfiguren seiner kleinen Schwestern von dem abgewetzten Teppich auf und verdrehte sie in den Händen.

Renie erklärte, wer !Xabbu war, aber Eddies Interesse hielt sich in Grenzen. Renie erinnerte sich, wie sie in dem Alter in solchen Situationen gemeint hatte, Erwachsene seien als Teil einer formlosen feindlichen Masse zu betrachten, solange sie nicht das Gegenteil bewiesen.

»Ich gebe dir an nichts die Schuld, Eddie. Ich versuche bloß rauszufinden, was mit Stephen passiert ist.«

Er schaute auch jetzt nicht auf. »Er ist krank.«

»Das weiß ich. Aber ich möchte rauskriegen, wie es dazu gekommen ist.«

»Wir ham nichts gemacht. Das hab ich dir doch gesagt.«

»Nicht an dem Abend vielleicht. Aber ich weiß, daß du und Stephen und Soki euch im Netz rumgetrieben habt, auch an Orten, wo ihr nicht hindurftet. Das *weiß* ich, Eddie, klar?«

»Klar.« Er zuckte mit den Achseln.

»Dann erzähl mir was darüber.«

Eddie verdrehte die Puppe dermaßen, daß Renie Angst hatte, er könnte sie kaputt machen - die verdammten Dinger waren teuer, sie mußte das wissen, wo sie Stephen doch mehr Netsurfer-Figuren besorgt hatte, als ihr lieb war. »Masker« war besonders empfindlich, da er eine höchst heikle, superexotische Plastikfrisur hatte, die mindestens halb so hoch war wie der ganze Kerl.

»Alle ham das gemacht«, sagte er schließlich. »Wie gesagt. Wir ham bloß'n bißchen rumgespitzelt.«

»Alle haben was gemacht? Sich in den Inneren Distrikt geschmuggelt?«

»Schon.«

»Was ist mit diesem einen Dings ... Mister J's? Gehen da auch alle hin?«

»Schon. Na ja, nicht alle. Von den älteren Jungs reden viele drüber.«

Renie gab es auf, einen Augenkontakt erzwingen zu wollen, und setzte sich zurück. »Und viele lügen wahrscheinlich. Was habt ihr darüber gehört, daß ihr unbedingt hinwolltet?«

»Was ist das für ein Ort?« fragte !Xabbu.

»Nicht sehr einladend. Er ist im Netz - ein virtueller Club, so wie der Ort, wo wir zusammen waren, ein virtuelles Café ist.« Sie wandte sich wieder Eddie zu. »Was sagen die älteren Kids darüber?«

»Daß ... daß man da so Zeug sehen kann. So Zeug kriegen kann.« Er äugte zu seiner Mutter hinüber, und obwohl sie ganz im Bann der beiden klebrigen Männer zu sein schien, die mit langen leuchtenden Stangen aufeinander eindroschen, verstummte er.

Renie beugte sich vor. »Was für ein Zeug? Verdammt nochmal, Eddie, ich muß das wissen.«

»Die Jungs sagen, man kann da ... Sachen fühlen. Auch wenn man keinen Flack hat.«

»Flack?« Ein neuer Netboyausdruck. Die wechselten so schnell.

»Das ... das Zeug, wo man Sachen mit anfassen kann, die im Netz sind.«

»Taktoren? Sensorische Rezeptoren?«

»Ja, so gutes Zeug. Und selbst wenn man das nicht hat, gibt's Sachen in Mister J's, die man fühlen kann. Und dann gibt's ... ich weiß nicht. Die Jungs sagen alle möglichen ...« Er verstummte wieder.

»Erzähl mir, was sie sagen!«

Aber Eddie war deutlich nicht wohl dabei, mit einer Erwachsenen über schlüpfrigen Netboyklatsch zu reden. Diesmal war es Renie, die sich hilfesuchend zu Eddies Mutter umwandte, aber Mutsie hatte alle Verantwortung abgegeben und dachte nicht daran, sie wieder zu übernehmen. Mehrere Versuche, andersherum zu fragen, brachten wenig neue Erkenntnisse. Sie waren in den Club gegangen, weil sie einige dieser sagenumwobenen Erfahrungen machen und Sachen »sehen« wollten - irgendwelchen Pornokram, vermutete Renie, entweder Sex oder Gewalt -, aber statt dessen hatten sie die Orientierung verloren und waren stundenlang durch Mister J's geirrt. Zum Teil war es sehr erschreckend und verwirrend gewesen, zum Teil bloß spannend und absonderlich, aber Eddie gab an, er könne sich an wenig von dem erinnern, was sie tatsächlich gesehen hatten. Zuletzt hatten einige Männer, darunter ein ziemlich unangenehmer dicker Mann - das heißt ein Sim, der wie einer aussah -, sie nach unten in einen besonderen Raum geschickt. Soki war in eine Art Falle gestürzt, und die anderen beiden waren irgendwie entkommen und hatten Renie gerufen.

»Und an mehr kannst du dich nicht erinnern? Auch nicht, wenn es Stephen helfen könnte, wieder gesund zu werden?«

Zum erstenmal an diesem Abend erwiderte der Junge Renies Blick und hielt ihn. »Ich dupp nicht.«

»Das heißt lügen«, erklärte sie !Xabbu. »Das hab ich auch nicht behauptet, Eddie. Aber ich denke, du kannst dich ein bißchen besser erinnern. Versuch's doch bitte.«

Er zuckte mit den Achseln, aber jetzt, wo sie seine Augen deutlich sehen konnte, bemerkte sie etwas Undefinierbares in seinem Blick. War sie wirklich sicher, daß er die Wahrheit sagte? Er wirkte verängstigt, und dabei waren sie längst über den Punkt hinaus, wo er von Renie noch eine Bestrafung hätte befürchten müssen.

»Na schön, wenn dir noch was einfällt, ruf mich an. Bitte, es ist sehr wichtig.« Sie erhob sich vom Sofa. Eddie hatte wieder den Kopf eingezogen und machte Anstalten, sich in den Flur zu verziehen. »Eine Sache noch«, sagte sie. »Was ist mit Soki?«

Eddie drehte sich mit großen Augen zu ihr um. »Er ist krank. Er ist bei seiner Tante.«

»Ich weiß. Ist er wegen irgendwas krank geworden, was passiert ist, als ihr zusammen im Netz wart? Überleg mal, Eddie.«

Er schüttelte den Kopf. »Ich weiß nicht. Er ist nicht wieder zur Schule gekommen.«

Renie kapitulierte. »Schieb ab.« Wie ein unter Wasser festgehaltener und schließlich losgelassener Korken flog Eddie förmlich aus dem Zimmer. Renie wandte sich Mutsie zu, die neben ihren Töchtern auf dem Teppich lag. »Hast du die Nummer von Sokis Tante?«

Schwer seufzend quälte sich Mutsie hoch, als ob man sie aufgefordert hätte, mehrere Zentner Steine die Drakensberge hochzuschleppen.

»Kann sein, daß sie hier irgendwo ist.«

Renie blickte !Xabbu an, um ihm ihre Verärgerung zu signalisieren, aber der kleine Mann starrte widerwillig gebannt auf den Wandbildschirm, wo einer der klebrigen Männer gerade versuchte, ein lebendiges Huhn zu fangen, zu töten und zu verzehren. Das Gelächter des Publikums, eine durch den Prozessor gejagte Konserve, schallte wie Motorengeknatter durch das kleine Zimmer.

> Die letzten Kurse des Tages waren aus, die Studenten strömten auf die Korridore. Renie beobachtete den kaleidoskopischen Zug der Farben über ihre Bürofenster und dachte dabei über Menschen und ihr Kontaktbedürfnis nach.

Am Ende des vorigen Jahrhunderts hatte man prophezeit, daß der Unterricht der Zukunft durchweg über Video laufen würde oder daß Lehrer sogar völlig von interaktiven Lehrmaschinen und Hypertext-Infobanken abgelöst würden.

Natürlich hatten sich derartige Vorhersagen schon früher als falsch erwiesen. Renie fiel ein, was einer ihrer Dozenten ihr einmal erzählt hatte: »*Als vor hundert Jahren die Tiefkühlkost auf den Markt kam, erklärten die professionellen Zukunftspropheten, die Menschheit würde nie wieder kochen. Statt dessen bauten dreißig Jahre später die Leute in gutbürgerlichen Vorstädten überall in der Ersten Welt ihre eigenen Kräuter an und backten ihr eigenes Brot.*«

Ähnlich unwahrscheinlich war es, daß die Menschen jemals über das Bedürfnis nach persönlichem Kontakt hinauswachsen würden. Direkte Vorlesungen und Einzelstunden nahmen zwar auf den Lehrplänen keinen ganz so großen Raum mehr ein wie früher, als Bücher die einzige Form gespeicherter Information gewesen waren, aber diejenigen, die behauptet hatten, daß dieser zeitraubende und unwirtschaftliche menschliche Kontakt aussterben würde, hatten sich offensichtlich geirrt.

Eine von Renies Freundinnen aus dem Jura-Vorstudium hatte einen Polizisten geheiratet. Bevor sie und die Freundin sich aus den Augen verloren hatten, war Renie ein paarmal mit ihnen ausgegangen, und sie konnte sich erinnern, daß der Mann über die Kriminologie so ziemlich das gleiche gesagt hatte: Einerlei, wie viele Apparaturen zur Aufdeckung der Wahrheit erfunden wurden, Instrumente, mit denen man den Herzschlag, die Hirnwellen, die Intonation oder elektrochemische Veränderungen der Haut analysieren konnte, am genauesten wußte man als Polizist doch, woran man war, wenn man einem Verdächtigen ins Auge schauen und Fragen stellen konnte.

Das Bedürfnis nach wirklichem Kontakt war somit allem Anschein nach allgemein menschlich. Wie viele Veränderungen es auch in der menschlichen Umwelt gegeben haben mochte - die meisten davon vom Menschen selbst bewirkt -, das menschliche Gehirn war immer noch weitgehend das gleiche Organ, das schon die Urahnen der Menschheit vor einer Million Jahren in der Olduwaischlucht gehabt hatten. Es nahm Informationen auf und versuchte sie sich zu deuten. Es gab keine Unterscheidung von »wirklich« und »unwirklich«, jedenfalls nicht auf den elementarsten, instinkthaften Ebenen von Furcht, Begehren und Selbsterhaltung.

Renie war wegen Stephens Freund Soki über diese Dinge ins Grübeln gekommen. Sie hatte seine Mutter früh am Morgen am Telefon erreicht, aber Patricia Mwete - die Renie nie sehr gut gekannt hatte - war hart geblieben: Sie wollte nicht, daß Renie ins Haus kam. Soki sei krank gewesen, sagte sie, und er sei gerade erst auf dem Weg der Besserung. Es würde ihn zu sehr aufregen. Nach einer langen und ein wenig hitzigen Auseinandersetzung hatte Patricia ihr schließlich gestattet, mit Soki am Fon zu reden, wenn er am Nachmittag von einem nicht näher definierten »Termin« zurückkam.

Der Auslöser von Renies Gedankengang war zunächst der Vergleich des unbefriedigenden telefonischen Kontakts mit einer tatsächlichen Begegnung gewesen, aber als sie sich jetzt die größeren Zusammenhänge vor Augen führte, wurde ihr langsam klar, daß sie viel Zeit darauf würde verwenden müssen, Unwirkliches von Wirklichem zu trennen, wenn sie die Suche nach der Ursache von Stephens Krankheit fortsetzen wollte, zumal wenn sein Aufenthalt im Netz dafür verantwortlich war.

Auf jeden Fall konnte sie zur Zeit nicht einmal daran denken, ihre Überlegungen an offizielle Stellen weiterzugeben, an die Krankenhausverwaltung sowenig wie an die Polizei. Unheilsmeldungen über die VR hatte es von jeher gegeben, vor allem in den Anfangstagen, genau wie bei allen neuen Technologien, und bei Usern von extrem gewalttätigen Simulationen waren sicher gelegentlich posttraumatische Streßsyndrome aufgetreten, aber keine der anerkannten Fallgeschichten glich der von Stephen auch nur annähernd. Außerdem war trotz ihrer nicht recht faßbaren Gewißheit, daß ihm online etwas zugestoßen war, ein irgendwie bestehender Zusammenhang zwischen Netzbenutzung und Komafällen noch kein wirklicher Beweis. Man könnte – und würde – tausend andere Faktoren als genauso denkbare Ursachen der Übereinstimmung anführen.

Aber noch erschreckender fand sie die Vorstellung, den Beweis der Wahrheit auf eigene Faust im Netz anzutreten. Eine Kriminalpolizistin, die das volle Gewicht des Gesetzes und ihrer Ausbildung in die Waagschale werfen konnte, täte sich dennoch schwer, die Masken und Täuschungen zu durchdringen, die Netuser sich schufen, ganz zu schweigen vom UN-Recht auf den Schutz ihrer Privatsphäre.

Und ich? dachte sie. *Wenn ich recht habe und wenn ich mich darauf einlasse, dann bin ich wie Alice, die einen Mord im Wunderland zu lösen versucht.*

Ein Klopfen an ihrer Bürotür unterbrach sie in ihren düsteren Gedanken. !Xabbu steckte den Kopf herein. »Renie? Störe ich?«

»Komm rein. Ich wollte dich gerade anmailen. Ich bin dir wirklich sehr dankbar, daß du gestern so viel Zeit für mich erübrigt hast. Ich mache mir Vorwürfe, daß ich dich von deiner Freizeit und deinen Studien abgehalten habe.«

!Xabbu schaute ein wenig verlegen drein. »Ich möchte gern dein Freund sein. Freunde helfen sich. Außerdem ist es, das muß ich zugeben, eine ganz eigentümliche und spannende Situation.«

»Das kann sein, aber du hast schließlich dein eigenes Leben. Sitzt du nicht abends gewöhnlich in der Mediathek und studierst?«

Er lächelte. »Die Hochschule war geschlossen.«

»Natürlich.« Sie schnitt eine Grimasse und zog eine Zigarette aus ihrer Jacke. »Die Bombendrohung. Es ist ein schlechtes Zeichen, wenn sie so normal werden, daß man mich erst daran erinnern muß, daß es

eine gab. Und weißt du was? Sonst hat niemand sie mit einem Wort erwähnt. Für die war es ein Großstadttag wie alle andern.«
Es klopfte wieder. Eine von Renies Kolleginnen, die Frau, die Programmieren für Anfänger unterrichtete, wollte sich ein Buch ausleihen. Sie redete die ganze Zeit, in der sie im Büro war, und erzählte eine breit ausgewalzte Geschichte über ein phantastisches Restaurant, in dem sie mit ihrem Freund gewesen war. Sie ging, ohne !Xabbu auch nur einmal anzuschauen oder anzusprechen, als ob er ein Möbelstück wäre. Renie ärgerte sich über das Benehmen der Frau, aber der kleine Mann schien es gar nicht zu bemerken.

»Hast du noch weiter über das nachgedacht, was du gestern abend erfahren hast?« fragte er, als sie das Büro wieder für sich hatten. »Mir ist immer noch nicht ganz klar, was deiner Meinung nach deinem Bruder zugestoßen sein könnte. Wie kann etwas Unwirkliches solche Folgen haben? Vor allem wenn er nur mit sehr einfachen Geräten ausgerüstet war. Wenn ihn irgend etwas quälte, was hätte ihn dann daran gehindert, das Headset abzunehmen?«

»Er hat es abgenommen - oder wenigstens hatte er es nicht auf, als ich ihn fand. Ich weiß keine Antwort auf deine Frage. Ich wünschte, ich wüßte eine.« Die Schwierigkeit, vielleicht sogar die vollkommene Unmöglichkeit, die Erklärung für Stephens Krankheit im Netz zu finden, machte sie auf einmal schrecklich müde. Sie zerdrückte ihre Zigarette und sah dem letzten Rauchfähnchen nach, das sich zur Decke schlängelte. »Mag sein, daß das alles die Halluzinationen einer leidenden Schwester sind. Manchmal brauchen Menschen Gründe für Dinge, selbst wenn es gar keine Gründe gibt. Deshalb glauben dann manche Leute an Verschwörungen oder Religionen - sofern es da einen Unterschied gibt. Die Welt ist einfach zu kompliziert, darum brauchen sie simple Erklärungen.«

!Xabbu blickte sie mit einem Ausdruck an, der Renie wie leise Mißbilligung vorkam. »Aber *es gibt* so etwas wie Muster. Darin stimmen Wissenschaft und Religion überein. Damit bleibt einem die ehrbare, aber schwierige Aufgabe, sich darüber klarzuwerden, wie die Muster wirklich beschaffen sind und was sie bedeuten.«

Überrascht von seiner scharfen Auffassungsgabe starrte sie ihn einen Moment lang an. »Du hast natürlich recht«, sagte sie. »Tja, dann werde ich mir dieses konkrete Muster einfach weiter anschauen und überlegen, ob es etwas bedeutet. Willst du mit dabei sein, wenn ich Stephens anderen Freund anrufe?«

»Wenn es nicht stört.«
»Ich denke nicht. Ich sage seiner Mutter, du wärst ein Freund von der TH.«
»Ich hoffe, ich *bin* ein Freund von der TH.«
»Das bist du, aber ich hoffe, sie denkt, daß du auch ein Dozent bist. Und nimm lieber den Schlips ab - du siehst damit aus wie einer aus einem alten Film.«

!Xabbu wirkte ein wenig enttäuscht. Er war stolz auf die Förmlichkeit seiner Kleidung, die er als korrekt empfand - Renie hatte es nicht über sich gebracht, ihm zu sagen, daß er der einzige Mensch unter sechzig war, den sie je mit einer Krawatte gesehen hatte -, aber er fügte sich. Dann zog er sich einen Stuhl heran und setzte sich sehr aufrecht neben sie.

Patricia Mwete meldete sich. Sie betrachtete !Xabbu mit offenem Mißtrauen, aber ließ sich von Renies Erklärung besänftigen. »Stell Soki nicht zu viele Fragen«, mahnte sie. »Es ist noch nicht so lange her, daß er krank war.« Sie war ihrerseits ziemlich förmlich gekleidet. Renie erinnerte sich dunkel, daß sie in irgendeinem Geldinstitut arbeitete, und vermutete, daß sie gerade von der Arbeit nach Hause gekommen war.

»Ich habe nicht vor, ihn mit irgendwas aufzuregen«, sagte Renie. »Aber mein Bruder liegt im Koma, Patricia, und niemand weiß, warum. Ich will einfach alles herausfinden, was ich kann.«

Die mißtrauische Steifheit der anderen Frau bröckelte ein wenig ab. »Ich weiß, Irene. Tut mir leid. Ich ruf ihn.«

Als Soki kam, war Renie ein bißchen überrascht, wie gesund er aussah. Er hatte nicht abgenommen - er war immer eher stämmig gewesen -, und er lächelte prompt und ungezwungen.

»'lo, Renie.«

»Hallo, Soki. Tut mir leid, daß du so krank warst.«

Er zuckte mit den Achseln. Außerhalb des Bildschirms sagte seine Mutter irgend etwas, das Renie nicht verstehen konnte. »Mir geht's gut. Wie geht's Stephen?«

Renie erstattete Bericht, und Sokis gute Laune verging sichtlich. »Ich hab davon gehört, aber ich dachte, es hält vielleicht bloß kurz an. Wie bei dem Jungen aus unserer Klasse, der eine Gehirnerschütterung hatte. Wird er sterben?«

Renie zuckte vor der Unverblümtheit der Frage leicht zusammen. Sie brauchte einen Moment, bevor sie antworten konnte. »Ich glaube nicht, aber ich mache mir große Sorgen um ihn. Wir wissen nicht, was ihm fehlt. Deshalb wollte ich dir ein paar Fragen stellen. Kannst du mir etwas darüber erzählen, was du und Stephen und Eddie im Netz gemacht habt?«

Überrascht von der Frage blickte Soki sie ein wenig befremdet an und ließ dann eine lange Beschreibung diverser erlaubter und halberlaubter Netboyschleichwege vom Stapel, hin und wieder begleitet von mißbilligenden Tönen seiner derweil unsichtbaren Mutter.

»Aber was mich wirklich interessiert, Soki, ist das letzte Mal, kurz bevor du krank geworden bist. Als ihr drei in den Inneren Distrikt rein seid.«

Er schaute sie verständnislos an. »In den Inneren Distrikt?«

»Du weißt, was das ist.«

»Na klar. Aber wir waren da nie drin, auch wenn wir's versucht haben.«

»Willst du damit sagen, ihr wärt *nie* in den Inneren Distrikt reingekommen?«

Der Blick auf seinem jungen Gesicht versteinerte. »Hat Eddie das behauptet? Dann ist er ein Dupper – ein Megadupper!«

Konsterniert stockte Renie kurz. »Soki, ich mußte *selber* reingehen und Eddie und Stephen rausholen. Sie sagten, du wärst auch dabei. Sie hatten Angst um dich, weil sie dich im Netz verloren hatten ...«

Soki erhob die Stimme. »Die duppen!«

Renie war verwirrt. Verstellte er sich bloß, weil seine Mutter dabei war? Wenn ja, dann machte er das sehr überzeugend: Er wirkte aufrichtig empört. Oder hatten Eddie und Stephen gelogen, und Soki war gar nicht bei ihnen gewesen? Aber warum?

Seine Mutter beugte sich vor den Bildschirm. »Das Gespräch mit dir regt ihn auf, Irene. Warum nennst du meinen Jungen einen Lügner?«

Sie holte tief Luft. »Das tue ich nicht, Patricia, ich bin bloß verwirrt. Wenn er nicht bei ihnen war, warum hätten sie das dann erfinden sollen? Sie wären damit nicht aus dem Schneider gewesen – sein Netzverbot hatte Stephen sowieso schon weg.« Sie schüttelte den Kopf. »Ich weiß nicht, was hier läuft, Soki. Bist du sicher, daß du dich gar nicht mehr erinnern kannst? Daß du im Inneren Distrikt warst, an einem Ort namens Mister J's? Daß du durch eine Art Tür gefallen bist? Blaue Lichter ...«

»Ich bin da nie gewesen!« Er war wirklich wütend, wütend und verängstigt, aber er schien immer noch nicht zu lügen. Schweißtropfen hatten sich auf seiner Stirn gebildet. »Türen, blaue Lichter ... ich bin nie ...!«

161 ◀

»Das reicht, Irene!« sagte Patricia. »Es reicht!«
Doch bevor Renie noch etwas erwidern konnte, warf Soki plötzlich den Kopf zurück und gab ein seltsames Gurgeln von sich. Seine Glieder wurden steif, und er begann am ganzen Leib heftig zu zittern. Seine Mutter packte ihn am Hemd, um ihn festzuhalten, aber konnte nicht mehr verhindern, daß er vom Stuhl rutschte und wild fuchtelnd zu Boden stürzte. Während Renie hilflos gebannt auf den Bildschirm starrte, hörte sie hinter sich !Xabbu nach Luft schnappen.
»Oh, zum Teufel mit dir, Irene Sulaweyo!« schrie Patricia. »Es ging ihm gerade besser! Das hast du angerichtet! Untersteh dich, je wieder hier anzurufen!« Sie kniete neben ihrem Sohn und drückte seinen zuckenden Kopf an sich. Er hatte bereits Schaum auf den Lippen.
»*Abschalten!*« rief sie, und der Padschirm wurde dunkel. Das letzte, was Renie sah, waren die weißen Sicheln von Sokis Augen. Seine Pupillen waren unter die Lider gerutscht.

Trotz Patricias zorniger Worte versuchte sie sofort zurückzurufen, aber der Anschluß im Haus von Sokis Tante nahm keine Anrufe entgegen.
»Das war ein epileptischer Anfall!« Ihre Finger zitterten, als sie den Zündstreifen an einer Zigarette zog. »Das war ein *Grand mal*! Aber er ist kein Epileptiker – verdammt, !Xabbu, ich kenne den Jungen schon seit Jahren! Und ich bin auf etlichen von Stephens Schulausflügen als Begleitperson mitgefahren: da kriegt man vorher immer mitgeteilt, ob eins der Kinder ernste gesundheitliche Probleme hat.« Sie kochte vor Zorn, obwohl sie nicht wußte, warum. Außerdem hatte sie Angst, aber die Gründe dafür lagen auf der Hand. »Irgendwas ist ihm an dem Tag passiert, als ich sie aus dem Inneren Distrikt herausholen mußte. Später ist es dann Stephen passiert, nur schlimmer. Herrje, ich wünschte, Patricia würde meine Fragen beantworten.«
!Xabbus gelbbraune Haut war eine Idee blasser als gewöhnlich. »Wir sprachen vorher einmal von der Medizintrance«, sagte er. »Mir war, als würde ich gerade eine miterleben. Er sah aus wie jemand, der den Göttern begegnet.«
»Das war keine Trance, verdammt, und es waren keine Götter im Spiel. Das war ein epileptischer Anfall, wie er im Buche steht.« Renie achtete normalerweise darauf, nicht auf den religiösen oder sonstigen Empfindungen anderer Menschen herumzutrampeln, aber gerade jetzt konnte sie für die okkulten Vorstellungen ihres Freundes sehr wenig

Geduld aufbringen. !Xabbu, den das offenbar nicht verletzte, beobachtete sie, als sie aufstand und vor Wut und Erregung völlig außer sich hin und her tigerte. »Irgendwas hat das Gehirn dieses Jungen beeinflußt. Eine physische Nachwirkung in der wirklichen Welt von etwas, was online geschehen ist.« Sie ging zur Bürotür und stieß sie zu: Sokis Kollaps hatte ihren Eindruck verstärkt, von einer namenlosen Gefahr überschattet zu sein. Ein vorsichtigerer Teil von ihr gab zu bedenken, daß sie viel zu schnell Schlüsse zog und jede Menge unbewiesene Thesen aufstellte, aber im Augenblick wollte sie nicht auf diesen Teil hören.

Sie wandte sich wieder !Xabbu zu. »Ich werde dort hingehen. Ich muß.«

»Wohin? In den Inneren Distrikt?«

»In diesen Club - Mister J's. Irgendwas ist da mit Soki passiert. Ich bin fast sicher, daß Stephen versucht hat, sich nochmal da einzuschleichen, als er bei Eddie wohnte.«

»Wenn dort etwas Schlimmes ist, etwas Gefährliches ...« !Xabbu schüttelte den Kopf. »Welchen Sinn sollte das haben? Was hätten die Leute davon, denen dieser virtuelle Club gehört?«

»Es kann eine Begleiterscheinung einer ihrer widerlichen kleinen Lustbarkeiten sein. Eddie meinte, sie bieten angeblich weitergehende Erfahrungen an, als die Geräte der User eigentlich hergeben. Vielleicht haben sie eine Möglichkeit entwickelt, die Illusion umfassenderer sinnlicher Empfindungsfähigkeit zu erzeugen. Sie könnten mit komprimierten unterschwelligen Einflüssen oder Ultraschall arbeiten, mit irgend etwas Illegalem, das diese schrecklichen Nebenwirkungen hat.« Sie setzte sich hin und durchwühlte den Papierberg auf ihrem Schreibtisch nach einem Aschenbecher. »Was es auch sein mag, wenn ich es rausfinden will, muß ich die Sache selbst in die Hand nehmen. Es würde ewig dauern, offizielle Stellen zu Ermittlungen zu bewegen - UNComm ist die schlimmste Bürokratie der Welt.« Sie fand den Aschenbecher, aber ihre Hände zitterten dermaßen, daß sie ihn beinahe fallengelassen hätte.

»Aber begibst du dich damit nicht in Gefahr? Was ist, wenn es dich genauso trifft wie deinen Bruder?« Die normalerweise glatte Stirn des kleinen Mannes war von tiefen Sorgenfalten zerfurcht.

»Ich werde viel wachsamer sein als Stephen, und viel besser informiert. Außerdem will ich mich lediglich nach möglichen Ursachen umschauen - so viel zusammentragen, daß ich mit dem Fall zu den Behörden gehen kann.« Sie zerstampfte ihre Zigarette. »Und wenn ich die Hintergründe aufdecken kann, vielleicht finden wir dann auch einen Weg, die Wirkung aufzuheben.« Sie schloß die Hände zu Fäusten.

»Ich will meinen Bruder wiederhaben.«

»Du bist also fest entschlossen.«

Sie nickte und langte nach ihrem Pad. Ein starkes und sogar leicht schwindelndes Gefühl der Klarheit erfüllte sie. Es gab viel zu tun - zunächst einmal mußte sie sich eine Tarnidentität zulegen: Wenn die Leute, denen der Club gehörte, etwas zu verbergen hatten, dann wäre sie schön dumm, wenn sie unter ihrem eigenen Namen und Index da hineinspazierte. Und sie wollte noch mehr über den Club und die Firma, der er gehörte, in Erfahrung bringen. Alles, was sie vorher herauskriegen konnte, erhöhte ihre Chancen, brauchbare Indizien als solche zu erkennen, wenn sie einmal drin war.

»Dann solltest du nicht ohne Begleitung gehen«, sagte !Xabbu leise.

»Aber ich ... Moment mal. Meinst du *dich* damit? Daß du mitkommst?«

»Du brauchst einen Gefährten. Was ist, wenn dir etwas zustößt? Wer wird dann mit deiner Geschichte zur Polizei gehen?«

»Ich hinterlasse ein paar Zeilen, einen Brief. Nein, !Xabbu, das geht nicht.« Ihr Motor lief jetzt. Sie war startbereit, und dies erschien ihr als Ablenkung. Sie wollte den kleinen Mann nicht mitnehmen. Zum Beispiel mußte ihr Eintritt illegal erfolgen; wenn man sie erwischte, würde die Tatsache, daß sie einen Studenten in die Sache hineingezogen hatte, eher als erschwerend bewertet werden.

»Die Prüfungen fangen in zwei Tagen an.« !Xabbu schien ihre Gedanken zu ahnen. »Danach werde ich nicht mehr dein Student sein.«

»Es ist illegal.«

»Es bestünde der Eindruck, ich hätte als Neuling in der Großstadt, der sich mit der modernen Welt nicht auskennt, nicht gewußt, daß ich etwas Unrechtes tat. Wenn nötig, würde ich diesen Eindruck unterstützen.«

»Aber du wirst deine eigenen Verpflichtungen haben!«

!Xabbu lächelte traurig. »Eines Tages, Renie, werde ich dir von meinen Verpflichtungen erzählen. Aber im Moment habe ich unbedingt eine Verpflichtung gegenüber einer Freundin, und die ist mir sehr wichtig. Bitte, tu mir den Gefallen und warte, bis die Prüfungen vorbei sind. Das wird dir auf jeden Fall Zeit geben, dich vorzubereiten. Ich bin sicher, daß es noch mehr Fragen zu stellen gibt, bevor du diesen Leuten direkt entgegentreten solltest, noch mehr Antworten zu suchen.«

Renie zögerte. Er hatte recht. Zumindest ein paar Tage Vorbereitung würde sie ohnehin in ihre Terminplanung einquetschen müssen. Aber wäre er ein Aktiv- oder ein Passivposten? !Xabbu erwiderte ihren Blick ganz unbefangen. Trotz seiner Jugend und seiner Kleinwüchsigkeit hatte der Buschmann etwas nachgerade Ehrfurchtgebietendes an sich. Seine Ruhe und Zuversicht waren sehr überzeugend.

»Okay«, sagte sie schließlich. Sich in Geduld zu fassen, bedurfte einer gewaltigen Willensanstrengung. »Wenn Stephens Zustand sich nicht verschlechtert, werde ich noch warten. Aber wenn du mitkommst, mußt du tun, was ich sage, solange wir da drin sind. Ist das klar? Du bist sehr begabt für einen Anfänger – aber du *bist* ein Anfänger.«

!Xabbus Lächeln wurde breiter. »Ja, Frau Dozentin. Versprochen.«

»Dann scher dich aus meinem Büro raus und pauk für die Prüfung. Ich hab zu arbeiten.«

Er machte eine leichte Verbeugung und schloß beim Hinausgehen leise die Tür. Der schwache Luftzug wirbelte den noch verbliebenen Zigarettenrauch auf. Renie sah zu, wie er durch das vom Fenster kommende Licht trieb, ein Strudel sinnloser, ständig wechselnder Muster.

> In der Nacht hatte sie wieder den Traum. !Xabbu stand am Rand eines tiefen Abgrunds und schaute auf eine Taschenuhr. Diesmal hatte sie Beine bekommen und spazierte ihm über die offene Hand wie ein flacher silberner Käfer.

Irgend etwas schwebte jenseits der Felsenkante in der Luft, kam im Schutz des Nebels näher. Es war ein Vogel, dachte sie, als sie die Schwingen erblickte. Nein, es war ein Engel, eine schimmernde rauchblaue Erscheinung mit einem menschlichen Gesicht.

Es war Stephens Gesicht. Beim Heransegeln rief er ihr etwas zu, aber seine Stimme wurde vom Brausen des Windes übertönt. Sie schrie auf und erschreckte damit !Xabbu, der sich umdrehte und einen Schritt nach hinten machte. Er stürzte über den Rand und war fort.

Stephen blickte in die Tiefe, dem kleinen Mann hinterher, und richtete dann seine tränennassen Augen auf Renie. Sein Mund bewegte sich wieder, aber sie konnte ihn immer noch nicht hören. Ein Windstoß schien ihn zu erfassen, der seine Flügel ausspannte und ihn von Kopf bis Fuß durchschauerte. Bevor Renie sich rühren konnte, wurde er in den Nebel hinausgetragen.

Kapitel

Dread

NETFEED/NACHRICHTEN:
Polizei erschießt 22 Anhänger der Kannibalensekte
(Bild: vor einem Gebäude werden Leichensäcke ausgelegt)
Off-Stimme: Bei einem Feuergefecht mit der griechischen Militärpolizei, das das Zentrum von Naxos in ein Kriegsgebiet verwandelte, kamen 22 Mitglieder der umstrittenen Sekte der "Anthropophagen" ums Leben, denen ritueller Kannibalismus nachgesagt wird. Ein Polizist wurde bei dem heftigen Schußwechsel getötet, zwei weitere wurden verletzt. (Bild: bärtiger Mann, der einen Knochen hochhält und auf eine Zuhörermenge einschreit)
Bis zur Identifizierung der zum Teil stark verbrannten Leichen bleibt weiterhin unklar, ob der Anführer der Gruppe Dimitrios Chrisostomos — hier in Aufnahmen zu sehen, die heimlich von einem Informanten der Polizei gemacht wurden — sich unter denen befindet, die bei dem Angriff auf den Temenos getötet wurden ...

> Ihm gefiel die Art, wie er sich bewegte - weite, federnde Schritte, wie ein Leopard kurz vor dem Sprung. Er stellte lauter, und die bummernden Trommeln waren überall. Er fühlte sich gut. Der Soundtrack, der auf seinem inneren System lief, machte das Ganze ... perfekt.

Kamera, Kamera, dachte er, die Augen an die Frau geheftet. Was für ein Hintern! Der betonte Hüftschwung entlockte ihm ein Lächeln, und um das Lächeln zu untermalen, holte er ein Trompetenglissando dazu, scharf und kalt wie ein Messer. Bei den silbrigen Tönen fiel ihm seine eigene Klinge ein, ein einschneidiges Zeissing-Flechsenmesser, und unter dem Heulen der Trompeten zog er es zu einer Nahansicht heraus, eine langsame Überblendung, bei der er am ganzen Leib hart wie Stein wurde.

Die Frau wackelte die Treppe zur Tiefgarage hinunter, die Schritte ein wenig beschleunigt. Das prachtvolle Hinterteil schwang hin und her und zog seine Augen vom Messer ab. Blasse Frau, reich und schlank gefittet, sandfarbenes Haar, in hautenge weiße Hosen gezwängt. Sie hatte ihn noch nicht erblickt, aber sie mußte wissen, daß er ihr folgte, ein animalischer Teil von ihr, der gazellenhaft die Gefahr wittern konnte.

Sie schaute zurück, als sie am Fuß der Treppe angekommen war, und für einen kurzen Moment weiteten sich ihre Augen. Sie wußte Bescheid. Als er den düsteren Treppenschacht betrat, beschleunigte er die Drums; sie hämmerten ihm durch den Kopf, schlugen auf seinen Schädel ein wie Boxhandschuhe auf den schweren Sandsack. Aber sein Schritt wurde nicht schneller – dafür war er zu sehr Künstler. Lieber langsam gehen, langsam. Er stellte die prasselnden Trommeln leiser, um die Unaufhaltsamkeit des sich anbahnenden Höhepunkts zu genießen.

Ein raffinierter Gegenrhythmus stahl sich in den Mix, ein taktversetzt fallender Schlag, unregelmäßig wie ein versagendes Herz. Sie näherte sich jetzt ihrem Wagen, durchwühlte die Tasche nach der Fernentriegelung. Er veränderte die Bildhelligkeit, bis die Frau und ihre Wärme das einzige waren, was in der dunklen Garage schimmerte. Er ging jetzt schneller und trieb dazu die Musik zum Crescendo, so daß mehr Bläser hinzukamen und die Schläge sich überlappten.

Seine Finger legten sich sanft auf sie, aber vor Schreck über seine Berührung schrie sie dennoch auf und ließ ihre Handtasche fallen. Der Inhalt ergoß sich auf den Betonfußboden – gesuchte Fernentriegelung, teures Singapurer Datenpad, Lippenstifte wie Gewehrpatronen. Auf der hingefallenen Tasche sah er noch den verglimmenden Wärmeabdruck ihrer Hand.

Aggression kämpfte in ihrem Gesicht mit Angst – Wut darüber, daß jemand wie er sie anfaßte und sie seinetwegen ihr ach so privates Leben vor ihm ausleerte. Doch als er ihr Gesicht ganz nah heranholte und sein Mund sich zu einem Grinsen verzog, siegte die Angst.

»Was willst du?« Brüchig die Stimme, kaum hörbar über dem Lärm, der in seinen Schädelknochen dröhnte. »Du kannst meine Karte haben. Hier, nimm.«

Er lächelte, lässig, und die Musik hielt den erreichten Gipfel, zog ihn aus. Das Messer schnellte hoch und lag einen Augenblick an ihrer Wange. »Was Dread will? Dein Ding, Süße. Dein süßes Ding.«

Später, als er fertig war, dämpfte er die Musik zu einem Sonnenuntergangs-Diminuendo - Zirptöne wie Grillen, eine klagende Geige. Er trat über die sich ausbreitende Pfütze hinweg und hob mit einer Grimasse ihre Bankkarte auf. Was für ein Trottel würde so etwas mitnehmen? Nur ein Schwachkopf aus dem Outback würde sich das Kainszeichen auf die eigene Stirn malen.

Er setzte die Messerspitze an und zeichnete mit roten Strichen das Wort »SANG« auf die holographische Oberfläche des Kärtchens, dann ließ er es neben sie fallen.

»Wer braucht VR, wenn es RL gibt?« flüsterte er. »Was *richtig* Reales.«

> Der Gott blickte von seinem hohen Thron im Herzen von Abydos-Olim über die gekrümmten Rücken seiner tausend Priester hinweg, die vor ihm im Staub lagen wie sich sonnende Schildkröten am Nilufer, blickte durch den Qualm von hunderttausend Weihrauchfässern und das schimmernde Licht von hunderttausend Lampen. Sein Blick drang sogar durch die Schatten am äußersten Ende seines riesigen Thronsaales und weiter durch das Labyrinth der Gänge, das den Thronsaal von der Totenstadt trennte, aber immer noch konnte er den, den er suchte, nicht erspähen.

Ungeduldig klopfte der Gott mit seinem Geißelszepter auf die vergoldete Lehne seines Sessels.

Der Hohepriester Soundso - der Gott konnte sich schließlich nicht die Namen seiner ganzen Untergebenen merken, sie kamen und gingen wie Sandkörnchen im Wüstensturm - kroch vor den Podest, auf welchem der goldene Sessel stand, und preßte sein Gesicht auf die Granitplatten.

»O Geliebter des leuchtenden Re, Vater des Horus, Herr der beiden Länder«, psalmodierte der Priester, »der du bist der Gebieter allen Volks, der du den Weizen wachsen läßt, der du starbst und doch lebst. O großer Gott Osiris, erhöre deinen unwürdigen Diener.«

Der Gott seufzte. »Sprich.«

»O herrlich Leuchtender, o Herr der grünen Gaben, dieser Unwürdige hier wünscht dir von einem gewissen Unfrieden zu berichten.«

»Unfrieden?« Der Gott beugte sich vor und kam dabei dem auf den Knien liegenden Priester mit seinem Totengesicht so nahe, daß der alte Oberschleimer sich fast in die Hose machte. »In *meinem* Reich?« Der Priester geiferte los. »Es sind deine beiden Knechte Tefi und Mewat, die mit ihrem bösen Tun die Frommen bekümmern. Sicher ist es nicht nach deinem Wunsch, wenn sie in den Heiligtümern der Priester Zechgelage feiern und mit den armen Tänzerinnen auf schändliche Art umspringen. Und es heißt, daß sie sich in ihren Privatgemächern noch finstererem Treiben ergeben.« Der alte Priester duckte sich unterwürfig. »Ich wiederhole nur, was andere gesagt haben, o König des äußersten Westens, geliebter und unsterblicher Osiris.«

Der Gott setzte sich zurück. Seine Maske verbarg seine Belustigung. Er fragte sich, wie lange diese Null gebraucht hatte, um den Mut aufzubringen, das Thema anzuschneiden. Er dachte kurz daran, ihn den Krokodilen vorzuwerfen, aber konnte sich nicht mehr erinnern, ob dieser Hohepriester ein Bürger oder bloß ein Replikant war. So oder so war es der Mühe nicht wert.

»Ich werde darüber befinden«, sagte er und hob den Krummstab und die Geißel. »Osiris liebt seine Knechte, den größten wie den kleinsten.«

»Gesegnet sei er, unser Herr über Leben und Tod«, brabbelte der Priester schon im Rückwärtskriechen. Für die Würdelosigkeit seiner Haltung legte er ein hervorragendes Tempo an den Tag - falls er ein Bürger war, hatte er seine Simulationstechnik gut gemeistert. Der Gott fand es richtig, daß er ihn nicht den Krokodilen vorgeworfen hatte - er konnte sich eines Tages als nützlich erweisen.

Was die verruchten Knechte des Gottes betraf ... tja, so lautete nun einmal ihre Tätigkeitsbeschreibung, nicht wahr? Freilich hätte er es lieber gesehen, die beiden würden irgendwo anders als in seinem liebsten und überaus minuziös konstruierten Heiligtum ihrer Verruchtheit nachgehen. Wenn sie sich erholen wollten, sollten sie gefälligst nach Old Chicago oder Xanadu gehen. Aber vielleicht war hier mehr vonnöten als bloß ein Verbot. Ein bißchen Disziplin konnte dem Dicken und dem Dünnen durchaus nicht schaden.

Der eherne Stoß einer Fanfare und der Wirbel einer flachen Trommel vom hinteren Ende des Thronsaales rissen ihn aus seinen Gedanken. Gelbgrüne Augen glühten dort im Schatten.

»Endlich«, sagte er und kreuzte seine Insignien abermals über der Brust.

Das Wesen, das aus der Dunkelheit trat und vor dem die Priester sich teilten wie der große Fluß, wenn er eine Insel umfloß, schien fast zweieinhalb Meter groß zu sein. Sein stattlicher brauner Körper war muskulös, langgliedrig und geschmeidig; doch vom Hals aufwärts war es ein Tier. Der Schakalkopf äugte hin und her, wie die Priester beiseite spritzten. Mit aufgeworfenen Lippen bleckte er lange weiße Zähne.

»Ich habe auf dich gewartet, mein Todesbote«, sagte der Gott. »Zu lange gewartet.«

Anubis beugte flüchtig ein Knie und erhob sich wieder. »Ich hatte noch andere Sachen zu erledigen.«

Der Gott atmete langsam ein, um ruhig zu bleiben. Er brauchte diese Kreatur und ihre besonderen Talente. Er durfte das nicht vergessen. »Andere Sachen?«

»Ja. So dies und das.« Die lange rote Zunge kam heraus und leckte die Schnauze ab. Im Kerzenschein stachen dunkle Flecken, die wie Blutspuren aussahen, von den großen Fängen ab.

Der Gott verzog angewidert das Gesicht. »Deine leichtsinnigen Eskapaden. Du bringst dich unnötig in Gefahr. Das will mir nicht gefallen.«

»Ich mache meine Sachen, wie immer.« Die breiten Schultern zuckten; die glühenden Augen blinzelten lässig. »Aber du hast mich gerufen, und da bin ich. Was willst du von mir, Großvater?«

»Nenn mich nicht so. Es ist impertinent und obendrein unzutreffend.« Der alte Gott holte abermals tief Luft. Es fiel ihm schwer, sich nicht über den Boten zu ärgern, bei dem selbst die kleinste Bewegung penetrant nach der Überheblichkeit des Zerstörers roch. »Ich habe etwas von großer Wichtigkeit entdeckt. Ich scheine einen Gegner zu haben.«

Wieder blitzten die Zähne kurz auf. »Du wünschst, daß ich ihn töte.«

Das vergnügte Lachen des Gottes war völlig echt. »Du junger Narr! Wenn ich wüßte, wer er ist, und dich auf ihn hetzen könnte, wäre er nicht wert, mein Gegner zu heißen. Er *oder* sie.« Er lachte glucksend.

Der Schakalkopf neigte sich zur Seite wie der eines gescholtenen Hundes. »Was willst du dann von mir?«

»Nichts - im Moment. Aber bald wirst du in vielen dunklen Gassen dein Unwesen treiben und viele Knochen in deinem großen Maul zermalmen können.«

»Du wirkst ... erfreut, Großvater.«

Der Gott zuckte leicht, aber ließ es durchgehen. »Ja, ich bin erfreut. Es ist lange her, daß ich auf die Probe gestellt wurde, daß jemand anders

als Schwächlinge sich mir widersetzten. Die bloße Tatsache, daß einer gegen mich aufbegehrt und meine Pläne stört, und seien es die geringsten, ist eine Lust. Meine größte Probe überhaupt rückt näher, und gäbe es keinen Widerstand, dann gäbe es auch keine Kunst.«
»Aber du hast keine Ahnung, wer es ist. Vielleicht ist es jemand ... *innerhalb* der Bruderschaft.«
»Ich habe daran gedacht. Es ist möglich. Nicht sehr wahrscheinlich, aber möglich.«
Die grüngoldenen Augen flammten auf. »Ich könnte es für dich rausfinden.«
Die Vorstellung, diese rohe Bestie einmal in *diesem* Hühnerstall loszulassen, war amüsant, aber nicht durchführbar. »Lieber nicht. Du bist nicht mein einziger Diener, und ich verfüge über subtilere Mittel, mir Informationen zu beschaffen.«
Der Ton des Schakals wurde unwirsch. »Dann hast du mich also bloß deshalb von andern Sachen weggeholt, um mir zu sagen, daß du keine Aufgaben für mich hast?«
Der Gott schwoll an, so daß seine Mumienbinden sich spannten und rissen, und wuchs in die Höhe, bis sein Totenmaskengesicht den Thronsaal hoch überragte. Die tausend Priester stöhnten wie Schläfer, die derselbe böse Traum quält. Der Schakal trat einen Schritt zurück.
»*Ich rufe, und du kommst.*« Die Stimme dröhnte und hallte unter der bemalten Decke. »*Glaube nicht, du seist unentbehrlich, Bote!*«
Heulend und sich den Kopf haltend fiel der Schakalgott auf die Knie. Das Jammern der Priester nahm zu. Nach einer ihm angemessen erscheinenden Weile erhob Osiris die Hand, und der Schmerzensschrei erstarb. Keuchend fiel Anubis bäuchlings auf den Boden. Es dauerte lange, bis er sich auf Hände und Knie hochgestemmt hatte. Sein zitternder Kopf beugte sich nieder, bis die spitzen Ohren die Stufen vor dem Thron streiften.
Der Gott nahm wieder seine normale Größe an und musterte mit Zufriedenheit Anubis' krummen Rücken. »Aber wie es sich fügt, habe ich doch eine Aufgabe für dich. Und sie betrifft in der Tat einen meiner Kollegen, aber es ist eine Arbeit, die weniger Feingefühl erfordert, als einen geheimen Gegner zu enttarnen. Meine Befehle gehen dir in diesem Augenblick zu.«
»Hab Dank, o Herr.« Seine Stimme war heiser und schwer zu verstehen.

Die Kerzen flackerten im Herzen von Abydos-Olim. Der Todesbote erhielt einen neuen Auftrag.

> Dread riß das Glasfaserkabel aus dem Schlitz und rollte sich vom Bett auf den Boden.

Die Augen vor Schmerz zusammengepreßt kroch er ins Badezimmer, tastete nach dem Rand der Wanne und erbrach den Zuchtfleischkebab, den er zu Mittag gegessen hatte. Auch als sein Magen längst alles von sich gegeben hatte, gingen die Krämpfe noch weiter. Als sie endlich aufhörten, ließ er sich keuchend gegen die Wand fallen. *Dazu* war der Alte Mann noch nie imstande gewesen. Ein schmerzhaftes Brummen hier, ein fieses Schwindelgefühl dort, aber niemals etwas in der Art. Ihm war, als hätte man ihm eine Stricknadel zum einen Ohr hineingestochen und zum anderen wieder herausgezogen.

Er spuckte Galle in ein Handtuch, dann stemmte er sich mühsam hoch und stolperte ans Waschbecken, um sich die Verdauungssäfte von Lippen und Kinn abzuwaschen.

Es war lange her, daß jemand ihm derart weh getan hatte. Das gab ihm zu denken. Ein Teil von ihm, der schielende Junge, der zum erstenmal mit der Staatsgewalt zu tun gehabt hatte, als er einem anderen Sechsjährigen mit einem Hammer ins Gesicht geschlagen hatte, wollte den richtigen Namen des alten Dreckskerls herausfinden, ihn in seinem RL-Schlupfwinkel aufspüren und ihn dann rasieren und ihm die Haut Streifen für Streifen abziehen. Aber ein anderer Teil, der Erwachsene, zu dem der Junge geworden war, hatte subtile Methoden gelernt. Beide Teile jedoch bewunderten die Ausübung nackter Macht. Wenn er eines Tages an der Spitze war, würde er nicht anders handeln. Schwache Hunde wurden anderen, stärkeren Hunden zum Fraß vorgeworfen.

Hilflose Wut war nur hinderlich, schärfte er sich ein. Wer der Alte Mann in Wirklichkeit auch sein mochte, ihm nachzustellen wäre so, als wollte man die Hölle stürmen, um den Teufel mit Steinen zu bewerfen. Er war ein großes Tier in der Bruderschaft - vielleicht das größte, wenn Dread richtig sah. Er lebte wahrscheinlich umringt von schwerbewaffneten Leibwächtern in einer dieser bombensicheren unterirdischen Abschußrampen, die bei den Stinkreichen so beliebt waren, oder auf einer befestigten Insel wie ein Schurke aus einem billigen malaysischen Netzthriller.

Dread stieß sauer auf und spuckte abermals aus. Er mußte sich in

Geduld üben. Fürs erste war Wut nur als ganz kontrolliert eingesetzter Treibstoff nützlich; es war viel leichter und schlauer, einfach weiter den Anordnungen des Alten Mannes zu folgen. Fürs erste. Irgendwann einmal kam dann der Tag, an dem der Schakal seinem Herrn an den Hals springen würde. Geduld. Geduld.

Er hob den Kopf, bis er sich im Spiegel betrachten konnte. Sauber, hart, unangetastet, so wollte er sich wieder sehen. Schon lange hatte ihn niemand mehr so zugerichtet, und alle, die es je getan hatten, waren tot. Nur die ersten paar waren schnell gestorben.

Geduld. Keine Fehler. Er beruhigte seinen Atem, richtete sich auf und streckte sich, um die schmerzenden Magenmuskeln zu entkrampfen. Er beugte sich vor - ein Zoom auf den Helden, der mit stumpfen dunklen Augen den Blick erwiderte, den Schmerz hinunterschluckte. Unaufhaltsam. Musik an. Klappe für den nächsten starken Auftritt.

Er starrte kurz auf die vollgekotzte Badewanne, bevor er das Wasser aufdrehte und das Ganze in einem braunen Strudel hinunterspülte. Wegschneiden - die ganze Badewannenszene wegschneiden. Völlig verpatzt. *Unaufhaltsam.*

Wenigstens sollte dieser neue Job RL sein. Er hatte die Kostümflausen dieser reichen Volltrottel satt, die Phantasien auslebten, für die sich der erbärmlichste Chargehead schämen würde, und das nur, weil sie es sich leisten konnten. Diese Aufgabe war mit wirklichen Risiken verbunden, und am Ende würde wirkliches Blut fließen. Das war immerhin seiner und seiner besonderen Fähigkeiten würdig.

Das Objekt allerdings ... Er runzelte die Stirn. Trotz seines Angebots an den Alten Mann war er nicht versessen darauf, mitten in eine dieser Bruderschaftsfehden hineingezogen zu werden. Zu unvorhersehbar. Wie so ein Netzstück, das er mal in der Schule gesehen hatte, von lauter Königen und Königinnen, ihren Intrigen und Giftmorden. Dennoch hatten solche Sachen ihren verborgenen Nutzen. Sollten sie sich doch alle gegenseitig umbringen! Das brachte nur schneller den Tag herbei, an dem alles nach *seinem* Kommando laufen würde.

Er spülte sich noch einmal den Mund aus und ging dann zum Bett zurück. Er brauchte seine Musik - kein Wunder, daß er sich instabil fühlte. Der Soundtrack rückte alles in die richtige Perspektive, brachte Bewegung in die Story. Er zögerte, weil ihm die furchtbaren Schmerzen einfielen, die ihm die Implantate noch vor kurzem bereitet hatten, aber nur einen Moment. Er war Dread, das personifizierte Grauen, und wie sein Künstlername so auch seine Kunst. *Seine.* Kein alter Mann konnte ihm Angst machen.

Er rief die Musik auf. Sie kam schmerzlos, strenge Synkopen, leise Kongas und schleppender Baß. Er legte eine Reihe lang gehaltener Orgelakkorde darüber. Unheilschwanger, aber kühl. Denkmusik. Planmusik. Musik, die sagte: »Ihr kriegt mich nie.«

Im Moment mußte die Tiefgarage in der Innenstadt von Kriminalbeamten wimmeln, die Pulver streuten, scannten, Infrarotaufnahmen machten und sich fragten, warum das Verbrechen auf ihrer Überwachungsanlage nicht zu sehen war. Die alle herumstanden und die weißen und roten Fetzen untersuchten.

Arme Muschi. Und dabei hatte sie niemand an ihr Ding ranlassen wollen.

Wieder eine Tote, würde es heißen. Demnächst überall im Netz. Er sollte daran denken, sich ein paar der Berichte anzuschauen.

Dread lehnte sich an die kahle weiße Wand zurück, während die Musik ihn durchpulste. Zeit, was zu tun. Er rief die Mitteilung ab, die der alte Dreckskerl ihm geschickt hatte, und holte sich dann Bildmaterial dazu, zuerst Landkarten, dann LEOS-Scans und 3D-Pläne vom Zielbereich. Vor dem Hintergrund der anderen weißen Wand schwebten sie vor ihm in der Luft wie himmlische Visionen.

Alle seine Wände waren weiß. Wer brauchte Bilder, wenn er seine eigenen machen konnte?

Kapitel

Verrückte Schatten

NETFEED/UNTERHALTUNG:
Höchste Einschaltquote im Mai für Concrete Sun
(Bild: mehrere Explosionen, ein Mann im weißen
Kittel läuft davon)
Off-Stimme: Die letzte Folge der Serie Concrete Sun
war im Monat Mai die meistgesehene Unterhaltssendung im Netz -
(Bild: Mann im weißen Kittel küßt einbeinige Frau)
- mit der sechzehn Prozent der Haushalte auf der
ganzen Welt mitfieberten.
(Bild: Mann im weißen Kittel trägt verbundenen Hund
durch unterirdischen Kanal)
Die Geschichte von einem Arzt auf der Flucht, der
in der Squatterstadt BridgeNTunnel untertaucht, ist
die am häufigsten eingeschaltete Serie der letzten
vier Jahre …

> Renie riß den Kopf herum, und das Testbild - eine endlose Dominoreihe von Gittern in kontrastierenden Farben - wackelte. Sie schnitt eine Grimasse. Mit dem Antippen einer der Noppen an der Seite ihres Headsets erhöhte sie den Druck in der Luftpolsterung. Sie schüttelte den Kopf hin und her; diesmal blieb das Bild ruhig.

Sie hob beide Hände hoch und krümmte den rechten Zeigefinger. Die vorderste Figur, ein einfaches leuchtend gelbes Gitter, blieb am Platz; alle anderen Gitter rückten etwas weiter auseinander, eine Welle in unabsehbare Fernen, eine Einerreihe in die Unendlichkeit. Sie krümmte den Finger stärker, und der Abstand zwischen den einzelnen Gittern schrumpfte. Sie bog den Finger nach rechts, und die ganze Kette rotierte, jedes Glied einen Sekundenbruchteil nach dem davor, so daß eine Neonspirale entstand und wieder verschwand, als die Gitter in die Ruhelage zurückkehrten.

»Jetzt bist du dran«, sagte sie zu !Xabbu.

Überlegt vollführte er mit den Händen eine komplexe Serie von Bewegungen, von denen jede dem Sensor, den er wie ein drittes Auge vorne an seiner Visette hatte, verschiedene Abstände und Stellungen mitteilte. Die bunten Gitter in ihrer endlosen Folge reagierten darauf, indem sie kreisten, zusammenrückten und die Beziehungen untereinander änderten wie ein explodierendes Universum viereckiger Sterne. Renie nickte beifällig, obwohl !Xabbu sie nicht sehen konnte - das Testbild und die alles umgebende Schwärze waren die einzigen visuellen Eindrücke.

»Gut«, sagte sie. »Prüfen wir jetzt dein Gedächtnis. Nimm so viele dieser Gitter, wie du willst - nicht das vorderste -, und mach daraus ein Polyeder.«

!Xabbu zog die Glieder seiner Wahl vorsichtig aus der Kette heraus. Während die übrigen in die Leerräume nachrückten, dehnte er diejenigen, die er sich ausgesucht hatte, und faltete sie längs der Diagonalen, um daraufhin die Dreieckspaare rasch zu einer Facettenkugel zusammenzusetzen.

»Du wirst richtig *gut*.« Sie war zufrieden. Dabei war das nur zu einem geringen Teil ihr Verdienst - sie hatte noch nie jemanden unterrichtet, der so hart arbeitete wie !Xabbu, und er besaß eine phantastische natürliche Begabung. Nur ganz wenige Menschen konnten sich so rasch und so vollkommen an die unnatürlichen Regeln des Netzraumes gewöhnen wie er.

»Dann kann ich jetzt damit Schluß machen, Renie?« fragte er. »Bitte. Wir machen schon den ganzen Vormittag Vorbereitungen.«

Eine schnelle Handbewegung brachte das Testbild zum Verschwinden. Gleich darauf standen sie sich als zwei unansehnliche Sims in einem sich in alle Richtungen erstreckenden grauen Ozean gegenüber. Sie verkniff sich eine bissige Antwort. Er hatte recht. Sie hatte die Sache mit ihren Vorbereitungen hinausgezögert, die sie immer wieder durchgespielt hatte, als ob dies eine Art Kampfeinsatz werden sollte und nicht ein einfacher Informationstrip in den Inneren Distrikt.

Sicher, streng genommen gab es für Außenseiter wie sie so etwas wie einen einfachen Trip in den Inneren Distrikt gar nicht. Sie konnten jederzeit auf Barrieren treffen, die für sie aller guten Vorbereitung zum Trotz unüberwindlich waren, aber sie wollte nicht wegen eines dummen, vermeidbaren Fehlers enttarnt und hinausgeworfen werden. Und

wenn sich in Toytown wirklich etwas Illegales und Gefährliches abspielte, dann würde die Entdeckung ihrer Nachforschungen die Schuldigen warnen und vielleicht sogar dazu führen, daß sie Beweismaterial vernichteten, das Stephen andernfalls retten konnte.
»Ich habe es nicht böse gemeint, Renie.« !Xabbus Sim erhob seine einfachen Hände zu einer Friedensgeste; seine Mundwinkel zogen sich zu einem ziemlich mechanisch aussehenden Lächeln hoch. »Aber ich glaube, daß es auch dir lieber sein wird, wenn wir etwas unternehmen.«
»Du hast wahrscheinlich recht. *Abschalten und Ende.*«
Alles verschwand. Sie klappte die Visette an ihrem Helm hoch, und das profane, leicht schäbige Ambiente des Gurtraums der TH umgab sie wieder. Der Buschmann schob ebenfalls sein Sichtteil hoch und blinzelte grinsend.
Reflexhaft ging sie ein letztes Mal ihre innere Checkliste durch. Während !Xabbu seine Prüfungen absolviert hatte - und zwar den Gerüchten zufolge mit der erwarteten Bravour -, hatte sie nicht nur Tarnidentitäten für ihrer beider Eintritt in den Inneren Distrikt gebastelt, sondern auch mehrere Backups. Wenn die Sache schiefging, konnten sie ihre ersten Identitäten abstoßen wie alte Haut. Aber es war nicht einfach gewesen. Online eine falsche Identität anzunehmen, war nicht viel anders als im RL und in vieler Hinsicht der gleiche Vorgang.
Renie hatte in den letzten paar Tagen einen gut Teil ihrer Zeit damit verbracht, abseitige Bereiche des Netzes zu durchstöbern. In den Teilen der Lambda Mall, die dunklen Gassen im RL entsprachen, lungerten jede Menge zwielichtige Gestalten herum, für die die Konfigurierung falscher Identitäten ganz alltäglich war, aber zuletzt hatte sie sich doch dafür entschieden, es selbst zu machen. Wenn ihre Nachforschungen im Inneren Distrikt auf etwas Wichtiges stießen, würden die davon Betroffenen als erstes den Piraten auf dem Identitätenmarkt auf den Zahn fühlen, und von denen würde kein einziger vertrauliche Informationen für sich behalten, wenn sein Broterwerb und vielleicht sogar seine Gesundheit auf dem Spiel stand.
Also hatte sie begonnen, aufgeputscht mit Koffein und Zucker und eine angeblich nicht krebserregende Zigarette nach der anderen paffend, ein wenig »Akisu« zu treiben, wie die Veteranen es nannten. Sie hatte sich durch Hunderte von obskuren Infobanken gehäckt, sich nach Bedarf dies und das herauskopiert und falsche Gegenprobendaten in die Systeme eingegeben, deren Schutzvorrichtungen veraltet oder

schwach genug waren. Sie hatte für sie beide eine einigermaßen solide falsche Identität geschaffen und, so hoffte sie, sogar eine gewisse Rückversicherung, falls das Unternehmen völlig danebenging.

Sie hatte dabei auch das eine oder andere über Mister J's erfahren, und das war einer der Gründe, weshalb sie !Xabbu den ganzen Vormittag gedrillt hatte. Der Club im Inneren Distrikt hatte einen sehr zweifelhaften Ruf, und seinen Betrieb zu stören, konnte recht unangenehme Nachwirkungen im richtigen Leben haben. Trotz ihrer anfänglichen Ungeduld war sie froh, daß !Xabbu sie überredet hatte, auf ihn zu warten. Im Grunde wäre sogar eine weitere Woche zur Vorbereitung nicht verkehrt gewesen ...

Sie atmete tief ein. Genug. Wenn sie nicht aufpaßte, konnte es ihr passieren, daß sie zu einer von diesen Zwänglern wurde, die fünfmal umkehrten, um sich zu vergewissern, daß die Tür auch wirklich abgeschlossen war.

»Okay«, sagte sie. »Auf geht's.«

Sie machten ein paar Abschlußtests ihrer Gurtzeuge, die beide an Flaschenzügen von der Decke hingen und sowohl ihren Benutzern Bewegungsfreiheit in der VR gewährten als auch verhinderten, daß sie gegen wirkliche Wände liefen oder sich durch einen Sturz verletzten. Als die Flaschenzüge sie in die Höhe befördert hatten, baumelten sie nebeneinander inmitten des gepolsterten Raumes wie zwei Marionetten, wenn der Puppenspieler seinen freien Tag hat.

»Tu, was ich sage, ohne Fragen zu stellen. Wir können uns keine Fehler leisten - das Leben meines Bruders kann davon abhängen. Antworten gebe ich dir hinterher.« Renie vergewisserte sich ein letztes Mal, daß sich keiner der Drähte durch scheuernde Gurte lockern konnte, und klappte dann ihre Visette herunter; das Bild schaltete sich ein, und das graue Flimmern des wartenden Netzes umgab sie. »Und denk dran, auch wenn das interne Band vom Inneren Distrikt und nicht vom Club selbst gestellt wird, gehen wir lieber davon aus, daß irgendwer mithört, sobald wir drin sind.«

»Ich verstehe, Renie.« Er klang vergnügt, was angesichts der Tatsache, daß sie ihm den Abhörvortrag an dem Morgen schon zweimal gehalten hatte, recht erstaunlich war.

Sie schwenkte beide Hände, und es ging los.

> Die am Gateway zum Inneren Distrikt wartende Menge war ein lauter Farben- und Formentumult. Als der Lärm der vielsprachigen Einlaßverhandlungen schmerzhaft in Renies Ohren gellte, bemerkte sie, daß sie aus Angst, nur ja keine möglichen Fingerzeige zu verpassen, die Verstärkung der sensorischen Eingabewerte zu hoch eingestellt hatte. Eine Drehung des Handgelenks und ein angewinkelter Finger dämpften sie auf ein erträgliches Maß.

Nachdem sie so lange gewartet hatten, daß Renie vor Ungeduld fast platzte, rückten sie schließlich an die Spitze der Schlange. Die Kontrolleurin war höflich und offenbar in keiner Weise daran interessiert, Schwierigkeiten zu machen. Sie schaute sich ihre falschen Personalien an und fragte, ob der unter den Angaben zur Person genannte Grund für ihren Besuch noch gültig sei.

»Ja. Ich soll eine Installation überprüfen, zu der wir eine Beschwerde hatten.« Laut ihrer Tarnidentität arbeitete Renie für eine große nigerianische Softwarefirma und hatte !Xabbu als Praktikanten mit; sie hatte entdeckt, daß dieser Hersteller seine Personalunterlagen sehr schlampig führte.

»Und wie viel Zeit wirst du benötigen, Herr Otepi?«

Renie war überrascht - ein richtig freundlicher Ton! Umgängliches Verhalten war sie von Netzbürokraten nicht gewöhnt. Sie sah sich den lächelnden Sim genau an und fragte sich, ob sie vielleicht einen neuartigen hyperaktualisierten Kundendienstreplikanten vor sich hatte.

»Schwer zu sagen. Wenn das Problem einfach ist, kann ich es selbst beheben, aber erstmal muß ich die ganze Anlage auf Herz und Nieren prüfen.«

»Acht Stunden?«

Acht! Sie kannte Leute, die für so eine lange Aufenthaltszeit im Inneren Distrikt mehrere Tausend Kredite bezahlen würden - überhaupt, wenn sie am Schluß noch Zeit übrig hatten, konnte sie vielleicht versuchen, einen davon ausfindig zu machen. Sie überlegte, ob sie noch mehr Zeit herausschinden sollte - vielleicht war dieser Rep kaputt, ein Spielautomat, der völlig unkontrolliert Zeit ausspuckte -, aber beschloß dann, ihr Glück nicht herauszufordern. »Das müßte reichen.«

Einen Moment später waren sie drin und schwebten knapp über dem Boden der monumentalen Gateway Plaza.

»*Es ist dir wahrscheinlich nicht klar*«, sagte sie zu !Xabbu auf ihrem Privatband, »*aber du bist gerade Zeuge eines Wunders geworden.*«

»*Und das wäre?*«

»*Ein Verwaltungssystem, das tatsächlich das tut, was es soll.*« Er wandte sich ihr zu, und ein angedeutetes Lächeln hellte das Gesicht des Sims auf, den Renie für den Besuch besorgt hatte. »*Nämlich zwei verkleidete Personen einlassen, die so tun, als ob sie ein legitimes Anliegen hätten?*«

»*Niemand läßt sich gern veralbern*«, erklärte sie und verließ dann das private Band. »Wir sind offiziell abgefertigt. Wir können jetzt überall hingehen, wo wir wollen, Privatknoten ausgenommen.«

!Xabbu ließ seinen Blick über die Plaza schweifen. »Die Passanten hier kommen mir anders vor als in der Lambda Mall. Und die Konstruktionen sind extremer.«

»Das liegt daran, daß wir näher am Zentrum der Macht sind. Die Leute hier machen, was sie wollen, weil sie es sich leisten können.« Ein Gedanke wirbelte in ihr auf wie ein Flöckchen heißer schwarzer Asche. »Es sind Leute, die sich alles erlauben können. Oder es jedenfalls meinen.« Stephen lag im Krankenhaus im Koma, während die Männer, die ihm das angetan hatten, sich ihrer Freiheit erfreuten. Ihr nie ganz erloschener Zorn flammte neu auf. »Komm, wir schauen uns mal in Toytown um.«

Die Lullaby Lane war viel voller als bei ihrem letzten Abstecher, sie platzte fast vor virtuellen Körpern. Verwundert zog Renie !Xabbu in ein Seitengäßchen, um sich darüber klarzuwerden, was da vor sich ging.

Die Menge strömte rufend und singend in einer Richtung an der Einmündung des Gäßchens vorbei. Es schien sich um eine Art Umzug zu handeln. Die Sims hatten die bizarrsten Formen, die man sich denken konnten, über- und unterdimensionierte Körper, zusätzliche Gliedmaßen, sogar unverbundene Körperteile, die sich bewegten, als wären sie eigenständig. Einige der ausgelassenen Zugteilnehmer veränderten sich vor ihren Augen: Eine lilahaarige, spitz zulaufende Figur hatte enorme Fledermausflügel, die sich in ein feines Gespinst flatternder silberner Gaze auflösten. Viele formten sich alle paar Sekunden um, trieben neue Extremitäten, wechselten den Kopf, verliefen und verzogen sich in phantastische Formen wie heißes Wachs, das in kaltes Wasser gegossen wird.

Willkommen in Toytown, dachte sie bei sich. *Sieht aus, als wären wir rechtzeitig zur Jahreshauptversammlung der Hieronymus-Bosch-Gesellschaft gekommen.*

Sie begab sich mit dem Buschmann auf Dachhöhe, von wo aus sie einen besseren Überblick hatten. Etliche in der Menge trugen leuchtende Transparente mit der Aufschrift »Freiheit!« oder hatten das Wort in feurigen Lettern über ihren Köpfen schweben; eine Gruppe hatte sich sogar in eine Reihe marschierender Buchstaben verwandelt, die zusammen das Wort »MUTANTENTAG« ergaben. Obwohl die Sims der meisten Umzügler ein sehr extremes Design hatten, waren sie auch ziemlich instabil. Einige zerfielen in einer gar nicht beabsichtigt wirkenden Art und Weise in unstrukturierte Flächen und Linien. Andere flackerten in der Bewegung und verschwanden gelegentlich völlig.

Selbst programmiert, entschied sie. Billiges Zeug Marke Eigenbau. »Eine Protestdemonstration, nehme ich an«, erklärte sie !Xabbu.

»Gegen wen oder was?« Er hing neben ihr in der Luft, eine Comicfigur mit einem ernsten Ausdruck im simplen Gesicht.

»Gegen die Bekörperungsbestimmungen, würde ich vermuten. Aber sehr groß kann ihr Leiden nicht sein, wenn sie sich den Aufenthalt hier überhaupt leisten können.« Sie schnaubte verächtlich. »Kinder von reichen Leuten, die sich beschweren, weil sie nicht schick zurechtmachen dürfen. Komm, wir gehen.«

Sie beamten sich an dem Umzug vorbei ans andere Ende der Lullaby Lane, wo die Straßen leer waren. Ohne die Ablenkung durch das Straßentheater fiel der heruntergekommene Zustand des Viertels sofort ins Auge. Viele der Netzknoten schienen seit ihrem letzten Besuch noch hinfälliger geworden zu sein; zu beiden Seiten war die Straße mit skelettierten, farblosen Gebäuden gesäumt.

Die schwungvollen Töne einer fernen Musik lenkten ihre Aufmerksamkeit schließlich auf ein grelles Leuchten am anderen Ende der Straße. In so einer trostlosen Umgebung wirkte die wilde, pulsierende Lebendigkeit von Mister J's noch unheimlicher.

!Xabbu starrte den neugotischen Monsterbau mit den vielen Türmchen und dem riesigen gefräßigen Grinsen an. »Das ist es also.«

»Geh auf privat«, zischte Renie. »*Und bleib drauf, solange du niemand anders eine Frage beantworten mußt. Sobald du mit Antworten fertig bist, gehst du wieder zurück. Wenn du deswegen langsam reagierst, braucht dich das nicht zu beunruhigen - ich bin sicher, sie haben dort reichlich mit Leuten zu tun, deren Reflexe nicht besonders prompt sind.*«

Sie schwebten langsam näher und betrachteten die schillernde und wackelnde Clubfassade.

»Warum sind keine Leute in der Nähe?« fragte !Xabbu.

»Weil dies hier kein Teil des Inneren Distrikts ist, der Schaulustige anzieht. Wer zu Mister J's will, beamt sich wahrscheinlich direkt hinein. Bist du bereit?«

»Ich glaube ja. Und du?«

Renie zögerte. Die Frage hörte sich schnippisch an, aber das war nicht die Art des Buschmanns. Sie merkte, daß ihre Nerven zum Zerreißen gespannt waren. Sie holte mehrmals tief Atem, zwang sich zur Ruhe. Der zähnefletschende Mund über dem Eingang verzog die roten Lippen, als flüsterte er eine Verheißung. »Mister Jingo's Smile« hatte dieser Laden ursprünglich geheißen. Warum hatte man den Namen geändert, aber diese gräßliche Grimasse beibehalten?

»Es ist ein unguter Ort«, sagte !Xabbu unvermittelt.

»Ich weiß. Vergiß das keine Sekunde.«

Sie spreizte die Finger. Augenblicklich befanden sie sich in einem düsteren Vorraum, der statt Wänden goldgerahmte Jahrmarktsspiegel hatte. Ein prüfender Blick ringsherum sagte Renie, daß die kleine Verzögerung zwischen Einleitung und Ausführung eines Vorgangs, die komplexe VR-Environments kennzeichnete, hier sehr kurz war, eine recht passable Nachahmung des wirklichen Lebens. Die Detailarbeit war ebenfalls eindrucksvoll. Sie waren zwar im Vorraum allein, nicht aber in den Spiegeln: Tausend ausgelassene Geister umringten sie, Gestalten von Männern und Frauen, darunter einige mehr Tier als Mensch, die um die verzerrten Spiegelbilder ihrer beiden Sims herumtollten. Ihre Spiegelbilder schienen sich gut zu amüsieren.

»Willkommen in Mister J's.« Die Stimme sprach englisch mit einer eigentümlichen Aussprache. In keinem der Spiegel war ein dazu passendes Bild zu sehen.

Renie drehte sich um. Dicht hinter ihnen stand ein großer, lächelnder, elegant gekleideter weißer Mann mit Handschuhen an den Händen. Er hob die Hände hoch, und die Spiegel verschwanden, so daß nur noch sie drei in einer einzigen, von unendlicher Schwärze umgebenen Lichtsäule standen. »Schön, daß ihr uns die Ehre gebt.« Seine Stimme stahl sich ganz nahe heran, als ob er ihr ins Ohr flüsterte. »Woher kommt ihr?«

»Aus Lagos«, sagte Renie ein wenig atemlos. Sie hoffte, daß ihre Stimme, die passend zu ihrer männlichen Deckidentität eine Oktave heruntergerechnet wurde, in seinen Ohren nicht so piepsig klang wie in ihren. »Wir ... wir haben viel über dieses Etablissement gehört.«

Das Lächeln des Mannes wurde breiter. Er deutete eine Verbeugung an. »Wir sind stolz auf unseren weltweiten Ruf und freuen uns, Freunde aus Afrika bei uns begrüßen zu dürfen. Ihr seid natürlich volljährig?«
»Natürlich.« Noch während sie das sagte, wußte sie, daß digitale Finger ihre Tarnidentität abtasteten - aber nicht allzu genau: Der Nachweis, daß man der Pflicht genüge getan hatte, reichte für diesen Ort. »Ich möchte meinem Freund ein paar der Sehenswürdigkeiten des Inneren Distrikts zeigen - er ist zum erstenmal hier.«
»Wunderbar. Du hast ihn genau an die richtige Adresse gebracht.« Der gut gekleidete Mann beendete das ablenkende Geplauder, was bedeutete, daß ihre Angaben zur Person akzeptiert worden waren. Er machte eine schwungvolle Bewegung, und eine Tür öffnete sich in der Dunkelheit, ein rechteckiges Loch, dem rauchiges rotes Licht entquoll. Auch Lärm drang heraus - laute Musik, Gelächter, eine Sturzflut von Stimmen. »Viel Vergnügen«, sagte er. »Empfehlt uns weiter.« Dann war er fort, und sie glitten vorwärts in den blutroten Schein.

Die Musik umfing sie und zog sie hinein wie das Pseudopodium eines riesengroßen, aber unsichtbaren Energiewesens. Mit ihrem lauten Plärren hörte sie sich an wie der flotte Swing Jazz des vorigen Jahrhunderts, aber sie hatte seltsame Synkopen und Legatos, heimliche Rhythmen, die tief unter der Oberfläche pulsten wie der Herzschlag eines schleichenden Raubtiers. Sie war mitreißend: Renie merkte, daß sie schon mitsummte, bevor sie überhaupt den Text verstehen konnte, aber der ließ nicht lange auf sich warten.

»Spart euch alle Echauffiertheit!«

sang jemand eindringlich, während die Kapelle im Hintergrund quäkte und stampfte,

»Ein Lächeln bricht die Reserviertheit - charmant,
Rasant!
Schon übermannt euch Ungeniertheit ...«

Der Saal war unglaublich riesig, ein gewaltiges, rot erleuchtetes Oktogon. Die Säulen in den Ecken, jede so breit wie ein Hochhaus, verloren sich hoch droben im Schatten; die vertikalen Lichterreihen, mit denen sie besetzt waren, rückten mit zunehmender Höhe immer dichter zusammen und verschmolzen schließlich zu durchgehenden Leuchtstreifen. Und dort, wo selbst diese Lichter den Blicken entschwanden, ganz oben in den unvorstellbaren Höhen der Decke, toste und knallte vor dem schwarzen Hintergrund ein endloses funkensprühendes Feuerwerk.

Scheinwerfer kreisten durch die rauchige Luft und malten flitzende Ellipsen aus hellerem Rot auf die samtigen Wände. Hunderte von Separées zogen sich zwischen den Säulen hin und füllten die von Stimmengewirr klingenden Galerien aus, die mindestens ein Dutzend Etagen hoch im Kreis herumliefen, bevor die treibenden Rauchwolken das Zählen unmöglich machten. Ein fast endloser Pilzwald aus Tischen bedeckte den blitzenden Saalboden, und dazwischen rasten silbern gekleidete Figuren hin und her wie Bälle in einem Flipper - tausend Kellner und Kellnerinnen, zweitausend, mehr, die allesamt flink und reibungslos dahinflutschten wie Quecksilberperlen.

In der Mitte des ungeheuren Raumes stand die Kapelle auf einer Schwebebühne, die wie ein gekipptes Riesenrad funkelte und kreiste. Die Musiker trugen korrekte schwarzweiße Anzüge, aber ansonsten war nichts an ihnen korrekt. Sie hatten die spitz zulaufende Form und Zweidimensionalität von Karikaturen. Zum Schmettern der Musik waberten und verzogen sich ihre Gestalten wie verrückte Schatten; manche wuchsen empor, bis ihre rollenden Augen direkt in die höchsten Galerien lugten. Mächtige blitzende Hauer schnappten nach den Kunden, die sich unter Kreischen und Lachen eilig in Sicherheit brachten.

Nur die am äußersten Rand der kreisenden Bühne in einem hauchzarten weißen Kleid postierte Sängerin änderte ihre Größe nicht. Während die schattenhaften Musiker sie umwogten, glühte sie wie ein Stück Radium.

»*Drum macht euch frei von Kleinkariertheit*«,

sang sie mit rauher und doch einschmeichelnder Stimme, einem zittrigen Kratzen wie bei einem Kind, das lang aufbleiben und zusehen muß, wie die Erwachsenen komisch und betrunken werden,

»*Bis ihr vom Rhythmus innerviert seid - famos!*
Ganz groß!
Laßt alle los und amüsiert euch ...«

Die Sängerin war nur ein Lichtpunkt inmitten des zyklopischen Saals und der irrwitzig in die Länge schießenden Musiker, aber trotzdem konnte Renie zeitweise gar nichts anderes wahrnehmen. Große schwarze Augen in einem blassen Gesicht verliehen der Frau geradezu das Aussehen eines Totenschädels. Ihr aufgebauschter weißer Haarschopf, der halb so hoch war wie sie, verband sich unter ihren Armen mit dem wallenden weißen Kleid, so daß sie den Eindruck eines exotischen Vogels machte.

»Kommt herein!
Sagt nicht nein!
Die Creme von Toytown lädt euch ein.
Wie's gefällt,
Wird die Welt
Heut von uns auf den Kopf gestellt ...«

Geschüttelt vom stampfenden Rhythmus schwankte die Sängerin hin und her wie eine Taube im böigen Wind. Die großen Augen waren jetzt geschlossen, aber allem Anschein nach nicht aus Verzückung: Renie hatte noch nie einen Menschen gesehen, der dermaßen gefangen wirkte, und dennoch glühte die Sängerin, brannte. Sie hätte eine Glühbirne sein können, die zu stark unter Strom stand und deren Glühfaden jeden Augenblick mit einem Knall durchbrennen konnte.

Langsam, beinahe unwillkürlich streckte Renie die Hand nach !Xabbu aus. Sie fand seine Hand und schloß ihre Finger darum. »Alles in Ordnung?«

»Es ... es ist ziemlich überwältigend hier.«

»Allerdings. Wie wär's ... wie wär's, wenn wir uns einen Moment hinsetzen?«

Sie führte ihn durch den Saal zu einem der Separées an der gegenüberliegenden Wand; im RL hätten sie dafür zu Fuß mehrere Minuten gebraucht, aber hier dauerte es nur Sekunden. Alle Musiker der Kapelle sangen, klatschten, johlten und stampften jetzt mit ihren mächtigen Füßen auf der schaukelnden Bühne herum; die Musik war so laut, daß es aussah, als würde das ganze gigantische Haus gleich einstürzen.

»Ganz gleich, wo ihr registriert seid,
Zeigt mal, daß ihr engagiert seid – und jetzt
Ergötzt
Euch, daß es fetzt, an Unregiertheit ..«

Die Musik drehte weiter auf, und die Scheinwerfer rasten noch schneller, daß die zuckenden Strahlen sich kreuzten wie Florettklingen. Eine Trommelsalve erscholl, ein letztes Schmettern der Bläser, dann war die Kapelle fort. Ein hohler Chor von Buh- und Beifallsrufen hallte durch den gewaltigen Raum.

Renie und !Xabbu hatten sich kaum in die tiefen Samtpolster sinken lassen, als schon ein dicht über dem Boden schwebender Kellner vor ihnen auftauchte. Er trug einen chromfarbenen, hauteng sitzenden Smoking. Sein Simkörper schien einem antiken Fruchtbarkeitsgott nachgebildet zu sein.

»Naampp, ihr Glupschniks«, knarrte er. »Was darf's sein?«

»Wir ... wir können in diesen Sims nicht essen und trinken«, sagte Renie. »Hast du irgendwas anderes?«

Er warf ihr einen verständnisinnigen und leicht amüsierten Blick zu, schnippte mit den Fingern und verschwand. Eine Art Speisekarte aus leuchtenden Lettern blieb hinter ihm im Raum hängen wie ein lumineszierender Rückstand.

»Hier ist eine Liste mit der Überschrift ›Emotionen‹«, sagte !Xabbu verwundert. »›Kummer: schwach bis heftig‹, ›Glück: stille Zufriedenheit bis überschwengliche Freude‹. Erfüllung. Elend. Optimismus. Verzweiflung. Angenehme Überraschung. Wahnsinn ...« Er sah Renie an. »Was ist das? Was soll das alles heißen?«

»Du kannst auf dem öffentlichen Band sprechen. Es wird niemand überraschen, daß dir das alles neu ist - mir übrigens auch. Denk dran, wir sind bloß zwei Hinterwäldler aus Nigeria auf Besuch in der virtuellen großen Stadt, um die Sehenswürdigkeiten zu bestaunen.« Sie schaltete um. »Ich nehme an, das sind die Empfindungen, die sie hier simulieren. Eddie ... äh, unser Bekannter hat uns doch erzählt, sie könnten einem Sinneserfahrungen verschaffen, für die man eigentlich gar nicht die technischen Voraussetzungen hat. Oder sie behaupten es jedenfalls.«

»Was sollen wir jetzt tun?« Inmitten des riesengroßen Raumes wirkte der kleine Sim des Buschmanns noch kleiner, wie zusammengepreßt vom schieren Gewicht des Getöses und Gedränges. »Wo willst du hin?«

»Laß mich nachdenken.« Sie schaute auf die feurigen Lettern, die vor ihnen hingen: ein Vorhang von Wörtern, der wenig Privatsphäre und gar keinen Schutz bot. »Ich glaube, ich hätte es gern ein wenig leiser. Wenn wir es uns leisten können, heißt das.«

Es war immer noch dasselbe Separée, aber seine Farben waren gedämpfte Erdtöne geworden, und es befand sich jetzt in einem kleinen Raum auf der Leisen Galerie. Durch die Rundbogentür blickte man auf ein breites blaues Wasserbecken, umgeben von steinernen Arkaden.
»Das ist sehr schön«, sagte !Xabbu. »Und hergekommen sind wir ... einfach so.« Er schnalzte mit seinen Simfingern, aber sie machten kein Geräusch.
»Und das Geld fließt auch einfach so von unserm Konto. Dies muß der einzige Club in der VR-Welt sein, wo es weniger kostet, ein Hinterzimmer zu mieten, als den Lärmpegel am Tisch zu senken. Ich nehme an, sie wollen die Leute dazu animieren, den Service in Anspruch zu nehmen.« Renie streckte sich. Das Wasserbecken war faszinierend. Tropfen fielen von der moosigen Decke und machten Wellenkreise, die sich ausbreiteten und überlagerten und tanzende Reflexionen auf die von Fackeln erleuchteten Wände warfen. »Ich möchte mich gern umschauen. Ich möchte wissen, was es hier noch alles gibt.«
»Können wir uns das leisten?«
Sie ging auf privat. »*Ich habe ein paar Kredite auf dem Konto deponiert, das zu dieser Tarnidentität gehört, aber nicht viele – so gut werden Dozenten nicht bezahlt. Aber wir müssen hierfür nur bezahlen, weil wir es verlangt haben. Wenn wir einfach herumstreifen – nun, eigentlich müßten sie uns Bescheid geben, bevor sie unser Konto belasten.*«
Auf !Xabbus Gesicht erschien ein Simlächeln. »*Du denkst, daß die Besitzer dieser Lokalität zu ... mancherlei fähig sind, aber du hast sie nicht in Verdacht, ihre Kunden zu betrügen?*«
Renie wollte nicht darüber reden, wozu sie sie für fähig hielt, nicht einmal auf dem Privatband. »*Kein Unternehmen kann sich halten, wenn es die Leute betrügt. Das ist eine Tatsache. Sogar die Clubs im Besitz des Broderbunds am Victoria Embankment – sie mögen ein bißchen draufschlagen und an Chargeheads und Drogensüchtige dealen, aber trotzdem müssen sie den Schein wahren.*« Sie stand auf und schaltete wieder zurück. »Komm, wir schauen uns mal etwas um.«
Als sie und !Xabbu durch die Bogentür auf den Gehweg traten, der um das Becken herumführte, glühte tief unterhalb der friedlichen Wasseroberfläche ein Licht auf.
»Hier lang.« Sie ging darauf zu.
»Aber ...« !Xabbu tat einen Schritt, dann blieb er stehen.
»Es ist alles nur Schein. Vergiß das nicht. Und sofern sie nicht die all-

gemein gebräuchlichen VR-Interfacesymbole aufgegeben haben, wird uns so der Weg nach draußen gezeigt.« Sie tat noch einen Schritt, zögerte kurz, dann beugte sie die Knie und sprang. Der Fall dauerte lange. Da ihr wirklicher Körper in der TH in den Gurten hing, hatte sie nicht die physische Empfindung zu fallen, aber hier in der Leisen Galerie sah sie das kristallklare leuchtende Blau auf sich zukommen, sah, wie ihr Eintauchen um sie herum einen Strudel von Bläschen erzeugte. Ein Lichtkreis schien in der Tiefe. Sie schwamm darauf zu.

Kurz darauf war !Xabbu neben ihr. Anders als Renie, die einen Hechtsprung Kopf voran mit ausgestreckten Armen imitiert hatte, sank er aufrecht stehend nach unten.

»Was ...«, fing er an und mußte dann lachen. »Wir können ja sprechen!«

»Das ist kein Wasser. Und das da sind keine Fische.«

!Xabbu gluckste abermals vor Lachen, als eine große Wolke schimmernder Formen mit zuckenden Schwanzflossen und propellerartig schwirrenden Seitenflossen sie umringte. Ein Fisch mit abenteuerlich schwarz, gelb und rot gestreiften Schuppen schwamm vor dem Buschmann rückwärts, so daß seine Lippen fast !Xabbus Nasenspitze berührten. »Wunderbar!« sagte er und streckte die Hand danach aus. Der Fisch fuhr herum und schoß davon.

Der Durchgang leuchtete immer noch, aber das Wasser ringsherum schien dunkler zu werden. Sie waren auf ein anderes Level des Beckens oder vielmehr der Simulation hinübergewechselt - was Renie unter sich sah, machte den Eindruck eines Meeresbodens mit Felsen und weißem Sand und wogenden Seetangwäldern. Sie meinte sogar, im tiefen Schattengespinst des Waldes kurz eine beinahe menschliche Gestalt zu erspähen, ein Wesen mit Händen, Fingern und hellen Augen, aber mit dem muskulösen Schwanz eines Ozeanraubtiers. Hinter den plätschernden Geräuschen, die in ihre Kopfhörer eingespielt wurden, war ein tieferer Ton zu hören, eine Art Singen. Sie fand es beunruhigend; mit einer Geste versetzte sie sich und !Xabbu vor den schimmernden Ausgang.

Aus der Nähe wurde deutlich, daß die Öffnung aus mehreren strahlenden Kreisen bestand, jeder in einer anderen Farbe.

»Such eine aus«, sagte sie zu !Xabbu.

Er streckte die Hand aus, und der rote Ring leuchtete heller. Eine ruhige, geschlechtsneutrale Stimme raunte ihnen »*Inferno und sonstige untere Räume*« in die Ohren.

!Xabbu warf ihr einen Blick zu; trotz des plötzlichen unangenehmen Kribbelns im Nacken nickte sie. Das wäre in etwa der Ort, der Jungen wie Stephen anlocken würde. !Xabbu berührte den Ring noch einmal, und die ganze in Kreise unterteilte Fläche wurde glutrot, dehnte sich aus und floß schließlich über sie hinweg, so daß sie sich einen Moment lang in einem Tunnel aus dunkelrotem Licht befanden. Als es erlosch, waren sie immer noch unter Wasser, allerdings hatte es jetzt einen trüberen Ton. Renie dachte zuerst, das Gateway hätte nicht richtig funktioniert.

»Dort oben«, sagte !Xabbu und deutete in die Höhe. Hoch über ihnen stand ein weiterer Lichtkreis, diesmal eine einheitlich rote Scheibe, einer sinkenden Sonne ähnlich. »Genauso sieht der Himmel aus, wenn man tief unter Wasser ist.« Er hörte sich ein wenig atemlos an.

»Dann nichts wie hin.« Sie wunderte sich kurz darüber, wieso !Xabbu, ein Bewohner flacher Flußdeltaarme und Sümpfe, sich mit tiefem Wasser auskennen sollte, aber ließ es dann bewenden. Vielleicht war er in Durban im Freibad getaucht.

Sie stiegen auf das rote Licht zu, durch weitere Seetangwälder hindurch. Diesmal waren sie schwarz und dornig, büschelweise treibendes Wassergestrüpp, das ihnen manchmal die Sicht auf den Kreis völlig versperrte und sie in ein merkwürdiges unterseeisches Dämmerlicht tauchte. Das Wasser war wolkig, aufgewühlt von den dampfenden Schloten, die auf dem schroffen Tiefseeboden unter ihnen brodelten. Keinerlei Anzeichen ließ mehr erkennen, wo sie hergekommen waren, obwohl sie sicher war, daß so etwas wie Wegweiser zurück zum Becken in der Leisen Galerie erscheinen würden, wenn sie und !Xabbu umkehren sollten.

Sie betastete einen der stacheligen Tangriemen und staunte erneut darüber, wie es sein konnte, daß seine rauhe, gummiartige Oberfläche das Werk unkörperlicher Zahlen war und trotzdem bei der Übertragung an die Taktoren, die kraftreflektierenden Sensoren im Handschuh ihres Simsuits, den Eindruck greifbarer Existenz erweckte.

!Xabbu packte sie am Arm und riß sie zur Seite. »Da!« Er klang ehrlich entsetzt. Ihr Blick folgte seinem ausgestreckten Finger nach unten.

Etwas Riesenhaftes und Dunkles bewegte sich dort in der dampfenden Tiefe. Renie konnte vage erkennen, wie ein glatter Rücken und ein seltsam langgezogener Kopf, der für den Rumpf zu groß zu sein schien, in der Nähe der Stelle, wo sie eingetreten waren, über den felsigen

Grund glitt. Das Wesen sah aus wie eine Kreuzung zwischen einem Hai und einem Krokodil, war aber viel größer als beide. Der lange, zylindrische Körper verlor sich gute zehn Meter hinter der spürenden Schnauze im Dunkeln.

»Es wittert uns!«

Sie nahm seine Hand und drückte sie. »Es ist nicht wirklich«, sagte sie mit Nachdruck, obwohl auch ihr Herz sehr schnell schlug. Das Ungetüm hatte aufgehört, die Schlote zu beschnüffeln, und stieg jetzt in weiten Kreisen gemächlich nach oben, so daß es zunächst einmal ihren Blicken entschwunden war. Sie schaltete auf das Privatband. »!Xabbu! Fühlst du meine Hand? Das ist meine richtige Hand, in meinem Handschuh. Unsere Körper sind im Gurtraum hier in der TH. Denk dran.«

Die Augen von !Xabbus Sim waren zugepreßt. Renie hatte das schon öfter gesehen – eine erschreckende Erfahrung in einer erstklassigen Simulation konnte genauso stark wirken wie im richtigen Leben. Sie hielt die Hand ihres Freundes weiter fest und beschleunigte ihren Aufstieg.

Etwas Riesengroßes sauste über die Stelle, an der sie sich gerade noch befunden hatten, mächtig und schnell wie eine Magnetschwebebahn. Ihr Herz setzte einen Schlag aus. Sie erhaschte einen kurzen Blick auf ein aufgerissenes Maul voller Zähne und ein funkelndes Auge von der Größe ihres Kopfes, dann zog der dunkle, glänzende Leib schier endlos unter ihnen dahin. Sie erhöhte das Tempo ihrer Aufwärtsbewegung, aber schimpfte sofort innerlich mit sich, weil sie genau das machte, wovor sie !Xabbu gewarnt hatte – nach der RL-Logik handeln. *Spring einfach raus, du dumme Ziege! Das ist kein Wasser, du mußt gar nicht schwimmen. Ob Simulation oder nicht, willst du wirklich wissen, was passiert, wenn dieses Ding jemanden fängt?*

Sie gestikulierte mit ihrer freien Hand, und die rote Scheibe expandierte rasant, so daß die Wasseroberfläche auf sie einzustürzen schien. Einen Sekundenbruchteil später schwammen sie auf einem weiten, unruhigen See inmitten eines Chaos aus Dampf und rotem Regen. !Xabbu, der immer noch völlig in der Erfahrung gefangen war, strampelte und schlug mit den Armen um sich, um über Wasser zu bleiben, doch in dem Moment bestimmten nicht seine eigenen Bewegungen, sondern Renies Kontrolle seine Position. Ein großer glänzender Buckel stieß durch die Oberfläche und kam rasch auf sie zu. Renie drückte abermals !Xabbu Hand und beförderte sie umgehend an das zweihundert Meter entfernte Ufer des Sees.

Aber es gab kein Ufer. Das rot erleuchtete Wasser spritzte gegen schwarze Basaltwände und floß dann unter Zischen und Brodeln in großen Massen *nach oben* an die mit Stalaktiten gespickte Decke, von wo es in einem unaufhörlichen dampfenden Regen wieder hinuntertriefte. Geblendet hingen Renie und !Xabbu am Rand des Sees fest und knallten heftig gegen grausam gut simulierten Stein.

Der Buckel stob wieder auf und stieg diesmal weiter, bis der Kopf hoch über dem wogenden Dampf aufragte und sich auf der Suche nach seiner Beute langhalsig hierhin und dorthin streckte. Völlig entgeistert ließ sich Renie einen Moment lang vom Wasser hin und her werfen. Was sie für einen gigantischen Körper gehalten hatte, war nur der Hals des Dings.

Der Kopf kam näher und warf dabei das Wasser auf wie ein Schwimmbagger. *Der Leviathan,* dachte sie unwillkürlich. Sie erinnerte sich, wie ihre Mutter früher aus der Bibel vorgelesen hatte, und verspürte jäh eine abergläubische Furcht, gefolgt von einem hysterischen Heiterkeitsanfall bei dem Gedanken, daß ein simples VR-Entertainment sie derart verblüffen konnte. Das Lachen verging ihr, als !Xabbus Hände sich um ihre Schultern und ihren Hals klammerten. Ihr Freund hatte panische Angst.

»Es ist nicht wirklich!« schrie sie gegen das Brüllen des brodelnden Wassers und das Schnaufen des herannahenden Ungetüms an, aber der Buschmann war seinem Entsetzen ohnmächtig ausgeliefert und hörte sie nicht. Der ungeheure Rachen klappte haushoch auf und kam durch den prasselnden Regen angeschossen. Renie dachte daran, sich und !Xabbu aus dem ganzen Abenteuer auszustöpseln, aber bis jetzt hatten sie noch nichts in Erfahrung gebracht. So beängstigend die ganze Sache war, für Kids wie Stephen war sie eine Art Jahrmarktsvergnügen - was ihm zum Verhängnis geworden war, konnte nichts derart leicht Durchschaubares sein.

An den Wänden der großen Höhle stürzten überall Katarakte nach oben, aber an Dutzenden von Stellen brach dunkelrotes Licht durch die Wassermassen, als ob dahinter offene Räume wären. Renie entschied sich aufs Geratewohl für eine und beförderte sie just in dem Moment dorthin, als der Kopf des Ungetüms zustieß und an der Stelle, wo sie eben noch getrieben waren, ins Leere schnappte.

Während sie auf die leuchtende Stelle zusausten, sah Renie, daß die Höhlenwände mit menschlichen Gestalten bedeckt waren, die sich mit aufgerissenen Mündern langsam unter den tosenden Wassern wanden, als ob sie mit dem Stein verwachsen wären. Finger stießen durch die Katarakte und krallten nach ihr. Die zur Decke strebenden Wasser schäumten von den greifenden Händen und liefen aufwärts wie fließende Juwelenketten.

Renie und !Xabbu spritzten durch einen Vorhang aus Wasser und fielen kopfüber auf einen steinernen Fußweg. Das enttäuschte Brüllen des Leviathans erschütterte die Wände.

»Inferno«, sagte Renie. »Sie machen Spielchen, weiter nichts. Das hier soll die Hölle sein.«

!Xabbu zitterte immer noch - sie spürte, wie seine Schulter unter ihrer Hand bebte -, aber er hatte aufgehört, um sich schlagen. Das Gesicht seines Sims war außerstande, die inneren Vorgänge auszudrücken, die sie dahinter vermutete.

»Ich schäme mich«, sagte er schließlich. »Ich habe mich unmöglich benommen.«

»Quatsch.« Ihre Antwort kam bewußt rasch. »Es hat sogar mir Angst gemacht, und ich mache dieses Zeug beruflich.« Das stimmte zwar nicht ganz - ganz wenige der VR-Environments, in die sie sich begab, hatten Attraktionen von einer derartigen Qualität -, aber sie wollte nicht, daß den kleinen Mann der Mut verließ. »Komm mit auf das andere Band. *Diese Sache gibt dir eine gewisse Vorstellung davon, mit was für leistungsfähigen Programmen und Prozessoren hier gearbeitet wird, nicht wahr?«*

Aber !Xabbu war nicht so leicht zu beschwichtigen. *»Ich konnte nichts dagegen machen - deshalb schäme ich mich so. Ich wußte, daß es nicht wirklich war, Renie, so schnell vergesse ich deine Lektionen nicht. Aber als Kind erwischte mich einmal ein Krokodil, und ein anderes erwischte meinen Cousin. Ich riß mich los, weil es einen schwachen Biß hatte - die Narben am Oberarm und an der Schulter habe ich immer noch -, aber mein Cousin hatte weniger Glück. Als das Krokodil einige Tage später aufgespürt und getötet wurde, fanden wir ihn im Bauch, halb zersetzt und weiß wie Milch.«*

Renie schauderte. *»Mach dir keine Vorwürfe. Herrje, ich wollte, das hättest du mir erzählt, bevor ich dich in das Becken jagte. In der Beziehung kann die VR tatsächlich Schaden anrichten, und das streitet auch niemand ab, dort nämlich, wo sie an Phobien oder Kindheitsängste rührt. Aber weil sie eine kontrollierte Umwelt darstellt, wird sie auch dazu benutzt, diese Ängste zu heilen.«*

»Ich fühle mich nicht geheilt«, sagte !Xabbu kläglich.

»*Nein, das wundert mich nicht.*« Sie preßte seinen Arm abermals, dann stand sie auf. Ihr taten die Muskeln weh - allein von der Anspannung, vermutete sie. Und von den Knüffen, die !Xabbu ihr unabsichtlich versetzt hatte. »Komm jetzt. Wir haben schon eine gute Stunde unserer Zeit verpulvert und noch kaum was gesehen.«

»Wo sind wir?« Auch er streckte sich und stand auf, doch ein plötzlicher Gedanke ließ ihn erstarren. »Müssen wir denselben Weg nehmen, wenn wir wieder hinaus wollen?«

Renie lachte. »Ganz sicher nicht. Wenn wir wollen, können wir uns jederzeit ausschalten. Wir müssen nur den Befehl *Ende* geben, erinnerst du dich?«

»Jetzt ja.«

Der Gang sollte offenbar das Motiv des brodelnden Sees fortführen. Die Wände waren aus dem gleichen schwarzen Eruptivgestein, rauh anzufassen und trostlos anzuschauen. Ein ortloses rotes Licht überflutete alles.

»Wir können ziellos herumirren«, bemerkte sie, »oder wir können es ein wenig methodischer angehen.« Sie hielt einen Augenblick inne, aber sah nichts, was sich anbot. »*Optionen*«, sagte sie laut und deutlich. Ein Gespinst aus brennenden Zeilen erschien auf der Wand neben ihnen. Sie studierte die Vorschläge, von denen viele recht unerfreulich klangen, und entschied sich dann für den neutralsten. »*Treppe.*«

Der Gang flackerte und fiel dann vor ihnen ab wie Wasser, das in ein Abflußrohr stürzt. Sie standen auf einem Absatz in der Mitte einer breiten, geschwungenen Treppe, die über und unter ihnen weiterging, jede Stufe eine wuchtige Platte aus glänzendem schwarzen Stein. Einen Augenblick lang waren sie allein; dann flirrte die Luft, und sie waren von blassen Gestalten umringt.

»Bei meinen Ahnen ...«, hauchte !Xabbu.

Hunderte von gespenstischen Erscheinungen bevölkerten die Treppe. Manche stapften müde dahin, viele davon unter schweren Säcken oder anderen Lasten, andere, unkörperlichere schwebten in Fetzen über die Stufen wie Nebelschleier. Renie sah ein buntes Gemisch alter Trachten aus vielen Kulturen und hörte ein babylonisches Geflüster in den verschiedensten Zungen, als ob diese Schatten einen Querschnitt durch die gesamte Menschheitsgeschichte darstellen sollten. Mit einer Geste stellte sie den Ton in ihren Kopfhörern lauter, aber verstehen konnte sie trotzdem keinen.

»Noch mehr verlorene Seelen«, sagte sie. »Ich frage mich, ob jemand uns eine Botschaft zukommen lassen will. ›Die ihr hier eingeht, laßt die Hoffnung fahren‹, oder etwas in der Art.«

!Xabbu fühlte sich sichtlich unwohl, als eine schöne Asiatin an ihm vorbeischwebte, die ihren weinenden Kopf behutsam zwischen den Stummeln ihrer Handgelenke hielt. »Was sollen wir jetzt tun?« fragte er.

»Runtergehen.« Das erschien ihr offensichtlich. »Man muß erst runter, bevor man wieder rauskommt - so laufen diese Sachen immer.«

»Aha.« !Xabbu drehte sich zu ihr um, das simulierte Gesicht zu einem plötzlichen Lächeln verzogen. »Eine solche Weisheit erwirbt man sich nicht so leicht, Renie. Ich bin beeindruckt.«

Sie blickte ihn verständnislos an. Sie hatte die endlosen Verliesspiele gemeint, die sie als Netgirl gespielt hatte, aber sie war sich nicht ganz sicher, was *er* meinte. »Dann komm.«

Sie war zunächst im Zweifel, ob nicht Widerstände auftreten oder wenigstens irgendwelche Szenarien ablaufen würden, aber harmlos wie gurrende Tauben strömten die Geister der Treppe nur zu beiden Seiten an ihnen vorbei. Einer, ein knorriger alter Mann, der nur einen Lendenschurz anhatte, stand wie angewurzelt mitten auf der Treppe und schüttelte sich still vor Lachen oder vor Weinen. Renie wollte um ihn herumgehen, aber durch sein jähes Zucken stieß er gegen ihren Ellbogen. Auf der Stelle löste er sich in dünne Wölkchen auf, aber bildete sich weiter oben auf der Treppe neu, immer noch gekrümmt, immer noch bebend.

Sie gingen fast eine halbe Stunde, begleitet nur von Simulationen ruheloser Toter. Die Treppe schien endlos zu sein, und Renie überlegte sich gerade, ob sie durch eine der Türen treten sollten, die von jedem Absatz abgingen, als sie eine Stimme durch das unglückliche Gemurmel der Phantome schneiden hörte.

»... wie eine Hündin. Hechelnd, knurrend, Schaum auf den Lippen - ihr werdet sehen!«

Der Bemerkung folgte ein mehrstimmiges rohes Gelächter.

Renie und !Xabbu kamen um eine Biegung. Auf dem Treppenabsatz vor ihnen standen vier Männer, die alle recht real wirkten, zumindest im Vergleich zu den wesenlosen Gestalten um sie herum. Drei davon waren dunkelhäutige, dunkelhaarige Halbgötter, hochgewachsen und geradezu unglaublich gutaussehend. Der vierte war nicht ganz so groß, aber monströs beleibt, ganz als ob jemand ein Nilpferd in einen weißen

Anzug gesteckt und ihm einen runden, kahlen menschlichen Schädel aufgesetzt hätte.

Obwohl er mit dem Rücken zu ihnen stand und ihr Näherkommen geräuschlos vonstatten ging, drehte sich der dicke Mann sofort zu Renie und !Xabbu um. Renie empfand die flinke Inspektion durch seine kleinen hellen Augen fast körperlich, als würde er sie ein paarmal prüfend mit dem Finger pieken. »Oh, hallo! Amüsiert ihr euch gut, meine Herren?« Seine Stimme war ein geniales Stück Arbeit, tiefe, butterweiche Töne wie eine Viola da gamba.

»Ja, danke der Nachfrage.« Unsicher ließ sie eine Hand auf !Xabbus Schulter ruhen.

»Ist das euer erster Besuch im weltberühmten Mister J's?« fragte der Dicke. »Doch, doch, ich bin sicher, daß es so ist - kein Grund, sich zu schämen. Ihr müßt euch uns anschließen, denn ich kenne diesen wunderlichen und wunderbaren Ort wie meine Westentasche. Ich heiße Strimbello.« Ein kleiner Ruck seines stumpfen Kinns in Richtung Brustbein deutete eine Verbeugung an, bei der seine übrigen Kinne vor- und wieder zurücktraten wie Kiemen.

»Sehr angenehm«, sagte Renie. »Ich heiße Otepi, und das ist mein Kollege Herr Wonde.«

»Ihr seid aus Afrika? Großartig, großartig.« Strimbello strahlte, als wäre Afrika ein schlauer Trick, den sie und !Xabbu gerade vollführt hatten. »Meine anderen Freunde - so viele neue Freunde an einem Tag! - kommen vom indischen Subkontinent. Aus Madras, um genau zu sein. Darf ich euch die Brüder Pavamana vorstellen?«

Seine drei Begleiter nickten kaum merklich. Sie waren praktisch Tripelgänger, oder zumindest waren ihre Sims so gut wie identisch. Ihre stattlichen VR-Körper mußten viel Geld gekostet haben. Überkompensation, entschied Renie - im RL waren die Brüder Pavamana wahrscheinlich pockennarbig und hühnerbrüstig. »Sehr angenehm«, sagte sie. !Xabbu bildete ihr Echo.

»Ich war gerade im Begriff, diese werten Herren mit einigen der *spezielleren* Attraktionen des Infernos bekannt zu machen.« Strimbello dämpfte seine Stimme und zwinkerte; er hatte mehr als nur ein bißchen von einem Kundenfänger an sich. »Möchtet ihr nicht mitkommen?«

Renie fiel plötzlich ein, daß Stephen einen dicken Mann erwähnt hatte. Ihr Herz schlug schneller. Konnte es so rasch gehen, so einfach?

Aber die Gelegenheit, die sich bot, bedeutete auch Gefahr. »Das ist sehr freundlich von dir.«

Sie und !Xabbu wechselten einen Blick, als sie sich der Gruppe an die Fersen hefteten. Renie legte einen Finger auf die Lippen, um ihm einzuschärfen, ja nichts zu sagen, auch nicht auf dem Privatband. Wenn dieser Mann zum inneren Kreis von Mister J's gehörte, dann wäre es mehr als leichtsinnig, seine Fähigkeiten zu unterschätzen.

Während sie die große Treppe hinunterschwebten – von Parvenügewohnheiten wie Zufußgehen schien Strimbello nichts zu halten –, erbaute sie der dicke Mann mit Geschichten über die diversen Gespenster beziehungsweise die Leute, die jetzt hier als Gespenster erschienen. Eines davon, ein fränkischer Kreuzritter, war in einer so köstlich hintertriebenen Art zum Hahnrei gemacht worden, daß sogar Renie und !Xabbu lachen mußten. Ohne den Ton zu ändern, beschrieb Strimbello dann, was danach geschehen war, und deutete auf die zwei arm- und beinlosen Gestalten, die mehrere Schritte hinter dem gepanzerten Phantom über die Stufen wurmten. Renie wurde schlecht.

Der dicke Mann hob seine breiten Arme hoch, die Handflächen nach oben gerichtet. Die ganze Gesellschaft schwenkte unversehens von der Treppe ab und um eine andere Biegung in der Höhlenwand, hinter der ein abrupter Abfall kam. Sie hingen über einer großen Leere, einem kilometertiefen Schacht. Die Treppe kreiselte davon und verschwand in dem trüben roten Licht weit unter ihnen.

»Zu langsam«, sagte Strimbello. »Und es gibt viel, so viel, was ihr noch sehen müßt.« Er machte wieder eine Handbewegung, und sie fielen. Renie spürte, wie ihr Magen alarmierend absackte – die Visualisierung war gut, aber doch gewiß nicht *so* gut? Aufgehängt in ihrem Gurtzeug, wo sie alles über die Sinnesapparaturen ihres ziemlich primitiven Sims erlebte, hätte sie diesen raschen Absturz eigentlich nicht derart ... körperlich empfinden dürfen.

Neben ihr hatte !Xabbu die Arme ausgebreitet, wie um den Fall zu verlangsamen. Er wirkte leicht nervös, aber seine entschlossene Kinnhaltung beruhigte Renie. Der kleine Mann hielt sich wacker.

»Wir werden selbstverständlich sicher landen.« Strimbellos runder Kopf schien beinahe wie eine Signallampe zu blinken, während die dunklen und hellen Etagen im Wechsel vorbeizuckten. »Ich hoffe, du findest mich nicht überheblich, Herr ... Otepi. Vielleicht sind dir solche virtuellen Erfahrungen schon geläufig.«

»Solche nicht«, entgegnete Renie wahrheitsgemäß.

Das Fallen hörte auf, aber sie hingen immer noch über einem abgrundtiefen Schacht in der Luft. Auf eine gebieterische Geste von Strimbello hin glitten sie seitwärts durchs Nichts und landeten auf einer der Etagen, die um die Grube herumliefen wie Theatergalerien. Die Brüder Pavamana grinsten und deuteten auf die Passanten. Ihre Münder bewegten sich lautlos, da sie sich auf ihrem Privatband unterhielten.

Überall auf dem gebogenen Wandelgang standen Türen offen, aus denen Lärm und Farben und der Klang vieler Stimmen und vieler Sprachen, Lachen, Kreischen und unverständliches rhythmisches Singen drangen. Sims ganz verschiedener Art - hauptsächlich männliche, mußte Renie feststellen, die wenigen weiblichen Gestalten gehörten vermutlich zum Unterhaltungsprogramm - gingen durch die Türen ein und aus und bewegten sich die Gänge hinunter, die von dem Schacht in der Mitte ausstrahlten. Manche waren so aufwendig bekörpert wie die Brüder Pavamana, aber viele besaßen nur die allerelementarsten Formen: klein, grau und beinahe gesichtslos wuselten sie zwischen ihren strahlenden Brüdern einher wie die bejammernswerten Verdammten.

Strimbello faßte Renie plötzlich am Arm. Seine mächtige Pranke übte einen derartigen Druck auf ihre Taktoren aus, daß sie sich vor Schmerz wand. »Kommt, kommt«, sagte er, »es wird Zeit, daß ihr etwas von dem zu sehen bekommt, weswegen ihr eigentlich hier seid. Vielleicht das Gelbe Zimmer?«

»O ja«, sagte einer der Pavamanas. Die anderen beiden nickten aufgeregt. »Darüber haben wir sehr viel gehört.«

»Es ist zu Recht berühmt«, sagte der Dicke. Er wandte sich Renie und !Xabbu mit einer Miene zu, die sein Simgesicht als Inbild der Verschmitztheit erscheinen ließ. »Und über die Kosten braucht ihr euch keine Gedanken zu machen, meine neuen Freunde. Ich bin hier gut bekannt und habe reichlich Kredit. Ja? Kommt ihr mit?«

Renie zögerte, dann nickte sie.

»So sei es.« Strimbello winkte, und der Wandelgang schien sich um sie herum zu schließen. Unmittelbar darauf befanden sie sich in einem langen, niedrigen Raum, der in verschiedenen unangenehmen ockerund anilingelben Tönen erleuchtet war. Hämmernde Musik dröhnte Renie in den Ohren, ein monoton bummerndes Schlagzeug. Der dicke Mann hielt ihren Arm immer noch fest gepackt, so daß sie Mühe hatte, sich nach !Xabbu umzuschauen. Ihr Freund stand hinter den Pavamanas und blickte sich in dem dichtgedrängten Raum um.

Genauso buntgemischt wie auf dem Wandelgang saßen teure und billige Sims um die Tische des Gelben Zimmers herum, johlten ausgelassen zur Bühne hin, die ein Ende des Raumes einnahm, und trommelten mit den Fäusten, bis die virtuellen Gläser herunterfielen und am Boden zerschellten. Das gallige Licht verlieh ihren Gesichtern ein fiebriges Aussehen. Eine Frau - oder was wie eine Frau aussah, erinnerte sich Renie - vollführte auf der Bühne einen ruckartigen Striptease im hektischen Takt der Musik. Renie wollte schon erleichtert aufatmen, daß hier etwas derart Altmodisches in seiner ganzen harmlosen Unflätigkeit geboten wurde, als sie erkannte, daß es keine Kleidungsstücke waren, aus denen sich die Frau pellte, sondern Haut. Ein Ballettröckchen aus durchscheinendem, papierdünnem, rotfleckigem Fleisch baumelte ihr bereits von den Hüften. Am schlimmsten war der Ausdruck jämmerlicher Schicksalsergebenheit auf dem schlaffen Gesicht der Frau - nein, des Sims, erinnerte sich Renie abermals.

Sie konnte nicht mehr hinschauen und sah sich wieder nach !Xabbu um. Sie erspähte seinen Scheitel hinter den Pavamanas, die hin und her wippten und sich gegenseitig knufften wie drei Slapstickkomödianten. Sie riskierte noch einen raschen Blick auf die Bühne, aber die sich windende Aktrice entblößte gerade die ersten zuckenden Muskelstränge über ihrem Bauch, so daß Renie ihre Aufmerksamkeit lieber der Menge zuwandte. Aber das änderte wenig an ihrer zunehmenden Beklemmung: Die Simuloidengesichter der Zuschauer bestanden nur aus großen seelenlosen Augen und weit aufgerissenen Mündern. Dies war in der Tat das Inferno.

Eine Bewegung am Rand ihres Gesichtsfeldes lenkte sie ab. Sie dachte, Strimbello habe sie beobachtet, aber als sie sich ihm zuwandte, schien er von der Vorführung gefesselt zu sein; sein Kopf nickte wie in zufriedenem Besitzerstolz, und die Winkel seines breiten, breiten Mundes deuteten ein starres Lächeln an. Hatte er irgendeinen Verdacht, daß sie und !Xabbu nicht das waren, was sie vorgaben? Wo sollte der herkommen? Sie hatten nichts Ungewöhnliches getan, und sie hatte sich mit ihren Tarnidentitäten große Mühe gegeben. Aber was er auch von ihnen halten mochte, in seiner Nähe war ihr furchtbar unbehaglich zumute. Wer oder was hinter diesen kleinen, harten Augen lebte, wäre jedenfalls ein sehr gefährlicher Feind.

Die hämmernde Musik erstarb. Als Renie sich wieder der Bühne zudrehte, verkündete ein Tusch den Abgang der Stripperin. Ein paar vereinzelte Klatscher begleiteten sie, als sie von der Bühne humpelte und dabei eine Schleppe aus zerfetztem, glänzendem Fleisch hinter sich herzog. Mit einem tiefen Brummton kündigte die Kapelle die nächste Nummer an.

Strimbello beugte seinen großen Kopf zu ihr hinüber. »Verstehst du Französisch, Herr Otepi? Hmmm? Was jetzt kommt, würde man als ›La Specialité de la Maison‹ bezeichnen - *die* Attraktion des Gelben Zimmers schlechthin.« Er legte abermals seine schwere Hand um ihren Arm und rüttelte sie leicht. »Du *bist* doch volljährig, oder?« Ein plötzliches Lachen entblößte breite, flache Zähne. »Aber natürlich bist du das! Nur ein kleiner Scherz von mir!«

Renie suchte !Xabbu, etwas dringender diesmal - sie mußten diesem Mann möglichst bald entkommen -, aber ihr Freund war hinter den drei Pavamanas verborgen, die sich einträchtig vorgebeugt hatten, um die Bühne gut im Blick zu haben, gespannte Erwartung auf ihren falschen Gesichtern.

Das tiefe Grollen der Musik ging in etwas Marschartiges über, und hereinspaziert kam eine Gruppe von Leuten, die mit einer Ausnahme alle dunkle Kutten mit übergezogenen Kapuzen anhatten. Die eine Person ohne Kapuze war zu Renies Überraschung die blasse Sängerin aus dem großen Saal. War sie es wirklich? Das Gesicht sah genauso aus, vor allem die großen, gehetzten Augen, aber die Haare dieser Frau waren eine üppige rostrote Lockenpracht, und sie wirkte auch größer und langgliedriger.

Bevor Renie zu einem Urteil kommen konnte, traten mehrere der vermummten Gestalten vor und packten die blasse Frau, die keinen Widerstand leistete. Eine Art Beben lief durch die Musik, und unter den brummenden Akkorden war auf einmal ein schneller werdender Rhythmus durchzuhören. Die Bühne zog sich in die Länge wie eine herausgestreckte Zunge. Die Wände und Tische und sogar die Gäste formierten sich ebenfalls neu und umflossen die Frau und ihre Begleiter, bis der Raum das merkwürdige Tableau umgab wie ein Krankenhaus-OP. Das anilingelbe Leuchten verglomm, bis alles im Schatten lag und das knochenweiße Gesicht der Frau die einzige Lichtquelle zu sein schien. Dann wurde ihr die Kutte heruntergerissen, und ihr bleicher Körper leuchtete auf wie eine jäh entzündete Flamme.

Renie holte scharf Luft. Rings umher hörte sie andere lauter und heftiger einatmen. Die junge Frau hatte nicht die Traumfigur männlicher Phantasien, die sie an einem solchen Ort erwartet hätte; ihre langen, schlanken Beine, ihr zarter Brustkorb und ihre kleinen Brüste mit den malvenfarbenen Spitzen ließen sie wenig älter als ein postpubertäres Mädchen erscheinen.

Schließlich hob das Mädchen die dunklen Augen und blickte ins Publikum. Ihr Ausdruck war eine Mischung aus Anklage und Angst, aber darunter saß noch etwas anderes, etwas wie Abscheu, fast eine Herausforderung. Jemand schrie ihr etwas in einer Sprache zu, die Renie nicht verstand. Dicht dahinter lachte ein anderer Kunde schallend. Ohne Anzeichen körperlicher Anstrengung packten die vermummten Gestalten die vier Extremitäten des Mädchens und hoben sie hoch. Langgestreckt und blaß schimmernd schwebte sie zwischen ihnen, ein Stück Reinheit, das befleckt oder verformt werden mußte. Die Musik sank zu einem leisen, gespannten Summen ab.

Eine der dunklen Gestalten verdrehte dem Mädchen den Arm. Sie krümmte sich, so daß unter der durchscheinenden Haut plötzlich matte dunkle Adern und straff gezogene Sehnen hervortraten, aber gab keinen Laut von sich. Der Arm wurde weiter verdreht und gezerrt. Etwas riß mit einem gräßlichen Geräusch, und das Mädchen schrie schließlich doch, ein ersticktes, langgezogenes Schluchzen. Renie krampfte sich der Magen zusammen, und sie wandte sich ab.

Es ist alles künstlich, sagte sie sich. *Nicht wirklich. Nicht wirklich.*

Gestalten drängelten sich auf beiden Seiten nach vorn und reckten die Hälse, um besser sehen zu können. Die schreienden Stimmen waren bereits heiser. Renie spürte geradezu so etwas wie eine kollektive Finsternis von den Zuschauern ausgehen, als ob sich der Raum mit giftigem Rauch füllte. Noch mehr Dinge ereigneten sich auf der Bühne, mehr Bewegungen, mehr keuchende Schreie. Sie mochte nicht hinschauen. Die Brüder aus Madras rieben sich ihre imposant bemuskelten Schenkel. Der neben Renie sitzende Strimbello beobachtete das Geschehen mit seinem kleinen erfrorenen Lächeln.

Lange Minuten ging das so. Renie starrte auf den Boden und kämpfte gegen den Drang an, zu schreien und wegzulaufen. Diese Leute waren Tiere - nein, schlimmer als Tiere, denn welches wilde Geschöpf hätte sich etwas derart Scheußliches ausdenken können? Höchste Zeit, sich !Xabbu zu schnappen und zu verschwinden. Damit mußte ihr Täuschungsmanöver noch nicht unbedingt auffliegen - selbst an einem derart widerlichen Ort konnten doch nicht alle Besucher solche Sachen sehen wollen. Sie machte Anstalten aufzustehen, aber Strimbellos breite Hand legte sich schwer auf ihr Bein und hielt sie fest.

»Du solltest nicht gehen.« Sein Knurren schien sich tief in ihre Gehörgänge zu bohren. »Schau hin, dann wirst du zuhause viel zu erzählen haben.« Er faßte ihr mit der anderen Hand unters Kinn und drehte es zur Bühne hin.

Die weißen Gliedmaßen des Mädchens waren in mehrere unmögliche Winkel verdreht worden. Ein Bein war ekelerregend lang gezogen worden, wie ein Stück Toffee. Die Menge raste jetzt, so daß die Schreie des Mädchens nicht mehr zu hören waren, aber ihr Kopf flog spastisch hin und her, und ihr Mund war weit aufgerissen.

Eine der vermummten Gestalten zog etwas Langes, Scharfes und Funkelndes hervor. Das Lärmen der Zuschauer änderte den Ton. Es klang jetzt nach einer Hundemeute, die ein erschöpftes Wild in die Enge getrieben hatte und mordlustig kläffte.

Renie versuchte, sich von Strimbellos eisernem Griff loszumachen. Etwas Feuchtes und Glänzendes flog in hohem Bogen über sie hinweg. Jemand hinter ihr fing es auf und hielt es an sein ausdrucksloses Simgesicht. Er schmierte es sich über die Wangen wie zur rituellen Bemalung und stopfte es sich dann in seinen Idiotenmund. Renie kam erneut der Magen hoch, und sie stieß sauer auf. Sie versuchte wegzuschauen, aber rundherum warfen die Gäste die Hände in die Luft und grapschten nach weiteren Stücken, die von der Bühne geflogen kamen. Zu ihrem Entsetzen hörte sie das Kreischen des Mädchens noch über die bellende Menge hinweg.

Sie hielt das nicht länger aus - sie würde durchdrehen, wenn sie hierbliebe. Wenn ein virtuelles Objekt brennen könnte, dann gehörte dieser Club niedergebrannt bis auf sein finsteres Fundament. Sie machte hektische Handbewegungen in !Xabbus Richtung, um seine Aufmerksamkeit auf sich zu lenken.

Der kleine Mann war fort. Der Platz hinter den Pavamanas, wo er gesessen hatte, war leer.

»Mein Freund!« Sie versuchte, sich von Strimbello loszureißen, der gleichmütig die Bühne betrachtete. »Mein Freund ist fort!«

»Macht nichts«, sagte Strimbello. »Er wird etwas finden, was ihm besser gefällt.«

»Dann ist er dumm«, sagte einer der Pavamanas glucksend und grinste wie ein Verrückter. Simuliertes Blut glänzte auf seinen Wangen wie das Rouge einer alten Kurtisane. »Sowas wie das Gelbe Zimmer gibt es nicht noch einmal.«

»Laß mich los! Ich muß ihn finden!«

Der dicke Mann wandte sich ihr mit einem breiten Grinsen zu. »Du wirst nirgendwo hingehen, mein Freund. Ich weiß *genau*, wer du bist. Du wirst nirgendwo hingehen.«

Der Raum schien sich zu krümmen. Seine dunklen Augen hielten sie fest, kleine Löcher, die einen Durchblick auf etwas Grauenhaftes gewährten. Ihr Herz hämmerte noch wilder als vorher im See des Leviathans. Sie wäre beinahe offline gegangen, als !Xabbu ihr wieder einfiel. Vielleicht saß er in einer ähnlichen Klemme wie vor einiger Zeit Stephen. Wenn sie aus dem System ausstieg, konnte es passieren, daß sie ihn in dem gleichen todesähnlichen Trancezustand vorfand, der sich ihres Bruders bemächtigt hatte. Er war ahnungslos, genauso ahnungslos wie Stephen. Sie konnte ihn nicht im Stich lassen.

»Laß mich los, du Schwein!« schrie sie. Strimbellos Griff gab nicht nach. Statt dessen zog er sie zu sich heran auf seinen breiten Schoß.

»Genieße die Vorführung, werter Herr«, sagte er. »Und dann wirst du noch mehr zu sehen bekommen - noch viel mehr.«

Die Menge brüllte so laut, daß der Lärmpegel ihr fast das Trommelfell sprengte, aber der Befehl zum Leiserstellen wollte Renie nicht einfallen. Irgendwie schaffte es der dicke Mann, ihre ganze nüchterne Urteilskraft in einer Flut blinder Panik untergehen zu lassen. Sie machte eine Reihe von Gesten, die nichts bewirkten, bis sie schließlich auf einen Befehl verfiel, den sie seit ihren Häckertagen nicht mehr gebraucht hatte. Sie spreizte die Finger so weit, daß es fast weh tat, und beugte den Kopf.

Einen Augenblick lang schienen um sie herum sämtliche Vorgänge im Gelben Zimmer anzuhalten, und als sie kurz darauf wieder ansprangen, stand Renie mehrere Schritte von Strimbello entfernt allein auf der Fläche vor der Bühne. Mit einem Ausdruck leichter Überraschung auf seinem breiten Gesicht stand er auf und langte nach ihr. Renie versetzte sich unverzüglich aus dem Gelben Zimmer hinaus auf den Wandelgang.

Selbst der bodenlose Schacht sah normal aus im Vergleich dazu, was sie hinter sich gelassen hatte, aber der kleine Sim des Buschmanns war nirgends zu sehen. Strimbello mußte jeden Moment bei ihr sein.

»!Xabbu!« Sie rief seinen Namen auf dem Privatkanal, stellte ihn ganz laut und rief wieder. »!Xabbu! Wo bist du?«
Sie erhielt keine Antwort. Der kleine Mann war weg.

Zwei

Der Traum des roten Königs

... Sonne ist verblaßt schon lang,
Stumm bald der Erinnrung Klang.
Herbst ist Sommers Untergang.

Doch ihr Geist ist mir noch nah
Unter Himmeln wunderbar,
Die kein waches Aug je sah ...

... Träumend liegen miteinand'
Sie in einem Wunderland -
Sommer rinnen hin wie Sand -

Träumend treiben sie dahin
Unterm goldnen Baldachin -
Ist ein Traum des Lebens Sinn?

Lewis Carroll

Kapitel

Dornen

NETFEED/NACHRICHTEN:
Abkommen unterzeichnet, aber in Utah schwelt das
Mißtrauen
(Bild: Händedruck vor dem Regierungsgebäude in Salt
Lake City)
Off-Stimme: Ein labiler trilateraler Friede
herrscht gegenwärtig zwischen der Regierung des
Bundesstaates Utah, der Mormonenkirche und den
unter dem Namen "Deseret Covenant" auftretenden
militanten mormonischen Separatisten, aber einige
Beobachter bezweifeln, daß er ohne ein Eingreifen
der Bundesregierung Bestand haben kann.
(Bild: Präsident Anford in Rose Garden)
Unter Berufung auf das Selbstbestimmungsrecht von
Einzelstaaten und Städten hat die US-Regierung es
bisher abgelehnt, sich einzumischen, weshalb von
seiten einiger Bürger Utahs Klagen laut wurden, die
Regierung Anford mache sich des "Verfassungsbruchs"
schuldig. Andere dagegen begrüßen die Neutralitäts-
politik der Regierung.
(Bild: Deseret-Sprecher Edgar Riley bei einer Pressekonferenz)
Riley: "Keine Regierung hat das Recht, uns vorzu-
schreiben, was wir in Gottes Land zu tun und zu
lassen haben. Hier draußen stehen Krieger, harte
Männer. Wenn der Staat Utah einen Rückzieher macht,
werden wir einfach das ganze öffentliche Leben hier
lahmlegen."

> Im Morgengrauen kommen sie dich holen. Es sind Jankel, der Nette, und ein anderer, der Simmons heißt oder so ähnlich - du hast ihn nicht viel zu Gesicht bekommen. Früher sind immer mehr als zwei gekommen, aber die Zeiten ändern sich. Du hast natürlich kein Auge zugemacht, aber sie kommen trotzdem leise herein, als wollten sie dich nicht abrupt aufwecken.

Es ist soweit, sagt Jankel zu dir. Er hat einen sich entschuldigenden Blick. Du ignorierst seine ausgestreckte Hand und stehst auf - du hast nicht vor, dir von irgendwem helfen zu lassen. Du wirst auf deinen eigenen zwei Beinen gehen, wenn du kannst, aber deine Knie sind ziemlich schwach. So viele Male hast du im Laufe der langen Nacht ihre Schritte im Flur gehört, gespenstische Vorboten. Jetzt fühlst du dich grau und verwackelt wie ein schlecht entwickeltes Foto. Du bist müde.

Aber der Schlaf wartet schon. Bald wirst du schlafen.

Ein Priester oder Pastor ist nicht da - du hast ihnen erklärt, du wolltest keinen. Welchen Trost sollte es dir geben, wenn dir ein Fremder von etwas vorbrabbelt, woran du nicht glaubst? Nur Jankel als Begleitung, und Simmons, oder wie er heißt, hält die Tür. Nur zwei unterbezahlte Kerkermeister, die die Überstunden am Sonntagmorgen brauchen. Natürlich kriegen sie dafür auch noch eine kleine Sonderzulage, denn der Job ist wirklich einer von der unangenehmen Sorte - und im privatisierten Strafvollzug kann niemand gezwungen werden, nur Häftlinge. Jankel mit seinen vielen Steuern fressenden Kindern muß das Geld nötig haben. Ansonsten würde sich höchstens ein Psychopath für diese Aufgabe melden.

Der letzte Gang. Eher ein Schlurfen mit diesen dicken Nylonfesseln an den Füßen. Nichts, was du aus Filmen kennst, passiert. Die andern Häftlinge kommen nicht an ihre Gitter, um dir einen markigen Abschiedsgruß zuzurufen; die meisten schlafen, oder sie tun wenigstens so. Du hast das genauso gemacht, als Garza geholt wurde. Was hättest du sagen sollen? Und Jankel schreit nicht: Toter kommt! oder die üblichen andern Sachen - hat er nie. Das Äußerste in der Beziehung war ein ruhiges Gespräch, als du eingeliefert wurdest, in dem er dir knastfilmreif erklärte: Wenn du spurst, läuft alles glatt - wenn nicht, wird's dir hier echt dreckig gehen. Jetzt sieht er still und betreten aus, als ob er einen fremden Hund, den er überfahren hat, zum Tierarzt tragen würde.

Der Raum, in den sie dich bringen, ist eigentlich nicht für ärztliche Behandlungen gedacht - immerhin ist es der Hinrichtungsraum -, aber er sieht aus und riecht wie ein typisches Anstaltssprechzimmer. Der Arzt ist ein kleiner Mann - wenn er überhaupt ein Arzt ist: Man muß nur MTA sein, um eine Hinrichtung durchführen zu dürfen. Er hat offensichtlich ungefähr eine Viertelstunde länger gewartet, als er vorhatte, so daß sich der Frühstückskaffee in seinem Magen schon in Säure verwandelt hat. Er nickt, als alle hereinkommen, und ein ungutes Lächeln, wahrscheinlich nur Verdauungsbeschwerden und blanke Nerven, spielt auf seinen Lippen. Er nickt noch einmal und deutet dann ein wenig scheu auf einen Stahltisch, einen ganz normalen Untersuchungstisch, mit einem kleinen Achselzucken, als wollte er sagen: Wir wünschten, es ließe sich netter machen, aber du weißt ja, wie die Zeiten sind ...

Die beiden Wärter nehmen jeder einen Arm, während du deinen Hintern auf die Papierabdeckung schiebst - sie helfen dir im Grunde, sorgen dafür, daß deine zitternden Beine keinen peinlichen Zusammenbruch verursachen. Sie helfen dir, aber ihr Griff ist sehr, sehr fest.

Du legst deine Beine auf den Tisch und läßt zu, daß sie dich sanft in die Rückenlage drücken. Sie fangen an, dich festzuschnallen.

Bis zu dem Punkt hätte es irgendein Besuch beim Gefängnisarzt sein können, abgesehen davon, daß niemand ein Wort sagt. Eigentlich nicht verwunderlich - es gibt nicht viel zu sagen. Dein Leiden ist bereits diagnostiziert, der tödliche Ausgang ist gewiß.

Gefährlich. Nichtsnutzig. Macht Scherereien. Schlechte Selbstbeherrschung. Lästig unterzubringen und teuer zu verpflegen. So kam ein Symptom zum andern. Die Kur ist beschlossene Sache.

Es hat keinen Zweck, ihnen zu erzählen, daß du unschuldig bist. Das hast du jahrelang getan, in jeder erdenklichen Weise. Es hat nicht das geringste geändert. Die Gnadengesuche, die paar Zeitschriftenartikel - »Wir begraben unsere Fehler« lautete eine Überschrift, passend für Gefängnisse wie für Krankenhäuser - haben letztlich nichts geändert. Den kleinen Jungen in dir, den Teil, der geglaubt hatte, wenn du nur laut genug weintest, würde jemand kommen und alles in Ordnung bringen, gibt es heute nicht mehr, er wurde genauso gründlich und total ausradiert, wie der Rest von dir es auch bald sein wird.

Irgendeiner von der Strafvollzugsfirma steht in der Tür, ein haifischgrauer Schatten. Du schaust dich nach ihm um, aber Jankels Hüfte ist im Weg. Ein rascher Spritzer von etwas Kaltem in deiner Armbeuge, und du richtest deine Augen wieder auf das verkniffene Gesicht des Arztes. Alkohol? Wozu? Sie betupfen deinen Arm, damit du keine Infektion bekommst. Ein kleiner Gefängnisscherz vielleicht, subtiler, als du erwartet hättest. Du fühlst, wie sich etwas Spitzes durch die Haut bohrt und deine Ader sucht, aber irgend etwas geht schief. Der Arzt flucht still vor sich hin - nur eine Andeutung von Panik unter der Oberfläche - und zieht die Nadel wieder heraus, sticht abermals nach der Ader, noch einmal, zweimal, dreimal ohne Erfolg. Es tut weh, fühlt sich an, als ob dir jemand mit der Nähmaschine über den Arm fährt. Du spürst etwas in deiner Brust aufsteigen, das entweder ein Lachen oder ein langer, blubbernder Schrei sein könnte.

Du würgst es natürlich runter. Gott bewahre, daß du hier unangenehm auffällst. Sie wollen dich doch bloß töten.

Deine Haut ist ganz feucht geworden. Die Leuchtstoffröhren flimmern und schwimmen, als die Stahlspitze endlich ihr Ziel findet und der Arzt sie mit einem Pflaster festklebt. *Der andere Wärter, Simmons oder wie er heißt, beugt sich über dich und zieht den Gurt straff, damit du dir nicht die Nadel rausreißt. Sie fangen mit der nächsten Nadel an.*

Die ganze Szene hat etwas Verblüffendes. Es ist das Ende der Welt, aber die Leute um dich herum benehmen sich, als ob sie etwas ganz Alltägliches verrichteten. Nur die winzigen Schweißperlen auf der Oberlippe und der gerunzelten Stirn des Arztes deuten auf das Gegenteil hin.

Als sie dich glücklich angegurtet und gespickt haben, tritt der graue Anzugträger am Rand deines Gesichtsfeldes vor. Du hast sein Gesicht noch nie gesehen, und du fragst dich kurz, wo er wohl in der Firmenhierarchie rangiert – ist er ein Oberwärter oder ein Unterwärter? Dann wird dir klar, mit was für einem Blödsinn du deine letzten Augenblicke vergeudest, und ein jäher Ekel überkommt dich.

Der Mund über dem kantigen Kinn gibt ein paar gebührend beileidige Platitüden von sich, dann hebt dieser weiße Mann eine Aktenmappe hoch und liest dir die Nichthaftungsklausel der Strafvollzugsgesellschaft vor, anschließend ihre gesetzliche Befugnis, dich mit Natriumpentothal und daraufhin mit Kaliumchlorid vollzupumpen, bis dein Herz zu schlagen aufhört und deine Hirnkurve ein Strich ist. Früher wurde noch ein dritter tödlicher Stoff eingespritzt, aber die Buchhaltung meinte, das wäre des Guten zuviel.

Der Arzt hat die Kochsalzinfusion in Gang gesetzt, aber du spürst nichts in deinem Arm als die lästige Nadel und ein Stechen von den fehlgeschlagenen Versuchen.

Hast du das verstanden? fragt dich der weiße Mann mit dem kantigen Kinn. Na klar, möchtest du ihn anfauchen. Du verstehst das besser, als ihm klar ist. Du verstehst, daß sie schlicht und einfach den Abfall entsorgen und das Leergut recyceln. Als Nährlösung für Hydrokulturen nützt du der Gesellschaft weitaus mehr denn als hungriger Mund in einer teuren privatisierten Zelle.

Du möchtest ihn anfauchen, aber du läßt es. Denn ein Blick in die blaßblauen Augen dieses Mannes macht dir auf einmal klar, so klar, wie es dir bisher gar nicht war, daß du wirklich sterben wirst. Niemand wird hinter dem Sofa hervorspringen und dir sagen, es sei bloß ein Scherz gewesen. Und ein Netzfilm ist es auch nicht – keine Söldnertruppe wird die Gefängnistore aufsprengen und dich befreien. Gleich wird der Arzt auf den Knopf drücken, und die Flasche voll klarer Flüssigkeit – klar müssen sie auf jeden Fall sein, diese Flüssigkeiten, nicht wahr, farblos, genau wie dieser weiße Mann mit dem kantigen Kinn und den stumpfen Augen, der abgeor-

dert wurde, dir den Hinrichtungsbefehl vorzulesen -, diese Flasche wird anfangen, in die Hauptleitung zu fließen. Und dann wirst du sterben.

Du versuchst zu sprechen, doch es geht nicht. Du zitterst vor Kälte. Jankel zieht dir die dünne Klinikdecke bis an die Brust hoch, vorsichtig, um nicht an die durchsichtige Röhre zu kommen, die in deinem Arm steckt wie eine lange gläserne Schlange. Statt dessen nickst du. Herrje, du bist doch nicht blöde. Du verstehst die Gesetze, und wie sie angewandt werden. Wenn nicht der eine, dann wäre es der andere gewesen. Sie machen diese Gesetze, damit Leute wie du nicht an das rankommen, was Leute wie sie besitzen. Also nickst du, um so zu sagen, was deine trockene Zunge und dein zugeschnürter Hals nicht sagen können: Ich weiß, warum ihr mich tot haben wollt. Ich brauche keine weiteren Erklärungen.

Der Mann im grauen Anzug lächelt, ein harter, krummer Strich, als würde er den Blick in deinen Augen erkennen. Er nickt dem Arzt zu, einmal nur, dann klemmt er sich seine Aktenmappe unter den Arm und begibt sich zur Tür. Hinter der Wölbung von Jankels blauer Hose entschwindet er deinem Blick.

Du bist soeben dem Todesengel begegnet. Er war ein Fremder. Er ist immer ein Fremder.

Jankel drückt kurz deinen Arm, was sagen will, daß der Arzt den zweiten Schlauch aufgedreht hat, aber du blickst nicht auf, um dem Wärter ins Auge zu schauen. Du willst nicht, daß das letzte, was du auf Erden siehst, er ist. Er ist niemand - einfach ein Mann, der deinen Käfig bewacht hat. Vielleicht ein ganz anständiger Kerl für einen Wächter in einem Menschenzoo, aber mehr auch nicht.

Eine kurze Zeit vergeht, zähe, träge Zeit, die dennoch zu eilen scheint. Dein Blick wandert nach oben zu den Leuchtstoffröhren, und sie flimmern noch breiter als vorhin. An den Rändern gibt es kleine Farbbrechungen. Deine Augen, merkst du, füllen sich mit Tränen.

Gleichzeitig wird der Raum wärmer. Du fühlst, wie deine Haut sich entspannt, wie deine Muskeln sich entkrampfen. Das ist gar nicht so schlecht.

Aber du wirst nie mehr zurückkommen. Dein Herz rast. Sie stoßen dich in die Dunkelheit hinaus. Ein Passagier zuviel auf dem großen Schiff, und du hast den kurzen Strohhalm gezogen.

Eine animalische Panik durchfährt dich, und einen Moment lang bäumst du dich gegen deine Fesseln auf, oder versuchst es wenigstens, aber das Ganze ist schon zu weit fortgeschritten. Ein Muskel in deiner Brust zuckt, mehr nicht, eine langsame Kontraktion wie im Anfangsstadium der Wehen. Wie bei der Geburt.

Falsch, falsch, die falsche Richtung. Du kommst zum Ausgang, nicht zum Eingang ...

Die Schwärze packt dich gnadenlos, zieht dich hinab, zersetzt deinen Widerstand. Du hängst an den Fingernägeln über einem Ozean aus warmem Samt, und es wäre so leicht so leicht so leicht loszulassen ... aber unter dieser ganzen Weichheit lauert etwas anderes, etwas Hartes und Endgültiges und ach so schrecklich Einsames und Verlassenes.

Weg, beinahe weg das Licht, bloß noch ein rasch entschwindender Fleck. Weg das Licht, weg.

Ein lautloser Schrei, ein Funke, der noch ein letztes Mal zischt, bevor ihn die kalte Dunkelheit schluckt.

O Gott, ich will nicht

Eine halbe Stunde später zitterte er immer noch.

»Du bist sowas von scännig, Gardiner. Eine Todesspritze - lieber Himmel! Du bist der absolute Oberscänner!«

Orlando blickte auf, versuchte klar zu sehen. Der dunkle Saloon war voller Schatten und treibender Nebelschwaden, aber die breite Silhouette seines Freundes war ziemlich unverkennbar.

Fredericks ließ sich auf einen der schiefen Lehnstühle sinken und las das Angebot möglicher Erfahrungen durch, das über die schwarze Tischplatte flimmerte, ein ständig wechselndes abstraktes Spinnennetz aus frostweißen Buchstaben. Er setzte eine Miene übertriebenen Abscheus auf. Das abwehrende Anspannen der Schultern ließ seinen Sim noch muskelbepackter und breiter in der Brust erscheinen als sonst. »Was ist das mit dir und diesen Grenzerfahrungstrips, Gardiner?«

Orlando begriff nicht, was Fredericks an diesen Bodybuildersims fand. Vielleicht war er im RL ein schmächtiges Kerlchen. Das ließ sich nicht sagen, denn Orlando hatte seinen Freund noch nie leibhaftig gesehen, und inzwischen wäre es peinlich gewesen, auch nur danach zu fragen. Außerdem waren Imageretuschen auch Orlando nicht fremd: Der Sim, den er anhatte, war wie üblich ein hervorragend gearbeitetes Produkt, wenn auch nicht besonders gutaussehend oder körperlich imposant.

»Die Todestrips? Sie gefallen mir einfach.« Es fiel ihm einigermaßen schwer, seine Gedanken zu sammeln, eine Nachwirkung jenes letzten Versinkens im Nichts. »Sie ... interessieren mich.«

»Aha. Na, ich find sie megamorbid.« Eine Reihe winziger Skelette, allesamt im kompletten Carmen-Miranda-Fummel, tanzten vor Fredericks über den Tisch; sie kamen hüftenschwingend angewalzt und purzelten dann mit einem Plumps nach dem anderen über die Kante. Das

Lokal war voll von den Dingern - Miniaturskelette rutschten an Rührstäbchen hinunter wie an Kletterstangen und liefen auf den Eisschalen Schlittschuh, eine ganze Skelettarmee vollführte an dem großen Kronleuchter akrobatische Kunststücke. Einige mit winzigen Cowboyhüten und -hosen ritten sogar auf den Fledermäusen, die im Schatten unter der hohen Decke flatterten. Die Ausstattung des Last Chance Saloon verriet in vielem seine virtuelle Nähe zur Terminal Row, der Straße der Todgeweihten. Die meisten seiner Stammkunden zogen jedoch den ironischen Horrortouch des Clubs den unerquicklicheren und realistischeren Erfahrungen vor, die nebenan im Angebot waren.

»Du hast den Flugzeugabsturz mit mir mitgemacht«, gab Orlando zu bedenken.

Fredericks schnaubte. »O ja. Einmal. Aber du hast dir den schon so oft reingezogen, daß du wahrscheinlich eine Dauerreservierung auf deinen Sitz hast.« Sein breites Simgesicht wurde kurzzeitig ausdruckslos, als ob irgendwo der wirkliche Fredericks aus dem System ausgestiegen wäre, aber das lag nur daran, daß seine Software keinen Mißmut wiederzugeben vermochte - was bedauerlich war, da Fredericks sehr dazu neigte. »Das war das Hinterletzte. Ich dachte, ich würde echt sterben - ich dachte, mein Herz würde stehenbleiben. Wie hältst du so einen Scheiß bloß aus, Gardiner?«

»Man gewöhnt sich dran.« Doch in Wirklichkeit hatte er sich nicht daran gewöhnt. Das kam noch dazu.

In der Gesprächspause, die eintrat, gingen die mächtigen Türen auf der einen Seite des Saloons knarrend auf, und ein empfindlich kalter Wind blies durch den Raum. Orlando stellte automatisch seinen Empfindungspegel herunter; Fredericks, der ein weniger kostspieliges Interface benutzte, merkte es nicht einmal. Ein Wesen mit rotglühenden Augen, umweht von treibenden Schneeflocken, stand drohend in der offenen Tür. Ein paar der Gäste dicht an der Tür lachten. Ein sehr femininer Sim kreischte auf.

»Ich hab erzählt bekommen, daß sie diese Simulationen von echten Sterbenden aufnehmen«, sagte Fredericks unvermittelt. »Sie holen sie direkt von den Interfaceteilen echter Menschen runter.«

»Nee.« Orlando schüttelte den Kopf. »Sie sind einfach gutes Gear. Gut geschrieben.« Er sah zu, wie das rotäugige Ungetüm die kreischende Frau packte und in das nächtliche Schneetreiben hinausschleifte. Knarrend gingen die Türen wieder zu. »Was denn, sie setzen einfach jemand mit einem gigateuren, spitzenklasse teleneuronalen Recorder in ein Flugzeug nach dem andern, und das Ding läuft gerade mit, wenn eines einen Manila baut? Die Chancen sind eins zu zig Zillionen, Frederico, und die Aufzeichnung würdest du nicht im nächsten Netshop kriegen. Ganz zu schweigen davon, daß du so eine Erfahrung nicht einfach aufnehmen und eins zu eins abspielen kannst. Ich hab mich da sachkundig gemacht, Mann. Echtaufnahmen sind bloß ein heilloses Kuddelmuddel, ein richtiger Monstermix. Du kannst die Erfahrung, die jemand gemacht hat, nicht durch ein anderes Gehirn laufen lassen. Das funktioniert nicht.«

»Ach ja?« Fredericks klang nicht völlig überzeugt, aber er besaß nicht Orlandos obsessives Interesse an VR und am Netz und widersprach ihm normalerweise in solchen Dingen nicht.

»Aber egal, darüber wollte ich gar nicht mit dir reden.« Orlando lehnte sich zurück. »Es gibt wichtigere Dinge, mit denen wir uns befassen müssen, und wir sollten privat darüber reden. Dieser Laden ist sowieso tot. Komm, wir gehen in mein ElCot.«

»Genau. Dieser Laden ist tot.« Mit Kichern beobachtete Fredericks, wie zwei fingerlange Skelette über den Tisch schlidderten und mit einem Kronkorken Frisbee spielten.

Orlando runzelte die Stirn. »Das hab ich nicht gemeint.«

Orlandos elektronisches Cottage lag in der Parc Corner, einem nach bohèmisierender Kaufkraft riechenden Teil des Inneren Distrikts, der hauptsächlich von bessergestellten Studenten bewohnt war. Sein Heimathafen in der virtuellen Welt war nachgerade das perfekte Klischee eines Jungenzimmers, eines Zimmers, wie Orlando es gern bei sich zuhause gehabt hätte, aber nicht haben konnte. Ein Bildschirm über die ganze Wand zeigte nonstop und live Videobilder vom Fortgang des MBC-Projekts, eine ungeheure Wüste aus wirbelndem Orangerot. Orlandos Besucher mußten sehr genau hinschauen, um die Heerscharen kleiner Konstruktionsroboter zu erkennen, die sich durch Wolken aus dichtem Marsstaub wühlten. Auf der Wand gegenüber bot ein breites Fenster einen Ausblick auf die Simulation eines Wasserlochs der unteren Kreidezeit. Für eine serienmäßige Tapete ging es darin ziemlich hoch her: Im Moment war ein junger Tyrannosaurus damit beschäftigt, einen entschnäbligen Hadrosaurier auf höchst unappetitliche Weise zu verzehren.

Das Innere war dem Strandhaus im skandinavischen Stil nachempfunden, das Orlandos Eltern gemietet hatten, als er noch klein war. Die Unzahl von Winkeln, Treppen und halbverborgenen Nischen hatte ihn damals sehr beeindruckt, und in seiner virtuellen Rekonstruktion hatte er die labyrinthische Wirkung eher noch übertrieben. Überall zierten Andenken an sein - und vor allem Thargors - Netzspielheldentum die verschiedenen Ebenen des Raumes. In einer Ecke stand eine Pyramide aus simulierten Glasvitrinen, die jede die Nachbildung des Kopfes eines besiegten Feindes enthielten, wenn möglich ausgeführt direkt nach einer Schnappschußserie von den letzten Sekunden des Gegners. Auf dem Gipfel der Pyramide nahm Dieter Cabos Schwarzer Elfenprinz den Ehrenplatz ein, mit schielendem Blick wegen des Schwertstreichs, der gerade seinen schmalen Schädel gespalten hatte. Dieser Kampf hatte drei Tage gedauert, und beinahe hätte Orlando deswegen die Halbjahresprüfung in Bio nicht geschafft, aber das war es wert gewesen. In Mittland sprach man immer noch mit Ehrfurcht und Neid von dem heroischen Waffengang.

Diverse andere Gegenstände hatten ihre eigenen Nischen. Es gab Käfige mit ringenden Homunkuli, Überbleibsel der fehlgeschlagenen Verwünschung durch einen anderen Feind; die aselphische Kugel, die Thargor einem sterbenden Gott von der Stirn gerissen hatte; sogar die Skelletthand des Zauberers Dreyra Jarh. Thargor hatte sie nicht selber abgehauen, sondern sie einem Kuriositätenkrämer entwendet, und zwar kurz bevor ihr ursprünglicher (und ziemlich verärgerter) Besitzer erschienen war, um sie zurückzufordern. Um die Treppe herum wand sich anstelle eines Geländers die Leiche des ekligen Lindwurms vom Bergfried Morsin. Ein einstündiger Kampf mit dem Scheusal im brackigen Wassergraben des Turms - und eine gewisse Achtung vor der hartnäckigen Entschlossenheit, die es bei aller Dummheit an den Tag gelegt hatte - hatten ihm einen Platz in der Sammlung eingetragen. Außerdem fand er, daß es in seiner stolzen Treppenlänge ziemlich akkurat aussah.

»Ich dachte, du wolltest nicht drüber reden.« Fredericks glitt auf die breite schwarze Ledercouch. »Ich dachte, du wärst echt wütend.«

»Ich *bin* wütend. Aber an der Sache ist mehr dran, als daß Thargor abserviert wurde. Viel mehr.«

Fredericks kniff die Augen zusammen. Orlando wußte zwar nicht, wie sein Freund im RL aussah, aber er war ziemlich sicher, daß er eine

Brille trug.»Was soll das heißen, ›mehr dran‹? Du hast gedumpft, Thargor wurde getötet. Was hab ich nicht mitgekriegt?«

»Viel. Mensch, Fredericks, hast du mich je so erlebt? Irgendwer hat da reingehäckt. Irgendwer wollte mir ans Leder!« Er tat sein Bestes, um den atemberaubenden Anblick der goldenen Stadt zu erklären, aber mußte feststellen, daß es fast unmöglich war, Worte zu finden, die einen Begriff davon geben konnten, wie unglaublich pulsierend *real* sie gewesen war.»... Es war so, so - so als ob ich ein Loch in dieses Fenster hier reißen würde«, er deutete auf das kreidezeitliche Beißen und Kreischen hinter der simulierten Scheibe,»und du die wirkliche Welt dahinter sehen könntest. Kein Videobild der wirklichen Welt, und sei es mit der besten Auflösung, die du dir vorstellen kannst, sondern die *wirkliche reale Welt*. Aber es war ein Ort, den ich noch nie gesehen habe. Ich glaube nicht, daß es ein Ort auf der Erde ist.«

»Meinst du, Morpher hat das gemacht? Oder vielleicht Dieter? Er war echt verätzt wegen der Sache mit dem Schwarzen Elf.«

»Begreifst du denn nicht? *Niemand*, den wir kennen, hätte das machen können. Ich weiß nicht mal, ob die Regierung oder das Spitzenforschungslabor von Krittapong es könnten.« Orlando fing an, auf der abgesenkten Zimmerfläche hin und her zu marschieren. Er fühlte sich eingeengt. Mit einer schnellen Bewegung dehnte er den Fußboden aus und rückte die Wände und Fredericks' Couch mehrere Meter zurück.

»He!« Sein Freund setzte sich auf.»Willst du mir erzählen, es wären Ufos oder sowas gewesen? Mensch, Gardino, wenn jemand sowas Irres im Netz machen würde, käme es in den Nachrichten oder so.«

Orlando zögerte kurz, dann rief er:»*Beezle!*«

Eine Tür im Boden ging auf, und ein kleines Etwas mit rollenden Augen und zu vielen Beinen sprang heraus und eilte auf ihn zu. Es purzelte ihm vor die Füße, kratzte sich zu einem unordentlichen Haufen zusammen und sagte mit rauhem Brooklyner Akzent:»Yeah, Boß?«

»Such nach, ob du Meldungen über das eben von mir beschriebene Phänomen oder sonstige größere Netzanomalien findest. Und beschaff mir die Aufzeichnung der letzten Viertelstunde meines letzten Thargorspiels.«

»Schon unterwegs, Boß.« Eine andere Tür ging im Boden auf, und Beezle flatschte hinein. Ein trickfilmartiges Getöse von polternden Töpfen und Pfannen und herunterfallenden Sachen erscholl, dann tauchte das Kerlchen mit wild fuhrwerkenden Extremitäten wieder auf, wobei es ein kleines schwarzes Quadrat hinter sich herschleifte, als wäre es der Anker eines Luxusdampfers. »Puh«, keuchte der Agent. »'n Haufen Zeug zu checken, Boß. Willste dir das mal anschauen, solang ich noch wühle? Is der Mitschnitt vom Spiel.«

Orlando nahm das kleine Quadrat entgegen und zog daran; es wuchs zur Größe eines Strandhandtuchs an und schwebte frei im Raum. Er setzte an, es etwas zu Fredericks hinzudrehen, und mußte lächeln. Selbst wenn einer so viel Zeit im Netz verbracht hatte wie er, konnte er immer noch gelegentlich ins RL-Denken zurückfallen, wenn er in Eile war. VR funktionierte anders: Wenn Fredericks mitgucken wollte, konnte er das Bild unabhängig davon sehen, wo er gerade saß. Aber apropos Blickwinkel! Er klopfte mit dem Finger auf das Quadrat, und es dehnte sich in die dritte Dimension aus. »Abfahren, Beezle«, sagte er. »Gib mir einen Blickpunkt irgendwo außerhalb der Personen.«

Es entstand eine kurze Pause, in der die Prozessoren die Daten rekonfigurierten, dann wurde der schwarze Würfel von einem Fackelschein erhellt, der auf zwei Gestalten flackerte.

»*... Diamanten, jeder einen Imperial schwer*«, hörte er sich mit seiner tiefer gestellten Thargorstimme sagen.

»*Fünfzig! Bei den Göttern!*«

»*Ja. Und jetzt sei still.*«

Orlando betrachtete die Szene kritisch. Es war seltsam, derart außerhalb von Thargor zu stehen, als ob der Barbar nur eine Figur in einem Netzfilm wäre. »Zu früh. Ich hab ja noch nicht mal das Grab aufgebrochen. *Zehn Minuten weiter.*«

Jetzt sah er, wie sein Alter ego sich durch das herabhängende Wurzelgeflecht arbeitete, in der einen Hand die Fackel, in der anderen das Runenschwert. Plötzlich straffte sich Thargor und erhob Raffzahn, wie um einen Schlag abzuwehren.

»Das ist es!« sagte Orlando. »Da hab ich's gesehen. Beezle, gib mir meine Eigenperspektive, damit ich die Wand direkt vor Thargor sehen kann.«

Das Bild verschwamm. Einen Augenblick später hatte sich der Blickpunkt an eine Stelle knapp hinter der rechten Schulter des Söldners verschoben. Die Wand war vollständig zu sehen, auch die Stelle, wo die brennende Lücke gewesen war.

Doch sie war nicht da.

»Was? Das ist scännig! Anhalten, Beezle.« Orlando drehte den Ausschnitt langsam und betrachtete die Wand von verschiedenen Seiten. Ihm wurde flau im Magen. »Ich kann's nicht glauben.«
»Ich sehe nichts«, sagte Fredericks.
»Vielen Dank für den Hinweis.« Orlando ließ sich von seinem Agenten mehrmals die Perspektive ändern. Er und Fredericks hielten die mitgeschnittene Simulation sogar an und betraten sie, aber es war nichts Ungewöhnliches festzustellen: Worauf Thargor reagierte, war nicht sichtbar.
»Scheiße.« Orlando verließ mit seinem Freund die Aufzeichnung wieder. »Laß weiterlaufen.«
Sie sahen schweigend mit an, wie Thargor sich vorbeugte und die immer noch lückenlos geschlossene Mauer anstarrte. Dann hörten sie Fredericks in der Rolle des Diebes Pithlit rufen: »*Da kommt irgendwas in den Raum! Der Hüter des Grabes! Thargor!*«
»So schnell ging das doch gar nicht, oder?« Fredericks hörte sich ein wenig unsicher an, aber Orlando fiel es wie eine Last von den Schultern. Er war also doch nicht verrückt.
»Nein, todsicher nicht! Guck, da kommt er.« Er deutete auf den Untoten, der mit geschwungener Streitaxt am Rand des Würfels ins Bild getrottet kam. »Die ganze Sequenz dauert nach dieser Version vielleicht zehn Sekunden. Aber du weißt, daß es länger war, stimmt's?«
»Klar. Ich bin ziemlich sicher, daß du die Wand viel länger angestarrt hast. Ich dachte, du hättest die Verbindung abbrechen müssen, oder die Leitung wäre tot oder so.«
Orlando schnalzte mit den Fingern, und der Würfel verschwand. »Beezle, prüf nach, ob an dem Teil der Aufzeichnung irgendwie rumgeschnitten oder sonstwie rumgepfuscht wurde. Vergleich die unterschiedlichen Laufzeiten mit der Spieluhr. Und schick eine Kopie ans Hohe Schiedsgericht, mit dem Vermerk ›unzulässiger Tod einer Figur‹.«
Das spinnenähnliche Dienstprogramm kam aus dem Nichts hereingeplatzt und seufzte tief. »Mannometer, Boß, was soll ich'n *noch* alles machen? Ich hab jetzt den ersten Download von Suchergebnissen.«
»Speicher sie ab. Ich schau sie mir später an. Irgendwas richtig Spannendes? Ein Volltreffer auf Anhieb?«
»Goldene Städte und/oder hyperreale Phänomene in virtuellen Medien? Kann man nicht sagen, aber ich geb dir alles, was ich finden kann, was auch nur'n bißchen warm ist.«

»Gut.« Irgend etwas arbeitete in Orlandos Hinterkopf, die Erinnerung an die seltsame Metropolis, ihre strahlenden Pyramiden und Türme aus geschliffenem Bernstein und Blattgold. Zuerst war sie ihm als eine persönliche Vision erschienen, ein Geschenk ganz für ihn allein - war er bereit, sich von dieser Möglichkeit zu verabschieden? »Ich hab mir das mit dem Schiedsgericht anders überlegt. Ich will es nicht in die Sache reinziehen - jedenfalls noch nicht.«

Beezle knurrte. »Von mir aus. Und jetzt hab ich zu tun, wenn's recht ist.« Das Tierchen zauberte eine Zigarre aus der Luft, steckte sie sich in einen Winkel seines breiten, wabbligen Mundes und verschwand dann durch die Wand, nicht ohne vorher noch demonstrativ ein paar Bilderbuchrauchringe zu pusten.

»Du solltest dir 'nen neuen Agenten zulegen«, sagte Fredericks. »Der da ist scännig, und du hast ihn schon seit Jahren.«

»Deshalb arbeiten wir ja so gut zusammen.« Orlando verknotete seine Beine auf indische Art und erhob sich einen halben Meter in die Luft. »Der ganze Witz bei einem Agenten ist doch, daß man sich nicht mit Befehlen und solchem Zeug abgeben muß. Beezle weiß, was ich will, wenn ich etwas sage.«

Fredericks lachte. »Beezle Bug. Zum Schießen.«

Orlando warf ihm einen finsteren Blick zu. »Ich hab ihn so genannt, als ich noch klein war. Komm jetzt, hier läuft irgendwas ab, was der Wahnsinn ist - megaspäcig tschi-sin. Willst du mir nachdenken helfen, oder willst du bloß rumsitzen und dumme Bemerkungen machen?«

»Rumsitzen und dumme Bemerkungen machen.«

»Hab ich mir gedacht.«

> Christabels Papi und sein Freund Ron - aber Christabel mußte Captain Parkins zu ihm sagen - saßen im Wohnzimmer und genehmigten sich ein paar. So nannten sie es, wenn sie den Scotch ihres Vaters tranken und redeten. Aber wenn ihr Papi allein welchen trank oder mit Mami, hieß es nicht so. Eine von diesen Erwachsenensachen.

Sie hatte ihre MärchenBrille auf, aber sie konnte sich nur schwer auf das Märchen konzentrieren, weil sie außerdem den Männern zuhörte. Es war etwas Besonderes, ihren Papi tagsüber zuhause zu haben, auch wenn es Samstag war, und sie hielt sich dann gern im selben Zimmer auf wie er, auch wenn er sich mit Captain Parkins unterhielt, der einen komischen Schnurrbart hatte, der aussah wie von einem Walroß. Die beiden Männer schauten auf dem Wandbildschirm irgendwelchen Footballspielern zu.

»Sehr bedauerlich das mit diesem Jungen von Gamecock – wie hieß er doch noch gleich?« sagte ihr Papi. »Seine armen Eltern.«

»Tja, Football ist ein gefährliches Spiel.« Captain Parkins hielt kurz inne, um einen Schluck zu trinken. Sie konnte ihn nicht sehen, weil sie sich in der MärchenBrille Dornröschen anschaute, aber sie kannte seine Schluckgeräusche, und sie wußte auch, daß er sich seinen Schnurrbart dabei naß machte. Sie lächelte still vor sich hin. »Die meisten von denen sind Ghettobengels – anders kämen die da nie raus. Es ist ein kalkuliertes Risiko. Wie wenn man zum Militär geht.« Er lachte sein lautes Ha-ha-ha-Lachen.

»Gut, aber trotzdem. Ist doch schrecklich, auf die Art draufzugehen.«

»Was erwartest du denn, wenn du Kerle hast, die aus hundertachtzig Kilo Muskeln bestehen und wie ein Sprinter rennen können? Einer von denen knallt auf dich drauf und *päng!* Selbst bei den neuen Panzeranzügen ist es ein Wunder, daß es nicht noch *mehr* Tote gibt.«

»Da ist was dran«, sagte ihr Papi. »Es ist, als ob sie in den Innenstadtslums eigens gezüchtet würden, extragroß, extraschnell. Als ob sie eine völlig andere Spezies wären.«

»Ich war während der Unruhen in St. Louis in der Nationalgarde«, sagte Captain Parkins. In seiner Stimme lag eine Kälte, die Christabel noch am anderen Ende des Zimmers erschauern ließ. »Sie *sind* eine völlig andere Spezies.«

»Na, jedenfalls wünschte ich, die Heels würden ein paar mehr von denen einkaufen«, sagte ihr Papi lachend. »Wir könnten im Abwehrriegel noch ein paar Muskeln gebrauchen.«

Christabel wurde es langweilig, ihrem Gespräch über Sport zuzuhören. Das einzige, was ihr daran gefiel, waren die Namen der Teams – Tarheels, Blue Devils, Demon Deacons. Sie hätten aus einem Märchen sein können.

Sie hatte das Bild des schönen Prinzen ein Weilchen angehalten. Jetzt tippte sie auf den Kopfhörer und ließ es weiterlaufen. Er glitt durch ein Gestrüpp aus Sträuchern, die lauter Dornen hatten, große lange spitze. Obwohl sie das Märchen schon so oft gesehen hatte, hatte sie immer noch Angst, er könnte an einem hängenbleiben und sich doll verletzen.

»*Er bahnte sich den Weg durch die Dornenhecke und fragte sich, was dahinter wohl verborgen sein mochte«*, sagte die Stimme in ihrem Ohrenstöpsel. Sie hatte nur einen drin, um Papi und seinen Freund reden zu hören, deshalb war die Stimme leise. *»Und jetzt liest du den nächsten Teil«*, sagte die Stimme. Christabel beäugte die Textzeilen, die unter den Dornen erschienen, als wären sie auf eine Nebelwolke geschrieben.

»Et... *etliche Male verfing er sich an den dornigen Zweigen«*, las sie, *»und einmal blieb er so fest hängen, daß er schon bef... bef... befürchtete, nie mehr zu entkommen. Aber vorsichtig machte er sein Hemd und seinen Mantel los. Seine Kleider waren zerrissen, aber er war unverletzt.*«

»Christabel, Liebes, könntest du ein klein wenig leiser lesen?« rief ihr Papi. »Ron kennt den Schluß noch nicht. Du verdirbst ihm die Geschichte.«

»Ha ha, ein guter Witz«, sagte Captain Parkins.

»Entschuldige, Papi.« Sie las flüsternd weiter, wie der Prinz durch eine Spinnwebwand drang und auf einmal vor dem Tor des Dornröschenschlosses stand.

»Oh, ich muß dir eine Geschichte über unsern kleinen alten Freund erzählen«, sagte Captain Parkins. »Ich hab ihn gestern dabei erwischt, wie er an der Bezugsliste vom PX rumgemurkelt hat. Man sollte meinen, bei seinem Lebensmittelverbrauch hätte er versucht, seine Rationen zu verdoppeln, aber er wollte lediglich sein Kontingent eines ganz bestimmten Bedarfsartikels erhöhen.«

»Laß mich raten. Pflanzendünger? Nährlösung?«

»Noch merkwürdiger. Und wenn man bedenkt, daß er seit dreißig Jahren nicht mehr aus dem Haus gegangen ist, absolut grotesk ...«

Christabel hörte nicht weiter zu, weil sich am unteren Rand der Geschichte vom Dornröschen neue Wörter bildeten. Sie waren größer als die anderen, und eines davon war ihr Name.

HILF MIR CHRISTABEL, stand da. GEHEIM VERRAT ES NIEMAND.

Als das Wort »GEHEIM« erschien, merkte sie, daß sie laut las. Sie hielt erschrocken inne, aber Captain Parkins war immer noch dabei, ihrem Papi zu erzählen, und sie hatten sie nicht gehört.

»... Ich habe natürlich die Leute vom PX angewiesen, die Bestellung zurückgehen zu lassen, solange er ihnen keine einsichtige Erklärung geben kann, und ich habe ihnen außerdem aufgetragen, sämtliche ungewöhnlichen Wünsche an mich weiterzuleiten. Was glaubst du, was er damit anstellen will? Eine Bombe bauen? Frühjahrsputz machen?«

»Du hast ganz recht, er ist seit Jahrzehnten nicht mehr vor der Tür gewesen. Nein, ich glaube, er ist schlicht und einfach senil. Aber wir müssen ihn im Auge behalten. Vielleicht sollte ich mal vorbeigehen und kontrollieren - aber erst, wenn ich diese Erkältung los bin. Ich bin sicher, das Haus ist die reinste Brutstätte von Viren.«

Christabel las immer noch die Wörter in ihrer MärchenBrille, aber sie las sie jetzt stumm und hielt sogar den Atem an, weil es aufregend war, direkt neben ihrem Papi ein Geheimnis zu haben.»... UND BRING SIE MIR BITTE MACH SCHNELL VERRAT ES NIEMAND GEHEIM.«

Die normalen Wörter kamen wieder, aber Christabel wollte Dornröschen nicht mehr weiterlesen. Sie setzte die Brille ab, aber bevor sie noch aufstehen konnte, erschien ihre Mutter in der Wohnzimmertür.

»Na, ihr zwei seht ja ganz fidel aus«, sagte sie. »Ich dachte, du wärest krank, Mike.«

»Nicht so sehr, daß ein bißchen Football und eine wohldosierte Schluckimpfung mit Single Malt nicht rasch Abhilfe schaffen könnten.«

Christabel stand auf und stellte die Brille ab für den Fall, daß die plötzlich laut zu reden anfing und das Geheimnis verriet. »Mama, kann ich ein bißchen rausgehen? Nur ganz kurz?«

»Nein, Liebes, ich habe gerade das Essen auf den Tisch gestellt. Iß erst einen Happs, dann kannst du gehen. Ron, du ißt doch hoffentlich etwas mit?«

Captain Parkins rutschte auf seinem Sessel vor und stellte sein leeres Glas auf den Couchtisch. »Mit dem größten Vergnügen, Ma'am.«

Christabels Mutter lächelte. »Wenn du noch einmal Ma'am zu mir sagst, muß ich leider dein Essen vergiften.«

»Es wäre trotzdem noch dem vorzuziehen, was ich zuhause vorgesetzt bekomme.«

Ihre Mutter lachte und geleitete die Männer in die Küche. Christabel war beunruhigt. Mach schnell, hatte die Aufforderung gelautet. Aber wegzugehen, wenn das Essen auf dem Tisch stand, war verboten, und Christabel tat nie etwas, was verboten war. Na ja, fast nie.

Mit einer Selleriestange in der Hand stand sie auf. »Darf ich jetzt rausgehen?«

»Wenn es dein Vater erlaubt.«

Ihr Papi musterte sie von Kopf bis Fuß, als ob er mißtrauisch wäre. Einen Moment lang hatte sie Angst, aber dann merkte sie, daß er nur Spaß machte. »Und wo willst du mit dem Sellerie hin, mein Fräulein?«

»Den kau ich gern im Gehen.« Sie biß ein Stück ab, um es ihm vorzuführen. »Und dann laß ich es beim Gehen so krachen, daß es sich anhört, wie wenn ein Monster auf Häuser tritt - krach krach krach.« Alle Erwachsenen lachten. »Kinder«, sagte Captain Parkins.
»Na gut. Aber bevor es dunkel wird, bist du wieder daheim.«
»Versprochen.« Sie huschte aus dem Eßzimmer und nahm ihren Mantel vom Haken, aber anstatt direkt zur Haustür zu laufen, ging sie leise den Flur hinunter ins Badezimmer und machte das Schränkchen unter dem Waschbecken auf. Als sie sich die Taschen vollgestopft hatte, schlich sie so leise, wie sie konnte, zur Tür zurück. »Ich geh jetzt«, rief sie.
»Paß auf dich auf, kleines Monster«, rief ihre Mutter zurück.
Rote und braune Blätter wirbelten über den Rasen vorm Haus. Christabel eilte zur Straßenecke. Nachdem sie sich vergewissert hatte, daß niemand hinter ihr herschaute, schlug sie die Richtung zu Herrn Sellars' Haus ein.

Niemand rührte sich, als sie klopfte. Nach ein paar Minuten machte sie sich selbst die Tür auf und trat ein, obwohl es ein komisches Gefühl war, als ob sie ein Dieb wäre oder sowas. Die feuchte, heiße Luft schlug ihr von allen Seiten so dick entgegen, daß sie wie etwas Lebendiges war.
Herr Sellars saß in seinem Stuhl, aber sein Kopf hing weit im Nacken, und seine Augen waren zu. Einen Moment lang dachte sie, er sei ganz bestimmt tot, und wollte schon richtig Angst kriegen, aber dann ging ein Auge auf, ganz langsam wie bei einer Schildkröte, und er sah sie an. Auch seine Zunge kam heraus, und er leckte seine rauhen Lippen und versuchte etwas zu sagen, aber brachte keinen Ton heraus. Er hielt ihr seine Hand hin. Die Hand zitterte. Zuerst dachte sie, er wollte sie ihr zur Begrüßung geben, aber dann sah sie, daß er auf ihre prallen Taschen deutete.
»Ja, ich hab welche mitgebracht«, sagte sie. »Geht's dir gut?«
Er bewegte abermals die Hand, diesmal fast ein wenig unwirsch. Sie holte die ganzen Stücke von Mutters Gesichtsseife aus dem Mantel und häufte sie in seinem Schoß auf. Er kratzte mit seinen Fingern an einem Stück herum, aber es fiel ihm schwer, das Papier abzukriegen.
»Laß mich das machen.« Sie nahm ihm das Stück Seife vom Schoß und packte es aus. Als es weiß und glänzend in ihrer Hand lag, deutete er auf einen Teller, der neben ihm auf dem Tisch stand. Auf dem Teller

lagen ein sehr altes Stück Käse - es war ganz vertrocknet und rissig - und ein Messer.

»Möchtest du was essen?« fragte sie.

Herr Sellars schüttelte den Kopf und griff sich das Messer. Fast hätte er es fallengelassen, so sehr zitterten seine Hände, aber dann hielt er es Christabel hin. Er wollte, daß sie die Seife schnitt.

Sie sägte eine Weile an der glitschigen Seife herum. Sie hatte in der Schule Seifenfigurenschnitzen gehabt, aber es war nicht einfach. Diesmal konzentrierte sie sich ganz arg, und schließlich gelang es ihr, ein Stück abzuschneiden, das so breit war wie zwei ihrer Finger nebeneinander. Herr Sellars streckte eine Hand wie eine geschmolzene Vogelklaue danach aus und ließ es sich geben, dann stopfte er es sich in den Mund und fing langsam an zu kauen.

»Iii!« sagte sie. »Das ist ungesund!«

Herr Sellars lächelte zum erstenmal. Er hatte kleine weiße Bläschen im Mundwinkel.

Er nahm ihr die Seife und das Messer aus der Hand und schnitt sich selbst weitere Stücke ab. Als er das erste hinuntergeschluckt hatte und sich eben das zweite in den Mund schieben wollte, lächelte er abermals und sagte: »Geh dich umziehen.« Seine Stimme war schwach, aber wenigstens hörte er sich wieder wie der Herr Sellars an, den sie kannte.

Als sie im Frotteebademantel zurückkam, hatte er das ganze erste Seifenstück aufgegessen und war gerade dabei, das nächste zu zerteilen.

»Vielen Dank, Christabel«, sagte er. »Zinkperoxid - wie es der Doktor verschrieben hat. Ich bin sehr beschäftigt gewesen und habe nicht genug Vitamine und Mineralstoffe bekommen.«

»Man ißt keine Seife wegen Vitaminen!« sagte sie entrüstet. Aber sie war sich nicht völlig sicher, denn seit sie zur Schule ging, bekam sie ihre Vitamine immer per Pflästerchen, und vielleicht hatten alte Leute ja überhaupt ganz andere Vitamine.

»Ich schon«, sagte der alte Mann. »Und ich war sehr krank, bis du gekommen bist.«

»Geht es dir jetzt besser?«

»Viel besser. Aber *du* solltest nie welche essen - Seife ist nur etwas für ganz bestimmte alte Männer.« Er wischte sich einen weißen Fleck von der Unterlippe. »Ich habe sehr, sehr hart gearbeitet, kleine Christabel. Leute getroffen, Sachen erledigt.« Das war natürlich ein Witz, das wußte sie, weil er nie irgendwo hinging und nie jemanden traf außer ihr und dem Mann, der ihm die Lebensmittel lieferte, das hatte er ihr selbst gesagt. Sein Lächeln verschwand, und seine Augen gingen zu. Nach einer Weile öffnete er sie wieder, aber er sah sehr müde aus. »Und jetzt, wo du mich gerettet hast, solltest du vielleicht besser wieder nach Hause gehen. Ich bin sicher, du mußtest irgendeine Geschichte erfinden, um zu sagen, wo du hingehst. Daß ich dich dazu bringe, deine Eltern anzulügen, ist schon schlimm genug, da muß ich dich nicht noch in Schwierigkeiten bringen, indem ich dich zu lange hier behalte.«

»Wie hast du in meiner MärchenBrille mit mir sprechen können?«

»Oh, bloß ein kleiner Trick, den ich als junger Kadett gelernt habe.« Sein Kopf wackelte ein wenig. »Ich denke, ich muß jetzt schlafen, meine Freundin. Findest du allein hinaus?«

Sie richtete sich auf. »Ich finde *immer* allein hinaus.«

»So ist es. So ist es.« Er hob die Hand, als wollte er ihr winken. Seine Augen gingen wieder zu.

Als Christabel sich wieder umgezogen hatte - ihre Sachen waren feucht, sie würde ein Weilchen herumspazieren müssen, bevor sie nach Hause ging -, war Herr Sellars auf seinem Stuhl eingeschlafen. Sie betrachtete ihn genau, um sich zu vergewissern, daß er nicht wieder krank war, aber er hatte jetzt einen viel rosigeren Teint als vorhin, als sie gekommen war. Sie schnitt ihm noch ein paar Stücke Seife ab für den Fall, daß er sich beim Aufwachen wieder schwach fühlte, dann legte sie ihm die Decke fest um seinen langen, dünnen Hals.

»Es ist so schwer«, sagte er plötzlich. Sie machte einen Satz zurück und dachte schon, sie hätte ihn aufgeweckt, aber seine Augen öffneten sich nicht, und seine Stimme war flüsternd und schwer zu verstehen.

»Alles muß heimlich und doch vor aller Augen geschehen. Aber manchmal könnte ich verzweifeln - ich kann nur flüsternd zu ihnen sprechen, ihnen Halbwahrheiten sagen, einzelne Gedichtfetzen. Ich weiß, wie dem Orakel zumute war ...«

Er murmelte noch etwas, aber sie verstand die Worte nicht. Als er still geworden war und nichts mehr sagte, tätschelte sie seine hagere Hand und ging. Eine Nebelwolke quoll hinter ihr aus der Haustür. Der Wind auf ihren nassen Sachen ließ sie erzittern.

Ein Orakel war ein Vogel, oder? Also träumte Herr Sellars von der Zeit, als er noch ein Flieger gewesen war?

Die Blätter wirbelten hinter ihr auf dem Bürgersteig her, hüpfend und purzelnd wie Zirkusakrobaten.

> Seine Arme waren gefesselt. Er wurde einen dunklen Pfad entlang gestoßen und geschoben, an dem zu beiden Seiten steile Felswände aufragten. Er wurde, das wußte er, in die Schwärze verschleppt, ins Nichts. Etwas Wichtiges lag hinter ihm, etwas, das er auf keinen Fall verlieren wollte, aber mit jedem Moment brachten ihn die Hände, die ihn gepackt hielten, die schattenhaften Gestalten links und rechts, immer weiter davon fort.

Er versuchte sich umzudrehen und spürte einen scharfen Schmerz im Arm, als ob ihm jemand einen nadelspitzen Dolch ans Fleisch drückte. Die tiefere Dunkelheit des Gebirgspasses legte sich über ihn, hüllte ihn ein. Er wehrte sich, ohne auf das qualvolle Stechen in seinen Armen zu achten, und schaffte es schließlich, sich so weit loszumachen, daß er den Kopf drehen konnte.

In dem Spalt hinter ihm, eingefaßt von den Felsenhängen, aber meilenweit entfernt, lag ein Feld aus funkelndem goldenen Licht. Er blickte aus der Düsternis hinaus, und in der Ferne brannte es wie ein Präriefeuer.

Die Stadt. Der Ort, wo er das finden würde, wonach er so lange gehungert hatte ...

Die Hände ergriffen ihn und rissen ihn wieder herum, stießen ihn weiter. Er konnte noch immer nicht erkennen, wer ihn gepackt hielt, aber er wußte, daß sie ihn in den Schatten hinab schleppten, in die Leere, an einen Ort, wo sogar die Erinnerung an die goldene Stadt zuletzt verblassen würde. Er kämpfte gegen seine Häscher an, aber sie hatten ihn fest im Griff.

Sein Traum, seine einzige Hoffnung, entschwand. Er wurde hilflos hinunter in ein schwarzes Nichts befördert ...

»Orlando! Orlando! Du hast einen Albtraum. Wach auf.«

Er rang sich empor, der Stimme entgegen. Seine Arme taten weh - sie hatten ihn! Er mußte kämpfen! Er mußte ...

Er schlug die Augen auf. Schwach erhellt vom Licht aus dem Fenster hing das Gesicht seiner Mutter über ihm wie ein Dreiviertelmond.

»Schau nur, was du gemacht hast.« Sorge kämpfte in ihrer Stimme mit Ärger; Sorge gewann, aber nur knapp. »Du hast deine ganzen Sachen auf den Boden geschmissen.«

»Ich ... ich hab schlecht geträumt.«

»Was du nicht sagst. Es ist dieses Netz, den lieben langen Tag. Kein Wunder, wenn du Albträume hast.« Sie seufzte, dann bückte sie sich und fing an, die Sachen aufzuheben.

Ein leiser Groll regte sich unter dem noch nachwirkenden Grauen. »Du denkst, das Netz ist der einzige Grund, daß ich Albträume habe?«

Sie stockte, einen Haufen Pharmapflaster in der Hand wie gefallene Blätter. »Nein«, sagte sie. Ihre Stimme war angespannt. »Nein, natürlich nicht.« Sie legte die Pflaster auf seinen Nachttisch und bückte sich, um die anderen Sachen aufzuheben, die er hingeworfen hatte. »Aber ich denke trotzdem, daß es nicht gut für dich sein kann, ständig an dieser ... dieser Maschine zu hängen.«

Orlando lachte. Es war ein böses Lachen, und das sollte es auch sein. »Tja, jeder braucht ein Hobby, Vivien.«

Sie machte ein pikiertes Gesicht, dabei war es die Idee seiner Eltern gewesen, sie mit dem Vornamen anzureden, nicht seine. »Sei nicht bitter, Orlando.«

»Bin ich nicht.« Und er war es wirklich nicht, stellte er fest. Nicht wie sonst manchmal. Aber er war wütend und erschrocken, und er wußte nicht recht, warum. Es hatte etwas mit dem Albtraum zu tun, dessen Einzelheiten sich bereits verflüchtigten – ein Gefühl, daß ihm damit noch etwas entglitt. Er holte tief Luft. »Tut mir leid. Ich bin bloß ... es war ein gruseliger Traum.«

Sie stellte seinen Infusionsständer wieder aufrecht hin – er war durch Orlandos Umsichschlagen an die Wand gekippt – und sah nach, ob die Nadel noch drinsteckte und gut befestigt war. »Doktor Vanh sagt, wir können Ende der Woche damit aufhören. Das ist doch schön, nicht wahr?« Es war ihre Art, sich zu entschuldigen. Er versuchte, ihr entgegenzukommen.

»Ja, das ist schön.« Er gähnte. »Ich schlaf jetzt wieder. Tut mir leid, daß ich so einen Radau gemacht hab.«

Sie zog ihm die Decke bis zur Brust hoch. Einen Moment lang legte sie ihre kühle Hand auf seine Wange. »Wir ... ich war bloß beunruhigt. Aber jetzt keine Albträume mehr! Versprochen?«

Er rutschte nach unten, fand die Fernbedienung und brachte den Oberteil des Bettes in eine bequemere Kippstellung. »Okay, Vivien. Gute Nacht.«

»Gute Nacht, Orlando.« Sie zögerte kurz, dann gab sie ihm einen Kuß, bevor sie hinausging.

Einen Augenblick überlegte er, ob er seine Nachttischlampe anmachen und lesen sollte, aber entschied sich dann dagegen. Das Wissen, daß seine Mutter im Nebenzimmer seine Unruhe gehört hatte, machte die Dunkelheit ein bißchen erträglicher als gewöhnlich, und außerdem mußte er nachdenken.

Zum Beispiel über die Stadt. Jene aberwitzige Erscheinung, die offenbar keinerlei Spur in Mittland hinterlassen hatte. Sie hatte sich genauso in seine Träume eingeschlichen wie vorher in Thargors Welt. Warum kam ihm etwas, das wahrscheinlich nichts weiter war als eine Signalstörung oder bestenfalls ein Häckerjux, so wichtig vor? Er hatte den Glauben an weitaus handfestere Wunder schon vor langem aufgegeben, welchen Wert also konnte dieses Gaukelbild für ihn haben? Hatte es überhaupt etwas zu bedeuten, oder war es nur ein verrückter Zufall, der zum Magneten für seine Angst und seine weitgehend fahrengelassene Hoffnung geworden war?

Das Haus war still. Um seinen Vater zu wecken, hätte es einer Explosion bedurft, und seine Mutter war inzwischen sicher wieder in ihren flacheren und unruhigeren Schlummer gesunken. Orlando war in der Dunkelheit mit seinen Gedanken allein.

Kapitel

Im Innern der Bestie

NETFEED/MUSIK:
Christ spielt für wenige Auserwählte
(Bild: Großaufnahme eines Hundekopfes)
Off-Stimme: Johann Sebastian Christ gab einen
Überraschungsauftritt in einer lokalen Netshow in
seiner Wahlheimatstadt New Orleans.
(Bild: Hundekopf, menschliche Hände)
Es war das erste Mal, daß sich der zurückgezogen
lebende Sänger sehen ließ, seit drei Mitglieder
seiner Gruppe Blond Bitch im vorigen Jahr bei einem
Bühnenunfall ums Leben kamen.
(Bild: tanzender Mann mit Hundemaske, auf dem Wand-
bildschirm im Hintergrund eine brennende Bühne)
Christ trug dem erstaunten Studiopublikum drei
Songs vor, wobei er sich von einem Playback des
Unfalls begleiten ließ ...

Renie drehte sich um und überflog verzweifelt die Menge, die sich auf den Terrassen um den bodenlosen Schacht tummelte. !Xabbu hatte nicht geantwortet, aber vielleicht stimmte irgend etwas mit seiner Apparatur nicht. Vielleicht war er auch einfach offline gegangen, und etwas stimmte mit *ihrer* Apparatur nicht, die immer noch einen Gast auf ihrer Leitung anzeigte. Sie betete, es möge so einfach sein.

Das Gedränge war nicht sonderlich dicht, aber dennoch erschlagend. Lachende Geschäftsleute in elegant gearbeiteten, stahlharten Körpern stießen sie im Vorbeigehen zur Seite, wobei ihre erstklassigen Teile und voll bezahlten Gebühren eine unsichtbare, aber überaus spürbare Barriere zwischen ihnen und dem Pöbel erzeugten. Ein paar unverkennbare Touristen in primitiven virtuellen Formen schlenderten ziellos herum und ließen sich überwältigt von dem stürmischen Betrieb von einem Rand des Gehwegs zum anderen schubsen. Kleinere Formen, Agenten und sonstige dienstbare Wesen, schossen auf Botengängen für ihre Herren durch die Menge hin und her. Soweit Renie erkennen konnte, war !Xabbu nicht darunter, aber ihre Suche wurde durch die Unauffälligkeit des Sims erschwert, den er trug. In ihrer näheren Umgebung gab es mindestens zwei Dutzend ziemlich ähnlicher Figuren, die das Geschehen angafften und sich dabei bemühten, den Nabobs nicht im Weg zu stehen.

Auch wenn er ganz in der Nähe war, konnte sie ihn ohne Audiokontakt unmöglich rasch lokalisieren, und Renie wußte, daß Strimbello jeden Augenblick auf der Bildfläche erscheinen mußte. Sie mußte los, mußte weg – aber wohin? Selbst wenn sie schnell weit weg eilte, konnte sie nicht hoffen, sich in Mister J's sehr lange vor jemandem verstecken zu können, der zum Club gehörte. Außerdem hatte der dicke Mann behauptet, sie zu kennen, zu wissen, wer sie wirklich war. Just in diesem Moment konnte die Geschäftsführung des Clubs auf ihren Index zugreifen und bei der TH darauf hinwirken, daß sie gefeuert wurde – wer konnte das sagen?

Aber solche Sorgen konnte sie sich jetzt nicht erlauben. Sie mußte !Xabbu finden.

War er einfach aus Abscheu vor der widerlichen Darbietung im Gelben Zimmer offline gegangen? Es konnte sein, daß er sich soeben im Gurtraum abschnallte und auf ihre Rückkehr wartete. Aber wenn nicht?

Eine Welle der Verblüffung lief über die Gesichter um sie herum. Die meisten der Personen auf der Terrasse drehten sich zur Tür des Gelben Zimmers um. Renie drehte sich mit.

Eine riesenhafte runde Erscheinung war im Gang hinter ihr aufgetaucht, größer und breiter als vier oder fünf normale Sims und immer noch weiter wachsend. Der kahlgeschorene Schädel rotierte wie ein Panzerturm, schwarze Augen wie Maschinengewehrläufe bestrichen die Menge und richteten sich dann auf sie.

Das Ding, das sich Strimbello nannte, grinste. »*Da* bist du also.«

Renie wirbelte herum, machte zwei schnelle Schritte und warf sich über den Rand des Schachtes. Mit der zulässigen Höchstgeschwindigkeit tauchte sie zwischen anderen Clubgästen hindurch, die es weniger eilig hatten und dahintrieben wie träge Fische. Ihr Fall ging dennoch quälend langsam – der Schacht war zum Herumstöbern gedacht, nicht als nervenkitzelnde Todesfahrt -, aber sie hatte gar nicht vor, dem dicken Mann durch pure Schnelligkeit zu entkommen; dafür kannte er Mister J's mit ziemlicher Sicherheit viel zu gut. Sie hatte sich einfach für einen Moment aus seinem Blickfeld begeben, weil sie hoffte, damit Zeit für eine effektivere Maßnahme zu gewinnen.

»Zufallssprung«, befahl sie.

Der Schacht mit seinen Tausenden wie Champagnerbläschen sprudelnden Sims verschwamm und löste sich auf, und an seiner Stelle erschien gleich darauf ein weiteres Gedränge von Leibern, diesmal aber alle nackt, obwohl einige Körpermerkmale aufwiesen, die sie noch nie an einer lebendigen menschlichen Gestalt gesehen hatte. Das Licht war ortlos und schwach, die einem förmlich auf den Leib rückenden Wände lagen in samtigen, uterusroten Falten. Von der hämmernden Musik flogen ihr beinahe die Ohrenstöpsel heraus. Ein Simgesicht, erschreckend ungenau ausgeführt, blickte aus dem Formenknäuel auf, das ihr am nächsten war; eine Hand wand sich frei und streckte sich ihr einladend entgegen.

»O nein«, murmelte sie. Wie viele dieser Gestalten waren wohl Minderjährige, Kinder wie Stephen, die von der Geschäftsführung mit süffisantem Grinsen eingelassen wurden, damit sie sich hier im Dreck suhlen konnten? Und wie viele getarnte Kinder waren vorhin mit im Gelben Zimmer gewesen? Bei dem Gedanken wurde ihr übel. »Zufallssprung.«

Ein großer Raum mit flachen Wänden tat sich vor ihr auf, dessen anderes Ende so weit weg war, daß man es kaum erkennen konnte. Gasflammenblaue Lettern erschienen vor ihr in einer Schrift, die sie nicht lesen konnte, während ihr eine Stimme Worte in die Ohren sprach, die ihr genauso unverständlich waren. Unmittelbar darauf wackelte das ganze Bild: Die Übersetzungssoftware hatte ihren Index gelesen und stellte auf Englisch um.

»... Wähle jetzt, ob du ein Mannschaftsspiel oder einen Einzelkampf wünschst.«

Sie starrte wie angewurzelt auf die humanoiden Gestalten, die auf einmal wie aus dem Boden geschossen hinter den blau brennenden Buchstaben auftauchten. Sie trugen Stachelhelme und blitzende Panzeranzüge; die Augen hinter den Visieren waren nur funkelnde Punkte.

»Du hast dich für den Einzelkampf entschieden«, sagte die Stimme mit einem leisen Unterton der Anerkennung. »Das Spiel gestaltet jetzt deine Gegner ...«

»Zufallssprung.«

Sie bewegte sich immer schneller durch die Räume, in der Hoffnung, auf ihrem Pfad so viele Bruchstellen zu hinterlassen, daß Strimbello eine ganze Zeit brauchen würde, um sie zu finden, selbst wenn er versuchte, ihren Standort direkt zu ermitteln. Sie sprang, und die Szene war ...

Eine Bucht, umgeben von sich gemächlich wiegenden Palmen. Barbusige Nixen rekelten sich auf den nahen Felsen und kämmten sich die Haare, während sie sich ihrerseits zu schmachtender Hawaiigitarrenmusik wiegten.

Sie sprang.

Ein langer Tisch mit einem leeren Platz. Die zwölf Männer, die daran saßen und warteten, trugen alle lange Gewänder; die meisten hatten Bärte. Einer drehte sich um, als sie hereinplatzte, lächelte und rief: »Setz dich, o Herr.«

Sie sprang erneut und sprang immer weiter.

Ein völlig schwarzer Raum mit funkelnden Sternen hoch droben, wo eigentlich das Dach hätte sein sollen, und rot erleuchteten Spalten im Fußboden. Irgendwer oder -was stöhnte.

Eine Meute von tausend Männern mit glatten Köpfen wie Crashtest-Dummies, alle in den gleichen Overalls. Sie saßen in zwei langen Reihen auf Bänken und ohrfeigten sich.

Ein Urwald voller Schatten und Augen und leuchtender bunter Vögel. Eine Frau in einer zerrissenen Bluse war an einen Baum gefesselt. Ölige rote Blüten waren um ihre Füße aufgehäuft.

Ein Cowboysaloon. Die Bösen trugen Sporen und sonst nichts.

Eine schaukelnde Schiffskabine mit schwingenden Öllampen und Bierkrügen in kardanischen Halterungen.

Ein glitzernder Ballsaal, in dem alle Frauen ihre Gesichter hinter Tiermasken versteckten.

Eine mittelalterliche Schenke. Das Feuer brannte hoch, und draußen vor den winzigen Fenstern heulte etwas.

Eine leere Parkbank neben einer Straßenlaterne.

Ein Inferno aus dröhnendem Lärm und blendendem Licht, möglicherweise eine Disco.

Eine Höhle mit feuchten Wänden, erhellt von spinnwebartigen Leuchtfäden, die von der Decke hingen.

Eine altmodische Telefonzelle. Der Hörer baumelte herunter.

Eine Wüste mit Wänden.

Ein Casino, in dem die Gangsterära der Hollywoodfilme zu herrschen schien.

Eine Wüste ohne Wände.
Eine Stube mit einem glühend heißen Fußboden und Möbeln nur aus Metall.
Ein koreanischer Ziergarten mit ächzenden nackten Gestalten in allen Büschen.
Ein Straßencafé neben den Trümmern einer alten Autobahn.
Eine Gartenterrasse, die wie ein Theaterbalkon von einer hohen Felswand abstand. Daneben donnerte ein gewaltiger Wasserfall in die Schlucht hinunter ...

Schwindlig, beinahe krank vom Tempo ihrer Szenenwechsel blieb Renie auf der Terrasse stehen. Sie schloß die Augen, bis der Farbentumult sich beruhigt hatte, dann öffnete sie sie wieder. Ein paar aus dem guten Dutzend von Gästen, die am Rand des Gartens an Tischen saßen, blickten beiläufig auf und wandten sich dann wieder ihren Gesprächen und dem Schauspiel des Wasserfalls zu.

»Kann ich behilflich sein?« Ein lächelnder älterer Asiate war neben ihr aufgetaucht.

»Ich habe Probleme mit meinem Pad«, erklärte sie ihm. »Könntest du mich mit eurer Vermittlungszentrale verbinden?«

»Schon geschehen. Möchtest du einen Tisch haben, während du die Sache regelst, Herr Otepi?«

Verdammt. Sie hatte in einer der teuren Zonen des Clubs Halt gemacht. Natürlich hatten sie gleich bei ihrem Eintritt ihren Index abgerufen. Wenigstens hatten sie sie nicht festgehalten; vielleicht hatte Strimbello gar keine allgemeine Suchaktion angezettelt. Dennoch sollte sie ihr Glück nicht herausfordern. »Noch nicht, vielen Dank. Kann sein, daß ich gleich weiter muß. Nur einen Datenschutzschild bitte.«

Der Mann nickte, und weg war er. Ein blauer Lichtkreis legte sich auf Taillenhöhe um sie, zum Zeichen, daß sie abgeschirmt war. Sie konnte nach wie vor das Dröhnen des großen Wasserfalles hören und ihn die Felsen hinunter in die Schlucht stürzen sehen, wo er in einer weißen Gischtwolke verschwand, sie konnte sogar die anderen Gäste sehen und über dem Getöse des Wassers den einen oder anderen Gesprächsfetzen aufschnappen, aber diese anderen sollten sie eigentlich nicht mehr sehen und hören können.

Es gab keine Zeit zu verlieren. Sie zwang sich, ruhig zu überlegen. Sie durfte nicht eher gehen, als !Xabbu sicher offline war, doch wenn er das schon sein sollte, hatte sie keine Möglichkeit, es zu erfahren. Wenn sie blieb, würde Strimbello sie sicher eher früher als später finden. Er hatte vielleicht keine allgemeine Suchaktion ausgelöst - selbst als unbefugter Eindringling war sie wahrscheinlich im ganzen gesehen nicht sehr wichtig -, aber Strimbello selbst, ob er nun ein Mensch oder ein furchterregend realistischer Replikant war, hatte nicht wie einer gewirkt, der sich leicht geschlagen gab. Sie mußte einen Weg finden, innerhalb des Systems zu bleiben, bis sie entweder !Xabbu ausfindig gemacht hatte oder gezwungen war aufzugeben.

»*Fonverbindung.*«

Ein graues Viereck erschien vor ihr, als ob jemand ein Stück aus der Wirklichkeit herausgeschnitten hätte - oder vielmehr aus der Scheinwirklichkeit. Sie nannte die Nummer, die sie haben wollte, und gab dann den Kenncode ihres Pads ein. Das Viereck blieb grau, aber in der unteren Ecke tauchte ein leuchtendes Pünktchen auf und zeigte an, daß sie mit der Reservebank verbunden war, die sie für einen solchen Notfall angelegt hatte.

»*Karneval.*« Sie flüsterte, aber das war nur ein Reflex: Wenn der Datenschutzschild funktionierte, konnte sie das Codewort schreien, bis ihr die Lungen weh taten, ohne daß es jemand hörte. Wenn nicht, dann war alles, was sie getan hatte, ihren Verfolgern bereits bekannt.

Niemand schien zu gucken. Die Reservebank lud die neue Identität augenblicklich herunter. Sie war gelinde enttäuscht, daß sie nichts spürte - sollte eine Verwandlung, ein derart altehrwürdiges Zauberkunststück, nicht irgendeine Empfindung verursachen? Aber natürlich hatte sie sich gar nicht wirklich verwandelt: Sie hatte immer noch den unscheinbaren Sim, in dem sie gekommen war, und dahinter war immer noch Irene Sulaweyo, Dozentin und Gelegenheitsbanditin im Netz. Nur ihr Index hatte sich geändert. Herrn Otepi aus Nigeria gab es nicht mehr. Seinen Platz hatte Herr Babutu aus Uganda eingenommen.

Sie hob den Datenschutzschild auf und betrachtete den mächtigen Wasserfall, den eleganten Ziergarten. Kellner oder Wesen, die wie Kellner aussahen, glitten von Tisch zu Tisch wie Wasserläufer. Sie konnte nicht ewig hier bleiben. In so einem serviceintensiven Sektor des Clubs würde man rasch wieder auf sie aufmerksam werden, und sie wollte nicht, daß ihre neue Identität irgendwie mit der alten in Verbindung gebracht wurde. Natürlich würde es irgendwann jemandem auffallen: Sie war als Otepi gekommen, und am Ende irgendeines Abrechnungszeitraums würde ein Expertensystem bei der Kontrolle feststellen, daß Otepi niemals gegangen war. Aber bis dahin konnten Stunden oder gar Tage vergehen. Ein Netzknoten, der sich eines derart regen und konstanten Zuspruchs erfreute wie Mister J's, würde sich schwertun, die andere Hälfte der Unstimmigkeit zu entdecken, und mit etwas Glück war sie zu dem Zeitpunkt schon über alle Berge. Mit etwas Glück.

Mit einem Wort versetzte sie sich zurück in den Hauptsaal, wo sie in der großen und rührigen Menge leichter unbemerkt bleiben konnte. Zudem war sie müde und dankbar für die Gelegenheit, ein paar Minuten an einem Ort verweilen zu können. Aber was war mit !Xabbu? Er war so viel unerfahrener. Wie würde sich eine solche Belastung auf ihn auswirken, wenn er irgendwo allein und verängstigt in diesem ungeheuren Labyrinth herumirrte?

Der Saal war immer noch erfüllt von grellen Lichtern und langen Schatten, von Stimmengewirr und wilder Musik. Renie suchte sich eine in Dunkelheit getauchte Bank am Fuß einer der zyklopischen Wände aus und drosselte die Lautstärke ihrer Kopfhörer. Schwer zu sagen, wo sie anfangen sollte. Es gab hier so viele Zimmer, so viele öffentliche Räume. Sie war selber schon in Dutzenden gewesen, und sie war sicher, daß sie nur die Oberfläche angekratzt hatte. Und sie hatte nicht einmal eine Vermutung, wie viele Leute im Club sein mochten - Hunderttausende vielleicht. Mister J's war kein physischer Raum. Seine einzige Begrenzung war die Schnelligkeit und das Leistungsvermögen der Anlage, die dahinterstand. Ihr Freund konnte überall sein.

Renie schaute sich nach der rotierenden Bühne um. Die bleiche Sängerin und ihre gespenstische Band waren fort. An ihrer Stelle machte eine Gruppe Elefanten, die in jeder Beziehung normal waren bis auf ihre Kreissägen, Sonnenbrillen und merkwürdig stacheligen Instrumente - und natürlich das zarte Rosé ihrer schlaffen Haut -, langsame, stampfende Tanzmusik. Sie spürte das Bummern des Basses sogar noch durch ihre leise gestellten Kopfhörer.

»Verzeihung.« Einer der strahlenden Kellner hatte sich vor ihr aufgebaut.

»Danke, für mich nur die Sitzmiete«, sagte sie. »Ich ruhe mich bloß etwas aus.«

»Kein Problem, Sir, absolut nicht. Aber ich habe eine Nachricht für dich.«

»Für mich?« Sie beugte sich mit ungläubigem Blick vor. Sie fühlte ihre Haut prickeln. »Das ist unmöglich.« Er zog eine Augenbraue hoch. Sein Fuß wippte im Takt. Renie schluckte. »Ich meine, bist du sicher?«

Wenn der Kellner im Auftrag ihrer Verfolger sein Spiel mit ihr trieb, dann machte er das sehr überzeugend. Er kochte förmlich vor Ungeduld.»Oh, schnirpftn. Du bist doch Herr Babutu, oder? Denn wenn, dann möchte der Rest deiner Gruppe dich in der Kontemplationshalle treffen.«

Sie faßte sich wieder und bedankte sich; einen Sekundenbruchteil später war er auf und davon, ein indignierter Silberstreif.

Natürlich *konnte* es !Xabbu sein, dachte sie. Sie hatte ihm die Namen beider Notidentitäten gesagt, seiner und ihrer. Andererseits konnte es genauso gut Strimbello sein, oder vielleicht waren es andere, weniger voluminös gestaltete Clubangestellte, die eine Szene vermeiden wollten. !Xabbu oder Strimbello, es mußte der eine oder der andere sein - Herr Babutu existierte in Wirklichkeit gar nicht, deshalb konnte ihn niemand sonst suchen.

Was hatte sie für eine Wahl? Sie konnte die Möglichkeit, ihren Freund zu finden, nicht in den Wind schlagen.

Sie wählte im Hauptmenü die Kontemplationshalle und wechselte über. Sie meinte, eine fast unmerkliche Verzögerung beim Transfer wahrzunehmen, als ob das System gerade ungewöhnlich stark in Anspruch genommen würde, aber sie wurde den Gedanken nicht los, die Ursache könnte sein, daß sie irgendwo tief ins Herz des Systems befördert wurde, weit weg von der metaphorischen Oberfläche. Tief ins Innere der Bestie.

Die Halle war eine sehr bemerkenswerte Schöpfung, ein pseudoantiker Prunkbau von gigantischen Dimensionen. Hohe, von blühenden Ranken bewachsene Säulen trugen eine riesige runde Kuppel, die zum Teil geborsten und heruntergefallen war. Weiße Bruchstücke, einige so groß wie eine Doppelhaushälfte, schimmerten wie Gebeine am Fuß der Säulen, gebettet in heruntergetretene Moospolster. Ein strahlend blauer Himmel mit windzerrissenen Wolkenstreifen war durch das Loch in der Kuppel und zwischen den Säulenbögen auf allen Seiten zu sehen, als ob die Halle auf dem Olymp selber stände. Ein paar Sims, die meisten weit in der simulierten Ferne, schlenderten über die weitläufige graswachsene Fläche im Innern des Steinrunds.

Ihr behagte der Gedanke nicht, den äußeren Rand zu verlassen und in den offenen Raum zu treten, aber wenn die Direktion des Clubs sie hierher beordert hatte, dann war es egal, ob sie unauffällig zu sein versuchte oder nicht. Sie begab sich weiter zur Mitte und war, als sie sich umblickte, von der Vollständigkeit der Ausführung beeindruckt. Die Steine des wuchtigen Prunkbaus wirkten überzeugend alt, die Oberflächen waren von Rissen durchzogen, die Säulen von Grün umgeben und überwuchert. Kaninchen und andere Kleintiere streiften durch das hügelige Gelände, und ein zwitscherndes Vogelpaar baute sich auf einem der Bruchstücke der eingestürzten Kuppel ein Nest.

»Herr Babutu?«

Sie fuhr herum. »Wer bist du?«

Vor ihr stand ein großer, hohlwangiger Mann, den sein ausgebeulter dunkler Anzug massiger erscheinen ließ, als er war. Er hatte einen hohen, abgestoßenen schwarzen Zylinder auf; ein gestreifter Schal hing ihm locker um den langen Hals. »Ich bin Schlupf.« Er lächelte breit und tippte an den Hut. Die Schäbigkeit seiner Aufmachung stach merkwürdig von seinen flinken, lebhaften Bewegungen ab. »Dein Freund Herr Wonde schickt mich. Hast du seine Nachricht bekommen?«

Renie beäugte ihn. »Wo ist er?«

»Bei ein paar von meinen Kumpeln. Komm mit - ich bring dich hin.« Er zog etwas aus seiner Jacke. Falls er Renie bei dieser Bewegung zucken sah, ließ er es sich nicht anmerken, sondern führte statt dessen die lädierte Flöte an die Lippen und spielte ein paar pfeifende Takte einer Weise, deren Titel ihr nicht einfiel, aber die ihr ein bekanntes Kinderlied zu sein schien. Ein Loch tat sich zwischen ihnen im Gras auf. Renie sah Stufen, die hinunterführten.

»Warum ist er nicht selbst gekommen?«

Schlupf war schon bis zur Taille im Loch, so daß der obere Rand seiner schwarzen Angströhre sich ungefähr auf Renies Augenhöhe befand. »Es geht ihm nicht gut, glaub ich. Er hat mich halt gebeten, dich zu holen. Wenn du Fragen stellen würdest, sollte ich dich an ein Spiel mit Fäden erinnern.«

Das Fadenspiel. !Xabbus Lied. Renie fühlte, wie die Sorge zentnerschwer von ihr abfiel. Niemand außer dem Buschmann konnte davon etwas wissen. Schlupfs Hut tauchte soeben unter die Oberfläche. Sie stieg hinter ihm hinab.

Der Tunnel schien ein Ort aus einem Kinderbuch zu sein, die Wohnung eines sprechenden Tieres oder eines anderen zauberischen Wesens. Obwohl sie und Schlupf sich sehr bald weit unterhalb der Höhe der simulierten Erdoberfläche befanden, war die Tunnelwand von kleinen Fenstern durchbrochen, und durch jedes konnte sie eine Szene künstlich erzeugter Naturschönheit sehen - Flußlandschaften, Wiesen, windgezauste Eichen- und Buchenwälder. Hier und da kamen sie auf der Abwärtswindung der Treppe an kleine Türen, die nicht höher waren als Renies Knie, jede mit einem Türklopfer und einem winzigen Schlüsselloch. Der Drang, eine zu öffnen, war sehr stark. Der Ort glich einem wunderbaren Puppenhaus.

Aber sie konnte nicht stehenbleiben und schauen. Obwohl sie sich ständig mit einer Hand an dem geschwungenen Handlauf festhalten mußte, sprang Schlupf trotz seiner langen Beine und breiten Schultern mit raschen Schritten vor ihr die Treppe hinunter und spielte dabei weiter auf seiner Flöte. Nach wenigen Minuten war er in dem wendeligen Treppenschacht nicht mehr zu sehen. Nur das dünne Flötenecho bewies, daß er noch vor ihr war.

Die Treppe schraubte sich tiefer und tiefer. Ab und zu meinte sie, hinter den Türen hohe Stimmen zu hören, oder fiel ihr Blick auf ein helles Auge, das durch ein Schlüsselloch spähte. Einmal mußte sie den Kopf einziehen, um sich nicht an einer Wäscheleine zu erdrosseln, die mitten über die Treppe gespannt war. Winzige Kattunsachen, kein Stück größer als eine Scheibe Brot, klatschten ihr feucht ins Gesicht.

Immer tiefer ging es nach unten. Immer mehr Stufen, immer mehr Türen und das ständige Trillern von Schlupfs immer weiter entschwindender Musik - Renie merkte, wie der Märchenzauber langsam verflog. Sie sehnte sich nach einer Zigarette und einem Glas Bier.

Sie zog abermals den Kopf ein, um unter einer niedrigen Stelle im Treppenschacht hindurchzutauchen, und als sie ihn wieder hob, hatte sich das Licht verändert. Bevor sie reagieren konnte, traf ihr Fuß plötzlich auf Widerstand, und der Stoß, den ihr das versetzte, wäre schmerzhaft gewesen, wenn ihr Körper nicht in der TH in den Gurten gehangen hätte. Sie war unten angekommen.

Vor ihr erstreckte sich, gewissermaßen als Fortsetzung des Märchenmotivs, eine Geheimnisvolle Höhle, eine von der Art, wie sie frischfröhliche Kinder in frischfröhlichen Geschichten entdeckten. Sie war lang und niedrig, nur Gestein und weiche Erde. Die Decke war mit Würzelchen behaart, als ob die Grotte ein Hohlraum unter dem Waldboden wäre, aber winzige Lichter funkelten inmitten des Gespinstes. Der Erdboden war mit Haufen merkwürdiger Dinge bedeckt. Einige - Federn und glänzende Perlen und geschliffene Steine - sahen aus, als wären sie von Erdtieren oder Vögeln gesammelt und dann liegengelassen worden. Andere, zum Beispiel eine Grube voller Puppenglieder und -köpfe, wirkten allzu bemüht, wie ein universitäres Kunstprojekt zum Thema ›verdorbene Unschuld‹. Andere Dinge waren schlicht unverständlich, blanke Kugeln und Würfel und weniger eindeutige geometrische Figuren, die auf dem Boden herumlagen. Von einigen schien ein schwaches Licht auszugehen.

Schlupf stand grinsend vor ihr. Selbst in gebückter Haltung schwebte sein Kopf zwischen den flimmernden Feenlichtern. Er setzte die Flöte an und spielte wieder, wobei er einen langsamen Tanz aufführte. Etwas an ihm war unpassend, ein Mißverhältnis, das Renie nicht recht benennen konnte. Wenn er ein Rep war, dann war er eine wirklich originelle Schöpfung.

Schlupf blieb stehen und steckte die Flöte wieder weg. »Du bist langsam«, sagte er mit leisem Spott in seiner tiefen Stimme. »Komm schon, dein Freund wartet.«

Mit einer ausladenden Handbewegung machte er eine ironische Verbeugung und trat zurück. Damit gab er ihr den Blick auf das andere Ende der langen Höhle frei, wo schattenhafte Gestalten den Schein eines Lagerfeuers umringten. Trotz ihres erneuten Gefühls, auf der Hut sein zu müssen, trat Renie vor. Ihr Herz raste.

!Xabbu oder ein Sim, der seinem sehr ähnlich sah, saß im Kreis einer Gruppe viel schärfer gezeichneter Gestalten, alles Männer in ehemals feiner, jetzt aber abgerissener Kleidung, ähnlich wie Schlupf. Mit seinen bloß angedeuteten Gesichtszügen und seinen groben körperlichen Details sah der Buschmann nachgerade wie ein Lebkuchenmännlein aus.

Noch mehr Märchen. Langsam wurde es Renie ein bißchen zuviel.

»Alles okay mit dir?« fragte sie auf dem Privatband. »!Xabbu! Bist du's?«

Es kam keine Antwort, und einen Augenblick lang war sie sicher, daß man sie hereingelegt hatte. Dann wandte der Sim sich ihr zu, und eine Stimme, die trotz der Verzerrung deutlich erkennbar die des Buschmanns war, sagte: »Ich bin sehr froh, daß meine neuen Freunde dich gefunden haben. Ich bin schon so lange hier. Allmählich dachte ich, du hättest mich hier zurückgelassen.«

»Sprich mit mir! Wenn du mich hören kannst, heb einfach die Hand.«

Der Sim rührte sich nicht, sondern sah sie mit ausdruckslosen Augen an.

»Ich würde dich nicht verlassen«, sagte sie schließlich. »Wie bist du hier gelandet?«

»Wir haben ihn aufgelesen, als er verirrt und durcheinander umhergewandert ist.« Schlupf setzte sich ans Feuer und zog dabei seine langen Beine an.»Meine Freunde und ich.« Er deutete auf die anderen im Kreis.»Das sind Pumpernickel, Zischer und Twill.« Seine Kameraden waren dick, dünn und noch dünner. Keiner war so groß wie Schlupf, aber ansonsten machten alle einen ganz ähnlichen Eindruck, aufgedreht, zappelig und ständig dabei, sich zu knuffen.

»Vielen Dank.« Renie wandte ihre Aufmerksamkeit wieder !Xabbu zu.»Wir müssen jetzt gehen. Wir sind ziemlich spät dran.«

»Möchtet ihr uns nicht doch lieber noch ein Weilchen Gesellschaft leisten?« Schlupf spreizte die Hände vor den Flammen.»Wir kriegen hier nicht viele Besucher.«

»Das würde ich gern. Ich bin euch sehr dankbar für eure Hilfe. Aber wir überziehen unsere Verbindungszeit.«

Schlupf zog die Augenbrauen hoch, als ob sie etwas leicht Anstößiges gesagt hätte, aber blieb stumm. Renie beugte sich vor und legte ihre Hand auf !Xabbus Schulter, wobei sie, wie ihr deutlich bewußt war, in der TH gerade seinen wirklichen Körper anfaßte. Trotz der geringen Kraftreflexion fühlte sie unverkennbar die schmale, vogelähnliche Statur ihres Freundes.»Komm jetzt. Wir gehen.«

»Ich weiß nicht wie.« Es lag nur ein klein wenig Traurigkeit in seiner Stimme, aber eine große Mattigkeit, als ob er gleich einschlafen wollte.»Ich habe es vergessen.«

Renie fluchte im stillen und leitete die Austrittssequenz für sie beide ein, aber als die Höhle um sie herum zu verschwimmen und zu verblassen begann, merkte sie, daß !Xabbu den Übergang nicht mitvollzog. Sie brach den Austritt ab.

»Irgendwas stimmt nicht«, sagte sie.»Irgendwas hält ihn hier fest.«

»Vielleicht müßt ihr doch noch etwas bleiben.« Schlupf lächelte.

»Das wäre schön.«

»Herr Wonde kann uns noch ein paar Geschichten erzählen«, sagte Pumpernickel mit deutlichem Vergnügen auf seinem runden Gesicht.

»Ich hätte nichts dagegen, die von der Luchsfrau und dem Morgenstern nochmal zu hören.«

»Herr Wonde *kann* euch keine Geschichten mehr erzählen«, sagte Renie scharf. Waren diese Männer Schwachköpfe? Oder waren sie bloß Reps, die in einer Schleife festhingen und immer wieder irgendeine seltsame Szene durchspielten, in die sie und !Xabbu hineingestolpert waren?»Herr Wonde muß gehen. Unsere Zeit ist um. Wir dürfen nicht länger bleiben.«

> 242

Der windhunddünne Twill nickte ernst mit dem Kopf.»Dann müßt ihr den Herren Bescheid sagen. Die Herren überwachen alles Kommen und Gehen. Sie werden die Sache in Ordnung bringen.«

Renie meinte zu wissen, wer diese Herren waren, und wußte, daß sie nicht vorhatte, den Leitern des Clubs ihr Problem vorzutragen.»Das können wir nicht. Wir ... wir haben unsere Gründe.« Die Männer rings um das Feuer runzelten die Stirn. Wenn sie Replikanten waren, konnten sie jeden Moment eine automatische Pannenmeldung an die Störungssucher des Clubs durchgeben. Sie brauchte Zeit, um herauszufinden, warum !Xabbu sich nicht aus dem Netz herausholen ließ.»Es ... es gibt einen sehr bösen Mann, der vorgibt, einer der Herren zu sein. Wenn die Herren gerufen werden, wird dieser Bösewicht uns finden. Wir dürfen sie nicht benachrichtigen.«

Alle Männer nickten jetzt wie abergläubische Wilde in einem abgeschmackten billigen Netzstreifen.»Dann werden wir euch helfen«, sagte Schlupf enthusiastisch.»Wir werden euch gegen den Bösewicht beistehen.« Er wandte sich an seine Kameraden.»Die Colleen. Die Colleen wird wissen, was für diese Leute getan werden muß.«

»Das stimmt.« Zischers Lispeln verriet die Herkunft seines Namens. Er sprach langsam und hatte ein schiefes Grinsen.»Sie wird helfen. Aber sie wird dafür was haben wollen.«

»Wer ist die Colleen?« Das war das irische Wort für Mädchen - waren diese Männer im RL Iren, oder wie kamen sie auf den Namen? Renie kämpfte gegen ihre Furcht und Ungeduld an. Ihrem Freund ging es sehr schlecht, die Clubdirektion suchte nach ihr, und Strimbello hatte gesagt, er wisse, wer sie wirklich sei, doch anstatt !Xabbu zu nehmen und sich schleunigst davonzumachen, war sie gezwungen, an einer Art Märchenszenarium teilzunehmen. Sie blickte den Buschmann an. Sein Sim saß regungslos neben dem Feuer, starr wie eine Schmetterlingspuppe.

»Sie weiß viel«, sagte Pumpernickel.»Manchmal verrät sie was.«

»Sie kann zaubern.« Schlupf fuchtelte mit seinen langen Händen herum, wie um es vorzumachen.»Sie erfüllt Wünsche. Aber sie will was dafür.«

Renie konnte sich nicht mehr zurückhalten.»Wer seid ihr? Was macht ihr hier? Wie seid ihr hierhergekommen?«

»Das sind sehr, sehr gute Fragen«, sagte Twill langsam. Er schien der Denker unter ihnen zu sein.»Wir müßten der Colleen viele Geschenke machen, um auf alle eine Antwort zu erhalten.«

»Willst du damit sagen, ihr wißt nicht, wer ihr seid oder wie ihr hergekommen seid?«

»Wir haben ... *Vermutungen*«, sagte Twill bedeutungsschwer. »Aber wir sind uns nicht sicher. Wir diskutieren manchmal nachts darüber.« »Twill ist der beste Diskutierer«, erklärte Schlupf. »Vor allem deshalb, weil alle andern müde werden und aufhören.«

Sie mußten Replikanten sein, diese Männer, aber sie wirkten irgendwie verloren, abseits vom übrigen Club mit seinem grellen Glanz und seinen kalkulierten Lockungen. Es lief Renie eiskalt über den Rücken bei der Vorstellung, daß hier womöglich Konstrukte, codierte Gearelemente um ein virtuelles Lagerfeuer herumsaßen und über Metaphysik diskutierten. Sie wirkten so ... einsam. Sie sah zu den glitzernden Lichtern im Wurzelgewirr über ihr auf. Wie Sterne. Kleine Flammen, die die Dunkelheit in der Höhe auflockerten, so wie ein Lagerfeuer ein Bollwerk gegen die Dunkelheit auf Erden bildete.

»Na schön«, sagte sie schließlich. »Bringt uns zu dieser Colleen.«

Schlupf beugte sich vor und zog eines der brennenden Scheite aus dem Feuer. Seine drei Freunde taten das gleiche, und ihre Gesichter waren auf einmal feierlich ernst. Renie konnte sich des Gefühls nicht erwehren, daß dies alles auf merkwürdige Weise ein Spiel für sie war. Sie streckte die Hand nach dem letzten Holzscheit aus, aber Twill winkte ab. »Nein«, sagte er. »Wir müssen das Feuer stets brennen lassen. Damit wir wieder zurückfinden.«

Renie half !Xabbu auf die Füße. Er schwankte leicht, als wollte er vor Erschöpfung gleich ohnmächtig werden, aber blieb allein stehen, als sie ihre Hand wegnahm und sich den Männern zudrehte. »Ihr habt gesagt, wir müßten ihr ein Geschenk mitbringen. Ich habe nichts.«

»Dann mußt du ihr eine Geschichte schenken. Dein Freund Herr Wonde kennt viele - er hat uns ein paar erzählt.« Pumpernickel lächelte bei der Erinnerung. »Gute Geschichten waren das.«

Schlupf, der voranging, mußte sich immer wieder ducken, um nicht mit dem Kopf in die baumelnden Wurzeln zu kommen. Zischer machte den Abschluß; er hielt seine Fackel hoch, damit Renie und !Xabbu von Licht umgeben waren. Beim Gehen bemerkte Renie eine leichte Unschärfe an den Rändern ihres Gesichtsfeldes. Ohne daß sie es direkt geschehen sah, veränderte sich die Szenerie um sie herum. Die zarten Würzelchen über ihnen wurden dicker und die winzigen Lichter trüber. Die weiche, lehmige Erde unter ihren Füßen wurde härter. Nach einer Weile stellte

Renie fest, daß sie durch eine Reihe von steinernen Höhlen schritten, wo nur die Fackeln ihren Weg erhellten. Seltsame Figuren bedeckten die Höhlenwände, Zeichnungen, die mit Holzkohle und Blut ausgeführt worden sein mochten, primitive Darstellungen von Tieren und Menschen. Der Weg schien nach unten zu führen. Renie faßte nach !Xabbu, wobei sie sich in erster Linie seiner Gegenwart vergewissern wollte. Sie fühlte sich allmählich fast ebenso sehr als Bestandteil dieses Ortes wie Schlupf und die anderen. Welcher Teil des Clubs war das hier? Welchen Zweck hatte er?

»!Xabbu, kannst du mich hören?« Noch immer keine Reaktion auf dem Privatband. »Wie fühlst du dich? Alles in Ordnung?«

Er brauchte lange, bis er antwortete. »Ich ... ich höre dich schlecht. Es sind noch andere Einflüsse da, ganz nahe.«

»Was meinst du mit anderen Einflüssen?«

»Das ist schwer zu sagen.« Seine Stimme klang apathisch. »Ich glaube, die Menschen des Urgeschlechts sind in der Nähe. Oder vielleicht der Hungrige, der vom Feuer Verbrannte.«

»Was soll das heißen?« Sie rüttelte ihn leicht an der Schulter, um seine sonderbare Lethargie zu durchbrechen, aber er kippte nur ein wenig zur Seite und wäre fast gestolpert. »Was ist los mit dir?« !Xabbu antwortete nicht. Zum erstenmal, seit sie ihn gefunden hatte, bekam Renie es wirklich mit der Angst zu tun.

Schlupf war vor einem großen natürlichen Torbogen stehengeblieben. Eine Kette grob gezeichneter Augen, dunkel wie Blutergüsse auf dem fackelbeschienenen Stein, lief rundherum. »Wir müssen leise gehen«, flüsterte er und legte einen langen Finger an seine Lippen. »Die Colleen mag kein lautes Getrampel.« Er führte sie unter dem Bogen hindurch.

Die Höhle dahinter war nicht so finster wie der Gang davor. Am anderen Ende brach scharlachrotes Licht aus einer Spalte im Boden und färbte den wallenden Dampf. Kaum zu sehen durch den rötlichen Dunst saß jemand auf einem hohen steinernen Thron, still wie eine Statue.

Die Figur rührte sich nicht, aber eine Stimme erfüllte die Höhle, ein brausendes Grollen, das sich trotz der deutlich zu verstehenden Worte eher wie eine Kirchenorgel als wie menschliche Rede anhörte.

»Tretet vor!«

Renie zuckte zurück, aber Schlupf nahm sie am Arm und führte sie zu der Spalte. Die anderen halfen !Xabbu, über den holperigen Boden zu gehen. *Es ist - wie hieß es noch gleich? - das Orakel von Delphi*, dachte Renie. *Irgendwer hat sich hier mit griechischer Mythologie beschäftigt.*

Die Gestalt auf dem Steinsitz erhob sich und breitete ihren Umhang wie Fledermausflügel aus. Es war durch das grobe Gewand und den hüllenden Dampf schwer zu erkennen, aber sie schien zu viele Arme zu haben.

»Was sucht ihr?« Die dröhnende Stimme kam von überall gleichzeitig. Renie mußte zugeben, daß das Ganze eindrucksvoll unheimlich war. Die Frage war nur, ob es wirklich etwas nützte, diesen ganzen Mumpitz mitzumachen.

»Sie wollen fortgehen«, sagte Schlupf. »Aber sie können nicht.«

Eine ganze Weile herrschte Schweigen.

»*Ihr vier müßt gehen. Alles weitere betrifft nur noch sie.*«

Renie wollte sich noch bei Schlupf und seinen Freunden bedanken, aber sie eilten bereits zum Höhleneingang zurück und rempelten dabei in ihrer Hast aneinander wie eine Bande von Lausbuben, die gerade einen Knallkörper angezündet hatten. Plötzlich begriff sie, was ihr seit ihrer ersten Begegnung an Schlupf merkwürdig vorgekommen war, ebenso wie an seinen Kameraden. Sie bewegten sich und redeten wie Kinder, nicht wie Erwachsene.

»*Und was wollt ihr mir für meine Hilfe geben?*« fragte die Colleen.

Renie drehte sich um. !Xabbu war vor der Spalte zu Boden gesunken. Sie straffte die Schultern und ließ ihre Stimme so ruhig klingen, wie sie konnte. »Die vier da haben uns gesagt, wir könnten eine Geschichte erzählen.«

Die Colleen beugte sich vor. Ihr Gesicht war verschleiert und unkenntlich, aber die Gestalt unter den Gewändern war unabhängig von der Zahl der Arme deutlich weiblich. Im Lichtschein sah Renie vor der Dunkelheit ihrer Brust ein Halsband aus großen bleichen Perlen schimmern. »*Nicht einfach irgendeine Geschichte. Eure Geschichte. Sagt mir, wer ihr seid, und ich werde euch freilassen.*«

Die Worte verschafften Renie eine Atempause. »Wir möchten ganz einfach gehen, und irgend etwas hindert uns daran. Ich bin Wellington Babutu aus Kampala in Uganda.«

»*Lügner!*« Das Wort krachte herunter wie ein schweres Eisengatter. »*Sag mir die Wahrheit.*« Die Colleen hob zu Fäusten geballte Hände hoch. Es waren acht. »*Du kannst mich nicht täuschen. Ich weiß, wer ihr seid. Ich weiß genau, wer ihr seid.*«

Renie stolperte in jäher Panik zurück. Strimbello hatte das auch gesagt - war dies alles ein Spiel, das er mit ihnen trieb? Sie versuchte, noch einen Schritt zu tun, und stellte fest, daß sie das sowenig konnte, wie sich von der Spalte abwenden. Das brennende Licht war auf einmal sehr hell; das rote Glühen und der davon abstechende dunkle Umriß der Colleen waren jetzt fast das einzige, was sie erkennen konnte.

»*Du wirst nirgendwo hingehen, bevor du mir deinen richtigen Namen gesagt hast.*« Jedes Wort schien physisches Gewicht zu haben, traf sie mit niederschmetternder Gewalt wie ein Hammerschlag nach dem anderen. »*Du bist an einem Ort, an dem du nicht sein solltest. Du weißt, daß du ertappt worden bist. Du wirst glimpflicher wegkommen, wenn du dich nicht sträubst.*«

Die Eindringlichkeit dieser Stimme und die ständigen Schlangenbewegungen der Arme vor dem Hintergrund des grellen Lichts waren seltsam zwingend. Renie verspürte einen nahezu übermächtigen Drang, sich auszuliefern, die ganze Geschichte ihres Betrugs zu bekennen. Warum sollte sie ihnen nicht sagen, wer sie war? Die anderen waren die Verbrecher, nicht sie selbst. Diese Leute hatten ihrem Bruder etwas angetan und Gott weiß wie vielen anderen noch. Warum sollte sie es geheimhalten? Warum nicht einfach alles hinausschreien?

Die Höhle krümmte sich um sie herum. Das scharlachrote Licht schien auf dem Grund eines tiefen Lochs zu brennen.

Nein. Es ist eine Art Hypnose, die mich in die Knie zwingen soll. Ich muß standhalten. Standhalten. Für Stephen. Für !Xabbu.

»*Sprich!*« verlangte die Colleen.

Ihr Sim ließ sich weder zurückbewegen noch sich abwenden. Die schlangenhaften Arme beschrieben immer schnellere Figuren, zerhackten das Strahlen aus der Spalte in einen blitzenden Wechsel von Dunkel und Hell.

Ich muß die Augen schließen. Aber nicht einmal das konnte sie. Renie bemühte sich angestrengt, an etwas anderes zu denken als an die Gestalt vor ihr, die fordernde Stimme. Wie konnten die sie daran hindern, auch nur zu blinzeln? Es war doch nur eine Simulation. Eine physische Einwirkung war ausgeschlossen, es mußte eine Art extrem starker Hypnose sein. Aber was hatte das alles zu bedeuten? Wieso »Colleen«? Wieso Mädchen? Eine Jungfrau, wie beim delphischen Orakel? Warum so ein Theater, nur um unbefugte Eindringlinge zu erschrecken? Sowas konnte man veranstalten, um einem Kind Angst einzujagen ...

Acht Arme. Eine Halskette aus Schädeln. Renie war in Durban aufgewachsen, einer Stadt mit einem großen indischen Bevölkerungsanteil; sie begriff jetzt, was das Wesen vor ihr darstellen sollte. Aber Leute von anderswoher verstanden vielleicht den Namen des Orakels nicht, vor allem Kinder. Schlupf und seine Freunde hatten wahrscheinlich noch nie von der hinduistischen Todesgöttin Kali gehört und sich deshalb ihren eigenen Reim auf den Namen gemacht.

Schlupf, Twill - das waren keine Erwachsene, erkannte sie plötzlich, es waren Kinder oder kinderartige Replikanten. Daher der merkwürdige Eindruck, den sie auf sie gemacht hatten. Hier an diesem gräßlichen Ort wurden Kinder dazu benutzt, andere Kinder zu fangen.

Dann hält dieses Monster mich ebenfalls für ein Kind! Und Strimbello auch! Sie hatten eine falsche Identität gewittert, aber sie hatten vermutet, Renie wäre ein Kind, das als Erwachsener getarnt den Club durchstreifte. Aber wenn das stimmte, dann hatten Schlupf und seine Kumpane sie derselben Prozedur ausgeliefert, die Stephen und Gott weiß wie viele andere gebrochen hatte.

!Xabbu lag immer noch hilflos glotzend auf den Knien. Auch er war gefangen - vielleicht war er schon gefangen gewesen, bevor sie ihn überhaupt gefunden hatte, und war mittlerweile genauso weit weg wie Stephen. Er konnte nicht aussteigen.

Aber Renie konnte es, oder wenigstens hatte sie es vor wenigen Minuten noch gekonnt.

Einen Moment lang hörte sie auf, gegen die unsichtbare Fesselung anzukämpfen. Aufgabe witternd dehnte sich die dunkle Gestalt Kalis aus, bis sie ihr ganzes Gesichtsfeld ausfüllte. Das verschleierte Gesicht neigte sich vor, der Umhang blähte sich wie der aufgespreizte Hut einer Kobra. Die Lichter blinkten. Ermahnungen, Befehle, Drohungen stürzten auf Renie ein und vereinigten sich zu einem tumultuarischen Geleier von einer Lautstärke, daß ihre Kopfhörer zu vibrieren schienen.

»*Ende.*«

Nichts geschah. Ihr Sim blieb als widerwilliger Verehrer zu Kalis Füßen festgebannt. Aber das war absurd - sie hatte das Codewort gesagt, ihr System war auf Sprachbefehle programmiert. Es gab keinen Grund, weshalb es nicht funktionieren sollte.

Sie starrte in einen wilden Strudel aus rotem Licht, krampfhaft bemüht, in dem ohrenbetäubenden unaufhörlichen Lärm die Konzentration zu bewahren, der Panik nicht zu erliegen und nachzudenken.

Jeder Sprachbefehl sollte eigentlich ihr System in der TH initiieren ... es sei denn, diese Leute konnten irgendwie ihre Stimme genauso blockieren, wie sie ihren Sim festgebannt hatten. Aber wenn sie dazu imstande waren, wozu sie dann mit so viel Aufwand an diesen Ort lotsen, wenn Strimbello sie ebenso gut im Gelben Zimmer hätte immobilisieren können? Wozu eine derartige Schau veranstalten? Sie mußten sie *hier* haben wollen, isoliert, wehrlos ausgesetzt diesem optischen und akustischen Bombardement. Es mußte Hypnose sein, irgendein Verfahren mit extrem schnellem Lichttakt und besonderen Schalleffekten, die direkt auf das Nervensystem einwirkten, eine Technik, die ihre körperlichen Reaktionen von ihren höheren Denkprozessen abkoppelte. Was bedeuten konnte, daß sie gar nichts gesagt, sondern nur gedacht hatte, sie hätte.

»*Ende!*« schrie sie. Noch immer geschah nichts. Es war schwer, sich zu konzentrieren, schwer, ihren wirklichen Körper unter dem blendenden, staccato pulsenden Licht und dem schmerzhaften Brummen von einer Million Wespen in den Ohren zu fühlen. Sie spürte, wie ihre Angreiferin auf den Panzer der Konzentration einschlug, das einzige, was sie noch vor einem Absturz ins Nichts bewahrte. Sie konnte ihn nicht mehr viel länger aufrechterhalten.

Totmannschalter. Das Wort flackerte auf, ein von dem Malstrom losgerissener Erinnerungsfetzen. *Jedes System hat einen Totmannschalter. Eine Sicherung, die dich hinausbefördert, wenn du ernste Schwierigkeiten hast, einen Schlaganfall oder etwas in der Art. Die TH mußte auch einen haben.* Es war so laut, so fürchterlich laut. Jeder Gedanke glischte weg wie ein aus dem Glas gefallener Goldfisch. *Herzfrequenz? Ist der Schalter an die EKG-Kontrolle im Gurtzeug angeschlossen?*

Sie mußte einfach davon ausgehen, es war die einzige Chance, die sie noch hatte. Sie mußte versuchen, ihren Puls über die zulässige Gefahrengrenze hinaus in die Höhe zu treiben.

Renie ließ der Angst, die sie mit aller Gewalt unterdrückt hatte, endlich freien Lauf. Das war nicht schwer. Selbst wenn ihre Vermutung stimmte, gab es nur eine hauchdünne Chance, daß dieser Plan funktionierte. Wahrscheinlicher war, daß er nicht klappte und sie, wie Stephen vor ihr, durch einen langen Tunnel in die Nacht absank, in eine Nacht, die vom Tod nicht zu unterscheiden war.

Sie fühlte ihren physischen Körper nicht mehr, der zweifellos nutzlos neben !Xabbus im Gurtraum baumelte. Sie war nur noch Augen und

Ohren, an den Rand des Wahnsinns getrieben von dem heulenden Lichtwirbelsturm, der Kali war.

Ungehemmt und ohne Ventil schoß die Verzweiflung durch sie hin wie ein furchtbarer lautloser Stromstoß auf dem elektrischen Stuhl. Aber er reichte nicht aus - sie brauchte mehr. Sie dachte an ihr Herz und stellte sich vor, wie es pumpte. Jetzt, wo sie zuließ, daß die nackte Angst das Bild bestimmte, visualisierte sie sein immer schnelleres Hämmern, sein Ringen darum, eine Notsituation zu bewältigen, für die die Evolution nicht hatte vorsorgen können.

Es ist hoffnungslos, sagte sie sich und malte sich aus, wie ihr Herz bebte und hetzte. *Ich werde hier sterben oder für alle Zeit ins Nichts stürzen.* Der dunkle Muskel war ein scheues, heimliches Ding wie eine aus der Schale gerissene Auster, die chancenlos um ihr Überleben kämpfte. Er pumpte und jagte und verstolperte sich, wenn asynchrone Faserrhythmen ihn aus dem Takt warfen.

Heiße und kalte Blitze durchzuckten sie, Angstzustände von toxischer Stärke, Schauer hilfloser tierischer Panik.

Rasend, ringend, versagend.

Ich bin verloren, genau wie Stephen, genau wie !Xabbu. Bald werde ich im Krankenhaus liegen, eingeschlossen in einen mit Sauerstoff gefüllten Leichensack, tot, totes Fleisch.

Bilder flimmerten vor ihr auf, sprangen aus dem kaleidoskopischen Treiben heraus, das vor ihrem inneren Auge wogte - Stephen, grau und bewußtlos, für sie unerreichbar, wie er irgendwo in einer leeren, gottverlassenen Gegend herumirrte.

Ich sterbe.

Ihre Mutter, schreiend vor Qual in ihren letzten Momenten, eingeschlossen im Obergeschoß des Kaufhauses mit den gierig nach oben kletternden Flammen und sich bewußt, daß sie ihre Kinder nie wiedersehen würde.

Ich sterbe, sterbe.

Der Zerstörer Tod, das große Nichts, die eiskalte Faust, die dich packt und zerquetscht, dich zu Staub zerdrückt, der in der leeren Finsternis zwischen den Sternen treibt.

Ihr Herz stotterte, ächzte dem Kollaps entgegen wie ein zu heiß gelaufener Motor.

Ich sterbe ich sterbe ich sterbe ich ...

Die Welt machte einen Ruck und wurde grau; Hell und Dunkel waren gleichmäßig verwischt. Renie spürte, wie ein stechender Schmerz ihren Arm hinunterfuhr, ein Feuerstrahl. Sie war in irgendeinem Dazwischen, sie war am Leben, nein, sie war im Begriff zu sterben, sie ... *Ich bin draußen*, dachte sie, und der Gedanke klirrte in ihrem urplötzlich weiträumigen, hallenden Schädel. Die schrille Bedröhnung war verstummt. Ihre Gedanken gehörten wieder ihr, aber selbst durch den Schmerz zog noch eine riesengroße, zähklebende Müdigkeit an ihr. *Ich muß einen Herzanfall haben.*

Aber ihr Vorgehen war bereits beschlossen gewesen, bevor sie angefangen hatte. Sie konnte es sich nicht leisten, darüber nachzudenken, was sie tun sollte, durfte dem Schmerz keine Beachtung schenken – noch nicht.

»*Zurück zum letzten Knoten.*« So laut ihre Stimme gegen die neue Stille in ihrem Kopf war, war sie doch nur ein trockenes Wispern.

Noch bevor das Grau sich fertig hergestellt hatte, war es auch schon fort. Die Höhle umgab sie wieder mit dem rot lodernden Licht. Ihr Standort hatte sich geändert; jetzt stand sie auf einer Seite von Kali, die sich über die zusammengekauerte Gestalt !Xabbus gebeugt hatte wie ein interessierter Geier. Die Arme der Todesgöttin waren regungslos, die unerträgliche Stimme stumm. Ihr verschleiertes Gesicht schwenkte zu der Stelle herum, an der Renie wieder aufgetaucht war.

Renie sprang vor und ergriff den Sim des Buschmanns. Der nächste reißende Blitz schoß ihren Arm hoch; sie biß die Zähne zusammen und unterdrückte eine Aufwallung von Übelkeit. »*Ende!*« schrie sie und löste den Austritt für sie beide aus, brach jedoch augenblicklich ab, als !Xabbus Teil des Programms nicht reagierte. Wieder kam ihr der Magen hoch. Der kleine Mann war immer noch irgendwie gefangen, wurde immer noch festgehalten. Sie mußte einen anderen Weg finden, um ihn herauszuholen.

Ein Schatten strich über sie hinweg wie ein negativer Suchscheinwerfer. Sie blickte auf und sah die rotumrandete Gestalt Kalis mit weit ausgebreiteten Armen über sich stehen.

»*O Scheiße.*« Wie lebensecht mochte diese Simulation sein? überlegte Renie und packte !Xabbu noch fester. Sie wappnete sich innerlich gegen den unvermeidlichen Schmerz, gab sich einen Ruck und rammte eine Schulter in die mittlere Partie des Orakels. Es gab keinen spürbaren Kontakt, aber das Wesen glitt ein Stück zurück bis mitten über die dampfende Grube. Eingetaucht in den roten Schein hing das Ungeheuer im Raum, die Füße auf nichts gesetzt.

Eine der vielen Hände flog zu Kalis Gesicht hoch, riß den Schleier weg und enthüllte blaue Haut, einen aufgerissenen Rachen, eine weit heraushängende rote Zunge ... und keine Augen.

Damit sollte Renie gebannt werden, bis die visuellen Tricks wieder losgehen konnten. Vorher wäre das vielleicht geglückt, aber jetzt hatte sie einfach nicht mehr die Kraft zu erschrecken. »Ich hab dein verdammtes Spiel so satt«, knurrte sie. Schwarze Flecken schwammen ihr vor den Augen, aber sie bezweifelte, daß die irgend etwas mit der Programmierung in Mister J's reizendem kleinen Höllenschlund zu tun hatten. Benommen wandte sie das Gesicht von dem blinden Ding ab und hörte, wie das Geheul wieder anfing.

Renie fiel das Atmen schwer: ihre Stimme war schwach. »Leck mich, du Miststück. *Zufallssprung*.«

Der Wechsel war überraschend prompt. Die Höhle löste sich auf, und einen Moment lang begann sich ein langer dunkler Flur vor ihren Augen zu bilden. Sie hatte den undeutlichen Eindruck einer schier endlosen Reihe von Leuchtern an den Wänden, jeder von einer körperlosen Hand gehalten, dann wurde sie plötzlich erneut versetzt - diesmal ohne ihren Befehl und gegen ihren Willen.

Dieser Übergang ging nicht so glatt wie die anderen. Eine ganze Weile war das Bild verzerrt, daß ihr fast übel wurde, als ob die neue Szene sich nicht richtig scharf einstellen ließe. Sie fiel hin und fühlte weiche Erde - oder deren Simulation - unter ihrem schmerzenden Körper. Sie behielt die Augen geschlossen und streckte die Hand aus, bis ihre Finger !Xabbus stumme, reglose Form berührten. Sie konnte sich kaum vorstellen, sich noch einen Zentimeter weiter zu bewegen, aber sie wußte, daß sie aufstehen und nach einem Ausweg für sie beide suchen mußte.

»*Wir haben nur wenige Augenblicke*«, sagte jemand. Trotz des dringenden Tons war es eine beruhigende Stimme, ungefähr in der Mitte zwischen der männlichen und der weiblichen Normalstimmlage. »*Es wird ihnen diesmal viel leichter fallen, dich aufzuspüren.*«

Bestürzt schlug Renie die Augen auf. Sie war von einer Menschenmenge umringt, als ob sie ein Unfallopfer wäre, das auf einer belebten Straße lag. Dann merkte sie, daß die Formen um sie herum grau und bewegungslos waren. Alle bis auf eine.

Die fremde Gestalt war weiß. Nicht weiß in dem Sinne, wie sie selbst schwarz war, nicht europid, sondern richtig weiß, von der blanken Reinheit makellosen Papiers. Der fremde Sim - denn ein Sim mußte es sein, da sie sich eindeutig noch innerhalb des Systems befand - war eine reine farblose Leere, als ob jemand mit einer Schere ein ungefähr menschengestaltes Loch in den Stoff der VR geschnitten hätte. Er pulsierte und flirrte an den Rändern, war nie völlig still.

»Laß uns ... in Ruhe.« Es war schwer, überhaupt zu sprechen: Sie bekam kaum Luft, und der Schmerz drückte in ihrem Brustkorb immer fester zu wie eine glühende Faust.

»Das kann ich nicht, obwohl ich verrückt sein muß, ein solches Risiko einzugehen. Setz dich auf, und hilf mir mit deinem Freund.«

»Rühr ihn nicht an!«

»Laß den Unsinn. Eure Verfolger können euch jeden Moment entdecken.«

Renie quälte sich auf die Knie hoch und rang taumelnd nach Atem. »Wer ... wer bist du? Wo sind wir?«

Das weiße Loch hockte sich neben !Xabbus regungslose Gestalt. Der fremde Sim hatte kein Gesicht und keinen klaren Umriß; Renie konnte nicht sagen, wohin er schaute. »Ich gehe schon genug Risiken ein. Ich kann dir nichts sagen - es kann immer noch sein, daß man euch erwischt, und das würde für andere den Tod bedeuten. Hilf mir jetzt, ihn anzuheben. Meine Körperkraft ist gering, und ich traue mich nicht, noch mehr Energie zu mobilisieren.«

Renie kroch auf das formlose Paar zu und nahm dabei zum erstenmal ihre Umgebung wahr. Sie befanden sich auf so etwas wie einer offenen Rasenfläche unter einem dunkelgrauen Himmel, eingefaßt von hohen Bäumen und efeuüberwucherten Mauern. Die stummen Figuren, die sie umgaben, erstreckten sich Reihe um Reihe in alle Richtungen, wodurch das Ganze wie ein bizarres Mittelding zwischen einem Friedhof und einem Skulpturengarten wirkte. Jede Gestalt war die eines Menschen, manche individuell sehr ausgeprägt, andere so konturlos wie die Sims, die sie und !Xabbu hatten. Jeder war in einer Bewegung der Furcht oder Überraschung erstarrt. Manche standen schon lange so und hatten wie die verlassenen Gebäude von Toytown ihre Farben und Texturen verloren, aber die meisten sahen brandneu aus.

Die fremde Gestalt hob den Kopf, als Renie näherkam. »Wenn den Gästen etwas zustößt, während sie online sind, bleiben ihre Sims hier.

Die Besitzer dieses Clubs finden es ... amüsant, ihre Trophäen auf die Art zu sammeln.«

Renie griff !Xabbu unter die Arme und brachte ihn in eine sitzende Haltung. Vor Anstrengung wurden die Ränder ihres Gesichtsfeldes vorübergehend schwarz; sie schwankte und hatte Mühe, bei Bewußtsein zu bleiben. »Kann sein, daß ich ... einen Herzanfall habe«, flüsterte sie.

»Ein Grund mehr, sich zu beeilen«, sagte der leere Fleck. »Gut, halt ihn ruhig. Er ist weit weg, und wenn er nicht zurückkehrt, wirst du ihn nicht mit offline nehmen können. Ich muß ihn holen lassen.«

»Holen lassen ...?« Renie konnte kaum die Worte bilden. Sie fühlte sich hundemüde, und obwohl das einem Teil von ihr Angst machte, war es doch ein kleiner und immer kleiner werdender Teil. Dieses menschengestalte Loch, der seltsame Garten - das waren bloß noch weitere Komplikationen einer ohnehin schon komplizierten Situation. Schwierig, da durchzusteigen ... sie sollte sich lieber einfach hinlegen und schlafen ...

»Der Honiganzeiger wird ihn zurückbringen.« Der fremde Sim hob die unförmigen weißen Klumpen hoch, die seine Hände darstellten, als wollte er beten, aber hielt sie ein kleines Stück auseinander. Als nichts geschah, meinte Renie, die Energie zu einer weiteren Frage aufbringen zu müssen, aber die konturlose Gestalt war so starr und stumm geworden wie die anderen Figuren, die den Trophäengarten bevölkerten. Renie fühlte, wie sich ein kalter Schleier der Einsamkeit auf sie legte. Jetzt war alles verloren. Alle waren fort. Warum noch weiter kämpfen, wenn sie doch loslassen konnte, schlafen ...?

Etwas regte sich zwischen den Händen der Gestalt, dann wurde dort eine Art Öffnung sichtbar, ein noch tieferes Nichts, als ob ein Schatten auf die leere Luft gefallen wäre. Die Dunkelheit zuckte, zuckte noch einmal, dann kam eine andere weiße Gestalt herausgeflattert. Dieser kleinere blanke Fleck, der den Umriß eines Vogels hatte, so wie der erste den eines Menschen, flatterte auf die Schulter von !Xabbus Sim und vibrierte dort einen Moment lang sacht wie ein frisch geschlüpfter Schmetterling, der seine Flügel trocknet. Mit träger Faszination sah Renie zu, wie die winzige weiße Form dicht an !Xabbus Ohr - oder an die krude Ausstülpung an seinem Simuloiden, die es darstellen sollte - heranhopste, als wollte sie ihm ein Geheimnis mitteilen. Sie hörte ein hohes Trillern, dann erhob sich das Vogelding in die Luft und verschwand.

Ein abruptes Zittern brachte wieder Bewegung in die größere Leere. Sie sprang auf und klatschte in die rudimentären Hände. »Geh jetzt. Rasch.«

»Aber ...« Renie sah nach unten. !Xabbu regte sich. Eine seiner Simhände krampfte sich mehrmals zusammen, als wollte er etwas fangen, das weggeflogen war.

»Du kannst ihn jetzt mit zurücknehmen. Und das hier mußt du auch mitnehmen.« Die Gestalt griff in sich hinein und zog etwas sanft bernsteingelb Schimmerndes hervor. Renie starrte darauf. Das weiße Nichts nahm mit dem anderen Arm ihre Hand, bog ihre verkrallten Finger auf und legte ihr das Ding hinein. Einen Moment lang wunderte sie sich über die profane und ganz gewöhnliche Berührung der gespenstischen Erscheinung, dann schaute sie sich an, was sie bekommen hatte. Es war ein rundes gelbes Juwel mit Hunderten von Facetten.

»Was ... was ist das?« Es wurde zusehends schwer, sich auf irgend etwas zu besinnen. Wer war diese glänzende weiße Gestalt? Was sollte sie jetzt tun?

»Keine Fragen mehr«, sagte ihr Gegenüber scharf. »Geh!«

Renie blickte auf die Stelle, wo das Gesicht hätte sein sollen. Etwas ging ihr vage durch den Kopf, ganz tief, und sie bemühte sich, es zu erfassen.

»*Geh jetzt!*«

Sie faßte !Xabbu etwas fester. Er fühlte sich dünn wie ein Kind an.

»Ja. Natürlich. *Ende.*«

Der Garten platzte wie eine Seifenblase.

Alles war ganz dunkel. Einen Moment lang meinte Renie, sie wären beim Übergang hängengeblieben, dann fiel ihr das Headset ein. Sie hob den Arm mit einer schmerzhaften Anstrengung, die sie aufstöhnen ließ, doch es gelang ihr, die Visette hochzuklappen.

Ihre Umgebung wurde nur wenig klarer; sie sah immer noch hauptsächlich Grau, allerdings gab es jetzt außerdem dunkle Streifen darin. Dann begriff sie, daß die verschwommenen senkrechten Balken die Gurte waren, in denen sie leicht schaukelnd über dem Boden hing. Sie wandte sich zur Seite. !Xabbu baumelte neben ihr, aber es war der wirkliche !Xabbu in seinem wirklichen Körper. Während sie ihn anschaute, zitterte er konvulsiv und hob den Kopf. Seine Augen rollten bei dem Versuch, klar zu sehen.

»!Xabbu.« Ihre Stimme klang gedämpft. Sie hatte immer noch die Stöpsel in den Ohren, aber sie brachte nicht mehr die Kraft auf, noch einmal den Arm zu heben. Es gab etwas, was sie ihm sagen mußte, etwas Wichtiges. Renie stierte ihn an, versuchte sich darauf zu besinnen, aber ihr Kopf wurde schwer und immer schwerer. Als sie eben aufgeben wollte, fiel es ihr ein. »Ruf einen Krankenwagen«, sagte sie und lachte ein wenig über die Absurdität der Szene. »Ich glaube, ich sterbe.«

Kapitel

Hinter den Spiegeln

NETFEED/NACHRICHTEN:
Kalifornische "Mehrehen" jetzt Gesetz
(Bild: zwei Frauen und ein Mann, alle im Smoking, beim Betreten der Glide Memorial Church)
Off-Stimme: Während draußen vor der Tür Demonstranten ihre Sprechchöre riefen, wurde in einer Kirche in San Francisco die erste der frisch legalisierten polygamen Ehen Kaliforniens geschlossen. Der Mann und die beiden Frauen sagten, es sei "ein großer Tag für Menschen, die keine traditionellen Zweierbeziehungen haben".
(Bild: Reverend Pilker in der Kanzel)
Dieser Meinung sind nicht alle. In den Augen von Reverend Daniel Pilker, dem Führer der fundamentalistischen Gruppe Kingdom Now, ist das neue Gesetz "der unwiderlegliche Beweis dafür, daß Kalifornien die Hintertür zur Hölle ist …"

Paul trat hindurch und war draußen. Das goldene Licht ging aus, und er befand sich wieder im Nichts.

Schwer und leer wie zuvor erstreckte sich der Nebel in alle Richtungen, aber sonst gab es nichts. Es gab auch weder Finch noch Mullett, was eine große Erleichterung war, aber Paul hatte gehofft, auf der anderen Seite des leuchtenden Durchgangs doch etwas mehr zu finden. Er war sich nicht ganz sicher, was »Zuhause« bedeutete, aber im stillen hatte er sich gewünscht, genau das finden.

Er sank auf die Knie und legte sich dann lang auf die harte, nackte Erde. Die Nebelschwaden trieben um ihn herum. Er schloß erschöpft die Augen, ohne Hoffnung oder Ideen, und überließ sich eine Weile dem Dunkel.

Das nächste, was er mitbekam, war ein leises Flüstern, ein dünnes Rascheln, das aus der Stille aufstieg. Eine warme Brise strich ihm übers Haar. Paul öffnete die Augen, dann setzte er sich verwundert auf. Ringsherum war ein Wald gewachsen.

Lange war er damit zufrieden, einfach dazusitzen und vor sich hin zu schauen. Es war so lange her, daß er etwas anderes als zerbombte Schlammfelder gesehen hatte, und der Anblick lückenlos zusammenstehender Bäume und dichter, noch Laub tragender Äste tat seiner Seele wohl wie einem Durstigen ein Glas Wasser. Was spielte es für eine Rolle, daß die meisten Blätter gelb oder braun waren, daß viele bereits zur Erde gefallen waren und knöcheltief um ihn herum lagen? Allein die Rückkehr der Farbe erschien ihm als ein unschätzbares Geschenk.

Er stand auf. Seine Beine waren so steif, daß sie von jemand anders abgelegte Dinge hätten sein können, zu deren Benutzung die Notwendigkeit ihn zwang. Er tat einen tiefen Atemzug und roch alles, feuchte Erde, trockenes Gras, selbst einen ganz schwachen Anflug von Rauch. Die Düfte der lebendigen Welt durchdrangen ihn so stark und voll, daß Hunger in ihm wach wurde: Er überlegte plötzlich, wann er zum letztenmal etwas gegessen hatte. Corned beef und Zwieback, das waren bekannte Worte, aber er konnte sich nicht erinnern, was die damit benannten Dinge waren. Auf jeden Fall war es lange her und weit weg.

Die warme Luft umspielte ihn noch, aber er verspürte kurz eine innere Kälte. Wo war er gewesen? Er hatte die Erinnerung an einen dunklen, entsetzlichen Ort, aber was er dort gemacht hatte oder wie er dort entronnen war, war seinem Gedächtnis entfallen.

Daß er sich an so wenige Dinge erinnerte, hatte zur Folge, daß ihn ihr Fehlen nicht lange beschäftigte. Sonnenlicht schimmerte durch das Laub und machte Flecken, die durch den Wind, der die Bäume aufrührte, wie goldene Fische schwammen. Wo er auch gewesen sein mochte, jetzt war er jedenfalls an einem Ort des Lebens, einem Ort mit Licht und sauberer Luft, einem Teppich aus dürren Blättern und sogar - er neigte den Kopf - dem fernen Gesang eines Vogels. Wenn er sich nicht an seine letzte Mahlzeit erinnern konnte, na gut, ein Grund mehr, sich nach der nächsten umzuschauen. Er sollte losgehen.

Er blickte an sich hinunter. Seine Füße steckten in schweren Lederschuhen, und das immerhin kam ihm bekannt und richtig vor, aber ansonsten schien ihm nichts an seiner Kleidung so, wie es sein sollte.

Er trug schwere Wollstrümpfe und Hosen, die nicht weit unterm Knie endeten, dazu ein dickes Hemd und eine dicke Weste, ebenfalls aus Wolle. Der Stoff fühlte sich unter den Fingern eigentümlich rauh an. Der Wald erstreckte sich in alle Richtungen und ließ nichts erkennen, was wie eine Straße oder auch nur wie ein Fußweg aussah. Er sinnierte einen Moment und versuchte sich darauf zu besinnen, in welche Richtung er vor seiner Rast gegangen war, aber auch das war ihm entfallen, so spurlos verflogen wie der triste Nebel, der jetzt das einzige war, wovon er mit Sicherheit sagen konnte, daß es vor dem Wald dagewesen war. Da er die freie Wahl hatte und er die langen Schatten sah, kehrte er der Sonne den Rücken zu. Wenigstens würde er seinen Weg deutlich sehen können.

Er hatte den sporadischen Vogelgesang lange gehört, bevor er schließlich den Sänger erblickte. Er hatte sich gerade hingekniet, um seinen Strumpf von einem Dornstrauch loszumachen, als direkt vor ihm etwas Leuchtendes durch eine Sonnenscheinsäule glitt, ein flinker Strich von einem sowohl dunkleren wie auch glänzenderen Grün als das Moos, das die Baumstämme und Steine überzog. Er richtete sich auf und hielt Ausschau, aber der Vogel war schon in den Schatten zwischen den Bäumen verschwunden; das einzige, was blieb, war ein pfeifendes musikalisches Trillern, das eben laut genug war, um ein eigenes Echo zu geben.

Mit einem Ruck riß er sich von dem Dornstrauch los und eilte in die Richtung, in die der Vogel geflogen war. Da es keinen Weg gab, dachte er, daß er genauso gut einem hübschen Führer folgen konnte, wie ohne klareres Ziel vor Augen weiterzutrotten. Er war für sein Empfinden schon stundenlang gegangen und hatte in dem endlosen Wald noch kein Zeichen einer Veränderung bemerkt.

Der Vogel kam nie nahe genug, um ganz deutlich erkennbar zu sein, aber genauso wenig entschwand er den Blicken völlig. Er flatterte von Baum zu Baum voraus und hielt dabei immer ein paar Dutzend Schritte Abstand. Bei den wenigen Gelegenheiten, wo der Zweig, den der Vogel sich als Ruheplatz erwählte, im Sonnenschein lag, konnte er seine smaragdgrünen Federn glänzen sehen - ein geradezu unmögliches Leuchten, wie von einem inneren Licht durchglüht. Es gab noch Andeutungen anderer Farben, ein düsteres Abendhimmelviolett, eine dunklere Schattierung an der Haube. Auch das Lied wirkte irgendwie nicht gewöhnlich, obwohl er sich an keine anderen Vogellieder zum Vergleich erinnern konnte. Eigentlich konnte er sich, was andere Vögel betraf, an kaum etwas erinnern, aber er wußte, daß dies einer war, daß sein Lied ebenso wohltuend wie verlockend war, und das zu wissen, reichte aus.

Der Nachmittag ging dahin, und die dem verdeckten Horizont entgegensinkende Sonne zog sich aus den Lücken in den Baumwipfeln zurück. Er hatte schon lange aufgehört, sich Gedanken darüber zu machen, aus welcher Richtung sie schien, so sehr hatte ihn seine Verfolgung des grünen Vogels in Anspruch genommen. Erst als es ringsherum dunkel zu werden begann, wurde ihm klar, daß langsam der Abend graute und er sich in einem wegelosen Wald verirrt hatte.

Er blieb stehen, und der Vogel ließ sich keine drei Schritte von ihm entfernt auf einem Zweig nieder, legte den Kopf schief - ja, er hatte eine dunkle Haube - und ließ ein melodisches Trillern ertönen, in dem bei aller Munterkeit doch so etwas wie eine Frage schwang und etwas noch schwerer Definierbares, das ihn aber plötzlich mit Trauer über seine verlorene Erinnerung, über seine Orientierungslosigkeit, über seine Einsamkeit erfüllte. Da breitete der Vogel mit einem schnellen Schwanzschlag, der die abendviolette Tönung darunter aufdeckte, die Flügel aus, stieg kreiselnd in die Luft empor und verschwand in den dämmerigen Schatten. Eine letzte Tonfolge schwebte zu ihm herab, unendlich traurig, und verklang.

Er setzte sich auf einen umgestürzten Baumstamm, und erdrückt von einer Last, die er nicht erklären konnte, legte er den Kopf in die Hände. Er saß noch immer in dieser Haltung, als eine Stimme ihn auffahren ließ.

»Holla, was soll das? Dies hier sind wackere Eichen, keine Trauerweiden.«

Der Fremde war nicht viel anders gekleidet als er, lauter derbe Braun- und Grüntöne, aber er trug einen breiten weißen Stoffstreifen um den Arm wie einen Verband oder ein Abzeichen. Seine Augen wirkten eigentümlich katzenhaft mit ihrem bräunlich gelben Ton. Er hielt in der einen Hand einen Bogen und in der anderen einen Lederschlauch; ein Köcher mit Pfeilen ragte ihm über die Schulter.

Da der Neuankömmling sich nicht feindlich verhielt, faßte er den Mut, ihn zu fragen, wer er sei. Der Fremde lachte über die Frage. »Die Frage ist hier fehl am Platz. Wer seid *Ihr* denn, wenn Ihr so schlau seid?«

Er machte den Mund auf, stellte aber fest, daß er sich nicht erinnern konnte. »Ich ... ich weiß nicht.«

»Natürlich nicht. Das ist der Witz an diesem Wald. Ich war hinter einem ... ich bin mir nicht sicher, seht Ihr, ich glaube, es war ein Hirsch, hinter dem ich her war. Und jetzt wird mir mein Name nicht mehr einfallen, bis ich wieder auf dem Weg hinaus bin. Wunderlich, dieser Wald.« Er hielt ihm den Schlauch hin. »Habt Ihr Durst?«
Der Trank war säuerlich, aber erfrischend. Als er ihn dem Fremden zurückgegeben hatte, fühlte er sich besser. Das Gespräch mochte verwirrend sein, aber wenigstens war es ein Gespräch. »Wohin geht Ihr? Wißt Ihr das? Ich habe mich verirrt.«
»Überrascht mich nicht. Wo *ich* hinwill? Na, raus. Nicht sehr empfehlenswert nach Einbruch der Dunkelheit, dieser Wald. Aber wie's scheint, erinnere ich mich an einen Ort unmittelbar davor, der mir wie ein gutes Ziel vorkommt. Vielleicht ist das ein Ort, wie Ihr ihn sucht.« Der Fremde winkte. »Kommt jedenfalls mit. Wollen doch mal sehen, ob wir Euch nicht was Gutes tun können.«

Er sprang rasch auf die Füße, um nicht zu riskieren, daß die Einladung zurückgezogen wurde, wenn er sich zu lange Zeit ließ. Der Fremde arbeitete sich bereits durch ein Dickicht aus jungen Bäumen, die um den Leichnam ihres umgestürzten älteren Verwandten eine Hecke gebildet hatten.

Sie gingen eine Weile schweigend dahin, während das spätnachmittägliche Zwielicht allmählich ins Abenddunkel überging. Zum Glück schlug der Fremde einen gemäßigten Schritt an - er sah aus wie einer, der viel schneller hätte gehen können, wenn er gewollt hätte -, so daß seine dunkle Gestalt auch im schwindenden Licht unmittelbar vor ihm blieb.

Zuerst dachte er, es sei die Nachtluft, die kältere Schärfe trüge andere Geräusche an sein Ohr, andere Gerüche in seine Nase. Dann merkte er, daß es vielmehr andere Gedanken waren, die ihm auf einmal durch den Kopf zogen.

»Ich war ... irgendwo anders.« Der Klang seiner eigenen Stimme war seltsam nach der langen Zeit ohne Worte. »Im Krieg, glaube ich. Ich bin weggelaufen.«

Sein Gefährte knurrte. »Im Krieg.«

»Ja. Jetzt kommt's mir wieder - ein bißchen was jedenfalls.«

»Wir nähern uns dem Waldrand, daher kommt das. Also weggelaufen seid Ihr, was?«

»Aber ... aber nicht aus den üblichen Gründen. Denke ich wenigstens.« Er verstummte. Irgend etwas sehr Wichtiges trieb aus der Tiefe seines Unterbewußten nach oben, und er hatte auf einmal Angst, er könnte zu ungeschickt danach greifen und es abermals an die Dunkelheit verlieren. »Ich war in einem Krieg, und ich bin weggelaufen. Ich bin durch ... eine Tür gekommen. Oder etwas anderes. Durch einen Spiegel. Eine Öffnung.«

»Spiegel.« Der andere schritt jetzt ein wenig rascher aus. »Gefährliches Zeug.«

»Und ... und ...« Er ballte die Fäuste, als ob das Gedächtnis sich wie ein Muskel anspannen ließe. »Und ... ich heiße Paul.« Er lachte erleichtert. »Paul.«

Der Fremde blickte über die Schulter. »Komischer Name. Was soll er bedeuten?«

»Bedeuten? Er bedeutet gar nichts. Ich heiße einfach so.«

»Dann ist das ein merkwürdiger Ort, wo Ihr herkommt.« Der Fremde verstummte einen Moment, wenn auch seine Beine weiter lange Schritte machten, so daß Paul sich anstrengen mußte, um mitzuhalten. »Ich bin Wäldler«, sagte er schließlich. »Auch Hans vom Wald genannt, oder Hans Wäldler. Ich heiße so, weil ich tatsächlich durch alle Wälder nah und fern ziehe - sogar durch diesen, obwohl ich ihn nicht besonders mag. Es ist ein ziemlich unheimliches Gefühl, seinen Namen zu verlieren. Aber vielleicht nicht so sehr, wenn der Name gar nichts bedeutet.«

»Es ist dennoch unheimlich.« Paul rang mit den neuen Ideen, die plötzlich wie Käfer durch seinen Kopf krabbelten. »Und wo bin ich? Was für ein Ort ist das hier?«

»Der Namenlose Wald natürlich. Wie sollte er sonst heißen?«

»Aber wo liegt er? In welchem Land?«

Hans Wäldler lachte. »Im Land des Königs, nehme ich an. Im Land des *alten* Königs, heißt das - wobei ich Euch so viel Verstand zutraue, daß Ihr ihn unter Fremden nicht so nennt. Aber Ihrer Hoheit könnt Ihr erzählen, ich hätte das gesagt, wenn Ihr sie trefft.« Sein Lächeln leuchtete kurz im Dunkeln auf. »Ihr müßt wirklich von weit herkommen, daß Ihr Euch um solche schulmeisterlichen Sachen wie Ortsnamen kümmert.« Er hielt an und streckte den Finger aus. »Dort ist es, wie ich es gehofft hatte.«

Sie waren auf einer Anhöhe am Rand eines schmalen Tals stehengeblieben. Die Bäume senkten sich mit dem sanft abfallenden Hang,

und zum erstenmal konnte Paul ein Stück weit schauen. Auf dem Grund des von den Hügeln eingefaßten Tals funkelten Lichter.
»Was ist dort?«
»Ein Wirtshaus und ein guter Ort.« Hans Wäldler klopfte ihm auf die Schulter. »Von hier aus werdet Ihr Euern Weg ohne Mühe finden können.«
»Kommt Ihr denn nicht mit?«
»Nein, heute nacht nicht. Ich muß noch was erledigen und anderswo schlafen. Aber Ihr werdet dort finden, was Ihr braucht, denke ich.«
Paul blickte dem Mann ins Gesicht, um durch das nächtliche Dunkel seine Miene zu erkennen. Hatte er mehr im Sinn, als er sagte? »Wenn wir uns hier trennen, möchte ich Euch danken. Ihr habt mir wahrscheinlich das Leben gerettet.«
Hans Wäldler lachte abermals. »Bürdet mir nicht eine solche Last auf, guter Herr. Wo ich hingehe, kann ich kein schweres Gepäck gebrauchen. Lebt wohl.« Er drehte sich um und schritt wieder den Hang hinauf. Wenig später hörte Paul nur noch die Blätter im Wind rascheln.

Nach dem im Wind schaukelnden Schild über der Eingangstür hieß das Wirtshaus »Zum Traum des Königs«. Es war ein rohes Schild, so als ob es hastig als Ersatz für einen früheren Aushang angebracht worden wäre. Der unter dem Namen aufgemalten kleinen Figur war das Kinn auf die Brust gesunken und die Krone über die Augen gerutscht. Paul blieb einen Augenblick am Rande des Lampenscheinkreises stehen, der wie eine Pfütze vor der Tür lag, und fühlte die große unwegsame Masse des Waldes in seinem Rücken atmen wie ein dunkles Tier, bevor er ins Helle trat.
Ungefähr zehn bis fünfzehn Leute waren in dem niedrigen Raum versammelt. Drei davon waren Soldaten in Waffenröcken, die so blutrot waren wie der Braten, der sich an einem Spieß über dem Kaminfeuer drehte. Der für den Spieß zuständige Junge, der dermaßen rußbedeckt war, daß das Weiße seiner Augen förmlich blitzte, warf Paul beim Hereinkommen einen verstohlenen Blick zu und wandte sich dann mit einem Ausdruck, der Erleichterung bedeuten konnte, rasch wieder ab. Die Soldaten sahen Paul ebenfalls an, und einer von ihnen rückte auf ihrer gemeinsamen Bank ein Stückchen nach unten, dorthin wo ihre Piken an der weißgetünchten Lehmwand lehnten. Die übrigen Schankgäste, in grober Bauerntracht, schenkten ihm die Beachtung, die jeder

Fremde erhalten hätte, und verfolgten ihn mit den Augen, als er auf die Theke zuschritt.

Die Frau, die dort auf ihn wartete, war alt, und ihr von Hitze und Schweiß verstrupptes Haar sah ein wenig aus wie das Fell eines Schafes, das bei schlechtem Wetter die Nacht draußen verbracht hatte, aber die Unterarme mit den aufgekrempelten Ärmeln wirkten kräftig, und ihre Hände waren rosig, schwielig und Zupacken gewohnt. So wie sie sich auf die Theke stützte, war sie offensichtlich müde, aber ihr Blick war scharf.

»Wir haben keine Betten frei.« Sie hatte einen merkwürdig verkniffenen Ausdruck im Gesicht, den Paul sich zunächst nicht erklären konnte. »Diese tapferen Soldaten haben soeben die letzten belegt.«

Einer der Männer im roten Rock rülpste. Seine Kumpane lachten.

»Ich hätte gern was zu essen und zu trinken.« Eine vage Erinnerung daran, wie solche Geschäfte abliefen, begann sich in Paul zu regen. Ihm wurde plötzlich klar, daß er nichts als Luft in den Taschen hatte und keine Börse oder Brieftasche. »Ich habe leider kein Geld. Vielleicht könnte ich etwas für Euch arbeiten.«

Die Frau beugte sich vor und inspizierte ihn eingehend. »Wo kommt Ihr her?«

»Von weit her. Von der andern Seite des ... des Namenlosen Waldes.«

Sie schien noch weiterfragen zu wollen, aber einer der Soldaten brüllte nach Bier. Ihre Lippen wurden schmal vor Ärger - und, dachte Paul, noch etwas anderem.

»Wartet hier«, wies sie ihn an und ging dann die Soldaten bedienen. Paul schaute sich in der Stube um. Der Bengel am Bratspieß starrte ihn schon wieder mit einer Eindringlichkeit an, die eher nach Berechnung als nach Neugier aussah, aber Paul war müde und hungrig und traute seinen überreizten Wahrnehmungen nicht besonders.

»Laßt uns darüber reden, was für eine Arbeit Ihr tun könntet«, sagte die Frau, als sie wiederkam. »Folgt mir nach hinten, wo es nicht so laut ist.«

Sie führte ihn eine schmale Treppe hinunter in einen Kellerraum, der offenbar ihr Privatgemach war. Rings an den Wänden hingen Regale, und dazu waren sie und alle anderen freien Flächen mit Spulen und Docken, Krügen und Kisten und Körben vollgestellt. Bis auf die kleine Pritsche in der Ecke und einen dreibeinigen Hocker sah der Raum eher nach einem Laden als nach einer Wohnstube aus. Mit einem energischen Ausschlagen ihres groben Wollrocks ließ sich die Wirtin auf den Hocker fallen und schleuderte ihre Schuhe von sich.

»Ich bin so müde«, sagte sie, »ich könnte mich keine Sekunde mehr auf den Beinen halten. Ich hoffe, es macht Euch nichts aus zu stehen - ich habe nur den einen Hocker.«

Paul schüttelte den Kopf. Seine Aufmerksamkeit wurde von einem kleinen, dickglasigen Fenster in Anspruch genommen. Durch die verzerrte Scheibe sah er draußen Wasser fließen und im Mondschein funkeln. Das Wirtshaus stand offensichtlich an einem Fluß.

»Also«, die Stimme der Alten war auf einmal scharf, »wer hat Euch hergeschickt? Ihr seid keiner von uns.«

Paul drehte sich verdutzt um. Die Wirtin hatte eine Stricknadel in der Faust, und obwohl sie keine direkten Anstalten machte, vom Hocker aufzustehen und damit auf ihn loszugehen, sah sie doch auch nicht besonders freundlich aus.

»Wäldler hieß er. Hans Wäldler. Ich hab ihn im Wald getroffen.«

»Sagt mir, wie er aussieht.«

Paul tat sein Bestes, um einen eigentlich eher unauffälligen Mann zu beschreiben, den er hauptsächlich im Dämmerlicht und später in der Dunkelheit gesehen hatte. Erst als ihm das weiße Tuch einfiel, das sein Retter um den Arm getragen hatte, entspannte sich die Frau.

»Ihr habt ihn gesehen, kein Zweifel. Hatte er eine Botschaft für mich?«

Zunächst wollte ihm nichts einfallen. »Wißt Ihr, wer ›Ihre Hoheit‹ sein könnte?«

Die Frau lächelte traurig. »Niemand anders als ich.«

»Er hat eine Bemerkung darüber gemacht, daß es der Wald des alten Königs sei, aber ich sollte das niemandem gegenüber erwähnen als nur Ihrer Hoheit.«

Sie kicherte und warf die Stricknadel in einen Korb zu mehreren Dutzend anderen. »Das war mein Hans. Mein Paladin. Und warum hat er Euch zu mir gesandt? Wo ist dieser Ort, wo Ihr her seid, hinter dem Namenlosen Wald?«

Paul schaute sie an. In ihren Zügen lag mehr als bloß gewöhnliche Abspannung. Ihr Gesicht sah beinahe so aus, als wäre es einmal weich gewesen, aber durch einen schrecklichen Winter zu harten Runzeln erfroren. »Ich weiß nicht. Ich ... irgendwas stimmt nicht mit mir. Ich war im Krieg, das ist alles, was ich noch weiß. Ich bin weggelaufen.«

Sie nickte wie zum Klang einer altbekannten Weise. »Das wird Hans natürlich gesehen haben. Kein Wunder, daß er an Euch Gefallen fand.« Sie seufzte. »Aber meine Auskunft vorhin entsprach der Wahrheit. Ich habe kein Bett frei. Die vermaledeiten Rotröcke haben sich das letzte genommen, und ohne mir für meine Mühe auch nur einen roten Heller zu zahlen.«

Paul runzelte die Stirn. »Das können die sich erlauben?«

Sie lachte bitter. »Das und noch mehr. Das Land gehört nicht mehr mir, sondern ihr. Selbst hier in meinem armseligen Unterschlupf hetzt sie mir ihre großspurigen Gesellen auf den Hals. Sie wird mir persönlich nichts tun - welchen Zweck hätte ein Sieg ohne den einzigen Menschen, der ihn ermessen kann? -, aber sie wird mir so viel Leid zufügen, wie sie kann.«

»Wer ist sie? Ich verstehe nicht das geringste von dem, was Ihr sagt.«

Die alte Frau stand laut schnaufend auf. »Besser für Euch, wenn Ihr es nicht versteht. Und besser für Euch, wenn Ihr nicht lange in diesem Land bleibt. Man ist hier nicht mehr sehr freundlich zu Reisenden.« Sie brachte ihn durch das Meer von Krimskrams hindurch zur Tür. »Ich würde Euch hier auf dem Fußboden nächtigen lassen, aber dann würden die Rundköpfe da oben bloß fragen, warum ich mich so für einen Fremden interessiere. Ihr könnt im Stall schlafen. Ich werde sagen, daß Ihr morgen für mich ein paar Lasten schleppt, dann erregt Ihr keine Aufmerksamkeit. Zu essen und zu trinken kann ich Euch immerhin geben, Hans zuliebe. Aber Ihr dürft gegen niemand erwähnen, daß Ihr ihn getroffen habt, und vor allem nicht, was er gesagt hat.«

»Vielen Dank. Ihr seid sehr gütig.«

Sie schnaubte, während sie langsam die Treppe hinaufstapfte. »Wenn man tief sinkt, kann einem das passieren - man sieht so viel mehr von der Welt als vorher. Es wird einem sehr deutlich bewußt, wie dünn die Grenze ist, wie wenig Sicherheit es gibt.«

Sie führte ihn wieder hinauf in die laute Schankstube, wo sie von flegelhaften Fragen der Soldaten und den wachsamen Augen des Jungen am Kamin begrüßt wurden.

Ein eingesperrter Vogel, ein hoher Baum, ein Haus mit vielen Zimmern, eine laute Stimme, die schrie, brüllte, wie Donner auf ihn eindröhnte ...

Paul fuhr aus dem Traum auf wie ein Ertrinkender, und der Geruch von feuchtem Heu und die Geräusche unruhiger Pferde umgaben ihn.

Er setzte sich auf und versuchte, die Desorientiertheit des Schlafs abzuschütteln. Die Stalltür stand einen Spalt breit offen, ein Schatten hob sich lichtlos von dem Ausschnitt der Sternennacht ab.

»Wer da?« Er tastete nach einer Waffe, ein Reflex aus einer versunkenen Erinnerung, aber bekam nichts zu fassen als eine Handvoll Stroh.

»Still.« Das Flüstern war so nervös wie Pauls Stallgefährten. »Ich bin's bloß, Gally.« Der Schatten kam näher. Paul konnte erkennen, daß es jemand ziemlich Kleines war. »Der Schankjunge.«

»Was hast du vor?«

»Nichts Unrechtes, Meister.« Er hörte sich gekränkt an. »Da wär ich leiser gekommen, wenn ich stehlen wollt. Ich wollt Euch warnen.«

Paul konnte jetzt die Augen des Jungen erkennen, die wie Perlmutt schimmerten. »Mich warnen?«

»Vor den Soldaten. Sie ham zu viel getrunken, und jetzt reden sie davon, Euch zur Brust zu nehmen. Ich weiß nicht, warum.«

»Die Schweine.« Paul erhob sich schwerfällig. »Schickt dich die Herrin?«

»Nö. In ihrem Zimmer zur Nacht eingeschlossen hat sie sich. Ich hab die Soldaten reden hören.« Er richtete sich auf, als sich Paul auf die Tür zubewegte. »Wo wollt Ihr hin?«

»Keine Ahnung. Zurück in den Wald, nehme ich an.« Er fluchte still vor sich hin. Wenigstens hatte er keine Habseligkeiten, die ihn auf der Flucht aufhalten konnten.

»Dann kommt mit mir. Ich bring Euch wohin. Die Königlichen werden Euch dorthin nicht folgen - nicht, wenn es dunkel ist.«

Paul zögerte, eine Hand an der Tür. Tatsächlich hörte man ein leises Tapsen, das vom Wirtshaus über den Hof näherkam, ein Geräusch wie von Betrunkenen, die sich heimlich anzuschleichen versuchen.

»Warum?« flüsterte er.

»Euch helfen? Warum nicht?« Der Junge faßte ihn am Arm. »Keiner von uns kann die Rotröcke verknusen. Und ihre Herrin genauso wenig. Folgt mir.«

Ohne Pauls Erwiderung abzuwarten, schlüpfte der Junge zur Tür hinaus und stahl sich rasch, aber leise an der Wand entlang. Paul zog die Tür zu und eilte hinter ihm her.

Gally ging ihm voraus um die Rückseite des Stalls herum, blieb dann stehen und legte Paul warnend die Hand an den Arm, bevor er ihn eine schmale Steintreppe hinunterführte. Das einzige Licht kam vom Halbmond. Paul wäre fast von der Treppe in den Fluß getreten, ehe Gally ihn wieder am Arm faßte.

»Boot«, flüsterte der Junge und bugsierte Paul in einen sanft schaukelnden Schatten. Als er auf dem feuchten Boden des Bootes Platz genommen hatte, hob sein Retter vorsichtig eine Stange hoch, die auf dem winzigen Pier lag, und stieß den kleinen Nachen auf den dunklen Fluß hinaus.

Über ihnen verbreitete eine schirmlose Lampe plötzliche Helligkeit und flog mit lautem Krachen die Stalltür auf. Paul hielt den Atem an, bis der Radau, den die betrunkenen Soldaten in ihrer Enttäuschung machten, hinter ihnen verklungen war.

Die Bäume am nahen Ufer glitten still vorbei. »Wirst du keine Schereien bekommen?« fragte Paul. »Werden sie nicht dir die Schuld geben, wenn sie merken, daß du weg bist?«

»Die Herrin wird für mich eintreten.« Der Junge beugte sich vor, als suchte er eine Landmarke in dem nächtlichen Dunkel, das Paul undurchdringlich erschien. »Außerdem hatten die derart einen in der Krone, daß sie sowieso nicht gemerkt ham, wo ich hin bin. Ich kann einfach sagen, ich hätt mich im Waschkorb schlafen gelegt, um vor ihrem Gegröle Ruhe zu haben.«

»Na, jedenfalls bin ich dir dankbar. Wohin bringst du mich?«

»Zu mir. Na ja, nicht bloß zu mir. Wir wohnen alle Mann da.«

Paul ließ sich zurücksinken. Jetzt, wo das plötzliche Wecken und das knappe Entkommen hinter ihm lagen, genoß er beinahe die Stille der Nacht, das Gefühl, unter einem anderen, größeren Fluß am Himmel dahinzugleiten. Hier hatte er Frieden und eine gewisse Gesellschaft. »Und wer sind ›alle Mann‹?« fragte er schließlich.

»Och, meine Kumpels«, antwortete Gally mit leisem Stolz. »Die Austernhausjungs. Wir halten zum weißen König, wir alle Mann.«

Sie machten das Boot an einem breiten Landungssteg fest, der weit in den Fluß hineinragte. Die Stelle, wo der Steg ans Ufer stieß, und die nach oben führende schmale Treppe waren von einer einzelnen Lampe beschienen, die sich in dem auffrischenden Wind sanft wiegte.

Paul blickte zu dem massigen Schatten auf der Uferanhöhe hinauf. »Dort wohnst du?«

»Zur Zeit. Stand 'ne Weile leer.« Flink wie ein Eichhörnchen kraxelte Gally aus dem Boot und auf den Landungssteg. Er langte nach unten

und zog einen Sack heraus, den Paul gar nicht bemerkt hatte. Nachdem er ihn hingestellt hatte, streckte er Paul helfend die Hand hin. »Alle Boote hielten früher hier - die Männer sangen, während sie die Netze einholten ...«
Paul folgte ihm den Hang hinauf. Die Treppe war in den Fels gehauen worden, und die Stufen waren so schmal und so schlüpfrig vom Nachttau, daß Paul sich zur Sicherheit seitwärts wandte, um auf jede Stufe den ganzen Fuß setzen zu können. Er schaute hinab. Die Lampe brannte weit unten. Das Boot war unter den Landungssteg getrieben.
»Nicht so langsam«, flüsterte Gally. »Wir müssen zusehen, daß Ihr ins Haus kommt. Es kommen zwar nur wenig Leute hier vorbei, aber wenn ihre Soldaten Euch auf den Fersen sind, sollte Euch lieber ja niemand nicht zu Gesicht bekommen.«
Paul neigte sich hangwärts, um sich an den höheren Stufen festzuhalten, und beeilte sich, so sehr er konnte. Obwohl er den Sack zu tragen hatte, sprang der Junge mehrmals zurück, um ihn anzutreiben. Schließlich kamen sie oben an. Hier gab es keine Lampe, und Paul konnte von dem Gebäude nichts erkennen als eine breit vor den Sternen stehende tiefere Dunkelheit. Gally packte ihn am Ärmel und zog ihn weiter. Nach einer Weile hörte Paul Bretter unter seinen Füßen knarren. Gally blieb stehen und klopfte - unverkennbar an eine Tür. Wenig später tauchte eine Erscheinung auf der Höhe von Pauls Knien auf, ein schimmernder, rechteckiger Gesichtsausschnitt.
»Wer da?« Die Stimme war fast nur ein Piepsen.
»Gally. Ich hab jemand mitgebracht.«
»Ohne die Parole kann ich dich nicht reinlassen.«
»Parole?« Gally zischte entrüstet. »Als ich heut morgen los bin, gab's noch keine Parole. Mach auf.«
»Aber woher soll ich wissen, daß du's bist?« Das Gesicht, das durch einen Schlitz in der Tür lugte, wie Paul jetzt sah, verzog sich grimmig bei dem komischen Versuch, strenge Pflichterfüllung zu mimen.
»Bist du bekloppt? Laß uns rein, Pointer, oder ich lang mal kurz durch und geb dir eins über die Rübe. Das wirste dann schon erkennen.«
Der Schlitz klappte zu, und einen Moment später ging die Tür auf; ein schwacher fischiger Geruch wehte heraus. Gally hob seinen Sack wieder auf und schlüpfte hinein. Paul folgte ihm.
Pointer, ein kleiner, blasser Junge, trat ein paar Schritte zurück und starrte den Neuzugang an. »Wer ist das?«

»Er gehört zu mir. Wird hier übernachten. Was soll dieser Kappes mit der Parole?«

»Das war Miyagis Idee. Es sind heut so komische Leute hier vorbeigekommen.«

»Und woher sollte ich die Parole wissen, wenn ich gar nicht da war?« Gally faßte in Pointers ungekämmtes Haar und zauste es kräftig, dann stieß er ihn vor sich her durch den dunklen Flur. Sie folgten dem kleinen Jungen in einen weiten, hohen Raum, der so groß wie ein Gemeindesaal war. Er war nur von wenigen Kerzen erleuchtet, so daß es mehr dunkle Stellen als helle gab, aber soweit Paul sehen konnte, war er bis auf den hartnäckigen Geruch nach Feuchtigkeit und Flußschlamm leer.

»Alles in Ordnung«, quäkte Pointer. »Gally ist's. Er hat noch jemand mitgebracht.«

Dunkle Umrisse lösten sich aus den Schatten, erst zwei oder drei, dann viele, wie Elfen, die aus ihren Waldverstecken hervorkrochen. Binnen kurzem hatten sich gut drei Dutzend Kinder um Paul und seinen Führer versammelt und rieben sich die ernst blickenden und zum Teil noch schlafverquollenen Augen. Keines war älter als Gally, die meisten waren viel jünger. Es waren auch ein paar Mädchen darunter, aber zum größten Teil waren es Jungen, und alle waren sie schmutzig und abgemagert.

»Miyagi! Wieso gibt's ein Parole, und meinst du nicht, du hättest mir was sagen können?«

Ein kleiner, runder Junge trat vor. »War nicht dazu gedacht, dich auszusperren, Gally. Es haben heut so Leute hier rumgeschnüffelt, die wir noch nie gesehen hatten. Ich hab dafür gesorgt, daß die Kleinen Ruhe bewahren, und allen gesagt, sie sollen keinen reinlassen, der nicht ›Pudding‹ sagt.«

Mehrere der kleineren Kinder wiederholten das Wort, und die Aufregung über ein Geheimnis – oder möglicherweise die dunkle Erinnerung an die Sache selbst – sprach deutlich aus dem unterdrückten Beben ihrer Stimmen.

»In Ordnung«, sagte Gally. »Gut, jetzt bin ich hier, und das ist mein Freund ...« Er runzelte die Stirn, so daß die Rußschicht darauf rissig wurde. »Wie heißt Ihr, Meister?«

Paul sagte ihm seinen Namen.

»... Genau, mein Freund Meister Paul, und er ist auch für den weißen

König, wir haben also nichts zu befürchten. Ihr da drüben, legt mehr Holz aufs Feuer - hier drin ist es kalt wie im Affenstall. Die Herrin hat mir Käse und Brot mitgegeben.« Er ließ seinen Sack auf den Boden plumpsen. »Die ganzen Namen merkt Ihr Euch nie. Miyagi und Pointer habt ihr schon kennengelernt. Da drüben das ist Chesapeake, der da schon wieder einschläft, der faule Strick. Das ist Blue - sie ist Pointers Schwester -, und das ist mein Bruder Bay.« Der Letztgenannte, ein dünner, stupsnasiger Knirps mit roten Locken, schnitt eine Fratze. Gally tat so, als wollte er ihm einen Tritt versetzen.

Paul sah zu, wie die Austernhausjungen - und Mädchen - in verschiedene Richtungen auseinanderliefen, während Gally, der geborene General, allen Aufgaben zuteilte. Als sie wieder allein waren, wandte Paul sich an seinen Führer und fragte leise: »Was soll das heißen: Ich bin für den weißen König? Ich habe keine Ahnung, worum es geht - ich bin hier fremd.«

»Sei's drum«, sagte Gally grinsend. »Aber da Ihr vor den Soldaten der roten Königin ausgebüxt seid, denk ich nicht, daß Ihr *ihr* Abzeichen tragen werdet, oder?«

Paul schüttelte den Kopf. »Ich habe von alledem keine Ahnung. Ich weiß nicht mal, wie ich in diese Stadt gekommen bin, in dieses Land. Ein Mann hat mich im Wald aufgelesen und mich zu dem Wirtshaus geschickt - ein Bursche mit seltsamen Augen, Hans hieß er. Aber von Königen und Königinnen weiß ich nichts.«

»Hans hat Euch geschickt? Dann müßt Ihr mehr zu sagen haben, als Ihr rausläßt. Habt Ihr mit ihm im Krieg gekämpft?«

Paul schüttelte abermals hilflos den Kopf. »Ich hab ... ich hab in einem Krieg gekämpft. Aber woanders, nicht hier. Ich kann mich nicht mehr erinnern.« Er ließ sich auf den Holzboden sacken und lehnte sich mit dem Rücken an die Wand. Die Aufregung war abgeklungen, und jetzt war er erschöpft. Er hatte nur wenige Stunden Schlaf gehabt, bevor Gally ihn geweckt hatte.

»Na, keine Bange, Meister. Wir werden Euch schon hinkriegen.«

Gally verteilte das Brot und den Käse, aber Paul hatte vorher etwas gegessen, und obwohl er schon wieder Hunger hatte, wollte er den Kindern ihre kleinen Portionen nicht noch mehr schmälern. Sie sahen so klein und schlecht ernährt aus, daß es ihm fast weh tat, ihnen beim Essen zuzuschauen. Trotzdem waren sie bemerkenswert gesittete

Gören, von denen jedes geduldig abwartete, bis es bei der Verteilung der Häppchen an die Reihe kam.

Danach, als das Feuer loderte und der Raum endlich warm war, hätte Paul sich gern schlafen gelegt, aber die Kinder waren zu aufgeregt von den Ereignissen der Nacht, um wieder zu Bett zu gehen.

»Ein Lied!« rief eines, und die anderen griffen den Ruf auf: »Ja, ein Lied! Der Mann soll ein Lied singen.«

Paul schüttelte den Kopf. »Ich fürchte, ich kann mich an keins erinnern. Ich wünschte, ich könnte es.«

»Kein Grund, den Kopf hängen zu lassen«, sagte Gally. »Blue, sing du eins. Sie hat die schönste Stimme, auch wenn sie nicht die Lauteste ist«, erläuterte er.

Das kleine Mädchen stand auf. Nur von einem schmuddeligen weißen Stoffband um den Kopf zusammengehalten, fielen ihr die dunklen Haare in verfilzten Knoten über die Schultern. Sie runzelte die Stirn und lutschte an einem Finger. »Was für eins?«

»Das Lied darüber, wo wir herkommen.« Gally ließ sich mit gekreuzten Beinen neben Paul nieder wie ein Wüstenprinz, der Befehl gibt, einen ausländischen Würdenträger zu unterhalten.

Blue nickte nachdenklich, nahm den Finger aus dem Mund und fing mit hoher, süßer und leicht bebender Stimme zu singen an.

»Das Meer war schwarz, das Meer war leer.
Von drüben überqueren wir
Das Meer so tief, schier ohne End,
Das uns vom Land des Schlafes trennt.

Weither, weithin, weithin, weither.
Sie riefen uns, doch wir warn fort.
Weither, weithin, weithin, weither.
Wir fuhren, fuhren übers Meer ...«

Während er inmitten dieses kleinen Haufens Blues Stimme lauschte, die wie die Funken aus dem Feuer emporstieg, fühlte Paul plötzlich, wie seine eigene Einsamkeit sich um ihn legte wie eine Wolke. Vielleicht konnte er ja hier bleiben. Er konnte eine Art Vater sein, konnte dafür sorgen, daß diese Kinder nicht hungern und sich nicht vor der Welt außerhalb ihres alten Hauses fürchten mußten.

*»Die Nacht war kalt, die Nacht war lang,
Durch die kein Licht als das Lied drang.
Die Nacht war tief, schier ohne End,
Die uns vom Land des Schlafes trennt ...«*

Es lag eine Wehmut darin, die Paul fühlen konnte, ein Ton der Trauer, der unter der Melodie mitschwang. Es war, als ob er dem Wimmern eines Vogelsjungen lauschte, das aus dem Nest gefallen war und jetzt über die unüberwindliche Distanz hinweg um die Wärme und Geborgenheit flehte, die es für immer verloren hatte.

*»Fort übers Meer, fort durch die Nacht.
Jetzt suchen wir ein Licht, das wacht
Und liebend zur Erinnrung brennt,
Bis nichts vom Land des Schlafs mehr trennt.*

*Weither, weithin, weithin, weither.
Sie riefen uns, doch wir warn fort.
Weither, weithin, weithin, weither.
Wir fuhren, fuhren übers Meer ...«*

Das Lied ging noch weiter, und Paul fielen die Augen zu. Er schlief zum Klang von Blues kleiner Stimme ein, die hell gegen die Nacht ansang.

Ein Vogel schlug mit den Flügeln gegen eine Fensterscheibe, daß die Flügelspitzen immer wieder verzweifelt an das Glas pockerten. Gefangen! Er war gefangen! Der grün und violett schimmernde winzige Körper warf sich hilflos gegen die Scheibe, flatterte und klopfte wie ein versagendes Herz. Jemand mußte ihn befreien, erkannte Paul, oder er würde sterben. Die Farben, die schönen Farben würden aschgrau werden und schließlich vergehen, und damit wäre die Welt für alle Zeit um ein Stück Sonne ärmer geworden ...

Er schreckte aus dem Schlaf hoch. Gally kniete über ihm.

»Still«, flüsterte der Junge. »Draußen ist wer. Könnten die Soldaten sein.«

Paul setzte sich auf, und da klopfte es wieder, ein trockener Ton, der durch das große Austernhaus raunte.

Vielleicht, dachte Paul, immer noch in Traumfetzen verfangen, *sind es gar keine Soldaten. Vielleicht ist es nur ein sterbender Vogel.*

»Steigt dort rauf.« Gally deutete auf eine wacklige Stiege, die auf eine der Emporen führte. »Versteckt Euch. Wir sagen ihnen nicht, daß Ihr hier seid, egal, wer es ist.«

Paul stieg die knarrende Stiege hoch, die beunruhigend schwankte. Offensichtlich war es lange her, daß jemand so Schweres sie betreten hatte. Wieder ertönte das verdächtige Klopfen.

Gally wartete, bis Paul die düstere Empore erreicht hatte, dann griff er sich einen schwelenden Stock aus dem Feuer und schlich zum Eingang. Ein fahles blaues Licht floß durch das breite Oberlicht herein. Der Morgen graute.

»Wer ist da draußen?«

Es gab eine Pause, als ob der Klopfer eigentlich gar nicht mit einer Antwort gerechnet hätte. Die Stimme, die sich dann meldete, war sanft und fast kindlich süß, und doch sträubten sich Paul sämtliche Nackenhaare, als er sie hörte.

»Ehrbare Männer. Wir sind nur auf der Suche nach einem Freund.«

»Wir kennen Euch nicht.« Gally bemühte sich angestrengt um eine feste Stimme. »Deshalb kann hier gar niemand sein, der sich Euer Freund nennt.«

»Ach so, ja ja, aber vielleicht habt Ihr ihn gesehen, unseren Freund?«

»Wer seid Ihr denn, daß Ihr zu solcher Stunde an fremde Türen klopft?«

»Nur Reisende. Habt Ihr unseren Freund gesehen? Er war früher Soldat, aber er ist verwundet worden. Er ist nicht ganz richtig im Kopf, ganz und gar nicht richtig. Es wäre grausam, ihn vor uns zu verstecken – wir sind seine Freunde und könnten ihm helfen.« Die Stimme floß über von gütiger Vernunft, aber etwas anderes lauerte hinter den Worten, etwas Gieriges. Eine blinde Angst packte Paul. Wer es auch war, der da draußen stand, er wollte losschreien und ihnen befehlen, wegzugehen und ihn in Frieden zu lassen. Statt dessen schob er sich die Fingerknöchel zwischen die Zähne und biß fest zu.

»Wir haben niemand gesehen, wir verstecken niemand.« Gally versuchte, seine Stimme tief und grimmig klingen zu lassen, aber mit mäßigem Erfolg. »Dies ist jetzt unser Haus. Wir sind Arbeiter und brauchen unsern Schlaf, also trollt Euch, bevor wir unsere Hunde auf Euch hetzen.«

Darauf hörte man ein Murmeln hinter der Tür, das Raunen eines leisen Wortwechsels. Die Tür knarrte in ihrem Rahmen, knarrte noch einmal, als ob jemand einen Moment lang ein schweres Gewicht dagegen gestemmt hätte. Seinem Grauen zum Trotz schlich Paul auf der Empore zur Tür herum, damit er nahe genug war, um Gally helfen zu können, falls es zu einem Handgemenge kam.

»Na schön«, sagte die Stimme schließlich. »Es tut uns wirklich leid, falls wir Euch gestört haben sollten. Wir gehen jetzt. Bedauerlicherweise müssen wir unseren Freund in einer anderen Stadt suchen, wenn er nicht hier ist.« Es knarrte noch einmal, und der Riegel klapperte in seiner Halterung. Der unsichtbare Fremde redete ruhig weiter, als ob das Klappern gar nichts mit ihm zu tun hätte. »Falls Ihr zufällig einen solchen Mann treffen solltet, einen Soldaten, vielleicht ein klein wenig verwirrt oder absonderlich, dann sagt ihm, er möge im ›Traum des Königs‹ oder in anderen Wirtshäusern am Fluß nach uns fragen. Zimmerer und Hauer heißen wir. Wir möchten unserem Freund so gern helfen.«

Schwere Stiefel knirschten auf der Türstufe, dann trat eine lange Stille ein. Gally wollte schon die Tür aufmachen, aber Paul beugte sich über das Geländer und gab ihm ein Zeichen, die Finger davon zu lassen. Darauf begab er sich an die Stelle, wo das Emporengeländer dem Oberlicht über der Tür am nächsten war, und lehnte sich hinaus.

Zwei Gestalten, beide in dunkle Mäntel gemummt, standen vor der Tür. Einer war größer, aber ansonsten waren sie wenig mehr als unförmige Schattenmassen im Grau vor Tagesanbruch. Pauls Herz schlug noch schneller. Er gestikulierte wie wild, Gally solle sich ja nicht rühren. Im fahlen Licht sah er, daß einige der Kinder wach waren und mit schreckensgeweiteten Augen aus ihren über das ganze Austernhaus verteilten Schlafstellen lugten.

Die kleinere der beiden Gestalten legte den Kopf wie lauschend auf eine Seite. Paul wußte nicht warum, aber ihm war klar, daß diese Leute, wer sie auch sein mochten, ihn auf keinen Fall finden durften. Er meinte, sein Herz müsse so laut schlagen wie eine Kesselpauke. Ein Bild quoll durch seine aufgewühlten Gedanken nach oben, das Bild einer leeren Gegend, eines ungeheuer weiten Nichts, in dem es nur ihn gab - ihn und zwei Wesen, die ihn jagten ...

Die kleinere Gestalt beugte sich wie flüsternd zu der größeren, dann drehten sich beide um und trotteten den Pfad hinunter in den Nebel, der vom Fluß her aufzog.

»Zwei, hä? Sind das die fremden Leute, von denen du geredet hast?«

Miyagi nickte lebthaft. Gally legte seine Stirn in höchst eindrucksvolle Konzentrationsfalten. »Wüßte nicht, daß ich je was von denen gehört hätte«, meinte er schließlich. »Aber die Tage kommt jede Menge fremdes Volk hier durch.« Er grinste Paul an. »Nichts für ungut. Aber wenn das keine Soldaten sind, dann sind sie Spione oder sowas. Die werden wiederkommen, würd ich mal sagen.«

Paul fand, daß der Junge wahrscheinlich recht hatte. »Dann gibt es nur eine Möglichkeit. Ich gehe, dann kommen sie mir hinterher.« Er sagte es entschlossen, doch der Gedanke, so bald schon weiterziehen zu müssen, tat ihm in der Seele weh. Es war dumm gewesen, sich einzubilden, er könnte so leicht Frieden finden. Er konnte sich an sehr wenig erinnern, aber er wußte, daß es lange her war, seit er zum letztenmal an einem Ort gewesen war, den er als Zuhause bezeichnen konnte. »Wie kommt man am besten aus dieser Stadt raus? Überhaupt, was liegt eigentlich jenseits dieser Stadt? Ich habe keine Ahnung.«

»Es ist nicht so einfach, übern Plan zu ziehen«, sagte Gally. »Die Verhältnisse ham sich geändert, seit wir hergekommen sind. Und wenn Ihr einfach drauflos geht, werdet Ihr höchstwahrscheinlich den Soldaten der roten Königin in die Hände laufen, und dann müßt Ihr mit Kerker rechnen oder mit noch Schlimmerem.« Er schüttelte ernst den Kopf und saugte nachdenklich an seiner Lippe. »Nein, wir müssen jemand fragen, der sich auskennt. Ich schätze, wir sollten Euch zu Bischof Humphrey bringen.«

»Wer ist das?«

»Ihn zum Läufer Humpelpumpel bringen?« Das schien den kleinen Miyagi zu amüsieren. »Zu dem alten Schaumschläger?«

»Er kennt sich aus. Er wird wissen, wo Meister Paul hingehen sollte.« Gally wandte sich an Paul, als forderte er ihn auf, einen Streit zu entscheiden. »Der Bischof ist ein kluger Mann. Weiß von allem den Namen, selbst von Sachen, wo man meint, sie hätten gar keinen. Was haltet Ihr davon?«

»Wenn wir ihm trauen können.«

Gally nickte. »Er ist ein Schaumschläger, das stimmt, aber er ist ein wichtiger Mann, deshalb lassen die Rotröcke ihn in Ruhe.« Er klatschte laut in die Hände, und die Kinder versammelten sich um ihn. »Ich werd jetzt meinen Freund zum Bischof bringen. Während ich weg bin, will ich nicht, daß ihr euch draußen rumtreibt, und *vor allen Dingen* nicht, daß ihr jemand reinlaßt. Die Idee mit der Parole ist gut - macht keinem die Tür auf, *nicht einmal mir*, solange er nicht das Wort ›Pudding‹ sagt. Kapiert? ›Pudding‹. Miyagi, du trägst die Verantwortung. Und Bay, wisch dir das Grinsen aus der Fissage. Versuch bloß dies eine Mal, dich nicht wie ein Kreteng aufzuführen, ist das klar?«

Gally führte ihn zur Hintertür hinaus; vor ihnen lag die Uferanhöhe und ein Kiefernwald, der bis kurz vor die Mauern des Austernhauses wuchs. Der Junge schaute sich vorsichtig um und winkte Paul dann, ihm in das Gehölz zu folgen. Augenblicke später stapften sie durch einen Wald, der so dicht war, daß sie das große Gebäude hinter sich schon nach dreißig Metern nicht mehr sehen konnten.

Der Morgennebel war immer noch dick und lag knapp über dem Boden. Der Wald war unnatürlich still; außer dem knirschenden Geräusch, das seine Füße auf dem Teppich aus gefallenen Nadeln machten - der Junge bewegte sich praktisch lautlos -, hörte Paul nichts. Kein Wind schüttelte die Zweige. Kein Vogel grüßte die aufgehende Sonne. Während sie sich unter den Bäumen ihren Weg bahnten und der Nebel um ihre Knöchel trieb, konnte Paul sich beinahe vorstellen, auf Wolken über den Himmel zu gehen. Der Gedanke warf den Schatten einer Erinnerung, aber woran auch immer, sie ließ sich nicht fassen und näher betrachten.

Sie waren, schien es ihm, wenigstens eine Stunde gegangen, die meiste Zeit bergab, als Gally, der mehrere Schritte voraus war, Paul winkte stehenzubleiben. Der Junge schnitt alle Fragen mit einer kurzen Bewegung seiner kleinen Hand ab und kam dann auf leisen Sohlen zurück an Pauls Seite.

»Gleich da vorn liegt die Kreuzung«, flüsterte er. »Aber mir war, als hätt ich was gehört.«

Sie schlichen den Hang hinunter, bis das Gelände flach wurde und sie zwischen den Bäumen eine Schneise mit einem rötlichen Streifen mittendrin sahen - die Landstraße. Gally führte sie mit großer Vorsicht daneben her, als ob sie eine schlafende Schlange der Länge nach abschritten. Urplötzlich sank er auf die Knie und zog dann Paul zu sich hinunter.

Sie hatten die Stelle erreicht, wo eine zweite staubige Straße die Bahn der ersten schnitt. Zwei Straßenschilder, die Paul nicht lesen konnte, deuteten von ihnen weg in dieselbe Richtung. Gally kroch vor, bis er keine fünfzig Schritte von der Kreuzung entfernt hinter einem Busch versteckt, die Stelle beobachten konnte.

Sie hockten so lange schweigend da und warteten, daß Paul gerade aufstehen und sich strecken wollte, als er ein Geräusch hörte. Es war zunächst leise, leise und regelmäßig wie ein Herzschlag, aber langsam wurde es lauter. Schritte.

Zwei Gestalten tauchten aus der Richtung, in die die beiden Schilder wiesen, aus dem nebeligen Wald auf. Die beiden bewegten sich ohne Hast, und ihre Mäntel schleiften im taufeuchten Staub der Straße. Einer von ihnen war sehr groß und breit und ging eigentümlich schlurfend, aber beide waren zweifellos die nächtlichen Klopfer an der Tür. Paul spürte, wie es ihm die Kehle abschnürte. Einen Moment hatte er Angst, keine Luft mehr zu bekommen.

Die Figuren hatten die Mitte der Kreuzung erreicht und blieben kurz in einer Art von schweigendem Gedankenaustausch stehen, bevor sie in die Richtung weitergingen, aus der Paul und Gally gekommen waren.

Die Nebelschwaden umringelten ihre Füße. Zu den lang herabhängenden Mänteln trugen sie formlose Hüte, aber Paul konnte bei dem Kleineren dennoch das Blitzen von Brillengläsern erkennen. Der größere hatte eine eigentümlich gräuliche Hautfarbe und schien etwas im Mund zu haben, denn die vorspringenden Formen, die seine Oberlippe ausbeulten und gegen seinen Unterkiefer preßten, waren für Zähne sicherlich viel zu groß.

Paul krallte sich in den Nadelteppich, grub mit den Fingern Furchen in den Boden. Er fühlte sich schwindlig, beinahe fiebrig, doch er wußte, daß dort auf der Straße der Tod auf ihn Jagd machte – nein, etwas Schlimmeres als der Tod, etwas viel Leereres, Grausameres und Grenzenloseres als der Tod.

Als spürten sie seine Gedanken, blieben die beiden Gestalten plötzlich mitten auf der Straße stehen, direkt gegenüber von ihrem Versteck. Pauls Puls, der ohnehin schon entsetzlich schnell ging, raste jetzt in seinen Schläfen. Der kleinere Verfolger bückte sich und streckte den Kopf vor, als ob er ein anderes Wesen geworden wäre, eines, das eher auf vier Beinen ging als auf zwei. Er drehte langsam den Kopf; Paul sah die Gläser funkeln, einmal, zweimal, dreimal, weil durch die schattigen Bäume Licht darauf fiel. Der Augenblick schien sich ewig hinzuziehen.

Der größere Schatten ließ eine flache gräuliche Hand auf die Schulter seines Gefährten fallen und knurrte etwas – in seiner Panik konnte Paul nur Worte verstehen, die sich wie »*Siegellack*« anhörten –, dann setzte er seinen Weg derart langsam watschelnd fort, als wären seine Beine an den Knöcheln zusammengebunden. Wenig später richtete sich der kleinere auf und trottete mit hochgezogenen Schultern und vorgerecktem Kopf mürrisch hinter ihm drein.

Paul ließ den in seiner Brust brennenden Atem erst heraus, als die beiden Gestalten im Nebel verschwunden waren, und selbst dann blieb er noch eine Zeitlang regungslos liegen. Gally schien es mit dem Aufstehen ebenfalls nicht eilig zu haben.

»Auf dem Rückweg in die Stadt sind sie«, sagte der Junge leise. »Kann uns nur recht sein. Da finden sie reichlich Beschäftigung. Trotzdem denk ich, wir sollten von der Straße runter bleiben.« Er rappelte sich auf. Paul erhob sich ebenfalls und stolperte hinter ihm her mit einem Gefühl, als wäre er um ein Haar aus großer Höhe abgestürzt.

Kurze Zeit später überquerte Gally die Straße und führte sie auf eine kleinere Seitenstraße, die sich zwischen den Bäumen eine kleine Anhöhe hinaufschlängelte. Dort oben thronte inmitten eines Birkengehölzes eine sehr kleine Burg, deren Mittelturm wie ein Spitzhut emporragte. Die Zugbrücke war unten, das Burgtor - nicht größer als die Tür eines gewöhnlichen Hauses - stand offen.

Sie trafen den Bischof gleich im ersten Zimmer an. Umgeben von Regalen mit Büchern und Kuriositäten las er bei dem durch den Eingang hereinströmenden Licht in einem schmalen Bändchen. Die Art, wie er seinen breiten Lehnstuhl lückenlos ausfüllte, ließ es kaum glaublich erscheinen, daß er je daraus aufstand. Er war voluminös und kahlköpfig, hatte eine wulstige Unterlippe und einen derart breiten Mund, daß Paul sicher war, er müsse mehr als die normale Anzahl Knochen in seinem Kiefer haben. Er blickte auf, als ihre Schritte auf dem blanken Steinfußboden ertönten.

»Hmmm. Mitten in meinem Poesiestündchen, meiner allzu kurzen Frist ruhiger Besinnung. Na, was hilft's?« Er klappte das Buch zu und ließ es dorthin gleiten, wo die Halbkugel seines Bauches auf die dünnen Beinchen stieß - es gab in dem Bereich nichts, was flach genug gewesen wäre, um Schoß zu heißen. »Ah. Der Küchenjunge, wie ich sehe. Gally, nicht wahr? Der Hüter des Küchenfeuers. Was führt dich zu mir, Schankknecht? Hat einer deiner aufgespießten Kadaver plötzlich nach der Beichte geschrien? Der Höllenschlund bringt es mit sich, daß mitunter ein solcher Sinneswandel eintritt. Hömm, hömm.« Es dauerte ein Weilchen, bis Paul erkannte, daß das hohle, paukenartige Geräusch ein Lachen war.

»Ich wollt Euch um Hilfe bitten, Bischof Humphrey, stimmt schon.«

Gally grapschte Pauls Ärmel und zerrte ihn heran. »Dieser Herr hier braucht einen Rat, und da sag ich zu ihm: ›Fragt doch Bischof Humphrey. Der ist der klügste Mann weit und breit.‹ Und da sind wir nun.«

»In der Tat.« Der Bischof richtete seine winzigen Äuglein auf Paul und ließ sie nach einer kurzen scharfen Inspektion weiterwandern. Er ließ seinen Blick nie sehr lange auf etwas verweilen, was seiner Gesprächsführung eine gewisse nervöse Gereiztheit verlieh. »Ein Fremdling, hä? Ein Neuzugang in unserer bescheidenen Grafschaft? Oder vielleicht seid Ihr ein Besucher einer eher flüchtigen Art? Auf Durchreise sozusagen? Ein Wandersmann?«

Paul zögerte. Trotz Gallys Beteuerungen war ihm Humphrey nicht ganz geheuer. Der Mann hatte eine Distanziertheit, als ob zwischen ihm und der Außenwelt eine hauchdünne Glaswand stände. »Ich bin fremd hier«, gestand er schließlich. »Ich möchte gern die Stadt verlassen, aber wie es scheint, bin ich in die Auseinandersetzungen zwischen der roten und der weißen Partei geraten - rote Soldaten wollten auf mich losgehen, obwohl ich ihnen gar nichts getan hatte. Und außerdem suchen noch andere Männer nach mir, Leute, denen ich lieber nicht begegnen möchte ...«

»... Und deswegen müssen wir zusehen, wie wir ihn am besten vom Plan schaffen«, beendete Gally den Satz für ihn.

»Vom Plan?« Paul war verwirrt, aber der Bischof schien zu verstehen. »Aha. Na schön, auf welche Weise zieht Ihr?« Er sah ihn kurz von der Seite an und setzte sich dann das Monokel ans Auge, das an einem Band vor seinem mächtigen Bauch gebaumelt hatte. In den Wurstfingern des Bischofs sah es wie ein bloßes Glassplitterchen aus. »Schwer zu sagen, da Ihr von außen kommt wie Gally und seine Rasselbande. Hmmmm. Ihr habt etwas vom Bauern an Euch, aber auch etwas vom Ritter. Ihr könntet natürlich auch etwas völlig anderes sein, aber solche Spekulationen hinsichtlich der Fortbewegung wären für mich fruchtlos - so als wollte man einen Fisch fragen, ob er lieber mit der Kutsche oder mit dem Veloziped reiste, wenn Ihr versteht, was ich meine. Hömm, hömm.«

Paul verstand gar nichts, aber man hatte ihn ja gewarnt, daß der Bischof eine Plaudertasche sei. Er setzte eine aufmerksame Miene auf.

»Bring das da drüben her, Junge, das große.« Humphrey deutete mit dem Finger darauf. Gally tat eilig, wie befohlen, und kam mit einem ledergebundenen Buch angetaumelt, das fast so groß war wie er. Mit

Pauls Hilfe schlugen sie es über den Lehnen des bischöflichen Stuhls auf. Paul rechnete mit einer Landkarte, aber zu seiner Verwunderung enthielten die offenen Seiten nichts als ein Raster wechselfarbiger Felder, jedes mit seltsamen Zeichen und kleinen Diagrammen versehen.

»So, dann schauen wir mal ...« Der Bischof beschrieb mit seinem breiten Zeigefinger eine Bahn über das Raster. »Das naheliegendste Vorgehen für Euch wäre, schleunigst übereck hierher zu ziehen. Für gewagte Diagonalen habe ich ja schon immer eine Schwäche gehabt, wenigstens seit meiner Investitur. Hömm. Allerdings hat es Meldungen über eine unangenehme wilde Bestie hier in der Gegend gegeben, so daß dies vielleicht doch nicht Eure erste Wahl sein sollte. Andererseits seid Ihr im Moment ziemlich in die Enge getrieben. Die Königin hat ein Schloß unweit von hier, und ich nehme an, Ihr würdet ihren Häschern lieber nicht über den Weg laufen, hmmm?« Er warf Paul einen listigen Blick zu, und dieser schüttelte den Kopf. »Das dachte ich mir. Und die Dame selbst sucht dieses Gebiet mit einiger Regelmäßigkeit auf. Sie bewegt sich sehr rasch, Ihr würdet also gut daran tun, keine langen Reisen durch ihr Lieblingsterritorium zu planen, auch nicht im Fall ihrer vorübergehenden Abwesenheit.«

Der Bischof lehnte sich zurück, daß sein stabiler Lehnstuhl quietschte. Er bedeutete Gally, das Buch zu entfernen, und der Junge gehorchte ächzend.

»Ich muß mich bedenken«, sagte der dicke Mann und ließ seine talgigen Lider sinken. Er schwieg so lange, daß Paul schon dachte, er wäre vielleicht eingeschlafen, und die Gelegenheit nutzte, sich im Zimmer umzuschauen. Außer der großen Sammlung schön gebundener Bücher fanden sich ringsum an den Wänden Merkwürdigkeiten aller Art, Flaschen mit getrockneten Pflanzen, Knochen und sogar vollständige Skelette unbekannter Wesen, glitzernde Edelsteine. Auf einem Bord stand ganz allein ein großes Glas voll lebender Insekten, von denen einige wie Brotrinde aussahen und andere eher einem Pudding glichen. Während er zusah, wie die absonderlichen Geschöpfe in dem verschlossenen Glas übereinanderkrabbelten, überkam Paul ein heftiges Hungergefühl, unmittelbar darauf gefolgt von jäher Übelkeit. Er war hungrig, aber so hungrig auch wieder nicht.

»Wie viel auch für die Ordnung spricht, mit der uns Ihre Scharlachrote Majestät in dieser ausgedehnten Pattperiode beglückt«, sagte der Bischof so abrupt, daß Paul unwillkürlich zusammenfuhr, »so spricht doch auch manches für die eher laissezfairehafte Einstellung ihrer Vorgängerin. So daß ich es, ungeachtet der ausgezeichneten Beziehungen, die ich zu unserer Herrscherin unterhalte - wie ich sie auch schon zur vorigen Herrschaft unterhielt -, durchaus verstehen kann, wenn Ihr in dieser Hinsicht weniger glücklich seid.« Humphrey hielt inne und schöpfte tief Luft, als hätte ihn seine eigene bewundernswerte Rhetorik ganz außer Atem gebracht. »Wenn Ihr also den Nachstellungen unserer hochroten Monarchin entgehen wollt, müßt Ihr Euch, dünkt mich, zu der ersten von mir unterbreiteten Alternative durchringen. Ihr könnt dieses Feld passieren und befindet Euch dann direkt an der Grenze unseres Landes. Die schreckliche Bestie, die die Gegend unsicher machen soll, ist zweifellos ein Hirngespinst der Bauern, die bekanntlich dazu neigen, sich ihren langweiligen und stumpfen Alltagstrott mit solchen Märchen aufzulockern. Ich werde Euch eine Karte zeichnen. Ihr könnt noch vor Sonnenuntergang da sein. Carpe diem, junger Mann.« Er legte seine Hände zufrieden auf die Lehnen seines breiten Stuhls. »Kühnheit ist alles.«

Während Gally sich beeilte, dem Bischof Feder und Papier zu besorgen, ergriff Paul die Gelegenheit, nähere Erkundigungen einzuholen. Er war in letzter Zeit zu viel im Nebel getappt, bildlich und buchstäblich.

»Wie heißt dieses Land?«

»Na, es wird manchmal der Achtfeldplan genannt, jedenfalls in den ältesten und gelehrtesten Werken. Aber wir, die von jeher hier gelebt haben, finden selten Anlaß, es überhaupt mit Namen zu nennen, da wir doch mittendrin sind! Ganz ähnlich einem Vogel, nicht wahr, wenn man ihn auffordern wollte, den Himmel zu definieren ...«

Hastig stellte Paul ihm die nächste Frage. »Und früher standet Ihr auf gutem Fuß mit ... dem weißen König?«

»Mit der Königin. Keiner von uns hat die schlafbedürftigen Souveräne unseres bescheidenen Territoriums jemals persönlich kennengelernt - sie halten sich von den Regierungsgeschäften weitgehend fern. Nein, es sind die Damen, gesegnet seien sie beide, die traditionell die Ordnung auf dem Achtfeldplan aufrechterhalten, während ihre Gemahle eher das Haus hüten.«

»Aha. Aber wenn Ihr mit der weißen Königin auf gutem Fuß standet und jetzt die rote Königin das Land regiert, wie bringt Ihr es dann fertig, auch mit ihr befreundet zu bleiben?«

Der Bischof blickte ein wenig säuerlich drein. »Respekt, junger Mann.

Das bringt es genau auf den Begriff. Ihre Scharlachrote Majestät vertraut meinem Urteil - und ich darf hinzufügen, daß ich ebenso in weltlichen wie in überweltlichen Dingen konsultiert werde -, und ich habe somit einen ziemlich einzigartigen Status inne.«
Paul gab sich damit nicht zufrieden. »Aber falls die rote Königin erfährt, daß Ihr mir geholfen habt, obwohl wahrscheinlich ihre Soldaten nach mir suchen, wird sie dann nicht ungehalten sein? Und wenn die weiße Königin je wieder ihre Macht zurückgewinnt, wird *sie* dann nicht wütend sein, daß Ihr Euch so gut mit ihrer Feindin vertragen habt?«
Jetzt schien Humphrey wirklich verärgert zu sein. Seine spärlichen Augenbrauen zogen sich zusammen und stießen über der Nasenwurzel steil nach unten. »Junger Mann, es kommt Euch nicht zu, von Dingen zu sprechen, die außerhalb Eurer Kenntnis liegen, auch wenn es gerade Mode sein mag. Um jedoch den Anfang zu machen mit einer Erziehung, die Ihr offensichtlich bitter nötig habt, werde ich Euch etwas erläutern.« Er räusperte sich, als Gally gerade mit einer schmucken Feder und einem großen Blatt Kanzleipapier wieder auftauchte.
»Ich hab's gefunden, Bischof.«
»Ja, sehr schön, mein Junge. Und jetzt still.« Der Bischof heftete kurz seine Äuglein auf Paul, bevor er sie wieder schweifen ließ. »Ich bin ein angesehener Mann, und zum Wohle des Landes hüte ich mich davor, mein nicht unerhebliches Gewicht auf die Waagschale der einen oder anderen Partei zu werfen. Denn Parteien sind unbeständig, flüchtig geradezu, wohingegen der Fels, auf dem meine Bischofswürde gründet, aus dem Stoff der Ewigkeit gemacht ist. Meine Position, um es mit einem Vergleich zu sagen, ist die eines Menschen, der auf einer Mauer sitzt. Ein solcher Sitz könnte einem, der ohne meine Erfahrung und meinen natürlichen Gleichgewichtssinn von unten zu mir aufschaut, gefährlich vorkommen. Ja, ein solcher könnte meinen, ein Mann wie ich schwebte unmittelbar in der Gefahr eines großen ... Absturzes. Tjaa, aber von hier oben, von hier innen *drin*«, er klopfte auf sein haarloses Haupt, »sieht die Sache ganz anders aus, das kann ich Euch versichern. Ich verfüge sozusagen über die ideale Gestalt zum Mauersitzen. Mein Herr hat mich sozusagen dazu geschaffen, ständig zwischen zwei unannehmbaren Alternativen die Waage zu halten.«
»Ich verstehe«, sagte Paul, dem nichts anderes einfiel.
Der Bischof schien nach dieser Erklärung in viel besserer Laune zu

sein. Er zeichnete rasch einen Plan, den er mit theatralischer Gebärde überreichte. Paul bedankte sich, und er und Gally wandten sich zum Gehen und verließen die winzige Burg.

»Laßt die Tür auf«, rief Bischof Humphrey ihnen hinterher. »Der Tag ist zu schön, um nichts davon mitzubekommen, und zudem brauche ich niemanden zu fürchten!«

Als sie über die Zugbrücke stiefelten, sah Paul, daß der Graben sehr seicht war. Man konnte zu Fuß hindurchgehen, ohne sich die Knöchel richtig naß zu machen.

»Ich hab Euch ja gesagt, daß er die Antwort hätte, die Ihr braucht«, sagte Gally fröhlich.

»Ja«, erwiderte Paul. »Er ist offenbar einer von denen, die auf alles eine Antwort haben.«

> Der Rückweg dauerte beinahe den ganzen Nachmittag. Als sie schließlich am Austernhaus ankamen, war die Sonne schon hinter dem Wald versunken. Paul freute sich darauf, sich endlich hinsetzen und die Beine ausruhen zu können.

Bei Gallys erstem Klopfen schwang die Tür nach innen auf.

»Zum Deibel mit den Dösköppen«, sagte der Junge. »Blödeln rum und denken nicht dran, was ich ihnen gesagt hab. Miyagi! Chesapeake!«

Niemand antwortete als das Echo. Als Paul hinter dem Jungen den Flur entlangging, wo ihre Schritte dumpf wie Trommelschläge hallten, wurde ihm auf einmal eng ums Herz. Es lag ein merkwürdiger Geruch in der Luft, ein Seegeruch, salzig und unangenehm süßsauer. Im Haus war es sehr, sehr still.

Im Hauptraum war es ebenfalls still, aber diesmal versteckte sich niemand. Die Kinder lagen über den Boden verstreut, einige niedergestreckt und in seltsamen Haltungen liegengelassen wie erstarrte Tänzer, andere achtlos in den Ecken aufgehäuft wie Dinge, die man benutzt und weggeworfen hatte. Man hatte sie nicht bloß getötet, sondern ihnen in einer Art und Weise Gewalt angetan, die Paul nicht ganz verstand. Man hatte sie *geöffnet*, enthülst und ausgeleert. Das Sägemehl auf dem Fußboden hatte sich zu rotgetränkten Bällen verklumpt und dabei doch nicht das ganze Rot aufgesaugt, das klebrig grell im schwindenden Licht glänzte.

Gally fiel stöhnend auf die Knie, die Augen vor Entsetzen so weit aufgerissen, daß Paul fürchtete, sie könnten ihm aus dem Kopf springen. Paul wollte ihn fortziehen, aber da erstarrte er in der Bewegung.

Über einem der größten Haufen, über blassen, besudelten Armen und Beinen und blinden Gesichtern mit offenen Mündern, hatte jemand in schludrigen scharlachroten Buchstaben schwungvoll ein Wort auf die Bretterwand geschmiert - »PUDDING«.

Kapitel

Elentochters Sohn

NETFEED/INTERAKTIV:
IEN, Hr. 4 (Eu, NAm) — "Backstab" ("Dolchstoß")
(Bild: Kennedy läuft durch einen Schloßgarten,
verfolgt von einem Tornado)
Off-Stimme: Stabbak (Carolus Kennedy) und Shi Na
(Wendy Yohira) versuchen erneut, aus dem
befestigten Landsitz des geheimnisvollen Doktor
Methusalem (Moische Reiner) zu entkommen. Jeffreys
plus 6 Nebenrollen offen. Flak an: IEN.BKSTB.CAST

>»Unten an der Tür is wer.« Long Joseph stand nervös im Türrahmen ihres Zimmers, weil er nicht in die Nähe von Kranken kommen wollte, selbst wenn so wenig Ansteckungsgefahr bestand wie bei etwas, das ihm als »Zusammenbruch infolge von Streß« beschrieben worden war. »Sagt, er heißt Gabba oder so.«
»Das ist !Xabbu. Mein Freund von der TH. Du kannst ihn reinlassen.«
Er blickte sie einen Moment lang stirnrunzelnd an, dann drehte er sich um und trottete davon. Er war deutlich nicht glücklich darüber, für sie an die Tür gehen oder Nachrichten entgegennehmen zu müssen, aber auf seine Weise tat er sein Bestes. Renie seufzte. Jedenfalls konnte sie nicht die Energie aufbringen, sich zu ärgern - mißtrauisch und schlecht gelaunt zu sein, war einfach die Art ihres Vaters. Zu seinen Gunsten mußte man sagen, daß er in der Zeit, seit sie zuhause war, nicht von ihr erwartet hatte, daß sie aufstand und für ihn kochte. Freilich war der Beitrag, den er seinerseits zum Haushalt leistete, auch nicht sonderlich gestiegen. Sie aßen beide viel kalte Frühstücksflocken und Fertiggerichte aus der Welle.
Sie hörte die Haustür aufgehen. Sie setzte sich mühsam im Bett auf

und trank einen Schluck Wasser, dann versuchte sie, sich wenigstens so weit herzurichten, daß sie einigermaßen normal aussah. Selbst wenn man fast gestorben wäre, war es peinlich, platt gelegene Haare zu haben.

Im Unterschied zu ihrem Vater kam der Buschmann in das Krankenzimmer, ohne zu zögern. Er blieb ein paar Schritte vor ihr stehen, eher aus einer merkwürdigen Form von Respekt, vermutete sie, als aus einem anderen Grund. Renie hielt ihm die Hand hin und zog ihn näher. Seine Finger fühlten sich warm und freundlich an.

»Ich freue mich sehr, dich zu sehen, Renie. Ich habe mir Sorgen um dich gemacht.«

»Es geht mir eigentlich ganz gut.« Sie drückte seine Hand und ließ ihn los, dann schaute sie sich nach einer Sitzgelegenheit für !Xabbu um. Auf dem einzigen Stuhl lagen Kleidungsstücke, aber !Xabbu schien nichts dagegen zu haben, zu stehen. »Ich mußte wie eine Löwin kämpfen, daß sie mich aus der Notaufnahme nach Hause ließen. Aber wenn ich ins Krankenhaus gekommen wäre, hätte ich wochenlang in Quarantäne gelegen.«

Zwar wäre sie damit auch Stephen nahe gewesen, aber sie wußte, daß das bestenfalls eine bittersüße Nähe gewesen wäre.

»Zuhause bist du am besten aufgehoben, denke ich.« Er lächelte. »Ich weiß, daß in einem modernen Krankenhaus erstaunliche Dinge geschehen können, aber ich bin immer noch ein Angehöriger meines Volkes. Ich würde noch kränker werden, wenn ich an so einem Ort liegen müßte.«

Renie sah auf. Ihr Vater stand im Hintergrund in der Tür und starrte !Xabbu an. Long Joseph hatte einen sehr sonderbaren Ausdruck im Gesicht; als er Renies Blick bemerkte, wurde daraus so etwas wie Verlegenheit.

»Ich geh mal eben zu Walter.« Er hielt ihr seinen Hut zum Beweis hin. Er ging ein paar Schritte zur Haustür, dann wandte er sich noch einmal um. »Kommst du klar?«

»Ich werd nicht sterben, während du weg bist, falls du das meinst.« Sie sah, wie sich sein Gesicht verschloß, und bereute ihre Worte. »Ich komm schon zurecht, Papa. Trinkt nicht so viel, du und Walter.«

Ihr Vater, der wieder !Xabbu angeschaut hatte, warf Renie einen finsteren Blick zu - ohne besondere Animosität, eher aus Prinzip. »Laß das gefälligst meine Sorge sein, was ich treibe, Mädel.«

Mit wachen Augen in seinem kleinen ernsten Gesicht stand !Xabbu immer noch geduldig da, als die Tür hinter Long Joseph zuging. Renie klopfte auf die Bettkante.

»Setz dich doch bitte. Du machst mich nervös. Tut mir leid, daß wir nicht früher reden konnten, aber durch die Medikamente, die ich nehmen muß, schlafe ich viel.«

»Aber jetzt geht es dir besser, oder?« Er betrachtete prüfend ihr Gesicht. »Du kommst mir gesund am Geiste vor. Als wir zurückkamen von ... von dort, hatte ich zuerst sehr große Angst um dich.«

»Es war eine Herzrythmusstörung - kein richtig schlimmer Herzanfall. Mittlerweile fühle ich mich sogar so weit wiederhergestellt, daß ich langsam richtig wütend werde. Ich hab sie gesehen, !Xabbu, die Schweine, die diesen Club aufziehen. Ich hab gesehen, was sie da machen. Ich hab immer noch nicht die leiseste Ahnung, warum, aber wenn wir beide nicht *so* dicht dran waren«, sie hielt ihre Finger hoch, »dasselbe Schicksal zu erleiden wie Stephen und Gott weiß wie viele noch, dann freß ich 'nen Besen.« !Xabbu blickte sie verwirrt an. Renie lachte. »Entschuldige. Der Ausdruck bedeutet: ›Ich bin sicher, daß ich recht habe.‹ Hast du ihn noch nie gehört?«

Der Buschmann schüttelte den Kopf. »Nein. Aber ich lerne die ganze Zeit dazu, lerne fast schon in dieser Sprache zu denken. Manchmal frage ich mich, was ich dabei verliere.« Er setzte sich endlich hin. Er war so leicht, daß Renie kaum die Matratze nachgeben fühlte. »Was machen wir jetzt, Renie? Wenn das stimmt, was du sagst, dann sind das schlechte Menschen, die sehr schlechte Dinge tun. Melden wir es der Polizei oder den Behörden?«

»Das ist einer der Gründe, weshalb ich dich sehen wollte - um dir etwas zu zeigen.« Sie langte hinter ihr Kissen nach ihrem Pad. Sie brauchte etwas, um es aus dem Spalt zwischen der Matratze und der Wand zu ziehen, in den sie es geklemmt hatte. Es erschreckte sie, wie schwach sie noch war; selbst diese kleine Anstrengung brachte sie ganz außer Atem. »Hast du die Goggles mitgebracht? Es geht so viel langsamer, wenn man am flachen Bildschirm arbeitet.«

!Xabbu zog die Etuis mit dem aufgedruckten Logo der Technischen Hochschule aus der Tasche. Renie nahm die beiden Datenbrillen heraus, beide nicht viel größer als eine Sonnenbrille, fand in dem Kabelsalat neben sich einen Y-Anschluß und stöpselte das Gogglekabel und ein Paar Squeezer in ihr Pad ein.

Als sie !Xabbu eine der Brillen hinhielt, nahm er sie nicht gleich.

»Was ist los?«

Er schüttelte langsam den Kopf. »Ich hatte keine Kontrolle mehr, Renie. Ich habe dich im Stich gelassen, als wir an diesem Ort waren.«

»Wir werden nicht mal in die Nähe kommen - außerdem ist das hier sowieso bloß eine Bildschirmbrille mit Ton, keine volle Immersion. Wir wollen lediglich in die Infobanken der TH und ein paar andere Subnetze rein. Du brauchst dich nicht zu fürchten.«

»Es ist nicht so sehr Furcht, was mich zögern läßt, obwohl es gelogen wäre, wenn ich behaupten wollte, ich würde mich nicht fürchten. Aber es ist mehr. Ich muß dir einiges erzählen, Renie - darüber, was mir dort widerfahren ist.«

Sie wartete, wollte ihn nicht drängen. Trotz seiner Geschicklichkeit, sagte sie sich, war ihm das alles doch noch sehr neu - all das, was ihr ganz selbstverständlich war. »Ich muß dir auch einiges zeigen. Ich verspreche dir, es wird nicht schlimmer sein, als im Labor an der Uni zu arbeiten. Danach möchte ich sehr gern hören, was du zu erzählen hast.« Sie reichte ihm abermals die Brille, und diesmal nahm !Xabbu sie an.

Aus dem leeren Grau entstanden rasch die geordneten Polygone ihres persönlichen Systems - ein einfacher Aufbau ähnlich einem häuslichen Büro, mit viel weniger Möglichkeiten, als ihr in der TH zur Verfügung standen. Sie hatte ihm mit ein paar Bildern an der Wand und einem Glas mit tropischen Fischen so etwas wie eine persönliche Note verliehen, aber ansonsten war es kalt und funktional, die Umgebung von einer, die immer in Eile war. Sie sah nicht, daß sich daran in nächster Zeit etwas ändern würde.

»Wie lange waren wir in dem Club, drei Stunden? Vier?« Sie befingerte die Squeezer, und aus einem der Polygone wurde ein Fenster. Kurz darauf erschienen das Logo und die Warntafel der Technischen Hochschule. Renie gab ihren Zugangscode ein, und augenblicklich wurde die künstliche Mediathek aufgebaut. »Hab ein wenig Geduld«, sagte sie. »Ich bin es gewöhnt, bei der Arbeit hier gewissermaßen die Hände frei zu haben, aber heute sind wir auf diese Fummeldinger angewiesen, die ziemlich primitiv sind.«

Es war seltsam, sich durch ein so vertrautes und realistisches Environment zu bewegen, aber nicht direkt auf etwas reagieren zu können; wenn sie eines der symbolischen Objekte bearbeiten wollte, konnte sie nicht danach greifen, sondern mußte sich die völlig anderen Verrichtungen überlegen, die nötig waren, um eine Richtung einzugeben.

»Hier«, sagte sie, als sie schließlich das Informationsfenster geöffnet hatte, das sie haben wollte, »ich wollte, daß du das siehst, die Einträge der TH für den Tag.« Zahlenreihen rollten rasch an ihnen vorbei. »Hier ist der Vorspann des Gurtraums, sämtliche Verbindungen. Da ist unsere Anmeldung. Das ist mein Zugangscode, stimmt's?«
»Ich sehe es.« !Xabbus Stimme war ruhig, aber reserviert.
»Dann überflieg das hier mal. Das ist unser Benutzungsprotokoll. Keine Verbindung außer im internen Hochschulsystem.«
»Das verstehe ich nicht.«
»Das heißt, daß wir uns dem hier zufolge niemals ins Netz eingeloggt haben, daß wir uns überhaupt nie in den kommerziellen Knoten namens ›Mister J's‹ begeben haben. Alles, was wir erlebt haben, das Wasserbecken, das Meeresungeheuer, der riesige Hauptsaal, das alles ist nie passiert. So bezeugen es jedenfalls die Daten der TH.«
»Das verwirrt mich, Renie. Vielleicht kenne ich mich mit diesen Dingen doch noch nicht so gut aus, wie ich dachte. Wie kann das sein, daß es keinen Eintrag gibt?«
»Ich weiß es nicht!« Renie drückte die Squeezer. In der Gogglewelt verschwanden die Listen der TH, und ein anderes Fenster ging auf. »Schau dir das an - auf meinen persönlichen Konten wurde alles gelöscht, sogar auf denjenigen, die ich eigens für den Zweck angelegt hatte. Die ganze Verbindungszeit wurde mir nicht berechnet, der Hochschule nicht - niemandem! Es gibt keinen einzigen Beleg darüber, was wir gemacht haben. Nichts.« Sie holte Luft, nahm sich vor, ruhig zu bleiben. Ihr wurde immer noch ab und zu schwindlig, aber ansonsten fühlte sie sich mit jedem Tag kräftiger, wodurch sie noch mehr unter ihrer Machtlosigkeit litt. »Wenn wir die Einträge nicht finden, können wir schlecht Anzeige erstatten, oder? Die Reaktion der Behörden kann ich mir gut vorstellen: ›Das ist eine sehr schwerwiegende Anschuldigung, Frau Sulaweyo, zumal du den fraglichen Netzknoten anscheinend niemals benutzt hast.‹ Es wäre zwecklos.«
»Ich wünschte, ich hätte eine Idee, Renie. Ich wünschte, ich könnte dir irgendwie helfen, aber das hier übersteigt meine noch sehr jungen Kenntnisse.«
»Du *kannst* mir helfen. Du kannst mir dabei helfen rauszufinden, was passiert ist. Ich hab noch nicht viel Mumm in den Knochen, und ich werde müde, wenn ich zu lange irgendwo draufstarren muß. Aber wenn du mir deine Augen leihst, können wir ein paar Sachen ausprobieren, zu

denen ich bis jetzt noch keine Gelegenheit hatte. So leicht gebe ich nicht auf. Diese Schweine haben meinen Bruder krank gemacht, und um ein Haar hätten sie dich und mich auch erwischt.«

Renie ließ sich in die Kissen zurücksinken. Sie hatte ihre Medizin genommen, und wie üblich wurde sie davon müde. !Xabbu saß im Schneidersitz auf dem Boden, die Augen hinter der Datenbrille versteckt, während seine Finger mit überraschender Gewandtheit die Squeezertasten betätigten.

»So etwas, wie du es beschreibst, kommt nicht vor«, brach er ein langes Schweigen. »Keine Schleifen, keine Wiederholungen. Alle Spuren sind, wie du sagen würdest, eliminiert.«

»Scheiße.« Sie schloß abermals die Augen und versuchte, dem Problem irgendwie anders beizukommen. Irgend jemand hatte das ganze Protokoll darüber, was sie und !Xabbu getan hatten, beseitigt, ein neues gebastelt und dieses nahtlos anstelle des alten eingefügt. Die ganze Zeit, die sie im Club verbracht hatten, war jetzt so fiktiv und unbeweisbar wie ein Traum.

»Was mich erschreckt, ist nicht nur, daß sie dazu imstande waren, sondern vor allem die Tatsache, daß sie meine ganzen Tarnidentitäten zurückverfolgt und ebenfalls eliminiert haben. Eigentlich dürften sie nicht den Hauch einer Chance haben, das zu tun.«

!Xabbu bewegte sich immer noch durch die Datenwelt. Die Goggles sahen auf seinem schmalen Gesicht wie Insektenaugen aus. »Aber wenn sie diese falschen Identitäten gefunden haben, die du konstruiert hast, können sie die dann nicht zu dir zurückverfolgen?«

»Gestern hätte ich noch gesagt: ›Nie im Leben‹, aber mittlerweile bin ich mir da nicht mehr so sicher. Wenn sie wissen, daß es jemand aus der TH war, dürfte es ihnen auch ohne Einsicht in interne Unterlagen nicht sehr schwerfallen, den Personenkreis einzuengen.« Sie biß sich nachdenklich auf die Lippe. Es war kein angenehmer Gedanke; sie bezweifelte sehr, daß die Leute, die hinter Mister J's standen, sich in ihren Einschüchterungsmaßnahmen auf ein Anwaltsschreiben beschränken würden. »Ich hab sie beim Basteln der Tarnidentitäten so weit von mir weggelotst, wie ich konnte, bin über öffentliche Knoten gegangen, alles, was mir nur einfiel. Ich hätte nie gedacht, daß sie mich schnurstracks zur TH zurückverfolgen könnten.«

!Xabbu gab auf einmal ein Geräusch von sich, ein leises Schnalzen der Überraschung. Renie setzte sich auf.

»Was ist?«

»Da ist etwas ...« Er stockte, und seine Finger bewegten sich flink. »Da ist etwas. Was bedeutet es, wenn in deinem Büro ein orangefarbenes Licht aufleuchtet? Es blinkt wie ein Glühwürmchen! Es hat eben erst angefangen.«

»Der Virenprüfer hat sich eingeschaltet.« Renie beugte sich vor, ohne auf das eintretende Schwindelgefühl zu achten, und hob die zweite Datenbrille vom Boden auf. Sie zog den Y-Anschluß zwischen sich und !Xabbu straff. »Vielleicht versucht irgendwer, in mein System reinzukommen.« Ein Schauder durchfuhr sie. Hatten sie sie bereits aufgespürt? Wer *waren* diese Leute?

Sie befand sich wieder in der VR-Grunddarstellung des Systems, dem dreidimensionalen Büro. Ein kleiner rötlicher Punkt blinkte unentwegt, wie schwelende Glut in einem Braai. Sie tastete blind über !Xabbus Knie hinweg und drückte ein paar Tasten. Im Innern des virtuellen Raumes explodierte der leuchtende Punkt und überschwemmte einen Großteil des Büros mit einer Flut von Symbolen und Text.

»Was es auch sein mag, es ist bereits im System drin, aber es schläft noch. Wahrscheinlich ein Virus.« Sie war wütend, daß jemand in ihr System eingedrungen war und es möglicherweise irreparabel beschädigt hatte, aber gleichzeitig schien ihr das eine eigenartig gemäßigte Reaktion von der Sorte Mensch zu sein, die einen solchen Club führte. Sie schickte ihr Phage-Gear auf die Suche nach dem infiltrierenden Code. Es mußte nicht sehr lange suchen.

»Was zum Teufel ...?«

!Xabbu merkte ihre Verblüffung. »Was ist los, Renie?«

»Das hat dort nicht zu sein.«

Vor ihnen im virtuellen Raum, viel realistischer dargestellt als das glattflächige Büromobiliar, hing ein durchscheinender, gelb glitzernder, facettierter Gegenstand.

»Sieht aus wie ein gelber Diamant.« Ein Bild, schleierhaft wie ein Traum, stieg in ihr auf - *eine reinweiße Gestalt, eine leere Person aus Licht* - und verschwand gleich wieder.

»Ist es eine Computerkrankheit? Ist es etwas, was diese Leute geschickt haben?«

»Ich weiß es nicht. Ich meine mich erinnern zu können, daß etwas damit war, kurz bevor wir offline gingen, aber es ist alles sehr wirr. Die späteren Ereignisse, als ich zurück in die Höhle ging, um dich zu holen, sind mir weitgehend entfallen.« Der gelbe Edelstein hing vor ihr und starrte sie an wie ein emotionsloses goldenes Auge.

»Ich muß wirklich mit dir reden, Renie.« !Xabbu klang unglücklich. »Ich muß dir davon erzählen, was dort mit mir geschehen ist.«

»Nicht jetzt.« Sie setzte eilig ihr Analyseprogramm auf den Edelstein an - oder auf das, was der Edelstein darstellte. Als wenige Momente später die Ergebnisse zurückkamen und den fremden Gegenstand umringten wie ein System winziger Textplaneten, die um eine kantig geschliffene Sonne kreisten, pfiff sie vor Überraschung durch die Zähne. »Es ist Code, aber derart komprimiert, daß er gewissermaßen hart wie Stahl ist. Eine unglaubliche Menge Information ist da reingepackt. Wenn es ein destruktiver Virus ist, dann enthält er genug Information, um ein System umzuschreiben, das viel größer ist als meins.«

»Was wirst du machen?«

Renie antwortete ihm nicht gleich, weil sie hastig ihre früheren Verbindungen durchforstete. »Wo es auch hergekommen ist, jetzt hat es sich jedenfalls an mein System geheftet. Aber soweit ich sehe, ist keine Spur davon auf meinem Teil des TH-Netzes zurückgeblieben - wohl auch besser so. Mein Gott, das Pad platzt aus allen Nähten, ich hab kaum mehr Speicherplatz frei.« Sie brach ihre Verbindung zur Hochschule ab. »Ich glaube, ich kann dieses Ding auf meinem kleinen System hier nicht einmal aktivieren, vielleicht ist es damit ja neutralisiert. Andererseits verstehe ich nicht, warum jemand einen Virus veranlassen sollte, sich in ein System herunterzuladen, das viel zu klein für ihn ist. Davon abgesehen verstehe ich sowieso nicht, warum jemand einen derart großen Virus machen sollte - das ist, als wollte man einen Elefanten zur Observation in einer Telefonzelle einsetzen.«

Sie schaltete ihr System aus, setzte die Brille ab und sank auf ihr Bett zurück. Gelbe Lichtpünktchen flirrten ihr vor den Augen wie kleinere Vettern des Diamanten. !Xabbu setzte ebenfalls die Goggles ab und beäugte das Pad voller Mißtrauen, als ob gleich etwas Unerfreuliches herauskriechen könnte. Dann richtete er seinen besorgten Blick auf sie.

»Du siehst blaß aus. Ich werde dir ein Glas Wasser einschenken.«

»Ich muß ein System finden, das stark genug ist, daß das Ding sich aktivieren kann«, dachte Renie laut vor sich hin, »aber das mit keinem anderen System verbunden ist - groß und isoliert muß es sein, steril. Ich könnte das wahrscheinlich in einem der Labors an der TH zuwege bringen, aber ich müßte eine Menge Fragen beantworten.«

!Xabbu reichte ihr vorsichtig ein Glas. »Solltest du es nicht zerstören? Wenn diese Leute es gemacht haben, die Leute aus dem schrecklichen Club, dann muß es ein gefährliches Ding sein.«

»Aber wenn es aus dem Club kommt, dann ist es der einzige Beweis, den wir haben, daß wir tatsächlich da waren! Noch wichtiger ist, daß es Code ist, und Leute, die höheren Code schreiben, haben ihren eigenen Stil, genau wie Regisseure oder Künstler. Wenn wir rausfinden können, wer das Gear für Mister J's schmutzige Seite schreibt - na, jedenfalls ist es ein Ausgangspunkt.« Sie leerte das Glas in zwei langen Zügen; sie hatte gar nicht gewußt, wie durstig sie war. »Ich werde nicht aufgeben, bloß weil sie mir Angst eingejagt haben.« Sie ließ sich in die Kissen zurücksacken. »Ich gebe nicht auf.«

!Xabbu hockte immer noch im Schneidersitz auf dem Boden. »Aber wie willst du es anstellen, wenn du nicht die Hochschule benutzt?« Er klang beinahe traurig, viel trauriger, als seine Worte rechtfertigten, so als ob er mit jemandem, den er vermutlich nie wiedersah, beim Abschied noch ein paar belanglose Worte wechselte.

»Ich denke drüber nach. Ich hab ein paar Ideen, aber ich muß sie noch ein wenig hin und her wälzen.«

Der Buschmann schwieg und schaute zu Boden. Schließlich blickte er auf. Seine Augen wirkten betrübt, seine Stirn lag in Falten. Renie bemerkte plötzlich, daß schon die ganze Zeit, seit er gekommen war, eine ganz untypische Schwermut auf ihm lag.

»Du hast gesagt, du wolltest mit mir darüber reden, was geschehen ist.«

Er nickte. »Ich bin ganz durcheinander, Renie, und ich muß reden. Du bist meine Freundin. Ich denke, du hast mir das Leben gerettet.«

»Und du mir meines, und das weiß ich sicher. Wenn du zu lange damit gewartet hättest, mir Hilfe zu holen ...«

»Es war nicht schwer zu erkennen, daß deine Seele sehr schwach war, daß du sehr krank warst.« Er zuckte verlegen mit den Achseln.

»Dann sprich mit mir. Sag mir, warum *deine* Seele schwach ist, wenn es das ist, was dich plagt.«

Er nickte mit ernster Miene. »Seit wir zurück sind, höre ich die Sonne nicht mehr klingen. So sagen meine Leute dazu. Wenn du den Ton nicht mehr hören kannst, den die Sonne macht, ist deine Seele in Gefahr. Dieses Gefühl habe ich jetzt schon viele Tage.

Zuerst muß ich dir Dinge von mir erzählen, die du nicht weißt - einen

Teil der Geschichte, die mein Leben ist. Ich erzählte dir schon, daß mein Vater tot ist, daß meine Mutter und meine Schwestern bei meinem Volk leben. Du weißt, daß ich eure städtische Schulbildung genossen habe. Ich gehöre meinem Volk an, aber ich habe auch die Sprache, die Gedanken der Stadtmenschen. Manchmal fühlt sich das in meinem Innern wie Gift an, etwas Kaltes, wovon mir eines Tages vielleicht das Herz stehenbleiben wird.«

Er stockte und holte tief und zittrig Atem. Was er sagen wollte, quälte ihn sichtlich. Renie merkte, daß sie die Fäuste fest geballt hatte, als sähe sie zu, wie jemand, den sie liebte, in großer Höhe ein gefährliches Kunststück vollführte.

»Es sind nur noch sehr wenige von meinem Volk übrig«, begann er. »Das alte Blut ist größtenteils ausgestorben. Wir haben uns mit den größeren Menschen vermischt, oder manchmal wurden unsere Frauen gegen ihren Willen genommen, aber es gibt immer weniger, die wie ich aussehen.

Es gibt noch weniger, die auf die althergebrachte Art leben. Selbst diejenigen, die vom echten reinblütigen Buschmannschlag sind, züchten fast alle Schafe oder arbeiten in Rinderfarmen an den Rändern der Kalahari oder im Okawangodelta. So auch die Familie meiner Mutter, eine Familie aus dem Delta. Sie hatten Schafe, ein paar Ziegen, sie fingen Fische im Delta und tauschten sie in der nächsten Stadt gegen Dinge ein, die sie zu brauchen meinten - Dinge, über die unsere Vorfahren gelacht hätten. Und wie sie gelacht hätten! Radios, jemand hatte sogar einen alten Fernseher, der mit Batterien betrieben wurde - was sind diese Dinge anders als die Stimmen des weißen Mannes und des schwarzen Mannes, der wie der weiße Mann lebt? Unsere Vorfahren hätten das nicht verstanden. Die Stimmen der Stadt übertönen die Geräusche des Lebens, das mein Volk einst führte, genauso wie sie es schwer machen, das Klingen der Sonne zu hören.

Also führte die Sippe meiner Mutter ein Leben wie so viele arme Schwarze in Afrika, an die äußeren Ränder der Gebiete gedrängt, die einmal ihnen gehört hatten. Die Weißen herrschen heute nicht mehr in Afrika, wenigstens bekleiden sie nicht mehr die Regierungsämter, aber die Dinge, die sie hierher mitbrachten, beherrschen Afrika an ihrer Stelle. Das weißt du, auch wenn du in der Stadt lebst.«

Renie nickte. »Ich weiß es.«

»Aber es gibt immer noch einige von unseren Leuten, die auf die althergebrachte Art leben - die Art des Urgeschlechts, die Art des Mantis und des Stachelschweins und Kwammangas, des Regenbogens. Mein Vater und seine Leute lebten so. Sie waren Jäger, die durch die Wüste streiften, wo weder der weiße Mann noch der schwarze Mann sich hintrauen, die dem Blitz folgten, dem Regen und den Antilopenherden. Sie führten noch das Leben, das mein Volk seit den allerersten Schöpfungstagen geführt hat, aber nur deshalb, weil es in der Wüste nichts gibt, was die Städter haben wollen. Ich lernte in der Schule, daß es immer noch ein paar solcher Gegenden in der Welt gibt, ein paar Gegenden, wo kein Radio spielt, wo keine rollenden Räder ihre Spuren hinterlassen, aber diese Gegenden schwinden dahin wie eine Wasserlache auf einem flachen Felsen, die in der Sonne wegtrocknet.

Aber die Leute meines Vaters konnten nur dadurch ihr Leben weiterführen und an den alten Bräuchen festhalten, daß sie sich weit fern von jedermann hielten, auch von denen unseres Blutes, die die Wüste und die heiligen Berge verlassen hatten. Einst war ganz Afrika unser, und wir durchstreiften es mit den anderen Urvölkern, mit der Elenantilope und dem Löwen, dem Springbock und dem Pavian - wir nennen Paviane ›die Leute, die auf den Fersen sitzen‹ - und mit allen anderen. Aber die letzten unserer Art müssen sich verstecken, um zu leben. Für sie ist die Stadtwelt wahrhaft Gift. Sie können ihre Berührung nicht überleben.

Vor vielen Jahren, bevor du und ich auf der Welt waren, gab es eine fürchterliche Dürre. Sie verwüstete das ganze Land, am allermeisten aber die trockenen Gegenden, die Gegenden, wo nur die Leute meines Vaters lebten. Sie dauerte drei volle Jahre. Die großen Springbockherden verließen das Land, auch der Kudu und das Hartebeest, sie alle starben oder zogen fort. Und die Sippe meines Vaters litt. Sogar die Saugbrunnen, die Stellen, wo nur Buschleute Wasser finden können, trockneten aus. Die alten Leute hatten sich bereits der Wüste ausgeliefert, damit die jüngeren leben konnten, aber jetzt starben auch die jungen und starken. Die schon geborenen Kinder waren schwach und kränklich, und neue Kinder kamen keine, da unsere Frauen in einer großen Dürrezeit nicht mehr fruchtbar sind.

Mein Vater war ein Jäger in der frühen Blüte seiner Jahre. Auf der Suche nach irgend etwas, was seiner Familie, seinen Brüdern und Schwestern, Nichten und Neffen helfen konnte, am Leben zu bleiben, wanderte er tagelang weit durch die Wüste.

Aber jedesmal, wenn er auf die Suche nach Wild ausging, mußte er weiter wandern, und jedesmal konnte er weniger Nahrung mitnehmen, um auf der Jagd zu überleben. Die Straußeneier, in denen meine Leute Wasser transportieren, waren immer fast leer. Die anderen Jäger hatten auch nicht mehr Glück, und die Frauen arbeiteten tagtäglich von früh bis spät, gruben nach Wurzeln, die vielleicht die schreckliche Dürre überlebt hatten, sammelten die paar noch verbliebenen Insekten, damit die Kinder etwas zu essen hatten. Nachts beteten alle darum, daß der Regen endlich zurückkommen möge. Sie hatten keine Freude. Sie sangen nicht, und nach einer Weile erzählten sie sich nicht einmal mehr Geschichten. Das Elend war so groß, daß einige aus der Familie meines Vaters argwöhnten, der Regen habe die Erde endgültig verlassen und sei für alle Zeit irgendwo anders hingezogen, das Leben selbst gehe zu Ende.

Eines Tages, als mein Vater auf der Jagd und schon sieben Tage von seinen Leuten fort war, bot sich ihm ein unfaßbarer Anblick - eine große Elenantilope, das wunderbarste aller Geschöpfe, stand am Rande einer Wüstenpfanne und knabberte an der Rinde eines dornigen Baumes. An einer Elen, das wußte er, hätte seine Familie tagelang zu essen, und sogar das Wasser aus dem in ihrem Magen noch erhaltenen Gras würde helfen, daß die Kinder ein bißchen länger am Leben blieben. Aber er wußte, daß es auch etwas Merkwürdiges hatte, dieses einzelne einsame Tier zu sehen. Die Elen zieht nicht in großen Herden wie die anderen Antilopen, aber wo sie hingeht, geht ihre Familie mit, genau wie bei unserem Volk. Außerdem war diese Elen nicht krank, trotz der schrecklichen Dürre standen ihre Rippen nicht heraus. Er fragte sich, ob dieses Tier vielleicht ein besonderes Geschenk von Großvater Mantis war, der die allererste Elenantilope aus dem Leder von Kwammangas Sandale gemacht hatte.

Während er noch überlegte, erblickte ihn die Elen und floh davon. Mein Vater nahm die Jagd auf.

Einen ganzen Tag lang folgte er der Elen, und als sie schließlich stehenblieb, um sich auszuruhen, schlich er sich so nahe heran, wie er konnte, bestrich dann einen Pfeil mit seinem stärksten Gift und ließ ihn fliegen. Er sah den Pfeil treffen, bevor die Elen davonlief. Als er zu der Stelle ging, wo sie gestanden hatte, lag der Pfeil nicht da, und sein Herz schlug hoch. Er hatte mit seinem Schuß getroffen. Er verfolgte sie und wartete darauf, daß das Gift Wirkung zeigte.

Aber die Elen wurde nicht langsamer und zeigte keinerlei Anzeichen von Schwäche. Den ganzen Tag darauf verfolgte er sie, aber er kam nie nahe genug heran, um noch einen Pfeil abzuschießen. Die Elen lief schnell. Die Straußeneier meines Vaters waren leer, und es gab kein Trockenfleisch mehr in seinem Beutel, aber er hatte keine Zeit, nach Wasser oder nach Eßbarem zu suchen.

Zwei weitere Tage verfolgte er das Tier durch den Sand, bei glühender Sonne und kaltem Mond. Die Elen lief immer nach Südosten, dorthin, wo die Wüste in einem Flußdelta endete, das vorher ein großes Sumpfgebiet gewesen war. Mein Vater war noch nie im Leben so nahe am Okawango gewesen - seine Leute, die früher in jeder Jahreszeit tausend Meilen weit gezogen waren, beschränkten sich jetzt zu ihrer Sicherheit auf die unzugänglichsten inneren Regionen der Wüste. Aber er war vor Hunger und Erschöpfung und Furcht ein klein wenig verrückt geworden, oder vielleicht war auch ein Geist in ihm. Er war entschlossen, die Elenantilope zu erlegen. Er war mittlerweile sicher, daß sie ein Geschenk vom Mantis war und daß, wenn er sie zurück zu seinem Volk brächte, der Regen wiederkäme.

Am vierten Tag schließlich, nachdem er die Elen angeschossen hatte, stolperte er durch die Randgebiete der Wüste, über die Hügel in die Ausläufer des Okawangobeckens. Aber natürlich war der Sumpf bei der großen Dürre ebenfalls ausgetrocknet, und so fand er nichts als rissige Erde und tote Bäume. Aber immer noch sah er die Elen vor sich herlaufen, vage wie ein Traum, sah ihre Spur im Staub, und so ging er weiter.

Er ging die ganze Nacht durch diese unbekannte Gegend, wo Krokodilsknochen und Fischgräten weiß im Mondschein schimmerten. Die Leute meines Vaters lebten auf die althergebrachte Art - jeden Felsen und jeden Sandhügel, jeden Baum und jeden Dornstrauch der Wüste kannten sie genauso, wie Stadtmenschen die Gewohnheiten ihrer Kinder oder die Einrichtung ihrer Häuser kennen. Aber jetzt war er an einem Ort, den er nicht kannte, und hinter einer großen Elen her, die er für einen Geist hielt. Er war schwach und fürchtete sich, aber er war ein Jäger, und seine Leute waren in furchtbarer Not. Er betete zu den großmütterlichen Sternen um Weisheit. Als der Morgenstern, der der allergrößte Jäger ist, endlich am Himmel erschien, betete mein Vater auch zu ihm. ›Mach mein Herz wie dein Herz‹, bat er den Stern. Er bat um den Mut, den er zum Überleben brauchte, denn er war sehr schwach geworden.

Als die Sonne am Himmel aufging und das Land abermals verbrannte, erblickte mein Vater die Gestalt der Elen neben einem fließenden Wasser. Bei dem Anblick von so viel Wasser und dem Geistertier endlich in greifbarer Nähe tat meinem Vater der Kopf weh, und er fiel zu Boden. Er kroch auf die Elen zu, doch aus seinen Armen und Beinen wich die letzte Kraft, und er konnte nicht mehr weiterkriechen. Aber als ihm schon die Sinne schwanden, sah er noch, daß die Elen ein schönes Mädchen geworden war - ein Mädchen unseres Volkes, aber mit einem unbekannten Gesicht.

Es war meine Mutter, die früh am Morgen aufgestanden war, um zum Wasser zu gehen. Die Dürre hatte zur Folge, daß sogar das große Flußdelta nahezu trocken war, und sie und ihre Familie mußten einen weiten Weg von ihrem winzigen Dorf am Straßenrand zurücklegen, um Wasser zu holen. Meine Mutter sah diesen Jäger aus der Wüste kommen und ihr ohnmächtig zu Füßen fallen, und sie sah, daß er dem Sterben nahe war. Sie gab ihm zu trinken. Er leerte ihren Krug, dann trank er beinahe das kleine Rinnsal leer. Als er wieder gehen konnte, nahm sie ihn zu ihrer Familie mit.

Die Älteren konnten noch seine Sprache. Während die Eltern meiner Mutter ihm zu essen gaben, stellten ihm die Großeltern viele Fragen und schnalzten verwundert darüber, einen Mann wie aus ihren frühen Erinnerungen zu sehen. Er aß, aber sagte nicht viel. Obwohl diese Leute ganz ähnlich aussahen wie er, hatten sie merkwürdige Bräuche, doch er bemerkte kaum, was sie taten. Er hatte nur Augen für meine Mutter. Und sie, die noch nie einen Mann vom alten Schlag gesehen hatte, hatte nur Augen für ihn.

Er konnte nicht bleiben. Er hatte die Elen verloren, aber wenigstens konnte er seiner Familie und seinen Leuten Wasser heimbringen. Außerdem waren ihm die Fremden nicht recht geheuer, ihre sprechende Kiste, ihre fremde Kleidung und ihre fremde Sprache. Meine Mutter, die ihren Vater nicht mochte und nicht achtete, weil er sie schlug, lief mit meinem Vater davon. Sie wollte lieber mit zu seinen Leuten gehen, als bei ihren eigenen bleiben.

Obwohl er sie nicht drängte, ihre Familie zu verlassen, war er sehr glücklich, als sie mit ihm kam, denn von ihrer ersten Begegnung an war sie schön in seinen Augen. Er nannte sie Elentochter, und sie lachten zusammen, obwohl anfangs eines die Sprache des anderen nicht verstand. Als sie schließlich nach vieltägiger Wanderung seine Leute wiederfanden, staunte der Rest seiner Sippe über seine Geschichte und hieß meine Mutter willkommen und rühmte sie sehr. In der Nacht scholl der Donner über die Wüste, und der Blitz ging um. Der Regen war zurückgekehrt. Die Dürre war zu Ende.«

!Xabbu schwieg. Renie wartete mit dem Fragen so lange, wie sie es aushielt.

»Und dann? Was geschah dann?«

Er blickte auf, und ein kleines, trauriges Lächeln spielte auf seinen Lippen. »Langweile ich dich nicht mit dieser langen Geschichte, Renie? Es ist bloß meine Geschichte, die Geschichte darüber, wo ich herkomme und wie ich hierherkam.«

»Die Geschichte mich langweilen? Sie ... sie ist wunderbar. Wie ein Märchen.«

Das Lächeln verzitterte. »Ich habe angehalten, weil das ihr glücklichster Moment war, glaube ich. Als der Regen kam. Die Familie meines Vaters dachte, er hätte wahrhaftig die Tochter der Elen mitgebracht, er hätte ihnen das Glück zurückgebracht. Aber wenn ich weitererzähle, wird die Geschichte trauriger.«

»Wenn du sie mir erzählen möchtest, möchte ich sie hören, !Xabbu. Bitte.«

»Also.« Er breitete die Hände aus. »Danach war eine Zeitlang alles gut. Mit dem Regen kamen die Tiere zurück, und bald wuchsen auch die Pflanzen wieder – Bäume trieben neue Blätter, Blumen sprossen auf. Sogar die Bienen kehrten zurück und fingen an, ihren wunderbaren Honig zu machen und ihn in den Felsspalten zu verstecken. Das war wirklich ein Zeichen, daß das Leben dort an jenem Ort stark war – es gibt nichts, was die Buschleute so gern mögen wie Honig, und deshalb lieben wir auch den kleinen Vogel, der Honiganzeiger genannt wird. Alles war also gut. Bald darauf zeugten meine Mutter und mein Vater ein Kind. Das war ich, und sie nannten mich !Xabbu – das heißt ›Traum‹. Die Buschleute glauben, daß das Leben ein Traum ist, der uns träumt, und meine Eltern wollten Zeugnis für das Glück ablegen, das der Traum ihnen beschert hatte. Andere in der Familie bekamen ebenfalls Kinder, und so verbrachte ich meine ersten Jahre unter gleichaltrigen Spielgefährten.

Dann geschah etwas Schreckliches. Mein Vater und sein Neffe waren auf der Jagd. Sie hatten Jagdglück gehabt und ein schönes großes Hartebeest erlegt. Sie freuten sich, weil sie wußten, daß es bei ihrer Rückkehr einen Festschmaus geben würde und daß ihre Familien an dem Fleisch mehrere Tage lang reichlich zu essen hätten.

Auf dem Rückweg stießen sie auf einen Jeep. Sie hatten von solchen Dingen gehört, aber noch nie einen gesehen, und zuerst scheuten sie sich, nahe heranzugehen. Aber die Männer darin - drei schwarze Männer und ein weißer, alle groß, alle städtisch gekleidet - waren deutlich in Gefahr. Sie sahen aus wie Leute, die bald sterben würden, wenn sie kein Wasser bekamen, und darum gingen mein Vater und sein Neffe zu ihnen hin und halfen ihnen.

Diese Männer waren Wüstenforscher von einer der Universitäten - ich würde vermuten, sie waren Geologen, die nach Öl oder nach sonst etwas suchten, was für Stadtmenschen wertvoll ist. Ihr Jeep war vom Blitz getroffen worden, und der Motor wie auch der Funk waren beide kaputt. Ohne Hilfe wären sie zweifellos umgekommen. Mein Vater und sein Neffe führten sie zu einer kleinen Handelsstation am Rand der Wüste. Sie hätten das nicht gewagt, wenn mein Vater sich nicht erinnert hätte, daß er die Wüste schon einmal verlassen hatte, ohne Schaden zu nehmen. Mein Vater hatte vor, sie in die Nähe der Siedlung zu bringen und sie dann das letzte Stück allein gehen zu lassen, aber während sie noch gemeinsam dahingingen - sehr langsam, denn die Städter konnten nicht schneller -, kam ein anderer Jeep. Es waren Ranger, und obwohl sie über Funk Hilfe für die Männer anforderten, die mein Vater gerettet hatte, nahmen sie auch meinen Vater und seinen Neffen fest, weil sie ein Hartebeest getötet hatten. Das Hartebeest, mußt du wissen, wird vom Staat geschützt. Der Buschmann nicht.«

Die ganz untypische Bitterkeit in seinen Worten erschreckte Renie. »Sie haben sie verhaftet? Nachdem sie soeben diese Männer gerettet hatten? Das ist ja abscheulich!«

!Xabbu nickte. »Die Forscher protestierten dagegen, aber die Ranger waren die Sorte Mensch, die Angst hat, daß sie Schwierigkeiten kriegt, wenn sie Kleinigkeiten durchgehen läßt und es kommt heraus, deshalb verhafteten sie meinen Vater und seinen Verwandten und brachten sie fort. Einfach so. Sie nahmen sogar das Hartebeest als Beweisstück mit. Als mein Vater und sein Neffe schließlich die Stadt erreichten, war es ein verwesender, ungenießbarer Kadaver und wurde weggeworfen.

Die Forscher schämten sich so sehr, daß sie sich ein anderes Fahrzeug liehen und zu den Leuten meines Vaters fuhren, um ihnen zu berichten, was vorgefallen war. Sie fanden sie nicht, aber dafür eine andere Gruppe Buschleute, und bald darauf erfuhren meine Mutter und die übrige Sippe von der Sache.

Meine Mutter, die zwar nicht in der Stadtwelt gelebt hatte, aber wenigstens das eine oder andere darüber wußte, beschloß, loszugehen und mit der Obrigkeit zu reden, die sie sich als einen weisen Mann mit einem weißen Bart in einem großen Dorf vorstellte. Sie wollte ihm sagen, er müßte meinen Vater gehen lassen. Obwohl die anderen Familienmitglieder ihr dringend abrieten, nahm sie mich und machte sich auf den Weg in die Stadt.

Aber natürlich war mein Vater inzwischen schon in die Großstadt überführt worden, weit weg, und bis meine Mutter dorthin gelangte, war er längst der Wilderei für schuldig befunden und zu einer Haftstrafe verurteilt worden. Er und mein Cousin wurden zusammen mit Männern eingesperrt, die schreckliche Verbrechen verübt hatten, die ihre eigenen Angehörigen erschossen, die Kinder oder Alte gefoltert und getötet hatten.

Tag für Tag zog meine Mutter mit mir los und bettelte um die Freiheit meines Vaters, und Tag für Tag wurde sie mit harten Worten und Schlägen erst vom Gericht und später vom Gefängnis weggejagt. Sie fand einen Verschlag am Rand der Stadt für uns, zwei Sperrholzwände und ein Stück Blech als Dach, und zusammen mit den anderen armen Leuten durchwühlte sie die Abfallhaufen nach Eßbarem und Kleidung, denn sie war entschlossen, nicht eher fortzugehen, als bis mein Vater wieder frei war.

Ich kann mir nicht einmal vorstellen, wie es für sie gewesen sein muß. Ich war so klein, daß ich das alles nicht verstand. Ich habe nur ganz düstere Erinnerungen an die Zeit damals - sehe die hellen Lichter eines Lastwagens durch die Ritzen zwischen den Brettern scheinen, höre Leute in anderen Hütten streiten und laut singen. Aber für sie muß es eine furchtbare Zeit gewesen sein, allein und so weit weg von den Ihren. Sie gab nicht auf. Sie war sicher, wenn sie nur den richtigen Mann fände - ›die richtige Obrigkeit‹, wie sie meinte -, dann würde der Irrtum sich aufklären, und mein Vater dürfte nach Hause.

Mein Vater, der sich noch weniger mit der Stadtwelt auskannte als sie, wurde krank. Nach wenigen Besuchen durfte er meine Mutter nicht mehr sehen, obwohl sie weiterhin jeden Tag zum Gefängnis kam. Mein Vater wußte nicht einmal, daß sie noch in der Stadt war, nur wenige hundert Meter von ihm entfernt. Er und sein Neffe verloren ihre Zuversicht, verloren ihre Geschichten. Ihre Seelen wurden sehr schwach, und sie hörten auf zu essen. Nach nur wenigen Monaten im Gefängnis starb mein Vater. Sein Neffe hielt länger durch. Mir wurde erzählt, er sei einige Monate später in einem Kampf umgekommen.«

»Oh, !Xabbu, wie schrecklich!«

Er hob die Hand, als ob Renies Ausruf des Mitgefühls ein Geschenk wäre, das er nicht annehmen konnte. »Meine Mutter durfte nicht einmal die Leiche meines Vaters mit zurück in die Wüste nehmen. Statt dessen wurde er auf einem Friedhof neben der Barackensiedlung begraben. Als Grabzeichen hängte meine Mutter seine Kette mit Perlen von Straußeneierschalen an einen Holzstock. Ich bin dagewesen, aber ich konnte sein Grab nicht finden.

Meine Mutter machte sich mit mir auf den langen Rückweg. Es wäre ihr unerträglich gewesen, wieder in die Wüste zu gehen, an den Ort, den sie mit meinem Vater verband, deshalb zog sie zu ihrer eigenen Familie, und dort wuchs ich auf. Nach nicht allzu vielen Jahren fand sie einen anderen Mann, einen guten Mann. Er war ein Buschmann, aber seine Leute hatten die Wüste schon vor langem verlassen. Er kannte die alten Bräuche nicht und verstand kaum noch die Sprache. Er und meine Mutter hatten zwei Töchter, meine Schwestern. Wir wurden alle auf die Schule geschickt. Meine Mutter verlangte, daß wir die städtischen Bräuche lernten, damit wir uns schützen konnten, wie es mein Vater nicht gekonnt hatte.

Meine Mutter stellte den Kontakt zu den Leuten meines Vaters nicht ganz ein. Wenn einige der weiter umherstreifenden Buschleute ins Dorf kamen, um zu tauschen, gab ihnen meine Mutter Botschaften mit. Eines Tages, ich war vielleicht zehn Jahre alt, kam mein Onkel aus der Wüste. Mit dem Segen meiner Mutter nahm er mich mit, damit ich meine Verwandten kennenlernte.

Ich werde dir nicht die Geschichte der Jahre erzählen, die ich bei ihnen verbrachte. Ich erfuhr viel, über meinen Vater ebenso wie über die Welt, in der er gelebt hatte. Ich lernte die Menschen lieben und auch um sie bangen. Selbst in meinem jungen Alter erkannte ich, daß ihre Lebensweise am Aussterben war. Sie wußten es selber. Obwohl sie nie etwas Derartiges sagten – das ist bei meinem Volk nicht Sitte –, denke ich oft, daß sie hofften, sie könnten durch mich etwas retten von der Weisheit des Großvaters Mantis, der alten Bräuche. Wie ein Schiffbrüchiger auf einer Insel, der einen Brief schreibt und ihn in eine Flasche steckt, wollten sie mich, denke ich, in die Stadtwelt schicken als einen, der sich in seinem Innern etwas von unserem Volk bewahrt hatte.«

!Xabbu ließ den Kopf hängen. »Und meine erste große Schande ist, daß ich viele Jahre nach der Rückkehr in das Dorf meiner Mutter nicht mehr daran dachte. Nein, das stimmt nicht, denn ich dachte oft an die Zeit mit den Leuten meines Vaters und werde immer daran denken. Aber ich dachte wenig daran, daß sie eines Tages verschwunden wären, daß von der alten Welt fast nichts mehr übrig wäre. Ich war jung und hielt das Leben für etwas Grenzenloses. Ich war versessen darauf, alles zu lernen, und hatte vor nichts Angst - die Aussicht auf die Stadtwelt mit all ihren Wundern erschien mir viel faszinierender als das Leben im Busch. Ich strengte mich in der kleinen Schule sehr an, und ein wichtiger Mann im Dorf gewann Interesse an mir. Er erzählte einer Gruppe von mir, die sich ›Der Kreis‹ nannte. Das sind Leute aus der ganzen Welt, die sich für ›autochthone Kulturen‹ einsetzen, wie die Städter dazu sagen. Mit ihrer Hilfe schaffte ich es, in derselben Stadt, in der mein Vater gestorben war, in einer Schule aufgenommen zu werden, einer guten Schule. Meine Mutter bangte um mich, aber in ihrer Weisheit ließ sie mich gehen. Zumindest denke ich, daß es Weisheit war.

Also lernte ich nach Kräften, und ich lernte andere Lebensformen als die meines Volkes kennen. Ich wurde mit Dingen vertraut, die für dich so normal sind wie Wasser und Luft, für mich aber anfangs fremd und beinahe magisch waren - elektrisches Licht, Wandbildschirme, sanitäre Einrichtungen. Ich machte mich mit der Wissenschaft der Menschen bekannt, die diese Dinge erfunden hatten, und lernte auch etwas über die Geschichte der weißen und schwarzen Völker, aber in allen Büchern, in allen Netzfilmen fand sich so gut wie nichts über mein eigenes Volk.

Wenn das Schuljahr aus war, kehrte ich stets zur Familie meiner Mutter zurück, um bei den Schafen zu helfen und Fischnetze zu legen. Von denen, die auf die althergebrachte Art lebten, kamen immer weniger zum Tauschen ins Dorf. Mit den Jahren fragte ich mich, was aus den Leuten meines Vaters geworden war. Ob sie wohl immer noch in der Wüste lebten? Ob mein Onkel und seine Brüder immer noch den Elentanz tanzten, wenn sie eines der großen Tiere erlegt hatten? Ob meine Tante und ihre Schwestern immer noch Lieder darüber sangen, wie die Erde sich nach dem Regen sehnt? Ich beschloß, sie besuchen zu gehen.

Und hier ist meine zweite Schande. Obwohl es ein gutes Jahr gewesen war, obwohl es reichlich geregnet hatte und die Wüste freundlich und voller Leben war, wäre ich auf der Suche nach ihnen fast gestorben.

Ich hatte viel von dem verlernt, was sie mir beigebracht hatten – ich war wie ein Mann, der alt wird und seine Sehkraft verliert, seine Hörkraft. Die Wüsten und die trockenen Berge hüteten ihre Geheimnisse vor mir.

Ich überlebte, aber nur knapp, nach viel Durst und Hunger. Es dauerte lange, bis ich den Rhythmus des Lebens fühlen konnte, wie die Familie meines Vaters es mich gelehrt hatte, bis ich wieder das Ticken in der Brust fühlen konnte, das mir sagte, daß Wild in der Nähe war, die Stellen riechen konnte, wo dicht unter dem Sand Wasser stand. Ich fand langsam zum alten Leben zurück, aber die Sippe meines Vaters oder andere freie Buschleute fand ich nicht. Zuletzt begab ich mich zu den heiligen Stätten, den Bergen, wo die Menschen auf die Felsen gemalt hatten, aber es gab kein Zeichen eines Aufenthalts aus jüngerer Zeit. Da wurde mir wirklich angst um die Meinen. Jedes Jahr waren sie dorthin gezogen, um den Geistern der ersten Menschen ihre Achtung zu erweisen, aber jetzt waren sie lange nicht mehr dagewesen. Das Volk meines Vaters war fort. Vielleicht sind sie alle tot.

Ich verließ die Wüste, aber etwas in mir hatte sich für alle Zeit verändert. Ich gelobte mir, daß das Leben meines Volkes nicht einfach spurlos verschwinden sollte, daß die Geschichten vom Ichneumon und vom Stachelschwein und vom Morgenstern nicht in Vergessenheit geraten und die alten Bräuche nicht unter dem Sand begraben werden sollten, so wie der Wind die Fußspuren eines Mannes verweht, wenn er gestorben ist. Was auch getan werden mußte, um etwas von ihnen zu bewahren, ich wollte es tun. Dazu mußte ich die Wissenschaft der Stadtmenschen erlernen, die, so glaubte ich damals, alles vermochte.

Abermals waren die Leute im ›Kreis‹ großzügig, und mit ihrer Hilfe kam ich nach Durban, um zu studieren, wie die Stadtmenschen sich Welten erschaffen. Denn das ist es, was ich tun möchte, Renie, was ich tun *muß* – ich muß die Welt meines Volkes wiedererschaffen, die Welt des Urgeschlechts. In unserer Zeit, auf unserer Erde wird es sie nie wieder geben, aber sie sollte nicht für immer verloren sein!«

!Xabbu verstummte, wiegte sich still hin und her. Seine Augen waren trocken, aber sein Schmerz war offensichtlich.

»Also ich finde das wunderbar«, sagte Renie schließlich. Wenn ihr Freund schon nicht weinte, sie tat es. »Ich finde, das ist das beste Argument für die VR, das ich je gehört habe. Warum bist du jetzt so unglücklich, wo du doch so viel gelernt hast, wo du deinem Ziel so viel näher bist?«

»Weil ich, als ich mit dir an diesem schrecklichen Ort war und du um mein Leben kämpftest, in meinen Gedanken fortging in eine andere Welt. Das ist schändlich, daß ich dich im Stich ließ, aber ich konnte nichts dagegen machen, und deshalb bin ich jetzt traurig.« Er blickte sie an, und jetzt sah sie wieder die Angst. »Ich begab mich an den Ort der ersten Menschen. Ich weiß nicht warum oder wie, aber während du all die Dinge erlebtest, von denen du mir in der Notaufnahme erzähltest, war ich irgendwo anders. Ich sah den guten Großvater Mantis, wie er zwischen den Hörnern seines Hartebeests ritt. Seine Frau Kauru war dort, auch seine beiden Söhne Kwammanga und Ichneumon. Aber wer mit mir sprach, war das Stachelschwein, seine geliebte Tochter. Sie erzählte mir, daß sogar der Ort jenseits der Welt, der Ort der ersten Menschen, in Gefahr sei. Bevor der Honiganzeiger kam, um mich zurückzuführen, erzählte sie mir, daß der Ort, an dem wir uns befanden, bald eine große Leere wäre, daß die ersten Menschen nach und nach verdrängt würden, genau wie die Stadtwelt, in der du und ich sitzen, mein Volk in seiner Wüste nach und nach verdrängt hatte.

Wenn das stimmt, dann spielt es keine Rolle mehr, ob ich die Welt meines Volkes neu errichte oder nicht, Renie. Wenn die ersten Menschen von ihrem Ort jenseits dieser Erde vertrieben werden, dann wird alles, was ich mache, nur eine leere Hülse sein, das hohle Gehäuse eines Käfers, das übrigbleibt, wenn der Käfer gestorben ist. Ich will eure Wissenschaft nicht bloß benutzen, um ein Museum zu machen, Renie, einen Ort, an dem die Städter sehen können, was einmal lebendig war. Verstehst du? Ich möchte eine Wohnung schaffen, wo etwas von meinem Volk für alle Zeit leben wird. Wenn die Wohnung der ersten Menschen vergeht, dann wird der Traum, der uns träumt, uns nicht mehr träumen. Das ganze Leben meines Volkes, seit dem Uraufgang aller Dinge, wird nichts weiter sein als im Wind verwehende Spuren.

Und aus diesem Grund kann ich die Sonne nicht mehr klingen hören.«

Schweigend saßen sie eine Weile da. Renie schenkte sich noch ein Glas Wasser ein und bot !Xabbu etwas an, aber er schüttelte den Kopf. Sie verstand nicht, was er sagte, und einem Teil von ihr war nicht wohl dabei, ungefähr so, wie wenn ihre christlichen Kollegen vom Himmel sprachen oder die Moslems von den Wundern des Propheten. Aber die tiefe Niedergeschlagenheit des Buschmanns konnte sie nicht ignorieren.

»Ich verstehe nicht genau, was du meinst, aber ich versuch's.« Sie faßte seine widerstandslose Hand, drückte seine trockenen Finger. »Wie du mir bei meinem Versuch geholfen hast, Stephen zu helfen, so werde ich mein Bestes tun, dir zu helfen - du mußt mir nur sagen, was ich tun kann. Du bist mein Freund, !Xabbu.«

Zum erstenmal, seit er gekommen war, lächelte er richtig. »Und du bist meine gute Freundin, Renie. Ich weiß nicht, was ich tun soll. Ich denke und denke immerzu.« Er entzog ihr sanft seine Hand und rieb sich die Augen vor offensichtlicher Müdigkeit. »Aber wir müssen auch deine Fragen beantworten - so viele Fragen, vor denen wir beide stehen! Was sollen wir wegen dem gelben Diamanten unternehmen, diesem gefährlichen Ding?«

Zu ihrer Verlegenheit mußte Renie ausgiebig gähnen. »Ich glaube, ich kenne eine, die uns helfen könnte, aber ich bin zu müde, um das jetzt in Angriff zu nehmen. Erst muß ich ein bißchen schlafen, dann rufe ich sie an.«

»Dann schlafe doch einfach. Ich werde bleiben, bis dein Vater zurückkommt.«

Sie sagte ihm, das sei nicht nötig, aber genauso gut hätte sie versuchen können, eine Katze umzustimmen.

»Ich werde deine Ruhe nicht stören.« !Xabbu erhob sich flink und geschmeidig. »Ich werde mich nach nebenan setzen und nachdenken.« Abermals lächelnd schlüpfte er zur Tür hinaus und zog diese hinter sich zu.

Renie lag noch lange wach und dachte an die seltsamen Orte, an denen sie zusammen gewesen waren, Orte, deren einzige Verbindung darin bestand, daß sie Produkte des menschlichen Verstandes waren. Oder jedenfalls glaubte sie das. Aber es fiel ihr schwer, an diesem Glauben festzuhalten, wenn sie die tiefe Sehnsucht und den Ausdruck von Verlust auf !Xabbus ernstem, intelligentem Gesicht sah.

Sie wachte mit einem Ruck auf, weil eine große, dunkle Gestalt sich über sie beugte. Ihr Vater trat hastig einen Schritt zurück, als ob er bei etwas Verbotenem ertappt worden wäre.

»Bloß ich, Mädel. Wollt bloß nach dir gucken.«

»Mir geht's ganz gut. Ich hab meine Medizin genommen. Ist !Xabbu noch da?«

Er schüttelte den Kopf. Sie roch das Bier in seinem Atem, aber er schien einigermaßen sicher auf den Füßen zu stehen.»Heimgegangen. Wie isses, stehn sie jetzt Schlange bei dir?«

Sie blickte ihn entgeistert an.

»Vor der Tür saß noch'n andrer Mann im Auto, als ich gekommen bin. Groß, mit Bart. Is weggefahren, als ich draufzu bin.«

Angst durchschoß Renie wie ein Stromstoß.»Ein weißer Mann?«

Ihr Vater lachte.»Hier in der Gegend? Nee, schwarz wie ich war er. War wahrscheinlich wegen jemand anders da. Oder ein Dieb. Leg bloß die Kette vor, wenn ich nich da bin.«

Sie lächelte.»Ja, Papa.« Es war selten, daß er sich so um sie sorgte.

»Ich schau mal, ob was zu essen da is.« Er zögerte in der Tür, dann drehte er sich um.»Dein Freund da, er is einer vom kleinen Volk.«

»Ja, ein Buschmann. Aus dem Okawangodelta.«

Ein eigenartiges Leuchten glomm im Auge ihres Vaters, ein kleines Feuer der Erinnerung.»Die sind die Ältesten hier. Warn schon vor den Schwarzen da - vor den Xhosa, den Zulu, allen.«

Sie nickte, fasziniert von dem versonnenen Ton seiner Stimme.

»Hätt ich nich gedacht, daß ich noch mal einen von seiner Sorte zu Gesicht bekomme. Vom kleinen Volk. Hätt ich echt nich gedacht.«

Mit einem geistesabwesenden Ausdruck im Gesicht ging er hinaus. Er machte leise die Tür zu.

Kapitel

Die Stimme seines Herrn

NETFEED/NACHRICHTEN
Kriegsverbrecherprozeß gegen Merowe
(Bild: Merowe bei der Kapitulation vor UN-General Ram Schagra)
Off-Stimme: Hassan Merowe, der abgesetzte Präsident der Republik Nubien, soll wegen Kriegsverbrechen vor ein UN-Tribunal gestellt werden.
(Bild: UN-Soldaten beim Ausheben von Massengräbern vor Khartum)
Bis zu eine Million Menschen sollen nach gegenwärtigen Schätzungen während der zehnjährigen Herrschaft Merowes umgekommen sein, die damit eine der blutigsten Episoden in der Geschichte Nordostafrikas war.
(Bild: Merowes Anwalt Mohammed al-Raschad)
Raschad: "Präsident Merowe hat keine Angst davor, sich vor anderen Staatsoberhäuptern zu verantworten. Mein Klient hat unseren Staat ganz auf sich allein gestellt aus den rauchenden Trümmern des Sudan aufgebaut. Diese Leute wissen alle, daß ein Staatsoberhaupt in Zeiten des Chaos manchmal hart durchgreifen muß, und wenn sie behaupten, sie hätten anders gehandelt, dann sind sie Heuchler ..."

> Eine neonrote Linie kroch am Rand seines Gesichtsfeldes entlang, als ob eines der Äderchen in seinen Augen plötzlich sichtbar geworden wäre. Die Linie wand und krümmte sich, trennte und vereinigte sich wieder und zeigte damit an, daß das dadurch symbolisierte Expertensystem seine Arbeit tat. Dread lächelte. *Beinha e Beinha* trauten seinen

Zusicherungen nicht – sie wollten sein virtuelles Büro genauso gut kennen wie ihr eigenes. Nicht daß er etwas anderes erwartet hätte. Im Gegenteil, trotz mehrfacher gedeihlicher Zusammenarbeit hätte er ernste Zweifel an seiner Entscheidung gehabt, sie wieder zu beschäftigen, wenn sie sich einfach auf sein Wort verlassen hätten.

Selbstsicher, großspurig, faul, tot. Das war das Mantra des Alten Mannes und ein gutes dazu, auch wenn Dread die Grenzen manchmal woanders zog, als der Alte Mann es getan hätte. Immerhin, er war am Leben, und in einem Geschäft wie dem seinen war das das einzige Kriterium des Erfolgs – es gab keine Versager, die nur mit Armut bezahlen mußten. Freilich, der Alte Mann hatte etwas, das für seine größere Vorsicht sprach – er war schon länger am Leben als sein bezahlter Killer. Viel länger.

Dread vergrößerte das abstrakte Farbfeld vor dem einzigen Fenster des Büros und wandte seine Aufmerksamkeit dann wieder der virtuellen weißen Wand zu, während das Gear der Beinhas mit der Überprüfung der Sicherheit seines Knotens langsam zum Ende kam. Als es zufriedengestellt war, schaltete es sich aus, so daß die rote Linie aus Dreads Monitorprogramm verschwand, und augenblicklich kamen die Beinha-Zwillinge ins Bild.

Sie erschienen als zwei gleiche, aber nahezu konturlose Gebilde, die ihm gegenüber am Tisch saßen wie zwei benachbarte Grabsteine. Die Schwestern Beinha hielten nichts von hochklassigen Sims für persönliche Begegnungen und erachteten Dreads teures Double zweifellos für eine sinnlose und protzige Maßlosigkeit. Er freute sich schon auf ihre Indigniertheit: Die Ticks anderer Profis zu registrieren, selbst seiner Feinde, war seine größtmögliche Annäherung an die Zärtlichkeit, mit der gewöhnliche Sterbliche die Marotten ihrer Freunde betrachteten.

»Herzlich willkommen, meine Damen.« Er deutete auf den simulierten schwarzen Marmortisch und das Teeservice aus Yixing-Steingut, das für virtuelle Geschäfte mit Kunden aus Pazifisch-Asien so wichtig war, daß Dread es in die Dauereinrichtung seines Büroenvironments aufgenommen hatte. »Kann ich euch etwas anbieten?«

Er konnte den von den Zwillingsgestalten ausgehenden Unmut förmlich fühlen. »Wir vertun unsere Netzzeit nicht mit theatralischen Mätzchen«, sagte eine von ihnen. Seine Zufriedenheit wuchs – sie waren verärgert genug, um es nicht zu verbergen. Der erste Punkt ging an ihn.

»Wir sind hier, um zu verhandeln«, sagte die andere gesichtslose Gestalt.

Er konnte sich nie ihre Namen merken. Xixa und Nuxa oder so ähnlich, elfische Indionamen, die so gar nicht zu ihren wirklichen Personen paßten und die sie bekommen hatten, als sie noch die Kinderstars eines Bordells in São Paulo waren. Wobei es völlig egal war, ob er sie sich merkte oder nicht: Die beiden agierten so sehr als Einheit, daß jede auch Fragen beantwortete, die an die andere gerichtet waren. Die Schwestern Beinha hielten Namen fast ebenso sehr für sentimentalen Luxus wie realistische Sims.

»Also verhandeln wir«, sagte er vergnügt. »Ihr habt über das Projekt nachgedacht, nehme ich an.«

Das kurze Stocken vor der Entgegnung verriet abermals Indigniertheit. »Das haben wir. Es läßt sich machen.«

»Es wird nicht leicht sein.« Er meinte, die zweite hätte gesprochen, aber sie benutzten die gleiche digitalisierte Stimme, so daß es schwer zu sagen war. Die Schwestern zogen eine eindrucksvolle Nummer ab – sie schienen ein Gehirn zu sein, das zwei Körper bewohnte.

Und wenn es nun wirklich *nur eine Person ist?* ging es ihm auf einmal durch den Kopf. *Jedenfalls habe ich im RL noch nie mehr als eine von ihnen gesehen. Wenn nun die ganze Geschichte mit den »tödlichen Zwillingsschwestern« nur ein Reklametrick ist?* Dread schob den interessanten Gedanken zur späteren Begutachtung beiseite. »Wir sind bereit, 350 000 Schweizer Kredite dafür zu bezahlen. Plus belegte Spesen.«

»Das ist inakzeptabel.«

Dread zog eine Braue hoch. Er wußte, daß sein Sim den Effekt genau reproduzieren würde. »Dann sieht es so aus, als müßten wir einen anderen Geschäftspartner finden.«

Die Beinhas betrachteten ihn ein Weilchen mit steinernen Mienen. »Der Auftrag, den du ausgeführt haben möchtest, ist nur formal ziviler Natur. Aufgrund der Wichtigkeit des ... Objektes, das du beseitigen möchtest, müßte mit heftigen Reaktionen von Regierungsseite gerechnet werden. Ja, der Wegfall des Objekts hätte durchaus weltweite Konsequenzen. Das bedeutet, daß jeder Auftragnehmer in weitaus höherem Maße als sonst für seinen Selbstschutz sorgen müßte.«

Er fragte sich, wie sehr ihr akzentfreies Englisch wohl das Werk von Stimmfiltern war. Es war nicht schwer, sich ein Paar zweiundzwanzigjähriger Frauen vorzustellen - falls seine Informationen über sie zuverlässig waren -, die neben allem anderen, was sie über Bord geworfen hatten, um das zu werden, was sie waren, auch ganz bewußt ihren Akzent ausmerzten.

Er beschloß, sie ein wenig zu triezen. »Ihr wollt also sagen, daß dies eigentlich kein ziviler Auftrag sei, sondern ein politisches Attentat.«

Eine ganze Zeitlang herrschte Schweigen. Provokant drehte Dread zur Überbrückung der Pause die Hintergrundmusik auf. Als die erste Schwester das Wort ergriff, war ihre Stimme so nüchtern und tonlos wie vorher. »Das ist richtig. Und das weißt du auch.«

»Ihr seid also der Meinung, die Sache wäre mehr wert als SKr 350 000.«

»Wir werden nicht deine Zeit vergeuden. Wir wollen nicht mehr Geld. Wenn du uns die Arbeit mit etwas anderem versüßt, werden wir sogar nur SKr 100 000 verlangen, die wir zum größten Teil für Schutzmaßnahmen unmittelbar danach und für eine gewisse Abkühlungsperiode benötigen werden.«

Die Augenbraue ging abermals hoch. »Und was wäre dieses ›andere‹?«

Die zweite der beiden formlosen Gestalten legte spachtelförmige Hände auf den Tisch. »Wir haben gehört, daß dein Vorgesetzter Zugang zu bestimmten biologischen Produkten besitzt, von denen sich eine reiche Quelle in unserer eigenen Hemisphäre befindet.«

Dread setzte sich vor. Er spürte, wie sich ein Druck auf seine Schläfen legte. »Mein Vorgesetzter? Ich bin die einzige Person, mit der ihr in dieser Angelegenheit verhandelt. Ihr begebt euch auf sehr gefährliches Terrain.«

»Wie dem auch sei, es ist bekannt, daß du viel für eine bestimmte Gruppe arbeitest. Ob sie nun hinter diesem Kontrakt steht oder nicht, sie hat etwas, das wir haben möchten.«

»Wir möchten einen Seitenzweig eröffnen«, sagte die andere Schwester. »Etwas, das im Alter nicht so kräftezehrend ist wie unsere gegenwärtige Beschäftigung. Wir denken, daß der Großhandel mit diesen biologischen Produkten ideal wäre, und wir suchen nach einer Möglichkeit, ins Geschäft zu kommen. Dein Vorgesetzter kann uns die verschaffen. Wir sind an einem Franchise interessiert, nicht an Konkurrenz.«

Dread überlegte. Trotz des ungeheuren Einflusses, den sie ausübten, waren der Alte Mann und seine Freunde sicherlich Gegenstand vieler Gerüchte. Die Beinhas bewegten sich in Kreisen, die bestimmt einen

Großteil der Wahrheit selbst hinter den abscheulichsten und unbeweisbarsten Spekulationen kannten, deshalb bedeutete ihre Anfrage nicht unbedingt, daß es irgendwo eine undichte Stelle gab. Trotzdem war ihm nicht besonders wohl bei dem Gedanken, mit einem derart impertinenten Ansinnen vor den Alten Mann zu treten, und außerdem bedeutete es eine gewisse Einbuße der Kontrolle über seine Subunternehmer - und so etwas paßte ganz und gar nicht in seine Zukunftspläne.

»Nun, vielleicht sollte ich Klekker und Co. diesen Auftrag zukommen lassen.« Er sagte es so lässig wie möglich - er war wütend, daß er sich dermaßen hatte überrumpeln lassen. Der zweite Punkt ging an die Schwestern Beinha.

Die erste Gestalt stieß ein scharfes Lachen aus, das klang, als würde einem ein Brotmesser durch die Luftröhre gezogen. »Und Monate und Kredite vergeuden, während er sich mit den Verhältnissen vertraut macht?«

»Gar nicht davon zu reden, den Auftrag selbst seiner Meute von Berserkern anzuvertrauen«, setzte die zweite hinzu, »die wie wilde Stiere drauflosstürmen und auf allem ihre Huf- und Hornspuren hinterlassen werden. Das ist unser Territorium. Wir haben in der besagten Stadt reichlich Kontakte, und einige in sehr nützlichen Sektoren.«

»Von mir aus, aber Klekker wird nicht versuchen, mich zu erpressen.«

Die erste legte ihre Hände neben die ihrer Schwester auf den Tisch, so daß es aussah, als hielten sie eine Séance ab. »Du hast schon früher mit uns gearbeitet. Du weißt, wir werden dir liefern, was du brauchst. Und sofern du dich nicht gewaltig verändert hast, Senhor, hast du vor, die Leitung der Sache selbst in die Hand zu nehmen. Wem und welcher Vorbereitungsarbeit würdest du deine Sicherheit eher anvertrauen - einem Klekker, der auf fremdem Gelände operiert, oder uns, die wir dort zuhause sind?«

Dread hob die Hand. »Schickt mir euer Angebot. Ich werde darüber nachdenken.«

»Es wurde soeben übermittelt.«

Er krümmte die Finger. Das Büro und die gesichtslosen Schwestern verschwanden.

Er ließ sein Glas Bier auf den Boden fallen und sah zu, wie die Neige auf den weißen Teppich ausschäumte. Die Wut brannte in seinem Bauch wie glühende Kohlen. Die Beinhas waren eindeutig die richtigen für den Job, und sie hatten recht, was Klekker und seine Söldnerhorde betraf, was bedeutete, daß er zumindest mit dem Alten Mann reden mußte, ihm von der Anfrage der Schwestern berichten mußte.

Und das wiederum bedeutete, daß er vor dem verrückten alten Scheißkerl auf den Knien rutschen mußte, wenigstens symbolisch. Schon wieder. Genau wie auf diesem alten Reklamebild, wo der Hund aufmerksam lauscht, was aus dem Radio oder so einem Dingsda kommt. His Master's Voice. Die Stimme seines Herrn. Auf allen vieren, wie so viele Male in seiner Kindheit, bevor er gelernt hatte, Schmerz mit Schmerz zu vergelten. Die vielen dunklen Nächte, in denen er unter den anderen Jungen geschrien hatte. Die Stimme seines Herrn.

Er stand auf und tigerte in dem kleinen Zimmer auf und ab, die Fäuste so fest geballt, daß die Fingernägel ins Fleisch schnitten. Vor lauter würgendem Zorn bekam er nur mühsam Atem. Er hatte an dem Abend noch drei Gespräche zu führen, kleinere Sachen, aber im Moment traute er sich nicht zu, sie anständig über die Bühne zu bringen. Die Beinhas hatten ihn dort, wo sie ihn haben wollten, und sie wußten es. Ex-Huren wußten immer, wann sie einen bei den Eiern zu packen hatten.

Schmerz mit Schmerz vergelten.

Er ging zum Waschbecken, ließ sich kaltes Wasser in die Hände laufen und schwappte es sich ins Gesicht. Es klatschte ihm die Haare an und triefte ihm vom Kinn auf die Brust, durchnäßte sein Hemd. Seine Haut fühlte sich heiß an, als ob ihn der Ärger aufgeheizt hätte wie einen Bullerofen. Als er sich im Spiegel anschaute, erwartete er fast, das Wasser an sich verdampfen zu sehen. Seine Augen, stellte er fest, waren geweitet, so daß ringsherum ein weißer Rand erschien.

Er brauchte ein Ventil. Ein bißchen Abwechslung, um seine Gedanken zu glätten, Spannung abzubauen. Eine Antwort. Eine Antwort auf die Stimme seines Herrn.

Durch sein kleines Fenster fiel sein Blick auf den Saurierbuckel der Brücke und das weite Lichtermeer von Groß-Sydney. Es war nicht schwer, auf dieses Pulsen und Glitzern hinunterzuschauen und sich vorzustellen, jedes der Lichter sei eine Seele und er könne - wie Gott auf *seinem* hohen Thron - einfach die Hand ausstrecken und eines oder mehrere auslöschen. Oder alle.

Bevor er weitermachen konnte, beschloß er, mußte er sich einen kleinen Ausgleich verschaffen. Danach würde er sich bestimmt stärker fühlen, so wie er sich gern fühlte.

Er drehte seine innere Musik auf und ging die scharfen Sachen holen.

›»Ich zweifle nicht daran, daß es stimmt«, sagte der Gott. »Ich frage: Können wir es einfach *hinnehmen*?«

Der Rest der Neunheit blickte ihn mit Tieraugen an. Ewige Dämmerung erfüllte die breiten Fenster des Westlichen Palastes und tauchte den ganzen Saal in ein bläuliches Licht, das auch die Öllampen nicht ganz vertreiben konnten. Osiris erhob sein Geißelszepter. »Können wir es hinnehmen?« wiederholte er.

Ptah, der Demiurg, verneigte sich leicht, obwohl Osiris bezweifelte, daß Ptahs Pendant im wirklichen Leben etwas Derartiges getan hatte. Das war einer der Vorteile, die daraus erwuchsen, daß die Bruderschaft ihre Treffen auf seinem virtuellen Terrain abhielt - seine Regelsysteme konnten wenigstens ein Minimum an Höflichkeit dazugeben. Wie um zu beweisen, daß die Verneigung nicht seine eigene Geste gewesen war, versetzte Ptah bissig: »Nein, verdammt, natürlich können wir es nicht hinnehmen. Aber dieser Kram ist brandneu - da muß man das Unerwartete erwarten.«

Osiris wartete ein wenig, bevor er antwortete, damit sich sein Ärger abkühlen konnte. Die meisten anderen Mitglieder des Hohen Rates der Bruderschaft waren mindestens so dickköpfig wie er, deshalb war es nicht geraten, sie in die Defensive zu drängen. »Ich möchte schlicht und einfach wissen, wie wir jemanden verlieren können, den wir selbst in das System eingeschleust haben«, sagte er schließlich. »Wie kann es sein, daß er einfach ›verschwunden‹ ist? Wir haben doch seinen Körper, allmächtiger Gott!« Er runzelte die Stirn über diese unbeabsichtigte Selbstironie und kreuzte die Arme über der bandagierten Brust.

Ptahs gelbes Gesicht legte sich in Lachfalten; als typischer Amerikaner hatte er keinen Respekt vor Autorität und fand Osiris' VR-Habitat zweifellos affektiert. »Ja, seinen Körper haben wir ohne Frage, und wenn das alles wäre, worauf es ankommt, könnten wir ihn jederzeit eliminieren. Aber *du* warst derjenige, der diesen speziellen Zusatz wollte, obwohl ich nie begriffen habe, warum. Wir bewegen uns hier auf unbekanntem Gelände, zumal mit den ganzen Variablen, die durch unsere eigenen Experimente dazugekommen sind. Das ist, als wollte man erwarten, daß irgendwelche Dinge sich im Weltraum genauso ver-

317 ‹

halten wie unten auf der Erde. Es kommt mir verdammt unfair vor, meinen Leuten die Schuld zu geben, wenn dabei was in die Hose geht.«

»Dieser Mann ist nicht bloß aus einer Laune heraus am Leben gelassen worden. Ich habe gute Gründe, auch wenn sie privat sind.« Osiris sprach so fest und ruhig, wie er konnte. Er wollte nicht launisch erscheinen, schon gar nicht in der Auseinandersetzung mit Ptah. Wenn einer dafür in Frage kam, ihm eines Tages die Führungsrolle streitig zu machen, dann war es der Amerikaner. »Auf jeden Fall ist es bedauerlich. Wir nähern uns dem kritischen Punkt, und Re läßt sich nicht mehr viel länger hinhalten.«

»Heiliger Bimbam!« Der falkenköpfige Horus schlug mit der Faust auf den Basalttisch. »*Re?* Wovon zum Teufel redest du jetzt schon wieder?«

Osiris starrte ihn an. Die schwarzen, emotionslosen Vogelaugen starrten zurück. Auch ein Amerikaner, natürlich. Es war, als hätte man es mit Kindern zu tun - auch wenn diese Kinder sehr mächtig waren. »Du befindest dich in meinem Haus«, sagte er mit größtmöglicher Ruhe. »Ein bißchen Respekt, oder wenigstens Höflichkeit, würde dir nicht schaden.« Er ließ den Satz einen Moment in der Luft hängen, um den anderen Mitgliedern der Bruderschaft reichlich Zeit zu geben, darüber nachzudenken, was Horus vielleicht schaden *könnte*, zu was ein zürnender Osiris alles imstande wäre. »Wenn du die vorgelegten Informationen zur Kenntnis nehmen wolltest, würdest du wissen, daß ›*Re*‹ mein Name für die Endphase des Gralsprojektes ist. Wenn du zu beschäftigt bist, wird mein System sie dir gern übersetzen, damit du während der Sitzungen den Gesprächsfluß nicht aufhältst.«

»Ich bin nicht hier, um Spielchen zu machen.« Der rüde Ton des vogelköpfigen Gottes hatte sich ein wenig gemildert. Horus kratzte sich heftig an der Brust, so daß Osiris sich vor Ekel förmlich wand. »Du führst den Vorsitz, also benutzen wir deine Spielsachen, tragen deine Sims und so weiter - gut und schön. Aber ich bin ein vielbeschäftigter Mann und habe keine Zeit, jedesmal, wenn ich mich einschalte, erst noch deine neuesten Spielregeln runterzuladen.«

»Schluß mit dem Gezanke.« Im Gegensatz zu den anderen schien sich Sachmet in ihrer Verkleidung als Göttin recht wohl zu fühlen. Osiris hatte den Eindruck, es würde ihr Spaß machen, das Löwenhaupt auch im richtigen Leben aufzuhaben. Sie war die geborene Göttin: Keine zersetzenden Vorstellungen von Demokratie hatten je ihre Sicht der

Dinge getrübt. »Sollen wir dieses Problem eliminieren, diesen ›verlorengegangenen Mann‹? Was wünscht unser Vorsitzender?«

»Vielen Dank für die Frage.« Osiris lehnte sich auf seinem hohen Stuhl zurück. »Aus ganz persönlichen Gründen möchte ich, daß er gefunden wird. Wenn darüber zu viel Zeit vergehen sollte, werde ich ihn zur Tötung freigeben, aber das wäre eine grobschlächtige Lösung.«

»Es wäre nicht nur grobschlächtig«, warf Ptah süffisant ein, »sondern möglicherweise überhaupt keine Lösung. Zum gegenwärtigen Zeitpunkt dürften wir gar nicht in der Lage sein, ihn zu töten - jedenfalls nicht den Teil von ihm, der sich im System aufhält.«

Eine schlanke Hand ging in die Höhe. Die anderen merkten auf, denn es kam selten vor, daß Thot etwas zu sagen hatte. »So weit ist es doch wohl noch nicht gekommen«, bemerkte er. Sein schmaler Ibiskopf nickte sorgenvoll, so daß der Schnabel fast die Brust antippte. »Haben wir die Kontrolle über unsere eigenen virtuellen Environments verloren? Das wäre außerordentlich besorgniserregend. In dem Fall müßte ich mir sehr genau überlegen, ob ich mein Engagement aufrechterhalten kann. Wir müssen mehr Kontrolle über den Ablauf haben, als dies zur Zeit der Fall ist.«

Osiris setzte zu einer Entgegnung an, aber Ptah kam ihm zuvor. »Auf der Schwelle zu einem Paradigmenwechsel gibt es immer Störungen«, sagte er, »ähnlich den Turbulenzen am Rand einer Wetterfront. Wir haben die allgemeine Erwartung, daß sie eintreten, ohne sie doch im einzelnen vorhersagen zu können. Das beunruhigt mich gar nicht, und du solltest dich, denke ich, dadurch auch nicht beunruhigen lassen.«

Abermals brach ein heftiger Wortwechsel in der Runde aus, aber diesmal war es Osiris gar nicht unrecht. Thot war der Typ des vorsichtigen Asiaten, der jähe Veränderungen oder kühne Behauptungen nicht leiden konnte und mit ziemlicher Sicherheit auch nicht die amerikanische Schroffheit: Ptah hatte sich damit keinen Gefallen getan. Thot und sein chinesisches Konsortium waren ein großer und wichtiger Machtblock in der Bruderschaft; Osiris protegierte sie seit Jahrzehnten. Er nahm sich im stillen vor, Thot später privat zu kontaktieren und eingehend mit ihm über seine Befürchtungen zu sprechen. In der Zwischenzeit würde sich die Ungehaltenheit des chinesischen Magnaten zweifellos an Ptah und seiner westlichen Fraktion festmachen.

»Bitte, bitte«, sagte er schließlich. »Ich werde mich gern mit jedem von euch, der sich darüber Sorgen macht, individuell unterhalten. Das

Problem, wie geringfügig auch immer, geht auf meine persönliche Initiative zurück. Ich übernehme die volle Verantwortung.«

Das brachte die Runde immerhin zum Schweigen, und hinter den emotionslosen Sims, hinter den Käfermandibeln, den Nilpferd-, Widder- und Krokodilsmasken wurden jetzt, wie er wohl wußte, Berechnungen angestellt und Chancen neu abgewogen. Aber andererseits, das wußte er auch, war sein Prestige groß genug, daß sogar der selbstherrliche Ptah nicht weiter mit ihm streiten konnte, wenn er nicht als Querulant erscheinen wollte.

Wenn am Ende dieses langen, beschwerlichen Weges nicht der Gral winkte, dachte er, *würde ich diesen ganzen gierigen Haufen liebend gern in einem Massengrab verscharren lassen. Es ist ein Jammer, daß ich die Bruderschaft so dringend brauche. In dieser undankbaren Rolle als Vorsitzender kommt man sich vor, als wollte man Piranhas Tischmanieren beibringen.* Hinter seiner Leichenmaske lächelte er kurz, obwohl die diversen Zähne und Fänge, die um den Tisch herum blitzten, dem Bild einen gewissen unangenehmen Anstrich von Wahrheit verliehen.

»So, wenn alles andere erledigt ist und wir das Problem unseres kleinen Ausreißers bis auf weiteres vertagt haben, gibt es nur noch einen Punkt - die Angelegenheit unseres früheren Kollegen Schu.« Er wandte sich Horus mit gespielter Beflissenheit zu. »Es ist dir doch hoffentlich klar, daß Schu nur ein Deckname in bewährter ägyptischer Manier ist. Ein Scherz gewissermaßen, denn Schu war der Luftgott, der den Herrschaftsthron an Re abtrat. Das verstehst du, nicht wahr, General? Wir haben so wenige ehemalige Kollegen, die noch am Leben sind, daß ich mir sicher war, du würdest keine Übersetzung brauchen.«

Die Falkenaugen funkelten. »Ich weiß, von wem die Rede ist.«

»Gut. Jedenfalls habe ich unsere letzte Vollversammlung dahingehend verstanden, daß ... Schu ... seit seinem Ausscheiden zu einer Belastung für die Firma geworden ist.« Er gestattete sich ein trockenes Lachen. »Ich habe gewisse Schritte in die Wege geleitet, die darauf abzielen, diese Belastung so weit wie möglich zu reduzieren.«

»Werde deutlich.« Sachmets Zunge hing lang aus der gelbbraunen Schnauze. »Der, den du Schu nennst, soll getötet werden?«

Osiris lehnte sich zurück. »Die Art, wie du den Finger auf unsere heiklen Probleme legst, ist bewundernswert, Madame, aber leider ein wenig schnellfertig. Es muß mehr geschehen als das.«

»Ich könnte ihm in zwölf Stunden einen Trupp Schwarzmaskierter ins Haus schicken, die den ganzen Komplex wegpusten und niederbrennen und das Gear zur Untersuchung mitnehmen.« Horus legte eine Hand an seinen krummen Schnabel, eine merkwürdige Geste, zu deren Entschlüsselung Osiris mehrere Sekunden brauchte. Im RL hatte sich der General eine Zigarre angezündet.

»Vielen Dank, aber das ist ein Unkraut mit sehr tiefen Wurzeln. Schu war ein Gründungsmitglied unserer Neunheit - Entschuldigung, General, unserer Bruderschaft. Solche Wurzeln müssen sorgfältig freigelegt und dann die ganze Pflanze mit *einem* Ruck herausgerissen werden. Ich habe einen solchen Prozeß in die Wege geleitet, und bei unserem nächsten Treffen werde ich euch die Pläne vorlegen.« *Mit gerade so viel offensichtlichen Mängeln behaftet, daß Schwachköpfe wie du etwas haben, was sie anpinkeln können, General.* Osiris wollte jetzt, daß die Sitzung möglichst bald aus war. *Dann werde ich euch für eure klugen Ratschläge danken, und ihr laßt mich in Ruhe das machen, worauf es eigentlich ankommt, nämlich unsere Interessen schützen.* »Sonst noch etwas? Dann danke ich euch, daß ihr kommen konntet. Ich wünsche euch allen viel Glück bei euren verschiedenen Projekten.«

Einer nach dem anderen blendeten sich die Götter aus, bis Osiris wieder allein war.

Die strengen Linien des Westlichen Palastes waren dem gemütlichen Lampenschein von Abydos-Olim gewichen. Myrrhenduft und die Gesänge der auferstandenen Priester stiegen um ihn herum auf wie das wohlige Wasser eines warmen Bades. Er wagte nicht, zu den Versammlungen der Bruderschaft im vollen Glanz seiner Göttlichkeit zu erscheinen - er galt ohnehin schon als leicht exzentrisch, wenn auch harmlos -, aber es war ihm viel wohler dabei, Osiris zu sein als der allzusterbliche Mensch darunter, und er vermißte die Annehmlichkeiten seines Tempels, wenn er gezwungen war, ihn zu verlassen.

Er kreuzte die Arme über der Brust und befahl einem seiner Hohenpriester vorzutreten. »Ruf mir den Herrn der Mumifikation. Ich bin jetzt so weit, ihm Audienz zu gewähren.«

Der Priester - ob Software oder Sim konnte der Gott nicht entscheiden, und es war ihm auch gleichgültig - verzog sich eilig in das Dunkel im Hintergrund des Tempels. Einen Augenblick später kündigte eine gellende Fanfare die Ankunft des Anubis an. Die Priester wichen zurück und drückten sich an die Tempelwände. Das dunkle Schakalhaupt war hoch erhoben und wachsam, als prüfte es die Luft. Der Gott war sich nicht sicher, ob ihm diese Haltung lieber war als die übliche Lustlosigkeit des Boten.

»Hier bin ich.«

Der Gott musterte ihn eine Weile. Sie stimmte, die Maske, die er für sein Lieblingswerkzeug gewählt hatte. Er hatte das Potential des Jungen frühzeitig erkannt und hatte viele Jahre darauf verwandt, ihn zu erziehen, nicht wie einen Sohn - Gott bewahre! -, sondern wie einen Jagdhund, den man für die Aufgaben abrichtete, für die er am besten geeignet war. Aber wie jedes temperamentvolle Tier wurde auch dieses manchmal übermütig und sogar bockig; manchmal mußte man es ein wenig die Peitsche schmecken lassen. Aber neulich hatte er sie Anubis mehr als nur schmecken lassen, und das war ungut. Zu viel Strafe stumpfte die Wirkung ab. Vielleicht bot sich jetzt eine Gelegenheit, etwas anderes zu versuchen.

»Ich bin nicht sehr erfreut über deine südamerikanischen Subunternehmer«, fing er an. Das Schakalhaupt duckte sich leicht in Erwartung der Schelte. »Sie sind impertinent, um es gelinde auszudrücken.«

»Allerdings, Großvater.« Zu spät erinnerte sich Anubis an die Abneigung seines Herrn gegen diese Anrede. Die schmale Schnauze zuckte abermals, wenn auch kaum merklich.

Der Gott tat so, als wäre es nicht geschehen. »Aber ich weiß, wie so etwas gehen kann. Die Besten entwickeln häufig Ehrgeiz in eigener Sache. Sie meinen, sie wüßten mehr als diejenigen, die ihnen Arbeit geben - auch wenn ihre Arbeitgeber Zeit und Geld in ihre Ausbildung investiert haben.«

Der spitzohrige Kopf neigte sich, daß der glaubhafte Eindruck eines verwunderten Hundetieres entstand. Anubis fragte sich, was mit der Bemerkung wohl noch gemeint sein mochte.

»Wie dem auch sei, wenn sie für den Auftrag die Besten sind, mußt du sie nehmen. Ich habe ihre Anfrage gesehen, und ich übermittle dir jetzt die Maßgaben, nach denen du mit ihnen verhandeln kannst.«

»Du willst dich auf sie einlassen?«

»Wir werden sie nehmen. Falls sie nicht zu unserer Zufriedenheit arbeiten, werden sie selbstverständlich nicht den Lohn erhalten, den sie erstreben. Falls doch - nun, dann werde ich mir zur gegebenen Zeit überlegen, ob ich mich an die Abmachung halte.«

Es trat ein Schweigen ein, währenddessen er die Mißbilligung des

Boten spüren konnte. Der Gott fand das amüsant - selbst Mörder hatten ihre Ehrbegriffe. »Wenn du sie betrügst, wird sich das rasch herumsprechen.«

»Wenn ich sie betrüge, werde ich es ganz gewiß auf eine Art und Weise tun, daß niemand je davon erfahren wird. Wenn ihnen zum Beispiel zufällig etwas zustößt, wird der Unfall so offensichtlich nicht unser Werk sein, daß du dir keine Gedanken darüber machen mußt, er könnte deine sonstigen Kontakte verschrecken.« Der Gott lachte. »Siehst du, mein Getreuer? Du hast doch noch nicht alles von mir gelernt. Vielleicht solltest du noch ein bißchen warten, bevor du daran denkst, dich selbständig zu machen.«

Anubis antwortete langsam. »Und woher weiß ich, daß du mit mir nicht eines Tages genauso verfährst?«

Der Gott beugte sich vor und legte seine Geißel geradezu liebevoll auf die flache Stirn des Schakals. »Verlaß dich darauf, mein Bote, wenn ich die Notwendigkeit sähe, würde ich es tun. Wenn du dich zu deinem Schutz ausschließlich auf meine Ehre verläßt, bist du nicht der Diener, in den ich mein Vertrauen setzen möchte.« Hinter der Maske, hinter der ganzen komplexen Apparatur, lächelte Osiris darüber, wie offensichtlich Anubis im Kopf die Sicherheitsvorkehrungen durchging, die er getroffen hatte, um sich vor seinem Herrn zu schützen. »Aber Verrat ist ein Werkzeug, das man sehr behutsam einsetzen muß«, fuhr der Gott fort. »Nur deswegen, weil ich dafür bekannt bin, daß ich mich an Abmachungen halte, könnte ich mich, wenn ich wollte, dieser allzu forschen Schwestern entledigen. Merk dir, Ehrlichkeit ist die einzige wirklich gute Tarnung für gelegentliches unehrliches Verhalten. Niemand traut einem notorischen Lügner.«

»Ich werde es mir merken, o Herr.«

»Gut. Es freut mich, dich in aufnahmewilliger Stimmung anzutreffen. Vielleicht möchtest du auch dem hier deine Aufmerksamkeit schenken ...?«

Der Gott ließ seinen Krummstab leicht vorschnellen, und ein kleiner Kasten erschien vor dem Thron in der Luft. Darin sah man ein körniges holographisches Bild von zwei Männern in zerknautschten Anzügen, die zu beiden Seiten eines Schreibtischs standen. Abgesehen von den Fotos, die auf der unordentlichen Tischfläche verteilt lagen, hätte man sie für Verkäufer halten können.

»Siehst du die Bilder dort?« fragte Osiris. »Wir haben Glück, daß die

Polizei wegen ihrer beschränkten Finanzmittel immer noch auf zweidimensionale Darstellungen angewiesen ist. Andernfalls könnte dies ziemlich verwirrend wirken – ungefähr wie die Spiegel beim Friseur.« Er vergrößerte den Würfel, bis die Figuren lebensgroß waren und die Fotos sich gut betrachten ließen.

»Warum zeigst du mir das?«

»Oh, bitte.« Der Gott nickte, und die beiden Figuren im Innern des Würfels wurden lebendig.

»... *Nummer vier. Das gleiche in grün*«, sagte der erste Mann. »*Nur daß diesmal die Schrift auf dem Opfer selbst war, nicht auf etwas, das sie dabeihatte.*« Er deutete auf eines der Fotos. Das Wort »*Sang*« stand in Großbuchstaben auf ihrem Bauch. Die blutigen Lettern verflossen in das größere Rot weiter unten.

»*Und immer noch keine zündende Idee, was damit gemeint sein könnte? Ein Name? Ein Ort? Ich nehme an, wir sind von der Denunziantenhypothese abgekommen.*«

»*Keine von denen war eine Denunziantin. Das waren ganz normale Leute.*« Der erste Polizist schüttelte frustriert den Kopf. »*Und wieder die Bildstörung bei den Überwachungskameras. Als ob jemand mit einem Elektromagneten vorgegangen wäre, aber das Labor sagt, es war kein Magnet.*«

»*Scheiße.*« Der zweite Polizist starrte die Bilder an. »*Scheiße, Scheiße, Scheiße.*«

»*Irgendwas wird sich schon ergeben.*« Der erste Mann klang beinahe überzeugend. »*Diese Typen machen alle irgendwann mal einen Fehler. Werden leichtsinnig, nicht wahr, oder sie treiben's einfach zu weit ...*«

Der Gott machte eine Geste, und der Würfel schrumpfte zu einem Fünkchen zusammen. Das einzige, was sein langes Schweigen auflockerte, war das Stöhnen der knienden Priester. »Ich habe schon einmal mit dir über die Sache gesprochen«, sagte er schließlich.

Anubis gab keine Antwort.

»Es ist weniger die Unappetitlichkeit deiner Zwangshandlungen, die mich stört«, fuhr der Gott fort und ließ dabei zum erstenmal Ärger in seiner Stimme durchklingen. »Alle Künstler haben ihre Marotten, und ich halte dich für einen Künstler. Aber deine Vorgehensweise mißfällt mir. Du hängst deine speziellen Talente regelmäßig in einer Art und Weise an die große Glocke, die dir irgendwann zum Verhängnis werden kann. Sie haben doch damals in den Institutionen mehrere Tests mit dir durchgeführt. In absehbarer Zeit wird sogar die schwerfällige australische Polizei einen Zusammenhang erkennen. Am unerfreulichsten jedoch ist, daß du durch deine kleinen Signaturen auf etwas aufmerksam machst, wie indirekt auch immer, das mir viel wichtiger ist, als du es bist. Ich weiß nicht, was du von meiner Arbeit zu wissen meinst, aber auf jeden Fall hast du dich nicht über den Sangreal lustig zu machen.« Der Gott erhob sich und ließ sich einen Moment lang von etwas Größerem umdüstern, einem schleierigen, blitzgeladenen Schatten. Seine Stimme grollte wie ein Sommergewitter. »*Täusche dich nicht in mir. Wenn du mein Projekt gefährdest, werde ich dich rasch und endgültig erledigen. Wenn eine solche Situation eintritt, werden alle Schutzvorkehrungen, die du zu haben meinst, weggeweht werden wie Strohhalme in einem Orkan.*«

Er ließ sich wieder auf seinen Thron nieder. »Ansonsten bin ich mit dir zufrieden, und es schmerzt mich, dich rügen zu müssen. Laß es nicht wieder vorkommen. Such dir einen weniger auffälligen Weg, deine Zwänge auszuleben. Wenn du mich zufriedenstellst, wirst du merken, daß es Belohnungen gibt, die du dir nicht einmal *vorstellen* kannst. Ich übertreibe nicht. Habe ich mich verständlich gemacht?«

Der Schakalkopf ging langsam auf und nieder, als ob sein Träger erschöpft wäre. Der Gott forschte nach einer Spur von Trotz, aber sah nur Furcht und Ergebung.

»Gut«, sagte er. »Deine Audienz ist damit beendet. Ich erwarte deinen nächsten Bericht über das Luftgottprojekt. Kommende Woche?«

Anubis nickte, aber blickte nicht auf. Der Gott kreuzte die Arme, und der Bote des Todes verschwand.

Osiris seufzte. Der alte, alte Mann im Innern war müde. Das Gespräch mit seinem Untergebenen war gar nicht schlecht gelaufen, aber jetzt war es an der Zeit, mit dem Dunklen zu reden, dem Andern – dem einzigen Wesen auf der ganzen Welt, das er fürchtete.

Arbeit, Arbeit, Arbeit, und nicht eine davon mehr erfreulich. Nur der Gral konnte solche Pein wert sein, solches Leiden.

Der Tod fluchte grimmig und machte sich ans Werk.

Kapitel

Freunde hoch oben

NETFEED/NACHRICHTEN:
Sechs Mächte unterzeichnen Antarktika-Pakt
(Bild: Metalltrümmer über eine Eistafel verstreut)
Off-Stimme: Die Trümmer von abgeschossenen
Düsenkampfjägern werden als stumme Zeugen des
kurzfristigen, aber verheerenden Antarktis-
konflikts übrigbleiben. Vertreter der sechs Mächte,
deren Streitigkeiten über Schürfrechte den Konflikt ausgelöst hatten, kamen in Zürich zusammen,
um einen Vertrag zu unterzeichnen, der Antarktika
wieder zu einem internationalen Territorium
erklärt ...

> Sie traf !Xabbu im Bus an der Haltestelle Pinetown. Er sprang von seinem Sitz auf, als er sie sah, als wäre sie im Gang ohnmächtig geworden und nicht bloß stehengeblieben, um nach dem Treppensteigen Atem zu schöpfen.

»Alles in Ordnung mit dir?«

Sie winkte ab und glitt dann auf den Platz neben ihm. »Mir geht's gut. Ich bin nur ein bißchen außer Atem. Ich hab mich in letzter Zeit nicht viel bewegt.«

Er runzelte die Stirn. »Ich hätte dich auch abgeholt.«

»Ich weiß. Genau das wollte ich verhindern. Seit ich ... seit meiner Krankheit hast du dir dreimal den ganzen weiten Weg bis zu meinem Wohnblock gemacht. Ich mußte nichts weiter tun, als in den Bus steigen, um herzukommen. Zehn Minuten.« !Xabbu hingegen saß wahrscheinlich schon seit fast einer Stunde im Bus; die aus Chesterville kommende Linie war nicht besonders schnell.

»Ich mache mir Sorgen um dich. Dein Zustand war sehr ernst.« Sein besorgter Blick war beinahe streng, als ob sie ein Kind wäre, das an einem gefährlichen Platz spielte. Sie lachte.

»Ich hab dir doch gesagt, daß es kein richtiger Herzanfall war, nur eine vorübergehende Herzrhythmusstörung. Ich hab mich davon erholt.«

Renie wollte nicht, daß sich jemand um sie sorgte, nicht einmal !Xabbu. Dann fühlte sie sich schwach, und mit Schwäche konnte sie nicht umgehen. Sie hatte zudem ein schlechtes Gewissen wegen der Verantwortungslast, die sie ihrem kleinen Freund aufgebürdet hatte. Er hatte alle seine Scheine beisammen und verlor somit keine Studienzeit, aber sein bißchen Geld mußte langsam zur Neige gehen, während sie seine Energien in unvertretbar hohem Maße in Anspruch nahm. Nur die Tatsache, daß auch seine Sicherheit jetzt bedroht zu sein schien, hatte sie dazu bewogen, ihn auf diesen Gang mitzuschleifen.

Aber es waren meine Probleme, die ihn überhaupt erst in Gefahr gebracht haben, dachte sie zerknirscht.

»Was wirst du jetzt machen, wo du mit dem Studium fertig bist?« fragte sie. »Willst du noch ein Aufbaustudium dranhängen?«

Eine gewisse Melancholie stahl sich in seine feinen Gesichtszüge. »Ich weiß es nicht, Renie. Ich denke daran ... es gibt Dinge, die ich noch nicht weiß. Ich habe dir ein wenig von meinen Plänen erzählt, aber ich merke jetzt, daß ich weit davon entfernt bin, sie verwirklichen zu können. *Außerdem* ...« Er senkte verschwörerisch die Stimme und blickte den Gang hoch und runter, als rechnete er mit Spionen. »Außerdem«, fuhr er leise fort, »muß ich ständig an das ... Erlebnis denken, das ich hatte. Als wir an jenem Ort waren.«

Das Krachen der Gangschaltung, als der Bus um eine Ecke bog, war ohrenbetäubend. Renie verkniff sich ein Lächeln. Wer sie bespitzeln wollte, mußte von den Lippen lesen können.

»Wenn ich irgendwie behilflich sein kann«, sagte sie, »laß es mich bitte wissen. Ich stehe tief in deiner Schuld. Ich könnte dir vielleicht helfen, ein Stipendium zu bekommen ...«

Der Buschmann schüttelte energisch den Kopf. »Geld ist es nicht. Es ist komplizierter. Ich wünschte, es *wäre* ein Stadtproblem – dann könnte ich meine Freunde fragen und eine Stadtantwort finden. Aber dort, wo ich jetzt wohne, muß ich die Lösung für dieses Problem allein finden.«

Jetzt war es an Renie, den Kopf zu schütteln. »Ich fürchte, das verstehe ich nicht.«

»Ich auch nicht.« Mit einem Lächeln verscheuchte !Xabbu seine schwermütige Miene, aber Renie sah, daß er sich bewußt bemühte, und es versetzte ihr einen jähen Stich. War es das, was er in Durban gelernt hatte, in Durban und an den anderen Orten, wo die Stadtleute lebten, wie er sie nannte? Sich zu verstellen, seine Gefühle zu verbergen und einen falschen Anschein zu erwecken?

Wahrscheinlich sollte ich dankbar sein, daß er das nicht gut kann. Noch nicht.

Der Bus kroch eine Überführung hinauf. !Xabbu schaute aus dem Fenster auf das breite Flußbett der National Route 3 und den Verkehr, der darin selbst mitten am Vormittag so unaufhörlich dahinströmte wie Termiten in einem gespaltenen Baumstamm.

Erfaßt von einem plötzlichen Widerwillen gegen die Symptome des modernen Lebens, die ihr normalerweise selbstverständlich waren, wandte Renie sich ab, und betrachtete die anderen Fahrgäste. Die meisten waren ältere schwarze Frauen, unterwegs nach Kloof und in die anderen wohlhabenden nordöstlichen Vorstädte, um dort als Hausangestellte zu arbeiten, so wie sie und ihre Vorgängerinnen es schon seit Jahrzehnten taten, vor und nach der Befreiung. Die ihr am nächsten sitzende rundliche Frau mit ihrem traditionellen, mittlerweile aber ein wenig altmodischen Kopftuch hatte einen Blick, den jemand anders als Renie, die ihn gut kannte, leer genannt hätte. Es war nicht schwer zu verstehen, wieso weiße Südafrikaner früher zur Zeit der Apartheid in diesen ausdruckslosen Blick alle möglichen inneren Zustände hineinprojiziert hatten - Mißmut, Dummheit, sogar die Anlage zu mörderischer Gewalt. Aber Renie war unter solchen Frauen aufgewachsen und wußte, daß die Miene eine Maske war, die sie wie eine Uniform trugen. Zuhause oder auch in der Eckkneipe oder der Teestube konnten sie unbeschwert lachen und fröhlich sein. Aber als Arbeitskräfte der launischen Weißen war es von jeher einfacher gewesen, sich keine Blöße zu geben. Wenn man sich keine Blöße gab, konnte der weiße Boß nicht Anstoß nehmen oder Mitleid empfinden oder - was manchmal noch schlimmer war - sich eine Freundschaft einbilden, die zwischen derart Ungleichen nie wirklich bestehen konnte.

Renie hatte weiße Kollegen an der TH, und mit einigen traf sie sich manchmal sogar nach der Arbeit. Aber als Pinetown ein gemischtes Viertel geworden war, waren die Weißen, die es sich leisten konnten, weggezogen in Vorstädte wie Kloof und die Berea-Kuppe, immer nach hoch oben, als ob ihre schwarzen Nachbarn und Arbeitskollegen keine Individuen wären, sondern Teil einer gewaltigen dunklen Flut, die die Niederungen überschwemmte.

Der institutionalisierte Rassismus war zwar abgeschafft, aber die Trennmauer des Geldes war noch genauso hoch wie eh und je. Es gab inzwischen Schwarze in allen Bereichen und auf allen Stufen des Arbeitslebens, und Schwarze bekleideten seit der Befreiung die meisten Führungspositionen in Regierung und Verwaltung, aber Südafrika war nie ganz aus seinem Drittweltloch herausgekommen, und das einundzwanzigste Jahrhundert hatte Afrika nicht weniger übel mitgespielt als das zwanzigste. Die meisten Schwarzen war immer noch arm. Und die meisten Weißen, für die der Übergang zur Herrschaft der Schwarzen nicht annähernd so schlimm gewesen war wie befürchtet, nicht.

Beim Umschauen blieb Renies Blick an einem jungen Mann ein paar Sitze hinter ihr hängen. Obwohl es bedeckt war, hatte er eine Sonnenbrille auf; er hatte sie beobachtet, aber als seine Augen - oder seine Brillengläser - ihrem Blick begegneten, wandte er sich rasch ab und schaute aus dem Fenster. Sie hatte einen kurzen Angstreflex, aber dann sah sie den Nebenschluß, der am Hinterkopf unter seiner Mütze hervorlugte, und begriff. Sie drehte sich um und drückte ihre Tasche ein bißchen fester an den Schoß.

Nach einer Weile schaute sie sich vorsichtig noch einmal um. Der Chargehead guckte immer noch aus dem Fenster, wobei seine Finger nervös auf der Lehne des Vordersitzes trommelten. Seine Sachen waren zerknittert und schweißfleckig in den Achselhöhlen. Die Neurokanüle war townshipmäßig eingesetzt, das heißt billig und schmutzig - sie konnte die glänzende Eiterung um das Plastikteil herum sehen.

Ein leichter Druck auf ihr Bein ließ sie zusammenfahren. !Xabbu sah ihr fragend in die Augen.

»Es ist nichts«, sagte sie. »Ich erzähl's dir später.« Sie schüttelte den Kopf. Es hatte eine Chargehöhle in einer der Wohnungen gegeben, als sie und Stephen und ihr Vater eingezogen waren, und sie hatte ihre Zombiebewohner mehr als einmal im Treppenhaus getroffen. Sie waren im allgemeinen harmlos - längere Benutzung von Chargegear mit seinen superschnellen Strobe- und Infraschalleffekten machte die Leute eher unkoordiniert und passiv -, aber ganz geheuer waren sie ihr nie gewesen, einerlei, wie plemplem und weggetreten sie wirkten. Sie war als Studentin einmal gewaltsam von einem Mann im Bus begrapscht worden, der sie zweifellos überhaupt nicht sah, sondern auf irgendwelche unvorstellbaren visuellen Eindrücke reagierte, von denen er sich gerade das Gehirn zu Brei hämmern ließ, und hinterher hatte sie nie wieder über Chargeheads lachen können, wie ihre Freunde es taten.

Letzten Endes hatten sie sich als gar nicht so harmlos erwiesen, aber die Polizei schien nicht viel gegen sie unternehmen zu können, und als mehrere ältere Hausbewohner beraubt und einige der Wohnungen aufgebrochen worden waren, hatte eine Selbstschutzgruppe, zu der auch ihr Vater gehört hatte, Knüppel und Kricketschläger genommen und die Tür eingetreten. Die mageren Geschöpfe in der Wohnung hatten nicht viel Widerstand geleistet, aber dennoch war es nicht ohne blutige Köpfe und gebrochene Rippen abgegangen. Renie hatte die Chargeheads noch Monate später in Albträumen gesehen, wie sie im Zeitlupentempo die Treppe hinunterpurzelten, wie Ertrinkende mit den Armen fuchtelten und jaulende Geräusche machten, die sich eher tierisch als menschlich anhörten. Sie waren so gut wie unfähig gewesen, sich gegen diesen plötzlichen Ausbruch angestauter Wut zu wehren, der ihnen vielleicht nur als ein weiterer, wenn auch eher unbefriedigender Teil des Charge erschienen war.

Renie, die noch mitten in ihrer idealistischen Studentenphase gesteckt hatte, war schockiert gewesen, als sie entdeckte, daß ihr Vater und die anderen Männer die dort befindlichen Geräte und Programme - hauptsächlich billiges nigerianisches Zeug - mitgenommen und verkauft hatten, um den Erlös im Laufe der folgenden Woche zu vertrinken und sich dabei immer wieder die Geschichte ihres Sieges zu erzählen. Soweit sie wußte, hatte keiner der Beraubten aus dem Haus je etwas von dem Gewinn abbekommen. Long Joseph Sulaweyo und die anderen hatten sich das Privileg der Sieger erkämpft, das Recht, die Beute unter sich aufzuteilen.

Im Grunde war der Einfluß, dem sie in Mister J's ausgesetzt gewesen war, von Charge gar nicht so verschieden, nur viel raffinierter. War das des Rätsels Lösung? Daß sie einem auf irgendeine Weise eine extrem hohe Ladung verpaßten - sozusagen eine Überladung - und dann eine Art hypnotischen Schäkel einbauten, der verhinderte, daß die Opfer die Schleife durchbrachen?

»Renie?«!Xabbu tippte abermals ihr Bein an.

Sie schüttelte den Kopf, als sie merkte, daß sie genauso starr ins Leere geblickt hatte wie der Mann mit der Can im Kopf.

»Entschuldige. Ich hab nur grad über was nachgedacht.«

»Ich wollte dich fragen, was das eigentlich für eine Frau ist, zu der wir fahren.«

Sie nickte. »Ich wollte es dir vorhin schon erzählen, ich bin nur ... abgedriftet. Ich habe früher bei ihr studiert. An der Universität von Natal.«

»Und sie war Professorin für ... wie nennt sich das Fach? ›Virtualitätstechnik‹?«

Renie lachte. »Das ist die offizielle Bezeichnung, richtig. Hört sich komisch an, nicht? Etwa wie Doktor der Elektrizität oder so. Aber sie war brillant. Jemand wie sie ist mir nie wieder begegnet. Und sie war eine echte Südafrikanerin, im besten Sinne des Wortes. Als der Rand so tief fiel, daß alle andern weißen Professoren - und sogar viele der asiatischen und schwarzen - sich in Europa und Amerika bewarben, lachte sie bloß darüber. ›Van Bleecks gibt es hier seit dem sechzehnten Jahrhundert‹, sagte sie immer. ›Wir sind schon so lange hier, daß man die Wurzeln nicht mehr ausreißen kann. Wir sind keine Afrikaander, Herrgott nochmal, wir sind Afrikaner!‹ So heißt sie übrigens - Susan Van Bleeck.«

»Wenn sie deine Freundin ist«, erklärte !Xabbu feierlich, »dann wird sie auch meine Freundin sein.«

»Du wirst sie mögen, da bin ich sicher. Mein Gott, ich hab sie schon so lange nicht mehr leibhaftig gesehen. Es müssen fast zwei Jahre sein. Aber als ich sie anrief, sagte sie einfach: ›Komm doch vorbei, wir können zusammen zu Mittag essen.‹ Als ob ich jede zweite Woche bei ihr vorbeischauen würde.«

Der Bus hatte jetzt zu kämpfen, die steilen Hügel nach Kloof hinaufzukommen. Die Häuser, die weiter unten so dicht gedrängt standen, wirkten hier auf der Anhöhe, wo jedes peinlich Abstand von seinen Nachbarn hielt und sich mit einem vornehmen Schirm aus Bäumen umgab, etwas elitärer.

»Der klügste Mensch, den ich kenne«, sagte Renie.

An der Bushaltestelle wartete ein Auto auf sie, ein teuer aussehender elektrischer Ihlosi. Daneben stand in makelloser legerer Kleidung ein hochgewachsener schwarzer Mann mittleren Alters, der sich ihnen als

Jeremiah Dako vorstellte. Ohne weitere Erklärungen bedeutete er Renie und !Xabbu, auf dem Rücksitz des Wagens Platz zu nehmen. Renies Bemerkung, einer von ihnen könnte gern vorne sitzen, quittierte der Mann nur mit einem kühlen Lächeln. Nachdem ihre anfänglichen Gesprächsangebote ihm nur minimale Erwiderungen entlockt hatten, gab sie es auf und betrachtete die vorbeigleitende Landschaft.

So wenig er für Geplauder übrig hatte, so sehr schien sich Jeremiah für !Xabbu zu interessieren, jedenfalls schloß Renie das aus der Häufigkeit, mit der er den Buschmann im Rückspiegel beäugte. Die Gegenwart des kleinen Mannes schien nicht gerade seinen Beifall zu finden, aber nach dem, was sie bisher von Herrn Dako gesehen hatte, gab es nicht viel, was seinen Beifall fand. Dennoch erinnerten sie seine verstohlenen Blicke an die Reaktion ihres Vaters. Vielleicht hatte auch dieser Mann geglaubt, die Buschleute gäbe es nur noch in der Erinnerung.

Als sie durch das Sicherheitstor fuhren (die Flinkheit, mit der Dako den Code eintippte und den Daumen auf den Sensor legte, bewies die Eingespieltheit einer alten Routine), tauchte plötzlich am Ende einer langen Allee das Haus auf wie ein Bild aus einem Traum - hoch, sauber, einladend und genauso groß, wie sie es in Erinnerung hatte. Renie hatte Doktor Van Bleeck nur ein paarmal vor langer Zeit zuhause besucht, deshalb war sie über die Maßen erfreut, daß es ihr so bekannt vorkam. Dako rollte in die bogenförmige Auffahrt und hielt vor dem säulengeschmückten Vorbau. Die Wirkung der Größe wurde durch die Sessel und Liegestühle gemildert, die verstreut zu beiden Seiten der Haustür standen. Susan Van Bleeck saß in einem der Sessel und las ein Buch; ihr weißes Haar leuchtete vor dem dunklen Hintergrund wie eine Kerzenflamme. Sie sah auf, als das Auto anhielt, und winkte.

Renie warf die Wagentür auf, was ihr einen säuerlichen Blick vom Fahrer eintrug, der sie ihr gerade hatten öffnen wollen. »Bleib sitzen!« rief sie und eilte die Treppe hoch und umarmte ihre Gastgeberin, nicht ohne insgeheim einen Schreck zu bekommen, wie klein und vogelartig die alte Frau sich anfühlte.

»Unbedingt.« Susan lachte. »Es würde dir garantiert zu lange dauern, bis ich aufgestanden wäre.« Sie deutete auf die Räder an ihrem Stuhl, die unter der Schottendecke über ihren Knien unsichtbar gewesen waren.

»O mein Gott, was ist passiert?« Renie war ein wenig schockiert. Susan Van Bleeck sah ... alt aus, richtig alt. Sie war schon Ende sechzig gewesen, als Renie bei ihr studiert hatte, so daß es nicht total überraschend kam, aber es war dennoch beängstigend zu sehen, was nur zwei Jahre mehr ausmachten.

»Es ist nicht auf Dauer - na ja, das ist eine gefährliche Behauptung in meinem Alter. Die Hüfte habe ich mir gebrochen, das ist passiert. Alle Kalziumzusätze der Welt helfen einem nicht, wenn man mit dem Hintern zuerst die Treppe runtersegelt.« Sie blickte an Renie vorbei. »Und das ist dein Freund, den du mitbringen wolltest, stimmt's?«

»Oh, natürlich, das ist !Xabbu. !Xabbu, darf ich dir Doktor Van Bleeck vorstellen?«

Der kleine Mann nickte und lächelte ernst, als er ihr die Hand reichte. Dako, der wieder aufgetaucht war, nachdem er den Wagen an einer Seite der Auffahrt geparkt hatte, murmelte im Vorbeigehen etwas, anscheinend zu sich selbst.

»Ich hatte gehofft, wir könnten draußen sitzen«, sagte ihre Gastgeberin mit einem Stirnrunzeln gegen den Himmel. »Aber natürlich ist das Wetter wieder scheußlich.« Sie deutete mit ihrer zierlichen Hand auf die höhlenartige Veranda. »Ihr wißt ja, wie wir Afrikaander sind - immer draußen auf der Stoep. Aber es ist einfach zu kalt. Übrigens, junger Mann, ich hoffe, du hast nicht vor, den ganzen Tag ›Doktor Van Bleeck‹ zu mir zu sagen. ›Susan‹ tut's völlig.« Sie zog die Decke weg und reichte sie !Xabbu, der sie entgegennahm, als wäre sie ein Ritualgewand. Daraufhin drehte sie den Rollstuhl zur Tür um, soweit Renie sehen konnte, ohne eine Steuerung zu betätigen, und fuhr damit über eine an die Schwelle angebaute Rampe ins Haus.

Renie und !Xabbu folgten ihr den breiten Flur entlang. Die Räder machten quietschende Geräusche auf den blanken Holzdielen, als Susan Van Bleeck abbog und vor ihnen ins Wohnzimmer rollte.

»Wie funktioniert das Gerät?« fragte Renie.

Susan lächelte. »Raffiniert, nicht wahr? Eine ziemlich pfiffige Konstruktion. Man kann welche kriegen, die direkt von einem Nebenschluß aus gesteuert werden, aber das kam mir ein wenig heftig vor - schließlich will ich irgendwann aus dem verdammten Ding wieder raus. Der hier läuft einfach über Hautkontaktsensoren, die meine Beinmuskelaktivität messen. Ich spanne an, er läuft. Anfangs mußte es die altmodische, manuell betriebene Art sein, damit der Knochen verheilen konnte, aber jetzt kann ich dieses Modell als eine Form von Physiotherapie benutzen - Beinmuskeln trainieren und so.« Sie deutete auf die Couch. »Setzt euch doch. Jeremiah wird uns gleich Kaffee bringen.«

»Ich muß gestehen, ich war überrascht, als ich hörte, du wärst immer noch an der Universität«, sagte Renie.

Susan zog eine Grimasse wie ein Kind, das zum erstenmal Spinat probiert. »Herrje, was bleibt mir denn übrig? Nicht daß ich oft reinfahren würde - ungefähr einmal im Monat zu meiner ›Sprechstunde‹, wie es euphemistisch heißt. In der Hauptsache mache ich die Beratungstätigkeit direkt von hier aus. Aber ab und an muß ich einfach raus hier. Einsamkeit halte ich nur in Maßen aus, und wie ihr vielleicht bemerkt habt, ist Jeremiah nicht gerade der Gesprächigste.«

Wie vom Klang seines Namens herbeigezaubert, erschien Dako mit einem Tablett in der Tür, auf dem ein Kaffeegeschirr und eine Cafetière standen. Er stellte es ab und drückte den Stempel herunter - die Vorliebe der Frau Doktor für moderne Technik erstreckte sich offenbar nicht auf die Kaffeebereitung -, dann verließ er das Zimmer, aber nicht ohne !Xabbu erneut einen merkwürdigen und leicht verstohlenen Blick zuzuwerfen. Der Buschmann, der die vielen Gemälde und Plastiken im Zimmer anschaute, schien es nicht zu bemerken.

»Er starrt ihn ständig an«, sagte Renie. »Den ganzen Weg den Hügel hinauf hat er !Xabbu immer wieder im Rückspiegel betrachtet.«

»Tja, vielleicht hat er einen Narren an ihm gefressen«, sagte Susan lächelnd, »aber ich vermute eher, daß ihn ein wenig das schlechte Gewissen plagt.«

Renie schüttelte den Kopf. »Wie meinst du das?«

»Jeremiah ist ein Griqua, ein Mischling, wie man in der schlechten alten Zeit dazu sagte, obwohl er so schwarz ist, schwärzer geht's kaum. Vor ein paar hundert Jahren vertrieben sie die Buschleute aus diesem Teil von Südafrika. Mit Gewalt. Mit Greueltaten. Es war eine schreckliche Zeit. Ich denke, die Weißen hätten wirksamer Einhalt gebieten können, aber die bittere Wahrheit ist, daß ihnen die Griqua vielversprechender erschienen als die Buschleute. Das war die Zeit, in der man mit einem Tropfen Weißenblut besser war als mit gar keinem - aber immer noch nicht mit einem Weißen zu vergleichen.« Sie lächelte wieder, eher traurig diesmal. »Erinnert dein Volk sich mit Haß an die Griqua, !Xabbu? Oder bist du aus einem ganz anderen Teil des Landes?«

Der kleine Mann blickte sich zu ihr um. »Entschuldigung, ich habe nicht richtig zugehört.«

Susan sah ihn durchdringend an. »Aha. Du hast mein Bild gesehen.«
Er nickte. Renie drehte sich, um zu sehen, worüber sie redeten. Was sie lediglich für einen Wandbildschirm über dem Kamin gehalten hatte, war in Wirklichkeit ein auf fast drei Meter Breite vergrößertes Foto, größer als alle, die sie je vor einem Museum gesehen hatte. Es zeigte eine Malerei auf einer natürlichen Felswand, ein einfaches und elegantes naives Kunstwerk. Mit wenigen Strichen war darauf eine Gazelle skizziert, zu deren beiden Seiten eine Gruppe Menschen tanzte. Der Felsen schien im Sonnenuntergangslicht zu glühen. Die Farbe wirkte beinahe frisch, aber Renie wußte, daß das nicht stimmte.

!Xabbu starrte das Bild wieder an. Er hielt seine Schultern merkwürdig, so als ob ihn etwas beschleichen könnte, aber seine Augen drückten Staunen und nicht Furcht aus.

»Weißt du, wo es her ist?« fragte Susan ihn.

»Nein. Aber ich weiß, daß es alt ist, aus der Zeit, als die Buschleute die einzigen Menschen in diesem Land waren.« Er streckte eine Hand aus, wie um es zu berühren, obwohl es gute drei Meter von der Couch entfernt war, auf der er saß. »Es ist ein gewaltiger Anblick.« Er zögerte. »Aber ich bin mir nicht sicher, ob ich froh darüber bin, es bei jemand zuhause zu sehen.«

Susan runzelte die Stirn und ließ sich mit der Antwort Zeit. »Meinst du damit, bei jemand Weißem zuhause? Nein, schon gut. Ich verstehe - oder ich bilde es mir jedenfalls ein. Ich will damit niemanden beleidigen. Es hat für mich keine religiöse Bedeutung, aber ich finde es sehr schön. Ich würde sagen, es besitzt einen spirituellen Wert für mich, wenn sich das nicht zu vermessen anhört.« Sie blickte das Foto an, als sähe sie es mit neuen Augen. »Das Bild selbst, das Original, befindet sich immer noch an einer Felswand am Giant's Castle in den Drakensbergen. Stört dich der Anblick, !Xabbu? Ich kann Jeremiah bitten, es abzunehmen. Er hat die nächsten paar Stunden sonst nicht viel zu tun, aber sein Gehalt kriegt er trotzdem.«

Der kleine Mann schüttelte den Kopf. »Das ist nicht nötig. Als ich sagte, es sei mir nicht geheuer, meinte ich damit meine eigenen Gedanken, meine eigenen Gefühle. Renie weiß, daß ich mir viel über mein Volk und seine Vergangenheit den Kopf zerbreche.« Er lächelte. »Auch über seine Zukunft. Vielleicht ist es besser, wenn einige Leute es wenigstens hier sehen können. Vielleicht werden sie sich erinnern ... oder sich wenigstens wünschen, sie könnten sich erinnern.«

Alle drei tranken eine Weile schweigend ihren Kaffee und betrachteten die springende Gazelle und die Tänzer.

»Gut«, sagte Susan Van Bleeck schließlich. »Wenn du mir noch etwas zeigen willst, Irene, dann solltest du das jetzt tun, oder wir kommen zu spät zum Mittagessen. Jeremiah hat es nicht gern, wenn sich an den festen Zeiten etwas ändert.«

Renie hatte am Fon nicht viel erklärt. Als sie jetzt anfing, von der geheimnisvollen Datei zu erzählen, merkte sie, daß sie mehr preisgab, als sie vorgehabt hatte. Susan, die den Zusammenhang verstehen wollte, stellte Fragen, auf die sich nur schwer Teilantworten geben ließen, und Renie mußte bald feststellen, daß sie ihrer alten Professorin fast alles gesagt hatte außer dem Namen des Online-Clubs und dem Grund, aus dem sie ihn überhaupt aufgesucht hatten.

Alte Gewohnheiten sind nicht totzukriegen, dachte Renie. Susan schaute sie mit wachen Augen erwartungsvoll an, und man konnte auf einmal nicht nur die ungemein beeindruckende Frau sehen, die sie gewesen war, als Renie sie kennengelernt hatte, sondern auch das scharfsinnige und scharfzüngige Mädchen, das sie vor mehr als einem halben Jahrhundert gewesen war. *Ich konnte ihr noch nie irgendwas vorschwindeln.*

»Aber warum in Gottes Namen sollten irgendwelche Leute ein derartiges Sicherheitssystem haben? Was um alles in der Welt könnten sie schützen wollen?« Unter Susans scharfem Blick war Renie zumute, als hätte sie sich strafbar gemacht. »Hast du dich mit Verbrechern eingelassen, Irene?«

Sie beherrschte sich, nicht das Gesicht zu verziehen, als der verhaßte Name fiel. »Ich weiß es nicht. Ich möchte eigentlich noch nicht darüber reden. Aber wenn sie solche Sachen machen, wie ich glaube, dann sollte dieser Verein ausgeräuchert werden wie ein Nest giftiger Schlangen.«

Susan sank mit sorgenvollem Gesicht in die Polsterung ihres Rollstuhls zurück. »Ich werde deine Privatsphäre respektieren, Irene, aber die Sache gefällt mir nicht besonders. Wie bist du da hineingeraten?« Sie blickte zu !Xabbu hinüber, als ob er die Ursache sein könnte.

Renie zuckte mit den Achseln. »Sagen wir, ich glaube, daß sie etwas haben, was mir wichtig ist und was ich wiederhaben will.«

»Na schön, ich geb's auf. Ich hatte noch nie die Geduld zu Ratespielen à la Miss Marple. Schauen wir mal, was du hast. Kommt.«

Sie fuhr Renie und !Xabbu in ihrem leisen Rollstuhl den Flur hinunter voraus. Zwei Flügel wie von einer gewöhnlichen Verandatür gingen auf, und dahinter erschien ein kleiner Lastenaufzug.

»Ich danke Gott, daß ich dieses Ding habe einbauen lassen«, sagte die Professorin. »Quetscht euch mit rein. Wenn ich mit dieser Hüftgeschichte nur die Treppe gehabt hätte, wäre ich schon seit Monaten nicht mehr hier runtergekommen. Na ja, vielleicht hätte ich mich von Jeremiah tragen lassen können. Das wäre ein Bild für Götter gewesen.«

Der Keller schien beinahe so weitläufig zu sein wie das Haus selbst. Einen großen Teil davon nahm das Labor ein, in dem mehrere Reihen Tische in der typischen Experimentieranordnung standen. »Ein heilloses Kuddelmuddel«, war Susan Van Bleecks Beschreibung.

»Ich habe bereits ein sauberes autonomes System, und mit der Virenprüfung, die ich daran vorgenommen habe, bin ich fertig«, sagte sie. »Das könnten wir nehmen. Ihr möchtet wahrscheinlich lieber auf einem Monitor zuschauen, stimmt's?«

Renie nickte emphatisch. Selbst wenn Doktor Van Bleeck da war und ihr im Notfall helfen konnte, dachte sie nicht daran, voll in irgendein Environment einzutauchen, um herauszufinden, was für ein Geschenk die Haie von Mister J's ihr mitgegeben hatten. Den Streich wollte sie nicht zweimal mit sich spielen lassen.

»Dann mal los. Wirf dein Pad an, und laß es uns versuchen. Lade die hier, damit ich ein bißchen Diagnostik treiben kann, bevor wir es auf das neue System übertragen.«

Nach mehreren Minuten ließ die Professorin ihre Steuergeräte auf die Schoßdecke sinken und zog wieder eine ihrer Kindergrimassen. »Ich komm nicht rein in das verdammte Ding. Aber du hast recht, es ist sehr seltsam. Als Abwehrmaßnahme wäre es ein ziemlicher Quatsch. Man bestraft einen doch nicht, wenn man etwas in sein System einschmuggelt, das zu groß ist, um sich aktivieren zu lassen. Na, egal. Schalte dich dazu.«

Renie verband ihr Pad mit der dedizierten Maschine der Professorin. Von da an ging alles sehr rasch.

»Es überspielt sich. Genauso, wie es sich neulich auf mein Pad runtergeladen hat.«

»Aber es schickt keine Kopie, das ganze Ding *wechselt über*.« Stirnrunzelnd beobachtete Susan, wie die Diagnostik durch ihre diversen Berechnungen raste. Renie empfand fast Mitleid für die ganzen Spezialprogramme, als ob sie lebendige Wesen wären, winzige kleine Wissenschaftler, die händeringend und heftig debattierend versuchten, ein vollkommen fremdes Objekt zu klassifizieren.

»Ich weiß«, sagte Renie. »Es gibt keinen Sinn ...« Sie brach konsterniert ab. Der Monitor leuchtete auf einmal heller. Die Diagnoseebene mit ihren Zahlen und Symbolen und Diagrammen verschwand völlig, wie von einem Feuer weggebrannt. Irgend etwas nahm auf dem Bildschirm Gestalt an.

»Was zum Teufel ist das?« Susan klang ärgerlich, aber in ihrer Stimme schwang echte Besorgnis mit.

»Es ist ... eine *Stadt*.« Renie beugte sich vor. Fast wäre sie in ein hysterisches Lachen ausgebrochen. Es war wie in einem alten Spionagethriller, wo jemand einen geheimen Mikrofilm gestohlen hat und dann feststellt, daß Urlaubsfotos drauf sind. »Es ist Bildmaterial von einer Stadt.«

»So eine Stadt habe ich noch nie gesehen.« Susan beugte sich ebenfalls vor, und der hinter ihrem Rollstuhl stehende !Xabbu genauso. Das Licht vom Monitor ließ ihre Gesichter golden erglühen. »Seht doch - habt ihr jemals solche Autos gesehen? Es ist irgendein Science-Fiction-Clip, ein Netzfilm.«

»Nein, es ist real.« Renie konnte nicht genau sagen, woher sie das wußte, aber sie wußte es. Wenn es ein statisches Foto gewesen wäre wie Susans Felsmalerei, hätte man es schwer entscheiden können. Aber wenn Bewegung hinzukam, wuchs die Menge der an das Auge - und das Gehirn - übermittelten Information exponentiell; selbst die besten Trickspezialisten fanden es schwerer, bewegte Objekte zu synthetisieren. Renie war noch nicht so lange in der VR-Branche wie Susan, aber sie hatte gute Augen, bessere als die meisten Leute. Sogar in Mister J's, wo zweifellos auf dem höchsten technischen Niveau gearbeitet wurde, hatte sie ganz leichte Fehler in der Koordination und der Bewegungssimulation entdecken können. Aber diese Stadt der goldenen Türme, der flatternden Fahnen und der Schwebebahnen hatte keine solchen Schwächen.

»Ich glaube, ich habe das irgendwo schon einmal gesehen«, sagte !Xabbu. »Es ist wie ein Traum.«

Susan nahm ihre Squeezer und machte ein paar Bewegungen. »Es läuft einfach automatisch ab. Ich kann keinerlei daran gekoppelte Mitteilungen finden.« Sie legte die Stirn in Falten. »Ich werde kurz mal ...«

Das Bild verschwand. Einen Moment lang wurde der ganze Monitor dunkel, dann ging ein flackernder Pixelsturm darüber hinweg, und der Bildschirm war wieder an.

»Was hast du gemacht?« Renie mußte weggucken - das flirrende, blitzende Licht erinnerte sie an ihre letzte qualvolle Stunde im Club.

»Nichts. Das verdammte Ding hat sich einfach abgeschaltet.« Susan machte einen Warmstart, und das System lief an, als ob alles normal wäre. »Es ist weg.«

»Es hat sich abgeschaltet?«

»Es ist weg. Weg! Spurlos verschwunden.«

Zehn Minuten später ließ Susan ihre Squeezer abermals sinken und fuhr mit dem Rollstuhl vom Monitor zurück. Sie hatte sowohl ihren Computer als auch Renies Pad gewissenhaft durchsucht und nicht das geringste gefunden. »Mir tun die Augen weh«, sagte sie. »Willst du mal ran?«

»Ich wüßte nicht, was du noch nicht versucht hättest. Wie konnte es einfach verschwinden?«

»Eine Art Autophage. Frißt sich selbst nach dem Abspielen. Jetzt ist nichts mehr übrig.«

»Also das Bild einer Stadt, mehr war's nicht.« Renie war deprimiert. »Wir wissen nicht warum. Und jetzt haben wir nicht einmal mehr das.«

»Ah, natürlich! Das hätte ich fast vergessen.« Susan fuhr den Stuhl wieder dicht an den Bildschirm heran. »Ich war gerade dabei, eine Displayaufzeichnung zu erstellen, als das Ding puff machte - schauen wir mal, was draus geworden ist.« Sie gab dem Apparat eine Suchanweisung. Kurz darauf erschien ein goldverschleiertes abstraktes Bild auf dem Monitor. »Wir haben es!« Susan kniff die Augen zusammen. »Kak. Als ich den Schnappschuß machte, wurde gerade schon die Auflösung schlecht. Um feine Details zu erkennen, sind meine Augen nicht besonders geeignet, Irene. Kannst du überhaupt etwas darauf erkennen, oder sind es bloß wahllose bunte Pixels?«

»Ich glaube ja.«

»Da ist ein Turm«, sagte !Xabbu langsam. »Da.«

»Stimmt. Dann müssen wir es auf das Hauptsystem übertragen. Da ich es selbst aufgezeichnet habe, nehmen wir mal an, daß es unbewegt und folglich ungefährlich ist - obwohl diese ganze Geschichte so merkwürdig ist, daß ich von gar nichts mehr völlig überzeugt bin. Ach, sei's drum.« Sie führte einen kurzen Dialog mit dem hausinternen Schaltnetz; wenige Minuten später blickten sie wieder auf den goldenen

Nebel, der sich jetzt mehrere Meter breit über den Wandbildschirm im Labor erstreckte.

»Ich habe ein Bildoptimierungsgear, das uns helfen könnte«, sagte sie. »Es kann ja schon mal mit den Vorarbeiten anfangen, während wir beim Essen sind - die Signale entstören, möglichst weit vor die Verschlechterung der Bildqualität zurückgehen. Kommt. Jeremiah ist wahrscheinlich schon auf hundertachtzig.«

»!Xabbu?« Renie legte ihm die Hand auf die Schulter. Der Buschmann schien sich von dem Bild an der Wand überhaupt nicht losreißen zu können. »Alles in Ordnung?«

»Selbst so, in dieser entstellten Form, kommt es mir immer noch bekannt vor.« Er starrte die formlosen Wischer aus Bernstein-, Gold- und Sahnegelb an. »Ich habe das irgendwo schon einmal gesehen, aber es ist weniger ein Erinnerungsbild als ein Gefühl.«

Renie zuckte mit den Achseln. »Ich weiß nicht, was ich sagen soll. Gehen wir essen. Vielleicht fällt's dir wieder ein.«

Er folgte ihr fast widerstrebend und blieb noch ein letztes Mal in der Fahrstuhltür stehen, um mit perplexem Stirnrunzeln zurückzublicken.

Susan hatte recht gehabt: Jeremiah war mehr als nur leicht verschnupft, als die Professorin und ihre Gäste zwanzig Minuten zu spät zum Mittagessen anmarschiert kamen. »Ich habe den Fisch erst gedünstet, als ich euch kommen hörte«, sagte er anklagend. »Aber für das Gemüse übernehme ich keine Verantwortung.«

Tatsächlich hatte sich das Gemüse bestens gehalten, und der Sägebarsch war zart und gut zu zerlegen. Renie konnte sich nicht erinnern, je so gut gegessen zu haben, und sie befleißigte sich, Dako das wissen zu lassen.

Mit leicht gebesserter Laune nickte der Mann, als er das Geschirr abräumte. »Doktor Van Bleeck würde lieber jeden Tag Sandwiches essen«, sagte er im Ton eines Kunsthändlers, der nach Gemälden auf schwarzem Samt gefragt worden war.

Susan lachte. »Ich mag einfach nicht nach oben kommen und mich zu Tisch setzen, wenn ich bei der Arbeit bin. Die Tage, an denen ich zu Mittag und manchmal auch zu Abend nicht durcharbeite, sind die Tage, an denen ich mein Alter merke. Du willst doch nicht etwa, daß ich mich alt fühle, oder, Jeremiah?«

»Die Frau Doktor ist nicht alt«, entgegnete er. »Die Frau Doktor ist stur und egozentrisch.« Er entschwand in die Küche.

»Armer Mann.« Susan schüttelte den Kopf. »Er hat hier zu arbeiten angefangen, als mein Mann noch lebte. Damals haben wir Partys gegeben, hatten Leute von der Universität hier, ausländische Besucher. Den Haushalt zu führen, muß viel erfüllender gewesen sein, da bin ich sicher. Aber er hat recht - an den meisten Tagen bekommt er mich nach dem Frühstück nicht mehr zu Gesicht, es sei denn, ich muß irgendwelche Schreiben unterzeichnen. Er hinterläßt bittere Zettelchen mit Bemerkungen darüber, was er alles gemacht hat, ohne daß es mir aufgefallen ist. Ich fürchte, ich muß darüber lachen.«

!Xabbu hatte Jeremiah mit wachem Interesse beobachtet. »Er ist wie der Bruder meiner Mutter, glaube ich - ein stolzer Mann, der mehr tun könnte, als man von ihm verlangt. Das ist nicht gut für die Seele.«

Susan schürzte die Lippen. Renie überlegte, ob sie vielleicht beleidigt war. »Vielleicht hast du recht«, sagte sie schließlich. »Ich habe Jeremiah in letzter Zeit nicht wirklich gefordert - ich habe mich ziemlich abgeschottet. Aber vielleicht war das egoistisch von mir.« Sie wandte sich an Renie. »Er kam in einer Zeit zu uns, als natürlich noch alles ziemlich drunter und drüber ging. Er hatte eine sehr schlechte Schulbildung - du weißt gar nicht, was du für ein Glück gehabt hast, Irene. Als du so weit warst, war das Schulsystem schon viel besser. Aber ich denke, Jeremiah hätte auf allen möglichen Gebieten gute Leistungen gebracht, wenn er die Gelegenheit gehabt hätte. Er hat eine außerordentlich rasche Auffassungsgabe und ist sehr gründlich.« Die Professorin blickte auf ihre Hände, auf den Silberlöffel, den sie in ihren knotigen Fingern hielt. »Ich hatte gehofft, seine Generation wäre die letzte, die darunter leiden muß, was wir getan haben.«

Renie mußte plötzlich an ihren Vater denken, wie er in einem Ozean zu ertrinken drohte, den keiner außer ihm sehen konnte, und keinen festen Boden unter die Füße bekam.

»Ich werde darüber nachdenken, was du gesagt hast, !Xabbu.« Susan legte ihre Gabel hin und wischte sich energisch die Hände ab. »Es ist durchaus möglich, daß man in seiner Lebensführung zu festgefahren wird. Gut, jetzt laßt uns mal gucken, was wir mit unserer geheimnisvollen Stadt machen können.«

Die Bildaufbereitungsprogramme hatten aus der Momentaufnahme so etwas wie ein erkennbares Bild gemacht. Die Stadt war jetzt in ihrer Substanz als ein Garten aus verschwommenen vertikalen Rechtecken und Dreiecken zu sehen, die impressionistischen Streifen dazwischen stellten die Straßen und Hochbahnschienen dar. Renie und Susan fingen an, kleine Bereiche zu korrigieren, indem sie aus der Erinnerung Details ergänzten, die die vom Optimierungsgear hergestellten groben Strukturen deutlicher hervortreten ließen. !Xabbu erwies sich als besonders hilfreich. Sein visuelles Gedächtnis war hervorragend: Wo Renie und Susan sich erinnerten, daß eine Wandfläche Fenster gehabt hatte, konnte !Xabbu oft angeben, wie viele es und welche erleuchtet gewesen waren.

Nach über einer Stunde hatte ein Bild Gestalt angenommen, in dem die goldene Stadt, die eine kurze Weile auf dem Bildschirm geglüht hatte, gut auszumachen war. Es war nicht so scharf, und es hatte Stellen, an denen die Rekonstruktion weitgehend ein Rätselraten war, aber wer die Stadt schon einmal gesehen hatte, konnte es als ihre Wiedergabe erkennen.

»Jetzt können wir anfangen zu suchen.« Susan legte den Kopf auf die Seite. »Obwohl es irgendwie immer noch nicht ganz richtig ist.«

»Es sieht nicht mehr real aus«, sagte Renie. »Es hat die *Lebendigkeit* von vorher verloren - zwangsläufig, denn es ist eine plane, unbewegte, total rekonstruierte Version. Aber diese Lebendigkeit hat die Wirkung des Originals mit ausgemacht. Es war, als würde man durch ein Loch im Computer auf eine richtige Stadt blicken.«

»Damit dürftest du recht haben. Und trotzdem ist es die irrwitzigste Stadt, die ich je gesehen habe. Wenn es sie wirklich gibt, muß sie eine von diesen Fertigbaumonstrositäten aus Fibramic sein, die sie über Nacht im Malaiischen Archipel und ähnlichen Gegenden aus dem Boden stampfen.« Sie rieb sich die Knie. »Diese verdammten Sensoren scheuern mir langsam die Beine wund. Ich fürchte, ich muß Feierabend machen, meine Liebe. Aber ich werde anfangen, die Spezialnetze nach etwas Ähnlichem abzusuchen - du arbeitest noch nicht wieder, nicht wahr? Dann kannst du mich das doch machen lassen. Ich habe mindestens drei Vertragspartner, auf deren Kosten ich das abwickeln könnte - multinationale Konzerne mit Datenfilterprojekten mit einem Volumen von einer Million Menschstunden, die das bißchen Verbindungszeit mehr nie merken werden. Außerdem habe ich eine Freundin - Bekannte trifft vielleicht eher zu - namens Martine Desroubins, die eine absolute Spitzenrechercheurin ist. Ich werde mal nachhören, ob sie eine Idee hat. Vielleicht wird Martine sogar ein bißchen kostenlose Hilfe beisteuern, da es ja für eine gute Sache ist.« Sie musterte Renie mit dem bekannten scharfen, prüfenden Blick. »Es *ist* doch für eine gute Sache, oder? Diese Angelegenheit ist dir persönlich sehr wichtig.«

Renie konnte nur nicken.

»Also dann. Und jetzt ab die Post. Ich rufe dich an, wenn ich auf irgendwas stoße.«

Dako erwartete sie im Erdgeschoß vor dem Aufzug. Wie durch Zauberei stand bereits der Wagen draußen vor der Tür.

Renie umarmte Doktor Van Bleeck und drückte ihr einen Kuß auf die gepuderte Wange. »Vielen Dank. Es war sehr schön, dich wiederzusehen.«

Susan lächelte. »Du hättest mit dem Besuch bei mir nicht zu warten brauchen, bis du von VR-Terroristen gejagt wirst, finde ich.«

»Ich weiß. Trotzdem vielen Dank.«

!Xabbu reichte der Professorin die Hand. Sie hielt sie einen Moment und sah ihn mit klaren Augen an. »Es hat mich sehr gefreut, dich kennenzulernen. Ich hoffe, du besuchst mich einmal wieder.«

»Das würde ich sehr gerne.«

»Gut, abgemacht.« Sie fuhr mit dem Rollstuhl vor die Tür, während die beiden in den Wagen stiegen, und winkte ihnen im Schatten der Veranda zu, während Dako dem langen Bogen der Auffahrt folgte und dann auf die Allee fuhr.

»Du siehst sehr traurig aus.« !Xabbu hatte sie unangenehm lange angeschaut.

»Nicht traurig. Bloß ... enttäuscht. Jedesmal, wenn ich denke, es täte sich vielleicht irgendwas auf, laufe ich gegen eine Mauer.«

»Du solltest nicht ›ich‹ sagen, sondern ›wir‹.«

Seine feuchten braunen Augen blickten tadelnd, aber Renie brachte nicht einmal mehr die Kraft auf, sich schuldig zu fühlen. »Du hast mir sehr geholfen, !Xabbu. Gar keine Frage.«

»Ich spreche nicht von mir, sondern von dir. Du bist nicht allein. Schau mal, heute haben wir mit dieser klugen Frau gesprochen, deiner Freundin, und sie wird uns bestimmt helfen. Gemeinschaft, Zusammengehörigkeit gibt Kraft.« !Xabbu breitete die Hände aus. »Vor den großen Mächten, vor dem Brüllen des Sandsturms sind wir alle klein.«

»Das hier ist mehr als ein Sandsturm.« Renie fingerte instinktiv nach einer Zigarette, bevor ihr einfiel, daß sie im Bus nicht rauchen durfte.

»Wenn ich nicht völlig verrückt bin, ist das hier größer und merkwürdiger als alles, wovon ich je gehört habe.«

»Aber das ist genau die Situation, in der du dich an die Leute wenden mußt, die dir helfen werden. In meiner Familie sagen wir: ›Ich wünschte, es wären Paviane auf diesem Felsen.‹ Allerdings nennen wir sie ›die Leute, die auf den Fersen sitzen‹.«

»Wen nennt ihr so?«

»Die Paviane. Ich habe beigebracht bekommen, daß alle Geschöpfe unter der Sonne Menschen sind - so wie wir, nur anders. Das ist keine Einstellung, die den Städtern geläufig wäre, ich weiß, aber für meine Familie, besonders für die Familie meines Vaters, sind alle Lebewesen Menschen. Die Paviane sind die Leute, die auf den Fersen sitzen. Du hast bestimmt schon welche gesehen und weißt, daß es so ist.«

Renie nickte. Sie schämte sich ein wenig, weil sie Paviane nur aus dem Durbaner Zoo kannte. »Aber warum hast du gesagt, du wünschtest, daß Paviane auf einem Felsen wären?«

»Das bedeutet, daß eine Zeit großer Not ist und wir Hilfe brauchen. Meistens waren meine Leute und die Leute, die auf den Fersen sitzen, keine Freunde. Ja, vor langer Zeit begingen die Paviane ein schweres Verbrechen an unserem Großvater Mantis. Es kam zu einem großen Krieg zwischen seinem Volk und ihrem.«

Renie konnte sich eines Lächelns nicht erwehren. Er sprach von diesen mythischen Wesen, diesen Affen und Fangheuschrecken, so selbstverständlich, als ob sie Kommilitonen von der TH wären. »Ein Krieg?«

»Ja. Er entstand aus einem langen Streit. Der Mantis hatte Angst, der Konflikt könnte sich zuspitzen, und weil er gerüstet sein wollte, schickte er einen seiner Söhne aus, Stöcke für Pfeile zu sammeln. Die Paviane sahen, daß der Junge die Holzstöcke genau prüfte, und fragten ihn, was er da mache.« !Xabbu schüttelte den Kopf. »Der junge Mantis war ein Einfaltspinsel. Er erzählte ihnen, sein Vater rüste sich zum Krieg gegen die Leute, die auf den Fersen sitzen. Die Paviane wurden wütend und bekamen Angst. Immer erregter zankten sie miteinander, bis sie schließlich über den jungen Mantis herfielen und ihn töteten. Daraufhin nahmen sie, kühn gemacht von ihrem leichten Sieg, sein eines Auge und spielten damit. Sie warfen es wie einen Ball untereinander hin und her und stritten darum, wobei sie in einem fort riefen: ›Ich will es haben! Wer darf es jetzt haben?‹

Der alte Großvater Mantis hörte in einem Traum seinen Sohn rufen.

Er nahm seinen Bogen und lief so schnell zu der Stelle hin, daß selbst die wenigen Pfeile, die er mithatte, wie der Wind in einem Dornstrauch rasselten. Er kämpfte gegen die Paviane, und obwohl sie viel mehr waren als er und er schwer verwundet wurde, gelang es ihm, ihnen das Auge seines Sohnes abzunehmen. Er steckte es in seinen Fellbeutel und floh.

Er brachte das Auge an einen Ort, wo Wasser aus dem Boden quoll und Schilf wuchs, und er legte das Auge ins Wasser und gebot ihm, wieder zu wachsen. Viele Tage lang war es unverändert geblieben, wenn er nachsehen kam, aber er gab nicht auf. Da hörte er eines Tages ein Planschen und entdeckte, daß sein Kind wieder heil war und im Wasser schwamm.« !Xabbu grinste vor Freude über dieses glückliche Ereignis, dann blickte er wieder ernst. »Das war der erste Kampf im Krieg zwischen den Pavianen und dem Mantisvolk. Es war ein langer und schrecklicher Krieg, und beide Seiten erlitten viele Verluste, bevor er endete.«

»Aber das verstehe ich nicht. Wenn das die Geschichte ist, warum sagt ihr dann, ihr möchtet, daß Paviane euch helfen? Sie scheinen ja furchtbar zu sein.«

»Ach, sie waren doch nur deshalb so, weil sie Angst hatten und dachten, Großvater Mantis wolle sie bekriegen. Aber der wirkliche Grund, weshalb wir die Paviane um Hilfe bitten, ist eine alte Geschichte, die man sich in der Familie meines Vaters erzählt. Doch ich fürchte, ich rede zuviel.« Er blickte sie durch die Wimpern mit, fand Renie, einer gewissen Verschmitztheit an.

»Nein, bitte«, sagte sie. Alles war besser, als die trostlose graue Stadt an den Fenstern vorbeiziehen zu lassen und sich dabei ständig das eigene Versagen vorzuhalten. »Erzähl sie mir.«

»Die Begebenheit liegt weit zurück, so weit, daß du sie bestimmt für einen Mythos halten wirst.« Er faßte sie scherzhaft streng ins Auge. »Mir wurde erklärt, daß die Frau in der Geschichte die Großmutter der Großmutter meiner Großmutter war.

Jedenfalls begab es sich, daß eine Frau aus meiner Sippe, die N!uka hieß, von ihren Leuten getrennt wurde. Es war eine Dürre gekommen, und alle Leute mußten in verschiedene Richtungen ziehen, um die fernsten Sauglöcher ausfindig zu machen. Sie und ihr Mann gingen in eine Richtung; er trug ihr letztes Wasser in einem Straußenei, sie trug ihr kleines Kind auf der Hüfte.

Sie gingen weit, doch weder im ersten noch im zweiten Loch, in dem sie nachschauten, fanden sie Wasser. Sie zogen weiter, aber der Einbruch der Dunkelheit zwang sie zu rasten. Durstig und überdies hungrig - denn während einer Dürre ist natürlich auch schwer Wild zu finden - legten sie sich zum Schlafen hin. N!uka schmiegte ihr Kind dicht an sich, damit es die Schmerzen in seinem Bauch vergaß.

Sie wachte auf. Der Sichelmond, der die Männer des Urgeschlechts zum Bau des ersten Bogens inspiriert hatte, stand hoch am Himmel, aber er gab wenig Licht. Ihr Mann saß mit weiten und schreckensstarren Augen aufrecht neben ihr. Eine Stimme sprach aus der Dunkelheit jenseits der letzten verglimmenden Glut ihres Feuers. Sie konnten nichts erkennen als zwei Augen, die wie kalte, ferne Sterne funkelten.

›Ich sehe drei Menschen, zwei große, einen kleinen‹, sagte die Stimme. ›Gebt mir den kleinen, denn ich habe Hunger, dann will ich die anderen beiden gehen lassen.‹

N!uka preßte ihr Kind an sich. ›Wer bist du?‹ rief sie. ›Wer ist da?‹ Aber die Stimme wiederholte nur, was sie schon gesagt hatte.

›Das werden wir nicht tun‹, rief ihr Mann. ›Und wenn du dich unserem Feuer näherst, werde ich einen vergifteten Pfeil auf dich abschießen, und das Blut in den Adern wird dir bitter werden, und du wirst sterben.‹

›Dann wäre ich dumm, wenn ich an euer Feuer käme‹, sagte die Stimme. ›Aber ich kann warten. Ihr seid weit von euren Leuten entfernt, und irgendwann einmal müßt ihr schlafen ...‹

Die Augen gingen zu. N!uka und ihr Mann hatten große Angst. ›Ich weiß, wer das ist‹, sagte N!uka. ›Das ist die Hyäne, die schlimmste der Alten. Sie wird uns verfolgen, bis wir einschlafen, dann wird sie uns töten und unser Kind fressen.‹

›Dann werde ich jetzt mit ihr kämpfen, bevor mir die Müdigkeit und der Durst die letzte Kraft rauben‹, sprach ihr Mann. ›Aber es kann sein, daß heute mein Todestag ist, denn die Hyäne ist schlau, und ihr Biß ist kräftig. Ich werde hingehen und gegen sie kämpfen, aber du mußt mit unserem Kind weglaufen.‹ N!uka widersprach ihm, aber er ließ sich nicht umstimmen. Er sang ein Lied an den Morgenstern, den größten aller Jäger, und ging dann in die Dunkelheit hinaus. Unter Tränen trug N!uka ihr Kind davon. Sie hörte ein hustendes Bellen - haff, haff, haff!« !Xabbu reckte das Kinn vor, um das Geräusch nachzumachen, »und auf einmal schrie ihr Mann auf. Danach hörte sie nichts mehr. Sie lief und lief und beschwor ihr Kind, ja still zu sein. Nach einer Weile hörte sie eine Stimme hinter sich rufen: ›Ich sehe zwei Menschen, eine große und einen kleinen. Gib mir den kleinen, denn ich habe Hunger, dann will ich die andere gehen lassen.‹ Da fürchtete sich N!uka sehr, denn jetzt wußte sie, daß die alte Hyäne ihren Mann getötet hatte und daß sie auch sie bald fassen und mit ihrem Kind töten würde, und keiner ihrer Leute war irgendwo in der Nähe und konnte ihr helfen. Sie war in jener Nacht allein.«

!Xabbus Stimme hatte einen eigenartigen Tonfall angenommen, als ob die Geschichte in ihrem ursprünglichen Wortlaut Mühe hätte, sich durch die fremde englische Sprache zu Gehör zu bringen. Renie, die schon ein wenig die Frage gedrückt hatte, ob ihr Freund die Geschichte tatsächlich für wahr hielt, hatte plötzlich so etwas wie eine Offenbarung. Es war eine Geschichte, nicht mehr und nicht weniger, und Geschichten waren das, womit die Menschen der Welt eine Gestalt gaben. In der Beziehung, erkannte sie, hatte !Xabbu vollkommen recht: Es gab kaum einen Unterschied zwischen einem Märchen, einer religiösen Glaubenslehre und einer wissenschaftlichen Theorie. Das war eine verstörende und eigenartig befreiende Erkenntnis, und einen Moment lang paßte sie nicht auf, was !Xabbu erzählte.

»... der dreimal so hoch wie sie vor ihr aus dem Sand aufragte. Ihr Kind fest an die Brüste gepreßt, erklomm sie diesen Stein. Lauter und lauter hörte sie die Hyäne schnaufen, und als sie zurückschaute, sah sie die großen gelben Augen in der Dunkelheit größer und größer werden. Wieder sang sie: ›Großvater Mantis, hilf mir jetzt, Großmutter Stern, hilf mir jetzt, gebt mir Kraft zu klettern.‹ Sie kletterte, bis sie außer Reichweite der Hyäne war, und kauerte sich dann in eine Felsspalte, während das Untier unten hin und her ging.

›Bald wirst du Hunger haben, bald wirst du Durst haben‹, rief die Hyäne zu ihr hinauf. ›Bald wird auch dein Kind Hunger und Durst haben und nach süßer Milch und Wasser schreien. Bald wird die heiße Sonne aufgehen. Der Felsen ist kahl, und nichts wächst darauf. Was wirst du tun, wenn dir der Magen weh tut? Wenn deine Zunge rissig wird wie die ausgetrocknete Erde?‹

Da fürchtete sich N!uka sehr, denn was die alte Hyäne gesagt hatte, stimmte alles. Sie fing an zu weinen und jammerte: ›Hier also bin ich jetzt am Ende, hier, wo niemand mein Freund und meine Familie weit weg ist.‹ Sie hörte, wie die alte Hyäne unten vor sich hin sang und sich darauf einrichtete zu warten.

Da sagte eine Stimme zu ihr: ›Was machst du hier auf unserem Felsen?‹ Jemand kam von der Spitze des Felsens herunter, und es war einer der Leute, die auf den Fersen sitzen. Vor alter Zeit hatten die Leute meiner Sippe mit den Pavianen im Krieg gelegen, deshalb hatte N!uka Angst.

›Tut mir nichts‹, sagte sie. ›Die alte Hyäne hat mich hierhergetrieben. Sie hat meinen Mann getötet, und jetzt wartet sie drunten, um mich und mein Kind zu töten.‹

Der Fremde sah sie an, und was sie sagte, machte ihn böse. ›Warum sagst du so etwas zu uns? Warum bittest du uns, dir nichts zu tun? Haben wir dich jemals bedroht?‹

N!uka senkte den Kopf. ›Dein Volk und mein Volk waren einmal Feinde. Ihr habt gegen den Großvater Mantis Krieg geführt. Und ich habe euch niemals Freundschaft angeboten.‹

›Daß du kein Freund bist, macht dich noch nicht zum Feind‹, sprach der Pavian, ›und die Hyäne dort unten ist unser beider Feind. Komm mit zur Spitze des Felsens, wo die übrigen von meinen Leuten sind.‹

N!uka kletterte hinter ihm her. Als sie oben angekommen war, sah sie, daß alle Paviane einen Kopfputz aus Honigdachshaaren und Straußenfedern aufhatten, denn sie feierten gerade ein Fest. Sie gaben ihr und ihrem Kind zu essen, und als alle satt waren, richtete einer der ältesten und weisesten von den Leuten, die auf den Fersen sitzen, das Wort an sie. ›Jetzt müssen wir miteinander reden‹, sprach er, ›und uns überlegen, was wir wegen der alten Hyäne unternehmen, denn so wie du sitzen auch wir auf diesem Felsen fest, und jetzt haben wir alles Eßbare verzehrt und alles Wasser getrunken.‹

Lange redeten und redeten sie, und die Hyäne unten wurde ungeduldig und rief zu ihnen hinauf: ›Ich rieche die Leute, die auf den Fersen sitzen, und auch sie werde ich packen und werde ihre Knochen in meinem Maul zermalmen. Kommt herab und gebt mir den Kleinsten und Zartesten von euch, dann werde ich die übrigen gehen lassen.‹ Der alte Pavian wandte sich an N!uka und sprach: ›Es gibt eine rote Flamme, die dein Volk hervorrufen kann. Rufe sie jetzt hervor, denn wenn du das kannst, können wir vielleicht etwas tun.‹ N!uka holte ihre Feuerhölzer hervor und kauerte sich nieder, damit der Wind den Funken nicht wegblies, und als sie die roten Flammen entzündet hatte, nahmen sie und die Paviane einen Steinbrocken von dem großen Felsen und legten ihn in das Feuer. Als er heiß war, wickelte N!uka ihn in ein Stück Fell ein, das der alte Pavian ihr gab, und damit trat sie an den Rand des Felsens und rief zu der alten Hyäne hinunter.

›Ich werde dir mein Kind hinunterwerfen, weil ich Hunger und Durst habe und der Felsen kahl ist.‹

›Gut, wirf es herunter‹, sagte die Hyäne. ›Ich habe auch Hunger.‹

N!uka beugte sich vor und warf den heißen Stein hinunter. Die alte Hyäne stürzte sich darauf und verschlang ihn ganz mitsamt dem Fell. Als der Stein in ihrem Bauch war, brannte er furchtbar, und sie rief die Wolken an und bat sie, es regnen zu lassen, doch es regnete nicht. Sie wälzte sich auf dem Boden und versuchte, ihn wieder hinauszuwürgen, aber während sie das tat, kamen N!uka und die Paviane vom Felsen herunter, hoben Steine auf und erschlugen die Hyäne damit.

N!uka bedankte sich bei den Leuten, die auf den Fersen sitzen, und deren Ältester sprach zu ihr: ›Denke immer daran, daß wir deine Freunde waren, als der größere Feind uns beide bedrohte.‹ Das schwor sie ihm, und von dem Tage an sagen wir in meiner Familie, wenn uns Gefahr oder Verwirrung heimsucht: ›Ich wünschte, es wären Paviane auf diesem Felsen.‹«

Renie hatte kaum noch Zeit, sich an der Haltestelle Pinetown von !Xabbu zu verabschieden, denn ihre Linie wollte gerade losfahren. Als der Bus die Rampe hinunterrollte und in den hektischen Berufsverkehr einscherte, sah sie den kleinen Mann unter der Überdachung stehen und den Fahrplan studieren. Wieder kamen ihr heftige Schuldgefühle.

Er glaubt, daß Paviane kommen und ihm helfen. Gütiger Himmel, in was habe ich ihn da reingezogen?

Aber in was war sie selber reingeraten? Offenbar hatte sie sich sehr mächtige Feinde gemacht, und dafür, daß sie um ein Haar gestorben wäre, wußte sie sehr wenig darüber, was eigentlich vor sich ging, und konnte es noch weniger beweisen.

Gar nicht beweisen, heißt das. Ein verschwommener Schnappschuß einer Stadt, eine Kopie auf meinem Pad, eine auf Susans System. Damit geh mal zu UNComm. »Ja, wir glauben, daß diese Leute Kinderseelen ermorden. Der Beweis? Dieses Bild von einem Haufen hoher Gebäude.«

Es waren ziemlich viele Leute in ihrer Ecke von Lower Pinetown auf den Straßen. Das überraschte sie ein wenig, denn es war ein Abend mitten in der Woche, doch die Art, wie die Leute in Gruppen mitten auf der Straße standen, Bekannten etwas zuriefen, Bierdosen herumreichten, hatte eindeutig eine gewisse Volksfestatmosphäre. Als sie am Fuß des Hügels aus dem Bus stieg, biß sie sogar ein scharfer Rauchgeruch in der Nase, als ob jemand Kracher gezündet hätte. Erst als sie halb die Ubusika Street hinaufgegangen war und die Lichter der Rettungswagen an der Wand der Mietskaserne flackern und die Wolke ferngesteuerter Kameras wie Fliegen vor den Flammen schwirren sah, begriff sie endlich.

Sie war völlig außer Atem und schweißgebadet, als sie den Polizeikordon erreichte. Eine dicke Rauchsäule stieg vom Dach des Wohnblocks in die Luft empor, ein dunkler Finger am Abendhimmel. Mehrere der Fenster in ihrem Stockwerk waren zertrümmert und schwarz, wie von einer mächtigen Hitzewelle herausgesprengt; Renies Magen krampfte sich vor Schreck zusammen, als sie sah, daß eines davon ihres war. Sie zählte noch einmal nach, weil sie hoffte, sie habe sich geirrt, obwohl sie genau wußte, daß sie sich nicht geirrt hatte. Ein junger schwarzer Polizist mit heruntergeklapptem Visier hielt sie zurück, als sie gegen die Absperrung preßte und darum bat, durchgelassen zu werden. Als sie ihm sagte, sie wohne hier, verwies er sie an einen Wohnwagen am anderen Ende des Parkplatzes. Wenigstens hundert Leute aus dem Wohnblock und zwei- oder dreimal so viele aus der Nachbarschaft drängten sich auf der Straße, aber Renie sah ihren Vater nicht darunter. Was hatte er nochmal über seine Pläne für den Tag gesagt? Sie versuchte verzweifelt, sich darauf zu besinnen. Meistens war er am späten Nachmittag wieder zuhause.

Das Menschengewühl um den Wohnwagen herum war zu dicht, als daß sie jemand Offiziellen hätte erwischen können. Dutzende von Stimmen versuchten sich lauthals bemerkbar zu machen - die meisten, weil sie verzweifelt etwas über ihre Angehörigen erfahren wollten, manche auch bloß, um zu hören, was passiert war oder ob die Versicherung dafür aufkommen würde. Renie wurde hierhin geschubst und dahin gestoßen, bis sie meinte, vor Erbitterung und Angst schreien zu müssen. Als ihr klar wurde, daß es niemandem auffallen würde, wenn sie tatsächlich schrie, drängelte sie sich wieder aus der Menge hinaus. Ihre Augen füllten sich mit Tränen.

»Frau Sulaweyo?« Herr Prahkesh, der kleine runde Asiate, der auf demselben Flur wie sie wohnte, nahm seine Hand von ihrem Arm, als wunderte er sich über sich selbst. Er war im Pyjama und Bademantel, aber hatte sich ein Paar Takkies mit offenen Schnürsenkeln an die Füße gezogen. »Ist das nicht schrecklich?«

»Hast du meinen Vater gesehen?«

Er schüttelte den Kopf. »Nein, ich habe ihn nicht gesehen. Es ist einfach zu viel Durcheinander. Meine Frau und meine Tochter sind hier irgendwo, denn sie sind mit mir rausgekommen, aber seitdem habe ich sie nicht mehr gesehen.«

»Was ist passiert?«

»Eine Explosion, nehme ich an. Wir waren gerade beim Essen, da - wumm!« Er schlug die Hände zusammen. »Bevor wir wußten, was passiert war, war der Flur schon voll schreiender Leute. Die Ursache weiß ich nicht.« Er zuckte nervös mit den Schultern, als ob ihn jemand verantwortlich machen könnte. »Hast du die Helikopter gesehen? Sie sind in Scharen gekommen und haben Schaum auf das Dach geschüttet und außen an die Wände gespritzt. Ich bin sicher, daß wir alle ganz krank davon werden.«

Renie sah zu, daß sie wegkam. Sie konnte seine besorgte und gleichzeitig aufgekratzte Stimmung nicht ertragen. Seine Angehörigen waren in Sicherheit und tratschten zweifellos gerade mit anderen Nachbarn. Hatten alle überlebt? Bei dem Schaden, den sie sehen konnte, bestimmt nicht. Wo war ihr Vater? Ihr war am ganzen Leib kalt. So oft hatte sie ihn auf den Mond gewünscht, hatte ihn und seine Übellaunigkeit weghaben wollen aus ihrem Leben, aber sie hatte nie gedacht, daß es einmal so kommen würde: eines schönen Abends um halb acht, die Straße voll plappernder Voyeure und traumatisierter Verletzter. Konnte es wirklich so plötzlich geschehen?

Sie blieb wie angewurzelt stehen und starrte auf die schwarze Fensterzeile. Konnte das ihr gegolten haben? Hatte etwas, was sie getan hatte, einen Vergeltungsschlag von den Leuten von Mister J's veranlaßt?

Renie schwindelte bei dem Gedanken. Das war doch Paranoia. Ein alter Heizkörper, ein loses Kabel, ein defekter Herd - es gab jede Menge denkbarer Ursachen, und alle waren viel wahrscheinlicher, als daß die Besitzer eines VR-Clubs sich derart mörderisch rächten.

Ein Raunen aufgeregten Entsetzens lief durch die Menge. Die Feuerwehrleute trugen Bahren zur Haustür hinaus. Renie hatte furchtbare Angst, aber sie konnte nicht einfach auf eine Meldung warten. Sie versuchte, sich durch das Knäuel der Schaulustigen zu zwängen, aber es gab kein Durchkommen. Mit dem Einsatz des ganzen Körpers und zur Not auch der Ellbogen bahnte sie sich den Weg nach draußen an den Rand der Menge, in der Absicht, außen herumzugehen und auf der anderen Seite des Kordons in die Nähe der Haustür zu kommen.

Er saß neben einem leeren Mannschaftswagen auf dem Bordstein, den Kopf in den Händen.

»Papa? *Papa!*«

Sie fiel auf die Knie und warf die Arme um ihn. Er blickte langsam auf, als wüßte er nicht so recht, wie ihm geschah. Er roch penetrant nach Bier, aber im Augenblick kümmerte sie das nicht.

»Renie? Mädel, bist du das?« Er starrte sie aus geröteten Augen so scharf an, daß sie schon dachte, er würde sie schlagen. Statt dessen brach er in Tränen aus, schlang die Arme um ihre Schultern, drückte das Gesicht an ihren Hals und preßte sie so fest an sich, daß sie fast keine Luft mehr bekam. »Oh, Mädel, ich mach mir so Vorwürfe. Ich hätt's nich tun sollen. Ich dachte, du wärst da drin. Ach Gott, Renie, ich mach mir so Vorwürfe, ich schäm mich so.«

»Papa, was redest du? Was hast du denn getan?«

»Du wolltest doch den Tag über weg. Deine alte Professorin besuchen.« Er schüttelte den Kopf, aber sah ihr nicht in die Augen. »Dann kommt Walter vorbei und sagt: ›Komm, wir gehn einen heben.‹ Aber ich hab zu viel getrunken. Komm ich wieder, is hier alles verbrannt, und da denk ich, du wärst wieder zurück und mit verbrannt.« Er rang mühsam nach Luft. »Ich schäm mich so.«

»Oh, Papa. Mir ist nichts passiert. Ich bin eben erst wiedergekommen. Ich hatte Angst um *dich*.«

Er holte tief und zitternd Atem. »Wie ich das Feuer seh, und wie alles brennt, hilf mir der Himmel, Mädel, da mußte ich an deine arme Mutter denken. Ich dachte, jetzt hätt ich dich auch noch verloren.«

Jetzt weinte Renie auch. Es dauerte eine Weile, bevor sie ihn loslassen konnte. Sie saßen dicht an dicht auf dem Bordstein und sahen zu, wie die letzten Flammen unter dem Einsatz der Feuerwehr langsam erloschen.

»Alles«, sagte Long Joseph. »Stephens ganze Spielsachen, der Wandbildschirm, alles. Ich weiß nich, was aus uns werden soll, Mädel.«

»Im Moment denk ich, wir sollten irgendwo 'ne Tasse Kaffee trinken gehen.« Sie stand auf und hielt ihm die Hand hin. Ihr Vater ergriff sie und zog sich auf seine wackligen Beine hoch.

»Tasse Kaffee?« Er schaute auf das Loch, das einmal ihr Zuhause gewesen war. Der Wohnblock sah aus wie die Stätte eines heftigen Gefechtes, das keine Seite gewonnen hatte. »Ja doch«, sagte er. »Warum nich?«

Kapitel

Der tödliche Turm des Senbar-Flay

NETFEED/NACHRICHTEN:
Tod eines Kindes als "Nanotech-Mord" bezeichnet
(Bild: Schulfoto von Desdemona Garza)
Off-Stimme: Anwälte der Familie des Brandopfers
Desdemona Garza bezeichneten die fehlende staatliche Kontrolle von Chemieunternehmen als
"offizielle Duldung von Nanotech-Morden".
(Bild: Kinder in einem Bekleidungsgeschäft)
Die sieben Jahre alte Desdemona kam ums Leben,
als ihre Jacke Marke Activex™ Feuer fing. Ihre
Familie ist der Meinung, daß die fehlerhafte
nanotechnische Qualität des Stoffes schuld an dem
tödlichen Feuer sei ...

> Die trüben und spärlichen Laternen im Diebesviertel machten den Eindruck, daß ein paar Leuchtfische im großen Teich der Nacht herumschwammen, in dem der Verbrecherbezirk des alten Madrikhor versunken war. Die Stadtherolde, die sich niemals in das Viertel hinabbegaben, riefen die Stunde aus der sicheren Höhe der Zwischenmauer. Als er ihren Ruf hörte, starrte der Krieger Thargor mürrisch in seinen Becher Met.

Das Geräusch leiser Schritte ließ ihn nicht aufblicken, aber seine Muskeln spannten sich. Sein geöltes Runenschwert Raffzahn stak locker in der Scheide, immer bereit, augenblicklich herauszufahren und jedem den Tod zu bringen, der leichtsinnig genug war, einen hinterhältigen Angriff auf die Geißel von Mittland zu verüben.

»Thargor? Bist du's?« Es war sein einstiger Gefährte Pithlit, der sich in einen grauen Reiseumhang gehüllt hatte, um sich vor der kalten Abendluft zu schützen - und auch um seine Identität zu verbergen: Der kleine Bandit hatte zu oft in den verwickelten politischen Intrigen der Diebeszunft mitgemischt und war derzeit im Viertel nicht allzu wohl gelitten.

»Ja, ich bin's. Verdammt! Warum hast du so lange gebraucht?«

»Ich wurde von anderen Pflichten aufgehalten - einem gefährlichen Auftrag.« Pithlit klang nicht sehr überzeugend. »Nun aber bin ich da. Habe die Güte, mir zu sagen, wohin die Reise geht.«

»Noch zehn Minuten, und ich wär ohne dich gegangen.« Thargor erhob sich schnaubend. »Komm jetzt. Und hör um Gottes willen auf, so zu reden. Das hier ist kein Spiel mehr.«

»Und wir begeben uns zum Hause des Zauberers Senbar-Flay?« Fredericks hatte noch nicht ganz auf Normalton umgestellt.

»Darauf kannst du Gift nehmen. Er war es, der mich damals in diese Gruft geschickt hat, und ich will wissen, warum.« Orlando unterdrückte seine Ungeduld. Am liebsten wäre er direkt in Flays Festung gesprungen, aber mit Entfernungen und Wegzeiten nahm man es in der Simwelt Mittland sehr genau: Wenn man nicht einen Ortswechselzauber gut hatte oder ein Wunderroß besaß, bewegte man sich im RL-Tempo fort. Nur weil er sich nicht mehr durch die normalen Komplikationen des Spieles wursteln wollte, konnte er noch lange nicht die Regeln ändern. Wenigstens war sein Pferd das mittländische Spitzenmodell.

»Aber wieso kannst du überhaupt hier sein?« Fredericks Stimme hatte einen besorgten Unterton. »Du bist getötet worden. Thargor, meine ich.«

»Schon, aber ich hab beschlossen, doch noch einen Antrag auf Überprüfung zu stellen. Allerdings wird das Hohe Schiedsgericht das, was ich gesehen habe, nicht finden können - der ganze Teil des Spielprotokolls ist einfach futsch. Deshalb wird die Stadt ein Geheimnis bleiben.«

»Aber wenn die Richter sie nicht finden, werden sie einfach Thargors Tod bestätigen.« Fredericks spornte sein Pferd an, das immer weiter hinter Orlandos schnellerem Schwarzwind zurückgefallen war. »Sie werden niemals nur auf dein Wort hin ein Geschehen für ungültig erklären.«

»Das weiß ich, Scånboy. Aber solange sie prüfen, bleibt Thargor bis zur offiziellen Toterklärung am Leben. Und ich kann in Mittland viel schneller rumkommen und viel mehr erfahren, wenn ich er bin, als wenn ich als Klaus Klitzeklein der kühne Knappe oder sowas wieder von vorn anfangen muß.«

»Oh.« Fredericks dachte einen Moment darüber nach. »He, das ist ja megaclever, Gardino. Ungefähr so, als ob du gegen Kaution freikommst, damit du deine Unschuld beweisen kannst, wie in dem Streifen mit Johnny Icepick.«

»Ungefähr.«

Die Stadt war in dieser Nacht still, das heißt die Straßen waren es, und das nicht zufällig, denn fast überall fanden gerade die Halbjahresprüfungen statt. Madrikhor, hatte ein Journalist einmal geschrieben, glich ein wenig einem Strandstädtchen in Florida: Die Einwohnerzahl sank immer, wenn die Schule wieder losging, und war im Sommer, in den Frühlingsferien und um Weihnachten am höchsten. Die Silvesterfete auf dem König-Gilathiel-Platz von Madrikhor unterschied sich nicht sehr von einem x-beliebigen Saufgelage zum Ferienende in Lauderdale, hatte der Journalist bemerkt, nur daß in Florida weniger Leute mit Fledermausflügeln und Streitäxten herumliefen.

Sie ritten aus dem Diebesviertel hinaus und die kopfsteingepflasterte Straße der kleinen Götter hinunter. Orlando machte bewußt einen großen Bogen um den Palast der Schatten. Die PdS-Leute waren für seine Begriffe keine richtigen Spieler – sie schienen nie wirklich was zu tun. Sie hingen bloß zusammen rum und feierten Feten, machten sich als Vampire oder Dämonen zurecht und trieben reichlich Softsex und andere Sachen, die sie für dekadent hielten. Orlando fand sie im großen und ganzen ziemlich peinlich. Aber wenn man sich auf ihr Territorium verirrte, mußte man allen möglichen Blödsinn abkaspern, um wieder rauszukommen. Sie hatten ziemlich am Anfang der Geschichte von Mittland ihr kleines Stück von Madrikhor in Besitz genommen, und im Palast der Schatten wie auch in ein paar anderen Privathäusern in der Innenstadt bestimmten sie die Regeln, nach denen man sich richten mußte.

Fredericks hatte ihn einmal zu einer PdS-Fete mitgenommen. Orlando war hauptsächlich damit beschäftigt gewesen, krampfhaft nicht hinzuschauen, was andere Leute trieben, vor allem weil er wußte, daß sie angeschaut werden wollten, und ihnen nicht die Genugtuung verschaffen wollte. Er hatte ein ganz nettes Mädchen im Sim einer Lebenden Toten kennengelernt – zerschlissenes Leichentuch, bleiche verwesende Haut und tief eingefallene Augen –, und sie hatten sich eine

Weile unterhalten. Sie hatte einen britischen Akzent, aber lebte auf Gibraltar vor der Südküste Spaniens und wollte gern Amerika besuchen. Sie war der Meinung, Selbstmord könnte eine Kunstform sein, was er ziemlich dämlich fand, aber ansonsten hatte ihm die Unterhaltung mit ihr Spaß gemacht, auch wenn sie noch nie etwas von Thargor gehört hatte und überhaupt noch nirgends in Mittland gewesen war außer im Palast der Schatten. Aber natürlich kam nichts dabei heraus, obwohl sie so tat, als ob sie ihn gern wiedergesehen hätte. Nach ein paar Stunden hatte er sich verdrückt und war ins Viertel in den »Dolch und Galgen« gegangen, um sich mit anderen Abenteurern Lügengeschichten zu erzählen.

Im Palast der Schatten brannten im höchsten Turm Lichter, als Orlando und Fredericks in die Bettlergasse zum Fluß einbogen. Wahrscheinlich eine ihrer blöden Weihezeremonien, dachte er bei sich. Er versuchte, sich an den Namen der Lebenden Toten zu erinnern - Maria? Martina? -, aber er fiel ihm nicht ein. Ob sie ihm wohl eines Tages noch einmal über den Weg laufen würde? Wahrscheinlich nicht, wenn er nicht noch einmal im Palast vorbeischaute, also praktisch nie.

Senbar-Flays Haus stand auf einer Mole, die bis in die Mitte des Silberdunklen Flusses ragte. Es brütete auf dem düsteren Wasser wie ein Dämon, still, aber wachsam. Fredericks zügelte sein Pferd und starrte es an. Sein Pithlitgesicht war auf der dunklen Uferstraße schlecht zu erkennen, aber er klang nicht gerade fröhlich. »Du warst schon mal hier, nicht wahr?«

»Einmal. Quasi.«

»Was heißt das?«

»Er hat mich direkt reingehext. Er hat mir einen Auftrag gegeben, weißt du noch?«

»Heißt das, du kennst seine Abwehrsachen nicht? Hör mal, Gardiner, du bist vielleicht tot, aber ich bin's nicht. Ich bin nicht scharf drauf, daß Pithlit für nichts und wieder nichts ins Gras beißt.«

Orlando zog ein finsteres Gesicht. Er konnte nur schwer dem Drang widerstehen, Raffzahn zu zücken und drohend zu schwingen, wie er es normalerweise tat, wenn jemand mitten in einer gefährlichen Unternehmung Muffensausen kriegte, aber Fredericks kam schließlich aus Gefälligkeit mit. »Keine Bange«, sagte er, so ruhig er konnte. »Ich hab schon Festungen geknackt, gegen die das Ding hier bloß ein Kleiderschrank ist. Mach dir nicht in die Hosen.«

Jetzt zog Fredericks ein finsteres Gesicht. »Hast du überhaupt einen Plan, oder willst du einfach mit deinem Dickschädel durch die Wand rennen? Es gibt Gerüchte im Diebesviertel, daß er einen Wachgreif hat. Um einen von denen zu erledigen, brauchst du mindestens Atomwaffen, Monsieur le Maître de Scan.«

Orlando grinste. Durch das gewohnte Gezanke und die Vorfreude darauf, was er am besten konnte, war seine schlechte Laune wie weggeblasen. »Tja, sie sind harte Brocken, aber dumm. Komm schon, Fredericks – bist du nun ein Dieb oder nicht?«

Zunächst lief alles glatt. Auf Orlandos Wunsch hin hatte Fredericks ein Gegenmittel für die giftigen Blumen im Garten des Zauberers mitgebracht, und die vier bewaffneten Krieger, die im Wachhäuschen Würfel gespielt hatten, waren gegen die athletische Schwerttechnik des Barbaren Thargor machtlos. Die steinernen Mauern des Festungsturmes waren glatt wie Glas, aber Orlando, der die härteste Abenteuerschulung überlebt hatte, die in Mittland zu haben war, hatte immer ein langes Seil dabei. Er schleuderte einen Haken über die Brüstung im vierten Stock und stand bald darauf auf dem Mosaikboden des Söllers und half Fredericks, drüberweg zu klettern.

»Hättest du ihn nicht einfach fragen können, warum er dich in die Gruft geschickt hat?« Der Dieb keuchte sehr überzeugend. Orlando vermutete, daß Fredericks' Eltern mit dem besseren Implantat rübergekommen waren, das er sich zum Geburtstag gewünscht hatte.

»Ach, Fen-fen, Fredericks, nimm dein Gehirn in Betrieb. Wenn das Ganze ein Komplott war, um Thargor aus dem Weg zu schaffen, wird er den Teufel tun, es mir zu sagen.«

»Warum sollte er an einem solchen Komplott beteiligt sein? Du weißt ja nicht mal, wer Senbar-Flay ist.«

»Ich *glaube*, es nicht zu wissen. Aber selbst wenn ich ihn nicht kenne, hat das noch nichts zu besagen. Thargor hat's mit vielen Leuten verschissen.«

Fredericks, oder vielmehr Pithlit, richtete sich auf, nachdem er wieder zu Atem gekommen war. »Grad im Moment verscheißt es Thargor mit *mir* ...«, fing er an, aber wurde durch das abrupte Erscheinen eines sehr großen Wachgreifs unterbrochen.

Der mächtige Schnabel funkelte im Mondschein, und der Schwanz peitschte nach links und rechts, während er mit dem entspannten, aber unbeirrten Gang einer Katze, die einen vollen Freßnapf ansteuert, über den Söller tappte. »Thargor, hab acht vor der Bestie!« kreischte Fredericks, der vor Schreck wieder in den alten Sprachduktus verfiel. Dann besann er sich. »Es ist ein roter. Die teure Sorte. Unempfindlich gegen Zauberwaffen.«

»Was sonst als ein roter?« knurrte Orlando. Er zog Raffzahn und duckte sich verteidigungsbereit.

Der Greif blieb in einer immer noch trügerisch gelassenen Haltung stehen - sofern man bei einem Löwe-Adler-Verschnitt mit einer Schulterhöhe von zweieinhalb Metern von Gelassenheit sprechen konnte - und musterte sie beiden mit glasharten, emotionslosen schwarzen Augen, bevor er beschloß, sich den hochgewachsenen Thargor als ersten vorzunehmen. Orlando ärgerte sich: Er hatte gehofft, das Untier würde sich wenigstens zu Anfang kurz gegen Fredericks wenden und ihm damit die Möglichkeit geben, einen ungehinderten Schlag in die Flanke zu führen. Es verdrehte den Hals, um ihn seitlich anzuschauen, da sein Adlerkopf ihm nur ein sehr eingeschränktes beidäugiges Sehen erlaubte. Orlando nutzte die Gelegenheit und huschte ihm wieder direkt vor den Schnabel, dann machte er einen Satz und zielte auf die Kehle.

Der Greif hatte ein besseres Sehvermögen, als Orlando gehofft hatte, oder bessere Reflexe. Er bäumte sich bei Thargors Angriff auf und schwang eine mächtige, klauenbewehrte Pranke. Orlando hechtete und rollte unter den schrecklichen Klauen weg, dann faßte er Raffzahn mit beiden Händen und hieb der Bestie, so fest er konnte, in den Unterleib. Das Schwert klirrte gegen Schuppen und prallte ab.

»Verdammt!« Er flitzte wieder knapp unter den Pranken weg, bevor der wuchtige Leib ihn unter sich begraben konnte. »Das Scheißvieh ist hart wie ein Kettenpanzer!«

»Das Seil!« schrie Fredericks. »Schnell zum Seil!«

Orlando erhob wieder das Schwert und umkreiste den Greif. Das tiefe, dumpfe Grollen der Bestie klang beinahe amüsiert, als sie sich auf den Hinterbeinen mitdrehte und ihn nicht aus den Augen ließ. »Nein. Ich will hier rein, und ich komme hier rein.«

Fredericks hampelte aufgeregt neben der Brüstung herum. »Zum Teufel, Orlando, wenn du nochmal getötet wirst, während dein Fall noch geprüft wird, kommst du nie in das Spiel zurück!«

»Dann seh ich lieber zu, daß ich nicht getötet werde. Jetzt sei still, und tu was Nützliches.«

Er warf sich zur Seite, als der Greif wieder nach ihm schlug. Die mächtigen Klauen fetzten in seinen Umhang und rissen ihm die Seite auf. Nicht weniger als andere in der Simwelt war Orlando ein Meister darin, eine muntere Konversation zu führen, während er um sein Leben kämpfte, aber er hatte sich aus gutem Grund für Thargors lakonisch-barbarischen Stil entschieden. Schlagfertige Antworten waren etwas für höfische Duellanten, nicht für Monstertöter. Monster ließen sich nicht durch Geplapper ablenken.

Mit hauenden Krallen und hackendem Schnabel trieb der rote Greif ihn langsam zur Brüstung des Söllers zurück. Noch wenige Schritte, und er saß in der Falle.

»Orlando! Das Seil!«

Er warf rasch einen Blick über die Schulter. Tatsächlich trennte ihn nur eine Armlänge von der Fluchtmöglichkeit. Aber wenn er aufgab, was dann? Er konnte ohne Thargor leben, sich mit einer anderen Figur wieder nach oben arbeiten, obwohl er dann die ganze Zeit verlor, die er in ihn gesteckt hatte. Aber wenn er sich geschlagen gab, konnte es sein, daß er nie etwas über die goldene Stadt herausbekam. Kein spielendes Alter ego, nicht einmal eines, das so sehr ein Teil von ihm war wie Thargor, konnte ihn je so im Traum verfolgen wie diese phantastische Vision.

»Fredericks«, rief er. »Nimm das Seil, und schling es fest um die Brüstung. Schnell!«

»Es hält auch so.«

Orlando fluchte und wich zurück. Das große rote Untier stieß wieder einen Schritt vor, gerade so weit, daß es aus Raffzahns Reichweite blieb. »Mach's einfach!«

Fredericks machte sich hektisch an der Brüstung zu schaffen. Orlando führte zur Ablenkung einen Streich gegen die Augen des Untiers, aber statt zu treffen, prallte seine Klinge klirrend vom Schnabel ab, dessen jäher Gegenangriff ihn beinahe den Arm kostete.

»Fertig!«

»Zieh jetzt den Rest hoch, und wirf es dem Vieh über den Hals. Ganz drüber, als ob ich auf der andern Seite stehen und drauf warten würde – statt ihm von unten in den Schnabel zu glotzen.« Er wehrte den nächsten Hieb einer riesigen roten Pranke ab.

Fredericks wollte widersprechen, aber holte dann doch das Seil ein und warf es der Bestie in einer lockeren Rolle über die Schultern. Verdutzt hob der Greif den Kopf, doch das Seil glitt einfach über seine Mähne und fiel wenige Meter von Thargors linker Hand auf die Fliesen.

»Jetzt mach was, um ihn abzulenken!«

»Was denn?«

»Herrje, Fredericks, erzähl ihm schmutzige Witze! Irgendwas!«

Der Dieb bückte sich, hob einen Tontopf, der neben der Brüstung stand, hoch über den Kopf und schleuderte ihn nach dem Greif. Der Topf krachte gegen den massigen Brustkasten des Untiers, das zischte und den Kopf herumriß, als schnappte es nach einem Floh. In diesem Augenblick der Unaufmerksamkeit sprang Orlando nach links, packte die Seilrolle und schmiß sich damit dem Greif an den Hals, als dieser sich eben wieder umdrehte. Der Schnabel senste nieder. Thargor warf sich zu Boden, ohne jedoch das Seil loszulassen, und rollte und robbte sich unter dem Hals des Greifs hindurch. Als er die Seite gewechselt hatte, knurrte die Bestie ärgerlich über diesen unverschämt flinken Feind.

Bevor das Untier weit genug herum war, um ihn zu erwischen, ließ Orlando Raffzahn auf die Fliesen fallen, sprang auf die Schultern des Greifs und zog sich an der Mähne aus blutroten Borsten in den Reitersitz hoch. Er stemmte die Hacken in den breiten Nacken, riß das Seil mit aller Kraft nach hinten und zog es fest um die Kehle des Untiers zu.

Ich hoffe, es kommt nicht darauf, sich auf mich zu wälzen ..., war der letzte klare Gedanke, den er eine Weile lang fassen konnte.

Der große Lindwurm vom Bergfried Morsin war lang und stark und glitschig gewesen, und sein Todeskampf gegen Thargor hatte den zusätzlichen Reiz besessen, daß er drei Faden tief in schmutzigem Wasser stattfand. Selbst Orlando als gewiefter Kenner der Spielwelt war von der Realität der Erfahrung beeindruckt gewesen. Bei ausreichender Zeit für solche Betrachtungen wäre er ähnlich frappiert davon gewesen, wie exzellent die Designer des Greifs seine momentane durchaus fragwürdige Strategie vorhergesehen und es verstanden hatten, eine ausgesprochen begeisternde Simulation des Eindrucks einzuprogrammieren, den man haben mußte, wenn man ein zwei Tonnen schweres tobendes Fabelwesen gleichzeitig zu reiten und zu erdrosseln versuchte.

Fredericks war ein schreiender Schmierfleck. Der ganze Söller war kaum mehr als eine einzige vibrierende Schliere. Das Ding unter ihm raste wie wild und war gleichzeitig steinhart: Es war, als wollte er eine durchgedrehte Zementmischmaschine niederringen.

Orlando preßte sich, so dicht er konnte, in den Nacken des Greifs, ohne das Seil erschlaffen zu lassen. Es war die einzige Stelle, wo die Klauen und der Schnabel nicht hinkamen, aber die Bestie suchte nach Kräften zu verhindern, daß er sich lange dort halten konnte. Jeder Ruck, jedes heftige Schütteln warf ihn beinahe aus dem nicht vorhandenen Sattel. Das Donnergrollen des Greifs klang jetzt nicht mehr amüsiert, aber auch nicht so, als ob er am Ersticken wäre. Orlando schoß kurz der Gedanke durch den Kopf, ob Rote Greife nicht nur gefeit gegen übernatürliche Waffen waren, sondern vielleicht auch noch besonders ausgefallene Atemwege besaßen.

Das wäre Pech ...

Das Ding bockte abermals. Er spürte, daß er dem wilden Aufbäumen nicht mehr lange Widerstand bieten konnte. Um der Stimmigkeit willen sprach Orlando das Stoßgebet, das Thargor gesprochen hätte, dann nahm er eine Hand vom Seil und langte in den Stiefel nach seinem Dolch. Er preßte die Beine härter um den Nacken des Untiers, schlang sich das Seil fester um die Finger, paßte den richtigen Moment ab und stieß dem Greif die Klinge ins Auge.

Das dumpfe Grollen schnappte in ein schrilles Kreischen über. Orlando sah sich auf höchst überzeugende Weise durch die Luft fliegen. Als er aufschlug und abrollte, kippte die riesige rote Masse des Greifs schwarzes Blut spritzend auf ihn zu.

»Dsang, Mann. Ho-dsang. Absolut chizz. Das war einer deiner besten Auftritte aller Zeiten.«

Orlando setzte sich auf. Fredericks stand neben ihm, die Augen in seinem Pithlitgesicht vor Erregung weit aufgerissen. »Gott sei Dank benutze ich nicht die üblichen Taktoren«, sagte er und stöhnte, als Fredericks ihm aufhalf. »Aber trotzdem wünschte ich, ich hätte die Kraftreflexion abgeschaltet. Das tat weh.«

»Aber dann würdest du den Sieg nicht angerechnet kriegen.«

Orlando seufzte und betrachtete den Greif. Jetzt, wo er tot auf den Fliesen lag wie ein umgekippter Bus, schien er noch mehr Raum einzunehmen als vorher. »Himmel, Arsch und Zwirn, Frederico, im Augenblick hab ich andere Probleme. Ich will nichts weiter als in diesen Turm rein. Wenn Thargor für tot erklärt wird, was nützen mir dann noch irgendwelche Punkte?«

»Karrierestatistik. Wie bei den Sportlern oder so.«

»Herrje, du scännst echt. Komm jetzt.«

Orlando hob Raffzahn aus der größer werdenden dunklen Blutlache auf und wischte das Schwert am Fell der Leiche ab, bevor er unbekümmert auf die Tür am hinteren Ende des Söllers zuschritt. Falls noch andere Wächter auf der Lauer gelegen hätten, hätte der Aufruhr sie mittlerweile sicher auf den Plan gerufen.

Der Söller endete am Fuß einer breiten Treppe, die aus sich windenden menschlichen Gestalten bestand. Im Lichte der Wandleuchter erblickte er eine Reihe auf- und zuklappender Münder am Handlauf. Das Raunen ihrer klagenden Stimmen füllte den Raum. Der Eindruck wäre stärker gewesen, wenn er nicht vor wenigen Wochen erst in einer Spielzeitschrift eine Anzeige für den Overlay »Gefolterte Seelen« gesehen hätte. Er schürzte verächtlich die Lippen. »Typisch Zauberer.«

Fredericks nickte.

Die Treppe führte noch an mehreren Stockwerken vorbei, alle voll mit drübergeblendetem Zauberergear, von denen vieles gängig und das meiste ziemlich billig war. Orlando kam zu dem Schluß, daß Senbar-Flay, wer er auch sein mochte, den größten Teil seines Taschengeldes für den Greif ausgegeben haben mußte.

Sehr bedauerlich, dachte er. *Vielleicht war er versichert.*

Er machte sich nicht die Mühe, die unteren Zimmer zu durchsuchen. Die Leute, die Zauberer spielten, zog es wie Katzen immer an die höchsten Punkte, wo sie auf alle anderen hinabblicken konnten. Außer einem Bataillon großer, aber etwas schwerfälliger Wächterspinnen, die Orlando mühelos mit ein paar Schwertstreichen erledigte, stießen sie auf keine Gegenwehr.

Ganz oben im Turm, in einem großen kreisrunden Zimmer, aus dessen Fenstern man Madrikhor in alle Richtungen überblicken konnte, fanden sie Senbar-Flay. Er schlief.

»Er ist nicht da«, sagte Fredericks halb erleichtert. Der Körper lag ausgestreckt auf einer rabenschwarzen Bahre und war von etwas umgeben, das wie ein Glaskasten ausgesehen hätte, wenn es ein klein wenig substantieller gewesen wäre. »Sein Körper ist ebenfalls geschützt.«

Orlando musterte den leblosen Sim des Zauberers. Senbar-Flay war so tief vermummt wie bei ihrer ersten Begegnung; ausgenommen seine heruntergeklappten Lider war er von Kopf bis Fuß in metallicschwarzen Stoff gehüllt. Er trug einen Koboldschädel als Helm, obwohl Orlando sehr bezweifelte, daß der Zauberer den Kobold selbst getötet hatte: Die

Läden der Händlerstraße von Madrikhor waren voll von solchen Sachen, die Abenteurer erbeuteten und dann verkauften, um von dem Erlös ihre Waffen oder ihre Attribute zu verbessern oder um sich ein bißchen mehr Zeit online leisten zu können. Einen etwas exotischeren Touch bekam das Ganze dadurch, daß die Hände des Zauberers mit Menschenhaut überzogen waren - nicht seine eigene, nach der knitterigen Vernähung zu schließen.

»Glory Hands«, stellte Fredericks fest. »Hab ich in einem Laden in Lambda gesehen. Geben einem Macht über die Toten, glaube ich. Was hast du jetzt vor, Orlando? Er ist nicht hier.«

»Das war mir schon klar, als er nicht in den Greifkampf eingriff. Aber der Typ hat mich in dieses Loch geschickt, und dort ist was Unheimliches mit mir passiert. Ich will Antworten haben.« Er faßte in die Tasche und holte einen kleinen schwarzen Kreis von der Größe eines Pokerchips heraus. »Und ich werde sie kriegen.«

»Was ist das?«

»Zauberer sind nicht die einzigen Leute, die hexen können.« Orlando ließ den Kreis auf den Boden fallen, dann ging er in die Hocke und zog an den Rändern, bis das Ding wie ein tellergroßer Straßenschacht aussah. »Beezle! Komm raus!«

Das watschelnde Etwas mit den zu vielen Beinen kraxelte aus dem schwarzen Kreis hervor. »Reg dich ab, Boß«, muffte es, »ich bin ja schon da.«

»Was machst du da?« Fredericks war so geschockt, daß Orlando fast gelacht hätte - sein Freund hörte sich an wie ein altes Weib. »Du kannst das Ding nicht hier reinhäcken! Unangemeldete Agenten sind in Mittland nicht erlaubt!«

»Ich kann alles machen, wenn ich es hinkriege, daß das Gear funktioniert.«

»Aber du wirst für alle Zeit Spielverbot bekommen! Nicht bloß Thargor - *du*!«

»Nur wenn jemand petzt. Und wer sollte das sein?« Er fixierte Fredericks streng. »Verstehst du jetzt, warum ich diesen Sieg nicht melden werde?«

»Aber wenn jemand das Protokoll checkt?«

Orlando seufzte zum zweitenmal in kurzer Zeit. Diese Debatten mit Fredericks konnten sich tagelang hinziehen. »Beezle, nimm diesen Knoten auseinander. Besorg mir jede damit zusammenhängende Information, die du kriegen kannst, aber konzentriere dich auf ein- und ausgehende Datenübertragungen.«

»Reicht fürs erste.« Der Comickäfer plumpste wieder in das Loch, und augenblicklich ging ein Höllenlärm von Motorsägen und Tischlerhämmern los.

Orlando wandte sich wieder seinem Freund zu. »Niemand wird das Protokoll checken, solange Senbar-Flay das nicht beantragt, und das wird er nicht tun, wenn er etwas zu verbergen hat.«

»Und wenn er nichts zu verbergen hat?«

»Dann muß ich ihn wohl um Entschuldigung bitten, was? Oder ihm wenigstens einen neuen Greif kaufen.«

Orlando zog an dem geöffneten Datenfenster, bis es ihm die Sicht auf Fredericks' finsteres Gesicht versperrte. Er machte den Hintergrund dicht, damit ihm die mißbilligende Miene nicht durch die Lücken entgegenstarrte, und betrachtete die leuchtenden Zeichen, die Beezle ausspuckte.

»Er heißt Sasha Diller. Nie gehört. Du?«

»Nein.« Fredericks klang entschieden unwirsch. Vielleicht überlegte er, mit was für Beschneidungen seiner Bürgerrechte in Mittland er rechnen mußte, wenn das Hohe Schiedsgericht von dieser Sache Wind bekam.

»Gemeldet in Palm Beach Inner. Hm. Ich hätte gedacht, ein reicher Junge könnte sich was Besseres leisten – bis auf den Wachgreif ist alles von der Stange.« Er ließ seine Augen das Fenster hinunterwandern. »Zwölftes Level – hätt ich mir denken können. Gespräche? Kaum welche. Ein paar Codes hier kenne ich nicht. Hmmm. In letzter Zeit war er wenig da.« Orlando deutete auf einen Abschnitt des Fensters, und der rekonfigurierte sich. Er brummte überrascht.

»Was ist?«

»Er ist in den letzten sechs Monaten genau zweimal hier gewesen. Zwei Tage hintereinander. Am zweiten Tag hat er mir den Auftrag gegeben.«

»Komisch.« Fredericks blickte auf Senbar-Flays unbewohnten Körper nieder. »Komm, hol die Daten raus, die du haben willst. Wir sollten zusehen, daß wir uns dünn machen.«

Orlando lächelte. Er wußte, daß das seinem Sim kaum anzusehen war – Thargor war kein großer Lächler. »Du bist mir der richtige Dieb. Ist das die

Art, wie du deine kleinen Jobs erledigst? Wie ein Bubi, der sich heimlich zu seinen Weihnachtsgeschenken schleicht, um mal dran zu schütteln?«

»Pithlit verstößt nicht gegen die Regeln von Mittland.« Fredericks' Stolz war verletzt. »Er fürchtet sich vor nichts, allzu sehr - aber *mir* ist unwohl bei der Aussicht, lebenslanges Spielverbot zu kriegen.«

»Okay. Wie es aussieht, wird es sowieso lange dauern, bis dieser Typ wieder mal aufkreuzt.« Orlando wollte gerade das Fenster schließen, da fiel sein Blick auf etwas, und er hielt inne und vergrößerte es noch einmal. Er starrte längere Zeit darauf, so lange jedenfalls, daß sein Freund nervös von einem Fuß auf den anderen trat, dann schloß er es und schickte die Daten an sein Heimsystem.

»Was ist? Was war da?«

»Nichts.« Orlando blickte in das Loch hinab. »Beezle? Bist du fertig?«

Wie zum Trotz ließ sich der Agent von oben an einem Seil herab, von dem Orlando wußte, daß es nicht zur Turmausstattung des Zauberers gehörte. »Kommt drauf an, was du unter fertig verstehst, Boß. Wie feingesiebt willst die Daten haben? Den ganzen groben Kram haste schon.«

Im langjährigen Umgang mit Beezle hatte Orlando gelernt, sich dessen schnoddrige Bemerkungen zu übersetzen. Er war wahrscheinlich gerade damit beschäftigt, die Bezugsquelle jeder einzelnen Snap-on-Software im Turm ausfindig zu machen.

»Der grobe Kram tut's. Aber recherchier mir den Greif. Gründlich.«

Beezle kreiselte einen Moment am Ende seines Seils. »Fertig.«

»Dann nichts wie raus hier. Häng dich ans Seil und kletter runter, Frederico.«

»Klettern? Warum gehen wir nicht einfach raus?«

»Weil ich auf einem andern Weg verschwinde als du. Du nimmst den langen Weg. Halt die Augen offen und vergewissere dich, daß wir keine offensichtlichen Spuren hinterlassen haben, die Clubschlüssel vom Salon der Diebe oder sowas.«

»Sehr witzig. Was hast du vor?«

»Glaub mir, du willst es nicht wissen.«

Orlando ließ Fredericks einen ordentlichen Vorsprung. Als er das Gefühl hatte, daß sein Freund jetzt am Seil hängen mußte - Fredericks hatte viele Punkte auf Geschick im Seilklettern verwendet, daher nahm Orlando an, daß er nicht allzu lange brauchen würde -, rief er Beezle wieder herbei.

»Was nu, Boß? Gehn wir wo hin, wo was los is?«

»Bloß nach Hause. Aber zuerst sollst du noch was machen. Können wir eine kleine Datenbombe hinterlassen?«

Ein grinsender Mund erschien in dem pechschwarzen Beingewusel. »Heut isses echt lustig. Was genau soll's denn sein?«

»An das Zentralprotokoll komm ich nicht ran, und nahtlos was wegschneiden, wie's jemand mit mir gemacht hat, kann ich schon gar nicht, nicht mal in der Hausdatei von dem Typ hier, aber ich kann dafür sorgen, daß der Nächste, der hier reinkommt, nicht erfährt, wer hier war oder was passiert ist, es sei denn, er hat Vollmacht vom Hohen Schiedsgericht.«

»Wie du meinst, Boß. Aber ich kann das Ding echt verhackstücken. Total scrämbeln.«

Orlando zögerte. Er ging ein großes Risiko ein, noch größer, als Fredericks ahnte. Diese Sache war so schnell so wichtig für ihn geworden, und seine einzige Entscheidungsgrundlage war ein kurzer Blick, den er auf Beezles Daten geworfen hatte. Aber Thargor, die Geißel von Mittland, wurde man nicht dadurch, daß man sich fürchtete, alles auf eine Karte zu setzen.

»Verhackstück es.«

»Du hast *was*?«

»Den Knoten zerteppert. Nicht von außen – niemand wird was merken, solange er nicht richtig reingeht.«

Fredericks, wieder in einem seiner Bodybuilder-Sims, sprang so rasch aus dem Sessel, daß er in die Luft flog und von der Cottagewand abprallte. Orlando korrigierte die Schwerkraft, und sein Freund schwebte zu Boden und kam neben der Pyramide aus Schaukästen auf. »Scännst du jetzt *völlig*?« schrie Fredericks. »Damit bist du nicht bloß für Mittland gestorben und wirst vielleicht ganz aus dem Netz geworfen, das ist eine kriminelle Handlung! Du hast fremdes Eigentum zerstört!«

»Reg dich ab. Deshalb hab ich dich ja weggeschickt. Du bist aus dem Schneider.«

Fredericks erhob seine klobigen Fäuste, sein Simgesicht (nicht ganz so realistisch wie Pithlits, was wahrscheinlich viel zu bedeuten hatte, obwohl Orlando nicht genau wußte, was) war wutverzerrt. »Es ist mir *schnurz*, was mit mir wird! Na ja, das stimmt nicht ganz – aber was zum

Teufel ist los mit dir, Gardiner? Bloß weil Thargor tot ist, legst du es drauf an, aus dem Netz geschmissen zu werden. Was bist du, ein Märtyrer oder sowas?«

Orlando lehnte sich lächelnd auf seiner virtuellen Couch zurück. »Du redest wie meine Mutter.«

Die kalte Wut seines Freundes war heftig und überraschend. »Sag das nicht nochmal! Sag das nie wieder!«

»Ist ja schon gut. Ich ... ich wollte dich bloß aufziehen. Komm, ich zeig dir was. Beezle! Spul mir nochmal die Daten ab, ja?«

Das Fenster tauchte auf und hing leuchtend im Raum wie eine Engelserscheinung.

»Pupill mal.« Orlando umrahmte und vergrößerte einen kleinen Ausschnitt. »Los, lies es.«

Fredericks kniff die Augen zusammen. »Es ist eine Schließanweisung.« Er richtete sich auf, und eine leise Erleichterung war in seiner Stimme zu hören. »Senbar-Flays Turm soll abgeschaltet werden? Dann ... aber dadurch wird es auch nicht sinnvoller, was du gemacht hast, Gardiner. Wenn das Ding sowieso gedrezzt werden soll ...«

»Du hast nicht bis zu Ende gelesen. Guck mal, wer der Spielleitung von Mittland die Anweisung zum Löschen gegeben hat.«

»Eine Richterin in ... Palm Beach County, Florida?«

»Und das Datum - sechs Monate alt. Und seitdem ist der Turm nur zweimal benutzt worden.«

Fredericks schüttelte den Kopf. »Da komm ich nicht mit.«

»Dieser Diller ist tot! Oder im Knast, oder sonstwas. Jedenfalls ist er seit sechs Monaten nicht mehr der Betreiber. Aber aus irgendeinem Grund ist der Turm doch nicht gedrezzt worden. Und was noch wichtiger ist, jemand hat ihn benutzt - und hat sogar Dillers Sim benutzt! Dazu benutzt, mich zu engagieren!«

»Wow, das blafft! Bist du sicher?«

»Nicht im geringsten. Aber Beezle prüft die Sache nach. Hast du schon was, Beezle?«

Der Agent hüpfte aus einem Spalt in der Wand neben dem Aussichtsfenster. »Den Dillerkram hab ich. Mit dem Wachgreif bin ich noch zugange.«

»Gib mir, was du bis jetzt hast. Erzähl's einfach.«

»Diller, Seth Emmanuel - willst du Daten und alles haben?«

»In Kurzfassung. Ich sag stop, wenn ich mehr Daten will.«

»Er ist ein Komafall - Abschaltanweisung zeitgleich mit der Einsetzung eines Nachlaßverwalters. Letzten Geburtstag dreizehn geworden. Eltern tot, Großmutter hat Rechtshilfe beantragt - sie hat Mittland verklagt, dazu die Hardwarehersteller, das heißt vor allem Krittapong Electronics und Tochtergesellschaften.«

Orlando dachte nach. »Demnach hatte er genug Geld für gute Geräte, aber die Großmutter hat nicht genug Geld, um zu prozessieren?«

Beezle fuchtelte mit den Beinen. »Alles, was in der Anklageschrift an Hardware und Gear aufgeführt wird, ist mindestens vier Jahre alt, zum Teil viel älter. Soll ich dir die Finanzen der Großmutter besorgen? Diller, Judith Ruskin.«

»Nee.« Er wandte sich Fredericks zu, der sich vorgebeugt hatte und es langsam glaubte. »Dieser Typ liegt im Koma, ist so gut wie tot. Die Nachlaßverwaltung will, daß sein Online-Zeug abgeschaltet wird - wahrscheinlich um Geld zu sparen. Und seine Großmutter verklagt dazu noch Mittland. Aber es wird nicht abgeschaltet. Und jemand anders benutzt es, mindestens zweimal. Seine Ausstattung war mal ganz nett, aber inzwischen ist sie alt, und seine Großmutter hat kein Geld. Und trotzdem läuft auf dem Gelände ein spitzenmäßiger, sündteurer roter Greif rum, der andere Leute abschrecken soll. Was willst du wetten, daß er erst gekauft wurde, als dieser Diller schon weg vom Fenster war?«

»Ich bin mit dem Greif zugange, Boß«, meldete sich Beezle. »Aber es ist kein Zuckerschlecken.«

»Mach weiter.« Er legte seine Füße auf nichts hoch. »Was denkst du jetzt, Frederico?«

Sein Freund, der eben noch ziemlich erregt gewirkt hatte, wurde auf einmal merkwürdig ruhig, als ob er seinen Sim ganz verlassen hätte. »Ich weiß nicht«, sagte er schließlich. »Die Sache wird langsam unheimlich, Orlando. Richtig scänblaff. Wie kann jemand einen Knoten in Mittland offen halten, wenn die Leute, denen er gehört, ihn geschlossen haben wollen?«

»Ich wette, daß jemand am Zentralprotokoll rumgemurkelt hat. Wir wissen das nur, weil die Schließanweisung im Knoten selbst gespeichert wurde, als die Richterin ihre Entscheidung traf. Aber wenn jemand reingehen und das Zentralprotokoll ändern würde, würde der automatische Drezz nie erfolgen. Du weißt, das System ist viel zu groß, als daß jemand das merken würde, es sei denn, der Fall kommt vor Gericht und die ganze Geschichte wird wieder aufgerollt.«

»Aber davon rede ich ja! Das bedeutet, daß jemand das Zentralprotokoll von Mittland gehäckt hat!«

Orlando gab einen Laut der Verärgerung von sich. »Fredericks! Wir *wissen* bereits, daß das geht. Überleg doch, was mir da unten in der Gruft passiert ist. Irgendwer hat einfach die ganze Sequenz rausgenommen und dann die Lücke fein säuberlich zugenäht. Wie ein Chirurg.«

»Aber warum?«

»Keine Ahnung.« Orlando drehte sich zu seinem MBC-Fenster um. Er fand die Art, wie die Konstruktionsroboter geduldig den roten Marsboden aufwühlten, so beruhigend, wie Kühe auf einer Weide zu beobachten. Er mußte seine galoppierenden Gedanken zügeln. »Ich weiß einfach, daß ich recht habe.«

Fredericks stand auf, diesmal ein wenig vorsichtiger, und trat in die Mitte des Zimmers. »Mensch, Orlando, das hier ... das ist nicht Morpher oder Dieter. Das ist nicht bloß einer, der uns ausstechen will. Diese Leute sind irgendwie ... Kriminelle. Aber warum veranstalten sie das alles und gehen diese ganzen Risiken ein – bloß um dir irgendeine *Stadt* zu zeigen? Das ist doch Schwachsinn!«

»Ziemlich.«

Siebend, grabend, weitersiebend gingen die Konstruktionsrobotor ihrer Arbeit nach. Sie bewegten sich direkt vor einem imaginären Fenster und gleichzeitig Millionen Meilen weit entfernt. Orlando versuchte, sich auf die Zeitdifferenz der Übertragung zu besinnen, aber kam nicht darauf. Ohnehin nahm sich das, was sie genau in diesem Moment machten, wahrscheinlich nicht viel anders aus als diese verzögerte Version, die er gerade sah. Und die bewußtlosen Dinger würden weiter und weiter arbeiten, kaputtgehen und aus ihrer eigenen selbstgebauten Fabrik ersetzt werden. In ein paar Jahren sollte das Projekt beendet sein. Dann klebte eine winzige Plastikkuppel auf der Marsoberfläche, eine Behausung, in der ein paar hundert Menschen Zuflucht vor der Rauheit einer fremden Welt finden konnten.

»Orlando?« Die Stimme seines Freundes holte ihn in die genauso fremde Welt seines virtuellen Hauses zurück. Fredericks' breitschultriger Sim hatte die Arme verschränkt, als wollte er etwas in seinem mächtigen Brustkasten festhalten. »Gardino, weißt du was? Das macht mir angst.«

› Orlando setzte sich auf, die Kissen in den Rücken gestopft, die Decke fest um die dünnen Beine gewickelt wie ein frierender Bettler, und lauschte dem Nichts.

Er wußte aus Büchern, daß Häuser nicht immer so gewesen waren. Er hatte den Verdacht, daß die meisten Häuser in anderen Teilen der Welt und sogar viele bei ihm in Amerika nicht einmal jetzt so waren. Er wußte, daß in vielen Wohnungen Dielen knarrten und Nachbarn im Stockwerk über einem herumtrampelten und Leute auf der anderen Seite der Wand redeten. Er hatte einmal einen Freund besucht, den er aus der Privatklinik kannte, einen Jungen namens Tim, der mit seinen Eltern in einem Haus an einer Straße wohnte, wo sie durch nichts vom Rest der Stadt getrennt waren. Selbst tagsüber konnte man Autos auf dem eine halbe Meile entfernten Freeway vorbeibrummen hören.

In Nächten wie dieser, wenn sein Vater kurz einmal aufgehört hatte zu schnarchen, konnte Orlando überhaupt nichts hören. Seine Mutter schlief immer wie eine Tote. Die Gardiners hatten keine Haustiere bis auf ein paar Dutzend exotische Fische, aber Fische waren stille Tiere, und alle Systeme, die das Leben in ihrem Aquarium unterhielten, liefen chemisch und geräuschlos. Die menschlichen Bewohner des Hauses wurden nicht minder diskret versorgt. Apparate in den Wänden des Hauses regelten die Temperatur, überwachten die Luftqualität, testeten zwischendurch die Schaltungen des Beleuchtungs- und des Alarmsystems, aber alles lautlos. Draußen hätte eine Armee vor den dicken Wänden und isolierten Fenstern ihres Hauses vorbeistampfen können, ohne daß Orlando etwas davon mitgekriegt hätte, solange niemand vor einen Sensorstrahl trat.

Es sprach einiges für die Sicherheit und Ungestörtheit, die man sich mit Geld kaufen konnte. Orlandos Eltern konnten einkaufen gehen, das Theater besuchen, den Hund ausführen - wenn sie einen besessen hätten -, und das alles, ohne das riesige Sicherheitsgelände namens Crown Heights zu verlassen. Seine Mutter behauptete, sie wären nur Orlandos wegen hergezogen. Ein Kind wie er sollte nicht den Gefahren des Stadtlebens ausgesetzt sein, hätten sie beschlossen, aber genauso wenig sollte er irgendwo auf dem Lande aufwachsen, eine lange Autofahrt oder einen immer noch zu langen Helikopterflug von allen modernen Einrichtungen entfernt. Doch da die meisten Freunde seiner Eltern ebenfalls entweder in Crown Heights oder in ähnlichen abgeschirmten Innenstadtbezirken wohnten (»exclusive communities« hießen sie in den Anzeigen) und nicht die Entschuldigung seiner Eltern dafür hatten, fragte er sich, ob sie ihm die Wahrheit sagte. Manchmal fragte er sich, ob sie die Wahrheit selber wußte.

Das Haus war still. Orlando war einsam und ein wenig unruhig.

Seine Finger fanden das Verbindungskabel neben seinem Bett. Einen Augenblick dachte er daran, ins Netz zu gehen, aber er wußte, was passieren würde, wenn seine Mutter zum Pinkeln oder sonstwas aufstand, während er ringsherum nichts wahrnahm, und dabei entdeckte, daß er eingestöpselt war. Sie war derzeit gewissermaßen auf einem Antinetzfeldzug, obwohl sie sich nie dazu geäußert hatte, womit er sich ihrer Meinung nach sonst beschäftigen sollte. Wenn sie ihn erwischte, konnte es sein, daß er auf Wochen hinaus das »Privileg« verlor, wie sie sich ausdrückte. Dieses Risiko wollte er im Moment nicht eingehen. Nicht gerade jetzt, wo so viel passierte.

»Beezle?« Keine Antwort. Anscheinend hatte er zu leise gesprochen. Er kroch ans Fußende des Bettes und beugte sich hinaus. »Beezle?« Sprachaktivierung war die Pest, wenn man befürchten mußte, seine Eltern aufzuwecken.

Ein ganz leises Summen kam aus der Dunkelheit. Ein kleines, schwaches Licht wurde heller, dann gingen noch sieben winzige rote Lichter hintereinander im Kreis an, bis er einen kleinen Ring im Schatten neben seiner Schranktür glimmen sah.

»Ja, Boß?«

»Leiser. So wie ich.«

Beezle paßte seine Lautstärke an. »Ja, Boß?«

»Gibt's was zu berichten?«

»Ein bißchen. Zum Teil merkwürdige Sachen. Ich wollte bis morgen früh damit warten.«

Das Gespräch machte Orlando immer noch nervös. Seine Mutter hatte in letzter Zeit die fixe Idee, er schlafe zu wenig, und manchmal hatte die Frau ein so scharfes Gehör wie eine Fledermaus, selbst im Schlaf. Er war sicher, daß das eines von diesen Mutterdingern war, eine latente genetische Abnormität, die erst zutage trat, wenn eine Frau geboren hatte, und anhielt, bis sie ihre Kinder aus dem Haus hatte.

Er überlegte kurz, ob er das Ganze still onscreen machen sollte, aber wenn seine Mutter aufwachte und ihn reden hörte, konnte er wenigstens so tun, als wäre es im Schlaf gewesen. Wenn sie ihn mit einem leuchtenden Bildschirm ertappte, war der schwerer wegzuerklären.

Außerdem war er einsam, und mit jemand zu reden, war immer noch die beste Medizin dagegen. »*Bug*. Komm rüber, damit wir nicht so laut reden müssen.«

Ein paar fast unhörbare Klicks ließen erkennen, daß Beezle seinen Roboterkörper von der Steckdose abnabelte, wo er still Nahrung gesaugt hatte wie ein Floh auf dem Rücken eines Hundes. Der Ring aus roten Lichtern glitt die Wand hinab und dann ungefähr auf Schuhspitzenhöhe über den Teppich. Orlando packte sich wieder auf seine Kissen und unter die Decken, um das angenehm kitzelnde Gefühl zu genießen, das entstand, wenn Beezle über die Bettdecke trippelte. Er genoß es vor allem deshalb, weil er sich durchaus noch an das leichte Gruseln erinnern konnte, das er als kleiner Junge dabei verspürt hatte.

Beezle näherte sich dem Kissen und summte und klickte dabei leise vor sich hin wie eine in Baumwolle verpackte Grille. Als er auf Orlandos Schulter krabbelte, verstärkte er die Bodenhaftung, so daß seine Saugfüßchen einen ordentlichen Halt hatten. Orlando fragte sich, ob Beezles, oder Dinger wie Beezle, wohl eines Tages imstande wären, sich so frei im RL zu bewegen wie in der virtuellen Welt. Er hatte schon Meldungen über Agenten mit Roboterkörpern gesehen, die wegen schlechter Programmierung oder überalterter Software verwildert und ihren Besitzern entflohen waren, um wie Asseln in den Infrastrukturen von Häusern zu leben. Was solche Dinger wohl vom Leben hatten? Liefen sie absichtlich weg, oder verloren sie einfach die Fähigkeit, sich weiter an ihre ursprüngliche Programmierung zu halten, und verirrten sich in die Freiheit? Behielten sie Reste ihrer einstigen künstlichen Persönlichkeit?

Beezle hatte sich mit seinem Lautsprecher an Orlandos Ohr gesetzt und sprach jetzt so leise, daß er kaum zu hören war. »Besser?«

»Prima. Erzähl mir, was du hast.«

»Was als erstes?«

»Der Greif.«

»Also, zunächst mal wissen wir nicht mit Bestimmtheit, wann er gekauft wurde, aber alles andere paßt zu deiner Theorie. Er wurde erst nach der Schließanweisung in den Knoten eingespeist.«

»Also war Diller nicht der Käufer.«

»Na ja, laut der Krankenhaus-Datenbank liegt er immer noch im Koma, das heißt, selbst wenn er der Käufer war, hat er ihn auf jeden Fall nicht installiert.«

»Wo stammt er her?«

Beezle stellte sich auf Orlandos leicht veränderte Lage ein, um weiter mit seinem Brooklyner Taxifahrerakzent ins Ohr seines Herrn schnurren zu können. »Das ist eine der merkwürdigen Sachen. Ganz genau paßt der Greif nirgendwo hin. Er ist eine Sonderanfertigung aus mehreren verschiedenen Codebrocken – ich glaube, er war vorher noch woanders im Einsatz als in Mittland, aber jetzt ist es zu spät, nochmal reinzugehen und die Möglichkeiten durchzuchecken. Vielleicht kannst du nochmal reingehen, Boß.«

»Ich glaube kaum. Das heißt, du kannst weder rausfinden, wer ihn gekauft noch wer ihn gemacht hat?«

»Die Herstellerkette ist ein totales Kuddelmuddel. Es gibt überhaupt keine durchgehende Linie – Firmen sind eingegangen, Markenzeichen für manche Teile sind auf anscheinend erfundene Namen eingetragen –, jedenfalls nicht in den ganzen Indexen, die ich auftreiben kann.« Wenn ein Dienstprogramm in einem Roboterkörper seufzen könnte, hätte Beezle geseufzt. »Es war die Hölle, das kann ich dir sagen. Aber ein Name taucht immer wieder auf.«

»Nämlich?«

»TreeHouse.«

Zuerst dachte Orlando, er hätte Beezles Flüstern falsch verstanden. »Du meinst ... *das* TreeHouse?«

»Die meisten der erfundenen Namen sind Häckertags, und viele tauchen in Verbindung mit TreeHouse auf.«

»Wow. Laß mich nachdenken.«

Beezle wartete geduldig. Anders als seinen Eltern oder Fredericks konnte man Beezle etwas sagen, und er richtete sich danach. Er wußte, daß »Laß mich nachdenken« *nicht reden* bedeutete, und wenn Orlando ihn nicht aufforderte, etwas zu sagen, würde der Roboter still an Ort und Stelle sitzenbleiben, bis er wieder zu seiner Steckdose kriechen und sich aufladen mußte.

Orlando brauchte ein Weilchen Ruhe. Er wußte nicht so recht, was er sagen sollte. Wenn diese Spur, die er da verfolgte, zu TreeHouse führte, war das sowohl aufregend als auch äußerst entmutigend. Aufregend, weil TreeHouse, oft als »der letzte freie Ort im Netz« bezeichnet, angeblich ein anarchistisches Häckerparadies war, ein Gangsterknoten, der durch das System wanderte wie ein illegales Glücksspiel von einer Straßenecke zur anderen. Dem Netzklatsch zufolge wurde es nicht von mächtigen Konzernstrukturen getragen wie die anderen großen Knoten, sondern von dem ständig wechselnden Netzwerk der kleinen Systeme seiner Bewohner. Man sagte, es gliche einem Zigeunerlager – das Ganze könne minutenschnell abgeschlagen, in kleinen und weit verstreuten Einzelstückchen abgespeichert und dann wieder genauso schnell zusammengesetzt werden.

Das Entmutigende daran war, daß niemand einfach in dieses »Baumhaus« hineingehen konnte. Man kam eigentlich nur auf persönliche Einladung hinein, und da es keine kommerziellen Ziele verfolgte und es zu seinen Grundsätzen gehörte, um keinen Preis irgendwie nützlich zu sein, wollten diejenigen, die hineinkamen, gewöhnlich nur seine Exklusivität genießen und bewahren helfen.

Man kam also nicht einfach in TreeHouse hinein wie in einen anderen Netzknoten. Mit der Auskunft, die Antworten auf seine Fragen seien vermutlich dort zu finden, konnte er ungefähr so viel anfangen wie ein mittelalterlicher Bauer, dem gesagt worden war, sein Glück läge in Cathay oder Samarkand. Für einen Teenager ohne Verbindungen war es, wenn nicht schlicht und ergreifend ein Mythos, so doch dermaßen unerreichbar, daß es praktisch im Land der Phantasie lag.

TreeHouse. Die Aufregung rumorte in ihm, aber daneben machte sich noch etwas anderes bemerkbar, etwas, das er sehr gut kannte, obwohl er es noch nie in bezug auf das Netz verspürt hatte. Genau wie Fredericks hatte er Angst.

»Beezle«, sagte er schließlich, »bist du sicher?«

»Boß, also wirklich.« Beezle war ein älteres Teil, aber er war ein sehr beachtliches Stück Wertarbeit. An seinem entrüsteten Ton war nichts künstlich.

»Dann besorg mir alles über TreeHouse, was du kriegen kannst. Nein, nicht alles. Zumindest am Anfang bring mir lieber bloß Sachen mit einer gewissen Glaubwürdigkeit – Informationen aus mehreren Quellen. Wir können später entscheiden, ob wir noch das wirklich scännige Zeug durchackern wollen.«

»Selbst das wird 'ne Weile brauchen, Boß.«

»Ich guck morgen früh, was du hast.« Ihm fiel ein, daß er morgen seinen regelmäßigen Termin hatte. »Nein, nach dem Mittagessen. Ich schau's mir an und entscheide dann.«

»Wenn du bis morgen eine wirklich gründliche Suche haben willst, seh ich lieber zu, daß ich diesen Körper loswerde und mich an die Arbeit mach. So rumzukriechen beansprucht unnötig viel Bandbreite.«

Orlando verzog das Gesicht. Ein Nachteil, den es hatte, wenn man sich nicht von seinen Agenten aus Kindertagen trennen konnte, war, daß sie einen gern belehrten. »Was du nicht sagst. Los jetzt, zieh Leine!«

Die gummibeschichteten metallenen Haftbeinchen trippelten los, und Beezle entfernte sich von seinem Ohr. »Gute Nacht, Boß.«

»Nacht, Beezle.«

Der Agent kraxelte umständlich die Decken hinunter auf den Fußboden. Wie Katzen fiel es Bugs leichter, hinauf zu klettern als hinunter. Orlando beobachtete das schwache rote Glimmen, bis es wieder die Wandsteckdose erreichte, sich einsteckte und den Display ausschaltete.

TreeHouse. Es war sehr seltsam, diesen Namen in Verbindung mit etwas zu hören, was er, Orlando Gardiner, machen wollte. Als ob man sich vornehmen würde, *tatsächlich* ins Märchenland zu fliegen oder in einen Kaninchenbau zu kriechen und nach Alice' Freunden zu schauen.

Und doch war es auf unheimliche Weise schlüssig. Wenn es Leute gab, die in ein komplexes System wie Mittland reinhäcken und fünf oder noch mehr Minuten einfach rausschneiden konnten, ohne einen Hinweis nicht nur auf die Täter, sondern überhaupt auf den ganzen Vorgang zu hinterlassen, dann waren sie von der Sorte, die sich in TreeHouse herumtrieb.

Er sank in die Kissen zurück, doch er wußte, daß der Schlaf auf sich warten lassen würde. Es gab so viel, worüber er nachdenken mußte. Hatte er wirklich etwas Ungewöhnliches gefunden, etwas, was diesen ganzen Aufwand wert war, wofür es sich lohnte, so viele Risiken einzugehen? Oder hatte der Anblick der fremden Stadt ihn nur dazu gebracht, über Sachen nachzudenken, die er sich ansonsten längst aus dem Kopf geschlagen hatte? Fredericks würde ihm sagen, daß er zu weit ginge. Eine Datenbombe in einen fremden Knoten zu setzen, lag ganz bestimmt nicht im Rahmen des Normalen. Seine Eltern wären entsetzt.

Ein plötzlicher Gedanke jagte ihm einen Schauer über den Rücken. Orlando setzte sich auf; er fand die Vorstellung zu beklemmend, um liegenbleiben zu können.

Er hatte sich eingebildet, daß nur jemand mit Zugang zum Mittland-Protokoll je erfahren könnte, daß er in Senbar-Flays Turm gewesen war – das hatte er auch Fredericks erzählt. Aber derjenige, der die Sequenz in der Gruft rausgeschnippelt und es fertiggebracht hatte, eine Schließanweisung ein halbes Jahr lang zu verheimlichen, konnte offensichtlich nach Belieben in die Stammdateien des Hohen Schiedsgerichts hineinspazieren und wieder hinaus und Sachen damit anstellen, die nicht einmal ihren Besitzern möglich waren.

Wenn das der Fall war, dann konnte sich der Manipulateur jederzeit über Thargors Besuch informieren. Und noch problemloser konnte der geheimnisvolle Häcker Thargors Hintermann - Hinterkind - herausfinden.

Saure Galle stieg Orlando in den Mund. Mit einer stupiden Selbstsicherheit, auf die jeder imaginäre Barbar stolz wäre, hatte er dieser Person von nahezu unbegrenzten Fähigkeiten und dem offensichtlichen Wunsch, geheim zu bleiben, praktisch mitgeteilt, daß ihr ein vierzehnjähriger Junge auf den Fersen war. Sicher war die ganze Sache bloß das Werk eines hochbegabten, ein wenig kindischen Witzboldes. Aber wenn nun die Stadt und die Fälschung des Protokolls Indizien für etwas Größeres, etwas weitaus Illegaleres waren? Er konnte nur hoffen, daß sein Gegner Humor hatte.

Juhu, du großer böser Computerkrimineller, ich bin's, Orlando Gardiner. Komm doch mal vorbei. Ich werde nicht viel Widerstand leisten.

Herr im Himmel, wenn ihm jemand etwas tun wollte, brauchte er bloß an seiner Krankenakte herumzupfuschen. Das falsche Pharmapflaster, und es hieß Sayonara, Sara.

TreeHouse. Ein Bild aus Kindertagen, ein Ort, um der realen Welt der Erwachsenen und ihrer Vorschriften zu entkommen. Aber wer schlich sonst noch draußen vor dem Spielplatz herum, außer Reichweite der Behörden? Schlägertypen. Üble Strolche. Richtige Verbrecher.

Mit weit offenen Augen saß Orlando im Dunkeln und lauschte dem Nichts.

Kapitel

Besuch von Jeremiah

NETFEED/SPORT:
Karibenjunge unterschreibt Vertrag als "Versuchskaninchen"
(Bild: Bando bei einem Streetballspiel)
Off-Stimme: Der zwölfjährige Solomon Bando aus der Dominikanischen Republik wird als erstes Kind einer Hormonbehandlung im Auftrag und auf Kosten eines professionellen Lizenzssportvereins unterzogen. Bandos Eltern unterschrieben einen Vertrag mit den Ensenada ANVAC Clippers von der World Basketball Association, nachdem ihr Sohn aus mehreren hundert Bewerbern als optimaler Kandidat für eine Serie von aufbauenden Hormonbehandlungen und Knochentransplantationen ausgesucht worden war, mit deren Hilfe er als Erwachsener eine Körpergröße von wenigstens zwei Meter dreißig erreichen soll.
(Bild: Roland Krinzy, Vizepräsident der Clippers)
Krinzy: "Wir planen für die Zukunft, nicht nur für den Augenblick. Unsere Fans wissen das zu schätzen."

> Renie sortierte sich umständlich ihre Einkaufstüten zurecht, um sie einigermaßen gut tragen zu können. Der Bus schnaufte und rollte auf halb platten Reifen langsam davon, um weitere Seelen an weiteren Straßenecken abzusetzen, wie ein seltsames Tier, das den Rand seines Territoriums mit Duftmarken versah.

Während sie im Bus gesessen hatte, war es draußen noch heißer geworden, obwohl die Sonne schon tief am Horizont hing; sie fühlte, wie ihr der Schweiß den Nacken und das Rückgrat hinunterrieselte. Vor dem Brand war ihre Haltestelle nur ein paar Straßen von ihrer Wohnung entfernt gewesen, und schon die Distanz war ihr am Ende eines Arbeitstages immer als furchtbare Strapaze erschienen. Nur zwei Wochen später blickte sie mit nostalgischer Wehmut auf die gute alte Zeit zurück.

Die Straßen von Lower Pinetown waren wie gewöhnlich zu dieser Tageszeit voll. Leute aller Altersgruppen standen und saßen in Hauseingängen und auf Treppenstufen herum, tratschten von Tür zu Tür oder sogar über die Straße hinweg mit den Nachbarn und brüllten sich lautstark saftige Sprüche zu, damit alle in Hörweite mitlachen konnten. Mitten auf der Straße trug eine Gruppe junger Männer ein Fußballmatch aus, aufmerksam verfolgt von einer Horde Kinder, die auf den Bürgersteigen mit der jeweils angreifenden Mannschaft von einem Ende der Straße zum anderen liefen, und weniger aufmerksam von den Zaungästen auf den Verandas. Die meisten Spieler hatten nur Shorts und abgestoßene Takkies an. Renie betrachtete die Bewegungen ihrer schweißglänzenden Körper und hörte sie lachen und rufen und verspürte dabei ein tiefes, hohles Verlangen nach einem, der sie in den Arm nahm und sie liebte.

Zeitverschwendung, Frau. Viel zu viel Arbeit.

Einer der jungen Männer beim Spiel, gertenschlank und kahlrasiert, sah ein wenig aus wie ihr früherer Freund Del Ray, hatte sogar etwas von seinem rotzigen Charme. Einen Moment lang war er es, der dort vor ihr auf der Straße lief, obwohl sie wußte, daß der junge Bursche, der ihre Aufmerksamkeit erregt hatte, Jahre jünger war. Sie fragte sich, was der wirkliche Del Ray wohl machte, wo er in diesem Augenblick war. Sie hatte schon eine ganze Weile nicht mehr an ihn gedacht und war sich nicht sicher, ob sie sich freute, an ihn erinnert zu werden. War er nach Johannesburg gegangen, wie er es immer geschworen hatte? Bestimmt hatte ihn nichts davon abhalten können, in die Politik zu gehen und auf der Leiter des Ruhms nach oben zu steigen - Del Ray war sehr ehrgeizig gewesen. Oder war er noch hier in Durban und kam vielleicht gerade von der Arbeit nach Hause zu seiner wartenden Frau? Es war mindestens fünf Jahre her, seit sie ihn das letzte Mal gesehen hatte, und in der Zeit konnte alles mögliche passiert sein. Er konnte Kinder haben. Genauso gut konnte er tot sein.

Sie zitterte ein wenig und merkte dabei, daß sie mitten auf dem Bürgersteig stehengeblieben war. Der junge Mann, der gerade vor der ganzen Meute hersauste und mit dem abgescheuerten Ball dribbelte, flog an ihr vorbei. Sie sah ein goldenes Blitzen in seinem angestrengten Grinsen. Eigentlich sah er Del Ray gar nicht besonders ähnlich.

Eine Schar kleiner Kinder fegte an ihr vorbei wie eine Meereswelle, immer hinter dem auf das Tor zuflitzenden jungen Mann her, der gar nicht ihr früherer Freund war. Sie mußte ihre Tüten festhalten, als der schreiende Haufen vorbeistürmte, und setzte sich dann wieder in Bewegung. Nach wenigen hundert Metern war sie an den Verandas vorbei und in dem kleinen und ziemlich deprimierenden Einkaufsviertel.

Ihr Blick blieb an einem Kleid in einem Schaufenster hängen. Sie ging langsamer. Der helle Stoff hatte einen eigentümlichen Glanz, und das schräg fallende Sonnenlicht schien unregelmäßig darauf zu spielen. Es war seltsam, aber irgendwie faszinierend, und sie blieb stehen, um es sich genauer anzuschauen. Es war lange her, seit sie sich zum letztenmal Sachen gekauft hatte, die nicht bloß praktisch waren.

Mit einem leisen Gefühl siegreichen Märtyrertums schüttelte sie den Kopf. Wenn sie jemals ihr Geld hatte sparen müssen, wenn sie sich jemals etwas nicht hatte leisten können, bloß weil sie es hübsch fand, dann jetzt.

Als sie sich wieder zum Bürgersteig umdrehte, fiel ihr eine Bewegung in oder hinter der spiegelnden Scheibe ins Auge. Einen Moment lang meinte sie, es sei jemand im Schaufenster, aber aus einem anderen Blickwinkel sah sie, daß das Fenster bis auf die Kleiderpuppen leer war. Etwas hatte sich ganz dicht hinter ihr bewegt. Sie fuhr herum, aber sah nur noch den Streifen eines dunklen Kleidungsstücks in der nächsten Seitenstraße verschwinden. Neben ihr auf dem Bürgersteig schauten zwei junge Frauen, die in die andere Richtung gingen, mit leicht verblüfftem Gesichtsausdruck über die Schulter, als blickten sie hinter dem- oder derjenigen her.

Renie schob ihre Tasche zurecht und schritt ein wenig zielstrebiger aus. Es war nicht nach Einbruch der Dunkelheit, und sie war auch nicht der einzige Mensch auf der Straße. Eine kleine Schar stand nur hundert Schritte weiter vor dem Geschäft an der Ecke, und wenigstens ein halbes Dutzend Leute war noch näher an ihr dran. Es konnte ja sein, daß sie irgendwie in Schwierigkeiten steckte, aber es war gefährlich, sich einzureden, daß man verfolgt wurde.

Als sie wartete, um über die Straße zu gehen, schaute sie sich beiläufig um. Ein schlaksiger Mann, der ein dunkles Hemd und eine Sonnenbrille mit Metallrahmen trug, blickte starr in das Schaufenster mit dem Kleid. Er erwiderte ihren Blick nicht und verriet durch nichts, daß er sie überhaupt zur Kenntnis genommen hatte, aber sie hatte dennoch das Gefühl, daß eine Art Wachsamkeit von ihm ausging.

Vielleicht fürchtete sie sich schon vor ihrem eigenen Schatten. Andererseits, sagte man das nicht, wenn einen jemand verfolgte – daß man beschattet wurde?

Es ist gefährlich zu glauben, daß man verfolgt wird, aber vielleicht ist es auch gefährlich, es nicht zu glauben.

Sie betrat das Geschäft an der Ecke, obwohl sie ihre Einkäufe schon in der Nähe der TH erledigt hatte, wo die besseren Läden waren. Als sie mit einer Limonade in der Hand wieder herauskam, war von dem Mann im dunklen Hemd nichts mehr zu sehen.

Die Unterkunft war einmal ein LKW-Depot gewesen, und sie hatte sich trotz allem etwas von ihrer früheren Gemütlichkeit und Wärme bewahrt. Die zwölf Meter hohen Decken hatten Lücken an den Stellen, wo das billige Wellfibramic nicht ganz zusammenstieß. Der Fußboden war aus Beton, hier und da noch schwarz von alten Ölflecken. Das Sozialamt von Groß-Durban hatte getan, was es konnte, hauptsächlich mit Freiwilligenhilfe – der riesige Raum war mit Preßspanplatten in wabenartige Kojen aufgeteilt worden, vor die man Vorhänge hängen konnte, und in einem großen, mit Teppichen ausgelegten Gemeinschaftsbereich in einer Ecke gab es einen Wandbildschirm, einen großen Gasofen, Wurfscheiben und einen alten Billardtisch –, aber das Gebäude war nach der Überschwemmung drei Jahre zuvor im Eilverfahren umgewandelt worden, und seitdem hatte man nichts mehr daran gemacht. Zu der Zeit war es nur als vorübergehende Unterbringung der Flutopfer aus den tiefer gelegenen Stadtteilen gedacht gewesen, aber nachdem die Überschwemmung zurückgegangen war, hatte die Stadt das Gebäude behalten. Zwischen den relativ raren Notfällen vermietete sie es für Tanzveranstaltungen und politische Versammlungen, obwohl es einen Kern von Bewohnern hatte, die nie andere Wohnungen fanden.

Die Unterkunft zu behalten, hatte jedoch nicht bedeutet, sie verbessern zu können. Renie rümpfte die Nase, als sie den offenen Bereich nahe des Eingangs durchquerte. Wie konnte ein Raum, der bei kaltem Wetter so zugig war, im Sommer dermaßen die Hitze halten und stinken?

Sie stellte die Tüten in der drei mal vier Meter großen Zelle ab, die ihre Notbehausung war. Ihr Vater war nicht da, aber damit hatte sie auch nicht gerechnet. Sie zog den Zündstreifen an einer Zigarette, schleuderte ihre Schuhe von sich und machte dann den Vorhang zu, damit sie ihre Arbeitskleidung wechseln und so einigermaßen sauber halten konnte. Nachdem sie sich in Shorts und ein locker sitzendes Hemd geworfen hatte, stellte sie die Lebensmittel in den winzigen Kühlschrank, setzte den Kessel auf die Kochplatte, drückte ihre Zigarette aus und machte sich auf die Suche nach Long Joseph.

Sie fand ihn vor dem Wandbildschirm mit dem üblichen Klüngel von Männern, manche in seinem Alter, manche jünger. Sie guckten sich ein Fußballmatch an, das auf irgendeinem grünen Rasen ausgetragen wurde, ein Spiel zwischen gut bezahlten Profis in einer der kommerziellen Arenen im Nirgendwo, die nur als Übertragungsorte existierten; das echte Spiel auf der Straße nur unweit entfernt fiel ihr ein. Was brachte die jungen Männer aus dem Sonnenschein nach drinnen und machte aus ihnen die nur wenig älteren Männer hier - maulfaul, aber streitlustig, seicht, ohne anderen Ehrgeiz, als den lieben langen Nachmittag über bei ein paar Bierchen in einem dampfigen Lagerhaus zu sitzen? Wie ging das zu, daß Männer zuerst so stark waren, so vital, und dann so miesepetrig wurden?

Ihr Vater sah bei ihrem Kommen auf und versuchte mit einer schuldbewußten Reflexbewegung sein Bier zu verstecken. Sie ignorierte es. »Ich mach Kaffee, Papa, danach sollten wir Stephen besuchen gehen.«

Er warf der dicht ans Bein gehaltenen Flasche einen verstohlenen Blick zu. Sie war fast leer. Die anderen Männer beobachteten gespannt den Bildschirm. Renie hatte einmal eine Kollegin sagen hören, Männer seien wie Hunde. Wenn das stimmte, dann war das niemals offensichtlicher, als wenn sie die Bewegung eines Balles verfolgten. Long Joseph kippte den letzten Schluck hinunter und stellte dann die Flasche demonstrativ auf den Betonboden. »Ich komm schon. Muß den Jungen besuchen gehen.«

Als sie über die weite Fläche zurückgingen, meinte Renie, den Mann im dunklen Hemd wieder zu sehen, diesmal als Silhouette im Eingang, aber im hinter ihm hereinströmenden Gegenlicht war das nicht sicher zu sagen. Sie schluckte ein Gefühl der Beklemmung hinunter. Selbst wenn er es war, hatte das nichts zu besagen. Fast fünfhundert Leute wohnten hier in der Unterkunft, und noch viele mehr kamen tagsüber herein und hielten sich darin auf. Sie kannte nur die paar Dutzend anderen Obdachlosen aus ihrem ausgebrannten Wohnblock.

Sie schaute noch einmal hin, als das Licht ihr nicht in die Augen fiel, aber konnte ihn nirgends mehr erblicken.

»Früher war's gut«, sagte ihr Vater plötzlich. »Jeder Tag. Gut, was zu tun.«

»Was?«

»Die Arbeit. Als Elektriker. Feierabend machen, das Werkzeug wegpacken, mit den Freunden noch einen trinken gehen. Gut, was getan zu haben und fertig zu sein. Aber dann is die Sache mit meinem Rücken gekommen.«

Renie sagte nichts. Das Rückenleiden hatte sich ihr Vater in dem Jahr zugezogen – wenigstens behauptete er das –, als ihre Uma' Bongela gestorben war, ihre Großmutter, die sich nach dem Tod ihrer Mutter beim Kaufhausbrand um die Kinder gekümmert hatte. Zeitgleich mit der Verletzung hatte auch Long Josephs Interesse am Trinken wesentlich zugenommen, dies und die Sitte, so spät von seinen feuchtfröhlichen Abenden heimzukehren, daß Renie ihren kleinen Bruder gewöhnlich schon zu sich ins Bett genommen hatte, damit er nicht mehr so weinte. Sie hatte immer ihre Zweifel an seinem Rückenleiden gehabt.

Es sei denn, man verstand es so, daß die ständige schwere Arbeit und dann die zusätzliche, fast untragbare Last, erst die Frau und dann noch die Schwiegermutter zu verlieren und als alleiniger Erzieher zweier Kinder übrigzubleiben, ihn dermaßen gedrückt hatten, bis einfach ein Punkt erreicht war, wo er sich nicht wieder aufrichten konnte. Auch das ließ sich in gewisser Weise als Rückenleiden bezeichnen.

»Du könntest es immer noch, denke ich.«

»Was?« Er hatte beim Gehen gedankenverloren in die Ferne geschaut.

»Als Elektriker arbeiten. Es gibt hier weiß Gott jede Menge Leute mit Problemen. Ich wette, sie würden sich über deine Hilfe freuen.«

Er warf ihr einen kurzen bösen Blick zu, bevor er wieder geradeaus starrte. »Mein Rücken.«

»Mach einfach nichts, wodurch er schlimmer wird. Ich bin sicher, es gibt genug andere Sachen, die du machen könntest. Die Hälfte der Leute in der Unterkunft hier haben überlastete Anschlüsse, alte Kabel, schlechte Geräte. Du könntest mal rumgehen und nachschauen ...«

»Verdammt nochmal, Mädel, wenn du mich vom Hals haben willst, sag's einfach!« Er war auf einmal wütend und hatte die Fäuste geballt.

»Ich werd nich rumgehen und Leute um Arbeit anbetteln. Reicht's vielleicht nich, was ich im Monat an Rente heimbring?«

»Nein, Papa.« Mit Anfang fünfzig war er dabei, ein zänkischer alter Mann zu werden. Sie wollte ihn anfassen, aber traute sich nicht. »Nein, Papa. Es war bloß so eine Idee. Ich hätte einfach gern, daß ...«

»Daß ich mich nützlich mach? Ich bin mir nützlich genug, Mädel. Und jetzt kümmer dich um deinen eigenen Kram.«

Sie gingen schweigend in ihre Koje. Long Joseph setzte sich aufs Bett und nahm eine lange, kritische Prüfung seiner Slipper vor, während Renie zwei Tassen Instantkaffee machte. Als die Tabletten ausgezischt hatten, reichte sie eine Tasse ihrem Vater.

»Kann ich dich was anderes fragen, oder wirst du jetzt den ganzen Abend schlechte Laune haben?«

Er blickte sie über den Rand seiner Tasse an. »Was?«

»Wie sah der Mann vor unserm Wohnblock aus? Weißt du noch? Den du an dem Abend, als !Xabbu da war, im Wagen warten gesehen hast.«

Er zuckte mit den Achseln und pustete auf seinen Kaffee. »Woher soll ich das wissen? Es war dunkel. Hatte 'nen Bart, 'nen Hut. Wieso willst du das wissen?«

Der Mann, der sie beschattet hatte, war bartlos gewesen, aber das bewies nichts - rasieren konnte sich jeder.

»Ich ... ich mach mir Sorgen, Papa. Ich glaube, es könnte sein, daß mich jemand verfolgt.«

Sein Gesicht verfinsterte sich. »Was'n das für'n Quatsch? Dich verfolgen? Wer denn?«

»Ich weiß es nicht. Aber ... aber ich glaube, ich bin jemand auf die Füße getreten. Ich hab ein paar Nachforschungen angestellt, wegen dem, was mit Stephen passiert ist. Auf eigene Faust.«

Immer noch finsteren Blicks schüttelte Long Joseph den Kopf. »Was redst du da für'n dummes Zeug, Mädel? Wer soll dich verfolgen? Ein verrückter Doktor?«

»Nein.« Sie legte ihre Hände um die Tasse, trotz des heißen Tages irgendwie glücklich über die Wärme. »Ich glaube, was ihm zugestoßen ist, hat mit dem Netz zu tun. Ich kann's nicht erklären, aber das denke ich jedenfalls. Deshalb bin ich meine alte Professorin besuchen gefahren.«

»Und was hat dir die alte weiße Hexe genützt?«

»Herrgott, Papa! Ich versuche, mit dir zu reden! Du hast von Susan Van Bleeck keinen blassen Dunst, also sei einfach still!«

Er machte Anstalten aufzustehen, so daß sein Kaffee überschwappte. »Wirst du wohl sitzen bleiben! Ich rede mit dir über was Wichtiges. Hörst du mir jetzt vielleicht mal zu? Ich bin nicht die einzige Angehörige, die Stephen hat, oder? Er ist auch noch dein Sohn.«

»Und ich geh heut abend zu ihm.« Long Joseph war tief getroffen in seinem Stolz, obwohl das erst sein fünfter Besuch war und alle auf Renies energisches Drängen hin erfolgt waren. Aber er hatte sich wieder hingesetzt und schmollte jetzt wie ein gescholtenes Kind.

Sie erzählte ihm so viel, wie sie konnte, wobei sie die gewagteren Spekulationen für sich behielt und die Geschichte von ihrer letzten Stunde in Mister J's ganz ausließ. Sie war zu alt und viel zu unabhängig, um sich von ihm etwas verbieten zu lassen, aber sie durfte die Möglichkeit nicht außer acht lassen, daß er beschloß, sie vor sich selbst zu schützen, und zu dem Zweck vielleicht ihr Pad oder andere Geräte demolierte, nachdem er sich mit ein paar Drinks ins Gedächtnis gerufen hatte, daß er unter anderem von kriegerischen Zulus abstammte. Sie konnte ihre Ermittlungen vom Arbeitsplatz aus weiterführen, wenn es sein mußte, aber sie hatte die TH schon tiefer mit hineingezogen, als ihr lieb war, und außerdem war sie wegen ihrer Krankheit mit der Arbeit weit im Rückstand.

Long Joseph war merkwürdig still, als sie mit ihren Erklärungen fertig war. »Wundert mich nich, daß du dich fast umbringst, wenn du den ganzen Tag arbeitest und dann noch mit dem ganzen andern Kram rummachst«, sagte er schließlich. »Klingt mir alles nach 'nem Haufen dummes Zeug. Irgendwas in 'nem Computer soll den Jungen krank gemacht haben? Sowas hab ich noch nie gehört.«

»Ich weiß es nicht. Ich erzähl dir bloß, was ich in letzter Zeit gedacht und gemacht hab. Ich hab keine Beweise.«

Bis auf ein sehr verschwommenes Bild von einer Stadt, dachte sie. *Und das auch nur, weil ich mein Pad mit zu Susan genommen habe. Nur weil ich nicht zuhause war, als das Feuer ausbrach.*

Als ob er ihre Gedanken gehört hätte, sagte ihr Vater abrupt: »Du denkst, jemand hat unsre Wohnung angesteckt?«

»Ich ... ich weiß es nicht. Ich will nicht glauben, daß es so ernst ist. Ich bin davon ausgegangen, daß es nur ein ganz normaler Hausbrand war, ein Unfall.«

»Weil, wenn du dich mit den falschen Leuten anlegst, zünden sie dir das Dach überm Kopf an. Das weiß ich, Mädel. Ich hab's erlebt.« Long

Joseph streckte die Beine aus und starrte auf seine strumpfsockigen Füße. Trotz seiner Länge wirkte er plötzlich sehr klein und sehr alt. Er beugte sich vor und grunzte leise, als er am Boden nach seinen Schuhen tastete. »Und jetzt denkst du, jemand verfolgt dich?«

»Kann sein. Ich weiß es nicht. Im Moment weiß ich gar nichts mehr.«

Verdrossen und ein klein wenig ängstlich schaute er zu ihr hoch. »Ich weiß auch nich, was ich sagen soll, Irene. Ich hoff nur ungern, daß meine Tochter nich ganz richtig im Kopf is, aber die andere Vorstellung gefällt mir nich besonders.« Er richtete sich auf, die glücklich gefundenen Schuhe in der Hand. »Ich zieh die jetzt an, und dann gehn wir den Jungen besuchen.«

> Nach dem Besuch führte sie ihren Vater in den Umkleideraum, damit er seinen Ensuit ausziehen konnte, dann legte sie umständlich ihren ab, faltete ihn sogar zusammen, bevor sie ihn in den gekennzeichneten Wäscheschacht warf. Als sie fertig war, ging sie auf die Toilette, setzte sich auf den Klodeckel und weinte. Das Weinen fing klein an, aber wenig später bekam sie schon kaum mehr Luft. Sogar ihre Nase lief, aber das kümmerte sie nicht.

Er war dort, irgendwo. Ihr Stephen, ihr kleiner Bruder, das Baby mit den verwunderten Augen, das immer zu ihr ins Bett gekrochen war, war irgendwo dort drinnen in diesem Körper. Die Lichter an den Apparaten, die Meßgeräte an seinem Schädel, das ganze Instrumentarium der modernen Medizin - oder was dem Klinikum Durban Outskirt davon zur Verfügung stand -, alles zeigte an, daß er nicht hirntot war. Noch nicht. Aber seine Glieder verkrampften sich mit jedem Tag mehr, und seine Finger hatten sich trotz der Physiotherapie zu festen Fäusten verkrallt. Wie hatte dieser schreckliche, schreckliche Ausdruck gelautet? »Gleichbleibender vegetativer Zustand.« Wie eine schrumplige Wurzel. Nichts übrig als ein im Boden steckender Rest, innerlich wie äußerlich dunkle Reglosigkeit.

Sie konnte ihn nicht fühlen - das war das Schrecklichste. !Xabbu hatte gemeint, seine Seele sei irgendwo anders, und obwohl das genau die spiritualistische Leier war, die sie normalerweise mit einem Nicken quittierte und ansonsten im stillen verachtete, mußte sie zugeben, daß sie dasselbe Gefühl hatte. Der Körper war der von Stephen, und er war noch am Leben, aber der wirkliche Stephen war nicht darin.

Aber worin bestand dann noch der Unterschied zu einem gleichbleibenden vegetativen Zustand?

Sie war müde, so müde. Je mehr sie rannte, um so weniger schien sie vom Fleck zu kommen, und sie wußte nicht, wo sie die Kraft hernehmen sollte, weiterzurennen. In solchen Momenten kam ihr sogar ein furchtbarer Tod wie der ihrer Mutter im Vergleich wie ein Segen vor - wenigstens hatte das Opfer Ruhe und Frieden und die trauernde Familie eine gewisse Erlösung.

Renie riß einen Streifen grobes Toilettenpapier ab und putzte sich die Nase, dann noch einen, um sich Augen und Wangen abzuwischen. Ihr Vater wurde wahrscheinlich langsam ungeduldig. Die alten Zeitschriften, die im Wartezimmer herumlagen, waren nicht von der Sorte, die ihn auf längere Zeit fesseln konnte. Woran lag das? Wurden Klinikzeitschriften immer nur von freundlichen alten Damen angeschafft? Die Knappheit an Sportberichten und halbnackten Frauen zeigte, daß der Lesestoff nie von Männern ausgesucht wurde.

Sie tupfte ihr Gesicht noch ein wenig ab, als sie vor dem Spiegel stand. Der Geruch des Desinfektionsmittels war so stark, daß sie meinte, ihre Augen würden gleich wieder zu tränen anfangen. Das wäre doch klasse, dachte sie grimmig - du gibst dir mit Mühe und Not den Anschein, nicht geweint zu haben, und dann kommst du trotzdem mit heulenden Augen aus dem Klo. Sie drückte sich ein letztes Mal trotzig die Wimpern trocken.

Ihr Vater war in der Tat ungeduldig geworden, aber er hatte eine Ablenkung gefunden. Er pesterte eine fein gekleidete Frau, die nur wenig älter war als Renie. Sie war bis ganz ans Ende der Couch gerutscht, um Long Josephs Nachstellungen zu entgehen. Als Renie herantrat, schob sich ihr Vater gerade noch ein Stück näher.

»... ein Mordsradau, kann ich dir sagen. Feuerwehr, Hubschrauber, Krankenwagen ...« Er schilderte den Brand in ihrem Wohnblock. Renie mußte leicht grinsen. Vielleicht hatte sie ihm mit ihrem Auftauchen die Geschichte verdorben, wie er die ganzen Frauen und Kinder eigenhändig aus dem Haus getragen hatte.

»Komm jetzt, Papa«, begann sie, da erkannte sie, daß die Frau Patricia Mwete war, Sokis Mutter. Sie hatten sich seit der katastrophalen Unterhaltung, bei der Stephens Freund urplötzlich einen Anfall bekommen hatte, nicht mehr gesprochen. »Oh, hallo, Patricia«, sagte sie höflich. »Papa, das ist Sokis Mutter. Tut mir leid, daß ich dich nicht gleich erkannt habe.«

Die andere betrachtete ihr Gesicht, das allen Bemühungen zum Trotz zweifellos immer noch verweint war, mit einer eigentümlichen Mischung aus Furcht und beklommenem Mitgefühl. »Hallo, Irene. Sehr erfreut, Herr ...« Sie nickte vorsichtig in Long Josephs Richtung, offensichtlich noch nicht sicher, ob sie befürchten mußte, daß er auf der Couch weiter auf sie zurutschte.

Renie zögerte einen Moment und wußte nicht, was sie sagen sollte. Sie wollte Patricia fragen, weshalb sie hier war, aber die merkwürdige Rücksichtnahme, die in Krankenhauswartezimmern geradezu abergläubisch geübt wurde, ließ es nicht zu. »Wir haben Stephen besucht«, sagte sie statt dessen.

»Wie geht's ihm?«

Renie schüttelte den Kopf. »Unverändert.«

»Man muß so 'nen blödsinnigen Anzug anziehn«, warf Long Joseph ein. »Als wenn der Junge Fieber hätt oder so.«

»Es ist nicht deswegen ...«, begann Renie, aber Patricia unterbrach sie. »Soki ist nur zur Überprüfung hier. Drei Tage, zwei Nächte. Nur Routine.« Sie sagte das letzte trotzig, wie um gleich zu verhindern, daß Renie etwas anderes behauptete. »Aber er fühlt sich so einsam, deshalb komme ich ihn nach Feierabend besuchen.« Sie hob eine Tüte hoch. »Ich habe ihm Obst mitgebracht. Trauben.« Sie schien selbst den Tränen nahe zu sein.

Renie wußte, daß Sokis Beschwerden weder so leicht noch so vorübergehend gewesen waren, wie Patricia bei ihrer letzten Unterredung behauptet hatte. Sie wollte mehr fragen, aber fand nicht, daß es der richtige Zeitpunkt war. »Grüß ihn ganz herzlich von mir. Wir müssen los. Ich hab morgen einen langen Tag vor mir.«

Während ihr Vater den anscheinend recht komplizierten Vorgang des Aufstehens in Angriff nahm, legte Patricia plötzlich ihre Hand auf Renies Arm. »Dein Stephen«, sagte sie, dann stockte sie. Die Maske wohldosierter Sorge war abgefallen, und dahinter kam das blanke Entsetzen zum Vorschein.

»Ja?«

Patricia schluckte und schwankte ein wenig, als wollte sie gleich ohnmächtig werden. Ihr strenges Busineßkostüm schien das einzige zu sein, was sie noch aufrecht hielt. »Ich hoffe, es geht ihm bald besser«, beendete sie ihren Satz halbherzig. »Ich hoffe, es geht ihnen allen bald besser.«

Long Joseph war bereits auf dem Weg zum Ausgang. Renie sah ihm ein wenig besorgt hinterdrein, als ob auch er ein leidendes Kind wäre. »Ich auch, Patricia. Vergiß nicht, Soki von mir zu grüßen, okay?«

Patricia nickte und ließ sich wieder auf der Couch nieder. Ohne hinzuschauen, langte sie nach einer Zeitschrift auf dem Tisch.

»Sie wollte mir was sagen«, sinnierte Renie, während sie auf den Bus warteten. »Entweder das, oder sie wollte mich was wegen Stephen fragen.«

»Was redest du da?« Ihr Vater stieß mit der Schuhspitze einen weggeworfenen Plastikbeutel an.

»Ihr Sohn Soki ... ihm ist auch irgendwas zugestoßen. Während er im Netz war. Wie Stephen. Ich hab gesehen, wie er danach einen Anfall hatte.«

Long Joseph blickte zum Krankenhauseingang zurück. »Ihr Junge liegt auch im Koma?«

»Nein. Mit ihm muß irgendwas anderes passiert sein. Aber es hat sein Gehirn angegriffen. Das weiß ich.«

Sie saßen schweigend nebeneinander, bis der Bus vorfuhr. Als ihr Vater auf seinem Platz saß, wandte er sich ihr zu. »Jemand sollte diese Netzleute finden und zur Rede stellen. Jemand sollte was tun.«

Ich tu was, Papa, wollte sie sagen. Doch Renie wußte, daß sie nicht die Art Jemand war, an die er dachte.

> Es war dunkel. Selbst die Sterne schienen so blaß wie Glimmerkörnchen im schwarzen Sand. Das einzige Licht im ganzen Universum, schien es, war das kleine Feuer, das in dem Steinkreis brannte.

Sie hörte Stimmen und wußte, daß es ihre eigenen Kinder waren, und doch waren sie in gewisser Weise auch ein Stamm Fremder, eine Horde, die durch unvorstellbare Länder zog. !Xabbu war einer davon, und obwohl sie ihn nicht sehen konnte, wußte sie, daß er neben ihr saß, eine Stimme im feinen Raunen unsichtbarer Seelen.

Eine tiefere Dunkelheit lag am fernen Horizont, und der Raum, den sie einnahm, war der einzige Teil des Himmels, der keine Sterne enthielt. Es war eine mächtige dreieckige Gestalt, wie eine Pyramide, aber sie ragte unglaublich weit in die Höhe, als ob sie dicht an ihrem Fuß säßen. Während sie auf den großen Schatten blickte, raunten und sangen die Stimmen um sie herum. Sie wußte, daß alle sich der hohen dunklen Masse bewußt waren. Sie fürchteten sich davor, aber auch davor, sie hinter sich zu lassen, denn es war das einzig Bekannte in der ganzen Nacht.

»Was ist das?« flüsterte sie. Eine Stimme, die ihr !Xabbus zu sein schien, gab Antwort.

»Das ist der Ort, wo der Verbrannte lebt. In dieser Nacht kommt er.«

»Wir müssen weglaufen!« Urplötzlich war ihr klar, daß da draußen außerhalb des Feuerscheins sich etwas bewegte, ein Wesen, das in der Finsternis lebte wie Fische im Wasser. Etwas Mächtiges und Nächtiges schlich sich an sie heran, und im ganzen dämmerigen Universum kam das einzige reine Licht von den Flammen dieses kleinen Feuers.

»Er wird aber nur wenige nehmen«, sagte die Stimme. »Die anderen werden sicher sein. Nur wenige.«

»Nein! Wir dürfen ihm keinen einzigen überlassen!« Sie streckte die Hand aus, doch der Arm, nach dem sie griff, zerflatterte wie Rauch. Das Raunen wurde lauter. Etwas kam näher, etwas Riesiges, das die Bäume und Steine erschütterte, das heiser schnaufte. Sie versuchte, ihren Freund zurückzureißen, aber er schien ihr in den Händen zu zergehen. »Nicht! Geh nicht!«

Die Urnacht selbst legte sich über sie, den Rachen der Finsternis weit aufgerissen ...

Nach Atem ringend setzte sich Renie auf. Das Raunen tönte ihr immer noch in den Ohren, lauter jetzt, keuchende und ächzende Stimmen. Irgend etwas rumste ganz nahe im Dunkeln. Sie wußte nicht, wo sie war.

»Gebt Ruhe da drüben!« schrie jemand, und sie erinnerte sich, daß sie in der Unterkunft waren. Aber die Geräusche waren nicht weit weg. Nur einen Meter vor ihr auf dem Fußboden wurde gerungen.

»Papa!« Sie tastete nach der Taschenlampe und knipste sie an. In ihrem Licht sah sie Leiber, die wild um sich schlugen, sich herumwälzten und gegen die Preßspanwände knallten. Sie sah den hell gestreiften Schlafanzug ihres Vaters und dicht daneben eine andere Taschenlampe liegen, die Licht verströmte wie ein umgekippter Kelch. Sie rollte vom Bett, umklammerte den Hals von Long Josephs Angreifer und schrie: »Hilfe! So helft uns doch!«

Aus anderen Kojen drangen immer noch grummelnde Laute, aber einige der Bewohner schienen sich zu ermannen. Sie ließ ihren Griff nicht locker, faßte dem Fremden in die Haare und riß seinen Kopf zurück. Er stieß einen schrillen Schmerzensschrei aus und packte ihre Hand.

Ihr Vater nutzte die kurze Ablenkung aus, um davonzukrabbeln. Der Fremde entwand sich Renies Griff, aber statt zu fliehen, kauerte er sich in eine Ecke der Koje und schlang die Arme über den Kopf, um weitere Angriffe abzuwehren. Renie richtete die Taschenlampe auf ihn, als sie ihren Vater mit einem langen stumpfen Küchenmesser in der Hand zurückkommen sah.

»Papa! Nicht!«

»Ich bring das Schwein um.« Er war völlig außer Atem. Sie roch seine säuerliche Alkoholausdünstung. »Meine Tochter zu verfolgen!«

»Das wissen wir gar nicht! Er kann sich doch auch in der Koje geirrt haben. Jetzt wart doch, verdammt!« Sie kroch ein Stück auf den geduckten Fremden zu. »Wer bist du?«

»Der hat Bescheid gewußt. Ich hab ihn deinen Namen flüstern hören.«

Renie fuhr ein Schreck durch die Glieder – konnte es !Xabbu sein, der sie suchte? Doch selbst bei dem wenigen Licht sah man, daß der Fremde viel zu groß war. Sie streckte vorsichtig die Hand aus und tippte seine Schulter an. »Wer bist du?« wiederholte sie.

Der Mann blinzelte in den Lichtstrahl. Er hatte quer über dem Haaransatz einen Schnitt, aus dem ihm das Blut über die Stirn rann. Sie brauchte lange, bis sie ihn erkannte.

»Jeremiah?« sagte sie. »Aus Doktor Van Bleecks Haus?«

Sein stierer Blick verriet, daß er sie hinter dem Lampenschein nicht erkennen konnte. »Irene Sulaweyo?«

»Ja, ich bin's. Um Gottes willen, was geht hier vor?« Sie stand auf. Mehrere Leute aus den benachbarten Kojen versammelten sich bereits draußen vor dem Vorhang, einige mit Verteidigungswaffen in der Hand. Sie ging hinaus, bedankte sich bei ihnen und erklärte, es habe sich um eine Verwechslung gehandelt. Nach und nach verliefen sie sich wieder, alle deutlich erleichtert, wenn auch einige Verwünschungen gegen ihren versoffenen Vater ausstießen.

Als sie wieder hineinkam, saß Jeremiah Dako an der Wand und beäugte ihren Vater mit einigem Mißtrauen. Renie fand die kleine elektrische Lampe und schaltete sie an, dann gab sie Dako ein paar Stück Küchenpapier, damit er sich sein blutiges Gesicht abwischen konnte.

Ihr Vater, der den Eindringling immer noch anstarrte, als ob dem jeden Moment Fell und Fänge wachsen könnten, ließ sich von ihr auf einen Klappstuhl plaziert.

»Ich kenne diesen Mann, Papa. Er arbeitet für Doktor Van Bleeck.«

»Und was schleicht er um die Zeit hier rum? Is er dein Verehrer oder was?«

Dako schnaubte entrüstet.

»Nein, ist er nicht.« Sie drehte sich um. »Aber was führt dich jetzt um ...«, sie schaute auf ihre Uhr, »um ein Uhr morgens hierher?«

»Die Frau Doktor schickt mich. Ich konnte deine Fonnummer nirgends finden.«

Sie schüttelte befremdet den Kopf. »Sie hat meine Nummer - das weiß ich sicher.«

Jeremiah blickte eine Weile starr auf das blutgetränkte Papier in seiner Hand, dann sah er mit rasch zwinkernden Augen zu Renie auf.

Alle Welt weint heute, dachte sie. *Was ist bloß los?*

»Doktor Susan ist im Krankenhaus«, stieß er heftig und verzweifelt hervor. »Es geht ihr sehr schlecht ... sehr schlecht.«

»O mein Gott.« Renie riß im Reflex noch ein paar Blätter von der Küchenrolle ab und reichte sie ihm. »Was ist passiert?«

»Ein paar Männer haben sie zusammengeschlagen. Sie sind ins Haus eingebrochen.« Dako hielt das Papier einfach in der Hand. Ein Rinnsal Blut floß auf seine Augenbraue. »Sie will dich sehen.« Er schloß die Augen. »Ich denke ... ich denke, sie stirbt vielleicht.«

> Im Vollgefühl seiner erwiesenen Wichtigkeit als Beschützer des Haushalts bestand Long Joseph zunächst darauf, sie zu begleiten. Erst als Renie ihm klarmachte, daß er womöglich etliche Stunden im Wartezimmer des Krankenhauses würde verbringen müssen, entschloß er sich, als Bollwerk gegen andere, weniger harmlose Schleicher in der Unterkunft zu bleiben.

Jeremiah fuhr zügig durch die nahezu leeren Straßen. »Ich weiß nicht, wie die Schweine reingekommen sind. Ich war außer Haus, weil es der Abend war, wo ich immer meine Mutter besuchen fahre. Sie ist schon sehr alt, und sie hat es gern, wenn ich komme und ein paar Sachen für sie erledige.« Das Papierhandtuch mit einem Rorschachmuster aus antrocknendem Blut leuchtete an seiner dunklen Stirn. »Ich weiß nicht, wie die Schweine reingekommen sind«, wiederholte er. Es war offensichtlich, daß er sich das trotz seiner Abwesenheit persönlich zum Vorwurf machte. Unter solchen Umständen, das wußte Renie, waren die Haushälter oder andere Angestellte gewöhnlich die ersten Verdächtigen, aber an Dakos Betroffenheit war kaum zu zweifeln.

»War es ein Raubüberfall?«

»Sie haben nicht viel mitgenommen - ein paar Juwelen. Aber sie haben Doktor Susan unten in ihrem Labor gefunden, also müssen sie von dem Aufzug gewußt haben. Ich denke, sie wollten sie zwingen zu verraten, wo sie das Geld hatte. Sie haben alles kaputt gemacht - alles!« Er schluchzte, dann preßte er die Lippen fest zusammen und schwieg eine Weile.

»Sie haben Sachen in ihrem Labor zerstört?«

Seine Miene verfinsterte sich. »Kurz und klein geschlagen haben sie alles. Wie wilde Tiere. Dabei haben wir nie Geld im Haus! Wenn sie stehlen wollten, warum haben sie dann nicht die Geräte gestohlen? Die sind mehr wert als die paar Rands, die wir da haben, um mal einem Lieferanten ein Trinkgeld zu geben.«

»Und woher weißt du, daß Susan mich sehen will?«

»Sie hat es mir gesagt, als wir auf den Krankenwagen gewartet haben. Sie konnte nicht viel sprechen.« Wieder schüttelte ihn ein Schluchzen. »Sie war doch bloß eine alte Frau! Wer kann sowas machen?«

Renie schüttelte den Kopf. »Furchtbare Menschen.« Sie konnte nicht weinen. Die vorbeigleitenden Straßenlaternen hatten sie in eine Art Traumzustand gelullt, als ob sie ein Geist wäre, der in ihrem Körper herumspukte. Was war bloß los? Warum stießen den Menschen um sie herum laufend so gräßliche Dinge zu? »Furchtbare, furchtbare Menschen«, sagte sie.

Schlafend sah Susan Van Bleeck aus wie ein Wesen von einem anderen Stern. Sie war mit Sensoren und Schläuchen behängt, und nur der mumienartige Verband schien ihren verfärbten und zerschlagenen Körper in einer gewissen menschlichen Form zu halten. Ihr Atem kam und ging pfeifend durch ihre leicht geöffneten Lippen. Jeremiah brach abermals in Tränen aus und sackte neben ihrem Bett auf den Boden, die Hände im Genick verschränkt, wie um zu verhindern, daß der Überdruck des Kummers ihm den Kopf wegsprengte.

Auch wenn es entsetzlich war, ihre Freundin und Professorin so zugerichtet zu sehen, hielt der Zustand kalter Distanziertheit bei Renie weiter an. Das war heute das zweite Mal - nein, gestern war es gewesen -, daß sie in einem Krankenhaus vor dem stummen Körper eines geliebten Menschen stand. Wenigstens hatte die Universitätsklinik Westville keine Bukavu-Quarantäne.

Ein junger schwarzer Arzt in einem fleckigen Kittel schaute herein, eine Brille mit geklebtem Steg auf der Nase. »Sie braucht Ruhe«, sagte er stirnrunzelnd. »Gehirnerschütterung, viele Frakturen.« Er deutete diffus auf die Station voll schlafender Patienten. »Und es ist keine Besuchszeit.«

»Sie hat nach mir verlangt«, erklärte Renie. »Sie meinte, es wäre wichtig.«

Bereits in Gedanken beim nächsten Problem runzelte er abermals die Stirn und schlurfte hinaus.

Renie borgte sich einen Stuhl von einem der anderen Betten. Der Patient darin, ein völlig ausgemergelter junger Mann, wurde blinzelnd wach und beobachtete sie mit dem Blick eines eingesperrten Tieres, aber sagte nichts und rührte sich nicht. Sie trat ans Bett zurück, setzte sich für ihre Nachtwache in eine bequeme Position und hielt Susans weniger dick verbundene Hand.

Sie war in einen Halbschlaf gesunken, als sie einen Druck an den Fingern spürte. Sie setzte sich auf. Doktor Van Bleecks Augen waren offen und flohen hin und her, als ob sie von huschenden Schatten umgeben wäre.

»Ich bin's, Renie.« Sie drückte sanft zu. »Irene. Jeremiah ist auch hier.«

Susan starrte sie einen Moment an, dann entspannte sie sich. Ihr Mund war offen, aber hinter dem Schlauch kam nichts heraus als ein trockenes Geräusch wie von einer leeren Papiertüte, die über eine Straße geweht wird. Renie stand auf, um Wasser zu holen, aber Dako, der neben ihr kniete, deutete auf das Schild »Keine orale Nahrungsaufnahme«, das am Bettständer hing. »Sie haben ihr den Kiefer gedrahtet.«

»Du brauchst sowieso nicht zu reden«, sagte Renie zu ihr. »Wir bleiben einfach hier bei dir.«

»Ach, Großmütterchen.« Jeremiah preßte die Stirn auf den Arm voller Schläuche. »Ich hätte da sein sollen. Wie konnte ich das geschehen lassen?«

Susan löste ihre Hand aus Renies Griff und hob sie langsam hoch, bis sie Dakos Gesicht berühren konnte. Tränen liefen ihm über die Wangen und in ihre Binden. Dann legte sie langsam und behutsam ihre Hand wieder in Renies.

»Kannst du Fragen beantworten?«

Ein Druck.

»Zweimal drücken heißt nein, okay?«

Wieder ein Druck.

»Jeremiah sagt, du wolltest mich sehen.«

Ja.

»Wegen der Sache, über die wir geredet haben? Der Stadt?«

Ja.

Renie kam der Gedanke, es könnte vielleicht ein Mißverständnis sein, da das Zudrücken immer nur einmal erfolgte. Susans Gesicht war so geschwollen, daß man nicht einmal ihren Ausdruck sicher deuten konnte; nur ihre Augen bewegten sich.

»Willst du, daß ich nach Hause gehe und dich schlafen lasse?«

Zweimal der Druck, recht fest. *Nein.*

»Okay, dann laß mich überlegen. Hast du die Stadt auf dem Bild gefunden?«

Nein.

»Aber du hast etwas darüber rausgefunden.«

Ein leichteres und längeres Drücken.

»Vielleicht?«

Ja.

Renie zögerte. »Die Männer, die dich verletzt haben ... hatten die etwas damit zu tun? Worüber wir geredet haben?«

Wieder ein langer, langsamer Druck. *Vielleicht.*

»Ich versuche, mir Ja-nein-Fragen auszudenken. Das ist wirklich schwierig. Meinst du, du könntest schreiben oder tippen?«

Eine lange Pause, dann ein zweimaliges Drücken.

»Gibt es jemand, mit dem ich reden sollte? Jemand, der dir Informationen gegeben hat und der mir dieselben Informationen geben könnte?«

Nein. Dann, einen Augenblick später, ein erneuter Druck. *Ja.*

Renie nannte rasch die Namen sämtlicher Kollegen von Susan, an die sie sich erinnern konnte, aber erhielt zu allen eine negative Reaktion. Sie ging diverse Polizeiressorts und Netzwerkstellen durch, aber ebenso erfolglos. Verzweifelnd malte sie sich aus, wie viel Zeit ein Ausscheidungsvorgang rein mittels eines manuellen Binärverfahrens beanspruchen würde, als Susan auf einmal ihre Hand weiter in Renies hineinschob und sie umdrehte, so daß alle ihre Finger auf Renies Handfläche lagen. Sie bewegten sich sporadisch wie die Beine eines sterbenden Falters. Renie faßte die Hand der alten Frau, um sie irgendwie zu trösten. Susan zischte sie an.

»Was?«

Die Professorin bewegte wieder mühsam ihre Finger in Renies Hand. Während das Drücken mit der ganzen Hand leicht zu verstehen gewesen war, waren diese Bewegungen so schwach und so krampfartig, daß sie völlig unkontrolliert wirkten. Renie wußte nicht mehr weiter. »Das ist furchtbar. Es muß etwas Besseres geben - tippen, Zettel schreiben.«

»Sie kann nicht tippen«, sagte Jeremiah kummervoll. »Schon vorhin nicht, als sie noch reden konnte. Ich hab's versucht. Ich habe ihr ihr Pad gegeben, als sie sagte, ich soll dich anrufen, aber sie konnte die Squeezertasten nicht fest genug drücken.«

Susan stupste abermals schwach gegen Renies Handfläche, und ihre Augen funkelten in dem entstellten rotvioletten Gesicht. Renie riß die Augen auf.

»Das ist es! Das macht sie! Sie tippt!«

Susan machte die Hand wieder auf und drückte Renies Finger.

»Aber nur mit der rechten Hand?«

Ein zweimaliges Drücken. *Nein.* Susan machte eine Stoßbewegung mit dem Handballen, dann hob sie mühevoll den Arm und führte ihn auf ihre andere Seite. Renie nahm ihn und legte ihn sanft zurück.

»Ich verstehe. Wenn du so stößt, heißt das, daß du die Tipphand wechselst. Das heißt es doch, nicht wahr?«

Ja.

Es war immer noch eine langwierige Prozedur. Susan hatte große Schwierigkeiten, Renie begreiflich zu machen, welche Squeezertasten die Finger ihrer rechten Hand drückten, wenn sie die der linken sein sollten. Mit häufigen Unterbrechungen für Ja-nein-Bestätigungen und -Korrekturen dauerte es fast eine Stunde, bis sie mit ihrer Mitteilung fertig war. Susan war unterdessen ständig schwächer geworden, und die letzte Viertelstunde über hatte sie kaum mehr die Finger bewegen können.

Renie starrte die Buchstaben an, die sie an den Rand des Klinikspeisezettels notiert hatte. »E-N-S-E-D-L-E-K-R-E-S-V-R-S-I-H-T. Aber das gibt keinen Sinn. Es kann nicht ganz vollständig sein.«

Ein letztes, erschöpftes Drücken.

Renie stand auf und beugte sich über das Bett, um mit den Lippen Susans blutrot angeschwollene Wange zu streifen. »Irgendwie werde ich's rauskriegen. Aber wir haben dich viel zu lange wach gehalten. Du mußt jetzt schlafen.«

Auch Jeremiah erhob sich. »Ich fahre dich zurück.« Er beugte sich über seine Arbeitgeberin. »Dann komme ich sofort zurück, Großmütterchen. Hab keine Angst.«

Susan machte ein pfeifendes Geräusch, das beinahe ein Stöhnen war. Er blieb stehen. Mit deutlicher Verzweiflung über ihre Unfähigkeit zu sprechen blickte sie erst ihn und dann Renie an. Ihre Augen blinzelten langsam, einmal, zweimal.

»Ja, du bist müde. Schlaf jetzt.« Dako beugte sich ebenfalls vor und küßte sie. Renie fragte sich, ob er das vielleicht gerade zum erstenmal getan hatte.

Auf dem Weg zum Auto hatte sie plötzlich das Gefühl zu wissen, was dieses Blinzeln hatte sagen wollen. *Lebt wohl.*

Als Dako sie absetzte, war es schon nach vier Uhr morgens. Sie war zu randvoll von erbittertem Zorn, um zu schlafen, und verbrachte deshalb die Stunden vor Tagesanbruch an ihrem Pad mit Versuchen, irgendeine Ordnung hinter der Buchstabenfolge herauszufinden, die Doktor Van Bleeck ihr diktiert hatte. Die Datenbanken des Netzes spuckten Hunderte von Namen aus aller Welt aus – ein Dutzend kam allein aus Ungarn und fast genauso viele aus Thailand –, in denen die meisten der Buchstaben vorkamen, doch keiner stach ihr besonders ins Auge. Aber wenn sie keine besseren Ergebnisse bekommen konnte, mußte sie jeden einzelnen davon kontaktieren.

Sie sah zu, wie ein Entschlüsselungsalgorithmus, den sie von der Hochschulmediathek heruntergeladen hatte, Tausende von Kombinationen zusammenstellte, die für kleinere Abschnitte der Buchstabenfolge paßten, eine schwindelerregende Liste, bei der ihr die Augen weh taten und der Schädel brummte.

Renie rauchte und beobachtete den Bildschirm, wenn sie die nächste Abfrage, die ihr eingefallen war, eingegeben hatte. Das erste Tageslicht stahl sich durch die Ritzen im Dach. Ihr Vater schnarchte selig in seinem Bett, noch immer die Slipper an den Füßen. Irgendwo in der Unterkunft machte ein anderer Frühaufsteher ein Radio an, das Nachrichten in einer asiatischen Sprache brachte, die sie nicht kannte.

Renie war eben im Begriff, !Xabbu anzurufen, von dem sie wußte, daß er mit der Sonne aufstand, und ihm die Sache mit Susan zu erzählen, als ihr plötzlich etwas in die Augen fiel, was ihr bisher entgangen war. Die letzten sechs Buchstaben von Susan Van Bleecks mühseliger Mitteilung: V-R-S-I-H-T. Vorsicht.

Ihr Ärger über ihre verschlafene Blindheit wich rasch einem jähen Schrecken. Die Frau lag im Krankenhaus mit lebensgefährlichen Verletzungen, die ihr möglicherweise von denselben Leuten beigebracht worden waren, denen Renie ins Gehege gekommen war, und trotzdem hatte sie ihrer alten Studentin mit größter Anstrengung etwas eingeschärft, was sich eigentlich von selbst verstand. Susan Van Bleeck war niemand, die Energie verschwendete - zu ihren besten Zeiten nicht und schon gar nicht, wenn ihr jede Bewegung Qualen bereitete.

Renie ließ abermals den Codealgorithmus laufen, diesmal ohne die letzten sechs Buchstaben, und rief dann !Xabbu an. Nach einer Weile ging seine Vermieterin dran, aber ohne das Bild anzuschalten, und erklärte mürrisch, er sei nicht auf seinem Zimmer.

»Er sagt, er schläft manchmal draußen«, hakte Renie nach. »Könnte er im Garten sein?«

»Der kleine Mann ist hier nirgends, wie schon gesagt, weder drinnen noch draußen. Und ich habe den Eindruck, daß er die Nacht überhaupt nicht da war.« Grußlos beendete sie das Gespräch.

Mit wachsender Angst sah sie in der Post nach, ob vielleicht eine Nachricht von !Xabbu da war. Das war nicht der Fall, aber zu ihrer Überraschung fand sie eine Voicemail von Doktor Van Bleeck vor.

»*Hallo, Irene, tut mir leid, daß es mit der Rückmeldung so lange gedauert hat.*« Susans Stimme klang gesund und munter, und einen Moment lang war Renie völlig perplex. »*Ich werde heute abend nochmal versuchen, dich direkt zu erreichen, aber ich stecke gerade mitten in etwas drin und habe nicht viel Zeit zum Reden, deshalb wollte ich nur mal kurz Bescheid geben.*«

Die Nachricht war vor dem Angriff aufgezeichnet worden. Sie stammte aus einer anderen Welt, einem anderen Leben.

»*Ich habe noch nichts Definitives gefunden, aber ich habe ein paar Verbindungen, die sich als fruchtbar erweisen könnten. Ich muß wirklich sagen, meine Liebe, daß diese ganze Geschichte äußerst merkwürdig ist. Ich kann nirgendwo ein richtiges Gegenstück zu deinem Bild finden, und dabei habe ich jedes einzelne Groß-*

stadtgebiet auf dem Erdball unter die Lupe genommen. Ich weiß Sachen über Reykjavik, die selbst die Reykjavikinger, oder wie sie sich nennen, nicht wissen. Und obwohl ich weiß, daß du da anderer Meinung bist, habe ich auch in Bilderbanken danach suchen lassen, nur für den Fall, daß es ein Zusammenschnitt für eine Simwelt oder einen Netzfilm war. Auch das war ergebnislos.

Dafür hatte ich bei statistischen Ähnlichkeitssuchen einen gewissen Erfolg – nichts Eindeutiges, nur ein paar höchst interessante Trefferhäufungen. Martine müßte bald zurückrufen, und vielleicht hat auch sie noch ein paar Ideen. Jedenfalls werde ich nichts weiter sagen, bis ich Antworten auf einige der Anfragen habe, die ich losgeschickt habe – in meinem Alter macht man sich nicht mehr so gern zum Narren –, aber soviel kann ich sagen, daß ich ein paar alte Bekanntschaften auffrischen werde. Sehr alte Bekanntschaften.

So, meine Liebe, das wär's fürs erste. Ich wollte dich einfach wissen lassen, daß ich mich darum kümmere und es nicht vergessen habe. Und ich hoffe, du bist deinerseits nicht so sehr im Bann dieser Sache, daß du zu essen und zu schlafen vergißt. Du hattest früher die schlechte Angewohnheit, anfängliche Faulheit mit Übereifer auf den letzten Drücker wettzumachen. Keine gute Methode, Irene.

Mach's gut. Ich spreche später persönlich mit dir.«

Die Leitung klickte. Renie starrte auf ihr Pad und wünschte, sie könnte noch mehr herausholen, wollte glauben, wenn sie bloß den richtigen Knopf drückte, würde ihre Professorin wieder an den Apparat kommen und ihr alles erzählen, womit sie hinterm Berg gehalten hatte. Susan hatte wirklich später persönlich mit ihr gesprochen, und dadurch wurde die Ironie der Sache noch grausamer.

Alte Bekanntschaften. Was konnte das heißen? Sie hatte bereits die Namen sämtlicher Kollegen der Professorin durchprobiert, an die sie sich erinnern konnte.

Renie ließ den Computer verschiedene Hochschulverbandsdokumente durchsuchen, um die Buchstaben von Susans Mitteilung mit den Namen sämtlicher Personen an sämtlichen Institutionen zu vergleichen, bei denen sie beschäftigt gewesen war. Ihre Augen waren vom Stieren auf den Padbildschirm schon ganz trübe, aber sie konnte sonst nichts tun, bis es Zeit war, zur Arbeit zu gehen. Es war überhaupt nicht daran zu denken, daß sie in ihrer momentanen Verfassung auch nur einen Fingerhut voll Schlaf fand. Außerdem half ihr die Beschäftigung, sich weniger Sorgen um !Xabbu zu machen.

Sie war bei ihrer siebten oder achten Zigarette seit Tagesanbruch angelangt und beobachtete gerade, wie sich eine Kaffeetablette in ihrer

Tasse auflöste, als plötzlich jemand sachte vorn an die Trennwand klopfte, dicht am Vorhang, der als vierte Wand diente. Erschrocken hielt sie den Atem an. Sie schaute sich nach etwas um, das sich als Waffe benutzen ließ, aber die Taschenlampe war irgendwohin verschwunden. Sie beschloß, daß die Tasse mit kochend heißem Wasser in ihrer Hand es tun mußte. Als sie sich leise zum Vorhang schlich, hustete ihr Vater im Schlaf und wälzte sich herum.

Sie riß den schweren Stoff zurück. Leicht verdattert blickte !Xabbu zu ihr hoch.

»Habe ich dich auf...?« begann er, aber brachte seinen Satz nicht zu Ende. Renie umarmte ihn derart stürmisch, daß sie sich Kaffee über die Hand schüttete. Sie fluchte und ließ die Tasse fallen, die auf dem Betonboden zersplitterte.

»Verdammt! Au! 'tschuldigung!« Sie wedelte mit ihrer verbrannten Hand.

!Xabbu trat vor. »Ist dir etwas passiert?«

»Hab mich bloß verbrannt.« Sie lutschte an ihren Fingern.

»Nein, ich meine ...« Er trat ein und zog den Vorhang zu. »Ich ... ich hatte einen beängstigenden Traum. Ich hatte Angst um dich. Deshalb kam ich hierher.«

Sie betrachtete ihn genauer. Er sah wirklich ziemlich verstört aus, zumal seine Sachen zerknittert und offensichtlich in Eile angezogen worden waren. »Du ... aber warum hast du nicht angerufen?«

Er blickte auf seine Füße nieder. »Ich muß zu meiner Schande gestehen, daß ich gar nicht daran dachte. Ich wachte auf und hatte Angst, und so machte ich mich auf den Weg.« Er hockte sich an die Wand, eine einfache, geschmeidige Bewegung. Etwas an der Art, wie er das machte, erinnerte Renie daran, daß er nicht restlos zu ihrer Welt gehörte, etwas, das trotz seiner modernen Kleidung archaisch geblieben war. »Ich konnte keinen Bus bekommen, also ging ich zu Fuß.«

»Von Chesterville? Mensch, !Xabbu, du mußt ja völlig fertig sein! Mir geht's gut, gesundheitlich wenigstens, aber es ist etwas Schreckliches passiert.«

Sie berichtete ihm rasch von Doktor Van Bleeck und schilderte ihm, was sie von dem Angriff und den Ereignissen hinterher wußte. Statt sich vor Überraschung über diese Neuigkeiten zu weiten, verengten sich !Xabbus schwerlidrige Augen, als ob er gezwungen wäre, etwas Qualvolles zu betrachten.

»Das ist sehr traurig.« Er schüttelte den Kopf. »Aii! Mir träumte, daß sie einen Pfeil auf dich abschoß und daß er dein Herz durchbohrte. Es war ein sehr starker Traum, sehr stark.« Er legte sacht seine Hände zusammen und drückte dann fest zu. »Ich hatte die Befürchtung, er bedeutete, daß du durch etwas, was ihr beide getan hättet, zu Schaden gekommen wärest.«

»Sie hat mir allerdings etwas zugeschossen, aber ich hoffe, daß es Menschen retten wird, nicht töten.« Sie schürzte die Lippen. »Oder wenigstens hoffe ich, daß es uns helfen wird rauszufinden, ob ich verrückt werde oder nicht.«

Hastig, aber leise, um ihren Vater nicht eher als nötig auf den Plan zu rufen, erklärte sie ihm, was Susan Van Bleeck ihr mitgeteilt und was sie die Nacht über getrieben hatte. Als sie fertig war, blieb der kleine Mann mit gesenktem Kopf auf dem Boden sitzen.

»Es sind Krokodile im Fluß«, sagte er schließlich. In ihrem Erschöpfungszustand brauchte sie eine Weile, um zu begreifen, was er sagte. »Wir haben uns, solange wir konnten, eingeredet, es wären nur Felsen, die aus dem Wasser ragten, oder treibende Baumstämme. Aber wir können sie nicht mehr ignorieren.«

Renie seufzte. Vorhin, als sie gesehen hatte, daß !Xabbu wohlauf war, war sie vor Erleichterung direkt ein wenig munter geworden. Jetzt hatte sie auf einmal das Gefühl, doch schlafen zu können - einen Monat lang, wenn man sie ließ. »Es kommt zu viel zusammen«, pflichtete sie ihm bei. »Stephens Bewußtlosigkeit, die Anfälle von Stephens Freund, unsere Erlebnisse in dem Club da. Jetzt hat man unsern Wohnblock angezündet und hat Susan überfallen und schwer verletzt. Wir wären Idioten, wenn wir nicht glauben wollten, daß da etwas sehr faul ist. Aber«, sie fühlte, wie ihre Wut in Bitterkeit und Jammer umschlug, »*wir können nichts beweisen.* Gar nichts! Wir müßten die Polizisten bestechen, bloß damit sie nicht laut lachen, wenn wir ihnen die Geschichte erzählen.«

»Es sei denn, wir finden diese Stadt und erfahren dadurch irgend etwas. Oder wir gehen noch einmal hin.« Sein Gesicht war seltsam ausdruckslos. »An diesen Ort.«

»Ich glaube nicht, daß ich noch jemals dorthin zurückkehren könnte«, sagte sie. Sie blinzelte, denn der Schlaf drohte sie zu übermannen. »Doch, ich könnte es - für Stephen. Aber ich weiß nicht, was es uns nützen würde. Diesmal wären sie auf uns vorbereitet. Höchstens, wenn wir einen besseren, heimlicheren Weg finden könnten reinzuhäcken -« Sie verstummte und überlegte.

»Hast du eine Idee?« fragte !Xabbu. »So ein Ort hat doch sicher sehr gute ... wie sagt man? Sicherheitsvorkehrungen.«

»Ja, natürlich. Nein. Daran dachte ich gar nicht. Mir ist nur gerade was eingefallen, was Susan mir mal sagte. Ich hatte bei irgendso einer Dummheit mitgemacht - in den Datensystemen des College rumgepfuscht, nur zum Spaß, sowas in der Art. Na, jedenfalls war sie stinksauer, aber nicht weil ich das gemacht hatte, sagte sie, sondern weil ich meine Chance aufs Spiel setzte, was aus mir zu machen.« Renie fuhr mit den Fingern über den Padbildschirm und rief die Optionen auf. »Sie meinte, die Sache selbst sei halb so wild - alle Studenten würden das machen. Sie hätte es früher *selbst* gemacht, sagte sie, und viel Schlimmeres. Sie wäre in der Anfangszeit des Netzes ein ziemlicher Satansbraten gewesen.«

Long Joseph Sulaweyo grunzte und setzte sich im Bett auf. Er starrte Renie und !Xabbu einen Moment lang ohne ein Anzeichen von Erkennen an, dann fiel er auf seine dünne Matratze zurück und schnarchte nach wenigen Sekunden wieder.

»Du denkst also ...«

»Sie sprach von ›alten Bekanntschaften, *sehr* alten Bekanntschaften‹. Wetten, daß sie mit welchen von ihren Uraltfreunden aus Häckerzeiten geredet hat? Wetten?« Sie guckte auf den Bildschirm. »So, jetzt muß ich mir bloß noch Suchkriterien für frühere Online-Heißsporne ausdenken und sie mit den vorgegebenen Buchstaben vergleichen. Dann wollen wir doch mal sehen, ob wir Susans geheimnisvoller Quelle nicht auf die Sprünge kommen!«

Es dauerte eine Viertelstunde, aber als sie den richtigen trafen, war kein Zweifel mehr.

»Murat Sagar Singh - und schau dir mal den Werdegang von dem Typ an! Universität von Natal, zur gleichen Zeit wie Susan, dann die nächsten paarundzwanzig Jahre über längere Zeit für Telemorphix Südafrika und eine Reihe kleinerer Unternehmen tätig. Und wenige Jahre nach seinem Abgang von der Uni gibt es eine Lücke von sechs Jahren - wetten, daß er für die Regierung oder den Geheimdienst gearbeitet hat?«

»Aber dieser Sagar Singh - die Buchstaben passen nicht ...«

Sie grinste. »Ja, aber schau mal, er hat ein Handle! Das ist ein Codename, den Häcker benutzen, damit sie ihre Arbeit signieren können, ohne ihre richtigen Namen preiszugeben, denn damit würden sie sich der Strafverfolgung aussetzen.« Sie neigte das Pad ein wenig, damit !Xabbu besser sehen konnte. »Einsiedlerkrebs. Die Welt muß voll von Singhs sein, aber Susan wußte, daß es davon nicht viele geben würde!«

!Xabbu nickte. »Es sieht so aus, als hättest du das Rätsel gelöst. Wo ist dieser Mann? Lebt er noch hier im Land?«

»Tja, das ist ein Problem.« Renie runzelte die Stirn. »Die letzte Adresse ist gut zwanzig Jahre alt. Vielleicht ist er irgendwie in Schwierigkeiten geraten und mußte verschwinden. Und für einen geschickten Häcker ist es natürlich kein Problem, am hellichten Tage zu verschwinden.« Sie ließ noch ein paar Kriterien durchlaufen und setzte sich zurück, um das Ergebnis abzuwarten.

»Mädel?« Long Joseph hatte sich wieder aufgesetzt, und diesmal beäugte er !Xabbu mit offensichtlichem Mißtrauen. »Was zum Teufel is hier los?«

»Nichts, Papa. Ich hol dir 'ne Tasse Kaffee.«

Während sie Wasser in eine Tasse goß und sich dabei schuldbewußt an die Scherben ihres Bechers erinnerte, die immer noch vor ihrer Koje lagen, wo jeder hineintreten konnte, beugte sich !Xabbu über ihr Pad.

»Renie«, sagte er, den Blick auf eine Reihe von Einträgen gerichtet, »hier taucht mehrmals ein und dasselbe Wort auf. Vielleicht ist es ein Ort oder eine Person. Ich habe noch nie davon gehört.«

»Wovon?«

»Von etwas, das ›TreeHouse‹ heißt.«

Bevor sie antworten konnte, fing das Anruflicht des Pads zu blinken an. Renie stellte die Tasse und das Päckchen mit Kaffeetabletten ab und beeilte sich, dranzugehen.

Es war Jeremiah Dako. Er weinte. Bevor er noch ein verständliches Wort herausgebracht hatte, wußte Renie schon, was geschehen war.

Kapitel

Rot und Weiß

NETFEED/PRIVATANZEIGEN:
PartnerIn deiner Träume
(Bild: Großaufnahme von InserentIn M.J. [weibliche Version])
M.J.: "Hier siehst du mich. Ich bin die Partnerin deiner Träume, nicht wahr? Schau dir diese Lippen an — willst du, daß ich dich beiße, nur ein klein wenig? Besuch mich doch mal! Ich mag keine Allerweltstypen mit Allerweltszielen im Leben — ich mag starke Männer mit starken Ideen. Es gibt so viel, was wir zu bereden und zu tun haben. Komm einfach in meinen Knoten vorbei, und wir werden Spiele spielen, die du nie wieder vergißt …"

> Gally konnte sich kaum auf den Füßen halten. Paul bückte sich und hob ihn hoch und trug ihn aus dem Austernhaus hinaus. Der Junge schluchzte derart heftig, daß er nur schwer zu halten war.

»Nein! Ich kann sie nicht verlassen! Bay! Bay ist da drin!«

»Du kannst ihnen nicht helfen. Wir müssen hier weg. Sie werden zurückkommen - die Kerle, die das getan haben.«

Gally wehrte sich, aber nur schwach. Paul stieß die Tür auf und eilte in den Wald, ohne auch nur zu schauen, ob sie beobachtet wurden. Überraschung und Schnelligkeit waren ihre einzige Hoffnung. Es dämmerte, und sie konnten tief im dichten Wald sein, bevor irgend jemand sie verfolgte.

Lange stolperte er mit dem Jungen auf dem Arm dahin. Als er nicht mehr weiter konnte, setzte er den Jungen so vorsichtig wie möglich ab und ließ sich dann auf den Boden fallen, den ein dicker Laubteppich polsterte. Der Himmel hatte die dunkelgraue Farbe eines nassen Steins angenommen. Die Zweige über ihnen waren nur noch dürre Silhouetten.

»Wo sollen wir jetzt hin?« Als er keine Antwort bekam, wälzte er sich herum. Gally hatte sich zusammengerollt wie eine Kugelassel, Knie angezogen, Kopf in den Händen. Der Junge weinte immer noch, aber ohne die Heftigkeit von vorher. Paul beugte sich über ihn und schüttelte ihn. »Gally! Wo sollen wir jetzt hin? Wir können nicht ewig hier bleiben.«

»Sie sind weg.« Es klang erstaunt, als würde es ihm erst jetzt langsam klar. »Weg.«

»Ich weiß. Wir können nichts daran ändern. Und wenn wir hier nicht wegkommen, wird uns das gleiche passieren.« Dabei wußte Paul, daß er mit Schlimmerem zu rechnen hatte, wenn seine zwei Verfolger ihn je erwischen sollten - aber woher wollte er das wissen, und wie sollte das überhaupt möglich sein? Die Fremden hatten die Austernhauskinder ... *ausgenommen*, ihr Inneres herausgerissen.

»Wir ham zusammengehört.« Gally sprach langsam, als sagte er eine Lektion auf, die er selbst nicht so recht glaubte. »Ich kann mich nicht erinnern, daß es irgendwann anders gewesen wäre. Wir ham zusammen den Schwarzen Ozean überquert.«

Paul setzte sich auf. »Was für einen Ozean? Wo? Wann war das?«

»Ich weiß nicht.« Gally schüttelte den Kopf. »Ich kann mich nur an die Überfahrt erinnern - das ist das erste, was ich noch weiß. Und daß wir zusammen waren.«

»Ihr alle? Das kann nicht sehr lange her sein. Einige von ... einige von ihnen waren nur wenige Jahre alt.«

»Wir ham die Kleinen unterwegs gefunden. Oder sie uns. Wir waren zuletzt doppelt so viele wie da, wo meine Erinnerung anfängt. Doppelt so viele ...« Seine Stimme erstickte, und er fing wieder an, leise vor sich hinzuschluchzen. Paul konnte dem Jungen nur den Arm um die Schultern legen und ihn an seine Brust ziehen.

Warum hatte dieses Kind mehr Erinnerungen aus seinem kurzen Leben als Paul aus seinem? Warum schienen *alle* mehr von der Welt zu wissen als er?

Der Junge beruhigte sich. Paul wiegte ihn unbeholfen an seiner Brust, aber etwas Besseres fiel ihm nicht ein. »Ihr habt den schwarzen Ozean überquert? Wo ist der?«

»Weit weg.« Gallys Stimme klang gedämpft an seiner Brust. Das

Tageslicht war fast verdämmert, und Paul konnte nur noch unterschiedliche Schattenformen erkennen. »Ich weiß es nicht - die Großen ham mir davon erzählt.«

»Welche Großen?«

»Die sind jetzt fort. Ein paar sind irgendwo geblieben, wo's ihnen gefiel, oder sie konnten nicht mehr, aber wir andern sind weiter, weil wir auf der Suche waren. Manchmal sind die Großen auch einfach so verschwunden.«

»Was habt ihr denn gesucht?«

»Den Weißen Ozean. So ham wir ihn genannt. Aber ich weiß nicht, wo er ist. Eines Tages war der letzte fort, der größer war als ich, und dann war ich an der Reihe, sie anzuführen. Aber ich weiß nicht, wo der Weiße Ozean ist. Ich weiß es überhaupt nicht, und jetzt ist es auch egal.«

Er sagte das mit einer schrecklichen, todmüden Endgültigkeit und wurde in Pauls Armen ruhig.

Lange Zeit hielt Paul ihn einfach fest, lauschte auf die nächtlichen Geräusche und versuchte zu vergessen - oder sich wenigstens nicht ständig vor Augen zu führen -, was er im Austernhaus gesehen hatte. Grillen zirpten ringsherum. Der Wind rauschte in den höchsten Wipfeln. Alles war sehr still, als ob das Universum angehalten hätte.

Da merkte Paul, daß sich an seiner Brust nichts bewegte. Gally atmete nicht. Entsetzt sprang Paul auf, so daß der Junge auf den Boden rollte.

»Was ist? Was macht Ihr?« Gallys Stimme war schlaftrunken, aber kräftig.

»Tut mir leid, ich dachte ...« Er legte sanft seine Hand auf die Brust des Jungen. Sie bewegte sich nicht. Genauso sanft und aus einem Instinkt oder einer Erinnerung heraus, die er nicht benennen konnte, glitt er mit der Hand zu der Einbuchtung unter dem schmalen Kiefer hoch. Er fühlte keinen Puls. Er fühlte bei sich nach. Sein Herz schlug rasch.

»Gally, woher kommst du?«

Der Junge murmelte etwas. Paul beugte sich dichter heran. »Was?«

»Jetzt seid Ihr der Große ...«, murmelte Gally, bevor er wieder vom Schlaf übermannt wurde.

»Der Bischof Humphrey hat gesagt, das wär der beste Weg.« Trotz seiner traurigen, schwarzgeränderten Augen sprach der Junge mit entschiedener Stimme.

Es war eine schlimme Nacht gewesen, alle beide hatten schlecht geträumt. Paul war so froh, das Tageslicht wiederzusehen, daß er sich nur schwer zu einem Einwand aufraffen konnte, obwohl er sich durchaus nicht sicher war, daß er dem Rat des Bischofs traute.

»Er hat außerdem gesagt, auf diesem Weg würde irgendeine Gefahr lauern. Ein gräßliches Ungeheuer.«

Gally warf ihm einen gequälten Blick zu, der eindeutig sagte, daß Paul jetzt der Älteste und Größte sei und seine jüngeren Schutzbefohlenen nicht mit solchen Sorgen belasten solle. Paul fand das in gewisser Weise gerecht. Er verstummte und konzentrierte sich darauf, dem Jungen durch das Dickicht des Waldes zu folgen. Keiner von ihnen sagte etwas, was das Vorankommen ein wenig erleichterte. Paul war mit seinen Gedanken woanders: Der helle Morgen konnte die schrecklichen Erinnerungen nicht völlig vertreiben, weder an die Geschehnisse im Austernhaus noch an seinen nächtlichen Traum.

Im Traum war er eine Art Treiber gewesen, der Tiere zwang, auf ein großes Schiff zu gehen. Er erkannte die Tiere nicht, aber sie hatten etwas von Schafen und etwas von Rindern an sich. Blökend und mit rollenden Augen hatten die Geschöpfe sich gesträubt und sich im Eingang umgedreht, wie um sich die Freiheit zu erkämpfen, aber Paul und die anderen stummen Arbeiter hatten sie über die Schwelle in die Dunkelheit getrieben. Als alle Tiere eingeladen waren, hatte er die große Tür zugeschoben und verriegelt. Beim Weggehen hatte er dann gesehen, daß das Gefängnis weniger ein Schiff als so etwas wie eine riesige Schale oder Schüssel war – nein, ein *Kessel*, das war das Wort, ein Ding zum Kochen und zum Auslassen von Fett. Er hörte lauter werdende ängstliche Klagetöne aus dem Innern, und als er schließlich erwachte, schämte er sich immer noch für seinen Verrat.

Die Traumerinnerungen hingen ihm weiter nach. Während er hinter Gally herstapfte, schimmerte das riesige schüsselförmige Ding vor seinem inneren Auge. Er hatte das Gefühl, es in einer anderen Welt, einem anderen Leben schon einmal gesehen zu haben.

Ein Kopf voller Schatten. Und aller Sonnenschein der Welt kann sie nicht vertreiben. Er rieb sich die Schläfen, wie um die schlechten Gedanken hinauszuquetschen, und wäre beinahe gegen einen schwingenden Ast gelaufen.

Gally fand einen Bach, der in der Gegenrichtung bis zum großen Fluß vor dem Austernhaus rann, und sie folgten seinem Lauf bachaufwärts durch leicht ansteigendes Gelände, wo dichtes Gras auf den Lichtungen wuchs und die Vögel bei ihrem Nahen schrille Warnschreie ausstießen und vor ihnen her von Ast zu Ast flatterten, bis die Eindringlinge in sicherem Abstand von ihren versteckten Nestern waren. Einige der Bäume waren mit dick bestäubten Blüten beladen, weiße und rosa und gelbe Leuchten, und zum erstenmal fragte sich Paul, welcher Monat sein mochte.

Gally verstand die Frage nicht.

»Es ist kein Ort, sondern eine Zeit«, erklärte Paul. »Wenn es Blumen gibt, müßte Frühling sein, vielleicht Mai.«

Der Junge schüttelte den Kopf. Er sah blaß und unvollständig aus, als ob ein Teil von ihm mit den anderen Kindern zerstört worden wäre. »Aber hier *gibt's* Blumen, Meister. Wo der Bischof wohnt, gibt's keine. Ist doch klar, daß es nicht überall gleich sein kann, sonst würde alles genau in der gleichen Umgebung passieren. Das gäb vielleicht ein Durcheinander. Keiner wüßte, wo er hingehört - ein furchtbares Kuddelmuddel.«

»Weißt du dann, was ein Jahr ist?«

Gally blickte ihn wieder an, diesmal geradezu beunruhigt. »Ja-ar?«

»Schon gut.« Paul schloß der Einfachheit halber kurz die Augen. Sein Kopf schien voll wirrer, verknoteter Fäden zu sein, die ein einziges unauflösliches Knäuel bildeten. Warum sollte die Tatsache, daß Gally nicht wußte, was ein Jahr oder ein Monat war, Sachen, an die er selbst bis zu dem Augenblick nicht einmal gedacht hatte, ihn so aus der Fassung bringen?

Ich bin Paul, sagte er sich. *Ich war Soldat. Ich bin von einem Krieg weggelaufen. Zwei Leute ... zwei Wesen ... verfolgen mich, und ich weiß, daß sie mich nicht finden dürfen. Ich habe von einer großen Schüssel geträumt. Ich weiß etwas von einem Vogel, und von einem Riesen. Und ich kenne noch andere Sachen, für die ich nicht immer Namen habe. Und jetzt bin ich auf dem Achtfeldplan, was immer das sein mag, und suche einen Weg nach draußen.*

Es war keine sehr befriedigende Bestandsaufnahme, aber mit ihr hatte er etwas, woran er sich festhalten konnte. Er war real. Er hatte einen Namen, und er hatte sogar ein Ziel - wenigstens im Moment.

»Jetzt geht's hart bergan«, sagte Gally. »Wir sind kurz vorm Rand des Feldes.«

Die Steigung war in der Tat mittlerweile richtig steil geworden. Der Wald wurde lichter, und an seiner Stelle kamen niedrige, struppige

Sträucher und moosbedeckte Felsplatten, hier und da mit Wildblumentuffs besprenkelt. Paul wurde allmählich müde, und der Elan seines Gefährten beeindruckte ihn: Gally war kein bißchen langsamer geworden, auch nicht als Paul beinahe auf allen vieren gehen mußte, um den Anstieg des Geländes zu bewältigen.

Die ganze Welt schien plötzlich zu gleißen und zu verschwimmen. Paul bemühte sich krampfhaft, das Gleichgewicht zu halten, aber in dem Moment gab es weder Oben noch Unten. Sein Körper schien sich aufzulösen, in seine Einzelteile zu zerfasern. Er schrie, oder bildete es sich ein, doch unmittelbar darauf war alles wieder normal, und Gally schien nicht einmal etwas gemerkt zu haben. Zitternd überlegte Paul, ob sein erschöpfter Körper vielleicht seinen Sinnen ein Schnippchen geschlagen hatte.

Als sie auf der Kuppe des Hügels ankamen, blickte Paul sich um. Das Land hinter ihnen glich durchaus nicht dem Raster des Bischofs - Wald und Hügel gingen nahtlos ineinander über. Er sah die Biegung des Flusses blauweiß in der Sonne funkeln und daneben gekauert den nunmehr so unheimlichen Umriß des Austernhauses. Er sah den Turm von Bischof Humphreys Burg durch die Wälder hindurch, und weiter weg stießen andere Türme durch die ausgedehnte Baumdecke.

»Dorthin wollen wir«, sagte Gally. Paul drehte sich um. Der Junge deutete auf eine Stelle ein paar Meilen entfernt, wo eine dicht bewaldete Bergkette bis nahe an einen anderen mäandrierenden Abschnitt des Flusses heran abfiel.

»Warum sind wir nicht einfach mit dem Boot gefahren?« Paul beobachtete, wie das Licht auf der Oberfläche tanzte und den breiten Fluß mit einem glitzernden Maschennetz überzog, so daß er beinahe wie etwas anderes als Wasser aussah, wie bewegtes Glas oder gefrorenes Feuer. »Wäre das nicht schneller gewesen?«

Gally lachte, dann schaute er ihn unsicher an. »Man kann auf dem Fluß nicht die Felder wechseln. Das wißt Ihr doch, oder? Der Fluß ... der Fluß ist nicht so.«

»Aber wir sind doch drauf gefahren.«

»Bloß vom Wirtshaus zum Austernhaus. Das ist innerhalb von 'nem Feld - also erlaubt. Außerdem gibt's noch andere Gründe, davon wegzubleiben. Deshalb sind wir bei Nacht gefahren.« Der Junge sah ihn mit besorgter Miene an. »Wenn man auf dem Fluß fährt, können *die* einen finden.«

»Die? Du meinst die beiden ...?«

Gally schüttelte den Kopf. »Nicht bloß die. Jeder, der einen sucht. Das haben mir die Großen beigebracht. Auf dem Fluß kann man sich nicht verstecken.«

Er konnte es nicht deutlicher erklären, und zuletzt ließ Paul die Sache auf sich beruhen. Sie überschritten die Hügelkuppe und machten sich an den Abstieg.

Paul konnte nicht gleich erkennen, daß sie ein anderes Feld betreten hatten, wie Gally es nannte. Das Land sah ziemlich genauso aus: Stechginster und Adlerfarn auf den Höhen gingen in immer dichter bewaldete Hänge über, je tiefer sie kamen. Der einzige sofort ins Auge fallende Unterschied war, daß auf dieser Seite des Hügels das Tierleben reger zu sein schien. Paul hörte es im Gebüsch rascheln und sah gelegentlich ein helles Auge aus dem Laubwerk lugen. Einmal kam eine Schar winziger Ferkel, grün wie Frühlingsgras, ins Freie getrottet, aber als sie Paul und Gally sahen, quiekten sie warnend oder verärgert und flohen hurtig.

Gally wußte nichts über sie oder die anderen Tiere. »Ich bin doch noch nie hier gewesen, nicht wahr?«

»Aber du hast gesagt, du wärst von woanders hergekommen.«

»Wir sind nicht den Weg gekommen, Meister. Ich kenn nicht mehr, als was jeder andere kennt. Das zum Beispiel.« Er streckte den Finger aus. Paul kniff die Augen zusammen, aber konnte nichts Ungewöhnlicheres erblicken als das endlose Zweiggeflecht des Waldes. »Nein«, sagte der Junge zu ihm, »Ihr müßt runterkommen, tiefer.«

Kniend konnte Paul zwischen den Stämmen einen einzelnen Berggipfel erkennen, der so weit entfernt war, daß er wie mit dünnerer Farbe als die übrige Landschaft gemalt wirkte. »Was ist das?«

»Ein Berg, Ihr Kreteng.« Gally lachte, zum erstenmal an diesem Tag. »Aber am Fuß davon, heißt es, schläft der rote König. Und wenn ihn jemals wer aufweckt, wird der ganze Achtfeldplan einfach verdüften.« Er schnalzte mit den Fingern. »Puff! Einfach so! Jedenfalls geht so die Geschichte. Ich kapier nicht, woher jemand das wissen will, es sei denn, er hätt ihn tatsächlich aufgeweckt, und damit hätt er wohl eher das Gegenteil bewiesen.«

Paul faßte den Berg scharf ins Auge. Abgesehen von seiner Schlankheit und Höhe schien es ein ganz normaler Berg zu sein. »Was ist mit dem weißen König? Was ist, wenn *ihn* jemand aufweckt? Dasselbe?«

Gally zuckte mit den Achseln. »Nehm's an. Aber keiner weiß, wo er schläft, außer Ihrer Weißen Majestät, seiner Dame, und die verrät's nicht.«

Die Sonne hatte ihren Scheitelpunkt am Himmel schon überschritten, als sie schließlich wieder im Tiefland anlangten, einem lieblichen Meer aus Wiesen und niedrigen Buckeln mit breiten Waldstreifen dazwischen. Paul war schon wieder müde und wurde sich mit einem Mal bewußt, daß er seit über einem Tag nichts mehr gegessen hatte. Er fühlte den Mangel an Nahrung, wenn auch bei weitem nicht so stark, wie er ihn seiner Meinung nach hätte fühlen müssen, und er wollte Gally gerade darauf ansprechen, als der Junge ihn plötzlich am Arm packte.

»Da! Auf dem Hügel hinter uns.«

Paul hatte sich schon geduckt, bevor er den Jungen überhaupt richtig verstanden hatte – eine Reflexreaktion gegen Gefahr von oben, eine alte Geschichte, die noch in seinen Körper eingeschrieben war. Er spähte in die Richtung, in die Gallys Finger zeigte.

Eine Gestalt war auf der Hügelkuppe erschienen. Kurz darauf stieß eine zweite zu ihr, und Paul fühlte, wie ihm das Herz in der Brust eiskalt wurde. Doch dann tauchte noch ein halbes Dutzend anderer Gestalten neben den ersten beiden auf, eine davon anscheinend beritten.

»Es sind die Rotröcke«, sagte Gally. »Ich wußte gar nicht, daß sie auch *das* Feld genommen hatten. Meint Ihr, sie suchen uns?«

Paul schüttelte den Kopf. »Ich weiß nicht.« Vor diesen Verfolgern fürchtete er sich nicht so sehr wie vor den beiden, die vor dem Austernhaus gestanden hatten, aber er traute keinen Soldaten, ganz gleich, welcher Seite. »Wie weit ist es bis zum Rand des Feldes?«

»Ein gutes Stück. Vor Sonnenuntergang werden wir da sein.«

»Dann los.«

Der Weg war beschwerlich. Das dichte Gestrüpp riß mit krallenartigen Zweigen an ihren Sachen. Paul dachte nicht mehr an Essen, obwohl er sich immer noch schwach fühlte. Gally nahm nicht den geraden Weg, sondern suchte die dichtesten Waldstücke zu meiden, um schneller vorzuankommen, aber auch die Stellen im Gelände, wo man sie vom Hang aus am besten hätte erspähen können. Paul wußte, daß der Junge das besser machte, als er es gekonnt hätte, aber trotzdem schienen sie sich qualvoll langsam fortzubewegen.

Sie waren gerade aus dem Schutz eines Wäldchens gesprungen und rannten über einen offenen Hang, als sie aus dem Unterholz Getrappel hörten. Gleich darauf sprengte ein Reiter hervor, galoppierte über die freie Fläche vor ihnen und riß dann scharf sein Pferd herum, so daß es sich aufbäumte. Paul zerrte Gally unter den ausschlagenden Hufen weg.

Der Reiter trug eine tief blutrote Rüstung. Ein Helm derselben Farbe, genau wie ein fauchender Löwenkopf geformt, verbarg sein Gesicht. Er stieß mit seiner langen Lanze auf den Boden. »Ihr überquert Territorium, das für Ihre Scharlachrote Majestät in Besitz genommen wurde«, erklärte er in dünkelhaftem Ton, der durch den Helm noch lauter und hohler klang. »Ihr werdet euch mir ergeben.«

Gally suchte sich Pauls Griff zu entwinden. Er war klein und schmutzig, und es war schwer, ihn festzuhalten. »Wir sind Freie! Mit welchem Recht wollt Ihr uns hindern hinzugehen, wo's uns beliebt?«

»Freiheit gibt es nur für die Vasallen Ihrer Majestät«, donnerte der Ritter. Er senkte seine Lanze, so daß die scharfe Spitze auf der Höhe von Pauls Brust vibrierte. »Wenn ihr nichts verbrochen habt und euch in ehrenhafter Lehnstreue an sie bindet, werdet ihr nichts zu fürchten haben.« Er trieb sein Pferd ein paar Schritte vorwärts, bis die zitternde Lanze sie beinahe berührte.

»Ich bin fremd hier.« Paul rang immer noch mühsam nach Atem. »Ich bin auf der Durchreise. Eure internen Streitigkeiten gehen mich nichts an.«

»Der Bengel da ist auch fremd«, entgegnete der Ritter durch das fauchende Löwenmaul. »Und er und seine Hungerleider haben nichts als Scherereien gemacht, seit sie hier aufgetaucht sind - gestohlen, gelogen, unsinnige Geschichten verbreitet. Ihre Majestät wird das nicht länger dulden.«

»Das ist gelogen!« Gally war den Tränen nahe. »Alles erstunken und erlogen!«

»Knie nieder, oder es wird dir ergehen wie einem deiner Kapaune, Küchenbengel.«

Paul zog Gally zurück; der Ritter setzte an, seinem Pferd die Sporen zu geben. Es gab keine Fluchtmöglichkeit - selbst wenn sie die Bäume hinter sich erreichen konnten, war es nur eine Frage der Zeit, bis er sie über den Haufen ritt. Widerstandslos sank Paul langsam auf ein Knie.

»Was denn, was denn? Wer treibt sich da rum?« Ein anderer Ritter kam jetzt aus der Richtung des Flusses im leichten Galopp auf die Lichtung geritten. Er war ganz in leuchtendes Weiß gekleidet und sein Helm wie ein Pferdekopf mit einem einzelnen Horn auf der Stirn geformt -

Paul hatte das Gefühl, sich eigentlich an den Namen des Tieres erinnern zu müssen, aber kam nicht darauf. Ein buntes Arsenal von Waffen, Pulverhörnern und anderen Gegenständen baumelte am Sattel des Ritters, so daß sein Pferd bei jedem Schritt klapperte wie der Wagen eines Kesselflickers. »Bassa Manelka!« schrie er. »Oder war es ›Bassa Teremtetem‹?«

Der rote Ritter konnte eine leise Verwunderung in der Stimme nicht verbergen. »Was macht *Ihr* denn hier?«

Die Gestalt in der weißen Rüstung stockte, als ob die Frage schwer zu beantworten wäre. »Hab wohl 'nen ziemlich heiklen Haken geschlagen, scheint's. Etwas unerwartet. Tja, wir werden uns leider 'nen Kampf liefern müssen.«

»Dies sind Gefangene der Königin«, erklärte Löwenhelm, »und ich kann nicht mit Euch meine Zeit vergeuden. Ihr dürft Euch ausnahmsweise zurückziehen, aber wenn ich Euch noch einmal sehe, sobald ich mit denen hier«, er fuchtelte mit der Lanze in Pauls und Gallys Richtung, »fertig bin, werde ich Euch töten müssen.«

»Zurückziehen? Tja, das geht leider nicht - nein, nicht zu machen. Sie ist ja nicht *meine* Königin, wißt Ihr.« Der weiße Ritter hielt inne, als versuchte er, sich an etwas Wichtiges zu erinnern. Er nahm seinen Helm ab, unter dem ein feuchter Kranz heller Haare zum Vorschein kam, und kratzte sich heftig an der Kopfhaut.

Paul starrte ihn erstaunt an. »Hans? Hans Wäldler?«

Der Ritter drehte sich mit offensichtlicher Verblüffung zu ihm um. »Hans? Ich bin kein Hans. Also wirklich«, er wandte sich dem roten Ritter zu, »schöne Gefangene, die Ihr da habt. Kenn ich aus eigener Erfahrung. Kein Respekt, keine Manieren.«

»Das isser nich«, sagte Gally laut flüsternd.

Paul schüttelte den Kopf. Das Ganze wurde zusehends zur Farce. »Aber - aber wir sind uns schon mal begegnet! Neulich abends, im Wald. Erinnert Ihr Euch nicht mehr?«

Der Mann in der weißen Rüstung musterte Paul. »Im Wald? Jemand, der aussah wie ich?« Er wandte sich wieder dem roten Ritter zu. »Ich glaube, der Bursche ist meinem Bruder begegnet. Sowas. Er ist seit einiger Zeit unauffindbar. War schon immer ein Rumtreiber.« Er drehte sich wieder zurück. »War er wohlauf?«

Löwenhelm hatte weder Interesse noch Humor. »Verzieht Euch endlich, Ihr stupider Weißer, oder es wird Euch schlecht ergehen.« Er zog sein Pferd ein paar tänzelnde Schritte zurück, dann legte er die Lanze ein und richtete sie auf den neu Hinzugekommenen.

»Nein, nichts zu machen.« Der weiße Ritter wurde unruhig. »Tut mir leid, aber ich muß die Herausgabe dieses Feldes fordern - für Ihre Durchlauchtige und Alabasterne Hoheit und so weiter.« Er setzte seinen Helm wieder auf. »Wir werden kaum um den Kampf rumkommen, denke ich.«

»Kretin!« schrie der rote Ritter. »Ihr Gefangenen - ihr bleibt, wo ihr seid, bis ich hier fertig bin!«

Der weiße Ritter hatte inzwischen seine Lanze gesenkt und galoppierte scheppernd und klirrend an. »Habt acht!« rief er und machte dann die Wirkung mit der Frage zunichte: »Seid Ihr auch bestimmt so weit?«

»Lauft!« Gally flitzte an dem roten Ritter vorbei, der den Kopf drehte, um den Jungen anzubrüllen, was zur Folge hatte, daß er die Lanze seines Feindes mitten auf den Brustharnisch bekam. Aus dem Gleichgewicht gebracht, ruderte er mit den Armen, kippte vom Pferd und schlug schwer zu Boden.

Als Paul vorbeirannte, rappelte sich der Löwenritter schon wieder auf, wobei er einen mächtigen und recht unangenehm aussehenden Streitkolben aus einem Riemen am Sattel zog.

»Der war gut, oho, sehr gut, das müßt Ihr zugeben!« sagte der weiße Ritter. Er schien sich nicht zur Abwehr gegen den nahenden roten Ritter zu rüsten.

»Aber er bringt ihn um!« Paul zögerte und machte einen zaghaften Schritt zurück auf die Lichtung, wo der rote Ritter gerade seine Keule schwang und seinen Gegner aus dem Sattel schmetterte und auf die feuchte Erde beförderte.

Gally riß ihn so kräftig am Ärmel, daß er beinahe hingefallen wäre. »Laßt die doch machen! Kommt schon, Meister!« Er sauste wieder den Hügel hinunter, diesmal Pauls Ärmel fest im Griff. Paul hatte keine andere Wahl, als hinter ihm herzustolpern. Nach wenigen Momenten war die Lichtung in den Bäumen hinter ihnen verschwunden, aber eine ganze Zeitlang hörten sie noch Ächzen, Fluchen und das wuchtige Krachen von Metall auf Metall.

»Er hat uns gerettet!« japste Paul, als sie kurz zum Verschnaufen stehenblieben. »Wir können ihn nicht einfach sterben lassen.«

»Den Springer? Wen schert's?« Gally schleuderte sich seine feuchten

Haare aus dem Gesicht. »Er ist keiner von uns - wenn er abkratzt, kommt er wieder. Im nächsten Spiel.«

»Wieder? Nächstes Spiel?«

Aber der Junge lief schon wieder. Paul hastete hinter ihm her.

Die Schatten waren lang und eckig. Die Sonne berührte schon den Grat der Berge, der Nachmittag neigte sich dem Ende zu. Paul klammerte sich haltsuchend an den Jungen, als sie stehenblieben, und hätte ihn um ein Haar mit umgerissen.

»Kann nicht ...«, keuchte er. »... Pause ...«

»Nicht lange.« Gally schien auch müde zu sein, aber viel weniger als Paul. »Der Fluß ist gleich hinter der Anhöhe, aber wir müssen ihn noch ein gutes Stück langgehen, bevor wir die Grenze erreichen.«

Paul stützte die Hände auf die Knie, aber war außerstande, hochzukommen und gerade zu stehen. »Wenn ... wenn die beiden kämpfen ... warum ... rennen ...?«

»Weil noch andere da sind - Ihr habt sie auf dem Hügel gesehen. Rotröcke. Fußsoldaten. Aber die können sich ausdauernd und rasch fortbewegen, wenn sie wollen, und müssen nicht anhalten und sich die Lungen aus dem Leib keuchen.« Er ließ sich zu Boden sinken. »Kommt zu Atem, dann müssen wir schleunigst weiter.«

»Was sollte das vorhin heißen? Mit dem Ritter und dem Sterben?«

Gally wischte sich übers Gesicht, so daß Schmutzstreifen wie eine wilde Kriegsbemalung zurückblieben. »Die alle, die machen bloß Runde um Runde. Sie kämpfen und kämpfen, bis eine Seite gewinnt, dann geht's wieder von vorne los. Das ist die dritte Partie seit unserer Ankunft, soweit ich weiß.«

»Aber kommt denn niemand ums Leben?«

»Doch, natürlich. Aber nur bis zum Ende der Partie, wie sie's nennen. Dann fängt alles wieder von vorne an. Sie erinnern sich nicht mal mehr.«

»Aber du erinnerst dich, weil du nicht von hier bist?«

»Vermutlich.« Der Junge runzelte die Stirn und wurde nachdenklich. »Meint Ihr, die ganzen Kleinen, Bay und die andern, sind vielleicht beim nächsten Mal wieder dabei? Meint Ihr?«

»Ist das schon mal passiert? Sind welche von euren Kleinen auf die Art ... verlorengegangen und dann wiedergekommen?«

Gally schüttelte den Kopf.

»Ich weiß es nicht«, sagte Paul schließlich. Aber er meinte, es zu wissen. Er bezweifelte, daß der Zauber, der die Bewohner des Achtfeldplans schützte, sich auch auf Außenstehende erstreckte.

Als er wieder aufrecht stehen konnte, eilte Gally weiter voraus. Nach einer kurzen Strecke durch tiefen Wald durchquerten sie ein Gehölz aus verkrüppelten Bäumen und blickten auf einmal einen langen Wiesenhang hinunter auf den Fluß. Paul hatte keine Gelegenheit, die Aussicht zu genießen. Gally führte ihn bis auf wenige hundert Meter an das Wasser heran und bog dann zur Bergkette hin ab. Sie gingen, so rasch sie konnten, über die sandigen Magerwiesen, geblendet vom orangeroten Schein der Sonne, bis sie in den Schatten der Berge eintauchten.

Paul schaute auf den Fluß hinaus und auf die vage zu erkennende Baumfront, die sich am anderen Ufer hinzog. Neben ihnen schien das im Schatten liegende Wasser voll blau schimmernder Tiefen zu sein, hinter ihnen, außerhalb des Schattens, in dem sie standen, glühte es im Sonnenuntergang wie ein langes Band aus geschmolzenem Gold. Irgendwie wirkte der Fluß wirklicher und zugleich unwirklicher als die Landschaft, die er durchschnitt, als ob man ein Element aus einem berühmten Gemälde in ein anderes eingesetzt hätte.

Er verlangsamte den Schritt, weil er sich plötzlich einer Wolke bruchstückhafter Erinnerungen bewußt wurde, die sich nach und nach immer stärker in seine Gedanken gedrängt hatten. Berühmtes Gemälde? Was sollte das sein? Wo hatte er so etwas schon einmal gesehen oder gehört? Er wußte, was es bedeutete, ohne sich wirklich etwas vorstellen zu können, was dem Begriff entsprach.

»Beeilt Euch, Meister. Wir müssen vor Einbruch der Dunkelheit in den Höhlen sein, oder sie finden uns.«

»Warum schwimmen wir nicht einfach über den Fluß auf die andere Seite?«

Gally schaute sich um und funkelte ihn an. »Bekloppt oder was?«

»Oder wir könnten ein Floß bauen, wenn es zu weit ist – Holz gibt's hier jede Menge.«

»Warum sollten wir?«

Wie üblich hatte Paul sich auf ein Gelände begeben, wo die in ihm aufsteigenden Wissensfetzen offenbar nicht zu der Welt um ihn herum paßten. »Um ... um zu fliehen. Um aus dem Achtfeldplan rauszukommen.«

Gally blieb stehen und stemmte mit strengem Blick die Hände in die

Hüften. »Erstens mal hab ich Euch doch gesagt, daß der Fluß nichts ist, weil man da gefunden werden kann. Und zweitens gibt's keine andere Seite.«

»Was soll das heißen?«

»Was ich gesagt hab - es gibt keine andere Seite. Jeder Kreteng weiß das. Auf die Art kommt man aus dem Achtfeldplan nicht *raus* - der Fluß läuft einfach dran *vorbei*.«

Paul verstand den Unterschied nicht. »Aber ... aber was ist das?« Er deutete auf das ferne Ufer.

»Das ... was weiß ich. Irgend so'n Spiegel, 'n Bild vielleicht. Aber da drüben ist nichts. Auf die Art ham wir eine von den Großen verloren. Sie dachte, sie könnte rüber, obwohl man's ihr gesagt hatte.«

»Das verstehe ich nicht. Wie kann da drüben nichts sein, wenn ich doch etwas *sehe*?«

Gally drehte sich um und ging wieder weiter. »Ihr müßt mir nicht glauben, Meister. Von mir aus bringt Euch um, wenn Ihr wollt. Aber Ihr und ich, wir werden beim nächsten Spiel nicht wieder auftauchen, glaub ich.«

Paul schaute noch ein Weilchen auf die fernen Bäume und eilte dann hinter ihm her. Als der Junge sah, daß er kam, blickte er Paul mit einer Mischung aus Erleichterung und Empörung an, aber dann wurden seine Augen weit und richteten sich auf etwas weiter Entferntes. Paul wandte sich um.

Irgend etwas raste über die Wiese auf sie zu. Es war noch weit weg und bewegte sich zu schnell, um deutlich erkennbar zu sein. Ein dünner Rauchstreifen stieg dort in die Luft, wo hinter der Gestalt eine Schwelspur im Gras zurückblieb.

»Lauft!« schrie Gally.

Trotz seiner Erschöpfung bedurfte Paul keiner Aufforderung. Sie stürzten auf die violetten Berge zu, deren Ausläufer jetzt nur noch etwa tausend Schritte entfernt waren. Ein nähergelegener Steinzacken, den Paul zunächst für eine weitere Felsformation gehalten hatte, erwies sich beim Vorbeilaufen als Werk von Menschenhand. Der einzelne dreieckige Dorn stand übermannshoch in der Mitte eines weiten Kreises flacher Steinplatten, in die seltsame Muster geritzt waren. Auf der glatten, harten Oberfläche, die Paul für das Zifferblatt einer riesigen Sonnenuhr hielt, kamen sie schneller voran, und einen Moment lang dachte Paul, sie würden die Höhle sicher erreichen. Kleine Tiere mit länglichen, verdrehten Schnauzen huschten ihnen aus dem Weg und in das Gebüsch ringsherum.

Sie stolperten schon über die Sand- und Geröllfläche am Fuß der Berge, als ein rotes Etwas mit dem Lärm und der Fahrt eines kleinen Güterzuges an ihnen vorbeisauste.

Güterzug? wunderte sich Paul noch in seiner kopflosen Panik. *Was ...?*

Das Ding bremste unmittelbar vor ihnen scharf ab, so daß ein Hagel heißer Kiesel aufspritzte. Winzige Steinchen zischten Paul an die Brust und ins Gesicht.

Sie war mindestens einen Kopf größer als er und von Kopf bis Fuß knallrot. Alles an ihr hatte denselben grellen Farbton, sogar ihr hochmütiges Gesicht und ihr hochgestecktes Haar. Ihr weiter, aufgebauschter Mantel schien aus etwas Schwererem und Steiferem als Tuch gemacht zu sein. Unter dem Saum wehten immer noch ein paar Rauchwölkchen hervor.

»Ihr da! Mir wird gemeldet, ihr hättet euch geweigert, meine Vasallen zu werden.« Ihre Stimme war laut wie eine Diesellok, aber eisig genug, um Vögel im Flug erfrieren zu lassen. »Auf die Art werdet ihr meine Gunst nicht erwerben.«

Gally war neben ihm zu Boden gesackt. Paul holte tief Luft, damit er sprechen konnte, ohne daß ihm die Stimme versagte. »Wir wollten Euch nicht kränken, Hoheit. Wir wollten nur ...«

»Still. Er redet nur, wenn er angeredet wird, aber erst wenn ich ihm sage, daß er angeredet worden *ist*. Jetzt ist er angeredet worden. Er darf reden.«

»Wir wollten Euch nicht kränken, Hoheit.«

»Das hat er bereits gesagt. Ich bin mir jedenfalls nicht sicher, daß ich euch zu Vasallen haben will - ihr seid entsetzliche dumme Kreaturen.« Sie streckte die Hand in die Luft und schnalzte so laut mit den Fingern, daß es wie ein Böllerschuß knallte. Aus der Baumgruppe hoch oben auf der Kuppe kamen drei gepanzerte Fußsoldaten hervor und rutschten und purzelten auf Geheiß ihrer Herrin hurtig den Hang hinunter. »Ich denke, wir machen euch einfach einen Kopf kürzer. Keine sehr originelle Bestrafung, aber ich finde, die alten Sitten sind die besten, nicht wahr?« Sie hielt inne und funkelte Paul böse an. »Na, hat er nichts dazu zu sagen?«

»Laßt uns gehen. Wir möchten einfach fort. Wir haben nicht vor, uns in irgendwas einzumischen.«

»Hatte ich gesagt, er wäre angeredet worden?« Sie runzelte die Stirn und dachte ehrlich nach. »Ach, sei's drum, wenn ich drauf komme und es stellt sich heraus, daß er ungebeten geredet hat, werde ich ihm einfach zweimal den Kopf abhacken lassen.«

Die Soldaten waren unten angekommen und eilten auf sie zu. Paul überlegte, ob er versuchen sollte, an der Königin vorbeizuschlüpfen und mit einem Spurt die Dunkelheit einer großen Höhle zu erreichen, die nur hundert Schritte entfernt verheißungsvoll im Gefels klaffte.

»Ich durchschaue ihn«, sagte die Königin. »Ich weiß, was er denkt.« In ihrer Stimme war kein Fünkchen Humor oder menschliches Gefühl - man fühlte sich wie von einer grauenhaften Maschine gefangen. »Er darf ohne Erlaubnis auch keinen Fluchtplan schmieden. Nicht daß es ihm viel nützen würde.« Sie nickte; sogleich stand sie zehn Schritte weiter weg. Paul hatte nur einen kurzen roten Wischer gesehen. »Er ist viel zu langsam, um mir zu entkommen«, stellte sie klar. »Obwohl ihr ein wenig schneller gezogen seid, als ich gedacht hätte. Es ist höchst skandalös, wenn Figuren auf den Achtfeldplan kommen und einfach ziehen, wie es ihnen beliebt. Wenn ich wüßte, wer dafür verantwortlich ist, würden Köpfe rollen, das dürft ihr mir glauben.« Wieder verwischten ihre Konturen, und augenblicklich stand sie weniger als einen Meter vor Paul und dem Jungen und blickte mit offensichtlichem Mißfallen auf sie nieder. »Aber Köpfe werden auf jeden Fall rollen. Es ist nur die Frage, *welche* und *wie viele.*«

Der erste der Soldaten kam angetrottet, dicht gefolgt von seinen zwei Kameraden. Bevor Paul sich von seiner Überraschung über die erstaunliche Schnelligkeit der Königin erholt hatte, zogen ihm starke und unsanfte Hände die Arme auf den Rücken.

»Es kommt mir so vor, als wäre da noch etwas gewesen«, sagte die Königin abrupt. Sie legte einen scharlachroten Finger an ihr Kinn und neigte auf eine hölzern kindliche Art den Kopf zur Seite. »Wollte ich euch vielleicht ganz andere Teile abhacken lassen als die Köpfe?«

Paul wehrte sich vergeblich. Die zwei Soldaten, die ihn hielten, waren genauso schmerzhaft hart und fest, wie es die Königin zu sein schien. Gally versuchte nicht einmal, gegen den Infanteristen anzukämpfen, der ihn gepackt hatte. »Wir haben nichts getan!« rief Paul. »Wir sind hier fremd!«

»Ah!« Die Königin lächelte vor Freude über ihre Klugheit. Sogar ihre Zähne hatten die Farbe frischen Blutes. »Jetzt fällt es mir wieder ein -

Fremde.« Sie steckte zwei Finger in den Mund und stieß einen ohrenbetäubend lauten Pfiff aus, der von den Felsen widerhallte. »Ich habe versprochen, ihn jemandem auszuliefern. Dann werde ich eben abhacken lassen, was an Köpfen noch übrigbleibt.«

Ein jäher eisiger Schauder durchfuhr Paul wie ein feuchter Wind vom nächtlichen Meer. Er drehte den Kopf, aber wußte schon vorher, was er sehen würde.

Zwei Gestalten waren hinter ihnen auf der Wiese erschienen, beide mit Hut und Mantel bekleidet, die Gesichter verschattet. Sie schritten entschlossen aus, ohne erkennbare Hast. Als der Kleinere in einer scheußlichen Parodie von Überraschung und Freude die Arme ausbreitete, glitzerte etwas im Schatten unter seiner Hutkrempe.

»*Da bist du ja!*« Als er die Stimme hörte, hätte Paul am liebsten geschrien und sich ins eigene Fleisch gebissen. »*Wir waren schon in Unruhe, weil es so lange dauerte, dich wiederzufinden ...*«

Gally jammerte. Paul warf sich nach vorn, um sich loszureißen, aber die Soldaten der Königin hatten ihn fest im Griff.

»*Wir haben uns ganz besondere Sachen für dich aufgehoben, lieber alter Freund.*« Die beiden waren jetzt näher herangekommen, aber immer noch unkenntlich, als ob eine tiefere Dunkelheit sie wie eine Wolke umhüllte. »*Ganz besondere Sachen ...*«

Als Paul gerade die Knie einknickten und er in den starken Armen seiner Häscher zusammensackte, hörte er ein eigenartiges Geräusch. Entweder Gallys Jammern war fast so laut geworden wie vorhin das Pfeifen der Königin oder ...

Das Rumoren nahm zu. Paul riß sich von dem schrecklichen und doch faszinierenden Anblick seiner Verfolger los und schaute auf die Berge. Er fragte sich, ob sich eine Lawine löste – gewiß konnte nur das Reiben von Stein auf Stein so ein tiefes, knirschendes Geräusch machen. Aber es war keine Lawine, nur ein riesiges geflügeltes Ungeheuer, das grollend aus der Höhle im Hang hervorkam. Paul gingen die Augen über. Der Königin klappte der Kiefer herunter.

»*Der Jabberwock!*« würgte einer der Soldaten heraus, und es war ein Ausruf des nackten Grauens.

Sobald das Untier aus seiner engen Höhle heraus war, richtete es sich auf und breitete die Flügel aus, bis die Spitzen so hoch in der Luft waren, daß noch die letzten Strahlen der Sonne auf die geäderte Flughaut fielen. Die schwerlidrigen Augen blinzelten. Der Kopf schlängelte sich auf einem unglaublich langen Hals vor, dann blähten sich mit einem Knall die Flügel auf, als die Kreatur sich in die Lüfte schwang. Gallys Häscher purzelte auf den Rücken, wo er liegen blieb und ein dünnes Kreischen von sich gab.

Die Bestie stieg gerade empor, bis sie am hellen Himmel über den Bergspitzen stand, eine schwarze Silhouette wie eine vor eine Lampe gespannte Fledermaus, dann kam sie im Sturzflug herab. Die Soldaten, die Paul festhielten, ließen beide gleichzeitig los und suchten das Weite. Die Königin hob die Arme hoch und brüllte das herniederstoßende Ungeheuer an. Paul wurde von der Sturmbö umgeworfen, die entstand, als das Untier seine mächtigen Flügel spreizte und wieder nach oben sauste, eine der schrecklichen vermummten Gestalten strampelnd in seinen vogelartigen Klauen.

»Gally!« schrie Paul. Überall wirbelten Staubwolken durch die Luft. Irgendwo hinter dem Schmutz und Dunkel und dem Brausen des Windes schrillte das wütende Zetern der roten Königin. »Gally!«

Er fand den am Boden kauernden Jungen, hob ihn hoch und lief mit ihm auf den Fluß zu. Während sie über das holprige Gelände stolperten, schaute der Junge auf und sah, wo es hinging.

»Nein! Nicht!«

Mit dem um sich schlagenden Kind auf dem Arm rannte Paul platschend ins flache Wasser. Als er in die Strömung hinauswatete, hörte er aus dem Tumult hinter ihnen eine Stimme rufen.

»*Du machst es nur noch schlimmer! Wir werden dich überall finden, Paul Jonas!*«

Er ließ den Jungen los und begann, auf das andere Ufer zuzuschwimmen. Gally zappelte hilflos neben ihm, deshalb packte Paul den Jungen am Kragen und strampelte aus Leibeskräften gegen das Wasser und die Schlingpflanzen an. Plötzlich schwang sich etwas mit so mächtigen Flügelschlägen über ihn hinweg, daß der Wind schäumende Wellen auf dem Wasser warf. Eine scharlachrote Figur, die wie ein kochender Teekessel gellte, baumelte in seinen Klauen. Die Wellen rollten gegen Paul an und warfen ihn ein Stück ans Ufer zurück. Langsam verließen ihn die Kräfte, und die andere Seite des Flusses war noch sehr weit entfernt.

»Schwimm, Junge«, keuchte er und ließ Gally los. Zusammen kämpften sie sich weiter voran, aber die Strömung trieb sie auseinander und riß sie zudem im rechten Winkel zum Ufer mit, das überhaupt nicht näher zu kommen schien.

Ein krampfender Schmerz schoß durch Pauls Bein. Er schnappte nach Luft und tauchte unter, dann drehte er sich in dem trüben Wasser wie wild im Kreis und versuchte, wieder in die Senkrechte zu kommen. Irgend etwas leuchtete ganz in der Nähe, ein verzerrtes, aber helles Licht, wie eine Kerze durch welliges Glas betrachtet. Paul kämpfte sich nach oben. Gally paddelte verzweifelt neben ihm, das Kinn kaum über Wasser, Panik in seinem angestrengten Gesicht.

Paul steckte abermals den Kopf unter Wasser. Da war es – ein goldenes Schimmern in der Tiefe. Er stieß an die Oberfläche, packte Gally und drückte dem Jungen den Mund zu.

»Halt die Luft an!« japste er, dann zog er ihn mit nach unten.

Der Junge wehrte sich heftig. Paul arbeitete aus Leibeskräften mit den Beinen, um sie beide zu dem verzerrten Leuchten zu befördern. Gally stieß ihm einen Ellbogen in den Magen, und Luft entwich; Paul hustete und spürte, wie der Fluß ihm in Nase und Mund schoß. Der gelbe Schimmer schien jetzt näher zu sein, aber die Schwärze auch, und die Schwärze umschloß ihn immer fester.

Paul streckte die Hand nach dem hellen Fleck aus. Er sah schwarzes Wasser, wirbelnd und doch steinhart, und golden beschienene Blasen, wie in Bernstein eingeschlossen. Er sah Gallys Gesicht erstarren, die hervorquellenden Augen, den vor Entsetzen über die Täuschung weit aufgerissenen Mund. Paul streckte die Hand aus. Auf einmal war alles weg.

Kapitel

Fragmente

NETFEED/NACHRICHTEN:
Drei Todesopfer bei Sturm in der Halle
(Bild: Trümmer am Strand, darüber die zerbrochene Kuppel)
Off-Stimme: Drei Menschen wurden getötet und vierzehn weitere schwer verletzt, als ein künstlicher Hallenstrandpark im englischen Bournemouth außer Kontrolle geriet.
(Bild: Bubble Beach Park bei Normalbetrieb)
Funktionsgestörte Wellenmaschinen und der Einsturz des Kuppeldachs des Gebäudes verursachten einen "künstlichen Tsunami", wie ein Augenzeuge es nannte, bei dem drei Menschen ertranken und zahlreiche andere verletzt wurden, als fünf Meter hohe Wellen auf den Hallenstrand donnerten. Sabotage ist nicht auszuschließen ...

> Zwei Tage hatte sie sich davor gedrückt, aber jetzt ging es nicht mehr. Der Tod von Susan Van Bleeck hatte die Gefahr nur allzu deutlich gemacht. Es war Zeit, sich nach Hilfe umzuschauen, und dabei durfte sie diese Möglichkeit nicht außer acht lassen, wie gern sie es auch getan hätte. Wenigstens konnte sie jetzt von der Arbeit aus anrufen, was nicht ganz so schlimm war, wie wenn sie es in den erbärmlichen Verhältnissen der Unterkunft hätte tun müssen. Sie traute sich nicht, das Bild abzuschalten. Es wäre das Eingeständnis von irgend etwas oder würde jedenfalls so aufgefaßt werden - daß sie dick geworden sei oder daß sie ihm nicht ins Gesicht sehen könne.

Renie drehte das Pad, bis sie vor der Wand saß, die noch am ehesten aufgeräumt wirkte, und vor der einzigen Topfpflanze, die die toxische

Büroatmosphäre überlebt hatte. Sie wußte die Nummer - sie hatte sie am Tag nach Susans Tod in Erfahrung gebracht. Es war eine Aufgabe gewesen, etwas, womit sie sich hatte beschäftigen können, aber eins war ihr schon zu dem Zeitpunkt klar gewesen: Wenn sie die Nummer herausfand, würde ihr keine andere Wahl bleiben, als sie irgendwann zu wählen.

Sie zündete sich eine Zigarette an, dann schaute sie sich noch einmal im Büro um, um sicherzugehen, daß sich nichts im Bereich des Weitwinkelobjektivs ihres Pads befand, was gar zu armselig aussah. Sie holte tief Atem. Da klopfte es an die Tür.

»Scheiße. Herein!«

!Xabbu steckte den Kopf herein. »Hallo, Renie. Ist die Zeit ungünstig für einen Besuch?«

Einen Moment lang jubelte sie innerlich über die Gnadenfrist. »Nein, komm rein.« Es war widerlich, derart haltlos nach Ausflüchten zu haschen. »Das heißt, eigentlich ist sie doch ungünstig. Ich muß einen Anruf machen, den ich im Grunde gar nicht machen will. Aber ich sollte. Wirst du eine Weile hier sein?«

Er lächelte. »Ich kam, um dich zu sehen. Ich werde warten.«

Eine Sekunde lang dachte sie, er hätte vor, im Büro zu warten - eine entsetzliche Vorstellung -, aber der kleine Mann nickte nur mehrmals beim Hinausgehen und zog die Tür hinter sich zu.

»Also.« Sie zog noch einmal an ihrer Zigarette. Sie waren angeblich relativ harmlos, aber wenn sie heute noch mehr rauchte, würde sie innerlich in Brand geraten. Sie wählte die Nummer.

Die männliche Bürokraft ließ den Bildschirm schwarz, was ihr nur recht war. »Ich hätte gern Herrn Chiume gesprochen. Sag ihm, es ist Renie. Irene Sulaweyo.« Auch wenn sie ihren vollen Namen verabscheute - sie hatte ihn zu Ehren einer maßlos dicken wie maßlos christlichen Großtante bekommen -, konnte er vielleicht doch einen angemessenen Ton geschäftsmäßiger Distanz herstellen.

Die Promptheit, mit der er sich meldete, überrumpelte sie. Der Bildschirm ging so abrupt an, als ob er aus dem Schrank gesprungen wäre. »Renie! Das ist wirklich eine Überraschung - aber eine freudige Überraschung! Wie geht's dir? Du siehst großartig aus!«

Del Ray sah seinerseits gut aus, weshalb er das Thema wahrscheinlich anschnitt - schicker, wenn auch leicht konservativer Haarschnitt, gepflegter Anzug, Hemdkragen mit Metallicfäden bestickt. Aber daß er das studentische Äußere abgelegt hatte, war nicht die einzige Veränderung - er sah auf eine tiefere, wesentlichere Art anders aus, die sie nicht sofort einordnen konnte.

»Mir geht's ganz gut.« Es befriedigte sie, wie ruhig ihre Stimme klang. »Mein Leben ist im Moment ziemlich ... interessant. Aber darüber erzähle ich dir gleich was. Was macht deine Familie? Ich hab kurz mit deiner Mutter gesprochen, aber sie war gerade im Aufbruch.«

Er setzte sie rasch ins Bild. Allen ging es gut außer seinem jüngeren Bruder, der von klein auf immer wieder mit dem Gesetz in Konflikt gekommen war und auch weiter ständig in Schwierigkeiten geriet und (meistens) wieder heraus. Renie war ein wenig zumute wie im Traum, während sie Del Ray beim Reden betrachtete, seiner Stimme lauschte. Es war alles sehr seltsam, aber nicht so schmerzhaft, wie sie erwartet hatte. Er war ein völlig anderer Mensch als der, von dem sie damals, als er sie verließ, sicher gemeint hatte, er hätte ihr für alle Zeit das Herz gebrochen. Dabei hatte er sich gar nicht so drastisch verändert, es war eher so, daß es keine große Rolle mehr spielte. Er hätte genauso gut der frühere Geliebte einer Freundin sein können und nicht ihr eigener.

»So, das ist meine Geschichte«, sagte er. »Ich bin sicher, deine ist aufregender, und ich bin auch schon ganz gespannt. Ich gehe mal davon aus, daß du mich nicht einfach aus alter Freundschaft angerufen hast.«

Mist, dachte Renie. Del Ray war vielleicht ein Bürokrat geworden, vielleicht ein Spießer von der Sorte, über die sie sich damals lustig gemacht hatten, aber er war nicht verblödet.

»Es sieht so aus, als wäre ich in Schwierigkeiten«, sagte sie. »Aber es ist mir nicht wohl dabei, am Fon darüber zu reden. Können wir uns irgendwo treffen?«

Del Ray zögerte. *Er ist verheiratet,* begriff sie. *Oder sonstwie in festen Händen. Er weiß nicht so recht, was ich von ihm will.*

»Tut mir leid zu hören, daß du ein Problem hast. Ich hoffe, es ist nichts Ernstes.« Er stockte wieder. »Ich nehme an ...«

»Ich brauche bloß deinen Rat. Es ist nichts, was *dich* in Schwierigkeiten bringen könnte. Auch nicht mit der Frau in deinem Leben.«

Seine Augenbraue ging hoch. »Hat Mama dir das gesagt?«

»Nur eine Vermutung. Wie heißt sie?«

»Dolly. Wir haben voriges Jahr geheiratet.« Er wirkte ein wenig verlegen. »Sie ist Justizbeamtin.«

Renie merkte, wie ihr flau wurde, aber wieder war es nicht so schlimm, wie sie gedacht hatte. »Del Ray und Dolly? Fein. Ich vermute, ihr geht nicht viel aus.«

»Sei nicht eklig. Sie würde dir gefallen.«

»Wahrscheinlich.« Der Gedanke, im Grunde das ganze Gespräch, machte sie müde. »Hör zu, du kannst sie mitbringen, wenn du willst. Dies ist kein verzweifelter Versuch einer abservierten Geliebten, dich zurückzulocken.«

»Renie!« Er wirkte ehrlich empört. »Das ist doch dummes Zeug. Ich will dir helfen, wenn ich kann. Sag mir, was ich tun soll. Wo sollen wir uns treffen?«

»Wie wär's irgendwo auf der Golden Mile, nach der Arbeit?« Das würde zwar eine lange Busfahrt zurück zur Unterkunft bedeuten, aber wenn sie schon um Liebesdienste bettelte, dann wenigstens in einer angenehmen Atmosphäre.

Del Ray nannte prompt eine Bar, so prompt, daß sie schloß, es müsse eines seiner Stammlokale sein, und richtete Grüße an ihren Vater und Stephen aus. Er schien auf Mitteilungen über die beiden zu warten, Renies Seite des pflichtgemäßen Informationsaustauschs, aber es gab nicht viel, was sie ihm erzählen konnte, ohne die ganze Sache auf den Tisch zu bringen. Sie beendete das Gespräch so schnell, wie der Anstand es zuließ, und schaltete ab.

Er sieht brav aus, wurde ihr klar. Es war nicht bloß der Anzug oder der Haarschnitt. Irgend etwas, das ein wenig wild gewesen war, war verschwunden oder wenigstens sehr gut versteckt. *Ich etwa auch? Hat er mich angeschaut und gedacht, sieh an, eine triste kleine Dozentin ist aus ihr geworden?*

Sie streckte sich, drückte die Zigarette aus, die ungeraucht heruntergebrannt war, und zündete sich die nächste an. *Wollen wir doch mal sehen.* Absurderweise war sie beinahe stolz auf ihre merkwürdigen und nicht zu knappen Probleme. *Wann ist denn ihm oder seinem Dollylein zuletzt von einer internationalen Verschwörung dicker Männer und hinduistischer Gottheiten das Haus angesteckt worden?*

!Xabbu kam wenige Minuten später wieder herein, aber sie hörte eine ganze Weile nicht auf zu kichern. Es war fast schon hysterisch, zweifellos, aber tausendmal besser als Weinen.

Del Ray musterte !Xabbu eingehend. Zu beobachten, wie er angestrengt überlegte, wer der Buschmann sein mochte und welche Rolle in Renies Leben er wohl spielte, war allein fast den lästigen Aufwand wert, ihn treffen zu müssen. »Freut mich sehr, dich kennenzulernen«, sagte er und drückte dem kleinen Mann mit bewundernswert aufrichtiger Miene die Hand.

»Del Ray ist Ministerialbeamter bei der UNComm«, erklärte sie, obwohl sie !Xabbu das bereits auf der Fahrt erzählt hatte. Sie freute sich, daß sie ihren Freund mitgebracht hatte; es war ein kleiner Punkt zu ihren Gunsten, ließ sie weniger als abgehalfterte Freundin erscheinen, die um einen Gefallen bat. »Er ist ein sehr hohes Tier.«

Del Ray runzelte die Stirn und ging auf Nummer Sicher für den Fall, daß er aufgezogen werden sollte. »Nicht sehr hoch. Ein Karrierist auf den unteren Sprossen der Leiter.«

!Xabbu, der das höfliche Blabla der städtischen Mittelschicht nicht verinnerlicht hatte, nickte einfach, setzte sich in die dicken Polster des Séparées zurück und richtete den Blick auf die antiken (oder auf antik getrimmten) Zierleuchter und schweren Holzpaneelen.

Renie beobachtete beeindruckt, mit welch selbstverständlicher Besitzerpose Del Ray eine Kellnerin herbeiwinkte. Im vorigen Jahrhundert wäre die Bar weißen Geschäftsleuten vorbehalten gewesen und hätte man ihn und Renie und !Xabbu dort unter dem Oberbegriff »die Kaffern« oder »das Schwarzenproblem« abgehandelt, doch heute residierten Del Ray und andere schwarze Aufsteiger hier im Glanz und Gloria des Kolonialreiches. Wenigstens so viel hat sich geändert, dachte sie. Es saßen mehr als nur ein paar elegant gekleidete weiße Männer im Raum, weiße Frauen auch, aber sie bildeten lediglich einen Teil einer Kundschaft, die sich auch aus Schwarzen und Asiaten zusammensetzte. Hier immerhin herrschte echte Gleichheit, auch wenn es die Gleichheit der Reichen und Mächtigen war. Der Feind hatte keine Erkennungsfarbe mehr, sein einziges deutliches Kennzeichen war unzufriedene Armut.

!Xabbu bestellte ein Bier. Renie ließ sich ein Glas Wein bringen. »Nur ein Glas«, sagte sie, »danach würde ich gern einen Spaziergang machen.«

Del Ray zog die Brauen hoch. Er setzte die lockere Konversation fort, als die Getränke kamen, aber mit einer gewissen Wachsamkeit, als hätte er den Verdacht, daß Renie jeden Moment mit einer unangenehmen Überraschung herausrücken könnte. Sie umging das eigentliche Thema und berichtete ihm von Stephens Zustand und dem Brand, ohne einen Zusammenhang anzudeuten.

»Renie, das ist ja furchtbar! Ich bin echt betroffen!« Er schüttelte den Kopf. »Brauchst du irgendwas - Hilfe bei der Wohnungssuche, Geld?«

Sie schüttelte ihrerseits den Kopf und trank dann ihren Wein aus. »Nein, vielen Dank, aber nett, daß du fragst. Können wir jetzt den Spaziergang machen?«

Er nickte befremdet und zahlte. !Xabbu, der schweigend sein Bier getrunken hatte, folgte ihnen auf die Hafenpromenade.

»Laß uns den Pier runtergehen«, schlug Renie vor.

Sie merkte, daß er langsam nervös wurde, aber Del Ray war tatsächlich ein Politiker geworden. Wenn er noch so gewesen wäre wie als Student, hätte er ärgerlich eine Erklärung verlangt und wissen wollen, warum sie seine Zeit vertrödele. Renie fand, daß wenigstens ein paar seiner Veränderungen nach ihrem Geschmack waren. Als sie am Ende des Piers angekommen und bis auf ein paar Fischer und das Zischen der Brecher ungestört waren, steuerte sie eine Bank an.

»Du wirst mich für verrückt halten«, sagte sie, »aber ich kann da drinnen nicht reden. Hier draußen ist es sehr unwahrscheinlich, daß uns jemand belauscht.«

Er zuckte mit den Achseln. »Ich halte dich nicht für verrückt.« Seine Stimme klang weniger sicher als seine Worte.

»Eines Tages wirst du vielleicht froh sein über mein Getue. Ich möchte deine Frau nicht unbedingt kennenlernen, Del Ray, aber ich will auch nicht, daß ihr was zustößt, und wie es aussieht, habe ich mich mit Leuten angelegt, die nicht sehr wählerisch sind.«

Seine Augen wurden schmal. »Würdest du jetzt bitte zur Sache kommen.«

Sie erzählte von Anfang an, wobei sie so allgemein blieb, wie es ging, und so beiläufig wie möglich über die verschiedenen Male hinwegging, bei denen sie ihre Position an der TH mißbraucht oder gegen UNComm-Bestimmungen verstoßen hatte. Ab und zu bat sie !Xabbu, einen Punkt zu bestätigen, und der kleine Mann tat es, wenn auch stets mit einer leicht geistesabwesenden Miene. Renie hatte wenig Aufmerksamkeit übrig, aber sie wunderte sich über seine Stimmung und überlegte kurz, was sie wohl zu bedeuten hatte.

Del Ray blieb weitgehend still und unterbrach nur, um konkrete Fragen zu stellen. Das Innenleben von Mister J's schien ihn zu interessieren, aber als sie ihm ihre Spekulationen über den Club mitteilte, schüttelte er nur ausdruckslos den Kopf.

Als sie zu den aktuellen Ereignissen kam und ihm das Feuer in ihrem Wohnblock und Susans Ermordung schilderte, reagierte er nicht gleich, sondern beobachtete eine Möwe, die sich auf einem Geländer putzte.

»Ich weiß nicht, was ich sagen soll. Die ganze Geschichte ist ... erstaunlich.«

»Was heißt das?« Ein Funken Zorn loderte auf. »Heißt das erstaunlich verrückt oder erstaunlich in dem Sinne, daß du alles tun wirst, was in deiner Macht steht, um mir zu helfen?«

»Ich ... ich weiß es wirklich nicht. Es ist ziemlich viel zu verdauen.« Er fixierte sie, vielleicht um abzuwägen, wie gut er sie nach all den Jahren, in denen sie keinen Kontakt gehabt hatten, noch kannte. »Und es ist mir auch nicht ganz klar, was ich für dich tun soll. Ich gehöre nicht der Sicherheits- oder der Polizeiabteilung von UNComm an. Ich bin im Wirtschaftsressort, Renie. Ich helfe Ladenketten dabei, ihre Systeme nach den UN-Richtlinien auszurichten. Von den Sachen, die du erzählst, habe ich keine Ahnung.«

»Verdammt nochmal, Del Ray, du gehörst zum Politbüro, wie wir es früher genannt haben, du bist ein Insider! Du mußt etwas tun können, und wenn du mir nur zu Informationen verhilfst. Werden diese Leute überhaupt kontrolliert? Hat irgend jemand außer mir ungute Erfahrungen mit dieser Happy Juggler Novelty Corporation gemacht? Wer steckt dahinter? Ich brauche Antworten von jemand, dem ich trauen kann. Ich habe Angst, Del Ray.«

Er runzelte die Stirn. »Natürlich werde ich alles tun, was ich kann ...«

»Außerdem muß ich, glaube ich, in TreeHouse reinkommen.«

»TreeHouse? Warum denn das, um Gottes willen?«

Sie überlegte kurz, ob sie ihm von Susans Mitteilung auf dem Totenbett erzählen sollte, aber entschied sich dagegen. Susans mühsam hervorgebrachte letzte Worte waren nur ihr, !Xabbu und Jeremiah Dako bekannt. Sie wollte sie noch ein Weilchen geheimhalten. »Ich muß einfach rein. Kannst du mir helfen?«

»Renie, ich hab's nicht geschafft, in TreeHouse reinzukommen, als ich noch ein Hasch rauchender, rund um die Uhr häckender Student war.« Er lächelte ironisch. »Meinst du, ich könnte heute, wo ich zum UNComm-Establishment gehöre, auch nur in die Nähe von denen kommen? Für die sind wir der Feind.«

Jetzt war es an ihr, die Stirn zu runzeln. »Das hier ist kein Kinderspiel. Du weißt, daß ich nicht fragen würde, wenn ich nicht wirklich wirklich Hilfe bräuchte.« Sie blinzelte gegen die Tränen an. »Verdammt, Del Ray, mein kleiner Bruder ... ist ...« Sie brach ab, um ja nicht in dieser gefährlichen Richtung weiterzugehen. Lieber wollte sie sterben, als vor ihm weinen.

Er stand auf und nahm ihre Hand. Er sah immer noch sehr gut aus. »Ich werde mich umhören, Renie. Bestimmt. Ich schau mal, was ich finden kann.«

»Sei vorsichtig. Selbst wenn du mich für verrückt hältst, nimm einfach an, ich wär's nicht, und leg lieber zu viel Vorsicht an den Tag als zu wenig. Mach nichts Leichtsinniges, und erreg kein Aufsehen.«

»Ich ruf dich zum Ende der Woche an.« Er reichte !Xabbu die Hand. »Nett, dich kennengelernt zu haben.«

Der kleine Mann erwiderte den Händedruck. »Alles, was Frau Sulaweyo gesagt hat, ist wahr«, erklärte er ernst. »Das sind schlechte Menschen. Du darfst das nicht auf die leichte Schulter nehmen.«

Del Ray nickte leicht verwirrt und wandte sich dann wieder Renie zu. »Das mit Stephen tut mir wirklich leid. Grüß deinen Vater von mir.« Er beugte sich vor und küßte sie auf die Wange, drückte sie kurz, drehte sich um und ging den Pier zurück.

Renie sah ihm nach. »Als es mit uns aus war«, sagte sie schließlich, »konnte ich mir ein Leben ohne ihn nicht vorstellen.«

»Die Dinge verändern sich immer«, sagte !Xabbu. »Der Wind verweht alles.«

»Ich fürchte mich, Renie.«

Sie schaute auf. Er hatte fast die ganze Busfahrt über geschwiegen und auf dem Weg durch die fensterstarrenden Schluchten der Durbaner Innenstadt die Hochhäuser betrachtet.

»Wegen dem Mord an Susan?«

Er schüttelte den Kopf. »Ich trauere um sie, ja, und ich bin wütend auf die Leute, die so etwas Schreckliches taten. Aber meine Furcht ist umfassender.« Er hielt inne und schaute zu Boden, die Hände im Schoß gefaltet wie ein Kind, dem befohlen wurde, artig zu sein. »Es sind meine Träume.«

»Du hast erzählt, du hättest in der Nacht, als Susan angegriffen wurde, geträumt, mir wäre etwas Schlimmes passiert.«

»Es ist mehr. Seit wir in diesem ... Club waren, sind meine Träume sehr stark. Ich weiß nicht genau, wovor ich mich fürchte, aber ich habe das Gefühl, daß ich, nein, daß wir alle von etwas Großem und Grausamem verfolgt werden.«

Renies Herz schlug schneller. Hatte sie nicht etwas Ähnliches geträumt? Oder erinnerte sie sich bloß an einen Traum von !Xabbu, den dieser erzählt und den sie als eigenen abgespeichert hatte? »Das wundert mich nicht«, sagte sie vorsichtig. »Wir haben etwas Schreckliches erlebt.«

Er schüttelte entschieden den Kopf. »Ich spreche nicht von solchen Träumen, Renie. Das sind die Träume, die Einzelne plagen und die aus ihrem eigenen Leben kommen - die Träume von Stadtmenschen, wenn du mir dieses Wort nicht verübelst. Aber ich spreche jetzt von etwas anderem, gewissermaßen von einer Erschütterung in dem Traum, der *uns* träumt. Ich kenne den Unterschied. Was mir in den letzten Tagen kam, ist ein Traum, wie ihn meine Leute haben, wenn es nach einer langen Dürre bald regnen wird oder wenn Fremde durch die Wüste nahen. Es ist ein Traum davon, was *sein wird*, nicht was gewesen ist.«

»Du meinst, du siehst in die Zukunft?«

»Ich weiß es nicht. Es kommt mir nicht so vor, sowenig wie man in die Zukunft sieht, wenn man den Schatten von etwas sieht und weiß, daß die Sache selbst gleich nachkommt. Als Großvater Mantis erkannte, daß seine Zeit auf Erden ablief, als er erkannte, daß zuletzt die Zeit gekommen war, sich mit dem Allverschlinger ans Lagerfeuer zu setzen, da hatte er solche Träume. Auch wenn die Sonne hoch steht, wissen wir, daß sie wieder sinken und daß die Nacht kommen wird. An einem solchen Wissen ist nichts Magisches.«

Sie wußte nicht, was sie erwidern sollte. Vorstellungen wie diese griffen ihr Rationalitätsempfinden an, aber es war ihr nie leicht gefallen, !Xabbus Sorgen und Einsichten abzutun. »Sagen wir, ich glaube dir, nur mal so. Irgendwas verfolgt uns, sagst du. Was heißt das? Daß wir uns Feinde gemacht haben? Aber das wissen wir längst.«

Draußen vor dem Busfenster wurden die spiegelnden hochgesicherten Bürotürme des Geschäftsviertels von einem immer schäbiger werdenden Stadtbild abgelöst, von eilig hingehudelten Wohnblocks und von ramschigen Läden, jeder mit seinem eigenen grellen Neonreklameschnörkel am Eingang. Die Passantenmengen wirkten aus Renies Sicht ziellos und vom Zufall getrieben wie eine leblose fließende Masse.

»Ich spreche von etwas Größerem. Es gibt ein Gedicht, das ich in der Schule gelernt habe - von einem englischen Dichter, glaube ich. Er sprach von einer Bestie, die nach Bethlehem schlapft.«

»Ich erinnere mich, ein wenig. Blutfinstere Fluten. Anarchie auf die Welt losgelassen.«

Er nickte. »Ein apokalyptisches Bild, wurde mir gesagt. Eine Vision der Endzeit. Ich sprach eben vom Mantis und dem Allverschlinger. Dem Großvater Mantis wurde in einer Vision eröffnet, daß eine Zeit großer Umwälzungen kommen werde, und er bereitete sein Volk darauf vor, die Erde für immer zu verlassen, weil seine Zeit darauf abgelaufen war.«

Sein kleines, fein geschnittenes Gesicht war ernst, aber in seinen Augen und an seinem angespannten Mund nahm sie eine Art fiebriger Verzweiflung wahr. Er hatte furchtbare Angst. »Ich habe das Gefühl, daß mir eine solche Vision gewährt wird, Renie. Es kommt eine große Umwälzung, eine ... wie lauteten die Worte? Eine rohe Bestie, lauernd auf Geburt.«

Ein Schauder lief Renie über die Haut, als ob die längst verblichene Klimaanlage des Busses plötzlich wieder zum Leben erwacht wäre. War ihr Freund dabei, wahnsinnig zu werden? Er hatte gesagt, das Stadtleben habe viele seiner Leute zerstört - war diese Besessenheit von Träumen und den Mythen seiner Vorfahren der Anfang einer religiösen Manie, die schließlich auch ihn zerstören würde?

Es ist meine Schuld. Schlimm genug, daß er sich an ein völlig anderes Leben anpassen mußte. Aber jetzt habe ich ihn bis über den Kopf hineingezogen, hinein in den übelsten Morast, den unsere Gesellschaft zu bieten hat. Es ist, als würde man ein kleines Kind auf einem Schlachtfeld oder mitten in einer Sadomaso-Orgie absetzen.

»Und was sollen wir tun?« fragte sie, nach Kräften bemüht, wenigstens äußerlich ruhig zu bleiben. »Wovon geht diese Bedrohung aus - weißt du das?«

Er blickte sie eine Weile an. »Ja. Ich kann nicht sagen, was die Ursachen sind oder was die Ergebnisse sein könnten, aber das brauche ich nicht, um den Ort zu spüren, von dem das Problem ausgeht - selbst ein Blinder kann das Lagerfeuer finden. Ich sagte schon, daß der Club, Mister J's, ein schlechter Ort sei. Das ist er, aber er ist nicht das Herz des Schattens. Ich glaube, er ist wie ein Loch in einem sehr großen Hornissennest - verstehst du? Wenn du dein Ohr an dieses Loch legst, hörst du den Ton von Wesen, die fliegen und beißen und stechen, aber selbst wenn du es mit Lehm verschließt, sind die Hornissen drinnen im Dunkeln immer noch am Leben, und sie werden andere Löcher finden, um hinauszuschlüpfen.«

»Ich bin durcheinander, !Xabbu. Ich weiß wirklich nicht, was du sagen willst.«

Er bedachte sie mit einem winzigen, traurigen Lächeln. »Ich weiß es selbst nicht genau, Renie. Daß ich den Schatten sehen kann, bedeutet noch lange nicht, daß ich erkennen kann, was ihn wirft. Aber bei dieser Sache geht es um mehr als nur um deinen Bruder – vielleicht sogar um mehr als das Leben vieler anderer Kinder wie er. Ich rieche es, wie ich das Nahen eines Gewitters rieche. Auch wenn ich es nicht viel genauer verstehe, reicht es doch aus, um mir sehr große Furcht einzujagen.«

Sie fuhren schweigend weiter, bis !Xabbu wenige Minuten später an seiner Haltestelle in Chesterville ausstieg. Renie winkte ihm durchs Fenster, als der Bus losfuhr, aber seine Worte hatten sie aufgewühlt. Sie war hin und her gerissen. Es war schwer zu sagen, was schlimmer war: zu glauben, daß ihr Freund wahnsinnig wurde, oder zu denken, daß er wirklich etwas wußte, was andere nicht wußten, etwas Grauenhaftes.

Die Sonne war am Untergehen, als ihr Bus Richtung Pinetown rollte. Die klotzigen, tristen Häuser warfen lange Schatten. Renie sah, wie die orangegelben Straßenlaternen angingen, und versuchte sich vorzustellen, was für Bestien jenseits des Lichtkreises lauern mochten.

> Del Ray lächelte, aber er schien nicht ganz glücklich über ihren Anruf zu sein. Renie schob die Prüfung, die sie gerade ausarbeitete, an den Rand des Bildschirms und vergrößerte dann Del Rays Fenster.

»Hast du irgendwas rausgefunden?«

Er schüttelte den Kopf. »Bei mir ist die Zeit gerade nicht günstig für ein Gespräch.«

»Sollen wir uns dann irgendwo treffen?«

»Nein. Hör zu, ich habe noch nicht viel für dich – es ist eine heikle Situation. Das Unternehmen, nach dem du gefragt hast, erregt viel Interesse, aber es ist nichts Außergewöhnliches festzustellen. Es besitzt eine Reihe von Clubs, einige Herstellungsfirmen, ein paar Gearhäuser, hauptsächlich Sachen, die mit dem Netz zusammenhängen. In China gab es eine Klage gegen einen seiner andern Clubs, die bis vor ein untergeordnetes Gericht kam, eingereicht von einer Frau namens Quan.«

»Was meinst du mit Klage? Worum ging es?«

Wieder schüttelte er den Kopf. »Es ging um irgendeine Fahrlässigkeit. Wahrscheinlich ist nichts dran - die Familie zog die Klage vor der Verhandlung zurück. Hör zu, es gibt nicht viel, was ich rausfinden kann, ohne mir Zugang zu verschlossenen Prozeßakten zu verschaffen. Und dazu bin ich eigentlich nicht befugt.« Er zögerte. »Wie geht's Stephen? Irgendeine Besserung?«

»Nein. Sein Zustand ist seit Wochen ziemlich unverändert.« Sie hatte in der Nacht zuvor von Stephen geträumt, daß er auf dem Grund eines tiefen Lochs um Hilfe schrie, während sie einem Polizisten oder einem kleinen Beamten, der mehr damit beschäftigt war, einen rassigen Hund zu streicheln, die Dringlichkeit der Situation klarzumachen versuchte. Allein der Gedanke an den Traum machte sie wütend. »Ist das jetzt alles, was du mir zu sagen hast - daß es nicht viel gibt? Was ist mit den Leuten, denen dieser gräßliche Laden gehört? Es müssen doch Namen auf den Lizenzen stehen. Oder macht es auch zu viele Umstände, die rauszukriegen?«

Einen Moment lang entglitt ihm seine professionelle Selbstbeherrschung. »Ich bin nicht verpflichtet, irgendwas für dich zu tun, klar?«

»Nein.« Sie blickte auf den Bildschirm und fragte sich, was sie eigentlich früher so unwiderstehlich an ihm gefunden hatte. Er war nur ein nett aussehender Mann in einem Anzug. »Nein, bist du nicht.«

»Tut mir leid. Ich wollte nicht ... Ich will dir helfen, Renie. Es ist bloß ...« Er zögerte. »Es ist im Moment alles ziemlich kompliziert für mich.«

Sie fragte sich, ob diese Bemerkung seinem Privatleben oder einer gewöhnlichen Krise am Arbeitsplatz oder etwas Schlimmerem galt. »Was ich neulich sagte, war so gemeint. Sei vorsichtig. Und ich bin dir für deine Hilfe wirklich dankbar.«

»Ich besorge dir alles, was ich kann. Es ist ... ach, es ist einfach nicht so leicht, wie es sich anhört. Mach's gut.«

»Du auch. Vielen Dank.«

Als er weg war, zündete sie sich eine Zigarette an; sie war zu aufgewühlt, um weiter an den Prüfungsthemen zu arbeiten. Es war schwer zu sagen, woher Del Rays offensichtlicher innerer Aufruhr kam - fühlte er sich schuldig wegen der Art, wie ihre Beziehung zu Ende gegangen war, oder unwohl, weil er in eine bizarre Verschwörungsgeschichte hineingezogen worden war, oder war es etwas völlig anderes? Wenn es das zweite war, konnte sie ihm im Grunde keinen Vorwurf machen.

Wenn ihr jemand vor sechs Monaten dieselbe verrückte Geschichte vorgetragen hätte, wäre sie auch skeptisch gewesen. Selbst jetzt ließen sich noch viele Argumente dafür anführen, daß sie lediglich eine Pechsträhne hatte und krampfhaft versuchte, aus den vielen Einzelfällen ein sinnvolles Ganzes zu konstruieren. Hatte nicht jemand mal gesagt, daß Religionen - und paranoide Wahnvorstellungen - auf die Weise anfingen? Als Versuch, einen Sinn in ein Universum zu legen, das für den menschlichen Verstand zu groß und zu sehr vom Zufall bestimmt war?

Was hatte sie denn schon vorzuweisen? Ihr Bruder war auf geheimnisvolle Weise erkrankt, aber merkwürdige, unerklärliche Krankheiten füllten die medizinischen Annalen seit unvordenklichen Zeiten, und das hatte sich bis heute keineswegs geändert. In den letzten fünfzig Jahren hatte es mehr plötzliche Ausbrüche bis dahin unbekannter Viruserkrankungen gegeben als in den fünfhundert Jahren davor.

Sie und !Xabbu hatten anscheinend einen Zusammenhang zwischen Komafällen und Netzbenutzung entdeckt, aber dafür gab es Dutzende von anderen möglichen Erklärungen.

Ihr Wohnblock hatte gebrannt, und obwohl keine amtliche Bestätigung vorlag, hatte es jedenfalls Gerüchte gegeben, es sei Brandstiftung gewesen. Aber auch das war bemerkenswert wenig bemerkenswert. Sie hatte keine Ahnung, wie die Statistik aussah, aber sie war sich ziemlich sicher, daß es in Durban jährlich Hunderte von vorsätzlich gelegten Bränden geben mußte, ganz zu schweigen von den Tausenden von zufälligen.

Die einzigen Punkte, die halbwegs als Indizien gelten konnten, waren der Mordanschlag auf Susan, die wirklich seltsamen Vorfälle in Mister J's und das Auftauchen dieser erstaunlichen goldenen Stadt. Doch auch diese Ereignisse konnten eigenartige, aber erklärliche Zufälle sein. Nur die starken Verbindungen zwischen diesen Zufällen sprachen dafür, daß ihre Gewißheit, einer Sache auf der Spur zu sein, nicht bloß ein krasser Fall von Verfolgungswahn war.

Renie seufzte. *Haben !Xabbu und ich nun recht mit unserm Verdacht? Oder sind wir dabei, uns in die Riege der Leute in den Sensationsnetzen einzureihen, die behaupten, Außerirdische würden ihnen Mitteilungen ins Gehirn beamen?*

Susan hatte das nicht geglaubt, oder zumindest hatte sie etwas entdeckt, das ihr bedeutsam erschienen war, auch wenn Renie in der Beziehung noch nicht weitergekommen war. Doktor Van Bleeck hatte sich nicht gerade durch Nachsicht und Milde ausgezeichnet, wenn sie etwas als ungerechtfertigte Dummheit erachtete - nicht einmal gegenüber ihren engsten Kollegen und schon gar nicht gegenüber einer früheren Studentin, die sie seit Jahren nicht mehr gesehen hatte.

Was hat sie herausgefunden? Was ist, wenn wir diesen Murat Sagar Singh nicht aufspüren können? Oder was ist, wenn doch, aber er gar nicht weiß, was Susan für so bedeutsam hielt?

Der Gedanke, daß sie diesen gräßlichen Anschlag auf ihre Professorin verursacht haben könnte, war schrecklich, aber niederschmetternd war auch die Vorstellung, daß Susan kurz davor bei ihrer abendlichen Arbeit im Labor vielleicht alle möglichen wichtigen Entdeckungen gemacht hatte, sich sogar die Zeit genommen hatte, ihr eine Nachricht zu hinterlassen, ohne jedoch irgend etwas davon festzuhalten. Wer hätte damit gerechnet, daß sich alles so schnell verändern würde? Aber so war es gekommen.

Renie hatte gerade das nächste Päckchen Zigaretten aufgemacht, aber jetzt ließ sie es auf den Schreibtisch fallen und wies ihr Pad an, bei Susan zuhause anzurufen, weil sie hoffte, Jeremiah Dako dort zu erreichen. Trocken und forsch kam die Stimme der Professorin vom Anrufbeantworter.

»*Hier ist Susan Van Bleeck. Ich bin momentan mit etwas Interessantem beschäftigt. Ja, in meinem Alter. Bitte hinterlaß mir eine Nachricht.*«

Einen Augenblick lang brachte Renie kein Wort heraus, aber als sie die Sprache wiedergefunden hatte, bat sie Jeremiah, sie so bald wie möglich zurückzurufen.

Sie griff wieder nach ihren Zigaretten und schob die Prüfungsschablone in die Mitte des Bildschirms zurück.

> Jeremiah Dako blieb an der Fahrstuhltür stehen. »Ich kann mir das nicht heute nochmal ansehen.« Seine Augen waren rot, und er sah zehn Jahre älter aus als bei ihrer ersten Begegnung. »Es macht mich zu wütend, zu traurig.«

»Kein Problem.« Renie ließ !Xabbu aussteigen und tätschelte Dakos Arm. »Danke, daß du uns schauen läßt. Ich hoffe, wir finden etwas. Wir kommen nach oben, wenn wir dich brauchen.«

»Die Polizei hat schon alles durchgekämmt. Es spielt wahrscheinlich keine Rolle mehr, was ihr anfaßt.« Er half Renie, ihre Taschen auszuladen, und drückte dann den Knopf. Die Tür ging zu, der Fahrstuhl brummte nach unten, und Renie warf ihren ersten Blick auf das Labor.

»O mein Gott.« Saurer Magensaft stieg ihr in die Kehle, und sie schluckte schwer. Sie hatte nicht mit einer solchen Verwüstung gerechnet. Die Leute, die Susan so brutal zusammengeschlagen hatten, hatten sich auch ihren Arbeitsplatz mit bestialischer Gründlichkeit vorgenommen. »Sie müssen Vorschlaghämmer dabeigehabt haben.«

Jeder einzelne der langen Tische war umgekippt und alles darin und darauf kurz und klein geschlagen worden. Zersplitterte Gehäuse und zertrümmerte Einzelteile bildeten fast auf dem ganzen Laborboden einen knöcheltiefen Teppich aus Plastikmulch, ein nie mehr zusammensetzbares Puzzle. Auch die Bildschirme an jeder Wand waren zerschmettert und ihr Inneres durch die schartigen Löcher herausgerissen worden, so daß die Kabel wie die Eingeweide eines mittelalterlichen Folteropfers heraushingen.

!Xabbu war in die Hocke gegangen und ließ Schrotteilchen durch seine Finger gleiten. Er blickte auf. »Diese Männer waren ganz bestimmt nicht bloß Räuber. Räuber würden nicht so viel Zeit damit vertun, teure Geräte kaputt zu machen, selbst wenn sie nur hinter Geld her wären.«

»Ich kann's nicht glauben. Allmächtiger Gott, sieh dir das an.« Die Gründlichkeit der Zerstörung übte eine grauenerregende Faszination aus - eine Entropiedemonstration für Anfänger.

Nehmt euch in acht, schienen die Trümmer zu verkünden. *Es gibt Sachen, die sich nicht wieder rückgängig machen lassen, solange die Zeit nicht auf ihrer Bahn kehrtmacht und gegen den eigenen Strom schwimmt.*

Renie versuchte sich so etwas vorzustellen, etwas wie einen zurücklaufenden Videoclip, in dem jedes abgebrochene Stück wieder an seinen ursprünglichen Ort zurückflog, Geräte sich wieder zusammensetzten, Tische sich wieder hinstellten wie aus dem Schlaf gerissene Tiere. Und wenn sie alles zurückspulen könnte, dann würde auch Susan zurückkehren, der Lebensfunke würde in ihren kalten Körper zurückspringen, ihre Knochen würden sich wieder verbinden, die von den Trümmern verdeckten angetrockneten Blutspritzer würden sich verflüssigen und wie Quecksilber zusammenfließen und vom Boden zurück in Susans sich schließende Wunden schießen. Der Tod selbst würde Angst bekommen und fliehen.

Es schauderte Renie. Sie fühlte sich auf einmal schwach und krank. Es war alles zu furchtbar, zu hoffnungslos.

Sie betrachtete !Xabbu, wie er nachdenklich die zerbrochenen Stücke von Susans Arbeit in die Hand nahm, seinen schlanken, kindlichen Rücken, und das Gewicht der Veranwortung legte sich wieder auf sie. In dem Moment war es kein unangenehmes Gefühl. Menschen brauchten sie. Susan war tot, und dieser fürchterliche Vorfall ließ sich nicht rückgängig machen - besser, man beschäftigte sich mit greifbaren Dingen, mit Problemen, die sich lösen ließen. Sie holte tief Luft, machte eine der Gerätetaschen auf, die sie sich in der TH ausgeliehen hatte, und holte einen kleinen Stationsknoten heraus. Ihre Hände zitterten. Sie räumte einen Platz am Boden neben dem Wandanschluß frei und steckte ihn ein. »Wir wollen hoffen, daß diese Station so stark ist, daß man das Haussystem drauf laufen lassen kann«, sagte sie und war froh, daß ihre Stimme einigermaßen fest klang. Krise überstanden. »Jeremiah meinte, er hätte die Lichter und alles andere manuell an- und ausschalten müssen, sie müssen es also irgendwie funktionsunfähig gemacht haben.«

»Hätten gewöhnliche Verbrecher das tun können?«

»Heutzutage ist ein Haufen von illegalem Sabotagegear zu haben, zum Teil sehr billig. Aber ich denke eigentlich nicht, daß Susan eine war, die ihr Haus leichtfertig einem solchen Anschlag ausgesetzt hätte, was bedeutet, daß sie ein ziemlich gutes Paket gehabt haben müssen. Ich kann dir mehr sagen, falls ich ins Haussystem reinkomme.«

!Xabbu runzelte die Stirn. »Hat die Polizei das nicht untersucht?«

»Doch, natürlich. Mord an einer reichen und bekannten Professorin? Jeremiah hat gesagt, sie wären drei Tage hier unten gewesen - auch die Leute von der privaten Wachgesellschaft. Und wir beide haben ja reichlich Fragen über unseren letzten Nachmittag hier beantworten dürfen. Aber selbst wenn sie etwas gefunden hätten, würden sie es uns Normalbürgern nicht mitteilen - ich hab's probiert, Jeremiah hat's probiert. Kann sein, daß wir in sechs Monaten oder so was Brauchbares aus ihnen rausholen würden. So lange können wir nicht warten.« Sie stellte den Stationsknoten an, der einmal blinkte und schon betriebsbereit war. Es war ein sehr gutes Stück asiatischer Hardware, das sie, wenn sie es irgendwo zwischen diesem Haus und dem TH-Labor verlor, ein halbes Jahresgehalt kosten würde. »Schauen wir mal, was noch übrig ist und was es uns sagen kann.«

Renie ließ sich in den Sessel fallen. Dako goß ihr Tee ein.

»Wird dein Freund welchen wollen?«

»Ich denke schon.« Sie starrte auf die dampfende Tasse und war in dem Moment zu müde, sie auch nur hochzuheben.

Dako zögerte, bevor er sich ihr gegenübersetzte. »Habt ihr etwas gefunden? Einen Hinweis auf diese ... Mörder?« Er hielt seine Tasse mit zitternden Fingern. Renie fragte sich, wie es für ihn gewesen sein mochte, nach dem Tod der Professorin das erste Mal in dieses Haus zurückzukommen.

»Nein. Sie haben eine Art Datenkiller in das Haussystem eingespeist - ich habe es mit jedem Wiedergewinnungsgear probiert, das ich kriegen konnte. Es ist ein Wunder, daß hier überhaupt noch was funktioniert.«

»Die Frau Doktor hat darauf geachtet, daß alles in Parallelbetrieb lief. So nannte sie es. Falls das System mal zusammenbrechen sollte.« Stiller Stolz schwang in seiner Stimme.

»Tja, diese Schweine haben ihre Arbeit auch im Parallelbetrieb gemacht. Sie haben nicht nur das System zerbombt, sie haben auch jedes Stück Hardware zertrümmert, das sie in die Hände bekommen konnten.«

!Xabbu kam in die Küche. Er hatte etwas in der Hand. Renie blickte auf, und ihr Herz schlug schneller. »Was ist das?«

»Das fand ich, als ich gerade gehen wollte. Es steckte zwischen einem Labortisch und der Wand. Seine Bedeutung ist mir nicht ersichtlich.«

Renie langte nach dem Stück Papier und strich es glatt. Ihr Name, *Irene*, stand ganz oben. Darunter folgten in Susans unverwechselbarer krakeliger Handschrift die Worte *Atasco* und *Das frühe M*.

»Sagt mir gar nichts«, meinte sie nach einer Weile. »Das kann schon seit Monaten hier liegen, denke ich mal, und möglicherweise ist eine ganz andere Irene gemeint. Aber wir prüfen es nach. Es ist immerhin etwas.«

Jeremiah konnte sich auch keinen Reim darauf machen. Renies kurze Erregung ebbte ab.

!Xabbu setzte sich mit ernstem Gesicht hin. »Im Vorbeigehen sah ich das Bild im Wohnzimmer wieder«, sagte er. »Die Felsmalerei.« Er blickte die vor ihm stehende Tasse an. Eine Weile schwiegen alle. Sie mußten aussehen, dachte Renie, als ob sie eine Séance abhielten. »Es tut mir sehr leid«, fuhr er unvermittelt fort.

»Was?«

»Ich fürchte, ich habe Doktor Van Bleeck ein schlechtes Gewissen wegen des Bildes an der Wand gemacht. Sie war ein guter Mensch. Sie schätzte das Bild, weil es ihr etwas sagte, glaube ich, obwohl es nicht das Werk ihres eigenen Volkes war.«

»Sie war so gut ...« Jeremiah schniefte grimmig und tupfte sich die Augen mit einer Serviette. Er putzte sich die Nase. »Zu gut. Sie war der letzte Mensch, der so etwas verdient hätte. Man sollte diese Männer finden und sie aufhängen, wie man es früher gemacht hat.«

»Etwas Wichtiges hat sie uns jedenfalls mitgeteilt«, sagte Renie. »Und vielleicht war dieser Zettel auch für uns bestimmt. Wir werden unser Bestes tun, um rauszufinden, was sie in Erfahrung gebracht hatte. Und wenn uns das zu den Leuten führt, die das getan haben –« Sie hielt inne und dachte an die brutale, unpersönliche Gründlichkeit der Zerstörung im Keller. »Nun, ich werde alles tun, was ich kann, *alles*, um sie der Gerechtigkeit zu überantworten.«

»Gerechtigkeit.« Dako sprach das Wort aus, als schmeckte es schlecht. »Wann wäre in diesem Land jemals Gerechtigkeit geschehen?«

»Einerseits. Andererseits, Jeremiah, war sie reich und weiß. Wenn unsere Polizei je einen Mord aufklären wird, dann ihren.«

Er schnaubte, ob ungläubig oder zustimmend konnte Renie nicht entscheiden.

Sie tranken ihren Tee aus, während Jeremiah ihnen alles erzählte, was zur Vorbereitung des Gedenkgottesdienstes für seine Frau Doktor noch zu tun war, und auch, wie weitgehend die Arbeit an ihm hängenblieb. Eine Nichte und ein Neffe kamen von Amerika geflogen, und nach früheren Erfahrungen mit ihnen rechnete Jeremiah damit, ohne Dank abgeschoben zu werden. Seine Bitterkeit war verständlich, aber deprimierend. Renie verzehrte ein paar Kekse, mehr aus Höflichkeit als aus Hunger, dann erhoben sie und !Xabbu sich zum Gehen.

»Vielen Dank, daß wir uns umschauen durften«, sagte sie. »Ich hätte mich furchtbar gefühlt, wenn wir es nicht wenigstens versucht hätten.«

Jeremiah zuckte mit den Achseln. »Niemand wird für dieses Verbrechen bestraft werden. Nicht so, wie es bestraft gehört. Und niemand wird sie so sehr vermissen wie ich.«

Da funkte es in Renies Gedächtnis. »Moment mal. Jeremiah, Susan erwähnte eine Freundin namens Martine, eine Rechercheurin. Ich komme nicht auf den Nachnamen – De-ru-irgendwas.«

Dako schüttelte den Kopf. »Ich kenne den Namen nicht.«

»Ich weiß, daß die Haussysteme eliminiert wurden, aber könntest du vielleicht noch irgendwo anders nachschauen? Hat sie ein altmodisches Tagebuch geführt, ein Notizbuch, irgendwas auf Papier?«

Jeremiah setzte abermals an, den Kopf zu schütteln, dann stockte er. »Wir haben ein Rechnungsbuch. Die Frau Doktor befürchtete immer, es könnte Probleme mit der Steuer geben, deshalb führten wir doppelt Buch.« Geschäftig eilte er aus dem Zimmer, und seine Körpersprache verriet, wie dankbar er war, etwas zu tun zu haben.

Zu müde, um sich zu unterhalten, nippten Renie und !Xabbu kalten Tee. Nach etwa zehn Minuten kam Jeremiah mit einer ledergebundenen Kladde zurück. »Es gab vor drei Jahren eine kleine Zahlung, ausgewiesen als ›Recherche‹, an eine ›Martine Desroubins‹.« Er deutete darauf. »Könnte sie das sein?«

Renie nickte. »Es hört sich jedenfalls richtig an. Irgendeine Netzadresse oder Nummer?«

»Nein. Nur der Name und der überwiesene Betrag.«

»Na schön. Immerhin ein Anfang.«

Renie spielte mit dem gefalteten Zettel herum, auf dem jetzt auch der Name der Rechercheurin stand.

Fragmente, dachte sie. *Nichts als Stückchen und Teilchen – Stimmen im Dunkeln, verwirrende Bilder, halb verstandene Namen. Das ist alles, was wir haben.* Sie seufzte, während Jeremiah auf die dunkle Hügelstraße hinausfuhr. Hier und da zeigte ein Leuchten zwischen den Bäumen die Lage einer anderen von Kloofs isolierten Festungen an, und wie immer erschien ihr das Licht als Beweis von Tapferkeit gegenüber der mächtigen und furchterregenden Finsternis.

Tapferkeit? Oder war es Unwissenheit?

Fragmente. Sie legte den Kopf an die kühle Scheibe. !Xabbu hatte die Augen geschlossen. *Ich vermute, das ist auch alles, was wir je bekommen werden.*

Renie setzte sich auf die Bettkante, um sich die Haare zu trocknen, froh über den Augenblick ungestörter Ruhe. Die abendliche Schlange vor der Gemeinschaftsdusche der Unterkunft war lang und sie nicht in Tratschstimmung gewesen, so daß in den zwanzig Minuten Warten der Wunsch nach ein bißchen Alleinsein in ihr gewachsen war.

Sie löste den Turban, den sie sich aus ihrem Handtuch gewickelt hatte, und hörte ihre Anrufe ab. Jemand aus der TH teilte ihr mit, daß sie am nächsten Tag ins Büro der Rektorin bestellt sei - das klang nach nichts Gutem. Sie setzte ihr Suchgear auf die beiden Namen von Susans Papierschnipsel an. Je mehr sie darüber nachdachte, um so mehr wunderte sie sich, daß Doktor Van Bleeck, die ihr Leben lang mit Informationsmaschinen gearbeitet hatte, eine handschriftliche Notiz gemacht hatte, statt einfach eine Mitteilung auf ihr Haussystem zu sprechen. Vielleicht war ja an !Xabbus Entdeckung mehr dran, als sie zuerst gedacht hatte.

Das Gear ermittelte ziemlich rasch eine Verbindung zwischen *Atasco* und *Das frühe M*, einem zwanzig Jahre alten Buch in der dritten überarbeiteten Ausgabe mit dem Titel *Das frühe Mesoamerika*, geschrieben von einem Mann namens Bolivar Atasco. Die erste Suche in südafrikanischen Adreßverzeichnissen nach der mit Susan befreundeten Rechercheurin war weniger erfolgreich, deshalb gab Renie den Befehl, die Online-Verzeichnisse weltweit nach Netzadressen zu durchforsten, die auf den Namen *Desroubins* oder so ähnlich lauteten, und wandte sich dann wieder dem Buch von Atasco zu.

Solange sie Geld ausgab, das sie eigentlich gar nicht hatte, beschloß sie, konnte sie sich auch das Buch herunterladen. Es war ein wenig teurer als normal, da es anscheinend reich illustriert war, aber falls Susan sie damit auf etwas hatte hinweisen wollen, dann würde sie es bei Gott finden.

Bis sie ihre Haare getrocknet hatte, war das Buch auf ihrem System.

Wenn *Das frühe Mesoamerika* eine Botschaft von Susan Van Bleeck enthielt, dann gab es jedenfalls das Geheimnis nicht gleich preis. Es schien nichts weiter zu sein als ein populäres ethnologisches Werk über die Frühgeschichte Mittelamerikas und Mexikos. Sie durchsuchte das Register nach Einträgen, die relevant klangen, aber entdeckte nichts Ungewöhnliches. Sie überflog den Text. Die Farbabbildungen von Ruinen und Artefakten der Azteken und Mayas waren bestechend - besonders beeindruckten sie ein Totenschädel ganz aus Jade und einige der kunstvolleren Steinskulpturen von Göttern mit Blumengesichtern und Vogelklauen -, aber nichts schien irgend etwas mit ihrem Problem zu tun zu haben.

Ein blinkendes Licht lenkte ihre Aufmerksamkeit zurück auf ihre andere Recherche. In keinem der gängigen internationalen Adreßverzeichnisse fand sich jemand mit dem Namen Martine Desroubins.

Renie wählte die TH an und benutzte deren sehr viel umfassendere Suchmaschinen – wenn sie schon Schwierigkeiten bekam, sollte sie sich wenigstens nach Kräften alle Möglichkeiten zunutze machen, solange es noch ging –, dann durchkämmte sie wieder das Atascobuch nach irgend etwas, das den Text oder die Bilder mit der geheimnisvollen Stadt in Zusammenhang brachte. Sie hatte auch diesmal kein Glück und begann daran zu zweifeln, daß der zerknüllte Zettel etwas anderes gewesen war als eine alte Recherchenotiz von Susan. Sie ging zur Einleitung zurück und las gerade etwas über den Verfasser Bolivar Atasco, der anscheinend viele interessante Sachen an vielen interessanten Orten gemacht hatte, als ihr Vater vom Einkaufen zurückkam.

»Warte, Papa, ich helf dir.« Sie stellte ihr Pad aufs Bett und ging ihm die Beutel abnehmen. »Hast du mir meine Schmerzmittel besorgt?«

»Ja, ja.« Er sagte das, als wäre Einkaufen eine zeitlebens danklos verrichtete Dauerbeschäftigung von ihm und nicht etwas, was er soeben erst zum zweiten oder dritten Mal in seinem Erwachsenenleben getan hatte. »Hab die Schmerzmittel, hab die andern Sachen. Die Leute da im Laden, die sind ja verrückt. Wollen, daß man sich in 'ne Schlange stellt, selbst wenn man nur'n paar Kleinigkeiten hat.«

Sie grinste. »Hast du was gegessen?«

»Nein.« Er runzelte die Stirn. »Kochen hab ich vergessen.«

»Ich mach dir was. Morgen mußt du dir dein Frühstück selber richten, weil ich früh zur Arbeit muß.«

»Wieso?«

»Es war die einzige Gelegenheit, eine längere durchgehende Zeit im Labor zu kriegen.«

»Nie bist du zuhause, Mädel.« Mit mürrischer Miene plumpste er auf den Rand seines Bettes. »Läßt mich ständig alleine.«

»Ich versuche, etwas wegen Stephen zu unternehmen, Papa. Das weißt du doch.« Sie unterdrückte ein Stirnrunzeln, als sie einen Sechserpack Bier aus der Tüte holte und unter den Tisch stellte, dann raffte sie ihren Bademantel hoch und kniete sich auf die grobe Sisalmatte, um nach dem Vakuumsack mit Mielie zu schauen. »Ich arbeitete hart.«

»Du machst bei der Arbeit was wegen Stephen?«

»Ich versuch's, ja.«

Während sie auf den zwei Ringen des kleinen Halogenherdes Maismehlpfannkuchen buk, nahm ihr Vater ihr Pad auf den Schoß und überflog ein paar Seiten von *Das frühe Mesoamerika*.

»Was'n das? Das ganze Buch geht nur um irgendwelche Mexikaner. Warn das die, die den Leuten das Herz rausgeschnitten und gegessen ham?«

»Ich glaube«, sagte sie und blickte auf. »Die Azteken brachten Menschenopfer, ja. Aber ich hatte noch nicht viel Gelegenheit, es mir genauer anzuschauen. Es könnte sein, daß Susan mir das hinterlassen hat.«

»Pff.« Er schnaubte und stellte das Pad weg. »Reiche weiße Frau mit 'nem Mordshaus, und sie hinterläßt dir'n Buch?«

Renie rollte mit den Augen. »›Hinterlassen‹ nicht in dem Sinn ...« Sie seufzte und wendete die Pfannkuchen. »Papa, Susan hatte Verwandte. Die bekommen ihren Besitz.«

Ihr Vater blickte stirnrunzelnd das Buch an. »Die ham sie nich im Krankenhaus besucht, haste gesagt. Wenn ich sterbe, besuchst du mich im Krankenhaus, Mädel. Sonst ...« Er hielt inne und dachte einen Augenblick nach, dann grinste er und breitete die Arme aus, wie um ihren winzigen Raum und die wenigen geretteten Habseligkeiten zu umspannen. »Sonst vermach ich das alles jemand anders.«

Sie sah sich um und begriff im ersten Moment nicht, daß er einen Witz gemacht hatte. Ihr Lachen kam ebenso aus Überraschung wie aus Belustigung. »Ich werd da sein, Papa. Nicht auszudenken, daß jemand anders die Matte kriegen könnte, die ich so liebe.«

»Dann vergiß es nicht.« Zufrieden mit sich legte er sich aufs Bett zurück und schloß die Augen.

Renie war gerade beim Einschlafen, als das Pad piepste. Sie tastete danach, benommen und zugleich erschrocken, denn es konnte kaum etwas Gutes bedeuten, wenn jemand sie kurz vor Mitternacht anrief. Ihr Vater auf der anderen Seite der Koje wälzte sich knurrend herum und murmelte etwas im Schlaf.

»Hallo? Wer ist da?«

»Ich bin Martine Desroubins. Warum versuchst du, mich zu finden?« Ihr Englisch hatte einen Akzent, und ihre Stimme war sonor und selbstsicher – die Stimme einer spätnächtlichen Rundfunkansagerin.

»Ich wollte ... das heißt ...« Renie setzte sich auf. Sie entsperrte ihre Bildübertragung, aber da der Bildschirm schwarz blieb, wollte die andere Seite wohl ihre Privatsphäre wahren. Renie stellte den Ton ein wenig leiser, damit ihr Vater nicht aufwachte. »Es tut mir leid, wenn es so aussieht, als ob ...« Sie stockte, krampfhaft bemüht, ihre Gedanken zu sammeln. Sie hatte keine Ahnung, wie gut Susan diese Person gekannt hatte oder wie weit man ihr vertrauen konnte. »Ich bin über eine Freundin auf deinen Namen gestoßen. Ich dachte, du könntest mir vielleicht bei einer Familienangelegenheit helfen, wärest womöglich deswegen schon kontaktiert worden.« Diese Frau hatte durch ihre Nachforschungen bereits ihre Identität in Erfahrung gebracht, es hatte also keinen Zweck, sie in dem Punkt zu belügen. »Ich heiße Irene Sulaweyo. Es geht mir nicht darum, Geschäfte zu machen oder so. Ich habe nicht die Absicht, dir Schwierigkeiten zu bereiten oder in deine Privatsphäre einzudringen.« Sie langte nach ihren Zigaretten.

Eine lange Pause entstand, die durch die Dunkelheit noch länger erschien. »Welche Freundin?«

»Was ...?«

»Welche Freundin hat dir meinen Namen gegeben?«

»Doktor Susan Van Bleeck.«

»Sie hat dir geraten, mich anzurufen?« Echte Überraschung und Verärgerung lagen in der Stimme der Frau.

»Nicht direkt. Hör zu, es tut mir leid, aber mir ist nicht besonders wohl dabei, über diese Sache mit einer Fremden am Fon zu reden. Könnten wir uns vielleicht irgendwo treffen? An einem Ort, wo wir uns beide sicher fühlen würden?«

Die Frau lachte rauh auf, ein wenig rasselnd sogar - auch eine Raucherin, vermutete Renie. »Wo ist die Mitte zwischen Durban und Toulouse? Ich bin in Frankreich, Frau Sulaweyo.«

»Oh ...«

»Aber ich kann dir versprechen, daß es abgesehen von ein paar staatlichen und militärischen Stellen zur Zeit in ganz Südafrika keine sicherere Fonleitung gibt. Also, was soll das heißen, Doktor Van Bleeck hat dir geraten, mich anzurufen, aber nicht direkt? Vielleicht sollte ich einfach zuerst bei ihr nachfragen.«

Im ersten Moment war Renie sprachlos, bis ihr klarwurde, daß diese Frau nicht wußte oder vorgab, nicht zu wissen, was geschehen war. »Susan Van Bleeck ist tot.«

Das Schweigen hielt lange Sekunden an. »Tot?« fragte sie leise. Wenn sie die Überraschung spielte, diese Martine, dann war sie eine begabte Schauspielerin.

Renie fischte sich eine neue Zigarette aus dem Päckchen und erklärte, was vorgefallen war, ohne ihre eigene Rolle dabei zu erwähnen. Es war sehr merkwürdig, so im Dunkeln zu sitzen und einer Fremden in Frankreich die Geschichte zu erzählen.

Einer, die behauptet, *sie wäre in Frankreich,* korrigierte sich Renie. *Und die auch nur* behauptet, *sie wäre eine Sie.* Es war schwer, sich an diese Maskeraden zu gewöhnen, aber im Netz konnte man keinem äußeren Anschein trauen.

»Was du da sagst, macht mich sehr, sehr traurig«, sagte die Frau. »Aber es erklärt noch nicht, was du von mir erwartest.«

»Wie gesagt, es ist mir nicht sehr wohl dabei, am Fon zu reden.« Renie überlegte. Wenn diese Frau wirklich in Europa war, dann mußte sie sich mit Telefongesprächen abfinden. »Vermutlich habe ich keine Wahl. Sagt dir der Name Bolívar Atasco etwas, oder ein Buch, das ...?«

»Halt.« Es gab ein kurzes Summen. »Bevor ich weiter mit dir sprechen kann, muß ich noch ein paar Nachforschungen anstellen.«

Renie war von dem plötzlichen Umschwung verblüfft. »Was soll das heißen?«

»Das soll heißen, daß ich es mir ebenfalls nicht leisten kann, zu vertrauensselig zu sein, entendu? Aber wenn du bist, wer und was du zu sein scheinst, werden wir uns wiedersprechen.«

»Wer und was ich *zu sein scheine*? Was zum Teufel soll das heißen?«

Die Anruferin war lautlos aus der Leitung gegangen.

Renie stellte ihr Pad hin, lehnte sich zurück und ließ ihre müden Augen zufallen. Wer war diese Frau? Gab es eine Chance, daß sie tatsächlich helfen konnte, oder würde es einfach ein bizarrer Zufallskontakt bleiben, ein etwas längeres Gespräch mit einer falschen Verbindung?

Ein Buch, eine geheimnisvolle Fremde - mehr Informationen, aber keine davon irgendwie konkret.

Immerzu im Kreis. Die Müdigkeit zerrte an ihr wie ein quengeliges Kind. *Nichts weiter als Stückchen und Teilchen, Fragmente. Aber ich muß weitermachen. Niemand sonst wird es tun. Ich muß.*

Sie konnte eine Weile schlafen - sie mußte eine Weile schlafen -, aber sie wußte, daß sie nicht ausgeruht aufwachen würde.

Kapitel

Seth

NETFEED/RELIGION:
Zusammenstoß erschüttert die Grundfesten des Islam
(Bild: Gläubige beim Gebet in Rijad)
Off-Stimme: Die moslemische Splittersekte, deren
Anhänger sich nach ihrem Stifter Abdul Karim
Sorusch als "Soruschin" bezeichnen, ist vom Freistaat Rotes Meer verboten worden. Er geht damit als
letzter islamischer Staat gegen eine Gruppierung
vor, die von vielen traditionellen Moslems als
Bedrohung angesehen wird. Ob dieses Verbot die
Soruschin davon abhalten wird, als Pilger nach
Mekka zu kommen, ist noch nicht geklärt, und viele
befürchten, die Entscheidung könnte die islamische
Welt spalten.
(Bild: Gläubige auf der Pilgerfahrt beim Umschreiten der Kaaba)
Die Regierung des Freistaats gibt an, mit dem Verbot die Soruschin selbst schützen zu wollen, die
häufig Opfer von Massenausschreitungen waren.
(Bild: Archivaufnahmen von Professor Sorusch bei
einer Vorlesung)
Sorusch, ein berühmter islamischer Gelehrter um die
letzte Jahrhundertwende, hatte verkündet, Demokratie und Islam seien nicht nur vereinbar, sondern
ihre Allianz sei unausweichlich …

> Keine Sonne störte das makellose Blau des Himmels, und doch funkelte der Sand und gleißte der große Fluß. Auf eine Geste des Gottes hin glitt die Barke ins tiefere Wasser hinaus und drehte sich gegen die träge Strömung. An den Ufern warfen sich Tausende von Anbetenden

demütig aufs Gesicht, eine reißende, ekstatisch heulende Menschenwelle von weitaus größerer Gewalt als die schläfrige Bewegung des Flusses. Andere schwammen der Barke hinterher und riefen Lobpreisungen, bis ihnen der Mund voll Wasser lief und sie glücklich ertranken, weil es bei dem Versuch geschah, das bunt bemalte Schiff ihres Herrn zu berühren.

Die unaufhörliche und lautstarke Verehrung, die gewöhnlich einen beruhigenden Hintergrund für seine Selbstinszenierung abgab, ging Osiris mit einem Mal auf die Nerven. Sie störte ihn beim Denken, und er hatte diese Beförderungsart eigens wegen des langsamen und entspannten Tempos gewählt, das es ihm gestattete, sich für das Treffen zu sammeln. Wenn das ausgedehnte meditative Intermezzo nicht in seinem Sinn gewesen wäre, hätte er sich auch sofort an sein Ziel begeben können.

Er bewegte abermals die Hand, und schon waren die Massen verschwunden, schneller ins Nichts befördert, als man eine Fliege erschlagen konnte. Nichts als ein paar hohe Palmen war an den Ufern verblieben. Auch die Schwimmer waren fort und die seichten Stellen von allem außer Papyrusdickichten leer. Nur der Steuermann der Barke und die nackten Kinder, die dem Herrn über Leben und Tod mit Straußenfedern Luft zufächelten, waren noch da. Osiris lächelte und wurde ruhiger. Es war angenehm, ein Gott zu sein.

Als die sanften Geräusche des Wassers seine Nerven beruhigt hatten, richtete er seine Gedanken auf die bevorstehende Zusammenkunft. Er suchte in sich nach Anzeichen von Beklemmung und wunderte sich nicht, mehrere zu finden. Obwohl er das schon so viele Male gemacht hatte, wurde es niemals leichter.

Er hatte viele verschiedene Möglichkeiten ausprobiert, seine Begegnungen mit dem Andern vorzustrukturieren, immer darauf bedacht, die Interaktion erträglicher zu gestalten. Für ihr erstes formelles Zusammentreffen hatte er eine unscheinbare Bürosimulation geschaffen, farbloser als alles, was ihm in der wirklichen Welt gehörte, und hatte den Andern durch die Persona eines unbedarften jungen Angestellten gefiltert, einen der austauschbaren Niemande, deren Laufbahn und sogar deren Leben er unzählige Male, ohne zu zögern, zerstört hatte. Er hatte gehofft, den Andern dadurch zu einem Objekt von solcher Harmlosigkeit zu machen, daß jedes eigene Unbehagen von vorneherein ausgeschaltet wäre, aber dieses frühe Experiment war gründlich danebengegangen. Die abnormen Eigenschaften des Andern waren dadurch, daß sie sich über die Simulation Ausdruck verschaffen mußten, noch beunruhigender gewesen. Obwohl das Treffen in einer Simwelt stattgefunden hatte, die Osiris gehörte und von ihm kontrolliert wurde, hatte der Andere seinen Avatar auf höchst beängstigende Art verzerrt und geschrämbelt. Trotz seiner ungeheuren Erfahrung hatte Osiris immer noch keine Ahnung, wie der Andere es schaffte, eine komplexe Simulationsapparatur so vollständig außer Kraft zu setzen, zumal er sehr selten den Eindruck machte, überhaupt bei Verstand zu sein.

Andere Experimente waren nicht besser ausgeschlagen. Der Versuch, ein Treffen in einem nichtvisuellen Raum abzuhalten, hatte nur den Erfolg gehabt, daß Osiris sich in der unendlichen Schwärze mit einem gefährlichen Tier eingesperrt fühlte. Versuche, den Andern auf subtile Weise lächerlich zu machen, waren ebenfalls fehlgeschlagen - ein zeichentrickartiger Simuloid, das Werk von Programmierern der Kindersendung »Onkel Jingle«, hatte sich einfach immer weiter ausgedehnt, bis er die übrige Simulation verdrängt und Osiris so schreckliche Klaustrophobie verursacht hatte, daß er gezwungen gewesen war, offline zu gehen.

Nein, er wußte jetzt, daß dies die einzige Art war, wie er die unangenehme Aufgabe bewältigen konnte, eine Aufgabe, die die anderen Mitglieder der Bruderschaft nicht einmal versuchen würden. Er mußte den Andern durch seine ureigene und vertrauteste Simulation filtern und die Begegnungen so sehr, wie es überhaupt möglich war, mit einem rituellen Rahmen umgeben, der für Distanz sorgte. Sogar die langsame Fahrt den Fluß hinauf war nötig, damit er sich in dieser Zeit in den Zustand meditativer Ruhe versetzen konnte, den er zu einer sinnvollen Verständigung brauchte.

Im Grunde war die Vorstellung ziemlich erstaunlich, daß irgend jemand Osiris, dem Oberhaupt der Bruderschaft, Angst machen konnte. Selbst in der normalen Welt war er eine furchteinflößende Erscheinung, ein Mann, der so viel Macht und Einfluß ausübte, daß viele ihn für einen Mythos hielten. Hier in seinem selbsterschaffenen Mikrokosmos war er ein Gott, der größte aller Götter, mit allen Möglichkeiten, die ein solcher Rang mit sich brachte. Wenn er wollte, konnte er mit einem Augenzwinkern ganze Universen vernichten.

Er hatte diese Fahrt jetzt schon Dutzende Male gemacht, und doch erfüllte ihn die Aussicht auf den schlichten Kontakt mit dem Andern - »Gespräche« konnte man diese Interaktionen nicht nennen - mit einem ähnlichen Schrecken wie damals, als er in seiner ach so weit zurückliegenden Kinderzeit im Bewußtsein seiner Schuld und der sicheren Bestrafung zusammengekauert in seinem Zimmer gelegen und darauf gewartet hatte, daß die Schritte seines Vaters die Treppe hinaufgedröhnt kamen.

Was der Andere war, wie er dachte, was ihm die Fähigkeiten verlieh, die er hatte – dies alles waren Fragen, auf die es vielleicht keine faßbare Antwort gab. Möglicherweise gab es auch ganz einfache Erklärungen, so unkompliziert wie die Biolumineszenz, mit der ein Leuchtkäferweibchen ein Männchen anlockte. Aber sie waren belanglos, und in sein Grauen mischte sich eine perverse Freude. Die Menschheit drang immer weiter vor, und immer entzog sich das Universum ihrem Zugriff. Das Geheimnis nahm kein Ende.

Die Barke des Herrn über Leben und Tod glitt den großen Fluß hinauf. Der brennende Sand lief zu beiden Seiten ohne Unterbrechung bis zum Horizont. In der ganzen Welt, so schien es, gab es in diesem Augenblick keine andere Bewegung als das Fahren des Schiffes und das langsame Heben und Senken der Federfächer in den Händen der Diener des Gottes. Osiris setzte sich aufrecht hin, kreuzte die bandagierten Arme über der Brust und starrte mit seiner goldenen Mumienmaske in den unendlichen Süden der roten Wüste.

Seth, die Bestie der Finsternis, wartete.

> Aus der Luft sah dieser Abschnitt der Küste von Oregon kaum anders aus als zehntausend Jahre zuvor: die Kiefern und Tannen in schiefer, windgepeitschter Formation auf den Steilufern, die steinigen Strände dem ewigen Werben des rastlosen Pazifik ausgesetzt. Nur die zwischen den Bäumen aufragende Hubschrauberlandefläche, ein hundert Meter breiter, mit Halogenlampen bestückter Kreis aus fibramicverstärktem Beton, ließ ahnen, was unter den Hügeln verborgen lag.

Der Senkrechtstarter brach leicht aus, als ein starker Windstoß vom Ozean blies, aber der Pilot hatte Landungen auf stampfenden Flugzeugträgerdecks bei schlimmerem Wetter und unter Feindbeschuß hinter sich. Ein paar kleine Korrekturen unter dem Brüllen des Hubstrahltriebwerks, dann setzte das Flugzeug so sanft wie ein fallendes Blatt auf der Landefläche auf. Mehrere Gestalten in orangefarbenen Overalls kamen aus dem niedrigen, unauffälligen Gebäude auf der einen Seite der Fläche gerannt, gemächlicher gefolgt von einem Mann in einem legeren blauen Anzug, dessen Farbton sich bei jedem Schritt leicht zu verändern schien, so daß er wie ein schlechter Farbfilm flirrte.

Der Nachzügler stellte sich unten an die Gangway des Flugzeugs und hielt dem stämmigen älteren Mann in Uniform, der aus dem Jet stieg, die Hand zur Begrüßung hin. »Guten Tag, General. Herzlich Willkommen bei Telemorphix. Mein Name ist Owen Tanabe. Herr Wells erwartet dich.«

»Weiß ich. Ich hab eben mit ihm gesprochen.« Der uniformierte Mann übersah Tanabes ausgestreckte Hand und marschierte auf die Fahrstuhltüren zu. Tanabe mußte sich umdrehen und sich beeilen, um ihn einzuholen.

»Du bist nicht das erste Mal hier, sehe ich das richtig?« fragte er den General.

»War schon hier, als das nichts weiter war als ein Loch im Boden und ein Haufen Pläne, und danach noch ein paarmal.« Er drückte mit einem kurzen Wurstfinger auf die Fahrstuhlknöpfe. »Worauf wartet das Scheißding?«

»Auf Autorisation.« Tanabes Finger fuhren mit der flinken, geübten Bewegung von jemand, der Blindenschrift liest, über die Knöpfe. »*Nach unten*«, sagte er. Die Fahrstuhltür schloß sich, und der Fahrkorb setzte sich geräuschlos in Bewegung.

Weitere Konversationsangebote des jungen japanisch-amerikanischen Mannes wurden ignoriert. Als die Fahrstuhltür sich wieder öffnete, deutete Tanabe auf den dick mit Teppich ausgelegten Raum und seine üppig gepolsterten Möbel. »Herr Wells läßt dich bitten, Platz zu nehmen und einen Moment zu warten. Er wird gleich kommen. Kann ich dir etwas bringen?«

»Nein. Wird's lang dauern?«

»Das glaube ich kaum.«

»Dann kannst du dich von mir aus aufs Pferd schwingen.«

Tanabe zuckte charmant mit den Achseln und lächelte. »*Nach oben.*« Die Tür schloß sich.

General Yacoubian hatte sich eine Zigarre angezündet und beäugte mit grimmigem Mißtrauen ein modernes Kunstwerk - mehrfarbige elektrosensitive Gase in einer durchsichtigen Plastikform, angefertigt nach dem Gipsabdruck eines Unfalltoten -, als mit einem Zischen die Tür hinter dem Schreibtisch aufging.

»Die schaden deiner Gesundheit, denk daran.«

Yacoubian wandte seinen mißbilligenden Blick von der Skulptur ab und richtete ihn auf den schlanken, weißhaarigen Mann mit dem faltigen Gesicht, der diese Bemerkung gemacht hatte. Der Eintretende trug einen zerknitterten uralten Sweater und weite Hosen. »Heiliger Bimbam«, sagte der General, »fängst du schon wieder mit diesem Scheiß an, von wegen ich soll mir das Rauchen abgewöhnen? Was verstehst du denn davon?«

»Irgendwas muß ich davon verstehen«, sagte Wells milde. »Schließlich werde ich nächsten Monat hundertelf.« Er lächelte. »Aber ich werde müde, wenn ich nur daran denke. Ich glaube, ich setze mich erst mal.«

»Mach dir's nicht zu bequem. Wir müssen reden.«

Wells zog eine Augenbraue hoch. »Rede.«

»Nicht hier. Nichts für ungut, aber es gibt gewisse Dinge, über die ich im Umkreis einer halben Meile von irgendwelchen Abhör- und Aufnahmegeräten nicht reden will, und der einzige Ort, der mehr davon pro Quadratzentimeter hat als deine Gearfarm hier, ist die Washingtoner Botschaft von dem Drittweltland, das als nächstes an der Reihe ist, daß wir ihm Feuer unterm Arsch machen.«

Wells lächelte, aber ein wenig eisig. »Willst du damit andeuten, daß ich deiner Meinung nach in meinem eigenen Büro nicht sicher reden kann? Meinst du wirklich, irgend jemand käme bei Telemorphix durch? Ich habe Gear, von dem selbst die Regierung nur träumen kann. Oder willst du sagen, daß du mir nicht traust, Daniel?«

»Ich will sagen, daß ich bei dieser Geschichte niemandem traue - dir nicht, mir nicht, allen nicht, die vielleicht gerade für uns arbeiten. Ich traue TMX nicht, und ich traue nicht der US-Regierung, der Luftwaffe oder den Pfadfindern der Ortsgruppe Emporia, Kansas. Klar? Nimm's nicht zu persönlich.« Er nahm die Zigarre aus dem Mund und betrachtete das nasse, abgekaute Ende mit zerstreutem Mißmut, dann steckte er sie wieder zurück und saugte daran, bis das andere Ende rot glühte. Wells runzelte die Stirn über die aufsteigende dicke Rauchwolke, aber sagte nichts. »Ich mach dir einen Vorschlag. Wir können in einer halben Stunde in Portland sein. Einem Gespräch in meinem Flugzeug traue ich auch nicht, wenn dich das beruhigt, also reden wir übers Wetter, bis wir gelandet sind. Du bestimmst den Stadtteil, ich das Restaurant darin. Auf die Art wissen wir, daß von keiner Seite eine abgekartete Sache läuft.«

Wells blickte finster. »Daniel, das ist ... sehr überraschend. Bist du sicher, daß das alles nötig ist?«

Yacoubian schnitt eine Grimasse. Er nahm wieder die Zigarre aus dem Mund und drückte sie genüßlich in einem Art-déco-Aschenbecher aus, der damit zum erstenmal seit mindestens einem halben Jahrhundert seiner ursprünglichen Bestimmung zugeführt wurde. Die zuckenden Mundwinkel seines Gastgebers blieben nicht unbemerkt. »Nein, Bob, ich bin bloß deshalb die ganze Strecke hergeflogen, weil ich dachte, daß deine Ernährung zu eißweißarm ist. Menschenskind, wir müssen reden, wenn ich dir's doch sage. Nimm ein paar von deinen Gorillas mit. Wir schicken sie zusammen mit meinen vor, damit sie dafür sorgen, daß der Laden, den wir uns aussuchen, sauber ist.«

»Wir sollen uns einfach da reinsetzen? Zu ... zu den andern Gästen?«

Der General lachte. »Das ist dir unheimlich, hä? Nein, wir schaffen sie raus. Den Besitzern schieben wir genug Geld in den Rachen, daß sich die Sache für sie lohnt. Öffentliches Aufsehen wäre mir wurst, aber meinetwegen können wir ihnen in der Beziehung ein bißchen die Hölle heiß machen. Ich will einfach ein paar Stunden lang keinen Gedanken daran verschwenden müssen, wer jetzt grade wieder mithört.«

Wells zögerte immer noch. »Daniel, ich bin weiß Gott wie lange nicht mehr irgendwo essen gegangen. Ich habe diesen Fleck hier nicht verlassen, seit ich wegen dieser Chose mit dem Freiheitsorden in Washington war, und das ist jetzt fast fünf Jahre her.«

»Dann wird's dir ganz gut tun. Dir gehört die halbe Welt, Mensch - willst du dir nicht mal was davon anschauen?«

Für Außenstehende - wie die nervöse junge Kellnerin, die bei ihrem Arbeitsantritt hatte feststellen müssen, daß sie an dem Abend nur zwei Gäste zu bedienen hatte, und die jetzt aus der relativ sicheren Position der Küchentür zu ihnen hinüberlugte - schienen die Männer an dem Tisch ungefähr gleich alt zu sein, alt genug, um demnächst mit den ersten Enkeln rechnen zu können. Allerdings ließen nur sehr wenige normale Großväter ihren Tisch und ihre Stühle von einem Sicherheitstrupp sterilisieren oder ihr Essen unter den wachsamen Augen eines halben Dutzends Leibwächter zubereiten.

Der General war in Wirklichkeit ein jung aussehender Siebziger, klein und stabil gebaut, mit einer Hautfarbe wie Kaffee mit Sahne noch von seinen Jahren im Nahen Osten. Er war in der Luftwaffenakademie Ringer gewesen und hatte immer noch den breitbeinigen Gang.

Der größere Mann war ebenfalls gut gebräunt, allerdings kam seine Hautfarbe von einer Melaninveränderung, einem Schutz gegen die Alterungswirkung von ultraviolettem Licht. Wegen seiner geraden Haltung und seinem festen Fleisch hielt die Kellnerin - die enttäuscht war, weil sie keine der beiden so offensichtlich wichtigen Persönlichkeiten erkannte - ihn für den Jüngeren. Das war ein verständlicher Irrtum. Nur die gläserne Langsamkeit seiner Bewegungen und der Gelbton des Weißen in seinen Augen gaben überhaupt einen Hinweis auf die vielen Operationen und die schmerzhaften täglichen Gesundheitsmaßnahmen, die ihn am Leben hielten und es ermöglichten, daß dieses Leben eine gewisse Ähnlichkeit mit einem normalen hatte.

»Ich bin froh, daß wir das gemacht haben.« Wells nippte bedächtig an seinem Wein, dann setzte er das Glas ab und betupfte sich die Lippen. Er vollzog jede Bewegung mit einer solchen Überlegtheit und Exaktheit, daß er aus zartem Kristall zu bestehen schien, wie ein Wesen aus einem Märchen. »Es ist gut ... woanders zu sein.«

»Na, siehst du, und wenn unsere Jungs ihr Geld wert sind, können wir uns hier sicherer unterhalten als sogar in diesem bombensicheren Götterdämmerungsbunker unter deinem Büro. Und das Essen war auch okay. So einen Lachs kannst du an der Ostküste einfach nicht bekommen - wahrscheinlich gibt es seit dieser Seuchengeschichte gar keinen Artikel namens Ostküstenlachs mehr.« Yacoubian schob seinen Teller mit feinen Gräten beiseite und wickelte eine Zigarre aus. »Ich komm direkt zur Sache. Ich traue dem alten Mann nicht mehr.«

Wells Lächeln war dünn und gespenstisch. »Vorsicht mit dem Wort ›alt‹.«

»Spar dir deinen Atem. Du weißt, wen ich meine, und du weißt, was ich meine.«

Der Eigentümer des mächtigsten Technologieunternehmens der Welt blickte seinen Begleiter eine Weile an, dann drehte er sich zu der herannahenden Kellnerin um. Seine abwesende, zerstreute Miene wurde plötzlich eiskalt. Die junge Frau, die endlich ihren Mut zusammengenommen hatte, um sich aus der Küchentür zu trauen und die Teller abräumen zu kommen, sah den Blick auf Wells' Gesicht und erstarrte wenige Schritte vor dem Tisch.

Der General hörte ihr erschrockenes scharfes Einatmen und sah auf.

»Wir sagen Bescheid, wenn wir was wollen. Setz dich in die Küche oder so. Bißchen plötzlich.«

Die Kellnerin eilte davon.

»Es ist kein Geheimnis, daß du ihn nicht leiden kannst«, sagte Wells. »Es ist auch kein Geheimnis, daß ich ihn nicht leiden kann, obwohl mir seine Leistung einen gewissen zähneknirschenden Respekt abnötigt. Aber, wie gesagt, beides ist kein Geheimnis. Wozu also dieses Versteckspiel?«

»Weil irgendwas schiefgegangen ist. Du hast recht, ich kann ihn nicht riechen, und ehrlich gesagt, dieses ganze ägyptische Affentheater geht mir auf den Wecker. Aber wenn alles so laufen würde wie geplant, wär mir das völlig schnurz.«

»Wovon redest du, Daniel?« Wells' Haltung war steif geworden. Seine seltsamen Augen, strahlendes Blau in altem Elfenbein, wirkten in seinem ausdruckslosen Gesicht noch stechender. »Was ist schiefgegangen?«

»Die Sache mit dem Entkommen, der ›Versuchsperson‹, wie unser furchtloser Führer ihn zu nennen beliebt. Ich hab welche von meinen Leuten ein paar Simulationen anstellen lassen - keine Bange, ich hab ihnen keine näheren Einzelheiten gegeben, nur sehr allgemeine Parameter. Und sie kriegen immer wieder dieselben Ergebnisse. Nämlich daß es nicht durch Zufall passiert sein kann.«

»Es gibt keine Zufälle. Das ist das A und O der Wissenschaft - ich habe dir das doch schon oft genug erklärt, Daniel. Es gibt nur Muster, die wir noch nicht erkennen.«

Yacoubian knüllte seine Serviette zusammen. »Komm mir verdammt nochmal nicht von oben herab, Wells. Ich sage dir, daß es kein Zufall war, und ich will mir keine Vorträge anhören. Nach meinen Informationen muß jemand dabei mitgeholfen haben.«

»Jemand in ... in der Gruppe? Der alte Mann selbst? Aber warum? Und wie, Daniel? Sie hätten hereinspaziert kommen und es direkt vor meiner Nase machen müssen.«

»Verstehst du jetzt, warum ich in deinem Büro nicht reden wollte?«

Wells schüttelte langsam den Kopf. »Das ist ein Zirkelschluß, Daniel. Eine zufällige Panne ist immer noch das Wahrscheinlichste. Auch wenn deine SitMap-Leute meinen, daß es zu neunundneunzig Komma neun neun Prozent nach einem Eingreifen von außen aussieht - nur mal spaßeshalber angenommen, daß sie überhaupt die richtigen Zahlen haben –, dann besteht immer noch eine Chance von eins zu zehntausend, daß es Dusel war. Auf meiner Seite zweifelt niemand daran, daß es ein Unfall war, und es sind meine Ingenieure, die die Sache ausbügeln müssen. Es fällt mir sehr viel leichter zu glauben, daß wir bei diesen Chancen, die in Wirklichkeit gar nicht so gering sind, den absoluten Zufallstreffer gelandet haben, als anzunehmen, daß jemand von außen in das Gralsprojekt reingekommen ist.« Wieder ein eisiges Lächeln. »Oder in ›Re‹, wie unser furchtloser Führer es zu nennen beliebt. Sei so gut, und schenk mir noch etwas Wein nach. Ein chilenischer?«

Yacoubian füllte das Glas des anderen. »Kommt seit Jahr und Tag nicht aus seinem dämlichen Bunker raus, und jetzt säuft er sich einen an. Ein jahrhundertalter Teenager.«

»Hundertelf, Daniel. Beinahe.« Seine Hand mit dem Glas blieb auf halbem Weg zum Mund stehen. Er stellte das Glas ab.

»Verdammt nochmal, Bob, hier geht's um was! Du weißt, wie viel Zeit und Energie wir alle in die Sache gesteckt haben! Du weißt, was für Risiken wir eingehen, allein schon mit diesem Gespräch!«

»Allerdings, Daniel.« Wells' Lächeln schien jetzt festgefroren zu sein, wie ins Gesicht einer Holzpuppe geschnitzt.

»Dann fang endlich an, mich ernst zu nehmen. Ich weiß, daß du nicht viel vom Militär hältst – typisch für deine ganze Generation, soweit ich weiß –, aber wenn du glaubst, daß jemand es so weit bringen kann wie ich, ohne was auf dem Kasten zu haben ...«

»Ich habe großen Respekt vor dir, Daniel.«

»Warum zum Donner glotzt du mich dann mit diesem dämlichen Grinsen an, wenn ich dich dazu kriegen will, über was Wichtiges zu reden?«

Der Mund des größeren Mannes wurde zu einem dünnen, geraden Strich. »Weil ich nachdenke, Daniel. Und jetzt sei mal ein Weilchen still.«

Die mittlerweile völlig verängstigte Kellnerin hatte die Erlaubnis bekommen, abzuräumen. Als sie beiden Männern einen Kaffee und dem General einen Schwenker Cognac hinstellte, faßte Wells sie sanft am Arm. Sie fuhr hoch und stieß ein kurzes überraschtes Quieken aus.

»Wenn du dich irgendwo verirrt hättest und nicht wüßtest, wie du da hingekommen bist, und den Ort nicht erkennen würdest, was würdest du tun?«

Sie starrte ihn mit weit aufgerissenen Augen an. »Wie ... wie bitte, Sir?«

»Du hast mich doch verstanden. Was würdest du tun?«

»Wenn ich ... mich verirrt hätte?«

»Und der Ort dir unbekannt wäre und du nicht wüßtest, wie du da hingelangt bist. Vielleicht hättest du sogar Gedächtnisschwund und könntest dich nicht erinnern, wo du her bist.«

Ungeduldig setzte Yacoubian an, etwas zu sagen, aber Wells warf ihm einen scharfen Blick zu. Der General verzog das Gesicht und wühlte in seiner Tasche nach seinem Zigarrenetui.

»Ich weiß nicht recht.« Die junge Frau wollte sich aufrichten, aber Wells hatte ihren Arm fest im Griff. Er war stärker, als seine bedächtigen Bewegungen vermuten ließen. »Ich denke, ich würde ... irgendwo warten. An einem Ort bleiben, damit mich jemand finden kann. So haben wir's bei den Pfadfinderinnen gelernt.«

»So so.« Wells nickte. »Du hast einen kleinen Akzent, meine Liebe. Wo bist du her?«

»Aus Schottland, Sir.«

»Schau an. Dann mußt du nach dem Zusammenbruch gekommen sein, nicht wahr? Aber sag mir, was wäre, wenn du in einem Land voller Fremder wärst und nicht wüßtest, ob je einer nach dir suchen käme? Was würdest du dann tun?«

Die Kellnerin wurde langsam panisch. Sie stützte ihre zweite Hand auf den Tisch und holte tief Atem. »Ich würde ... ich würde versuchen, eine Straße zu finden, Leute zu finden, die viel herumkommen. Und ich würde die Leute nach Städten in der Nähe fragen, bis ich einen Namen erkennen würde. Dann würde ich vermutlich einfach auf der Straße bleiben und zusehen, daß ich in die Stadt komme, die sich bekannt angehört hat.«

Wells schürzte die Lippen. »Hmmm. Sehr gut. Du bist ein sehr kluges Mädchen.«

»Sir?« Ihr Ton war fragend. Sie probierte es noch einmal ein wenig lauter. »Sir?«

Er hatte wieder das halbe Lächeln aufgesetzt. Er brauchte ein Weilchen, bis er reagierte. »Ja?«

»Du tust mir am Arm weh, Sir.«

Er ließ sie los. Sie eilte schleunig zur Küche, ohne zurückzuschauen.

»Was sollte der Quatsch nun wieder?«

»Ich wollte nur mal sehen, wie Leute so denken. Normale Leute.« Wells nahm seinen Kaffee und nippte vorsichtig. »Wenn es möglich *wäre*, das Gralsprojekt zu infiltrieren und diese Versuchsperson zu befreien - ich sage nicht, daß es möglich *ist*, Daniel -, wer könnte das dann tun?«

Der General biß zu, so daß die glühende Spitze seiner Zigarre der Spitze seiner Nase gefährlich nahe kam. »Nicht allzu viele, soviel ist klar. Einer deiner Rivalen?«

Wells bleckte seine perfekten Zähne zu einem Lächeln ganz anderer Art. »Das glaube ich kaum.«

»Aber wer bleibt dann noch? UNComm? Eine der großen Metropolen? Ein Bundesstaat?«

»Oder jemand aus der Bruderschaft, wie schon gesagt. Eine Möglichkeit, denn die Person hätte einen Vorteil.« Wells nickte sinnierend. »Sie wüßte, wonach sie zu suchen hätte. Niemand sonst weiß überhaupt von der Existenz dieser Sache.«

»Das heißt, du nimmst es ernst.«

»Natürlich nehme ich es ernst.« Wells hob den Löffel aus der Kaffeetasse und sah zu, wie er tropfte. »Ich hatte sowieso schon angefangen, mir Sorgen zu machen, aber bei dem Reden über Prozente ist mir klargeworden, daß es ein gefährliches Spiel ist, noch länger die Augen davor zu verschließen.« Er tunkte den Löffel wieder ein und ließ den Kaffee diesmal auf die Tischdecke tropfen. »Ich habe nie verstanden, warum der alte Mann diese ... Modifikation wollte, und natürlich hat es ein verflucht schlechtes Licht auf mich und TMX geworfen, als dieser Bursche auf einmal vom Radar runter war. Ich habe den alten Mann bis jetzt einfach machen lassen, aber ich denke, du hast recht, wir müssen ein bißchen proaktiver werden.«

»Das klingt doch schon besser. Meinst du, diese südamerikanische Geschichte hat was damit zu tun? Auf einmal ist es ihm furchtbar wichtig, daß unser alter Freund aus dem Verkehr gezogen wird. Bully hat sich doch schon vor beinahe fünf Jahren von der Bruderschaft zurückgezogen - warum jetzt?«

»Ich weiß nicht. Natürlich werden wir die Sache genau unter die Lupe nehmen, wenn er mit den näheren Einzelheiten rausrückt. Aber im Moment bin ich mehr daran interessiert, herauszufinden, wo sich das Loch in meinem Zaun befindet ... sofern es eins gibt.«

Yacoubian trank seinen Cognac aus und leckte sich die Lippen. »Ich hab natürlich dieses ganze Sicherheitskommando nicht bloß deshalb mitgeschleppt, um ein Restaurant zu räumen. Ich dachte, ich könnte dir ein paar von denen als Helfer dalassen. Zwei von den Jungs haben in Pine Gap gearbeitet, und einer kommt direkt von Krittapongs Wirtschaftsspionageschule - er kennt sämtliche neuesten Tricks.«

Wells zog eine Braue hoch. »Er hat bei Krittapong USA gekündigt, um für dich zu arbeiten? Für Armeebesoldung?«

»Nee. Wir hatten ihn schon rekrutiert, bevor er da anfing.« Der General lachte und strich mit seinem Finger rundherum über den Rand des Schwenkers. »Du willst dich also darauf konzentrieren, rauszukriegen, wie jemand in das Projekt eindringen und das Versuchskaninchen des alten Mannes befreien konnte?«

»*Falls* jemand eingedrungen ist - ich gebe noch nicht zu, daß es so ist. Meine Güte, stell dir mal vor, was das heißen könnte! Aber du hast recht, das wird eine Richtung sein, in die meine Nachforschungen gehen werden. Und ich weiß noch etwas, was wir tun müssen.«

»Und das wäre?«

»Na, wer hat jetzt zu viel getrunken? Wenn du nicht ein bißchen besäuselt wärst, müßte ein militärisches Superhirn wie deines das eigentlich sofort sehen, Daniel.«

»Ich überhör das mal. Sprich.«

Wells legte seine eigentümlich faltenfreien Hände auf dem Tisch zusammen. »Wir haben Grund zu der Annahme, daß es irgendwo eine undichte Stelle gibt, nicht wahr? Und da meine Organisation letztlich die Verantwortung für die Sicherheit des Gralsprojekts trägt, darf ich niemanden vom Verdacht ausschließen - nicht einmal die Mitglieder der Bruderschaft. Nicht einmal den alten Mann selbst. Ist das richtig?«

»Ist es. Und was folgt daraus?«

»Daraus folgt, daß es jetzt mir obliegt - mit deiner Hilfe natürlich, denn Telemorphix hat von jeher die wärmsten Beziehungen zu den staatlichen Stellen unterhalten -, nicht allein diese undichte Stelle aufzuspüren, sondern den Flüchtling gleich mit. *Innerhalb* des Systems. Und falls wir beim Aufspüren des Flüchtlings außerdem noch entdecken, weshalb er dem alten Mann eigentlich so am Herzen liegt, und sich diese Entdeckung als den Interessen unseres geschätzten Kollegen abträglich erweisen sollte ... tja, dann wäre das wohl sehr bedauerlich, aber leider nicht zu vermeiden, nicht wahr, Daniel?«

»Deine Gehirnwindungen entzücken mich, Bob. Du wirst immer besser.«

»Vielen Dank, Daniel.«

Der General erhob sich. »Wie wär's, wenn wir zurückdüsen? Die Jungs da draußen juckt's schon in den Fingern, sich an die Arbeit zu machen.«

Der hochgewachsene Mann stand ebenfalls auf, langsamer. »Vielen Dank für die Einladung. Ich habe schon lange nicht mehr einen so unterhaltsamen Abend verbracht.«

General Yacoubian wischte seine Karte über die Scheibe im Kassentisch und winkte dann fröhlich der Kellnerin zu, die zur Tür hinausstarrte wie ein in die Enge getriebenes Tier. Der General drehte sich um und nahm Wells am Arm.

»Ein Beisammensein unter alten Freunden ist doch immer was Schönes.«

> »*Und der Wolf lief und lief und versuchte, die brennend heißen Steine loszuwerden, aber der Jäger hatte sie ihm fest in den Bauch eingenäht. Er lief zum Fluß, um zu trinken, und schluckte und schluckte das Flußwasser, bis die Steine in seinem Innern endlich kalt wurden, aber sie waren zu schwer, und ihr Gewicht zog ihn unter Wasser, und er ertrank.*

Rotkäppchen und ihre Großmutter umarmten sich vor Freude, dann dankten sie dem Jäger für seine gute Tat. Und wenn sie nicht gestorben sind, leben sie heute noch. Entschuldigung ...« Herr Sellars hustete und streckte seine zitternde Hand nach dem Wasserglas aus. Christabel reichte es ihm.

»Aber in meiner MärchenBrille geht das ganz anders aus.« Sie war ein wenig empört. Geschichten durften nicht einmal so und einmal so enden. »Im richtigen Märchen tut es dem Wolf leid, und er verspricht, es nie wieder zu tun.«

Herr Sellars trank einen Schluck Wasser. »Ach, weißt du, Dinge verändern sich, Märchen verändern sich. In der Urfassung, glaube ich, bleiben nicht einmal Rotkäppchen und die Großmutter am Leben, vom bösen Wolf ganz zu schweigen.«

»Wieso ›Uhrfassung‹, was hat die Uhr damit zu tun?«

Er blickte sie mit seinem schiefen Lächeln an. »Keine Uhr. Die Urfassung eines Märchens ist, wie es ganz am Anfang war. Oder die wahre Begebenheit, um die herum jemand ein Märchen webt.«

Christabel runzelte die Stirn. »Sie sind aber gar nicht wahr. Das hat meine Mami gesagt. Es sind bloß Märchen - deshalb braucht man auch keine Angst zu kriegen, wenn man sie hört.«

»Aber alles kommt irgendwoher, Christabel.« Er drehte sich um und schaute aus dem Fenster. Man konnte durch das dichte, wirre Laubwerk der davor wachsenden Pflanzen nur ein kleines Stück Himmel sehen. »Jedes Märchen wurzelt in der Wahrheit, und sei es auch nur dünn.«

Ihr Armband fing an zu blinken. Sie zog ein Gesicht und stand auf. »Ich muß jetzt gehen. Papa hat morgen frei, deshalb fahren wir heute abend fort, und ich muß noch mein Spielzeug und meine Sachen packen.« Dann fiel ihr ein, was sie sagen sollte. »Danke für das Märchen, Herr Sellars.«

»Oh.« Er klang ein wenig verwundert. Sonst sagte er nichts mehr, bis sie sich umgezogen hatte und in ihren normalen Sachen wieder ins Wohnzimmer kam. »Meine kleine Freundin, ich werde dich um etwas bitten müssen. Ich wollte dich eigentlich nicht ausnutzen. Ich habe ein schrecklich schlechtes Gewissen deswegen.«

Christabel wußte nicht, was er meinte, aber es hörte sich irgendwie traurig an. Sie blieb still stehen, den Finger an den Mund gelegt, und wartete.

»Wenn du von diesem Ausflug zurückkommst, werde ich dich bitten, ein paar Dinge für mich zu tun. Es kann sein, daß du manche davon für schlimm hältst und daß du dich fürchtest.«

»Werden sie weh tun?«

Er schüttelte den Kopf. »Nein. Ich würde nie etwas tun, was dir Schmerz bereitet, kleine Christabel. Du bist für mich eine sehr wichtige Freundin. Aber es werden geheime Dinge sein, und es wird das wichtigste Geheimnis sein, das zu hüten dich jemals ein Mensch gebeten hat. Verstehst du?«

Sie nickte mit großen Augen. Er machte einen sehr ernsten Eindruck.

»Dann lauf jetzt. Ich wünsche dir ein schönes Wochenende mit deiner Familie. Aber wenn du zurückkommst, besuch mich bitte so bald wie nur irgend möglich. Ich hatte nicht gewußt, daß du wegfährst, und ich fürchte ...« Er verstummte. »Wirst du mich besuchen kommen, sobald du kannst? Wirst du am Montag wieder da sein?«

Sie nickte wieder. »Wir fliegen am Sonntagabend zurück. Hat meine Mami gesagt.«

»Gut. So, und jetzt gehst du besser. Viel Spaß.«

Christabel war schon auf dem Weg zur Tür, als sie sich noch einmal umdrehte. Er schaute sie an. Sein komisches, geschmolzen wirkendes Gesicht sah ganz unglücklich aus. Sie flitzte zurück und beugte sich über die Lehne seines Rollstuhls und gab ihm einen Kuß. Seine Haut fühlte sich kalt an und glatter als die stachlige Backe ihres Papas.

»Tschüs, Herr Sellars.« Sie machte die Tür rasch zu, damit seine feuchte Luft nicht entwich. Er rief ihr etwas nach, als sie den Weg hinunterlief, aber sie konnte ihn durch das dicke Glas nicht verstehen.

Sie ging langsam aus dem Beekman Court hinaus und dachte sehr angestrengt nach. Herr Sellars war immer nett zu ihr gewesen, und er war ihr Freund, auch wenn ihre Eltern ihr verboten hatten, ihn zu besuchen. Aber jetzt sagte er, er würde sie um schlimme Sachen bitten. Sie wußte nicht, was das für schlimme Sachen waren, aber ihr wurde ganz schwummerig im Magen, wenn sie daran dachte.

Würden es kleine schlimme Sachen sein, wie neulich, als sie die Seife genommen hatte? Das war eine kleine Sache, weil niemand was gemerkt hatte und sie nicht geschimpft worden war, und schließlich hatte sie sie ja nicht in einem Geschäft oder bei jemand anders zuhause gestohlen. Oder würden die Sachen ganz anders schlimm sein - die ganz, ganz, ganz schlimme Sache, zu jemand Fremdem ins Auto zu steigen, die ihre Mutter immer so aufregte, wenn sie darüber redete, oder eine verwirrende geheime schlimme Sache, wie Papas Freund Captain Parkins sie mal gemacht hatte, so daß Frau Parkins weinend zu ihnen nach Hause gekommen war? Das waren schlimme Sachen, die ihr niemand erklärte, sie zogen bloß so Gesichter und sagten »du weißt schon« oder redeten darüber, wenn Christabel zu Bett gegangen war.

Im Grunde genommen war Herr Sellars selber eine schlimme Sache, die ihr nie jemand erklärte. Ihre Mami und ihr Papi hatten ihr erzählt, es ginge ihm nicht gut und er sollte keinen Besuch kriegen, vor allem nicht von kleinen Kindern, aber Herr Sellars hatte gesagt, das stimme nicht ganz. Aber warum verboten ihre Eltern ihr dann, einen netten, einsamen alten Mann zu besuchen? Es war sehr verwirrend.

In sorgenvolle Gedanken versunken marschierte sie über einen Rasen um die Ecke der Redland Road. Sie hörte einen Hund im Haus bellen und wünschte, sie hätte auch einen Hund, ein hübsches weißes Hündchen mit Schlappohren. Dann hätte sie einen Freund, mit dem sie reden könnte. Portia war ihre Freundin, aber Portia wollte immer nur über Spielsachen reden und über Onkel Jingle und darüber, was andere Mädchen in der Schule sagten. Herr Sellars war auch ihr Freund, aber wenn er wollte, daß sie schlimme Sachen machte, war er vielleicht kein sehr guter Freund.

»Christabel!«

Erschrocken blickte sie auf. Ein Auto hatte neben ihr angehalten, und die Tür klappte auf. Sie stieß einen kleinen Schrei aus und sprang zurück - war das die schlimme Sache, die Herr Sellars gemeint hatte, war es schon soweit? Die allerschlimmste Sache überhaupt?

»Christabel, was hast du? Ich bin's.«

Sie bückte sich, damit sie einen Blick in den Wagen werfen konnte. »Papi!«

»Spring rein, ich nehm dich mit.«

Sie stieg ins Auto und drückte ihn. Er hatte immer noch einen ganz schwachen Rasiergeruch an der Wange. Er hatte einen Anzug an, daran merkte sie, daß er auf dem Heimweg von der Arbeit war. Sie setzte sich zurück, während ihr Gurt sich um sie legte.

»Ich wollte dich nicht erschrecken, Kleines. Wo kommst du jetzt her?«

Sie machte den Mund auf, aber mußte sich kurz bedenken. Portia wohnte in der anderen Richtung. »Ich hab mit Ophelia gespielt.«

»Ophelia Weiner?«

»Hm-hm.« Sie schaukelte mit den Füßen und sah durch die Windschutzscheibe die Bäume vorbeigleiten. Die Bäume wurden langsamer und blieben stehen. Christabel blickte aus dem Seitenfenster, aber sie waren erst in der Stillwell Lane, zwei Straßen von zuhause entfernt. »Warum hältst du hier an?«

Die harte Hand ihres Vaters faßte sie unterm Kinn. Er drehte ihren Kopf herum, bis sie ihm ins Gesicht blickte. Seine Stirn war kraus gezogen. »Du hast mit Ophelia Weiner gespielt? Gerade eben? Bei ihr zuhause?«

Die Stimme ihres Papis war scharf und machte ihr angst. Sie nickte.

»Christabel, ich habe Herrn und Frau Weiner und Ophelia gegen Mittag am Flughafen abgesetzt. Sie fahren in Urlaub, genau wie wir in Urlaub fahren. Warum hast du mich angelogen? Und wo bist du gewesen?«

Auch sein Gesicht machte ihr jetzt angst, denn sie wußte, dieses unbewegte, grimmige Gesicht bedeutete, daß sie etwas Schlimmes gemacht hatte. Es bedeutete Haue. Dann wurde es ganz verschwommen, weil sie zu weinen anfing.

»Es tut mir leid, Papi. Es tut mir so leid.«

»Sag mir jetzt die Wahrheit, Christabel.«

Sie hatte richtig Angst. Sie durfte Herrn Sellars nicht besuchen, und wenn sie ihrem Papi davon erzählte, würde es ihr schlecht ergehen - sie würde bestimmt Haue kriegen. Und vielleicht würde es Herrn Sellars auch schlecht ergehen. Ob er auch Haue kriegen würde? Er war sehr dünn und schwach und würde sich wahrscheinlich was tun. Aber Herr Sellars wollte, daß sie schlimme Sachen machte, hatte er gesagt, und jetzt war ihr Papi böse. Es war schwer, klar zu denken. Sie konnte nicht aufhören zu weinen.

»Christabel Sorensen, wir werden hier nicht wegfahren, bis du mir die Wahrheit gesagt hast.« Sie fühlte seine Hand oben auf ihren Haaren. »Jetzt wein mal nicht. Ich hab dich lieb, aber ich will Bescheid wissen. Es ist viel, viel besser, die Wahrheit zu sagen.«

Sie dachte an Herrn Sellars mit seinem komischen Gesicht, und wie unglücklich er heute ausgesehen hatte. Aber ihr Papi saß direkt neben ihr, und ihre Sonntagsschullehrerin sagte immer, lügen wäre böse und Leute, die lügen, kämen in die Hölle und ins Feuer. Sie holte tief Atem und wischte sich die Nase und die Oberlippe. Ihr Gesicht war ganz bäh und ganz naß.

»Ich ... ich war ...«

»Ja?« Er war so groß, daß er mit dem Kopf an das Autodach stieß. Er war so groß wie ein Monster.

»Bei ... bei so einer Frau.«

»Bei was für einer Frau? Was machst du für Sachen, Christabel?«

Es war so eine große Lüge - so eine *schlimme* Lüge -, daß sie sie kaum herausbrachte. Sie mußte noch einmal tief Atem holen. »Sie h-h-hat einen *Hund*. Und sie läßt mich mit ihm spielen. Er heißt M-M-Mister. Und ich weiß, Mami hat gesagt, ich darf keinen Hund haben, aber ich will so gern einen haben. Und ich hatte Angst, du würdest sagen, daß ich nie wieder hingehen darf.«

Es war so überraschend, die schreckliche große Lüge aus ihrem eigenen Mund kommen zu hören, daß sie wieder zu weinen anfing, richtig laut. Ihr Papi schaute sie so streng an, daß sie weggucken mußte. Er faßte ihr Kinn und zog sie wieder sanft herum.

»Ist das die Wahrheit?«

»Ich schwör's, Papi.« Sie schniefte und schniefte, bis sie nicht mehr so doll weinte, aber ihre Nase lief noch. »Es ist die Wahrheit.«

Er setzte sich gerade hin und ließ den Wagen wieder an. »So, ich bin jetzt sehr böse mit dir, Christabel. Du weißt, daß du uns immer sagen mußt, wo du hingehst, auch auf dem Stützpunkt. Und du darfst mich nie, *nie* wieder anlügen. Ist das klar?«

Sie wischte sich wieder die Nase. Ihr Ärmel war naß und klebrig. »Klar.«

»Ein Hund.« Er bog in die Windicott Lane ein. »Ausgerechnet. Wie heißt diese Frau überhaupt?«

»Ich ... ich weiß nicht. Sie ist einfach so eine Frau. Alt wie Mami.«

Ihr Papi lachte. »Hups. *Das* sage ich lieber nicht weiter.« Er machte wieder sein Grummelgesicht. »Also gut, du wirst ausnahmsweise keine Haue bekommen, weil du mir schließlich doch noch die Wahrheit gesagt hast, und das ist das Allerwichtigste. Aber zuerst hast du gelogen, und du bist weggegangen, ohne uns zu sagen, wo du hingehst. Ich denke, wenn wir aus Connecticut zurück sind, wirst du ein Weilchen dein Zimmer hüten. Ein oder zwei Wochen. Das bedeutet, daß du zuhause bleibst - kein Spielen bei Portia mehr, keine Abstecher in den PX und keine alte Frau mit einem Hund, der Mister heißt. Sind wir uns da einig?«

In Christabel gingen die Gefühle durcheinander, ängstliche Sprungbrettspringgefühle und Drückemagengefühle und aufregende Geheimnisgefühle. Ihr war ganz schwindlig im Kopf und flau im Bauch. Sie schniefte wieder und rieb sich die Augen.

»Ja, Papi.«

> Er fühlte sein Herz schneller schlagen. Der Sandsturm, der kurz über die rote Wüste gefegt war, ließ nach, und durch das abflauende Gestöber sah er den großen, kompakten Umriß des Tempels.

Er war riesig und eigenartig gedrungen, eine große Säulenfront, ein gewaltiges Grinsen im weiten toten Gesicht der Wüste. Osiris selbst hatte ihn so angelegt, und anscheinend sagte er dem Andern zu. Dies war das zehnte Mal, daß er dort hinkam, und der Tempel war unverändert geblieben.

Seine große Barke trieb langsam an den Anlegeplatz. Ganz in wallendes Weiß gewandete Gestalten, Masken aus weißem Musselin über die Gesichter gezogen, fingen das Tau auf, das der Kapitän ihnen zuwarf, und zogen das Schiff ans Ufer. Zwei Reihen genauso gesichtsloser

Musikanten säumten plötzlich Harfen zupfend und Flöten spielend die Straße zu beiden Seiten.

Osiris winkte. Ein Dutzend muskulöser nubischer Sklaven erschien, nackt bis auf den Lendenschurz und dunkel wie Weinbeerenhaut. Obwohl sie in der Wüstenhitze ohnehin schon schwitzten, bückten sie sich schweigend, hoben die goldene Sänfte des Gottes hoch und trugen sie den Kai hinunter zur Tempelstraße.

Er schloß die Augen und ließ sich von dem sanften Wiegen noch tiefer in seine kontemplative Stimmung befördern. Er hatte mehrere Fragen, aber er wußte nicht, wie viele er würde stellen können, deshalb mußte er im voraus entscheiden, welche die wichtigsten waren. Die dienstbaren Musikanten spielten, während er vorbeizog. Dazu sangen sie auch, ein leises Hoch-tief-Gemurmel, das den Ruhm der Neunheit und besonders deren Oberherrn pries.

Er öffnete die Augen. Der wuchtige Tempel schien bei seinem Näherkommen aus der Wüste emporzusteigen und sich zu beiden Seiten bis an den Horizont auszudehnen. Er konnte geradezu die Nähe seines Bewohners spüren ... seines Gefangenen. War es bloß die Heftigkeit der Erwartung und die Vertrautheit der gewohnten Fortbewegung, oder konnte sich der Andere tatsächlich durch die Mauern des neuen Mechanismus hindurch fühlbar machen, die eigentlich undurchdringlich sein sollten? Der Gedanke behagte Osiris gar nicht.

Die Sänfte bewegte sich langsam die Rampe hinauf, hoch und höher, bis selbst der große Fluß nur noch ein schmutzig brauner Faden zu sein schien. Die Nubier, die ihn trugen, stöhnten leise - ein kleines Detail, aber Osiris war ein Meister der Detailgenauigkeit und hatte an diesen winzigen Zeichen der Authentizität seinen Spaß. Sie waren natürlich nur Replikanten und trugen in Wirklichkeit gar nichts. Jedenfalls hätten sie von sich aus so wenig gestöhnt, wie sie darum gebeten hätten, in eine andere Simulation versetzt zu werden.

Die Sklaven beförderten ihn durch das riesige Tor in den kühlen Schatten der Vorhalle, eines von hohen Säulen gesäumten Hypostylons. Alles war weiß gestrichen und mit Zaubersprüchen beschriftet, die den Bewohner des Tempels beruhigen und bezähmen sollten. Eine Gestalt lag vor ihm auf dem Bauch und blickte nicht einmal auf, als die Einzugsmusik des Gottes einen fiebrigen Höhepunkt erreichte und dann verstummte. Osiris lächelte. Der Hohepriester war ein richtiger Mensch - ein Bürger, wie der kuriose Ausdruck lautete. Der Gott hatte ihn sehr sorgfältig ausgewählt, aber nicht wegen seiner schauspielerischen Fähigkeiten, und deshalb sah es Osiris mit Wohlgefallen, daß er sich wenigstens ein paar Verhaltensmaßregeln eingeprägt hatte.

»Steh auf«, sagte er. »Ich bin da.« Die Träger blieben stramm stehen und hielten die Sänfte jetzt ohne jedes Zittern. Es war gut und schön, daß seine Nubier menschliche Schwäche simulierten, wenn er unterwegs war, aber es gab Situationen, in denen er nicht herumgeschaukelt werden wollte wie ein Heiligenbild, das eine steile italienische Gasse hinuntergetragen wurde, und die Begegnung mit einem lebenden Untergebenen war eine solche Situation. Es war der Würde nicht zuträglich.

»O Herr über Leben und Tod, durch dessen Hand der Same keimt und die Felder neu befruchtet werden, dein Diener heißt dich willkommen.« Der Priester stand auf und vollzog mehrere rituelle Huldigungen.

»Danke. Wie befindet er sich heute?«

Der Priester verschränkte die Arme über der Brust, als wäre ihm kalt. Der Gott vermutete darin eine Geste echten körperlichen Unbehagens, keine Reaktion auf die Simulation: So sorgfältig wie bei jedem anderen Detail hatte Osiris darauf geachtet, daß der Tempel in der Wüstenhitze schmorte. »Er ist ... aktiv, Sir«, antwortete der Priester. »O Herr, wollte ich sagen. Er hat die Werte so hoch getrieben, wie schon 'ne ganze Weile nicht mehr. Ich wollte die Containertemperatur um ein paar Grad senken, aber ich fürchte, wenn wir's noch kälter machen, riskieren wir, ihn ganz zu verlieren.« Der Priester zuckte mit den Achseln. »Jedenfalls dachte ich, es wär besser, erst mal mit dir zu reden.«

Osiris runzelte die Stirn, aber nur über die anachronistische Sprache. Man konnte Technikern einfach nicht beibringen, längere Zeit daran zu denken, wo sie waren - oder vielmehr, wo sie sich vorstellen sollten zu sein. Immerhin war der hier noch der beste, den er gefunden hatte; hier und da mußte man Abstriche machen. »Das war recht getan. Verändere die Temperatur nicht. Möglicherweise weiß er, daß ich komme, und ist deswegen aufgeregt. Falls er weiter zu aktiv bleibt, wenn ich fertig bin - nun, das werden wir sehen.«

»Dann kannst du jetzt, Sir. Die Verbindung ist hergestellt.« Der Priester wich zur Seite.

Mit einer Geste ließ sich Osiris zu der steinernen Tür tragen, auf die die große Kartusche des Gottes Seth gehauen war, jede Hieroglyphe so groß wie einer der nubischen Träger. Auf eine erneute Geste hin verstummte die Musik. Die Tür ging auf. Der Gott stieg aus seiner Sänfte und schwebte durch die Tür in das dahinter liegende dunkle Gewölbe.

Osiris begab sich zu dem wuchtigen schwarzen Marmorsarkophag, der allein in der Mitte der leeren, roh ausgehauenen Kammer stand und dessen Deckel einer schlafenden Gestalt mit dem Körper eines Menschen und dem Kopf eines undefinierbaren Tieres glich. Er verharrte eine Weile davor und sammelte seine Gedanken. Ein pulsierendes orangegelbes Licht drang durch den Spalt zwischen Sarg und Deckel, wie zur Begrüßung.

»Ich bin hier, mein Bruder«, sagte er. »Ich bin hier, o Seth.«

Es knisterndes Zischen ertönte und darauf ein lautes Kratzen, das dem Gott in den Ohren weh tat. Die Worte, die dem folgten, waren kaum zu verstehen.

»... Nicht ... Bruder ...« Wieder ein Schwall von Störgeräuschen. »Zju ... Z-Zeit ... zu langsam. Laaangsaaam. Will ... will ...«

Wie immer empfing Osiris die Notsignale von seinem wirklichen Körper, der weit entfernt und sicher in seiner besänftigenden Flüssigkeit lag. Es war Angst, nackte Angst, die ihn durchschoß und bewirkte, daß seine Nerven flatterten und seine Glieder zuckten. Jedesmal, wenn er dieses unmenschliche Krächzen hörte, war es das gleiche.

»Ich weiß, was du willst.« Er zwang sich, seinen Willen darauf gerichtet zu halten, weswegen er gekommen war. »Ich versuche, dir zu helfen. Du mußt Geduld haben.«

»... Höre ... Blut-Ton. R-r-rieche Stimmen ... will Licht.«

»Ich werde dir geben, was du willst. Aber du mußt mir helfen. Erinnerst du dich? Unsere Abmachung?«

Ein tiefes, feuchtes Stöhnen erklang. Einen Moment lang flimmerte der Sarkophag vor den Augen des Gottes, flogen einzelne Monaden auseinander wie bei einem Explosionsdiagramm. Darin, in einer Dunkelheit, die tiefer war als jede gewöhnliche, glühte etwas schwach vor sich hin, etwas Verkrümmtes, das sich wand wie ein Tier. Ganz plötzlich veränderte sich der Umriß wieder, und er meinte, ein einzelnes Auge aus dem wirbelnden Chaos starren zu sehen. Dann gab es ein Zittern, und der Sarkophag war wieder da, so solide und schwarz, wie eine Simulationstechnik ihn erscheinen lassen konnte.

»... *Erinnere ... Trick* ...« Wenn man bei der verschleimten, rasselnden Stimme überhaupt von einem Ausdruck sprechen konnte, dann klang der Andere jetzt beinahe unwirsch, aber darunter schien eine viel tiefere

Wut zu brodeln. Bei dem Gedanken wünschte Osiris plötzlich, er könnte schlucken.

»Es war kein Trick. Ohne meine Hilfe wärst du nicht mehr am Leben. Und ohne meine Hilfe wirst du auch nie wieder frei sein. Und jetzt habe ich ein paar Fragen an dich.«

Eine erneute Kakophonie erscholl. Als der Ausbruch vorüber war, kam knirschend und kratzend die Stimme wieder. »*... Vogel ... aus ... deinem Käfig. Hauptsache ... und die Flucht ...*« Die Laute wurden unverständlich.

»Was? Was soll das heißen?«

Der Sarkophag erschauerte. Einen Sekundenbruchteil hatte er zu viele Facetten, zu viele Winkel. Die Stimme klang abgehackt und verschluckt wie ein Gerät mit versagenden Batterien. »*... Von der andern Seite ... kommen ... Stimmen. Bald.*«

In die Angst des Gottes mischte sich Ärger. »Wer kommt? Von der andern Seite? Was soll das heißen?«

Diesmal klang die Stimme fast menschlich - so sehr ihr das überhaupt möglich war. »*Die andere ... Seite ... von ... allem.*« Sie lachte - wenigstens hielt Osiris es für ein Lachen, dieses tiefe, klitschige Knirschen, das abrupt in einen fast unhörbaren, gleichbleibenden Heulton überkippte.

»Ich habe Fragen!« schrie der Gott. »Ich muß wichtige Entscheidungen treffen. Ich kann alles noch langsamer machen, wenn du nicht kooperierst.« Er suchte fieberhaft nach einer wirksamen Drohung. »Ich kann dafür sorgen, daß du *für alle Zeit* so bleibst!«

Zu guter Letzt kam die Stimme wieder und sprach mit ihm. Sie beantwortete sogar mehrere seiner Fragen, aber nicht immer so, daß er etwas damit anfangen konnte. Zwischen den wenigen deutlichen Sätzen kreischte und zischte sie und bellte manchmal wie ein Hund. Einmal war sie die Stimme von jemandem, den er einmal gekannt hatte und der jetzt tot war.

Als die Audienz beendet war, verspürte der Gott keine Lust mehr auf seine Sänfte oder seine Träger, nicht einmal mehr auf den großen Fluß. Er begab sich direkt und augenblicklich nach Abydos-Olim in seinen Saal, löschte alle Lichter, schickte alle Priester hinaus und saß sehr lange schweigend im Dunkeln.

Kapitel

Die Leiter hinauf

NETFEED/NACHRICHTEN:
Finanzierung des Marsprojekts fraglich
(Bild: Marshorizont mit Blick auf die Erde)
Off-Stimme: Finanzierungsprobleme könnten dazu
führen, daß der uralte menschliche Traum, den
Mars zu erobern, fürs erste ausgeträumt ist.
(Bild: MBC-Roboter bei der Arbeit auf der Mars-
oberfläche)
Nachdem ANVAC und Telemorphix, die beiden größten
Sponsoren, ihr Engagement eingestellt haben, sieht
es so aus, als würde das Projekt "Mars Base Con-
struction", seit langem schon Zielscheibe der
Angriffe linker wie rechter Interessenverbände,
auch die Unterstützung im Kongreß verlieren. Präsident Anford hat versprochen, sich nach anderen
Sponsoren aus der Wirtschaft umzuschauen, aber
seine Anfrage bei der Gouverneursversammlung — ein
offizielles Eintreten für das Projekt, das ein
Sprecher von UNSpace als "ziemlich lauwarm"
bezeichnete — dürfte die Gouverneure, die
Infrastrukturprobleme in ihren eigenen Staaten
und Städten haben, wohl kaum zu praktischen
Schritten bewegen ...

> Renie ging gleich beim ersten Blinken dran. Als der Bildschirm schwarz blieb, meinte sie zu wissen, wer es war.

»Irene Sulaweyo?«

»Du kennst also auch meine Nummer in der Arbeit.« Das Versteckspiel dieser Martine fuchste sie ein wenig. »Hast du nur auf gut Glück getippt, daß ich schon vor Unterrichtsbeginn hier sein würde?«

»Bitte, Frau Sulaweyo, vergiß nicht, daß du diejenige warst, die zuerst nach mir gesucht hat.« Die Französin klang amüsiert. »Ich hoffe, du stellst dich jetzt nicht an, nur weil ich die Initiative übernommen habe.«

»Das ist es nicht. Ich habe einfach nicht erwartet ...«

»Daß ich dich so leicht ausfindig machen würde? Information ist mein Geschäft, wenn du mir ein altes Klischee verzeihst. Und ich weiß inzwischen viel mehr über dich als bloß deine Nummer am Arbeitsplatz und deinen momentanen Aufenthaltsort, Frau Sulaweyo. Ich kenne deine berufliche Laufbahn, deine schulischen Leistungen, dein Gehalt. Ich weiß, daß deine Mutter Miriam, die bei dem Brand im Shopper's Paradise umkam, ihrer Abstammung nach eine Xhosa war, daß dein Vater Joseph ein Halb-Zulu ist und zur Zeit als arbeitsunfähig geführt wird. Ich weiß über deinen Bruder Stephen im Krankenhaus von Durban Outskirt Bescheid. Ich weiß, welche Netzdienste du abonniert hast, welche Bücher du dir herunterlädst, sogar welche Biersorte dein Vater trinkt.«

»Warum erzählst du mir das?« fragte Renie bissig.

»Weil du wissen sollst, daß ich gründlich bin. Und weil ich diese Dinge für mich selbst herausfinden mußte, wissen mußte, wer du wirklich bist, bevor ich mit dir reden konnte.«

Diesmal konnte sie die Wut in der Stimme nicht verhehlen. »Also habe ich den Test bestanden? Danke. Merci.«

Eine lange Pause trat ein. Als die geheimnisvolle Frau wieder das Wort ergriff, war ihre Stimme sanfter. »Du hast mich gesucht, Frau Sulaweyo. Ich bin sicher, du legst Wert auf deine Privatsphäre. Ich auch.«

»Und wie soll's jetzt weitergehen?«

»Ah.« Martine Desroubins wurde schlagartig geschäftlich. »Das ist eine ausgezeichnete Frage. Ich denke, ein kontrollierter Informationsaustausch wäre angebracht. Du sagtest, du hättest meinen Namen über Susan Van Bleeck erfahren. Ich hatte gehofft, mit ihr über ein Thema sprechen zu können, das mich interessiert. Vielleicht verbindet dieses Interesse uns, dich und mich.«

»Welches Thema - welches Interesse wäre das?«

»Immer der Reihe nach.« Die unsichtbare Frau hörte sich an, als machte sie es sich gemütlich. »Erzähl mir noch einmal, was Susan zugestoßen ist. Und diesmal sag bitte die volle Wahrheit.«

Es war eine langwierige, aber nicht gänzlich unerfreuliche Prozedur. Die Frau am anderen Ende knauserte mit konkreten Auskünften, aber es gab Anflüge eines trockenen Humors, und vielleicht versteckte sich hinter der Reserve sogar ein gutes Herz.

Ihren Angaben nach hatte Martine Desroubins tatsächlich einen Anruf von Susan nach Renies Besuch erhalten, hatte aber zu dem Zeitpunkt nicht reden können. Zu der verschobenen Unterhaltung war es nicht mehr gekommen. Renie gab Susans Mitteilung auf dem Sterbebett nicht preis, aber nachdem sie die Krankheit ihres Bruders, ihre Versuche, die Ursache zu entdecken, und den merkwürdigen Stadtvirus auf ihrem Apparat beschrieben hatte, sagte die andere Frau eine ganze Weile nichts. Renie spürte, daß sie an einem Wendepunkt waren, als ob ein Schachspiel nach den Eröffnungszügen endlich richtig Gestalt annähme.

»Rief Doktor Van Bleeck mich an, weil sie dachte, *ich* könnte bei dem Problem deines Bruders helfen? Oder sollte ich einfach helfen, diese seltsame Stadt zu identifizieren?«

»Ich weiß es nicht. Sie hat mir nie gesagt, worüber sie mit dir reden wollte. Außerdem war da noch ein Buch - sie hat einen Zettel mit dem Titel hinterlassen.«

»Ach ja, ich erinnere mich, daß du anfingst, von dem Buch zu erzählen. Könntest du mir den Titel sagen?«

»*Das frühe Mesoamerika*. Von einem gewissen Bolivar Atasco.«

Diesmal war die Pause kürzer. »Der Name klingt irgendwie bekannt. Hast du dir das Buch angeschaut?«

»Ich hab's heruntergeladen, aber ich kann nichts Relevantes entdecken. Ich hatte allerdings auch nicht viel Gelegenheit, mich genauer damit zu befassen.«

»Ich werde mir eine Kopie besorgen. Vielleicht fällt mir etwas auf, was dir entgangen ist.«

Renie verspürte eine unerwartete Erleichterung. *Vielleicht kann sie ja wirklich helfen. Vielleicht kann sie mir helfen, in TreeHouse reinzukommen, diesen Singh zu finden.* Ihrem kurzen Moment der Dankbarkeit folgte sofort eine tiefe Verunsicherung. Wieso sollte sie diese geheimnisvolle Unbekannte so rasch als mögliche Verbündete akzeptieren? *Weil ich verzweifelt bin, deshalb.* Laut sagte sie: »Jetzt weißt du über mich Bescheid, aber was ist mit dir? In der Beziehung habe ich nichts weiter gehört, als daß du Susan kanntest und daß die versuchte, dich zu erreichen.«

Die glatte Stimme klang amüsiert. »Ich bin nicht sehr mitteilsam gewesen, ich weiß. Meine Privatsphäre ist mir wichtig, aber es ist nichts Geheimnisvolles an mir. Ich bin, was ich dir gesagt habe - eine Rechercheurin, und zudem eine ziemlich bekannte. Das kannst du überprüfen.«

»Ich habe mein Leben in deine Hände gelegt, das weißt du. Ich fühle mich nicht sehr sicher.«

»Das kann sich ändern. Wie auch immer, laß mich dieses ethnologische Buch unter die Lupe nehmen, danach rufe ich dich in deiner Mittagspause wieder an. In der Zwischenzeit schicke ich dir Informationen über diesen Atasco. Das spart dir Sucharbeit. Und, Frau Sulaweyo ...?« Aus ihrem Mund hörte sich sogar Renies eigener Name gallisch an.

»Ja?«

»Vielleicht sollten wir das nächste Mal Martine und Irene zueinander sagen, ja?«

»Renie, nicht Irene. Ansonsten ist es mir sehr recht.«

»Dann à bientôt.« Als Renie schon dachte, die Frau hätte so leise wie beim erstenmal Schluß gemacht, meldete sich die Stimme abermals. »Noch etwas. Ich will dir noch eine ganz andere Information geben, aber du wirst dich nicht darüber freuen, befürchte ich. Das Klinikum Durban Outskirt, in dem dein Bruder liegt, hat heute morgen eine vollständige Bukavu-4-Quarantäne erlassen. Ich denke, Besucher sind nicht mehr zugelassen.« Sie machte abermals eine Pause. »Es tut mir sehr leid.«

Renie starrte mit offenem Mund auf den leeren Bildschirm. Als sie so weit war, Fragen zu stellen, war die Leitung tot.

> !Xabbu traf sie in der ersten Pause in ihrem Büro an.

»Schau dir das an!« fauchte sie und deutete auf den Bildschirm ihres Pads.

»... alle Fragen an unseren Antwortdienst, oder wende dich an das Städtische Gesundheitsamt Durban. Wir hoffen, daß dies eine vorübergehende Maßnahme sein wird. Die Informationen werden täglich aktualisiert ...«, sagte der müde aussehende Arzt ungefähr zum zehnten Mal.

»Es ist bloß eine blöde Endlosansage. Sie gehen nicht mal ans Fon.«

»Ich verstehe nicht.« !Xabbu blickte erst den Bildschirm und dann Renie an. »Was ist das?«

Um dreiviertel zehn am Vormittag schon erschöpft und dennoch bebend vor unterdrückter Wut berichtete sie ihm von der verschärften Krankenhausquarantäne. Mittendrin wurde ihr klar, daß er noch gar nichts von Martine Desroubins wußte, und darum fing sie mit ihrer Erklärung noch einmal von vorn an.

»Und hältst du diese Frau für vertrauenswürdig?« fragte er, als sie fertig war.

»Ich weiß nicht. Ich denke. Ich hoffe es. Mir gehen langsam die Ideen aus, von Kraft ganz zu schweigen. Du kannst ja dabei sein, wenn sie am Mittag anruft, und mir sagen, was du denkst.«

Er nickte langsam. »Und die Informationen, die sie dir bis jetzt gegeben hat?«

Renie hatte der Krankenhausansage bereits den Ton abgedreht; jetzt brach sie die Verbindung ganz ab und lud die Atasco-Dateien. »Sieh selbst. Dieser Bolivar Atasco ist ein Ethnologe und Archäologe. Sehr berühmt. Dazu steinreich, Sohn aus wohlhabendem Hause. Er hat sich vor ein paar Jahren mehr oder weniger zur Ruhe gesetzt, aber hin und wieder schreibt er einen wissenschaftlichen Artikel. Er scheint Häuser in ungefähr fünf verschiedenen Ländern zu haben, aber Südafrika gehört nicht dazu. Ich sehe nicht, was das alles mit Stephen zu tun haben könnte.«

»Vielleicht hat es gar nichts mit ihm zu tun. Vielleicht ist es etwas im Buch, irgendeine Idee, auf die Doktor Van Bleeck dich aufmerksam machen wollte.«

»Kann sein. Martine schaut es sich auch an. Vielleicht stößt sie auf irgendwas.«

»Was ist mit der anderen Sache - die wir kurz vor Doktor Van Bleecks Tod entdeckten?«

Renie ließ müde den Kopf hängen. Es fiel ihr schwer, an etwas anderes zu denken als an Stephen, der jetzt, wo er im Krankenhaus abgekapselt war, noch weiter von ihr entfernt war als vorher. »Von welcher Sache redest du?«

»TreeHouse war der Name. Alle Angaben über diesen Singh, diesen Einsiedlerkrebs, deuteten auf TreeHouse hin. Aber du hast mir nie gesagt, was TreeHouse ist.«

»Wenn du mehr mit andern Studenten rumgetratscht hättest, statt so viel zu studieren, hättest du längst davon gehört.« Renie schloß die Atasco-Dateien. Starke Kopfschmerzen kündigten sich an, und sie hielt es nicht mehr aus, weiter auf den kompakten Text zu blicken. »Es ist eine Legende in der VR-Welt. Beinahe ein Mythos. Aber wahr.«

!Xabbus Lächeln war leicht gequält. »Dann sind Mythen ansonsten falsch?«

Sie wand sich innerlich. »Das wollte ich damit nicht sagen. Tut mir leid. Ich habe heute einen schlechten Tag, und er hat gerade erst angefangen. Außerdem ist Religion nicht meine Stärke, !Xabbu.«

»Du hast mich nicht gekränkt, und ich wollte dir nicht noch mehr Verdruß bereiten.« Er tätschelte leicht ihre Hand, leicht wie das Streifen eines Vogelflügels. »Aber oft denke ich, die Leute glauben, nur das sei wahr, was sich messen läßt, und was sich nicht messen läßt, sei nicht wahr. Wenn ich Sachen von Wissenschaftlern lese, ergibt sich ein noch traurigeres Bild, denn einerseits ist es das, was die Leute unter ›Wahrheit‹ verstehen, aber andererseits sagt die Wissenschaft selbst, daß wir uns nicht mehr erhoffen können, als Muster zu finden. Aber wenn das stimmt, warum ist dann eine Art, ein Muster zu erklären, schlechter als andere? Ist Englisch schlechter als Xhosa oder meine Muttersprache, weil es nicht alles ausdrücken kann, was sie können?«

Renie verspürte einen unbestimmten Druck, der nicht von den Worten ihres Freundes herrührte, sondern von der anscheinend immer größer werdenden Unmöglichkeit, *überhaupt etwas* zu verstehen. Worte und Zahlen und Fakten, die Werkzeuge, mit denen sie ihre Welt gemessen und gehandhabt hatte, schienen auf einmal ihre klare Eindeutigkeit verloren zu haben. »!Xabbu, mir tut der Kopf weh, und ich habe Angst um Stephen. Ich kann im Moment wirklich keine Grundsatzdebatte über Wissenschaft und Religion führen.«

»Natürlich.« Der kleine Mann nickte und sah zu, wie sie eine Schmerztablette aus der Handtasche holte und hinunterschluckte. »Du siehst sehr unglücklich aus, Renie. Ist es bloß die Quarantäne?«

»Gott, nein, es ist alles. Wir haben immer noch keine Antworten und keine Aussicht darauf, meinen Bruder zurückzuholen, und die Suche scheint nur immer komplizierter und nebulöser zu werden. Wenn dies hier ein Krimi wäre, gäb's eine Leiche und Blutflecken und Fußspuren im Garten - es gibt definitiv einen Mord, und es gibt definitiv Indizien. Aber in unserm Fall bestehen sie nur aus Sachen, die ein wenig merkwürdig wirken, Informationsbröckchen, die *vielleicht* eine Bedeutung haben. Je mehr ich drüber nachdenke, um so weniger werde ich draus schlau.« Sie drückte sich mit den Fingern auf die Schläfen. »Das ist so, wie wenn du ein Wort zu häufig wiederholst, und auf einmal bedeutet es nichts mehr. Es ist bloß ... ein Wort. Das Gefühl habe ich.«

!Xabbu schürzte die Lippen. »So etwas Ähnliches meinte ich, als ich sagte, daß ich die Sonne nicht mehr hören kann.« Er schaute sich in Renies Büro um. »Vielleicht bist du schon zu lange hier drin - davon wird dein Gemütszustand nicht besser. Du bist früh gekommen, sagtest du.«

Sie zuckte mit den Achseln. »Ich wollte ungestört sein. In dieser Unterkunft geht das nicht.«

!Xabbus Miene wurde schelmisch. »Nicht viel anders als in meiner Pension. Meine Vermieterin sah mir heute morgen beim Essen zu. Sehr genau, aber versteckt, damit ich es nicht merke. Ich denke, da sie vorher noch nie jemanden wie mich gesehen hat, ist sie sich nicht ganz sicher, ob ich ein Mensch bin. Also sagte ich zu ihr, das Essen sei gut, aber Menschen äße ich lieber.«

»!Xabbu! Was fällt dir ein?«

Er lachte glucksend. »Dann sagte ich zu ihr, sie bräuchte keine Angst zu haben, meine Leute äßen nur das Fleisch ihrer Feinde. Danach bot sie mir eine zweite Portion Reis an, was sie vorher noch nie gemacht hat. Vielleicht möchte sie jetzt sichergehen, daß mein Bauch immer gut voll ist.«

»Ich bin nicht ganz sicher, daß das Stadtleben einen guten Einfluß auf dich hat.«

!Xabbu grinste sie an und freute sich, daß er sie ein wenig aufgeheitert hatte. »Erst wenn Menschen sich sehr weit von ihrer eigenen Geschichte entfernt haben, können sie sich einreden, daß andere, die sie für ›primitiv‹ halten, keinen Humor besitzen. Die Sippengenossen meines Vaters, die mitten in der Kalahari von einer dürftigen Mahlzeit zur nächsten lebten und meilenweit gehen mußten, um Wasser zu finden, erzählten sich dennoch gern Witze und lustige Geschichten. Unser Großvater Mantis spielt anderen gern Streiche, und oft besiegt er seine Feinde gerade mit solchen Streichen, wenn seine Kräfte nicht ausreichen.«

Renie nickte. »Die meisten der weißen Siedler hier dachten dasselbe über *meine* Vorfahren - daß wir entweder edle Wilde oder schmutzige Tiere wären. Aber nicht ganz normale Menschen, die sich gegenseitig Witze erzählen.«

»Alle Menschen lachen. Wenn je ein Geschlecht von Menschen nach uns kommt, so wie wir nach dem Urgeschlecht kamen, dann werden sie, denke ich, ebenfalls Humor haben.«

»Den werden sie brauchen«, sagte Renie säuerlich. Die kurze Ablenkung hatte nicht viel verändert; ihr Kopf pochte immer noch. Sie holte eine zweite Schmerztablette aus ihrem Schreibtisch und schluckte sie. »Dann werden sie uns vielleicht verzeihen, daß wir die Welt so heruntergewirtschaftet haben.«

Ihr Freund musterte sie kritisch. »Renie, können wir nicht genauso ungestört sein, wenn wir das Pad mit nach draußen nehmen und den Anruf von dieser Martine dort abwarten?«

»Wahrscheinlich. Warum?«

»Weil ich wirklich denke, daß du zu lange drinnen warst. Auch wenn eure Städte so aussehen, sind wir dennoch *keine* Termiten. Wir müssen den Himmel sehen.«

Sie wollte schon widersprechen, als sie merkte, daß sie gar keine Lust dazu hatte. »Okay. Hol mich in der Mittagspause hier ab. Deine Frage nach TreeHouse habe ich auch noch nicht beantwortet.«

Der kleine Hügel war kahl bis auf einen dünnen Rasenfilz und einen Akazienbaum, in dessen Schatten sie vor der hohen, starken Sonne Schutz suchten. Es ging kein Wind. Ein gelblicher Schleier hing über Durban.

»TreeHouse ist ein Relikt aus der Frühzeit des Netzes«, sagte sie. »Ein altmodischer Verein, dessen Mitglieder sich ihre eigenen Regeln geben. Wenigstens erzählt man sich das - die Leute, die dort hinkönnen, reden nicht viel darüber, deshalb wird das bißchen, was durchsickert, durch Gerüchte und Wunschdenken aufgebläht.«

»Du hast gesagt, sie halten diesen Ort verborgen, aber wie können sie das, wenn sie so altmodisch sind?« !Xabbu hob eine Samenschote auf und rollte sie zwischen den Fingern. Er saß in seiner mühelosen Art in der Hocke, eine Haltung, die in Renie jedesmal Bilder einer traumartigen, fernen Vergangenheit wachrief.

»Oh, ihre Geräte und ihr Gear sind auf dem neuesten Stand, glaub mir. Mehr als das. Das sind Leute, die ihr ganzes Leben im Netz verbracht haben - einige davon haben das Ding in den Anfangstagen praktisch gebaut. Vielleicht sind sie deswegen so militant. Aus einem Gefühl von Mitschuld daran, was daraus geworden ist.« Die Verspannung in ihrem Kinn und ihrem Nacken hatte sich ein wenig gelöst: entweder das Schmerzmittel oder der offene Himmel hatten geholfen. »Na, egal, das Altmodische daran ist jedenfalls, daß viele von diesen Leuten Ingenieure und Häcker und frühe Netzbenutzer waren und sie damals die Vorstellung hatten, das Kommunikationsnetzwerk in seiner Verbreitung über die ganze Welt würde ein freier und offener Platz sein, ein Ort, wo Geld und Macht keine Rolle spielen. Niemand würde jemand anders zensieren, und niemand wäre gezwungen, sich danach zu richten, was irgendein Großkonzern will.«

»Und was geschah?«

»Was du dir denken kannst. Es war wahrscheinlich eine naive Vorstellung - wenn Geld ins Spiel kommt, verändert sich immer alles. Die Leute fingen an, immer mehr Regeln aufzustellen, und bald sah das Netz wie der Rest der sogenannten zivilisierten Welt aus.«

Renie hörte den bitteren Dozierton in ihrer Stimme und wunderte sich. Griff !Xabbus Einstellung zum Stadtleben langsam auf sie über? Sie blickte auf das endlose Häusergewirr, das die Hügel und Täler von Durban überzog wie ein bunter Schimmelpilz. Plötzlich kam es ihr beinahe unheimlich vor. Sie war immer der Meinung gewesen, daß der industrielle Fortschritt in Afrika, einem Kontinent, der so lange von anderen materiell ausgebeutet und selbst um den Nutzen gebracht worden war, im großen und ganzen eine gute Sache sei, aber jetzt war sie nicht mehr so sicher.

»Jedenfalls machten sich die TreeHouse-Leute eine Art Arche-Noah-Einstellung zu eigen, könnte man vielleicht sagen. Na ja, nicht richtig. Es waren nicht *Dinge*, die sie retten wollten, sondern sie hatten bestimmte Ideen, an denen sie festhalten wollten - zum Großteil anarchistische Vorstellungen von totaler Meinungsfreiheit und so -, und andere Ideen wollten sie draußen haben. Deshalb schufen sie TreeHouse und legten es so an, daß es nicht von industriellen oder staatlichen Sponsoren abhängig war. Es ist auf die Apparate seiner Benutzer verteilt und enthält dabei jede Menge Redundanz, so daß beliebig viele ausfallen könnten, ohne daß TreeHouse aufhören würde zu existieren.«

»Warum hat es diesen Namen - Baumhaus?«

»Keine Ahnung - frag doch mal Martine. Vielleicht kommt er von logischen Bäumen oder so. Viele von diesen Sachen aus der Anfangszeit des Netzes haben witzige Namen. ›Lambda Mall‹ kommt von einem frühen Experiment mit einer reinen Text-VR.«

»Das hört sich an, als wäre es ebenso sehr ein Zufluchtsort für Kriminelle wie für Menschen, die für Freiheit sind.« !Xabbu klang nicht so, als ob er sehr viel dagegen hätte.

»Oh, bestimmt. Je mehr Freiheit du den Menschen zum Guten läßt, um so mehr Freiheit haben sie auch zum Schlechten.«

Ihr Pad piepste. Renie klappte es auf.

»Bon jour.« Die Stimme kam wie immer von einem schwarz gestellten Bildschirm. »Hier ist deine Freundin aus Toulouse. Ich rufe an, wie verabredet.«

»Hallo.« Renie hatte ihre Videoleitung angestellt, aber eigentlich gebot es die Höflichkeit, daß die andere ihrerseits kein Bild von ihr empfing. »Ich bin nicht allein. Mein Freund !Xabbu ist bei mir. Er war mit mir bei Susan und weiß alles, was ich weiß.«

»Aha.« Martines Pausen wurden langsam zur Gewohnheit. »Ihr seid irgendwo draußen, stimmt's?«

Also hatte die Französin ihr Video doch an. Das kam ihr irgendwie unfair vor. »Auf dem Gelände der Technischen Hochschule, wo ich arbeite.«

»Diese Leitung ist sicher, aber du mußt aufpassen, daß man dich nicht beobachtet.« Martine sprach energisch, aber nicht tadelnd, sondern rein sachlich. »Man kann von den Lippen ablesen, und es gibt viele Möglichkeiten, ferne Dinge so nah heranzuholen, daß man sie erkennen kann.«

Aus Verlegenheit darüber, auf etwas hingewiesen zu werden, was sie übersehen hatte, schaute Renie !Xabbu an, aber der hatte die Augen geschlossen und lauschte. »Ich werde versuchen, meine Lippen nicht allzu sehr zu bewegen.«

»Vielleicht könntest du dir auch die Hand vor den Mund halten. Das mag sich extrem anhören, Irene ... Renie, aber abgesehen davon, daß ich den Ernst deines Problems begreife, muß ich an mich selbst denken.«

»Das hab ich gemerkt.« Ihre Gereiztheit ging mit ihr durch. »Was veranstalten wir hier eigentlich, Martine? Sollen wir jetzt einander trauen oder nicht? Was soll ich von jemand halten, die mir nicht mal ihr Gesicht zeigt?«

»Was hättest du davon? Ich habe meine Gründe, Renie, und ich bin weder dir noch sonst jemandem eine Erklärung schuldig.«

»Aber du traust mir jetzt?«

Martines Lachen war grimmig. »Ich traue niemandem. Aber ich glaube, daß du die bist, für die du dich ausgibst, und ich habe keinen Grund, an deiner Geschichte zu zweifeln.«

Renie blickte !Xabbu an, dessen Miene seltsam versunken wirkte. Als ob er ihren Blick spürte, öffnete er die Augen und zuckte leicht mit den Achseln. Renie unterdrückte ein Seufzen. Martine hatte recht; sie konnten an diesem Punkt beide nicht viele Vertrauensbeweise erbringen. Entweder sie brach die Verbindung ab, oder sie schloß die Augen, hielt sich die Nase zu und sprang.

»Ich denke, ich muß in TreeHouse reinkommen«, sagte sie.

Das kam für die andere offensichtlich unerwartet. »Was soll das heißen?«

»Weißt du bestimmt, daß diese Leitung sicher ist?«

»Ja. Ein Sicherheitsrisiko kann nur auf deiner Seite bestehen.«

Renie schaute sich um. Es war niemand in Sicht, aber sie beugte sich dennoch dicht an den Bildschirm. »Ich denke, ich muß in TreeHouse reinkommen. Vor ihrem Tod machte Susan mir eine Mitteilung über einen ihrer alten Häckerfreunde - offenbar meinte sie, er hätte Informationen, die uns nützen könnten. Er heißt Murat Sagar Singh, aber er wird auch ›der Einsiedlerkrebs‹ genannt. Ich denke, daß ich ihn über TreeHouse finden kann.«

»Und du möchtest, daß ich dir helfe, dort hineinzukommen?«

»Was bleibt mir denn übrig?« Jäh aufwallender Schmerz und Zorn zwang sie, ihre Worte sorgfältig abzuwägen. »Ich gehe einfach voran, so gut ich kann. Etwas Besseres fällt mir nicht ein. Ich denke, mein Bruder ist so gut wie tot, wenn ich keine Antworten bekomme. Und jetzt kann ich ihn nicht mal ... nicht mal ...« Sie holte zittrig Atem. »Jetzt kann ich ihn nicht mal mehr besuchen.«

Die Stimme der geheimnisvollen Frau klang mitfühlend. »Entendu, Renie. Ich denke, ich kann dir helfen.«

»Vielen Dank. O Gott, vielen Dank.« Ein Teil von ihr stand daneben und schämte sich für die weinerliche Dankbarkeit. Sie hatte immer noch keine Ahnung, wer diese gesichtslose Frau war, aber sie vertraute ihr in einem Maße, wie sie wenigen anderen je vertraut hatte. Sie wechselte zu einem sichereren Thema über. »Hast du etwas über Atasco herausgefunden?«

»Nicht viel, fürchte ich. Er unterhält, soweit ich sehen kann, keine Verbindungen zu den Leuten, denen der Club gehört, von dem du sprachst, Mister J's, und spielt auch sonst keine irgendwie bedeutende Rolle im Netz. Er scheint sehr zurückgezogen zu leben.«

Renie schüttelte den Kopf. »Dann wissen wir im Grunde nicht, ob Atasco und sein Buch irgendwas mit der Sache zu tun haben.« !Xabbu hatte eine Schnur aus seiner Tasche gezogen und zwischen seinen ausgestreckten Fingern ein Fadenspiel aufgespannt. Er betrachtete es versonnen.

»Nein. Hoffen wir, daß wir aus diesem Singh etwas Brauchbares herausholen können. Ich werde sehen, ob ich uns irgendwie in TreeHouse hineinbringen kann. Wenn es mir gelingt, wirst du dann heute nach der Arbeit verfügbar sein?«

Renie fiel der Termin im Büro der Rektorin ein. »Ich muß nach dem Unterricht noch etwas erledigen, aber damit müßte ich um 17:00 Uhr meiner Zeit fertig sein.«

»Ich rufe dich an. Und vielleicht spricht dein Freund das nächste Mal auch mit mir.« Martine schaltete sich aus.

!Xabbu blickte von seiner Fadenfigur auf den leeren Bildschirm und wieder zurück.

»Na?« fragte Renie. »Was denkst du?«

»Renie, du sagtest einmal, du wolltest mir erklären, was ein ›Geist‹ ist.«

Sie klappte ihr Pad zu und wandte sich ihm zu. »Ein Geist? Du meinst die VR-Sorte?«

»Ja. Du hast einmal davon gesprochen, aber es nie erklärt.«

»Na ja, das ist so ein Gerücht - nicht einmal das. Ein Mythos.« Sie lächelte müde. »Darf ich das noch sagen?«

Er nickte. »Sicher.«

»Einige Leute haben behauptet, daß man, wenn man genug Zeit im Netz verbringt oder wenn man stirbt, während man online ist ...« Sie runzelte die Stirn. »Das hört sich ziemlich abstrus an. Sie sagen, daß manchmal Leute im Netz drinbleiben. Nachdem sie gestorben sind.«

»Aber das ist nicht möglich.«

»Nein, es ist nicht möglich. Warum fragst du?«

Er bewegte die Finger und veränderte die Fadenfigur. »Diese Martine. Irgend etwas an ihr ist ungewöhnlich. Ich dachte, wenn ein Geist so etwas wie eine merkwürdige Person im Netz wäre, und sie wäre einer, dann könnte ich es besser verstehen. Aber sie ist offensichtlich keine Tote.«

»Ungewöhnlich? Was meinst du damit? Viele Leute wollen ihr Gesicht nicht zeigen, auch wenn sie nicht so einen Zirkus um ihre Sicherheit machen wie Martine.«

»Es war ... etwas an der Art, wie sie klang.«

»Ihre Stimme? Aber Stimmen lassen sich verzerren - darauf kannst du nichts geben. Weißt du noch, wie wir in den Club gingen und ich unsere Stimmen tiefer stellte?«

!Xabbu schüttelte leicht unwillig den Kopf. »Ich weiß, Renie. Aber etwas an der Art, wie sie redete, war ungewöhnlich. Und auch, wie der Ort klang, an dem sie sich befand. Sie war in einem Raum mit sehr, sehr dicken Wänden.«

Renie zuckte mit den Achseln. »Sie könnte in einem bombensicheren staatlichen Gebäude oder so sein - ich habe keine Ahnung, was sie sonst macht, außer im Netz rumspuken. Herrgott, ich bete, daß sie sauber ist. Sie ist im Moment meine größte Hoffnung. Es könnte Monate dauern, bis wir auf eigene Faust in TreeHouse reinkämen. Aber woran merkst du das mit den Wänden?«

»Echos, Töne. Es ist schwer zu erklären.« Er kniff die Augen zusammen und sah kindlicher denn je aus. »Als ich in der Wüste lebte, lernte ich die Töne erkennen, die Vögel machen, wenn sie fliegen, oder Beutetiere, wenn sie viele Meilen weit entfernt über den Sand ziehen. Wir hören genau hin.«

»Ich weiß nichts über sie. Vielleicht ist sie ... nein, das kann ich mir nicht vorstellen.« Sie stand auf. Am Fuß des Hügels sah sie Studenten zum Unterricht zurückgehen. »Nach meinem Termin bin ich wieder im Labor. Sag mir Bescheid, wenn du auf irgendwas kommst.«

> Renie konnte den Impuls, die Bürotür aus den Angeln zu treten, nur schwer bezähmen. Aber das heftige Zupfeffern reichte aus, um Papiere vom Schreibtisch zu pusten und !Xabbu beinahe vom Stuhl zu werfen.

»Ich faß es nicht! Ich bin suspendiert!« Sie war versucht, die Tür aufzumachen und abermals zuzuknallen, nur um etwas mit ihrem Zorn zu machen, der sie wie Lava durchfloß.

»Du hast deine Stelle verloren?«

Sie fegte an ihm vorbei, schmiß sich in ihren Stuhl und wühlte nach einer Zigarette. »Nicht ganz. Ich hab ein Disziplinarverfahren am Hals. Bis zu meiner Anhörung kriege ich weiter Gehalt, allerdings nur die Hälfte. Verdammt, verdammt, verdammt!« Sie warf die zerbrochene Zigarette weg und griff nach einer anderen. »Ich faß es nicht! Scheiße! Eine Sache nach der andern!«

!Xabbu streckte die Hand aus, wie um sie zu berühren, dann zog er sie wieder zurück.

Hat Angst, er könnte einen Finger verlieren, dachte sie. Und ihr war wirklich danach zumute, jemanden zu beißen. Wenn Doktor Bundazi, die Rektorin, sie angebrüllt hätte, wäre es nicht so schlimm gewesen, aber der enttäuschte Blick hatte viel vernichtender gewirkt.

»*Wir haben immer große Stücke auf dich gehalten, Irene.*« Dieses langsame Kopfschütteln, das kleine diplomatische Stirnrunzeln. »*Ich weiß, daß du es in letzter Zeit familiär sehr schwer hattest, aber das ist keine Entschuldigung für ein derartiges Fehlverhalten.*«

»Scheiße.« Sie hatte wieder eine Zigarette zerbrochen. Bei der nächsten paßte sie ein bißchen besser auf. »Wegen der Geräte, die ich mir ausgeliehen hatte – ich hatte eigentlich keine Erlaubnis. Und sie haben entdeckt, daß ich an der E-Mail der Rektorin herumgepfuscht habe.« Sie bekam die Zigarette angezündet und zog daran. Ihre Finger zitterten immer noch. »Und noch ein paar Sachen. Ich schätze, ich habe mich nicht sehr schlau angestellt.« Ihre Augen waren trocken, aber sie hätte am liebsten geweint. »Ich faß es nicht!« Sie holte tief Luft und versuchte sich zu beruhigen. »Okay, komm mit.«

!Xabbu blickte bestürzt. »Wohin gehen wir?«

»Wenn schon, denn schon. Das ist meine letzte Chance, die Ausrüstung der TH zu benutzen. Wir schauen mal, ob Martine was zustande bringt.«

Yono Soundso war gerade im Gurtraum. Völlig selbstvergessen hinter seiner Kopfarmatur schaukelte er hin und her, fuchtelte mit den Händen und stach nach unsichtbaren Gegenständen. Renie drückte mit aller Kraft auf *Unterbrechung.* Er riß sich den Helm herunter, als ob der Feuer gefangen hätte.

»Oh, Renie.« Ein Fünkchen Schuldbewußtsein flackerte in seinen Augen, zeugte von gehörten und weitererzählten Gerüchten. »Wie geht's?«

»Bist du so gut und verschwindest? Ich brauche das Labor, und es ist dringend.«

»Aber ...« Er grinste schief, als ob sie einen geschmacklosen Witz gemacht hätte. »Aber ich hab diese ganzen 3D-Designsachen zu machen ...«

Sie bezähmte den Drang zu schreien, aber nur knapp. »Hör zu, ich bin soeben suspendiert worden. Hiernach wirst du dich nicht mehr mit mir herumschlagen müssen. Also sei jetzt ganz lieb und *verpiß dich*, ja?«

Yono kramte hastig seine Sachen zusammen. Die Tür ging gerade hinter ihm zu, als Martines Anruf kam.

Der Zugangspfad, den Martine ihnen gab, führte in einen Bereich des Netzes, in dem Renie noch nie gewesen war, einen kleinen Geschäftsknoten, der sich von dem großen Kommerzspektakel der Lambda Mall so sehr unterschied wie ein Besenschrank von einem Vergnügungspark. Die Datenbank am Ende der Koordinaten der Französin war eines der Basismodelle, die an kleine Unternehmen vermietet wurden, das VR-Gegenstück zu den billigen zellenartigen Warenzentren in der wirklichen Welt von Durban Outskirt. Das visuelle Erscheinungsbild der Datenbank war so langweilig funktional wie die Einheit, die es darstellte - ein Würfel, dessen Halbtonwände mit Knöpfen und Fenstern bedeckt waren, welche die verschiedenen Dienste aktivierten und anzeigten.

Renie und !Xabbu hingen mit ihren rudimentären Sims, die durch das Billigtarifrendering des Knotens noch hölzerner wirkten, in der Mitte des Würfels.

»Sieht aus wie das VR-Pendant zu 'ner dunklen Gasse.« Renie war schlecht gelaunt. Der Tag war ohnehin schon entsetzlich lang gewesen, sie war vom Dienst suspendiert worden, und ihr Vater hatte gemault, als sie angerufen hatte, um ihm zu sagen, daß sie spät nach Hause kommen würde und er sich sein Abendessen selber machen müßte - das schien ihn mehr aufzuregen als die Neuigkeiten von Stephen und ihrer Stelle. »Ich hoffe, Martine weiß, was sie tut.«

»Das hofft Martine auch.«

«Aha. Du bist da.« Renie drehte sich um und schaute verwundert. »Martine?«

Eine glänzende blaue Kugel hing neben ihnen. »Ich bin's. Seid ihr so weit?«

»Ja. Aber ... aber wird es dir nicht schwerfallen, äh ... das Interface zu bedienen?«

Die blaue Kugel rührte sich nicht. »Um in TreeHouse hineinzukommen, ist es nicht nötig, das virtuelle Interface zu benutzen, vielleicht ist es sogar einfacher, wenn man darauf verzichtet, vor allem für jemanden wie mich, die andere Methoden der Datenbearbeitung vorzieht. Aber da ihr mit solchen Environments arbeitet, dachte ich, ihr fändet es angenehmer, auf diese Weise einzutreten. Dadurch wird es euch auf jeden Fall leichter fallen, die Erfahrung zu verkraften, wenn wir in TreeHouse drin sind, da das VR-Interface ein wenig langsamer läuft als andere Versionen. TreeHouse ist *sehr* schnell und verwirrend.«

Was immer noch nicht erklärt, warum sie so einen abartigen Sim hat, dachte sich Renie. *Aber wenn sie es mir nicht sagen will, ist es wohl ihre Sache.*

Mehrere der Knöpfe auf dem Datenbank-Interface leuchteten auf, als wären sie gedrückt worden, und in den Fenstern formierten sich Daten.

Sie benutzt das VR-Interface nicht einmal, erkannte Renie. *Dieses Billardkugeldings ist bloß ein Positionsanzeiger, damit wir wissen, daß sie bei uns ist. Sie muß das alles direkt an ihren Tasten machen, oder mit offline gesprochenen Anweisungen, oder sonstwie ...*

»Wißt ihr, warum dieser Ort sich TreeHouse nennt?« fragte Martine.

»Ich hab zu !Xabbu gesagt, wir sollten *dich* das fragen. Ich weiß es nicht - logische Bäume war meine Vermutung.«

»So kompliziert ist es gar nicht.« Martines Lachen klang spöttisch. »Es ist ganz einfach - sie waren Jungen.«

»Was? Wer?«

»Die Leute, die TreeHouse erfanden. Natürlich waren nicht alle männlichen Geschlechts, aber die meisten, und sie wollten sich einen Ort schaffen, der ganz ihr eigener war. Wie kleine Jungen, die sich ein Baumhaus bauen und eine Bande gründen und niemand anders reinlassen. Wie in der alten Geschichte von Peter Pan. Und wißt ihr, wie man in TreeHouse reinkommt?«

Renie schüttelte den Kopf.

»Vielleicht gefällt euch der Witz. Ihr müßt die Leiter finden.« Während sie noch sprach, dehnte sich plötzlich eines der Fenster aus, bis es eine ganze Wand des Würfels einnahm. »Die Leiter kann jederzeit heruntergelassen werden«, fuhr Martine fort, »aber die Stellen, wo sie erscheint, sind immer verschieden. Die Leute von TreeHouse wollen niemand dazu animieren, sich bei ihnen reinzuhäcken. Nur wer die Leiter schon einmal hochgestiegen ist, weiß, wie man sie findet.«

!Xabbu brach auf einmal sein Schweigen. »Dann bist du schon einmal in diesem TreeHouse gewesen?«

»Allerdings, aber als Gast. Ich werde euch mehr erzählen, aber jetzt denkt bitte daran, daß wir uns an einem öffentlichen Ort befinden. Dies ist eine richtige Datenbank, nur mit einer Verbindung zu der Leiter, wenigstens heute - wenn ihr morgen zu diesem Knoten zurückkämt, bezweifele ich, daß die Verbindung noch bestehen würde. Aber jedenfalls könnte jederzeit jemand mit einem normalen geschäftlichen Anliegen hierherkommen. Tretet hindurch.«

»Durch dieses Fenster?« fragte Renie.

»S'il vous plaît. Bitte. Es droht keine Gefahr auf der anderen Seite.«

Renie bewegte ihren Sim durch das Datenfenster. !Xabbu folgte ihr in einen virtuellen Raum, der noch detailärmer war als der, den sie gerade verlassen hatten, einen größeren Würfel von nahezu reinem Weiß. Das Fenster schloß sich wie eine Irisblende, und sie standen allein in dem konturlosen Kubus: die blaue Kugel war nicht mitgekommen.

»Martine!«

»Ich bin hier«, sagte die körperlose Stimme.

»Aber wo ist dein Sim?«

»Ich brauche hier keinen Sim – die unterste Sprosse der Leiter, wie TreeHouse überhaupt, unterliegt nicht mehr den Gesetzen des Netzes. Bekörperung ist nicht zwingend vorgeschrieben.«

Renie fiel die Frage ihres Freundes nach Geistern wieder ein, und obwohl es durchaus einzusehen war, daß Martine Lust hatte, einer der lästigen Vorschriften des Netzlebens zu entkommen, verspürte sie doch eine gewisse Beklemmung. »Müssen !Xabbu und ich irgendwas machen?«

»Nein. Ich habe ... einen Gefallen gut, kann man das sagen? Ich habe die Erlaubnis, wiederzukommen, und zudem das Recht, eigene Gäste mitzubringen.«

Die weißen Wände lösten sich abrupt auf oder vielmehr etwas anderes ging aus ihnen hervor. Der leere Raum gewann Gestalt und Tiefe. Bäume, Himmel und Erde schienen sich in Sekundenschnelle aus unsichtbaren Atomen zu bilden. Renie und !Xabbu standen vor einem Teich, auf dem eine Laubschicht schwamm und der von einer Eichengruppe umgeben war. Martine, falls noch anwesend, war unsichtbar. Der sich grenzenlos über den Ästen erstreckende Himmel war sommerblau, und alles war von einem warmen, butterigen Licht durchflutet. Ganz in der Nähe zwischen zwei großen Wurzeln, den Rücken an einen Baumstamm gelehnt und mit den nackten Füßen im Wasser baumelnd, saß gemütlich ein kleiner europider Junge. Er hatte einen Overall an, einen zerbeulten Strohhut mit umgebogener Krempe auf und ein schläfriges, zahnlückiges Lächeln im Gesicht.

»Ich habe die Erlaubnis, TreeHouse zu besuchen«, sagte Martine.

Den Jungen schien die körperlose Stimme nicht im geringsten zu überraschen. Er warf Renie und !Xabbu einen schrägen Blick zu und streckte dann gemächlich eine Hand in die Höhe, als ob er einen Apfel pflücken wollte. Eine Strickleiter purzelte aus den Ästen über ihm. Sein Grinsen wurde breiter.

»Nur zu«, sagte Martine.

!Xabbu ging als erster. Renie war sicher, daß er genauso geschickt klettern würde wie im wirklichen Leben. Sie folgte ihm etwas langsamer, überwältigt von den Erlebnissen des Tages und halb von Furcht erfüllt, was wohl als nächstes geschehen würde. Gleich darauf waren der Teich und der Wald verschwunden, und sie war völlig von Schatten umschlossen. Sie kletterte immer noch, aber sie hatte nichts zum Greifen in den Händen und nicht das Gefühl, daß sie fallen könnte. Sie hielt an und wartete.

»Wir haben TreeHouse erreicht«, verkündete Martine. »Ich lege uns auf eine Privatleitung, die parallel zur Hauptsprechleitung läuft, sonst werden wir Mühe haben, uns zu verstehen.«

Bevor Renie fragen konnte, was sie damit meinte, verflog die Dunkelheit ringsherum abrupt, und die Welt schien ins Chaos zu stürzen. Ein infernalisch lautes Babel gellte ihnen in den Ohren - Musik, Redefetzen in verschiedenen Sprachen, undefinierbare Geräusche, als ob sie und ihre Begleiter in einem Kurzwellenradio zwischen den Kanälen steckten. Sie stellte ihr ganzes System leiser, so daß der Krach nur noch ein kakophones Raunen war.

!Xabbus Stimme drang ihr auf dem Privatband der Französin deutlich ans Ohr. »Was du mir für Anblicke bescherst, Renie. Sieh nur!«

Sie hätte nichts anderes tun können. So etwas wie das visuelle Environment, das urplötzlich die Dunkelheit vertrieben hatte, hatte sie noch nie gesehen.

Es gab kein Oben und Unten - das war die erste und verwirrendste Feststellung. Die virtuellen Strukturen von TreeHouse schlossen in jedem erdenklichen Winkel aneinander an. Einen Horizont gab es auch nicht. Das wirre Ineinander gebäudeähnlicher Formen erstreckte sich endlos in alle Richtungen. Es kam Renie vor, als stände sie in der imaginären Mitte einer Escher-Graphik. Sie sah ein leeres Blau, das Himmel bedeuten konnte, zwischen einigen der kuriosen Strukturen hindurchleuchten, aber die Farbe konnte genauso gut unter ihren Füßen erscheinen wie über ihrem Kopf. An anderen Stellen waren die Lücken mit

Regenwolken oder Schneegestöber gefüllt. Viele der Strukturen schienen virtuelle Wohnhäuser jeder erdenklichen Größe und Form zu sein, riesige vielfarbige Wolkenkratzer gekreuzt wie Schwerter im Duell, Haufen rosiger Blasen, sogar ein leuchtender orangeroter Pilz von der Größe einer Flugzeughalle, Türen und Fenster inbegriffen. Ein paar davon flossen in andere Formen über, während sie noch hinschaute.

Es gab auch Leute oder Dinge, die Leute sein konnten - es war schwer zu sagen, da die Beköperungsvorschriften des Netzes hier anscheinend außer Kraft gesetzt waren -, aber es gab andere bewegte Dinge, auf die die Bezeichnung »Objekt« kaum zutraf, Farbwellen, Interferenzstreifen, wirbelnde Galaxien pulsierender Tupfen.

»Das ... das ist der helle Wahnsinn!« sagte sie. »Was ist das alles?«

»Das sind die Gestalten, die die Leute hier sich geben wollen.« Martines Stimme, sonst eher ein Anlaß zur Verstimmung, war jetzt in diesem ganzen Irrsinn etwas wunderbar Vertrautes. »Sie haben alle Regeln über Bord geworfen.«

!Xabbu gab einen verdutzten Laut von sich, und Renie drehte sich um. Ein schwebender Schleppkahn in einem Leopardenfell war plötzlich neben ihm erschienen. Eine Figur, die aussah wie eine Stoffpuppe, beugte sich aus der Kapitänskajüte, betrachtete sie einen Moment und schrie dann etwas in einer Sprache, die Renie nicht verstand. Der Schlepper verschwand.

»Was war das?« fragte Renie.

»Ich weiß es nicht.« Ihre unsichtbare Begleiterin klang leicht belustigt. »Irgend jemand, der sich die Neuankömmlinge angucken wollte. Ich kann die hier gesprochenen Sprachen von meinem System übersetzen lassen, aber das würde eine Menge Verarbeitungsenergie beanspruchen.«

Ein schrilles Kreischen erscholl über dem gedämpften Gebrabbel in den Kopfhörern, schwoll an und verklang dann. Renie schaute gequält. »Ich ... wie sollen wir hier irgendwas finden? Das ist ja verrückt!«

»Es gibt durchaus Möglichkeiten, in TreeHouse sinnvoll zu arbeiten, und es ist nicht überall so«, versicherte ihr Martine. »Wir werden uns einen der ruhigeren Orte suchen - dieser hier ist öffentlich, so etwas wie ein Park. Geht los, und ich lenke euch.«

Renie und !Xabbu steuerten eine der Lücken zwischen den Gebäuden an, wobei sie über eine Schar tanzender, paisleygemusterter Mäuse hinwegstiegen und anschließend so etwas wie einer riesigen Zunge auswichen, die aus einer schwitzenden Hauswand hervorstand. Auf Martines Drängen hin machten sie schneller, und das bizarre Formengewirr verschwamm. Trotz ihres raschen Vorankommens bewegten sich einige Dinge genauso schnell wie sie – TreeHouse-Bewohner, vermutete Renie, die einen Blick auf sie werfen wollten. Diese Neugierigen erschienen in einer derart absonderlichen und beängstigenden Vielfalt von Formen und Effekten, daß Renie es nach einer Weile nicht mehr aushielt, ihre Blicke zu erwidern. Ein wüstes Tongebrodel ergoß sich in den Pausen zwischen Martines Anweisungen über sie, zum Teil eindeutig Begrüßungen.

Renie blickte besorgt zu !Xabbu hinüber, aber der Sim des kleinen Mannes schaute interessiert hin und her wie ein Tourist bei seinem ersten Großstadtbesuch. Er wirkte nicht sonderlich verstört.

Eine riesige rote Blume, die sie nicht kannte, hing groß wie ein Kaufhaus kopfunter vor ihnen. Martine wies sie an zu bremsen, dann stiegen sie von unten in die Blütenblätter empor. Als der Wald purpurroter Fahnen sich um sie schloß, verstummte das Geplapper in ihren Kopfhörern.

Etwas weiter oben ging vor ihnen eine Schrift an, eine Begrüßung in mehreren Sprachen. Sie lautete: »Dies ist unser Eigentum. Wer hier eintritt, unterliegt unseren Regeln, die so aussehen, wie wir sie zu dem Zeitpunkt gerade haben wollen. Die meisten betreffen das Respektieren von anderen Leuten. Die Eintrittserlaubnis kann ohne Ankündigung widerrufen werden. Gezeichnet, Das Ameisenfarmkollektiv.«

»Wie kann es Privateigentum geben, wenn das hier alles Anarchie ist?« murrte Renie. »Schöne Anarchisten!«

Martine lachte. »Du würdest hier gut herpassen, Renie. Hier sitzen Leute stundenlang herum und debattieren über solche Sachen.«

Das Innere der Blume – oder die an die Simulation, die wie eine Blume aussah, angeschlossene Simulation, machte sich Renie abermals klar – war eine ungeheuer große Grotte, zergliedert von Gängen und kleinen offenen Bereichen. Das Ganze war vom Boden bis zur Decke mit samtigem Rot ausgekleidet, und das Licht hatte keine bestimmte Quelle; Renie fühlte sich wie in einen Darm versetzt. Konventionelle und weitaus weniger humanoide Sims saßen, standen oder schwebten herum und kümmerten sich dabei so wenig um Oben und Unten wie die vorher im öffentlichen Bereich, den Martine als »Park« bezeichnet hatte. Die Geräuschkulisse war hier um einiges leiser, aber es waren deutlich viele Gespräche im Gange.

»Martine? Bist du's? Ich hab mich *so* gefreut, von dir zu hören!«

!Xabbu und Renie drehten sich bei diesem leicht akzentgefärbten Ausruf einer fremden Stimme um, die laut und deutlich auf dem Privatband ertönte. Der Buschmann brach in Gelächter aus, und Renie hatte alle Mühe, es ihm nicht gleichzutun. Der Neuankömmling war ein Frühstück - ein im Raum schwebender Teller mit Eiern und Bratwürstchen, satellitengleich umkreist von einem Besteck, einer Müslischüssel und einem Glas Orangensaft.

»Lacht ihr über meinen neuen Sim?« Das Frühstück wiegte sich in gespielter Verzweiflung. »Ich bin *erschüttert*.«

Martines körperlose Stimme war herzlich. »Ali. Schön, dich zu sehen. Das sind meine Gäste.« Sie nannte keine Namen, und obwohl Renie es nicht fertigbrachte, sich von einer fliegenden Mahlzeit bedroht zu fühlen, stellte sie sich nicht vor.

Das Frühstück musterte sie ganz offensichtlich von Kopf bis Fuß und begutachtete ihre rudimentären Sims eine ganze Weile. Zum erstenmal überhaupt war Renie verunsichert, was ihr Aussehen in der VR betraf. »Daran, wie ihr rumlauft, müßte was getan werden«, lautete das abschließende Urteil.

»Deshalb sind wir nicht hier, Ali, aber wenn meine Freunde einmal wiederkommen, werden sie sicher bei dir vorbeischauen. Prinz Ali van Strahlefix-Artefax war einer der ersten wahrhaft großen Designer simulierter Körper«, erklärte Martine.

»*War?*« Sogar sein Entsetzen war eine Clownsnummer. »War? Lieber Himmel, bin ich so schnell in Vergessenheit geraten? Aber inzwischen nenne ich mich wieder nur noch Ali, Liebste. Kein Mensch hat zur Zeit noch diese langen Namen - meine Idee, versteht sich. Dennoch bin ich tief gerührt, daß du dich daran erinnerst.« Der Teller rotierte langsam, die Bratwürstchen glänzten. »Aber du hast dich *gar* nicht verändert, Martinechen. Wie es aussieht, hast du *den* todsicheren Weg gefunden, um die ganze Modefrage herumzukommen. Sehr minimal. Na, es hat was, wenn man sich treu bleibt.« Ali konnte seine Mißbilligung nicht ganz verbergen. »So, und was führt dich mal wieder hierher? Ist ja schon ewig her! Und was sollen wir unternehmen? Heute abend findet hier in der Ameisenfarm so eine gräßliche Ethikdiskussion statt, und offen gestanden ergebe ich mich lieber dem RL, als das über mich ergehen zu lassen. Aber Sinyi Transitore wird ein Wetterstück aus dem Konferenzzentrumsknoten machen. Seine Sachen sind immer wahnsinnig spannend. Möchten deine Gäste das sehen?«

»Was ist ein Wetterstück?« fragte !Xabbu. Renie war erleichtert, daß er sich ganz ruhig anhörte. Sie hatte sich schon gefragt, wie es ihm bei diesen ganzen Merkwürdigkeiten erging.

»Och, es ist ... Wetter. Wie der Name schon sagt. Ihr müßt Afrikaner sein - *so* ausgeprägt, der Akzent. Kennt ihr die Brüder Bingaru? Diese cleveren Kerlchen, die das ganze Verteilernetz von Kampala zum Zusammenbruch gebracht haben? Sie behaupten natürlich, es sei ein Unfall gewesen, aber niemand glaubt ihnen. Ihr *müßt* sie kennen.«

Renie und !Xabbu mußten zugeben, daß sie sie nicht kannten.

»Das klingt ganz wunderbar, Ali«, schaltete sich Martine ein, »aber wir sind nicht zum Vergnügen hier. Wir müssen jemand finden, und ich habe dich angerufen, weil du *jeden* kennst.«

Renie war froh, daß ihrem Sim nicht viel Mienenspiel anzusehen war, denn es war schwer, ernst zu bleiben. Sie hatte noch nie ein stolzgeschwelltes Frühstück gesehen.

»Allerdings. Das will ich meinen. Wen sucht ihr?«

»Einen der älteren TreeHouse-Leute. Sein Handle ist der Einsiedlerkrebs.«

Der Teller verlangsamte seine Drehbewegung. Gabel und Löffel sanken ein wenig herab. »Den Krebs? Diesen alten Knacker? Meine Güte, Martine, was wollt ihr denn von dem?«

Renie konnte ihre Ungeduld nicht bezähmen. »Du weißt, wo er zu finden ist?«

»Ich denke schon. Er hängt mit seinen übrigen Freunden im Spinnwebwinkel herum.«

»Spinnwebwinkel?« Martine klang verdutzt.

»Na ja, so sagen wir dazu. Im Gründerhügel. Mit den andern Alten.« Bei Alis Ton hätte man meinen können, daß man allein mit der Erwähnung des Namens Gefahr lief, dort zu landen. »Mein Gott, was ist *das*?«

!Xabbu und Renie drehten sich in die Richtung, in die der Blick des schwebenden Frühstücks zu gehen schien. Zwei stämmige europide Männer, umringt von einer Wolke winziger gelber Äffchen, glitten vorbei. Einer der Männer sah aus wie eine Figur aus einem extrem dummen Netzstreifen: Schwert, Kettenhemd und langer mongolischer Schnurrbart.

»Vielen Dank, Ali«, sagte Martine. »Wir müssen jetzt los. Es war sehr nett, dich wiederzusehen. Danke, daß du auf meinen Anruf geantwortet hast.«

Ali konnte die Neuankömmlinge anscheinend immer noch nicht fassen. »Lieber Himmel, sowas hab ich schon seit *Jahren* nicht mehr gesehen. Denen sollte schleunigst geholfen werden.« Das Frühstücksgedeck wandte sich ihnen wieder zu. »Sehr bedauerlich. Das ist wohl der Preis der Freiheit – manche Leute ziehen einfach *alles* an. So, und ihr wollt schon wieder weiter? Martine, Liebste, ich bin absolut am Boden zerstört. Ach, was hilft's? Küßchen.« Gabel und Löffel vollführten eine poussierliche Pirouette, dann schwebte das Frühstück lässig den beiden breitschultrigen Fremden und der Affenwolke hinterher. »Laßt euch doch mal anschauen!« rief es ihnen nach.

»Warum will dieser Mann aussehen wie etwas zu essen?« fragte !Xabbu sofort.

Renie lachte. »Weil er es kann, nehme ich an. Martine?«

»Ich bin noch da. Ich habe im Verzeichnis des Gründerhügels nach einem Eintrag geschaut, aber ohne Erfolg. Wir müssen uns hinbegeben.«

»Dann nichts wie los.« Renie beäugte das Zwölffingerdarminterieur ein letztes Mal. »Viel absonderlicher kann's nicht mehr werden.«

Was immer der Gründerhügel früher einmal gewesen war, jetzt stellte er sich in der unkomplizierten Form einer Tür dar, wenn es auch eine gebührend große und imposante Tür war, sorgfältig auf antikes, wurmzerfressenes Holz gerendert, mit einem mächtigen, rostigen Messingklopfer in der Gestalt eines Löwenkopfes. Eine Öllampe hing darüber an einem Haken und verbreitete gelbes Licht unter dem Vordach. Der Eingang zum Gründerhügel war auch gebührend ruhig, wie es einem vergessenen Ort entsprach, obwohl sie gerade eben noch mitten im tollsten TreeHouse-Getümmel gesteckt hatten. Renie fragte sich, ob sein Aussehen eine hintergründige Selbstveralberung der Bewohner war.

»Warum gehen wir nicht hinein?« fragte !Xabbu.

»Weil ich dabei bin, das Notwendige zu tun, damit wir hineingehen können.« Martine klang ein wenig angespannt, als ob sie gleichzeitig versuchte, zu jonglieren und seilzuhüpfen. »Jetzt könnt ihr klopfen.«

Renie betätigte den Klopfer. Die Tür ging auf.

Vor ihnen erstreckte sich ein langer Flur, der ebenfalls von Ampeln erleuchtet war. An beiden Wänden verliefen Reihen gegenüberliegender Türen den Gang hinunter, der sich in scheinbar unendlicher Ferne verlor. Renie betrachtete die blanke Fläche der nächsten Tür und legte die Hand darauf. Text erschien, wie sie erwartet hatte, aber in einer Schrift, die sie nicht lesen konnte und die das fließende Aussehen von Arabisch hatte. »Gibt es ein Verzeichnis?« fragte sie. »Oder müssen wir an jede einzelne Tür klopfen?«

»Ich suche gerade nach einem Verzeichnis«, antwortete Martine.

Renie und !Xabbu konnten nur warten, allerdings schien der kleine Mann damit besser fertig zu werden als sie. Sie ärgerte sich schon wieder, nicht zuletzt darüber, daß sie nicht wußte, was ihre unsichtbare Führerin machte.

Wo liegt ihr Problem? Warum tut sie so heimlich? Ist sie irgendwie behindert? Aber was hätte das schon zu besagen? Ihr Gehirn funktioniert offensichtlich einwandfrei, und alles andere würde sie nicht daran hindern, einen Sim zu benutzen.

Man konnte meinen, mit einem Geist oder einem Schutzengel unterwegs zu sein. Bis jetzt schien Martine ein guter Geist zu sein, aber Renie war nur ungern so sehr von jemand abhängig, die sie so wenig kannte.

»Es gibt kein Verzeichnis«, verkündete die Führerin. »Nicht von den einzelnen Knoten. Aber es gibt Gemeinschaftsbereiche. Vielleicht kann uns in einem davon jemand helfen.«

Ohne das Gefühl einer Fortbewegung wurden sie abrupt den scheinbar endlosen Korridor hinunter an eine Stelle versetzt, von der aus der Eingang nicht mehr zu sehen war, aber wo sie trotzdem noch vor einer der vielen gleich aussehenden Türen standen. Sie öffnete sich, wie von Martines unsichtbarer Hand aufgestoßen, und Renie und !Xabbu schwebten hinein.

Der Raum war natürlich innen viel größer als der Abstand zwischen den Türen im Flur. Er schien mehrere hundert Meter lang zu sein und war vollgestellt mit kleinen Tischen wie der Lesesaal einer altmodischen Bibliothek. Er hatte eine gewisse Clubatmosphäre, denn an den Wänden hingen Bilder – als Renie genauer hinsah, erkannte sie, daß es Poster uralter Musikgruppen waren – und überall waren virtuelle Pflanzen, die zum Teil recht aggressiv Platz beanspruchten. Aus den Fenstern an der gegenüberliegenden Wand hatte man einen Blick auf den amerikanischen Grand Canyon, wie er aussehen würde, wenn er voll Wasser und von höchst außerirdisch wirkenden Unterwasserlebewesen bevölkert wäre. Renie kam kurz der Gedanke, ob sie vielleicht durch allgemeine Abstimmung über das Panorama entschieden hatten.

Überall waren Sims, die sich in Gruppen um Tische drängten, träge dicht unter der Decke schwebten oder in gestikulierenden, debattierenden Schwärmen zwischen diesen beiden Lagern in der Luft hingen. Sie schienen von der blasierten Selbstdarstellerei der übrigen TreeHouse-Bevölkerung unberührt zu sein: Viele der Sims waren nur wenig komplexer als die von Renie und !Xabbu. Wenn dies, wie Ali angedeutet hatte, die ältesten Bewohner der Kolonie waren, dann trugen sie, überlegte Renie, vielleicht die Sims ihrer Jugend, so wie alte Leute im RL sich immer noch gern nach der Mode ihrer frühen Erwachsenenzeit kleideten.

Ein ziemlich einfacher weiblicher Sim driftete vorbei. Renie erhob eine Hand, um auf sich aufmerksam zu machen.

»Entschuldigung. Wir suchen den Einsiedlerkrebs.«

Die Simfrau sah sie mit den ausdruckslosen Augen eines geschminkten Mannequins an, aber sagte kein Wort. Renie war verblüfft. Englisch war normalerweise in den meisten internationalen VR-Environments die Verkehrssprache.

Sie begab sich weiter in den Raum hinein und steuerte einen Tisch an, an dem eine laute Diskussion im Gange war. Beim Näherkommen hörte sie einzelne Gesprächsfetzen.

»... ganz bestimmt nicht. Ich hab En-BICS gesysopt, kurz bevor es total abgeschlafft ist, ich muß es also wissen.«

Jemand entgegnete etwas in einer Sprache, die sich asiatisch anhörte, mit ziemlicher Heftigkeit.

»Aber genau das ist der Haken! Zu dem Zeitpunkt war es schon *komplett* multinational!«

»Oh, McEnery, du bist so ein cabron!« sagte eine andere Stimme. »Chupa mi pedro!«

»Entschuldigung«, bemerkte Renie, als die Debatte kurz einmal abflaute. »Wir suchen den Einsiedlerkrebs. Uns wurde gesagt, daß er im Gründerhügel wohnt.«

Alle Sims schauten sich nach ihr um. Einer, ein Teddybär mit ziemlich unpassenden Männlichkeitsmerkmalen, lachte schallend mit der rauhen Stimme eines alten Mannes. »Sie suchen den Krebs. Der Krebs hat Fans.«

Einer der anderen Sims deutete mit einem Stummeldaumen in die hintere Ecke des Saales. »Da drüben.«

Renie sah hin, aber konnte auf die Entfernung keine Individuen erkennen. Sie winkte !Xabbu, ihr zu folgen. Er starrte immer noch den Teddybär an.

»Nein, frag mich nicht«, sagte Renie.

In der Ecke saß tatsächlich ein Sim ganz für sich allein, eine sonderbare Erscheinung. Es war ein dunkelhäutiger alter Mann mit grimmigem Blick und einem stoppligen grauen Bart, der in mancher Hinsicht eigentümlich real und in anderer eigentümlich irreal wirkte. Er war in der legeren Art gekleidet, die fünfzig Jahre zuvor modern gewesen war, aber trug dazu einen Turban und einen Überzieher, den Renie zunächst für eine Art Zeremonialgewand hielt. Erst nach einer Weile wurde ihr klar, daß es sich um einen alten Bademantel handelte.

»Entschuldigung ...«, begann sie, aber der alte Mann schnitt ihr das Wort ab.

»Was wollt ihr drei?«

Renie brauchte einen Moment, bis ihr Martine wieder einfiel, die ungewöhnlich still war. »Bist du ... bist du der Einsiedlerkrebs?« Nicht nur sein Sim war verwirrend, auch an seinem virtuellen Sessel war irgend etwas seltsam.

»Wer will das wissen?« Er hatte einen unverkennbaren südafrikanischen Akzent. In Renie regte sich leise Hoffnung.

»Wir sind Freunde von Susan Van Bleeck. Wir haben Grund zu der Annahme, daß sie vor kurzem noch mit dir gesprochen hat.«

Der Turbankopf reckte sich vor. Der alte Häcker sah aus wie ein in seinem Nest aufgestörter Geier. »Freunde von Susan? Warum zum Teufel sollte ich das glauben? Wie habt ihr mich gefunden?«

»Du hast von uns nichts zu befürchten«, sagte Martine.

Renie ergriff wieder das Wort. »Wir brauchen deine Hilfe. Hat Susan dich wegen einer goldenen Stadt kontaktiert, einem Bild, das sie nicht identifizieren konnte ...?«

»Pscht! Herrgott!« Jäh aus seiner Muffigkeit herausgerissen, gebot ihr der alte Mann mit heftigem Fuchteln zu schweigen. »Macht hier nicht so einen Wirbel, verdammt nochmal. Keine Namen, keine Massenaufläufe. Und kein Gerede hier drin. Wir gehen zu mir.«

Er bewegte seine Finger, und sein Stuhl erhob sich in die Luft. »Folgt mir. Nein, lieber nicht, ich sage euch, wie ihr hinkommt, und dann treffen wir uns da. *Verdammt.*« Er sagte das mit einigem Nachdruck. »Ich wünschte, ihr und Susan wärt eher zu mir gekommen.«

»Warum?« fragte Renie. »Was meinst du damit?«

»Weil dann vielleicht noch Zeit gewesen wäre, was zu unternehmen. Aber jetzt ist es zu spät.«

Er verschwand.

Kapitel

Gear

NETFEED/INTERAKTIV:
GCN, Hr. 5.5 (Eu, NAm) — "How to Kill Your Teacher"
("Wir bringen unsern Lehrer um")
(Bild: Looshus und Kantee in einem Tunnel)
Off-Stimme: Looshus (Ufour Halloran) und Kantee
(Brandywine Garcia) sind auf der Flucht, verfolgt
von Jang (Avram Reiner), dem Mörder von der Lehrer-
gewerkschaft. 10 Nebenrollen offen, Probe für die
langfristige Besetzung von Frau Torquemada. Flak
an: GCN.HOW2KL.CAST

> Er dachte angestrengt nach, aber er kam auf nichts. »Beezle«, flüsterte er, »such mir diesen komischen kleinen Schrieb über ›Banditenknoten‹. Schau mal, ob du die Adresse des Autors auftreiben kannst.«

Seine Mutter blickte in den Rückspiegel. »Was hast du gesagt?«

»Nichts.« Er ließ sich tiefer in den Sitz sinken und sah zu, wie die Absperrzäune an den Sicherheitsfenstern vorbeizogen. Er faßte sich an den Nacken und betastete liebevoll den neuen drahtlosen Anschluß, ein Geschenk, das er sich zum Geburtstag hatte schicken lassen. Die Telematikbuchse war leicht und fast nicht zu bemerken - man sah davon nicht mehr als einen runden weißen Plastikknopf über dem Ausgang seiner Neurokanüle. Sie schien so gut zu funktionieren, wie die Kritiken gemeint hatten, und es war ein unglaubliches Vergnügen, online gehen zu können, ohne an ein Kabel gefesselt zu sein.

»*Ich hab die Adresse*«, schnarrte Beezle. »*Willst du gleich anrufen?*«

»Nein. Ich kümmer mich später drum.«

»Orlando, was machst du denn? Mit wem redest du da hinten?«

Er verbarg die T-Buchse mit der Hand. »Mit niemand, Vivien. Ich ... sing nur so vor mich hin.«

Die stumpfschwarze Röhre des Wachhäuschens tauchte vor der Windschutzscheibe auf und lenkte sie ab. Sie hielt am inneren Kontrollpunkt, um den Sicherheitscode einzubeamen, und fuhr dann, als die Sperre abgelassen wurde, an das Wachhäuschen selbst vor.

Orlando holte seine neuen drahtlosen Squeezer aus der Tasche.

Beezle - gibt's Post? tippte er.

»Nur eine.« Beezle war unmittelbar neben seinem Ohr - oder wenigstens hörte es sich so an. Tatsächlich speiste Beezle Daten direkt in seine Gehörnerven ein. »*Von Elaine Strassman von Indigo Gear. Sie bittet um einen Termin.*«

»Wer?« fragte Orlando laut und sah dann schuldbewußt hoch. Seine Mutter unterhielt sich angeregt mit dem Wachposten, einer stämmigen Erscheinung, deren schwarzer Fibrox-Schutzanzug zu den Kacheln des Wachhäuschens paßte. *Was ist Indigo?* gab er ein.

»*Kleines, brandneues Technologieunternehmen. Hat im letzten Halbjahr eine Vorführung im SchulNetz gegeben.*«

Jetzt klingelte etwas, aber nur leise. Er hatte wegen TreeHouse eine Menge Fühler ausgestreckt, aber konnte sich nicht erinnern, daß irgendwelche zu Indigo gegangen waren, einer entsetzlich auf schick und modern machenden Firma in Südkalifornien, wenn er ihre Vorführung noch richtig im Gedächtnis hatte.

Mach einen Termin aus. Heute abend, wenn ich wieder zuhause bin, oder morgen früh, wenn Vivien zum Unterricht geht.

»*Alles klar, Boß.*«

»Wir dürften nicht später als vier wieder da sein«, erzählte seine Mutter gerade dem Wächter.

»Wenn du außerdem noch irgendwelche Einkäufe erledigen willst, Ma'am, ruf einfach an und sag Bescheid, dann stellen wir die voraussichtliche Rückkehrzeit vor.« Der Wachposten, ein junger, rundköpfiger Blondschopf, hatte seine Daumen in den Gürtel gehakt; seine Finger spielten unbewußt an der hoch im Halfter steckenden Schußwaffe. »Wir wollen doch keinen Alarm auslösen, wenn's gar nicht sein muß.«

»Vielen Dank, Holger. Wir sind bestimmt rechtzeitig wieder da.« Sie drückte den Fensterknopf und wartete, bis sich in der großen äußeren Sperre eine Lücke geöffnet hatte, bevor sie hindurch auf die Straße glitt. »Wie geht's dir, Orlando?« rief sie nach hinten.

»Prima, Vivien.« In Wirklichkeit hatte er leichte Schmerzen, aber es würde nichts helfen, das zu sagen, und ihr nur das Gefühl geben, sie müßte etwas tun. Er setzte sich gerade hin, während die Crown Heights Community mit ihren schützenden Mauern hinter ihnen zurückblieb.

Nicht lange, nachdem sie von den kurvenreichen Hügelstraßen auf ebenes Gelände hinuntergerollt waren und das umzäunte Baumreservat hinter sich gelassen hatten, begann der Wagen zu rütteln. Selbst teure Stoßdämpfer konnten wenig gegen mondkratergroße Schlaglöcher ausrichten. Der Bundesstaat Kalifornien und die Bezirksverwaltungen stritten schon seit Jahren über die Zuständigkeit für die großen Fernverkehrsstraßen. Bis jetzt hatten sie sich nicht einigen können.

»Du fährst zu schnell, Vivien.« Er verkrampfte sich. Er konnte jeden Stoß in den Knochen spüren.

»Kein Problem. Wir sind gleich da.« Sie sprach mit erzwungener Heiterkeit. Sie haßte es, Auto zu fahren, und sie haßte es, Orlando hinunter ins Flachland zu seinem Arzt bringen zu müssen. Manchmal dachte er, daß sie unter anderem deshalb gelegentlich auf ihn böse wurde, weil er dumm genug gewesen war, sich eine Krankheit zuzuziehen, die nicht ferndiagnostisch oder in dem freundlichen und überaus sicheren Crown Heights Medical Center behandelt werden konnte.

Sie wurde auch deshalb böse, weil sie Angst um ihn hatte. Vivien war sehr besorgt, und das gleiche galt für seinen Vater Conrad, aber es war die Art von Sorge, die Probleme am liebsten mit vernünftigen Argumenten bekämpfte, bis sie weggingen. Wenn sie nicht weggingen - tja, dann hörten Vivien und Conrad mehr oder weniger auf, darüber zu reden.

Es war seltsam, unter den Bäumen hervorzukommen und wieder im Flachland zu sein. In Crown Heights, im Schutz des Grüngürtels und der Armee von privaten Wachleuten, konnte man glauben, in den letzten paar hundert Jahren hätte sich nicht viel geändert, Nordkalifornien wäre immer noch ein im wesentlichen offenes Land, ein mildes Paradies von Redwoodwäldern und weit auseinander liegenden, sicheren Gemeinden. Und das, überlegte Orlando, war wahrscheinlich der Grund, aus dem Leute wie seine Eltern in Crown Heights wohnten.

Der Metroplex der San Franciso Bay Area war früher einmal eine Ansammlung klar abgegrenzter Großstädte am Rande der V-förmigen Bucht gewesen, ähnlich zwei Fingerspitzen, die behutsam etwas Wertvolles hielten. Jetzt waren die Städte zu einer kompakten Masse zusammengewachsen, welche die Bucht und ihre Wasserstraßen mit einer weit über hundert Quadratmeilen großen Faust umklammerte. Nur das sagenhaft wertvolle, großindustriell bewirtschaftete Anbaugebiet des Central Valley hatte den Metroplex und seinen südlichen, um Los Angeles herum wuchernden Rivalen davon abgehalten, im Zuge der gleichförmigen Verstädterung zu einem einzigen dichten Teppich zu verschmelzen.

Während sie unter dem freischwebenden Highway 92 hindurchfuhren, rutschte Orlando auf seinem Sitz möglichst weit nach unten, damit er die Hängemattensiedlung sehen konnte. Seit langem schon faszinierten ihn die mehrschichtigen Shantytowns, von ihren Bewohnern manchmal »Wabendörfer« genannt - oder »Rattenlöcher« von Leuten, wie sie in Crown Heights wohnten. Als er seine Eltern danach gefragt hatte, hatten sie ihm nicht mehr darüber erzählt, als offensichtlich war, und so hatte er das Netz nach altem Nachrichtenmaterial durchforscht.

Vor langer Zeit, hatte er entdeckt, während der ersten großen Wohnungskrise Anfang des Jahrhunderts, hatten Squatter angefangen, unter den Hochautobahnen Shantytowns zu bauen, phantasievolle Konglomerate aus Pappkartons, Aluminiumabdeckungen und Plastikplanen. Als die Masse der Besitzlosen auf den Flecken unter den Betontrassen immer dichter wurde, zogen später Dazukommende einfach nach oben, wo sie Frachtnetze, Planen und Fallschirme aus alten Armeebeständen an den Pfeilern und Unterseiten der Freeways befestigten. Seilbrücken verbanden bald die Notbehausungen miteinander, und Leitern führten vom Shantytown auf dem Boden zu dem, das sich darüber ausbreitete. Obdachlose Handwerker und Amateuringenieure zogen Zwischenebenen ein, bis fast unter jedem Freeway und jedem Aquädukt ein mehrgeschossiger Slum verlief.

Da die Sonne fast den Mittagspunkt erreicht hatte, war es unter dem Highway 92 dunkel, aber in der Flickwerkstadt herrschte reges Leben. Orlando ließ das Fenster hinunter, um besser sehen zu können. Zwanzig Meter über ihm jagten sich Kinderhorden über eine ausgedehnte Netzkonstruktion. Sie sahen wie Eichhörnchen aus, flink und unerschrocken, und er beneidete sie. Dann erinnerte er sich an ihre Armut, an die überfüllten und unhygienischen Verhältnisse und an die Gefahren, die allein schon die Lebensumstände mit sich brachten. Neben Gewalttätigkeiten, die den städtischen Armen immer drohten, mußten die Bewohner der Hängemattensiedlungen sich auch gegen die Schwerkraft behaupten: Es verging kein Tag, ohne daß jemand auf einen Freeway fiel und überrollt wurde oder in einer Wasserstraße ertrank. Erst voriges Jahr hatte das Wabendorf Barrio Los Moches durch sein bloßes Gewicht einen Abschnitt des San Diego Freeway zum Einsturz gebracht, wodurch Hunderte von Bewohnern und viele Autofahrer ums Leben gekommen waren.

»Orlando? Warum ist das Fenster auf?«

»Ich schau nur raus.«

»Mach es zu. Es gibt keinen Grund, es auf zu haben.«

Orlando ließ das Fenster wieder hoch, und damit blieben die Kinderstimmen und der größte Teil des Sonnenscheins auf der anderen Seite des Rauchglases.

Sie schlichen den Camino Real hinunter, die breite Hauptstraße voller Neo-Neon- und holographischer Reklametafeln, die sich von San Francisco fünfzig Meilen weit die Halbinsel hinunterzog. Auf den Bürgersteigen wimmelte es von Menschen, die anscheinend zur Hälfte in den Hauseingängen lebten oder in losen Gruppen um die abgeschlossenen, nur mit Karte zu öffnenden Bushaltestellen herumlungerten. Orlandos Mutter fuhr hektisch, obwohl sie von Scharen kleinerer Roller, Mopeds und Miniautos eingekeilt war. Fußgänger schlenderten an den Kreuzungen langsam vorbei und musterten die Isolierglasscheiben im Wagen der Gardiners mit den berechnenden Mienen von Ladendieben, die nicht ahnten, daß sie auf dem Bildschirm der Überwachungsanlage beobachtet wurden.

Vivien trommelte mit den Fingern auf dem Lenkrad, als sie schon wieder an einer Ampel anhalten mußte. Eine Gruppe junger Chicanomänner stand in einem lockeren Kreis an der Ecke, die Goggles hochgeschoben, so daß es aussah, als ob sie ein zweites Paar Augen hätten. Selbst in der hellen Sonne pulste deutlich Licht über ihre Gesichter, obwohl die Implantate - feine Röhrchen mit chemischem Neon in Kriegsbemalungsmustern unter der Haut - bei Nacht unter den dunklen Hochstraßen viel eindrucksvoller waren.

Orlando hatte seine Eltern mit einer Mischung aus Furcht und mythenspinnendem Behagen über Goggleboys reden hören. Zum Beispiel hatten sie behauptet, diese hätten die typischen Brillen deswegen auf, um sich damit vor Abwehrsprays zu schützen, wenn sie Leute überfielen, aber Orlando erkannte die meisten der angeblichen Schutzbrillen als protzige, aber schwache VR-Teile, die nicht viel mehr taugten als altmodische Walkie-Talkies. Es war ein Trend, die reine Schau, so zu tun, als müßte man jeden Moment einer virtuellen Besprechung beiwohnen oder einen wichtigen Anruf entgegennehmen, doch bis dahin hing man einfach an der Straßenecke herum.

Einer der jungen Männer löste sich von der Gruppe und ging auf den Fußgängerüberweg zu. Sein langer Mantel aus tiefrotem Fallschirmstoff flatterte hinter ihm im Wind wie eine Fahne. Die Tätowierung einer Kette fing neben der Schläfe am Haaransatz an und lief bis zum Kieferknochen hinunter, und alle paar Sekunden, wenn die Implantate unter der Haut pulsten, stach sie dunkler hervor. Er lächelte, als müßte er gerade an etwas Lustiges denken. Bevor er ihr Auto erreichte - bevor zu erkennen war, ob er überhaupt auf ihr Auto zuging -, gab Vivien bei Rot Gas und verfehlte haarscharf eines der Schlachtschiffe, die sich euphemistisch »Family Wagon« nannten. Die Abstandswarnlichter des anderen Autos flammten so blitzschnell auf, wie eine Kobra ihren Hals aufspreizte.

»Vivien, du bist bei Rot drübergefahren!«

»Wir sind gleich da.«

Orlando drehte sich um und schaute aus dem Heckfenster. Der junge Mann stand an der Ecke und starrte ihnen mit wehendem Mantel hinterher. Seinem Gesichtsausdruck nach zu urteilen wartete er auf den Rest der Parade.

»Alles in allem finde ich, du machst dich ganz gut. Die neuen Entzündungshemmer scheinen anzuschlagen.« Doktor Vanh stand auf. »Nur dieser Husten gefällt mir nicht. Hast du ihn schon lange?«

»Nein. Er ist nicht so schlimm.«

»Gut. Aber wir behalten ihn im Auge. Ach, und ich fürchte, wir müssen dir nochmal Blut abzapfen.«

Orlando versuchte zu lächeln. »Du hast eh schon das meiste. Da kannst du den Rest auch haben.«

Doktor Vanh nickte anerkennend. »So lob ich's mir.« Er bedeutete Orlando mit seiner zierlichen Hand, auf dem Tisch zu bleiben. »Die Schwester kommt sofort. Ach, laß mich mal diese Pflasterstellen angucken.« Er drehte Orlandos Arm um und betrachtete ihn. »Bekommst du immer noch Ausschläge?«

»Nicht so schlimm.«

»Gut. Das hört man gern.« Er nickte abermals. Es war Orlando immer wieder ein Rätsel, wie solche heiteren Bemerkungen zu dem dünnen, traurigen Gesicht des Arztes paßten.

Während Doktor Vanh am Pad auf dem Ecktisch etwas überprüfte - man hütete sich hier davor, Wandbildschirme zu benutzen, auf denen die Patienten hätten mitlesen können -, kam eine Schwester namens Desdemona herein und nahm Orlando etwas Blut ab. Sie war hübsch und sehr höflich; sie wurde regelmäßig gerufen, weil man hoffte, in ihrer Gegenwart würde er sich nicht anstellen. Die Rechnung ging auf. Obwohl er müde und von Schmerzen geplagt und der Nadeln gründlich überdrüssig war, biß er die Zähne zusammen und hielt durch. Er brachte sogar eine schwache Erwiderung auf Desdemonas fröhliches »Tschüs!« heraus.

»Wie fühlst du dich, Orlando?« fragte seine Mutter. »Kannst du allein ins Wartezimmer gehen? Ich möchte noch kurz mit Doktor Vanh reden.«

Er zog ein Gesicht. »Ja, Vivien. Ich denke, ich kann mich den Korridor langschleifen.«

Sie bedachte ihn mit einem nervösen Lächeln, das zeigen sollte, daß sie den Witz witzig fand, obwohl es nicht stimmte. Der Arzt half ihm vom Tisch. Er machte sich auf dem Weg zur Tür selbst das Hemd zu und winkte trotz der schmerzhaften Steifheit in den Fingern ab, als Vivien ihm zur Hand gehen wollte.

Er blieb einen Moment am Trinkwasserspender stehen, um sich auszuruhen. Als er zurückblickte, konnte er durch das winzige Fenster in der Tür des Behandlungszimmers den Kopf seiner Mutter sehen. Sie hörte sich irgend etwas an, die Stirn in Falten gelegt. Er wollte zurückgehen und ihr sagen, daß dieses ganze Geflüster und Heimlichtun überflüssig war, daß er mehr über seinen Zustand wußte als sie. Außerdem war er ziemlich sicher, daß sie das wußte. Ein Supernetboy zu sein, hatte mehr zu besagen, als daß man haufenweise Monster in Fantasy-Simwelten umbringen konnte - er konnte, wenn er wollte, jederzeit medizinische Mediatheken in Universitäten und Krankenhäusern auf der ganzen Welt zu Rate ziehen. Seine Mutter konnte nicht wirklich annehmen, daß er sich nicht über seinen eigenen Fall informieren würde, oder doch? Vielleicht war das einer der Gründe, weshalb sie ihm ständig in den Ohren lag, er würde zu viel Zeit im Netz verbringen.

Sicher, da konnte was dran sein. Vielleicht konnte man wirklich zu viele Informationen haben. Eine Zeitlang hatte er sich angewöhnt, seine eigene Krankenakte in den Klinikunterlagen zu lesen, aber irgendwann hatte er damit aufgehört. VR-Todestrips waren eine Sache, RL eine andere – vor allem wenn es das eigene RL war.

»Schließlich können sie keine Wunder vollbringen, Vivien«, murmelte er, dann stieß er sich von dem Wasserspender ab und setzte seinen langsamen Gang den Flur entlang fort.

> Beezle piepte ihn fünf Minuten vor dem verabredeten Anruftermin an. Überrascht und ein wenig desorientiert setzte er sich im Bett auf. Die neue T-Buchse war so bequem, daß er sie völlig vergessen hatte und mit ihr eingeschlafen war.

»*Der Anruf*«, sagte Beezle in sein Ohr.

»Gut. Gib mir einen von den Standardsims, dann stell durch.«

Er schloß die Augen. Der Bildschirm hing in der Dunkelheit hinter seinen Lidern, denn über die Telematikbuchse wurde er direkt in seine Sehnerven geleitet. Er öffnete die Augen wieder, und der Bildschirm schwebte immer noch vor ihm, aber jetzt konnte er auch die dunklen Wände seines Zimmers und die skelettartige Silhouette seines Infusionsständers sehen wie auf einem doppelbelichteten Foto. Er hatte Stunden damit zugebracht, die Kalibrierungen hinzukriegen, aber der Aufwand hatte sich gelohnt.

Das ist chizz! Es funktioniert genauso gut wie mit Glasfaserkabel – nein, besser. Ich muß nie wieder offline sein.

Elaine Strassman erschien am Bildschirm. Sie war jung, wahrscheinlich Mitte zwanzig, und reichlich mit Schmuck behängt. Ihre dunklen Haare waren zu einem Dutt hochgedreht und in etwas Metallicschimmerndes gewickelt. Orlando schloß die Augen, um sein Zimmer auszusperren, damit er sie genauer betrachten konnte. Er meinte, sie zu kennen, aber war sich nicht ganz sicher.

»Äh ... Orlando Gardiner?« fragte sie.

»So ist es.«

»Hi, ich bin Elaine Strassman? Von Indigo?« Sie zögerte, deutlich ein wenig konsterniert, und kniff die Augen zusammen. »Der ... der Orlando Gardiner, den ich suche, ist vierzehn Jahre alt.«

Meine Güte, sie arbeitete in der Gearbranche, und sie konnte keinen Sim erkennen? Entweder sie dumpfte total, oder sie sah schlecht. War nicht jeder in LA/San Diego inzwischen an den Augen operiert? »Ja, der bin ich. Das ist ein Sim. Ich konnte nicht ans reguläre Fon, deswegen auch kein Videobild.«

Sie lachte. »Ich bin an Sims gewöhnt, aber die meisten Kids ... die meisten Leute deines Alters haben ...«

»Was Aufgemotzteres. Tja, aber das hier ist mir lieber. Damit redet sich leichter mit Erwachsenen wie dir. Jedenfalls ist das die Absicht.« Er fragte sich, welchen Sim Beezle für ihn ausgesucht hatte. Vom Erscheinungsbild her reichten seine Sims von einem, der ein klein wenig älter wirkte, als er tatsächlich war, bis zu einer ziemlich gesetzten und onkelhaften Persona, die besonders beim Umgang mit Institutionen und Autoritätspersonen im allgemeinen nützlich war. »Was kann ich für dich tun?«

Sie holte Luft und versuchte, den forschen Ton wiederzufinden, den sie verloren hatte. Es war gut, wenn man die Leute verblüffte, überlegte Orlando. Auf die Weise kriegte man mehr über sie raus - und sie weniger über einen selbst. »Also«, sagte sie, »nach unseren Unterlagen hast du eine Vorführung mitverfolgt, die ich im SchulNetz gegeben habe, und hinterher hast du dich außerdem nach ein paar Sachen erkundigt, über die ich gesprochen hatte. Propriozeptionsschleifen?«

»Jetzt erinnere ich mich. Ja, das war ziemlich interessant. Aber einer von euren Technikern hat mir schon Daten dazu geschickt.«

»Wir waren von deinen Fragen außerordentlich beeindruckt. Und einige davon hielten wir für besonders scharfsinnig.«

Orlando sagte nichts, aber seine inneren Antennen kribbelten. Konnte es sein, daß der geheimnisvolle Häcker sich auf diesem Umweg an ihn heranmachte? Es war schwer zu glauben, daß Elaine Strassman mit ihrer Modefrisur und ihrem Schmuck aus Kolibrischädelchen die Person sein sollte, die Mittland so gekonnt gehäckt hatte, aber Äußerlichkeiten konnten täuschen. Oder sie konnte für jemand anders arbeiten, vielleicht ohne es zu wissen.

»Na ja, geht schon«, sagte er so gelassen, wie er konnte. »Ich interessiere mich ziemlich für VR.«

»Das wissen wir. Ich hoffe, das hört sich nicht schrecklich an, aber wir haben ein paar Erkundigungen über dich eingezogen. Im SchulNetz zum Beispiel.«

»Erkundigungen.«

»Nichts Privates«, versicherte sie hastig. »Nur über deine Noten und deine speziellen Interessen auf dem Gebiet. Wir haben mit einigen von deinen Lehrern gesprochen.« Sie machte eine Pause, als sollte gleich eine große Eröffnung kommen. Orlando merkte an den Schmerzen in seinen Fingern, daß er die Fäuste geballt hatte. »Hast du irgendwelche Pläne, was du nach der Schule machen willst?« fragte sie.

»Nach der *Schule?*« Er öffnete die Augen, und Elaine Strassman schien wieder über dem Fußende seines Bettes zu schweben.

»Wir haben hier bei Indigo ein Ausbildungsprogramm«, sagte sie. »Wir wären bereit, dein Studium zu finanzieren - wir haben eine breite Palette der besten High-Tech-Studiengänge zur Auswahl -, sämtliche Unkosten zu übernehmen, dich sogar zu speziellen Seminaren an verschiedenen absolut *akkuraten* Orten zu schicken.« Sie gebrauchte den Ausdruck mit der leichten Überbetonung von jemand, die wußte, daß man ihr den Netgirlslang nicht mehr lange durchgehen lassen würde. »Es ist ein phantastischer Deal.«

Er war erleichtert, aber auch ein wenig enttäuscht. Schon mehrmals waren Anwerber an ihn herangetreten, aber noch nie so direkt. »Ihr wollt mich sponsern.«

»Es ist ein phantastischer Deal«, wiederholte sie. »Als Gegenleistung mußt du dich nur verpflichten, nach deinem Studienabschluß eine Zeitlang für uns zu arbeiten. Gar nicht einmal so lange - bloß drei Jahre! Wir von Indigo Gear wetten darauf, daß es dir bei uns gefällt, und weil wir so sicher sind, daß du bei uns bleibst, lassen wir uns die Sache eine komplette Ausbildung kosten.«

Beziehungsweise ihr wettet darauf, daß ich euch in den ersten drei Jahren ein paar brauchbare Patente liefere, dachte er. *Aber es ist trotzdem kein schlechtes Angebot. Nur daß diese Leute leider keine Ahnung haben, auf was für eine Wette sie sich wirklich einlassen.*

»Klingt ganz nett.« Es tat fast weh zu sehen, wie ihr Lächeln breiter wurde. »Schick mir doch einfach etwas Informationsmaterial.« Wenn sonst nichts, konnte er wenigstens seiner Mutter eine kleine Freude damit machen.

»Unbedingt. Und übrigens - du hast ja jetzt meine Nummer. Wenn du irgendwelche Fragen hast, Orlando, ruf mich einfach jederzeit an. Jederzeit. Das meine ich ernst.«

Es klang beinahe wie das Versprechen, mit ihm zu schlafen. Er mußte grinsen. *Träum weiter, Gardiner!*

»Okay. Schick mir die Sachen, und ich denke auf jeden Fall darüber nach.«

Nach einigen weiteren enthusiastischen Versicherungen ging Elaine Strassman aus der Leitung. Orlando schloß wieder die Augen. Er wählte aus seiner Musiksammlung das neue Album *Pharaoh Had To Shout* aus, stellte es leise und legte sich zurück, um nachzudenken.

Das erste Stück lief gerade fünf Minuten, als er die Augen aufmachte. »Beezle«, sagte er. »*Bug*. Ruf Elaine Soundso unter ihrer Nummer an.«

»Strassman.«

»Ja, ja. Hol sie an den Apparat.«

Sie hatte gesagt, er solle sie anrufen, wenn er irgendwelche Fragen habe. Ihm war soeben eine Frage eingefallen.

> »Ich hab dich schon beim erstenmal verstanden, du mußt es nicht nochmal sagen. Ich kann's bloß nicht glauben.« Fredericks verschränkte die Arme über der Brust wie ein gekränktes Kind.

»Was kannst du nicht glauben? Daß die Leute, die den Greif gemacht haben, über Verbindungen zu TreeHouse verfügen?« Orlando versuchte sich zu bezähmen. Mit Drängeln beschleunigte man bei Fredericks nie etwas - er hatte eine störrische Ader, die so breit war wie seine simulierten Schultern.

»Natürlich glaub ich das. Aber ich kann nicht glauben, daß du wirklich meinst, da reinzukommen. Das ist Fen-fen hoch zehn, Gardiner.«

»Oh, Mann.« Orlando begab sich in Fredericks' Blickrichtung und stellte sich vor das Fenster mit dem kreidezeitlichen Sumpf, das sein Freund mißmutig angestarrt hatte. »Hör zu, ich glaub es nicht, ich weiß es! Das versuch ich dir schon die ganze Zeit zu erklären. Dieser Techniker von Indigo Gear wird mich reinbringen - *uns* reinbringen, wenn du mitkommen willst.«

»In TreeHouse? Irgendein Typ, den du noch nie gesehen hast, wird zwei Kids in TreeHouse reinschmuggeln? Nur zum Spaß? Schieß nochmal, Gardiner, ich schnauf noch.«

»Okay, nicht nur zum Spaß. Ich hab ihnen gesagt, daß ich ihren Sponsoringvertrag unterschreibe, wenn mich jemand einen Tag lang in TreeHouse reinbringt.«

Fredericks fuhr auf. »Was hast du? Orlando, das ist mir 'ne Nummer zu scännig! Du verpflichtest dich, dein halbes Leben für irgendeinen Gearladen zu arbeiten, bloß um rauszukriegen, wer diesen dämlichen Greif gebaut hat?«

»Es ist nicht mein halbes Leben. Es sind drei Jahre. Und es ist ein ziemlich guter Deal.« Er erzählte Fredericks nichts von seiner stillen Überzeugung, daß er diese Frist niemals abdienen würde. »Komm schon, Frederico. Selbst wenn ich übergeschnappt bin - es ist TreeHouse! Du willst dir doch nicht die Gelegenheit entgehen lassen, da reinzukommen, oder? Es wirklich zu sehen! *Du* mußt doch nicht für Indigo arbeiten.«

Sein Freund musterte ihn eingehend, als hoffte er, hinter dem Sim den wirklichen Menschen zu erkennen - eine vergebliche Hoffnung. Es ging Orlando kurz durch den Kopf, ob es irgendwie dem Gehirn schaden konnte, wenn man jahrelange Freundschaften mit Leuten pflegte, die man in der wirklichen Welt nie gesehen hatte.

»Ich mach mir Sorgen um dich, Gardiner. Du nimmst diese Sache viel zu ernst. Erst läßt du Thargor draufgehen, dann vermasselst du deine Chancen beim Hohen Schiedsgericht, jetzt hast du ... was weiß ich, irgendeinem Unternehmen deine Seele verkauft - und alles bloß wegen dieser Stadt, die du vielleicht fünf Sekunden lang gesehen hast. Geht dir der Verstand flöten oder was?«

Orlando verkniff sich eine sarkastische Bemerkung. Statt dessen fragte er sich auf einmal, ob Fredericks recht haben könnte, und allein schon die Tatsache, daß er sich das fragte, der kurze Verlust der Sicherheit, jagte ihm einen eisigen Schrecken ein. Der Ausdruck dafür war »Demenz«, er hatte ihn in etlichen medizinischen Artikeln gelesen.

»Gardiner?«

»Sei mal 'ne Sekunde still, Fredericks.« Er prüfte seine Angst, fühlte nach, wie weit sie ihn in ihrem kalten Griff hatte. Konnte sein Freund recht haben?

Andererseits, was spielte es für eine Rolle? Wenn er tatsächlich den Verstand verlor, war es dann nicht egal, ob er sich zum Narren machte? Er wußte nur eins: Als er die Stadt gesehen hatte, hatte sie ihm das Gefühl gegeben, daß es in einem Leben, das ansonsten voll von gräßlichen Gewißheiten war, doch noch etwas zu staunen und zu fragen gab. Und in seinen Träumen hatte die Stadt eine noch größere Bedeutung angenommen. Sie hatte genau die Größe, Form und Farbe der Hoffnung ... eines Gefühls, das er ein für allemal verloren geglaubt hatte. Und das war wichtiger als alles andere.

»Ich schätze, du wirst mir einfach vertrauen müssen, du alter Zwistkäfer.«

Sein Freund saß eine Zeitlang nur still da. »Okay«, sagte er schließlich. »Aber ich werde nicht gegen irgendwelche Gesetze verstoßen.«
»Kein Mensch verlangt, daß du gegen das Gesetz verstößt. TreeHouse ist im Grunde nicht illegal. Na ja, vielleicht doch, ich weiß nicht genau. Aber denk dran, wir sind beide minderjährig. Der Typ, der uns reinlotst, ist erwachsen. Wenn jemand Scherereien kriegt, dann er.«
Fredericks schüttelte den Kopf. »Du bist so dämlich, Gardino.«
»Wieso?«
»Wenn dieser Typ bereit ist, gegen das Gesetz zu verstoßen, nur damit du bei Indigo anheuerst, dann müssen die dich wirklich wollen. Heiliger Bimbam, du hättest denen wahrscheinlich einen Privatjet oder sowas aus dem Kreuz leiern können.«
Orlando lachte. »Frederico, du bist mir der Richtige.«
»Ach ja? Ein Grund mehr, nicht auf einem deiner bescheuerten Trips draufzugehen, Gardiner.«

»Du willst doch nicht im Ernst *diesen* Sim anziehen?«
»Reg dich ab, Fredericks. Natürlich will ich ihn anziehen.« Er beugte Thargors ledergeschienten Arm. »Ich kenn ihn besser als meinen eigenen Körper.«
Ach ja? dachte er. *Schön wär's.*
»Aber für ... für TreeHouse! Solltest du da nicht was ... was weiß ich ... was Interessanteres anziehen?«
Orlando zog ein finsteres Gesicht, was der Thargorsim hervorragend wiedergab. »Es ist kein Kostümfest. Und wenn die Leute in TreeHouse schon ewig häcken, dann dürften sie von einem geilen Sim nicht groß zu beeindrucken sein. Ich will einfach diese Sache durchziehen.«
Fredericks zuckte mit den Achseln. »Ich werde jedenfalls nichts anziehen, was irgendwer erkennen könnte. Wir könnten Schwierigkeiten kriegen – die Sache ist illegal, Orlando.«
»Klar doch. Als ob da in TreeHouse haufenweise Leute rumhängen, die sagen werden: ›Guck mal, ist das nicht Pithlit, die berühmte, ein wenig nervöse Figur aus der Simwelt Mittland?‹«
»Block dich. Ich will bloß kein unnötiges Risiko eingehen.« Fredericks schwieg einen Moment. Orlando hatte das sichere Gefühl, daß er das Online-Gegenstück zu einer Selbstbetrachtung im Spiegel machte – seine Spezifizierungen studierte. »Das hier ist einfach ein ganz normaler Körper.«

»Ziemlich muskelbepackt, wie üblich.« Fredericks erwiderte nichts, und Orlando überlegte kurz, ob er seinen Freund verletzt hatte. Fredericks konnte schnell sehr mimosig werden. »Also, bist du bereit?« fragte er.

»Ich kapier's immer noch nicht. Dieser Typ will uns einfach dahin befördern? Wir müssen gar nichts machen?«

»Im wesentlichen will er sich im Hintergrund halten, denke ich. Elaine Strassman - diese Anwerberin - wollte mir weder seinen Namen noch sonstwas verraten. Sie sagte bloß: ›Man wird dich kontaktieren‹, richtig spionagemäßig. Und dann ruft er mich an und sagt, er heißt ›Scottie‹. Schwarzes Bild, verzerrte Stimme. Sagt, er steigt die Leiter hoch, was immer das heißen mag, und wenn er drin ist, holt er uns als Gäste nach. Er will nicht, daß wir irgendwas über ihn wissen.«

Fredericks runzelte die Stirn. »Klingt nicht gut. Woher wissen wir, daß er's wirklich macht?«

»Ach, was denn sonst? Wird er vielleicht eine kleine Simulation aus dem Zylinder zaubern, daß wir denken, wir wären im megachizzigsten Banditenknoten in der Geschichte des Netzes? Mach halblang, Frederico.«

»Okay. Ich wünschte bloß, er würde sich damit beeilen.« Fredericks schwebte zum MBC-Display und starrte grimmig die wühlenden Marsroboter an.

Orlando öffnete ein Datenfenster und vergewisserte sich, daß er alle Angaben über die verschiedenen Handles und Firmennamen im Zusammenhang mit dem Wachgreif richtig im Gedächtnis hatte, aber er schlug damit bloß die Zeit tot. Es war im Grunde nicht nötig, sich irgend etwas zu merken. Selbst wenn TreeHouse' Sicherheitsgear ihn daran hinderte, eine direkte Verbindung zu seiner eigenen Datenbank herzustellen, gab es andere Methoden, mit denen er Informationen hin und her bewegen konnte. Er hatte den ganzen Abend über Pläne gemacht. Wenn ihn jetzt bloß seine Eltern in Ruhe ließen ...

Er war früh auf sein Zimmer gegangen, angeblich weil er sich nach dem Termin bei Doktor Vanh müde fühlte. Seine Eltern hatten nicht viel dagegen gehabt - es war ziemlich offensichtlich, daß Vivien mit Conrad unter vier Augen darüber sprechen wollte, was der Arzt gesagt hatte. Es war jetzt zehn. Es konnte sein, daß Vivien noch einmal nach ihm sah, bevor sie zu Bett ging, aber wahrscheinlich würde es ihm nicht sonderlich schwerfallen, sich schlafend zu stellen, und die neue

T-Buchse müßte er eigentlich mit dem Kissen verstecken können. Damit blieben ihm wenigstens sieben Stunden, was reichlich Zeit sein müßte.

Er sah zu Fredericks hoch, der immer noch sorgenvoll auf das MBC-Fenster stierte, als ob er eine Mutterhenne wäre und die kleinen Grabroboter ausreißende Küken. Orlando grinste.

»He, Frederico. Das kann Stunden dauern. Kriegst du deshalb irgendwie Probleme? Zuhause, meine ich.«

Fredericks schüttelte den Kopf. »Nee. Die kommen erst spät von 'ner Party am andern Ende vom Komplex zurück.« Fredericks' Familie wohnte in den Hügeln von West Virginia. Beide Eltern waren beim Staat beschäftigt, irgendwas mit Stadtplanung. Fredericks erzählte nicht viel von ihnen.

»Da fällt mir ein, ich hab dich nie gefragt, wo der Name ›Pithlit‹ herkommt.«

Sein Freund warf ihm einen mürrischen Blick zu. »Nein, hast du nicht. Wo kommt ›Thargor‹ her?«

»Aus einem Buch. Ein Junge, mit dem ich früher zur Schule ging, dem sein Vater hatte einen Haufen alter Bücher – richtig aus Papier. Bei einem war außen drauf ein Bild von so einem ho-ying Typen mit Schwert. Es hieß ›Thangor‹ oder so ähnlich. Ich hab es einfach ein bißchen verändert, als ich in Mittland anfing. So, und ›Pithlit‹?«

»Weiß ich nicht mehr.« Es hörte sich nicht so an, als ob es die Wahrheit wäre.

Orlando zuckte mit den Achseln. Mit Gewalt war aus Fredericks nichts rauszuholen, aber wenn man ihn in Ruhe ließ, rückte er irgendwann von selbst damit heraus. Das war eine der Sachen, die Orlando inzwischen über ihn wußte. Komisch, sich vorzustellen, wie lange er ihn schon kannte. Dafür, daß sie nur übers Netz verkehrten, hielt die Freundschaft schon verflucht lange.

Der Eingang zu Orlandos elektronischem Schlupfwinkel blinkte. »Wer da?« fragte er.

»*Scottie.*« Die verzerrte Stimme hörte sich jedenfalls gleich an, und es war nicht einfacher, ein Verzerrungsmuster nachzuahmen, als eine wirkliche Stimme.

»*Eintritt.*«

Der nackte Sim, der in der Mitte des Zimmers auftauchte, war so primitiv, daß er als Gesicht nur Punkte für die Augen und einen Schlitz für den Mund hatte. Der eierschalenweiße Körper war von Kopf bis Fuß mit tätowierungsähnlichen Kalibrierungszeichen bedeckt. Als typischer Techniker, der er allem Anschein nach war, hatte »Scottie« sich nicht die Mühe gemacht, etwas anderes als seine Arbeitsmontur anzuziehen, bevor er ausging. »Seid ihr soweit?« fragte er schleifend und kratzend wie eine alte Schallplatte. »Gebt mir eure Handles - Indexe braucht ihr keine, aber ihr braucht Benennungen.«

Fredericks starrte den Testsim mit einer Mischung aus Mißtrauen und Faszination an. »Wirst du uns wirklich nach TreeHouse bringen?«

»Keine Ahnung, wovon du redest.«

»Aber ...!«

»Sei still, du Oberscänner.« Orlando schüttelte den Kopf. Fredericks konnte doch nicht im Ernst erwarten, daß dieser Typ sich zu etwas Illegalem bekannte, während er im Knoten eines Fremden war. »Ich bin Thargor.«

»Keine Frage.« Scottie wandte sich an Fredericks. »Und du?«

»Äh ... ich weiß nicht. James vielleicht.«

»Wunderbar. Habt ihr 'ne Blindverbindung hergestellt, damit ihr mir folgen könnt, wie ich es euch gesagt habe? Wun-der-bar. Los geht's.«

Einen Augenblick herrschte Finsternis, dann herrschte der helle Wahnsinn.

»O mein Gott«, sagte Fredericks. »Dsang! Das ist ja unglaublich!«

»Das ist das Netz, Jim«, sagte Scottie, »aber nicht so, wie wir es kennen.« Sein Lachen war ein merkwürdiges Geräusch voll Jaulen und Flattern. »Kein Lachzwang. Der Witz ist uralt.«

Orlando war still und versuchte, sich in TreeHouse zu orientieren. Anders als die kommerziellen Räume des Netzes, in denen bestimmte Gesetze der wirklichen Welt wie Horizont und Perspektive zwingend vorgeschrieben waren, schien TreeHouse kleinlichen Newtonschen Konventionen kollektiv den Rücken gekehrt zu haben.

»Jetzt seid ihr euch selbst überlassen, Jungs.« Scottie hob einen Zeigefinger hoch, der mit roten Markierungen versehen war. »Das System wird euch um 16:00 Uhr Greenwich ausspucken - in ungefähr zehn Stunden. Wenn ihr vorher gehen wollt, dürfte das kein Problem sein, aber wenn ihr offline geht und es euch dann nochmal anders überlegt, könnt ihr mit mir nicht mehr rechnen.«

»Klar.« Unter gewöhnlichen Umständen hätte Orlando innerlich über den herablassenden großbrüderlichen Ton des Technikers gekocht, aber im Augenblick war er zu sehr damit beschäftigt, eine Zerrwelle zu beobachten, die über die Strukturen direkt vor ihm rieselte und veränderte Farben und verformte Muster hinter sich zurückließ.

»Und wenn ihr in Schwierigkeiten geratet und meinen Namen erwähnen wollt, nur zu. Es wird euch allerdings nichts nützen, da das nicht das Handle ist, unter dem ich hier laufe.«

Herrje, dieser Heini hielt sich für echt witzig. »Das heißt, wir dürften von Rechts wegen gar nicht hier sein oder was?«

»Doch, ihr seid Gäste. Ihr habt genau dieselben Rechte wie jeder andere Gast. Wenn ihr wissen wollt, welche das sind, könnte ihr im zentralen Index nachschauen, aber in organisatorischen Dingen ist dieser Laden Kacke - es könnte euch passieren, daß ihr immer noch nach den Bestimmungen sucht, wenn eure Zeit abgelaufen ist. Tschüs.« Er krümmte den erhobenen Finger und verschwand.

Während Orlando noch vor sich hinschaute, kam ein blauer Diesellaster, der aus Zweigen und Ästen zu bestehen schien, zwischen zwei Strukturen hervorgesaust und polterte über die Stelle, die Scottie soeben geräumt hatte. Sein Gehupe war selbst für TreeHouse-Verhältnisse laut, so daß sie beide einen großen Satz machten, aber obwohl er ganz knapp an ihnen vorbeidonnerte, gab es keinen Wind, keine Vibration. Er bog um eine Ecke und fuhr steil nach oben durch die Luft auf eine andere Gruppe von gebäudeähnlichen Dingern zu, die über ihnen hing.

»Tja, Frederico«, sagte Orlando. »Da wären wir.«

In den ersten paar Stunden erhielten sie mehrere Einladungen, bei Diskussionsgruppen mitzumachen, mehrere andere, an Vorführungen von neuem Gear teilzunehmen - was Orlando unter normalen Umständen liebend gern getan hätte -, und zwei Gruppenheiratsanträge. Nur der Beantwortung ihrer Fragen zur Greiffabrikation kamen sie nicht näher.

»Dieser Index dumpft vollkommen!« sagte Fredericks. Sie hatten ein relativ stilles Eckchen gefunden und starrten auf ein Datenfenster, das sich standhaft weigerte, ihnen nützliche Informationen zu geben. »Man findet überhaupt nichts!«

»Nein, es ist völlig einwandfreies Gear - ganz großartiges Gear sogar. Das Problem ist, daß keiner es aktualisiert. Oder doch, es wird aktualisiert, aber völlig zufällig. Hier sind Tonnen von Daten, Terrabytes, aber so, als hätte jemand die Seiten aus einer Million Papierbüchern gerissen und sie auf einen Haufen geschmissen. Es ist aus nichts zu ersehen, wo irgendwas ist. Wir brauchen einen Agenten.«

Fredericks stieß ein theatralisches Stöhnen aus. »Nicht Beezle Bug! Alles nur nicht das!«

»Block dich. Ich kann ihn sowieso nicht benutzen - TreeHouse ist vom übrigen Netz abgeschottet, und Scottie hat uns nicht sehen lassen, wie wir hergekommen sind. Beezle ist in *meinem* System, ich könnte mit ihm reden, wenn ich wollte, oder ihn losschicken, daß er andere Netzdatenbanken überprüft, aber in dieses System kriege ich ihn nicht rein.«

»Das heißt, wir sind verätzt.«

»Ich weiß nicht. Ich denke, wir müssen uns einfach umhören. Vielleicht kann uns von den Eingeborenen jemand helfen.«

»Klasse, Gardino. Was sollen wir machen? Ihnen anbieten, sie zu heiraten, wenn sie uns einen Gefallen tun?«

»Vielleicht. Ich dachte, diese Schildkrötenfrau da wäre irgendwie dein Stil.«

»Block dich.«

Eine Folge musikalischer Töne drang durch den gedämpften Tumult. Orlando drehte sich um und sah hinter ihnen einen wirbelnden gelben Tornado in der Luft stehen. Die Tonfolge wiederholte sich immer höher, so daß es wie eine Frage klang.

Orlando war sich der TreeHouse-Sitten nicht ganz sicher. »Äh ... können wir irgendwie helfen?«

»Englisch«, sagte eine Stimme. Sie war hoch und klang leicht metallisch. »Nein. Wir helfen?«

»Was ist das?« fragte Fredericks besorgt.

Orlando winkte ihm, sich abzuregen. »Das wäre nett. Wir sind neu hier - Gäste. Wir versuchen, bestimmte Informationen zu bekommen, jemand zu finden.«

Der gelbe Tornado verlangsamte seine Drehung und löste sich in eine Wolke gelber Äffchen auf, von denen keines länger als ein Finger war. »Mal sehn. Wir helfen gern. Heißen Böse Bande.« Einer der Affen flog näher und deutete mit einem winzigen Händchen auf sich. »Ich Zunni. Andere Böse Bande - Kaspar, Ngogo, Masa, 'Suela ...« Zunni nannte noch ein gutes Dutzend. Jeder Affe winkte und deutete auf sich, wenn die Reihe an ihn kam, und machte dann wieder Luftwirbelfaxen.

»Wer seid ihr?« fragte Orlando lachend. »Ihr seid Kinder, stimmt's? Kleine Kinder?«

»Nein, nix kleine Kinder«, sagte Zunni ernst. »Wir sind die Böse Bande. Kultimultis Nummer eins.«

»Zunni sagt das, weil sie die Jüngste ist«, erklärte einer der anderen Affen – Orlando dachte, es könnte der sein, der Kaspar hieß, aber sie sahen alle gleich aus, deshalb war das schwer zu sagen. Sein Englisch hatte zwar einen Akzent, war aber ansonsten sehr gut. »Aber ein Multikulticlub sind wir wirklich«, fuhr Kaspar fort. »Bist du zehn, fliegst du raus.«

»Böse Bande faltenfrei!« schrie eines der anderen Äffchen, und sie drehten sich lachend um Orlando und Fredericks im Kreis. »Böse Bande! Club mejor! Stärkste, stärkste Bande!« sangen sie.

Orlando hob die Hände, aber langsam, um keines zu stoßen. Er wußte, daß die winzigen Körper nur Sims waren, aber er wollte sie nicht beleidigen. »Könntet ihr uns helfen, jemand zu finden? Wir sind hier fremd, und wir wissen nicht weiter.«

Zunni schälte sich aus der Gruppe heraus und schwebte vor seiner Nase. »Wir helfen. Bande weiß alles, kennt alles.«

Sogar Fredericks mußte grinsen. »Gerettet von fliegenden Affen«, sagte er.

Die Böse Bande erwies sich in der Tat als hilfreich. Kinder schienen in TreeHouse Narrenfreiheit zu haben und mehr oder weniger überall hingehen zu dürfen, wo sie wollten. Da es hier so leicht war, für sich allein zu sein, vermutete Orlando, daß jemand, der für andere sichtbar blieb, wohl tatsächlich Teil der Gemeinschaft sein wollte. Die Bande schien die meisten der Hunderte von TreeHouse-Bewohnern zu kennen, die ihnen in den ersten zwei Stunden über den Weg liefen. Orlando genoß das Erlebnis und wünschte sich mehrmals, er hätte die Muße für ein richtiges Gespräch, auch wenn keiner seiner neuen Bekannten ihm sagen konnte, was er wissen wollte.

Hier könnte ich ewig bleiben, dachte er. *Wieso bin ich vorher noch nie hier gewesen? Warum hat mich nie jemand hierhergebracht?*

Er unterdrückte seinen aufkeimenden Groll mit der Erkenntnis, daß die TreeHouse-Gemeinschaft unter anderem wohl deswegen bestehen konnte, weil sie nur ein Tümpel am Rand des großen Netzozeans war: Die anarchische Strukturlosigkeit funktionierte nur, weil sie sich abkapselte. Und was war die Moral davon? Daß man den meisten Leuten nicht trauen konnte, wenn man etwas am Leben erhalten wollte? Er war sich nicht sicher.

Geführt von der Bösen Bande lernten sie die Vielfalt von TreeHouse genauer kennen. Länger, als sie vorgehabt hatten, sahen sie zu, wie eine Gruppe Fruchtgummisoldaten eine erbitterte Schlacht auf einem Marzipanfeld austrug. Kanonen beschossen die Zinnen einer Toffeeburg mit Marshmallows. Klebrige Männchen kämpften sich durch Fondantsümpfe und über Stacheldrahtsperren aus Zuckerwatte. In der Hitze des Gefechts schmolzen und knickten Piken und Bajonette aus Schokolade. Die Affen mischten ihrerseits fröhlich mit und warfen Soldaten, die in Fondantlöchern zu ertrinken drohten, aus der Luft rettende Apfelringe zu. Zunni klärte die Besucher darüber auf, daß die Schlacht schon eine ganze Woche tobte. Orlando zog den widerstrebenden Fredericks weiter.

Die Affen führten sie in viele Ecken von TreeHouse. Die meisten Bewohner waren freundlich, aber nur wenige schienen Interesse daran zu haben, ihre speziellen Fragen zu beantworten, obwohl sie weiterhin viele sonstige Anregungen erhielten. Ein lebendes Frühstück bot ihnen seine Unterstützung dabei an, »ihre ganze Einstellung zur Simfrage« gründlich zu überdenken, und beschwor sie, sich von ihm helfen zu lassen, ihre »überaus unglückliche Präsentation«, wie es sagte, vollständig umzumodeln. Es wirkte überrascht, als Orlando höflich darauf verzichtete.

»Ich denke, ihr setzt euch am besten in eine der Diskussionsgruppen über Programmierfragen.«

Die das sagte, war eine Frau mit europäischem Akzent in einem besonders unauffälligen Sim. Ja, bis auf ein paar verräterische Merkmale wie ein allzu glattes Rendering und eine gewisse undefinierbare Steifheit in den Bewegungen sah sie ganz ähnlich aus wie jemand, die einem im RL begegnen könnte, vielleicht auf einer Party seiner Eltern. Die Böse Bande nannte sie »Starlight« (allerdings hörte Orlando auch, wie ein Äffchen als »Tante Frida« von ihr sprach). Sie machte über einem großen virtuellen Landstrich Wetter, bewegte Wolken, regelte die Windgeschwindigkeit. Orlando konnte nicht ausmachen, ob es sich um Kunst oder um ein Experiment handeln sollte. »Auf die Weise hättet ihr Gelegenheit, euch umzuhören«, fuhr sie fort. »Ihr könntet die Protokolle früherer Diskussionen durchkämmen, allerdings müssen sie Tausende von Stunden umfassen, und um die Wahrheit zu sagen, die Suchmaschine ist ziemlich langsam.«

»Diskussion?« sagte eines der Äffchen, während es wie eine Mücke an Orlandos Ohr summte. »Doof!«

»Reden, reden, reden! Doof, doof, doof!« Die Böse Bande vollführte einen weiteren spontanen Wirbeltanz.

»Hm, die Idee klingt ganz gut«, entgegnete Orlando der Frau. »Danke.«

»Hat auch niemand was dagegen?« fragte Fredericks. »Ich meine, wenn wir Fragen stellen?«

»Was dagegen? Nein, ich glaube kaum.« Die Vorstellung schien die Frau zu verwundern. »Es könnte geraten sein zu warten, bis sie mit den andern Punkten durch sind. Oder wenn ihr es eilig habt, könnt ihr wahrscheinlich den Diskussionsleiter bitten, daß ihr eure Fragen stellen dürft, bevor sie anfangen.«

»Das wäre prima.«

»Laßt euch bloß nicht auf irgendwelche Debatten mit den richtigen Fanatikern ein. Im besten Fall ist es Zeitverschwendung. Und neunzig Prozent von dem, was ihr hört, dürft ihr nicht glauben. Sie waren *nie* so gefährlich und cool, wie sie euch erzählen werden.«

»Bloß nicht!« Zunnis blecherne Stimme flitzte vorbei. »Liebern lustiges Spiel finden!«

»Aber deswegen sind wir doch hergekommen«, erklärte Orlando.

Nach kurzer Beratung im Flug hielten sich die Äffchen der Bösen Bande gegenseitig fest und formierten sich zu schwebenden Buchstaben, die zusammen das Wort »DOOOF« ergaben.

»Ja, schade. Aber wahrscheinlich brauchen wir hinterher wieder eure Hilfe.«

»Dann kommen wir«, sagte Zunni. »Und jetzt - fliegen und Krach machen!«

Die Bande zog sich zu einem kleinen gelben Kumulonimbus zusammen.

»Stärkste Bande! *Jiiii!* Mejor Oberaffen! Böse, böse, böse!«

Wie ein Schwarm Bienen umkreisten sie Orlando und die anderen und verschwanden dann durch eine Lücke in der kunterbunten Geometrie von TreeHouse.

»Die Bandenkinder können einem viel Spaß machen, wenn man sich nicht gerade zu konzentrieren versucht«, sagte Starlight lächelnd. »Ich sage euch, wo ihr hinmüßt.«

»Vielen Dank.« Orlando bemühte sich nach Kräften, das Lächeln mit seinem Thargorgesicht zu erwidern. »Du hast uns sehr geholfen.«

»Ich kann mich bloß erinnern, das ist alles«, sagte sie.

»Verstehst du irgendwas davon?« Fredericks' Sim runzelte die Stirn, so daß eine nicht gerade feine Faltung entstand, etwa so, als ob ein Klumpen Brotteig geknickt würde.

»Ein bißchen. Propriozeption - ich hab in der Schule damit zu tun gehabt. Damit ist gemeint, daß die ganzen Eingaben - taktile, visuelle, auditive - zusammenkommen und dir das Gefühl geben, daß du wirklich an dem Ort *bist*, der dir vorgespiegelt wird. Da steckt 'ne Menge Gehirnforschung drin.«

Sie saßen in der höchsten Sitzreihe, weit entfernt vom Mittelpunkt der Diskussion, obgleich jede Stimme dennoch ausgezeichnet hörbar war. Das Amphitheater, vermutete Orlando, war wohl einem Vorbild aus dem alten Griechenland oder Rom nachgebildet, denn es bestand ganz aus bleichem, malerisch verwittertem Stein. Vom sonstigen Tree-House-Chaos war hier nichts zu sehen, denn das Amphitheater lag unter seiner eigenen blauen Himmelskuppel. Eine trübe rötliche Sonne hing tief am Horizont und warf lange Schatten über die Reihen.

Die Schatten der Diskussionsteilnehmer waren mehr oder weniger humanoid. Die vier oder fünf Dutzend Ingenieure und Programmierer schienen genau wie der geheimnisvolle Mann, der Orlando und Fredericks nach TreeHouse gebracht hatte, an extravaganter Aufmachung nicht so interessiert zu sein wie die übrigen Bewohner. Die meisten trugen ganz einfache Sims, die nicht lebensähnlicher waren als Testpuppen. Andere gaben sich überhaupt nicht mit Sims ab und waren nur durch kleine Lichtpunkte oder simple Icon-Objekte, die ihre Position anzeigten, als anwesend zu erkennen.

Nicht alle waren so langweilig funktional. Ein riesiger glitzernder Vogel aus Golddraht, ein buntkarierter Eiffelturm und drei kleine Hunde in Weihnachtsmannkostümen gehörten zu den lautstärksten Rednern.

Die Unterhaltungen faszinierten Orlando, obwohl er sie schwer zu verstehen fand. Dies war hohe Programmierkunst, debattiert von einer überaus unorthodoxen Gruppe von Häckern, vermischt mit TreeHouse-Sicherheitsthemen und allgemeinen Systembetriebsfragen für den ganzen Renegatenknoten. Man kam sich ein wenig vor, als hörte man Leute in einer Sprache, die man nur kurz in der Mittelstufe gehabt hatte, über Existenzphilosophie streiten.

Aber genau hier gehöre ich hin, dachte er. *Genau das will ich machen.* Eine jähe Traurigkeit darüber befiel ihn, daß seine Ausbildung bei Indigo Gear und erneute Abstecher nach TreeHouse so geringe Chancen hatten.

»Mein Gott«, stöhnte Fredericks. »Das ist ja wie 'ne Sitzung vom Studentenausschuß. Können wir nicht einfach unsere Fragen loswerden und abhauen? Sogar die fliegenden Affenzwerge waren interessanter als das hier.«

»Ich erfahre hier durchaus etwas ...«

»Ja, aber nicht darüber, was wir wissen müssen. Komm, Gardiner, wir haben nur noch ein paar Stunden Zeit, und ich dreh langsam hohl.« Fredericks stand abrupt auf und schwenkte einen seiner stämmigen Simarme, als ob er ein Taxi herbeiwinken wollte. »Entschuldigung! Entschuldigung!«

Die Diskussionsgruppe wandte sich der Ursache der Störung mit der Geschlossenheit eines Schwarms Schwalben zu, die sich in den Wind drehten. Der Eiffelturm, der soeben etwas Kontroverses über visuelle Informationsprotokolle ausgeführt hatte, brach ab und blickte finster - sofern ein großes buntkariertes Bauwerk finster blicken konnte. Auf jeden Fall sah er nicht wie ein fröhliches Bauwerk aus.

»Okay«, sagte Fredericks. »Ihre Aufmerksamkeit haben wir. Jetzt kannst du sie fragen.«

Orlandos eingespielte Thargorreflexe drängten ihn dazu, Fredericks mit einem schweren Gegenstand den Schädel einzuschlagen. Statt dessen erhob er sich, und zum erstenmal war ihm bewußt, wie ... *unreif* der Thargorkörper wirkte. »Ähm ... tut mir leid, daß mein Freund euch unterbrochen hat«, sagte er. »Wir sind Gäste, und unsere Zeit läuft ab, und wir hätten ein paar Fragen, die wir gern beantwortet hätten, und ... und jemand hat uns zu diesem Treffen geschickt.«

Einer der Lichtpunkte glitzerte ärgerlich. »Wer zum Teufel seid ihr?«

»Bloß ... bloß zwei Jungen.«

»Machst du prima, Gardino«, flüsterte Fredericks aufmunternd.

»Sei still.« Er holte tief Luft und fing noch einmal an. »Wir wollten bloß was über so'n Gear erfahren - 'ne Software. Wir haben gehört, daß die Leute, die daran gearbeitet haben, hier zu finden wären.«

In der Programmierergruppe entstand ein leises gereiztes Raunen. »Wir möchten nicht gestört werden«, sagte jemand mit einem unverkennbar deutschen Akzent.

Einer der rudimentären Sims stand auf und streckte die Hände aus, wie um die Menge zu beruhigen. »Sagt uns einfach, was ihr wollt«, ließ sich die möglicherweise weibliche Stimme vernehmen.

»Tja, äh, ein Gear, das zuletzt in einem Monster in der Simwelt Mittland war – das Monster war ein Roter Greif, um genau zu sein –, ist nach sämtlichen InPro-Datenbanken auf jemand zugelassen, der Melchior heißt.« Es gab eine kurze, aber verhaltene Reaktion, als ob der Name bekannt wäre. Ermutigt redete Orlando weiter. »Nach unseren Informationen hält er oder sie sich hier auf. Wir hätten also gern eure Hilfe dabei, Melchior zu finden.«

Der Basissim, der die Menge beruhigt hatte, stand einen Augenblick lang regungslos da und machte dann eine Bewegung mit erhobener Hand. Mit einem Mal wurde die Welt schwarz.

Orlando konnte nichts sehen, nichts hören, ganz als ob er abrupt in das Vakuum des sternenlosen Weltraums geschleudert worden wäre. Er versuchte, die Hand auszustrecken und festzustellen, was ihm die Sicht blockierte, aber sein Sim reagierte nicht auf seine Gedanken.

»Du bist hier vielleicht länger zu Gast, als du ursprünglich vorhattest«, murmelte eine Stimme in Orlandos Ohr, eine eindeutig drohende Stimme. »Du und dein Freund, ihr habt gerade einen sehr, sehr dummen Fehler gemacht.«

Eingesperrt in der Dunkelheit tobte Orlando innerlich vor Zorn. *Wir waren so dicht dran – so dicht!* Mit dem deutlichen Gefühl, mehr vertan zu haben als nur eine Gelegenheit, zog er die Reißleine und beförderte sie schlagartig aus TreeHouse hinaus.

Kapitel

Der Einsiedlerkrebs

NETFEED/WIRTSCHAFT:
ANVAC meldet Rekordprofite
(Bild: ANVAC-Unternehmenszentrale — nackte Wände)
Off-Stimme: Die ANVAC Security Corporation gab die höchste Gewinnspanne der letzten fünfzig Jahre bekannt. Als Ursache für die sprunghaft gestiegenen Gewinne nennen Beobachter an der Züricher Börse das ständig wachsende weltweite Sicherheitsbedürfnis von Einzelpersonen wie von Unternehmen sowie ANVACs bahnbrechendes Sortiment "intelligenter" biologischer Waffen.
(Bild: Vizepräsident von ANVAC, Gesicht und Stimme unkenntlich gemacht)
VP: "Wir decken einen Bedarf. Die Welt ist voller Gefahren. Overkill? Überleg mal, was wärst du lieber: moralisch im Recht oder am Leben?"

> Das elektronische Cottage des Einsiedlerkrebses - ElCot im Häckerslang - war das dürftigste seiner Art, das Renie je gesehen hatte. Obwohl ihm alle Herrlichkeiten der Virtualität zu Gebote standen, hatte er eine denkbar reizlose Behausung geschaffen: Mit ihrem winzigen Bett, ihrem schlecht auflösenden Wandbildschirm und jämmerlichen Blumen in einer Plastikvase auf einem Anstaltstisch sah sie ganz nach dem Zimmer eines alten Mannes in einem Pflegeheim aus. Sie zeichnete sich durch die gleiche eigenartige Mischung von real und irreal aus wie der Sim des Einsiedlerkrebses. Müde und niedergeschlagen fragte sich Renie, ob von diesem alten Mann tatsächlich irgendwelche Hilfe zu erwarten war.

»Wollt ihr euch setzen?« fragte Singh. »Ich mach euch Stühle, wenn ihr wollt. Meine Güte, ich hab hier schon ewig niemand mehr zu Besuch gehabt.« Er ließ seinen Sim auf das Bett nieder, das sehr überzeugend knarrte, und auf einmal begriff Renie, warum der alte Häcker und sein Zimmer so merkwürdig lebensecht wirkten. Es war alles *real*. Er benutzte ein richtiges Echtzeitvideo von sich selbst als Sim; das Bett, auf dem er saß, der ganze Raum, alles war wahrscheinlich ebenfalls real, eine Projektion, umgewandelt in ein funktionales VR-Environment. Sie hatte das Gesicht und den Körper des Einsiedlers so vor Augen, wie sie genau in diesem Moment wirklich aussahen.

Er erwiderte ihren Blick mit einem höhnischen Grinsen. »Ja, richtig geraten. Früher hatte ich auch mal alle Schikanen – schicker Sim, Hundertfünfzigtausend-Liter-Aquarium als Büro, mit Haien und Nixen drin –, aber ich hab's satt gekriegt. Die paar Freunde, die ich hatte, wußten alle, daß ich ein nutzloser alter Penner war, also wem wollte ich was vormachen?«

Renie hatte an Singhs Lebensphilosophie kein besonderes Interesse. »Hat Susan Van Bleeck dich nach einer goldenen Stadt gefragt? Und was hast du gemeint, als du sagtest, es wäre ›zu spät‹?«

»Ich laß mich nicht hetzen, Mädel«, sagte der Einsiedlerkrebs ärgerlich.

»Und ich laß mich nicht mädeln. Ich brauche Antworten, und zwar bald. Das hier ist kein Theaterkrimi, hier geht's um mein Leben – wichtiger noch, um das Leben meines kleinen Bruders.«

»Ich denke, Herr Singh ist durchaus bereit, mit uns zu reden, Renie.« Martines Stimme, die gleichzeitig von überall und nirgends herkam, hätte der Regisseurin vor der Bühne gehören können. Renie wollte keine Regieanweisungen entgegennehmen.

»Martine, ich hab's satt, ins Leere zu reden. Es ist ja bestimmt schrecklich unhöflich und so, aber würdest du dir bitte irgendeinen verdammten Körper zulegen, damit wir wenigstens wissen, wo du bist?«

Nach längerem Schweigen erschien in einer Ecke des Zimmers ein großes flaches Rechteck. Auf dem darauf gemalten Gesicht spielte ein weltberühmtes geheimnisvolles Halblächeln. »Geht's so?« fragte die Mona Lisa.

Renie nickte. In Martines Wahl mochte ein leiser Spott mitschwingen, aber wenigstens hatten jetzt alle etwas zum Anschauen. Sie wandte sich wieder dem alten Mann mit dem Turban zu. »Du sagtest ›zu spät‹. Zu spät wofür?«

Der Alte lachte keckernd. »Du bist ein richtiger kleiner Napoleon, was? Oder vielleicht sollte ich sagen: ein richtiger kleiner Tschaka Zulu?«

»Ich bin dreiviertel Xhosa. Komm endlich zur Sache. Oder hast du Angst, mit uns zu reden?«

Singh lachte wieder. »Angst? Ich bin zu alt, um noch Angst zu haben. Meine Kinder reden kein Wort mit mir, und meine Frau ist tot. Also was könnten die mir tun, als mir die irdische Mühe und Plage vom Hals zu schaffen?«

»*Die*«, sagte Renie. »Wer sind ›die‹?«

»Die Schweine, die alle meine Freunde umgebracht haben.« Das Grinsen des alten Mannes verschwand. »Und Susan war bloß die letzte. Deshalb ist es zu spät – weil meine Freunde alle hinüber sind. Nur ich bin noch übrig.« Er deutete mit einer ausladenden Geste auf sein trostloses Zimmer, als ob es der letzte Platz auf Erden und er der einzige Überlebende der Menschheit wäre.

Vielleicht war es für Singh ja tatsächlich der letzte Platz auf Erden, dachte Renie. Sie taute innerlich ein wenig auf, aber sie war sich immer noch nicht sicher, ob sie den Alten mochte oder nicht. »Hör zu, wir brauchen unbedingt Informationen. Hatte Susan recht? Weißt du etwas über die Stadt?«

»Immer hübsch der Reihe nach, Werteste. Ich erzähl's auf meine Weise.« Er spreizte seine krummen Finger auf dem Schoß seines Bademantels. »Vor ungefähr einem Jahr ging's los. Es war nur noch ein halbes Dutzend von uns übrig – Melani, Dierstroop, noch ein paar –, na ja, die Namen von alten Häckern werden euch nichts sagen. Jedenfalls war noch ein halbes Dutzend übrig. Wir kannten uns alle schon seit Jahren – Komo Melani und ich hatten an einigen der frühen Revisionen von TreeHouse gebastelt, und Fanie Dierstroop und ich hatten zusammen studiert. Felton, Misra und Sakata hatten alle mit mir bei Telemorphix gearbeitet. Einige davon gehörten zur Stammannschaft von TreeHouse, nur Dierstroop kam nie dazu, weil er uns für einen Haufen linker New-Age-Spinner hielt, und Sakata trat wegen irgendwelcher Satzungsdifferenzen aus. Aber wir blieben alle in Kontakt, mehr oder weniger. Wir hatten alle Freunde verloren – in meinem Alter ist das ein ziemlich geläufiger Schmerz –, deshalb fühlten wir uns vermutlich ein bißchen näher als die ganze Zeit vorher, einfach weil der Kreis kleiner wurde.«

»Bitte«, warf die Mona Lisa ein, »eine Frage. Du kanntest diese Leute aus unterschiedlichen Zusammenhängen, non? Wenn du also sagst, ›ein halbes Dutzend von uns‹, dann meinst du ein halbes Dutzend von ... was?«

Renie nickte. Sie wollte ebenfalls den verbindenden Faden wissen.

»Herrgott, wartet's einfach ab.« Singh grollte, aber eigentlich schien er die Aufmerksamkeit zu genießen. »Ich komm schon noch drauf. Natürlich, zu dem Zeitpunkt war mir nicht *klar*, daß wir nur noch zu sechst waren, weil ich die Verbindung nicht sah. Ich hatte noch andere Freunde, sicher, so ein Paria war ich nun auch wieder nicht. Nein, ich hab den Zusammenhang nicht gesehen und folglich auch nicht drüber nachgedacht. Bis sie anfingen zu sterben.

Dierstroop kam als erster dran. Schlaganfall, hieß es. Ich war traurig, aber ich dachte mir nichts dabei. Fanie hatte schon immer viel getrunken, und ich hatte gehört, er wäre dick geworden. Es klang so, als ob er der richtige Kandidat dafür wäre.

Als nächster starb Komo Melani, auch ein Schlaganfall. Dann traf's Sakata - sie fiel in ihrem Haus bei Niigata die Treppe runter. Es war wie ein Fluch, in wenigen Monaten drei alte Genossen zu verlieren, aber ich hatte keinen Anlaß, Verdacht zu schöpfen. Aber Sakata hatte einen Gärtner, der ihr Grundstück pflegte, und der schwor, er hätte um die Zeit ihres vermutlichen Todes zwei schwarz gekleidete Männer aus dem Tor fahren sehen, und auf einmal sah es nicht mehr ganz so aus, als ob eine alte Gearberaterin einen simplen Unfall gehabt hätte. Soweit ich weiß, hat die japanische Polizei die Akte noch nicht geschlossen.

Felton starb einen Monat später. In der Londoner Underground umgekippt. Herzversagen. Es gab eine Gedenkfeier für ihn hier im Gründerhügel. Aber ich fing an, mir Gedanken zu machen. Vijay Misra rief mich an - auch er hatte sich Gedanken gemacht, aber anders als ich hatte er zwei und zwei zusammengezählt und war auf etwas sehr Spannendes gekommen. Leute wie Dierstroop kannte ich schon ewig, und deshalb hatte ich ganz vergessen, daß wir, ich und Misra und die vier, die gerade umgekommen waren, nur ein einziges Mal im Leben alle zusammengearbeitet hatten. Es hatten auch andere daran gearbeitet, aber wir sechs waren die letzten noch Lebenden gewesen. Und während Misra und ich darüber sprachen, wurde uns klar, daß wir zwei als einzige übrig waren. Das war nicht gerade ein gutes Gefühl.«

Renie beugte sich vor. »Übrig wovon?«

»Ich komm schon noch drauf, zum Donnerwetter!«

»Schrei mich nicht an!« Renie drohte völlig die Fassung zu verlieren. »Hör zu, ich bin an meinem Arbeitsplatz rausgeflogen, aber ich benutze immer noch die Anlage der Hochschule. Mir kann jeden Moment jemand die Polizei auf den Hals hetzen, Herrgott nochmal. Jeder, den ich frage, macht ein Mordstheater und tut furchtbar geheimnisvoll.«

Durch die Virtualitätsapparate hindurch fühlte sie, wie !Xabbu sie am Arm berührte, eine freundschaftliche Ermahnung, ruhig zu bleiben.

»Tja«, sagte Singh nun wieder ganz fröhlich, »wer bettelt, kann nicht wählerisch sein, Werteste.«

»Ist dieser Ort sicher?« fragte Martine plötzlich.

»Wie ein schalldichter Bunker mitten in der Sahara.« Singhs Lachen ließ eine Zahnlücke sehen. »Ich muß es wohl wissen, schließlich hab ich das Sicherheitsgear für diesen ganzen Laden geschrieben. Selbst wenn an einer von euern Leitungen ein Datenzapfer wäre, würde ich das wissen.« Er lachte wieder, ein stilles, selbstzufriedenes Schnauben. »Na schön, ihr habt gesagt, ich soll zur Sache kommen, also komm ich zur Sache. Misra war ebenfalls Sicherheitsspezialist ... aber es hat ihm nichts genützt. Sie haben ihn auch gekriegt. Selbstmord - eine hohe Überdosis seines Epilepsiemedikaments. Aber ich hatte erst zwei Abende vorher mit ihm geredet, und er hatte keine Depressionen, überhaupt kein Gedanke an Selbstmord. Angst ja - wir hatten begriffen, daß unsere Chancen sich laufend verschlechterten. Und als auch er tot war, wußte ich es mit Sicherheit. Sie brachten jeden um, der etwas über Otherland wußte.«

»*Otherland?*« Zum erstenmal, seit Renie sie kennengelernt hatte - sofern das das richtige Wort war -, hörte Martine sich wirklich verblüfft an. »Was hat das mit Otherland zu tun?«

Eine kalte Schlange kroch Renies Rückgrat entlang. »Wieso? Was ist das?«

Der alte Mann wackelte zufrieden mit dem Kopf. »Aha, auf einmal seid ihr interessiert! Auf einmal wollt ihr zuhören!«

»Wir hören dir die ganze Zeit zu, Herr Singh, sehr aufmerksam.« !Xabbu sagte es leise, aber mit ungewöhnlichem Nachdruck.

»Langsam«, verlangte Renie. »Was ist dieses Otherland? Hört sich an wie ein Vergnügungspark.«

Das Gemälde drehte sich, und das blasse Gesicht der Mona Lisa blickte sie an. »In gewisser Weise ist es das, jedenfalls den Gerüchten zufolge. Otherland - oder Anderland - ist noch weniger bekannt als Tree-

House. Es scheint eine Art Tummelplatz für reiche Leute zu sein, eine Simulation im großen Maßstab. Das ist alles, was ich gehört habe. Es ist in Privatbesitz und wird streng unter Verschluß gehalten, deshalb gibt es kaum Informationen darüber.« Sie schwenkte wieder zu Singh herum. »Bitte sprich weiter.«

Er nickte, als würde er endlich die ihm gebührenden Ehren bekommen. »Wir wurden über Telemorphix Südafrika angeheuert. Ich war damals für die tätig, beinahe dreißig Jahre ist das jetzt her. Dierstroop leitete das Projekt eigentlich, aber er ließ mich die Leute aussuchen, und aus dem Grund kamen Melani und die andern dazu. Wir sollten eine Sicherheitsinstallation für irgendein Unternehmensnetzwerk bauen – pst, pst, alles streng geheim, Geld spielt keine Rolle –, oder jedenfalls dachte ich das. Der Kunde war irgendein Riesenkonzern, das war alles, was wir wußten. Erst im Laufe der Arbeit stellten wir fest, daß es eigentlich ein VR-Knoten war, beziehungsweise eine Kette von VR-Knoten an parallelen Superrechnern, das größte, schnellste VR-Netz, das je ein Mensch gesehen hatte. Das Konsortium, das dahinterstand, nannte sich GB. Das war alles, was wir über die Leute wußten. Sie waren GB, wir waren TMX.« Er lachte bellend. »Trau niemals Leuten, die Sachen mit Initialen benennen, ist meine Meinung. Heute jedenfalls. Ich wünschte, ich hätte sie damals schon gehabt.

Na, jedenfalls bezeichneten die GB-Leute, oder einige ihrer Ingenieure zumindest, dieses neue Netzwerk hin und wieder mit dem Namen ›Otherland‹ oder ›Anderland‹. Das sollte, glaub ich, ein Witz sein, aber die Pointe hab ich nie begriffen. Melani und ich und einige der andern stellten Vermutungen an, welchen Zweck es haben sollte – wir dachten uns, es sollte wohl ein riesiger VR-Freizeitpark sein, eine Online-Version dieses Disney-Monstrums in Baja California, das jeden Tag größer wird, aber selbst dafür schien seine Leistung ziemlich hoch zu sein. Dierstroop sagte uns ständig, wir sollten unsere Gehirnzellen schonen und die Klappe halten und einfach unsere zugegebenermaßen hohen Gehaltsschecks einstreichen. Aber irgendwas an dem ganzen Projekt war echt nicht geheuer, und als vielleicht zehn Jahre vergangen waren, nachdem wir unsere Arbeit beendet hatten, und es *immer noch* keine Ankündigung gab, haben wir uns alle im stillen eingestanden, daß es keine Kommerzsache gewesen war. Ich dachte mir, es wäre irgendwas Staatliches – Telemorphix hat von jeher mit Regierungen auf sehr gutem Fuß gestanden, natürlich vor allem mit der amerikanischen. Wells hat schon immer gewußt, wo was zu holen ist.«

»Aber was *war's* jetzt?« fragte Renie. »Und warum bringt jemand deine Freunde um, um es geheim zu halten? Und wichtiger noch, was hat das mit meinem kleinen Bruder zu tun? Susan Van Bleeck hat mit dir geredet, Herr Singh - was hat sie gesagt?«

»Kommt gleich. Kleinen Moment noch.« Der alte Mann langte nach etwas, das nicht zu sehen war. Eine Tasse erschien in seiner Hand. Er nahm einen langen, zittrigen Schluck. »Das ganze Zimmer ist nicht live«, erklärte er, »bloß ich. Ah, schon besser.« Er leckte sich die Lippen. »Okay, jetzt kommen wir zu eurem Teil der Sache.

Susan hatte bei den Recherchen nach eurer komischen Stadt Glück. Das Architekturgear, das sie benutzte, entdeckte an den Gebäuden kleine aztekische Elemente, winzige Details, die nur einem Expertensystem auffallen würden. Also ließ sie nach Leuten suchen, die von solchen Dingen eine Ahnung hatten, in der Hoffnung, jemand zu finden, der ihr helfen konnte, eure Stadt irgendwo hinzutun.«

»Warum hat sie dann Kontakt zu dir aufgenommen?«

»Hat sie nicht, beziehungsweise erst, als sie in der Liste von Experten auf einen Namen stieß, an den sie sich aus Gesprächen mit mir erinnerte. Also rief sie mich an. Ich war zu Tode erschrocken. Klar erkannte ich den Namen, den sie gefunden hatte. Der Mistkerl war einer der GB-Obermacker gewesen. Als wir den Sicherheitskram für dieses Anderland machten, unterstanden wir ihm. Bolívar Atasco.«

»Atasco?« Renie schüttelte verwirrt den Kopf. »Ich dachte, er wäre Archäologe.«

»Was weiß ich, was er sonst noch macht, jedenfalls war er bei dem Otherlandprojekt der maßgebende Mann«, knurrte Singh. »Ich bin natürlich ausgeflippt. Denn inzwischen war nur noch ich übrig, und ich wußte, daß irgendeine Schweinerei im Gange war. Ich hab Susan gesagt, sie soll um Gottes willen die Finger davon lassen. Ich wünschte ... ich wünschte, sie hätte mich eher angerufen.« Einen Moment lang drohte seine rauhe Fassade abzubröckeln. Er rang um Fassung. »Diese Scheißkerle haben sie noch in derselben Nacht erledigt. Wahrscheinlich wenige Stunden nach dem Gespräch mit mir.«

»O Gott. Also deshalb hat sie den Zettel geschrieben und ihn versteckt«, sinnierte Renie. »Aber wieso das Buch? Wieso nicht bloß seinen Namen?«

»Welches Buch?« fragte Singh, leicht verstimmt über die Ablenkung.

»Ein Buch über ... mittelamerikanische Kulturen. Irgendwas in der Art. Geschrieben von diesem Atasco. Martine und ich haben es beide durchgeschaut, und wir konnten nichts damit anfangen.«

Ein Fenster ging neben Martine auf. »Das ist es. Aber wie Renie schon sagte, wir haben es uns sorgfältig vorgenommen.«

Der alte Mann beäugte blinzelnd das Fenster. »*Das frühe Mesoamerika*. Ja, ich erinnere mich, daß er der Autor eines berühmten Lehrbuchs war. Aber das ist lange her - vielleicht habt ihr die falsche Ausgabe.« Er ließ das Buch durchrollen. »Zum Beispiel gibt es in dieser Version kein Bild des Verfassers. Wenn ihr euch den Mistkerl anschauen wollt, solltet ihr eine ältere Auflage des Buches finden.«

Das Fenster schloß sich. »Ich werde sehen, was ich auftreiben kann«, sagte Martine.

»So, was wissen wir jetzt wirklich?« Renie machte ein Weilchen die Augen zu, um das schäbige Zimmer auszublenden und die verstreuten Informationsfäden zu sammeln. »Atasco leitete dieses Otherlandprojekt, und du glaubst, daß die Leute, die mit dir daran arbeiteten, ermordet wurden?«

Singh grinste bitter. »Ich glaub es nicht, Werteste, ich weiß es.«

»Aber was hat ... was hat diese *Stadt* mit alledem zu tun, das Bild, das mir jemand in den Computer gepflanzt hat? Und was können diese Leute von meinem Bruder wollen? Ich kapier's nicht!«

Ein anderes Fenster platzte mitten im Zimmer auf.

»Du hast recht, Herr Singh«, sagte Martine. »In der älteren Ausgabe ist ein Foto des Autors drin.«

Der gesamte Inhalt des Buches rollte als grauer Wasserfall vorbei, dann blickte Renie auf ein Bild von Bolivar Atasco, einem gut aussehenden, hageren Mann im fortgeschrittenen Alter. Er saß in einem Raum voll großblättriger Pflanzen und alter Statuen. Hinter ihm in einem Rahmen an der Wand hing ...

»O mein Gott.« Renie streckte eine Simhand danach aus, als könnte sie es berühren. Das Bild hinter ihm hatte nichts von der vibrierenden Kraft des Originals - es war nur eine Aquarellskizze, wie Architekten sie manchmal machten -, aber es war ohne jeden Zweifel die Stadt, die unmögliche, surrealistische goldene Stadt. Neben ihr schnalzte !Xabbu vor Überraschung mit der Zunge. »O mein Gott«, sagte sie noch einmal.

»Schon gut, !Xabbu. Mir ist nur ein wenig flau. Das ist eine Menge zu verdauen.« Sie winkte ab. Ihr Freund zog sich mit der besorgten Miene einer Zeichentrickfigur auf seinem Simgesicht zurück.

»Nach deiner Krankheit neulich habe ich Angst um dich«, sagte er.

»Ich hab kein Problem mit dem Herzen. Eher ein Problem mit dem Verstehen.« Sie wandte sich matt dem alten Mann und der Mona Lisa zu. »Also, was ist das für eine Geschichte? Ich würde das gern auf die Reihe kriegen. Ein verrückter Archäologe, der vielleicht für die CIA oder so arbeitet, baut ein riesiges, superschnelles VR-Netzwerk. Dann fängt er an, sämtliche Leute umzubringen, die daran gearbeitet haben. Gleichzeitig versetzt er meinen Bruder – und vielleicht noch ein paar tausend andere Kinder – ins Koma. Und obendrein beamt er *mir* aztekisch beeinflußte Hausentwürfe. Alles völlig logisch, nicht wahr?«

»Es ist in der Tat sehr merkwürdig«, sagte Martine. »Aber es muß ein Muster geben.«

»Sag mir Bescheid, wenn du's raushast«, versetzte Renie. »Warum schickt mir dieser Mann Bilder einer imaginären Stadt? Als Warnung davor, mich weiter einzumischen? Wenn ja, dann ist das die bestverschlüsselte Warnung, die ich mir vorstellen kann. Ich kann mit Mühe und Not glauben, daß es ein Projekt geben könnte, das diese GB-Gruppe, oder wie sie sonst heißen mag, geheimhalten will, selbst um den Preis, eine Reihe alter Programmierer umzubringen. Aber was hat das mit meinem Bruder Stephen zu tun? Er liegt bewußtlos in einem Krankenhausbett. Mir wäre es beinahe genauso ergangen, als ich in die Fänge einer bizarren Horrorgestalt mit zu vielen Armen geriet, aber davon will ich jetzt gar nicht anfangen, um die Sache nicht zu komplizieren.« Sie schnaubte wütend und war vor Übermüdung der Ohnmacht nahe. »Was um Himmels willen hat mein Stephen mit einem internationalen Komplott zu tun?« Sie wandte sich an Martine, die seit einiger Zeit recht wortkarg war. »Und was weißt *du* über die ganze Sache? Du hast schon von Otherland gehört. Was weißt du über diese Leute?«

»Ich weiß so gut wie nichts«, antwortete die Französin. »Aber Herrn Singhs Geschichte in Verbindung mit deiner gibt mir das sichere Gefühl, daß es hier um größere Interessen geht, um Absichten, die wir noch nicht voll begreifen.«

Renie fiel das Wort ein, das !Xabbu kürzlich zitiert hatte. *Eine rohe Bestie.* Der kleine Mann begegnete ihrem Blick, aber der Billigsim sorgte dafür, daß seine Miene unergründlich blieb. »Und das heißt?« fragte sie Martine.

Die Mona Lisa seufzte, und der Säuselton des Atems paßte gar nicht zu dem gemalten Gesichtsausdruck. »Ich habe keine Antworten auf deine Fragen, Renie, nur Informationen, die womöglich noch mehr Fragen aufwerfen. Die von Herrn Singh erwähnte ›GB‹ ist mir bekannt, allerdings wußte ich vorher nicht, daß diese Leute bei Otherland die Hand im Spiel haben. Sie nennen sich die Gralsbruderschaft, manchmal auch einfach die Bruderschaft, obwohl die Gruppe angeblich auch weibliche Mitglieder hat. Es gibt keinen eindeutigen Beweis, daß die Gruppe überhaupt existiert, aber ich habe den Namen zu viele Male aus Quellen gehört, denen ich traue. Sie ist eine ziemlich bunt zusammengewürfelte Schar, Akademiker wie Atasco, Finanziers, Politiker. Gerüchten zufolge soll es auch andere Mitglieder von noch zwielichtigerer Natur geben. Sonst weiß ich nichts Sicheres über sie, nur daß sie ein Magnet für .... wie soll ich sagen? ... alle möglichen Verschwörungstheorien ist. Es ist damit so ähnlich wie mit den Bilderbergern oder den Illuminaten oder den Freimaurern. Es gibt Leute, die ihnen regelmäßig die Schuld geben, wenn der chinesische Dollar fällt oder ein Hurrikan in der Karibik die Datenübertragung stört. Aber was könnten sie mit Kindern vorhaben? Ich habe keine Ahnung.«

Das war die längste Rede, die Renie je von Martine gehört hatte. »Könnten es ... Pädophile oder sowas sein?«

»Dafür treiben sie einen Riesenaufwand, ohne tatsächlich Hand an eines der Kinder zu legen«, bemerkte Martine. »Reiche und mächtige Leute würden bestimmt nicht so viel Energie verausgaben, wo sie sich doch auf viel einfacherem Wege Opfer besorgen könnten. Es sieht mir eher danach aus, als wollten sie diese Kinder von etwas abschrecken, was ihnen wichtig ist, und als wäre die Krankheit mehr zufällig, eine ... Begleiterscheinung.«

»Organe«, sagte Singh.

»Was soll das heißen?« Renie starrte ihn an.

»Auch reichen Leuten kann es gesundheitlich dreckig gehen«, erwiderte der alte Mann. »Glaubt mir, wenn ihr erst mal in meine Jahre kommt, denkt ihr oft daran, wie schön neue Lungen oder Nieren wären. Vielleicht geht's dabei um Organbeschaffung im großen Stil. Das würde erklären, warum sie die Kinder nicht verletzen wollen, sondern sie bloß komatisieren.«

Renie verspürte einen kalten Stich, dann eine hilflose, kochend heiße Wut. Konnte das sein? Ihr Bruder, der beinahe ihr Kind war?

»Aber das gibt doch keinen Sinn! Selbst wenn diese Kinder irgendwann sterben, müssen die Familien immer noch der Organentnahme zustimmen. Und Krankenhäuser verhökern sie nicht einfach an den Meistbietenden.«

Das Lachen des Alten klang unangenehm. »Du hast das blauäugige Vertrauen eines jungen Menschen in die Ärzteschaft, Werteste.«

Sie schüttelte resigniert den Kopf. »Kann sein. Kann sein, daß sie die Ärzte bestechen, die Organe bekommen. Aber was hat das dann wieder mit deinen Freunden zu tun und mit deren Arbeit an diesem ... Otherland?« Sie drehte sich um und deutete auf *Das frühe Mesoamerika*, das immer noch mitten in Singhs Zimmer hing. »Und warum sollte der Organräuber Atasco mir ein Bild von dieser Stadt senden? Es gibt einfach keinen Sinn.«

»Für irgend jemand doch«, sagte der alte Mann bitter. »Sonst wäre ich nicht der letzte Sicherheitsprogrammierer bei diesem Projekt, der noch am Leben ist.« Auf einmal fuhr er auf, als hätte er einen elektrischen Schlag bekommen. »Moment mal.« Eine ganze Weile sagte er nichts, während die anderen ihn verwundert beobachteten. »Aha«, sagte er schließlich, aber zu keinem der Anwesenden, »das ist allerdings interessant. Schick mir die Daten zu.«

»Mit wem redest du?« fragte Renie.

»Mit jemand hier in TreeHouse, aus dem Sicherheitsausschuß. Wartet.« Er verstummte wieder und lauschte, dann beendete er das Gespräch mit ein paar knappen Sätzen. »Anscheinend hat jemand hier rumgeschnüffelt und nach ›Melchior‹ gefragt«, erläuterte er. »Das war ein Handle für mich und Felton - der mit dem sogenannten Herzanfall in der U-Bahn. Wir haben es für Geararbeiten und so Sachen benutzt. Diese Leute sind in die Programmierersitzung rein und haben nach Melchior gefragt. Ziemlich dreist, einfach so in TreeHouse reinzuspazieren. Jedenfalls haben die Programmierer sie kaltgestellt.«

Bei dem Gedanken, daß ihre gesichtslosen Feinde so nahe waren, bekam Renie eine Gänsehaut. »Sie?«

»Es waren zwei. Ich kriege gleich eine Aufnahme von ihnen. Ich habe nämlich einen allgemeinen Aushang gemacht, daß jeder, der nach einem meiner Kollegen beim Otherlandprojekt fragt, mit größter Vorsicht zu behandeln und nach Möglichkeit zu verhören ist.«

!Xabbu stemmte die Hände auf die Schenkel und stand auf. »Aber sie sind entkommen?«

»Ja, aber wir haben reichlich Material über sie – wie sie reingekommen sind, ihre Tarnidentitäten, solche Sachen.«

»Du machst einen ziemlich ruhigen Eindruck«, meinte Renie. »Das sind die Leute, die deine Freunde umgebracht haben, die Susan umgebracht haben. Sie sind *gefährlich*.«

Singh zog eine buschige Augenbraue hoch und grinste. »Im RL sind sie vielleicht gefährlich wie der Teufel, aber TreeHouse gehört *uns*. Wer hier reinkommt, spielt nach unsern Regeln. Hier kommt das Bild.«

Eine Momentaufnahme zweier kraftstrotzender Gestalten erschien mitten in Singhs ElCot in einer Vergrößerung, daß sie fast den ganzen Raum im Zimmer einnahm. Die beiden Sims, einer davon anscheinend mitten im Reden festgehalten, schwebten nebeneinander in der Luft. Einer sah ziemlich gewöhnlich aus, aber der Redende war in Felle und Häute gekleidet, als ob er gerade aus einem billigen Netzfilm getreten wäre.

»Diese beiden haben wir schon einmal gesehen«, sagte !Xabbu.

Entsetzt und fasziniert blickte Renie die muskelbepackten Körper an. »Ja, das stimmt. Und zwar an dem ersten Ort, an den du uns brachtest«, sagte sie zu Martine gewandt. »Dein Freund meinte, sie bräuchten eine Modeberatung, weißt du noch?« Sie runzelte die Stirn. »Ich nehme an, an einem Ort wie diesem kann man gar nicht auffallen, aber der da ...«, sie mußte ein Grinsen unterdrücken, als sie auf den Barbaren mit dem Schnurrbart deutete, »fordert sein Glück ziemlich heraus. Wirklich, dieser Sim sieht wie einer von der Sorte aus, die sich einer der Freunde meines kleinen Bruders für ein Online-Spiel aussuchen würde.« Der Gedanke an Stephen ernüchterte sie wieder und erstickte das Fünklein Heiterkeit schnell.

»Wir werden bald mehr über sie wissen«, sagte Singh. »Ich wünschte bloß, die Leutchen auf der Sitzung wären ein bißchen sachter vorgegangen. Es wäre nett gewesen, mehr über ihre Absichten zu erfahren, und ihnen dann erst zu sagen, daß sie durchschaut sind. Aber das ist wieder mal typisch Ingenieur. Subtil wie ein Holzhammer, diese Kerle.«

»Also packen wir die auch noch mit dazu«, sagte Renie. »Zu all den andern Verrücktheiten schicken sie obendrein noch zwei Spione los, die aussehen wie einem dieser Interaktivdramen für Kids entsprungen, *Borak, Herr der Steinzeit*, oder sowas in der Art.«

»Für Spione in TreeHouse gar nicht so abwegig«, bemerkte Singh unbekümmert. »Hier läuft jeder verrückt herum. Ich sag's euch nochmal: Ich hab für diesen Atasco gearbeitet, und der war nicht auf den Kopf gefallen. Ein aalglatter Bursche.« Er hob die Hand und lauschte wieder einer nur ihm vernehmbaren Stimme. »Immerhin was«, sagte er. »Ja, treibt sie zusammen. Ich komme und rede mit ihnen, wenn ich hier fertig bin.« Er wandte seine Aufmerksamkeit wieder den Personen im Zimmer zu. »Anscheinend sind diese Kerle ein paar von den Bandenkids angegangen, so daß wir vielleicht von denen was erfahren können. Aus diesen Kindern was rauszuholen, ist allerdings so, als ob man mit Störgeräuschen reden würde ...«

!Xabbu, der die in der Bewegung gebannten Eindringlinge genau gemustert hatte, schwebte zu Renie zurück. »Was sollen wir jetzt tun?«

»Wir können versuchen, mehr über Anderland herauszufinden«, schlug Martine vor. »Ich fürchte, daß sie mit Informationen genauso rigide sind wie mit ihren sonstigen Sicherheitsvorkehrungen, aber vielleicht können wir ...«

»Ihr könnt machen, was ihr wollt«, unterbrach Singh sie. »Aber ich weiß, was ich machen werde. Ich werde reingehen und mir die Drecksäcke schnappen.«

Renie starrte ihn an. »Was soll das heißen?«

»Was ich gesagt hab. Diese Leute meinen, sie könnten sich hinter ihrem Geld und ihren Festungshäusern und ihren Unternehmen verschanzen. Vor allen Dingen meinen sie, sie könnten sich in ihrem sündteuren Netzwerk verstecken. Aber ich hab dieses Scheißnetzwerk mitgebaut, und ich wette, daß ich auch wieder reinkomme. Wenn man was erreichen will, geht doch nichts über ein bißchen altmodisches Akisu. Ihr wollt sie vor Gericht bringen oder sowas? Nur zu. Wenn ihr bei diesem Spiel die letzte Klinke geputzt habt, bin ich längst tot. Das werde ich nicht abwarten.«

Renie konnte ihm nicht richtig folgen. »Heißt das, du willst in dieses Anderland rein? Versteh ich das richtig? Du brichst einfach ein und schaust dich um und fragst die Benutzer: ›He, hat einer von euch einen Haufen Kinder ins Koma versetzt oder meine Freunde umgebracht?‹ Toller Plan.«

Singh ließ sich nicht beeindrucken. »Du kannst machen, was du willst, Werteste, wir sind hier nicht beim Militär oder so. Ich hab dir bloß verraten, was *ich* machen werde.« Er kaute einen Moment an seiner Lippe. »Und ich will dir noch was verraten. Willst du wissen, wo diese Stadt ist? Warum sie so real aussieht und ihr sie trotzdem nirgends in der bekannten Welt finden könnt? Weil sie in Atascos Netz ist.«

Renie mußte schweigen. Die Worte des alten Mannes klangen wahr.

»Im Zentrum des Rätsels steht dieses Anderland«, sagte Martine langsam, die Leonardo-Augen ins Leere gerichtet. »Alle Wege scheinen dort hinzuführen. Es ist ein Ding, ein Ort. Unglaubliche Summen sind dafür ausgegeben worden. Die besten Gehirne von zwei Generationen haben daran gearbeitet. Und es hüllt sich in Dunkel. Was kann diese Gralsbruderschaft wollen? Einfach Organe eintreiben und verkaufen? Das wäre gräßlich genug. Oder geht es um etwas Größeres, weniger Naheliegendes?«

»Was denn? Die Weltherrschaft oder sowas?« Singh lachte rauh. »Lieber Himmel, das ist das älteste und abgeschmackteste Klischee, das es gibt. Außerdem, wenn diese Leute sind, was sie scheinen, dann besitzen sie bereits die halbe Welt. Aber irgendwas führen sie im Schilde, das ist todsicher.«

»Gibt es an diesem Ort einen Berg?« fragte !Xabbu plötzlich. »Einen großen schwarzen Berg, der bis in die Wolken reicht?«

Niemand erwiderte etwas, und Singh blickte leicht verärgert drein, aber Renie spürte auf einmal, wie eine Erinnerung, ein vager Traumfetzen, auf einem kalten Windhauch durch sie hinwehte. Ein schwarzer Berg. Auch in ihrem Traum. Vielleicht hatte Martine recht. Vielleicht führten wirklich alle Wege in dieses Anderland. Und wenn Singh der einzige Mensch war, der sie hineinbringen konnte ...

»Angenommen, du häckst dich rein«, sagte sie laut. »Könntest du dann jemand anders mitnehmen?«

Der alte Mann zog eine Braue hoch. »Du meinst dich selbst? Du willst mitkommen? Na ja, ich hab zwar gesagt, wir wären hier nicht beim Militär, aber wenn ich die Arbeit mache, dann bin ich definitiv der General. Könntest du damit leben, Tschaka Zulu?«

»Ich denke.« Unerklärlicherweise hatte sie plötzlich das Gefühl, den grantigen alten Kerl ein wenig zu mögen. »Aber ich habe keine ordentliche Anlage - ich werde nicht einmal diese Sachen mehr benutzen dürfen.« Sie deutete auf ihren Sim. »Ich bin wegen dieser ganzen Geschichte vom Dienst suspendiert worden.«

»Du hast dein Pad und deine Brille, Renie«, erinnerte !Xabbu sie.

»Das haut nie hin.« Singh machte eine wegwerfende Handbewegung. »Ein Heimsystem? Eine von den kleinen Krittapongkisten oder sowas?

Allein reinzukommen, kann Stunden, vielleicht Tage dauern. Schon vor fünfundzwanzig Jahren wäre es so gut wie unmöglich gewesen, sich in dieses System reinzuhäcken, und Gott weiß, wie sie die Schutzvorrichtungen seitdem aufgerüstet haben. Wenn jemand von euch mitkommen will, müßt ihr in der Lage sein, stundenlang online zu bleiben. Wenn wir dann durchkommen, brauchen wir die besten Ein-/Ausgabegeräte, die wir kriegen können. Diese Stadt, die euch so beeindruckt, ist ein Beispiel für die Rechenleistung, die da drinsteckt. Es werden unglaubliche Datenmengen auf uns zukommen, und alle können wichtig sein.«

»Ich würde dir anbieten, dich auf einer meiner Leitungen mit reinzunehmen, Renie«, sagte Martine. »Aber ich bezweifele, daß dein Pad die Bandbreite bewältigen könnte. Auf jeden Fall würde es dein Problem nicht lösen, über längere Zeit online zu bleiben.«

»Fällt dir dazu was ein, Martine? Ich muß mit. Ich kann nicht einfach rumsitzen und warten, ob Singh irgendwas findet.« So wenig, wie sie großes Vertrauen in Singhs Fähigkeit setzen konnte, geschickt vorzugehen, wenn der Sicherheitswall einmal durchbrochen war. Es war besser, wenn sie dabeisein konnte.

»Ich ... ich werde darüber nachdenken. Vielleicht gibt es etwas, das ich tun kann.«

In ihrer hoffnungsvollen Dankbarkeit begriff Renie erst nach einer Weile, daß Martine offenbar ebenfalls vorhatte, sich der Expedition anzuschließen. Aber bevor sie sich dazu eine Meinung bilden konnte, platzte unversehens ein Schwarm winziger gelber Äffchen ins Zimmer und kreiselte herum wie ein Trickfilmtornado.

»Huii!« schrie eines. »Böse Bande *stärkste* Bande!« Johlend wirbelten sie durch den Raum wie Herbstlaub.

»Meine Güte, macht, daß ihr rauskommt, ihr Gören!« brüllte Singh.

»Du wolltst uns sehen, Apa Krebs! Woll-test uns se-hen! Sind wir ge-kom-men!« Sie sausten auf die Aufnahme der beiden Eindringlinge zu, die immer noch wie Paradezeppeline in der Mitte des ElCot schwebten. Eines der Äffchen sprang mit einem Looping aus der bananenfarbenen Wolke heraus. »Hab's gewußt!« quiekte das Stimmchen. »Unsre Freunde! Hab's gewußt!«

»Warum habt ihr sie weggemacht?« wollte ein anderes wissen. »Doof doof doof!«

Singh schüttelte genervt den Kopf. »Ich wollte euch nicht hier drin haben, ich hab gesagt, ich rede später mit euch. Wie seid ihr kleinen Teufel hier überhaupt reingekommen? Freßt ihr Code oder was?«

»Mejor Häckerbande! Zu klein, zu flink, zu wissenschaftlich!«

»Rumgeschnüffelt habt ihr, obwohl's verboten war. Herrje, es bleibt einem auch nichts erspart!«

Das Bild der Eindringlinge war jetzt von winzigen gelben Wesen umschwirrt. Renie glotzte fassungslos. Am Rand der wirbelnden Horde spielten einige mit einem kleinen, glänzenden, facettierten Gegenstand Fangen. »Was ist das?« rief sie aus. »Was habt ihr da?«

»Unser! Gefunden!« Eine Handvoll Mikroaffen scharte sich schützend um das goldene Ding.

»Wo gefunden?« fragte Renie. »Das sieht genauso aus wie das Ding, das ich auf meinem System hatte!«

»Gefunden, wo unsre Freunde waren«, sagte einer der Affen trotzig. »Ham's nicht gesehn, aber wir! Böse Bande, ojos mejores!«

»Gebt mal her«, knurrte Singh. Er glitt hinüber und nahm es ihnen weg.

»Nich deins! Nich deins!« jammerten sie.

»Vorsicht«, warnte Renie ihn. »Genau so ein Ding hat das Bild der Stadt auf mein System überspielt.«

»Wie hast du es aufgeschlossen?« fragte Singh, aber bevor sie antworten konnte, pulsierte Licht in dem edelsteinartigen Gegenstand, dann flammte er plötzlich weiß auf und verschwand. Einen Augenblick lang sah Renie gar nichts, und als sie gleich darauf das nunmehr bekannte Panorama der goldenen Stadt betrachtete, tanzten ihr immer noch Nachbilder des Lichtblitzes vor den Augen.

»Das gibt's nicht.« Singh war hörbar wütend. »Niemand hätte vor unserer Nase so viel Information in TreeHouse reinschmuggeln können - wir haben diesen Ort *gebaut*!«

Das Bild zitterte jäh und zog sich dann zu einem einzelnen blinkenden Lichtpunkt zusammen. Unmittelbar darauf dehnte er sich wieder aus und nahm eine neue Gestalt an.

»Seht nur!« Renie wagte nicht, sich zu bewegen, aus Angst, sie könnte den Datenfluß unterbrechen. »Seht euch das an! Martine, was ist das?«

Martine blieb stumm.

»Erkennt ihr das nicht mal?« fragte Singh. »Lieber Himmel, ich komm mir uralt vor. Das hat man früher genommen, bevor es Uhren gab. Es ist ein Stundenglas.«

Alle sahen zu, wie der Sand rasch durch den schmalen Hals rieselte. Sogar die Böse Bande hing bewegungslos und hingerissen im Raum. Kurz bevor die letzten Körnchen durchfielen, verschwand das Bild. Ein anderes, abstrakteres Objekt erschien.

»Es ist eine Art Raster«, sagte Renie. »Nein, ich glaube, es soll ... ein Kalender sein.«

»Aber es sind keine Daten drauf, kein Monat.« Singh kniff die Augen zusammen.

Renie zählte. Als sie fertig war, ging das Raster aus, ohne daß etwas zurückblieb. »Die ersten drei Wochen waren ausgestrichen – nur die letzten zehn Tage waren noch frei.«

»Was zum Donner läuft hier?« krächzte Singh. »Wer hat das gemacht, und was zum Teufel will er damit sagen?«

»Ich glaube, ich kann die zweite Frage beantworten«, sagte !Xabbu. »Diejenigen, die uns von dieser Stadt mitteilen wollten, wollen uns jetzt noch etwas mitteilen.«

»!Xabbu hat recht.« Etwas hatte sie gepackt, eine unerschütterliche Gewißheit wie eine mächtige kalte Hand. Sie hatte keine Wahl mehr – diese Freiheit war ihr genommen. Sie konnte nur noch vorwärtsgehen, sich weiter ins Unbekannte ziehen lassen. »Ich weiß nicht warum, und ich weiß nicht, ob wir verspottet oder gewarnt werden, aber wir haben soeben mitgeteilt bekommen, daß unsere Zeit abläuft. Noch zehn Tage. Mehr haben wir nicht mehr.«

»Bevor was passiert?« wollte Singh wissen. Renie konnte nur den Kopf schütteln.

Eines der Äffchen flatterte ihr vors Gesicht, und seine gelben Flügel schwirrten so rasch wie die eines Kolibris.

»Jetz ise Böse Bande *richtig* böse«, sagte es und verzog sein winziges Gesichtchen zu einer Grimasse. »Was hase mit unserm Glitzerding gemacht?«

Drei

Anderswo

Tau träuft, und Träume sammeln sich: urplötzlich prasseln
Vor meinen traumerwachten Augen fremde Speere,
Und dann dröhnt's um mein Ohr von Schreien fremder Heere
Und von sterbenden Reitern, die zu Boden rasseln.
Wir, die beim Cromlech dienen noch, dem grauen Cairn
Am Uferhügel, müd der Welt und Macht und Gier,
Neigen uns, wenn der Tag im Tau versinkt, vor dir,
O Herr der Flammentüre und der stillen Stern'.

William Butler Yeats

Kapitel

Unter zwei Monden

NETFEED/GESUNDHEIT:
Schäden durch "Charge" vielleicht heilbar
(Bild: Charge-User an einer Marseiller Straßenecke)
Off-Stimme: Die Clinsor-Gruppe, eines der weltweit
größten Unternehmen auf dem Gebiet der medizinischen Technik, gab bekannt, daß sie demnächst
eine Therapie gegen die Suchtschäden durch Tiefen-
hypnose-Software, von ihren Benutzern "Charge"
genannt, auf den Markt bringen wird.
(Bild: Clinsor-Laboratorien, Versuche an Frei-
willigen)
Die neue Methode, der die Erfinder den Namen NRP
oder "neuronale Reprogrammierung" gegeben
haben, regt das Gehirn dazu an, neue synaptische
Bahnen als Ersatz für diejenigen zu finden, die
durch übermäßigen Chargegebrauch Schaden
genommen haben ...

> Das goldene Licht wurde Schwärze und Lärm.

Irgend etwas zerquetschte ihn. Er trat zu, aber es gab nichts, wogegen er hätte treten können. Endlose Sekunden strampelte und schlug er hilflos um sich. Dann stülpte sich wieder die Welt über seinen Kopf, und er saugte Luft in seine stechenden Lungen und mühte sich nach Kräften, den Kopf über Wasser zu halten und an der schönen, wunderbaren, silbersüßen Nachtluft zu bleiben.

Der kleine Gally, den er fest im Arm hielt, spuckte Wasser und holte würgend Atem. Paul lockerte seinen Griff und schob den Jungen auf Armlänge von sich, damit er sie beide mit seinem anderen Arm oben halten konnte. Das Wasser hier war ruhiger als an der Stelle, wo sie in den Fluß gesprungen waren. Vielleicht waren sie von der scharlachroten Frau und dem gräßlichen Ungetüm weggetrieben.

Aber konnten sie so lange unter Wasser gewesen sein, daß es in der Zwischenzeit Nacht geworden war? Gerade eben war es erst später Nachmittag gewesen, und jetzt war der Himmel, abgesehen von den Streuseln der Sterne, dunkel wie eine Manteltasche.

Es hatte keinen Zweck, den Verstand darüber zu zermartern. Paul sah ein schwaches Licht von dort, wo das Ufer sein mußte. Er zog Gally wieder zu sich und sprach ganz leise auf ihn ein, denn er befürchtete, ihre schrecklichen Verfolger könnten irgendwo in der Nähe sein. »Hast du wieder Atem? Kannst du ein wenig schwimmen?« Als der Junge nickte, tätschelte Paul seinen triefenden Kopf. »Gut. Schwimm vor mir her auf das Licht zu. Wenn du zu müde wirst oder einen Krampf bekommst, hab keine Angst - ich bin direkt hinter dir.«

Gally warf ihm aus großen Augen einen unergründlichen Blick zu und begann dann auf das ferne Leuchten zuzupaddeln. Paul kam mit langsamen Zügen hinter ihm her, die sich eigenartig natürlich anfühlten, als ob es einmal eine Zeit gegeben hätte, in der er das häufig getan hatte.

Die Wellen waren flach und ruhig, die Strömung ganz gering. Paul spürte, wie er sich leicht entspannte, während er in den Rhythmus seiner Bewegungen fiel. Der Charakter des Flusses hatte sich gegenüber vorhin, als sie hineingelaufen waren, völlig verändert: Das Wasser war geradezu angenehm warm und hatte einen süßlichen, würzigen Duft. Er überlegte kurz, wie es wohl zu trinken wäre, aber fand dann, daß er sich auf so ein Abenteuer besser erst einlassen sollte, wenn sie sicher an Land waren. Wer konnte wissen, wie anders die Dinge hier sein mochten?

Als sie näher an das Licht herankamen, sah Paul, daß es eine hohe Flamme wie ein Scheiterhaufen oder ein Signalfeuer war. Sie brannte nicht am Ufer, sondern auf einem pyramidenförmigen Umriß auf einer steinernen Insel. Die Insel selbst war nur ein paar Dutzend Meter lang, und vom Fuß der Pyramide führten steinerne Stufen bis hart an den Rand des Wassers. Hinter der Pyramide, am anderen Ende der Insel, stand ein weiteres Steinbauwerk, umgeben von einem kleinen Hain.

Als sie schon ziemlich nahe waren, schoß Gally auf einmal wild um sich schlagend hoch. Paul kraulte rasch heran und legte einen Arm um die dünne Brust des Jungen.

»Hast du einen Krampf?«

»Da ist was im Wasser!«

Paul blickte sich um, aber abgesehen von den zerreißenden Spiegelungen der Flamme sah die Oberfläche ungebrochen aus. »Ich sehe nichts. Komm, wir sind so gut wie da.«

Er trat kräftig aus, um sie voranzutreiben, und dabei rempelte etwas schwer an seine Schienbeine. Paul gab einen Schreckenslaut von sich und schluckte Wasser. Hustend schwamm er mit heftigen Stößen auf die Steintreppe zu.

Etwas Riesenhaftes zog dicht unter ihnen dahin. Es stieg auf, und der entstehende Schwall schleuderte sie zur Seite. Paul sah nur wenige Meter entfernt erst eine und dann fünf, sechs schlangenartige Formen mit ziellosen Windungen die Wasseroberfläche durchbrechen. Gally wehrte sich aus Leibeskräften, und nur wenige Züge vor den Stufen kam Paul nicht mehr vom Fleck.

»Laß das!« schrie er Gally ins Ohr, aber der Junge schlug immer noch schwach mit den Händen. Paul hob ihn so weit aus dem Wasser, wie er konnte, schwang ihn unter heftigem Treten etwas zurück und warf ihn auf die breite Stufe. Die Kraftanstrengung drückte Paul unter Wasser. Er riß die Augen auf. Eine riesige, dunkle und gesichtslose Gestalt mit einem faltigen Loch voll gekrümmter Stacheln als Maul und einem Kranz tauartiger Arme suchte ihn zu schnappen. Es war zu spät, um die Treppe zu erreichen. Er tauchte mit aller Kraft nach unten, strampelte mit den Beinen, um tiefer zu kommen. Die Schlangenarme glitschten über seinen Kopf. Er spürte etwas wie Gummi an seiner Seite scheuern, dann wurde er kurz gepackt und herumgewirbelt. Er ploppte an die Oberfläche wie ein Korken, ohne zu wissen, wo oben und unten war, und ohne sich recht klar zu sein, ob ihn das noch interessierte. Eine dünne Hand schloß sich um seinen Arm, eine menschliche Hand.

»Es kommt zurück!« kreischte Gally.

Paul stemmte sich mühsam auf die unter Wasser liegende Stufe und robbte sich mit Hilfe des Jungen die schlüpfrigen Steine zu der Insel hoch. Kaum waren seine Füße aus dem Wasser, da schlug ein glänzender schwarzer Arm nach ihm aus und klatschte dicht neben ihm auf den Stein. Das Ding glitt in den Fluß zurück, und ein Meter hohe Wellen schwappten auf die Stufen.

Paul kraxelte weiter bis zu der Plattform am Fuße der kleinen Pyramide. Er setzte sich mit dem Rücken an die unterste Lage quadratischer Steine und umschlang seine Knie, bis das Zittern nachließ.

»Mir ist kalt«, sagte Gally schließlich.

Paul stellte sich auf seine wackligen Beine, dann hielt er dem Jungen die Hand hin. »Laß uns mal da drüben schauen, wo die Bäume sind.«

Ein gefliester Pfad führte von der Pyramide zum Hain. Paul registrierte geistesabwesend das Muster unter ihren Füßen, ein kompliziertes, verwirbeltes Geflecht, das ihm irgendwie bekannt vorkam. Er schnitt eine Grimasse. Es gab so weniges, woran er sich deutlich erinnern konnte. Und wo war er jetzt?

Die Bäume, die die Lichtung ringsum säumten, hatten lange silbrige Blätter, die leise raschelten, wenn der Wind sie aneinanderrieb. In der Mitte stand auf einem niedrigen Grashügel ein kleiner Steinbau, der an einer Seite offen war. Von dem Feuer oben auf der Pyramide drang nur wenig Licht durch das silberne Geäst, aber es reichte aus, um Paul zu zeigen, daß der Bau ebenso menschenleer war wie die übrige Insel. Sie traten näher und fanden im Innern einen Steintisch vor, auf dem hohe Stapel von Früchten und kegelförmigen Brotlaiben lagen. Das Brot war weich und frisch. Bevor Paul ihn daran hindern konnte, hatte Gally ein Stück abgerissen und sich in den Mund gestopft. Paul zögerte nur kurz, dann folgte er seinem Beispiel.

Sie verzehrten auch mehrere der Früchte, indem sie die rauhen Schalen aufrissen, um an das süße Fruchtfleisch zu kommen. Mit klebrigen Fingern und Mündern setzten sie sich an die kühlen Kacheln der Innenwand zurück und schwiegen eine Weile satt und zufrieden.

»Ich bin sehr müde«, sagte Paul schließlich, aber der Junge hörte ihn nicht. Neben Pauls Bein wie ein Kaninchen zusammengerollt, war Gally bereits in seinen üblichen tiefen, todesähnlichen Schlaf gesunken. Paul bemühte sich, so lange wie möglich wach zu bleiben, weil er fand, der Junge bräuchte Schutz, aber zuletzt übermannte ihn die Erschöpfung.

Das erste, was Paul sah, als er ruckartig erwachte, war die beruhigende Gestalt des Mondes hoch am Himmel. Als er dessen seltsam unregelmäßige Silhouette bemerkte, ließ die beruhigende Wirkung schon deutlich nach. Dann sah er den zweiten Mond.

Das Geräusch, das ihn geweckt hatte, wurde lauter. Es war ganz zweifellos Musik, ein melodischer Gesang in einer Sprache, die er nicht erkannte. Er hielt Gally den Mund zu und rüttelte ihn sanft wach.

Als der Junge die Situation begriff, ließ Paul ihn los. Sie spähten aus dem Gebäude hervor und sahen ein langes flaches Schiff, von Fackeln erleuchtet, an der Insel vorbeigleiten. An der Reling standen Gestalten, aber Paul konnte sie durch die Bäume hindurch nicht genauer erkennen. Er führte Gally aus dem steinernen Unterschlupf in den Hain hinaus, der ihm als Versteck geeigneter erschien.

Hinter einen der silberblättrigen Bäume geduckt beobachteten sie, wie die Spitze des Schiffes am Pyramidenende der Insel zum Stillstand kam. Eine gedrungene, aber behende Gestalt sprang von Bord und machte das Schiff fest, bevor sie sich mit erhobenem Kopf hierhin und dorthin wandte, als schnupperte sie prüfend den Wind. Einen Moment konnte Paul sie im Flammenschein deutlich sehen, und was er sah, ließ ihn erschauern. Die glänzende Haut und das langgezogene Gesicht des Wesens waren eher tier- als menschenähnlich.

Andere Gestalten mit funkelnden Klingen in den Händen stiegen aus dem Schiff auf den Sockel der Pyramide. Paul machte sich das Durcheinander zunutze, um Gally auf den untersten Ast des Baumes zu heben, und kletterte dann dem Jungen ins höhere Geäst hinterher, wo sie nicht so leicht zu erspähen waren.

Aus dieser besseren Warte sah er, daß das Schiff ein Langboot war, ein Drittel so lang wie die ganze Insel, mit schöner Zierschnitzerei und Bemalung, einem schwungvollen, fächerförmigen Heck, einer von Säulen getragenen Kabine und Fackeln rundherum an der Reling. Zu seiner Erleichterung sahen nicht alle Insassen so tierisch aus wie der erste. Der mit der langen Schnauze und seine Kameraden schienen die Mannschaft zu sein; die anderen, die jetzt auf die Insel traten, waren zwar sehr groß, wirkten aber ansonsten menschlich. Sie trugen Rüstungen und in den Händen lange Piken oder Krummsäbel.

Nach einem kurzen Blick in die Runde - für eine so große bewaffnete Schar auf einer so kleinen Insel verhielten sie sich ungewöhnlich vorsichtig, fand er - drehten sich die Ausgestiegenen um und gaben ihren Gefährten an Bord ein Zeichen. Paul beugte sich vor, um durch die Blätter besser sehen zu können. Als die Person in der Kabine heraustrat, wäre er beinahe vom Ast gefallen.

Sie war fast so hochgewachsen wie die Soldaten und atemberaubend schön, obwohl ihre bläuliche Hautfarbe selbst im Mondlicht befremdlich wirkte. Sie hielt ihre großen Augen niedergeschlagen, aber Schultern und Hals ließen eine Spur von Trotz erkennen. Ihre dunkle Haarpracht war hochgekämmt und wurde von einer glitzernden Juwelenkrone gehalten. Am erstaunlichsten aber war, daß ihr durchsichtige Flügel von den Schultern hingen, dünn wie Papier, aber farbenprächtig wie Buntglas, die im Mondlicht schillerten, als sie aus der beengenden Kabine trat.

Aber was ihn aus der Fassung gebracht hatte, war etwas anderes. Er kannte sie.

Paul konnte nicht sagen, wo oder wann er sie schon einmal gesehen hatte, aber er kannte diese Frau, erkannte sie so unmittelbar und fraglos, als ob er sein eigenes Gesicht im Spiegel gesehen hätte. Er wußte nicht, wie sie hieß, und wußte auch sonst nichts von ihr, aber er kannte *sie* und wußte, daß sie ihm irgendwie lieb und teuer war.

Gallys kleine Hand ergriff ihn und hielt ihn fest. Er holte tief Atem und hatte ein Gefühl, als müßte er weinen.

Sie trat von dem hohen Podest des Langboots auf den Landungssteg, den die tierartigen Matrosen ihr hingelegt hatten, und schritt dann langsam zur Insel hinunter. Ihr Kleid bestand aus zahllosen hauchzarten Fasern, die sie wie eine Nebelwolke umgaben und ihre langen Beine und ihren schlanken Körper schattenhaft durchschimmern ließen. Die Soldaten folgten ihr auf dem Fuße, wie um sie zu schützen, aber Paul meinte, in den Bewegungen der Frau ein Widerstreben erkennen zu können, das darauf hindeutete, daß die scharfen Klingen eher dazu gedacht waren, sie anzutreiben als zu verteidigen.

Vor der Pyramide hielt sie an und kniete länger nieder, dann stand sie langsam auf und schritt den gefliesten Pfad auf den Bau zu, in dem Paul und Gally geschlafen hatten. Ein dünner Mann in einem langen Gewand war ihr vom Schiff gefolgt und ging jetzt ein paar Schritte hinter ihr. Paul war derart fasziniert von der Anmut ihrer Bewegungen, von der seltsamen Vertrautheit ihres Gesichts, daß sie direkt unter ihm war, ehe ihm einfiel, daß diese Besucher merken würden, daß er und Gally von den Opfergaben in dem kleinen Tempel gegessen hatten. Was würde geschehen, wenn man sie entdeckte? Auf so einer kleinen Insel gab es nirgends ein gutes Versteck.

Vielleicht hatte er bei dieser plötzlichen ängstlichen Überlegung etwas lauter geatmet, oder vielleicht war es ein anderer Sinn als das Gehör, der ihren Blick anzog, aber als die dunkelhaarige Frau unten vorbeiging, schaute sie in das Laubwerk hinauf und sah ihn. Ihre Augen trafen sich nur eine Sekunde, aber Paul fühlte sich berührt und erkannt. Dann schlug sie die Augen wieder zu Boden und verriet mit nichts, daß sie etwas anderes getan hatte, als zum Nachthimmel aufzuschauen.

Paul hielt den Atem an, als der Mann im langen Gewand und weitere Soldaten unten vorbeikamen, aber keiner sonst sah zu ihm hoch. Als der Zug den Grashügel erreichte, kletterte Paul, so leise er konnte, vom Baum und fing dann den herabspringenden Gally auf. Er zog den Jungen eben zwischen den Bäumen hindurch zum Rand des Wassers, da erscholl auch schon aus dem Tempel ein zorniger Schrei; die Soldaten und der langgewandete Mann hatten bemerkt, daß Diebe auf ihrer heiligen Insel gewesen waren.

Schon hörte Paul das Trappeln von Füßen im Hain. Er hob Gally hoch, ließ ihn sachte ins Wasser ab und glitt dann hinterher. Die Soldaten riefen einander zu, und einige, die noch auf dem Schiff waren, eilten den Landungssteg hinunter, um bei der Suche zu helfen.

Gally klammerte sich an die felsige Kante der Insel. Paul flüsterte ihm etwas ins Ohr. Der Junge nickte und schwamm auf das Langboot zu. Paul folgte ihm und versuchte dabei, so tief im Wasser zu bleiben und so wenig Lärm zu machen wie möglich. Zwei Soldaten standen auf ihre Speere gestützt im Heck und beobachteten, wie ihre Kameraden die Insel absuchten. Gally und Paul schoben sich lautlos an ihnen vorbei auf die andere Seite des Schiffes, wo der Rumpf sie vor Blicken vom Ufer verbarg. Paul fand einen Halt in dem kunstvollen Schnitzwerk dicht an der Wasserlinie. Gally klammerte sich an seinen Arm. Zusammen ließen sie sich im Dunkeln von den Wellen wiegen und an den Schiffsrumpf stoßen und warteten.

Die Sucher gaben schließlich auf. Paul überlegte, ob sie vielleicht zur Insel zurückschwimmen sollten, aber die Stimme der wieder an Bord gehenden Frau gab den Ausschlag. Er faßte die Schnitzerei und Gally fester, als das Langboot von der Insel abstieß. Einen Moment erschrak er selbst darüber, wie leichtsinnig er sich und den Jungen wieder dem Wasser auslieferte, in dem sie erst Stunden vorher von einem unbekannten Ungeheuer angegriffen worden waren. Hatte der Anblick der Frau sein Urteilsvermögen getrübt? Er wußte nur, daß er sie nicht einfach davonfahren lassen konnte. Gally schien ihm blind zu vertrauen, aber das änderte wenig an Pauls Gefühl, ihn zu verraten.

Die Nacht war stockfinster, und die verwirrenden zwei Monde waren nach wie vor die hellsten Lichter am Himmel. Das Langboot kroch langsam, aber stetig gegen die schwache Strömung an. Paul hatte keine Mühe, seinen Griff zu halten, aber es war eine ermüdende Position. Er langte nach unten, um seinen Gürtel zu lockern, und bemerkte erst jetzt, daß er etwas anderes anhatte als bei seinem ersten Sprung in den Fluß. Seine Erinnerungen waren beunruhigend verschwommen. Er und der Junge waren aus dem Achtfeldplan vor einer Frau in Rot und irgendeiner anderen, noch schrecklicheren Gefahr geflohen, aber an viel mehr erinnerte er sich nicht. Auf jeden Fall hatte er in einem furchtbaren Krieg mitgekämpft – aber war das nicht ganz woanders gewesen? Und was hatte er denn vorher angehabt, daß er sich jetzt so sicher war, etwas anderes zu tragen?

Er trug eine Pluderhose und eine lederne Weste ohne ein Hemd darunter. Er konnte sich nicht erinnern, daß er bei seiner Ankunft auf der Insel etwas an den Füßen gehabt hatte, und jetzt war er jedenfalls barfuß. Dafür besaß er einen langen Gürtel, zweimal um die Taille geschlungen. Er ließ alle weiteren Fragen sein, da er sie sowieso nicht beantworten konnte, nahm den Gürtel ab und führte ihn durch ein geschnitztes Detail knapp über der Wasserlinie. Als er ihn verknotet hatte, warf er ihn über Gallys Kopf und zog ihn unter den Armen des Jungen durch, bevor er seinerseits in die Schlinge glitt, den Rücken gegen den Schiffsrumpf gepreßt. Jetzt hatten sie beide sicheren Halt, und Paul konnte endlich seine erschöpften Muskeln erschlaffen lassen.

Im Takt der Ruder ruckte das Langboot Stück für Stück vorwärts. Vom warmen Wasser hin und her geschaukelt und mit Gallys sacht stupsendem Kopf am Hals kam Paul sich vor wie ein Strang Seetang. Der leichte Druck der Wellen schläferte ihn ein.

Ein Kribbeln, das durch seinen ganzen Körper zu fahren schien, riß ihn aus dem Schlaf. Er zappelte in seiner improvisierten Halterung, um das stechende Viehzeug zu vertreiben, von dem er sich angegriffen wähnte, als der violette Himmel mit einem Schlag grellgrün aufflammte und das Wasser einen stumpf kupfernen Orangeton annahm. Statische Ladung knisterte in der Luft. Die eine Hälfte des Flußlaufs ging urplötzlich in die Höhe, als ob ein riesiges Ungetüm vom Grund aufgestiegen wäre, aber die andere Hälfte nicht, auch nicht, als der Aufwurf schon die dritte und vierte Sekunde anhielt. Zwischen den beiden Hälften gab es sogar eine feste und scharfe Kante, als ob das Wasser hart wie Stein wäre. Gleich darauf schoß das Kribbeln noch brennender durch Paul, und er schrie auf. Gally, der eben erst entsetzt aufwachte, schrie ebenfalls. Der Himmel zuckte abermals und leuchtete einen kurzen Moment gespenstisch weiß, dann hörte das schmerzhafte Kribbeln auf, der Himmel kehrte mit einem Flackern in seinen Normalzustand zurück, und das Wasser war wieder ein geschlossenes Ganzes, das mit keiner Welle, nicht einmal mit einer Kräuselung die geschehene Veränderung verriet.

Paul stierte mit aufgerissenem Mund in das dämmerdunkle Nichts. Er hatte zwar Erinnerungsschwierigkeiten, aber er war sich ganz sicher, daß er noch nie zuvor ein solches Verhalten bei einem Gewässer gesehen hatte. Dabei wurde ihm klar, daß es keineswegs nur der Fluß gewesen war. Die ganze Welt hatte allem Anschein nach einen Augenblick lang gezuckt und sich verzerrt, als wäre sie auf ein Blatt Papier gemalt und dann dieses Papier heftig zerknüllt worden.

»Was ... was war das?« Gally rang nach Atem. »Was ist passiert?«

»Ich weiß nicht. Ich ... ich glaube ...«

Noch während er krampfhaft nach einer Erklärung suchte, riß das ganze Stück Schnitzwerk ab, an dem er und der Junge hingen, und sie trieben auf einmal im offenen Wasser. Paul grapschte nach Gally, und als er ihn sicher im Griff hatte, half er ihm zu dem Zierholz hin, das wenige Meter weiter langsam im Wasser kreiste. Der abgebrochene Teil war länger als Paul und tragfähig genug, daß sie sich beide daran festhalten konnten, und das war ein Glück, denn unbekümmert um seine verlorengegangenen blinden Passagiere zog das Langboot weiter seine Bahn. Es dauerte nicht lange, und es war im Dunst und der frühmorgendlichen Dunkelheit verschwunden. Sie waren wieder allein.

»Schhh«, suchte Paul Gally zu beruhigen, der zwischen wasserspuckenden Hustenausbrüchen weinte. Der Junge blickte ihn mit geröteten Augen an. »Wir kommen schon durch. Sieh mal, wir lassen uns einfach treiben.«

»Es ist nicht deswegen. Ich ... ich hab geträumt. Ich hab geträumt, Bay wär unter Wasser, unten am Grund auf dem Sand. Er war einsam, weißt du, und er wollte, daß ich runterkomme und mit ihm spiele.«

Mit blinzelnden Augen versuchte Paul das Ufer zu erspähen: Wenn es nahe genug war, konnten sie trotz des ruhigen, aber stetigen Ziehens der Strömung hinschwimmen. Aber falls das Land in erreichbarer Nähe war, dann war es in Nebel und Dämmerlicht gehüllt. »Mit wem?« fragte er zerstreut.

»Mit Bay. Ich hab von Bay geträumt.«

»Und wer ist das?«

Gally starrte ihn mit großen Augen an. »Mein Bruder. Du hast ihn doch kennengelernt. Weißt du nicht mehr?«

Paul wußte nicht, was er entgegnen sollte.

Sie hingen schon eine ganze Weile an dem abgebrochenen Holzstück. Der Himmel war heller geworden, aber Paul wurde immer müder und fürchtete, das Zierteil und Gally nicht mehr viel länger festhalten zu können. Er versuchte zu entscheiden, in welche Richtung sie um ihr Leben schwimmen sollten, als ein langer Schatten durch den Nebel auf sie zuglitt.

Es war ein Boot, kein großes wie das Prunkboot, sondern ein bescheidener Fischernachen. Ein einzelner Paddler stand im Bug. Als das Boot näherkam, erkannte Paul, daß sein Insasse eines der Wesen mit den langen Schnauzen war.

Das Wesen machte mit seinem einzelnen langen Paddel ein paar Schläge in die Gegenrichtung, so daß das Boot wenige Meter vor ihnen zum Stillstand kam. Es hockte sich im Bug hin, legte den Kopf auf die Seite und betrachtete sie. Krumme Reißzähne ragten aus der langen Schnauze, aber in seinen gelben Augen glomm unleugbar der Funke der Intelligenz. Im Sonnenlicht erkannte Paul erstmals, daß die glänzende Haut leicht grünlich war. Nach einer Weile stand es auf und erhob das Paddel, wie um sie zu schlagen.

»Laß uns in Frieden!« Wild strampelnd manövrierte Paul das große Holzteil zwischen sie und das Schnauzenwesen.

Das Wesen holte nicht mit dem Paddel aus, sondern schaute sie einen Moment lang nur an. Dann senkte es das flache Blatt, bis dieses ein kurzes Stück vor Pauls Hand das Wasser berührte. Es nahm eine seiner mit Klauen versehenen, leicht froschartigen Pfoten vom Griff und machte eine unverkennbare Geste - *greif zu, greif zu.*

Paul hatte kein großes Vertrauen, aber er erkannte auch, daß es seine Verteidigungsposition bedeutend verbesserte, wenn er ein Ende des Paddels faßte. Er packte zu. Das Wesen holte das Paddel durchs Wasser zu sich heran und stemmte sich dabei gegen die Bootswand, um nicht überzukippen. Als sie nahe genug waren, hob Paul Gally in das kleine Boot und zog sich dann selbst über den Rand, wobei er ein wachsames Auge auf ihren Retter gerichtet hielt.

Das Wesen sagte etwas mit einer Stimme, die sich mehr wie Entengeschnatter als sonst etwas anhörte. Paul schüttelte ratlos den Kopf. »Wir sprechen deine Sprache nicht.«

»Was ist das für einer?« fragte Gally. Paul schüttelte abermals den Kopf. Der Fremde bückte sich abrupt und langte in einen breiten Lederbeutel, der auf dem Boden des Bootes lag. Paul spannte die Muskeln an und richtete sich auf. Das Wesen stand auf, und mit einem Ausdruck der Befriedigung in seinen hellen Augen und seinem langem Gesicht streckte es beide Hände aus. In jeder hielt es ein Lederband mit einer großen geschliffenen Perle daran. Die Perlen hatten eine sahnig spiegelnde Oberfläche, wie echtes Perlmutt. Als Paul und Gally nur verständnislos darauf blickten, bückte sich das Wesen abermals, holte eine dritte Perlenschnur hervor und band sie sich um den Hals, so daß die Perle in der Mulde unter seinem Kehlkopf zu liegen kam. Paul meinte, die Perle einen Moment glitzern zu sehen, dann wechselte sie offenbar die Farbe und nahm etwas von der gelblich jadegrünen Hautfarbe des Wesens an.

»Jetzt ihr«, sagte das Wesen. Seine Stimme quakte noch ein wenig, aber ansonsten war sie völlig verständlich. »Beeilt euch, die Sonne geht bald auf. Wir dürfen uns nicht außerhalb der erlaubten Zeit auf dem Großen Kanal erwischen lassen.«

Paul und Gally legten ihre Bänder an. Die Perle wurde warm an Pauls Hals. Nach einer Weile fühlte sie sich wie ein Teil von ihm an.

»Wie heißt ihr?« fragte das Wesen sie. »Ich bin Kluru vom Fischervolk.«

»Ich ... heiße Paul. Und das ist Gally.«

»Und ihr seid beide Tellarier.«

»Tellarier?«

»Gewiß doch.« Kluru schien da sehr sicher zu sein. »Ihr seid Tellarier, so wie ich ein Ullamarier bin. Schaut euch an! Schaut mich an!«

Paul zuckte mit den Achseln. Es war kein Zweifel, daß ihr Retter einer anderen Art angehörte als sie. »Du sagst, wir sind auf ... dem Großen Kanal?«

Kluru runzelte seine niedrige, hundeartige Stirn. »Natürlich. Selbst Tellarier sollten das wissen.«

»Wir sind ... wir waren ziemlich lange im Wasser.«

»Aha. Und ihr seid nicht ganz richtig im Kopf.« Er nickte befriedigt. »Natürlich. Dann müßt ihr mitkommen und meine Gäste sein, bis ihr wieder richtig denken könnt.«

»Vielen Dank. Aber ... wo sind wir?«

»Was für eine sonderbare Frage, Tellarier. Ihr seid kurz vor der mächtigen Stadt Tuktubim, dem leuchtenden Stern der Wüste.«

»Aber wo ist das? In welchem Land? Warum gibt es hier zwei Monde?«

Kluru lachte. »Wann hätte es je keine zwei Monde gegeben? Selbst der einfachste Nimbor weiß, daß das der Unterschied zwischen deiner Welt und meiner ist.«

»Meiner ... Welt?«

»Du mußt argen Schaden genommen haben, daß du dermaßen töricht fragst.« Er schüttelte traurig den Kopf. »Du bist auf Ullamar, der vierten Welt von der Sonne aus. Ich glaube, deine Leute in ihrer Unwissenheit nennen sie ›Mars‹.«

»Warum müssen wir den Kanal verlassen haben, bevor die Sonne aufgeht?«

Kluru paddelte beim Antworten weiter, indem er erst auf der einen Seite des Bootes, dann auf der anderen das Paddel eintauchte und durchzog. »Weil jetzt die Festzeit ist, und in den dunklen Stunden ist der Kanal allen außer den Schiffen der Priester verboten. Aber wenn ein armer Nimbor wie ich beim Fischfang am Tag kein Glück gehabt hat, muß er manchmal das Wagnis eingehen, wenn er nicht verhungern will.«

Paul setzte sich kerzengerade auf; Gally, der an seinem Knie gelehnt hatte, protestierte schläfrig. »Es war also doch eine Art religiöses Ritual. Wir sind auf einer Insel an Land gegangen, und dann ist da ein Schiff gelandet. Sie hatten eine Frau dabei, eine dunkelhaarige Frau mit ... mit Flügeln, so seltsam es klingt. Läßt sich irgendwie herausfinden, wer sie ist?«

Das Ufer des Kanals kam endlich in Sicht. Paul blickte auf die gespenstische Ansammlung von Hütten, die langsam aus dem Nebel auftauchten, und wartete, aber Kluru gab keine Antwort. Als er aufsah, starrte ihn der Nimbor, wie er sich selbst bezeichnet hatte, mit blankem Entsetzen an.

»Was ist? Hab ich was Falsches gesagt?«

»Du ... du hast die Sommerprinzessin erblickt? Und die Taltoren haben dich nicht getötet?«

Paul schüttelte den Kopf. »Wenn du die Soldaten meinst, vor denen haben wir uns versteckt.« Verwundert über die Reaktion des Wesens erzählte er Kluru, wie sie heimlich mit dem Schiff mitgefahren waren. »... Und aus dem Grund trieben wir da im Wasser, als du uns fandest. Was haben wir denn so Schreckliches getan?«

Kluru machte mehrere Handbewegungen, die anscheinend den Zweck hatten, Unheil abzuwehren. »Nur ein Tellarier, und ein verrückter dazu, würde eine solche Frage stellen. Was meinst du, warum der Kanal in der Festzeit allen unterhalb des Taltorstandes verboten ist? Damit kein Geringer die Sommerprinzessin erblickt und dadurch die feierlichen Rituale vereitelt. Wenn die Rituale nicht wirken, werden die Kanäle das nächste Mal nicht über die Ufer treten, und das ganze Land wird eine Wüste bleiben.«

Eine schwache Erinnerung, mehr ein Reflex, sagte Paul, daß er einen solchen Glauben irgendwann einmal lachhaft gefunden hätte, aber da er sich an so wenig aus seiner Vergangenheit erinnerte und in so eine merkwürdige Gegenwart eingetaucht war, fiel es ihm schwer, *überhaupt* etwas für lachhaft zu erklären. Er zuckte mit den Schultern. »Das tut mir leid. Wir hatten keine Ahnung. Ich wollte nur den Jungen und mich retten.«

Kluru sah auf den schlummernden Gally hinunter, und der grimmige Zug um sein langes Maul erweichte ein wenig. »Ja, aber ...« Er blinzelte und sah dann Paul an. »Vermutlich konntest du es nicht wissen. Vielleicht wird es das Ritual ja gar nicht beeinträchtigen, da ihr Ausweltler seid.«

Paul beschloß, ihr fröhliches Verschmausen der Tempelopfer nicht zu erwähnen. »Wer ist sie, diese Sommerprinzessin? Und woher weißt du so viel über ... Tellarier? Gibt es hier mehr solche Leute wie uns?«

»Nicht hier, nicht in den Nimbordörfern. Aber in Tuktubim gibt es mehr als nur ein paar, obwohl sie sich überwiegend im Palast des Sumbars aufhalten, und ein paar verrückte durchstreifen die äußeren Wüsten - auf der Suche wonach, wissen die Götter. Hin und wieder kommen auch Besucher von Vonar, dem zweiten Planeten, aber so gut wie nie außerhalb der Regenzeit.«

Kluru manövrierte das Boot um eine Reihe kleiner Piere herum, die am Ufer des Kanals ein Gewirr von Fahrrinnen bildeten. Viele der Hütten waren direkt auf die Piere gebaut, andere lagen in mehrstöckigen abenteuerlichen Haufen zwischen dem Kanal und einer steilen Felswand. Die meisten von Klurus Nachbarn schienen wach und auf den

Beinen zu sein. Einige richteten ihre Boote zur Ausfahrt auf den Kanal her, aber andere kehrten ganz offensichtlich vom verbotenen nächtlichen Fang zurück.

»Aber was ist mit der Frau?« fragte Paul. »Du hast gesagt, sie ist eine Prinzessin.«

»*Die* Prinzessin. Die Sommerprinzessin.« Er bog in eine der Rinnen ein, und plötzlich versperrten hoch aufragende Mauern Paul den freien Blick. »Sie ist eine von den Vonariern, dem Blauen Volk mit Flügeln. Vor langer Zeit haben wir sie besiegt, und seither schicken sie alljährlich eine ihrer Edelfrauen als Tribut.«

»Tribut? Was soll das heißen? Muß sie diesen Dings heiraten ... wie hast du ihn genannt? Den Sumbar?«

»Gewissermaßen.« Kluru benutzte das lange Paddel, um abermals abzubiegen, diesmal durch eine kleine Schleuse in ein geschlossenes, von dünnen Holzwänden umgebenes Becken. Er legte vor einem offenen Hauseingang an und zog dann mit seiner langen, klauenbewehrten Hand ein Seil heraus, das er an einem Ring am Bug des Bootes vertäute. »Gewissermaßen«, wiederholte er, »da der Sumbar der Nachfahre von Göttern ist. In Wirklichkeit wird sie mit den Göttern selbst vermählt. Am Ende des Festes wird sie geopfert und ihr Körper den Wassern übergeben, damit der Regen wiederkommt.«

Kluru stieg aus dem Boot in den Hauseingang, drehte sich um und hielt Paul die Hand hin.

»Dein Gesicht sieht ganz merkwürdig aus – tut dir der Kopf weh? Nun, ein Grund mehr, daß du und der Junge kommt und meine Gäste seid.«

> Um die Mittagszeit brannte die Sonne stark. Zu dem Zeitpunkt war Kluru vielleicht der einzige erwachsene Bewohner des Nimbordorfes, der nicht vor ihren Strahlen im Haus Schutz suchte. Er hielt sich so weit wie möglich im Schatten auf, unter den Dachüberhang des Nachbarhauses gekauert, während sein tellarischer Gast sich mitten auf dem Fischhautdach in der Sonne rekelte, um sich nach der langen Zeit im Wasser die eisige Kälte aus den Knochen zu vertreiben. Unten spielte Gally frisch gestärkt von der Suppe mit Fladenbrot, die es zu Mittag gegeben hatte, mit den Dorfkindern ausgelassen Fangen.

»Auch in der Beziehung bist du verrückt«, klagte Kluru. »Können wir nicht hineingehen? Noch mehr von dieser bitteren Sonne, und ich werde genauso gestört sein wie du.«

»Natürlich.« Paul stand auf und folgte seinem Gastgeber die Leiter hinunter in die Hütte. »Ich habe nicht ... ich war ganz in Gedanken.« Er setzte sich in eine Ecke des unmöblierten Zimmers. »Kann man denn gar nichts machen? Du hast gesagt, es wären andere von ihrem Volk hier. Werden die nichts unternehmen?«

»Pfoch.« Kluru schüttelte entrüstet seinen langmäuligen Kopf. »Denkst du immer noch an sie? Ist es denn nicht schon Lästerung genug, daß du erblickt hast, was du nicht sehen durftest? Was die Vonarier betrifft, die halten sich an ihren alten Vertrag. Mindestens dreihundert Sommerprinzessinnen sind schon vor ihr geopfert worden - warum sollten sie sich sträuben, nur weil es eine mehr wird?«

»Aber sie ist ...« Paul rieb sich das Gesicht, als ob er mit Drücken die quälenden Gedanken aus seinem Kopf vertreiben könnte. »Ich kenne sie. Ich kenne sie, verflucht nochmal! Aber ich weiß nicht, woher.«

»Du kennst sie nicht!« Der Nimbor blieb fest. »Nur die Taltoren dürfen sie sehen. Ausweltler und kleine Leute wie ich - niemals.«

»Jedenfalls habe ich sie gestern nacht gesehen, auch wenn es nur zufällig war. Vielleicht habe ich sie anderswo schon mal gesehen und kann mich bloß nicht mehr erinnern, wo.« Er blickte kurz auf, als Gally draußen kreischte, aber es war ein Schrei der Freude gewesen, nicht der Furcht. Der Junge schien sich mit seinen neuen Nimborfreunden ganz wohl zu fühlen; wenn er noch um die ermordeten Austernhauskinder trauerte, ließ er es sich jedenfalls nicht anmerken. »Mein Gedächtnis - etwas stimmt nicht damit, aber nicht erst seit kurzem«, sagte Paul plötzlich. »Ich glaube, ich habe schon länger Probleme damit.«

»Vielleicht hast du der Sommerprinzessin wirklich schon einmal nachspioniert, und die Götter haben dich bestraft. Oder vielleicht hast du eine Krankheit, oder ein Fluch liegt auf dir. Ich kenne die Tellarier nicht gut genug, um das zu sagen.« Kluru runzelte die Stirn. »Du solltest mit einem von deinen Leuten reden.«

Paul wandte sich um. »Kennst du welche?«

»Ob ich Freunde unter den Tellariern habe? Nein.« Klurus knubblige Gelenke knackten, als er aufstand. »Aber in dieser Festzeit werden zweifellos Ausweltler auf dem Markt in Tuktubim sein. Wenn du willst, bringe ich dich hin. Aber zuerst muß ich Schuhe für dich besorgen – für den Jungen auch. Andernfalls werden eure Füße bald einem angebrannten Essen gleichen.«

»Ich würde gern auf den Markt gehen und mir Tuktubim anschauen. Hast du nicht gesagt, daß dort auch die Sommerprinzessin festgehalten wird?«

Kluru senkte den Kopf und knurrte. Einen Augenblick lang sah er wirklich wie ein Hund aus. »O Götter! Nimmt denn dein Wahnsinn gar kein Ende? Vergiß sie!«

Paul blickte finster. »Das kann ich nicht. Aber ich werde versuchen, nicht mehr vor dir von ihr zu sprechen.«

»Oder hinter mir. Oder links von mir oder rechts von mir. Ruf den Jungen, Tellarmann. Ich habe keine Familie, deshalb hindert uns nichts daran, sofort zu gehen. Ha! Frei alles tun und lassen zu können, ist einer der kleinen Vorteile, die man hat, wenn man nestlos ist.« Er sagte es mit einer gewissen Traurigkeit, und Paul schämte sich ein wenig bei dem Gedanken, daß sie trotz Klurus Herzlichkeit und Gastlichkeit nicht viel Interesse an *seinem* Leben gezeigt hatten. Als Angehöriger der marsianischen Unterklasse, vom Taltorenadel wie ein Leibeigener gehalten, konnte Kluru kein allzu glückliches Leben haben.

»Paul, guck mal!« rief ein fröhlich planschender Gally von draußen. »Raurau hat mich ins Wasser geworfen, aber ich schwimme!«

Die große Stadt Tuktubim lag außer Sicht oben auf den Felsen, doch obwohl sie höchstens zwei Kilometer entfernt war, gab es keinen direkten Weg die Berge hinauf. Statt dessen verfrachtete Kluru sie wieder in sein Boot, und abermals fuhren sie auf den Kanal hinaus. Paul fragte sich, ob hinter der Unmöglichkeit eines direkten Zugangs die Absicht stand, einen gewaltsamen Aufstand der Arbeiter wirksamer vereiteln zu können.

Als sie sich von dem Nimbordorf entfernten, konnte Paul endlich die ganze Ausdehnung der Felsen sehen, die in der Mittagssonne eine dunkle, bräunlich rote Farbe hatten. Ganz oben, kaum zu erkennen, ragten die Spitzen etlicher hoher Türme über den Rand, mehr war von der Stadt nicht zu sehen. Als die Felsen hinter ihnen zurückblieben und das Boot im großen Bogen um das Massiv herumfuhr, wurde die ungeheure Weite der roten Wüste deutlich. Zu beiden Seiten des Großen Kanals, unterbrochen nur von fernen Bergen auf einer Seite und dem Gittermuster kleinerer Kanäle, erstreckte sich, so weit das Auge reichte, ein langsam wandernder und leise zischender scharlachroter Sandozean.

»Gibt es da draußen noch andere Städte?« fragte Paul.

»O ja, aber in jeder Richtung ist es außerordentlich weit bis zur nächsten Stadt.« Kluru spähte den Wasserlauf hinunter. »Es empfiehlt sich nicht, ohne gründliche Vorbereitung auf die Suche nach ihnen zu gehen, nicht einmal auf den Kanälen. Gefährliche Gegenden. Wilde Tiere.«

Gallys Augen weiteten sich ein wenig. »Wie das Ding da im Wasser ...!« fing er an, da summte es plötzlich laut über ihnen am Himmel. Als er und Paul aufschauten, veränderte sich das Licht. Der strahlende gelbliche Himmel nahm eine widerliche stumpfgrüne Farbe an, und die Luft ringsherum wurde nahezu körperlich dicht.

Paul kniff die Augen zusammen. Einen kurzen Augenblick lang hatte es so ausgesehen, als würden der Kanal und der Himmel zu einem funkelnden, körnigen Ganzen verfließen. Jetzt war wieder alles wie vorher.

»Was war das? Als wir gestern nacht auf dem Fluß waren, war es auch schon.«

Kluru machte wieder lebhafte Zeichen zum Schutz vor bösen Mächten. »Ich weiß nicht. Merkwürdige Stürme. In letzter Zeit hat es mehrere gegeben. Die Götter zürnen, vermute ich, kämpfen untereinander. Wenn es nicht schon vor Monaten angefangen hätte, würde ich sagen, es käme daher, daß du das Festtabu gebrochen hast.« Er machte ein finsteres Gesicht. »Allerdings bin ich sicher, daß du die Laune der Götter nicht verbessert hast.«

Der Große Kanal beschrieb einen weiten Bogen um die Berge, auf denen Tuktubim lag. Während das Boot auf den Seitenkanal zuhielt, der zur Stadt führte, blickte Paul über die rissigen Felder, die sich zu beiden Seiten ausdehnten. Er verstand jetzt, warum der Regen bei den Ullamariern in solch hohem Ansehen stand. Es war kaum zu glauben, daß irgend etwas dieses flache, sonnenverbrannte Land fruchtbar machen konnte, aber nach Klurus Angaben wurde jeder Getreidehalm auf dem Mars auf den nur wenige Kilometer breiten Uferstreifen des Großen Kanals angebaut und jedes Herdentier dort geweidet. Als ob ein winziger Lebensfaden durch die ungeheure Wüste liefe. Ein Jahr ohne Regen, und die halbe Bevölkerung konnte sterben.

Auf dem Kanal sei jetzt weniger Betrieb als kurz nach Sonnenaufgang und kurz vor Sonnenuntergang, hatte Kluru ihnen versichert - der Hitze wegen blieben die meisten Leute in den Häusern -, aber in Pauls Augen war er nahezu überfüllt von großen und kleinen Wasserfahrzeugen. Die meisten waren mit einem oder mehreren Nimboren wie Kluru bemannt, aber manche beförderten auch Taltorsoldaten oder andere in weniger militärischer Tracht, in denen Paul Kaufleute oder Beamte vermutete. Einige der Schiffe waren noch größer und spektakulärer als das priesterliche Langboot, das an der Insel angelegt hatte, und so überladen mit Goldwerk und Zierat, so mit wallenden Stoffen behängt und mit reich geschmückten Adeligen vollgestopft, daß es ein Wunder war, daß sie nicht einfach auf den Grund des Kanals sanken. Das gleiche, fand er, ließ sich von einigen der maßlos übertrieben gekleideten Taltoren sagen.

Kluru lenkte das Boot in einen kleineren Kanal, der am Fuß der Berge abging. Von dieser Seite aus konnten sie die Stadt selbst sehen, die dicht unterhalb der Kuppe in den Fels geschmiegt auf die fächerförmig angelegten Felder hinabblickte, die sich vom Bogen des Großen Kanals aus ausbreiteten und von einem weitverzweigten System kleinerer Wasserwege versorgt wurden. Mit seinen in der Mittsommersonne funkelnden silbernen und goldenen Türmen thronte Tuktubim über ihnen wie ein gekrönter Kaiser.

»Aber wie sollen wir da in einem Boot raufkommen?« fragte Gally mit einem zweifelnden Blick auf den Kranz der Türme.

»Das wirst du gleich sehen.« Kluru amüsierte sich. »Halt nur die Augen aufgerollt, kleine Sandkröte.«

Das Geheimnis enthüllte sich, als sie die erste von vielen Schleusen erreichten, Dutzende, eine über der anderen gestaffelt und jede mit mächtigen Pumprädern ausgestattet. Vor Pauls Augen wurde gerade ein Schiff mit weißen Segeln zur höchsten Schleuse emporgehoben. Es sah wie ein Spielzeug aus, aber er wußte, daß es einer von den großen flachbödigen Kauffahrern sein mußte, deren Kielwasser ihren winzigen Nachen auf dem Großen Kanal tüchtig durchgeschaukelt hatte.

Es dauerte den größeren Teil des Nachmittags, bis das Boot halb oben war. Nimboren durften ihre Boote nicht höher befördern, und deshalb ließen sie es in einem kleinen Hafen zurück, der paradoxerweise in die Flanke eines Hügels gebaut war. Kluru führte sie zum öffentlichen Pfad, und sie nahmen den restlichen Aufstieg in Angriff. Der Weg war lang, aber nicht beschwerlich: Die Fischhautsandalen, die Kluru ihnen besorgt hatte, erwiesen sich als überraschend bequem. Sie blieben ab und zu stehen, um aus den Steigrohren zu trinken, aus denen Wasser in

Becken am Rande des Pfades rieselte, oder um sich im Schatten hoher Steine auszuruhen, großer roter Brocken, mit goldenen und schwarzen Streifen durchschossen.

Soldaten standen an den mächtigen Stadttoren, aber sie schienen mehr Interesse daran zu haben, das bunte Treiben zu beobachten, als einem Nimbor und zwei Ausweltlern Fragen zu stellen. Es war ein Zug, der des Schauens wert war: Adelige ließen sich in geschlossenen goldenen Sänften von schwitzenden Nimboren tragen oder ritten auf Wesen, die halb Pferd, halb Reptil zu sein schienen und fast alle die gleiche jadegrüne Farbe hatten wie Kluru. Hier und da sah Paul in der drängelnden Menge kurz einmal blaues Fleisch aufscheinen oder helle Federn schimmern, und jedesmal hier er den Atem an, obwohl er wußte, daß die Hoffnung trog: Es bestand kaum Aussicht, daß die Frau, die er suchte, durch die nachmittäglichen Straßen von Tuktubim spazieren durfte. Sie mußte wohl unter strenger Bewachung irgendwo eingesperrt sein, vielleicht in dem Komplex von Türmen im Zentrum der Stadt.

Kluru führte Paul und Gally zwischen den hohen Torsäulen aus Elfenbein und Gold hindurch auf eine Straße, die fast so breit zu sein schien wie der Große Kanal selbst. Auf beiden Seiten, durch große gestreifte Planen vor der brennenden Sonne geschützt, schien die gesamte Einwohnerschaft Tuktubims entweder mit Streiten oder mit Feilschen beschäftigt zu sein; die meisten Tätigkeiten bestanden offenbar aus einer Verbindung der beiden.

»Ist das der *ganze* Markt?« fragte Paul, nachdem sie viele Minuten gegangen waren.

Kluru schüttelte den Kopf. »Das? Nein, das sind bloß die Straßenhändler. Ich bringe euch zum Basar - dem größten Markt auf ganz Ullamar, jedenfalls habe ich mir das von Leuten sagen lassen, die weitgereister sind als ich.«

Er wollte noch weiterreden, aber Paul wurde plötzlich von einer Stimme hinter ihnen abgelenkt, die etwas in seiner Muttersprache rief. Klurus Übersetzungshalsbänder bewirkten, daß der Nimbor und andere Ullamarier in seiner Sprache zu sprechen *schienen*, aber man hatte dabei das Gefühl, daß das Reden in der Originalsprache und die Übersetzung gleichzeitig erfolgten. Diese neue Stimme hingegen, die mit jeder Sekunde lauter wurde, konnte er eindeutig ohne jedes Halsband verstehen.

»So hören Sie doch! Bleiben Sie doch mal stehen, Mensch!«

Paul drehte sich um, ein erschrockener Gally desgleichen, schlagartig wild wie eine Straßenkatze, die kleinen Finger wie Krallen ausgestreckt. Ein Mann lief mit der leichten Geschmeidigkeit eines Sportlers auf sie zu. Er wirkte unzweifelhaft wie ein Mensch und ein Erdenbewohner.

»Ah, vielen Dank«, sagte er, als er sie erreicht hatte. »Ich dachte schon, ich müßte bis zum Basar so hinter Ihnen herjagen. Kein großes Vergnügen in der Hitze, was?«

Paul war ein wenig unschlüssig. Er hatte das instinktive Gefühl, daß er vor jedem Erkennen und jeder Verfolgung auf der Hut sein sollte, aber das Aussehen des Fremden schien diese Furcht kaum zu rechtfertigen. Der lächelnde Läufer war ein großer und gutaussehender junger Mann mit blondem Bart und athletischem Körperbau. Er war ähnlich gekleidet wie Paul, nur daß er unter seiner Weste ein lockeres weißes Hemd trug und statt Sandalen aus Kanalfischhaut hohe Lederstiefel.

»Menschenskind, nicht grad die feine Art, so über Sie herzufallen und mich nicht mal vorzustellen«, sagte der blonde Mann. »Brummond, Hurley Brummond. Ehemals Captain Brummond von der Leibgarde Ihrer Majestät, aber das ist lange her und weit weg, was? Ah, und jetzt hat uns auch mein Freund Professor Bagwalter endlich eingeholt. Sag hallo, Bags!« Er deutete auf einen älteren Mann, ebenfalls mit Bart, aber förmlicher gekleidet, der mit einem Gehrock über dem Arm auf sie zugehumpelt kam. Der neu Hinzugekommene blieb schnaufend vor ihnen stehen, setzte die völlig beschlagene Brille ab und wischte sich mit dem Taschentuch die schweißtriefende Stirn.

»Lieber Himmel, Brummond, das war ja vielleicht eine Hetzjagd!« Er holte noch ein paarmal tief Luft, bevor er fortfuhr. »Sehr erfreut, Sie kennenzulernen. Wir sahen Sie zum Tor hineingehen.«

»So ist es«, bemerkte der blonde Mann. »Man sieht hier nicht viele von unsern Leuten, und wir kennen so ziemlich alle. Trotzdem haben wir nicht bloß deshalb auf Sie Jagd gemacht, weil Sie neue Gesichter sind.« Er lachte. »*So* langweilig ist der Ares Club nun auch wieder nicht.«

Der Professor hustete. »*Ich* habe auf niemand Jagd gemacht. Ich habe nur versucht, mit dir mitzuhalten.«

»Eine saublöde Idee bei dieser Bullenhitze, zugegeben.« Brummond wandte sich wieder Paul zu. »Um ehrlich zu sein, einen Moment dachte ich, Sie wären ein alter Kamerad von mir – Billy Kirk hieß er. Kaviar-Kirk haben wir ihn genannt, weil er beim Frühstück immer so wählerisch war. Er und ich haben zusammen auf der Krim gekämpft, in Sewastopol und Balaklawa. Prima Kanonier, einer von den besten. Aber als ich Sie eingeholt hatte, hab ich gleich gesehen, daß Sie's nicht sind. Aber verdammt bemerkenswert, die Ähnlichkeit.«

Paul hatte Mühe, Brummonds forscher, abgehackter Redeweise zu folgen. »Nein, ich heiße Paul. Paul ...« Er zögerte, denn plötzlich wurde ihm sogar sein Name vage und zweifelhaft. »Paul Jonas. Das ist Gally. Und das hier Kluru, der uns aus dem Großen Kanal gezogen hat.«

»Prächtiger Bengel«, sagte Brummond und zauste Gally das Haar. Der Junge zog ein finsteres Gesicht. Kluru, der beim Herannahen des Mannes verstummt war, schien nichts dagegen zu haben, daß man ihn ignorierte.

Professor Bagwalter musterte Paul versonnen, als wäre er ein interessantes Fallbeispiel für einen ziemlich ausgefallenen wissenschaftlichen Effekt. »Sie haben einen eigentümlichen Akzent, Herr Jonas. Sind Sie Kanadier?«

Paul war völlig überrumpelt. »Ich ... ich glaube nicht.«

Bagwalter zog bei Pauls Antwort eine buschige Augenbraue hoch, aber Brummond faßte Paul an der Schulter. Sein Griff war bärenstark. »Lieber Himmel, Bags, wir wollen nicht hier in der prallen Sonne rumstehen, während du deine linguistischen Rätselspielchen abspulst. Beachten Sie ihn gar nicht, Jonas. Wenn der Professor im Frühling das erste Rotkehlchen singen hört, will er es gleich sezieren. Aber da wir Ihren Tag schon mal unterbrochen haben, dürfen wir Ihnen doch wenigstens einen ausgeben, was? Dort drüben in dieser kleinen Seitenstraße gibt es ein ganz passables Soffhaus. Dem Jungen geben wir was Schwächeres, hä?« Er lachte und quetschte freundschaftlich Pauls Schulter, daß dieser schon Angst hatte, sie wäre ausgerenkt. »Nein, ich weiß noch was Besseres«, sagte Brummond. »Wir nehmen Sie mit in den Ares Club. Wird Ihnen gut tun – Heimatgefühle wecken und so. Also, wie wär's, was meinen Sie?«

»Das ist ... großartig«, antwortete Paul.

Zu seiner Bestürzung mußte Paul feststellen, daß der Türsteher des Ares Club – ein ziemlich abstoßender Taltor – Kluru den Eintritt verweigerte. »Keine Hundegesichter«, erklärte er kategorisch und ließ sich auf keine weiteren Diskussionen ein. Eine peinliche Situation wurde dadurch vermieden, daß der Nimbor sich erbot, Gally durch den Basar zu führen. Paul nahm das Angebot dankbar an, aber Brummond schien das nicht gutzuheißen.

»Hören Sie, mein Bester«, sagte er, als Gally und Kluru abzogen. »Liebe deinen Nächsten und so, ist ja alles schön und gut, aber Sie werden nicht weit kommen, wenn Sie diesen Grünhäuten zu sehr trauen.«

»Was meinen Sie damit?«

»Na ja, sie können auf ihre Art ganz in Ordnung sein, und der da scheint Sie und den Jungen ja zu mögen, aber erwarten Sie bloß nicht, daß der Ihnen den Rücken deckt. Die sind nicht zuverlässig. Nicht wie ein Erdmann, wenn Sie verstehen, was ich sagen will.«

Innen machte der Club einen merkwürdig vertrauten Eindruck. Ein Wort, *viktorianisch*, ging Paul durch den Kopf, aber er wußte nicht, was es bedeutete. Die Möbel waren schwer und plüschig, die Wände mit dunklem Holz getäfelt. Dutzende von sonderbaren Tierköpfen auf Brettchen - oder ohne Brettchen, wenn der Rest ihrer ausgestopften Körper daran hing - starrten auf die Besucher herab. Bis auf Paul und seine beiden Begleiter schien der Club leer zu sein, was den glasigen Blicken in Reih und Glied eine noch einschüchterndere Wirkung verlieh.

Brummond sah, daß Paul einen großen zottigen Kopf anblickte, ein wenig katzenähnlich, aber mit den Beißwerkzeugen eines Insekts. »Unsympathische Type, hä? Das ist eine gelbe Steinkatze. Lebt in den Gebirgsausläufern und frißt alles, was sie erwischen kann, zur Not auch Sie und mich und Tante Berta. Beinahe so unangenehm wie ein blauer Schnolch.«

»Was Hurley nicht erwähnt, ist, daß er diese Trophäe hier höchstpersönlich angeschleppt hat«, bemerkte Professor Bagwalter trocken. »Hat das Vieh mit einem Kavalleriesäbel erledigt.«

Brummond zuckte mit den Achseln. »Einfach Glück gehabt, wie's halt so geht.«

Bei der großen Auswahl von Tischen entschieden sie sich für einen an einem kleinen Fenster mit Blick über einen weitläufigen Platz, der fast völlig von kleinen Planen überdacht war - der Basar, nahm Paul an. Eine riesige Menge, überwiegend Marsbewohner, wogte zwischen den Ständen hin und her. Staunend beobachtete Paul das quirlige und geschäftige Treiben. Es kam ihm fast so vor, als könnte er in dem Kommen und Gehen der Marktbesucher wiederkehrende Muster erkennen, unwillkürliche gemeinsame Bewegungen wie bei einem fliegenden Vogelschwarm.

»Jonas?« Brummond stupste ihn an. »Was nehmen Sie, Verehrtester?«
Paul schaute auf. Ein ältlicher Nimbor in einem sehr unpassend wirkenden weißen Smoking wartete geduldig auf seine Bestellung. Ohne zu wissen, wie er darauf kam, verlangte er einen Brandy. Der Nimbor neigte den Kopf und verschwand auf lautlosen Sohlen.

»Sie wissen natürlich, daß der hiesige Fusel kaum den Namen Brandy verdient«, sagte Professor Bagwalter. »Immerhin ist er noch ein ganzes Ende besser als das Bier.« Er fixierte Paul mit seinen scharfen braunen Augen. »So, und was führt Sie nach Tuktubim, Herr Jonas? Ich fragte, ob Sie Kanadier sind, weil ich dachte, Sie wären vielleicht mit Loubert auf der *L'Age d'Or* gekommen - es heißt, er hätte eine ganze Reihe von Frankokanadiern in seiner Mannschaft.«

»Kreuzdonnerwetter, Bags, jetzt verhörst du den armen Kerl schon wieder«, lachte Brummond. Er lehnte sich im Sessel zurück, als wollte er zwei ebenbürtigen Gegnern das Feld überlassen.

Paul zögerte. Er fühlte sich keineswegs ebenbürtig, und an Professor Bagwalter war etwas, was ihn ausgesprochen unangenehm berührte, obwohl er nicht recht sagen konnte, was. Während Brummond genau wie Kluru und andere, denen er hier begegnet war, allem Anschein nach auf dem Mars so selbstverständlich zuhause war wie ein Fisch im Wasser, ging von dem Professor eine merkwürdige Unruhe aus, ein kritisches Bohren, das irgendwie deplaziert wirkte. Jedenfalls machten schon die wenigen Momente, die er sie über jemanden namens Loubert und ein Land namens Kanada hatte reden hören, ihm völlig klar, daß er hier mit Bluffen niemals durchkommen würde.

»Ich ... ich weiß nicht genau, wie ich hierhergekommen bin«, sagte er. »Ich hatte eine Kopfverletzung, glaube ich. Dann habe ich den Jungen gefunden ... auch daran erinnere ich mich nicht mehr so recht. Sie werden ihn fragen müssen. Jedenfalls gab es irgendwelche Zwistigkeiten, das weiß ich noch, und wir mußten fliehen. Die erste richtige Erinnerung, die ich habe, ist daran, daß wir im Großen Kanal schwammen.«

»Na, das sticht ja wirklich alles aus«, sagte Brummond, aber er hörte sich durchaus nicht erstaunt an, als ob derlei in seiner Umgebung ziemlich häufig passierte.

Bagwalter dagegen wirkte recht erfreut, einen Anhaltspunkt für weitere Nachforschungen zu haben, und brachte die nächste halbe Stunde zu Pauls Unbehagen und Hurley Brummonds großem Mißvergnügen damit zu, ihn eingehend auszufragen.

Paul leerte gerade seinen zweiten Rachenputzer und fühlte sich schon ein wenig entspannter, als der Professor auf das Thema zurückkam, das ihn am meisten zu interessieren schien. »Und Sie sagen, Sie hätten diese vonarische Frau schon einmal gesehen, aber erinnern sich nicht mehr, wo oder wann.«

Paul nickte. »Ich ... weiß es einfach.«

»Vielleicht war sie Ihre Verlobte«, warf Brummond ein. »Ja, darauf wette ich!« Nachdem er eine Zeitlang in stummer Langeweile dabeigesessen hatte, erwärmte er sich auf einmal für die Materie. »Vielleicht wurden Sie verletzt, als Sie versuchten, sie vor den Wächtern des Sumbars zu beschützen. Das sind knallharte Burschen, müssen Sie wissen, und ziemlich geschickt mit ihren sichelkrummen Haudraufsäbeln. Das eine Mal, wo sie Joanna in das Serail des Sumbars abschleppen wollten - mein lieber Mann, da hatte ich alle Hände voll zu tun.«

»Hurley, ich wünschte ...«, fing der Professor an, aber Brummond war nicht mehr zu halten. Seine blauen Augen funkelten, und die goldene Mähne seiner Haare und seines Bartes schien förmlich vor statischer Ladung zu knistern.

»Joanna ist meine Verlobte, die Tochter des Professors. Ich weiß, ich weiß, es ist ziemlich dreist, den Vater seiner Verlobten ›Bags‹ zu nennen, aber als ich Joanna kennenlernte, hatten der Professor und ich schon eine Menge zusammen erlebt.« Er machte eine ausladende Handbewegung. »Im Moment ist sie im Lager bei der *Temperance* und schafft Vorräte für eine Expedition ins Landesinnere ran, die wir vorhaben. Deshalb bin ich auch hinter Ihnen hergejagt, um die Wahrheit zu sagen. Wenn Sie der gute alte Kaviar-Kirk gewesen wären, hätte ich Ihnen einen Platz im Team angeboten.«

»Hurley ...«, sagte der Professor mit einer gewissen Verärgerung.

»Wie dem auch sei, jedesmal, wenn ich mich umdrehe, scheint einer dieser grünhäutigen Wallahs gerade Joanna entführen zu wollen. Sie ist ein wackeres Mädel und bewundernswert bis dort hinaus, aber es kommt hier wirklich ziemlich dick. Und Ungeheuer - ich kann Ihnen gar nicht sagen, wie viele Male ich sie schon aus diesem oder jenem Schnolchloch raushauen mußte ...«

»Um Himmels willen, Hurley, ich versuche, Herrn Jonas ein paar Fragen zu stellen.«

»Ach was, Bags, jetzt mach mal 'nen Punkt mit deinem ewigen Wissenschaftsgesabbel. Die Verlobte von diesem armen Kerl ist von den

Priestern gekidnappt worden, und die wollen das Mädchen opfern! Sie haben ihn derart zugerichtet, daß er sich kaum mehr an seinen eigenen Namen erinnern kann! Und statt ihm Hilfe anzubieten, willst du bloß in ihm rumbohren und -stochern!«

»Nicht doch«, sagte der Professor betroffen.

»Ich bin nicht sicher ...«, fing Paul an, aber Hurley Brummond richtete sich zu seiner ganzen eindrucksvollen Größe auf.

»Keine Bange, mein Freund«, sagte er und versetzte Paul einen kameradschaftlichen Schlag auf die Schulter, daß dieser fast über den Tisch geflogen wäre. »Ich hör mich mal um - es gibt mehr als nur ein paar, Grüne wie Weiße, die Brummond vom Mars einen Gefallen schuldig sind. Jawoll, genau das werde ich tun. Bags, ich treffe euch beide bei Sonnenuntergang auf der Hinterseite des Clubs.«

Mit drei Schritten war er zum Zimmer hinaus und ließ Paul und den Professor nachgerade atemlos zurück.

»Er ist ein guter Kerl«, sagte Bagwalter schließlich. »Hart wie Stahl und ein großes Herz. Und meine Joanna liebt ihn innig.« Er nahm einen Schluck von seinem Sherry. »Aber manchmal wünschte ich wirklich, er wäre nicht so strohdumm.«

> Weit draußen in der Wüste war die Sonne beinahe schon hinter den fernen Bergen verschwunden, um sich zufrieden von dem langen Tag zu erholen, an dem sie wieder einmal das ihr zugewandte Antlitz des Mars verbrannt hatte. Die letzten Strahlen ließen alle Fenster und durchscheinenden Türme Tuktubims glutrot aufscheinen.

Vom Balkon auf der Rückseite des Ares Club blickte Paul den Hang hinunter auf die weite Ebene, die wie mit Rubinen und Diamanten übersät aussah. Eine Weile fragte er sich, ob dies hier die gesuchte Heimat sein konnte. Es war seltsam hier, aber irgendwie auch ganz vertraut. Er konnte sich nicht erinnern, wo er zuletzt gewesen war, aber er wußte, es war irgendwo anders gewesen - es hatte in seiner Vergangenheit *mehrere* Irgendwos gegeben, da war er sich sicher -, und auch ohne genaue Erinnerungen verspürte er eine wurzellose Müdigkeit in seinen Knochen wie auch in seinem Gehirn.

»Sieh mal da!« sagte Gally und streckte die Hand aus. Unweit von ihnen stieg ein riesiges fliegendes Schiff von ähnlicher Form wie die Prunkschiffe, die sie auf dem Großen Kanal gesehen hatten, mit baumelnden Schlepptauen langsam über die Turmspitzen in den Abendhimmel empor. Hunderte von dunklen Gestalten huschten auf seinen Decks und in der komplizierten Takelage herum. Auf seiner ganzen Länge leuchteten Laternen, Dutzende von hell brennenden Punkten. Das Schiff wirkte beinahe wie ein lebendes, dem Gewölbe des Nachthimmels entsprungenes Gestirn.

»Es ist wunderschön.« Paul sah nieder. Gally hatte große verzückte Augen, und Paul empfand so etwas wie Stolz, daß er diesen Jungen gerettet hatte, ihn sicher aus ... aus ... wo hatte er ihn rausgeholt? Es war zwecklos – die Erinnerung wollte nicht kommen. »Schade, daß Kluru das nicht mehr sehen kann«, fuhr er fort. »Aber vermutlich ist ihm das alles ganz vertraut.« Kluru vom Fischervolk hatte Gally vom Basar zurückgebracht und sich dann auf den Heimweg in sein Dorf am Kanal gemacht, wohl in dem Gefühl, seine Pflicht getan zu haben, nachdem Paul andere Erdenmenschen gefunden hatte. »Trotzdem, er war gut zu uns, und mir tat es leid, ihn gehen zu sehen.«

»Er war nur ein Nimbor«, sagte Gally geringschätzig.

Paul blickte den Jungen verwundert an, der immer noch hingerissen das Luftschiff bestaunte. Die Bemerkung paßte gar nicht zu ihm und klang so, als ob bestimmte Einstellungen der Welt um ihn herum auf Gally übergegriffen hätten.

»Wind aus der Wüste heute abend.« Professor Bagwalter ließ einen dünnen Rauchfaden zwischen den Lippen entweichen und propfte sich dann wieder seine Zigarre in den Mundwinkel. »Morgen wird es noch heißer werden.«

Paul konnte sich das kaum vorstellen. »Ich möchte nicht, daß der Junge zu lange auf bleibt. Meinen Sie, Herr Brummond wird bald hier sein ...?«

Der Professor zuckte mit den Schultern. »Bei Hurley kann man das nie sagen.« Er zog seine Taschenuhr hervor und warf einen Blick darauf. »Bis jetzt erst eine Viertelstunde Verspätung. Ich würde mir keine Gedanken machen.«

»Es fliegt weg!« sagte Gally. Das große Luftschiff verschwand in der zunehmenden Dunkelheit. Nur die Lichter waren noch zu sehen, helle, immer kleiner werdende Stecknadelköpfe.

Bagwalter lächelte den Jungen an und wandte sich dann zu Paul um. »Der Kleine erzählt, Sie hätten ihn aus einer Gegend gerettet, die Achtfelder heißt oder so ähnlich. War das noch auf der Erde?«

»Ich weiß nicht. Wie gesagt, mein Gedächtnis ist schlecht.«

»Der Junge meint, es sei nur ein Stück den Großen Kanal hinunter, aber ich habe hier noch nie von einem solchen Ort gehört, und ich bin viel herumgekommen.« Seine Stimme war unverfänglich, aber die wachsamen Augen musterten Paul wieder durchdringend. »Er hat auch etwas von einem Schwarzen Ozean erzählt, und ich kann Ihnen versichern, daß es den hier auf keinen Fall gibt.«

»Ich weiß es nicht.« Paul merkte, daß er lauter wurde, aber er konnte sich nicht mehr bremsen. Gally drehte sich am Balkongeländer mit erschrockenen Augen zu ihm um. »Ich kann mich schlicht nicht erinnern! An nichts!«

Bagwalter nahm seine Zigarre aus dem Mund und betrachtete die glühende Spitze, bevor er Paul wieder in die Augen sah. »Kein Grund zur Aufregung, Verehrtester. Ich bin ein bißchen penetrant, ich weiß. Es ist bloß deswegen, weil vor wenigen Tagen ein paar ziemlich merkwürdige Burschen im Club waren und Fragen stellten ...«

»*Aufgepaßt, da unten!*«

Etwas sauste zwischen sie und schlug laut klatschend auf dem Balkonboden auf. Es war eine Strickleiter, und sie schien aus dem Nichts herabgefallen zu sein. Erschrocken schaute Paul nach oben. Ein großer Schatten schwebte über ihnen wie eine dunkle Wolke an einem ansonsten klaren Himmel. Ein Kopf lugte zu ihnen herunter.

»Hoffe, ich hab niemand getroffen! Ziemliches Kunststück, dieses Ding ruhig zu halten.«

»Es ist Herr Brummond!« rief Gally begeistert. »Und er hat auch ein fliegendes Schiff!«

»Kommt rauf!« schrie Brummond. »Dalli, dalli, wir haben's eilig!«

Flink wie eine Spinne kraxelte Gally die Leiter hinauf. Paul zögerte, denn ihm war noch nicht ganz klar, worauf das hinauslief.

»Nur zu«, sagte der Professor freundlich. »Es hat keinen Zweck – wenn Hurley sich mal was in den Kopf gesetzt hat, bringt ihn nichts mehr davon ab.«

Paul packte die schwankende Strickleiter und kletterte los. In halber Höhe unter dem wartenden Luftschiff erfaßte ihn eine Art seelischer Schwindel, und er hielt inne. Irgend etwas an dieser Situation, daß er aus einer kaum verstandenen Umgebung in die nächste, noch unbegreiflichere Zuflucht enteilte, kam ihm tragisch bekannt vor.

»Hätten Sie die Güte weiterzuklettern«, bemerkte Bagwalter höflich von unten. »Ich werde nicht mehr jünger und wäre eigentlich gern so bald wie möglich von dieser Leiter runter.«

Paul schüttelte sich und stieg weiter. Brummond wartete oben und zog ihn mit einem Ruck über die Reling.

»Was halten Sie von diesem kleinen Schmuckstück, hä, Jonas?« fragte er. »Ich hab Ihnen doch gesagt, ich hätte hier und da einen Gefallen gut. Kommen Sie, ich zeig Ihnen alles. Es ist ein prachtvolles Stück Arbeit, so schnell wie ein Vogel und so leise, wie Gras wächst. Damit kriegen wir die Sache hin, Sie werden sehen.«

»Welche Sache?« Paul wurde es langsam leid, ständig Fragen zu stellen.

»Welche Sache?« Brummond war wie vor den Kopf geschlagen. »Mensch, wir wollen Ihre Verlobte retten! Im Morgengrauen kommt sie in eine Sonderzelle unter dem Palast des Sumbars, und dann ist es zu spät, deshalb holen wir sie heute nacht raus! Nur ein Dutzend Wachen, und wahrscheinlich werden wir nicht mehr als die Hälfte töten müssen.«

Bevor Paul mehr tun konnte, als den Mund auf- und wieder zuzumachen, war Brummond schon an das merkwürdig geformte, kunstvoll geschnitzte Steuerrad des Luftschiffs gesprungen. Er zog daran, und das Schiff stieg so prompt in die Höhe, daß Paul beinahe von seinem Sitz gefallen wäre. Die Stadt entschwand unter ihnen.

»Für die Ehre Ihrer Dame, Jonas!« brüllte Brummond. Sein goldenes Haar flatterte im starken Gegenwind ihres Aufstiegs, und sein Grinsen war ein schimmernder Fleck in der Dämmerung. »Für die Ehre unserer guten alten Erde!«

Mit wachsendem Unbehagen begriff Paul, daß sie in der Hand eines Wahnsinnigen waren.

Kapitel

Hunger

NETFEED/NACHRICHTEN:
"Snipe"-Verfahren eingestellt — Staatsanwältin schlägt Alarm
(Bild: Azanuelo auf einer Pressekonferenz)
Off-Stimme: Die Bezirksstaatsanwältin von Dallas County Carmen Azanuelo erklärte, die Rückzieher und das Verschwinden von Zeugen, mit denen sie ihre spektakuläre Mordanklage hatte stützen wollen, seien "das deutlichste Beispiel für die Unterwanderung der Justiz seit dem Crack-Baron-Prozeß".
(Bild: Verteidiger bei der Anklageerhebung)
Die strafrechtliche Verfolgung von sechs Männern, darunter zwei ehemaligen Polizeibeamten, wegen der Ermordung Hunderter von Straßenkindern, oft "Snipes" genannt, löste hitzige Kontroversen aus, weil Aussagen behauptet hatten, städtische Kaufleute hätten die Männer als "Todesschwadron" angeheuert, mit dem Auftrag, die wohlhabenden Gegenden von Dallas/Fort Worth frei von Straßenkindern zu halten.
(Bild: bettelnde Kinder im Marsalis Park)
Auch in anderen amerikanischen Städten war es der Anklage nicht gelungen, eine Verurteilung wegen Kindermord zu erreichen.
Azanuelo: "Sie haben unsere Zeugen bedroht, gekidnappt oder getötet, häufig mit Hilfe von Elementen innerhalb der Polizei. Sie ermorden Kinder auf den Straßen Amerikas, ohne daß jemand sie zur Rechenschaft zieht. Das ist der schlichte Tatbestand ..."

> »Meine Güte, Papa, hörst du jetzt vielleicht mal auf zu meckern?«

»Ich mecker doch nich. Ich frag bloß.«

»Immer und immer wieder.« Renie holte Luft und bückte sich dann, um den Riemen am Koffer noch einmal festzuziehen. Wenige ihrer Habseligkeiten hatten den Brand überstanden, und in den Wirrnissen der jüngsten Ereignisse war Renie nicht zum Einkaufen gekommen, aber immer noch schienen sie mehr Dinge als Platz zu besitzen. »Wir sind hier in dieser Unterkunft nicht sicher. Jeder kann uns finden. Wir sind in Gefahr, Papa, das hab ich dir schon hundertmal gesagt.«

»Das is der größte Blödsinn, den ich je gehört hab.« Er verschränkte die Arme über der Brust und schüttelte heftig den Kopf, wie um die ganze Vorstellung ins Nichts zu verbannen, wo sie hingehörte.

Renie verspürte den starken Drang, aufzugeben, das Kämpfen sein zu lassen. Vielleicht sollte sie sich einfach neben ihren Vater setzen und mit ihm zusammen die wirkliche Welt wegwünschen. Halsstarrig zu sein, gab einem eine gewisse Freiheit, die Freiheit, unangenehme Wahrheiten zu ignorieren. Aber irgend jemand mußte diese Wahrheiten endlich zur Kenntnis nehmen – und dieser Jemand war gewöhnlich sie.

Sie seufzte. »Steh auf, du alter Querkopf. Jeremiah wird jeden Augenblick hier sein.«

»Mit so 'nem Hurenbock geh ich nirgends hin.«

»Oh, zum Donnerwetter!« Vornübergebeugt zog sie endlich den Riemen fest über den sperrigen Koffer und befestigte ihn an dem Magnetstreifen. »Wenn du nur eine dumme Bemerkung zu Jeremiah machst, nur eine einzige dumme Bemerkung, dann lasse ich dich und deinen dämlichen Koffer am Straßenrand stehen.«

»Was unterstehst du dich, so mit deinem Vater zu reden?« Er blickte sie mit gesenkter Stirn finster an. »Der Kerl hat mich angegriffen. Der wollt mich erwürgen.«

»Er hat mitten in der Nacht nach mir gesucht, und ihr beide habt euch geschlagen. Du warst es, der losging, ein Messer holen.«

»Allerdings.« Long Josephs Gesicht hellte sich auf. »Hoho, allerdings. Und den hätt ich sauber abgestochen. Der wär nich noch mal bei mir rumgeschlichen.«

Renie seufzte wieder. »Merk dir gefälligst, daß er uns einen großen Gefallen tut. Ich krieg nur mein halbes Gehalt, solange ich suspendiert bin, Papa, erinnerst du dich? Wir können also von Glück sagen, wenn wir überhaupt irgendwo hinkönnen. Eigentlich soll niemand in dem Haus wohnen, bis es verkauft wird. Begreifst du das? Jeremiah könnte Schwierigkeiten bekommen, aber er will mir helfen, die Leute aufzuspüren, die Susan überfallen haben, und deshalb tut er das für uns.«

»Okay, okay.« Long Joseph winkte ab, um anzudeuten, daß sie wie üblich seine gute Kinderstube unterschätzte. »Aber wenn er nachts in mein Zimmer geschlichen kommt und mit *mir* Faxen machen will, hau ich ihm die Rübe runter.«

> »Der ist ganz neu.« Jeremiah deutete auf den Maschendrahtzaun, der jetzt das Haus umgab. »Der Neffe der Frau Doktor beschloß, die Sicherheitsvorkehrungen zu verbessern. Er meint, damit wird er das Anwesen leichter verkaufen können.« Seine geschürzten Lippen machten deutlich, was er von diesen ausländischen Besitzern hielt. »Somit dürftet ihr nichts zu befürchten haben. Sehr high-tech, dieses Sicherheitssystem. Das Beste vom Besten.«

Renie hatte im stillen ihre Zweifel, daß die Leute, mit denen sie es offenbar zu tun hatten, von einem häuslichen Sicherheitssystem, und sei es das Beste vom Besten, auch nur im mindesten aufzuhalten waren, aber behielt sie für sich. Besser als die Unterkunft war es allemal.

»Vielen Dank, Jeremiah. Ich kann dir gar nicht sagen, wie dankbar wir sind. Wir haben im Grunde weder Freunde noch Angehörige, zu denen wir gehen könnten. Papas ältere Schwester ist vor zwei Jahren gestorben, und seine andere Schwester lebt in England.«

»Die, pff, die würde einem nich mal umsonst den Rücken kratzen«, grummelte Long Joseph. »Außerdem würde ich von der sowieso nix nehmen.«

Das Sicherheitstor schloß sich mit einem Zischen hinter dem Wagen, als sie in die Auffahrt einfuhren. Renies Vater betrachtete das Haus mit griesgrämiger Verwunderung. »Meine Herrn, sieh sich einer das an. Das is kein Haus, das is'n Hotel. Nur Weiße haben so'n großes Haus - da brauchste die Schwarzen unter dir, um dir so 'nen Kasten leisten zu können.«

Jeremiah trat hart auf die Bremse, so daß sie ein gutes Stück über den Kies schlidderten. Er drehte sich auf dem Fahrersitz um und starrte Long Joseph mit grimmig verkniffenem Gesicht an. »Du redest totalen Blödsinn, Mann. Du hast ja keine Ahnung.«

»Da brauch ich keine Ahnung zu, um zu sehn, daß das'n Afrikaanderpalast is.«

»Doktor Van Bleeck war immer gut zu allen Menschen.« Tränen schossen Jeremiah Dako in die Augen. »Wenn du weiter solche Sachen sagst, kannst du dich nach einer andern Bleibe umsehen.«

Renie wand sich innerlich vor Verlegenheit und Zorn. »Papa, er hat recht. Du redest wirklich Blödsinn. Du hast Susan nicht gekannt, und du weißt gar nichts über sie. Wir dürfen in ihr Haus kommen, weil sie meine Freundin war und weil Jeremiah uns freundlicherweise läßt.«

Long Joseph erhob seine Hände mit der Unschuld eines Märtyrers. »Herrje, seid ihr immer gleich empfindlich. Ich hab doch gar nix gegen eure Frau Doktor gesagt, ich hab bloß gesagt, daß es ein Weißenhaus is. Du bist selber schwarz - erzähl mir bloß nich, du denkst, die Weißen müßten so hart arbeiten wie ein Schwarzer.«

Jeremiah durchbohrte ihn einen Moment lang mit seinem Blick, dann wandte er sich ab und fuhr den Wagen das letzte Stück bis vor die Stoep. »Ich hole euer Gepäck aus dem Kofferraum«, sagte er.

Renie blitzte ihren Vater böse an, bevor sie ausstieg und mit anpackte.

Jeremiah brachte sie nach oben, wies ihnen zwei Zimmer an und zeigte ihnen, wo Bad und Toilette waren. Renie hatte den Eindruck, daß ihr Zimmer mit dem verblaßten Muster herumtollender Stoffpuppen auf der Tapete einmal für ein Kind gedacht gewesen sein mußte, obwohl die Van Bleecks nie eines gehabt hatten. Sie hatte nie viel über Susans Kinderlosigkeit nachgedacht, aber jetzt fragte sie sich, ob der Kummer darüber vielleicht größer gewesen war, als die Professorin hatte durchblicken lassen.

Sie steckte den Kopf in das Zimmer ihres Vaters. Er saß auf dem Bett und beäugte mißtrauisch die antiken Möbel. »Vielleicht solltest du dich hinlegen und ein Nickerchen machen, Papa.« Sie sagte es absichtlich eher befehlend als vorschlagend. »Ich mach uns was zu essen. Ich ruf dich, wenn es fertig ist.«

»Ich weiß nich, ob ich hier zurechtkomm. So'n großes altes leeres Haus. Na ja, ich kann's probieren.«

»Tu das.« Sie schloß die Tür und blieb ein Weilchen stehen, bis sich ihr Unmut gelegt hatte. Sie ließ ihren Blick über die Wände schweifen, über den breiten, hohen Flur.

Stephen würde es hier gefallen, dachte sie. Bei dem Gedanken, wie er aufgeregt den Korridor entlangspringen und dieses neue Haus auskundschaften würde, wurde ihr plötzlich vor Sehnsucht regelrecht schwindlig. Mit brennenden Tränen in den Augen taumelte sie und mußte sich am Geländer festhalten. Minuten vergingen, bevor sie sich wieder so weit gesammelt hatte, daß sie in die Küche hinuntergehen und sich für das Benehmen ihres Vaters entschuldigen konnte.

Jeremiah, der gerade einen bereits glänzenden Topf polierte, winkte ab, als sie erklären wollte. »Versteh ich. Er ist genau wie mein Vater. Der hat auch nie ein gutes Haar an jemand gelassen.«

»So schlecht ist er gar nicht«, entgegnete Renie und fragte sich sofort, ob das wirklich stimmte. »Er hat es einfach schwer seit dem Tod meiner Mutter.«

Dako nickte, aber wirkte nicht überzeugt. »Ich werde etwas später am Abend euern Freund abholen und koche dann gerne für alle etwas zum Abendessen.«

»Vielen Dank, Jeremiah, aber das ist wirklich nicht nötig.« Sie stutzte ein wenig, als sie den Ausdruck der Enttäuschung auf seinem Gesicht sah. Vielleicht war auch er einsam. Soweit sie wußte, gab es außer Susan Van Bleeck und seiner Mutter keine anderen Menschen in seinem Leben, und Susan war tot. »Du hast so viel für uns getan, da finde ich, daß ich heute abend für dich kochen sollte.«

»Du willst in meiner Küche rummurkeln?« fragte er in einem säuerlichen Ton, der nur halb scherzhaft war.

»Mit deiner gütigen Erlaubnis. Und Ratschläge werden gern entgegengenommen.«

»Hmmm. Mal sehen.«

Es war ein langer Weg zwischen der Küche und dem Wohnzimmer, und Renie wußte nicht, wo die Lichtschalter waren. Sie ging mit großer Vorsicht Flure entlang, die nur von dem schwachen, durch die hohen Fenster von außen einfallenden orangegelben Licht erhellt wurden, und hatte mit den hinderlichen Topflappen an den Händen alle Mühe, den Keramikdeckel auf der Kasserolle zu halten. Die Dunkelheit kam ihr vor wie etwas Greifbares, Mächtiges, etwas Altes, gegen das die Sicherheitsbeleuchtung eine unzulängliche menschliche Abwehrmaßnahme darstellte.

Sie fluchte, als sie sich das Knie an einem nahezu unsichtbaren Tisch stieß, aber die beruhigenden Geräusche der anderen tönten ihr durch den Korridor entgegen. Irgend etwas war immer am anderen Ende der Dunkelheit, nicht wahr?

Jeremiah und ihr Vater führten eine angespannte Unterhaltung über das reiche Viertel Kloof ringsherum. !Xabbu, der seine ganze irdische Habe in einem einzigen kleinen, billigen Koffer mitgebracht hatte, riß sich bei ihrem Kommen von Susans Höhlenbildfoto los.

»Renie, ich hörte dich gegen etwas stoßen. Hast du dir weh getan?«

Sie schüttelte den Kopf. »Es war nur leicht. Ich hoffe, ihr habt alle Appetit.«

»Hast du in der Küche gefunden, was du brauchtest?« Jeremiah zog eine Braue hoch. »Ist was kaputt gegangen?«

Renie lachte. »Nur mein Stolz. Ich hab mein Lebtag noch nicht so viele Kochutensilien gesehen. Ich komme mir richtig ärmlich vor. Ich hab immer nur einen Topf und zwei Pfannen benutzt.«

»Mach dich nich runter, Mädel«, sagte ihr Vater streng. »Du kannst prima kochen.«

»Das dachte ich auch immer, bis ich Jeremiahs Küche sah. Meine kleine Hühnerkasserolle zu machen, war ungefähr so, als wollte man in die Mitte der Kalahari wandern, bloß um seine Wäsche zu trocknen.«

!Xabbu ließ ein vergnügtes Glucksen hören, über das selbst Jeremiah grinsen mußte.

»Also dann«, sagte sie, »her mit den Tellern!«

Jeremiah und Renie leerten die Flasche Wein. Ihr Vater und !Xabbu hatten diverse Biersorten aus der kalten Speisekammer probiert, wobei allerdings Long Joseph einen unverhältnismäßig großen Anteil zu bekommen schien. Jeremiah hatte in dem großen steinernen Kamin Feuer gemacht, und sie hatten die sonstige Beleuchtung fast ganz ausgestellt, so daß der Flammenschein in dem weitläufigen Wohnzimmer flackerte und tanzte. Bis auf das Murmeln des Feuers war die letzte Minute schweigend verstrichen.

Renie seufzte. »Das ist so ein gemütlicher Abend. Es wäre so leicht, alles zu vergessen, was vorgefallen ist, und einfach zu entspannen ... loszulassen ...«

»Siehste, Mädel, das is dein Problem«, sagte ihr Vater. »Entspannen, jawoll. Genau das solltest du mal machen. Immer machst du dir Sorgen, Sorgen.« Überraschenderweise wandte er sich wie zur Unterstützung an Jeremiah. »Sie nimmt sich zu hart ran.«

»So einfach ist das nicht, Papa. Denk dran, wir sind nicht aus freier Entscheidung hier. Jemand hat unsere Wohnung angezündet. Andere

Leute haben Susan ... überfallen. Nein, seien wir ehrlich. Sie haben sie ermordet.« Sie warf Jeremiah einen raschen Blick zu, aber der starrte ohne eine Regung in seinem langen Gesicht ins Feuer. »Wir wissen ein bißchen über die Leute, die anscheinend dafür verantwortlich sind, aber wir kommen nicht an sie ran - nicht direkt, weil sie zu reich und zu mächtig sind, und hinten herum wahrscheinlich auch nicht. Selbst wenn Herr Singh - das ist der alte Mann, Papa, der Programmierer -, selbst wenn er weiß, wovon er redet, und wir dieses große Netzwerk, das sie gebaut haben, erforschen müssen, sehe ich trotzdem nicht, was ich dazu beitragen kann. Ich habe nicht die Anlage, mit der ich lange genug online bleiben könnte, um durch den Abwehrwall zu dringen, mit dem dieses ... Otherland bestimmt gesichert ist.« Sie zuckte mit den Achseln. »Ich bin ziemlich ratlos, wie ich weitermachen soll.«

»Haben die Leute alle Sachen der Frau Doktor zertrümmert, die ihr gebrauchen könntet?« fragte Jeremiah. »Ich bin mir immer noch nicht sicher, ob ich alles verstanden habe, was ihr mir erzählt habt, aber ich weiß, daß Doktor Van Bleeck nichts dagegen hätte, wenn ihr einfach alles benutzt, was euch helfen kann.«

Renie lächelte traurig. »Du hast ja gesehen, wie das Labor zugerichtet wurde. Diese Dreckskerle haben dafür gesorgt, daß *niemand* mehr irgendwas davon benutzen kann.«

Ihr Vater schnaubte zornig. »So machen die das. So machen die das immer. Wir schmeißen die Afrikaanderschweine aus der Regierung raus, und der schwarze Mann kriegt trotzdem keine Gerechtigkeit. Niemand hilft meinem Jungen! Meinem ... Stephen!« Seine Stimme versagte, und er legte eine seiner großen schwieligen Hände vors Gesicht, bevor er sich vom Feuer abwandte.

»Wenn jemand einen Weg finden kann, ihm zu helfen, dann ist es deine Tochter«, sagte !Xabbu nachdrücklich. »Sie hat einen starken Willen, Herr Sulaweyo.«

Renie staunte über die Bestimmtheit seiner Worte, aber der kleine Mann erwiderte ihren Blick nicht. Ihr Vater gab keine Antwort.

Jeremiah entkorkte eine zweite Flasche Wein, und das Gespräch wandte sich langsam und etwas schwerfällig anderen Themen zu. Auf einmal fing Long Joseph leise zu singen an. Renie bemerkte zunächst nur ein dumpfes Brummen, das sie nicht weiter beachtete, aber nach und nach wurde es lauter.

> »Imithi goba kahle, ithi, ithi
> Kunyakazu ma hlamvu
> Kanje, kanje
> Kanje, kanje«

Es war ein altes Zulu-Kinderlied, das Long Joseph schon von seiner Großmutter gelernt hatte, eine einfache, beschwingte Melodie, sanft wie der Wind, um den es in dem Lied ging. Renie hatte es früher mehrmals gehört, aber jetzt schon lange nicht mehr.

> »Alle Bäume neigen sich
> Hierhin, dorthin,
> Alle Blätter zittern
> So und so,
> So und so.«

Eine Erinnerung aus Kindertagen stieg in ihr auf, aus einer Zeit vor Stephens Geburt, als sie und ihre Eltern einmal mit dem Bus zur ihrer Tante in Ladysmith gefahren waren. Ihr war schlecht geworden, und sie hatte sich an die Mutter gekuschelt, während der Vater ihr Lieder vorgesungen hatte, und nicht nur das »Kanje, kanje«. Sie erinnerte sich, daß sie sich noch leidend gestellt hatte, als es ihr schon wieder besser ging, nur damit er weitersang.

Long Joseph wiegte sich leicht hin und her, während seine Finger an den Schenkeln spinnenartig den Rhythmus klopften.

> »Ziphumula kanjani na
> Izinyone sidle keni«

> »Seht wie sie ruhen
> An diesem sonnigen Tag,
> Die schönen Vögel
> In ihren frohen Nestern ...«

Aus dem Augenwinkel sah Renie eine Bewegung. !Xabbu hatte angefangen, vor dem Feuer zu tanzen. Er beugte und streckte sich im Takt zu Long Josephs Lied, die Arme erst steif und leicht gebeugt abgespreizt, dann wieder angelegt. Der Tanz hatte einen eigenartigen Rhythmus, der befremdlich und besänftigend zugleich war.

»*Imithi goba kahle, ithi, ithi*
Kunyakazu ma hlamvu
Kanje, kanje
Kanje, kanje«

»*Kinder, Kinder, Kinder, kommt heim,*
Kinder, Kinder, Kinder, kommt heim,
Kinder, Kinder, Kinder, kommt heim ...«

Das Lied zog sich lange hin. Schließlich verstummte ihr Vater, dann blickte er sich im Feuerschein des Zimmers um und schüttelte den Kopf, als käme er gerade aus einem Wachtraum zurück.

»Das war sehr, sehr schön, Papa.« Sie sprach langsam und überlegt, weil ihr Kopf vom Wein und vom Essen ganz schwer war: sie wollte nichts Falsches sagen. »Es ist schön, dich singen zu hören. Ich hab dich lange nicht mehr singen gehört.«

Er zuckte leicht verlegen mit den Schultern und lachte dann scharf. »Na ja, dieser Mann hier hat uns in dies große Haus eingeladen, und meine Tochter hat was zu Abend gekocht. Da dacht ich, ich bin dran mit Kostgeld zahlen.«

Jeremiah, der sich vom Feuer weggedreht hatte, um zuzuhören, nickte ernst, als fände er den Handel in Ordnung.

»Ich mußte dran denken, wie wir damals zu Tante Tema gefahren sind. Erinnerst du dich noch?«

Er grunzte. »Hat'n Gesicht gehabt wie 'ne holprige Straße. Das ganze hübsche Aussehen in der Familie hat deine Mama abgekriegt.« Er stand auf. »Ich hol noch'n Bier.«

»Und dein Tanzen war auch wunderschön«, sagte Renie zu !Xabbu. Sie wollte ihm eine Frage stellen, aber zögerte, weil sie Angst hatte, gönnerhaft zu klingen. *Mein Gott,* dachte sie, *ich stell mich wie eine Ethnologin an, nur um mit meinem Vater und meinem Freund zu reden. Nein, das stimmt nicht, !Xabbu ist bei weitem nicht so leicht zu kränken.* »War das ein bestimmter Tanz?« fragte sie schließlich. »Hat er einen Namen, meine ich? Oder hast du einfach so getanzt?«

Der kleine Mann lächelte, daß seine Augen nur noch ganz feine

Schlitze waren. »Ich habe einige der Schritte vom Tanz des größeren Hungers getanzt.«

Long Joseph kam mit zwei Flaschen zurück und bot eine !Xabbu an, aber der schüttelte den Kopf. Long Joseph setzte sich hin, eine Flasche in jeder Hand und sichtlich zufrieden damit, wie seine guten Manieren belohnt wurden. Der kleine Mann erhob sich, ging zu dem Foto an der Wand und fuhr eine der farbigen Figuren mit dem Finger nach. Er drehte sich um. »Wir haben zwei Hungertänze. Der eine ist der Tanz des kleinen Hungers. Er handelt vom Hunger des Körpers, und wir tanzen ihn, um Geduld zu erbitten, wenn unsere Mägen leer sind. Aber wenn wir satt sind, brauchen wir diesen Tanz nicht - nach so einem guten Essen wie heute abend wäre er sogar ausgesprochen unhöflich.« Er lächelte Renie an. »Aber es gibt einen Hunger, der nicht dadurch gestillt wird, daß man sich den Magen füllt. Weder das Fleisch der fettesten Elenantilope noch die saftigsten Ameiseneier können etwas dagegen ausrichten.«

»*Ameiseneier?*« fragte Long Joseph mit übertriebener Entrüstung. »Ihr eßt Eier von so 'nem Insekt?«

»Ich habe sie viele Male gegessen.« Ein leises Lächeln spielte um !Xabbus Lippen. »Sie sind weich und süß.«

»Kein Wort weiter.« Long Joseph verzog das Gesicht. »Mir wird schlecht, wenn ich bloß dran denke.«

Jeremiah stand auf und streckte sich. »Aber es ist nicht verrückt, Vogeleier zu essen? Fischeier?«

»Sprich für dich selber. *Ich* esse keine Fischeier nich. Und Vogeleier bloß von Hühnern, und das ist ganz natürlich.«

»Wenn man in der Wüste lebt, darf man nichts ausschlagen, was sich gefahrlos essen läßt, Herr Sulaweyo.« !Xabbus Lächeln wurde breiter. »Aber natürlich mögen wir manche Sachen lieber als andere. Und Ameiseneier gehören zu unseren Lieblingsspeisen.«

»Papa ist bloß heikel«, erklärte Renie. »Und immer bei den falschen Sachen. Aber erzähl mir bitte mehr über den Tanz. Über den ... größeren Hunger.«

»Du kannst mich nennen, wie du lustig bist, Mädel«, bemerkte ihr Vater mit gebieterischer Endgültigkeit. »Aber auf *meinen* Teller tust du das Zeug nich.«

»Alle Menschen kennen den größeren Hunger.« !Xabbu deutete auf die Figuren der Felsmalerei. »Nicht nur die Menschen, die dort tanzen, sondern auch die Menschen, die die Tänzer malten, und alle, die das

Bild jemals angeschaut haben. Es ist der Hunger nach Wärme, nach Geborgenheit, nach einer Verbindung zu den Sternen und zur Erde und anderen Lebewesen ...«

»Nach Liebe?« fragte Renie.

»Ja, ich denke, das könnte stimmen.« !Xabbu war nachdenklich. »Meine Leute würden es nicht so ausdrücken. Aber wenn mit dem Wort das gemeint ist, was uns froh macht, daß jemand anders da ist, was es besser macht, in Gesellschaft als allein zu sein, dann ja. Es ist ein Hunger in dem Teil eines Menschen, der mit Essen oder Trinken nicht satt zu bekommen ist.«

Renie wollte ihn fragen, warum er sich gerade diesen Tanz ausgesucht hatte, aber hatte den Verdacht, es könnte unhöflich sein. Trotz seiner Robustheit an Leib und Seele hatte der kleine Mann etwas, das in Renie einen unbeholfenen Beschützerinstinkt auslöste. »Es war ein sehr schöner Tanz«, sagte sie schließlich. »Schön anzuschauen.«

»Danke. Es ist gut, unter Freunden zu tanzen.«

Ein nicht unbehagliches Schweigen legte sich über den Raum. Renie fand, es müßte gehen, das Geschirr bis zum anderen Tag stehenzulassen, und erhob sich, um zu Bett zu gehen. »Vielen Dank, Jeremiah, daß du uns aufgenommen hast.«

Jeremiah Dako nickte, ohne aufzublicken. »Schon gut. Gern geschehen.«

»Und Papa, vielen Dank für das Lied.«

Er sah mit einem eigentümlichen, halb sehnsüchtigen Ausdruck zu ihr auf und lachte dann. »Ich versuch bloß, meinen Teil zu tun, Mädel.«

Unruhig und nervös wachte sie immer wieder aus dem Halbschlaf auf. Sie wußte, daß bei den vielen ungelösten Problemen, die es gab, jede Minute Ruhe kostbar war, aber konnte nichts dagegen machen: Der tiefe Schlaf und das erlösende Vergessen, das er brachte, wollten einfach nicht kommen. Zuletzt kapitulierte sie und setzte sich auf. Sie knipste das Licht an, dann knipste sie es wieder aus, die Dunkelheit war ihr lieber. Etwas, was !Xabbu gesagt hatte, ging ihr immer wieder durch ihren fieberhaft arbeitenden Kopf wie der Refrain eines Liedes: *... das, was uns froh macht, daß jemand anders da ist, was es besser macht, in Gesellschaft als allein zu sein.*

Aber was konnten sie und ein Häuflein anderer in so einer Situation schon ausrichten? Und warum überhaupt sie - warum übernahm nicht jemand anders mal die Verantwortung?

Sie dachte an ihren Vater nur zwei Türen weiter, und nur der angenehme Abend, den sie gerade verlebt hatten, machte es ihr möglich, eine heiße Woge der Erbitterung zu unterdrücken. Ganz gleich, wie hart sie gearbeitet hatte und wie wenig Schlaf sie in dieser Nacht bekam, er würde sofort losnörgeln, wenn gleich nach dem Aufstehen nicht das Frühstück für ihn bereitstand. Er war es gewöhnt, bedient zu werden. Das war die Schuld ihrer Mutter, die Kapitulation vor, nein, die Kollaboration mit einer überlebten Klischeevorstellung von der Rolle des afrikanischen Mannes. So mußte es vor langer Zeit gewesen sein: Die Männer hockten um das Feuer herum und prahlten von einer Gazelle, die sie drei Wochen vorher erlegt hatten, während die Frauen Nahrung sammelten, Kleider nähten, kochten, sich um die Kinder kümmerten. Ja, und sich um die Männer kümmerten, die im Grunde selber Kinder waren und immer gleich beleidigt, wenn sie nicht der Mittelpunkt des Universums waren ... Sie war voller Wut, merkte sie. Wut auf ihren Vater und auch auf Stephen, weil ... weil er von ihr fortgelaufen war, obwohl sie es furchtbar fand, auf ihn wütend zu sein. Aber sie war wütend, fuchsteufelswild geradezu, daß er sie verlassen hatte, daß er da in diesem Krankenhaus lag, stumm und reaktionslos, unzugänglich für ihre ganze Liebe, ihren ganzen Schmerz.

Wenn ihre Mutter nicht gestorben wäre, wäre es dann anders gekommen? Renie versuchte sich ein Leben vorzustellen, in dem jemand anders die Last getragen hätte, aber der Gedanke wollte sich einfach nicht real anfühlen. Eine normale Jugend - wenigstens in dem Sinne normal, wie man das Wort anderswo gebrauchte -, keine anderen Sorgen als Lernen und Freunde? Ein Sommerjob, wenn sie einen haben wollte, statt einer vollen Stelle neben dem Studium her? Aber es war eine rein theoretische Spielerei, sich ein solches Leben auszumalen, weil die Frau, die auf diese Art groß geworden wäre, die die letzten zehn Jahre über ein solches Leben geführt hätte, nicht mehr sie wäre. Eine andere Renie, eine aus der Welt hinter Alice' Spiegel.

Ihre Mutter Miriam, langgliedrig und zart. Sie hätte nicht fortgehen sollen. Wenn sie niemals in das Kaufhaus gegangen wäre, wäre heute alles besser. Allein ihr offenes Lachen, von dem ihr dunkles Gesicht plötzlich überraschend erstrahlen konnte, als ob eine Hand aufgegangen wäre und ein wunderschönes Geschenk hinhielte, hätte Renie das

Gefühl gegeben, nicht so allein zu sein. Aber Mama und ihr Lachen waren nur noch Erinnerungen, die jedes Jahr blasser wurden.

... Besser als allein zu sein, hatte !Xabbu gesagt. Aber war das nicht mit ihr Problem? Daß sie nie allein war, daß statt dessen die Menschen um sie herum ständig von ihr erwarteten, etwas zu tun, was sie selber nicht tun konnten?

Sie ihrerseits jedoch erbat sich nichts. Es war einfacher, stark zu sein - im Grunde verhalf es ihr dazu, stark zu bleiben. Wenn sie zugab, daß sie Hilfe brauchte, konnte sie ihre Fähigkeit verlieren, mit allem fertigzuwerden.

Aber ich brauche Hilfe. Ich kann das nicht allein bewältigen. Ich weiß nicht mehr weiter.

»Ich tue mein Bestes, um eine Lösung zu finden, Renie.« Martine klang nicht sehr hoffnungsvoll. »Eine Anlage von der Art, wie Singh gemeint hat, kostet sehr viel Geld. Ich würde dir Geld leihen, aber es wäre nicht annähernd so viel, wie du brauchst. Ich führe ein sehr bescheidenes Leben. Es ist alles in meine Ausrüstung geflossen.«

Renie starrte auf den leeren Bildschirm und wünschte, sie hätte wenigstens Martines Mona-Lisa-Sim vor sich. Zum Festprogramm des menschlichen Innenlebens gehörte das Bedürfnis, Gesichter anzuschauen und ihnen Informationen zu entnehmen, Anhaltspunkte, schlicht die Bestätigung, daß da draußen ein anderer Mensch war. Bildausfälle in öffentlichen Uplinks war Renie durchaus gewöhnt, aber wenn einmal der Bildschirm nicht funktionierte, unterhielt man sich wenigstens in der Regel mit jemand, dessen Gesichtszüge man schon kannte. Martines Großzügigkeit rührte sie, aber sie tat sich immer noch schwer, eine Verbindung zu fühlen. Wer war diese Frau? Wovor versteckte sie sich? Und was das Allermerkwürdigste war bei einer Frau, der ihre Privatsphäre derart heilig war: Warum hatte sie derart auf diesen Otherland-Irrsinn angebissen?

»Ich weiß, daß es nicht leicht sein wird, Martine, und ich bin dir wirklich dankbar für deine Hilfe. Ich kann Stephen nicht einfach kampflos aufgeben. Ich muß herausfinden, was ihm zugestoßen ist. Wer es getan hat und warum.«

»Und wie geht es *dir*, Renie?« fragte Martine unvermittelt.

»Was? Oh, gut. Etwas konfus bin ich. Müde.«

»Aber innerlich. Wie sieht es in dir aus?«

Renie erschien die Leere des Bildschirms auf einmal als etwas anderes – als das dunkle Fenster des Beichtstuhls. Sie war drauf und dran, der Französin alles zu erzählen, ihre obsessiven Ängste um Stephen, das absurde Bemuttern ihres Vaters, ihre sehr reale panische Angst vor den Kräften, mit denen sie sich offenbar eingelassen hatten. Dies alles lastete auf ihr wie ein einsturzgefährdetes Dach, und es wäre eine Wohltat, sich bei jemand darüber Luft machen zu können. Es gab Augenblicke, in denen sie das Gefühl hatte, die andere Frau könnte trotz des Geheimnisses, mit dem sie sich bewußt umgab, eine echte Freundin sein.

Aber Renie war nicht bereit, ihr so tief zu vertrauen, auch wenn sie vielleicht schon ihr Leben sehr weitgehend in Martines Hände gelegt hatte. Es gab eine feine Grenze zwischen gewöhnlicher Verzweiflung und dem völligen Verlust der Selbstkontrolle.

»Gut, gut. Müde, wie gesagt. Ruf mich an, wenn du auf etwas stößt. Oder wenn du von unserm Einsiedlerfreund hörst.«

»Na schön. Gute Nacht, Renie.«

»Nochmal vielen Dank.«

Mit dem Gefühl, wenigstens etwas getan zu haben, legte sie sich wieder hin.

> Als sie am Morgen in ihrem Benutzerkonto in der TH nachsah, warteten dort mehrere Mitteilungen betreffend ihre Suspendierung auf sie, eine Benachrichtigung über die Aufhebung ihres Mailzugriffsrechts, der Termin einer Vorverhandlung, das Ersuchen um Aushändigung diverser Systemcodes und Dateien – und eine, die als »persönlich« gekennzeichnet war.

»Renie, ruf mich doch bitte an.« Del Ray hatte sein Gesicht kurz vor dem Anruf frisch rasiert gehabt und sah aus, als ob er auf dem Weg zu einer wichtigen Sitzung wäre. Sein Bart wuchs schneller als bei jedem anderen Mann, den sie je kennengelernt hatte. »Ich mach mir Sorgen um dich.«

Sie mußte gegen das instinktive kleine Hüpfen im Magen ankämpfen. Was hatte das schon zu besagen, »Sorgen«? Eine Floskel, die man bei jeder alten Freundin anwenden würde, die gerade ihre Stelle verloren hatte. Er hatte jetzt eine Frau – wie hieß sie noch gleich? Blossom, Daisy, irgendwas Albernes in der Art –, da konnte es ihr sowieso egal sein. Unter ihre Gefühle für Del Ray hatte sie schon vor langer Zeit einen Strich gezogen. Sie mußte ihn nicht zurückhaben. Zumal sie bei all den anderen Sachen, die ihre Aufmerksamkeit beanspruchten, gar nicht gewußt hätte, wohin mit ihm.

Sie sah kurz das Bild eines Del-Ray-Bordes im Regal ihres neuen Zimmers mit der Stoffpuppentapete vor sich und gestattete sich ein Lachen, einfach um sich lachen zu fühlen und zu hören.

Renie zündete sich eine neue Zigarette an, nippte an ihrem Glas Wein – ein nachmittäglicher Luxus, den man sich als frisch Entlassene ja leisten konnte – und blickte über den Sicherheitszaun auf die umliegenden Hügel von Kloof. Sollte sie ihn zurückrufen? Er hatte bis jetzt nichts zu berichten gehabt, was der Rede wert gewesen wäre, und seine Mitteilung klang nicht so, als verspräche er neue Informationen. Andererseits konnte es sein, daß er etwas über dieses Otherland wußte oder, noch besser, eine Stelle kannte, über die sie Zugang zu einer professionellen VR-Anlage bekommen konnte. *Irgend etwas* mußte sie bald unternehmen. Wenn sie gezwungen war aufzugeben, konnte sie vor dem Untersuchungsausschuß der TH nichts anderes vortragen als überdreht klingende Behauptungen. Ganz zu schweigen davon, daß Singh, ein alter Mann, der allem Anschein nach auf der Abschußliste stand, dann ganz auf sich allein gestellt wäre.

Und Stephen. Wenn sie jetzt aufgab, gab sie auch Stephen auf, und er würde für alle Zeit schlafen wie eine Prinzessin im Märchen, allerdings ohne jede Hoffnung auf einen Prinz, der sich für den lebensspendenden Kuß seinen Weg durch die Dornenhecke bahnte.

Renie stellte den Wein ab, der ihr plötzlich einen sauren Magen machte. Das ganze Schlamassel schien hoffnungslos zu sein. Sie zerdrückte ihre Zigarette, um sich gleich darauf die nächste anzustecken, denn sie hatte beschlossen, Del Ray zurückzurufen. Im letzten Moment, als ihr Pad schon die Verbindung zur UNComm-Zentrale herstellte, gehorchte sie einer warnenden inneren Stimme und stellte die Bildübertragung aus.

Sein Assistent war kaum aus der Leitung gegangen, als Del Ray schon auf dem Bildschirm erschien. »Renie, bin ich froh, daß du anrufst! Ist mit dir alles in Ordnung? Ich hab kein Bild.«

Sie ihrerseits sah ihn sehr wohl. Er wirkte ein wenig gehetzt. »Mir geht's gut. Ich ... es ist irgendwas mit meinem Pad, weiter nichts.«

Er zögerte einen Moment. »Oh. Na, egal. Sag mir, wo du bist. Ich hab mir Sorgen um dich gemacht.«

»Wo ich bin?«

»Du bist mit deinem Vater aus der Unterkunft ausgezogen. Ich hab versucht, dich in der TH zu erreichen, aber dort hieß es, du wärst beurlaubt.«

»Ja. Hör mal, ich muß dich wegen einer Sache was fragen.« Sie hatte Otherland schon auf den Lippen, als sie stockte. »Woher weißt du, daß wir nicht mehr in der Unterkunft sind?«

»Ich ... ich bin hingegangen. Ich hab mir Sorgen um dich gemacht.«

Sie wehrte sich gegen das dumme, mädchenhafte Herzflattern. Irgend etwas an der Sache machte sie argwöhnisch. »Del Ray, sagst du die Wahrheit? Du bist durch die ganze Stadt zu dieser Unterkunft gefahren, bloß weil ich beurlaubt bin?«

»Du hast nicht auf meinen Anruf reagiert.« Das war ein einfacher Grund, aber Del Ray sah angespannt und unglücklich aus. »Sag mir einfach, wo du bist, Renie. Vielleicht kann ich dir irgendwie helfen. Ich habe Freunde - möglicherweise kann ich einen sichereren Aufenthaltsort für euch finden.«

»Wir sind sicher, Del Ray. Du brauchst dir keine Umstände zu machen.«

»Verdammt nochmal, Renie, das ist kein Witz.« Es schwang noch etwas anderes in seiner Stimme als Gereiztheit. »Sag mir endlich, wo du bist. Sofort! Und daß dein Pad kaputt ist, glaub ich dir auch nicht.«

Renie schnappte verdutzt nach Luft. Sie fuhr mit den Fingern über den Sensorbildschirm. Das Sicherheitsgear, das Martine ihr geschickt hatte, bepflasterte Del Rays Gesicht mit seinen Werten. Eine Zeichengruppe leuchtete heller als die anderen und gab Signale wie eine Warnblinkanlage.

»Du ... du Schwein«, hauchte sie. »Du versuchst meinen Anruf zu orten!«

»Was? Wovon redest du da?« Aber seine Miene verzerrte sich vor Scham. »Renie, du benimmst dich sehr merkwürdig. Warum willst du dir nicht von mir helfen lassen ...?«

Sie brach den Kontakt ab, und sein Gesicht verschwand augenblicklich. Renie drückte mit zitternden Fingern ihre Zigarette aus und stierte unglücklich auf das Kabel, das von ihrem Pad durchs Fenster in die Hausbuchse lief. Ihr Herz klopfte wie wild.

Del Ray hat mich verraten. Der Gedanke war beinahe surreal. Daß irgendwer einen Ministerialbeamten unter Druck setzte, nur um ihren Aufenthaltsort zu erfahren, war bizarr genug, aber daß Del Ray Chiume ihr das antat, war unfaßbar. Ihre Trennung war schwierig gewesen, aber niemals von Rachegedanken getrübt. *Was haben sie mit ihm gemacht? Ihn bedroht?* Er hatte ängstlich gewirkt.

Sie nahm ihr Glas Wein und leerte es. Wenn sie nicht völlig wahnsinnig geworden war, wenn das, was ihres Erachtens gerade passiert war, tatsächlich passiert war, dann waren sie selbst in Susans sicherheitsumzäunter, respektabler Vorstadtvilla nicht mehr sicher. Auch wenn Del Rays Aufspürversuch fehlgeschlagen war - wie lange würde es dauern, bis die Leute, die nach ihnen suchten, die kurze Liste von Renies Bekannten abgeklappert hatten und noch einmal hier vorbeischauten?

Renie steckte ihr Pad aus. Dann griff sie hastig nach Aschenbecher und Weinglas, wie um ihre Spuren zu beseitigen, und eilte ins Haus. Ihr Nacken kribbelte, und ihr Herzschlag war nicht langsamer geworden, seit sie Del Ray aus der Leitung geworfen hatte.

Es war, erkannte sie, die uralte Furcht eines gejagten Tieres.

Kapitel

Jäger und Gejagte

NETFEED/MUSIK:
Horrible Animals bringen den "classic" Sound zurück
(Bild: Clip von "1Way4U2B")
Off-Stimme: Saskia und Martinus Benchlow, Gründungsmitglieder von My Family and Other Horrible Horrible Animals, erklären, sie wollten mit ihrer einst so erfolgreichen Flurryband (drei diamantene Discs) eine neue und "klassische" Richtung einschlagen.
(Bild: Benchlows zuhause mit Gewehren und Pfauen)
S. Benchlow: "Wir machen auf den classic Gitarrensound des zwanzigsten Jahrhunderts. Wenn Leute behaupten, das wär bloß 'ne Masche ..."
M. Benchlow: "Die kacken kraß ab."
S. Benchlow: "Kraß. Total tschi-sin sind die. Wir holen was wieder, getickt? Aber wir machen was Eigenes draus. Segovia, Hendrix, Roy Clark — diesen trans classic Sound."

> »Ich geh jetzt lieber«, sagte sie. Sie wollte ihn nicht anschauen, weil ihr das ein komisches Gefühl machte.

»Aber du bist doch eben erst gekommen. Ach, natürlich, du hast noch Hausarrest, stimmt's? Deshalb darf der Heimweg von der Schule nicht zu lange dauern.« Er runzelte ein wenig die Stirn. Er sah traurig aus. »Ist es auch deswegen, weil du Angst davor hast, daß ich dich bitten werde, etwas Schlimmes zu tun?«

Christabel antwortete nicht, dann nickte sie mit dem Kopf. Herr Sellars lächelte, aber er sah immer noch traurig aus.

»Du weißt doch, ich würde nie etwas zu deinem Schaden tun, kleine

Christabel. Aber ich möchte dich bitten, daß du ein paar Sachen für mich tust, und ich möchte, daß das unter uns bleibt.« Er beugte sich vor, so daß sein komisches geschmolzenes Gesicht ganz dicht an ihrem war. »Hör zu. Mir läuft die Zeit weg, Christabel. Ich schäme mich, daß ich dich bitten muß, den Anweisungen deiner Eltern nicht zu gehorchen, aber ich bin in der Bredouille, wie man so sagt.«

Sie wußte nicht so recht, was »Bredouille« bedeutete, irgendwie daß es einem nicht gut ging, dachte sie. Herr Sellars hatte ihr auf ihrem Tischbildschirm in der Schule eine heimliche Botschaft geschickt und sie gebeten, heute bei ihm vorbeizukommen. Christabel war so überrascht gewesen, als plötzlich anstelle der Subtraktionsaufgaben diese Bitte erschienen war, daß sie das Nahen ihrer Lehrerin beinahe nicht bemerkt hätte. Sie hatte gerade noch rechtzeitig ausschalten können, bevor Frau Karman bei ihr war, und hatte sich dann von der Lehrerin für ihre Faulheit schelten lassen müssen.

»Wenn du sie nicht tun willst«, fuhr der alte Mann fort, »mußt du nicht. Ich werde trotzdem dein Freund sein, versprochen. Aber auch wenn du diese Sachen nicht für mich tun willst, sag bitte, *bitte*, niemand, daß ich dich darum gebeten habe. Das ist *sehr* wichtig.«

Sie war unsicher. Sie hatte Herrn Sellars noch nie so reden gehört. Er klang ängstlich und sorgenvoll, wie ihre Mutter, als Christabel in ihrem alten Haus die Treppe hinuntergefallen war. Sie sah ihm in die gelben Augen, versuchte zu verstehen.

»Was soll ich denn tun?«

»Ich werde es dir sagen. Es sind drei Sachen - wie im Märchen, Christabel. Drei Aufgaben, die nur du vollbringen kannst. Aber erst möchte ich dir etwas zeigen.« Herr Sellars drehte sich in seinem Rollstuhl um und langte nach dem Tisch. Er mußte die dicken Blätter einer seiner Pflanzen beiseite schieben, um zu finden, was er suchte. Er hielt es ihr hin. »Sieh mal, was ist das?«

»Seife.« Sie fragte sich, ob er welche essen würde. Das hatte sie ihn schon einmal machen sehen.

»So ist es. Es ist sogar eins der Stücke, die du mir mitgebracht hast. Aber es ist noch mehr. Hier, siehst du?« Er drehte die Seife etwas und deutete auf ein Loch an einem Ende. »Jetzt schau her.« Er nahm die Seife in seine beiden zittrigen Hände und zog sie in zwei Teile auseinander, als ob er ein Butterbrot aufklappen würde. Mittendrin in der

Seife steckte ein grauer Metallschlüssel. »Ziemlich guter Trick, was? Den habe ich aus einem Gefängnisfilm im Netz.«

»Wie ist er in die Seife reingekommen?« fragte sie. »Und wozu?«

»Ich habe die Seife halbiert und die Form reingeschnitten, die ich haben wollte«, erläuterte Herr Sellars. »Dann habe ich dieses Loch gemacht, siehst du? Und dann die zwei Hälften zusammengetan und heißes Metall reingegossen. Als es abgekühlt war, gab es einen Schlüssel. Und jetzt werde ich dir sagen, wozu er gut ist. Das ist eine der drei Aufgaben, die ich für dich habe, Christabel. Na? Bist du bereit, sie dir anzuhören?«

Christabel blickte den Schlüssel an, der auf der Seife lag wie auf einer Matratze, so als würde der Schlüssel schlafen, bis sie ihn weckte, wie der Märchenprinz. Sie nickte.

Sie mußte ihr Fahrrad nehmen, weil es ein langer Weg war. Außerdem hatte sie in ihrem Fahrradkorb schwere Sachen zu transportieren.

Sie mußte bis zum Samstag warten, weil ihre Eltern da zum Footballspiel gingen. Sie war einmal mitgegangen, aber sie hatte so viele Fragen darüber gestellt, was die winzigen Männlein da unten auf dem grünen Feld machten, daß ihr Papi beschlossen hatte, künftig wäre es besser, sie bliebe zuhause.

An den Footballtagen brachten Mami und Papi sie zu Frau Gullison. An diesem Samstag erzählte Christabel Frau Gullison, sie müßte rasch zu einer Freundin und deren Hund füttern und mit ihm Gassi gehen. Frau Gullison, die im Fernsehen Golf guckte, sagte, sie solle nur gehen, aber gleich wiederkommen und in keine Schubladen von den Eltern der Freundin schauen. Das fand Christabel so komisch, daß sie beinahe laut gelacht hätte.

Draußen wurde es langsam kalt. Sie wickelte sich ihren Schal fest um den Hals und steckte die wehenden Enden in ihren Mantel, damit sie sich nicht in den Speichen verfingen. Das war ihr einmal passiert, und sie war hingefallen und hatte sich das Knie abgeschürft. Sie strampelte kräftig die Stilwell Lane entlang, dann bog sie ab über die kleine Brücke und fuhr an der Schule vorbei. Herr Diaz, der nette Hausmeister, leerte gerade einen Sack Laub in eine Mülltonne, und fast hätte sie gerufen und gewunken, aber dann fiel ihr ein, daß Herr Sellars ihr eingeschärft hatte, mit niemandem zu reden.

Sie fuhr genau den Weg, den der alte Mann ihr beschrieben hatte, viele

Straßen weit. Nach einer Weile kam sie in einen Teil des Stützpunkts, wo sie noch nie gewesen war und wo eine Gruppe niedriger Schuppen aus huppligem, welligem Metall um eine Grasfläche herum standen, die schon lange nicht mehr gemäht worden war. An die letzte Schuppenreihe schloß sich noch eine Gruppe kastenförmiger Dinger an, die so ähnlich waren wie die Schuppen, aber noch niedriger und aus Beton. Sie schienen halb in der Erde versenkt zu sein. Christabel konnte sich nicht vorstellen, wozu sie gut sein sollten. Wenn es Häuser waren, dann sehr kleine. Sie war froh, daß sie nicht darin wohnen mußte.

Sie fing auf der Seite, von der sie gekommen war, zu zählen an, wie Herr Sellars es ihr gesagt hatte, *eins, zwei, drei,* bis sie am achten Betonkasten war. Es war eine Tür darin, und an der Tür war ein Vorhängeschloß, genau wie er gesagt hatte. Christabel schaute sich sicherheitshalber um, daß auch ja niemand sie beobachtete und nur darauf wartete, bis sie etwas Schlimmes tat, um dann sofort auf sie loszustürmen, wie sie es neulich abends in einem Krimi gesehen hatte, aber sie konnte keine Menschenseele entdecken. Sie holte den komischen rohen Schlüssel hervor, den Herr Sellars in der Seife gemacht hatte, und steckte ihn in das Schloß. Zuerst wollte er nicht richtig passen, aber sie ruckelte ihn ein paarmal hin und her, bis er ganz reinging. Sie versuchte ihn zu drehen, aber konnte ihn nicht bewegen. Dann fiel ihr die kleine Tube ein, die Herr Sellars ihr gegeben hatte. Sie zog den Schlüssel wieder heraus und preßte etwas von dem Schmierzeug aus der Tube in das Loch im Schloß. Sie zählte langsam bis fünf und versuchte es noch einmal. Das Schloß schnappte auf. Das Knacken und das plötzliche Lebendigwerden in ihrer Hand ließen Christabel vor Schreck zusammenfahren.

Als keine Polizisten mit Pistolen und Panzeranzügen hinter den Metallschuppen hervorgestürmt kamen, zog sie die Tür auf. Drinnen war ein Loch im Betonboden, und eine Leiter führte hinunter, genau wie Herr Sellars gesagt hatte. Die Leiter war rauh an ihren Fingern, und Christabel schnitt ein Gesicht, aber sie hatte es versprochen, also kletterte sie hinunter. Obwohl sie unten im Loch nichts gesehen hatte, stieg sie nur sehr ungern hinein – Herr Sellars hatte gesagt, es wären keine Schlangen da, aber er konnte sich irren. Zum Glück war die Leiter nur kurz, und bevor sie zu große Angst kriegen konnte, war sie schon unten angekommen. Sie schaute sich am Boden um, aber in dem kleinen Raum unter der Erde waren keine Schlangen und auch sonst nichts drin außer dem, was sie suchte, nämlich eine viereckige Metalltür in der Wand.

Christabel hockte sich neben der Tür hin, die breiter war als sie und die halbe Wand ausfüllte. An einer Seite war die Metallstange, die Herr Sellars den »Riegel« genannt hatte. Sie versuchte ihn aufzuruckeln, aber er rührte sich nicht. Sie holte ihre Tube hervor und drückte noch einmal das Schmierzeug heraus. Sie konnte sich nicht mehr recht erinnern, wo sie sie hintun sollte, deshalb preßte sie die ganze Tube über dem Riegel aus. Sie zählte wieder bis fünf und ruckelte dann abermals daran. Zuerst sah es nicht so aus, als wollte sich etwas bewegen. Nach einer Weile meinte sie, ein ganz leichtes Spiel zu spüren, aber auf ging der Riegel immer noch nicht.

Sie setzte sich hin und dachte etwas nach, dann stieg sie die Leiter wieder hoch. Sie spähte aus der Tür, um sicherzugehen, daß immer noch niemand schaute, bevor sie sich aus dem Betonkasten traute. Es dauerte nicht lange, bis sie einen Stein gefunden hatte, der groß genug war.

Christabel mußte nur ein paarmal zuschlagen, dann ging der kleine vorstehende Nippel an dem Riegel plötzlich nach unten, und sie konnte das ganze Ding hin und her schieben. Sie schob es so weit, wie es ging, in seinen Schlitz zurück, wie Herr Sellars es ihr gesagt hatte, und kletterte dann wieder die Leiter hoch in den nachmittäglichen Sonnenschein.

Zufrieden mit sich, weil sie tapfer gewesen war und weil ihr die erste Sache, um die der komische alte Mann sie gebeten hatte, so gut gelungen war, stand sie neben ihrem Fahrrad und sah den Betonkasten an. Er war wieder zugeschlossen, und der Schlüssel steckte in ihrer Tasche. Es war ein Geheimnis, das nur sie und Herr Sellars kannten. Es gab ihr ein kribbliges, aufgeregtes Gefühl. Jetzt waren nur noch zwei Aufgaben übrig.

Sie setzte kurz ihre MärchenBrille auf, um noch einmal Herrn Sellars' Liste zu lesen. Sie schaute auf ihre Otterwelt-Uhr - Pikapik, der Otterprinz, hielt die Zahlen 14:00 zwischen den Pfoten, was bedeutete, daß sie noch fünfzehn Minuten hatte, um zum nächsten Ort zu gelangen. Sie vergewisserte sich, daß die Bolzenschere noch im Einkaufsbeutel in ihrem Fahrradkorb war, dann stieg sie auf den Sitz und radelte davon.

> Bis auf die Nasenspitze und die Ecken der Backenknochen war Yacoubians Gesicht blaß vor Wut geworden, einen ganzen Ton heller als seine normale olivdunkle Hautfarbe.

»Sag das nochmal. Langsam. Damit ich deinen nächsten Anverwandten sagen kann, wie du aussahst, bevor ich dir den Kopf abriß und damit jede Hoffnung auf eine Aufbahrung vor der Beisetzung zunichte machte.«

Der junge Tanabe bedachte ihn mit einem kühlen Lächeln. »Ich sage es dir gern noch einmal, General. Alle nicht zu Telemorphix gehörenden Personen, die das Labor betreten - *alle* -, werden vorher durchsucht. Punkt. Anordnung von Herrn Wells. Wenn du dich beschweren möchtest, Sir, mußt du dich an Herrn Wells wenden. Aber anders kommst du in diesen Laborkomplex nicht hinein. Bedaure sehr, General.«

»Und wenn ich mich nicht durchsuchen lasse?«

»Dann mußt du entweder hier warten, oder wenn du gewalttätig wirst, lassen wir dich hinausführen ... Sir. Bei allem Respekt, ich glaube nicht, daß du dich mit unsern Sicherheitskräften anlegen willst.« Tanabe deutete beiläufig auf zwei überaus bullige Männer neben dem Eingang, die das Gespräch mit einem gewissen professionellen Interesse verfolgten. Daß ihre Massigkeit zum Teil von den gummierten elektrokatalytischen Körperpanzern unter ihren legeren Anzügen kam, tat dem Effekt keinen Abbruch. »Offen gestanden, General, haben wir hier bei TMX mindestens ein halbes Dutzend Sicherheitskräfte, die früher unter deinem Kommando gedient haben. Du würdest die Qualität deiner Arbeit wiedererkennen.«

Yacoubian blickte finster, aber gab sich dann einen sichtlichen Ruck. »Ich hoffe, du hast deinen Spaß dran. Mach zu.«

Tanabe rief die Wächter mit einer kurzen Kopfbewegung herbei. Während sie den General rasch und gründlich überprüften, stand Wells' Assistent mit verschränkten Armen daneben. »Von Spaß kann keine Rede sein, Sir. Ich habe meinen Job, genau wie deine Männer ihren haben.«

»Ja, aber ich kann meine Männer erschießen lassen.«

Tanabe lächelte abermals. »Vielleicht macht dir mein Boß dieses Jahr ein unerwartetes Weihnachtsgeschenk, General.«

Einer der Wächter zog Yacoubian sein goldenes Zigarrenetui aus der Tasche. »Dies nicht, Sir. Es sei denn, du willst eine halbe Stunde warten, bis wir das Etui und seinen Inhalt überprüft haben.«

»Mein Gott, hat der alte Spinner sogar Angst davor, daß eine unangezündete Zigarre mit ihm in einem Zimmer sein könnte?«

Tanabe nahm das Zigarrenetui entgegen. »Du hast die Wahl, General.«

Yacoubian zuckte mit den Achseln. »Liebe Güte. Okay, kleiner Mann, du hast gewonnen. Bring mich rein.«

Wells wartete leicht amüsiert ab, bis Yacoubian fertig geflucht hatte. »Tut mir leid, Daniel. Wenn ich gewußt hätte, daß du dich so aufregst, wäre ich gekommen und hätte dich selbst durchsucht.«

»Sehr witzig. Ich rate dir bloß, daß die Sache diesen ganzen Scheißdreck wert ist.« Die Hand des Generals wanderte zu seiner Tasche, fand aber kein Zigarrenetui und zog sich zurück wie ein Tier, das zu früh aus dem Winterschlaf erwacht war. Seine Miene verdüsterte sich noch mehr. »Was kannst du denn schon nach zwei Wochen vorzuzeigen haben? Tu doch nicht so, Bob. Selbst deine Jungs von der pfiffigen Truppe können nicht so schnell sein.«

»Jungs *und* Mädels, Daniel. Sei doch nicht so vorsintflutlich. Und natürlich haben wir es nicht in zwei Wochen geschafft. Eher in zwei Jahren - aber wir haben in diesen letzten beiden Wochen insgesamt Tausende von Arbeitsstunden reingesteckt, um es fertig zu kriegen.« In der Wand ertönte ein leises Klingen. Wells tippte auf seine Schreibtischplatte, und eine Schublade ging vor ihm auf. Er entnahm ein Pharmapflaster und legte es sich vorsichtig in die Armbeuge. »Nur meine Medizin«, entschuldigte er sich. »Also, wenn du dich beruhigt hast, zeige ich dir, was wir ausgekocht haben.«

Yacoubian stand auf. Er war jetzt ruhiger, aber in seiner Haltung lag eine Angespanntheit, die vorher nicht dagewesen war. »Mit diesem ganzen Theater wolltest du dir einen Jux machen, stimmt's? Erst das Warten, dann die Durchsuchung, obwohl du genau wußtest, daß es mich stinksauer machen würde.«

Wells spreizte die Hände. Trotz der knotigen Muskeln und der vortretenden Knochen zitterten sie nicht. »Daniel. Du übertreibst.«

Yacoubian hatte blitzschnell den Raum durchquert und sich vor seinem Gastgeber aufgebaut. Seine Nasenspitze berührte beinahe Wells' Gesicht. Ein locker aufgelegter Finger reichte, und Wells' Hand, die zum Desktop-Alarm gewandert war, erstarrte in der Bewegung. »Ich laß mich nicht von dir schurigeln ... Bob. Vergiß das nie. Unsere Beziehung hat eine lange Geschichte. Man könnte fast sagen, wir wären Freunde. Aber versuch *niemals* zu erfahren, was für ein Feind ich sein kann.«

Yacoubian setzte plötzlich ein Lächeln auf und trat zurück, so daß Wells nach einer stützenden Stuhllehne greifen mußte. »Also dann. Schauen wir uns dein kleines Spielzeug mal an.«

Der General stand in der Mitte des abgedunkelten Raumes. »Na und? Wo ist es?«

Wells bewegte die Hand. Die vier Bildwände leuchteten auf. »Dies ist ein Labor, Daniel, aber keins von der Frankensteinschen Sorte. Wir arbeiten hier mit Information. Das ›Spielzeug‹, wie du es nennst, ist nicht etwas, was ich einfach auf den Tisch stellen und dir vorführen kann.«

»Dann spar dir die Theatralik.«

Wells schüttelte mit gespieltem Bedauern den Kopf. »Meine Leute haben viel Zeit in eine Sache investiert, die wir niemandem außerhalb des Unternehmens zeigen können. Da darfst du mir getrost ein kleines bißchen Theater gönnen.« Er winkte, und alle vier Bildschirme wurden dunkel. Ein Hologramm kleiner weißer Punkte entstand mitten im Raum. Die Punkte schienen sich völlig willkürlich zu bewegen, wie Bakterien im Zeitraffer oder überhitzte Moleküle. »Mir wäre wohler, wenn ich dich über den Kontext aufklären könnte, Daniel, deshalb werde ich dir erst einmal die Geschichte dieses Projekts ein wenig erläutern. Du kannst mich jederzeit unterbrechen, wenn ich dir zu viele Dinge erzähle, die du schon weißt.«

Yacoubian schnaubte. »Dich unterbrechen? Wie denn? Deine Sicherheitsknaben haben mir die Waffe weggenommen.«

Wells schenkte ihm ein eisiges Lächeln. »Das Problem stellt sich oberflächlich betrachtet ziemlich unkompliziert dar. Das Gralsprojekt ist im Grunde eine Simulation, wenn auch unendlich viel ehrgeiziger als jede andere bis dato. Als Teil des Experiments wurde eine von unserem Vorsitzenden ausgewählte Versuchsperson – nennen wir ihn der Einfachheit halber X, da man uns seinen richtigen Namen noch nicht mitgeteilt hat – in die Simulation eingeschleust.« Wells machte eine Geste. Das Bild eines sargähnlichen und mit Kabeln behängten Metallzylinders trat kurzfristig an die Stelle der Pünktchen. »Es war übrigens nicht leicht, *irgendwelche* Informationen über die Versuchsperson zu bekommen – der alte Mann läßt sich überhaupt nicht in die Karten gucken –, aber anscheinend wurde X diversen Konditionierungsverfahren unterzogen, mit dem Ziel, sein Gedächtnis zu verändern oder auszuschalten, bevor er uns übergeben wurde.«

»Konditionierungsverfahren!« Yacoubian lachte kurz und hart auf. »Und ihr Zivilisten macht Witze über militärische Euphemismen! Was haben sie mit ihm gemacht, ihm einen schlechten Haarschnitt und zu viel Shampoo verpaßt? Sie haben ihn innerlich gelöscht, Wells. Er hat eine komplette Gehirnwäsche bekommen.«

»Sei's drum. Jedenfalls kam es vor ungefähr einem Monat zu einer Störung der Überwachungsanlage und zur Auslösung der Abkoppelungssequenz - wir können immer noch nicht mit Sicherheit sagen, ob es Zufall oder Sabotage war -, und der Kontakt mit X ging verloren. Der Kontakt mit seinem Gehirn, heißt das. Sein Körper befindet sich selbstverständlich immer noch hier auf dem Gelände. Ungefähr fünfzehn Meter unter der Stelle, wo du gerade stehst, um genau zu sein. Aber das bedeutet, daß seine Submersion im Simulationsnetzwerk anhält, und wir haben keine Ahnung, wo in der Matrix er sich befindet.«

»Okay, damit wärst du endlich bei etwas angelangt, was ich noch nicht weiß«, sagte Yacoubian. »*Warum* können wir ihn nicht finden? Wie schwer kann das sein?«

»Ich möchte dir etwas zeigen.« Wells bewegte abermals die Hand. Die leuchtenden weißen Punkte tauchten wieder auf und blieben dann stehen, so daß sie aussahen wie eine dreidimensionale Sternenkarte. Wells deutete auf einen Punkt, und der wurde rot und fing an zu blinken. »Die alten Simulationen waren sehr simpel - alles war reaktiv. Wenn die Versuchsperson etwas anschaute oder anfaßte oder sich in eine Richtung bewegte, verhielt sich die Simulation dementsprechend.«

Der rote Punkt fing langsam an sich zu bewegen. Die weißen Punkte, die sich am nächsten um ihn herum scharten, nahmen ihre vorherige Bewegung wieder auf, aber alle anderen Punkte blieben starr.

»Alles geschah in Beziehung auf die Versuchsperson. Gab es keine Versuchsperson, dann geschah auch nichts. Selbst wenn es eine gab, geschah nichts, was über den Wahrnehmungshorizont dieser Versuchsperson hinausging. Aber genau wie die ganz ähnlichen frühen Experimente mit künstlicher Intelligenz erzeugten derartige Simulationen sehr dürftige Versionen dessen, was sie zu simulieren versuchten - reale Menschen denken nicht in linearen Wenn-dann-Ketten, und reale Verhältnisse hören nicht auf sich zu verändern, wenn es keinen menschlichen Beobachter gibt. Daher ging man gegen Ende des vorigen Jahrhunderts dazu über, statt mit künstlicher Intelligenz mit ›künstlichem Leben‹ zu experimentieren. Man fing an, Environments zu schaffen, die sich entwickelten. Die künstlichen Organismen in diesen neuen Environments entwickelten sich ebenfalls, auch wenn sie anfangs sehr einfach waren. Ein KL-Experiment lief unaufhörlich weiter, und die verschiedenen künstlichen Organismen lebten, ernährten sich, pflanzten sich fort, starben, ob ein Wissenschaftler dabei zuschaute oder nicht.

Und genau das machen die neuen Simulationsgenerationen auch ... wenigstens die Hochleistungstypen.« Wells streckte wieder den Finger aus. Der rote Punkt verschwand, aber alle weißen Punkte setzten sich erneut in Bewegung, manche ganz langsam, andere schnell wie Geschosse, manche in Gruppen, andere einsam auf scheinbar wohlüberlegten Bahnen. »Ob es einen menschlichen Teilnehmer gibt oder nicht, die verschiedenen Komponenten der Simulation – künstliche Lebewesen, künstliches Wetter, sogar künstliche Entropie – gehen auf jeden Fall weiter. Sie interagieren, verbinden und trennen sich in einem fort, und durch diese Interaktion erreicht, ja übertrifft unter Umständen ihre individuelle Einfachheit die Komplexität des realen Lebens.« Er kicherte. »Oder des ›RL‹, wie wir zu sagen pflegen.«

Yacoubian betrachtete das Gefunkel der anscheinend regellos herumirrenden Punkte in der Mitte des Raumes. »Das sagt mir immer noch nicht, warum wir diesen dämlichen X nicht finden können.«

Wells rief wieder den roten Punkt auf. Er ließ das Durcheinander erstarren und faßte den General sanft, aber konzentriert ins Auge. »Okay, Daniel, ich führe dir zunächst die altmodische Simulation vor, die Art, die nur auf den menschlichen Teilnehmer reagiert. Laß mich zuerst die Versuchsperson unkenntlich machen.« Der rote Punkt nahm ein ruhig leuchtendes Weiß an. »Jetzt stelle ich das Ganze an.« Die Punkte erwachten wieder zum Leben, das heißt einige von ihnen, ein pulsierender Schwarm, der langsam durch den falschen Sternenhimmel trieb wie eine Rauchwolke, während die Punkte zu beiden Seiten unbewegt blieben. »Welcher ist die Versuchsperson?«

Yacoubian beugte sich vor. »Es muß einer von denen da in der Mitte sein. Der da. Nein, der da.«

Die Wolke erstarrte, und ein einzelner Punkt wurde rot. »Beinahe, Daniel. Ich bin sicher, mit ein klein wenig mehr Beobachtung hättest du's gehabt. Jetzt probieren wir es mit einem Simulationsmodell, das eher dem Gralsnetzwerk ähnelt.« Der rote Punkt wurde wieder weiß, dann bewegten sich alle Punkte auf einmal.

»Ich ... ich hab ihn verloren.«

»Genau.« Wells streckte die Hand aus, und das Hologramm verlosch. Auf den Bildwänden erschien ein stumpfes graues Licht, in dem sich beinahe unsichtbar der Schatten des TMX-Logos abzeichnete. »Wenn Simulationen sich dem realen Leben so sehr annähern wie unsere, läßt sich nicht ohne weiteres ausmachen, welches scheinbar lebendige Objekt ein menschlicher Teilnehmer ist und welches bloß ein Teil des Pseudolebens.«

Yacoubian blickte sich um. Wells verstand und klatschte leicht in die Hände; zwei Stühle stiegen aus Versenkungen im Boden empor. »Aber es ist *unser* Simulationsnetzwerk, verdammt nochmal!« Der General ließ sich schwer auf einen der Stühle fallen. »Warum schalten wir es nicht einfach ab? Du kannst mir nicht weismachen, er würde immer noch irgendwo da drinnen rumrennen, wenn wir einfach das Kabel rausziehen!«

Der Gründer von Telemorphix seufzte. »So leicht geht das nicht, Daniel. Wenn wir einfach sämtliche Simulationen im Netzwerk anhalten, verändern wir gar nichts. X wird wie ein Artefakt aussehen, ganz gleich in welcher Simulation er steckt, und Artefakte haben keine individuellen Geschichten, die sich nachprüfen lassen. Sie ... existieren einfach. Es gibt auf diesem Planeten nicht genug Prozessoren, um alles festzuhalten, was im Gralsprojekt passiert ist, seit es richtig läuft. Und was deine Idee betrifft, den Stecker rauszuziehen – mein Gott, Daniel, ist dir eigentlich klar, wie viel Zeit und Geld die Leute in der Bruderschaft in das Wachstum dieser Welten gesteckt haben? Denn das sind sie: gewachsen, durch Evolution selbst erzeugt, genau wie eine wirkliche Welt. Billionen! Sie haben Billionen dafür ausgegeben und fast zwei Jahrzehnte lang mit Hochgeschwindigkeitsrechnern daran gebaut. Die Komplexität dieser ganzen Sache ist fast unvorstellbar ... und du willst den Stecker rausziehen? Das wäre so, als wolltest du in das reichste Wohnviertel der Welt gehen und sagen: ›Hier in der Gegend läuft eine Kakerlake frei herum. Hättet ihr was dagegen, wenn wir alle eure Häuser abbrennen, um sie zu vertreiben?‹ Das kommt schlicht und einfach nicht in Frage, Daniel.«

Der General klopfte abermals auf seine Jackentasche und zog dann ein mürrisches Gesicht. »Aber du hast eine Lösung, was?«

»Ich denke. Wir haben einen Agenten gebaut.« Er machte eine Geste, und die Bildwände füllten sich mit Text.

»Einen Agenten? Ich dachte, es wären längst Agenten mit der Sache beschäftigt. Tutanchamon oder Gott der Allmächtige, oder wie er sich im Moment gerade nennt, meinte, er hätte die neuesten und besten Modelle darauf angesetzt.«

»Tja, und genau da liegt der Hund begraben. Sicher, auch darüber wissen wir nicht viel - seine Leute haben diesen Teil des Projekts weitgehend unter Kontrolle, und bis jetzt bin ich ihnen nicht in die Quere gekommen. Aber es ist anzunehmen, daß alle seine Agenten da drin, menschliche wie künstliche, in ihrer Suche nach der altmodischen Art verfahren.«

»Die da wäre?«

»Nach Ähnlichkeiten suchen. Meine Leute haben herausgefunden, was sie konnten - es ist schwer, in einem gemeinsamen wissenschaftlichen Environment etwas völlig geheimzuhalten -, und soweit wir sehen können, hat das Team des alten Mannes alle Bewegungen von X verfolgt, seit er in das Netzwerk eingegeben wurde. Das bedeutet, daß sie so etwas wie ein Verhaltensprofil entwickelt haben, eine Art Psychogramm darüber, wie X sich in mehreren verschiedenen Simulationen verhalten hat. Somit werden alle Agenten und Suchprogramme, die sie derzeit im Einsatz haben, wahrscheinlich dieses Psychogramm mit den Verhaltensprofilen sämtlicher Einheiten im Netzwerk vergleichen.«

»Na und? Hört sich an wie die richtige Art, die Sache anzupacken.« Zum drittenmal klopfte Yacoubian auf seine Jackentasche.

»In einem weniger komplexen System, ja. Aber wie ich dir schon seit langem zu erklären versuche, funktioniert unser Simulationsnetzwerk nicht wie die andern. Zum einen gibt es keine Ablaufverfolgung individueller Einheiten, und deshalb müssen Profilvergleiche einzeln von Fall zu Fall vorgenommen werden.« Wells runzelte die Stirn. »Wirklich, Daniel, du solltest dich über das alles auf dem laufenden halten - es ist für dich genauso wichtig wie für uns andere.«

»Ach ja? Und wie gut weißt du auf meinem Gebiet Bescheid, du Schlaukopf? Wie gut bist du über die globale Sicherheitssituation informiert? Über unsern Gebrauch der militärischen Infrastruktur?«

»Touché.« Wells setzte sich schließlich. »Na schön, ich fahre fort. Was es so schwierig macht, auf diese altmodische Weise einen Verhaltensvergleich durchzuführen, ist auch nicht bloß die Komplexität des Netzwerks. Wichtiger noch ist, daß die Verhaltenssignatur jedes freien Akteurs sich von einer Simulation zur nächsten verändert - vielleicht nicht viel, aber immerhin. Schau, fast alle diese Simulationen sind auf unmittelbare Funktionalität für den Benutzer abgestellt. Das heißt, wenn du dir vor dem Eintritt nicht selbst bestimmte Eigenschaften aussuchst, wird dir die Simulation nach ihrer eigenen Logik welche zuweisen. Daher wird X beim Übergang von einer Simulation zur andern wahrscheinlich jedesmal von den Simulationen selbst zumindest ein klein wenig verändert. In diesem Fall arbeitet die Gehirnwäsche, wie du es so roh, aber nicht unzutreffend nanntest, gegen uns. Wenn er keine Erinnerung hat, wird aller Wahrscheinlichkeit nach eher sein Sim von den Simulationen gestaltet als umgekehrt. Und darin liegt ein letztes Problem. Altmodische Agenten, die sich frei im Netzwerk bewegen können, besitzen mit einiger Sicherheit ein gewisses Maß an Geschlossenheit - das heißt, *sie* verändern sich nicht sehr. Sie sind nach einer Weile relativ leicht auszumachen, und da sie eine gewisse Zeit und Nähe zu der verdächtigen Einheit benötigen, bevor sie einen Vergleich und eventuell eine Festnahme durchführen können, kann es sein, daß X auf nahezu unbegrenzte Zeit einen Vorsprung vor ihnen behält.«

»Scheiße. Und was du hast, ist besser?«

»Wir glauben, daß wir das *aller*neueste und *aller*beste Modell haben.« Wells verzog die Lippen. »Bekomme ich wieder zu hören, daß ich allzu dramatisch tue? Nein? Na gut.« Er schnalzte mit den Fingern, und aus der Lehne jedes Stuhles kam ein Kabel. »Steck ein.«

Der General zog das Kabel heraus und steckte es in ein Implantat hinter seinem linken Ohr. Wells tat das gleiche.

»Ich sehe nichts. Bloß einen Haufen Bäume und einen See.«

»Der Baum da? Das ist unser Agent.«

»Was soll denn das jetzt schon wieder? Ein Agent, der ein Baum ist? Hast du völlig den Verstand verloren?«

»Jetzt guck dir diese Szene an. Siehst du die Frau dort am vorderen Tisch? Das ist unser Agent. Die nächste - das da ist unser Agent, der Soldat mit dem Flammenwerfer.«

Yacoubian faßte etwas scharf ins Auge, was von außen nicht zu sehen war. »Also das Ding verändert sich?«

»Fügt sich in jede Umgebung ein. Ein Modell oder eine Zeichnung oder sonstwas habe ich dir deswegen nicht gezeigt, weil es nichts zu zeigen gibt. Es ist der perfekte Verstellungskünstler und damit die perfekte Suchvorrichtung - es paßt sich allem an.«

»Na schön, es fügt sich ein und paßt sich an - und wozu soll das gut sein?«

Wells seufzte. »Selbst wenn X ihm ein- oder zweimal entkommt, wird er es trotzdem nicht wiedererkennen, weil es niemals dieselbe Form oder Erscheinung hat. Und es lernt unentwegt, findet immer raffiniertere Formen, sich anzupassen und Informationen zu sammeln. Noch wichtiger aber ist, daß es die Daten auf einer höheren Ebene durchkämmt als die Agenten der alten Art, weil es nicht nach Übereinstimmungen mit einem einzigen Profil sucht. Eigentlich tut es das Gegenteil – es sucht nach Anomalien.«

»Und wenn es eine Anomalie findet – bumm! Dann haben wir ihn.«

»Ich sollte dich digitalisieren und in meinen Lehrplan für neue Angestellte einbauen – ›Erklärungen für Laien‹. Nein, Daniel, so einfach ist es nicht. Denk dran, wir haben dieses Netzwerk mit weniger als hundert verschiedenen Simulationen angefangen, aber inzwischen muß es wenigstens ein paar Tausende geben – ich habe allein schon um die vierzig. Hinzu kommt, daß es zu jedem beliebigen Zeitpunkt über zehntausend reale Personen geben muß, die die Simulationen benutzen – viele unserer einfachen Mitglieder finanzieren ihren Platz auf der Warteliste des Gralsprojekts, indem sie Zeit im Netzwerk an Freunde und Geschäftspartner vermieten. Alles zusammengenommen – die ständige Veränderung der Simulationen, lebende Benutzer, die von Artefakten kaum zu unterscheiden sind, und ... na ja, noch ein paar hin und wieder auftretende Merkwürdigkeiten, die wir noch untersuchen –, dies alles hat zur Folge, daß ›Anomalien‹, wie ich es genannt habe, millionen- und abermillionenfach vorkommen. Und trotzdem prüft und sucht unser neuer Agent schneller als irgend etwas anderes, und auf Schnelligkeit kommt es an. Ob es dir paßt oder nicht, wir veranstalten gewissermaßen einen Wettlauf mit unserem Vorsitzenden. Aber es wird unser Schnuckelchen sein, das X findet, und jeden anderen auch, den wir je aufspüren wollen, das kann ich dir versprechen.« Er lachte still vor sich hin. »Weißt du, auf welchen Codenamen wir den Agenten getauft haben? *Nemesis*.«

Der General zog sich das Kabel aus dem Hals. »Von diesen ausländischen Autos hab ich noch nie viel gehalten.« Er beobachtete Wells, der sich ebenfalls ausstöpselte. »Meine Fresse, das war ein Witz, du Gipskopf. Ich hab schon mal was von griechischer Mythologie gehört. Und wann willst du dein kleines Monster vom Stapel lassen? Zerteppers du dazu 'ne Flasche Champagner an der Bildwand?«

Wells wirkte ein wenig verärgert. »Ist schon geschehen. Während wir hier reden, arbeitet es sich durchs System, lernt, verändert sich, erfüllt seinen Auftrag. Braucht niemals was zu essen, niemals Urlaub. Der perfekte Angestellte.«

Yacoubian nickte und stand auf. »Ganz nach meinem Geschmack. Apropos perfekter Angestellter, wenn du diesen Tanabe entläßt, sag mir Bescheid. Ich werde ihn entweder anstellen oder umbringen.«

»Ich bezweifle, daß du je Gelegenheit zum einen oder andern erhältst, Daniel. Bei TMX ist die Fluktuation noch geringer als beim Militär. Unsere Bezahlung ist sehr gut.«

»Kann ich mir vorstellen. Wo geht's hier raus?«

»Ich begleite dich.«

Auf dem Weg durch den dick mit Teppich ausgelegten Flur faßte der General den Gründer von Telemorphix sacht am Arm. »Bob, wir waren in Wirklichkeit gar nicht im Labor, stimmt's? Nicht in dem hypersauberen Teil, wo Sicherheitsmaßnahmen unerläßlich sind. Das heißt, ich mußte nicht durchsucht werden, bloß um in diesen Konferenzraum zu dürfen, stimmt's?«

Wells ließ sich mit der Antwort einen Moment Zeit. »Stimmt, Daniel. Ich habe es nur getan, um dir eins auszuwischen.«

Yacoubian nickte, aber schaute Wells nicht an. Seine Stimme war sehr, sehr ruhig. »Dacht ich mir. Ein Punkt für dich, Bob.«

> Er war noch nie gern geflogen. Er tat es einigermaßen häufig und war sich darüber im klaren, daß es selbst bei den überfüllten Luftwegen der modernen Zeit womöglich die sicherste Art zu reisen war. Aber das konnte den primitiveren Teil seiner Seele nicht beruhigen, den Teil, der keiner Erfahrung traute, die er nicht mit den eigenen Händen und dem eigenen Verstand kontrollieren konnte.

Das war es: Er hatte keine Kontrolle. Wenn ein Blitz die Skywalker beim Start oder beim Landen traf - in der Flughöhe der Maschine von 32 000 Meter waren Gewitter kein Problem -, konnte er nichts dagegen machen. Er konnte so viele Leute umbringen, wie er wollte, konnte die elektronischen Geräte mit dem eigenartigen *Dreh* stören, den er von seinen längst verstorbenen Eltern geerbt hatte (ob von Vater oder Mutter war nicht mehr zu ermitteln), aber damit konnte er trotzdem keinen verunglückenden suborbitalen Passagierjet chinesischer Bauart zwingen, seinem Willen zu gehorchen.

Dread kaute an diesem und ähnlichen bitteren Gedanken, weil die Höhenaufgabe beim Anflug auf Cartagena rauh war. Das große Flugzeug hatte die ganze letzte Viertelstunde gerüttelt und geschlingert. Ein tropisches Gewitter, hatte der Qantas-Kapitän ihnen mit eingespielter rauhbeiniger Nonchalance mitgeteilt, mache im ganzen Karibikbecken ein bißchen Wirbel, und der Sinkflug würde ein bißchen holperig werden. Trotzdem sollten sie sich auf keinen Fall die Lichter von Bogotá entgehen lassen, die jeden Moment linkerhand vorbeiziehen würden.

Als der Kapitän mit seinen touristischen Ratschlägen fertig war und vom Sitzbildschirm verschwand, sackte das Flugzeug abermals ab und schüttelte sich wie ein verwundetes Tier. Nervöses Gelächter ertönte über dem Brummen der Motoren. Dread ließ sich tiefer in seinen Sitz sinken und umklammerte die Lehnen. Er hatte seine innere Musik ausgeschaltet, da das Abspielen seines Soundtracks nur unterstrichen hätte, daß er hilflos war, daß er im Augenblick durchaus nicht die Regie bei seinem Film führte. In Wahrheit konnte er überhaupt nichts tun, um sich besser zu fühlen. Er mußte einfach durchhalten und das Beste hoffen. Das gleiche wie immer, wenn er für den alten Dreckskerl arbeitete.

Der nächste Achterbahnsturz. Dread biß die Zähne zusammen. Galle kratzte hinten in seinem Rachen. Der Gipfel der Gemeinheit war, daß der alte Mann, der Pseudogott, dessen Reichtum zweifellos Dreads Vorstellungsvermögen überstieg, seinen Angestellten immer noch zwang, zivil zu fliegen.

»Estás enfermo, señor?« fragte jemand.

Er schlug die Augen auf. Eine hübsche junge Frau mit rundem Gesicht und goldenen Haaren hatte sich mit einer Miene professioneller und doch aufrichtiger Fürsorge über ihn gebeugt. Auf ihrem Namensschild stand *Gloriana*. Etwas an ihr kam ihm seltsam bekannt vor, aber es war nicht ihr Name. Es war auch nicht der unangenehm spartanische Jumpsuit, den sie anhatte, eine Mode für das Kabinenpersonal, von der er hoffte, daß sie bald vorbeiging.

»Es geht«, sagte er. »Ich vertrage nur das Fliegen nicht besonders gut.«

»Oh.« Sie war ein wenig überrascht. »Du bist auch Australier!«

»Vom Scheitel bis zur Sohle.« Bei seinem ungewöhnlichen Erbgut wurde er häufig für einen Lateinamerikaner oder Zentralasiaten gehalten. Er lächelte sie an, innerlich immer noch mit der Frage beschäftigt, warum ihre Erscheinung ihn an etwas zu erinnern schien. Das Flugzeug wackelte wieder. »Gott, ich hasse es«, sagte er lachend. »Mir ist nie wohl, ehe wir nicht gelandet sind.«

»In ein paar Minuten sind wir unten.« Sie lächelte und tätschelte seine Hand. »Keine Bange.«

Die Art, wie sie es sagte, und das erneute Lächeln holten plötzlich die Erinnerung aus der Versenkung. Sie sah aus wie die junge Kindergärtnerin, die er einmal gehabt hatte, einer der wenigen Menschen, die je gut zu ihm gewesen waren. Die Erkenntnis war von einem süßen Schmerz begleitet, einer unbekannten und leicht verwirrenden Empfindung.

»Vielen Dank.« Er legte einen gewissen Nachdruck in sein Antwortlächeln. Er kannte die Wirkung seines Lächelns aus Erfahrung. Mit das erste, was der Alte Mann getan hatte, war, ihn zum besten Schönheitsdentisten in Sydney zu schicken. »Sehr nett, daß du dich so um mich kümmerst.«

Der Kapitän kündigte die Landung an.

»Das ist doch mein Job, nicht wahr?« Sie machte ein bewußt übertriebenes fröhliches Gesicht, und sie kicherten gemeinsam.

Die Zollabfertigung ging wie immer glatt. Dread hütete sich davor, irgend etwas Ungewöhnliches mitzunehmen, und ließ sogar seine absolut legale Hardware zuhause – man wußte nie, ob man nicht an einen Grenzbeamten kam, der Hobbybastler war und einen richtigen Spitzenartikel im Gedächtnis behalten und eventuell wiedererkennen würde. Dafür waren sorgfältig gepflegte Kontakte vor Ort schließlich da – daß sie einem all das besorgten, was man nicht mitschleppen wollte. Wie üblich hatte Dread nichts Auffälligeres dabei als ein Krittapong-Pad der Mittelklasse und ein paar Anzüge in einem Insulex-Kleiderkoffer.

Nach einer kurzen Taxifahrt nahm er die Hochbahn über die Landbrücke ins Altstadtviertel Getsemani, das über die Murallas hinweg, die Jahrhunderte alten Befestigungsmauern, die die Spanier zum Schutz ihrer Hafenstadt gebaut hatten, die Bucht überblickte. Er stieg im Hotel unter dem Namen »Deeds« ab, klappte seinen Kleiderkoffer auf und hängte ihn in den Schrank, stellte sein Pad auf den blank polierten Schreibtisch und ging dann nach unten, um ein paar Besorgungen zu machen. Nach weniger als einer Stunde war er wieder im Hotel, verstaute seine Einkäufe und ging abermals fort.

Es war eine warme Nacht. Dread spazierte über das Kopfsteinpflaster, ohne bei Touristen oder Einheimischen Aufsehen zu erregen. Der

Geruch der Karibik und die drückende Schwere der tropischen Luft waren nicht viel anders als zuhause, obwohl die Feuchtigkeit eher wie in Brisbane als wie in Sydney war. Trotzdem, dachte er, war es seltsam, so weit zu reisen und nur an den Nachwirkungen eines achtstündigen Fluges zu merken, daß man woanders war.

Er nahm das erstbeste öffentliche Fon und gab die Nummer ein, die er sich gemerkt hatte. Als jemand sich meldete – nur Stimme, kein Bild –, sagte er einfach eine weitere Nummer und bekam sofort eine Adresse genannt, womit das Gespräch beendet war.

Das Hovercab setzte ihn vor dem Club ab und brummte über die Wellen davon, daß die Schürzen flatterten. Eine Schar junger Leute mit knallroten Stirnbändern im Stil von Mods und imitierten Körperpanzern, die kolumbianische Version von Goggleboys und Gogglegirls, stand davor und wartete darauf, eingelassen zu werden. Er hatte erst wenige Augenblicke in der Schlange gestanden, als ihn ein Straßenbengel am Ärmel zupfte. Die Haut des Jungen war an vielen sichtbaren Stellen durch Drogenpflaster aus der Mülltonne rot entzündet. Der Junge drehte sich um und ging mit einem leichten Hinken die Straße hinunter. Dread wartete kurz, bevor er ihm folgte.

Im dunklen Treppenaufgang eines alten Gebäudes in der Nähe der Hafenfront schlüpfte der Kleine auf einmal so rasch und gekonnt durch einen unbemerkten Ausgang davon, daß der Mann, den er geführt hatte, sein Verschwinden im ersten Moment gar nicht mitbekam. Dread, der seit dem Betreten des Gebäudes auf der Hut vor einem Hinterhalt gewesen war, einer zwar geringen, aber nicht ganz auszuschließenden Möglichkeit, war von der Geschicktheit des Jungen beeindruckt: Die Schwestern wählten ihre Chargen sorgfältig aus, selbst auf der untersten Ebene.

Am Ende der Treppe gingen sechs alte Holztüren von beiden Seiten des Flurs ab und schienen einen einsamen und ziemlich unglücklich aussehenden Gummibaum zu bewachen. Dread schritt lautlos den Flur entlang und musterte prüfend Tür für Tür, bis er die mit dem Handauflagefeld fand. Er berührte sie, und die Tür ging auf; sie war dicker, als man ihr von außen ansah, und hing an starken Angeln in einer Fibramiczarge.

Das Zimmer ging über die Länge des ganzen Geschosses – die anderen Türen waren falsch, wenigstens auf dieser Seite des Ganges. Die Fenster nach draußen jedoch waren drinnen gelassen worden: Vom Eingang hatte Dread sechs verschiedene Aussichten auf den Hafen und die unruhige Karibik. Abgesehen von diesen an Monet erinnernden Ozeanpanoramen war das Zimmer mit seinen weißen Wänden, dem schwarzen Marmortisch und dem Yixing-Teeservice eine nahezu perfekte Kopie seines simulierten Büros. Dread mußte über den kleinen Scherz der Schwestern grinsen.

Ein Licht blinkte auf dem einzigen modernen Möbelstück im Raum, einem riesigen eleganten Schreibtisch. Er setzte sich, hatte rasch hinter einer aufgleitenden Deckplatte das Fach mit der Verbindungshardware entdeckt und stöpselte sich ein.

Der Raum blieb, wie er war, aber auf der anderen Seite des Tisches tauchten unvermittelt Seite an Seite die Schwestern Beinha auf beziehungsweise ihre Sims, die so unpersönlich waren wie zwei Pakete in braunem Packpapier. Eine Sekunde lang war Dread verdutzt, bis ihm klarwurde, daß er sich in einer Simulation befand, die den Raum noch genauer verdoppelte, als dieser sein eigenes Online-Büro widerspiegelte.

»Sehr nett«, sagte er. »Vielen Dank für diese freundliche Begrüßung.«

»Manche Leute brauchen zum Arbeiten ihre gewohnte Umgebung«, sagte eine der Beinhas in einem Ton, dem zu entnehmen war, daß weder sie noch ihre Schwester zu diesen Leuten gehörten. »Unser Plan stellt hohe Ansprüche. Du wirst dein Bestes geben müssen.«

»Wir warten auf das zweite Drittel unserer Bezahlung«, sagte die andere unförmige Gestalt.

»Ihr habt die codierte Liste erhalten?«

Beide Schwestern nickten synchron.

»Dann lade ich jetzt einen der beiden Schlüssel herunter.« Er tastete auf dem unbekannten Tisch nach dem Sensorbildschirm, öffnete das Konto, das der Alte Mann angelegt hatte, und sandte den Schwestern einen der beiden Verschlüsselungscodes, die man brauchte, um auf die Liste zuzugreifen. »Ihr bekommt den anderen, sobald die Operation anläuft wie verabredet.«

Als die Beinhas - beziehungsweise ihr Expertensystem - die Warenaufstellung geprüft hatten, nickten sie abermals, diesmal mit dem Ausdruck der Zufriedenheit. »Wir haben viel zu tun«, sagte die eine.

»Ich habe im Moment Zeit, allerdings muß ich heute abend nicht allzu spät noch unbedingt etwas erledigen. Morgen bin ich ganz der eure.«

Die Zwillingsgestalten schwiegen einen Weilchen, als würden sie dies als eine reale Möglichkeit bedenken.

»Zunächst einmal«, sagte eine, »hat das Objekt seit unserer letzten Unterredung den Sicherheitsdienst gewechselt. Das neue Unternehmen hat die Schutzvorkehrungen auf dem Gelände in mehreren Punkten geändert, die wir noch nicht alle ermitteln konnten. Wir wissen wenig über das neue Unternehmen, während wir bei der vorigen Firma mehrere Informanten hatten.«

»Was vielleicht den Wechsel erklären könnte.« Dread rief den Bericht auf. Die Information schwebte vor ihm im Raum. Er holte sein übriges Material dazu, Tabellen, Listen, topographische Karten, Lagepläne. Farbcodiert und funkelnd verwandelten sie das virtuelle Büro in ein Neonmärchenland. »Welche Konsequenzen hat diese Änderung des Wachdienstes für euern Plan?«

»Sie bedeutet natürlich mehr Gefahr für dich und den Rest des Bodenteams«, sagte eine der Schwesterngestalten. »Und sie bedeutet, daß wir zweifellos mehr Personen töten müssen als ursprünglich vorgesehen.«

»Ach.« Er lächelte. »Wie bedauerlich.«

Selbst aufs Wesentliche beschränkt nahm die Besprechung der neuen Wendungen in der Operation mehrere Stunden in Anspruch. Als er den Kontakt beendet und sein neues Büro verlassen hatte, fühlte er sich von der Arbeit und dem Flug völlig ausgelutscht. Er ging am Hafen entlang zurück und ließ sich von dem beruhigenden Geräusch des Ozeans überspülen. Als er ein großes und imposantes Bürogebäude passierte, kam ein kleines Geschwader ferngesteuerter Kameras angeschwärmt, aktiviert von der Bewegung oder der Körperwärme. Sie überflogen ihn einmal und zogen sich dann wieder in den Schatten zurück, wobei sie ihn die ganze Zeit aufnahmen. Müde und gereizt widerstand er dem Impuls, sich an diesen Überwachungsautomaten abzureagieren, sie zu beschädigen oder durcheinander zu bringen. Es wäre reine Zeitverschwendung und albern obendrein. Sie machten nur ihren Job, nämlich eine Person aufzunehmen, die zu später Stunde in der Nähe ihres Gebäudes war. Am Morgen würde sich ein gelangweilter Wachmann die Bilder kurz anschauen und dann die Daten löschen. Solange er nichts Unbedachtes tat, hieß das.

Selbstsicher, großspurig, faul, tot, erinnerte er sich, als er ohne einen Blick zurück weiterging. Der Alte Mann wäre stolz auf ihn.

Er betrat sein Zimmer und zog sich aus, dann hängte er seinen Anzug in den Schrank. Er musterte seine nackte Gestalt eine Weile im Spiegel, bevor er sich aufs Bett setzte und den Wandbildschirm anschaltete. Er holte seine innere Musik dazu, einen wuchtigen »Mono loco« in tiefen Tönen nahe der Infraschallgrenze, zu Ehren seines Kolumbienbesuchs. Er fand etwas auf dem Wandbildschirm mit abstrakten, aber rasch wechselnden Figuren und stellte den Ton in seinem Kopf lauter, bis er den Baß in seinem Kieferknochen pulsen fühlen konnte. Er sah ein Weilchen zu, wie die Bilder vorbeiflackerten, dann begutachtete er sich abermals im Spiegel. Es lag etwas Raubtierhaftes in seinen langen, muskulösen Gliedern, in der Unbewegtheit seiner Gesichtszüge, das ihn erregte. Er kannte dieses Gesicht. Er hatte diesen Film schon einmal gesehen. Er wußte, was jetzt passieren würde.

Auf dem Weg ins Badezimmer streute er ein paar dissonante Trompetenstöße in die Musik ein, schneidende Töne, die wachsende Spannung andeuteten. Er stellte sie leiser, als er die Tür öffnete.

Ein Kamerazoom ...

Ihre Handgelenke waren immer noch mit Klebstreifen an den Duschkopf gefesselt, aber sie stand nicht mehr aufrecht. Ihre Knie waren eingeknickt, so daß das ganze Gewicht in einer Weise an den langgezogenen Armen hing, die ihr Schmerzen bereiten mußte. Als sie ihn erblickte, schrie sie auf und fing wieder an zu zappeln, aber der Streifen auf ihrem Mund machte aus dem Schrei ein dumpfes Blöken.

»Ich habe dich verfolgt«, sagte er und setzte sich auf den Rand der Badewanne. In seinem Kopf, mit der unterlegten Musik, hatte seine Stimme einen tiefen, großmächtigen Klang. »Ich habe dein Taxi verfolgt, bis du bei deinem Hotel warst. Danach war es nicht sehr schwierig, dein Zimmer zu finden ... Gloriana.« Er streckte die Hand aus, um ihr Namensschild zu berühren, und sie fuhr zurück. Er lächelte und fragte sich dabei, ob ihr auffiel, daß es dasselbe Lächeln war, das er schon im Flugzeug benutzt hatte. »Normalerweise hätte ich mir eine etwas längere Jagd gegönnt, ein bißchen mehr sportliche Herausforderung. Dafür bist du doch schließlich da, nicht wahr - die Nöte des gestreßten Geschäftsreisenden zu lindern? Aber dich dort in deinem eigenen Koffer rauszuholen und hier hochzubringen ... na, ich würde sagen, für eine spontane Improvisation war das ziemlich gut, meinst du nicht auch?«

Ihre Augen wurden weit, und sie versuchte etwas zu sagen, aber der

Klebstreifen würgte es ab. Sie zerrte am Duschkopf und taumelte hin und her. Ihre blonden Haare, vor sechs Stunden noch so makellos gestylt, hingen ihr in glatten, verschwitzten Strähnen herab.

Er langte nach dem Namensschild und riß es ab. Es war eins von der elektrostatischen Sorte, ohne interessante scharfe Teile, und darum warf er es weg. »So, Süße«, sagte er, »deinen Namen weiß ich, aber nach meinem hast du gar nicht gefragt.« Er stand auf und ging aus dem Bad, wobei er die Musik in seinem Kopf so verlangsamte, bis sie wie ein Trauermarsch unter Wasser klang, tief und schwer und voll. Er kam mit dem Werkzeugkoffer zurück.

»Ich heiße Dread.« Er machte den Koffer auf und holte eine Zange und eine Feile heraus. »So, jetzt wollen wir dich aus dieser häßlichen Uniform herausholen.«

> Christabel sorgte sich. Sie brauchte lange für die Fahrt zu der Stelle, die Herr Sellars ihr gesagt hatte. Was war, wenn Frau Gullison zum Haus ihrer Freundin nachschauen kam? Was war, wenn dann die Eltern ihrer Freundin zuhause waren? Dann war sie echt in Schwierigkeiten, und die würden noch schlimmer werden, wenn ihr Papi davon erfuhr.

Bei dem Gedanken, wie böse ihr Vater wäre, schloß sie die Augen. Dabei kam sie vom Bürgersteig ab und wäre fast gestürzt, als ihr Fahrrad auf die Straße rumste und ihr Vorderrad ganz doll flatterte. Sie trat fester, bis das Rad wieder gerade fuhr. Sie hatte Herrn Sellars versprochen, daß sie ihm helfen würde, also mußte sie auch.

Der Ort, zu dem sie fahren sollte, war am äußeren Rand des Stützpunkts, wieder ein Teil, den sie noch nie gesehen hatte. Er lag weit hinter dem Sportplatz – sie sah Männer in weißen Shorts und Hemden, die Übungen auf dem Rasen machten. Musik und eine Stimme, die sie nicht verstehen konnte, weil sie zu weit weg war, tönten aus Lautsprechern an Stangen neben dem Platz. An dem Ort, den Herr Sellars ihr gesagt hatte, waren viele Bäume und Sträucher auf dieser Seite des Zaunes und Bäume und Sträucher auf der anderen Seite des äußeren Zaunes, aber dazwischen keine. Die leere Fläche zwischen den beiden Zäunen sah aus, wie wenn sie mit ihrem Radierer über ein Bild rieb, das sie gezeichnet hatte.

Herr Sellars hatte ihr geraten, sich eine Stelle auszusuchen, wo sie Bäume im Rücken hatte, damit niemand sah, was sie machte. Nach ein bißchen Herumgucken hatte sie eine gefunden. Als sie sich umschaute, konnte sie den Sportplatz und irgendwelche Häuser oder anderen Gebäude nicht mehr sehen, obwohl sie noch die Musik herüberschallen hörte. Sie nahm Ihren Schulranzen aus dem Fahrradkorb, holte die Bolzenschere heraus und legte sie auf den Boden, dann das kleine Scherending und die Rolle Gaze. Sie nahm die kleine Schere und trat an den Zaun, der aus etwas beinahe Stoffartigem bestand, mit kleinen Kästen obendrauf, die leise klickten. Hinter dem äußeren Zaun, weit weg, trieb Rauch von Lagerfeuern in die Luft empor. Etliche Leute lebten dort draußen unter den Bäumen - sie sah sie, wenn sie mit ihren Eltern vom Stützpunkt herunterfuhr -, und noch mehr lebten unten im Tal am Freeway. Sie bauten sich ihre Behausungen selbst, komische Dinger aus alten Kisten und Stoffbahnen, und ihr Papi sagte, einige von ihnen versuchten sich sogar in den Stützpunkt einzuschleichen und versteckten sich dazu in Müllastern. Sie konnte einige der Kistenbewohner durch den Zaun erkennen, weit entfernt und noch winziger als die Männer auf dem Trainingsplatz hinter ihr, aber durch den Zaun zu schauen war komisch. Alles auf der anderen Seite war irgendwie trübe, wie wenn man seinen Namen innen auf die Autoscheibe schreiben konnte.

Sie setzte die kleine Schere an das Zauntuch an, als ihr einfiel, daß Herr Sellars gesagt hatte, sie sollte es noch nicht durchschneiden. Sie ging zum Fahrradkorb zurück und holte ihre MärchenBrille heraus.

»CHRISTABEL«, stand darin, »WENN DU AM ZAUN BIST, SCHALTE DIE BRILLE ZWEIMAL SCHNELL AUS UND AN.«

Sie dachte einen Moment darüber nach, um es auch ja richtig zu machen, dann drückte sie viermal auf den Knopf am Brillenbügel: *aus, an, aus, an.* Als das Bild innendrin wieder angegangen war, stand eine neue Mitteilung da.

»ZÄHLE BIS ZEHN UND SCHNEIDE DANN. WENN DU AM ZWEITEN ZAUN BIST, SCHALTE DIE BRILLE WIEDER ZWEIMAL AUS UND AN.«

Christabel war bei sechs, als die Musik vom Sportplatz plötzlich verstummte und die Kästen zu klicken aufhörten. Sie erschrak, aber da niemand kam und sie anschrie, kniete sie sich hin und stieß die Schere in den Zaun. Zuerst ging es schwer, aber als die Spitze plötzlich durchrutschte, war alles andere leicht. Sie schnitt mit der Schere so hoch über ihren Kopf, wie sie kam, hob dann den großen Knipser auf und lief zum zweiten Zaun. Die Musik war immer noch aus, und das Geräusch ihrer Schritte auf dem Boden hörte sich sehr laut an.

Dieser Zaun bestand ganz aus karoförmigen Maschen von dickem Draht, der mit Plastik ummantelt war. Sie schaltete ihre Brille zweimal aus und an.

»SCHNEIDE DEN ZWEITEN ZAUN EINEN DRAHT NACH DEM ANDEREN DURCH, DANN KOMM ZURÜCK. WENN DEINE UHR 14:38 ANZEIGT, KOMM UNTER ALLEN UMSTÄNDEN SOFORT ZURÜCK. VERGISS NICHT DAS STÜCK GAZE.«

Christabel kniff die Augen zusammen. Prinz Pikapik hielt bereits *14:28* zwischen den Pfoten, sie hatte also nicht mehr viel Zeit. Sie setzte die Bolzenschere bei einem der Zaundrähte an und drückte mit beiden Händen. Sie drückte und drückte, bis ihr die Arme richtig weh taten, und schließlich schnappten die Schneideteile des Knipsers zusammen. Sie schaute auf ihre Uhr: *14:31* stand da. Es waren noch viele Drähte übrig, bis das Loch so groß war, wie Herr Sellars gesagt hatte. Sie kniff in den zweiten Draht, aber der schien noch stärker zu sein als der erste, und sie brachte die große Schere einfach nicht durch. Sie fing an zu weinen.

»Wase mach zum Teufel, Tussi? Qué haces?«

Christabel sprang hoch und stieß ein Quieken aus. Jemand beobachtete sie von einem Baum auf der anderen Seite des Zaunes aus.

»N-n-nichts«, sagte sie.

Der Beobachter hüpfte vom Ast herunter. Es war ein Junge, die Haare komisch geschnitten, das Gesicht dunkel und schmutzig. Er sah aus, als wäre er ein paar Klassen über ihr. Zwei weitere Gesichter lugten aus dem Laub des Astes, auf dem er gesessen hatte, ein Junge und ein Mädchen, die jünger waren als er und noch schmutziger. Sie glotzten Christabel mit ihren großen Augen an wie Affen.

»Ise nicht nix, Tussi«, sagte der ältere Junge. »Ise Zaun schneiden. Was soll?«

»Das ist ... ein Geheimnis.« Sie starrte ihn an und wußte nicht, ob sie weglaufen sollte. Er war auf der anderen Seite des Zaunes, deshalb konnte er ihr nichts tun, oder doch? Sie schaute auf ihre Otterwelt-Uhr. Sie zeigte *14:33* an.

»Muchachita loca, du bring nie durch. Zu klein, du. Werf rüber.« Er deutete auf die Bolzenschere.

Christabel war immer noch ratlos. Ihm fehlte ein Schneidezahn, und er hatte komische rosa Flecken an seinen braunen Armen. »Du darfst sie nicht stehlen.«

»Komm schon, werf rüber.«

Sie sah ihn an, dann faßte sie die Schere an beiden Griffen. Sie holte aus und warf sie so hoch, wie sie konnte. Die Schere prallte gegen den Zaun und hätte sie beim Herunterfallen beinahe getroffen.

Der Junge lachte. »Zu nah dran, Tussi. Zurück.«

Sie versuchte es noch einmal. Diesmal schaffte sie es. Die Bolzenschere rasselte zwischen den scharfen Stacheldrahtspulen obendrauf hindurch und fiel auf der anderen Seite zu Boden. Der Junge hob sie auf und betrachtete sie.

»Ich für dich schneide, ich behalte?«

Sie überlegte einen Moment, dann nickte sie, obwohl sie nicht sicher war, ob Herr Sellars böse sein würde oder nicht. Der Junge setzte an dem nächsthöheren Draht über dem an, den sie schon durchgeschnitten hatte, und drückte zu. Es war auch für ihn schwer, und er sagte ein paar Worte, die sie noch nie gehört hatte, aber nach einem Weilchen schnappte der Draht entzwei. Er machte sich an den nächsten.

Als er fertig war, stand Christabels Uhr auf *14:37*.

»Ich muß heim«, sagte sie. Sie drehte sich um und lief über den kahlen Zwischenraum zum ersten Zaun.

»Was ise, Tussi?« rief er hinter ihr her. »Nix lauf weg von Mamapapa Armeeplatz? Warum mach das?«

Sie huschte durch das Loch im ersten Zaun und wollte sich gerade auf ihr Fahrrad schwingen, als sie sich erinnerte. Sie ging zurück und entrollte das Stück Gaze, das Herr Sellars ihr mitgegeben hatte. Ein Zaun dieser Art, hatte er gesagt, der erste Zaun, redete mit sich selbst, und deshalb war das kleine Stück Gaze nötig, damit er auch an den Stellen weiterreden konnte, die sie durchgeschnitten hatte. Sie wußte nicht, was das heißen sollte, aber sie wußte, daß es sehr wichtig war. Sie zog die Gaze auseinander, bis sie die ganze durchgeschnittene Stelle bedeckte. Sie blieb dort haften, wo Christabel sie andrückte.

»He, Tussi, komm zurück!« schrie der Junge.

Aber Christabel war schon dabei, die ganzen Sachen in ihren Schulranzen zu stopfen, und sie blickte nicht zurück. Als sie auf ihr Fahrrad sprang, fingen die Kästen am Zaun wieder an zu klicken. Wenige Sekunden später, als sie schon heimwärts strampelte, hörte sie die Musik am Sportplatz mit einem schrägen Jaulen wieder angehen.

Kapitel

Die Braut
des Morgensterns

NETFEED/NACHRICHTEN:
Krellor erklärt abermals Konkurs
(Bild: Krellor mit Hagen an einem tasmanischen Strand)
Off-Stimme: Der buntschillernde und umstrittene Finanzier Uberto Krellor hat zum zweitenmal in zehn Jahren Konkurs angemeldet. Krellor, ebenso bekannt für seine notorisch stürmische Ehe mit dem Netzstar Vila Hagen und seine monatelangen Partys wie für seine Geschäfte, soll bei dem Zusammenbruch seines Technologieimperiums Black Shield SKr 3,5 Milliarden verloren haben.
(Bild: Black-Shield-Mitarbeiter verlassen ein madegassisches Werk)
Black Shield, ein früher und stark subventionierter Einstieg in die Nanotechnologie, erlitt gewaltige Verluste, als die Finanzwelt nach einer Reihe enttäuschender technischer Fehlschläge das Vertrauen in den neuen Industriezweig verlor ...

> »Martine, bitte, wir sind in Not.« Renie versuchte ruhig zu bleiben, aber ohne Erfolg. »Vergiß das mit der Anlage - wir müssen ein Versteck finden. Wir können nirgends mehr hin!«

»Sowas Verrücktes hab ich noch nie nich erlebt«, sagte ihr Vater vom Rücksitz. »Ein ewiges Rumgejuckel.«

Der leere Bildschirm blieb entnervend lange stumm, während Jeremiah den Wagen auf die Autobahn lenkte und wieder stadteinwärts fuhr. Das Pad war in Doktor Van Bleecks Mobiltelefon eingesteckt, und die Übertragung war gescrambelt, aber obwohl die Französin mit der Sicherheit der Leitung zufrieden zu sein schien, war Renie mit den Nerven am Ende. Der Schock, den Del Rays Verrat ihr versetzt hatte, hatte sie völlig aus dem Gleis geworfen.

»Ich tue, was ich kann«, sagte Martine schließlich. »Deshalb bin ich öfter still - ich bin an mehreren Leitungen gleichzeitig. Ich bin dabei, noch andere Sachen zu prüfen. Wenigstens werdet ihr in keinem Polizeibericht erwähnt.«

»Das wundert mich nicht.« Renie bemühte sich um Fassung. »Was sie auch aushecken mögen, es wird auf jeden Fall viel subtiler sein. Wir haben ja nichts verbrochen, also werden sie eine andere Ausrede erfinden. Einer von Doktor Van Bleecks Nachbarn wird melden, daß fremde Personen in einem Haus leben, das eigentlich leerstehen sollte, und wir werden wegen Hausbesetzung oder sonstwas festgenommen. Aber es wird nichts sein, wogegen wir uns wehren können. Wir werden einfach irgendwo im Apparat verschwinden.«

»Oder es könnte direkter gehen, ohne daß die Polizei überhaupt hineingezogen wird«, fügte !Xabbu trocken hinzu. »Vergiß nicht, was mit deinem Wohnblock passiert ist.«

Ich frage mich, ob Atasco und diese Gralsleute bei meiner Suspendierung die Finger mit im Spiel haben. Nur wegen des Durcheinanders bei der Flucht aus Susans Haus war sie nicht schon früher auf den Gedanken gekommen. Die Welt außerhalb des Autos schien voll schrecklicher, aber unvorhersehbarer Gefahren zu sein, als ob irgendein Giftgas die Atmosphäre verdrängen würde. *Oder werde ich jetzt komplett paranoid? Warum sollte jemand mit Leuten wie uns so viel Aufhebens machen?*

»Ein einziger Schwachsinn is das, find ich«, sagte ihr Vater. »Kaum sind wir eingezogen, rennen wir schon wieder weg.«

»Mit Verlaub, Herr Sulaweyo, ich glaube, ich muß Renie zustimmen«, sagte Martine. »Ihr seid alle in Gefahr und solltet nicht wieder in Susans Haus oder irgendwo sonst hingehen, wo man euch kennt. Pour moi, werde ich weiter versuchen, eine Lösung für diese Probleme zu finden. Es gibt eventuell eine Möglichkeit, beide Fliegen mit einer Klappe zu schlagen, aber ich verfolge eine sehr schwache Spur, die zwanzig Jahre alt ist, und ich gebe mir außerdem Mühe, nicht zu viel Aufsehen zu erregen, verständlicherweise. Ich halte eine Leitung für euch offen. Ruft mich an, wenn sich sonst noch etwas ergibt.« Die Leitung klickte, und sie war weg.

In angespanntem Schweigen fuhren sie einige Minuten die Autobahn entlang. Der erste, der etwas sagte, war Jeremiah. »Das Polizeiauto da. Ich glaube, es folgt uns.«

Renie verdrehte den Hals. Mit seiner Blinkleiste auf dem Dach sowie der dicken Panzerung und den wuchtigen Stoßstangen sah der Streifenwagen aus wie ein räuberisches Insekt. »Denk dran, Martine hat gesagt, daß wir nicht polizeilich gesucht werden. Fahr ganz normal.«

»Sie wundern sich wahrscheinlich, daß vier Kaffer in so 'nem großen Wagen sitzen«, knurrte ihr Vater. »Afrikaanderschweine.«

Das Polizeiauto ging hinter ihnen auf die Überholspur und beschleunigte dann allmählich, bis es auf einer Höhe mit ihnen war. Augen hinter verspiegelten Brillengläsern blickten sie mit der ruhigen Selbstsicherheit eines größeren und stärkeren Tieres an. Die Polizistin war schwarz.

»Fahr einfach weiter, Jeremiah«, flüsterte Renie. »Schau gar nicht hin.«

Das Polizeiauto fuhr fast eine Meile neben ihnen her, dann ging es vor sie und schoß die nächste Ausfahrt hinaus.

»Was hat 'ne schwarze Frau in einem von den Dingern zu suchen?«

»Sei still, Papa.«

Sie standen am äußersten Rand eines riesigen Parkplatzes vor einem Einkaufszentrum in Westville, als der Anruf kam.

Long Joseph schlief auf dem Rücksitz. Seine Füße ragten aus der offenen Tür hervor, und zwischen Hosenaufschlägen und Strümpfen bleckte eine gute Handbreit nackte Haut. Renie saß mit !Xabbu auf der Kühlerhaube, trommelte mit den Fingern und rauchte ihre x-te Zigarette an diesem noch jungen Tag, als es summte und sie blitzschnell hinuntersprang. Sie riß das Pad vom Autositz und sah, daß es Martines Nummer anzeigte.

»Ja? Irgendwas Neues?«

»Renie, du bringst mich ganz außer Atem. Ich hoffe, ja. Seid ihr noch in Durban?«

»In der Nähe.«

»Gut. Könntest du bitte wieder die Frequenz wechseln?«

Sie drückte einen Knopf, und Susan Van Bleecks Funktelefon ging auf einen anderen Kanal. Martine war bereits dort und wartete. Wieder war Renie vom Können der geheimnisvollen Frau beeindruckt.

»Ich bin ganz schwindlig und müde, Renie. Ich habe so viele Informationen durchgeschaut, daß ich, glaube ich, noch tagelang davon träumen werde. Aber ich habe vielleicht etwas gefunden, das uns weiterhelfen könnte.«

»Wirklich? Hast du eine Anlage aufgetan?«

»Ein Versteck auch, hoffe ich. Ich bin auf eine südafrikanische staatliche Versuchsstation gestoßen - ein militärisches Projekt -, die vor einigen Jahren wegen der schwierigen Haushaltslage geschlossen wurde. Das Projekt hieß ›Wespennest‹ und war ein frühes Experiment mit unbemannten Kampfflugzeugen. Es gibt darüber keine offziellen Unterlagen, aber es hat existiert. Ich bin, tja, sagen wir, an Berichte aus erster Hand von ehemals dort Angestellten gekommen, falls du verstehst, was ich meine.«

»Na ja, wie auch immer, aber eigentlich muß ich bloß wissen, ob das Ding uns irgendwie nützt. Gibt es eine Möglichkeit, wirklich an die Maschinen ranzukommen?«

»Ich hoffe. Die Schließung war vorübergehend, aber der Stützpunkt wurde nie wieder geöffnet, deshalb kann es sein, daß sich ein Teil der Geräte noch an Ort und Stelle befindet. Aber die Angaben sind sehr ... wie soll ich sagen? Ungenau. Ihr werdet selbst nachsehen müssen.«

Renie hielt den schwachen Hoffnungsschimmer kaum aus. »Ich nehme die Wegbeschreibung auf. Jeremiah ist noch nicht zurück, er besorgt uns gerade ein paar Lebensmittel.« Mit nervösen Fingern öffnete sie die Rückwand des Pads. »Ich stöpsele nur noch dieses Ding ins Auto ein, dann kannst du die Koordinaten runterladen.«

»Nein!« Martine klang überraschend scharf. »Auf keinen Fall. Ich werde deinem Bekannten Herrn Dako sagen, wie man dort hinkommt, und er wird nach meinen Anweisungen fahren. Was ist, wenn ihr unterwegs festgenommen werdet, Renie? Dann hätten wir nicht nur das Malheur, sondern die Behörden würden auch den Speicher des Wagens einkassieren und damit diesen Ort kennen, so daß wir keine Hoffnung mehr darauf setzen könnten.«

Renie nickte. »Okay. Okay, du hast recht.« Sie blickte über den Parkplatz, in der Hoffnung, Jeremiah schon zurückkommen zu sehen.

!Xabbu beugte sich vor. »Darf ich eine Frage stellen?«

»Sicher.«

»Können wir nirgendwo anders hingehen als an diesen Ort, der von

Soldaten bewacht sein kann? Gibt es nicht viele Firmen, die VR-Verbindungen haben oder die uns die notwendige Ausstattung verkaufen oder vermieten würden?«

»Nicht für unsere Zwecke«, entgegnete Martine. »Ich bin mir nicht sicher, ob selbst die beste Anlage in eurer Technischen Hochschule die Leistung bringen würde, die ihr braucht, und mit Sicherheit könnte man sich damit nicht so lange in der VR aufhalten, wie wahrscheinlich nötig ist ...«

»Schau mal, da kommt Jeremiah«, sagte Renie plötzlich, die in der Ferne eine Gestalt erspäht hatte. »Und er rennt!« Sie stellte das Pad auf den Autoboden. »Komm schnell!« Sie eilte zur Fahrerseite herum. Während sie auf das Armaturenbrett starrte und sich an ihre Fahrstunden zu erinnern versuchte, die Jahre zurücklagen, zwängte sich !Xabbu auf den Rücksitz, wobei er einen protestierenden und griesgrämigen Long Joseph aufweckte.

»Was ist denn los?« Martines Stimme war durch den Paddeckel gedämpft, der zugeklappt war.

»Das sagen wir dir gleich. Bleib dran.«

Renie ließ den Wagen an, ruckelte aus der Parklücke hinaus und steuerte auf Jeremiah zu. Da sie zwischen Reihen parkender Autos hindurchmanövrieren mußte, hatte sie noch keine fünfzig Meter zurückgelegt, als sie neben ihm anhielt. Er sprang atemlos auf den Beifahrersitz und wäre um ein Haar auf Renies Pad getreten.

»Was ist passiert?«

»Sie haben die Kreditkarte einbehalten!« Jeremiah wirkte völlig bestürzt, als wäre dies das Schlimmste, was bis jetzt geschehen war. »Sie wollten mich festnehmen!«

»Meine Güte, du hast doch nicht etwa eine von Susans Karten benutzt?« fragte Renie entsetzt.

»Nein, nein! Meine Karte! *Meine!* Sie haben sie genommen und über den Apparat geführt und mir dann gesagt, der Geschäftsführer müsse mit mir reden. Er kam nicht gleich, und da bin ich einfach weggerannt. Meine Karte! Woher wissen sie *meinen* Namen?«

»Ich weiß es nicht. Vielleicht war es bloß ein Zufall. Das geht alles so schnell.« Renie schloß die Augen, um sich zu konzentrieren. »Besser, du fährst.«

Sie tauschten die Plätze. Jeremiah fuhr so rasch, wie er konnte, Richtung Parkplatzausfahrt. Als sie sich in die Autoschlange einfädelten, die am Einkaufszentrum vorbei auf die Ausfahrt zukroch, erschienen zwei uniformierte Wächter, die in ihre Headset-Mikrophone sprachen.

»Nicht hinschauen«, sagte Renie. »Fahr einfach weiter.«

Als sie auf die Hauptstraße einbogen, richtete sich Jeremiah plötzlich auf. »Wenn sie meinen Namen haben, werden sie dann nicht meiner Mutter nachstellen?« Er schien den Tränen nahe zu sein. »Das dürfen sie nicht! Sie ist doch bloß eine alte Frau. Sie hat keinem Menschen was getan!«

Renie legte ihm beruhigend eine Hand auf die Schulter. »Wir auch nicht. Aber mach dich nicht verrückt. Ich glaube nicht, daß ihr jemand was tun wird – die können nicht mit Bestimmtheit wissen, daß du überhaupt etwas mit uns zu tun hast.«

»Ich muß sie unbedingt holen.« Er lenkte in eine Abbiegespur.

»Jeremiah, nein!« Renie versuchte mit einer Autorität zu sprechen, die sie nicht fühlte. »Tu das nicht. Wenn die wirklich dermaßen hinter uns her sind, werden sie genau darauf warten. Du wirst ihr nicht helfen können, und wir sind dann alle geliefert.« Sie zwang sich nachzudenken. »Hör zu, Martine meint, sie hätte etwas gefunden, einen Ort, wo wir hinkönnen. Um dort hinzukommen, brauchen wir dich. Ich bin sicher, du kannst irgendeine Regelung für deine Mutter treffen.«

»Regelung?« Jeremiah stand immer noch der Schrecken ins Gesicht geschrieben.

»Ruf Verwandte an. Sag ihnen, du hättest wegen irgendeinem Notfall die Stadt verlassen müssen. Bitte sie, ein Auge auf deine Mutter zu haben. Wenn du nicht auftauchst, haben unsere Verfolger keinen Anlaß, sie zu belästigen.« Sie war sich nicht sicher, ob das stimmte, und sie kam sich bei diesen Worten wie eine Verräterin vor, aber etwas anderes fiel ihr nicht ein. Ohne Jeremiah und die Mobilität des Autos hatten sie und !Xabbu und ihr Vater keine Chance.

»Aber was ist, wenn ich meine Mutter sehen will? Sie ist eine alte Frau – sie wird einsam sein und sich ängstigen!«

»Was is mit Stephen?« sagte Long Joseph plötzlich vom Rücksitz. »Wenn die uns jagen und wir uns verstecken, können wir meinen Jungen nich besuchen gehen, wenn die Quarantäne vorbei is.«

»Herrgott nochmal, ich kann nicht an alles gleichzeitig denken!« schrie Renie. »Könnt ihr vielleicht alle mal still sein?«

!Xabbus schlanke Finger kamen über die Lehne und legten sich auf ihre Schulter. »Du denkst sehr gut«, sagte er. »Wir müssen weitermachen, was wir angefangen haben, wie du es gesagt hast.«

»Tut mir leid, wenn ich störe«, ließ sich Martine aus dem Pad unter Renies Füßen vernehmen, so daß diese einen tüchtigen Schreck bekam, »aber soll ich euch jetzt den Weg beschreiben oder nicht?«

Renie ließ das Fenster hinunter und holte tief Luft. Die Luft war warm und schwer, als ob es bald regnen wollte, aber im Moment roch sie nach Flucht.

Der Ihlosi sauste auf der N3 nach Nordwesten, eines von vielen anonymen Fahrzeugen im morgendlichen Stoßverkehr. Jeremiah war es gelungen, eine ältere Verwandte zu erreichen, die versprochen hatte, nach seiner Mutter zu sehen, und Renie hatte geschäftsmäßige Mitteilungen über eine mehrtägige Abwesenheit an Stephens Krankenhaus und die TH geschickt. Sie waren unbehelligt geblieben und schienen zumindest fürs erste ihren Verfolgern entkommen zu sein. Die Stimmung im Wagen besserte sich.

Martine hatte ihnen ein Ziel hoch oben in den Drakensbergen an der Grenze zu Lesotho genannt, in einem Gebiet, das sich wegen seiner Wildheit und der schlechten Straßenverhältnisse nicht für Erkundungen im Dunkeln empfahl. Als es Mittag wurde, kamen Renie Befürchtungen, daß sie das Gebiet nicht rechtzeitig erreichen würden. Sie war nicht erbaut, als Jeremiah beschloß, an einem Autobahnrestaurant eine Mittagspause einzulegen. Sie machte den anderen klar, was für ein auffälliger Haufen sie waren und daß besonders !Xabbu den Leuten in Erinnerung bleiben würde, und überzeugte so Jeremiah, vier Gerichte zum Mitnehmen zu besorgen. Als er damit zurückkam, beschwerte er sich zwar darüber, im Fahren essen zu müssen, aber sie hatten nur eine Viertelstunde verloren.

Je höher sie aus der Ebene ins Vorgebirge stiegen, um so dünner wurde der Verkehr. Die Straße wurde kleiner, und die Fahrzeuge wurden größer, denn statt der kleinen Flitzer der Pendler fuhren hier riesenhafte Lastwagen, silberglänzende Dinosaurier auf dem Weg nach Ladysmith oder am Anfang ihrer langen Route nach Johannesburg. Der leise Ihlosi fädelte sich zwischen den größeren Fahrzeugen ein und aus, deren Räder zum Teil doppelt so hoch waren wie das ganze Auto. Renie wurde den Eindruck nicht los, daß dies eine nur allzu treffende Analogie zu ihrer Gesamtsituation war, zu dem gewaltigen Größenunterschied zwischen ihnen und den Leuten, mit denen sie sich angelegt hatten.

Noch größer wäre die Ähnlichkeit allerdings, dachte sie niedergeschlagen, *wenn diese Laster versuchen würden, uns zu überfahren.*

Zum Glück ging die Analogie nicht so weit. Sie erreichten das häßliche Stadtrandgebiet von Estcourt und bogen nach Westen auf eine kleinere Schnellstraße, von der sie nach kurzer Zeit auf eine noch kleinere Straße abfuhren. Während sie auf Serpentinen in die Berge hinaufstiegen, sank die Sonne, die den Zenit schon eine Weile überschritten hatte, auf die dichte Decke schwarzer Gewitterwolken zu, die die fernen Gipfel verhüllte. Anzeichen von Zivilisation wurden spärlicher, und dafür kamen grasbewachsene Hügel, schwankende Pappeln und zunehmend auch dunkelgrüne Nadelbaumgruppen. Über weite Strecken führten diese kleineren Straßen durch menschenleere Wildnis, nur hin und wieder verhieß ein Schild, daß irgendwo hinter den Bäumen ein Gasthaus oder ein Camp versteckt sei. Sie hatten den Eindruck, nicht allein Durban zu verlassen, sondern überhaupt die Welt, die sie kannten.

Versunken in den Anblick der Landschaft hatten die vier eine ganze Zeitlang geschwiegen, als !Xabbu das Wort ergriff. »Seht ihr das?« Er deutete auf einen hohen, kantigen Teil der vor ihnen aufragenden Berge. »Das ist Giant's Castle. Das Bild, die Höhlenmalerei in Doktor Van Bleecks Haus kam von dort.« Die Stimme des kleinen Mannes war seltsam gepreßt. »Viele Tausende meines Volkes wurden dorthin vertrieben, vom weißen Mann und vom schwarzen Mann in die Zange genommen. Das war vor nicht ganz zweihundert Jahren. Sie wurden gejagt und erschossen, sobald sie sich blicken ließen. Einige von ihren Feinden töteten sie mit Speeren, aber gegen Schußwaffen konnten sie nicht siegen. Sie wurden in Höhlen getrieben und ermordet - Männer, Frauen, Kinder. Aus diesem Grund gibt es in diesem Teil der Welt niemanden mehr aus meinem Volk.«

Keiner wußte etwas zu erwidern. !Xabbu verfiel wieder in Schweigen.

Die Sonne begann gerade hinter einer besonders scharfzackigen Bergspitze zu verschwinden und sah aus wie eine Orange auf einer Presse, als Martine sich wieder meldete.

»Das muß der Cathkin Peak sein, den ihr jetzt seht«, sagte sie. »Ihr seid dicht vor der Abzweigung. Sagt mir die Namen der Ortschaften in der Nähe.« Jeremiah nannte ihr die letzten paar, durch die sie gekommen waren, traurige kleine Sammelsurien aus Fertigbauten mit gebrauchten

Neonreklamen. »Gut«, sagte Martine. »Nach etwa zehn, fünfzehn Kilometern kommt ihr in eine Stadt, die Pietercouttsburg heißt. Fahrt dort runter und dann an der ersten Kreuzung rechts.«

»Wie kannst du das von Frankreich aus so genau wissen?« fragte Jeremiah.

»Straßenkarten sagt man, glaube ich, dazu.« Sie klang amüsiert. »Als ich den Standort dieses ›Wespennestes‹ erst einmal entdeckt hatte, war es nicht schwer, eine passende Route zu finden. Wirklich, Herr Dako, du tust so, als ob ich eine Zauberin wäre.«

Wie sie vorausgesagt hatte, zeigte nach wenigen Minuten ein Schild an, daß als nächstes Pietercouttsburg kommen würde. Jeremiah nahm die Ausfahrt und bog an der Kreuzung ab. Kurz darauf kurvten sie eine sehr schmale Straße hinauf. Links von Renie ragte der Cathkin Peak auf, in dunkle Wolken gehüllt und scharf konturiert von der untergehenden Sonne. Sie erinnerte sich an den Zulunamen des Gebirges, Wall der Speere, aber im Augenblick sahen die Drakensberge eher wie Zähne aus, wie ein riesiger schartiger Unterkiefer. Sie mußte an Mister J's denken und erschauerte.

Vielleicht hatte Long Joseph auch eine Assoziation von Mündern gehabt. »Wie kommen wir hier an was zu essen?« fragte er plötzlich. »Hier sind wir doch am Arsch der Welt.«

»Wir haben uns am Mittag in dem Laden reichlich mit Lebensmitteln eingedeckt«, erinnerte ihn Renie.

»Das reicht vielleicht mal für zwei Tage. Aber wir sind auf der Flucht, Mädel, haste gesagt. Auf der Flucht für zwei Tage? Und dann?«

Renie verkniff sich eine schnippische Bemerkung. Ihr Vater hatte ausnahmsweise einmal recht. Sie konnten natürlich in kleinen Städten wie Pietercouttsburg einkaufen, aber dort war die Gefahr groß, daß Fremde Aufmerksamkeit erregten, zumal wenn sie immer wieder kamen. Und womit sollten sie bezahlen? Wenn Jeremiahs Konto gesperrt war, hatten sie und ihr Vater nichts anderes zu erwarten. Das bißchen Bargeld, das sie bei sich hatten, würde in wenigen Tagen ausgegeben sein.

»Du wirst nicht verhungern«, sagte !Xabbu. Er wandte sich an ihren Vater, aber sie spürte, daß sie und Jeremiah mitgemeint waren. »Ich habe mich bis jetzt wenig nützlich machen können, und ich bin unglücklich darüber, aber wenn es darum geht, Nahrung zu finden, sind die Menschen meines Volkes nicht zu übertreffen.«

Long Joseph zog entsetzt die Augenbrauen hoch. »Ich weiß noch, wie du von den Sachen erzählt hast, die ihr eßt. Bild dir bloß nich ein, du kleiner Wahnsinniger, von dem Zeug würd je was in meinen Mund kommen.«

»Papa!«

»Seid ihr schon an der nächsten Straße?« fragte Martine. »Wenn ihr da seid, fahrt daran vorbei und haltet Ausschau nach einer Piste, die links von der Straße abgeht, wie die Zufahrt eines Hauses.«

Jeremiah folgte ihren Anweisungen, und die Verpflegungskontroverse ruhte fürs erste. Ein leichter Nebel besprenkelte mittlerweile die Autoscheiben. Renie hörte in der Ferne Donner grollen.

Die Piste sah sehr schmal aus, aber das lag daran, daß sie nahe der Straße fast zugewachsen war. Sobald sie an den ausladenden Dornensträuchern vorbei waren - die den Lack des Ihlosi so gründlich verkratzten, daß Jeremiah schon wieder den Tränen nahe war -, befanden sie sich auf einer breiten und überraschend festen Straße, die im Zickzack steil ins Gebirge hinaufführte.

Renie sah den dichten Wald vorbeiziehen. Fackellilien, im Volksmund »rote Schürhaken« genannt, stachen leuchtend wie Feuerwerkskörper von dem Grau ab. »Sieht aus wie ein Naturschutzgebiet. Aber es waren keine Schilder da. Von Zäunen ganz zu schweigen.«

»Es ist staatliches Gelände«, sagte Martine. »Aber vielleicht wollten sie nicht mit Schildern und Sperren Aufmerksamkeit erregen. Jedenfalls habe ich jetzt noch Herrn Singh in der anderen Leitung. Er wird uns durch etwaige Sicherheitsanlagen lotsen können.«

»Klar doch.« Singhs finsteres Runzelgesicht erschien auf dem Bildschirm. »Ich hab die Woche sowieso nichts weiter zu tun, als mit ungefähr hundert Stunden Arbeit dieses verdammte Otherlandsystem zu knacken.«

Sie fuhren um eine Kurve, als ihnen urplötzlich ein Tor in einem Maschendrahtzaun den Weg versperrte. Jeremiah trat mit einem Fluch auf die Bremse.

»Was habt ihr für ein Problem?« fragte Singh. »Halt mal einer das Pad hoch, damit ich was sehen kann.«

»Es ... es ist bloß ein Zaun«, antwortete Renie. »Mit einem Schloß dran.«

»Oh, da werde ich euch eine große Hilfe sein«, lachte er keckernd. »Holt mich einfach hier raus.«

Renie stieg unmutig aus und zog gegen das leichte Genriesel den Kragen hoch. Es war kein Mensch zu sehen, und sie hörte nichts als den

Wind in den Bäumen. Der Zaun hing an mehreren Stellen durch, und die Angeln des Tores waren mit Rost bestäubt, aber als Absperrung tat er es noch. Ein nahezu abgescheuertes Metallschild ließ noch schwache Spuren der Worte »Keep Out« erkennen. Zusätzliche Erläuterungen dieses Zutrittsverbots waren schon lange unleserlich.

»Sieht alt aus«, sagte sie, als sie wieder ins Auto stieg. »Scheint niemand da zu sein.«

»Mordsgeheimes Staatsgelände, hä? Sieht mir nich nach was aus.« Long Joseph stieß die Tür auf und machte Anstalten, sich vom Rücksitz zu quälen. »Ich muß mal pissen.«

»Vielleicht steht der Zaun unter Strom«, bemerkte Jeremiah hoffnungsvoll. »Pinkel doch dagegen, und sag uns dann Bescheid.«

Ein lauter Donnerschlag erscholl; das Gewitter war nähergekommen. »Steig wieder ein, Papa.«

»Wieso?«

»Steig einfach ein.« Sie wandte sich an Jeremiah. »Fahr durch.«

Dako starrte sie an, als hätte sie ihm befohlen, sich Flügel wachsen zu lassen. »Das meinst du doch nicht im Ernst.«

»Fahr durch, Mann. Das Ding ist seit Jahren nicht mehr geöffnet worden. Wir können hier sitzenbleiben und zusehen, wie es dunkel wird, oder wir können die Sache durchziehen. Fahr.«

»O nein. Nicht mit meinem Wagen. Es wird Kratzer ...«

Renie streckte ein Bein aus und trat so kräftig auf Dakos Fuß, daß das Gaspedal am Boden aufkam. Die Reifen wirbelten Erde auf, bevor sie griffen, dann machte der Ihlosi einen Satz nach vorn und rammte das Tor. Es gab ein wenig nach.

»Was machst du da?« schrie Jeremiah.

»Willst du warten, bis wir entdeckt werden?« brüllte Renie zurück. »Wir haben keine Zeit zu verlieren. Im Gefängnis kann's dir egal sein, ob der Lack noch dran ist oder nicht.«

Er starrte sie an. Die Frontstoßstange drückte weiter gegen das Tor, das einen halben Meter zurückgewichen war, aber noch hielt. Dako fluchte und stampfte aufs Gaspedal. Einen Moment lang veränderte sich nichts außer dem Geräusch des Motors, das zu einem schrillen Jaulen anschwoll. Dann riß etwas mit deutlich hörbarem Krachen, ein Netz aus Sprüngen zuckte über die Windschutzscheibe, und das Tor flog auf. Jeremiah mußte hart auf die Bremse treten, damit der Wagen nicht gegen einen Baum prallte.

»Sieh dir das an!« kreischte er. Er sprang vom Fahrersitz und führte vor der Kühlerhaube einen Wuttanz auf. »Sieh dir meine Windschutzscheibe an!«

Renie stieg aus, aber ging statt dessen zum Tor und schob es zu. Sie fand die weggesprengte Kette, machte das kaputte Vorhängeschloß ab und hängte sie wieder lose hin, damit das Tor bei flüchtiger Inspektion noch geschlossen aussah. Sie warf einen Blick auf die Front des Wagens, bevor sie wieder einstieg.

»Tut mir leid«, sagte sie. »Ich werde zusehen, daß ich das irgendwie wieder gutmache. Können wir jetzt bitte weiterfahren?«

»Es wird dunkel«, bemerkte !Xabbu. »Ich denke, Renie hat recht, Herr Dako.«

»Verdammt!« blubberte Singh aus dem Lautsprecher des Pads. »Ich hoffe, ihr erzählt mir, was grade passiert ist. Hat sich von hier aus ziemlich unterhaltsam angehört.«

Die Straße blieb auch hinter dem Tor ungepflastert und schmal. »Sieht nich nach groß was aus«, sagte Long Joseph. Jeremiah fuhr stumm und grollend weiter.

Während sie durch den Nadelwald kurvten, spürte Renie ihren Adrenalinspiegel wieder sinken. Wie hatte Singh sie genannt – Tschaka Zulu? Vielleicht hatte er recht gehabt. Es war zwar tatsächlich nur ein bißchen der Lack ab, aber mit welchem Recht setzte sie Jeremiah eigentlich unter Druck? Und wozu? Im Augenblick schien die Fahrt ins Nichts zu führen.

»Ich rieche etwas Merkwürdiges«, fing !Xabbu an, aber bevor er seinen Satz beenden konnte, waren sie um eine Biegung herum in den Schatten eines Berges eingetaucht, und Jeremiah mußte abermals hart auf die Bremse steigen. Die Straße war zu Ende. Schlidernd kamen sie wenige Meter vor einer kahlen Betonwand zum Stehen, die wie eine riesige Tür im Berg wirkte.

»Meine Güte.« Jeremiah fielen fast die Augen heraus. »Was ist denn das?«

»Sagt mir, was ihr seht«, meldete sich Martine.

»Es ist eine Art Tor, ungefähr zehn Quadratmeter, und sieht aus wie eine einzige Betonplatte. Aber ich kann keine Möglichkeit erkennen, es zu öffnen.« Renie stieg aus dem Wagen und legte ihre Hand auf den kalten grauen Stein. »Kein Griff, gar nichts.« Eine schreckliche Befürchtung beschlich sie. »Und wenn es nun gar kein Tor ist? Wenn sie diese Anlage einfach dichtgemacht und zubetoniert haben?«

»Schaut euch um. Meine Fresse, gibst du immer so schnell auf?« Singhs kratzige Stimme ging Renie durch Mark und Bein. »Seht nach, ob es einen Kasten oder eine versenkte Konsole oder sowas gibt. Denkt dran, es muß nicht direkt am Tor sein.«

Die anderen stiegen ebenfalls aus und halfen Renie bei der Suche. Die Dämmerung vertiefte sich rasch, und der Regen erschwerte das Sehen noch zusätzlich. Jeremiah stieß mit dem Wagen ein Stück zurück und schaltete die Scheinwerfer an, aber sie brachten nicht viel.

»Ich glaube, ich habe etwas gefunden.« !Xabbu stand etwa zehn Schritte zur Linken des Tores. »Das ist kein echter Stein.«

Renie trat zu ihm. Sie hielt die Flamme ihres Feuerzeugs nahe heran und erkannte haarfeine Linien, die in der Felswand ein Quadrat bildeten. In einer der Nahtlinien klaffte eine kleine Spalte, die zwar natürlich aussah, aber möglicherweise als Griff dienen konnte. Renie steckte ihre Hand hinein und zog, aber ohne Erfolg.

»Laß mich mal machen, Mädel.« Ihr Vater schob seine große Pranke in die Ritze und zerrte. Es gab ein ermutigendes Knarren, aber mehr tat sich nicht. Wie zur Antwort blitzte es über ihnen, bevor ein Donnerschlag erscholl und an den Bergwänden widerhallte. Der Regen wurde stärker.

»Ich hol den Wagenheber aus dem Kofferraum«, sagte Jeremiah. »Ob wir den noch ruinieren oder nicht, ist auch egal.«

Jeremiah und Long Joseph mußten sich gemeinsam auf den Hebel lehnen, aber schließlich sprang die Klappe auf, und die lange nicht mehr bewegten Angeln knirschten. Innen drin war eine kleine Konsole mit einem Gittermuster winziger blanker Quadrate. »Man braucht einen Code«, verkündete Renie laut genug, daß Martine und Singh es hören konnten.

»Hast du ein Hizzy-Kabel?« fragte Singh. »HSSI?« Als Renie bejahte, nickte der alte Häcker. »Gut. Nimm das Oberteil der Konsole ab, und halt das Pad drüber, so daß ich was sehen kann. Ich sage dir, wie du mich anschließen mußt. Dann lege ich los.«

Singhs Bemühungen, worin sie auch bestehen mochten, zahlten sich nicht sofort aus. Sobald Renie ihr Pad nach seinen Instruktionen mit der Schalttafel verkabelt hatte, stützte sie es mit einem Stein ab und kehrte zum Wagen zurück. Die Sonne ging unter. Ein kalter Wind trieb den Regen horizontal vor sich her. Die Zeit schien sehr langsam zu vergehen, und die einzige Abwechslung waren die gelegentlichen, unangenehm nahen Blitze über ihnen. Trotz Renies Ermahnungen, die Batterie zu schonen, stellte Jeremiah Musik an, ein leichtes, aber penetrantes Popgedudel, das nichts zur Beruhigung ihrer wundgescheuerten Nerven beitrug.

»Warum hamse die hingemacht?« fragte ihr Vater und stierte die graue Platte an.

»Sieht aus, als hätten sie den Ort bombensicher machen wollen oder so.« Sie blickte die steile Bergwand darüber hinauf. »Und sie haben das Tor ein wenig zurückgesetzt. So ist es für jemand, der drüberfliegt, nicht zu sehen.«

Long Joseph schüttelte den Kopf. »Vor wem soll das hier geschützt werden?«

Renie zuckte mit den Achseln. »Martine sagt, es wäre ein Militärstützpunkt gewesen. Ich nehme an, die Antwort lautet: ›Vor allen und jedem.‹«

!Xabbu kam mit einem Armvoll Holz zurück, triefend naß, aber anscheinend unbekümmert um den Regenguß. »Wenn wir nicht hineinkommen, werden wir ein Feuer brauchen«, erklärte er. In seiner Hosentasche steckte, ein wenig unpassend zu seinem altmodischen Sakko und seiner antiquierten Krawatte, ein großes Fahrtenmesser.

»Wenn wir nicht reinkommen, suchen wir uns gefälligst eine anständige Bleibe für die Nacht.« Jeremiah saß mit über der Brust verschränkten Armen auf der Kühlerhaube seines Autos und blickte kreuzunglücklich drein. »Im Auto ist nicht genug Platz, und ich werde mit Sicherheit nicht im Regen schlafen. Außerdem gibt es hier oben wahrscheinlich Schakale und wer weiß, was sonst noch.«

»Wo sollen wir denn hin ohne Geld ...?« fing Renie an, als ein Knirschen, das noch lauter war als der Donner, sie erschrocken auffahren ließ. Die Betonplatte glitt langsam hoch und gab den Blick auf eine schwarze Leere im Innern des Berges frei. Singhs triumphierender Schrei übertönte noch den Lärm des aufgehenden Tores.

»Ichiban! Ich hab's!«

Renie stellte die Musik aus und blickte in die Öffnung. Drinnen regte sich nichts. Sie trat durch den strömenden Regen heran und spähte vorsichtig hinein, denn sie befürchtete Bomben oder sonstige Gefahren, wie sie sie aus Agententhrillern kannte, doch sie sah nichts als einen Betonfußboden, der sich in der Dunkelheit verlor.

»Ehrlich gesagt, das war eine harte Nuß.« Die Stimme des alten Häckers knisterte durch die eingetretene Stille. »Ich hatte ordentlich dran zu tun - und ohne rohe Gewalt ging gar nichts. Einer von den alten staatlichen Verschlüsselungscodes, und die waren schon immer saumäßig zu knacken.«

»!Xabbu«, rief Renie, »hast du nicht gesagt, du könntest Feuer machen? Dann los, mach. Wir gehen hinein, und dazu brauchen wir Fackeln.«

»Spinnst du, Mädel?« Ihr Vater schob sich aus der Hintertür und richtete sich auf. »Wir ham das Auto, und das Auto hat Scheinwerfer. Wozu da Fackeln?«

Renie unterdrückte eine kurz aufflackernde Gereiztheit. »Weil jemand mit einer Fackel das Auto leichter reinlotsen kann. Wenn sie den Fußboden rausgenommen haben oder sowas, können wir es auf die Art eher merken und müssen nicht erst Jeremiahs teure Karosse in eine zehn Meter tiefe Grube fahren.«

Ihr Vater betrachtete sie einen Moment stirnrunzelnd und nickte dann zustimmend. »Ziemlich clever, Mädel.«

»... Versucht bloß nicht, irgend etwas anzuschalten«, sagte Martine. »Wenn hier drin noch Geräte sind, und seien es bloß Lampen, dann kann auch der Strom noch angeschlossen sein.«

»Aber genau das wollen wir doch, oder?« Renie wartete ungeduldig auf !Xabbu, der unter dem Überhang kniete und gerade mit ihrem Feuerzeug einen langen Stock anzündete, um dessen Spitze er trockenes Reisig gepackt hatte. »Wir suchen doch gerade nach Geräten. Wir müssen das Zeug benutzen, und ich bezweifle, daß es von frommen Gedanken betrieben wird.«

»Wir werden das Problem lösen, sobald wir können«, erwiderte Martine mit einer gewissen Anspannung in der Stimme. »Aber denk mal nach. Wenn dies ein stillgelegter Stützpunkt ist, wie meine Nachforschungen ergeben haben, wird es dann nicht Verdacht erregen, wenn er anfängt, Strom zu verbrauchen? Ist das ein Risiko, das du eingehen möchtest?«

Renie schüttelte den Kopf. »Du hast recht. Wir werden noch nichts anrühren.« Sie schämte sich, daß sie nicht selbst daran gedacht hatte. Tschaka Zulu, weiß Gott!

»Ich gehe voraus.« !Xabbu schwenkte seine improvisierte Fackel. »Ihr anderen folgt im Auto.«

»Aber !Xabbu ...«

»Bitte, Renie.« Er schlüpfte aus seinen Schuhen, stellte sie neben den Eingang an einen trockenen Platz und krempelte sich die Hosenbeine hoch. »Bis jetzt habe ich wenig helfen können. Dies ist das einzige, was ich besser kann als alle anderen hier. Außerdem bin ich der Kleinste und komme am besten an engen Stellen durch.«

»Natürlich. Du hast recht.« Sie seufzte. Wie es schien, hatten alle bessere Ideen als sie. »Paß bloß sehr, sehr gut auf, !Xabbu. Und gib acht, daß wir dich nicht aus den Augen verlieren. Das meine ich ernst.«

Er lächelte. »Aber sicher.«

Während sie zusah, wie !Xabbu durch die gähnende Leere des Eingangs schritt, kroch Renie ein Schauder das Rückgrat hinauf. Er sah aus wie ein altertümlicher Krieger, der sich in die Höhle des Drachen wagte. Wohin gingen sie? Was taten sie? Vor nur wenigen Monaten wären ihr diese Flucht und dieser Einbruch als unbegreiflicher Wahnsinn erschienen.

Jeremiah ließ den Wagen an und fuhr vorsichtig hinter ihm her durch die Einfahrt. Die Scheinwerfer fielen auf nichts als trübe Leere; wenn !Xabbu nicht mit erhobener Fackel ein paar Meter vor ihnen gewesen wäre, hätte Renie Angst gehabt, sie könnten gleich über den Rand einer abgrundtiefen Grube rollen.

!Xabbu gab ihnen mit der Hand ein Signal anzuhalten. Er ging ein Stückchen voraus, schaute fackelschwenkend nach links und rechts, nach vorne und hinten, dann drehte er sich um und kam zurückgetrabt. Renie lehnte sich aus dem Fenster.

»Was ist?«

Der kleine Mann lächelte. »Ich denke, ihr könnt bedenkenlos vorwärtsfahren. Sieh mal.« Er hielt seine Fackel dicht an den Boden. Renie streckte sich, um hinunterschauen zu können. Im flackernden Licht erkannte sie einen breiten weißen Pfeil und das auf dem Kopf stehende Wort »STOP«. »Es ist ein Parkhaus«, sagte !Xabbu. Er hob die Fackel hoch. »Siehst du? Weiter oben sind noch mehr Etagen.«

Renie ließ sich in ihren Sitz zurückfallen. Jenseits der Scheinwerfer führten Auffahrten in eine tiefere Dunkelheit hinauf. Das Parkhaus war riesig und vollkommen leer.

»Ich nehme an, wir brauchen uns über Platz keine Gedanken zu machen«, sagte sie.

> Nachdem sie genug Brennholz herbeigeschleppt hatten, verband Renie Sagar Singh über ihr Pad mit der Schalttafel im Innern, damit er, sehr gegen Jeremiahs und Long Josephs Wunsch, das große Tor zumachen konnte. Wenn jemand sie zufällig entdecken sollte, wollte sie so gut geschützt sein, wie es die bombensicheren staatlichen Abwehranlagen erlaubten.

»Ich werde jetzt die Beschreibung, wie ihr es wieder aufmachen könnt, auf den Speicher deines Pads runterladen«, sagte Singh. »Denn sobald das Tor zugeht, bricht der Kontakt zu mir ab. Wenn es ein Militärbunker ist, kriegt ein normales Autofon nicht mal einen Pieps da rausgesendet.«

»Es gibt einen verschlossenen Fahrstuhl mit einem anderen Schaltkasten dran«, erzählte sie dem alten Häcker. »Ich denke, er führt zum Rest der Anlage hinunter. Kannst du den auch öffnen?«

»Nicht heute abend. Herrje, darf ich mich vielleicht auch mal ausruhen? Es ist nicht so, als hätte ich nichts anderes zu tun, als für euch den elektronischen Butler zu spielen.«

Sie bedankte sich bei ihm, sagte auch Martine gute Nacht und versprach, das Tor in zwölf Stunden wieder zu öffnen und sich zu melden. Singh ließ die große Platte hinunter. Während die Öffnung sich knirschend schloß, löste sich sein Raubvogelgesicht auf dem Bildschirm in ein elektronisches Schneegestöber auf. Renie und ihre Freunde waren abgeschnitten.

!Xabbu hatte ein großes Feuer entfacht, und er und Jeremiah waren dabei, aus den Vorräten, die sie am Morgen eingekauft hatten, einen Eintopf aus billigem Containerrindfleisch und Gemüse zu kochen. Long Joseph sah sich mit der Fackel in der Hand in den entlegeneren Teilen der riesigen Garage im Berg um, was Renie nervös machte.

»Paß auf losen Beton oder nicht gekennzeichnete Treppen und solche Sachen auf«, rief sie hinter ihm her. Er drehte sich um und warf ihr einen Blick zu, den sie im Feuerschein nicht genau erkennen konnte, aber der vermutlich Entrüstung ausdrückte. Die im Schatten liegende Decke war so hoch und die Fläche so weit, daß er weit entfernt in einer flachen Wüste zu stehen schien. Einen Moment lang schlug ihre Wahrnehmung um, und statt innen standen sie außen, so vollständig außen, daß es nirgends mehr Wände gab. Das Gefühl war schwindelerregend; sie mußte die Hände auf den kühlen Betonboden legen, um nicht das Gleichgewicht zu verlieren.

»Das ist ein gutes Feuer«, erklärte !Xabbu. Die anderen, die mehr Komfort gewöhnt waren, blickten ihn bedrückt an. Das Essen war passabel gewesen, und eine Zeitlang hatte Renie die Situation ignorieren und ein wenig auftauen können, so als wären sie einfach beim Campen, aber das hatte nicht lange angehalten.

!Xabbu musterte die Mienen seiner Begleiter. »Ich denke, es wäre nicht schlecht, eine Geschichte zu erzählen«, sagte er plötzlich. »Ich kenne eine, die mir zu passen scheint.«

Renie brach das sich anschließende Schweigen. »Bitte erzähl sie.«

»Die Geschichte handelt von Verzweiflung, und wie man sie überwindet. Ich denke, es ist eine gute Geschichte für diese Nacht, in der Freunde um ein Feuer versammelt sind.« Die Lachfältchen um seine Augen bildeten sich wieder. »Zuerst jedoch müßt ihr ein wenig über mein Volk erfahren. Ich habe Renie schon ein paar Geschichten erzählt, vom alten Großvater Mantis und anderen aus dem Urgeschlecht. Die Geschichten spielen vor langer Zeit, in einer Zeit, als alle Tiere Menschen waren und Großvater Mantis noch selbst auf Erden wandelte. Aber diese Geschichte jetzt handelt nicht von ihm.

Die Männer meines Volkes sind Jäger - das heißt, sie waren Jäger, da fast niemand mehr übrig ist, der auf die althergebrachte Art lebt. Auch mein Vater war Jäger, ein Wüstenbuschmann, und nur weil er eine Elenantilope verfolgte, gelangte er aus dem Land, das er kannte, und lernte meine Mutter kennen. Ich habe Renie die Geschichte schon erzählt, und ich werde sie heute abend nicht noch einmal vortragen. Aber wenn die Männer meines Volkes auf die Jagd gingen, mußten sie sich oft weit weg von ihren Frauen und Kindern begeben, um Wild zu finden.

Die allergrößten Jäger jedoch sind die Sterne am Himmel. Meine Leute beobachteten, wie sie bei Nacht über den Himmel zogen, und erkannten, daß die Buschleute nicht die einzigen waren, die lange und weit durch schwieriges Gelände wandern mußten. Und der mächtigste von allen diesen großen Jägern ist der, den ihr den Morgenstern nennt, aber den wir Herz der Morgenröte nennen. Er ist der unermüdlichste Fährtenverfolger in der ganzen Welt, und sein Speer fliegt weiter und schneller als jeder andere.

Damals in der Vorzeit wollte sich Herz der Morgenröte eine Frau nehmen. Alle Leute des Urgeschlechts brachten ihre Töchter an in der Hoffnung, der allergrößte Jäger würde sie zu seiner Braut erwählen. Alle

Mädchen von Elefant und Python, Springbock und Langnasenmaus tanzten vor ihm, aber keine sprach sein Herz an. Von den Katzen war die Löwin zu groß, die Leopardin zu gefleckt. Er entließ sie feierlich eine nach der anderen, bis seine Augen auf die Luchsin fielen. Mit ihrem hellen Fell und ihren Ohren, die funkelnden Feuerzungen glichen, erschien sie ihm wie eine Flamme. Er fühlte, daß von allen, die an ihm vorbeigezogen waren, sie die eine war, die er heiraten sollte.

Als ihr Vater den Antrag von Herz der Morgenröte annahm, was er mit Freuden tat, gab es ein Fest mit Tanzen und Singen. Alle Leute des Urgeschlechts kamen. Bei denjenigen, deren Töchter nicht erwählt worden waren, bestand eine gewisse Eifersucht, aber durch das Essen und die Musik wich das Böse aus den meisten Herzen. Der einzige, der an der Feier nicht teilnahm, war der Hyänenvater, von dessen Tochter sich Herz der Morgenröte abgewandt hatte. Er war stolz, und seine Tochter nicht minder. Sie fühlten sich beleidigt.

Nach ihrer Trauung liebte Herz der Morgenröte seine Luchsfrau immer mehr. Sie wurde schwanger, und bald brachte sie einen Sohn zur Welt. In seiner Freude über seine neue Frau brachte der große Jäger ihr von seinen Fahrten am Himmel schöne Sachen mit - Ohrringe, Arm- und Fußbänder und einen schönen Fellumhang -, und sie trug alle und war glücklich. Da sie eine gute Ehefrau war und daher nachts, wenn ihr Mann am Himmel jagte, ihr Feuer nicht verließ, kam ihre jüngere Schwester sie besuchen. Zusammen redeten und lachten und spielten sie mit dem kleinen Sohn der Luchsin, während sie auf die Heimkehr von Herz der Morgenröte warteten.

Aber dem Hyänenvater und seiner Tochter saß noch immer der bittere Zorn im Magen, und daher schickte der Alte, der listiger war als fast alle anderen, seine Tochter heimlich ins Lager von Herz der Morgenröte und seiner Luchsfrau. Es gab eine Speise, Ameiseneier, die der Luchsin besser schmeckten als jede andere. Wenn sie einen Fehler hatte, dann den, daß sie ein wenig gierig war, da sie vor ihrer Heirat mit Herz der Morgenröte oft hungrig gewesen war, und immer wenn sie die süßen weißen Eier fand, die wie Reiskörner aussehen, mußte sie alle aufessen. Da die Hyänentochter das wußte, sammelte sie einen Haufen Ameiseneier und ließ sie an einer Stelle liegen, wo die Luchsin sie finden mußte, doch zuerst nahm sie von ihrem Duftstoff, Schweiß aus ihrer Achselhöhle, und mischte ihn darunter. Dann ließ die Hyänentochter die Eier liegen und versteckte sich.

Die Luchsfrau und ihre Schwester suchten nach Nahrung, als die Luchsfrau auf den Haufen Ameiseneier stieß. ›Oh‹, rief sie, ›hier liegt etwas Gutes! Hier liegt etwas Gutes!‹ Aber ihre Schwester schöpfte Verdacht und sagte: ›An dieser Speise ist etwas Übelriechendes. Ich glaube nicht, daß sie eßbar ist.‹ Doch die Luchsin war zu aufgeregt. ›Ich muß sie essen‹, sagte sie und nahm sich sämtliche Ameiseneier, ›denn es kann lange dauern, bis ich so etwas wiederfinde.‹

Die Luchsschwester jedoch wollte nicht von den Eiern essen, weil der Hyänengeruch sie störte.

Als sie zurück ins Lager kamen, bekam die Luchsfrau Schmerzen im Bauch, und ihr Kopf wurde heiß, als ob sie zu nahe am Feuer säße. Sie konnte weder in dieser Nacht noch in der nächsten schlafen. Ihre Schwester schalt sie wegen ihrer Gier und holte ihre Mutter zur Hilfe, aber die alte Frau konnte nichts tun, und die Luchsin wurde immer kränker. Sie stieß ihren kleinen Sohn von sich. Sie schrie und erbrach sich und verdrehte die Augen. Eines nach dem anderen gingen ihre schönen Schmuckstücke ab und fielen auf den Boden, erst die Ohrringe, dann die Armbänder und die Fußbänder, ihr Fellumhang, sogar die Lederriemen ihrer Sandalen, bis sie nackt und weinend dalag. Da plötzlich stand die Luchsin auf und lief in die Dunkelheit davon.

Die Luchsmutter war so entsetzt, daß sie in ihr eigenes Lager zurücklief, um ihrem Mann zu sagen, daß ihre Tochter dem Tode nahe war, aber die Schwester folgte der Fliehenden.

Als das Lager leer war, drang die Hyänentochter aus der finsteren Nacht jenseits des Feuerscheins ein. Zuerst legte sie die hingefallenen Ohrringe der Luchsin an, dann hob sie ihre Bänder mit Straußeneierperlen und ihren Fellumhang auf und zog sie an, sogar ihre Sandalen. Als sie das getan hatte, setzte sich die Hyänentochter ans Feuer, lachte und sprach: ›Jetzt bin ich die Frau von Herz der Morgenröte, wie es sich gehört.‹

Die Luchsfrau floh in den Busch, und ihre Schwester folgte ihr. In ihrem Unglück lief die Luchsfrau, bis sie in ein Schilf am Wasser kam, und dort setzte sie sich weinend und klagend nieder. Ihre Schwester kam ihr hinterher und rief: ›Warum gehst du nicht zurück nach Hause? Wenn nun dein Mann heimkehrt und dich nicht am Feuer vorfindet? Wird er sich nicht deinetwegen ängstigen?‹ Aber die Luchsin ging nur immer weiter ins Schilf, bis sie knietief im Wasser stand, und sprach: ›Ich fühle den Geist der Hyäne in mir. Ich bin einsam und habe Angst, und Dunkelheit hat sich auf mich gelegt.‹

Deswegen, was mit der Luchsfrau geschah, sagen meine Leute noch heute, es sei für jemand ›die Zeit der Hyäne‹, wenn der oder die Betreffende am Geist erkrankt ist.

Die Schwester hielt der Luchsin das Kind hin und sprach: ›Dein Sohn will trinken. Sieh nur, was er für einen Hunger hat! Du mußt ihm die Brust geben.‹ Und kurzfristig ließ sich die Luchsin überreden, herbeizukommen und ihr Kind zu säugen, dann aber legte sie es hin und floh zurück ins Wasser, diesmal noch tiefer, daß es ihr bis zur Taille ging. Wenn ihre Schwester sie überredete, herauszukommen und ihr Kind zu stillen, nahm die Luchsfrau ihren Sohn eine Zeitlang, aber die Zeit wurde jedesmal kürzer, und jedesmal, wenn sie sich wieder ins Wasser zurückzog, ging sie tiefer hinein, bis es ihr schließlich fast an den Mund reichte.

Zuletzt ging die Luchsschwester traurig fort und nahm den kleinen Jungen mit, damit er sich am Feuer aufwärmen konnte, denn unter dem Nachthimmel war es kalt, und im Schilf war es noch kälter. Doch als sie sich dem Lager näherte, sah sie eine Frau mit glühenden Augen und mit allen Kleidern und Schmuckstücken der Luchsin angetan am Feuer sitzen. ›Ah!‹ sagte die Frau. ›Da ist ja mein kleiner Sohn! Warum hast du ihn mir weggenommen? Gib ihn sofort her!‹ Im ersten Augenblick war die Luchsschwester verdutzt, weil sie dachte, ihre Schwester sei aus dem Schilf und dem Wasser heimgekehrt, doch dann roch sie den Hyänengestank und fürchtete sich. Sie preßte den Jungen fest an sich und lief vom Feuer fort, während die Hyänentochter hinter ihr herheulte: ›Bring mein Kind zurück! Ich bin die Frau von Herz der Morgenröte!‹

Die Luchsschwester wußte jetzt, was geschehen war, und sie wußte auch, daß der Zeitpunkt, an dem ihr Schwager normalerweise von seiner langen Fahrt über den Himmel zurückkehren würde, für die Rettung ihrer Schwester zu spät wäre. Sie begab sich auf eine Anhöhe, hob das Gesicht zum dunklen Himmel empor und fing an zu singen:

> ›Herz der Morgenröte, höre mich, höre mich!
> Herz der Morgenröte, komm von deiner Jagd zurück!
> Deine Frau ist krank, dein Kind ist hungrig!
> Herz der Morgenröte, es ist eine schlimme Zeit!‹

Sie sang das wieder und wieder, lauter und lauter, bis der große Jäger sie schließlich hörte. Er kam mit blitzenden Augen über den Himmel zurückgestürzt, bis er vor der Luchsschwester stand. Sie berichtete ihm alles, was vorgefallen war, und er wurde furchtbar wütend. Er lief in sein Lager. Als er dort anlangte, stand die Hyänentochter auf, und ihre gestohlenen Ohrringe und Bänder klingelten. Sie bemühte sich, ihrer tiefen, grollenden Stimme den süßen Ton der Luchsin zu geben, und sprach zu ihm: ›Lieber Mann, du bist wieder da! Und was hast du deiner Frau mitgebracht? Hast du Wild mitgebracht? Hast du Geschenke mitgebracht?‹

›Nur ein Geschenk habe ich dir mitgebracht – hier ist es!‹ sprach Herz der Morgenröte und schleuderte seinen Speer. Die Hyäne kreischte auf und sprang zur Seite, und der Speer verfehlte sie. Das war das einzige Mal, das Herz der Morgenröte je danebenwarf, denn der Hyänenzauber ist alt und sehr stark. Aber beim Ausweichen trat sie ins Feuer, und die Glut verbrannte ihr die Beine, so daß sie noch lauter kreischte. Sie warf die gestohlenen Sachen der Luchsin ab und rannte davon, so schnell sie konnte, und weil die Verbrennungen so schmerzten, humpelte sie. Und wenn ihr heute einer Hyäne begegnet, seht ihr, daß sie einen Gang hat, als ob ihre Füße ganz empfindlich wären, wie ihn alle Nachkommen der Hyänentochter haben, und daß ihre Beine immer noch schwarz sind, weil sie damals ins Feuer von Herz der Morgenröte trat.

Als nun der Jäger die falsche Frau vertrieben hatte, ging er zu dem Wasser und holte seine Frau von dort fort und gab ihr ihren Schmuck und ihre Kleider wieder und legte ihr erneut ihren kleinen Sohn in die Arme. Dann kehrten sie zusammen mit der Luchsschwester in ihr Lager zurück. Und wenn heute der Morgenstern, den wir Herz der Morgenröte nennen, von der Jagd zurückkehrt, kommt er immer rasch, und selbst die dunkle Nacht läuft vor ihm davon. Wenn er erscheint, könnt ihr sehen, wie die Nacht am Horizont flieht, daß der rote Staub von ihren Fersen aufstiebt. Und damit ist meine Geschichte zu Ende.«

Alle schwiegen, als der kleine Mann fertig erzählt hatte. Jeremiah nickte bedächtig mit dem Kopf, als ob er etwas bestätigt bekommen hätte, was er schon lange geglaubt hatte. Long Joseph nickte ebenfalls, aber aus einem anderen Grund: Er war eingeschlafen.

»Das war ... sehr schön«, sagte Renie schließlich. !Xabbus Märchen war skurril und phantastisch gewesen und doch auch irgendwie vertraut, als ob sie Teile davon schon einmal gehört hätte, obwohl sie wußte, daß das nicht stimmte. »Es ... es hat mich an so vieles erinnert.«

»Es freut mich, daß du es gehört hast. Ich hoffe, du wirst dich daran erinnern, wenn du unglücklich bist. Wir müssen alle darum beten, daß die Güte anderer uns Kraft gibt.«

Eine Weile schien das Leuchten des Feuers den Raum auszufüllen und die Schatten zurückzudrängen. Renie leistete sich den Luxus einer leisen Hoffnung.

Sie blickte von oben über eine weite, nachtfinstere Wüste. Ob sie in den Zweigen eines Baumes oder am Hang auf einer Treppe saß, konnte sie nicht sagen. Ringsherum hockten überall Leute, obwohl sie sie kaum erkennen konnte.

»Es freut mich, daß du hierbleiben willst«, sagte Susan Van Bleeck neben ihr aus der Dunkelheit. »Sicher, das Haus ist zu hoch in der Luft - manchmal habe ich Angst, daß alle runterfallen.«

»Aber ich kann nicht bleiben.« Renie wollte Susan nicht verletzen, aber sie wußte, daß es gesagt werden mußte. »Ich muß losgehen und Stephen seine Schulsachen bringen. Sonst wird Papa böse.«

Sie fühlte, wie eine trockene, knochige Hand sich um ihr Handgelenk schloß. »Aber du darfst jetzt nicht gehen. *Er* ist dort draußen, weißt du das nicht?«

»Er?« Renie wurde zusehends aufgeregter. »Aber ich muß dort hinüber! Ich muß Stephen die Bücher bringen, die er für die Schule braucht!« Die Vorstellung, daß ihr Bruder allein und in Tränen aufgelöst auf sie wartete, stritt mit dem furchtbaren Gewicht von Susans Worten. Sie wußte nur vage, was die Worte bedeuteten, aber daß es etwas Schlimmes war, wußte sie sehr wohl.

»Natürlich er! Er wittert uns!« Der Griff an Renies Arm wurde fester. »Er haßt uns, weil wir hier oben sind und weil wir es warm haben, während er es so kalt hat.«

Noch während die Professorin redete, spürte Renie etwas - einen eisig scharfen Wind, der aus der Wüste heranwehte. Die anderen nahezu unsichtbaren Gestalten spürten ihn auch, und ein allgemeines erschrockenes Geflüster erhob sich.

»Aber ich kann nicht hierbleiben. Stephen ist da draußen, auf der andern Seite.«

»Aber hinuntergehen kannst du erst recht nicht.« Die Stimme der Professorin schien sich verändert zu haben, und ihr Geruch auch. »*Er* wartet, versteh doch! Er wartet immer, weil er immer draußen ist.«

Es war nicht mehr die Professorin, die neben ihr in der Dunkelheit saß, es war ihre Mutter. Renie erkannte ihre Stimme und den Duft des zitronigen Parfüms, das sie gern genommen hatte.

»Mama?« Es kam keine Antwort, aber sie fühlte die Wärme ihrer Mutter nur wenige Zentimeter entfernt. Als Renie wieder zu reden ansetzte, spürte sie etwas Neues, etwas, das sie vor Angst erstarren ließ. Etwas *war* da draußen, schlich unter ihnen im Dunkeln herum, schnupperte nach etwas zu fressen.

»Still!« zischte ihre Mutter. »Er ist ganz nahe, Kind!«

Ein Gestank stieg zu ihnen hoch, ein seltsam eisiger Geruch von toten Dingen und alten, vor langem verbrannten Dingen und muffigen, verlassenen Orten. Genauso stark und deutlich wie der Gestank drang ein Gefühl an Renies Sinne, eine spürbare Welle teuflischer Bosheit, voll Neid und bohrendem Haß und Elend und abgrundtiefer Einsamkeit, die Ausdünstung eines Wesens, das schon vor Anbeginn der Zeit in die Finsternis verbannt worden war und das vom Licht nichts anderes wußte, als daß es das Licht haßte.

Auf einmal wollte Renie diesen hohen Ort auf keinen Fall mehr verlassen.

»Mama«, fing sie an, »ich muß ...«

Plötzlich glitten ihre Füße unter ihr weg, und sie stürzte hilflos ins Schwarze, fiel und fiel und fiel, und das teuflische, böse, mächtige Ungeheuer dort unten riß seinen großen, stinkenden Rachen auf, um sie zu fassen ...

Nach Luft schnappend fuhr Renie auf. Das Blut pochte ihr in den Ohren. Eine ganze Weile wußte sie nicht, wo sie war. Als es ihr einfiel, wurde es nicht viel besser.

Verbannt. Flüchtig. In ein fremdes, unbekanntes Land vertrieben.

Die letzte Empfindung des Traums, der Fall auf etwas lauerndes Böses zu, war noch nicht völlig vergangen. Ihr war schlecht, und sie hatte am ganzen Leib Gänsehaut. *Die Zeit der Hyäne*, dachte sie und wäre am liebsten verzweifelt. *Wie !Xabbu gesagt hat. Und sie ist wirklich da.*

Sogar sich wieder hinzulegen, fiel ihr schwer, doch sie zwang sich dazu. Das regelmäßige Atmen der anderen, das in der großen Dunkelheit über ihr aufstieg und hallte, war ihre einzige Verbindung zum Licht.

> »Soll das heißen, wir hätten gestern nacht Strom ham können?« Long Joseph stieß seine Hände in die Hosentaschen und beugte sich vor. »Statt um so'n Feuer rumzusitzen?«

»Der Strom ist an, ja.« Es nervte Renie, die Erklärung noch einmal geben zu müssen. »Strom für den Eigenbedarf der Anlage und für die Sicherheitssysteme. Aber das bedeutet nicht, daß wir mehr davon benutzen sollten als nötig.«

»Ich hab mir den Fuß gestoßen, als ich im Dunkeln das Klo gesucht hab. Ich hätt in so'n Loch fallen und mir den Hals brechen können ...«

»Hör zu, Papa«, fing sie an, aber ließ es dann bleiben. Warum immer wieder die gleichen Gefechte austragen? Sie drehte sich um und schritt über die weite Betonfläche auf die Fahrstühle zu.

»Wie sieht's aus?« fragte sie.

!Xabbu blickte auf. »Herr Singh arbeitet noch daran.«

»Sechs Stunden«, sagte Jeremiah. »Wir werden dieses Ding nie aufkriegen. Ich hatte eigentlich nicht vor, den Rest meines Lebens in einer gottverdammten Garage zu verbringen.«

Singhs Stimme, auf einen Bruchteil der normalen Bandbreite komprimiert, quäkte aus dem Pad. »Herrje, was anderes als meckern könnt ihr auch nicht! Seid doch dankbar, daß dieses Ding nicht dichtgemacht ist oder stillgelegt, oder wie sich das sonst schimpft. Es hätte ein ganzes Ende schwerer sein können, reinzukommen, ganz zu schweigen davon, daß keine bewaffneten Wachposten da waren, was mit Sicherheit eine zusätzliche Schwierigkeit gewesen wäre.« Er hörte sich eher gekränkt an als wütend, vielleicht weil er seine Fähigkeiten in Zweifel gezogen sah. »Ich werd's schon hinkriegen, aber das sind die originalen Handabdruckleser. Die sind um einiges härter zu knacken als ein einfaches Codesystem.«

»Ich weiß«, sagte Renie. »Und wir sind dir auch dankbar. Wir haben's schwer im Moment, das ist alles. Die letzten paar Tage waren ziemlich aufreibend.«

»Aufreibend?« Dem alten Mann schien der Kragen zu platzen. »Ihr solltet mal versuchen, in das am schärfsten bewachte Netzwerk der Welt einzubrechen, wenn alle paar Minuten die Schwester reinkommt, um eure Bettpfanne zu kontrollieren oder darauf zu bestehen, daß ihr den Reispudding aufeßt. Außerdem sind in diesem verdammten Laden keine Schlösser an den Türen, so daß ständig irgendwelche senilen alten Arschlöcher reingeschneit kommen, weil sie denken, es wäre ihr

Zimmer. Gar nicht zu reden davon, daß ich Magenschmerzen hab von den Medikamenten, die ich nehmen muß, das könnt ihr euch gar nicht vorstellen. Und bei alledem versuch ich noch nebenbei, euch am Sicherheitssystem eines streng geheimen Militärstützpunkts vorbeizumogeln. Also erzähl *du* mir nichts von aufreibend!«

Wie ein begossener Pudel trottete Renie davon. Ihr tat der Kopf weh, und ihr Schmerzmittel war ausgegangen. Sie steckte sich eine Zigarette an, obwohl sie eigentlich gar keine wollte.

»Niemand ist heute glücklich«, sagte !Xabbu leise. Renie zuckte zusammen. Sie hatte ihn nicht kommen gehört.

»Was ist mit dir? Du siehst doch ganz glücklich aus.«

In !Xabbus Blick schwang eine traurige Amüsiertheit, und Renie bereute die Schärfe ihrer Reaktion. »Natürlich bin ich nicht glücklich, Renie. Ich bin unglücklich wegen der Sachen, die dir und deiner Familie passiert sind. Ich bin unglücklich, weil ich die Sache, die ich auf der Welt am meisten machen möchte, nicht weiterführen kann. Und ich habe Angst, daß wir etwas wirklich Gefährliches entdeckt haben, wie ich dir schon einmal sagte, und daß es nicht in unserer Macht liegen könnte, etwas dagegen zu tun. Aber wütend zu werden wird uns nicht helfen, wenigstens im Moment nicht.« Er lächelte leicht, und seine Augenwinkel legten sich in Falten. »Vielleicht werde ich später wütend sein, wenn die Situation besser ist.«

Sie war erneut dankbar für seine ruhige Freundlichkeit, aber in diese Dankbarkeit mischte sich ein ganz leiser Groll. Seine ausgeglichene Art gab ihr das Gefühl, daß ihr verziehen wurde, ein ums andere Mal, und sie wollte nicht verziehen bekommen.

»*Wenn* die Situation besser ist? Bist du so sicher, daß sie je besser wird?«

Er zuckte mit den Achseln. »Man kann die Worte so oder so wählen. In meiner Muttersprache sagt man häufiger *falls* als rein zeitlich *wenn*, aber jedesmal, wenn ich einen englischen Satz sage, muß ich die Wahl treffen. Ich nehme lieber die positivere Ausdrucksweise, damit meine eigenen Worte mich nicht niederdrücken wie Steine. Klingt das sinnvoll?«

»Ich glaube ja.«

»Renie!« Jeremiah hörte sich aufgeregt an. Sie drehte sich gerade noch rechtzeitig um, um das Licht über einem der Fahrstühle aufblinken zu sehen. Unmittelbar darauf ging die Tür auf.

Ich komme mir vor wie dieser Forscher, dachte Renie, als der Fahrstuhl geräuschlos im nächstunteren Stockwerk anhielt, *der einst das verschollene Pharaonengrab entdeckte.* Ihr nächster Gedanke, die beunruhigende Erinnerung an einen Fluch, der den Entdecker angeblich getötet hatte, wurde vom Zischen der sich öffnenden Tür unterbrochen, aber nicht vertrieben.

Es war lediglich eine Büroetage, aus der die ganze Einrichtung hinausgeschafft worden war bis auf einen großen Konferenztisch und ein paar wuchtige Aktenschränke mit aufgezogenen Schubladen, ohne Akten. Renie verließ der Mut. Der gefledderte Zustand verhieß nichts Gutes. Sie und die anderen spazierten durch sämtliche Zimmer auf der Etage, um sich zu vergewissern, daß sich nirgends etwas Brauchbareres befand, und bestiegen dann wieder den Fahrstuhl.

Drei weitere Etagen mit ähnlich leergeräumten Großraumbüros verbesserten ihre Laune nicht. Zwar sprachen die verbliebenen großen Möbelstücke dafür, daß die Räumung irgendwann abgebrochen worden war, aber die leeren Zellen enthielten nichts von wirklichem Wert. Es gab ein paar leicht gruselige Relikte, die daran erinnerten, daß hier einmal Menschen gelebt hatten - ein paar fast zwei Jahrzehnte alte Kalender, die noch an den Wänden hingen, uralte Mitteilungen über diese oder jene Änderung der Aufgabenverteilung oder der Vorschriften, die an schwarzen Brettern vergilbten, an einem Bürofenster sogar ein Foto von einer Frau mit Kindern, alle in Stammeskostüme gekleidet wie für eine Zeremonie -, aber sie ließen alles nur noch verlassener, noch toter erscheinen.

Das Stockwerk darunter war voller Stahltresen, bei denen Renie unangenehme Assoziationen an das Behandlungszimmer eines Pathologen hatte, bis ihr klarwurde, daß dies die Küche gewesen war. Ein großer leerer Raum mit hoch aufgestapelten Klapptischen bestätigte die Vermutung. Die nächsten beiden Stockwerke enthielten Kabinen, in denen sie Schlafkammern vermutete und die jetzt leer waren wie die Waben eines ausgestorbenen Bienenstocks.

»Hier haben Leute gelebt?« fragte Jeremiah.

»Ein paar wahrscheinlich.« Renie griff nach ihrem Pad und schickte den Fahrstuhl weiter nach unten. »Vielleicht haben sie die Anlage auch bloß für den Ernstfall bereitgehalten, aber sie nie benutzt. Martine meinte, es wäre eine spezielle Luftwaffeninstallation gewesen.«

»Das is der letzte Stock«, bemerkte ihr Vater überflüssigerweise, da die Knöpfe an der Fahrstuhlwand leicht zu zählen waren. »Und da, wo wir reingekommen sind, is auch nix weiter drüber als noch zwei Parketagen, wie gesagt. Ich hab geguckt.« Er hörte sich beinahe fröhlich an.

Renie suchte den Augenkontakt mit !Xabbu. Der Ausdruck des kleinen Mannes veränderte sich nicht, aber er hielt ihren Blick, wie um ihr Kraft zu schicken. *Er glaubt auch nicht, daß hier irgend etwas ist.* Ein Gefühl der Unwirklichkeit überschwemmte sie. Oder vielleicht auch der Wirklichkeit – was hatten sie denn erwartet? Einen kompletten, funktionierenden High-tech-Militärstützpunkt, der nur auf sie wartete wie ein verwunschenes Märchenschloß?

Die Fahrstuhltür ging wieder auf. Renie brauchte nicht einmal hinzuschauen, und ihr Vater hatte nichts Überraschendes mitzuteilen.

»Noch mehr Büros. Sieht aus wie'n großer Tagungsraum da drüben.«

Sie atmete einmal durch. »Machen wir trotzdem einen Rundgang. Schaden kann's nicht.«

Obwohl ihr zusehends zumute war wie in einem besonders quälenden und bedrückenden Traum, trat sie als erste in den unterteilten Großraum. Während die anderen in verschiedene Richtungen ausschwärmten, blieb sie stehen und sah sich um. Der erste Raum war bis auf den häßlichen anstaltsbeigen Teppich ratzekahl ausgeräumt gewesen. In ihrem niedergeschlagenen Zustand konnte sie nicht anders, als sich auszumalen, wie höllisch es gewesen sein mußte, in diesem fensterlosen Verlies zu arbeiten, künstliche Luft zu atmen, zu wissen, daß man unter einer Million Tonnen Stein begraben war. Voll Bitterkeit wandte sie sich wieder dem Fahrstuhl zu. Sie fühlte sich schlicht zu elend, um darüber nachzudenken, was sie als nächstes tun konnten.

»Hier ist noch ein Fahrstuhl«, rief !Xabbu.

Es dauerte einen Moment, bis sie begriffen hatte. »Was?«

»Noch ein Fahrstuhl. Hier hinten in der Ecke.«

Renie und die anderen eilten durch das Wändelabyrinth, bis sie vor dem ganz normal aussehenden Aufzug standen und gafften, als ob er ein gelandetes UFO wäre.

»Ist das noch einer, der vom Eingang runterkommt?« fragte Renie, die sich nicht traute, eine neue Hoffnung aufkeimen zu lassen.

»An dieser Wand waren keine, Mädel«, sagte Long Joseph.

»Er hat recht.« Jeremiah streckte die Hand aus und berührte vorsichtig die Tür.

Renie lief zurück, um ihr Pad aus dem anderen Fahrstuhl auszustecken.

Es gab keine Knöpfe in dem stumpfgrauen Kasten, und zunächst wollten die Türen nicht wieder zugehen. Sie schloß das Pad an das Handlesegerät im Innern an und gab Singhs Zeichenfolge ein; gleich darauf gingen die Türen zu. Der Aufzug fuhr überraschend lange nach unten, dann machte es *kling*, und die Türen öffneten sich.

»O mein Gott«, sagte Jeremiah. »Seht euch das an.«

Renie blinzelte. Es war tatsächlich das Pharaonengrab.

Long Joseph lachte laut auf. »Ich hab's! Erst hamse diese Räuberhöhle hier gebaut und dann die andern Etagen drüber. Sie konnten das Zeug hier nich rausschaffen, ohne nich den ganzen verdammten Berg in die Luft zu jagen!«

!Xabbu war bereits hinausgetreten. Renie folgte ihm.

Die Decke war fünfmal so hoch wie in der Garage, ein großes Natursteingewölbe mit Unmengen kastenartiger Beleuchtungskörper, jeder so groß wie ein Doppelbett. Diese erglühten langsam in einem gelblichen Dämmerlicht, als ob jemand sie zu Ehren der Besucher angeschaltet hätte. Rings um die Wände herum liefen mehrere Emporen mit Büroräumen, die anscheinend in den nackten Fels gehauen worden waren, vorne mit Laufstegen abgegittert. Renie und die anderen standen auf dem dritten Laufsteg von unten und blickten auf den wenigstens zwölf Meter darunter liegenden Boden der Höhle.

Überall auf dem Geschoß standen Zeilen mit Geräten, viele mit Plastikhüllen überzogen, obwohl es auch Lücken gab, wo offensichtlich etwas fehlte. Kabel hingen wie titanische Spinnweben aus einem Netz von Kanälen. Und in der Mitte des Raumes, wuchtig und befremdlich wie die Sarkophage toter Gottkönige, standen zwölf riesige Keramikwannen.

Kapitel

Wiedersehen mit dem Onkel

NETFEED/NACHRICHTEN:
UN befürchten neue Bukavu-Art
(Bild: Haufen ghanaischer Bukavuopfer vor einem Krankenhaus in Accra)
Off-Stimme: Vor Ort tätige UNMed-Mitarbeiter melden eine mögliche neue Variante des Bukavuvirus. Die neue Art, inoffiziell bereits "Bukavu 5" genannt, hat eine längere Inkubationszeit, wodurch Überträger die Krankheit weiter verbreiten können als bei Bukavu 4, das in zwei bis drei Tagen zum Tod führt ...
(Bild: UNMed-Präsident Injinye auf einer Medienkonferenz)
Injinye: "Diese Viren mutieren sehr rasch. Wir bekämpfen eine Reihe epidemischer Flächenbrände in ganz Afrika und auf dem indischen Subkontinent. Bis jetzt ist es uns gelungen, diese Brände unter Kontrolle zu halten, aber ohne stärkere finanzielle Unterstützung dürfte ein größerer Krankheitsausbruch unvermeidlich sein."

> Ein Mann wurde draußen im Hof lebendig begraben und hämmerte von innen wie wild gegen seinen Sarg, während von oben Erde auf den Deckel plumpste. Weiter oben im Deckengewölbe wickelte ein großes, zottiges, spinnenartiges Ungetüm einen anderen Zeitgenossen mit Webfäden ein, die den Schreien des Opfers nach zu urteilen wie Säure brannten. Es war alles sehr, sehr langweilig.

Orlando fand, daß sogar die Hausskelette ziemlich langsam und müde wirkten. Er sah zu, wie der kleine Trupp, der auf seinem Tisch Manöver durchführte, bei dem Versuch scheiterte, die virtuelle Zuckerdose zu verrücken. Sie kippte um und zerquetschte ein Dutzend von ihnen in winzige simulierte Knochensplitter. Orlando verzog keine Miene.

Fredericks war nicht da. Keiner der anderen Stammkunden des Last Chance Saloon konnte sich erinnern, ihn gesehen zu haben, seit die beiden das letzte Mal zusammen dagewesen waren.

Orlando zog weiter.

Sein Freund hielt sich auch in keinem der anderen Etablissements in der Terminal Row auf, obwohl jemand im Living End meinte, ihn kürzlich gesehen zu haben, aber da diese Zeugin den Spitznamen Nebelkopf hatte, schenkte Orlando ihrer Aussage kein großes Vertrauen. Er war ziemlich besorgt. Er hatte im Laufe der letzten Woche mehrere Mitteilungen hinterlassen, sowohl bei Fredericks direkt als auch bei gemeinsamen Bekannten, aber Fredericks hatte auf keine reagiert, ja sie nicht einmal abgerufen. Orlando hatte angenommen, daß Fredericks genau wie er selbst am Schluß ihrer Rundreise durch TreeHouse dort rausgeflogen und wieder in seinem normalen Leben gelandet war, daß er sauer war, weil Orlando ihn in diese neueste Obsession hineingezogen hatte, und sich bloß deshalb nicht meldete. Jetzt fragte er sich langsam, ob vielleicht etwas Ernsteres vorgefallen war.

Orlando sprang abermals, diesmal nach Mittland, aber statt im »Dolch und Galgen« im Diebesviertel des alten Madrikhor, seinem üblichen Startpunkt zu neuen Abenteuern, befand er sich auf einmal auf einer breiten Steintreppe vor einer mächtigen hölzernen Flügeltür, auf der das Bild einer riesigen Waage prangte.

Der Tempel des Hohen Schiedsgerichts, dachte er. *Wow. Die Beratung war schnell gegangen.*

Die Türflügel öffneten sich, und die Fackeln in den Wandhaltern flammten auf. Orlando, jetzt in seinem vertrauten Thargorsim, trat vor. Trotz seiner momentanen Unlust war es schwer, sich der Feierlichkeit der Szene zu entziehen. Der hohe Raum lag bis auf eine einzelne Lichtsäule, die schräg durch das Buntglasfenster fiel, ganz im Schatten. Auch das Fenster war mit dem Wappen des Hohen Schiedgerichts geschmückt, und das hindurchscheinende Licht fiel exakt auf die im Kreis darunter sitzenden Gestalten in Masken und langen Gewändern. Sogar die steinernen Wände, ganz glatt gescheuert im Lauf der Jahrhunderte, sahen überzeugend alt und erhaben aus. Obwohl er das alles nicht zum erstenmal sah, mußte Orlando die viele Arbeit bewundern, die darin eingeflossen war. Aus diesem Grund hatte er immer ausschließlich Mittland gespielt: Seine Baumeister und Besitzer waren Spieler und Künstler, keine Sklavenarbeiter im Sold eines Großkonzerns. Sie achteten auf die Feinheiten, weil sie sich selbst darin aufhalten wollten.

Eine der Gestalten erhob sich und sprach mit fester, deutlicher Stimme: »Thargor, wir haben über deinen Einspruch beraten. Wir kennen alle deine Geschichte und haben deine wagemutigen Taten bewundert. Wir kennen dich auch als einen Kämpfer, der das Schiedsgericht nicht leichtfertig anruft.« Es entstand eine Pause. Alle Gesichter, unergründlich unter den Stoffmasken, waren dem Sprecher zugewandt. »Dennoch erscheint uns dein Einspruch als unbegründet. Thargor, dein Tod wird für rechtmäßig befunden.«

»Kann ich Zugang zu den Unterlagen erhalten, auf die ihr eure Entscheidung stützt?« fragte Orlando, aber die maskierte Gestalt stockte nicht einmal in der Rede. Nach kurzer Verblüffung begriff Orlando, daß die ganze Urteilsverkündung vom Band ablief.

»... Wir sind sicher, daß du bei deinen Fähigkeiten in anderer Gestalt nach Mittland zurückkehren und einen neuen Namen im ganzen Land berühmt machen wirst. Aber alle, welche die Geschichte von Mittland in Ehren halten, werden Thargor niemals vergessen. Viel Glück.

Du hast die Entscheidung des Hohen Schiedsgerichtes vernommen.«

Der Tempel verschwand, bevor Orlando etwas sagen konnte. Im nächsten Augenblick befand er sich im Anproberaum, wo neue Figuren sich Eigenschaften kauften und sich buchstäblich selbst erschufen, bevor sie Mittland betraten. Er ließ seinen Blick umherschweifen, ohne wirklich etwas zu sehen. Er fühlte eine gewisse Trauer, aber überraschend wenig. Thargor war ein für allemal tot. Nach der ganzen Zeit, in der er Thargor *gewesen* war, hätte es ihm eigentlich mehr ausmachen müssen.

»Ach, du bist's, Gardiner«, sagte der diensthabende Priester. »Hab gehört, daß Thargor abgekackt hat. Tut mir echt leid, aber irgendwann müssen wir alle mal dran glauben, was? Was willste jetzt werden, wieder so'n Kriegertyp oder vielleicht mal was anderes? Ein Zauberer?«

Orlando schnaubte verächtlich. »Hör mal, kannst du rausfinden, ob Pithlit der Dieb kürzlich da war?«

Der Priester schüttelte den Kopf. »Das darf ich nicht. Kannst du ihm nicht 'ne Nachricht hinterlassen?«

»Hab ich schon versucht.« Orlando seufzte. »Na ja, was soll's. Mach's gut.«

»Hä? Du willst dich nicht neu ausstatten? Mann, da draußen prügeln sie sich um deine Position an der Spitze, Gardiner. Dieter Cabo hat schon 'ne offene Herausforderung an alle Konkurrenten ausgesprochen. Er braucht nur noch ganz wenige Punkte, um deinen alten Platz einzunehmen.«

Es kostete Orlando nur eine äußerst geringe Überwindung, Mittland zu verlassen.

Er sah sich unzufrieden in seinem ElCot um. Es war auf seine Art ganz okay, aber es war so ... jung. Besonders die Trophäen, die ihm damals, als er sie erkämpft hatte, so viel bedeutet hatten, waren ihm heute eher peinlich. Und ein Simweltfenster voller Dinosaurier – Dinosaurier! So ein Kinderkram! Selbst das MBC-Fenster kam ihm jetzt lächerlich vor, als Andenken an die Besessenheit von einer Idee, für die sich nur noch Nostalgiker und ein paar Hardwareheads interessierten. Die Menschen würden nie den Weltraum besiedeln – es war zu teuer und zu kompliziert. Die Steuerzahler in einem Land, das seine Sportkolosseen in Zeltstädte umwandeln und seine überschüssigen Gefängnisinsassen auf Frachtkähnen unterbringen mußte, würden nicht Milliarden Dollar dafür ausgeben, ein paar Menschlein in ein anderes Sonnensystem zu schicken, und die Hoffnung, einen nähergelegenen Planeten wie den Mars bewohnbar zu machen, zerrann bereits langsam. Und selbst wenn sich das änderte und die Menschen plötzlich ihre Leidenschaft für den Weltraum wiederentdeckten, würde Orlando Gardiner ganz bestimmt niemals dorthin gelangen.

»Beezle«, sagte er. »Komm her.«

Sein Agent zwängte sich mit rudernden Beinchen durch einen Riß in der Wand und trippelte auf ihn zu. »Bin ganz Ohr, Boß.«

»Irgendwas über Fredericks?«

»Kein Pieps. Ich bin auf dem Posten, aber es hat keinerlei Zeichen von Aktivität gegeben.«

Orlando starrte die Pyramide aus Trophäenkästen an und fragte sich, wie es wäre, sie einfach wegzuschmeißen – sie völlig aus seinem Systemspeicher zu löschen. Er machte sie probehalber unsichtbar. Die Ecke des virtuellen Zimmers sah plötzlich nackt aus.

»Such mir die Privatnummer seiner Eltern. Fredericks, in West Virginia. Irgendwo in den Hügeln.«

Beezle zog die Augenbrauen zu einem einzigen buschigen Strich zusammen. »Kannste's nich'n bißchen eingrenzen? Nach 'ner ersten groben Schätzung gibt's in West Virginia mehr als zweihundert Einträge unter dem Namen Fredericks.«

Orlando seufzte. »Ich weiß nicht. Über so Sachen reden wir nie. Ich glaube nicht, daß er Geschwister hat. Die Eltern arbeiten irgendwas beim Staat. Ich glaub, sie haben einen Hund.« Er dachte angestrengt nach. »Er muß bei seiner Anmeldung in Mittland ein paar von diesen Sachen angegeben haben.«

»Das heißt noch lange nicht, daß sie öffentlich zugänglich sind«, sagte Beezle finster. »Ich guck, was ich finden kann.« Er verschwand durch ein Loch im Fußboden.

»He, Beezle!« rief Orlando. »*Bug!* Komm zurück!«

Der Agent krabbelte unter der virtuellen Couch hervor und kam mit demonstrativem Selbstmitleid angeschlurft. »Ja, Boß. Dir zu dienen ist mein Leben, Boß. Was soll's noch sein, Boß?«

»Findest du, daß dieses Zimmer albern ist?«

Beezle saß bewegungslos da und sah dabei nicht viel anders aus als ein weggeworfener Mop ohne Stiel. Einen Moment lang dachte Orlando, er hätte das Gear des Agenten überstrapaziert. »Findest *du*, daß es albern ist?« fragte Beezle schließlich.

»Du sollst nicht nachquasseln, was ich sage!« Orlando ärgerte sich. Das war einer der billigsten Tricks, die künstlichen Lebewesen einprogrammiert wurden - wenn du nicht weiterweißt, beantworte eine Frage mit derselben Frage. »Sag mir einfach deine Meinung - ist es albern oder nicht?«

Beezle erstarrte wieder. Orlando bekam es beinahe mit der Angst zu tun. Hatte er ihn jetzt doch überfordert? Schließlich war Beezle bloß Software. Und wie kam er überhaupt dazu, ein Stück Gear sowas zu fragen? Wenn Fredericks jetzt da wäre, würde er Orlando sagen, daß er ein totaler Scänner wäre.

»Ich weiß nicht, was ›albern‹ in dem Kontext bedeutet, Boß«, sagte Beezle zuletzt.

Orlando wurde verlegen. Es war so, als hätte er jemand gezwungen, sich öffentlich als Analphabet zu outen. »Ja, du hast recht. Sieh mal, ob du die Fonnummer rauskriegen kannst.«

Beezle verkrümelte sich pflichtschuldigst wieder.

Orlando lehnte sich zurück, um sich etwas einfallen zu lassen, womit er sich beschäftigen konnte, während Beezle seine Arbeit machte. Es war ungefähr vier Uhr nachmittags, was bedeutete, daß er nicht mehr viel Zeit hatte, bis Vivien und Conrad nach Hause kamen und er auftauchen mußte, daher konnte er es sich nicht erlauben, in etwas zu Kompliziertes wie ein Spiel einzusteigen. Außerdem hatte er im Moment sowieso keine besondere Lust, in irgendwelche Spielwelten abzutauchen. Die goldene Stadt mit ihren Geheimnissen, die sie umhüllten, hatte zur Folge, daß es ihm als ziemliche Zeitverschwendung erschien, Monster in Mittland zu jagen.

Er stellte mitten im Zimmer einen Bildschirm her und klickte verschiedene Netzknoten durch. Er stöberte eine Weile in der Lambda Mall herum, aber der Gedanke, wirklich etwas zu kaufen, deprimierte ihn, und ohnehin sah nichts sehr verlockend aus. Er hüpfte durch die Unterhaltungskanäle, sah sich hier und da ein paar Minuten lang diverse Shows und Serien und reine Werbung an und ließ die Geräusche und Effekte über sich hinspülen wie Wasser. Er überflog ein paar Nachrichtenschlagzeilen, aber nichts klang so, als müßte man es sehen. Zuletzt ließ er das ElCot verschwinden, ging auf volle Immersion und begab sich in die interaktiven Bereiche. Er stellte Nur-Ansehen ein und guckte fast eine halbe Stunde lang eine Sendung über Leben auf dem Meeresboden, bis er es leid wurde, wie ein Fisch herumzuschwimmen und sich Aquakulturverfahren vorführen zu lassen, und dazu überging, die speziellen Kinderunterhaltungssendungen durchzuprobieren.

Unter den vorbeiflutschenden Kanälen erregte auf einmal ein bekanntes übertriebenes Lächeln seine Aufmerksamkeit.

»Ich weiß nicht, warum sie mein Taschentuch gestohlen haben«, sagte Onkel Jingle. »Ich muß schon sagen ... es ist *nicht zu schnauben!*«

Alle Kinder in der Show - die Jingle-Dschungelhorde - lachten und klatschten in die Hände.

Onkel Jingle! Schon im Begriff weiterzuschalten, hielt Orlando inne. Er überging die Frage »Wer bist du?«, die obligatorisch nach zehn Sekunden auftauchte - er war viel zu alt, um mitzumachen, und im Augenblick blieb er ohnehin lieber unbeachtet. Dennoch guckte Orlando fasziniert weiter. Er hatte Onkel Jingle seit Jahren nicht mehr gesehen.

»*Nicht zu schnauben*« - Mann, *was für scännige Sachen man sich als Kind reinzog!*

»Na«, fuhr der Onkel fort und wackelte mit seinem winzigen Kopf, »warum auch immer, jedenfalls werde ich dieses Taschentuch aufspüren, und wenn ich es gefunden habe, dann werde ich Kikerina und diesem Jakob Jammerlappen eine Lektion erteilen. Wer will mir dabei helfen?« Mehrere der teilnehmenden Kinder, durch irgendein undurchschaubares Auswahlverfahren aus dem täglichen Millionenpublikum herausgefiltert, sprangen auf und nieder und schrien.

Orlando schaute wie gebannt zu. Er hatte vergessen, wie abartig Onkel Jingle mit seinem breiten zähnefletschenden Grinsen und den winzigen schwarzen Knopfaugen wirkte. Er sah aus wie ein zweibeiniger Hai oder sowas.

»Los, wir singen ein Lied, okay?« sagte der Gastgeber. »Dann geht die Reise schneller. Wenn ihr den Text nicht kennt, faßt meine Hand an.«

Orlando faßte die Hand des Onkels nicht an, so daß ihm die zusätzliche Schmach muttersprachlicher Untertitel erspart blieb, aber er mußte sich dennoch mit anhören, wie Dutzende fröhlicher Kinderstimmen ein Lied über die Sünden von Jingles Erzfeindin Kikerina sangen.

> »... *Sie schmiedet immer fiese Pläne,*
> *Die Hexe mit der Zottelmähne,*
> *Sie putzt sich nicht einmal die Zähne -*
> *Kikerina Kirschkern!*
>
> *Sie will bloß sticheln, zanken, raufen,*
> *Sie ißt mit Schmatzen und laut Schnaufen,*
> *Verschlingt sogar den Hunde...knochen -*
> *Kikerina Kirschkern ...!*«

Orlando schnitt eine Grimasse. Nachdem er seine Kindheit über immer zur anderen Partei gehalten hatte, merkte er, daß seine Sympathien jetzt zu Kikerina umschwenkten, der rothaarigen Renitenzlerin.

Onkel Jingle und sein Gefolge tanzten mittlerweile singend die Straße entlang, an der Graffitimauer vorbei, unermüdlich bestrebt, das verschollene Taschentuch wiederzufinden und an den Feinden des Onkels Rache zu nehmen. Orlando, dessen Nostalgie mehr als befriedigt war, wollte gerade umschalten, als ihm ein Spruch an der simulierten Mauer ins Auge fiel - *Bööse Bande - schteerkste Bande* stand da in großen gemalten Buchstaben. Orlando beugte sich vor. Er hatte gedacht, sein einer freier Wunsch bei Indigo Gear sei seine einzige Chance gewesen, in TreeHouse hineinzukommen und über TreeHouse das Geheimnis des Greifs zu lüften und damit vielleicht in bezug auf die strahlende, magische Stadt klarer zu sehen. Aber hier, ausgerechnet hier tauchte ein bekannter Name auf, ein Name, der ihn, wenn er der Spur folgte, wieder in TreeHouse hineinbringen konnte.

Es war lange her, daß er regelmäßig *Onkel Jingles Dschungel* geguckt hatte, und er hatte nicht bloß den Grund vergessen, weshalb ihm die Sendung einmal gefallen hatte, sondern das meiste andere auch. Es gab eine Routineoperation, mit der man eine Mitteilung machen konnte, aber der Teufel sollte ihn holen, wenn er sich noch daran erinnern konnte. Also deutete er auf Billiball, die kichernde Kugel, die immer dicht hinter Onkel Jingle her durch die Luft hopste. Nachdem er lange genug darauf gedeutet und damit klargemacht hatte, daß es keine Zufallsgeste war, platzte Billiball auf (allerdings bekamen das die anderen Zuschauer nicht mit, sofern sie nicht auch Hilfe angefordert hatten) und spie eine Reihe von Piktogrammen aus, die Onkel Jingles jungem Publikum helfen sollten, irgend etwas zu wählen. Orlando fand das Zeichen für die Rubrik »Neue Freunde« und gab die Mitteilung ein: »*Suche die Böse Bande.*« Er zögerte einen Moment, dann hinterließ er einen ›toten Briefkasten‹ für Kontakte. Es kam nicht sofort eine Antwort, aber er beschloß, vorsichtshalber noch eine Weile in der Sendung zu bleiben.

»Oh, seht mal!« Onkel Jingle führte einen kleinen Freudentanz auf, daß seine langen Rockschöße flatterten. »Seht mal, wer da auf der Minimaxbrücke auf uns wartet! Es ist das Mischmaschschwein! Aber, oh, seht nur! Das Mischmaschschwein ist riesengroß!«

Die ganze Jingle-Dschungelhorde drehte sich um, und das unsichtbare weltweite Publikum dazu. Das Mischmaschschwein war ein Freund und einstiges Haustier des Onkels, ein amorpher Klumpen aus zahlreichen schweineförmigen Beinen, Füßen, Schnauzen, Augen und rosigen Ringelschwänzchen, und es war bereits so hoch wie ein Haus und wurde mit jeder Sekunde größer. Orlando zuckte richtig zusammen, als er in der wuseligen Gestalt zum erstenmal die Wurzeln seines eigenen Beezle-Bug-Designs erkannte, doch während er das Mischmaschschwein früher irrsinnig komisch gefunden hatte, war ihm sein haltloses Dahinschlabbern jetzt eher widerlich.

»Bleibt niemals zu lange auf der Minimaxbrücke!« schärfte Onkel Jingle so ernst ein, als erklärte er den zweiten Satz der Thermodynamik. »Sonst werdet ihr entweder gaaanz groß oder gaaanz klein. Und was ist mit dem Mischmaschschwein passiert?«

»Es ist *groß*!« schrien die Kinder der Jingle-Dschungelhorde, scheinbar unbeeindruckt von der seeanemonenartigen Masse, die sich wie ein Berg vor ihnen auftürmte.

»Wir müssen ihm helfen, wieder klein zu werden.« Der Onkel sah sich mit forschenden Lakritzbonbonaugen um. »Wer weiß etwas, wie man ihm helfen kann?«

»Stich mit 'ner Nadel rein!«

»Hol Zoomer Zizz!«

»Sag ihm, es soll aufhören!«

»Sag ihm, es soll ans andere Ende der Brücke gehen«, schlug eines der Kinder schließlich vor, ein kleines Mädchen der Stimme nach, deren Sim ein Spielzeugpanda war.

Der Onkel nickte glücklich. »Ich glaube, das ist eine *sehr* gute Idee ...«, der Onkel brauchte eine Zehntelsekunde, um den Namen abzurufen, »... Michiko. Kommt! Wenn wir alle gleichzeitig rufen, hört es uns vielleicht. Aber wir müssen ganz laut rufen, weil seine Ohren jetzt ganz weit oben sind!«

Alle Kinder fingen an zu schreien. Wie ein besonders grotesker Paradeballon, dem die Luft entwich, flatschte sich das Mischmaschschwein auf den Boden, um zu hören. Auf die Anweisung der Kinder hin bewegte es sich ein Stückchen weiter über die Brücke, blieb dann aber verwirrt stehen. Die Horde kreischte noch schriller; der Radau wurde unerträglich. Böse Bande hin oder her, Orlando hatte seine Grenze erreicht. Er sorgte dafür, daß seine Suchmeldung weiter auf dem Band »Neue Freunde« erschien, und beendete seinen Besuch in Onkel Jingles Dschungel.

»Orlando!« Jemand schüttelte ihn. »Orlando!«

Er schlug die Augen auf. Viviens Gesicht war ganz nahe, voller Sorge und Verärgerung, eine Mischung, die Orlando gewöhnt war. »Alles okay. Ich hab bloß eine Show geguckt.«

»Wieso kannst du mich nicht hören? Das gefällt mir gar nicht.«

Er zuckte mit den Achseln. »Ich hab mich bloß konzentriert, und ich hatte es ziemlich laut. Es war ein wirklich interessanter Bericht über die Bewirtschaftung der Meere.« Das müßte es tun, dachte er sich. Vivien befürwortete Bildungssendungen. Er wollte ihr nicht sagen, daß er sie tatsächlich nicht gehört hatte, daß er sie so wenig hatte hören *können*, wie wenn sie seinen Namen in Hawaii gerufen hätte, weil er nämlich bei der T-Buchse keine Leitung für normale Eingabe von außen - das heißt für akustische Signale, die von seinem richtigen Ohr zum Gehörnerv weitergeleitet wurden - offen gelassen hatte.

Sie blickte ihn unzufrieden an, obwohl sie sichtlich nicht wußte warum. »Wie fühlst du dich?«

»Schlecht.« Das stimmte. Seine Gelenke hatten schon vorher weh getan, und durch Viviens energisches Wecken war es nicht besser geworden. Das Schmerzmittel wirkte offenbar nicht mehr.

Vivien holte zwei Pharmapflaster aus der Schublade neben dem Bett, eines gegen die Schmerzen, das andere sein abendlicher Entzündungshemmer. Er versuchte sie aufzulegen, aber seine Finger schmerzten, und er kriegte es nicht richtig hin. Vivien nahm sie ihm stirnrunzelnd ab und plazierte sie mit geübter Geschicklichkeit auf seine knochigen Arme. »Was hast du denn getrieben, selber den Meeresboden umgepflügt? Kein Wunder, daß du Schmerzen hast, wenn du dich dermaßen in diesem dämlichen Netz abstrampelst.«

Er schüttelte den Kopf. »Du weißt, daß ich meine Muskelreaktionen abstellen kann, wenn ich online bin, Vivien. Das ist das Tolle bei den Plug-in-Interfaces.«

»Bei dem Vermögen, das sie kosten, kann man ja auch was verlangen.« Sie stockte. Ihr Gespräch schien den üblichen Kreis durchlaufen zu haben, und Orlando rechnete damit, daß sie jetzt entweder den Kopf schüttelte und ging oder die Gelegenheit nutzte, um noch ein paar düstere Vorhersagen vom Stapel zu lassen. Statt dessen setzte sie sich auf die Bettkante, wobei sie darauf achtete, seine Beine oder Füße in keiner Weise zu belasten. »Orlando, hast du Angst?«

»Meinst du im Moment? Oder überhaupt?«

»Beides. Ich meine ...« Sie wandte den Blick ab, dann gab sie sich einen Ruck und faßte ihn ins Auge. Zum erstenmal seit geraumer Zeit fiel ihm wieder auf, wie hübsch sie war. Auf der Stirn und in den Augen- und Mundwinkeln waren Fältchen, aber sie hatte immer noch ein festes Kinn und ihre sehr klaren blauen Augen. Im verdämmernden Licht des späten Nachmittags sah sie nicht anders aus als die Frau, die ihn im Arm gehalten hatte, als er noch klein genug gewesen war, sich im Arm halten zu lassen. »Ich meine ... es ist nicht gerecht, Orlando. Wirklich nicht. Der schlimmste Mensch der Welt sollte deine Krankheit nicht haben. Und du bist alles andere als schlimm. Du regst mich manchmal auf, aber du bist klug und lieb und sehr tapfer. Dein Vater und ich, wir lieben dich sehr.«

Er machte den Mund auf, aber es kam kein Ton heraus.

»Ich wünschte, ich könnte dir etwas anderes sagen als: ›Sei tapfer!‹ Ich wünschte, ich könnte an deiner Stelle tapfer sein. O Gott, das wünschte ich so sehr.« Sie zwinkerte gegen die Tränen an und hielt dann ihre Augen eine ganze Weile geschlossen. Eine Hand kam vor und legte sich leicht auf seine Brust. »Das weißt du, nicht wahr?«

Er schluckte und nickte. Das alles war peinlich und quälend, aber irgendwie tat es auch gut. Orlando wußte nicht, was stärker war. »Ich liebe dich auch, Vivien«, sagte er schließlich. »Conrad auch.«

Sie blickte ihn an. Ihr Lächeln war schief. »Wir wissen, daß es dir viel bedeutet, im Netz zu sein, daß du dort Freunde hast und ... und ...«

»Und sowas wie ein normales Leben.«

»Ja. Aber du *fehlst* uns, Schatz. Wir möchten dich so viel wie möglich sehen ...«

»Solange es mich noch gibt«, beendete er den Satz für sie.

Sie zuckte, als ob er sie angeschrien hätte. »Das kommt noch dazu«, sagte sie schließlich.

Auf einmal spürte Orlando sie wie schon seit längerer Zeit nicht mehr, sah den Druck, unter dem sie stand, die Ängste, die sein Zustand ihr bereitete. In gewisser Weise war es tatsächlich grausam von ihm, so viel Zeit in einer Welt zu verbringen, die ihr unsichtbar und unerreichbar war. Aber im Augenblick mußte er dort sein, mehr denn je. Er überlegte, ob er ihr von der Stadt erzählen sollte, aber wußte nicht, wie er es sagen sollte, ohne daß es sich albern anhörte, wie der unmögliche Tagtraum eines kranken Kindes - schließlich konnte er sich selbst kaum davon überzeugen, daß es etwas anderes war. Die Rolle, die im Verhältnis zwischen ihm und Vivien und Conrad das Mitleid spielte, war heikel genug, er wollte nichts tun, was es für alle noch schwerer machte.

»Ich weiß, Vivien.«

»Vielleicht ... vielleicht könnten wir uns jeden Tag ein bißchen Zeit zum Reden nehmen. So wie wir jetzt reden.« Ihr Gesicht war so voll von schlecht verhohlener Hoffnung, daß er kaum hinschauen konnte. »Ein klein wenig Zeit. Du kannst mir vom Netz erzählen, von allen Dingen, die du gesehen hast.«

Er seufzte, aber fast unhörbar. Er wartete immer noch darauf, daß die Wirkung des Schmerzmittels einsetzte, und fand es schwer, mit jemand anders Geduld zu haben, selbst wenn man die andere liebte.

Liebte. Eine seltsame Vorstellung. Dabei liebte er Vivien wirklich, sogar Conrad, obwohl die Gelegenheiten, bei denen er seinen Vater zu Gesicht bekam, ihm manchmal so selten vorkamen wie Meldungen über das Auftauchen anderer sagenhafter Ungeheuer wie Nessie oder Bigfoot.

»He, Boß«, sagte Beezle in sein Ohr. »*Ich glaub, ich hab was für dich.*«

Orlando stemmte sich trotz des Pochens in seinen Gelenken ein Stückchen weiter hoch und setzte ein müdes Lächeln auf. »Okay, Vivien. Abgemacht. Aber nicht jetzt gleich, okay? Ich bin ziemlich müde.« Wenn er log, konnte er sich noch weniger leiden als sonst, aber auf eine verquere Art war es ihre eigene Schuld. Sie hatte ihn daran erinnert, wie wenig Zeit er in Wahrheit hatte.

»Gut, Schatz. Dann leg dich einfach wieder hin. Möchtest du etwas zu trinken haben?«

»Nein, danke.« Er rutschte wieder nach unten, schloß die Augen und wartete darauf, daß sie die Tür zumachte.

»Was hast du?«

»Einmal hab ich 'ne Fonnummer.« Beezle machte das Schnalzen, mit dem er anzeigte, daß er mit sich zufrieden war. »Aber erstmal hast du, glaub ich, 'nen Anruf. Nennt sich Lolo.«

Orlando schloß wieder die Augen, aber diesmal ließ er die externen Audiokanäle offen. Er sprang in sein ElCot und öffnete einen Bildschirm. Der Anrufer war eine Eidechse mit einem Maul voller Fänge und einem übertriebenen, mit Artefakten gespickten Goggleboy-Haarknoten. Im letzten Moment dachte Orlando daran, seine Stimme lauter zu stellen, damit er flüstern konnte. Er wollte nicht, daß Vivien nachsehen kam.

»Du bist Lolo?«

»Kann sein«, sagte die Eidechse. Die Stimme war mit allen möglichen Störgeräuschen verändert, mit Brummen und Kratzen und cooler Verzerrung. »Warum biepse Böse Bande?«

Orlandos Herz machte einen Sprung. Er hatte nicht damit gerechnet, so bald eine Reaktion auf seine Anfrage zu bekommen. »Bist du einer davon?« Er konnte sich an niemand namens Lolo erinnern, aber es waren auch ziemlich viele Affen gewesen.

Die Eidechse stierte ihn finster an. »Geh wieder ex«, sagte sie.

»Warte! Geh nicht. Ich hab die Böse Bande in TreeHouse kennengelernt. Ich hab so ausgesehen.« Er blendete kurz ein Bild seines Thargorsims ein. »Wenn du nicht dabei warst, kannst du die andern fragen. Frag ...« Er bemühte sich krampfhaft, auf einen Namen zu kommen. »Frag ... Zunni! Genau! Und ich glaube, es war auch einer dabei, der Casper hieß.«

»Kaspar?« Die Eidechse neigte den Kopf. »Kaspars hier neben mir. Zunni kannse choppen, dies trans, trans cräsh. Abers funk noch nich - warum biepse Bösis?«

Es war schwer zu sagen, ob Englisch für Lolo eine Fremdsprache war oder ob das Bandenmitglied im Reptilskostüm einfach dermaßen der Kidspeak verfallen war, daß es sogar für Orlando kaum zu verstehen war. Er vermutete, daß es von beiden etwas war, und er vermutete außerdem, daß die Lolo-Eidechse jünger war, als sie glauben machen wollte. »Hör zu, ich muß mit der Bösen Bande reden. Ich hab was ganz Besonderes vor, und ich brauche ihre Hilfe.«

»Hilfe? Springt da Kred-Zeit bei raus? Bonbon! Wo blocksn?«

»Das ist geheim, wie gesagt. Ich kann nur auf einem Treffen mit der Bösen Bande drüber reden, wenn alle schwören, es geheimzuhalten.«

Die Eidechse dachte darüber nach. »Bisse gute-böse Onkel?« fragte sie schließlich. »Baby-Grapscher? Stimsim? Sexfex?«

»Nein, nein. Es ist eine geheime Mission. Verstehst du das? Sehr wichtig. Sehr geheim.«

Vor angestrengtem Nachdenken wurden Lolos winzige Augen noch winziger. »Bong. Ich frag. Ich geh ex.« Der Kontakt brach ab.

Yeah. Dsang. Das hatte mal geklappt. Er rief Beezle herbei. »Du sagst, du hättest die Fonnummer von Fredericks gefunden?«

»Die einzige, die's sein kann. Diese Behördentypen, die wollen nicht, daß jemand rauskriegt, wo sie wohnen, weißt du. Sie kaufen sich so Datenfresser, die sie losschicken, damit die alles verhackstücken, was an Angaben zu ihren Namen im Netz rumschwirrt.«

»Und wie hast du sie rausgekriegt?«

»Na ja, ich bin nicht ganz sicher, daß sie es ist. Aber ich denke, sie stimmt - minderjähriges Kind namens ›Sam‹ und noch'n paar Treffer. Die Sache mit den Datenfressern ist die, daß sie Löcher lassen, und manchmal verraten einem die Löcher genauso viel wie die Sachen, die vorher da waren.«

Orlando lachte. »Für einen imaginären Freund bist du ziemlich pfiffig.«

»Ich bin gutes Gear, Boß.«

»Ruf für mich an.«

Es tutete mehrere Male, bevor das Haussystem am anderen Ende entschieden hatte, daß Orlandos Benutzernummer sich nicht mit dem Primärprofil eines unerwünschten Anrufs deckte, und ihn an die Vermittlung durchstellte. Orlando äußerte seinen Wunsch, mit einem lebenden Menschen zu sprechen.

»Hallo?« Es war die Stimme einer Frau, gefärbt von einem leichten Südstaatenakzent.

»Hallo, bin ich richtig bei Fredericks?«

»Ja. Was kann ich für dich tun?«

»Ich möchte bitte mit Sam sprechen.«

»Oh, Sam ist gerade nicht da. Mit wem spreche ich bitte?«

»Ich heiße Orlando Gardiner. Ich bin ein Freund von Sam.«

»Wir kennen uns noch nicht, nicht wahr? Wenigstens ist mir dein Name nicht vertraut, aber andererseits ...« Die Frau stockte, dann ging sie kurz aus der Leitung. »Entschuldigung, es geht hier ein bißchen drunter und drüber«, sagte sie, als sie wieder da war. »Das Hausmädchen hat gerade etwas fallen lassen. Wie hast du gesagt, daß du heißt - Rolando? Ich sage Sam, daß du angerufen hast, wenn sie vom Fußball zurückkommt.«

»Chizz - ich wollte sagen, vielen Dank ...« Es dauerte einen Augenblick, bis es angekommen war. »*Sie?* Moment mal, Ma'am, ich glaube ...« Aber die Frau war bereits weg.

»Beezle, war das die einzige passende Nummer, die du hattest? Das kann nicht die richtige sein.«

»Sorry, Boß, du kannst mich treten, Boß, aber die kam dem Profil am nächsten. Ich versuch's nochmal, aber ich kann nichts versprechen.«

Zwei Stunden später schreckte Orlando aus dem Halbschlaf hoch. Die Beleuchtung in seinem Zimmer war gedimmt, sein Infusionsständer warf einen Galgenschatten auf die Wand neben ihm. Er stellte die Platte von Medea's Kids aus, die leise auf seinem Audionebenschluß spielte. Ein quälender Gedanke hatte sich in ihm festgesetzt, und er konnte ihn einfach nicht loswerden.

»Beezle. Ruf nochmal die Nummer von vorhin an.«

Er durchlief abermals das Kontrollsystem. Nach einer kurzen Pause meldete sich die Stimme derselben Frau wieder.

»Hallo. Ich hab vorhin schon mal angerufen. Ist Sam jetzt da?«

»Oh, ja. Ich habe vergessen, ihr deinen Anruf auszurichten. Ich hole sie.«

Wieder mußte Orlando warten, aber diesmal kam ihm die Zeit qualvoll lang vor, weil er nicht wußte, worauf er wartete.

»Ja?«

Ein Wort, und er wußte Bescheid. Ohne künstliche männliche Tonlage klang es höher als sonst, aber die Stimme kannte er.

»Fredericks?«

Vollkommenes Stillschweigen. Orlando wartete ab.

»Gardiner? Bist du das?«

Orlando verspürte etwas wie Zorn, aber das Gefühl war ebenso verwirrend wie schmerzhaft. »Du Schwein«, sagte er schließlich. »Warum hast du mir das nicht gesagt?«

»Es tut mir leid.« Fredericks' neue Stimme war leise. »Aber es ist nicht so, wie du denkst ...«

»Was gibt's da zu denken? Ich dachte, du wärst mein Freund. Mein *Freund* und keine Freund*in*. Hat es Spaß gemacht, mir zuzuhören, wenn ich über Mädchen geredet hab? Wie ich mich total zur Scänbox gemacht hab?« Mit Schaudern fiel ihm plötzlich eine Situation ein, in der er beschrieben hatte, wie er seine Idealfrau aus den diversen Körperteilen berühmter Netzstars zusammensetzen würde. »Ich ... ich dachte ...« Er konnte auf einmal nichts mehr sagen.

»Aber es ist nicht so, wie du denkst. Nicht ganz. Das heißt, es sollte nicht ...« Auch Fredericks sagte eine Weile nichts mehr. Als die vertraut-unvertraute Mädchenstimme wieder erklang, war sie dumpf und kummervoll. »Wo hast du diese Nummer her?«

»Ich hab danach geforscht. Ich hab dich gesucht, weil ich mir *Sorgen* um dich gemacht hab, Fredericks. Oder soll ich lieber Samantha sagen?« Er legte so viel Häme in das Wort, wie er aufbringen konnte.

»Ich ... ich heiße Salome. ›Sam‹ war ein Witz von meinem Papa, als ich klein war. Aber ...«

»Warum hast du mir das nicht gesagt? Herrje, das kann man ja machen, wenn man bloß mal so im Netz rumgurkt, aber wir waren Freunde, Mann!« Er lachte bitter. »*Mann.*«

»Das ist es ja! Versteh doch, als wir mal Freunde geworden waren, wußte ich einfach nicht mehr, wie ich es dir sagen sollte. Ich hatte Angst, du würdest nicht mehr mit mir rumziehen wollen.«

»Ist das deine Ausrede?«

Fredericks klang den Tränen nahe. »Ich ... ich wußte nicht, was ich machen sollte.«

»Schön.« Orlando war zumute, als hätte er seinen Körper verlassen, als wäre er bloß noch eine freischwebende Zorneswolke. »Schön. Offensichtlich bist du nicht tot oder so. Das war's eigentlich, was ich erfahren wollte.«

»Orlando!«

Aber diesmal war er es, der die Verbindung kappte.

> Sie sind dort draußen, so nahe, daß du sie beinahe riechen kannst.

Nein, in gewisser Weise **kannst** du sie riechen. Die Anzüge fangen alle möglichen subtilen Signale auf und erweitern den sinnlichen Wahrnehmungsbereich, so daß du fühlen kannst, daß sich fast zwanzig durch den Nebel auf dich zubewegen, so wie eine Dogge eine Katze wittern kann, die hinterm Haus über den Zaun schleicht.

Du schaust dich um, aber Olechow und Pun-yi sind immer noch nicht zurück. Sie hatten sich einen schlechten Zeitpunkt ausgesucht, um die Signalanlage am Landeplatz zu überprüfen. Andererseits gibt es in dieser Hölle von einem Planeten nicht viele gute Zeitpunkte.

Etwas bewegt sich draußen an der Umzäunung. Du stellst die Filterlinsen in deinem Helm scharf; es ist keine menschliche Silhouette. Deine Hand ist schon ausgestreckt, dein Kampfhandschuh strahlbereit, und ein Gedankenblitz reicht aus, um den Eindringling mit einem horizontalen Feuerstrich zu durchbohren. Aber das Ding ist schnell – entsetzlich schnell. Der Laser reißt abermals ein Teil vom Wrack des ersten Expeditionsschiffes ab, aber das Ding, das davor gekauert hatte, ist weg, wieder im Nebel verschwunden wie ein böser Traum.

Deine Anzugsensoren schlagen plötzlich Alarm. Hinter dir – ein halbes Dutzend springender Gestalten. Idiot! Du verfluchst dich für deine Unachtsamkeit, noch während du herumfährst und ein blendendes Feuerliniengewirr ausspuckst. Der älteste Trick der Welt! Diese Biester jagen schließlich in Rudeln. Bei aller Ähnlichkeit mit irdischen Krustentieren sind diese Kreaturen grauenhaft schlau.

Zwei der Biester fallen um, aber eines steht wieder auf und schleift sich in Deckung; ein Bein hat weniger Gelenke als vorher. Beleuchtet vom remanenten Feuer deiner Schüsse wirft es dir im Fliehen einen Blick zu, und du bildest dir ein, eine aktive Bösartigkeit in den seltsamen feuchten Augen erkennen zu können ...

Bösartige Riesenkrebse! Orlandos Stilgefühl revoltierte. Das war das letzte Mal, daß er dem Urteil des Bartenders im Living End geglaubt hatte. Solcher Schund war doch schon seit Jahren passé!

Aber schließlich hatte er dafür bezahlt – beziehungsweise seine

Eltern würden es bezahlen, wenn die monatliche Netzrechnung abgebucht wurde. Da konnte er genauso gut schauen, ob es doch noch besser wurde. Bis jetzt war es ein stinknormaler Haudraufschinken ohne irgend etwas, das seinen ziemlich speziellen Interessen entgegenkam ...

An der Umzäunung zuckt ein greller Flammenstoß auf. Dein Herz macht einen Satz - das ist eine menschliche Waffe. Olechow und Pun-yi! Du bestreichst einen ferner gelegenen Teil der Umzäunung, um deinen Kameraden Deckung zu geben, aber auch um sie wissen zu lassen, wo du bist. Ein erneuter Flammenstoß, dann bricht eine dunkle Gestalt auf die Lichtung aus und sprintet auf dich zu, verfolgt von drei wackelnden, hopsenden Formen. Du hast keine sehr gute Schußposition, aber es gelingt dir, eine davon umzulegen. Die verfolgte Gestalt wirft sich nach vorn und rollt über den Rand des Grabens, so daß du jetzt freie Bahn zum Schuß auf die nachsetzenden Biester hast. Du verbreiterst den Winkel, opferst Durchschlagskraft für Streubreite, und da hängen sie und zappeln hilflos am Strahl, während die Luft um sie herum sich überhitzt. Du hältst den Strahl fast eine Minute auf sie gerichtet, obwohl es die Batterie schwächt, bis sie in eine Wolke von Kohlenstoffteilchen zerplatzen und vom Wind davongetragen werden. Diese Kreaturen haben etwas, das in dir den Wunsch weckt, sie toter als tot zu schießen.

Was haben sie denn? Versuchen sie etwa, einem die Mitgliedschaft in religiösen Knoten zu verkaufen? Wie böse können sie denn sein?

Orlando hatte Schwierigkeiten, sich auf die Simulation zu konzentrieren. Er mußte immerzu an Fredericks denken - nein, erkannte er, weniger an Fredericks als an die Lücke, die dort klaffte, wo Fredericks einmal gewesen war. Er hatte früher manchmal gedacht, daß es merkwürdig sei, einen Freund zu haben, den man nie von Angesicht zu Angesicht gesehen hatte. Jetzt fand er es noch merkwürdiger, einen Freund zu verlieren, den man nie wirklich gehabt hatte.

Olechow kommt im Graben auf dich zugekrochen. Ihr rechter Arm ist zum größten Teil ab; sie hat eine rohe Brandblase aus schwerem Plastik knapp über dem Ellbogen, wo der Anzug die Wundstelle abgedichtet hat. Durch das Visier sieht Olechows Gesicht erschreckend weiß aus. Unwillkürlich mußt du an den Planetenherbst auf Dekkamer Eins denken. Das war eine gute Zeit gewesen, du und Olechow und zehn freie Tage.

Die Erinnerung ersteht vor dir: Olechow, wie sie triefend einem Bergsee entsteigt, nackt, die blassen Brüste wie Schneewehen. Ihr habt euch stundenlang geliebt, mit den Bäumen als einzigen Zeugen, euch gegenseitig immer wieder angestachelt in dem Wissen, daß die Zeit knapp war, daß ein Tag wie dieser wohl niemals wiederkommen würde ...

»Pun-yi ... sie haben ihn erwischt«, stöhnt sie. Das Grauen in ihrer Stimme reißt dich in die Gegenwart zurück. Die atmosphärische Verzerrung ist so groß, daß du selbst aus dieser Nähe vor lauter Lärm auf dem Kanal ihre Stimme kaum verstehen kannst. »Entsetzlich ...!«

Dekkamer Eins ist Lichtjahre entfernt, für alle Zeit verloren. Du hast keine Zeit, ihr zu helfen oder sie auch nur aufzumuntern. »Kannst du schießen? Hast du noch Ladung in deinem Handschuh?«

»Sie haben ihn geschnappt!« kreischt sie voll Wut über deine scheinbare Gleichgültigkeit. Ihre Stimme klingt, als wäre etwas in ihr unwiderruflich zerbrochen. »Sie haben ihn gefangen, ihn in ihren Bau gebracht! Sie haben ... sie haben ihm etwas durch ... durch die Augen gestochen ... beim Wegschleppen ...«

Du schauderst. Am Schluß wirst du die letzte Ladung für dich selbst aufheben. Du hast Gerüchte darüber gehört, was diese Biester mit ihrer Beute machen. Das soll dir nicht passieren.

Olechow ist auf dem Boden zusammengesackt, und aus ihrem Zittern werden rasch Krämpfe. Blut läuft von ihrem Armstumpf nach hinten in ihren Helm - die Dichtungen funktionieren nicht richtig. Unsicher, was zu tun ist, zögerst du, da schrillen deine Anzugsensoren wieder los. Du blickst auf und siehst ein Dutzend vielgliedriger Gestalten, jede so groß wie ein kleines Pferd, über die rauchende, von Trümmern übersäte Oberfläche des Planeten auf dich zueilen. Olechows Schluchzen ist das Zucken und Keuchen einer Sterbenden geworden ...

»Boß! He, Boß! Laß diese billigen Imitate sein. Ich muß dir was sagen.«

»Verdammt nochmal, Beezle, ich kann es nicht leiden, wenn du das machst. Es fing gerade an, gut zu werden.« Und etwas Ablenkung hatte ihm in der letzten Woche weiß Gott gefehlt. Er schaute sich mißmutig in seinem ElCot um. Selbst ohne die Trophäen sah es immer noch ziemlich gräßlich aus. Der ganze Stil mußte unbedingt geändert werden.

»'tschuldigung, aber du hast gesagt, du wolltest sofort Bescheid wissen, wenn sich die Böse Bande melden würde.«

»Sind sie am Apparat?«

»Nein. Aber sie haben dir grade eine Nachricht geschickt. Willst du sie sehen?«

Orlando schluckte seinen Ärger hinunter. »Ja, verdammt. Spiel sie ab.«

Ein Haufen gelber Würmchen erschien in der Mitte des Zimmers. Orlando runzelte die Stirn und vergrößerte das Bild. Als er die Figuren endlich deutlich erkennen konnte, war die Auflösung sehr schlecht; so oder so taten ihm beim angestrengten Starren auf die verwaschenen Formen die Augen weh.

Die Äffchen kreisten in einer kleinen ringförmigen Wolke. Auch als eines von ihnen das Wort ergriff, fuhren die anderen fort, sich Klapse zu geben und enge Kreise zu fliegen. »Die Böse Bande ... wird sich mit dir treffen«, sagte der vorderste Affe mit melodramatischer Gebärde, die zum Schubsen und Stoßen im Hintergrund nicht recht passen wollte. Der Affensprecher hatte das gleiche karikatureske Grinsen aufgesetzt wie alle anderen, und Orlando konnte nicht sagen, ob er die Stimme schon einmal gehört hatte oder nicht. »Die Böse Bande wird sich mit dir im BandenSonderGeheimClubBunker in TreeHouse treffen.« Eine Zeitangabe und eine Knotenadresse voll kindlicher Rechtschreibfehler leuchteten auf. Die Nachricht war zu Ende.

Orlando verdrehte die Augen. »Schick ihnen eine Antwort, Beezle. Sag ihnen, ich komme nicht in TreeHouse rein. Entweder sie holen mich rein, oder wir müssen uns hier im Inneren Distrikt treffen.«

»Alles klar, Boß.«

Orlando setzte sich in die leere Luft und schaute das MBC-Fenster an. Die kleinen Wühlautomaten waren immer noch emsig dabei, mit hirnloser Hingabe ihren Auftrag auszuführen. Orlando fühlte sich seltsam. Er hätte aufgeregt oder wenigstens zufrieden sein sollen: Er hatte wieder einen Kontakt zu TreeHouse hergestellt. Statt dessen war er deprimiert.

Es sind kleine Kinder, dachte er. *Bloß Mikros. Und ich will sie dazu kriegen ... was zu tun? Das Gesetz zu brechen? Mir häcken zu helfen? Und wenn ich recht habe und mächtige Gangster dabei die Hand im Spiel haben? In was ziehe ich sie dann rein? Und weswegen?*

Wegen eines Bildes. Wegen etwas, das er nur wenige Augenblicke lang gesehen hatte und das alles bedeuten konnte ... oder absolut nichts.

Aber es ist alles, was mir noch bleibt.

> Es war ein Schrank. Er erkannte das an dem leicht muffigen Kleidergeruch, und außerdem zeichneten sich in dem Licht, das durch den Spalt

unter der Tür einsickerte, vage die rippenartigen Umrisse von Kleiderbügeln ab. Er war in einem Schrank, und draußen suchte jemand nach ihm.

Vor langer Zeit, als seine Eltern noch manchmal Besuch bekamen, waren einmal seine Cousins und Cousinen zu Weihnachten da gewesen. Sein Problem war damals noch nicht so offensichtlich gewesen, und obwohl sie ihm mehr Fragen über seine Krankheit gestellt hatten, als ihm lieb gewesen war, hatte er sich auf seltsame Weise geschmeichelt gefühlt, im Mittelpunkt der Aufmerksamkeit zu stehen, und ihren Besuch genossen. Sie hatten ihm viele Spiele beigebracht, wie sie Einzelkinder wie er sonst nur in der VR spielten. Eines davon war Verstecken.

Das Spiel hatte einen unvorhersehbaren Eindruck auf ihn gemacht, die fieberhafte Erregung des Versteckens, das atemlose Warten im Dunkeln, während »es« nach ihm suchte. Beim dritten oder vierten Spiel hatte er einen Platz im Wandschrank im Badezimmer seiner Eltern gefunden – sehr trickreich, weil er eines der Borde abnehmen und verbergen mußte, um hineinzupassen – und hatte dort unentdeckt ausgeharrt, bis der Sucher seine Kapitulation durchs Haus trompetet hatte. Dieser triumphale Moment, als er die Aufgabe seines fernen Gegenspielers hörte, war eine der wenigen durch und durch glücklichen Erinnerungen seines Lebens.

Warum hatte er dann jetzt, wo er hier in der Dunkelheit kauerte, während draußen etwas das Zimmer in Augenschein nahm, so panische Angst? Warum hetzte sein Herz wie das eines angestrahlten Hirsches? Warum fühlte sich seine Haut an, als wollte sie sich ganz auf seinen Rücken zurückziehen? Das Ding da draußen, was es auch war – aus irgendeinem Grund konnte er es sich nicht als Mensch vorstellen, sondern nur als ein gesichtsloses, formloses Etwas –, wußte bestimmt nicht, wo er war. Was könnte es sonst für einen Grund haben, nicht einfach die Schranktür aufzuziehen? Es sei denn, es *wußte*, wo er war, und genoß das Spiel, kostete seine eigene Macht und die Hilflosigkeit seines Opfers aus.

Es war wirklich ein Ding, begriff er. Das war es, was ihn so entsetzte. Es war nicht einer seiner Cousins, auch nicht sein Vater, nicht einmal irgendein bizarres Monster aus Mittland. Es war ein Ding. Ein Es.

Seine Lungen taten ihm weh. Er hatte den Atem angehalten, ohne es zu merken. Jetzt wollte er nichts so sehr, wie den Mund aufreißen und einen großen Zug frischer Luft einsaugen, aber er wagte nicht, ein Geräusch zu machen. Draußen war ein Kratzen zu hören, dann Stille. Wo war es jetzt? Was machte es? Direkt vor der Schranktür stehen und lauschen? Auf ein verräterisches Geräusch warten?

Und am allerfurchtbarsten war, erkannte er, daß außer dem Ding da draußen niemand im Haus war. Er war allein mit dem Ding, das jetzt in diesem Moment die Schranktür aufzog. Allein.

In der Dunkelheit, an einem erstickten Schrei in der Kehle würgend, schloß er die Augen und betete, daß Spiel möge zu Ende sein ...

»Ich hab dir Schmerzmittel gebracht, Boß. Du hast dich im Schlaf mächtig rumgewälzt.«

Orlando hatte Schwierigkeiten, Luft zu bekommen. Seine Lungen wollten sich einfach nicht füllen, und als er endlich einen tiefen Atemzug zustande brachte, schüttelte ihm ein feuchter Husten die Knochen durch. Er setzte sich auf und stieß dabei unabsichtlich Beezles Roboterkörper um, so daß dieser hilflos auf die Bettdecken hinunterrollte und sich dort mühsam wieder aufrappelte.

»Es war ... ich hab bloß schlecht geträumt.« Er schaute sich um, aber in seinem Zimmer gab es gar keinen Schrank, wenigstens keinen von der altmodischen Sorte. Es war ein Traum gewesen, bloß einer der dummen Albträume, die er in schlechten Nächten hatte. Aber etwas daran war wichtig gewesen, wichtiger noch als die Furcht.

Beezle stand inzwischen wieder auf seinen Haftbeinchen und machte Anstalten, die Decke hinunterzukrabbeln, zurück in seine nährende Wandsteckdose.

»Wart mal.« Orlando dämpfte seine Stimme zu einem Flüstern. »Ich ... ich denke, ich muß einen Anruf machen.«

»Laß mich erst die Beine loswerden, Boß.« Beezle kraxelte unbeholfen am Bettgestell zu Boden. »Wir sehen uns online.«

> Die Türen des Last Chance Saloon schwangen auf. Ein Axtmörder schleifte höflich sein Opfer zur Seite, bevor er sich wieder eifrig an die Zerstückelung machte. Die Figur, die über die sich ausbreitende Blutlache trat, hatte die vertrauten breiten Schultern und den dicken Gewichtheberhals. Außerdem hatte Fredericks, als er sich hinsetzte, einen Ausdruck auf seinem Simgesicht, der ein gewisses Mißtrauen verriet.

Er? Eine Art Verzweiflung überkam Orlando. *Sie?*

»Ich hab deine Nachricht bekommen.«

Orlando schüttelte den Kopf. »Ich ... ich wollte einfach nicht ...« Er holte tief Luft und fing noch einmal an. »Ich weiß nicht. Ich bin einigermaßen angeätzt, aber auf 'ne ziemlich verdrehte Art. Verstehst du?«

Fredericks nickte langsam. »Ich denke schon.«

»Also - also wie soll ich zu dir sagen?«

»Fredericks. Das war 'ne harte Nuß, was?« Ein Lächeln huschte über das breite Gesicht.

»Schon, aber ... du bist ein Mädchen. Trotzdem bist du für mich ein Junge.«

»Ist doch okay. Für mich bin ich auch ein Junge. Wenn ich mit dir rumziehe.«

Orlando wußte einen Moment lang nicht weiter. Dieses unerforschte Gelände kam ihm heimtückisch vor. »Du meinst, du bist transsexuell?«

»Nein.« Sein Freund zuckte mit den Achseln. »Ich bin bloß ... na ja, manchmal wird's mir halt langweilig, ein Mädchen zu sein. Deshalb wollte ich, als ich mit dem Netz anfing, manchmal ein Junge sein. Mehr ist da nicht dran. Keine große Sache.« Fredericks klang nicht ganz so sicher, wie er oder sie gern geklungen hätte. »Aber wenn du dich mit jemand anfreundest, wird's ziemlich verquer.«

»Das hab ich gemerkt.« Er sagte es mit seiner höhnischsten Johnny-Icepick-Grimasse. »Also stehst du jetzt auf Jungen, oder bist du schwul oder was?«

Fredericks stieß verächtlich die Luft aus. »Ich hab nichts gegen Jungen. Ich hab 'ne Menge Jungen als Freunde. Ich hab auch 'ne Menge Mädchen als Freundinnen. Scheiße, Gardiner, du bist genauso schlimm wie meine Eltern. Die denken, ich muß diese ganzen Entscheidungen fürs Leben treffen, bloß weil mir'n Busen wächst.«

Eine Sekunde lang wackelte für Orlando die Welt. Die Vorstellung von Fredericks mit Busen war mehr, als er im Augenblick verkraften konnte.

»Also ... also das wär's? Du bleibst einfach weiter ein Junge? Wenn du online bist, meine ich.«

Fredericks nickte wieder. »Ich denke schon. Es war nicht komplett gelogen, Orlando. Wenn ich mit dir zusammen bin ... ach, dann *fühle* ich mich wie ein Junge.«

Orlando schnaubte. »Woher willst du das wissen?«

Fredericks blickte verletzt, dann wütend. »Weil ich bescheuert werde und mich aufführe, als wenn sich die Welt nur um mich dreht. Daher.«

Gegen seinen Willen mußte Orlando lachen. »Also, was sollen wir machen? Einfach Jungen bleiben, wenn wir zusammen sind?«

»Ich denke, ja.« Fredericks zuckte mit den Achseln. »Wenn du damit klarkommst.«

Orlando fühlte, wie sein Ärger ein wenig abklang. Es gab allerdings wichtige Sachen, die er Fredericks noch nicht gesagt hatte, deshalb konnte er sich nicht allzu selbstgerecht gebärden. Dennoch war es schwer, sich mit der Vorstellung anzufreunden.

»Na schön«, sagte er schließlich. »Ich denke ...« Er wußte nicht, wie er den Satz beenden sollte, ohne daß er sich anhörte wie in einem schlechten Netzthriller. Er entschied sich für: »Ich denke, so weit ist es okay.« Das war eine unglaublich dämliche Bemerkung, und er war sich keineswegs sicher, daß es wirklich okay war, aber er wollte es fürs erste dabei belassen. »Aber rausgekommen ist das Ganze deshalb, weil ich dich gesucht hab. Wo warst du? Warum hast du meine Mitteilungen nicht beantwortet?«

Fredericks beäugte ihn, vielleicht um sich darüber klarzuwerden, ob sie zu einer gewissen Stabilität zurückgefunden hatten. »Ich ... ich hatte Angst, Gardiner. Und wenn du jetzt denkst, das wär deshalb, weil ich in Wirklichkeit ein Mädchen bin, oder sonst so'n Fen-fen, dann spring ich dir an den Hals.«

»Angst wegen dem, was in TreeHouse passiert ist?«

»Wegen allem. Du bist total daneben, seit du diese Stadt gesehen hast, und es wird mit jedem Mal scänniger. Was ist als nächstes dran, versuchen wir die Regierung zu stürzen oder was? Sollen wir für die hehre Sache des Orlando-Gardinerismus in der Todeszelle landen? Ich will mir einfach nicht noch mehr Ärger an den Hals lachen.«

»Ärger? Was für'n Ärger? Ein Haufen alter Akisushi hat uns aus Tree-House rausgeschmissen, sonst nichts.«

Fredericks schüttelte den Kopf. »Es ist mehr als das, und das weißt du auch. Was läuft da, Gardiner? Was ist das mit dieser Stadt, daß du auf einmal so ... fanatisch bist?«

Orlando wog das Für und Wider ab. War er Fredericks etwas schuldig, eine ehrliche Antwort? Aber sein Freund hatte ihm sein Geheimnis auch nicht freiwillig preisgegeben - Orlando hatte die Wahrheit selber ausbuddeln müssen.

»Ich kann's nicht erklären. Nicht jetzt. Aber es ist wichtig – das weiß ich einfach. Und ich glaube, ich hab einen Weg gefunden, über den wir wieder in TreeHouse reinkommen können.«

»Was?« schrie Fredericks. Die anderen Gäste im Last Chance Saloon, an Todesröcheln und Folterschreie gewöhnt, blickten sich nicht einmal um. »Wieder *da rein?* Hast du dir *dein letztes bißchen Hirn weggescännt?*«

»Vielleicht.« Es fiel ihm schon wieder schwer, Luft zu bekommen. Er stellte den Ton leise und hustete markerschütternd. »Vielleicht«, wiederholte er, als er wieder sprechen konnte. »Aber ich muß dich dabei haben. Du bist mein Freund, Fredericks, egal, was du sonst bist. Und *ein* Geheimnis werde ich dir doch sagen – du bist nicht nur mein bester Freund, du bist mein einziger Freund.«

Fredericks legte die Hände vors Gesicht, wie um den Anblick der notleidenden Welt nicht sehen zu müssen. Es klang nach todunglücklicher Resignation, als er sagte: »Oh, Gardiner, du Arsch. Das ist einfach nicht fair.«

Kapitel

Sarg aus Glas

NETFEED/UNTERHALTUNG:
"Blackness" gewinnt die Palme d'Or
(Bild: Ostrand bei der Entgegennahme des Preises)
Off-Stimme: Für Pikke Ostrand schien es keine
Überraschung zu sein, daß sie beim diesjährigen
Filmfest in Nîmes den großen Preis zugesprochen
bekam, obwohl die meisten anderen Insider an den
Stränden und in den Lokalen es kaum glauben
konnten. Frau Ostrands vierstündiger Film "Blackness", der außer Dämmerlichteffekten und Tönen
unterhalb der menschlichen Hörschwelle nichts enthält als die im Titel angekündigte Schwärze, wurde
für zu miserabilistisch erachtet, um bei den normalerweise konservativen Preisrichtern Anklang zu
finden.
(Bild: Ostrand bei der Pressekonferenz)
Ostrand: "Er ist, was er ist. Wenn man den Leuten
was von Rauch erzählt, wollen sie auch das Feuer
sehen."

> Erst gab es nur das Licht des Feuers, das !Xabbu gemacht hatte, einen warmen roten Schein, der den Ecken und höher gelegenen Stellen des Labors ihre Geheimnisse ließ. Dann kam eine ganze Reihe von Klicks, und die Deckenbeleuchtung sprang wieder an und übergoß jeden Winkel mit blendend weißer Helligkeit.

»Du hast es geschafft, Martine!« Renie klatschte in die Hände. »Der Traum jedes Einwohners von Pinetown - kostenloser Strom!«

»Es ist nicht allein mein Verdienst.« Die Stimme der bescheidenen Göttin schallte jetzt aus den eingebauten Wandlautsprechern und füllte die ganze Halle. »Ohne Herrn Singh wäre es mir nicht gelungen. Ich mußte ein paar ganz kolossale Sicherheitsvorrichtungen des Energieunternehmens umgehen, bevor ich die Stromverbrauchszahlen so umverteilen konnte, daß die Spur verwischt war.«

»Das ist ja alles schön und gut, aber kann ich jetzt endlich los und verdammt nochmal was *tun*?« Singh hörte sich stocksauer an. »Dieses ganze Affentheater setzt voraus, daß ich in den nächsten paar Tagen durch den Abwehrwall von Otherland komme, und wenn ich den nicht knacken kann, hat euch der ganze Aufwand hier nicht mehr eingebracht als ein paar potthäßliche Badewannen.«

»Natürlich«, sagte Renie rasch. Sie wollte und mußte sich den alten Mann unbedingt warmhalten. Sie bedankte sich noch einmal bei ihm und Martine und ließ sie dann aus der Leitung gehen.

»Du kannst das Außentor schließen und den Stecker aus dem Autofon ziehen«, teilte sie Jeremiah mit, der an dem nunmehr funktionierenden Fon am Eingang wartete. »Wir haben jetzt Strom *und* Datenleitungen und müßten eigentlich beide benutzen können, ohne daß jemand uns aufspürt.«

»Wird gemacht, Renie.« Sogar über den kleinen Padlautsprecher konnte sie das Knirschen hören, mit dem das Außentor hinunterging. Kurz darauf meldete er sich wieder. »Wenn ich sehe, wie sich das Tor schließt, wird mir ganz mulmig. Ich komme mir vor, als würde ich im Grab eingesperrt.«

»Es ist kein Grab«, sagte sie, obwohl es ihr ganz ähnlich ging. »Sofern du nicht das Grab des Lazarus damit meinst. Denn von hier werden wir endlich den Kampf aufnehmen. Komm runter. Wir haben noch viel zu tun.« Als sie aufsah, begegnete sie dem Blick ihres Vaters. Sie meinte, einen geringschätzigen Ausdruck zu erkennen. »Jawohl, wir *werden* den Kampf aufnehmen. Und wir werden Stephen wieder zurück ins Leben holen, Papa. Also schau mich nicht so an.«

»Dich anschauen? Gütiger Himmel, Mädel, manchmal weiß ich nich, wovon du redest.«

Sobald das Licht wieder an war, hatte !Xabbu das Feuer ausgemacht. Während er jetzt die letzte Glut mit einem Stock zerteilte, wandte er sich Renie zu. »Es ist sehr viel passiert«, sagte er, »und sehr schnell passiert. Vielleicht sollten wir uns alle zusammensetzen und darüber reden, was wir als nächstes machen.«

Renie überlegte, dann nickte sie. »Aber nicht gleich. Ich muß unbedingt erst diese V-Tanks testen. Können wir es heute abend machen, vor dem Schlafengehen?«

!Xabbu lächelte. »Wenn hier jemand die Älteste ist, auf deren Weisheit wir uns verlassen, Renie, dann du. Heute abend wäre gut, denke ich.«

Die ersten Ergebnisse schienen noch mehr zu versprechen, als Renie sich erhofft hatte. Die V-Tanks waren zwar im Vergleich zu neueren Interface-Teilen umständlich zu benutzen, aber schienen ihr verschaffen zu können, was sie brauchte - langfristigen Netzzugang und zudem viel feinere sensorische Eingaben und Ausgaben als alles, was sie jemals in der TH benutzt hatte. Nur bei einem richtigen Implantat wäre die Verzögerung geringer gewesen, aber dafür hatten die V-Tanks Vorzüge, mit denen selbst ein Implantat nicht mithalten konnte: Weil sie anscheinend speziell für langfristige Benutzung entwickelt worden waren, waren die Tanks mit Vorrichtungen zur Nahrungs- und Flüssigkeitszufuhr und zur Abfuhr von Ausscheidungen versehen, so daß der Benutzer mit nur gelegentlicher Unterstützung von außen fast völlig unabhängig sein konnte.

»Aber was is das für'n Zeug?« Ihr Vater verzog beim Blick in die offene Wanne angewidert den Mund. »Riecht nicht grad appetitlich.«

»Es ist Gel.« Sie berührte es mit einem Finger. »Das heißt, es wird welches werden.«

Long Joseph streckte seinerseits vorsichtig die Hand aus und pochte mit seinen schwieligen Fingerkuppen auf das transparente Material. »Das is kein Gelee, oder wenn, dann is es ganz eingetrocknet und eklig. Das is 'ne Art Plastik.«

Renie schüttelte den Kopf. »Man muß es ordentlich anschließen. Du wirst schon sehen. Wenn du einen sehr schwachen Strom hindurchleitest, wird es in dem Teil des Gels, wo du es haben willst, härter oder weicher, kälter oder wärmer. Dann gibt es die Mikropumpen«, sie deutete auf die nadelfeinen Löcher an der Innenwand des Tanks, »zur Druckregelung. Und die Prozessoren, die Computergehirne des Dings, reagieren auf jeden Druck, der auf das Gel ausgeübt wird - das ist der Output. Deshalb eignet es sich so gut als Interface - es kann in einer Simulation nahezu alles imitieren, Wind auf der Haut, Steine unter den Füßen, Feuchtigkeit, was du willst.«

Er sah sie mit einer Mischung aus Argwohn und Stolz an. »Das ganze Zeug hast du in der Schule gelernt, wo du drauf warst?«

»Zum Teil. Ich hab viel über diesen plasmodalen Prozeß gelesen, weil er eine Zeitlang als der nächste große Sprung nach vorn gefeiert wurde. Für andere industrielle Zwecke wird er, glaub ich, immer noch benutzt, aber die meisten der extrem leistungsstarken Computerinterfaces sind heute direkte neuronale Verbindungen.«

Long Joseph stand auf und betrachtete den gut drei Meter langen Tank. »Und du sagst, da kommt Elektrizität rein? Einfach so in dieses Gelee?«

»Dadurch funktioniert es.«

Er schüttelte den Kopf. »Nee, Mädel, du kannst sagen, was du willst. Nur ein Spinner steigt in 'ne Badewanne, die unter Strom steht. Ich würd da nie reingehn. Nie!«

Renies Lächeln war leicht säuerlich. »So ist es, Papa. Das würdest du nie.«

> Es war ein rundherum erfolgreicher Nachmittag gewesen, fand Renie. Martine hatte ihre (zweifellos illegale) Informationsquelle, von der sie überhaupt von diesem Ort erfahren hatte, weiter angezapft, und mit ihrer Hilfe hatten sie sich erste Klarheit darüber verschafft, wie die V-Tanks bereit gemacht werden konnten. Es würde nicht leicht werden – Renie rechnete mit mehreren Tagen harter Arbeit –, aber letztendlich müßten sie es eigentlich schaffen, die Dinger funktionsfähig zu kriegen.

Das Militär hatte noch mehr für sie getan, als nur viele der Geräte an Ort und Stelle zu lassen. Die automatisierten Systeme, welche die unterirdische Anlage vor Eindringlingen geschützt hatten – bis jetzt jedenfalls –, hatten auch die Luft trocken und die Apparate weitgehend betriebsbereit gehalten. Mehrere der Tanks wiesen zwar dennoch Spuren der Vernachlässigung auf, aber Renie hatte keinen Zweifel, daß sie mit dem Austausch einiger Einzelteile wenigstens einen, vielleicht auch mehrere anschließen konnten. Die Computer selbst, die die Rechenleistung bringen mußten, waren hoffnungslos veraltet, aber sie waren die größten und besten ihrer Zeit. Nach Renies Einschätzung konnten sie mit einer ähnlichen Flickschusterei genug Zentraleinheiten zum Laufen bringen, um mit ein oder zwei Softwareveränderungen – wozu sie abermals den alten Häcker Singh brauchen würden – die Leistung und die Geschwindigkeit herauszuholen, die zum Betrieb der V-Tanks nötig waren.

Sie kratzte mit dem Löffel den letzten Rest der Kasserolle aus, die

Jeremiah gekocht hatte, und leistete sich einen kleinen Seufzer der Zufriedenheit. Die Aussichten waren immer noch düster, aber zumindest weitaus weniger hoffnungslos als noch vor ein paar Tagen.

»Renie, wir wollten uns heute abend unterhalten.« Selbst !Xabbus leise Stimme hallte in dem riesigen leeren Speisesaal wider.

»Ein Punkt ist, daß wir fast nichts mehr zu essen haben«, erinnerte Jeremiah sie.

»Es muß hier irgendwo Notvorräte geben«, erwiderte Renie. »Dieser Bunker wurde während der ersten Antarktikakrise gebaut, glaube ich. Wahrscheinlich wurde dafür gesorgt, daß man hier jahrelang von der Außenwelt abgeschnitten sein konnte.«

Jeremiah schaute sie mit unverhohlenem Entsetzen an. »Notvorräte? Meinst du Fleischwürfel und Milchpulver und ähnliches gräßliches Zeug?«

»Weißt du noch, was dir passiert ist, als du das letzte Mal mit deiner Karte einkaufen wolltest? Und wenn man öfter bar bezahlt, erregt man irgendwann Aufmerksamkeit, vor allem außerhalb der Innenstadt. Außerdem haben wir sowieso nicht mehr viel Bargeld.«

»Und was heißt das?« Er deutete auf die Kasserolle. »Keine frischen Lebensmittel mehr?«

Renie holte tief Luft, um nicht die Geduld zu verlieren. »Jeremiah, wir sind hier nicht in den Ferien. Dies hier ist sehr ernst. Die Leute, hinter denen wir her sind, haben Doktor Van Bleeck umgebracht!«

Er warf ihr einen zornigen, gequälten Blick zu. »Das weiß ich.«

»Dann hilf mir! Wir sind überhaupt nur deshalb hier, weil wir so eine Chance haben, in dieses Anderland reinzukommen.«

»Ich find's immer noch irrsinnig«, bemerkte ihr Vater. »Die ganze Fahrerei, die ganze Arbeit, bloß um so 'nen Computertrick zu machen. Wie soll das alles Stephen helfen?«

»Muß ich es wirklich nochmal erklären? Dieses Anderland ist ein Netzwerk, ein unglaublich großes und schnelles VR-Netzwerk, das nicht seinesgleichen hat, und es ist außerdem geheim - ein Geheimnis, für das Menschen umgebracht werden. Es gehört den Leuten, die Stephen und viele andere Kinder krank gemacht haben, den Leuten, die Doktor Van Bleeck umgebracht und wahrscheinlich unsere Wohnung ausgebombt und mich um meinen Job gebracht haben. Ganz zu schweigen von Herrn Singhs Freunden, die mit ihm daran gearbeitet haben und die jetzt tot sind.

Das sind reiche Leute, mächtige Leute. Niemand kommt an sie ran. Niemand kann sie vor Gericht zitieren. Und selbst wenn wir das könnten, was würden wir sagen? Wir haben nichts in der Hand als Verdächtigungen, und reichlich abstruse Verdächtigungen obendrein.

Deshalb müssen wir in dieses Anderland hinein. Wenn etwas an diesem Netzwerk die Ursache dafür ist, was mit Stephen und andern Kindern passiert ist - wenn sie darüber einen Schwarzmarkthandel mit Organen betreiben oder irgendeinen Kinderpornokult aufziehen oder sonst was im Schilde führen, was wir uns noch nicht mal vorstellen können, ein politisches Machtspiel oder irgendeine Monopolisierung des Weltmarkts -, dann müssen wir Beweise beschaffen.«

Sie blickte sich in der Runde um. Endlich hörte sogar ihr Vater aufmerksam zu. Renie verspürte eine seltene Zuversicht und Festigkeit. »Wenn wir einen V-Tank zum Laufen bringen können, und wenn Singh den Sicherheitswall von Anderland knacken kann, dann gehe ich mit ihm hinein. Die Tanks sind so gebaut, daß sie lange Zeit mit sehr geringem Bedienungsaufwand laufen. Das heißt, daß ihr drei nicht viel zu tun haben werdet, sobald für meine Infusionen und Sauerstoffzufuhr gesorgt ist, vielleicht ab und zu mal was kontrollieren. Ich denke, daß !Xabbu das allein hinkriegen wird.«

»Und was is mit uns?« fragte ihr Vater. »Sollen wir bloß dumm rumsitzen, während du in deinem Geleebad rumplanschst?«

»Ich weiß nicht. Ich denke, genau aus dem Grund müssen wir reden. Um zu planen.«

»Was is mit Stephen? Soll ich einfach nix tun, während der Junge weiter krank in der Klinik liegt? Diese Quarantäne wird doch nich ewig dauern.«

»Ich weiß nicht, Papa. Jeremiah sorgt sich auch um seine Mutter. Aber vergiß nicht, diese Leute schrecken nicht davor zurück, jemand zu ermorden, wenn sie es für nötig halten. Wenn man euch draußen erwischen würde, würdet ihr allermindestens im Gefängnis landen.« Sie zuckte mit den Achseln. »Ich weiß nicht, was ihr sonst tun könnt, als hierzubleiben.«

In der daraufhin eintretenden langen Stille bemerkte Renie, daß !Xabbu sie ansah. Er hatte einen merkwürdig entrückten Gesichtsausdruck. Bevor sie ihn fragen konnte, woran er dachte, ließ ein Piepsignal aus dem Wandlautsprecher sie alle zusammenfahren.

»Ich habe mehr über die Tanks herausgefunden«, verkündete Martine, »und habe die Information an den Laborhauptspeicher hinuntergeladen. Außerdem hat Sagar Singh mich angerufen, um mir mitzuteilen, daß er an eine ›holprige Stelle‹ gekommen ist, wie er sich ausdrückt, und er sagt, ihr sollt euch keine allzu großen Hoffnungen machen, daß er euch mit der Tanksoftware helfen kann.«

»Was heißt das?«

»Das ist mir nicht ganz klar. Das Sicherheitssystem für dieses Otherland-Netzwerk ist sehr kompliziert, und es wird nicht sehr viel beansprucht, deshalb findet er es schwer, daran zu arbeiten, ohne Aufmerksamkeit zu erregen. Er sagt, die Chancen, daß er durchkommt, stehen fünfzig zu fünfzig.«

Renie fühlte, wie ihr der Magen absackte. »Ich nehme an, unsere Chancen bei alledem waren nie viel besser. Von Anfang an.«

»Aber er hat auch gesagt, wenn er es doch schafft, müßt ihr sehr schnell bereit sein.«

»Großartig. Das heißt, er kann uns nicht helfen, aber wir müssen die Tanks sofort fertig machen.«

Martines Lachen klang bedauernd. »So ungefähr, ja. Aber ich werde euch helfen, soviel ich kann, Renie.«

»Du hast uns schon mehr geholfen, als ich sagen kann.« Renie seufzte. Die Wirklichkeit hatte zugestochen und aus ihrem anschwellenden Mut die Luft herausgelassen. »Wir werden alle tun, was wir tun müssen.«

»Martine, ich habe eine Frage«, meldete sich !Xabbu. »Stimmt es, daß die Datenleitungen, die von hier ausgehen, abgeschirmt sind? Daß sie uns nicht verraten werden, wenn wir sie benutzen?«

»›Abgeschirmt‹ würde ich nicht sagen. Ich habe sie über verschiedene Knoten geführt, die sie über willkürlich ausgewählte abgehende Leitungen versorgen. Auf diese Weise kommt eine Ablaufverfolgung nicht weiter als bis zum letzten Knoten, und von diesem Knoten zur ursprünglichen Quelle besteht keine erkennbare Verbindung. Das ist ein gängiges Verfahren.«

»Was hat *das* jetzt wieder zu bedeuten?« fragte Long Joseph.

»Heißt das, wir können die Leitungen hier frei benutzen, auch Daten hindurchschicken?« !Xabbu wollte offensichtlich etwas geklärt haben.

»Ja. Aber ihr solltet vorsichtig sein. Ich würde nicht Telemorphix oder UNComm anrufen und sie reizen.«

»Gott, nein«, sagte Renie entsetzt. »Niemand hier ist auf Ärger aus, Martine. Davon haben wir schon genug.«

»Gut. Beantwortet das deine Frage?«

»Ja.« !Xabbu nickte.

»Warum wolltest du das wissen?« fragte Renie den kleinen Mann, nachdem Martine den Anruf beendet hatte.

!Xabbu wirkte verlegen; seit sie ihn kannte, hatte sie ihn nur ganz wenige Male so gesehen. »Ich würde das im Augenblick lieber nicht sagen, Renie. Aber ich verspreche dir, daß ich mich an Martines Empfehlung halten und nichts Unvorsichtiges tun werde.«

Sie war drauf und dran, auf eine Antwort zu dringen, aber fand dann, daß er nach allem, was sie zusammen durchgestanden hatten, ihr Vertrauen verdient hatte. »Das habe ich auch nicht angenommen, !Xabbu.«

»Wenn die Fonleitungen sicher sind, könnte ich meine Mutter anrufen«, sagte Jeremiah eifrig.

Renie überkam eine schwere Müdigkeit. »Ich glaube, das fällt unter die Rubrik ›Auf Ärger aus sein‹, Jeremiah. Wenn es denen gelungen ist, deine Karte zu blockieren, dann ist es ihnen wahrscheinlich auch gelungen, die Fonleitung deiner Mutter anzuzapfen.«

»Aber diese Martine hat gesagt, man könnte die Anrufe nicht zurückverfolgen!«

»Wahrscheinlich.« Renie seufzte abermals. »Wahrscheinlich. Und sie hat auch gesagt, wir sollten vorsichtig sein, und eine Nummer anzurufen, die mit ziemlicher Sicherheit angezapft ist, ist nicht vorsichtig.«

Jeremiahs Gesicht verfinsterte sich vor Ärger. »Du bist nicht meine Vorgesetzte, Verehrteste. Du hast mir keine Befehle zu geben.«

Bevor sie etwas entgegnen konnte – und das bestimmt recht hitzig getan hätte –, ergriff !Xabbu das Wort. »Renie will für uns alle das Beste. Keiner von uns ist glücklich, Herr Dako. Statt wütend zu werden, findet sich vielleicht ein anderer Weg.«

Dankbar für sein Eingreifen schloß sich Renie ihm an. »Das ist eine gute Idee, !Xabbu. Jeremiah, gibt es Verwandte von dir, die wir über eine öffentliche Fonzelle erreichen könnten?« Sie wußte, daß in Pinetown unter denen, die sich keinen regulären Datenanschluß leisten konnten, viele Leute die Gemeinschaftszellen benutzten und einen Nachbarn, der einen Anruf bekam, an die Leitung holen würden. »Ich bezweifle, daß sie jede einzelne Zelle in der Nähe jedes deiner Verwandten anzapfen. Wir sind noch nicht zu Staatsfeinden erklärt worden, deshalb muß das alles einigermaßen still über die Bühne gehen.«

Während ein besänftigter Jeremiah überlegte, lächelte Renie !Xabbu zu, um ihm zu signalisieren, wie dankbar sie für seine Hilfe war. Der kleine Mann wirkte immer noch nachdenklich.

> »Wir haben zwei Tanks, die komplett sind«, sagte !Xabbu.
Renie, die gerade eines der fraglichen Objekte inspizierte, drehte sich um. Sie hatte eine Handvoll mit Gummi ummantelter Glasfaserkabel geprüft, die unter dem Tankdeckel hervorhingen wie die Tentakel eines Tintenfischs aus einer Felsspalte. »Ich weiß. Damit haben wir einen Ersatz, wenn mit dem ersten etwas schiefgeht.«

!Xabbu schüttelte den Kopf. »Das ist es nicht, was ich meine, Renie. Wir haben zwei. Du denkst, daß du allein gehen wirst, aber das ist nicht richtig. Ich habe dich sonst auch begleitet. Wir sind Freunde.«

»Du willst mit mir in dieses Otherlandsystem einbrechen? Um Himmels willen, !Xabbu, habe ich dich nicht schon genug in Schwierigkeiten gebracht? Auf jeden Fall werde ich nicht allein gehen - Singh kommt mit und vielleicht auch Martine.«

»Es hat mehr zu bedeuten. Du setzt dich einer größeren Gefahr aus. Erinnerst du dich nicht mehr an die Kali? Wir haben einander beigestanden und sollten es wieder tun.«

Renie sah an seiner entschlossenen Miene, daß dies kein rasches Ende nehmen würde. Sie ließ die schlängeligen Kabel los. »Aber ...« Plötzlich fiel ihr kein Argument mehr ein. Zudem erkannte sie, wie viel besser sie sich in !Xabbus Begleitung fühlen würde. Sie sah sich immer noch genötigt, einen symbolischen Protest anzumelden. »Aber wer wird hier draußen die Sache in die Hand nehmen, wenn wir beide online sind? Ich hab dir ja gesagt, das kann Tage dauern ... vielleicht Wochen.«

»Jeremiah ist intelligent und umsichtig. Auch dein Vater ist brauchbar, wenn er die Wichtigkeit einsieht. Und wie du selbst gesagt hast, gibt es nicht viel zu tun, außer uns zu überwachen.«

»Sind wir schon bei ›uns‹ angelangt?« Sie mußte grinsen. »Ich weiß nicht. Ich nehme an, du hast genauso ein Recht darauf wie ich.«

»Auch mein Leben ist in diese Sache verwickelt.« Der kleine Mann blieb ernst. »Ich bin freiwillig mit dir hierhergefahren. Ich kann an diesem Punkt keinen Rückzieher machen.«

Ihr war auf einmal zumute, als müßte sie weinen. Er war so streng, so feierlich, und dabei war er nicht größer als ein Junge. Er hatte sich ihre

Verantwortung aufgeladen, als ob sie seine eigene wäre, und das anscheinend völlig bedenkenlos. Eine solche Loyalität war nicht nur eigenartig, sondern direkt ein wenig beängstigend.

Wie kommt es, daß mir dieser Mann so schnell so lieb geworden ist? Der Gedanke stieg mit überraschender Heftigkeit in ihr auf. *Er ist wie ein Bruder - ein Bruder in meinem Alter, kein Kind wie Stephen, um das man sich kümmern muß.* Oder war doch mehr daran? Ihre Gefühle gingen durcheinander.

»Na schön, von mir aus.« Sie drehte sich wieder den Glasfaserkabeln zu, aus Angst, er könnte ihr die Wärme in den Wangen ansehen und sie als ein Zeichen auffassen, das sie nicht geben wollte. »Es ist deine Entscheidung. Wenn Jeremiah und mein Vater ja sagen, gehen du und ich zusammen.«

»Und ich sag weiter, du spinnst, Mädel«, erklärte ihr Vater.

»Es ist nicht so gefährlich, wie du denkst, Papa.« Sie hob die dünne, flexible Maske hoch. »Die hier kommt vors Gesicht. Sie unterscheidet sich nicht sehr von einer Tauchermaske. Siehst du, hier an dieser Stelle legt sie sich fest über deine Augen - damit die Projektion auf die Netzhaut fokussiert bleibt. ›Projektion auf die Netzhaut‹ heißt einfach, daß ein Bild auf die Rückseite des Auges geworfen wird. Das ist nicht viel anders als beim normalen Sehen, und dadurch erscheint die visuelle Eingabe sehr real. Und atmen tut man so.« Sie deutete auf drei Ventile, zwei kleine und ein großes, die ein Dreieck bildeten. »Dies hier legt sich ganz dicht über Nase und Mund, und die Luft wird durch diese Schläuche rein- und rausgepumpt. Ganz einfach. Solange ihr, du und Jeremiah, das Luftgemisch im Auge behaltet, wird uns nichts passieren.«

Long Joseph schüttelte den Kopf. »Ich kann dich nich abhalten, also versuch ich's gar nich erst. Aber wenn was schiefgeht, komm nich an und gib mir die Schuld.«

»Vielen Dank für dein Vertrauen.« Sie wandte sich an Jeremiah. »Ich hoffe, *du* hast wenigstens aufgepaßt.«

»Ich werde alles genau im Auge behalten.« Er blickte ein wenig nervös auf den Wandbildschirm. »Ihr macht jetzt bloß einen Test, richtig? Ihr wollt nur mal kurz reingehen?«

»Vielleicht bloß zehn Minuten, vielleicht ein wenig länger. Nur um sicherzugehen, daß wir alles richtig angeschlossen haben.« Sie starrte die zusammengeklebten Bündel von Glaserfaserkabeln an, die zwischen den beiden Tanks und den altmodischen Prozessoren verliefen. »Achte genau auf die Werte der Lebensfunktionen, ja? Ich hab alles getestet, so gut ich konnte, doch selbst mit Martine und ihren Diagrammen gibt es so viele verdammte Anschlüsse, daß ich mir nicht in jeder Beziehung sicher bin.« Sie drehte sich !Xabbu zu, der seinen Tank seinerseits Verbindung für Verbindung überprüfte, genau wie er es bei ihr gesehen hatte. »Bist du bereit?«

»Wenn du es bist, Renie.«

»Okay. Was sollen wir machen? Ein paar einfache 3D-Manipulationen wie die, die ich dir damals an der TH beigebracht habe? Die müßten eigentlich angenehm vertraut sein.«

»Gewiß. Und dann vielleicht noch etwas.«

»Nämlich?«

»Schauen wir einmal.« Er wandte sich ab, um Maskenanschlüsse zu entwirren, die bestimmt längst entwirrt waren.

Renie zuckte mit den Achseln. »Jeremiah? Kannst du die Tanks jetzt anstellen? Die Hauptstromschalter?«

Es gab ein Knacken und dann ein leises Brummen. Eine Sekunde lang flackerte die Beleuchtung an der Decke. Renie beugte sich vor, um in den Tank zu blicken. Was hartes durchsichtiges Plastik zu sein schien, das den Tank zu drei Vierteln füllte, wurde nebelig trübe. Kurz darauf wurde die Substanz wieder klar, schien aber jetzt eine Flüssigkeit zu sein. Winzige Kräuselungen erschienen auf der Oberfläche, Tausende von konzentrischen Wirbeln wie Fingerabdrücke, aber bevor sie das Gesamtmuster erkennen konnte, legten sich die Kräuselwellen wieder.

»Wie sind die Werte?« fragte sie.

Jeremiah öffnete etliche Fenster auf dem Wandbildschirm. »Alles ist so, wie du es haben wolltest.« Er hörte sich immer noch nervös an.

»Okay. Dann los.« Jetzt, wo der Moment gekommen war, war sie auf einmal beklommen, als ob sie am Rand eines hohen Sprungbretts stände. Sie zog sich ihr Hemd über den Kopf und warf, nur mit BH und Schlüpfer bekleidet, noch einen kurzen Blick in den Tank. Trotz der Wärme des Raumes bekam sie eine Gänsehaut.

Es ist nur ein Interface, sagte sie sich. *Bloß Input-Output, wie ein Touchscreen. Laß dich nicht von deinem Vater mit seinem »Strom in der Badewanne« kriegen, Frau.* Außerdem müßte das jetzt viel leichter sein als der Ernstfall - keine Katheter, keine Infusionsschläuche und nur einmal kurz eintauchen.

Sie zog sich die Maske übers Gesicht, schob sich die Stöpsel in die Nasenlöcher und rückte die flexible Blase mit dem eingebauten Mikrophon über dem Mund zurecht. Jeremiah hatte die Pumpen bereits angestellt: Abgesehen von einer leichten metallischen Kälte roch und schmeckte die Luft ganz normal. Die Ohrenstöpsel waren kein Problem, aber es war etwas schwieriger, die Okulare richtig zentriert zu bekommen. Als sie sie endlich festgestellt hatte, ließ sie sich blind tastend in den Tank sinken.

Das Gel hatte seine Sollwerte erreicht – Hauttemperatur und die gleiche Dichte wie ihr Körper, so daß sie gewichtslos darin schwebte. Sie streckte langsam die Arme aus, um sich zu vergewissern, daß sie in der Mitte lag. Die Tankwände waren beide außerhalb ihrer Reichweite; sie hing inmitten des Nichts, ein kleiner, kollabierter Stern. Die Dunkelheit und die Stille waren total. Renie wartete im Leeren darauf, daß Jeremiah die Startsequenz auslöste. Es schien lange zu dauern.

Licht sprang ihr in die Augen. Das Universum hatte plötzlich wieder Tiefe, auch wenn es eine unermeßliche graue Tiefe war. Sie spürte eine leichte Druckveränderung, als die Hydraulik den V-Tank mit einer Kippung von neunzig Grad in den Betriebszustand brachte. Sie sank ganz leicht ab. Sie hatte Gewicht, allerdings nicht viel: Das Schwebegefühl wurde abgelöst von einer vagen Schwerkraftwahrnehmung, obwohl das Gel auch wieder auf Schwerelosigkeit, oder was die Simulation sonst verlangte, umstellen konnte.

Eine andere Figur erschien vor ihr. Es war ein Sim der kargsten Art, wenig mehr als ein internationales Symbol für Humanoide.

»!Xabbu? Wie fühlst du dich?«

»Sehr merkwürdig. Es ist anders als im Gurtraum. Ich habe viel stärker das Gefühl ... irgendwo *drin* zu sein.«

»Ich weiß, was du meinst. Komm, wir probieren es aus.« Sie gab rasch ein paar Handbefehle und erzeugte unter ihnen eine dunklere graue Fläche, die sich bis zum vermeintlichen Horizont erstreckte und dem leeren Raum ein Oben und Unten verlieh. Sie stellten sich auf die Fläche und empfanden sie als eben und hart unter den Füßen.

»Ist das der Boden des Tankes?« fragte !Xabbu.

»Nein, es ist bloß das Gel, das dort hart wird, wo die Prozessoren es ihm sagen. Hier.« Sie rief einen Ball von der gleichen Farbe wie der Boden auf. Er fühlte sich an ihren Fingern ganz substantiell an. Sie veränderte die Konsistenz um ihn gummiweich werden zu lassen, und die Prozessoren gehorchten. »Fang!«

!Xabbu hob die Hände hoch und holte den Ball aus der Luft. »Und das ist auch das Gel, das dort hart wird, wo wir einen Gegenstand fühlen sollen?«

»Genau. Unter Umständen bildet es gar keinen ganzen Gegenstand, sondern verschafft uns einfach die entsprechenden taktilen Eindrücke an den Händen.«

»Und wenn ich es werfe«, er lobbte den Ball von unten zu Renie zurück, »analysiert es den Bogen, den es beschreiben soll, und setzt den erst in meinem und dann in deinem Tank um?«

»Richtig. Genau das gleiche, was wir auch im Unterricht gemacht haben, nur hier mit besseren Geräten. Dein Tank könnte auf der andern Seite der Erde sein, aber wenn ich dich hier sehen kann, wird die Substanz in diesen Tanks die Erfahrung koordinieren.«

!Xabbu schüttelte anerkennend seinen rudimentären Kopf. »Ich habe es schon einmal gesagt, Renie, deine Wissenschaft kann wirklich wunderbare Dinge tun.«

Sie schnaubte. »Es ist nicht meine Wissenschaft. Außerdem kann sie, wie wir schon gesehen haben, auch ziemlich gräßliche Dinge tun.«

Sie erzeugten und bewegten noch ein paar Objekte, um die Kalibration des Taktorensystems und die verschiedenen Effekte - Temperatur, Schwerkraft - zu kontrollieren, die mit dem primitiveren Gurtsystem der TH nicht zu machen gewesen wären. In Renie regte sich der Wunsch, mit einer anspruchsvolleren Simulation arbeiten zu können, die ihr eine wirkliche Vorstellung von der Leistungsfähigkeit der Tanks geben würde. Trotzdem war es ein guter erster Versuch gewesen. »Ich denke, wir haben das Nötige getan«, sagte sie. »Möchtest du sonst noch was ausprobieren?«

»Allerdings.« !Xabbu - sein gesichtsloser Sim - wandte sich ihr zu. »Erschrick bitte nicht. Ich möchte dich gern wohin mitnehmen.« Er gab mit den Händen mehrere Befehle. Das graue Universum verschwand, und Schwärze umgab sie.

»Was machst du?« fragte sie beunruhigt.

»Bitte. Ich werde es dir zeigen.«

Renie hielt sich still, aber mußte sich sehr zusammennehmen, um nicht lautstark und energisch Antworten zu verlangen. Sie gab nur ungern das Heft aus der Hand.

Als das Warten ihr eben zu viel werden wollte, begann sich ein Leuchten vor ihr auszubreiten. Es fing an als ein tiefes Rot und zersprengte dann in marmorierte Muster aus Weiß und Gold und Scharlachrot und einem dunklen samtigen Violett. Durchbrochen von dieser blendenden Helle nahm die Dunkelheit seltsame Formen an; Licht und Dunkel wirbelten durcheinander und vermischten sich. Das Licht wurde an einer Stelle immer heller und zog sich schließlich zu einer Scheibe zusammen, die so grell strahlte, daß Renie sie nicht direkt anschauen konnte. Die dunklen Bereiche gewannen Konturen und Tiefe und sanken dabei in ihrem Gesichtsfeld nach unten wie Sand, den man in ein Glas Wasser schüttet.

Sie stand in einem hart gleißenden Licht inmitten einer ungeheuer weiten, flachen Landschaft, die nur von verkümmerten Bäumen und roten Felsbuckeln unterbrochen war. Über ihr brannte die Sonne wie weißglühendes Metall.

»Es ist eine Wüste«, sagte sie. »Mein Gott, !Xabbu, wo kommt das her?«

»Ich habe es gemacht.«

Sie drehte sich um und erblickte die nächste Überraschung. !Xabbu stand neben ihr, deutlich erkennbar er selbst. Der unpersönliche Sim aus dem Betriebssystem des Militärlabors war verschwunden, und an seiner Stelle stand eine kleine, schlanke Gestalt, die ihrem Freund außerordentlich ähnlich sah. Sogar das Gesicht war sein eigenes, trotz einer gewissen glatten Steifheit. !Xabbus Sim hatte wohl, vermutete sie, die traditionelle Tracht seines Volkes an, einen ledernen Lendenschurz, Sandalen und eine Kette mit Eierschalenperlen um den Hals. Über einer Schulter hingen ein Köcher und ein Bogen, und er hielt einen Speer in der Hand.

»Du hast das gemacht? Das alles?«

Er lächelte. »Es ist nicht so viel, wie es aussieht, Renie. Zum Teil ist es von anderen Modulen über die Kalahari genommen. Es gibt reichlich frei verfügbares Gear. Ich fand akademische Simulationen - ökologische Modelle, evolutionsbiologische Projekte - in den Datenbanken der Universität von Natal. Das ist meine Examensarbeit.« Sein Lächeln wurde breiter. »Du hast dich selbst noch nicht angeschaut.«

Sie sah an sich hinab. Ihre Beine waren nackt, und auch sie hatte einen Lendenschurz an. Sie trug mehr Schmuck als !Xabbu und einen Lederumhang, der ihren Oberkörper bedeckte, an der Taille mit grobem Zwirn zugebunden. Da dies eigentlich ein Test der V-Tanks sein sollte, befühlte sie ihn. Das gegerbte Fell fühlte sich glatt und ein wenig haftend an, nicht viel anders als das Ding, das es darstellte.

»Dies wird ›Karoß‹ genannt.« !Xabbu deutete auf die Stelle am Rücken, wo der Umhang offen war. »Die Frauen meines Volkes benutzen ihn nicht bloß als Kleidungsstück. Säuglinge werden darin getragen, ebenso Nahrung, die im Laufe des Tages gesammelt wurde.«

»Und was ist das?« Sie hob ein Stück Holz hoch, das sie in der anderen Hand hielt.

»Ein Grabstock.«

Sie lachte. »Das ist erstaunlich, !Xabbu. Wo kommt das her? Ich meine, wie ist es in dieses System gelangt? Du kannst das nicht alles gemacht haben, seit wir hier sind.«

Er schüttelte mit feierlichem Simgesicht den Kopf. »Ich habe es aus meinem Speicher in der TH kopiert.«

Renie erstarrte vor Schreck. »!Xabbu!«

»Martine hat mir geholfen. Um sicherzugehen, haben wir es durch ... wie hat sie es genannt? ... einen ›Offshore-Router‹ geleitet. Außerdem habe ich eine Nachricht für dich hinterlassen.«

»Wovon redest du?«

»Während ich im System der TH war, habe ich auf dein Konto dort eine Nachricht gesprochen. Ich sagte, ich hätte versucht, dich zu erreichen, und hoffte, bald mit dir über meine Studien und meine Examensarbeit reden zu können.«

Renie schüttelte den Kopf. Sie hörte etwas klingeln und fühlte, als sie hochfaßte, baumelnde Ohrringe. »Ich verstehe nicht.«

»Ich dachte, falls jemand deine Kontakte überprüft, wäre es gut, wenn er denkt, ich wüßte nicht, wo du bist. Vielleicht würde er dann meine Vermieterin in Ruhe lassen. Sie war nicht sehr freundlich, aber so ein Elend, wie wir es erlebt haben, hat sie nicht verdient. Aber, Renie, ich bin unglücklich.«

Sie hatte Mühe, mitzukommen. »Warum, !Xabbu?«

»Weil mir, als ich die Nachricht hinterließ, klarwurde, daß ich vorsätzlich log. Das habe ich noch nie getan. Ich fürchte, ich verändere mich. Es ist kein Wunder, daß ich das Lied der Sonne verloren habe.«

Selbst hinter der Maske seines Simuloiden konnte Renie den Kummer des kleinen Mannes erkennen.

Genau davor hatte ich Angst. Sie wußte nicht, wie sie ihn trösten sollte. Bei jedem anderen Freund hätte sie die ethische Berechtigung einer Notlüge, eines Betrugs zum Selbstschutz vertreten - aber kein anderer Freund würde eine Lüge gewissermaßen als eine körperliche Verunreinigung empfinden. Sie konnte sich nicht vorstellen, daß irgend jemand anders in ihrem Leben verzweifelte, weil er die Stimme der Sonne nicht mehr hörte.

»Zeig mir mehr.« Sie konnte nichts anderes sagen. »Erzähl mir von diesem Ort.«

»Er ist noch in den Anfängen.« Er berührte sie leicht am Arm, wie um ihr für die Ablenkung zu danken. »Es ist nicht damit getan, etwas zu machen, was wie die Heimat meines Volkes aussieht - es muß sich auch so *anfühlen*, und dafür bin ich noch nicht geschickt genug.« Er setzte sich in Bewegung, und Renie schloß sich ihm an. »Aber ein kleines Stück habe ich jetzt geschaffen, zum Teil auch deshalb, um aus meinen Fehlern zu lernen. Siehst du das da?« Er deutete zum Horizont. Über der Wüstenpfanne, hinter einer Gruppe dorniger Akazien gerade noch zu erkennen, zeichneten sich hohe dunkle Umrisse ab. »Das sind die Tsodilo Hills, ein sehr wichtiger Ort für mein Volk, ein heiliger Ort würdet ihr sagen. Aber ich habe sie zu deutlich sichtbar gemacht, zu kraß.«

Sie spähte in die Richtung. Trotz seiner Unzufriedenheit hatten die Berge etwas Fesselndes, zumal sie die einzigen Erhebungen in dieser weiten, flachen Landschaft waren. Wenn die wirklichen Berge ihnen auch nur entfernt ähnlich sahen, konnte sie verstehen, wie sehr sie die Vorstellungswelt von !Xabbus Volk beherrschen mußten.

Renie strich abermals über ihre Ohrringe und betastete dann die Eierschalenketten an ihrem Hals. »Was ist mit mir? Sehe ich mir auch so ähnlich wie du dir?«

Er schüttelte den Kopf. »Damit hätte ich mich übernommen. Nein, meinen Sim habe ich in einem früheren Projekt an der TH zusammengebastelt. Ich habe ihn für diese Demonstration mit hineingenommen, aber im Augenblick habe ich nur zwei andere Sims, einen Mann und eine Frau. Sie sollen so aussehen wie ein Mann und eine Frau meines Volkes.« Sein Lächeln war traurig und ein wenig bitter. »An diesem Ort werde ich jedenfalls dafür sorgen, daß niemand anders als Buschleute das Buschmannland betritt.«

Er führte sie einen sandigen Hang hinunter, tiefer in die Pfanne hinein. Fliegen brummten träge. Die Sonne brannte so stark, daß Renie sich nach einem Schluck Wasser sehnte, obwohl sie bestimmt noch keine halbe Stunde in den Tanks waren. Trotz ihrer Abneigung gegen Nadeln wünschte sie fast, sie hätten die Flüssigkeitsversorgung angeschlossen.

»Hier«, sagte !Xabbu. Er hockte sich auf die Fersen und fing mit dem stumpfen Ende seines Speers zu graben an. »Hilf mir.«

»Wonach suchen wir?«

Er gab keine Antwort, sondern konzentrierte sich aufs Graben. Die Arbeit war hart, und die Sonnenhitze machte sie noch anstrengender. Eine Weile vergaß Renie völlig, daß sie sich in einer Simulation befanden.

»Da.« !Xabbu beugte sich vor. Mit den Fingern scharrte er etwas am Grund des Loches frei, das wie eine kleine Wassermelone aussah. Er zog es triumphierend hervor. »Das ist eine Tsama. Diese Melonen erhalten meine Leute im Busch am Leben, wenn die Quellen in der Trockenzeit kein Wasser mehr geben.« Er nahm sein Messer und schnitt die Melone oben auf, dann wischte er das Speerende sauber und stieß es in die Melone. Er handhabte es wie einen Mörser, bis das Innere der Frucht ein flüssiger Brei war. »Jetzt trink«, sagte er lächelnd.

»Aber ich kann nicht trinken - oder wenigstens kann ich nichts schmecken.«

Er nickte. »Aber wenn meine Simulation fertig ist, wirst du trinken müssen, ob du etwas schmeckst oder nicht. Wer in diesem harten Land nach der Art meines Volkes leben will, muß sich abmühen, um Wasser und Nahrung zu finden.«

Renie nahm die Tsamaschale und hielt sie sich mit der Öffnung nach unten über den Mund. Ihr Gesicht blieb eigenartig empfindungslos, aber am Hals und Bauch spürte sie kleine nasse Spritzer. !Xabbu nahm sie ihr ab, sagte etwas voller Klicklaute und Triller, das sie nicht verstand, und trank ebenfalls aus der Melone.

»Komm«, sagte er. »Es gibt noch mehr, was ich dir zeigen möchte.«

Sie erhob sich, erfüllt von einer gewissen Unruhe. »Das hier ist wunderbar, aber Jeremiah und mein Vater werden sich um uns Sorgen machen, wenn wir zu lange bleiben. Ich habe ihnen nicht gesagt, wie sie unsere Unterhaltung mithören können, und ich bezweifle, daß sie es allein rauskriegen. Unter Umständen versuchen sie sogar, uns rauszuziehen.«

»Da ich wußte, daß ich dir dies hier zeigen wollte, sagte ich ihnen, wir würden vielleicht länger bleiben, als du geplant hattest.« !Xabbu sah sie einen Moment lang an, dann nickte er. »Aber du hast recht. Es ist egoistisch von mir.«

»Nein, ist es nicht. Das alles ist wunderbar.« Sie meinte es ehrlich. Auch wenn er es aus anderen Modulen zusammengestückt hatte, war er als Virtualitätstechniker unglaublich talentiert. Sie konnte nur beten, daß seine Freundschaft mit ihr ihm nicht zum Verhängnis wurde. Nachdem sie nur dieses kleine Bißchen gesehen hatte, erschien es ihr als Verbrechen, wenn sein Traum sich nicht erfüllen würde. »Es ist wirklich großartig. Ich hoffe, ich darf hier eines schönen Tages einmal viel mehr Stunden verleben, !Xabbu.«

»Haben wir noch ein wenig Zeit? Es wäre mir wichtig.«

»Natürlich.«

»Dann komm noch ein Stückchen weiter.« Er ging voraus. Obwohl sie, wie es schien, nur wenige hundert Meter zurückgelegt hatten, waren die Berge auf einmal viel näher gerückt und ragten vor ihnen auf wie strenge Eltern. In ihrem Schatten stand ein kleiner Kreis von Grashütten.

»Es ist unnatürlich, so schnell voranzukommen, aber ich weiß, daß unsere Zeit knapp ist.« !Xabbu faßte sie am Handgelenk und zog sie auf eine leere sandige Fläche vor einer der Hütten. Dort war bereits ein Haufen kleiner Äste zurechtgelegt. »Ich muß noch etwas Unnatürliches tun.« Er machte eine Geste. Die Sonne zog so rasch weiter, daß sie nach kurzer Zeit völlig hinter den Bergen verschwunden und der Himmel dunkelviolett war. »Jetzt werde ich ein Feuer machen.«

!Xabbu holte zwei Stöcke aus seinem Beutel. »Männlicher Stock, weiblicher Stock«, sagte er mit einem Lächeln. »So sagen wir dazu.« Er stellte den einen in eine Kerbe im anderen und hielt dann den zweiten mit den Füßen am Boden fest, während er den ersten flink zwischen den ausgestreckten Händen drehte. Ab und zu zupfte er dürres Gras aus seinem Beutel und schob es in die Kerbe. Bald schon rauchte das Gras.

Die Sterne waren oben am Nachthimmel schlagartig sichtbar geworden, und die Temperatur fiel rasch. Renie zitterte. Sie hoffte, ihr Freund würde das Feuer bald zum Brennen bringen, auch wenn der Echtheit damit ein wenig Gewalt angetan wurde.

Während !Xabbu das schwelende Gras an den Asthaufen legte, lehnte sie sich zurück und betrachtete den Himmel. Wie weit er war! Weiter und tiefer, als er je über Durban erschien. Und die Sterne kamen ihr so nahe vor, fast als könnte sie die Hand ausstrecken und sie berühren.

Das Feuer war erstaunlich klein, aber sie konnte trotzdem die Wärme spüren. !Xabbu jedoch ließ ihr nicht viel Gelegenheit, es zu genießen. Er holte zwei Schnüre aus dem Beutel, an denen anscheinend getrocknete Insektenkokons hingen, und band sie sich um die Fußgelenke. Wenn er sie schüttelte, gaben sie ein leises surrendes Rasseln von sich.

»Komm.« Er stand auf und winkte ihr. »Jetzt werden wir tanzen.«

»Tanzen?«

»Siehst du den Mond?« Er deutete darauf. Der Mond schwamm in der Finsternis wie eine Perle in einer Öllache. »Und den Ring darum? Das sind die Zeichen, die die Geister machen, wenn sie ihn umtanzen, denn für sie ist er ein Feuer, ein Feuer so wie dieses hier.« Er nahm sie bei der Hand. Obwohl ein Teil von ihr nicht vergessen konnte, daß sie meterweit voneinander entfernt in verschiedenen Tanks waren, empfand sie doch auch seine vertraute Gegenwart. Die Physik mochte sagen, was sie wollte, er hielt jetzt eindeutig ihre Hand und führte sie in einen seltsamen Hüpftanz.

»Ich kenne mich nicht aus mit ...«

»Es ist ein Heiltanz. Es ist wichtig. Wir haben eine Reise vor uns, und wir haben bereits viel gelitten. Mach es einfach so wie ich.«

Sie bemühte sich, es ihm nachzutun. Zuerst fand sie es schwierig, aber dann, als sie aufgehört hatte, darüber nachzudenken, begann sie den Rhythmus zu fühlen. Nach einer Weile fühlte sie nichts mehr als den Rhythmus - *Schütteln, Schritt, Schütteln, Schütteln, Schritt, Kopf zurück, Arme hoch* -, und immer war da das leise Flüstern von !Xabbus Rasseln und das sanfte Patschen ihrer beider Füße auf dem Sand.

Sie tanzten unter dem beringten Mond, vor den Bergen, die schwarz und massig gegen die Sterne abstachen. Eine Zeitlang vergaß Renie alles andere.

> Sie zog ihre Maske ab, noch bevor sie ganz aus dem Gel heraus war, und bekam einen Moment keine Luft. Ihr Vater faßte sie unter den Armen und wollte sie aus dem Tank ziehen.

»Nein!« sagte sie nach Atem ringend. »Noch nicht.« Sie räusperte sich mehrmals. »Ich muß erst den Rest von diesem Zeug abkratzen und in den Tank zurücktun. Es ist schwer zu ersetzen und sollte deshalb lieber nicht über den ganzen Fußboden verteilt werden.«

»Ihr wart lange drin«, sagte ihr Vater ärgerlich. »Wir dachten schon, ihr zwei wärt gehirntot oder so. Der da hat gemeint, wir sollten euch nich hochholen, dein Freund hätte gesagt, es wär okay.«

»Tut mir leid, Papa.« Sie blickte zu !Xabbu hinüber, der auf dem Rand seines Tanks saß und sich seinerseits das Gel abkratzte. Renie lächelte ihm zu. »Es war toll. Du solltest mal sehen, was !Xabbu gemacht hat. Wie lange waren wir drin?«

»Fast zwei Stunden«, antwortete Jeremiah mißbilligend.

»Zwei Stunden! Mein Gott!« Renie war schockiert. *Wir müssen mindestens eine Stunde lang getanzt haben.* »Das tut mir sehr leid! Ihr müßt euch ja schreckliche Sorgen gemacht haben.«

Jeremiah verzog das Gesicht. »Wir konnten sehen, daß Atmung und Herzschlag und so weiter alle normal waren. Aber wir haben deswegen darauf gewartet, daß ihr wieder rauskommt, weil diese Französin mit euch reden wollte. Eine wichtige Mitteilung, hat sie gesagt.«

»Was? Was wollte Martine? Ihr hättet uns rausholen sollen.«

»Bei dir weiß man nie«, sagte ihr Vater mürrisch. »Ein Blödsinn, das Ganze! Wie soll einer wissen, wann er angeschrien wird? Was er machen soll?«

»Schon gut, schon gut. Bitte vielmals um Verzeihung. Wie lautete die Mitteilung.«

»Du sollst sie anrufen, wenn du wieder draußen bist.«

Renie hüllte ihren immer noch klebrigen Körper in einen Armeebademantel und rief Martines Vermittlungsnummer an. Die geheimnisvolle Frau ging sofort an den Apparat.

»Ich bin so froh, daß du anrufst. Ist das Experiment geglückt?«

»Ausgezeichnet, aber das kann ich dir später erzählen. Es hieß, du hättest eine dringende Mitteilung.«

»Ja, von Monsieur Singh. Ich soll euch sagen, daß er glaubt, einen Weg gefunden zu haben, wie er das Otherland-Sicherheitssystem überlisten kann. Aber er meinte auch, die Benutzerziffern seien in den letzten paar Tagen dramatisch in die Höhe gegangen. Das Netzwerk wird sehr stark beansprucht, was heißen kann, daß ein wichtiges Ereignis bevorsteht. Vielleicht war das die Bedeutung des Stundenglases, des Kalenders. Die zehn Tage sind jedenfalls so gut wie um. Wir dürfen nicht auf eine andere Gelegenheit warten.«

Renies Herz schlug schneller. »Und das heißt?«

»Das heißt, daß Singh morgen hineingehen wird. Wo er mit Planen nicht weiterkommt, wird er es einfach so riskieren, hat er gemeint. Und wenn ihr mitkommen wollt, müßt ihr dann bereit sein – es kann sein, daß es keine zweite Chance geben wird.«

Kapitel

In des Kaisers Garten

NETFEED/NACHRICHTEN:
Malaysische Rebellen warnen westliche Besucher vor
der Einreise
(Bild: Dschungelkampf in Nordborneo; Raketenopfer)
Off-Stimme: Die malaysische Rebellengruppe, die
sich "Schwerter von Neumalakka" nennt, ließ ver-
lauten, westliche Touristen und Geschäftsreisende
müßten sich darüber im klaren sein, daß sie in ein
Kriegsgebiet einreisen. Die Rebellen, die seit
sechs Jahren gegen die malaysische Zentralregierung
Krieg führen, um die säkularistische und pro-
westliche Orientierung Malaysias zu Fall zu bringen, haben vorige Woche bei einem Anschlag drei
portugiesische Diplomaten getötet, und sie sagen,
daß sie von nun an alle westlichen Personen in
Malaysia, Australier und Neuseeländer eingeschlossen, als "feindliche Spione" behandeln werden.
(Bild: Rang Hussein Kawat, der Sprecher der neu-
malakkischen Rebellen)
Hussein Kawat: "Europa und Amerika haben der übrigen Welt seit fünfhundert Jahren ein Regime bruta-
ler Barbarei aufgezwungen, aber ihre Zeit geht zu
Ende, wenn es sein muß unter Blutvergießen. Vielleicht wird auch unser Blut fließen, aber es wird
nicht mehr von westlichen Krediten, westlichen
Ideen vergiftet sein. Die Korruption der Ungläubi-
gen in der Zentralregierung in Kuala Lumpur ist ein
Gestank in der Nase des Himmels."

> Hurley Brummond stand am Steuer des Luftschiffes, das Rad mit einer Hand fest umklammert, und die Silhouette seines bärbeißigen, bärtigen Profils zeichnete sich im Licht der beiden Ullamarmonde ab.

»Wir werden ihnen die Ohren langziehen, Jonas!« brüllte er über das Brausen des Windes hinweg. »Wir werden die grünhäutigen Priester lehren, sich an der Verlobten eines Erdmannes zu vergreifen!«

Paul wollte eine Frage stellen, aber er hatte nicht das Herz zu schreien. Brummond hatte wieder seine Galionsfigurpose eingenommen und blickte auf die von Laternen erleuchteten Türme von Tuktubim hinab. Paul hatte die geflügelte Frau wiederfinden wollen, aber er war sich nicht ganz sicher, ob er es auf die Weise hatte anstellen wollen.

»Hurley ist jetzt so richtig in Fahrt«, sagte Professor Bagwalter. »Es hat überhaupt keinen Sinn, sich aufzuregen. Aber keine Bange – er ist zwar total übergeschnappt, aber wenn irgend jemand die Sache durchziehen kann, dann er.«

Das Luftschiff sackte urplötzlich ab, so daß die Messingbeschläge klapperten. Paul grapschte nach einem Halt und streckte dann eine Hand nach Gally aus, um einem Sturz vorzubeugen. Der Junge schaute mit großen Augen, aber wirkte eher aufgeregt als ängstlich.

Der Sinkflug des Luftschiffs wurde immer steiler. Während es in einem solchen Winkel nach unten stieß, daß Paul zu nichts anderem imstande war, als sich an der Reling festzuhalten, verließ Hurley Brummond seine Position am Steuer, zog sich Hand über Hand an der Reling entlang und riß an einem großen Metallgriff an der Rückseite der Kajüte. Alle Laternen des Schiffes, am Bug, an den Segeltuchtragflächen und am Rumpf, gingen mit einem Schlag aus. Das Luftschiff setzte seinen Sturzflug fort.

Plötzlich tauchte an einer Seite des Schiffes eine Turmspitze auf und schoß förmlich an ihnen vorbei. Eine zweite stach auf Pauls Seite so dicht hinter dem Geländer in die Höhe, daß er meinte, sie berühren zu können. Eine dritte kam neben der ersten hoch. Entsetzt blickte Paul durch die geschnitzte Reling. Das Schiff raste auf einen ganzen Wald von nadelscharfen Minaretten zu.

»Mein Gott!« Paul riß Gally an sich, obwohl er wußte, daß er nichts tun konnte, um den Jungen zu schützen. »Wir werden ...«

Das Schiff schwenkte jäh in die Horizontale, so daß Paul und die anderen aufs Deck purzelten. Gleich darauf kam es rüttelnd in der Luft zum Stehen und schwebte nun inmitten eines Dickichts spitzer Dächer.

Brummond hatte sich zurück ans Steuer gehangelt. »Tut mir leid, daß es ein bißchen ruckartig ging«, grölte er. »Aber die Laternen mußten aus. Wir wollen sie doch überraschen.«

Während Paul Gally auf die Füße half, kippte Brummond eine aufgerollte Strickleiter über die Reling. Er lauschte, wie sie in die dunkle Tiefe rauschte, und richtete sich mit einem zufriedenen Schmunzeln auf den Lippen auf.

»Perfekt. Wir sind direkt über dem Kaiserlichen Garten, genau wie ich dachte. Damit rechnen die nie, daß wir den Weg nehmen. Wir sind drin und mit Ihrer Schönen wieder draußen, Jonas, altes Haus, bevor die überhaupt gucken können.«

Professor Bagwalter kniete immer noch auf Deck; er suchte seine Brille. »Ich muß schon sagen, Hurley, das war ein bißchen unnötig, was? Hätten wir uns nicht etwas bedächtiger annähern können?«

Brummond schüttelte mit offensichtlicher Zuneigung den Kopf. »Bags, du alte Schlafmütze! Du kennst doch mein Motto: ›Schnell wie der Wind, drauf wie der Blitz.‹ Wir werden diesen scheußlichen Priestersäcken keine Chance lassen, unser Frauchen wegzuhexen. So, und jetzt ran an den Speck. Jonas, Sie sind natürlich dabei. Bags, ich weiß, wie gern du da mitmischen würdest, aber vielleicht solltest du hier beim Schiff bleiben und es startbereit halten. Außerdem muß jemand auf unsern jungen Freund aufpassen.«

»Ich will mit!« Gallys Augen leuchteten.

»Nein, gegen meine Regeln.« Brummond schüttelte den Kopf. »Was meinst du, Bags? Ich weiß, das kommt dich hart an, aber vielleicht solltest du bloß dieses eine Mal den Abenteurer in dir zügeln.«

Der Professor wirkte nicht übermäßig vergrätzt. Eigentlich, fand Paul, schien er für die Ausrede dankbar zu sein. »Wenn du meinst, daß es sein muß, Hurley.«

»Also, abgemacht. Dann muß ich bloß noch mein kleines Schnuckelchen anschnallen ...« Brummond klappte den Deckel einer Kiste neben dem Steuerrad auf und holte einen Kavalleriesäbel in der Scheide heraus, den er sich um die Hüfte gürtete. Er wandte sich Paul zu. »Wie steht's mit Ihnen, mein Freund? Bevorzugte Waffe? Könnte sein, daß ich hier drin noch ein oder zwei Pistolen habe, aber Sie müssen versprechen, nicht eher zu feuern, als ich es sage.« Brummond zog zwei Schußwaffen hervor, die Paul irgendwie sehr altertümlich vorkamen, und lugte beiden in den Lauf. »Gut. Beide geladen.« Er reichte sie Paul, der sie in seinen Gürtel schob. »Schließlich wollen wir die Priester nicht eher als nötig wissen lassen, daß wir's auf sie abgesehen haben, hmmm?« Brummond wühlte weiter in der Kiste herum. »Sie brauchen also noch was für den Anfang. Ah, goldrichtig.«

Er richtete sich auf, eine exotisch verzierte Waffe in der Hand, die halb Axt und halb Speer zu sein schien und zwei Drittel von Pauls Körperlänge maß. »Schauen Sie mal. Das ist ein vonarischer Saldschak. Erstaunlich gut für den Nahkampf und auch ganz passend, wo Ihre Verlobte doch eine von denen ist. Eine Vonarierin, meine ich.«

Während Paul sich die fremdartige, filigrangeschmückte Waffe betrachtete, stampfte Brummond zur Reling und schwang ein Bein darüber. »Auf geht's, mein Freund. Zeit, daß wir loskommen.« Mit einem Gefühl der Machtlosigkeit, so als bewegte er sich im Traum eines anderen, folgte Paul ihm über das Geländer.

»Sei vorsichtig«, sagte Gally, aber auf Paul machte er den Eindruck, die Aussicht auf Gewalt und Gefahr mehr zu genießen, als es sich für ihn gehörte.

»Lassen Sie nicht zu, daß Hurley einen interplanetarischen Zwischenfall provoziert«, fügte Bagwalter hinzu.

Paul hatte Mühe, mit dem Saldschak in einer Hand zu klettern. Etwa dreißig Meter unter dem Schiff - und noch die Hälfte dieser Distanz über dem Boden - hielt Brummond an und wartete ungeduldig auf ihn.

»Ich muß schon sagen, Kamerad, man könnte meinen, es wäre die Liebste von ganz jemand anders, die wir retten wollen. Wir bringen uns um den Überraschungseffekt.«

»Ich ... ich hab mit solchen Sachen eigentlich keine Erfahrung.« Paul schwankte, und seine freie Hand, mit der er sich an den Sprossen festhielt, war ganz schwitzig.

»Geben Sie her.« Brummond streckte die Hand aus, nahm ihm den Saldschak ab und setzte dann den Abstieg fort. Paul konnte jetzt besser klettern und sich sogar zum erstenmal umgucken. Statt von Türmen waren sie jetzt von seltsam geformten Bäumen umringt. Der Garten schien sich weit in alle Richtungen zu erstrecken; die warme Marsnacht war erfüllt vom Duft üppigen Wachsens und Sprießens.

Irgend etwas an dem dichten Grün und der Stille wollte eine Erinnerung wachrufen. *Pflanzen ...* Er bemühte sich, darauf zu kommen. Es schien irgendwie wichtig zu sein. *Ein Wald, von Mauern umgeben ...*

Brummond hatte wieder angehalten, aber diesmal auf der untersten

Sprosse, einen kurzen Sprung vom Boden entfernt. Paul machte langsamer. Die Erinnerung, die der Kaiserliche Garten fast an die Oberfläche geholt hatte, entglitt ihm wieder, und an ihre Stelle trat eine unmittelbarere Überlegung. »Sie sagten, die würden nicht damit rechnen, daß wir auf dem Weg kommen, aber ich habe heute nacht eine Menge Luftschiffe gesehen. Wieso sollte sie das überraschen?«

Sein Gefährte zog den Säbel aus der Scheide und schwang sich leichtfüßig zu Boden. Riesige fleischfarbene Blüten wiegten sich in einer Brise, die Paul nicht fühlte. Einige der Bäume hatten Dornen von der Länge eines Männerarmes und andere trugen Blüten, die wie feuchte, hungrige Mäuler aussahen. Mit einem Schauder sprang Paul hinunter.

»Wegen der Vormargs«, sagte Brummond flüsternd. Er warf ihm den Saldschak zu; Paul mußte sich zur Seite drehen, um ihn nicht an der messerscharfen Schneide zu fangen. »Die meisten Leute haben eine Heidenangst vor den Biestern.« Er setzte sich hurtig in Bewegung. Paul hastete hinter ihm her.

»Vormargs? Was sind das für Wesen?«

»Marsbestien. ›Schlangenaffen‹ nennen manche Leute sie. Häßliche Mistviecher.«

Paul blieb nur eine halbe Sekunde, um sich von so etwas ein Bild zu machen, als ein riesiges, zotteliges und stinkendes Etwas aus einem Baum mitten auf den Weg plumpste.

»Wenn man den Teufel nennt!« sagte Brummond und führte mit seinem Säbel einen Hieb gegen das Ding. Noch während das Untier fauchend zurückwich - Paul hatte einen kurzen Blick auf gelbe Schlitzaugen und eine breite Schnauze voll krummer Fänge erhascht -, ließen sich zwei weitere Gestalten aus einem Baum neben ihm fallen. Paul konnte gerade noch rechtzeitig die vonarische Axt hochreißen, um eine langkrallige Pfote abzuwehren, die nach seinem Gesicht schlug. Trotzdem wäre er um ein Haar seine Waffe losgewesen und zu Boden gestürzt.

»Treiben Sie sie nicht zum Palast«, rief Brummond. Er hielt zwei der Bestien gleichzeitig in Schach, und sein Säbel war ein nahezu unsichtbares Geflimmer im Mondschein. »Halten Sie sie hier im dunklen Teil des Gartens.«

Wenn Paul imstande gewesen wäre, sie irgendwohin zu treiben, hätte er es mit Freuden getan, aber er hatte seine liebe Not, überhaupt am

Leben zu bleiben. Das haarige Ungetüm vor ihm schien Arme so lang wie Kutscherpeitschen zu haben, und allein die Hiebe nach seinem Gesicht und Bauch abzufangen, erforderte seine ganze Kraft und Schnelligkeit. Er dachte an die Pistolen, aber sah ein, daß er die gifttriefenden Fänge der Bestie im Hals hätte, ehe er dazu käme, eine zu ziehen.

Selbst Brummond hatte im Augenblick keine rechte Muße, zu reden. Aus dem Augenwinkel sah Paul eine Gestalt zurücktaumeln. Eine furchtbare Sekunde lang dachte er, es wäre sein Gefährte, doch dann hörte er das leise vergnügte Glucksen des anderen Mannes, als eine der Bestien fiel und nicht wieder aufstand. Dennoch schien der zweite Vormarg durchaus fähig zu sein, Brummond so lange zu beschäftigen, bis sein Genosse Paul erledigt hatte.

Paul trat einen Schritt zurück und wäre beinahe über eine bloßliegende Baumwurzel gestolpert. Als er sich wieder gefangen hatte, setzte sein Gegner zum Sprung an. In seiner Verzweiflung schleuderte er dem Schlangenaffen seinen Saldschak ins Gesicht. Die Waffe war zum Werfen nicht ausbalanciert; sie drehte sich in der Luft, so daß sie die Bestie unsanft traf und aus dem Gleichgewicht brachte, aber ihr ansonsten nichts tat. In der kurzen Pause, die dadurch entstand, riß Paul eine der Pistolen aus dem Gürtel, hielt sie dem Vormarg so nahe ans Gesicht, wie er konnte, und drückte ab. Der Hahn schnappte zu. Einen grauenhaft langen Sekundenbruchteil geschah nichts, dann machte die Waffe einen Ruck und spuckte mit lautem Donnerknall Feuer. Der Schlangenaffe setzte sich hin; statt des Kopfes hatte er nur noch Blut, verbrannte Fleischfetzen und Fell auf den Schultern.

»Um Himmels willen, Mann, was soll das?« Brummond war sichtlich zornig. Er hatte einen Stiefel auf die Brust des zweiten von ihm getöteten Vormargs gesetzt, damit er ihm den Säbel aus dem Bauch ziehen konnte. »Sie sollten doch nicht eher abdrücken, als ich's sage.«

Paul war zu sehr damit beschäftigt, nach Atem zu ringen, um zu widersprechen.

»Tja, falls noch mehr von diesen Tierchen in der Nähe sind, werden sie uns jetzt umschwärmen wie die Bienen den Honigtopf - nicht zu reden davon, daß Sie zweifellos die Onyxgarde des Sumbars geweckt haben. Wir wetzen lieber zur Kaiserlichen Residenz und machen das Beste aus dem verkorksten Anfang. Ich muß sagen, Sie enttäuschen mich, Jonas.« Brummond wischte seinen Säbel an einem Blatt von der

Größe eines Teetabletts ab, bevor er ihn energisch in die Scheide rammte. »Kommen Sie.« Er drehte sich um und trabte durch die Vegetation davon.

Paul hob den Saldschak auf und stolperte hinter ihm her. Er steckte die Pistole, die er abgefeuert hatte, in den Gürtel zurück und zog sicherheitshalber die andere heraus. Es war nicht vorauszusagen, in welche grausige Todesfalle dieser Idiot ihn als nächstes führen würde.

Brummond sprintete durch das Dickicht des Kaiserlichen Gartens, als ob er das sein Lebtag gemacht hätte, während Paul verbissen hinter ihm hertapste. Kurz darauf standen sie vor einer viele Meter hohen steinernen Mauer, die nur von einem einzelnen Fenster mehr als mannshoch über dem Boden unterbrochen war. Brummond sprang hoch, packte den Sims und zog sich hoch. Er hielt Paul die Hand hin und holte ihn nach.

Der Raum vor ihnen war leer bis auf eine Gruppe steinerner Urnen, die in einer Ecke gestapelt waren, und nur von einer in einer Nische flackernden Kerze erhellt. Brummond ließ sich vom Fenster hinab und schlich auf lautlosen Sohlen zur Tür am anderen Ende, wo er einen Moment lauschte und dann in den helleren, von Fackeln beschienenen Flur hinaustrat.

Der Flur war ebenfalls menschenleer, aber die von einer Seite kommenden Geräusche - rauhe Stimmen und das Rasseln von Rüstungen - deuteten darauf hin, daß das nicht lange so bleiben würde. Brummond riß eine Fackel aus ihrem Halter und hielt sie an den Saum eines langen Wandteppichs, der sich in mittlerer Höhe in beide Richtungen erstreckte, so weit Pauls Auge reichte - eine schier endlose und unbegreifliche Darstellung tierköpfiger Personen beim Arbeiten und Spielen. Flammen liefen am unteren Rand des Teppichs entlang und fingen an emporzulodern.

»Kommen Sie, Mann.« Brummond packte Paul am Arm und schleifte ihn weiter. »Das dürfte die Onyxgarde ein bißchen aufhalten. Ein kurzer Spurt, und wir sind im Tempelbezirk.«

Stücke des brennenden Wandteppichs waren bereits auf den Boden gefallen, und der Teppich dort begann nun auch zu schwelen. Oben leckten die Flammen schon an den schweren Deckenbalken. Der Flur füllte sich mit Rauch.

In einigen der Türen erschienen Taltoren, während Paul hinter Hurley Brummond her durch den langen Gang lief. Die meisten hatten anscheinend geschlafen. Es war wohl nicht leicht, im Fackelschein die Farbe eines Erdlings von der grünlichen Haut der Ullamarier zu unterscheiden, denn mehrere der Palastbewohner schrien ihnen aufgeregte Fragen zu. Offenbar dachten sie - mehr zu Recht, als sie ahnen konnten -, daß diese eilenden Männer wahrscheinlich über die Ursache des Aufruhrs im Bilde waren.

Nicht alle waren so passiv. Ein hünenhafter Taltorsoldat, dessen schwarze Uniform ihn als Angehörigen der von Brummond erwähnten Onyxgarde auswies, trat aus einem quer abgehenden Flur und versperrte ihnen den Weg. In einer etwas überraschenden Anwandlung von Mäßigung versetzte ihm Pauls Begleiter lediglich einen kurzen Aufwärtshaken ans Kinn, so daß Paul, der einige Schritte hinter ihm kam, einen Satz über den zusammengesackten Gardisten machen mußte.

Das ist alles wie aus einem alten Film, dachte er, *einem Melodrama aus Tausendundeine Nacht,* und einen Augenblick lang eröffnete sich ihm bei diesem Gedanken ein ganzes inneres Panorama im Kopf, Erinnerungen an zahllose Dinge und Namen und Ideen, als ob jemand die Tür zu einer großen Bibliothek weit aufgestoßen hätte. Da rutschte er auf dem gebohnerten Fußboden aus und wäre beinahe kopfüber auf die Steinfliesen gefallen. Als er sich gefangen hatte und wieder hinter Brummond hereilte, war der Nebel im Kopf erneut aufgezogen. Aber er wußte jetzt, daß etwas dahinter war, daß diese Verdüsterung nicht sein natürlicher Zustand war. Er fühlte Hoffnung in sich aufwallen.

Brummond machte vor einem hohen Torbogen Halt, der von einer schweren Tür verschlossen war. »Hier ist es«, sagte er. Der Lärm der Verfolgung und die Schreie der bestürzten Palastbewohner waren hinter ihnen zu einem einzigen anschwellenden Getöse verschmolzen. »Glauben Sie nicht alles, was Sie hier drinnen sehen, und verlieren Sie nicht den Kopf. Außerdem, töten Sie ja niemand! Die Priester des Sumbars haben ein verteufelt langes Gedächtnis!« Ohne eine Antwort abzuwarten, warf er sich mit der Schulter gegen die Tür. Sie schepperte in den Angeln, aber ging nicht auf. Brummond ging einen Schritt zurück und trat dagegen. Die Tür bebte und fiel nach innen; der Riegel war innen gebrochen.

Ein paar Marslinge in weißen Gewändern, die anscheinend schon beim ersten Angriff auf die Tür herbeigeeilt waren, um nachzusehen, standen unmittelbar hinter der Schwelle. Brummond warf sie über den

Haufen wie Kegel. Als Paul ihm folgte, sprang ihn ein anderer an, der hinter der Tür gelauert hatte. Paul schlug ihn mit dem Griff des Saldschaks bewußtlos.

»Langsam kriegen Sie den Bogen raus!« schrie Brummond. »Auf ins innere Heiligtum.«

Sie sausten durch einen weiteren langen Korridor mit mächtigen Statuen der gleichen tierköpfigen Wesen links und rechts, die den Wandteppich geschmückt hatten, und brachen dann durch die nächste Tür, in dem Fall wenig mehr als ein symbolischer Wandschirm, hinter dem ihnen ein Schwall heißer, dunstiger Luft entgegenschlug. Sie befanden sich in einem großen Gelaß. Ein in Dampf gehüllter Zierteich füllte die Mitte des Raumes aus. Mehrere andere Priester, diese jedoch mit goldenen Tiermasken vor dem Gesicht, blickten bei ihrem gewaltsamen Eindringen bestürzt auf.

Brummond rannte um den Rand des Teichs, wobei er kurz stockte, um einen der maskierten Priester ins Wasser zu schleudern. Das Platschen wirbelte den Dunst auf, und eine Zehntelsekunde lang konnte Paul deutlich bis ans andere Ende des Raumes sehen. Die geflügelte Frau lag schlaff auf einer Bank, das Kinn auf der Brust, das dichte, dunkle Haar nach vorn hängend, so daß es fast ihr Gesicht verbarg - aber es war sie, das wußte Paul ohne jeden Zweifel. Ein furchtbarer Schreck durchfuhr ihn, als er sah, wie leblos sie dalag. Dieses ganze irrwitzige Abenteuer war nur zu ihrer Rettung veranstaltet worden - aber war er zu spät gekommen?

Er lief los. Zwei zischende Priester stiegen vor ihm aus dem Nebel auf und schwenkten lange, dünne Dolche. Er warf sie mit dem waagerecht vor sich gehaltenen Saldschak zurück und trat beim Weitereilen noch auf einen von ihnen drauf. Brummond hielt auf der anderen Seite des Teiches drei weitere langgewandete Angreifer mit seinem Säbel in Schach. Paul tauchte unter dem Dolchstoß eines Priesters hindurch, versetzte einem anderen einen Rückhandschlag, der ihn lang auf die Fliesen streckte, und war mit wenigen Schritten an der steinernen Bank. Er nahm den Kopf der Frau in die Hand, hob ihn leicht an. Ihre blaßblaue Haut war warm, ihre Augen halb geöffnet. Sie stand unter irgendwelchen Drogen - aber sie war am Leben. Er wurde von einer heftigen Freude erfaßt, einem Gefühl, das ebenso fremdartig wie mächtig war. Er hatte jemand gefunden, die ihm etwas bedeutete, die vielleicht etwas darüber wußte, wer er war, woher er kam.

»Oh, Menschenskind, Jonas, worauf warten Sie noch? Soll ich hier die ganze Nacht mit diesen Grünhäuten Säbeltänze aufführen?«

Paul beugte sich vor, um sie hochzuheben, aber stellte fest, daß ihre Hände an die Bank gekettet waren. Brummond hielt immer noch das Priestertrio mit seinem Säbel in Schach, aber mehrere andere waren entkommen und liefen zur Tür, zweifellos um die Wache zu alarmieren. Paul streckte die Frau auf der Bank aus, zog ihr die Arme über dem Kopf lang, zielte sorgfältig und schlug mit dem Saldschak so fest zu, wie er konnte, so daß die Kettenglieder nur so durch die Luft flogen. Er hob sie vorsichtig hoch, damit er ihre zarten Flügel nicht zerdrückte, und nahm sie über die Schulter.

»Ich hab sie!«

»Dann dalli, Mann, dalli!«

Paul taumelte ein wenig bei seinem Rückweg um den Teich herum. Sie wog nicht viel - tatsächlich war sie überraschend leicht -, aber ihn verließen langsam die Kräfte, und der Saldschak war schwer. Nach kurzem Bedenken ließ er ihn fallen, damit er beide Arme um seine kostbare Last schlingen konnte.

Er und Brummond trafen auf der anderen Seite des Teiches zusammen und stürmten durch die Tür. Sie waren nur wenige Schritte weit gekommen, als ihnen ein anderer Priester den Weg vertrat, diesmal einer im schwarzen Gewand; seine goldene Maske war eine konturlose Scheibe mit Augenlöchern. Der Priester erhob seinen Stab, und die Luft schien sich zu verdichten. Gleich darauf erschien vor ihnen ein riesiges spinnenartiges Ungeheuer, das den Korridor völlig blockierte. Paul trat entsetzt einen Schritt zurück.

»Weiterlaufen!« schrie Brummond. Paul sah ihn mit fassungsloser Verzweiflung an. »Weiterlaufen, hab ich gesagt! Es ist nicht wirklich!« Als Paul sich immer noch nicht rührte, schüttelte Brummond verärgert den Kopf und sprang vor. Das Spinnenungetüm warf sich auf ihn und schien ihn mit seinen knackenden Kiefern zu fassen. Im nächsten Moment verschwand es wie ein vom Sonnenlicht vertriebener Schatten. Wo es gehockt hatte, stand jetzt Brummond über der auf dem Rücken liegenden Gestalt des schwarzgewandeten Priesters, den er soeben mit dem Knauf seines Kavalleriesäbels niedergeschlagen hatte.

»Wo wir rein sind, kommen wir nie mehr durch«, schrie Brummond, »aber ich glaube, es gibt irgendwo eine Tür zum Dach.«

Völlig erledigt, aber entschlossen, die Vonarierin in Sicherheit zu bringen, humpelte Paul hinter dem Abenteurer her, der ihn durch die kreuz und quer laufenden Gänge des Tempelbezirks lotste. Brummond schnappte sich eine Fackel von der Wand, und gleich darauf hatten sie die beleuchteten Hauptflure hinter sich gelassen. Fast wider Willen war Paul von der Sicherheit beeindruckt, mit der Brummond sich in dem dunklen und verwirrenden Labyrinth zurechtfand. Die Flucht dauerte nur Minuten, wirkte aber viel länger: Paul überkam abermals das Gefühl, den Traum eines anderen zu durchleben. Nur die spürbare Wärme und Schwere der Frau auf seiner Schulter verankerte ihn in der Wirklichkeit.

Schließlich hatte Brummond den Treppenaufgang gefunden. Paul schwankte auf dem Weg zum Dach hinauf und stand auf einmal wieder frei unter den beiden Monden, was er schon nicht mehr für möglich gehalten hatte.

»Natürlich, verfluchtes Pech, wartet Bags über dem Garten«, sagte Brummond. »Und wenn ich keine Gespenster höre, dann hat uns die Garde jeden Moment eingeholt.« Auch Paul hörte die Geräusche von Soldaten, die wütend die Treppe hinaufgeschwärmt kamen. Brummond nahm seine Fackel und schleuderte sie mit aller Kraft hoch in die Luft. Sie beschrieb einen Bogen und zog im Fallen die flackernde Flamme hinter sich her wie den Schweif einer Sternschnuppe.

»Wir können nur beten, daß Bags die Augen offenhält. Jetzt legen Sie sie lieber hin und stemmen sich mit mir gegen die Tür.«

Paul legte die geflügelte Frau behutsam auf die Dachterrasse - sie murmelte etwas, aber wachte nicht auf - und unterstützte dann Brummond mit seinen schwindenden Kräften. An der Tür wurde bereits geschrien und geschoben. Einmal wurde sie beinahe aufgedrückt, aber Paul und Brummond standen eisern und schoben sie langsam wieder zurück.

»Hurley!« Die Stimme kam von oben. »Bist du das, Mensch?«

»Bags!« rief Brummond freudig. »Guter alter Bags! Wirf uns die Leiter runter! Es wird grade ein bißchen ungemütlich hier unten.«

»Ist schon da! Mitten über dem Dach!«

»Laufen Sie los, und schleppen Sie Ihre Herzensdame hoch, so rasch Sie können. Ich halte derweil die Tür.« Brummond sprach so ruhig, als ob er im Ares Club einen Portwein bestellte. »Vielleicht kann Bags Ihnen zur Hand gehen.«

Paul eilte zu der Vonarierin zurück und trug sie zur Leiter, dann quälte er sich Sprosse für Sprosse langsam nach oben, wobei er alle Mühe hatte, unter der schwankenden Last nicht das Gleichgewicht zu verlieren.

»Ich kann sie nicht mehr viel länger aufhalten«, rief Brummond. »Bags - flieg los!«

»Nicht ohne dich, Hurley!«

»Ich komm schon, verdammt! Flieg einfach los!«

Noch keine zehn Meter über dem Dach an der Leiter hängend, spürte Paul, wie das Luftschiff zu steigen begann. Das untere Ende der Leiter hob vom Boden ab. Brummond versetzte der Tür einen letzten Tritt und lief auf die rasch entschwindende Leiter zu, während hinter ihm die Tür aufknallte und mehrere wütende Onyxgardisten hervorstürmten. Das Luftschiff hatte die Leiter schon so hoch gezogen, daß Paul das Herz in die Hosen rutschte - sie hatten Brummond im Stich gelassen, der zwar ein Wahnsinniger sein mochte, aber doch für Paul sein Leben riskiert hatte. Aber Hurley Brummond machte zwei große federnde Sätze und sprang, sprang höher, als Paul es für möglich gehalten hätte, und erwischte die unterste Sprosse der Leiter. Grinsend baumelte er an einem Arm, während das Luftschiff sich emporschwang und die aufgebrachten Leibgardisten des Sumbars unten immer kleiner wurden.

»Na, Kamerad«, rief er zu Paul hoch, »das war ein ereignisreicher Abend, was?«

Die geheimnisvolle Frau lag schlafend auf dem Bett in der Kapitänskajüte; selbst zusammengefaltet stießen ihre durchscheinenden Flügel fast an die Wände.

»Kommen Sie, Herr Jonas.« Professor Bagwalter klopfte ihm auf die Schulter. »Sie können selber ein wenig Pflege vertragen - Sie haben noch nichts gegessen, seit Sie bei uns sind.«

Paul war fast die ganze Nacht nicht von ihrer Seite gewichen, weil er Angst hatte, sie könnte aufwachen und über die fremde Umgebung erschrecken, aber die Droge, die ihr die Priester verabreicht hatten, war stark, und mittlerweile machte es sehr den Eindruck, als würde sie durchschlafen, bis sie das Expeditionslager erreicht hatten. Er folgte Bagwalter in die kleine Küche des Luftschiffes, wo der Professor ihm eine Mahlzeit aus kaltem Fleisch, Käse und Brot vorsetzte. Er nahm es als freundliche Geste auf, obwohl er gar keinen Hunger verspürte, und begab sich dann ans Steuer, wo Brummond bestimmt zum dritten oder vierten Mal Gally ihre Abenteuer schilderte. Aber die Geschichte war es wirklich wert, mehr als einmal erzählt zu werden, und Paul mußte im stillen zugeben, daß Brummond seine Taten nicht übertrieb.

»Und wie geht's Ihrer Herzensdame?« erkundigte sich Brummond, der gerade mitten im Kampf gegen die Vormargs war. Auf die Versicherung hin, sie schlafe noch, kehrte er umgehend zu den Säbelhieben zurück. Paul schlenderte weiter übers Deck, denn ihm war nach Ruhe zumute. Er stellte sich an die Reling und schob unlustig das Essen auf seinem Teller herum, während er zusah, wie die beiden Monde, die beide nicht ganz symmetrisch waren, über dem sausenden Schiff unendlich langsam am Himmel dahinzogen.

»Ein richtiges Goldstück, nicht wahr?« fragte der Professor und stellte sich zu ihm ans Geländer. »Ich bin froh, daß es bei der Sache keinen Schaden genommen hat. Ausgeliehen hat es zwar Brummond, aber mir wäre die Aufgabe zugefallen, das Ganze dem Besitzer zu erklären. So läuft das immer.« Er lächelte.

»Gehen Sie schon lange mit ihm auf Fahrt?«

»Immer wieder mal, seit vielen Jahren. Er ist ein guter Kerl, und wenn man Abenteuer sucht - tja, da gibt's keinen Besseren als Hurley Brummond.«

»Da bin ich sicher.« Paul blickte über die Reling. Die dunkle Linie des Großen Kanals wand sich unter ihnen hin und her, hier und da angeschimmert von den verstreuten Lampen einer Siedlung und manchmal, wenn sie über eine der größeren Städte kamen, von einer ganzen Schatzkiste voll funkelnder Lichter zum Gleißen gebracht.

»Das ist Al-Graschin da unten«, sagte Bagwalter, als sie über ein weites Häusermeer flogen. Sogar bei ihrer großen Höhe dauerte es lange, es zu überqueren. »Das Zentrum des Turtukelfenbeinhandels. Brummond und ich wurden dort mal von Banditen gekidnappt. Prachtvolle Stadt, nur Tuktubim ist schöner. Na ja, Noalva gibt's auch noch. Es hat vielleicht mehr Einwohner, aber ich habe Noalva immer ein bißchen trist gefunden.«

Paul schüttelte verwundert den Kopf. Die Leute kannten so viele Sachen - es gab so viele Sachen zu kennen! -, doch trotz der kurzen Erinnerungsregung im Palast des Sumbars kannte er fast gar nichts. Er war allein. Er hatte keine Heimat - er konnte sich nicht erinnern, ob er je eine gehabt hatte.

Paul schloß die Augen. Ihm war, als ob das Gewimmel der zahllosen

Sterne am schwarzen Himmel ihn in seiner hoffnungslosen Einsamkeit verspottete. In seinem Schmerz umklammerte er die Reling, und einen Moment lang verspürte er die Versuchung, sich einfach über die Seite zu stürzen, all seinen Wirrnissen mit einem einzigen Sturz ins Dunkle ein Ende zu bereiten.

Aber die Frau – sie wird mir etwas sagen. Ihr Blick, ihr dunkler, ernster Blick war wie ein Asyl gewesen ...

»Sie machen einen bekümmerten Eindruck, mein Freund«, sagte Bagwalter.

Erschrocken schlug Paul die Augen auf und sah den anderen Mann neben sich stehen. »Ich ... ich wünschte bloß, ich könnte mich erinnern.«

»Aha.« Der Professor musterte ihn abermals in seiner beunruhigend durchdringenden Art. »Ihre Kopfverletzung. Vielleicht erlauben Sie mir, Sie einmal zu untersuchen, wenn wir im Lager angekommen sind. Ich habe eine medizinische Grundausbildung genossen und sogar eine gewisse Erfahrung als Nervenarzt.«

»Wenn Sie meinen, das könnte etwas nützen.« Paul war bei dem Gedanken nicht ganz wohl, aber er wollte nicht unfreundlich zu einem Menschen sein, der ihm so viel geholfen hatte.

»Überhaupt gibt es da ein paar Fragen, die ich Ihnen gern gestellt hätte. Wenn Sie nichts dagegen haben, heißt das. Sehen Sie, ich bin, muß ich gestehen, äh ... ziemlich erstaunt über Ihre Situation. Ich hoffe, das hört sich nicht unhöflich an, aber Sie scheinen hier nicht hinzugehören.«

Von einem unbestimmten, aber akuten Gefühl der Bedrohung beschlichen, blickte Paul auf. Der Professor wirkte sehr gespannt. »Hier hingehören? Ich wüßte nicht, daß ich irgendwo hingehöre.«

»Das meine ich nicht. Ich drücke mich wohl nicht richtig aus.«

Bevor Bagwalter es noch einmal versuchen konnte, strich ein leuchtendes Etwas über ihre Köpfe, dem gleich darauf drei weitere folgten. Die Erscheinungen, die Licht abstrahlten und nahezu formlos wirkten, drehten sich in der Luft und flogen mit hoher Geschwindigkeit neben dem Luftschiff her.

»Was ist das?«

»Keine Ahnung.« Bagwalter putzte sich erst die Brille und spähte dann nach den pfeilschnellen Lichtwischern, die durch die Luft purzelten und sprangen wie Delphine im Kielwasser eines Seeschiffes.

»Jedenfalls kein Wesen oder Phänomen, das ich auf dem Mars schon einmal gesehen hätte.«

»Ho!« schrie Brummond vom Steuer, »wir werden von irgendwelchen abartigen Glühwürmchen gepiesackt. Hol mir mal jemand mein Gewehr!«

»O Herr«, seufzte Professor Bagwalter. »Wie Sie sehen, hat es die Wissenschaft schwer, wenn Hurley in der Nähe ist.«

Die merkwürdigen Leuchtwesen folgten dem Luftschiff fast eine Stunde, bevor sie genauso abrupt und unerklärlich, wie sie aufgetaucht waren, wieder verschwanden. Als sie schließlich weg waren, hatte Bagwalter anscheinend die Fragen vergessen, die er hatte stellen wollen. Paul hatte nichts dagegen.

Das Morgenrot glühte am Horizont, als das Schiff endlich zu sinken begann. Es war lange her, seit sie die letzte große Ansiedlung überflogen hatten, und Paul konnte in diesem kargen Abschnitt der roten Wüste keinerlei Zeichen humanoiden Lebens erblicken. Gally, der auf Pauls Schoß geschlafen hatte, wachte auf und krabbelte ans Geländer.

Das Luftschiff beschrieb eine Kurve und flog parallel zu einer langen Wand vom Wind geformter Berge. Mit verlangsamter Fahrt glitt es durch einen Paß und verlor dann noch gemächlicher an Höhe. Zum erstenmal konnte Paul Einzelheiten der Landschaft ausmachen, merkwürdige gelbe Bäume mit stacheligen Zweigen und flauschige lila Pflanzen, die wie hohe Rauchwolken aussahen.

»Schau!« Gally deutete nach unten. »Das muß das Lager sein!«

Ein kleiner Kreis von Zelten, vielleicht ein halbes Dutzend insgesamt, stand dicht gedrängt auf dem Grund des Tals neben einem trockenen Wasserlauf. Daneben war ein weiteres Luftschiff vertäut, das noch größer war als das, mit dem sie flogen.

»Das ist meine *Temperance*!« schrie Brummond vom Steuer. »Das beste Schiff auf Ullamar.«

Eine Schar Nimboren, die in der Mitte des Wasserlaufs gruben, blickte beim Kommen des Luftschiffes auf. Einer von ihnen lief zu den Zelten.

Brummond landete das Luftschiff sanft und gekonnt neben der *Temperance*, indem er es etwas mehr als mannshoch über dem Boden zum Stillstand brachte und dann weich wie eine Feder absinken ließ. Er flankte von der Brücke und über die Reling, so daß eine rote Staubwolke aufwirbelte, und raste auf die Zelte zu. Paul, Bagwalter und Gally kletterten etwas langsamer hinunter.

Die Nimboren hatten zu graben aufgehört und drängten sich jetzt um die Neuankömmlinge, die Werkzeuge noch in den Händen. Ihre Blicke waren scheu und verstohlen; ihre Kinnladen hingen herunter, als ob sie nicht genug Luft zu atmen bekämen. Sie waren offensichtlich neugierig, aber es schien eine Neugier zu sein, die eher der Langeweile entsprang als echtem Interesse. Paul fand, daß sie viel tierischer aussahen als Kluru und seine Fischernachbarn.

»Und hier sind sie!« Brummonds Stimme hallte von den roten Steinen wider. Er war aus einem der größeren Zelte getreten, den Arm um eine hochgewachsene, gutaussehende Frau in einer steifen weißen Bluse und einem langen Rock gelegt. Sogar der Tropenhelm auf ihrem Kopf wirkte stilvoll und elegant. »Das ist Joanna, meine Verlobte - und Bags' Tochter natürlich. Das einzig wirklich Gescheite, was er je zustande gebracht hat.«

»Herzlich willkommen in unserem Lager.« Joanna lächelte Paul an und reichte ihm die Hand. Ihr Blick fiel auf Gally. »Oh! Und das muß der Junior sein. Aber du bist ja gar kein Kind mehr - du bist doch fast schon erwachsen! Was für ein Vergnügen, dich kennenzulernen, junger Mann. Ich glaube, ich habe noch ein paar Ingwerkekse in meinem Brotkasten, aber wir sollten uns vergewissern.« Gally leuchtete förmlich, als sie sich wieder Paul zuwandte. »Aber zuerst müssen wir uns um Ihre Verlobte kümmern, denn wie ich höre, ist sie von den Priestern des Sumbars schrecklich behandelt worden.«

Paul sah sich nicht bemüßigt, das mit der »Verlobten« richtigzustellen: Wenn Joanna irgendeine Ähnlichkeit mit ihrem Zukünftigen hatte, war sowieso jedes Wort sinnlos. »Ja. Es wäre nett, wenn Hurley mir helfen würde, sie vom Schiff zu tragen.«

»Aber natürlich wird er das. In der Zwischenzeit werde ich auf der Veranda einen Morgentee servieren - wir sagen Veranda dazu, aber eigentlich ist es bloß ein Stoffsegel neben dem Zelt zum Schutz vor dieser sengenden Marssonne.« Sie lächelte ihn abermals an, dann trat sie einen Schritt vor und küßte Professor Bagwalter auf die Backe. »Und zu dir habe ich noch gar nichts gesagt, liebster Vater! Wie gräßlich von mir! Ich hoffe sehr, du hast dir nichts getan, während du mit Hurley herumzigeunert bist.«

Joanna leitete das Lager mit geradezu beängstigender Effizienz. Wenige Minuten nach ihrer Ankunft hatte sie die Vonarierin bereits in einem der Zelte ins Bett gesteckt und dafür gesorgt, daß jeder Wasser und einen Platz zum Waschen hatte. Daraufhin stellte sie Paul und Gally zwei anderen Mitgliedern der Expedition vor, einem Taltor namens Xaaro, der Kartograph zu sein schien, und einem dicken kleinen Menschen namens Crumley, der der Vorarbeiter des Nimbortrupps war. Schließlich entführte sie Gally in die Küche, damit er ihr bei den Frühstücksvorbereitungen half.

Seiner anderen Verpflichtung ledig kehrte Paul an die Seite der geflügelten Frau zurück. Er setzte sich neben ihre Matratze auf den Zeltboden und wunderte sich erneut über die starke Wirkung, die ihre Gegenwart auf ihn ausübte.

Ihre Augen flatterten. Er fühlte ein erwiderndes Flattern in seiner Brust. Gleich darauf gingen langsam ihre Lider auf. Sie starrte lange ausdruckslos an die Decke, dann trat Angst in ihr Gesicht, und sie versuchte, sich aufzusetzen.

»Du bist in Sicherheit.« Paul rutschte näher und legte seine Hand auf ihren Unterarm. Er staunte über die kühle Seidigkeit ihres azurblauen Fleisches. »Du bist vor den Priestern gerettet worden.«

Mißtrauisch wie ein eingesperrtes Tier richtete sie ihre großen Augen auf ihn. »Du. Ich habe dich auf der Insel gesehen.«

Ihre Stimme brachte in ihm dieselbe Saite zum Schwingen wie alles andere an ihr. Einen Augenblick lang schwindelte es Paul. Er kannte sie - kein Zweifel! Es konnte keine andere Erklärung geben. »Ja«, sagte er, als er wieder atmen konnte. Es fiel ihm schwer zu sprechen. »Ja, ich habe dich dort gesehen. Ich kenne dich, aber irgend etwas ist mit meinem Gedächtnis. Wer bist du? Kennst du mich?«

Sie blickte ihn lange an, ohne etwas zu sagen. »Ich weiß es nicht. Irgend etwas an dir ...« Sie schüttelte den Kopf, und zum erstenmal schwand das Mißtrauen, und eine Unsicherheit trat an seine Stelle. »Ich bin Vaala vom Haus der zwölf Flüsse. Aber wie hätte ich dich vor diesem kurzen Blick auf der Insel schon einmal sehen können? Bist du je auf Vonar gewesen, meiner Heimat? Denn ich bin niemals woanders gewesen, bevor ich zur Gabe an den Sumbar erwählt wurde.«

»Ich weiß es nicht. Verdammt nochmal, ich weiß überhaupt nichts!« Paul schlug sich erbittert aufs Knie. Der plötzliche Knall ließ Vaala zurückzucken, ihre Flügel spreizten sich und streiften raschelnd an die

Zeltwände. »Alles, was ich weiß, ist mein Name, Paul Jonas. Ich weiß nicht, wo ich gewesen bin oder woher ich komme. Ich hatte gehofft, du könntest mir das sagen.«

Sie fixierte ihn mit ihren schwarzen Augen. »Poldschonas. Der Name klingt seltsam in meinen Ohren, aber ich fühle etwas, wenn ich ihn aus deinem Mund höre.« Sie legte ihre Flügel an und glitt wieder unter die Decke. »Aber das Denken tut meinem Kopf weh. Ich bin müde.«

»Dann schlaf.« Er faßte nach ihrer kühlen Hand. Sie sträubte sich nicht. »Ich bleibe bei dir. Jedenfalls bist du jetzt sicher.«

Sie schüttelte langsam den Kopf wie ein übermüdetes Kind. »Nein, das bin ich nicht. Aber ich kann dir nicht sagen, warum das so ist.« Sie gähnte. »Wie voll von merkwürdigen Gedanken wir beide sind, Poldschonas.« Die dunklen Augen gingen zu. »Könnte es sein ...«, sagte sie, und ihre Worte wurden schon undeutlich und holperig. »Ich denke, ich erinnere mich ... an einen Ort mit vielen Blättern, mit Bäumen und Pflanzen. Aber es ist wie ein alter Traum.«

Paul konnte den Ort auch sehen. Sein Puls beschleunigte sich. »Ja?«

»Das ist alles. Ich weiß nicht, was es bedeutet. Vielleicht ist es ein Ort, den ich einmal als Kind gesehen habe. Vielleicht kannten wir uns, als wir Kinder waren ...«

Ihre Atemzüge wurden langsamer. Wenige Augenblicke später schlief sie wieder. Paul ließ ihre Hand nicht los, bis Joanna kam und ihn zum Frühstück abschleppte.

Er wollte gerade zu Vaala zurückkehren, wacklig einen Becher Tee und einen Teller Plätzchen mit Butter balancierend, als er von Professor Bagwalter abgefangen wurde.

»Ah, da sind Sie ja. Ich hatte gehofft, Sie allein zu erwischen - dachte mir, es ist vielleicht kein Thema für den Frühstückstisch, nicht wahr?«

»Wie bitte?«

Bagwalter setzte seine Brille ab und putzte sie nervös. »Ich wollte Ihnen eine Frage stellen. Sie ist ... na ja, ich nehme an, sie könnte als ziemlich grob aufgefaßt werden.«

Paul war sich der heißen Marssonne auf einmal sehr bewußt. Schweißtropfen liefen ihm den Nacken hinunter. »Bitte«, sagte er schließlich.

»Ich habe mich gefragt ...« Bagwalter fühlte sich offensichtlich nicht wohl in seiner Haut. »Oh, hol's der Teufel, es läßt sich einfach nicht höflich sagen. Bist du ein Bürger?«

Paul war überrascht. Er wußte nicht, was er befürchtet hatte, aber das war es jedenfalls nicht. »Ich verstehe nicht, was Sie damit meinen.«

»Ein Bürger. Bist du ein Bürger oder ein Replikant?« Bagwalters Stimme war ein rauhes Flüstern, als ob er gezwungen würde, öffentlich eine Obszönität zu wiederholen.

»Ich ... ich weiß nicht, was ich bin. Ich weiß nicht, was diese Worte bedeuten. Bürger? Von was denn?«

Der Professor blickte ihn durchdringend an, dann zog er sein Taschentuch hervor und wischte sich die Stirn. »Vielleicht muß man das hier nicht beantworten. Ich muß gestehen, daß ich das noch nie jemand gefragt habe. Oder vielleicht ist mein Englisch doch nicht so gut, wie ich dachte, und ich habe mich nicht verständlich gemacht.« Er schaute sich um. Der Taltor Xaaro kam auf sie zugeschritten, war aber noch weit entfernt. »Ich habe die Ehre, als Gast von Herrn Jiun Bhao hier zu sein. Er ist eine sehr wichtige Persönlichkeit, der mächtigste Mann im New China Enterprise. Vielleicht hast du schon einmal von ihm gehört? Er ist ein guter Bekannter und Geschäftspartner von Herrn Jongleur, dessen Werk dies hier ist, und deswegen ist es mir gestattet, hierherzukommen.«

Paul schüttelte den Kopf. Es war alles Kauderwelsch, oder fast alles: Bei dem letzten Namen klang leise etwas an, als wäre er ein rätselhaftes Wort aus einem Abzählvers, das man seit Kindertagen nicht mehr gehört hatte.

Der Professor, der ihn genau beobachtet hatte, schnalzte traurig resigniert mit der Zunge. »Ich dachte ... weil du hier nicht hinzupassen schienst ... Ich wollte dich nicht verletzen, aber es gibt so wenig andere Bürger. Einen oder zwei habe ich im Ares Club kennengelernt, aber sie sind meistens unterwegs auf irgendwelchen Abenteuern. Außerdem hatte ich die Befürchtung, daß sie im stillen über mein Englisch lachen. Vielleicht durchaus zu Recht - früher habe ich ziemlich fließend gesprochen, aber nach meiner Studienzeit in Norwich bin ich völlig aus der Übung gekommen. Jedenfalls hatte ich gehofft, mich mit einem richtigen Menschen unterhalten zu können. Ich bin seit einem Monat in dieser Simulation, und manchmal fühlt man sich doch einsam.«

Verblüfft und mehr als nur ein bißchen erschrocken trat Paul einen Schritt zurück. Der Professor redete unverständliches Zeug, aber einiges davon klang, als ob es eigentlich etwas zu bedeuten hätte.

»Herr Professor!« Der Kartograph hatte sie fast erreicht. Seine jadefarbene Haut war schweißglänzend. Er schien das Klima nicht so gut zu vertragen wie die Nimboren. »Gnädiger Herr, verzeihen Sie, wenn ich störe, aber Sie werden am Funktelefongerät verlangt.«

Bagwalter drehte sich mit offensichtlichem Unwillen um. »Um Himmels willen, was gibt's denn? Wer soll mich denn anrufen?«

»Es ist die tellarische Botschaft in Tuktubim.«

Der Professor wandte sich Paul wieder zu. »Da gehe ich besser dran. Hören Sie, mein Bester, wenn ich etwas Ehrenrühriges gesagt haben sollte, dann war das nicht meine Absicht. Bitte vergessen Sie die ganze Sache doch einfach.« Mit einem beinahe sehnsüchtigen Blick fixierte er Paul, als suchte er etwas in ihm. Einen Moment lang meinte Paul, hinter der Maske des phlegmatischen Engländers ein ganz anderes Gesicht erahnen zu können.

Beunruhigt schaute Paul hinterher, wie Bagwalter zum Hauptkreis der Zelte zurückeilte.

Vaala war wach und saß im Bett, als er kam, die Flügel halb geöffnet. Die großen gefiederten Schwingen, die zu ihren beiden Seiten abstanden, hatten etwas ebenso Verwirrendes wie wunderbar Passendes, aber Paul war bereits randvoll von Halberinnerungen. Während er ihr die vollständige Geschichte ihrer Rettung aus dem Palast des Sumbars erzählte, reichte er ihr den Tee, der endlich kühl genug zum Trinken war. Sie nahm den Becher in beide Hände und setzte ihn zu einem zaghaften Nippen an den Mund.

»Gut.« Sie lächelte. Der Ausdruck der Freude auf ihrem Gesicht versetzte ihm ein schmerzhaftes Ziehen im Bauch. »Fremd, aber es schmeckt mir. Ist es ein ullamarisches Getränk?«

»Ich nehme es an.« Er setzte sich auf den Zeltboden, den Rücken an die steife Plane gelehnt. »Es gibt allerdings viel, woran ich mich nicht erinnere. So viel, daß ich manchmal nicht weiß, wo ich anfangen soll nachzudenken.«

Sie bedachte ihn mit einem langen, ernsten Blick. »Du hättest mich den Priestern nicht entreißen dürfen, weißt du. Sie werden zornig sein. Auf jeden Fall werden sie sich lediglich eine andere Tochter Vonars als Opfer erwählen.«

»Das ist mir ganz gleich. Das hört sich vielleicht schrecklich an, aber es ist so. Ich habe niemand als dich, Vaala. Kannst du das verstehen?«

Du bist meine einzige Hoffnung, herauszufinden, wer ich bin, woher ich komme.«

»Aber wie kann das sein?« Ihre Flügel gingen hoch und breiteten sich aus, um sich dann abermals hinter ihr zu falten. »Bevor ich zur Festzeit hierherkam, hatte ich meine Welt noch nie verlassen, und in meinem ganzen Leben bin ich nur sehr wenigen von euch Tellariern begegnet. Ich würde mich bestimmt an dich erinnern.«

»Aber du hast gesagt, du hättest eine Erinnerung - an einen laubigen Ort, Bäume, einen Garten, etwas in der Art. Und du hast gesagt, mein Name käme dir bekannt vor.«

Sie zuckte mit ihren schlanken Schultern. »Es ist seltsam, das gebe ich zu.«

Ein sonderbares schleifendes Geräusch von draußen drängte sich mehr und mehr in Pauls Bewußtsein, aber er wollte sich nicht ablenken lassen. »Es ist mehr als seltsam. Und wenn ich irgend etwas im Leben weiß, dann daß du und ich uns schon einmal begegnet sind.« Er rückte näher und nahm ihre Hand. Sie sträubte sich nur einen Augenblick, dann überließ sie ihm die Hand. Ihm war, als könnte er aus dem bloßen Kontakt Kraft schöpfen. »Hör zu, Professor Bagwalter - das ist einer der Leute, die bei deiner Rettung mithalfen -, er hat mir ein paar sehr merkwürdige Fragen gestellt. Ich hatte das Gefühl, daß sie mir etwas sagen sollten, aber ich wußte nicht was. Zum Beispiel nannte er dies alles hier eine Simulation.«

»Eine Simulation? Meinte er damit eine Illusion, wie sie die Priester des Sumbars einem vorspiegeln?«

»Ich weiß es nicht. Und er erwähnte Namen, mehrere Namen. Einer davon war ›Schonglör‹. Der andere war ›Dschunbau‹ oder so ähnlich.«

Am Zelteingang raschelte es. Als Paul sich umdrehte, zog Gally gerade die Klappe beiseite. Das kratzende Kreischen war deutlich lauter geworden. »Paul, sieh dir das mal an! Sie sind fast da. Und es ist eine absolut phantastische Maschine!«

Paul ärgerte sich, aber er konnte den aufgeregten Jungen schlecht ignorieren. Als er sich wieder Vaala zuwandte, war diese an die Zeltwand zurückgewichen, die schwarzen Augen weit aufgerissen.

»Was ist los?«

»Dieser Name.« Sie hob ihre langfingerigen Hände hoch, wie um etwas abzuwehren. »Ich ... ich mag ihn nicht.«

»Welcher Name?«

»Paul, komm doch!« Gally zerrte ihn am Arm. Das Schleifen war jetzt sehr laut, und darunter war noch ein tieferes Geräusch, das er förmlich durch den Sand unter dem Zeltboden spüren konnte. Er konnte nicht so tun, als wäre nichts.

»Ich bin gleich wieder da«, sagte er zu Vaala und ließ sich dann von Gally zur Zelttür hinausziehen. Staunend blieb er stehen.

Was dort durch das Tal auf das Lager zugewatschelt kam, war die merkwürdigste Maschine, die er je gesehen hatte oder sich überhaupt vorstellen konnte, ein etwa dreißig Meter langes, gewaltiges vierbeiniges Monstrum, das am ehesten aussah wie ein mechanisches Krokodil aus Metallstangen und lackierten Holzplatten. Der Kopf war so schmal wie der Bug eines Schiffes, der Rücken war bis auf drei riesige, dampfspeiende Schornsteine mit gestreiften Zeltbahnen überdeckt. Schwungräder drehten sich, Kolben stampften auf und nieder, und Dampf pfiff aus den Ventilen, während das Ding sich langsam den Hang hinunterbewegte. Paul konnte undeutlich mehrere winzige Figuren erkennen, die in einer Aussparung oben auf dem Kopf standen.

»Ist es nicht großartig!« rief Gally über den Lärm hinweg.

Professor Bagwalter kam um die Ecke eines der Zelte und trat auf sie zu. »Tut mir furchtbar leid dieser ganze Radau!« brüllte er. »Sie haben sich gerade funktelefonisch angekündigt. Anscheinend sind sie von der tellarischen Botschaft. Sollen irgendeine Kontrolle an unseren Vorbereitungen durchführen, bevor wir ins hinterste Hinterland aufbrechen. Bestimmt eine kleine Gemeinheit, die sich die Mandarine des Sumbars ausgedacht haben. Unsere Botschaftswallahs sind stets bemüht, sich mit dem Sumbar gut zu stellen, was für uns übrige gewöhnlich nichts Gutes bedeutet.«

»Meinen Sie, es hat etwas damit zu tun, daß wir Vaala gerettet haben?« schrie Paul. Widerwillig fasziniert sah er zu, wie das ungeheuerliche Fahrzeug ein kleines Stück vor dem Lager zum Stillstand kam, wobei es wackelte und pfiff wie ein Teekessel, als ihm der Dampf abgelassen wurde. Auf der Seite war eine goldene Sonne umgeben von vier Ringen aufgemalt, die beiden inneren und der äußerste weiß, der dritte hellgrün.

»Oh, das glaube ich kaum, mein Bester. Sie haben ja gesehen, wie langsam das Ding ist. Sie müßten eigentlich schon vor ein paar Tagen aufgebrochen sein.«

Als der Lärm des Monstrums erstarb, hörte Paul Vaalas Flügel hinter sich rascheln. Er streckte blind eine Hand aus und spürte gleich darauf, wie sich ihre Finger um seine schlossen.

»Was ist das?«

»Jemand von der Botschaft. Aber es wäre vielleicht besser, wenn sie dich nicht sehen«, sagte er.

Der große mechanische Kopf hatte sich bis auf etwa anderthalb Meter Höhe gesenkt. Jetzt ging er an der Seite auf, und eine Falltreppe mit Scharnieren zwischen den einzelnen Stufen klappte heraus. Zwei Figuren traten aus dem Schatten des Sonnensegels auf die Stufen zu.

»Ich denke, ich sollte mich nützlich machen«, sagte Bagwalter und schritt auf die absonderliche Krokodilsmaschine zu.

Etwas an den die Treppe hinunterkommenden Männern versetzte Paul einen Schreck. Der erste war dünn und eckig, und nach einem Funkeln auf seinem Gesicht zu schließen, schien er eine Brille wie der Professor aufzuhaben. Der zweite, der soeben aus dem Schatten trat, war so grotesk dick, daß ihm das Hinuntersteigen schwerzufallen schien. Pauls Beklemmung wuchs. Die beiden hatten etwas Grausiges an sich, etwas, das ihn wie ein Eishauch durchwehte.

Vaala stöhnte an seinem Ohr. Als er sich zu ihr umdrehte, riß sie ihre Hand weg und tat einen stolpernden Schritt zurück. Ihre Augen waren vor Entsetzen so weit, daß er rings um ihre dunklen Pupillen das Weiße sehen konnte.

»Nein!« Sie zitterte, als ob sie Fieber hätte. »Nein! Diese beiden sollen mich nicht noch einmal haben!«

Paul faßte nach ihr, aber sie war bereits außer Reichweite. Er warf rasch einen Blick auf die Neuankömmlinge, die gerade unten an der Treppe ankamen. Hurley Brummond und Joanna traten vor, um sie zu begrüßen, und der Professor war nur wenige Meter dahinter.

»Komm zurück!« rief er Vaala hinterher. »Ich werde dir helfen –«

Sie breitete die Flügel aus, machte ein paar Schritte von den Zelten weg und schlug mit hörbarem Knallen die Luft. Wieder und wieder gingen die großen Schwingen auf und nieder, bis ihre Füße sich vom roten Sand abzuheben begannen.

»Vaala!« Er spurtete hinter ihr her, aber sie war bereits zwei Meter über dem Boden und stieg stetig weiter. Sie breitete ihre Flügel noch mehr aus, so daß sie die leichte Wüstenbrise einfingen, und schwang sich immer höher. »Vaala!« Er sprang und haschte verzweifelt nach ihr, aber sie war schon so klein und weit weg wie – die Vorstellung kam ihm, ohne daß er gewußt hätte, woher oder warum - ein Engel auf einem Weihnachtsbaum.

»Paul? Wo will sie hin?« Gally schien das Ganze für ein Spiel zu halten.

Vaala flog jetzt mit kräftigen Schlägen rasch auf die Berge zu. Je weiter er sie entschwinden sah, um so mehr fühlte Paul, wie das Herz in ihm zu Stein wurde. Weiter unten führten die dicke Gestalt und die dünne Gestalt einen erregten Wortwechsel mit dem Professor. Sie strahlten eine schreckliche *Verkehrtheit* aus - schon ein kurzer Blick auf sie erfüllte ihn jetzt mit dem gleichen Grauen, das Vaala zur Flucht gedrängt haben mußte. Er machte kehrt und stürzte den Hang hinunter zur anderen Seite des Lagers.

»Paul?« Gallys Stimme hinter ihm wurde schon leiser. Er zögerte, dann drehte er sich um und lief zu dem Jungen zurück.

»Komm mit!« schrie er. Jeder vergeudete Augenblick schien eine Ewigkeit zu sein. Seine Vergangenheit, seine ganze Lebensgeschichte entfernte sich rasch auf die Berge zu, und auf dem Grund des Tales erwartete ihn irgend etwas Grausiges. Gally war durcheinander. Paul fuchtelte wie wild mit den Armen. Als der Junge endlich auf ihn zugetrabt kam, machte Paul abermals kehrt und eilte auf die vor Anker liegenden Luftschiffe zu.

Er hatte bereits das nächste Schiff erklommen, dasselbe, in dem sie gekommen waren, als Gally eintraf. Er beugte sich hinunter, zog den Jungen an Bord und flitzte ans Steuer.

»Was machst du? Wo ist die Frau hin?«

Bagwalter und die anderen hatten endlich bemerkt, daß etwas nicht in Ordnung war. Mit einer Hand die Augen abschirmend deutete Joanna mit der anderen auf Vaala, die inzwischen kaum mehr als ein blasser Fleck am blauen Himmel war, aber Hurley Brummond stürmte mit Riesensätzen auf das Luftschiff zu. Paul zwang sich, das Mahagoni-Armaturenbrett genau zu betrachten. Es gab mehrere kleine Messinghebel. Paul legte einen um. Tief im Innern des Rumpfes läutete eine Glocke. Paul fluchte und legte die übrigen um. Unter seinen Füßen begann es zu tuckern.

»Verdammt, Mann, was haben Sie vor?« schrie Brummond. Er war jetzt nur noch ein paar Dutzend Meter entfernt und kam mit seinen großen tigerartigen Sprüngen rasch näher. Seine verdutzt-ungläubige Miene verwandelte sich in Wut, und er faßte bereits nach dem Säbel an seinem Gürtel.

Paul zog am Steuer. Ein Schauder lief durch das Luftschiff, und es stieg in die Luft. Brummond erreichte die Stelle, wo es gelegen hatte, und sprang, aber kam nicht hoch genug und stürzte in einer Staubwolke zurück zu Boden. Die beiden Neuankömmlinge kamen mit fuchtelnden Armen angeeilt.

»Seien Sie kein Narr, Jonas!« rief Professor Bagwalter, die Hände um den Mund gewölbt. »Es gibt überhaupt keinen Grund ...« Dann war seine Stimme nicht mehr zu hören, da das Luftschiff rasch an Höhe gewann. Paul wandte seine Augen nach oben. Vaala, die bereits die zackige Bergkette überflog, war nur noch ein Stecknadelkopf am Horizont.

Das Lager war bald hinter ihnen entschwunden. Das Schiff rüttelte und schlingerte, während Paul die Anzeigen zu lesen versuchte, und rollte dann abrupt auf die Seite. Gally rutschte über den gebohnerten Boden des Cockpits und rettete sich nur dadurch, daß er sich im letzten Moment an Pauls Bein festklammerte. Mit Mühe und Not richtete Paul das Schiff einigermaßen wieder auf, aber es war nicht stabil, und der stärkere Wind über den Bergen schüttelte sie tüchtig durch.

Vaala war jetzt ein wenig näher. Paul empfand eine kurze Befriedigung. Sie würden sie einholen und dann zu dritt fliehen. Gemeinsam würden sie alle Rätsel lösen.

»Vaala!« rief er, aber sie war noch zu weit entfernt, um ihn zu hören.

Als sie über den Kamm der Berge kamen, drückte eine jähe Bö sie abermals auf die Seite. Trotz Pauls verzweifelten Gegensteuerns sackte die Nase des Schiffes ab. Die nächste Bö wirbelte sie herum, und er verlor die Kontrolle. Entsetzt schreiend klammerte Gally sich an sein Bein. Paul zog mit aller Kraft am Steuer, bis seine Gelenke vor Schmerz brannten, aber das Schiff trudelte weiter nach unten. Zuerst sprang ihnen der Boden entgegen, dann fielen sie in den leeren Luftraum, dann kam ihnen wieder der Boden entgegengerast. In kurzen, zerhackten Bildern sah Paul, wie der Große Kanal sich unter ihnen wie eine dunkle Schlange wand, als ihm etwas gegen den Kopf knallte und die Welt in Funken zerstob.

Kapitel

Lichtlose Räume

NETFEED/MUSIK:
Gefährliche Schwingungen verboten
(Bild: junge Frau im Krankenhausbett unter einem Überdruckzelt)
Off-Stimme: Nach einer Serie von gesundheitlichen Schäden und einem Todesfall während der jüngsten Tournee der Powerwig-Band Will You Still Love Me When My Head Comes Off haben Veranstalter die Verwendung von Tonanlagen untersagt, die Töne außerhalb des menschlichen Hörbereichs erzeugen. Dem Verbot gingen Erklärungen amerikanischer und europäischer Versicherungsgesellschaften voraus, sie würden keine Veranstaltungen mehr versichern, bei denen "gefährliche Schwingungen" eingesetzt werden.
(Bild: Clip aus "Your Blazing Face Is My Burning Heart")
WYSLMWMHCO und andere Powerwig-Gruppen haben ihrerseits gedroht, die USA und Europa wenn nötig zu boykottieren, und erklärt, sie ließen sich nicht von Bürokraten in ihrer künstlerischen Ausdrucksfreiheit beschneiden.

> Renie konnte es nicht leiden, wenn ihr Vater schmollte, aber dieses eine Mal dachte sie überhaupt nicht daran, ihm gut zuzureden. »Papa, ich muß das tun. Es ist für Stephen. Ist dir das etwa nicht wichtig?«

Long Joseph rieb sich mit seinen knotigen Händen über das Gesicht. »Klar is es wichtig, Mädel. Erzähl du mir nich, ich würd mich nich um meinen Jungen kümmern. Aber dieser ganze Computerzirkus is doch Blödsinn. Meinst du, du hilfst deinem Bruder mit irgend so 'nem Spiel?«

»Es ist kein Spiel. Ich wünschte, es wäre eins.« Sie besah sich prüfend das Gesicht ihres Vaters. Irgend etwas an ihm war anders, aber sie kam nicht darauf, was es war. »Sorgst du dich eigentlich überhaupt um mich?«

Er schnaubte. »Was? Ich soll mich sorgen, daß du in 'ner Badewanne voll Gelee ertrinkst? Hab ich dir schon gesagt, was ich davon halte.«

»Papa, es kann sein, daß ich tagelang online bin - vielleicht eine ganze Woche. Du könntest es mir ein bißchen leichter machen.« Ihr Geduldsfaden wurde langsam dünn. Warum versuchte sie überhaupt mit ihm zu reden? Was kam dabei je heraus als Erbitterung und Herzschmerzen?

»Mich um dich sorgen.« Ihr Vater zog ein finsteres Gesicht und blickte auf den Boden. »Ich sorg mich ständig um dich. Ich sorg mich um dich, seit du auf der Welt bist. Hab geschuftet bis zum Umfallen, daß du'n Zuhause hast, was zu beißen. Wenn du krank warst, hab ich den Arzt bezahlt. Deine Mama und ich ham nächtelang an deinem Bett gesessen und gebetet, als du das schlimme Fieber hattest.«

Auf einmal wußte sie, was anders war. Seine Augen waren klar, seine Aussprache nicht nuschelig. Die Soldaten, die diese unterirdische Basis bewohnt hatten, hatten bei ihrem Abzug alles Tragbare, das einen gewissen Wert besaß, mitgenommen, und dazu hatten sämtliche Alkoholvorräte gehört. Ihr Vater hatte sich das Bier, das er auf dem Herweg gekauft hatte, so sparsam eingeteilt, wie er konnte, aber das letzte hatte er vorgestern ausgetrunken. Kein Wunder, daß er schlechter Laune war.

»Ich weiß, daß du hart gearbeitet hast, Papa. Und jetzt bin ich an der Reihe, für Stephen zu tun, was ich kann. Deshalb mach es mir bitte nicht schwerer als unbedingt nötig.«

Er wandte sich ihr schließlich zu, die Augen rotgerändert, die Mundwinkel mürrisch herabgezogen. »Ich mach ja gar nichts. Hier gibt's für 'nen Mann sowieso nix zu machen. Und du - bring dich nich um bei der Sache, Mädel. Laß dir nicht das Gehirn zerbrutzeln oder sonst so'n Blödsinn. Und wenn doch, dann gib nich mir die Schuld.«

Und das, dachte Renie, war wohl das Äußerste, was sie als Liebeserklärung je von ihm zu erwarten hatte.

»Ich werd versuchen, mir nicht das Gehirn zerbrutzeln zu lassen, Papa. Weiß Gott, das werd ich.«

»Ich wünschte, einer von uns hätte gewisse medizinische Kenntnisse.« Sie beäugte mit einem gewissen Widerwillen die Infusionskanüle, die unter einem dünnen Streifen durchlässiger Latexmembran in ihrem

Arm steckte. »Ich bin nicht sehr glücklich darüber, das hier nach einem Handbuch machen zu müssen. Und nach einem Militärhandbuch obendrein.«

Jeremiah zuckte mit den Achseln, während er die gleiche Operation an !Xabbus dünnem Arm vornahm. »Es ist nicht so schwer. Meine Mutter war in einen Autounfall verwickelt und hatte eine Wunde, die dräniert werden mußte. Das habe ich alles selber gemacht.«

»Es wird schon gehen, Renie«, sagte !Xabbu. »Du hast alles sehr gut vorbereitet.«

»Ich hoffe es. Aber irgendwas vergißt man doch immer.« Sie ließ sich vorsichtig in das Gel ab. Erst als sie ganz drin war, zog sie ihre Unterwäsche aus und warf sie über den Rand. Sie bezweifelte, daß es Jeremiah im geringsten kümmerte, und ihr Vater war in der Küche und durchstöberte die Vorräte, weil er das Verschließen der Sarkophage nicht mit ansehen wollte, aber es war ihr trotzdem unbehaglich, im Beisein ihrer Freunde nackt zu sein. !Xabbu, der keine derartigen Hemmungen erkennen ließ, hatte sich längst seiner Kleider entledigt und hörte sich Jeremiahs letzte Instruktionen in ungestörter Nacktheit an.

Renie verband das Infusionsröhrchen mit dem Nebenschluß in ihrem Arm und brachte dann das Katheter für den Urin und den Schlauch für die festen Ausscheidungen an, obwohl sie einen Schauder vor dem unangenehmen intimen Eindringen in ihren Körper unterdrücken mußte. Jetzt war nicht die Zeit, zimperlich zu sein. Sie mußte sich selbst als einen Soldaten ansehen, der hinter die feindlichen Linien schlich. Die Mission war das Wichtigste - alle anderen Erwägungen mußten dahinter zurückstehen. Sie ging zum x-ten Mal ihre innere Checkliste durch, aber es gab nichts mehr zu tun. Die ganze Kontrolle und Regelung würde der V-Tank selbst mittels des plasmodalen Gels vornehmen. Sie zog die Maske über und gab Jeremiah das Zeichen, die Luft anzustellen. Als sie das leicht feuchte Einströmen des Sauerstoffs in der Mundblase fühlte, glitt sie unter die Oberfläche.

Sie trieb in der dunklen Schwerelosigkeit und wartete, daß Jeremiah das System online brachte. Es schien ewig zu dauern. Sie überlegte, ob es ein Problem mit !Xabbus Anlage geben konnte. Vielleicht war seine Apparatur defekt, und sie mußte doch allein gehen. Der Gedanke und das Ausmaß der Niedergeschlagenheit, die sie dabei empfand, erschreckten sie. Sie fühlte sich mittlerweile auf den kleinen Mann mit seiner ruhigen und vernünftigen Art angewiesen, und das mehr, als sie eigentlich auf irgend jemand angewiesen sein wollte, was aber nichts an der Tatsache änderte.

»Renie?« Es war Jeremiah, den sie durch die Ohrenstöpsel hörte. »Alles in Ordnung?«

»Ja, prima. Worauf warten wir noch?«

»Auf nichts. Ihr seid bereit.« Eine längere Stille trat ein, und sie dachte, er wäre offline gegangen. »Und viel Glück. Findet heraus, wer der Frau Doktor das angetan hat.«

»Wir werden unser Bestes tun.« Das Online-Grau umgab sie plötzlich, ein Meer aus flimmerndem Nichts ohne Oberfläche oder Grund. »!Xabbu? Kannst du mich hören?«

»Ich bin hier. Wir haben keine Körper, Renie.«

»Noch nicht. Wir müssen erst den Kontakt zu Singh herstellen.«

Sie rief das Betriebssystem der Militärbasis auf, ein typisch phantasieloses Bedienungsfeld voller Sichtfenster und simulierter Knöpfe und Schalter, und gab dann die vorprogrammierte Verbindung ein, die Martine ihnen übermittelt hatte. Das Bedienungsfeld blinkte verschiedene Warteaufforderungen, bis schließlich das Feld und das Grau drumherum von Schwärze verschluckt wurden. Nach wenigen Momenten hörte sie die vertraute Stimme der Französin: »Renie?«

»Ja, ich bin's. !Xabbu?«

»Ich bin auch da.«

»Alle da, Martine. Warum gibt es kein Bild?«

Singhs krächzende Stimme ertönte in ihrem Kopfhörer. »Weil ich weder Zeit noch Lust habe, euch mit netten Bildchen zu unterhalten. Wir werden mehr Bilder haben, als uns lieb ist, wenn wir in dieses System reinkommen.«

»Trotzdem«, sagte Martine, »müßt ihr ein paar Vorgaben für eure simulierten Formen einstellen. Monsieur Singh meint, daß viele der Knoten in diesem Netzwerk einem beim Eintritt automatisch einen Sim zuweisen, manche aber auch nicht. Einige von denen, die das tun, lassen sich von der Vorauswahl des Benutzers beeinflussen, so daß ihr euch etwas aussuchen solltet, was euch angenehm ist.«

»Und bloß nicht zu auffällig«, ergänzte Singh.

»Wie können wir das machen? In wessen System sind wir überhaupt?«

Martine gab keine Antwort, aber ein kleiner holographischer Würfel tauchte aus der Dunkelheit vor Renie auf. Sie stellte fest, daß sie darin mit den normalen VR-Gesten ein Bild konstruieren konnte.

»Beeilt euch«, knurrte Singh. »In ungefähr einer Viertelstunde werde ich ein Fenster bekommen, und das will ich nicht verpassen.«

Renie sinnierte. Wenn dieses Otherland-Netzwerk im Grunde ein riesengroßer VR-Tummelplatz für die Reichen und Mächtigen war, wie Singh zu meinen schien, dann würde ein Sim, der zu unpersönlich, zu billig war, die falsche Art von Aufsehen erregen. Dieses eine Mal wollte sie sich etwas Hübsches gönnen.

Sie überlegte, ob es am besten wäre, sich als Mann auszustaffieren. Schließlich hatten sich die Leitrüden im Menschenrudel in den letzten zweitausend Jahren nicht viel verändert, und nach ihrer Erfahrung hatten sehr wenige davon eine besonders hohe Meinung von Frauen. Doch andererseits war vielleicht gerade das ein Grund dafür, sich als nichts anderes auszugeben, als sie war. Wenn für den üblichen machtbesessenen, multizillionenschweren Möchtegernweltbeherrscher eine Frau, zumal eine junge afrikanische Frau kein Wesen war, dem man Achtung entgegenbrachte, dann konnte sie sich vielleicht gar nichts Besseres einfallen lassen, um unterschätzt zu werden, als sie selbst zu sein.

»Ich hatte heute nacht einen Traum.« !Xabbus körperlose Stimme versetzte ihr einen Schreck. »Einen sehr sonderbaren Traum über Großvater Mantis und den Allverschlinger.«

»Wie bitte?« Sie wählte das Standardgerüst für eine Menschenfrau, und es erschien unpersönlich wie eine Drahtskulptur in dem Würfel.

»Er bezieht sich auf eine Geschichte, die ich als junger Mann hörte, eine sehr wichtige Geschichte meines Volkes.«

Renie spürte, wie sie die Stirn runzelte, während sie sich auf die Gestaltung des Sims zu konzentrieren versuchte. Sie gab ihm ihre dunkle Haut und ihr kurz geschorenes Haar, dann zog sie ihn in die Länge, bis er ihrer kleinbusigen, langgliedrigen Statur ähnlicher sah. »Meinst du, du könntest ihn mir später erzählen, !Xabbu? Ich versuche, mir einen Sim zu machen. Mußt du das nicht auch tun?«

»Deshalb kam mir der Traum wichtig vor. Großvater Mantis sprach zu mir im Traum – zu mir, Renie. Er sagte: ›*Es ist an der Zeit, daß alle ersten Menschen sich zusammenschließen.*‹ Aber entschuldige bitte. Ich mache es dir schwer. Ich werde dich in Ruhe lassen.«

»Ich versuche mich zu konzentrieren, !Xabbu. Erzähl ihn mir bitte später.«

Sie vergrößerte das Gesicht und ging rasch eine Reihe von Formen durch, bis sie eine ihr ähnliche gefunden hatte. Nasen, Augen und Münder zogen an ihr vorbei wie Anwärter darauf, Aschenputtels goldene Schuhe zu sein, und wurden samt und sonders verworfen, bis sie eine Gesichtskombination gefunden hatte, mit der sie sich nicht wie eine Hochstaplerin vorkam. Renie konnte Leute nicht leiden, die ihre Sims unendlich viel attraktiver machten, als sie in Wirklichkeit selber waren. Es erschien ihr als Schwäche, als mangelnde Bereitschaft, mit dem zu leben, was man bekommen hatte.

Sie besah sich das fertige Produkt, prüfte das entspannte Gesicht. Beim Anblick dieses Körpers, den man bei oberflächlicher Betrachtung für ihre Leiche hätte halten können, kamen ihr Zweifel. Es war unsinnig, zu sehr ein Selbstporträt daraus zu machen. Die Leute, in deren System sie illegal eindringen wollten, zeichneten sich nicht durch Milde und Vergebung aus, wie sie selbst schon erfahren hatte. Warum ihnen etwaige Vergeltungsmaßnahmen erleichtern?

Renie verstärkte die Backenknochen und das Kinn und wählte eine längere, schmalere Nase. Sie gab den Augen einen Zug nach oben. Das war nicht sehr anders, ging ihr durch den Kopf, als wenn man mit einer Ankleidepuppe spielte. Das Endergebnis sah jetzt nur noch ein klein wenig wie sie aus und glich viel mehr einer Wüstenprinzessin aus einem Sand-und-Säbel-Film. Sie mußte über ihr Werk und über sich selbst grinsen - wer hatte hier Skrupel, einen Sim aufzumotzen?

Sie bekleidete ihren neuen Körper auf die zweckmäßigste Weise, die ihr einfiel, mit Jumpsuit und Stiefeln nach Pilotenart: Wenn die Simulation gut genug war, war die Eignung der Kleidung ein Faktor. Sie ging dann eine Liste von Optionen für Stärke, Ausdauer und andere körperliche Eigenschaften durch, was in den meisten Simwelten ein Nullsummenspiel war, in dem jede Verbesserung einer Kategorie mit der Verschlechterung einer anderen ausgeglichen werden mußte. Als sie die Zahlen hin- und herkombiniert hatte, bis sie zufrieden war, stellte sie die Entscheidungen, die sie getroffen hatte, fest ein. Der Simuloid und der ihn umschließende Würfel verschwanden, und Renie befand sich abermals im schwarzen Raum.

Singhs scharfe Stimme schnitt durch die Leere. »So, was jetzt kommt, sage ich einmal und nicht öfter. Wir gehen rein, aber wundert euch über nichts - auch nicht, wenn's schiefgeht. Das ist das aberwitzigste Betriebssystem, das mir je begegnet ist, ich mache also keinerlei Versprechungen. Und stellt mir keine dummen Fragen, während ich arbeite.«

»Ich dachte, du wärst einer von denen, die daran gearbeitet haben«, sagte Renie. Singhs schlechte Laune ging ihr langsam auf die Nerven.

»Nicht am Betriebssystem selbst«, erwiderte er. »Ich hab an den Snap-on-Komponenten gearbeitet. Das Betriebssystem war das größte Geheimnis seit dem Manhattan-Projekt – das war die erste Atombombe damals im zwanzigsten Jahrhundert, falls irgendwer von euch sich nicht mit Geschichte auskennt.«

»Bitte fahre fort, Monsieur Singh«, sagte Martine. »Wir wissen, daß die Zeit knapp ist.«

»Kann man wohl sagen. Wie gesagt, ich probier schon seit langem immer wieder an diesem System rum und beobachte es, und ich hab immer noch Fragen. Zum Beispiel hat das Ding Zyklen, und damit meine ich keine Benutzerschwankungen. Die Benutzerzahlen bleiben in allen Zeitzonen durchweg ziemlich konstant, allerdings sind sie in letzter Zeit im allgemeinen recht stark gestiegen. Nein, das Betriebssystem selbst hat einen internen Zyklus, aus dem ich einfach nicht schlau werde. Manchmal arbeitet es viel schneller als zu andern Zeiten. Im großen und ganzen scheint es einem Fünfundzwanzigstundentakt zu unterliegen, das heißt, es läuft ungefähr neunzehn Stunden auf Hochtouren und wird dann ungefähr sechs Stunden eher zähgängig, so daß es in der Zeit leichter ist, um einige der offensichtlicheren Sicherheitsvorkehrungen rumzukommen. Wohlgemerkt, dabei ist es immer noch doppelt so schnell wie alles, womit ich je in Berührung gekommen bin, vielleicht noch schneller.«

»Ein Fünfundzwanzigstundentakt?« Martine klang perplex. »Bist du sicher?«

»Natürlich bin ich sicher«, bäffte Singh. »Wer von uns überwacht dieses Ding seit fast einem Jahr, du oder ich? Die einzige Möglichkeit, durchzukommen *und* euch alle reinzuschmuggeln, ist die, daß ich eine Art Brückenkopf errichte. Das heißt, ich muß das System dazu bringen, daß es aufgeht und mich ganz reinläßt, und dann muß ich fest Fuß fassen, damit ich uns alle von den Leitungen runter und auf einen randomisierenden Sat-Router bringe. Und solange ihr nicht drin seid, kriegt ihr auch keine Bilder – für solchen Kinderkram habe ich keine Zeit –, deshalb müßt ihr auf meine Stimme hören und tun, was ich euch sage. Klar?«

Renie und !Xabbu bejahten.

»Gut. Sitzt still und haltet den Mund. Zuerst muß ich an die Hintertür kommen, die ich, Melani und Sakata eingebaut haben. Normalerweise würde man allein über die in jedes System reinkommen, aber mit dem hier sind ein paar komische Geschichten angestellt worden. Es hat Komplexitätsgrade, wie ich sie noch nie erlebt hab.«

Dann war Singh fort, und es herrschte Stille. Renie wartete so geduldig, wie sie konnte, aber ohne das Geräusch anderer Stimmen war es unmöglich, die Zeit einzuschätzen. Es konnten zehn Minuten oder eine Stunde vergangen sein, als die Stimme des alten Häckers wieder in ihren Kopfhörern brummte.

»Ich nehm's zurück.« Er hörte sich außer Atem und viel weniger selbstsicher an als gewöhnlich. »›Komplexität‹ ist nicht das richtige Wort. Eher ›Wahnsinn‹ - alles in den inneren Ringen dieses Systems hat einen total verrückten Zufallswinkel. Ich wußte, daß sie im Zentrum von diesem Ding ein neuronales Netzwerk installieren wollten, aber selbst die haben Regeln. Sie lernen, und irgendwann machen sie jedesmal das *Richtige*, was von einem bestimmten Punkt an bedeutet, daß sie jedesmal mehr oder weniger das *Gleiche* machen ...«

Es war schwer, in der Dunkelheit zu sitzen und nichts zu tun. Zum erstenmal, soweit sie sich erinnern konnte, sehnte sich Renie danach, etwas anfassen zu können, irgend etwas. Telepräsenz hatte das in ihren alten VR-Lehrbüchern geheißen, Kontakt über eine räumliche Entfernung hinweg. »Ich verstehe nicht«, sagte sie. »Was ist denn los?«

Singh war dermaßen durcheinander, daß er die Unterbrechung nicht übelzunehmen schien. »Es ist offen, weit offen. Ich bin einfach zur Hintertür rein. Die ganzen Male, die ich mich vorher daran zu schaffen gemacht habe, war auf der andern Seite immer irgendein abstruser verschachtelter Code als Barriere. Ich hatte mir eine Lösung dafür ausgetüftelt und dachte, das wäre bloß der erste Abwehrriegel um das Herz des Systems rum - aber jetzt ist er gar nicht da. Es gibt überhaupt nichts, was uns den Eintritt verwehren könnte.«

»Was?« Martine klang ebenfalls beunruhigt. »Soll das etwa heißen, das gesamte System ist ungeschützt? Das kann ich nicht glauben.«

»Nein.« Renie konnte Singhs Ratlosigkeit hören. »Ich wünschte, es wäre so, dann wäre es einfach ein Systemausfall. Soweit ich sagen kann, befindet sich das Loch, wenn wir es mal so nennen wollen, nur im letzten Verteidigungsring, auf der Gegenseite meines Eintrittspunktes -

jener Hintertür, die wir vor Jahrzehnten in dieses spezielle Gear eingebaut haben. Aber es war vorher noch nie ungeschützt.«

»Entschuldige, wenn ich von Dingen rede, mit denen ich nicht vertraut bin«, sagte !Xabbu. Renie war überrascht, wie sehr sie sich freute, seine Stimme in der Dunkelheit zu hören. »Aber klingt das nicht nach einer Falle?«

»Natürlich klingt das nach einer Falle!« Singhs Übellaunigkeit war nicht lange ausgeblieben. »Wahrscheinlich sitzen just in diesem Moment ein Dutzend Systemingenieure von diesem Dreckskerl Atasco in irgendeinem Zimmer wie Eisbären um ein Loch im Eis und warten gespannt, wer wohl seinen Kopf durchstecken mag. Aber sage mir einer, was wir sonst tun sollen.«

Obwohl sie von ihrem Körper losgelöst wie nie zuvor in einer Art von negativem Raum schwebte, fühlte Renie ihre Haut prickeln. »Die *wollen*, daß wir versuchen reinzugehen?«

»Ich weiß es nicht«, erwiderte der alte Häcker. »Wie gesagt, dieses Betriebssystem ist unergründlich. Mit Abstand das komplizierteste Ding, das ich je gesehen habe - ich könnte nicht mal 'ne Vermutung darüber anstellen, wie viele Billionen Befehle in der Sekunde es verarbeitet. Mein Gott, neuester Stand der Technik ist überhaupt kein Ausdruck - von solchen Geschwindigkeiten hab ich noch nicht mal flüstern hören.« In seiner Stimme lag mehr als nur ein bißchen Bewunderung. »Aber wir können nicht fraglos davon ausgehen, daß es eine Falle ist. Von allem andern abgesehen ist es ein bißchen sehr offensichtlich, meint ihr nicht? Daß sie einfach das Sicherheitssystem abstellen, von dem wir meinen, wir müßten uns durchhäcken? Vielleicht hat es mit uns gar nichts zu tun - vielleicht führt das Betriebssystem irgendwo anders ein paar äußerst wichtige Operationen durch und hat dafür Betriebsmittel aus dem inneren Abwehrkreis abgezogen, weil es davon ausgeht, daß es die zurückführen kann, falls jemand durch den äußeren Kreis dringen sollte. Wenn wir es jetzt nicht wagen, entdecken wir später möglicherweise, daß wir dem größten geschenkten Gaul der Weltgeschichte nicht nur ins Maul geschaut, sondern auch noch die Zähne gezählt haben.«

Renie überlegte. »Das könnte unsere Chance sein. Ich bin dafür, daß wir reingehen.«

»Vielen Dank, Frau Tschaka.« Unter dem Sarkasmus war deutlich die Anerkennung zu spüren.

»Mir macht das Sorgen, was du uns erzählst.« Aus Martines Stimme sprach nicht nur Sorge, sondern eine Niedergeschlagenheit, die Renie bei ihr noch nicht gehört hatte. »Ich wünschte, ich hätte mehr Zeit, darüber nachzudenken.«

»Wenn das Betriebssystem Mittel umleitet, kann es sein, daß sie irgendeine große Veränderung planen«, erwiderte Singh. »Wie gesagt, *irgendwas* ist da im Busch - die Benutzerzahlen sind extrem hoch, und es scheint viele Umstellungen gegeben zu haben. Vielleicht haben sie sogar vor, das ganze Ding abzuschalten oder den Zugang von außen völlig abzuschneiden.«

»Ich erzählte Renie, daß ich einen Traum hatte«, warf !Xabbu ein. »Vielleicht verstehst du das nicht, Herr Singh, aber ich habe gelernt, solchen Botschaften zu trauen.«

»Du hattest einen Traum, der dir sagte, heute wäre der Tag, in das Netzwerk einzubrechen?«

»Nein, natürlich nicht. Aber ich glaube, du hast recht damit, daß eine solche Gelegenheit vielleicht nicht wiederkommt. Ich kann nicht erklären, warum ich das glaube, aber deine Worte sprechen zu mir, wie mein Traum zu mir sprach. Die Zeit ist gekommen, daß alle Kinder von Großvater Mantis sich zusammenschließen - so hieß es in meinem Traum.«

»Ha.« Singhs Lacher war kurz und rauh. »Damit hätten wir also ein ›Ja‹, ein ›Ich weiß nicht recht‹ und ein ›Mir hat von einer Heuschrecke geträumt‹. Ich denke, meine Antwort ist ebenfalls ja. Also wagen wir's. Aber wundert euch nicht, wenn ich die ganze Sache sofort hochgehen lasse - ich glaube nicht, daß sie mich zurückverfolgen können, aber wenn ich es verhindern kann, sollen diese Schweinehunde nicht einmal in den Genuß kommen, es zu versuchen.«

Daraufhin verstummte er. Wieder trat Stille ein.

Diesmal schien das Warten noch länger zu dauern. Die Schwärze war überall; Renie fühlte sie förmlich in sich einsickern. Was bildeten sie und die anderen sich eigentlich ein? Vier Leutchen wollten in das raffinierteste Netzwerk der Welt einbrechen - und dann? Sich durch unvorstellbare Komplexitäten arbeiten, um Antworten zu finden, die dort vielleicht gar nicht zu holen waren? Ein einzelnes Sandkorn an einem Strand zu finden, wäre einfacher.

Was macht er bloß? Ob er es überhaupt geknackt kriegt?

»Martine? !Xabbu?«

Keine Antwort. Durch irgendeine Laune von Singhs System oder einen Defekt von ihrem war sie vorübergehend von der Außenwelt abgeschnitten. Die Erkenntnis steigerte ihre klaustrophobischen Ängste nur noch mehr. Wie lange wartete sie jetzt schon im Dunkeln? Stunden? Renie versuchte eine Zeitanzeige aufzurufen, aber das System reagierte auf keines ihrer Signale. Während sie ohne erkennbaren Effekt Hände bewegte, die sie nicht sehen konnte, hatte sie einen Moment lang einen Anflug wirklicher Panik. Sie zwang sich, wieder still zu liegen.

Beruhige dich, du dumme Kuh. Du liegst nicht auf dem Grund eines Brunnens oder unter einem Erdrutsch. Du bist in einem V-Tank. !Xabbu, dein Vater und Jeremiah sind ganz in der Nähe. Du könntest dich hinsetzen, wenn du wolltest, diese ganzen Schläuche einfach wegreißen und den Tankdeckel hochstemmen, aber damit würdest du alles verpatzen. Du hast lange auf diese Gelegenheit gewartet. Verdirb sie nicht. Sei stark.

Um sich zu beschäftigen - und um sich zu beweisen, daß die Zeit tatsächlich verging -, fing sie an zu zählen. Dabei krümmte sie einen Finger nach dem anderen, um sich daran zu erinnern, daß sie einen Körper hatte, daß es mehr gab als nur die Schwärze und ihre eigene Stimme in ihrem Kopf. Sie war gerade über dreihundert hinaus, als etwas in ihren Kopfhörern knackte.

»... Glaube, ich bin durch ... ein paar ... zwischengeschaltete ... Router werden ...« Singhs Stimme war sehr leise, als käme sie von weither, aber obwohl seine Worte in knisternden Schüben an ihr Ohr drangen, war seine Furcht unüberhörbar.

»Hier ist Renie. Kannst du mich hören?«

Die Stimme des Häckers klang jetzt noch leiser. »... Kein Grund ... aufzuregen, aber ... hinter mir her ...«

›Hinter mir her‹? Hatte er ›hinter mir her‹ gesagt? Oder ›hinterher‹? Renie kämpfte gegen ihr eigenes zunehmendes Grauen an. Es gab in Wirklichkeit nichts zu fürchten - nichts Schlimmeres als Entdeckung und Bestrafung, aber diese Aussichten waren mittlerweile schon alte Bekannte. *Nur ein abergläubischer Schwachkopf kann sich vor dem Netz fürchten,* sagte sie sich.

Wie zum Hohn kamen ihr Kalis Schlangenarme ins Gedächtnis.

Wieder das elektrostatische Knistern, aber diesmal keine Worte. Sie merkte auf einmal, daß ihr sehr, sehr kalt war. »!Xabbu! Martine! Seid ihr da?«

Schweigen. Die Kälte nahm zu. Bestimmt psychosomatisch. Eine Reaktion auf die Dunkelheit, auf die Isolation und die Ungewißheit. *Halt durch, Frau, halt durch. Keine Panik. Kein Grund, sich zu fürchten. Du machst das für Stephen. Du machst das, um ihm zu helfen.*

Sie schlotterte. Sie spürte, wie ihre Zähne klappernd aufeinanderschlugen.

Schwärze. Kälte. Schweigen. Sie fing wieder an zu zählen, aber kam mit den Zahlen durcheinander.

»Renie? Bist du da?« Der Ton war dünn, als käme er durch einen langen Schlauch zu ihr. Daß sie sich dermaßen freute, ihren Namen zu hören, verriet ihr, wie sehr sie sich ängstigte. Es verging eine Weile, bevor sie erkannte, wem die Stimme gehörte.

»Jeremiah?«

»*Der Tank - deine Temperaturanzeige ist ganz weit unten.*« Seine Stimme war nur wenig deutlicher, als Singhs gewesen war. »*Möchtest du...*« Ein Zischen übertönte ihn.

»Ich konnte dich nicht hören. Jeremiah? Kannst du !Xabbu im andern Tank erreichen?«

»*... großer Temperatursturz. Willst du ... rausziehe?*«

Sie konnte ja sagen. Es wäre einfach. Ein Wort nur, und sie war aus diesen unheimlichen, lichtlosen Räumen befreit. Aber das konnte sie nicht machen, sie konnte nicht einfach aufgeben. Als klarstes von allen Phantomen, die vor ihrem inneren Auge flackerten, tauchte aus der Leere Stephens Gesicht hinter der knittrigen Transparentfolie des Sauerstoffzeltes auf. Dies - Dunkelheit, Isolation, Nichts - war Tag für Tag seine Wirklichkeit. Und sie hatte nach wenigen Momenten schon solche Angst, daß sie vor ihrer vielleicht einzigen Chance zurückschreckte?

»Jeremiah, kannst du mich hören? Es gibt Störgeräusche. Sag einfach ja, wenn du mich hörst.«

Eine Zeitlang nur leises Knistern. Dann eine Silbe. *Ja.*

»Okay. Zieh uns nicht raus. Tu *gar nichts*, solange unsere Werte nicht völlig verrückt spielen und wir gesundheitlich in echter Gefahr sind. Verstehst du? *Zieh uns nicht raus!*«

Sie hörte nichts als Knistern.

Okay, dachte sie. Das war's. Du hast ihn weggeschickt. Niemand wird jetzt eingreifen und dich retten, selbst wenn ... selbst wenn ... Hysterisches Weibsbild, langsam wirst du ... Sie versuchte, ein ruhiges Zentrum in ihrem Innern zu finden, aber schon wieder zitterte sie am ganzen Leib. *Gütiger Himmel, ist das kalt! Was ist bloß los? Was läuft da schief...?*

Etwas formte sich in der Dunkelheit, aber so schwach, daß sie nicht sicher sagen konnte, ob ihr nicht ihre überhitzte Phantasie einen Streich spielte. Ein paar Punkte wurden heller, bis sie wie lumineszierende Pilze in einem Kartoffelkeller leuchteten. Mit gespannter Aufmerksamkeit beobachtete Renie, wie die Punkte erst zu Linien und dann zu bewegten weißen und grauen Flecken wurden, die sich schließlich in ein lebendiges Bild auflösten, allerdings farbverkehrt wie ein fotografisches Negativ.

»Singh?«

Die vor ihr im Leeren hängende Gestalt hob mit merkwürdig phasenverschobenen ruckartigen Bewegungen die Hände hoch. Der Mund formte Worte, aber in ihren Kopfhörern gab es kein Geräusch außer ihrem eigenen flachen Atmen. Der alte Mann hatte denselben fadenscheinigen Bademantel über seinem Schlafanzug an, den sie schon einmal an ihm gesehen hatte. Aber wie konnte das sein? Er hatte sich doch bestimmt einen Sim konstruiert, um seine Identität zu verbergen.

Die Kälte drückte sie nieder wie eine große schwere Hand und löste regelrechte Zitteranfälle bei ihr aus. Singhs Bild verzerrte sich und dehnte sich aus, bis es ihr ganzes Gesichtsfeld ausfüllte und sich an den Rändern ins Unendliche verlief. Es öffnete einen Mund von der Größe eines Berges, und das Gesicht drumherum verzog sich vor Schmerz. Das Geräusch, das laut wie ein Düsentriebwerk durch ihre Kopfhörer kratzte und dröhnte, war kaum noch als Sprache zu erkennen.

»... ES ...«

Und selbst durch die mörderische Kälte, die ihren Körper schüttelte, konnte sie jetzt noch etwas anderes spüren, eine Präsenz, die hinter Singhs bizarrer, gigantischer Erscheinung stand wie das endlose Vakuum des Raumes hinter dem blauen Himmel. Sie fühlte, wie dieses Etwas drohend über ihr hing, eine Intelligenz wie eine schlagbereite Faust über einer krabbelnden Mücke, ein reines Gedankending, das dennoch idiotenleer war - kälter als kalt, krank und neugierig und mächtig und vollkommen wahnsinnig.

Ihre Gedanken flogen davon wie Dachziegel in einem Orkan. *Die Hyäne!* kreischte ein Teil von ihr. !Xabbus Geschichten und ihre Träume gaben der Furcht einen Namen. *Der Verbrannte.* Als das Ding sie gleich darauf mit Dunkelheit umhüllte und die Kälte sich in ihre Eingeweide fraß, stieg noch ein anderer Name, den !Xabbu genannt hatte, aus ihrer Erinnerung empor.

Der Allverschlinger.

Es stupste sie träge an, beschnüffelte sie, wie ein wildes Tier jemanden beschnüffeln würde, der sich totstellt. Eine eisige Leere, aber mittendrin ein sich windendes Etwas, wie ein Krebsgeschwür. Sie hatte das sichere Gefühl, das Herz würde ihr stehenbleiben.

Singhs Stimme gellte ihr wieder in den Ohren, ein ungeheures Geheul der Qual und des Grauens. »*O GOTT! ES ... HAT MICH ...*« Sein Bild verzerrte und verkehrte sich noch mehr, und Renie schrie entsetzt auf. Eine gräßlich entstellte, aber unbestreitbar reale Darstellung des alten Mannes, wie er genau in diesem Augenblick aussehen mußte, erfüllte die Schwärze – den Turban schief auf dem Kopf und den Bademantel unter den Armen hochgeschoben, während er krampfhaft zuckte wie ein Wurm an einem grausamen Haken. Seine Augen rutschten nach oben, bis nur noch das Weiße zu sehen war. Sein zahnloser Mund stand sperrangelweit offen. Renie fühlte seinen Schmerz, fast als ob es ihr eigener wäre, eine schreckliche Spannung, die sie durchlief, als wäre sie ein elektrisch geladener Draht. Es gab einen mächtigen Stromstoß. Sie fühlte, wie Singhs Herz zerbarst. Sie fühlte, wie er starb.

Das Bild verschwand. Das Dunkel zog wieder auf, die Kälte umklammerte sie fest, und das unvorstellbare *Etwas* holte sie dicht zu sich heran.

O Gott, dachte sie hoffnungslos, *ich war so dumm.* Sie fühlte, wie ihr Bruder und ihr Vater und viele andere sie zornig anschrien. Die Kälte wurde stärker, unglaublich total, so als ob alle Sonnen im Universum gelöscht worden wären. Ihr Körper war mittlerweile zu schwach, um auch nur zu zittern. Die Kraft floß aus ihr aus, ihr Bewußtsein entschwebte, erstarb.

Urplötzlich tat sich etwas vor ihr auf, wahrnehmbar als eine verschwommene Aufhellung. Ihr war, als stürzte sie aus großer Höhe hinein. Sie fiel irgendwo hindurch – eine Öffnung? Ein Tor? War sie eingedrungen in ... dort, wo sie vor Urzeiten einmal hingewollt hatte? Wurde sie eingelassen?

Irgendwo eine Erinnerung. Zähne. Meilen schimmernder Zähne. Ein riesiges Maul, grinsend.

Nein, erkannte sie mit einem letzten Aufflackern von Vernunft in ihrem ersterbenden Bewußtsein. *Ich werde verschlungen.*

Kapitel

Der Tanz

NETFEED/LINEAR.DOC:
IEN, Hr. 23 (Eu, NAm) — "DEATH PARADE"
(Bild: Zeitlupenaufnahme eines Mannes, der von
einer aufgebrachten Menge getreten und geschlagen
wird)
Off-Stimme: Sepp Oswalt moderiert eine interessante
Auswahl von Todesfällen, darunter einen mit Überwachungskameras eingefangenen Lynchmord durch einen
prügelnden Mob, eine Vergewaltigung mit anschlie-
ßendem Mord, aufgenommen vom Mörder selbst und
später als Beweismaterial gegen ihn verwendet, und
die Live-Übertragung einer Enthauptung im Freistaat
Rotes Meer. Der Gewinner des Maskottchens im Wett-
bewerb "Mörder des Monats" wird bekanntgegeben.

> »So so, Atembeschwerden hast du also?« Der lächelnde strohblonde Mann schob etwas aus kaltem Metall in Orlandos Mund. Es stippte hinten seinen Rachen an, als ob ihn dort jemand mit einem schwachen Gummiband getroffen hätte. »Hmmm. Vielleicht höre ich mir das lieber mal an.« Er hielt Orlando einen Prüfkopf an die Brust und verfolgte dann die Zacken auf dem Wandbildschirm. »Das hört sich nicht gut an, fürchte ich.«

Das mußte man dem Heini lassen: Er hatte Orlando noch nie gesehen, aber er hatte kaum eine Reaktion gezeigt, hatte nicht einmal diesen komischen Blick aufgesetzt, den Orlando immer wieder erlebte, wenn Leute sich alle Mühe gaben, ihn normal zu behandeln.

Der blonde Mann richtete sich auf und wandte sich an Vivien. »Es ist definitiv eine Lungenentzündung. Wir werden ihn auf ein paar der neuen Kontrabiotika setzen, aber bei seinen besonderen Umständen -

tja, da würde ich empfehlen, daß er zur stationären Behandlung zu uns kommt.«

»Nein.« Orlando schüttelte entschieden den Kopf. Er haßte die Crown-Heights-Privatklinik, und diesen liebedienernden Reiche-Leute-Doktor mochte er genauso wenig. Er bemerkte auch, daß der aalglatte junge Mediziner über die »besonderen Umstände« - die unübersehbare Tatsache von Orlandos Dauerleiden - nicht sehr erbaut war, aber so gern Orlando gewollt hätte, das konnte er ihm wirklich nicht zum Vorwurf machen. Auch sonst war niemand davon erbaut.

»Wir reden noch darüber, Orlando.« Der Ton seiner Mutter sagte unmißverständlich, er solle sie vor diesem netten jungen Mann nicht in Verlegenheit bringen, indem er den kleinen Dickschädel spielte. »Vielen Dank, Doktor Doenitz.«

Der Arzt lächelte, nickte verbindlich und schlenderte aus dem Behandlungszimmer. Während er ihm nachsah, überlegte Orlando, ob er wohl eine besondere Schleimerschule besucht hatte, wo man reiche Patienten hofieren lernte.

»Wenn Doktor Doenitz meint, daß du stationär behandelt werden mußt ...«, fing Vivien an, doch Orlando unterbrach sie.

»Was wollen sie denn machen? Es ist eine Lungenentzündung. Sie werden mir Kontrabios verpassen, genau wie die andern Male. Was spielt es für eine Rolle, wo ich liege? Außerdem kann ich diesen Laden nicht ausstehen. Hier sieht's aus, als hätten sie sich alles von irgendeinem Laffen so herrichten lassen, daß die reichen Trottel, die hierherkommen, das Gefühl kriegen, wenn *sie* mal krank werden, wär's was anderes, als wenn normale Leute krank werden.«

Ein Schmunzeln zog an Viviens Mundwinkel, aber sie unterdrückte es, so gut es ging. »Kein Mensch verlangt, daß es dir hier gefällt. Aber schließlich geht es um deine Gesundheit ...«

»Nein, es geht darum, ob ich diesmal an Lungenentzündung sterbe oder nächste Woche oder nächsten Monat an irgendwas anderm.« Die Brutalität seiner Worte ließ sie verstummen. Er glitt vom Untersuchungstisch und begann sich das Hemd anzuziehen. Schon das war eine Anstrengung, die ihn erschöpfte und ihm den Atem benahm. Er wandte den Blick ab, um zu verbergen, wie elend er sich fühlte. Es sollte nicht zu sehr nach einem schlechten Film aussehen.

Als er sich wieder umdrehte, weinte sie. »Sag doch nicht sowas, Orlando.«

Er legte den Arm um sie, aber gleichzeitig wurde er wütend. Wieso sollte *er sie* trösten? Über wem schwebte denn das Todesurteil?

»Besorg mir einfach die Medikamente. Die nette Apothekerin wird sie uns geben, und wir tun sie zum übrigen Haufen dazu. Bitte, Vivien, laß uns nach Hause gehen. Es heißt, es wäre wichtig, daß der Patient sich wohl fühlt. In diesem dämlichen Krankenhaus werde ich bestimmt nicht gesünder werden.«

Vivien wischte sich die Augen. »Wir werden mit deinem Vater darüber reden.«

Orlando manövrierte sich in den Rollstuhl zurück. Er fühlte sich in der Tat ziemlich gedumpft, fiebrig und langsam. Jeder Atemzug ging rasselnd, und er wußte, daß er im Moment nicht einmal die Kraft hatte, durch das Crown Heights Medical Center zum Auto zurückzugehen, und schon gar nicht die halbe Meile über den Komplex zu ihrem Haus. Aber verflucht sollte er sein, wenn er sich in dieses blöde Krankenhaus stecken ließ! Zum Beispiel konnte man dort versuchen, ihn nicht ins Netz zu lassen - Ärzte und Schwester kamen manchmal auf beknackte Ideen, und gerade jetzt durfte er dieses Risiko auf keinen Fall eingehen. Er hatte schon zweimal eine Lungenentzündung gehabt und sie überlebt, doch ein Klacks war es beide Male nicht gewesen.

Aber als Vivien ihn jetzt den Korridor hinunter zur pharmazeutischen Abteilung schob - der Pflasteria, wie Orlando sie nannte -, wurde er dennoch die Frage nicht los, ob dies jetzt das Ende der Fahnenstange war. Vielleicht war er bereits zum letztenmal allein irgendwo hingegangen. Das war eine grauenhafte Vorstellung. Man müßte an irgendwas erkennen können, wann man etwas zum letztenmal machte, damit man es wirklich genießen konnte. Eine Meldung sollte unten über den Rand des Gesichtsfeldes kriechen, etwa so, wie wenn man im Netz die Nachrichtenzeile laufen hatte. *Der vierzehnjährige Orlando Gardiner aus San Mateo in Kalifornien hat soeben zum letztenmal im Leben Eis gegessen. Mit seinem letzten Lachen wird irgendwann nächste Woche gerechnet.*

»Woran denkst du, Orlando?« fragte seine Mutter.

Er schüttelte den Kopf.

Golden und faszinierend stand die Stadt vor ihm mit ihren unglaublich hohen, von innen heraus schimmernden Türmen. Das einzige auf der Welt, was er wirklich haben wollte, wartete in diesem Lichtergewirr auf ihn. Er tat einen Schritt darauf zu, dann noch einen, aber die funkelnden Türme wackelten und verschwanden. Kalte, nasse Dunkelheit umgab ihn plötzlich. Ein Spiegelbild! Er hatte sich auf ein Spiegelbild im Wasser gestürzt, und jetzt war er am Ertrinken und bekam keine Luft mehr, weil schwarze Flüssigkeiten in ihn einströmten ...

Der Atem rasselte ihm in den Lungen, als er sich hochstemmte. Sein Kopf fühlte sich an wie ein heißer Ballon.

»Boß?« Beezle surrte in der Ecke und machte sich von der Steckdose los.

Orlando winkte ab, während er darum rang, durch den Schleim hindurch Luft zu bekommen. Er schlug sich auf die Brust und hustete. Er beugte sich über die Bettkante, daß ihm das Blut in den pochenden Schädel schoß, und spuckte in den Arzneiabfalleimer.

»Alles okay«, keuchte er, als er wieder atmen konnte. »Ich will nicht reden.« Er angelte sich seine T-Buchse vom Nachttisch und klickte sie in die Neurokanüle.

»*Bist du sicher, daß alles okay ist? Ich könnte deine Eltern wecken.*«

»*Untersteh dich. Ich hab ... es war bloß ein Traum.*«

Beezle, dessen Programmierung über Träume wenig mehr enthielt als die Fähigkeit, auf entsprechende literarische und wissenschaftliche Quellen zuzugreifen, erwiderte nichts darauf. »*Es gab zwei Anrufe für dich. Willst du sie hören?*«

Orlando warf einen Blick auf die Zeitanzeige, die am oberen rechten Rand seines Gesichtsfeldes blau leuchtend von den düsteren Gardinen dahinter abstach. »*Es ist fast vier Uhr morgens. Wer hat angerufen?*«

»*Fredericks, beide Male.*«

»*Tschi-sin! Okay, ruf zurück.*«

Fredericks' breites Simgesicht erschien gähnend, aber dennoch irgendwie nervös wirkend im Fenster. »Menschenskind, Gardino, ich dachte schon, du würdest dich heute nacht nicht mehr melden.«

»Wieso, was gibt's? Du willst doch nicht etwa kneifen, oder?«

Fredericks zögerte. Orlando fühlte ein steinernes Gewicht in seinem Magen. »Ich ... ich hab gestern in der Schule mit ein paar Leuten geredet. Ein Junge, den sie kennen, ist festgenommen worden, weil er in irgendein Behördensystem eingebrochen ist. Eigentlich hat er sich bloß einen Jux gemacht, nur'n bißchen rumgespitzelt, und trotzdem ist er von der Schule geflogen und hat drei Monate Erziehungsknast aufgebrummt gekriegt.«

»Und das heißt?« Orlando stellte seinen Sprechkanal leise, um abermals Schleim abzuhusten. Er fühlte sich der Situation nicht gewachsen. Er hatte nicht die Kraft, allein weiterzumachen – merkte Fredericks das denn nicht?

»Das heißt ... das heißt, daß die Behörden und die großen Konzerne zur Zeit echt hart durchgreifen. Die Zeit ist ungünstig, um an den Systemen von andern Leuten rumzupfuschen, Orlando. Ich will nicht ... Versteh doch, meine Eltern würden ...« Fredericks versagte die Stimme, und auf seinem Stiergesicht stand so etwas wie eine dümmliche Besorgtheit. Einen Moment lang haßte Orlando ihn oder sie.

»Und wann wäre die Zeit günstig? Laß mich raten – nie?«

»Was soll das, Orlando? Ich hab dich das schon mal gefragt – warum ist dir diese Stadt, oder was du sonst gesehen hast, so verdammt wichtig? Herrje, du hast dich auf *Jahre* hinaus verpflichtet, für irgend so 'nen Gearladen zu arbeiten, bloß damit du versuchen kannst, ein bißchen näher an diese Chimäre ranzukommen.«

Orlando lachte bitter – Indigo Gear hatte in etwa so viel Chancen, Blut aus einer Billardkugel zu pressen, wie Jahre seines Lebens auszuschlachten. Dann verflog der Zorn plötzlich, und zurück blieb nur eine vakuumartige Leere. Hier in diesem dunklen Zimmer, nur wenige Meter von seinen Eltern entfernt und mit seinem Freund am anderen Ende der Leitung, fühlte er sich auf einmal ganz und gar einsam und verlassen.

»Ich kann's nicht erklären«, sagte er leise. »Es geht einfach nicht.«

Fredericks sah ihn an. »Versuch's.«

»Ich ...« Er holte Atem, grunzte. Letzten Endes *war* es nicht zu erklären. »Ich habe Träume. Ich träume die ganze Zeit von dieser Stadt. Und ... in den Träumen weiß ich, daß dort etwas ist, etwas Wichtiges, das ich finden muß.« Er holte abermals mühsam Luft. »*Muß.*«

»Aber warum? Und selbst wenn du ... wenn du diese Stadt wirklich finden mußt, wozu die Eile? Wir sind grade erst aus dem TreeHouse-Netzwerk rausgeflogen – sollten wir nicht lieber ein Weilchen warten?«

»Ich kann nicht warten.« Nachdem er es ausgesprochen hatte, wußte er, daß er alles sagen würde, wenn Fredericks fragte. Die Worte hingen in der Luft, als ob er sie sehen könnte, als ob sie in der nächtlichen Düsternis wie Uhrziffern leuchteten.

»Du kannst nicht warten?« Fredericks sagte es langsam, als ahnte er etwas.

»Ich ... ich hab nicht mehr sehr lange zu leben.« Es war, als würde man sich in aller Öffentlichkeit ausziehen – ein erschreckendes Gefühl, aber dann eine Art frostiger Freiheit. »Ich liege mehr oder weniger im Sterben.« Das Schweigen zog sich so lange hin, daß Orlando ohne das Bild, das er vom Sim seines Freundes sah, gedacht hätte, Fredericks hätte die Verbindung gekappt. »Oh, mach schon, sag *irgendwas*.«

»Orlando, ich ... O mein Gott, echt?«

»Echt. Es ist keine große Tragödie - ich weiß das schon lange, heißt das. Ich hab's von Geburt an ... so 'ne erbliche Sache. Nennt sich Progerie. Vielleicht hast du mal was davon gehört, einen Bericht gesehen ...«

Fredericks sagte nichts.

Orlando hatte Mühe, Atem zu bekommen. Das Schweigen hing in der Luft, ein unsichtbares und qualvolles Band zwischen zwei dreitausend Meilen auseinander liegenden Schlafzimmern. »Progerie«, sagte er schließlich. »Das bedeutet, daß du alt wirst, obwohl du noch jung bist.«

»Alt? Was heißt das?«

»Alles, was du dir vorstellen kannst. Die Haare fallen dir aus, die Muskeln verkümmern, du wirst runzlig und dürr, und dann stirbst du an einem Herzanfall oder an Lungenentzündung ... oder woran alte Leute sonst sterben. Die meisten von uns werden keine achtzehn Jahre.« Er versuchte zu lachen. »Die meisten von uns - ha! Es gibt auf der ganzen Welt nur ungefähr zwei Dutzend Leute, die das haben. Vermutlich sollte ich stolz sein.«

»Ich ... ich weiß nicht, was ich sagen soll. Gibt es keine Medizin dagegen?«

»Es gibt nicht viel, was du sagen *kannst*, Frederico. Medizin? Doch, doch, so wie's Medizin gegens Altwerden gibt. Das heißt, es läßt sich ein bißchen verlangsamen, was übrigens der einzige Grund ist, weshalb ich noch lebe. Nur ganz wenige Progeriekranke wurden früher älter als zehn.« Orlando schluckte. Jetzt war es heraus. Zu spät, um es zurückzunehmen. »So, jetzt kennst du *mein* schmutziges kleines Geheimnis.«

»Und äußerlich ...?«

»Seh ich genauso schlimm aus, wie du dir denken kannst. Reden wir nicht mehr darüber.« Der Kopf tat ihm mehr weh als vorher, fühlte sich an, als ob eine heiße Faust ihn zerquetsche. Er hätte am liebsten geweint, aber er ließ es nicht zu, obwohl der vermittelnde, normal aussehende, progeriefreie Sim es vor Fredericks verborgen hätte. »Wir ... wir lassen das Thema einfach, okay?«

»Orlando, es tut mir so leid.«

»Tja, das Leben ist hart. Ich wäre gern ein normaler Junge - und du auch, wenigstens einer von der Online-Sorte. Ich hoffe, daß für wenigstens einen von uns ein magischer Weihnachtswunsch in Erfüllung geht, Pinocchio.«

»Sag nicht solche Sachen, Orlando. Du klingst gar nicht nach dir selbst.«

»Hör zu, ich bin müde, und mir geht's nicht gut. Ich muß jetzt meine Medizin nehmen. Du weißt, wann diese kleinen Kinder mich treffen wollen. Wenn du da sein willst, sei da.« Er brach die Verbindung ab.

> Christabel winkte. Der Lichtstrahl sprang aus Onkel Jingles Echter Dschungelhorden Leuchtuhr hervor und projizierte die Zahlen an die Decke. Christabel schwenkte ihre Hand hastig vor Onkel Jingles Augen, bevor seine automatische Stimme die Zeit ausrief. Im Moment wollte sie nur den stillen Teil der Uhr haben.

00:13, zeigten die Zahlen an. Noch lange hin. Christabel seufzte. Es war wie das Warten auf den Weihnachtsmorgen, nur gruseliger. Sie führte ihre Hand durch den Strahl, und die Ziffern verschwanden. Ihr Schlafzimmer war wieder dunkel.

Im Wohnzimmer hörte sie die Stimme ihrer Mutter, die etwas über das Auto sagte. Ihr Vater antwortete tief und knurrig, so daß sie nichts verstehen konnte. Christabel kuschelte sich in die Federn und zog sich die Decke bis ans Kinn. Wenn sie im Bett lag und ihre Eltern sich unterhalten hörte, fühlte sie sich normalerweise sicher und warm und geborgen, aber jetzt fühlte sie sich beklommen. Und wenn sie sich nun gar nicht schlafen legten, auch um 02:00 nicht? Was sollte sie dann machen?

Ihr Vater sagte wieder etwas, das sie nicht verstand, und ihre Mutter antwortete. Christabel zog sich das Kissen über den Kopf und versuchte sich an den Text von Prinz Pikapiks Lied in der Otterstadt zu erinnern.

Im ersten Augenblick wußte sie nicht, wo sie war. Sie hatte geträumt, daß Onkel Jingle Prinz Pikapik verfolgte, weil der Otterprinz in die Schule gehen sollte. Onkel Jingle hatte sein breites verrücktes Grinsen im Gesicht gehabt und war Pikapik immer näher gekommen, und Christabel war hinter ihm hergelaufen, um ihm zu sagen, daß Prinz Pikapik ein Tier war und deshalb gar nicht zur Schule mußte. Aber wie schnell sie auch gelaufen war, sie war ihm nicht näher gekommen, und Onkel

Jingles Grinsen war so breit gewesen, und seine Zähne hatten so geblitzt ...

Es war ganz dunkel, dann wieder nicht. Ein Licht blinkte, an und aus. Christabel wälzte sich auf die Seite. Das Licht kam von ihrer MärchenBrille, die neben ihrer Kommode auf dem Teppich lag. Sie sah die Gläser ein paarmal aufleuchten und dunkel werden, und da fiel es ihr wieder ein.

Sie fuhr im Bett hoch, und ihr Herz pochte ganz schnell. Sie war eingeschlafen! Genau das, was sie nicht gewollt hatte, war passiert. Sie wischte mit der Hand über die Uhr, und die Zahlen sprangen an die Decke: *02:43.* Zu spät! Christabel warf ihre Decken zurück und hüpfte aus dem Bett zur MärchenBrille.

»*Du willst also wissen, wie spät es ist?*« rief Onkel Jingle. Die Decke, die zufällig über ihn gefallen war, dämpfte die Worte, aber seine Stimme kam ihr dennoch wie das Lauteste vor, was sie je gehört hatte. Christabel quiekte, riß die Decke weg und schwenkte die Hände vor seinen Augen, bevor er die Zeit brüllen konnte. Sie kauerte sich im Dunkeln zusammen und lauschte in der Erwartung, jeden Moment ihre Eltern aus dem Bett kommen zu hören.

Stille.

Sie wartete noch ein wenig länger, um sicherzugehen, und kroch dann am Boden zu ihrer blinkenden Brille. Sie setzte sie auf und sah die Worte »CHRISTABEL ICH BRAUCHE DICH« vorbeigleiten, wieder und immer wieder. Sie schaltete die Brille an und aus, wie Herr Sellars es ihr das letzte Mal gesagt hatte, aber die Worte »CHRISTABEL ICH BRAUCHE DICH« liefen immer weiter.

Als sie die Kleider und Schuhe angezogen hatte, die unterm Bett versteckt waren, holte sie ganz langsam, damit die Kleiderbügel nicht klapperten, ihren Mantel aus dem Schrank, machte die Zimmertür auf und trat auf Zehenspitzen in den Flur. Die Schlafzimmertür ihrer Eltern stand einen Spaltbreit offen, deshalb schlich Christabel so leise, wie es überhaupt nur ging, daran vorbei. Ihr Vater schnarchte, *snkkk, chrrrwww, snkkk, chrrrwww,* genau wie Jakob Jammerlappen immer. Von Mami war kein Laut zu hören, aber Christabel war sich ziemlich sicher, sie erkennen zu können, einen schlafenden Klumpen hinter ihrem Vater.

Es war eigenartig, wie anders das Haus bei Nacht ohne Beleuchtung aussah. Es wirkte größer und viel, viel gruseliger, als ob es sich in ein ganz anderes Haus verwandeln würde, nachdem alle zu Bett gegangen waren. Und wenn nun, ging es ihr auf einmal durch den Kopf, in ihrem Haus Fremde wohnten? Eine ganze Familie, aber Nachtmenschen, die erst nach Hause kamen, wenn Christabel und ihre Eltern schliefen? Das war ein gräßlicher Gedanke.

Es gab ein Geräusch, ein leises Bumsen. Vor Schreck eiskalt hielt Christabel sich ganz still, genau wie das Kaninchen, das sie mal in einer Natursendung gesehen hatte, als der Falke drüber weggeflogen war. Einen Augenblick lang dachte sie sogar, es könnten die Nachtbewohner sein, ein großer Mann, ein zorniger Papi - aber nicht *ihr* Papi - könnte plötzlich aus einer der dunklen Ecken gesprungen kommen und schreien: *Wer ist dieses unartige kleine Mädchen?* Doch da hörte sie das Geräusch wieder und begriff, daß es bloß die Fensterläden waren, die der Wind draußen an die Fenster stieß. Sie holte tief Atem und eilte durch das große offene Wohnzimmer.

Als sie in die Küche kam, wo das Licht von der Straßenlaterne durch die Fenster einfiel und alles so komisch und langgezogen erscheinen ließ, mußte sie stehenbleiben und angestrengt nachdenken, um sich an die Zahl der Alarmanlage zu erinnern. Die hatte Mami ihr beigebracht, damit sie sich im Notfall selber aufmachen konnte. Christabel wußte, daß sich um 02:43 nachts heimlich aus dem Haus zu stehlen nicht die Art von Notfall war, die ihre Mutter gemeint hatte - eigentlich war es so ungefähr die schlimmste Schlimme Sache, die Christabel sich vorstellen konnte -, aber sie hatte es Herrn Sellars versprochen, und darum mußte sie. Aber wenn nun böse Männer kamen, während die Alarmanlage abgestellt war, und sich ihre Eltern schnappten und sie fesselten? Dann wäre sie schuld.

Sie drückte die Zahlen der Reihe nach und legte dann die Hand auf die Platte. Das rote Licht darüber wurde grün. Christabel machte die Tür auf, beschloß dann aber, die Alarmanlage wieder anzustellen, damit keine Einbrecher hereinkommen konnten. Sie trat hinaus in den kalten Wind.

Die Straße war in einer Weise leer wie tagsüber nie. Die Bäume schwenkten ihre Äste, als ob sie zornig wären, und in fast keinem der Häuser brannte Licht. Sie blieb zögernd stehen. Es war unheimlich, aber irgendwie war es auch toll, toll und aufregend und echt stark, als ob der ganze Stützpunkt nur für sie zum Spielen da wäre. Sie knöpfte sich sorgfältig den Mantel zu. Als sie über den Rasen lief, rutschte sie ein wenig auf dem nassen Gras.

Christabel lief die Straße entlang, so schnell sie konnte, denn sie war schon spät dran. Ihr Schatten war riesengroß, als sie unter der Straßenlaterne durchkam, und wurde dann immer schwächer, bis er genauso riesig wieder auftauchte, nur hinter ihr, als sie sich der nächsten Laterne näherte. Patsch, patsch, patsch machten ihre Füße auf dem Pflaster, während sie erst die Windicott und dann die Stillwell Lane hinuntereilte. Ein Hund bellte irgendwo, und sie machte einen Satz vom Bürgersteig mitten auf die Straße, wo sie verwundert feststellte, daß sie dort gehen konnte, ohne auf Autos aufpassen zu müssen. Bei Nacht war alles anders!

Von der Stillwell Lane bog sie in die Redland Road ab. Sie schnaufte mittlerweile ganz ordentlich und ließ sich deshalb unter den alten hohen Bäumen der Redland Road in ein normales Schrittempo fallen. Sie sah in Herrn Sellars' Haus keine Lichter brennen, und einen Moment lang fragte sie sich, ob sie etwas falsch gemacht und vielleicht etwas vergessen hatte, was er ihr gesagt hatte. Dann fiel ihr wieder ein, wie ihr Name immer wieder über die MärchenBrille gelaufen war, und sie bekam es mit der Angst zu tun. Sie fing wieder an zu laufen.

Auf Herrn Sellars' Veranda war es dunkel, und seine Pflanzen wirkten größer und dicker und fremdartiger als je zuvor. Sie klopfte an, aber niemand kam an die Tür. Sie wollte schon wieder nach Hause laufen, da ging die Tür auf und Herrn Sellars' kratzige Stimme ertönte von innen. »Christabel? Ich hatte schon meine Zweifel, ob du von zuhause wegkommen würdest. Tritt ein.«

Herr Sellars saß in seinem Rollstuhl, aber er war damit aus dem Wohnzimmer in den Flur gefahren und streckte ihr eine zitternde Hand entgegen.

»Ich kann dir gar nicht sagen, wie dankbar ich bin. Komm her, stell dich ein Weilchen an die Heizung. Oh, und zieh die hier an, ja?« Er holte ein Paar dünner, elastischer Handschuhe hervor und reichte sie ihr. Während sie sich bemühte, sie anzuziehen, wendete er seinen Rollstuhl wieder dem Wohnzimmer zu. »Du hinterläßt lieber keine Fingerabdrücke. Alles andere habe ich bereits abgewischt. Aber da plappere ich vor mich hin und denke gar nicht an dich. Frierst du, kleine Christabel? Es ist eine kalte Nacht draußen.«

»Ich bin eingeschlafen. Ich wollte nicht, aber dann bin ich doch.«

»Das macht nichts. Wir haben reichlich Zeit, bis es anfängt, hell zu werden. Und es sind nur noch wenige Sachen zu tun übrig.«

Auf dem kleinen Tisch im Wohnzimmer standen ein Glas Milch und ein Teller mit drei Plätzchen. Herr Sellars deutete mit seinem komischen, schiefen Lächeln darauf.

»Greif zu. Du wirst ordentlich stark sein müssen.«

»Na gut«, sagte er, während sie am letzten Bissen des letzten Plätzchens kaute, »ich glaube, das ist alles. Verstehst du, was du zu tun hast? Verstehst du es wirklich?«

Da sie den Mund voll hatte, nickte sie nur.

»Also, du mußt es genauso machen, wie ich es dir gesagt habe. Es ist *sehr gefährlich*, Christabel, und ich möchte auf keinen Fall, daß dir etwas zustößt. Wenn es sich irgendwie vermeiden ließe, hätte ich dich überhaupt nie in die Sache hineingezogen.«

»Aber ich bin deine Freundin«, sagte sie mit dem Mund voller Krümel.

»Eben drum. Freundschaften nutzt man nicht aus. Aber es ist wirklich furchtbar wichtig, Christabel. Wenn du bloß verstehen könntest, wie wichtig es ist ...« Ihm versagte die Stimme. Sie dachte schon, er würde vielleicht einschlafen, aber da gingen seine gelblichen Augen wieder auf. »Ach! Das hätte ich fast vergessen.« Er wühlte in einer Tasche seines Bademantels. »Die ist für dich.«

Sie guckte ihn an und wußte nicht, was sie sagen sollte. »Aber ich hab schon eine MärchenBrille. Das weißt du doch.«

»Aber nicht so eine. Du mußt sie mit heimnehmen, wenn wir hier fertig sind, und dann mußt du die andere unbedingt verschwinden lassen - sie irgendwo wegwerfen, wo niemand sie jemals findet. Andernfalls werden deine Eltern wissen wollen, warum du zwei hast.«

»Ist die denn anders?« Die Brille sah ganz genauso aus, wie sie sie auch drehte und wendete. Sie setzte sie auf, aber sie fühlte sich auch genauso an wie die andere.

»Das wirst du später schon merken. Morgen, um genau zu sein. Setz sie auf, wenn du von der Schule nach Hause kommst - um wieviel Uhr ist das? Um zwei?«

Sie nickte. »Vierzehnhundert Stunden, sagt mein Papi dazu.«

»Gut. Und jetzt müssen wir uns an die Arbeit machen. Aber zuerst spüle bitte das Glas und den Teller ab. Nur zur Vorsicht - ich weiß, du hast die Handschuhe an, aber wir wollen keinerlei unnötige Spuren hinterlassen.«

Als Christabel fertig war und den Teller und das Glas wieder in den Schrank gestellt hatte, saß Herr Sellars schon im Flur und wartete still auf sie. Mit seinem komischen Kopf und seinem zarten Körper sah er aus wie eine Puppe. »Aha«, sagte er, »Zeit zum Aufbruch. Ich werde dieses Haus vermissen, muß ich sagen. Es ist ein Gefängnis, aber kein ganz unwirtliches.«

Sie wußte nicht, was das letzte Wort bedeutete, deshalb blieb sie einfach stehen.

»Komm mit«, sagte er. »Es ist hinterm Haus.«

Christabel mußte einige Äste zur Seite räumen, die der Wind abgebrochen hatte, bevor sie Herrn Sellars die Rampe hinunterhelfen konnte. Das Licht von der Straßenlaterne reichte eben aus, um etwas zu erkennen, aber es war dennoch sehr dunkel. Die Pflanzen wuchsen überall, sogar mitten auf dem Rasen und zwischen den Ritzen im Pflaster - Christabel fand, es sah aus, wie wenn schon lange niemand mehr an dem Garten etwas gemacht hatte. Der Wind wehte immer noch stark, und das nasse Gras klatschte ihr an die Knöchel, als sie ihn über den Rasen schob. Am hinteren Rand hielten sie an. Ein Seil hing dort über dem Gras; beide Enden baumelten von einem komischen Metallding am Ast der großen Eiche.

»Hier ist es«, sagte er und deutete auf den Boden. »Heb einfach das Gras hoch und klapp es zurück. So etwa. Jetzt nimm du die andere Seite.«

Das Gras am Rand der Rasenfläche ließ sich zurückrollen, genau wie ihre Mutter den Eßzimmerteppich zurückrollte, bevor sie mit der Bohnermaschine darüberging. In der Mitte des freien Stücks Erde kam eine alte Metallplatte mit zwei Löchern darin zum Vorschein. Herr Sellars hob eine Metallstange auf, die seitlich am Weg lag, und steckte sie in eines der Löcher, dann benutzte er den Handgriff seines Rollstuhls als Auflage und hebelte die Platte hoch, bis sie mit einem dumpfen Schlag auf den Rasen kippte.

»So«, sagte er. »Erst ich, dann der Stuhl. Du wirst jetzt das Prinzip des Flaschenzugs lernen, Christabel. Ich habe ihn schon benutzt, um eine Menge Sachen hinunterzulassen, aber wenn du mir hilfst, wird es viel leichter sein.«

Er zog seinen verkümmerten Körper an dem Seil aus dem Rollstuhl hoch, verknotete ein Ende unter den Armen zu einer Schlaufe und manövrierte sich mit Christabels Hilfe über das Loch. Sie paßte auf, daß er nicht an die Seite stieß, während er das Seil langsam durch seine Finger gleiten ließ. Er sank nur ein kurzes Stück nach unten, bevor das Seil stockte.

»Siehst du? Es ist nicht tief.«

Sie beugte sich über den Rand. Eine komische kleine viereckige Lampe stand auf dem Boden des Betontunnels und übergoß alles mit rotem Licht. Herr Sellars saß mit umgebogenen Beinen daneben auf dem Boden. Wenn sie einen Schirm gehabt hätte, hätte sie ihn damit pieksen können. Er lockerte das Seil um seiner Brust und zog es ab, ohne den Knoten zu lösen.

»Hoffen wir, daß ich der einzige bin, der davon weiß«, sagte er mit seinem wie geschmolzen aussehenden Lächeln. »Diese Nottunnel sind seit fünfzig Jahren nicht mehr benutzt worden. Damals waren noch nicht einmal deine Mutter und dein Vater auf der Welt. Und jetzt den Rollstuhl.« Er warf die Schlinge zu Christabel hinauf. »Ich sage dir, wie du ihn festmachen mußt.«

Als sie das Seil angebracht hatte, zog Herr Sellars kräftig. Das kleine Metallding im Baum quietschte, aber zunächst rührte sich der Stuhl nicht. Christabel schob, aber dadurch bewegte er sich bloß zur Seite. Herr Sellars zog noch einmal, und diesmal hob sich der Stuhl vom Boden ab, so daß sein ganzes Gewicht am Seil hing. Der Ast krümmte sich, aber der Rollstuhl blieb ein kleines Stück über dem Boden. Christabel bugsierte ihn über das Loch, dann ließ Herr Sellars das Seil vorsichtig durch seine Finger gleiten, und der Stuhl kam mit einem Bums auf dem Grund des Tunnels auf. Herr Sellars zog sich hoch und setzte sich hinein und befestigte dann beide Enden des Seils an den Handgriffen.

»Tritt zurück, Christabel«, sagte er. Daraufhin wackelte er mit den Fingern über der Lehne, und der Rollstuhl setzte sich in Bewegung. Das Seil spannte sich straff, und der Ast neigte sich weit zu Boden. Herrn Sellars' Finger wackelten ein wenig schneller. Das Profil an den Reifen schien den Tunnelboden förmlich zu packen, und zum erstenmal gab der Rollstuhl ein leises Geräusch von sich, wie das Schnurren einer Katze. Etwas machte ratsch! Der Ast flog nach oben, und das Seil fiel in den Tunnel hinunter.

»Ah, gut. Die Rolle ist mitgekommen. Das war das einzige, was mir noch Sorgen machte.« Herr Sellars schaute zu ihr hoch. In dem rötlichen Licht sah er aus wie eine Figur aus dem Halloween-Spukhaus im

PX. »Von jetzt an komme ich allein zurecht«, sagte er lächelnd. Er legte einen Arm angewinkelt vor sich und verneigte sich vor ihr, als ob sie die Otterkönigin wäre. »'Wir, die noch dienen, müd der Welt und Macht und Gier, neigen uns vor dir ...' Das ist wieder Yeats. So, jetzt vergiß nicht, nach der Schule deine neue MärchenBrille aufzusetzen. Und denk dran, daß du mit dem Auto ganz vorsichtig sein mußt.« Er lachte. »Endlich wird mir das Ding mal zu etwas nutze sein.« Sein Gesicht wurde wieder ernst, und er hob mahnend den Finger. »Paß sehr, *sehr* gut auf. Mach alles genau so, wie ich es gesagt habe. Weißt du noch das ganze Gedicht?«

Christabel nickte. Sie sagte es ihm ganz auf.

»Gut. Vergiß nicht zu warten, bis die Straßenbeleuchtung ausgeht.« Herr Sellars schüttelte den Kopf. »Wenn ich mir vorstelle, daß es so weit kommen mußte - daß ich einmal gezwungen sein würde, zu solchen Mitteln zu greifen! Ich muß dich zur Mittäterin machen, Christabel. Ich habe diesen Plan schon lange gefaßt, aber ohne dich könnte ich ihn nicht ausführen. Eines Tages werde ich dir hoffentlich erklären können, was für eine wichtige Sache du getan hast.« Er erhob seine runzlige Hand. »Sei tapfer. Sei vorsichtig!«

»Wirst du da unten keine Angst haben?«

»Nein. Ich werde vielleicht gar nicht sehr weit gehen, aber ich werde frei sein, und das ist mehr, als ich seit langem von mir behaupten kann. Fang jetzt an, kleine Christabel. Schließlich mußt du auch bald nach Hause.«

Sie winkte ihm zum Abschied. Dann zerrte sie mit Herrn Sellars' Hilfe von unten die Metallplatte wieder über das Loch, rollte das Gras zurück und klopfte es glatt.

> *»Als allererstes mußt du nun*
> *Die Stange unters Becken tun ...«*

Sie nahm die Brechstange mit ins Haus und legte sie unter das Waschbecken, genau wie in dem Gedicht, das Herr Sellars sie hatte auswendig lernen lassen. Sie sagte sich die Verse immer wieder vor - sie mußte an so vieles denken, und sie hatte Angst, irgend etwas falsch zu machen.

Das steife, eklig riechende Tuchknäuel war im Kanister unter dem Waschbecken, genau wie der alte Mann es gesagt hatte. Sie nahm es, das kleine Plastikding daneben ebenfalls, und ging dann durch die andere Küchentür in die Garage. Durch das Fenster oben in der Tür kam gerade genug Licht, um das Auto erkennen zu können, Herrn Sellars' Cadillac, der dort im Schatten stand wie ein riesiges Tier. Sie hätte zu gern das Licht angeknipst, wie sie auch gern das Küchenlicht angeknipst hätte - jetzt wo Herr Sellars fort war, wirkte das Haus noch dunkler und fremder als vorhin ihr eigenes Haus -, aber das Gedicht verbot es:

»... *Und lasse alle Lichter aus.*«

Sie rang sich dazu durch, tapfer zu sein, und dachte an den nächsten Teil.

»*Jetzt öffne das große Garagentor:*
Halt am Küchenschalter die Hand davor ...«

Als sie ihre Hand vor dem Sensor am Eingang von der Küche vorbeiführte, glitt das Garagentor auf lautlosen Schienen nach oben. Hinter dem schattenhaften Umriß des Wagens konnte sie an der Straßenlaterne vorbei bis zum Ende des Beekman Court blicken.

Christabel ging um das Auto herum und sagte dazu weiter Herrn Sellars' Gedicht auf. Als sie an der Beifahrertür vorbeikam, sah sie im Innern etwas lang auf dem Fahrersitz liegen. Sie erschrak so sehr, daß sie beinahe geschrien hätte, obwohl sie sofort erkannte, daß es bloß ein großer Plastiksack war. Aber auch wenn es nur ein Sack war, fand sie ihn doch unheimlich. Sie eilte weiter zum Heck des Cadillac.

»... *Ganz klein ist die geheime Tür,*
Versteckt hinter der Nummer vier ...«

Die Nummer vier war auf dem Nummernschild des Wagens. Sie zog am Rand, und das ganze Schild klappte herunter. Dahinter war das Loch, wo man etwas in das Auto einfüllte - es war ein Oldtimer, hatte Herr Sellars ihr einmal erklärt, und fuhr nicht mit Elektrizität oder Dampf. Obwohl er gesagt hatte, das Auto habe bei seinem Einzug in das Haus in der Garage gestanden, benahm sich Herr Sellars immer so, wie wenn es ihm gehörte und er stolz darauf war.

Sie schraubte den Deckel ab, dann rollte sie das dicke Tuch lang, steckte ein Ende in das Loch und schob es tief hinein. Während sie das noch tat, ging hinter ihr plötzlich die Straßenlaterne aus. Es wurde so schnell dunkel, daß es den Eindruck machte, als wären sämtliche Lichter der Welt zur gleichen Zeit erloschen.

Christabel hielt den Atem an. Sie konnte durch das offene Garagentor den tiefen, tiefen blauen Himmel und die Sterne sehen, deshalb war es gar nicht so gruselig, wie sie zunächst gedacht hatte. Außerdem hatte Herr Sellars ihr gesagt, daß es passieren würde, und sie war mit ihrem Spezialauftrag sowieso schon fast fertig.

Sie trat von dem Tuch zurück, hielt das Plastikröhrchen hoch und drückte auf den Knopf. Ein Funke flammte auf. Obwohl sie damit gerechnet hatte, erschrak sie und ließ das Plastikding fallen, das klappernd auf den Garagenboden fiel und seitlich wegsprang. Der Boden lag in tiefer, schwarzer Finsternis. Sie konnte nichts erkennen.

Bumm, bumm machte ihr Herz, als ob ein Vogel in ihrer Brust eingesperrt wäre und zu entkommen versuchte. Was war, wenn sie das Plastikröhrchen verloren hatte? Dann würde Herr Sellars Schwierigkeiten bekommen - er hatte gesagt, es sei sehr sehr wichtig -, und vielleicht würde auch *sie* Schwierigkeiten bekommen, und ihre Mami und ihr Papi wären ganz böse, vielleicht würde Herr Sellars sogar ins Gefängnis kommen. Christabel ging auf Hände und Knie und suchte. Sofort legte sie ihre Hände auf etwas Trockenes und Raschliges. Sie wollte wieder schreien, aber obwohl sie sich wirklich davor fürchtete, was da unten sein mochte (Spinnen, Würmer, Schlangen, noch mehr Spinnen, Gerippe wie im Spukhaus), mußte sie weitersuchen, sie mußte einfach. Herr Sellars hatte gesagt, sie müßte es dann tun, wenn die Straßenlaterne ausging. Das hatte er *gesagt!* Christabel fing an zu weinen.

Nach sehr langer Zeit fühlte sie schließlich das glatte Plastik unter den Fingern. Schniefend rappelte sie sich auf und tastete sich zum Heck des Wagens zurück. Sie hielt das Ding weit von sich weg, damit sie nicht so erschrak, dann drückte sie auf den Knopf. Der Funke sprang auf und wurde zur Flamme. Sie nahm das Ende des Tuches - vorsichtig, genau wie Herr Sellars gesagt hatte - und hielt es an das Feuer. Das Tuch fing an zu brennen, aber es gab kein großes Feuer, bloß einen blauen Rand, der rauchte. Sie klemmte ihre Handschuhe in die Öffnung, damit das Nummernschild nicht wieder zuklappte, dann zog sie das brennende Ende des Tuches so weit vom Auto weg, wie es ging, bevor sie es auf den Boden fallen ließ. Sie verließ schnell die Garage, wobei sie sich den letzten Reim des Gedichtes vorsagte, teils um sicherzugehen, daß sie es sich gemerkt hatte, teils weil sie richtig

Angst hatte. Draußen drückte sie den Knopf an der Wand, und das Garagentor senkte sich zischend.

Jetzt, wo fast alles erledigt war, drehte Christabel sich um und lief die Redland Road hinauf, so schnell sie konnte. Alle Häuser waren dunkel, aber jetzt waren auch alle Straßenlaternen aus, und so erhellten ihr beim Laufen nur die Sterne den Weg. Als sie um die Ecke bog und die Stillwell Lane entlangeilte, warf sie den Plastikfeuermacher irgendwo ins Gebüsch. Sie hatte gerade den Rasen vor ihrem Haus erreicht, als plötzlich alle Straßenlaternen wieder zu leuchten anfingen. Sie rannte schleunig zur Haustür.

Christabel hatte die Alarmanlage vergessen. Als sie die Tür aufdrückte, begannen im ganzen Haus Lautsprecher zu surren und erschreckten sie so, daß sie sich fast in die Hose gemacht hätte. Über den gräßlichen Lärm hinweg hörte sie ihren Vater rufen. Entsetzt lief sie so schnell, wie sie konnte, und war kaum zur Tür ihres Zimmer hinein, als schon die Tür zum Schlafzimmer ihrer Eltern aufknallte. Sie warf hastig Mantel, Schuhe und Kleider von sich und betete, daß sie ja nicht hineinkamen. Sie hatte gerade ihren Schlafanzug an, als ihre Mutter hereinstürzte.

»Christabel? Alles in Ordnung? Hab keine Angst – es ist der Türalarm, aber ich glaube, er ist aus Versehen losgegangen.«

»Ein Stromausfall, glaube ich«, rief ihr Vater unten vom Flur herauf. »Die Wandbildschirme sind alle aus, und meine Uhr ist beinahe eine Stunde weiter als die Küchenuhr. Die muß den Alarm ausgelöst haben, als sie wieder anging.«

Christabel war eben von ihrer Mutter wieder fest eingemummelt worden und spürte, wie ihr Herz sich langsam beruhigte, während sie sich unter die Decken kuschelte, als die Flamme schließlich den Benzintank in Herrn Sellars' Cadillac erreichte. Es tat einen Knall, als ob Gott selber in die Hände geklatscht hätte, und im Umkreis von vielen Meilen klapperten die Fenster und wurden fast alle auf dem Stützpunkt wach. Christabel schrie.

Ihre Mutter kam wieder ins Zimmer, und diesmal setzte sie sich im Dunkeln zu ihr, rieb ihr den Nacken und redete auf sie ein, sie brauche keine Angst zu haben, es sei eine Gasleitung oder sowas gewesen, ganz weit weg. Christabel klammerte sich an den Bauch ihrer Mutter und hatte dabei das Gefühl, dermaßen voller Geheimnisse zu stecken, daß sie selber gleich in die Luft fliegen könnte. Lichter blinkten draußen in den Baumwipfeln, als die Feuerwehrautos mit Wiuu-wiuu-wiuu vorbeirasten ...

> »He, Landogarner, schwertheadiges Haus hasse da«, bemerkte Zunni.

Winzige gelbe Äffchen waren emsig dabei, die Ausstattung von Orlandos ElCot umzuarrangieren. Zwei von ihnen versahen den abgehauenen Kopf des Schwarzen Elfenprinzen mit einem übertriebenen Schnauzbart, und ein halbes Dutzend andere hatten offenbar den Körper des Lindwurms vom Bergfried Morsin in eine durchsichtige Rutschbahn umfunktioniert; ein kleines bananenfarbenes Affenwesen rutschte vor Orlandos Augen auf dem Bauch durch das Innenleben von Thargors Paradeungeheuer.

»Schwertheadig? Ach so, klar. Ich hab mich viel in Mittland aufgehalten. Kennst du das?«

»Doof«, erklärte Zunni kategorisch. »Monster töten, Edelstein finden, Bonuspunkte einheimsen. Diddel-duddel-daddel.«

Orlando konnte nicht recht widersprechen. Er schaute sich nach einem anderen Affenpaar um, das die historischen Darstellungen des Wandteppichs von Karagorum in eine Kette von vögelnden Comicschnecken umwandelte. Er blickte finster. Es war weniger der überschwengliche Vandalismus, der ihn störte - er hatte die alte Ausstattung allmählich ziemlich satt -, als vielmehr die scheinbar mühelose Art, mit der die Böse Bande seine geschützte Programmierung geknackt hatte. Ein Ingenieursteam von einer Firma wie Indigo hätte einen ganzen Nachmittag gebraucht, um das hinzukriegen, was diese kleinen Irren in wenigen Minuten fertiggebracht hatten. Er verstand plötzlich, wie seinen Eltern zumute sein mußte, wenn er ihnen zu erklären versuchte, was er alles im Netz machte.

Beezle erschien aus einem Loch in der Decke und war augenblicklich von Miniaffen umschwärmt. »Wenn du mir nicht diese Dinger vom Hals schaffst«, warnte der Agent, »drezz ich sie.«

»Viel Glück. Möchte sehen, wie du das anstellst.«

Beezle verknotete seine Beine, um sie vor marodieren Affen zu schützen. »Fredericks fragt, ob er kommen kann.«

Orlando spürte, wie sich ein Punkt in seinem Innern erwärmte. »Klar doch. Laß ihn ... sie ... laß ihn rein.« Wie es aussah, mußte er das ein für allemal auf die Reihe kriegen. Wenn Fredericks als Junge behandelt werden wollte, na schön, dann war sie eben ein Junge. Wie in alten Zeiten. Halbwegs.

Fredericks tauchte auf und wurde sofort von fliegenden gelben Wichten überfallen. Während er im ersten Reflex um sich fuchtelte, um freie

Sicht zu haben - er hätte die Affen auch durchsichtig machen können, wenn er daran gedacht hätte, da er die Möglichkeiten von Orlandos ElCot fast so gut kannte wie sein Schöpfer -, betrachtete Orlando ihn etwas genauer. Fredericks' Sim wirkte ein bißchen weniger muskelstrotzend als gewöhnlich. Vielleicht fand er jetzt, wo er von Orlandos Krankheit wußte, daß es unangebracht sein könnte, so kerngesund auszusehen.

»Los Monos Volandos!« schrie einer der Bande, als er haarscharf an Fredericks' Gesicht vorbeischwirrte. »Supremo superduper Kultimultis! Flotte Flitterflatteraffen!«

»Meine Fresse, Orlando, ich lach mich tot«, muffte Fredericks, während er ein winziges Äffchen wegschnickte, das an seinem simulierten Ohrläppchen gebaumelt hatte. »Bin ich froh, daß ich das nicht verpaßt hab.«

»Nicht? Ich bin auch froh, daß du's nicht verpaßt.«

Inmitten des ganzen Geschnatters und ziellosen Lärmens der Bande entstand zwischen ihnen ein verlegenes Schweigen, das Orlando mit einem Händeklatschen beendete. Die gelbe Wolke stob in ihre einzelnen Affenpartikel auseinander, die sich auf den diversen virtuellen Oberflächen niederließen. »Ich möchte euch um einen Gefallen bitten.« Er versuchte wie jemand auszusehen, dem eine Rotte Wolfskinder unter Umständen helfen würde. »Ich brauche ganz dringend Hilfe.«

»Kredse uns?« quiekte eines der Äffchen. »Kaufikaufi? Toys-n-Gear?« Aber Kaspar - Orlando erkannte allmählich ein paar der Stimmen - pfiff sie an, still zu sein.

»Wasn fürn Gefallen?«

»Ich versuche jemand zu finden. Der Name ist Melchior, und es hat was mit TreeHouse zu tun. Er oder sie - vielleicht sind's auch mehrere - hat die Softwarearbeit, das Gear, für 'nen Roten Greif in der Simwelt Mittland gemacht.«

»Melchior?« sagte Zunni und schwang sich in die Lüfte wie eine extrafiese kleine Fee. »Leicht! Krebs, Krebs, Krebs!«

»Und Freunde vom Krebs!« sagte ein anderer Affe.

»Immer langsam. Was meint ihr damit?«

»Das ist, als wenn du dich mit Corn Flakes unterhalten wolltest«, sagte Fredericks. »Gib's auf, Orlando.«

»Wart's ab. Zunni, ist ›Krebs‹ jemand, der so heißt?«

Das winzige Äffchen wirbelte im Kreis. »Nein, nein, kein Jemand - uralt! Millionen Jahre!«

Kaspar brachte das jüngere Bandenvolk abermals zum Schweigen. »Isn alter Mann. Wir sagen ›Krebs‹ zu ihm. Wohnt im Spinnwebwinkel.«

»Älter als Steine!« schrie einer der Affen.

»Älter als Onkel Jingle!« gickelte ein anderer. »Ur-ur-alt.«

Mit größter Mühe gelang es Orlando, die Information herauszufiltern, daß ein alter Mann, der sich sowas wie »Eiersiederkrebs« oder einfach »Krebs« nannte, ein ElCot im Gründerhügel von TreeHouse hatte und früher einmal zusammen mit anderen Leuten unter dem Namen Melchior Gear gebaut hatte.

»Tollen Knallknopf hatter gemacht«, erinnerte sich Zunni vergnügt. »Tuse jemand aufn Kopf, drückse - bummmm!«

Orlando hoffte, daß sie explodierende Sims meinte und nicht richtige Menschen. »Könnt ihr uns nochmal nach TreeHouse reinbringen, damit wir mit ihm reden können?«

»Piff!« sagte Zunni. »Noch besser. Guckse-ihn, gucker-dich.«

»Wir holnen gleich«, erläuterte Kaspar. »Der Krebs *liebt* die Böse Bande. ›Hat mir grad noch gefehlt‹, sagt er immer, wenn wirn zum Spielespielen besuchen.«

Die Affen erhoben sich plötzlich in einem gelben Wirbelsturm, drehten sich so schnell, daß sie wie schmelzende Butter zu verlaufen schienen, und verschwanden.

Orlando genoß die Stille. Sein Kopf begann fiebrig zu pochen. Fredericks stand auf und glitt zu der ramponierten Trophäenpyramide hinüber. Er hielt vor dem Schwarzen Elfenprinz an. »Dieter Cabo wäre begeistert.«

»Gib nicht mir die Schuld, sondern den Kunstkritikern vom Tarzan-Freundeskreis.«

Fredericks glitt zurück. »Du meinst also, daß diese Mikroscänner dir helfen werden, etwas zu finden, was du in deinen Träumen siehst? Orlando, überlegst du manchmal noch, was du tust?«

»Ich verfolge jeden Anhaltspunkt, den ich bekommen kann.«

»O ja, das merk ich.« Sein Freund zögerte. »Wie fühlst du dich?«

»Fang bloß nicht damit an. Ich hätte dir nichts erzählen sollen.«

Fredericks seufzte, aber bevor er noch etwas sagen konnte, wurde eine der ElCot-Wände durchlässig, und ein Affenorkan kam hindurchgefegt.

»Komm!« schrie einer. »Schnell, *komm-komm-komm!*«

»Was ist denn?« Orlando wurde aus dem Bandenradau nicht schlau. »Was denn?«

»Ham den Krebs.« Zunnis Stimme schnurrte ihm ins Ohr. Sie schwebte dicht über seiner linken Schulter. »Tut mordsgeheim. Starkleitung, Hyperdurchsatz, irre bunte Farben! Komm schnell!«

»Der Krebs macht was«, erklärte ihm Kaspar ins andere Ohr. »Streng geheim, soll keiner was von merken, aber die Böse Bande trickst keiner aus!«

Orlando mußte an eine Karikatur denken, die er einmal gesehen hatte, ein Mann mit einem Teufel auf der einen Schulter und einem Engel auf der anderen, die ihn beide für sich gewinnen wollen. Aber was tun, wenn einem in beiden Ohren nur Stimmen zügelloser Anarchie gellten? »Wovon redet ihr? Was ist geheim? Hyperdurchsatz?«

»Großes Loch irgendwohin. Komm! Wir hängen dich dran!« Zunni surrte an seinem Ohr wie eine Hummel. »Wir erschrecken den Krebs! Lachen und kreischen, lachen und kreischen!«

»Böse Bande mejor Netsurfercrew!« rief ein anderer. »Kilohana! Alles anschnallen!«

»Langsam!« Orlando litt. Das Fieberkopfweh war auf einmal stark geworden, und er wollte sich nicht hetzen lassen. Aber für ein vernünftiges Gespräch war es längst zu spät - die Affen waren auf volle Kraft voraus gegangen. Fredericks wackelte und flutschte davon, wohin wußte nur die Böse Bande. Das ganze ElCot fing an zu kreiseln, als ob mehrere Malerfarben bunt gemischt im Ausguß abliefen.

»Verdammt nochmal, wartet einen Moment ...!« brüllte Orlando, aber er brüllte ins Leere und in ein Zischen wie ein Leersignal, als sie auch ihn mitrissen.

Dunkelheit ergoß sich über ihn. Er fiel, flog, wurde in mehrere Richtungen auseinandergezerrt. Das Knistern in seinen Ohren wurde immer lauter, bis es wie die Düsen einer Weltraumrakete donnerte.

»Dranbleiben, Landogarner!« schrie Zunni fröhlich irgendwo in der Dunkelheit über den ganzen Lärm hinweg. Sie klang vollkommen unbekümmert - machte nur er diese nervenzerfetzende Erfahrung, oder waren diese verrückten Kinder einfach daran gewöhnt? Das Gefühl, gezogen zu werden, wurde stärker, als ob ihn irgend etwas langstrecken und durch einen Strohhalm saugen würde. Es war wie in einer Achterbahnsimulation, aber eigentlich mußten sie *zwischen* zwei Simulationen sein ... Orlando konnte kaum noch denken. Er schien immer schneller zu werden, immer schneller ...

Dann stürzte das Universum ein.

Alles blieb stehen, als ob etwas ihn mit einer Riesenhand gepackt hätte. Er hörte ferne Schreie, die dünnen Stimmen von Kindern, aber jetzt nicht mehr fröhlich. Ganz schwach, wie hinter einer dicken Tür, kreischten diese Kinder vor Entsetzen. Irgend etwas hatte sie ... und es hatte auch Orlando.

Die Leere, das Nichts umschloß ihn immer fester, drückte zu wie eine Faust, die seine Gedanken und sein Herz erwürgte. Er hing hilflos in einem Bogen aus langsam fließendem Strom. Der Teil von ihm, der noch denken konnte, kämpfte dagegen an, aber kam nicht frei. Die Dunkelheit hatte ein Gewicht, und es zerquetschte ihn. Er spürte, wie er niedergewalzt und plattgepreßt wurde, bis sein letztes Quentchen Ich nur noch verzweifelt und immer langsamer flatterte wie ein Vogel unter einer dicken Decke.

Ich will nicht sterben! Es war ein sinnloser Gedanke, weil er nichts denken oder tun konnte, um das Geschehen irgendwie zu beeinflussen, aber dennoch hallte er immer wieder durch sein versiegendes Bewußtsein. Alle Todestripsimulationen der Welt hatten ihn darauf nicht vorbereiten können. *Ich will nicht sterben! Ich will nicht ... sterben ...*

Will ... nicht ...

Erstaunlicherweise war die Dunkelheit nicht unendlich.

Ein winziger Funke zog ihn aus der unaussprechlichen Leere heraus. Er stieg ihm willenlos entgegen, als wäre er eine Leiche, die vom Grund eines Flusses emporgehievt wurde. Der Funke wurde zu einem verschwommenen Lichtfleck. Nach der mörderischen Schwärze war das ein unglaubliches Geschenk.

Als er näher herantrieb, wuchs das Licht an, schoß in alle möglichen Richtungen und kratzte leuchtende Zeichen auf den endlosen Schiefer der Nacht. Aus Linien wurde ein Quadrat; das Quadrat gewann Tiefe und war ein Würfel, der seinerseits etwas derart Profanes wurde, daß er es einen Moment lang gar nicht glauben konnte. Was da in der Leere hing und jeden Augenblick größer wurde, war ein *Büro* - ein schlichter Raum mit Schreibtisch und Stühlen. Ob er dem Büro entgegenstieg oder dieses sich zu ihm herabsenkte, konnte er nicht sagen, aber es breitete sich aus und umgab ihn, und er fühlte, wie die eisige Starre in ihm sich veränderte und ein wenig löste.

Das ist ein Traum. Ich träume. Er war sicher - er war schon einmal mit seiner Buchse im Kopf eingeschlafen und kannte die Empfindung. *Es ist die Lungenentzündung, ganz klar, ein Fiebertraum. Aber warum kann ich nicht aufwachen?*

Der Raum glich einem ärztlichen Behandlungszimmer, aber alles darin war aus grauem Beton. Der wuchtige Schreibtisch sah aus wie ein steinerner Sarkophag, etwas aus einer Gruft. Hinter dem Tisch saß ein Mann – oder wenigstens hielt ihn Orlando für einen Mann: Wo das Gesicht hätte sein sollen, war eine strahlende Leere.

»Ich träume, stimmt's?« fragte er.

Das Wesen hinter dem Schreibtisch schien die Frage nicht gehört zu haben. »Warum willst du zu uns kommen und für uns arbeiten?« Die Stimme war hoch, aber begütigend.

Nie im Leben hätte er ein solches Gespräch voraussehen können. »Ich ... will für niemanden arbeiten. Weil ... ich bin doch noch ein Kind.«

Eine Tür in der Wand hinter dem Schreibtisch schwang langsam auf und gab den Blick auf wirbelndes, rauchiges blaues Licht frei. Im Innern dieser Helligkeit bewegte sich etwas, ein Schatten ohne erkennbare Gestalt, der ihm dennoch Grauen einflößte.

»*Er* will dich«, sagte die leuchtende Person. »Er nimmt jeden – er langweilt sich, mußt du wissen. Aber wir auf unserer Seite legen ein wenig höhere Maßstäbe an. Unsere Auswahl ist sehr streng. Das ist nicht persönlich gemeint.«

»Ich kann noch keine Stelle haben. Ich gehe noch zur Schule, weißt du ...« Dies *war* ein Traum – es mußte einer sein. Oder vielleicht war es etwas Schlimmeres. Vielleicht lag er im Sterben, und sein Bewußtsein hatte sich noch diese letzte Szene zurechtphantasiert.

Das Ding in dem Raum dahinter regte sich, daß das Licht davon flackerte. Orlando hörte es schnaufen, tiefe, krächzende Atemzüge mit großen Abständen dazwischen. Es wartete. Es würde so lange warten, wie es mußte.

»Na schön, dann kannst du jetzt von mir aus durchgehen.« Die Gestalt hinter dem Schreibtisch deutete auf die offene Tür und das schreckliche Etwas dahinter. »Wenn du die Stelle gar nicht haben willst, hättest du nicht unsere kostbare Sprechzeit vergeuden sollen. Mit der Erweiterung *und* der Fusionierung haben wir im Moment alle Hände voll zu tun.«

Das heisere Schnaufen wurde lauter. Orlando wußte, daß er nie im Leben sehen wollte, wer dieses Geräusch machte.

»Ich hab's mir anders überlegt«, sagte er hastig. »Tut mir leid. Ich will die Stelle. Geht's dabei irgendwie um Mathematik?« Er wußte, daß er gute Noten hatte - das war es doch, was Erwachsene immer wollten, oder? Gute Noten? Er würde seine Mutter und seinen Vater um Erlaubnis fragen müssen, die Schule zu verlassen, aber wenn er ihnen von dem Ding im Nebenzimmer erzählte, würden sie bestimmt ...

Die leuchtende Person stand auf. War das Ablehnung in den gestrafften Schultern, in dem kalten weißen Feuer des gesichtslosen Gesichts? Hatte er zu lange herumverhandelt?

»Komm und gib mir deine Hand«, sagte das Gegenüber.

Ohne zu wissen, wie es geschah, stand er auf einmal direkt vor dem Schreibtisch. Die Gestalt dort streckte eine Hand aus, die wie Phosphor brannte, aber ohne Hitze. Gleichzeitig fühlte er die kalte Luft aus dem blau erleuchteten Zimmer wehen, eine Luft, bei der seine Haut sich zusammenzog und seine Augen tränten. Orlando nahm die Hand.

»Du mußt daran denken, daß du dein Bestes gibst.« Als die Gestalt ihre Hand um seine schloß, fühlte er wieder Wärme in sich einströmen, und das so rasch, daß es beinahe schmerzhaft war. »Du hast gute Noten. Wir lassen es auf einen Versuch ankommen.«

»Vergiß Fredericks nicht«, erinnerte er sich plötzlich. »Ich hab ihn überredet mitzukommen - es ist nicht seine Schuld!«

Das Ding im Hinterzimmer machte ein gräßliches Geräusch, halb Bellen, halb feuchtes Schluchzen. Sein Schatten kam näher; er verdunkelte die Tür und legte sich über den Lichtwürfel, der das Büro war, verdunkelte sogar das Leuchten der Gestalt, die Orlandos Hand hielt. Orlando schrie entsetzt auf und wich zurück, und da fiel er wieder.

Fiel und fiel.

> Als die Abendsonne hinter dem Dunstschleier versank, der über Kalkutta lag, schien sie den ganzen Himmel zu entzünden. Ein orangerotes Glühen breitete sich am Horizont aus, geschmolzenes Licht, von dem die Silhouetten der Fabrikschornsteine rußig abstachen wie die Minarette der Hölle.

Es hat begonnen, dachte er. *Sogar der Himmel spiegelt es wider. Der Tanz hat begonnen.*

Der heilige Mann bückte sich und hob seine einzige Habe vom Sand auf, dann schritt er langsam zum Fluß hinunter, um sie zu waschen.

Auch mit dieser letzten Bindung an die Scheinwelt der Maya war er jetzt fertig, aber es gab Rituale, die eingehalten werden wollten. Er mußte aufhören, wie er angefangen hatte.

Er hockte sich in den braunen Fluß, einen Deltaarm des mächtigen Ganges, und ließ sich von den heiligen Fluten überspülen und von dem Unrat der Industrie- und Hausabwässer Kalkuttas, den sie mitführten. Seine Haut juckte und brannte, aber er machte nicht schneller. Er füllte die Schale und goß dann das Wasser wieder aus, scheuerte und kratzte mit seinen langen Fingern in allen Ritzen, bis die Schale im ersterbenden Sonnenlicht glänzte. Er hielt sie umgedreht vor sich, so daß die rauhe Kante auf seiner Handfläche lag, und erinnerte sich an den Tag, an dem er hierhergekommen war, um sich bereit zu machen; volle zwei Jahre war das jetzt her.

Niemand hatte ihn zur Rede gestellt, als er die Asche der Verbrennungsstätte durchwühlt hatte. Selbst in der modernen Indischen Föderation, wo neue elektronische Nerven pulsierend das Fleisch eines Volkes durchliefen, das so alt und welk war wie die Menschheit selbst, bestand der abergläubische Respekt vor dem Aghori fort. Die Leichenstätten, zu denen er und ein paar andere Verehrer des Zerstörers Schiva noch pilgerten, um sich auf der Suche nach Reinheit im Schmutz und Aas der Welt zu suhlen, wurden ihnen, den Unberührbarsten der Unberührbaren, bereitwillig überlassen. Wer noch glaubte, sah es gern, wenn die alten Bräuche nicht völlig ausstarben. Andere, die früher einmal geglaubt hatten, wandten sich mit schuldbewußtem Schauder ab. Und wer gar nicht glaubte, hatte Besseres zu tun, als sich darum zu kümmern, was auf den faulenden Knochenhaufen an dem großen, verdreckten Fluß vor sich gehen mochte.

An jenem Tag vor zwei Jahren, als er seine städtische Kleidung so bedenkenlos und vollkommen abgelegt hatte, wie eine Schlange ihre Haut abstreift, hatte er jeden Haufen menschlicher Gebeine sorgfältig durchstöbert. Später sollte er diesen Gang auf der Suche nach unverwestem Fleisch wiederholen, denn die Diener Schivas leben nicht nur *mit*, sondern auch *von* Aas, aber an diesem ersten Tag hatte er nach etwas Dauerhafterem geforscht. Auf den verkohlten Überresten eines Brustkastens sitzend, hatte er es schließlich gefunden, vollständig bis auf einen Kieferknochen. Einen Moment lang hatte er sich müßig gefragt, was für Szenen diese leeren Augenhöhlen wohl einst gesehen, was für Tränen sie vergossen, was für Gedanken, Hoffnungen, Träume in der nunmehr hohlen Hirnschale gelebt haben mochten. Dann hatte er sich an die erste Lektion der Verbrennungsstätte erinnert: Alles endet so, doch auch das ist Illusion. Wie der Tod, für den der namenlose Schädel stand, ganz und gar Tod war, so war er auch kein Tod, lediglich eine Illusion der materiellen Welt.

Innerlich neu gesammelt hatte er den Schädel mit hinunter zum Fluß genommen. Als die Sonne sank, genau wie die Sonne dieses Tages, um schließlich im westlichen Dunst zu erlöschen wie eine Fackel, die man in ein Becken mit schmutzigem Wasser taucht, hatte er einen scharfen Stein gefunden und sich an die Arbeit gemacht. Zuerst hatte er die Spitze des Steines in der Stirnmitte an der Stelle angesetzt, wo ein lebender Mann das Pundara-Zeichen anbrachte, und dann den Schädelknochen ringsherum eingekerbt, Stirnbein, Schläfenbein, Hinterhauptsbein, Worte aus seinem früheren Leben, die er so problemlos von sich abfallen ließ, wie er seine Kleider abgelegt hatte. Als der Kreis umrissen war, hatte er die scharfe Kante des Steines genommen - obwohl auch die nicht sonderlich scharf war - und angefangen zu sägen.

All seiner Geduld zum Trotz - er hatte jene erste Nacht ohne Feuer durchgestanden, nackt und zitternd, um nicht die Konzentration zu verlieren - war es keine leichte Arbeit gewesen. Er wußte, daß andere seiner Art sich einen Schädel aussuchten, der bereits vom Feuer mürbe gemacht oder in manchen Fällen schon aufgesprungen war, aber er hatte an die extremen Strapazen gedacht, die vor ihm lagen, und sich keinen derartigen Luxus gestattet. So kam es, daß er erst, als die Sonne schon wieder im Osten aufgegangen war und den Fluß kupferrot gefärbt hatte, den oberen Teil des Schädels abhatte und den Rest beiseite warf.

Er hatte dann das Schädelstück mit zum Fluß genommen und zum erstenmal seit seiner Ankunft das heilige Wasser berührt. Obwohl ihm die Kehle vor Durst schon seit Stunden wie Feuer gebrannt hatte, schmirgelte er erst noch die scharfen Kanten der Schale an einem flachen Felsen ab, ehe er sich gestattete, sie in den Fluß zu tauchen und zu trinken. Als das verseuchte Wasser der Mutter Ganga ihm durch die Kehle geronnen und ein Feuer anderer Art an die Stelle des Durstes getreten war, hatte er sich von einer großen Klarheit durchdrungen gefühlt.

O Schiva, hatte er gedacht, *ich entsage den Schlingen der Maya. Ich warte auf deine Musik.*

Jetzt, wo er die Schale zum letztenmal anblickte, begann der Aghori zu sprechen. Seine seit Monaten nicht mehr gebrauchte Stimme war trocken und schwach, aber er sprach zu niemand anderem als sich selbst.

»Es kam Schiva zu Ohren, daß im Walde Taragam zehntausend ketzerische Priester lebten. Diese Ketzer lehrten, das Universum sei ewig, die Seelen hätten keinen Herrn und das Verrichten von Werken allein reiche aus zur Erlösung. Schiva beschloß, sie aufzusuchen und über ihre Irrtümer aufzuklären.

Zu Vischnu, dem Erhalter, sprach er: ›Komm, du sollst mich begleiten. Ich werde mir den Anschein eines wandernden Yogis geben, und du wirst als die schöne Frau des Yogis erscheinen, und so werden wir diesen ketzerischen Rischis eine Lehre erteilen.‹ Also verwandelten sich er und Vischnu und begaben sich unter die Priester im Wald Taragam.

Alle Frauen der Priester wurden von inbrünstigem Verlangen nach dem mächtigen Yogi ergriffen, der zu ihnen kam, und die Rischis selbst waren alle voll Verlangen nach der Frau des Yogis. Alle Tätigkeiten kamen zum Erliegen, und es entstand eine große Unruhe unter den Priestern. Endlich beschlossen sie, den Yogi und seine Frau zu verfluchen, aber alle ihre Flüche blieben ohne Wirkung.

Da schichteten und entzündeten die Priester ein Opferfeuer und riefen daraus einen furchtbaren Tiger hervor, der sich auf Schiva stürzte, um ihn zu vernichten. Aber Schiva lächelte nur milde, zog dem Tiger allein mit dem kleinen Finger das Fell ab und legte sich das Fell als Umhang um.

Die wütenden Rischis zauberten daraufhin eine schreckliche Schlange herbei, riesengroß und giftig, aber Schiva lächelte abermals, hob sie hoch und hängte sie sich als Girlande um den Hals. Die Priester trauten ihren Augen nicht.

Zuletzt brachten die Priester einen gräßlichen schwarzen Zwerg mit einer Keule hervor, die Berge zerschmettern konnte, aber Schiva lachte nur, stellte seinen Fuß auf den Rücken des Zwerges und fing an zu tanzen. Schivas Tanz ist der Ursprung aller Bewegung im Universum, und sein Anblick und der prachtvolle Glanz des aufreißenden Himmels erfüllte die Herzen der ketzerischen Priester mit Furcht und Schrecken. Sie warfen sich vor ihm nieder und baten um Gnade. Er tanzte für sie seine fünf Taten, Schöpfung, Erhaltung, Zerstörung, Verkörperung und Erlösung, und als sie Schivas Tanz gesehen hatten, waren die Priester von der Illusion befreit und wurden seine Anhänger, und der Irrtum war ihnen ein für allemal aus den Seelen gebrannt.

So kommt es, daß der Erste Beweger – manchmal auch ›der Schrecken‹ und ›der Zerstörer‹ genannt – in seinem Tanz auf dem Rücken der Finsternis das Leben wie auch den Tod alles Seienden in sich birgt. Aus diesem Grund wohnen seine Diener auf der Leichenstätte und ist das Herz seines Dieners wüst und leer wie die Leichenstätte, wo das Ich und seine Gedanken und Taten verbrannt werden und nichts übrigbleibt als allein der Tänzer.«

Als er fertiggesprochen hatte, verneigte er sich und schloß die Augen. Nach einer Weile stellte er seine Schale auf den sandigen Boden, hob einen schweren Stein hoch und zerschmetterte sie.

Die Sonne war untergegangen, und nur noch ein blutiger Lichtstreif zog sich über den Horizont hinter der Stadt. Der Aghori stand auf und schritt durch die Asche und den Rauch zu der Stelle im Schilf, wo er vor vierundzwanzig Monaten seine Aktentasche in einen Plastikbeutel getan und in einem Steinhaufen versteckt hatte. Er holte sie aus dem Beutel, legte seinen Daumen auf das Schloß und öffnete sie. Der Geruch, der aus der Tasche aufstieg und in eine Nase drang, die nur noch den Geruch des Beinhauses gewöhnt war, kam aus einem anderen Leben, einem Leben, das ihm unvorstellbar anders vorkam. Einen Augenblick lang ließ er seine rauh gewordenen Finger die fast unglaubliche Weichheit der Kleidung genießen, die die ganze Zeit auf ihn gewartet hatte, und staunte darüber, daß er solche Sachen einmal völlig gedankenlos getragen hatte. Dann hob er das seidige Stoffbündel hoch und holte darunter ein Pad in einem teuren Lederetui hervor. Er klappte den Deckel auf und strich mit dem Finger über den Touchscreen. Der Zündchip war noch geladen, und der Bildschirm leuchtete auf. Er entfernte den Verschluß seiner Neurokanüle und betupfte sie mit Alkohol aus der Aktentasche – es gab Dinge, für die selbst das heilige Wasser von Mutter Ganga nicht ganz geeignet war –, dann entrollte er aus der Seite des Pads ein Glasfaserkabel und stöpselte es ein.

Zehn Minuten später zog Nandi Paradivasch das Kabel wieder heraus und stand auf. Wie erwartet hatte die Mitteilung vorgelegen. Es war Zeit, daß er ging.

Er schlüpfte in Hose und Hemd, gegen deren sanftes Streicheln auf seiner Haut er sich nicht wehren konnte, dann setzte er sich auf einen Stein, um seine Schuhe anzuziehen. Die Verbrennungsstätte hatte ihn vorbereitet, aber für die nächste Etappe seiner Fahrt mußte er in die Stadt zurückkehren. Um das zu tun, was als nächstes anstand, mußte er über eine ansehnliche Bandbreite verfügen können.

Die Gralsbruderschaft hat ihre Instrumente ergriffen, jetzt müssen wir, Der Kreis, unsere ergreifen. Noch andere sind von der Musik angezogen worden, wie wir es erwartet hatten. Und nur Schiva weiß, wie es ausgehen wird.

Er schloß die Aktentasche und stieg das sandige Ufer empor. Mittlerweile war es Abend geworden, und die Lichter der Großstadt glitzerten vor ihm wie ein Juwelenhalsband auf der dunklen Brust Parvatis, der Frau des Zerstörers.

Es hat begonnen, sagte er sich. *Der Tanz hat begonnen.*

Vier

Die Stadt

Und er hob an und sprach:
»Gefallen, gefallen ist Babel,
und alle Bilder ihrer Götter
hat er zu Boden geschmettert!«

Jesaja 21,9

Kapitel

Der Traum eines anderen

NETFEED/SITCOM-LIVE:
"Sprootie" muß her!
(Bild: Wengweng Chos Eßzimmer)
Cho: Was ist denn das? Ich dachte, jemand wäre Sprootie holen gegangen! Das ist ein sehr wichtiges Essen! Der Bezirksgouverneur kommt zu Besuch! Ihr habt mich alle verraten!
(Bild: Cho ab. Tochter Zia schiebt Chen Shuo herein.)
Zia: Mein Vater wird deinetwegen noch einen Herzanfall bekommen, Shuo!
Shuo: Wie ich höre, ist Sprootie auch dafür ein gutes Mittel.
(Off: Lachen)
Zia: Er glaubt wirklich, daß es das Zeug gibt! Du bist ein sehr grausamer Mann!
Shuo: Liebst du mich deswegen? Oder einfach weil ich so schön bin?
(Off: Lachen und Applaus)

> Lange Zeit lag sie auf dem Rücken und starrte nach oben auf das fiebrige Grün der Bäume und die ziellos flatternden bunten Flämmchen, in denen sie schließlich Schmetterlinge erkannte. Wo sie durch das Blättergewirr hindurchblicken konnte, war der Himmel feierlich tief und blau. Aber sie konnte sich nicht erinnern, wer sie war oder wo sie war oder warum sie hier völlig leer im Kopf auf dem Rücken lag.

Irgendwann, als sie gerade traumverloren einem grünen Vogel zusah, der auf einem grünen Zweig über ihr dringende kleine Pfeiftöne von sich gab, wehte eine Erinnerung sie an. Ein Schatten hatte auf ihr gelegen, eine kalte Hand. Dunkelheit, schreckliche Dunkelheit. Trotz der feuchten Wärme der Luft und der Glut der Sonne hinter dem Filter der Blätter zitterte sie.

Ich habe jemanden verloren, dachte sie plötzlich. Sie konnte die Lücke fühlen, wo dieser Mensch hätte sein sollen. *Jemand, der mir lieb ist, ist fort.* Ein unvollständiges Bild huschte ihr durch den Kopf, ein kleiner Körper, schlank, ein braunhäutiges Gesicht mit hellen Augen.

Bruder? überlegte sie. *Sohn? Freund oder Geliebter?* Sie kannte die ganzen Worte, aber konnte bei keinem genau sagen, was es bedeutete.

Sie setzte sich auf. Der Wind in den Bäumen ließ ein langgezogenes Seufzen hören, ein Ausatmen, das sie rings umgab, genau wie die Bäume. Was war das für ein Ort?

Auf einmal fühlte sie in ihren Gedanken wie einen Hustreiz im Hals das Kitzeln eines Wortes. Zuerst war es nur ein Laut, aber innerlich hörte sie, wie eine Frauenstimme ihn sagte, einen scharfen Laut, einen Laut, der ihre Aufmerksamkeit auf sich ziehen wollte: *Irene! Irene!*

Irene. Es war die Stimme ihrer Mutter, die in ihrer Erinnerung ablief wie eine alte Aufnahme. *Irene, leg das hin! Mädel, manchmal kann man mit dir die Geduld verlieren. Irene. Irene Sulaweyo. Ja, Renie, ich rede mit dir!*

Renie.

Und mit ihrem Namen kam ihr auch alles andere wieder - der mürrische Flunsch ihres Vaters und das vom endlosen Schlafen erschlaffte liebe Gesicht Stephens, Pinetown, die Verwüstung von Doktor Van Bleecks Labor. Und dann das dunkle Ding, die furchtbare Schwärze und das lautlose Kreischen des alten Singh.

!Xabbu.

»!Xabbu?« Keine Antwort als das Pfeifen des grünen Vogels. Sie erhob die Stimme und probierte es noch einmal, als ihr Martine einfiel und sie auch die rief.

Aber das ist Blödsinn. Sie kann nicht hier bei mir sein - sie ist irgendwo in Frankreich. Und dies hier war eindeutig nicht Frankreich, und der Militärstützpunkt im Berg auch nicht. Dies war ... irgendwo anders.

Wo bin ich, um Gottes willen? »!Xabbu? !Xabbu, kannst du mich hören?«

Der brodelnde Urwald verschluckte ihre Stimme; sie verklang fast ohne ein Echo. Renie stellte sich auf wacklige Beine. Das Experiment war zweifellos auf schreckliche Weise fehlgeschlagen, aber wie hatte das hier dabei herauskommen können? Ihre Umgebung glich in nichts den kargen Drakensbergen - es sah aus wie irgendwo weiter im Norden, wie einer der Regenwälder in der Westafrikanischen Föderation.

Ein Gedanke, ein unmöglicher Gedanke glomm in ihr auf.

Das konnte nicht sein ...

Sie betastete ihr Gesicht. Da war etwas, etwas Unsichtbares, das dennoch unter ihren forschenden Fingern Form und Textur hatte - etwas, das sogar ihre Augen bedeckte, obwohl die grüne Welt vor ihr bewies, daß nichts ihre Sicht behindern konnte ...

Es sei denn, daß nichts von alledem real war ...

Renie wurde schwindlig. Sie sank langsam auf die Knie, dann setzte sie sich hin. Unter ihr war dicke, weiche Erde, durchpulst von ihrem eigenen Lebenszyklus - sie konnte es fühlen! Sie spürte den gesägten Rand eines abgefallenen Blattes an der Handkante. Der Gedanke war unmöglich - aber dieser Ort nicht minder. Die Welt um sie herum war zu real. Sie machte die Augen zu und wieder auf. Der Urwald ging nicht weg.

Fassungslos fing sie an zu weinen.

Es ist unmöglich. Schon eine halbe Stunde lang kämpfte sie sich durch die dichte Vegetation. *Diese Detailgenauigkeit - und über so viele Meilen! Und es gibt überhaupt keine Verzögerung! Es kann einfach nicht sein.*

Ein Insekt brummte vorbei. Renie streckte blitzschnell die Hand aus und fühlte, wie der winzige Körper gegen ihren Fingerknöchel stieß und abprallte. Einen Augenblick später hatte sich das schillernde geflügelte Wesen wieder gefangen und flog im Zickzack davon.

Keine erkennbare Verzögerung, selbst auf dieser Komplexitätsstufe nicht. Was hatte Singh gesagt - Billionen und Aberbillionen Befehle pro Sekunde? So etwas ist mir noch nie zu Ohren gekommen. Plötzlich begriff sie, warum die goldene Stadt so eindrucksvoll ausgesehen hatte. Auf dieser Stufe der Technik war fast alles möglich.

»!Xabbu!« rief sie wieder. »Martine! Hallo!« Dann, ein bißchen leiser: »Jeremiah? Funktioniert die Leitung noch? Kannst du mich hören? Jeremiah?«

Niemand gab Antwort außer den Vögeln.

Was nun? Wenn sie sich tatsächlich in dem Netzwerk namens Otherland befand und wenn dieses so groß war, wie Singh gesagt hatte, konnte sie so entsetzlich weit von jedem brauchbaren Standort entfernt sein wie jemand in der Antarktis von einem ägyptischen Café. Wo hatte Singh anfangen wollen?

Das Gewicht der Hoffnungslosigkeit drohte sie einen Moment lang völlig zu erdrücken. Sie dachte daran, einfach offline zu gehen, aber verwarf den Gedanken schon nach kurzer Überlegung. Singh war in dieser ... Dunkelheit umgekommen (weiter traute sie sich nicht darüber nachzudenken, was geschehen sein mochte), um sie alle hierherzubringen. Es wäre ein furchtbarer Verrat, wenn sie jetzt nicht weiterginge. Aber wohin?

Sie probierte rasch eine Reihe von Sondierungsbefehlen durch, aber ohne Ergebnis. Keine der üblichen VR-Kommandosprachen schien zu gelten, oder man brauchte als Benutzer besondere Genehmigungen zur Bearbeitung des Environment, die sie schlicht und einfach nicht hatte.

Irgendwelche Leute haben unvorstellbar viel Zeit und Geld darauf verwandt, sich eine Welt zu bauen. Vielleicht spielen sie gern Gott – vielleicht kann man als Außenstehender gar nichts anderes machen, als diesen Ort zu besuchen und möglichst viel mitzukriegen.

Renie blickte nach oben. Die Schatten der Bäume hatten den Winkel verändert, und der Himmel schien kaum merklich dunkler geworden zu sein. *Alles andere ist genau wie im RL,* dachte sie. *Vielleicht sollte ich daran denken, mir ein Feuer zu machen. Wer weiß, was sich hier nachts herumtreibt?*

Die Unmöglichkeit ihrer Situation drohte abermals, sie zu erschlagen, aber unter der Bestürzung, Verwirrung und Verzweiflung schwelte auch ein winziges Fünkchen galligen Humors. Wer hätte je gedacht, daß ihre kostbare, sauer verdiente Universitätsbildung, die sie nach allgemeinem Dafürhalten erst richtig zu einem Menschen des einundzwanzigsten Jahrhunderts hätte machen sollen, statt dessen dazu geführt hatte, daß sie imaginäre Feuer in imaginären Urwäldern machte, um imaginäre wilde Tiere abzuschrecken?

Herzlichen Glückwunsch, Renie. Du bist jetzt eine offizielle imaginäre Primitive.

Es war aussichtslos. Selbst mit dem Trick, den !Xabbu ihr gezeigt hatte, brachte sie keinen einzigen Funken zustande. Das Holz hatte zu lange auf dem feuchten Boden gelegen.

Wer diesen verfluchten Ort erfunden hat, muß ein totaler Pingel gewesen sein. Hätte er nicht wenigstens ein paar trockene Stöcke herumliegen lassen können ...?

Es raschelte im Gebüsch. Renie schoß hoch und packte einen der Äste in der Hoffnung, daß er als Knüppel bessere Dienste tat denn als Brennholz.

Wovor hast du Angst? Es ist eine Simulation. Soll doch irgendein wilder Leopard oder sonstwas aus der Dunkelheit kommen und dich zerreißen, na wenn schon!

Aber das würde sie wahrscheinlich aus dem Netzwerk hinauskatapultieren - ausgespielt. Damit hätte sie Singh nur auf andere Weise verraten, Singh, Stephen, alle.

Und außerdem fühlt sich das alles hier viel zu scheißreal an. Ich will gar nicht wissen, wie sie mich als Abendessen irgendeiner Bestie simulieren würden.

Der freie Platz, auf dem sie sich niedergelassen hatte, war kaum drei Meter breit. Das durch das Laubwerk sickernde Mondlicht war hell, aber dennoch war es nur Mondlicht: Jedes Wesen, das groß genug war, um sie anzugreifen, hatte sie wahrscheinlich schon gepackt, bevor sie überhaupt reagieren konnte. Und sie konnte sich nicht einmal auf mögliche Gefahren einstellen, weil sie keine Ahnung hatte, wo sie eigentlich sein sollte. In Afrika? Im prähistorischen Asien? In einem reinen Phantasieland? Wer sich eine derartige Stadt ausdenken konnte, konnte sicher auch jede Menge Monster erfinden.

Das Geräusch wurde lauter. Renie versuchte sich auf die Dinge zu besinnen, die sie in Büchern gelesen hatte. Die meisten Tiere, meinte sie sich zu erinnern, hatten mehr Angst vor einem als man vor ihnen. Selbst die großen wie die Löwen gingen den Menschen lieber aus dem Weg.

Immer unter der Voraussetzung, daß wir es mit so etwas wie wirklichen Tieren zu tun haben.

Sie schob diesen demoralisierenden Gedanken beiseite und beschloß, statt sich furchtsam zusammenzukauern und zu hoffen, daß niemand sie entdeckte, wäre es klüger, sich deutlich bemerkbar zu machen. Sie holte tief Luft und fing laut zu singen an.

>*»Genom-Krieger*
>*Voller Mut,*
>*Schlagen Mutarrs üble Brut,*
>*Scheiden sicher Schlecht und Gut,*
>*Starke Genom-Krieger ...!«*

Es war peinlich, aber im Augenblick war der Erkennungssong der Kindershow - eines von Stephens Lieblingsliedern - das einzige, was ihr in den Sinn kam.

> »Das Mutanten-Superhirn
> Will die ganze Menschheit kirren,
> Plant hinter der finstern Stirn,
> Erbanlagen zu verwirren ...«

Das Rascheln wurde noch lauter. Renie brach ihr Lied ab und erhob den Knüppel. Ein merkwürdiges Zotteltier, dem Aussehen nach ein Mittelding zwischen Ratte und Schwein und der Größe nach eher das letztere, betrat die Lichtung. Renie erstarrte. Das Tier hob kurz die Schnauze und schnupperte, aber schien sie nicht zu bemerken. Gleich dahinter kamen zwei kleinere Ausführungen des ersten aus dem Dickicht gewuselt. Die Mutter gab ein leises Grunzen von sich und scheuchte ihre Sprößlinge zurück ins Gebüsch, sehr zur Erleichterung der erschrockenen Renie.

Das Wesen war ihr einigermaßen vertraut vorgekommen, aber sie konnte auf keinen Fall behaupten, daß sie es erkannt hätte. Sie hatte immer noch keine Ahnung, wo sie sein sollte.

> »Genom-Krieger ...!«

Wieder sang sie, diesmal noch lauter. Anscheinend hatte die hiesige Fauna, wenigstens nach dieser Begegnung mit der Schweineratte, oder was es sonst war, zu urteilen, keinen Begriff davon, daß man sich vor Menschen in Acht nehmen mußte.

> »... Ins Gefecht!
> Mit Chromoschwertern haut und stecht,
> Die Mutomix-Maschine brecht,
> Starke Genom-Krieger!

Der Mond war direkt über ihr aufgegangen, und sie hatte ihr ganzes Repertoire durchgesungen - Popsongs, Lieder aus diversen Netshows, Kinderlieder und Stammeshymnen -, als sie eine leise Stimme zu hören meinte, die ihren Namen rief.

Sie stand auf und wollte schon zurückrufen, als sie innehielt. Sie befand sich nicht mehr in ihrer eigenen Welt - sie war ganz offensichtlich im Traum eines anderen gefangen -, und sie konnte die Erinnerung an das dunkle Etwas, das Singh getötet hatte und mit ihr wie mit einem

Spielzeug umgesprungen war, nicht abschütteln. Vielleicht hatte dieses sonderbare Betriebssystem, oder was es auch war, sie beim Durchschlüpfen verloren, aber suchte jetzt nach ihr. Es hörte sich absurd an, aber die grauenhafte lebendige Finsternis, gefolgt von der überwältigenden Lebensechtheit dieses Ortes, hatte sie zutiefst erschüttert.

Bevor sie sich entscheiden konnte, was sie tun sollte, wurde ihr die Entscheidung abgenommen. Die Blätter über ihr raschelten, und dann plumpste etwas auf die Lichtung. Der Ankömmling hatte einen Kopf wie ein Hund und Augen, in denen sich gelb der Mond spiegelte. Renie wollte schreien, aber konnte nicht. Mit einem erstickten Laut raffte sie den dicken Ast auf. Das Tier hüpfte zurück und erhob überraschend menschliche Vorderpfoten.

»Renie! Ich bin's! !Xabbu!«

»!Xabbu! Was ... bist du's wirklich?«

Der Pavian ging in die Hocke. »Ich schwöre es. Erinnerst du dich an die Leute, die auf den Fersen sitzen? Ich habe ihre Gestalt, aber hinter der Gestalt bin ich.«

»O mein Gott.« Die Stimme war nicht zu verwechseln. Warum hätte jemand, der !Xabbus Stimme so perfekt kopieren konnte, einen Betrüger in so einer frappierenden Gestalt schicken sollen? »O mein Gott, du bist es wirklich!«

Sie stürzte vor und nahm den haarigen Tierkörper auf den Arm, drückte ihn an sich und weinte.

»Aber warum hast du dieses Aussehen? Ist dir das beim Übergang durch ... ach, wodurch auch immer ... passiert?«

!Xabbu war mit seinen geschickten Pavianfingern dabei, Feuer zu machen. Er war auf Bäume geklettert und hatte dort tote Äste gefunden, die relativ trocken waren, weil sie nicht am Boden gelegen hatten. Jetzt stieg von dem Holzstück, das er zwischen seine langen Füße geklemmt hatte, ein winziges Rauchfähnchen auf.

»Ich habe dir erzählt, daß ich einen Traum hatte«, sagte er. »Ich träumte, es sei an der Zeit, daß alle ersten Menschen sich wieder zusammenschließen. Es sei an der Zeit, daß meine Familie zurückzahlt, was sie den Leuten schuldet, die auf den Fersen sitzen. Deswegen – und noch aus anderen Gründen, die dir praktischer erscheinen würden – habe ich diesen Sim zusätzlich zu einer normaleren menschlichen Gestalt als Ersatz gewählt. Aber als ich hier eintraf, war dies der Körper, den ich erhalten hatte. Ich kann keine Möglichkeit entdecken, etwas daran zu ändern, deshalb mußte ich diese Gestalt behalten, obwohl ich dich lieber nicht erschreckt hätte.«

Renie lächelte. Wieder mit !Xabbu vereint zu sein, hatte ihren Mut schon gehoben, und der Anblick eines glimmenden roten Punktes in dem ausgehöhlten Ast hob ihn noch mehr. »Du hattest praktische Gründe, diesen Sim zu wählen? Was ist denn so praktisch daran, ein Pavian zu sein?«

!Xabbu blickte sie lange an. Die vorspringenden knochigen Brauen und die hundeähnliche Schnauze hatten etwas Komisches, aber die Persönlichkeit des kleinen Mannes war trotz allem dahinter spürbar. »Vieles, Renie. Ich kann an Plätze, wo du nicht hinkannst - zum Beispiel konnte ich auf einen Baum klettern und diese Äste finden, stimmt's? Ich habe Zähne«, er bleckte kurz sein eindrucksvolles Gebiß, »die sich als nützlich erweisen können. Und ich kann mich unbemerkt hierhin und dorthin begeben, weil Stadtmenschen Tiere nicht registrieren - und ich vermute, das gilt auch in einer derart fremdartigen Welt wie dieser. Wenn man bedenkt, wie wenig wir über dieses Netzwerk und seine Simulationen wissen, sind das alles, glaube ich, wertvolle Vorzüge.«

Die dürren Kräuselblätter hatten jetzt Feuer gefangen. Als !Xabbu mit diesen kleinen Flammen einen größeren Brand entfachte, streckte Renie ihre Hände nach der Wärme aus. »Hast du versucht, mit Jeremiah zu reden?«

!Xabbu nickte. »Ich bin sicher, wir beide haben die gleichen Entdeckungen gemacht.«

Renie lehnte sich zurück. »Das alles ist kaum zu glauben. Es fühlt sich unglaublich real an, nicht wahr? Kannst du dir vorstellen, wie es wäre, wenn wir direkte Nervenanschlüsse hätten?«

»Ich wollte, wir hätten welche.« Der Pavian hockte sich hin und schürte das Feuer. »Es ist frustrierend, nicht mehr Sachen riechen zu können. Dieser Sim möchte Naseninformationen haben.«

»Ich fürchte, dem Militär waren Gerüche nicht sehr wichtig. Die V-Tankanlage ist mit einer ziemlich rudimentären Geruchspalette ausgestattet. Die Benutzer sollten wahrscheinlich bloß imstande sein, Gerätebrände, schlechte Luft und ein paar andere Sachen zu riechen, aber darüber hinaus ... Was meinst du eigentlich mit ›Naseninformationen‹?«

»Bevor ich zum erstenmal in die VR eintrat, war mir gar nicht klar, wie sehr ich mich auf meinen Geruchssinn verlasse, Renie. Außerdem, vielleicht weil ich einen Tiersim habe, scheint das Betriebssystem dieses Netzwerks mir einen leicht anderen ... wie sagst du dazu? ... sensorischen Input zu verschaffen. Es kommt mir so vor, als könnte ich viele Dinge tun, die ich im anderen Leben niemals tun könnte.«

Ein kurzer Schauder durchrieselte Renie, als !Xabbu von einem »anderen Leben« sprach, aber dann wurde sie abgelenkt, weil er sich vorbeugte und sie mit seiner langen Schnauze beschnüffelte. Die leichte Berührung kitzelte sie, und sie schob ihn weg. »Was machst du da?«

»Ich präge mir deinen Geruch ein, oder wenigstens den Geruch, den unsere Geräte dir geben. Wenn ich besser ausgestattet wäre, müßte ich mich gar nicht groß bemühen. Aber jetzt, denke ich, werde ich dich finden können, falls ich dich wieder verliere.« Er klang mit sich selbst zufrieden.

»Mich finden ist nicht das Problem. *Uns* finden, das ist die Schwierigkeit. Wo sind wir? Wo sollen wir hin? Wir müssen bald etwas unternehmen - Stundengläser und imaginäre Städte sind mir egal, aber mein Bruder stirbt!«

»Ich weiß. Zuerst müssen wir zusehen, daß wir aus diesem Urwald hinauskommen, denke ich. Dann werden wir mehr erfahren können.« Er wiegte sich im Sitzen hin und her und hielt dabei seinen Schwanz in der Hand. »Immerhin habe ich eine Vermutung darüber, wo wir sind. Und auch darüber, in welcher Zeit wir uns befinden.«

»Unmöglich! Wie soll das gehen? Bist du vielleicht an einem Straßenschild vorbeigekommen, bevor du mich getroffen hast? Oder an der Touristeninformation?«

Er legte seine Stirn in Falten, ein wahres Inbild äffischer Indigniertheit. »Es ist nur eine Vermutung, Renie. Es gibt so viel, was wir über dieses Netzwerk und seine Simulationen nicht wissen, daher kann ich mich irren. Aber zum Teil muß man bloß ein wenig kombinieren. Sieh dich um. Dies ist ein Urwald, ein Regenwald wie in Kamerun. Aber wo sind die Tiere?«

»Ein paar hab ich gesehen. Und ich sitze neben einem.«

Er ignorierte die Bemerkung. »Ein paar, mehr nicht. Und es gibt hier nicht so viele Vögel, wie man in einer solchen Umgebung erwarten würde.«

»Das heißt?«

»Das heißt, daß wir wahrscheinlich ziemlich dicht am Rand des Waldes sind und daß es in der Nähe entweder eine große Stadt oder irgendwelche Industrie gibt. So habe ich es schon in der wirklichen Welt erlebt. Eines von beiden hätte viele der Tiere vertrieben.«

Renie nickte langsam. !Xabbu hatte ein feines Empfinden, aber er war auch schlicht und einfach klug. Wegen seiner kleinen Statur und der altmodischen Förmlichkeit seiner Kleidung und seiner Redeweise war es manchmal leicht gewesen, ihn zu unterschätzen. Dieser Fehler konnte einem noch leichter unterlaufen, solange er in seiner jetzigen Gestalt herumspazierte. »Oder, wenn dies eine erfundene Welt ist, könnte jemand sie auch einfach so angelegt haben«, wandte sie ein.

»Vielleicht. Aber ich glaube, wir haben gute Chancen, nicht weit von Menschen entfernt zu sein.«

»Und was ist mit der Zeit?«

»Wenn die Tiere vertrieben wurden, dann nehme ich an, daß der Stand der Technik in ... in dieser Welt ... nicht weit hinter unserem eigenen zurück oder ihm sogar voraus ist. Außerdem hängt ein scharfer Geruch in der Luft, der vermutlich zu diesem Ort gehört und nicht bloß ein Zufallsprodukt unserer V-Tanks ist. Ich habe ihn nur gerochen, als der Wind umschlug, kurz bevor ich dich fand.«

Renie, der das Feuer ein überraschend großes Behagen bereitete, begnügte sich damit, für den kleinen Holmes den Watson zu spielen. »Und dieser Geruch ist ...?«

»Das kann ich nicht sicher sagen, aber es ist ein Rauch, der von etwas Modernerem kommt als von einem Holzfeuer – ich rieche Metall darin, und Öl.«

»Warten wir's ab. Ich hoffe, du hast recht. Wenn wir eine lange Suche vor uns haben, wäre es angenehm, wenn heiße Duschen und warme Betten mit zum Schauplatz des Geschehens gehören würden.«

Sie schwiegen eine Weile und lauschten dem Knistern des Feuers. Ein paar Vögel und etwas, das sich wie ein Affe anhörte, riefen oben in den Bäumen.

»Was ist mit Martine?« fragte Renie plötzlich. »Könntest du deine Paviannase dazu benutzen, sie aufzuspüren?«

»Vielleicht, wenn wir ihr nahe genug wären, wobei ich allerdings nicht weiß, welchen Geruch sie in dieser Simulation hat. Aber hier in der Nähe gibt es nirgends etwas, was wie du riecht – und das ist der einzige Anhaltspunkt für menschlichen Geruch, den ich habe.«

Renie blickte am Feuer vorbei ins Dunkel. Da sie und !Xabbu einigermaßen dicht beieinander gelandet waren, war Martine ja vielleicht auch nicht weit weg. Falls sie überlebt hatte.

»!Xabbu, was hast du beim Durchkommen erlebt?«

Bei seiner Schilderung bekam sie wieder eine Gänsehaut, erfuhr aber nichts Neues.

»... Das Letzte, was ich Herrn Singh sagen hörte, war, es sei lebendig«, schloß er. »Dann war mir, als ob noch viele andere Wesenheiten zugegen wären, als ob ich von Geistern umringt wäre. Genau wie du wachte ich allein und konfus im Wald auf.«

»Hast du eine Ahnung, was ... dieses Ding war? Das Ding, das uns packte und ... und Singh tötete? Es hatte jedenfalls keine Ähnlichkeit mit einem Sicherheitsprogramm, von dem *ich* je gehört hätte, das kann ich dir sagen.«

»Es war der Allverschlinger.« Er sagte es mit fragloser Bestimmtheit.

»Wovon redest du?«

»Er ist das Wesen, das das Leben haßt, weil es selber leer ist. In meinem Volk erzählt man sich eine berühmte Geschichte von den letzten Tagen des Großvaters Mantis, wie da der Allverschlinger an sein Lagerfeuer kam.« Er schüttelte den Kopf. »Aber ich werde sie nicht hier erzählen, nicht jetzt. Es ist eine wichtige Geschichte, aber sie ist traurig und furchterregend.«

»Na, was immer das für ein Wesen war, ich möchte nicht nochmal in seine Nähe kommen. Es war schlimmer als diese Kali-Kanaille in Mister J's.« Doch wenn sie darüber nachdachte, hatte es durchaus gewisse Ähnlichkeiten zwischen den beiden gegeben, vor allem die Tatsache, daß sie anscheinend mit virtuellen Medien physische Veränderungen bewirken konnten. Welche Verbindung mochte zwischen ihnen bestehen, und konnte ein Vergleich mit der Kali und den Vorfällen in dem Club ihr helfen, das Ding zu verstehen, das !Xabbu den Allverschlinger nannte? Konnte *irgend etwas* ihnen helfen, es zu verstehen?

Renie gähnte. Es war ein langer Tag gewesen. Ihr Gehirn wollte nicht mehr arbeiten. Sie rückte nach hinten an einen Baumstamm. Wenigstens wimmelte diese tropische Simulation nicht allzu sehr von Insekten. Vielleicht konnte sie sogar eine Mütze voll Schlaf bekommen.

»!Xabbu, magst du zu mir rüberkommen? Ich werde langsam müde, und ich weiß nicht, wie lange ich noch wach bleiben kann.«

Er sah sie einen Moment lang schweigend an und ging dann auf allen vieren über die kleine Lichtung. Er hockte sich ein wenig verlegen neben sie, dann streckte er sich aus und legte seinen Kopf auf ihre Schenkel. Sie streichelte gedankenverloren sein Nackenfell.

»Ich bin froh, daß du da bist. Ich weiß, daß du, mein Vater und Jeremiah in Wirklichkeit nur wenige Meter von mir entfernt seid, aber dennoch habe ich mich beim Aufwachen schrecklich einsam gefühlt. Es wäre viel schlimmer gewesen, wenn ich die ganze Nacht hier allein hätte verbringen müssen.«

!Xabbu sagte nichts, er streckte nur einen langen Arm aus, tätschelte ihren Kopf und berührte dann mit seinem haarlosen Affenfinger leicht ihre Nase. Renie fühlte, wie sie in den ersehnten Schlaf sank.

> »Ich kann das Ende des Waldes sehen«, rief !Xabbu zwanzig Meter über ihr. »Da ist auch eine Siedlung.«

Renie marschierte ungeduldig am Fuß des Baumes auf und ab. »Siedlung? Wie sieht sie aus?«

»Das kann ich von hier nicht erkennen.« Er trat weiter auf den Ast hinaus, der in einer Weise schwankte, daß Renie ganz nervös wurde. »Sie ist mindestens zwei Kilometer entfernt. Aber es steigt Rauch auf, und es gibt Häuser. Sie sehen sehr einfach aus.«

Er hangelte sich hurtig hinunter und ließ sich dann neben ihr auf den weichen Boden fallen. »Ich habe einen Pfad gesehen, der einen guten Eindruck macht, aber der Dschungel ist sehr dicht. Ich werde bald wieder hochklettern und schauen müssen, oder wir werden den ganzen Tag damit zu tun haben, uns einen Weg zu bahnen.«

»Dir macht das Spaß, was? Bloß weil wir zufällig in einem Urwald gelandet sind, erscheint deine Pavianidee brillant. Aber wenn es uns nun in ein Bürogebäude oder sowas in der Art verschlagen hätte?«

»Komm. Wir haben uns schon über einen halben Tag hier aufgehalten.« Er hoppelte los. Renie kam etwas langsamer hinterdrein, nicht ohne die dichte Vegetation zu verfluchen.

Ein toller Pfad, dachte sie.

Sie standen in der schützenden Dunkelheit des Waldrandes. Vor ihnen lag ein abfallender Hang, dessen rötlicher Schlamm mit den Stümpfen gefällter Bäume gespickt und von den Schleifspuren ihres Abtransports zerfurcht war.

»Es ist ein Holzfällerlager«, flüsterte Renie. »Sieht modern aus. Mehr oder weniger.«

Eine Anzahl großer Fahrzeuge war unten auf dem gerodeten Gelände geparkt. Dazwischen herumhuschende kleine Gestalten reinigten und warteten sie wie Mahauts, die ihre Elefanten versorgten. Die Maschinen waren mächtig und eindrucksvoll, aber nach dem, was Renie erkennen konnte, gab es auch merkwürdige Anachronismen. Keine hatte die panzerartigen Gleisketten, die sie sonst von schweren Baufahrzeugen kannte; statt dessen hatten sie dicke, mit Stollen besetzte Reifen. Mehrere fuhren allem Anschein nach mit Dampfantrieb.

Die in einer Reihe stehenden Hütten dahinter, deutlich aus einem vorgefertigten Material gebaut, waren jedoch von Baracken, die sie in den Randgebieten von Durban gesehen hatte, nicht zu unterscheiden. Ja, sie kannte sogar Leute, zum Teil Studenten von ihr, die ihr ganzes Leben in solchen Hütten verbracht hatten.

»Denk dran, daß du in meiner Nähe bleibst«, sagte sie. »Wir wissen nicht, was für ein Verhältnis sie hier zu wilden Tieren haben, aber wenn du meine Hand hältst, werden sie dich wahrscheinlich als Haustier akzeptieren.«

!Xabbu lernte allmählich, sich mit der Pavianmimik recht gut auszudrücken. Seine Miene sagte eindeutig, daß sie diesen kleinen Umschwung zu ihren Gunsten genießen sollte, solange es ging.

Als sie sich unter dem grauen Morgenhimmel den schlüpfrigen Hang hinabbegaben, bot sich Renie zum erstenmal ein Blick über die Landschaft. Hinter dem Lager schnitt eine breite Piste durch den Dschungel. Das umliegende Gelände war größtenteils flach; Hochnebel verschleierte den Horizont und verlieh dem Wald den Anschein endloser Ausdehnung.

Die Bewohner des Lagers waren dunkelhäutig, aber nicht so dunkel wie sie, und die meisten, die sie sah, hatten glatte schwarze Haare. Ihre Kleidung gab keine Hinweise auf die Zeit oder den Ort, da die meisten nur Hosen anhatten und ihr Schuhwerk von rotem Schlamm überkrustet war.

Einer der am nächsten stehenden Arbeiter erspähte sie und schrie den anderen etwas zu. Viele blickten sich nach ihnen um. »Nimm meine Hand«, flüsterte sie !Xabbu zu. »Denk dran - in den meisten Ländern sprechen Paviane nicht.«

Einer der Arbeiter war fortgegangen, vielleicht um die Behörden zu benachrichtigen. Oder womöglich um Waffen zu holen, dachte Renie. Wie abgeschnitten war dieser Ort? Was bedeutete es, in so einer Situation eine unbewaffnete Frau zu sein? Es war beunruhigend, so wenig zu wissen - als wäre man zu einem anderen Sonnensystem verschleppt und mit nur einem Picknickkorb in der Hand vom Raumschiff abgesetzt worden.

Ein schweigender Halbkreis von Arbeitern bildete sich, als Renie und !Xabbu näherkamen, aber hielt einen Abstand, der Respekt oder Aberglauben signalisieren konnte. Renie erwiderte ihre Blicke unerschrocken. Die Männer waren zum größten Teil klein und drahtig und erinnerten sie mit ihren leicht asiatischen Gesichtszügen an Bilder von Mongolen in einer Steppenlandschaft, die sie einmal gesehen hatte. Einige trugen Armbänder mit durchsichtigen, jadeartigen Steinen oder Amulette aus Metall und schlammbesudelte Federn an Riemen um den Hals.

Ein Mann in einem Hemd und mit einem breitkrempigen, kegelförmigen Strohhut auf dem Kopf trat mit geschäftiger Miene hinter der größer werdenden Schar von Arbeitern hervor. Er hatte kräftige Muskeln, eine lange scharfe Nase und einen Bauch, der ihm über seinen bunten Gürtel hing. Renie vermutete, daß er der Vorarbeiter war.

»Sprichst du Englisch?« fragte sie.

Er stutzte, musterte sie vom Scheitel bis zur Sohle und schüttelte dann den Kopf. »Nein. Was ist das?«

Renies Verwirrung verging sofort. Anscheinend hatte die Simulation eine automatische Übersetzungsfunktion, so daß sie die Sprache des Vorarbeiters und er ihre zu sprechen schien. Im weiteren Verlauf des Gesprächs sah sie, daß seine Mundbewegungen nicht zu den geäußerten Worten paßten, was ihre Vermutung bestätigte. Sie bemerkte auch, daß er in seiner durchstochenen Unterlippe einen kleinen goldenen Pflock trug.

»Entschuldigung. Wir ... ich habe mich verlaufen. Ich hatte einen Unfall.« Innerlich fluchte sie. Die ganze Zeit über, die sie und !Xabbu sich durch den Dschungel gekämpft hatten, war sie gar nicht darauf gekommen, sich eine Geschichte auszudenken. Sie mußte improvisieren. »Ich war mit einer Gruppe von Wanderern unterwegs, aber ich wurde von den andern getrennt.« Jetzt konnte sie nur hoffen, daß man die Sitte, zum Vergnügen zu wandern, in diesem Land kannte.

Anscheinend ja. »Du bist weit von jeder Stadt entfernt«, entgegnete er und bedachte sie dabei mit einem pfiffigen Blick, als ob er vermutete, daß sie ihm nicht die Wahrheit gesagt hatte, aber sich nicht sehr daran störte. »Natürlich ist es schlimm, wenn man weit weg von zuhause ist und sich verlaufen hat. Ich heiße Tok. Komm mit.«

Mit dem schweigenden !Xabbu an der Seite, der zwar allseits angegafft wurde, aber zu dem niemand eine Bemerkung machte, versuchte Renie beim Gang durch das Lager zu ergründen, wo sie waren. Der Vorarbeiter sah genauso asiatisch oder orientalisch aus wie die anderen. An seinem Gürtel hing etwas, das wie ein Feldtelefon aussah - es hatte eine kurze Antenne -, aber zylindrisch und mit Gravierungen bedeckt war. Auf einer der größeren Hütten war etwas angebracht, das sehr einer Satellitenschüssel ähnelte. Das Ganze fügte sich nicht zu einem erkennbaren Muster zusammen.

Die Satellitenhütte war, wie sich herausstellte, Toks Büro und Behausung. Er wies Renie einen Stuhl vor seinem Metallschreibtisch an und fragte, ob sie eine Tasse eines Getränkes wolle, das sich offenbar nicht übersetzen ließ; sie bejahte. !Xabbu kauerte sich mit großen Augen neben sie.

Der Raum, in dem sie saßen, bot ebenfalls keine deutlichen Anhaltspunkte. Auf einem Regal standen ein paar Bücher, aber die Schrift auf den Buchrücken bestand aus fremdartigen Krakeln, die sie nicht entziffern konnte: Anscheinend berücksichtigten die Übersetzungsalgorithmen nur gesprochene Sprache. Es gab auch eine Art Schrein, im Prinzip ein Kasten mit einem Rahmen bunter Federn, der mehrere kleine hölzerne Menschenfiguren mit Tierköpfen enthielt.

»Ich kann mir auf diesen Ort keinen Reim machen«, flüsterte sie. !Xabbus kleine Finger drückten ihre Hand zum Zeichen, daß der Vorarbeiter zurückkam.

Renie nahm die dampfende Tasse dankend entgegen, führte sie an ihr Gesicht und schnupperte, ehe sie sich darauf besann, daß der V-Tank, wie !Xabbu geklagt hatte, ihr eine sehr begrenzte Geruchswahrnehmung gestattete. Aber allein die Tatsache, daß sie zu riechen versucht hatte, deutete darauf hin, daß sich ihre VR-Reflexe an diesem Ort bereits verschlechterten; wenn sie nicht aufpaßte, konnte sie leicht vergessen, daß er nicht real war. Sie mußte die Tasse vorsichtig an die Lippen führen und sich vergewissern, daß sie sie richtig ansetzte, denn ihr Mund war die einzige Stelle, wo sie keine Empfindung hatte - es war, als wollte sie nach einer Mundbetäubung beim Zahnarzt trinken.

»Was für ein Affe ist das?« Tok beäugte !Xabbu. »Die Art habe ich noch nie gesehen.«

»Ich ... ich weiß nicht. Ich habe ihn von einem Freund geschenkt bekommen, der ... der viel gereist ist. Er ist ein sehr treues Haustier.«

Tok nickte. Renie registrierte mit Erleichterung, daß das Wort offenbar übersetzt wurde. »Wie lange irrst du schon herum?« fragte er.

Renie beschloß, sich möglichst nahe an die Wahrheit zu halten, was das Lügen immer erleichterte. »Ich habe eine Nacht allein im Urwald verbracht.«

»Zu wievielt wart ihr?«

Sie zögerte, aber sie hatte keine Wahl mehr. »Meinen Affen nicht mitgerechnet, waren wir zu zweit, meine Freundin und ich, als wir vom Rest der Gruppe getrennt wurden. Und dann habe ich sie auch noch verloren.«

Er nickte abermals, als ob dies mit seiner persönlichen Rechnung übereinstimmte. »Und du bist natürlich eine Temilúni?«

Das war ein etwas gefährlicheres Pflaster, aber Renie wagte es. »Ja, natürlich.« Sie wartete, aber auch dies schien die Vermutungen des Vorarbeiters zu bestätigen.

»Ihr Städter denkt, ihr könntet einfach in den Dschungel spazieren, als ob es der (ein Name, den sie nicht richtig verstand) Park wäre. Aber in der Wildnis geht es anders zu. Ihr solltet vorsichtiger mit eurem Leben und eurer Gesundheit umgehen. Aber mitunter meinen es die Götter mit Narren und Wanderern gut.« Er blickte auf, murmelte etwas und machte über seiner Brust ein Zeichen. »Ich will dir etwas zeigen. Komm.« Er stand auf, ging um den Schreibtisch herum und deutete auf die Tür am rückwärtigen Ende des Büros.

Dahinter befand sich der Wohnraum des Vorarbeiters, möbliert mit einem Tisch, einem Stuhl und einem Bett, das baldachinartig mit einem Moskitonetz verhängt war. Als er auf das Bett zutrat und das feine Netz zurückzog, preßte Renie sich gegen die Wand, weil sie befürchtete, daß er jetzt als Gegenleistung für die Rettung eine Gefälligkeit von ihr erwartete – aber es lag bereits jemand dort. Die schlafende Frau war klein und dunkelhaarig und langnasig wie Tok und hatte ein schlichtes weißes Baumwollkleid an. Renie erkannte sie nicht. Da sie nicht wußte, was sie tun sollte, blieb sie wie angewurzelt stehen, aber !Xabbu lief auf das Bett zu, hüpfte hinauf neben die Frau und sprang dann auf der dünnen Matratze auf und ab. Er versuchte ihr offensichtlich etwas mitzuteilen, aber sie brauchte eine ganze Weile, bis sie begriff.

»Martine ...?« Sie stürzte vor. Die Augen der Frau gingen zitternd auf, und die Pupillen huschten ungerichtet hin und her.

»... *Zugang ... versperrt!*« Martine, wenn sie es denn war, hob die Hände hoch, wie um eine drohende Gefahr abzuwehren. Die Stimme war fremd und hatte keinen französischen Akzent, aber die nächsten Worte beseitigten jeden Zweifel. »*Nein, Singh, nicht ... Ah, mein Gott, wie schrecklich!*«

In Renies Augen brannten Tränen beim Anblick ihrer Gefährtin, die sich auf dem Bett herumwarf und anscheinend immer noch in der Gewalt des Greuels war, der an der nächtigen Grenze von Anderland auf sie gewartet hatte. »O Martine.« Sie drehte sich zu dem Vorarbeiter um, der die Wiedervereinigung mit ernster Selbstzufriedenheit beobachtete. »Wo habt ihr sie gefunden?«

Tok erklärte, ein Arbeitertrupp habe sie beim Anzeichnen von Bäumen entdeckt, wie sie am Rand des Urwalds unweit des Lagers benommen herumgeirrt sei. »Die Männer sind abergläubisch«, sagte er. »Sie denken, die Götter hätten sie geschlagen«, wieder die reflexhafte Geste, »aber meiner Meinung nach war Hunger und Kälte und Furcht die Ursache, vielleicht sogar ein Schlag auf den Kopf.«

Der Vorarbeiter begab sich wieder an seine Arbeit, nachdem er versprochen hatte, daß der nächste Holzkonvoi, der gegen Abend abfahren sollte, sie mit zurücknehmen würde. Überwältigt von den Ereignissen vergaß Renie zu fragen, wohin »zurück«. Sie und !Xabbu blieben den restlichen Nachmittag über am Bett sitzen, hielten Martines Hände und redeten ihr begütigend zu, wenn die Schrecken sie zu sehr zu bedrängen schienen.

> Der Vorarbeiter half Renie, hinten auf den riesigen, funkelnden, dampfgetriebenen Lastwagen zu steigen. !Xabbu kraxelte allein hinauf und setzte sich neben sie auf die mit Ketten befestigten Stämme. Tok nahm ihr das Versprechen ab, daß sie und ihre »verrückten temilünischen Freunde« nie wieder im wilden Gelände herumwandern würden. Sie versprach es und dankte ihm noch für seine Freundlichkeit, als der Konvoi schon zum Lager hinaus auf die breite schlammige Straße rollte.

Renie hätte in einem der anderen Laster vorne im Führerhäuschen mitfahren können, aber sie wollte sich ungestört mit !Xabbu unterhalten. Außerdem war Martine auf dem Beifahrersitz dieses Lasters angeschnallt – der, wie Renie mit Interesse vermerkte, von einer breitgesichtigen, breitschulterigen Frau gefahren wurde –, und Renie wollte in der Nähe ihrer kranken Gefährtin bleiben.

»... Na gut, es ist nicht Martines Stimme, weil sie deliriert und französisch spricht, vermute ich«, sagte sie, während sie aus dem Lager holperten. »Aber warum hast du deine Stimme und ich meine? Du hörst dich völlig nach dir an, obwohl du aussiehst, wie aus dem Zoo entlaufen.«

!Xabbu, der aufrecht im Wind stand und schnupperte, antwortete nicht.

»Wir müssen alle auf Singhs Index durchgerutscht sein«, sinnierte sie, »und auf diesem Index war unter Sprache ›Englisch‹ angegeben. Das erklärt natürlich nicht, wieso ich diesen Körper behalten habe, während du deinen Sim zweiter Wahl bekommen hast.« Sie betrachtete ihre kupferfarbenen Hände. Wie !Xabbu einen guten Körper für die Fortbewegung im Urwald erwischt hatte, so hatte sie sich einen ausgesucht, der dem normalen Erscheinungsbild der Einheimischen sehr nahe kam. Freilich, wenn sie in einem Wikingerdorf oder im Berlin des Zweiten Weltkriegs gelandet wären, hätte sie dort nicht ganz so gut hingepaßt.

!Xabbu kam wieder herunter und hockte sich neben sie; sein hochstehender Schwanz war krumm wie ein gespannter Bogen. »Wir haben Martine gefunden, aber wir wissen immer noch nicht, wonach wir suchen«, sagte er. »Oder wohin wir unterwegs sind.«

Renie schaute auf die vielen Meilen dichten grünen Dschungels, die im schwindenden Licht hinter ihnen lagen, und auf die vielen Meilen, die das Band der roten Straße noch zu durchqueren hatte. »Die Erinnerung war überflüssig.«

Sie fuhren durch die Nacht. Die Temperatur war tropisch, aber Renie bekam bald zu spüren, daß man auf virtuellen Baumstämmen nicht besser lag als auf echten. Besonders ärgerlich war der Umstand, daß ihr wirklicher Körper in einem V-Tank voll regulierbarem Gel schwamm, mit dem sich eigentlich die weichesten Eiderdaunen simulieren ließen, wenn sie nur die Steuerung hätte bedienen können.

Als die Sonne auf- und eine Nacht zu Ende ging, in der Renie sehr wenig Schlaf gefunden hatte, fuhren die Lastwagen in eine kleine Stadt ein. Sie war anscheinend der Sitz der Sägerei und des Weiterverarbeitungswerks und so etwas wie eine Dschungelmetropole; obwohl eben der Morgen graute, waren jede Menge Menschen auf den schlammigen Straßen.

Eine Handvoll Autos, die Ähnlichkeit mit Landrovern hatten, rollten vorbei, als sie die breite Hauptdurchgangsstraße hinunterfuhren, manche offensichtlich mit Dampf, andere auf rätselhaftere Art angetrieben. Renie erblickte auch weitere der Apparaturen, die Satellitenschüsseln glichen und auf die größten Gebäude beschränkt zu sein schienen, aber ansonsten sah die Stadt in vieler Hinsicht aus, als wäre sie komplett aus einem Wildwestfilm hierherversetzt worden. Die hölzernen Gehsteige waren ein gutes Stück über den klebrigen Matsch hinausgehoben, die lange, die Stadt halbierende Hauptstraße sah aus wie eigens für Revolverduelle angelegt, und es gab bestimmt so viele Pferde wie Autos. Ein paar Männer schienen sogar eine frühmorgendliche Rauferei vor einer der Kneipen zu haben. Diese Männer und die anderen Leute, die Renie sah, waren besser gekleidet als die Urwaldarbeiter, aber außer der Tatsache, daß viele Umhänge aus leuchtend bunt gefärbter, gewebter Wolle trugen, konnte sie in der Tracht immer noch nichts Typisches ausmachen.

Die Laster knatterten durch die Stadt und hielten in einer Reihe auf der großen ungepflasterten Fläche vor dem Sägewerk. Die Fahrerin von Renies Lastwagen stieg aus und gab mit wortkarger Höflichkeit zu verstehen, daß sie und ihre kranke Freundin und ihr Affe es ihr nachtun könnten. Sie half Renie dabei, die halb bewußtlose Martine aus dem Führerhäuschen zu hieven, und empfahl ihnen dann, vom Rathaus aus mit dem Bus weiterzufahren.

Renie war erleichtert, als sie hörte, daß noch etwas anderes als diese Stadt existierte. »Ein Bus. Wunderbar. Aber wir ... ich habe kein Geld bei mir.«

Die Lastwagenfahrerin starrte sie fassungslos an. »Kosten städtische Busse neuerdings Geld?« sagte sie schließlich. »Bei allen Göttern des Himmels, was für eine Scheiße wird sich der Hohe Rat als nächstes ausdenken? Der Gottkönig sollte die ganzen Kerle hinrichten lassen und nochmal von vorn anfangen.«

Wie nach der Überraschung der Fahrerin zu vermuten gewesen, war die Busfahrt kostenlos. Mit der verstohlenen Unterstützung von !Xabbu konnte Renie Martine helfen, die kurze Strecke zum Rathaus zu stolpern, wo sie sich zum Warten auf die Treppe setzten. Die Französin schien immer noch die schrecklichen Augenblicke zu durchleben, als sie in das Otherland-System eingedrungen waren und alles so furchtbar fehlgeschlagen war, aber wenn man ihr zuredete, konnte sie sich beinahe normal bewegen, und ein- oder zweimal verspürte Renie, wenn sie Martines Hand preßte, sogar einen Gegendruck, als ob etwas im Innern darum rang, an die Oberfläche zu kommen.

Ich hoffe, sie schafft es, dachte Renie. *Ohne Singh ist sie unsere einzige Hoffnung, durch dies alles durchzusteigen.* Sie betrachtete die fremde und doch vollkommen realistische Umgebung, und ihr wurde fast übel. *Was rede ich mir da ein? Schau doch mal hin! Stell dir vor, wie viel Hirn und Geld und Technik nötig waren, um das zu schaffen - und wir wollen die Anführer auf eigene Faust festnehmen oder was? Das ganze Vorhaben war idiotisch von Anfang an.*

Das Gefühl der Hilflosigkeit war so stark, daß Renie nicht einmal den Willen zu sprechen aufbrachte. Sie, !Xabbu und Martine saßen schweigend auf den Stufen, ein merkwürdig zusammengewürfeltes Trio, das sich entsprechend viele versteckte Blicke und geflüsterte Bemerkungen der Passanten einfing.

Renie meinte zu bemerken, daß der Urwald ein wenig lichter wurde, aber sie war sich nicht ganz sicher. Nachdem Stunde um Stunde zahllose Massen von Bäumen an ihr vorübergezogen waren, sah sie die monotone Landschaft auch dann noch vorbeigleiten, wenn sie die Augen schloß.

Der mit Goldzähnen und einem Federmedaillon geschmückte Busfahrer hatte angesichts ihrer beiden ungewöhnlichen Reisebegleiter nicht einmal mit der Wimper gezuckt, aber als Renie ihn gefragt hatte, wo der Bus hinfahre - diesbezügliche Angaben über der Windschutzscheibe konnte sie genauso wenig lesen wie die Buchrücken des Vorarbeiters -, hatte er sie angeglotzt, als hätte sie ihn aufgefordert, mit seinem verbeulten alten Vehikel zu fliegen.

»Nach Temilún, gute Frau«, hatte er geantwortet und dabei seine klotzige Sonnenbrille gesenkt, um sie genauer zu mustern, vielleicht für den Fall, daß er später von jemandem um eine Personenbeschreibung der entlaufenen Irren gebeten wurde. »Zur Stadt des Gottkönigs - gepriesen sei er, der Herr über Leben und Tod, der Höchsterhabene. Wo sollte er sonst hinfahren?« Er deutete auf die eine gerade Straße, die aus der Sägewerkstadt hinausführte. »Wo *könnte* er sonst hinfahren?«

Jetzt, wo !Xabbu auf ihrem Schoß stand, die Hände ans Fenster gepreßt, und Martine an ihrer Schulter schlief, versuchte Renie sich aus all dem, was sie erfahren hatte, ein Bild zu machen. Techniken des neunzehnten und des zwanzigsten Jahrhunderts schienen hier bunt durcheinander zu gehen, soweit sie die Unterschiede zwischen beiden in Erinnerung hatte. Die Menschen sahen ungefähr wie Asiaten oder Orientalen aus, wenngleich sie in der Stadt auch ein paar gesehen hatte, die hellere oder dunklere Haut hatten. Der Vorarbeiter hatte noch nie etwas von Englisch gehört, was hindeuten konnte auf eine große Distanz zu englischsprachigen Völkern oder auf eine Welt, in der überhaupt kein Englisch gesprochen wurde, oder schlicht darauf, daß der Vorarbeiter von der Welt keine Ahnung hatte. Immerhin schienen sie eine altangesehene Religion und einen Gottkönig zu haben – aber war das ein wirklicher Mensch oder nur eine Redensart? –, und die Lastwagenfahrerin hatte sich so angehört, als ob es eine Art regierende Ratsversammlung gäbe.

Renie seufzte verzagt. Damit war nicht viel anzufangen. Sie vertrödelten Zeit, kostbare, kostbare Zeit, aber ihr fiel rein gar nichts ein, was sie anders machen konnten. Jetzt waren sie unterwegs nach Temilún, das offenbar eine größere Stadt war. Und wenn sie auch dort ihrem Ziel nicht näherkamen, was dann? Weiter zur nächsten? Sollte diese Expedition, für die Singh mit dem Leben bezahlt hatte, bloß eine Busfahrt nach der anderen werden, eine einzige schlechte Urlaubsreise?

!Xabbu wandte sich vom Fenster ab und legte seinen Kopf dicht an ihr Ohr. Er war bis jetzt die Fahrt über still gewesen, da aller verfügbare Raum auf den Sitzen und in den Gängen mit Passagieren vollgestopft war, davon mindestens ein halbes Dutzend nicht mehr als einen Meter von Renies eingezwängtem Sitz entfernt. Viele dieser Passagiere hatten auch Hühner dabei oder andere Kleintiere, die Renie nicht sicher identifizieren konnte, was das Desinteresse des Busfahrers an !Xabbu erklärte, aber keines dieser Wesen schien zum Reden aufgelegt zu sein, weshalb der Pavian auf Renies Schoß jetzt sehr leise flüsterte.

»Ich denke die ganze Zeit darüber nach, wonach wir Ausschau halten müssen«, sagte er. »Wenn wir die Leute suchen, denen dieses Otherland-Netzwerk gehört, müssen wir erst etwas darüber in Erfahrung bringen, wer in *dieser* Welt die Macht ausübt.«

»Und wie sollen wir das machen?« murmelte Renie. »In eine Bibliothek gehen? Ich nehme an, daß es hier welche gibt, aber dafür müssen wir wahrscheinlich eine ziemlich große Stadt finden.«

!Xabbu sprach jetzt ein bißchen lauter, weil eine vor ihnen sitzende Frau zu singen angefangen hatte, ein wortloses Lied, das Renie ein wenig an die Stammesgesänge erinnerte, die ihr Vater und seine Freunde manchmal anstimmten, wenn das Bier reichlich geflossen war. »Oder vielleicht werden wir uns mit jemand anfreunden müssen, der uns sagen kann, was wir wissen müssen.«

Renie schaute sich um, aber niemand nahm von ihnen Notiz. Hinter den Fenstern sah sie gerodetes Ackerland und ein paar Häuser und dachte bei sich, daß sie sich wohl der nächsten Stadt näherten. »Aber wie können wir jemand trauen? Du mußt bedenken, daß jeder in diesem Bus direkt an das Betriebssystem angeschlossen sein könnte. Sie sind nicht echt, !Xabbu - jedenfalls die meisten von ihnen können nicht echt sein.«

Seine Entgegnung wurde von einem Druck an ihrem Arm unterbrochen. Martine hatte sich zu ihr hinübergebeugt und klammerte sich dabei an, als wollte sie verhindern, daß sie hinfiel. Ihre Simaugen irrten immer noch ziellos umher, aber das Gesicht verriet eine neue Wachheit.

»Martine? Ich bin's, Renie. Kannst du mich hören?«

»Die ... Dunkelheit ... ist sehr dicht.« Sie hörte sich an wie ein verirrtes Kind, aber zum erstenmal war die Stimme erkennbar ihre eigene.

»Du bist in Sicherheit«, flüsterte Renie eindringlich. »Wir sind durchgekommen. Wir befinden uns im Otherland-Netzwerk.«

Das Gesicht drehte sich, aber die Augen stellten keinen Kontakt her. »Renie?«

»Ja, ich bin's. Und !Xabbu ist auch hier. Hast du verstanden, was ich gerade gesagt habe? Wir sind durchgekommen. Wir sind drin.«

Martines Griff lockerte sich nicht, aber der ängstliche Blick in ihrem knochigen Gesicht entspannte sich. »So viel«, sagte sie. »Es gibt so viel ...« Sie rang um Fassung. »Es hat viel Dunkelheit gegeben.«

!Xabbu drückte Renies anderen Arm. Sie kam sich langsam vor wie die Mutter zu vieler Kinder. »Kannst du uns sehen, Martine? Deine Augen blicken so ungerichtet.«

Das Gesicht der Frau erschlaffte einen Moment, als ob sie einen unerwarteten Schlag abbekommen hätte. »Ich ... mir ist etwas zugestoßen. Ich bin noch nicht ganz ich selbst.« Sie wandte ihr Gesicht Renie zu. »Sag mir, was ist mit Singh passiert?«

»Er ist tot, Martine. Was immer das für ein Ding war, es hat ihn erwischt. Ich ... ich schwöre, ich hab gespürt, wie es ihn getötet hat.«

Martine schüttelte kläglich den Kopf. »Ich auch. Ich hatte gehofft, ich hätte es bloß geträumt.«

!Xabbu drückte fester. Renie griff nach seiner Hand, um sie wegzutun, als sie sah, daß er aus dem Fenster starrte. »!Xabbu?«

»Schau, Renie, schau!« Er flüsterte nicht. Gleich darauf vergaß auch sie ihre Vorsicht.

Der Bus hatte eine weite Kurve genommen, und zum erstenmal konnte sie jenseits der Bäume einen Horizont erkennen. Ein flaches silbernes Band spannte sich über den fernen Rand des Himmels, ein langgezogenes silbernes Spiegeln, das nur Wasser sein konnte, der Größe nach zu urteilen eine Bucht oder ein Meer. Aber was den verwandelten Buschmann in Bann geschlagen hatte und jetzt Renie halb von ihrem Sitz hochriß, war das, was davorlag und von dem metallischen Gleißen scharf abstach mit komplizierten Bögen und Spitztürmen, die in der Nachmittagssonne glitzerten wie der größte Vergnügungspark aller Zeiten.

»Oh«, hauchte sie. »Oh, sieh nur.«

Martine regte sich ungeduldig. »Was ist?«

»Es ist die Stadt. Die goldene Stadt.«

Eine Stunde dauerte die restliche Fahrt nach Temilún, die über eine große Ebene voll menschlicher Wohnstätten – zuerst Bauerndörfer umgeben von wogenden Getreidefeldern, dann Vorstadthäuser in immer dichteren Ballungen und zunehmender Modernität –, Einkaufskomplexe, Autobahnüberführungen und Schilder mit unleserlichen schwungvollen Schriftzeichen führte. Und ständig wurde die Stadt am Horizont größer.

Renie zwängte sich durch den Gang im Bus ganz nach vorn, wo sie besser sehen konnte. Sie schob sich zwischen zwei Männern mit durchstochenen Lippen hindurch, die mit dem Fahrer Witze rissen, und hing schwankend an der Stange neben der Vordertür, um zuzusehen, wie ein Traum Wirklichkeit wurde.

Es sah in mancher Hinsicht wie ein Bild aus einem Märchenbuch aus, so völlig anders waren die Hochhäuser als die Wohntürme und funktionalen Wolkenkratzer Durbans. Einige waren gewaltige Stufenpyramiden mit Gärten und hängenden Pflanzen auf jeder Etage. Andere waren filigrane Strukturen, wie sie noch nie welche gesehen hatte, riesige Türme, die dennoch so gebaut waren, daß sie an Blumensträuße oder Getreidegarben erinnerten. Wieder andere, phantastisch und so wenig kategorisierbar wie abstrakte Skulpturen, hatten Winkel und Vorsprünge, die architektonisch unmöglich wirkten. Alle waren mit bunten Farben bemalt, die den Eindruck üppiger Blütenpracht noch verstärkten, aber die durchweg gebräuchlichste Farbe war ein strahlendes Goldgelb. Funkelndes Gold krönte die höchsten Pyramiden und wand sich in Spiralstreifen die hohen Türme empor. Einige der Gebäude waren von oben bis unten vergoldet worden, so daß selbst die dunkelsten Winkel und tiefsten Nischen noch glänzten. Der Anblick hielt alles, was die verschwommene Momentaufnahme in Susans Labor versprochen hatte, und mehr. Es war eine Stadt, die Wahnsinnige gebaut hatten, aber Wahnsinnige, die Genie besaßen.

Als der Bus durch die äußeren Ringe der Metropole ratterte, entrückten die Spitzen der hohen Gebäude dem Blick durchs Fenster. Renie schob sich zwischen den dichtgedrängten Passagieren zu ihrem Platz zurück, außer Atem vor Erregung.

»Es ist unglaublich.« Sie konnte das rauschhafte Gefühl nicht unterdrücken, auch wenn sie wußte, daß es gefährlich war. »Ich kann's noch gar nicht fassen, daß wir sie gefunden haben. Wir haben sie gefunden!«

Martine war sehr still geblieben. Sie sagte auch jetzt nichts, sondern nahm einfach Renies Hand und brachte damit deren Gedanken auf eine andere Bahn. Inmitten des großen Wunders geschah hier noch ein kleines: Martine, die geheimnisvolle Frau, die Stimme ohne Gesicht, war ein wirklicher Mensch geworden. Sicher, sie benutzte einen Simkörper genau wie ein Puppenspieler eine Marionette, und sie war viele tausend Meilen von Renies wirklichem Körper und noch weiter von diesem rein theoretischen Ort entfernt, und doch war sie hier; Renie konnte sie fühlen, konnte sogar Rückschlüsse auf ihre reale physische Person ziehen. Es war, als ob Renie endlich eine wichtige Brieffreundin aus ihrer Kindheit kennengelernt hätte.

Unfähig, dieses merkwürdige Glück auszudrücken, preßte sie einfach Martines Hand.

Tief in den goldüberschatteten Schluchten der Stadt hielt der Bus schließlich an. Martine konnte mittlerweile leidlich gut aus eigener Kraft gehen. Sie und Renie und !Xabbu warteten ungeduldig, bis die Schlange der übrigen Fahrgäste draußen war, ehe sie den Fliesenboden des Busbahnhofs betraten, einer gewaltigen hohlen Pyramide mit kolossalem Balkenwerk, das Stufe um Stufe anstieg wie ein kaleidoskopisches Spinnennetz. Aber bevor sie die Pracht des hohen Innenraums richtig bewundern konnten, bauten sich zwei dunkelgekleidete Männer vor ihnen auf.

»Verzeihung«, sagte einer von ihnen. »Ihr seid doch eben mit dem Bus von Aracatacá gekommen, nicht wahr?«

Renies Kopf arbeitete fieberhaft, aber sie kam auf keine Ausflucht. Sie trugen Mäntel mit kleinen förmlichen Pelerinen, und beiden sprach unerbittliche Pflichterfüllung aus den Augen. Alle Hoffnung, es könnte sich um besonders strenge Fahrscheinkontrolleure handeln, verging, als Renies Blick auf die merkwürdig zeremoniell wirkenden Knüppel an ihren Gürteln und auf ihre blanken schwarzen Helme fiel, die den Köpfen fauchender Urwaldkatzen nachgebildet waren.

»Ja, wir waren ...«

»Würdet ihr mir dann bitte eure Ausweise zeigen?«

Ratlos klopfte Renie die Taschen ihres Jumpsuits ab. Martine starrte tagträumerisch ins Leere.

»Wenn die Vorstellung unseretwegen geschieht, kannst du damit aufhören.« Sein Kopf unter dem hohen Helm schien kahl rasiert zu sein. »Ihr seid Auswärtige. Wir haben euch erwartet.« Er trat vor und faßte Renies Arm. Sein Kollege zögerte einen Moment, den Blick auf !Xabbu gerichtet. »Der Affe kommt natürlich mit«, sagte der erste Polizist. »Ich bin sicher, daß keiner von euch noch weiter Zeit vergeuden möchte, also gehen wir. Bitte begnügt euch mit der Mitteilung, daß ihr unverzüglich in den Großen Palast gebracht werdet. So lauten unsere Befehle.«

!Xabbu senkte den Kopf, nahm dann Renies Hand und ging fügsam mit, als der Polizist sie durch den Bahnhof zum Ausgang führte.

»Was wollt ihr von uns?« Renie hatte nicht den Eindruck, viel ausrichten zu können, aber sie wollte nichts unversucht lassen. »Wir haben nichts getan. Wir waren im Urwald wandern und haben uns verirrt. Ich habe meine Papiere zuhause.«

Der Polizist stieß die Tür auf. Draußen auf der Straße stand ein großer Kastenwagen, der Dampf ausstieß wie ein schlafender Drache. Der zweite Polizist zog die Hecktüren auf und half Martine beim Einstieg in das düstere Innere.

»Bitte, gute Frau.« Die Stimme des ersten Polizisten war kalt. »Es ist in jeder Hinsicht besser, wenn du dir deine Fragen für unsere Herren aufhebst. Wir haben schon seit Tagen Anweisung, auf euch zu warten. Außerdem solltet ihr euch geehrt fühlen. Der Hohe Rat scheint besondere Pläne mit euch allen zu haben.«

Als Renie und !Xabbu zu Martine in den Wagen verfrachtet waren, wurden die Türen zugeschlagen. Es gab keine Fenster. Die Finsternis war total.

> »Wir sind schon seit *Stunden* hier.« Renie war in der kleinen Zelle so viele Male dieselbe Achterschleife gelaufen, daß sie mittlerweile die Augen dabei schloß, um sich besser konzentrieren zu können. Alles, was sie gesehen hatte, der Urwald, die prachtvolle Stadt und jetzt dieses trostlose steinerne Verlies aus einem schlechten Gruselroman, ging vor ihrem inneren Auge drunter und drüber, aber sie wurde nicht daraus schlau. »Wozu diese ganze Veranstaltung? Wenn sie uns hypnotisieren wollen, oder was immer dieses Kalimonster damals mit mir versucht hat, warum tun sie es dann nicht einfach? Haben sie denn keine Angst, daß wir einfach offline gehen?«

»Vielleicht können wir das gar nicht«, bemerkte !Xabbu. Kurz nachdem der Polizist sie eingesperrt hatte, war er zu dem einzigen hohen Fenster hinaufgeklettert, und nachdem er sich vergewissert hatte, daß auch ein mittelgroßer Affe nicht durch die Vergitterung schlüpfen konnte, war er wieder herabgekommen und hatte sich in eine Ecke gekauert. Er hatte sogar eine Weile geschlafen, was Renie unerklärlicherweise ziemlich verstimmt hatte. »Vielleicht wissen sie etwas darüber, was wir nicht wissen. Wollen wir einen Versuch riskieren?«

»Noch nicht«, sagte Martine. »Es könnte nicht klappen - sie haben bereits bewiesen, daß sie unsere Gehirne in für uns unbegreiflicher Weise manipulieren können -, und selbst wenn es ginge, hätten wir uns damit geschlagen gegeben.«

»Auf jeden Fall sind das die Leute, die wir gesucht haben.« Renie blieb stehen und öffnete die Augen. Ihre Freunde sahen sie mit Blicken an, in denen sie hilflose Abgestumpftheit zu erkennen meinte, aber sie ihrerseits kämpfte gegen eine immer stärker anschwellende Wut an. »Wenn ich es nicht schon wüßte, dann könnte ich es allein schon aus dem Verhalten dieser abgebrühten, selbstgefälligen Polizisten schließen. Das sind die Leute, die versucht haben, uns umzubringen, die Doktor Van Bleeck und Singh und weiß Gott wie viele andere tatsächlich umgebracht haben, und sie sind auch noch stolz darauf. Arrogante Drecksäue.«

»Sich aufzuregen, wird uns nichts nützen«, sagte Martine sanft.

»Ach ja? Und was *wird* uns nützen? Sollen wir sagen, es tut uns leid? Wir werden eure gräßlichen gottverdammten Spiele nie wieder stören, darum laßt uns bitte bitte nur mit einer Verwarnung wieder nach Hause?« Sie ballte ihre Hände zu Fäusten und drosch in die Luft. »Scheiße! Ich hab's satt, von diesen Monstern herumgeschubst und gejagt und erschreckt und ... und *manipuliert* zu werden!«

»Renie ...«, fing Martine an.

»Sag mir bloß nicht, ich soll mich nicht aufregen! Dein Bruder liegt nicht im Krankenhaus in Quarantäne. Dein Bruder ist keine Pflanze, die von Apparaten am Leben gehalten wird, oder? Dein Bruder, der darauf vertraut hatte, daß du ihn beschützt?«

»Nein, Renie. Meine Familie hat nicht das erlitten, was deine erlitten hat.«

Sie merkte auf einmal, daß sie weinte, und wischte sich mit dem Handrücken die Augen. »Entschuldigung, Martine, aber ...«

Es rasselte an der Zellentür, dann wurde sie aufgeschoben. Draußen standen dieselben zwei Polizisten, unheimliche schwarze Gestalten im düsteren Korridor.

»Kommt mit. Der Höchsterhabene wünscht euch zu sehen.«

»Warum läufst du nicht weg?« flüsterte Renie erregt. »Du könntest dich irgendwo verstecken und uns dann helfen auszubrechen. Ich faß es nicht, daß du's nicht mal versuchen willst.«

!Xabbus Blick wirkte selbst durch den Filter des Paviangesichts betroffen. »Ich würde dich nicht verlassen, wo wir so wenig über diese Welt wissen. Und wenn sie darauf aus sind, unsere Gehirne zu beeinflussen, sind wir gemeinsam stärker.«

Der erste Polizist warf den Flüsternden über die Schulter einen grimmigen Blick zu.

Sie stiegen eine lange Treppe hoch und kamen in einen weitläufigen Saal mit einem blank polierten Steinfußboden. Aus der Form und Höhe der Decke schloß Renie, daß sie sich im Innern einer der anderen Pyramiden befanden, die sie vom Bus aus gesehen hatten. Scharen dunkelhaariger Menschen in den verschiedensten Zeremonialtrachten, die meisten mit Pelerinen ähnlich denen an den Polizeiuniformen, liefen geschäftig in alle Richtungen. Diese Massen, jeder in Eile und im Vollgefühl des eigenen Strebens, schenkten den Gefangenen keine besondere Beachtung; die einzigen, die ein gewisses Interesse erkennen ließen, waren die sechs bewaffneten Wachposten, die vor der Flügeltür am anderen Ende des Saales standen. Diese massigen Männer hatten Tierhelme, die noch furchterregender und realistischer waren als die der Polizisten, dazu lange, altertümlich aussehende Gewehre und sehr effektiv aussehende Knüppel, die sie allem Anschein nach ganz gern an jemand betätigt hätten.

Als Renie und die anderen näherkamen, warfen sich die Wachen vorsorglich schon einmal in Positur, aber nachdem sie die Abzeichen der Polizisten mit großer Sorgfalt inspiziert hatten, traten sie widerwillig beiseite und machten die Türflügel auf. Renie und ihre Freunde wurden hineingeschoben, aber ihre Bewacher blieben draußen, als sich die Tür wieder schloß.

Sie waren allein in einem Raum, der fast so groß war wie der Saal, durch den sie gerade gekommen waren. Die steinernen Wände waren mit Szenen phantastischer Kämpfe zwischen Menschen und Ungeheuern bemalt. In der Mitte des Raumes stand im Lichtkreis eines elektrischen Kronleuchters von ausladendem und groteskem Design ein langer Tisch umgeben von leeren Stühlen. Der hinterste Stuhl war merklich höher als die anderen und hatte einen Baldachin, der aus massivem Gold zu sein schien und wie die durch Wolken strahlende Sonnenscheibe geformt war.

»Der Hohe Rat ist nicht anwesend. Aber ich dachte mir, ihr hättet vielleicht Interesse, den Tagungsraum zu sehen.«

Eine Gestalt trat hinter dem wuchtigen Stuhl hervor, ein hochgewachsener junger Mann mit den gleichen falkenartigen Gesichtszügen, wie sie die übrigen Landeskinder hatten. Von der Taille aufwärts war er unbekleidet bis auf einen langen Federumhang, ein Halsband mit Perlen und scharfen Zähnen und eine goldene, mit blauen Steinen besetzte hohe Krone.

»Normalerweise bin ich von Lakaien umgeben - ›zahllos wie Sandkörner‹, wie die Priester sagen, und sie haben beinahe recht.« Sein akzentgefärbtes Englisch hatte einen weichen Ton, aber hinter den kalten Augen saß unverkennbar eine scharfe, harte Intelligenz: Wenn dieser Mann etwas haben wollte, würde er es bekommen. Er war zudem zweifellos viel älter, als er aussah. »Aber es werden noch etliche andere Gäste erwartet, deshalb brauchen wir den Platz - und überhaupt hielt ich es für das Beste, wenn wir unser Gespräch ungestört führen.« Ein eisiges Lächeln erschien. »Die Priester wären wie vom Donner gerührt, wenn sie wüßten, daß der Gottkönig mit Fremden allein ist.«

»Wer ... wer bist du?« Renie bemühte sich um eine ruhige Stimme, aber das Wissen, daß sie einem ihrer Verfolger gegenüberstand, machte es ihr unmöglich.

»Der Gottkönig dieses Landes, wie schon gesagt. Der Herr über Leben und Tod. Aber vielleicht ist es euch angenehmer, wenn ich mich mit meinem richtigen Namen vorstelle - immerhin seid ihr meine Gäste.

Ich heiße Bolívar Atasco.«

Kapitel 34

Schmetterling und Kaiser

NETFEED/NACHRICHTEN:
Flüchtlingslager wird unabhängiger Staat
(Flüchtlingsstadt am Strand von Mérida)
Off-Stimme: Das mexikanische Flüchtlingslager, das von seinen Insassen "die Endstation" genannt wird, ist von den Vereinten Nationen zu einem eigenen Land erklärt worden. Mérida, eine mittlere Großstadt an der Nordspitze der mexikanischen Halbinsel Yucatán, ist wegen einer Reihe verheerender Stürme an der Küste und der politischen Instabilität in Honduras, Guatemala und Nordostmexiko auf vier Millionen Einwohner angeschwollen.
(Bild: UN-Laster bei der Fahrt durch eine aufgeputschte Menschenmenge)
Die dreieinhalb Millionen Flüchtlinge sind fast gänzlich ohne Behausung, und viele leiden an Tuberkulose, Typhus und Guantanamofieber. Durch die Erhebung Méridas zu einem eigenständigen Staat können die UN jetzt das Kriegsrecht verhängen und das neue Land unter ihre direkte Oberhoheit bringen ...

> »Dsang, Orlando, du hattest recht! Du hattest recht!« Fredericks sprang am Strand auf und ab, fast wahnsinnig vor Aufregung und Bestürzung. »Wo sind wir? Was ist passiert? Das *ist* sie! Du hattest recht!«

Orlando spürte Sand unter den Händen, heiß und körnig und unbestreitbar. Er schöpfte eine Handvoll und ließ ihn durch die Finger rieseln. Der Sand war real. Alles war real. Und die Stadt, wilder und wunderbarer als irgend etwas aus einem Märchen, die goldene Stadt war ebenfalls real, wie sie sich da vor ihm fast bis zum Horizont erstreckte und mit ihrer Vielzahl von Türmen und Pyramiden, die so reich verziert waren wie russische Ostereier, nach dem Himmel zu greifen schien. Das Bild, das ihn verfolgt hatte, war jetzt nur wenige Meilen entfernt, nur ein Streifen blauer Ozean trennte ihn noch davon. Er saß an einem Strand, unzweifelhaft an einem Strand, und blickte auf seinen eigenen Traum.

Und davor hatte er einen Albtraum durchlaufen. Diese Dunkelheit, und dann dieses Ding, dieses hungrige, gräßliche Ding ...

Aber es war nicht nur ein Traum. Dahinter stand etwas Reales – wie bei einer Marionettenaufführung. Es ist, als wollte ich etwas ergründen, was das Begriffsvermögen übersteigt ...

Es war aber nicht bloß der Albtraum, der ihm zu schaffen machte. Wo er auch sein mochte, er hatte die Krankheiten seines wirklichen Körpers nicht hinter sich gelassen. Er hatte die Stadt unmittelbar vor sich – die Das-gibt's-nicht-Stadt, die Bloß-nicht-drauf-hoffen-Stadt –, und doch konnte er sich kaum dazu aufraffen, sie zur Notiz zu nehmen. Er schmolz dahin wie eine Kerze, gab zu viel Wärme ab. Ein großes heißes Etwas in seinem Innern fraß an seinen Gedanken, füllte ihm den Schädel und drückte hinter den Augen.

Wo sind wir?

Fredericks hampelte immer noch in kopfloser Euphorie herum. Als Orlando sich mühsam aufrappelte, erkannte er, daß der Fredericks, den er vor sich sah, den Körper von Pithlit hatte, dem Erzdieb aus Mittland.

Das stimmt nicht, dachte er, aber konnte den Gedanken nicht weiterverfolgen. Als er aufstand, ging es ihm nur noch schlechter. Die goldüberzogene Stadt kippte plötzlich ab, und Orlando versuchte, sie im Blick zu behalten, aber statt dessen flog ihm der Sand entgegen und knallte gegen ihn, als ob er eine einzige feste Platte wäre.

Irgendwas im Dunkeln hat mich berührt ...

Die Welt drehte und drehte sich. Er schloß die Augen und trat weg.

Pithlit der Dieb schüttelte ihn. Orlandos Kopf fühlte sich an wie eine faulige Melone; bei jedem Wackeln drohte er zu zerplatzen.

»Orlando?« Fredericks schien keine Vorstellung davon zu haben, wie sehr seine Stimme Orlando in den Knochen weh tat. »Bist du okay?«

»... Krank. Laß das Schütteln ...«

Fredericks hörte auf. Orlando wälzte sich auf die Seite und schlang die Arme um sich. Er fühlte die helle Sonne auf seiner Haut brennen, aber das war wie ein Wetterbericht aus einem anderen Landesteil; tief in seinem Innern herrschte jetzt eine eisige Kälte, die jeder Sonne, ob real oder simuliert, widerstand. Die ersten Zitteranfälle setzten ein.

»Du zitterst«, stellte Fredericks fest. Orlando biß die Zähne zusammen, hatte nicht einmal mehr die Kraft für eine sarkastische Bemerkung. »Ist dir etwa kalt? Aber es ist ganz heiß! Ach, klar, das spielt keine Rolle. Tut mir leid, Mann. Wir müssen dich irgendwie zudecken – du hast nichts anderes an als diesen Lendenschurz.« Fredericks schaute sich suchend auf dem leeren tropischen Strand um, als ob jemand umsichtigerweise eine Daunendecke hinter einen der Lavafelsen gelegt haben könnte. Er drehte sich wieder zu Orlando um, denn plötzlich war ihm etwas anderes eingefallen. »Warum bist du in deinem Thargorsim? Wann hast du den denn angelegt?«

Orlando konnte nur ächzen.

Fredericks kniete sich neben ihn. Seine Augen waren immer noch weit und seine Pupillen starr wie bei einem Versuchstier, das eine Überdosis eines starken Mittels verpaßt bekommen hat, aber langsam setzte das logische Denken wieder ein. »Hier, du kannst meinen Umhang haben.« Er knüpfte ihn auf und legte ihn Orlando um die Schultern. Darunter hatte er die übliche Tracht seiner Figur an, graues Hemd und graue Kniehose. »He, sag mal, das ist ja Pithlits Umhang! Bin ich Pithlit, so wie du Thargor bist?«

Orlando nickte schwach.

»Aber ich hab doch ... das ist scännig!« Fredericks stockte. »Fühl mal. Fühlt sich echt an. Orlando, wo sind wir? Was ist passiert? Sind wir hier irgendwo im Netz?«

»Niemand ... im Netz ... hat so eine Technik.« Er versuchte, das Klappern seiner Zähne zu verhindern; von dem Aufeinanderschlagen tat sein Kopf noch mehr weh. »Wir sind ... Ich weiß nicht, wo wir sind.«

»Aber da ist die Stadt, wie du sie mir geschildert hast.« Fredericks hatte den Blick eines übersättigten Kindes, das unerwartet dem richtigen Weihnachtsmann begegnet. »Das ist doch die Stadt, die du gemeint hast, oder?« Er lachte ein wenig schrill. »Na klar ist sie das. Was sollte es sonst sein? Aber wo sind wir?«

Orlando fiel es schwer, mit Fredericks' überdrehtem Geplapper mitzukommen. Er wickelte den Umhang fester um sich und legte sich zurück, um den nächsten Schüttelfrostanfall über sich ergehen zu lassen. »Ich glaube ... ich muß ein paar Minuten ... schlafen ...«

Die Schwärze griff wieder zu und umnachtete ihn.

Orlando trieb durch Fieberträume von steinernen Grüften und einem singenden Onkel Jingle und seiner Mutter, die die Flure in ihrem Haus nach etwas absuchte, das sie verloren hatte. Einmal kam er an die Oberfläche und fühlte, wie Fredericks seine Hand hielt.

»... denke, es ist eine Insel«, sagte sein Freund gerade. »Ein Tempel oder sowas aus Steinen steht da, aber ich glaube nicht, daß er noch benutzt wird, und das ist so ziemlich alles. Ich bin nicht ganz bis zur andern Seite gekommen, weil da ein wahnsinnig dichter Wald kommt, ein richtiger Dschungel, aber wenn ich mir die Biegungen der Strände anschaue ...«

Orlando ging wieder unter.

Während er in den unruhigen Strömungen seiner Krankheit schaukelte, haschte er nach den wenigen vorbeischwimmenden Gedanken, die Teil der Wirklichkeit zu sein schienen. Die Affenkinder hatten ihn zu jemandem bringen wollen ... zu einem Tier? ... einem mit Tiernamen? ... der etwas über die goldene Stadt wußte. Aber statt dessen waren sie alle von etwas gepackt worden, das ihn fast zu Tode geschüttelt hätte, so wie ein Hund eine Ratte packt und erledigt, oder wie ein Krebs ...

Ein Krebs. Irgendwas mit einem Krebs.

Und jetzt war er ganz woanders, und die Stadt war da, also mußte er träumen, denn die Stadt war etwas aus einem Traum.

Aber Fredericks kam auch in dem Traum vor.

Ein anderer Gedanke, kalt und hart wie ein Stein, schlug in seine Fieberphantasien ein.

Ich sterbe. Ich bin in diesem scheußlichen Crown Heights Medical Center, und ich bin an einen Haufen Apparate angekoppelt. Mein Leben läuft aus, und übrig ist nur noch dieser eine kleine Teil meines Bewußtseins, der sich aus ein paar Gehirnzellen und ein paar Erinnerungen eine ganze Welt baut. Und Vivien und Conrad sitzen wahrscheinlich am Bett und leisten ihre Trauerarbeit, aber sie wissen nicht, daß ich noch hier drin bin. Ich bin noch hier drin! Gefangen im obersten Stockwerk eines brennenden Hauses, und die Flammen steigen nach oben, eine Etage nach der andern, und alle Feuerwehrmänner geben auf und gehen nach Hause ...

Ich bin noch hier drin!

»Orlando, wach auf! Du hast schlecht geträumt oder so. Wach auf! Ich bin da.«

Er schlug die Augen auf. Ein verlaufener Fleck aus Pink und Braun wurde langsam zu Fredericks.

»Ich sterbe.«

Einen Moment lang wirkte sein Freund erschrocken, doch Orlando sah, wie er die Angst unterdrückte. »Nein, tust du nicht, Gardiner. Du hast bloß Grippe oder sowas.«

Es war seltsam, aber Fredericks dabei zu beobachten, wie er sich eine aufmunternde Bemerkung abquälte, auch wenn sie mit Sicherheit nicht ehrlich gemeint war, hatte zur Folge, daß es ihm besser ging. Jede Halluzination, in der Fredericks sich so sehr wie Fredericks benahm, war praktisch genauso gut wie das reale Leben. Eine Wahl hatte er sowieso nicht.

Der Schüttelfrost war abgeklungen, wenigstens fürs erste. Er setzte sich auf, den Umhang immer noch fest um sich geschlungen. Sein Kopf fühlte sich an, als hätte man ihn gekocht, bis das Gehirn verdampft und hinausgezischt war. »Hast du was von einer Insel gesagt?«

Erleichtert setzte Fredericks sich neben ihn. Mit der eigentümlich geschärften Wahrnehmung eines Menschen, dessen Fieber im Abklingen ist, bemerkte Orlando die abrupte, bärenartige Tapsigkeit, mit der sich sein Freund bewegte.

Er bewegt sich ganz gewiß nicht wie ein Mädchen. Die Tatsache von Fredericks' realem Geschlecht trat langsam in den Hintergrund. Eine Weile überlegte er, wie Fredericks - Salome Fredericks - in Wirklichkeit aussehen mochte, dann schob er den Gedanken beiseite. Hier sah er aus wie ein Junge, er bewegte sich wie einer, er wollte wie einer behandelt werden - was konnte Orlando dagegen einwenden?

»Ich denke, das hier ist eine. Eine Insel, meine ich. Ich hab mich umgeschaut, ob sich nicht ein Boot auftreiben läßt - ich hätte auch eins stehlen können, weil ich zur Zeit ja Pithlit bin. Aber außer uns ist hier niemand.« Fredericks hatte auf die phantastische Stadtkulisse jenseits des Wassers gestarrt, aber jetzt wandte er sich wieder Orlando zu. »Wieso bin ich eigentlich Pithlit? Was läuft hier überhaupt, was glaubst du?«

Orlando schüttelte den Kopf. »Ich weiß es nicht. Ich wünschte, ich wüßte es. Diese Kinder wollten uns zu irgendwem bringen, dann war von einem ›großen Loch irgendwohin‹ die Rede, und daß sie uns ›dranhängen‹ wollten.« Er schüttelte abermals den Kopf, der sich ungemein schwer anfühlte. »Ich weiß es einfach nicht.«

Pithlit wedelte mit der Hand vor seinem eigenen Gesicht herum und betrachtete sie stirnrunzelnd. »Ich hab noch nie von sowo wie hier im

Netz gehört. Alles bewegt sich genau wie im richtigen Leben. Und es gibt Gerüche! Alles! Schau dir mal den Ozean an.«

»Ich weiß.«

»Also, was machen wir jetzt? Ich schlage vor, wir bauen ein Floß.«

Orlando blickte zur Stadt hinüber. Jetzt, wo sie so nah war, so ... *wirklich* ... hatte er Bedenken. Wie sollte etwas, das derart handgreiflich aussah, vor den Träumen bestehen können, die er sich davon gemacht hatte? »Ein Floß? Wie wollen wir das anstellen? Hast du deinen Werkzeugkasten ›Der kleine Handwerker‹ mitgebracht?«

Fredericks schnitt ein genervtes Gesicht. »Es gibt Palmen und Lianen und alles mögliche. Dein Schwert liegt da drüben. Es ist zu machen.« Er krabbelte über den Sand und hob das Schwert auf. »He. Das ist nicht Raffzahn.«

Orlando starrte auf den einfachen Griff, die blanke Klinge, die im Vergleich zu Raffzahns Runenverzierung ganz nackt wirkte. Sein Energieschub verging, sein Denken stumpfte wieder ab. »Das ist mein erstes – das Schwert, das Thargor hatte, als er in Mittland anfing. Raffzahn hat er ungefähr ein Jahr, bevor du dazukamst, gekriegt.« Er schaute auf seine Füße hinunter, die in Sandalen unter dem Umhang hervorschauten. »Ich wette, in meinen Haaren ist auch keine Spur von Grau, stimmt's?«

Fredericks musterte ihn. »Stimmt. Ich hab Thargor noch nie ohne ein paar graue Strähnen gesehen. Woher hast du das gewußt?«

Er fühlte sich schon wieder sehr müde. »Wegen der Sandalen und dem Schwert – ich bin der junge Thargor, so wie er aussah, als er zum erstenmal aus den Bergen von Borrikar kam. Die grauen Haare hat er erst bei seinem ersten Kampf mit Dreyra Jarh bekommen, unten im Schacht der Seelen.«

»Aber warum?«

Orlando zuckte mit den Achseln und ließ sich langsam zurück auf den Boden sinken, um sich wieder dem sanften Ziehen des Schlafes zu ergeben. »Ich weiß nicht, Frederico. Ich weiß gar nichts ...«

Er sank in einen unruhigen Halbschlaf, während der Tag in die Nacht überging. Einmal schrak er auf und wurde beinahe ganz wach, weil jemand schrie, aber das Geräusch kam von weither und war vielleicht auch nur ein Traum. Von Fredericks keine Spur. Orlando fragte sich benebelt, ob sein Freund weggegangen war, um nachzuschauen, wer da geschrien hatte, aber Mattheit und Krankheit verklebten ihm die Gedanken, und ansonsten schien nichts sehr wichtig zu sein.

Es war wieder hell. Jemand weinte, und dieses Geräusch war ganz nahe. Orlando bekam davon Kopfschmerzen. Er stöhnte und versuchte, sich sein Kissen über die Ohren zu legen, aber seine greifenden Finger waren voller Sand.

Er quälte sich in die Höhe. Fredericks kniete mit dem Gesicht in den Händen und bebenden Schultern wenige Schritte entfernt. Es war ein strahlender Morgen, und die Reste des nächtlichen Fiebers ließen das virtuelle Strand- und Ozeanpanorama noch schärfer und surrealer erscheinen.

»Fredericks? Hast du was?«

Sein Freund blickte auf. Tränen flossen über das Gesicht des Diebes. Die Simulation hatte sogar seine Wangen gerötet, aber am eindrucksvollsten war der verzweifelte Ausdruck in seinen Augen. »Oh, Gardiner, wir sind am Arsch.« Fredericks rang schwer nach Atem. »Wir sitzen absolut in der Tinte.«

Orlando fühlte sich wie ein Sack mit nassem Zement. »Was redest du da?«

»Wir hängen fest. Wir können nicht offline gehen!«

Orlando seufzte und ließ sich wieder auf den Boden sacken. »Wir hängen nicht fest.«

Fredericks kroch blitzschnell über die kurze Distanz zwischen ihnen und packte ihn an der Schulter. »Verdammt nochmal, erzähl mir keinen Scheiß! Ich bin rausgegangen, und es hätte mich fast umgebracht!«

Noch nie zuvor hatte sein Freund dermaßen erregt geklungen. »Umgebracht?«

»Ich wollte offline gehen. Ich hab mir immer mehr Sorgen um dich gemacht, und ich dachte mir, vielleicht sind deine Eltern irgendwo weg und wissen gar nicht, daß du krank bist – vielleicht bräuchtest du 'nen Krankenwagen oder so. Aber als ich's versucht hab, konnte ich mich nicht ausstöpseln. Die normalen Befehle haben alle nichts bewirkt, und ich konnte nichts wahrnehmen, was nicht Teil dieser Situation ist – mein Zimmer nicht, gar nichts!« Er faßte sich wieder ins Genick, diesmal aber vorsichtiger. »Und es ist keine T-Buchse zu fühlen! Mach doch, versuch's mal!«

Orlando faßte an die Stelle, wo seine Neurokanüle eingesetzt worden war. Er konnte nichts fühlen als Thargors mächtige Muskeln. »Echt, du hast recht. Aber so Simulationen gibt's – sie kaschieren einfach die Steuerungspunkte und manipulieren die Taktoren. Bist du nicht mal mit mir auf dem Dämonenspielplatz gewesen? Da hat man nicht mal mehr Arme und Beine – man ist bloß noch ein Haufen Ganglien in einen Raketenschlitten geschnallt.«

»Menschenskind, Gardiner, hör doch mal zu! Das sind keine Theorien – ich *war* offline. Meine Eltern haben die Buchse rausgezogen. Und es hat *weh getan*, Orlando. So weh hat mir im Leben noch nichts getan – es war, wie wenn sie mir damit das Rückgrat rausgezogen hätten, wie wenn mir jemand heiße Nadeln in die Augen stechen würde, wie ... wie ... Ich kann dir gar nicht sagen wie. Und es hörte nicht auf. Ich konnte nichts machen, als ... als schreien und schreien ...« Schaudernd brach Fredericks ab und konnte eine Weile nicht weiterreden. »Es hörte erst auf, als meine Eltern die Buchse wieder reinsteckten – ich konnte nicht mal mit ihnen reden! –, und zack! war ich wieder hier.«

Orlando schüttelte den Kopf. »Bist du sicher, daß es nicht bloß ... was weiß ich ... eine ganz schlimme Migräne war oder sowas?«

Fredericks ließ einen Laut zorniger Entrüstung hören. »Du hast ja keinen blassen Dunst. Und es ist nochmal passiert. Menschenskind, hast du mich nicht schreien gehört? Sie müssen mich in ein Krankenhaus gebracht haben oder so, denn als sie sie das nächste Mal rauszogen, haben diese ganzen Leute drumrumgestanden. Ich konnte kaum gucken, so weh hat das getan. Aber der Schmerz war noch schlimmer als vorher – ich denke, die Ärzte haben mir 'ne Spritze verpaßt, und danach kann ich mich an nicht mehr viel erinnern, aber jedenfalls bin ich wieder hier. Es ist ihnen wohl nichts anderes übrig geblieben, als mich wieder einzustöpseln.« Fredericks beugte sich vor und faßte Orlandos Arm; seine Stimme war heiser vor Verzweiflung. »Und jetzt erzähl mir, du Jäger der goldenen Stadt: Was für 'ne Simulation verhält sich so, zum Teufel? *In was hast du uns da reingeritten, Gardiner?*«

Die Tag- und Nachtstunden, die sich daran anschlossen, waren die längsten, die Orlando je durchlebt hatte. Das Fieber kehrte in voller Stärke zurück. Er wälzte sich ruhelos unter einem Dach herum, das Fredericks aus Palmwedeln gebaut hatte, und wurde abwechselnd von Kälte und Hitze gepeinigt.

Sein Unterbewußtes mußte wohl Fredericks' Geschichte darüber ausagieren, wie er herausgeholt und notgedrungen wieder zurückgeschickt worden war, denn irgendwann hörte er seine Mutter auf sich einreden, ganz deutlich. Sie erzählte ihm etwas über einen Vorfall, der sich auf dem Sicherheitsgelände - in der »Community«, wie sie sagte - ereignet hatte, und was die Nachbarn darüber dachten. Er merkte, daß sie in der ganz bestimmten Art vor sich hinplapperte, wie sie es immer machte, wenn sie furchtbare Angst hatte, und einen Moment lang überlegte er, ob das überhaupt ein Traum war. Er konnte sie tatsächlich sehen, ganz schwach, als ob sie hinter einem Gazevorhang stände, und ihr Gesicht hing so dicht über ihm, daß es ganz verzerrt war. Er hatte sie zweifellos oft genug so gesehen, um diesen Anblick in einen Traum einbauen zu können.

Sie sagte etwas darüber, was sie machen würden, wenn es ihm wieder besser ginge. Die Verzweiflung in ihrem Ton, die Skepsis hinter den Worten überzeugten ihn, daß er die Szene, ob Traum oder nicht, als Wirklichkeit nehmen sollte. Er versuchte krampfhaft zu sprechen, die ungeheure Distanz zwischen sich und ihr zu überbrücken. Aber was es auch war, Halluzination oder unbegreifliche Trennung, es würgte ihn dermaßen, daß seine Kehle ihm kaum mehr gehorchen wollte. Wie konnte er sich verständlich machen? Und was konnte sie tun?

Beezle, versuchte er ihr zu sagen. *Hol Beezle. Hol Beezle.*

Sie verschwand daraufhin vor seinen Augen, und ob es nun nur ein Phantasma seines Fieberschlafes oder tatsächlich ein kurzer Kontakt mit seinem wirklichen Leben gewesen war, es war vorbei.

»Du träumst von diesem dämlichen Insektenvieh«, knurrte Fredericks mit schlafschwerer Stimme.

Insekt. Von einem Insekt träumen. Beim Zurücksinken in das dunkle Wasser seiner Krankheit erinnerte er sich, daß er einmal eine Geschichte gelesen hatte, in der ein Schmetterling träumte, ein Kaiser zu sein, und sich dabei fragte, ob er ein Kaiser wäre, der träumte, ein Schmetterling zu sein ... so ungefähr.

Was also ist wirklich? ging es ihm träge durch den Kopf. *Welche Seite ist die richtige? Ein elender, verkümmerter, todkranker Junge in einem Krankenhausbett ... oder ein ... ein erfundener Barbar, der nach einer imaginären Stadt sucht? Oder wenn nun ganz jemand anders ... beide träumt?*

> Alle Kinder in der Schule redeten über das Haus, das abgebrannt war. Christabel wurde ganz mulmig davon. Ophelia Weiner erzählte ihr, ein Haufen Leute sei dabei umgekommen, woraufhin ihr so schlecht wurde, daß sie nichts zu Mittag essen konnte. Ihre Lehrerin schickte sie nach Hause.

»Kein Wunder, daß du dich elend fühlst, Liebes«, sagte ihre Mutter, eine Hand auf Christabels Stirn, um die Temperatur zu fühlen. »Erst die ganze Nacht deswegen auf und sich dann auch noch die ganzen Geschichten anhören müssen, die die Kinder von sterbenden Leuten erzählen.« Sie drehte sich zu Christabels Vater um, der auf dem Weg in sein Arbeitszimmer war. »Sie ist so ein sensibles Kind, wirklich.«

Papi knurrte bloß.

»Es ist niemand umgekommen, Liebes«, versicherte ihre Mutter. »Nur ein Haus ist abgebrannt, und ich glaube nicht, daß jemand drin war.«

Als ihre Mutter in die Küche ging, um ihr eine Suppe in die Welle zu schieben, trödelte Christabel ins Arbeitszimmer, wo sich ihr Vater mit seinem Freund Captain Parkins unterhielt. Ihr Vater herrschte sie an, sie solle nach draußen gehen und spielen - dabei war sie krank von der Schule heimgeschickt worden! Sie setzte sich in den Flur, um mit ihrer Prinz-Pikapik-Puppe zu spielen. Papi war so grantig. Sie fragte sich, warum er und Captain Parkins nicht im Büro waren und ob es vielleicht mit der großen schlimmen geheimen Sache zusammenhing, die letzte Nacht passiert war. Ob er herausfinden würde, was sie getan hatte? Wenn ja, dann würde sie wahrscheinlich eine Strafe *fürs ganze Leben* bekommen.

Sie zog Prinz Pikapik aus dem Kissennest, das sie ihm gebaut hatte - die Otterpuppe kroch gern an dunkle, schattige Plätze -, und huschte näher an die Tür des Arbeitszimmers heran. Sie legte ihr Ohr an die Ritze, um zu probieren, ob sie etwas hören konnte. Christabel hatte das vorher noch nie gemacht. Sie kam sich vor wie eine Figur in einem Comicfilm.

»... echt eine gottverdammte Scheiße«, sagte Papis Freund gerade. »Aber wer hätte nach all den Jahren damit gerechnet?«

»Allerdings«, sagte ihr Vater. »Und das ist eine der Hauptfragen, nicht wahr? Warum gerade jetzt? Warum nicht vor fünfzehn Jahren, als wir ihn zum letztenmal umverlegten? Ich kapier's einfach nicht, Ron. Du hast ihn nicht wegen einer seiner spinnigen Bestellungen vor den Kopf gestoßen, oder? Ihn zur Schnecke gemacht?«

Christabel verstand nicht alles, was sie sagten, aber sie war sich ziemlich sicher, daß sie sich darüber unterhielten, was in Herrn Sellars' Haus vorgefallen war. Sie hatte am Morgen, bevor sie zur Schule ging, gehört, wie ihr Papi am Fon über die Explosion und das Feuer geredet hatte.

»... Das wenigstens muß man dem alten Arsch lassen.« Captain Parkins lachte, aber es war ein böses Lachen. »Ich weiß nicht, wie er das alles hingekriegt hat, aber er hätte uns um ein Haar reingelegt.«

Christabels Hand krampfte sich um Prinz Pikapik zusammen. Die Puppe gab ein warnendes Quieken von sich.

»Wenn der Wagen nur ein bißchen länger gebrannt hätte«, fuhr Captain Parkins fort, »hätten wir den Unterschied zwischen dem Zeug, das er auf dem Sitz deponiert hatte, und einem echten verbrannten Sellars nicht mehr erkennen können. Asche, Fett, organische Abfallstoffe – er muß alles mit dem Teelöffel abgemessen haben, um das Verhältnis so genau hinzukriegen, der schlaue kleine Mistkerl.«

»Wir hätten die undichten Stellen gefunden«, sagte Christabels Papi.

»Schon, aber eher später als früher. Er hätte vielleicht noch vierundzwanzig Stunden Vorsprung dazu gehabt.«

Christabel hörte ihren Vater aufstehen. Sie erschrak, aber dann hörte sie ihn hin und her gehen, wie er es machte, wenn er telefonierte. »Kann sein. Aber Scheiße, Ron, das erklärt immer noch nicht, wie er in der Zeit, die er hatte, vom Stützpunkt runterkommen konnte. Er sitzt im Rollstuhl, Herrgott nochmal!«

»Die MP überprüft alles. Möglicherweise hat jemand Mitleid mit ihm gehabt und ihn irgendwohin mitgenommen. Oder er ist einfach den Hügel runtergerollt und ist in dieser Squattersiedlung untergeschlüpft. Aber wenn da einer was weiß, wird er das Maul aufmachen, wenn wir dieses Nest ausheben. Irgend jemand wird auspacken.«

»Vielleicht hatte er ja einen Verbündeten, irgend jemand, der ihm geholfen hat, ganz aus der Gegend zu verschwinden.«

»Wo hätte er so jemand finden sollen? Hier im Stützpunkt? Dafür würde der vors Kriegsgericht kommen, Mike. Und außerhalb des Stützpunkts kennt er niemand. Wir haben seine sämtlichen Kontakte überwacht, die Telefonate – er ist ja nicht mal ins Netz gegangen! Alles andere ist harmlos. Wir haben ihn sehr genau beobachtet. Eine Fernschachverbindung mit irgendeinem Rentner in Australien – ja ja, die haben wir sorgfältig überprüft –, ein paar Katalogbestellungen und Zeitschriftenabos, solche Sachen.«

»Trotzdem glaube ich nicht, daß er das ohne Hilfe von außen hingekriegt hätte. Irgendwer muß ihm geholfen haben. Und wenn ich den finde - mein lieber Mann, der wird sich wünschen, er wäre nie geboren worden.«

Irgendwo machte es bums. Christabel blickte auf. Prinz Pikapik war unter den Korridortisch gekrabbelt, und jetzt stieß die Otterpuppe immerzu gegen das Tischbein. Die Vase drohte jeden Augenblick herunterzufallen, und das würde ihr Papi bestimmt hören und ganz wütend aus dem Zimmer kommen. Als sie mit weiten Augen und hämmerndem Herzen hinter dem weggelaufenen Otter herkroch, kam ihre Mutter um die Ecke und wäre beinahe über sie gestolpert.

Christabel kreischte auf.

»Mike, ich wünschte, du würdest dir mal ein wenig Zeit für deine Tochter nehmen«, rief ihre Mutter durch die geschlossene Tür des Arbeitszimmers. »Erklär ihr, daß sie keine Angst haben muß. Die arme Kleine ist ein einziges Nervenbündel.«

Christabel aß ihre Suppe im Bett.

Mitten in der Nacht wachte Christabel mit einem Schreck auf. Herr Sellars hatte sie gebeten, die neue MärchenBrille nach der Schule aufzusetzen, aber sie hatte es nicht getan! Sie hatte es vergessen, weil sie früher nach Hause gegangen war.

Sie ließ sich so leise wie möglich auf den Fußboden gleiten und rutschte unters Bett, wo sie sie versteckt hatte. Sie hatte die alte Brille mit in die Schule genommen und in der Pause in die Müllklappe vor dem Klassenzimmer geworfen, genau wie Herr Sellars es ihr gesagt hatte.

Unter dem Bett war ihr zumute, als wäre sie in der Höhle der Winde im Otterland. Sie dachte eine Weile darüber nach, ob es in Wirklichkeit so einen Ort geben mochte, aber da keine Otter mehr übrig waren außer denen, die im Zoo lebten - das hatte ihr Papi ihr erzählt -, gab es wahrscheinlich auch keine Höhle der Winde mehr.

Die Brille blinkte nicht und tat keinen Mucks. Sie setzte sie auf, aber da stand keine Mitteilung, und das jagte ihr noch einmal einen Schreck ein. Ob Herrn Sellars unten in der Erde etwas zugestoßen war, als das Haus in die Luft flog? Vielleicht lag er verletzt und hilflos dort unten in den Tunneln.

Ihr Finger tippte auf den Schalter. Die Brille ging immer noch nicht an, aber als Christabel gerade dachte, sie wäre vielleicht kaputt, sagte jemand ganz leise »*Christabel?*« in ihr Ohr. Sie fuhr hoch und knallte mit dem Kopf an die Unterseite des Bettes. Als sie sich schließlich traute, nahm sie die Brille ab und steckte den Kopf hervor, aber obwohl alles dunkel war, konnte sie erkennen, daß niemand im Zimmer war. Sie setzte die Brille wieder auf.

»*Christabel*«, sagte die Stimme wieder, »*bist du das?*« Es war Herr Sellars, begriff sie plötzlich, der durch die Brille mit ihr redete.

»Ja, ich bin's«, flüsterte sie.

Plötzlich sah sie ihn vor sich in seinem Rollstuhl sitzen. Nur eine Hälfte seines verlaufenen Gesichts war vom Licht beschienen, so daß er noch gruseliger als sonst aussah, aber sie war froh, daß er offensichtlich weder verletzt noch tot war.

»Es tut mir leid, daß ich sie nicht eher aufgesetzt habe ...«, begann sie.

»*Ja ja. Laß gut sein. Es ist alles in Ordnung. Hör zu, wenn du von heute an mit mir reden möchtest, setzt du die Brille auf und sagst das Wort ... tja, warte mal ...*« Er runzelte die Stirn. »*Wie wär's, wenn du ein Wort aussuchst, kleine Christabel. Irgendein Wort deiner Wahl, aber eines, das die Leute nicht sehr oft sagen.*«

Sie überlegte angestrengt. »Wie war noch mal der Name von diesem Männchen im Märchen?« flüsterte sie. »Der Name, den das Mädchen raten mußte.«

Ein Lächeln trat langsam auf Herrn Sellars' Gesicht. »*Rumpelstilzchen? Das ist sehr gut, Christabel, sehr gut. Sag den Namen einmal, damit ich ihn eingeben kann. Prima. Und damit kannst du mich jeden Tag nach der Schule anrufen, vielleicht auf dem Heimweg, wenn du allein bist. Ich muß jetzt ein paar sehr schwierige Sachen machen, Christabel. Vielleicht die wichtigsten Sachen, die ich je gemacht habe.*«

»Wirst du noch mehr Sachen in die Luft sprengen?«

»*Meine Güte, ich hoffe nicht. Hattest du große Angst? Ich habe den Knall gehört. Du hast das ausgezeichnet gemacht, Liebes. Du bist ein sehr, sehr tapferes Mädchen, und du würdest eine großartige Revolutionärin abgeben.*« Er lächelte abermals auf seine schiefe Weise. »*Nein, es wird nichts mehr in die Luft fliegen. Aber ich werde trotzdem ab und zu deine Hilfe brauchen. Viele Leute werden nach mir suchen.*«

»Ich weiß. Mein Papi hat sich mit Captain Parkins über dich unterhalten.« Sie erzählte ihm alles, woran sie sich erinnern konnte.

»*Na, da kann ich mich ja nicht beschweren*«, sagte Herr Sellars. »*Und du, kleines Fräulein, solltest jetzt wieder schlafen gehen. Ruf mich morgen an. Vergiß nicht, einfach die Brille aufsetzen und ›Rumpelstilzchen‹ sagen.*«

Als der komische alte Mann fort war, nahm Christabel die Märchen-Brille ab und kroch unter dem Bett hervor. Jetzt, wo sie wußte, daß mit Herrn Sellars alles in Ordnung war, war sie auf einmal sehr müde.

Sie wollte sich gerade wieder unter die Decken kuscheln, als sie das Gesicht durchs Fenster gucken sah.

»Es war ein Gesicht, Mami! Ich hab's gesehen! Genau da!«

Ihre Mutter zog sie fest an sich und rubbelte ihr den Kopf. Mami roch nach Gesichtslotion, wie immer zur Nacht. »Wahrscheinlich hast du nur schlecht geträumt, Kleines. Dein Papi hat nachgeschaut, und draußen ist niemand.«

Christabel schüttelte den Kopf und vergrub ihr Gesicht an der Brust ihrer Mutter. Obwohl die Vorhänge zugezogen waren, wollte sie das Fenster nicht noch einmal angucken.

»Vielleicht kommst du lieber mit rüber und schläfst bei uns.« Christabels Mutter seufzte. »Armes kleines Ding – dieser Brand gestern nacht ist dir wirklich in die Glieder gefahren, was? Na, hab keine Angst, mein Schatz. Es hat nichts mit dir zu tun, und jetzt ist alles vorbei.«

> Die Handwerker wollten sich Notizen für die Aufräumarbeiten machen.

Dread war leicht genervt, da er sich noch um ein paar letzte Details kümmern mußte und der Zeitpunkt für die zwangsweise Ausquartierung aus dem Beobachtungszentrum nicht der günstigste war, aber er mußte ihre Gründlichkeit gutheißen. Er nahm sich eine kleine Zigarre aus dem Feuchthaltebehälter und trat auf den Balkon im obersten Stock mit dem Blick auf die Bucht.

Das Handwerkerteam von *Beinha e Beinha* hatte bereits sein Büro in der Stadt demontiert. Jetzt, wo das Projekt in die Endphase getreten war, gab es dafür keinen Bedarf mehr, und wenn die Operation erst einmal abgeschlossen war, blieb keine Zeit mehr, zurückzufahren und Spuren zu beseitigen, deshalb hatte der Trupp es völlig leergeräumt und obendrein von allen Flächen die oberste Schicht mit dem Sandstrahler heruntergeholt, alles frisch gestrichen und die Teppichböden ausgetauscht. Jetzt inspizierten dieselben Männer und Frauen eifrig das Strandhaus, das als Beobachtungszentrum diente. Wenn Dread und sein Team erst einmal auf dem Wasser waren und auf das Objekt zusteuerten, würde die Aufräumcrew wie ein Haufen weißgekleideter Aaskäfer das zweigeschossige Haus in Stücke zerlegen und sämtliche Hinweise darauf vernichten, wer es in den letzten drei Tagen bewohnt hatte.

Es machte ihm im Grunde gar nichts aus, in einer schönen Tropennacht auf den Balkon hinaus zu müssen, entschied er. Er hatte sich seit der Stewardeß keinen Augenblick Erholung mehr gegönnt, und er hatte sehr, sehr hart gearbeitet.

Trotzdem fiel es ihm schwer, innerlich abzuschalten, wo er das Objekt buchstäblich vor Augen hatte. Die Lichter der Isla del Santuario waren jenseits der schwarzen Wasserfläche gerade eben noch zu erkennen, aber von den diversen Sicherheitsvorkehrungen der Insel - den ferngesteuerten U-Booten, den Minisatelliten und den von bewaffneten Wachmannschaften geschützten Bunkern - war überhaupt nichts zu erkennen, und doch mußten sie samt und sonders ausgeschaltet werden. Trotzdem, größere Fehlkalkulationen einmal ausgeschlossen, wie sie Dread noch nie unterlaufen waren ...

Selbstsicher, großspurig, faul, tot, erinnerte er sich.

... Fehlkalkulationen oder grob fahrlässige Aufklärungsversäumnisse ausgeschlossen, waren alle bekannt und war für alle Vorsorge getroffen. Er wartete nur noch die Lösung einiger kleinerer offener Probleme und sodann das Eintreffen des übrigen Teams ab, das in vier Stunden erfolgen sollte. Dread hatte die Leute bewußt nicht eher herbeordert. Hier am Ort des Geschehens gab es nichts, was sich nicht in der Simulation lernen und meistern ließe, und es empfahl sich nicht, irgend etwas zu tun, was die Aufmerksamkeit des Objekts erregen konnte. Die Aufräumcrew war die einzige Gruppe, die keine Vorbereitungen in der VR traf, aber ihr Lieferwagen mit dem Namenszug eines stadtbekannten Teppichhändlers parkte groß und breit in der Einfahrt, und natürlich hatten die Beinhas dafür gesorgt, daß jemand in ihren Diensten die ganze Woche über sämtliche Anrufe in dem Teppichgeschäft entgegennahm, für den Fall, daß jemand auf der Insel den Lieferwagen erspähte und es mit seinen Pflichten allzu genau nahm.

Mit der stillen Vorfreude eines echten Hausbesitzers, der die Aussicht auf einen schönen neuen Fußbodenbelag genießt, drehte Dread seine innere Musik auf, lehnte sich in einem breitgestreiften Liegestuhl zurück, zündete sich seine Zigarre an und legte seine Füße auf das Balkongeländer.

Er hatte die Zigarre knapp zur Hälfte geraucht und betrachtete gerade versonnen die Suchscheinwerfer der Insel, die sich auf dem Wasser spiegelten wie bernsteingelbe Sterne, als ein viel kleineres Licht in einer Ecke seines Gesichtsfeldes zu blinken anfing. Das rauschende Monteverdi-Madrigal – seine Lieblingsmusik, wenn er eine kontemplative Szene spielte – sank auf ein melodisches Murmeln ab. Ein offenes Fenster überlagerte Dreads Blickfeld, und Antonio Heredia Celestinos kahlgeschorener Schädel hing über der dunklen Karibik, als ob er Wasser treten würde. Dread hätte es lieber gesehen, wenn Celestino tatsächlich Wasser getreten hätte.

»Ja?«

»Tut mir leid, dich zu stören, Jefe. Ich hoffe, du hast einen angenehmen Abend.«

»Was willst du, Celestino?« Die Art, wie der Mann sich immer mit nichtigen Förmlichkeiten aufhielt, war eine der Sachen, die Dread gegen den Strich gingen. Er war ein mehr als kompetenter Gearspezialist – die Beinhas würden niemals zweitklassige Techniker anheuern –, aber seine schwerfällige Humorlosigkeit war ebenso nervig, wie sie einen Mangel an Phantasie verriet.

»Ich habe gewisse Zweifel, was den Datenzapfer betrifft. Die Schutzvorrichtungen sind kompliziert, und es besteht das Risiko, daß schon die Vorarbeiten ... Konsequenzen haben könnten.«

»Was soll das heißen?«

Celestino wackelte nervös mit dem Kopf und versuchte, ein gewinnendes Lächeln zustande zu bringen. Dread, ein Kind der häßlichsten Blechbaracken des australischen Outback, war hin und her gerissen zwischen Ekel und Belustigung. Wenn der Mann eine Stirnlocke gehabt hätte, dachte Dread, hätte er daran gezogen. »Ich fürchte, daß diese Voruntersuchungen, die Vorbereitungsarbeiten, äh ... ich fürchte, daß sie den ... den Betreffenden warnen könnten.«

»Den ›Betreffenden‹? Meinst du das Objekt? Was zum Teufel willst du eigentlich sagen, Celestino?« Dread, in dem langsam die Wut anschwoll, stellte das Madrigal ganz ab. »Hast du die Aktion irgendwie gefährdet? Rufst du mich an, um mir zu sagen, daß du, ups, die Sache leider zufällig vermasselt hast?«

»Nein, nein! Bitte, Jefe, ich habe nichts getan!« Dreads plötzlicher Zorn schien dem Mann mehr auszumachen als die Tatsache, daß man ihm Inkompetenz unterstellte. »Nein, deshalb möchte ich ja mit dir reden, Sir. Ich würde auf keinen Fall unsere Sicherheit aufs Spiel setzen, ohne dich zu konsultieren.« Er haspelte rasch eine Reihe von Befürchtungen herunter, die Dread zum größten Teil lachhaft übertrieben fand. Höchst verärgert kam Dread zu dem Schluß, daß dahinter etwas ganz Einfaches stand: Celestino hatte noch niemals ein derart knallhartes oder derart kompliziertes System geknackt, und er wollte sich versichern, daß er sich im Falle eines Fehlschlags damit herausreden konnte, er habe bloß Befehle befolgt.

Der Schwachkopf meint anscheinend, nur weil er in einer Wohnung sitzt, die mehrere Kilometer vom Schauplatz entfernt ist, würde er ein Scheitern dieser Aktion überleben. Er kennt offensichtlich den Alten Mann nicht.

»Worauf willst du hinaus, Celestino? Ich habe dir lange zugehört, ohne daß du mir etwas Neues gesagt hättest.«

»Ich wollte nur vorschlagen ...« Das erschien ihm offenbar zu geradeheraus. »Ich dachte bloß, ob du vielleicht die Möglichkeit einer schmalspurigen Datenbombe in Erwägung gezogen hast. Wir könnten einen Killer in das System einspeisen und ihr gesamtes Hausnetz lahmlegen. Wenn wir unsere eigene Anlage richtig cod...«

»Stop.« Dread schloß die Augen und bemühte sich, ruhig zu bleiben. Zu seinem Leidwesen starrte ihm Celestinos verkniffenes Gesicht auch aus der Schwärze hinter seinen Lidern entgegen. »Hilf meiner Erinnerung auf - warst du nicht eine Zeitlang beim Militär?«

»BIM«, sagte Celestino mit einem Anflug von Stolz in der Stimme. »Brigada de Institutos Militares. Vier Jahre.«

»Na klar. Weißt du, wann diese Operation anfängt? Weißt du überhaupt etwas? Es sind keine achtzehn Stunden mehr bis dahin, und du kommst mir mit einem derartigen Scheißdreck. Datenbombe? *Na klar* warst du beim Militär - wenn dir was nicht geheuer ist, jag es in die Luft!« Er schnitt eine furchterregende Grimasse, wobei er allerdings vergaß, daß Celestino aus Sicherheitsgründen nur einen weitgehend ausdruckslosen Standardsim sah. »Du miese kleine Schwuchtel, was denkst du eigentlich, was wir hier veranstalten? Bloß einen netten kleinen Mord? Wenn du ein Fußsoldat wärst oder ein Türsteher oder Hausmeister oder was weiß ich, dann hättest du vielleicht eine Ausrede, aber du bist - der Himmel steh uns bei! - der Gearspezialist! Wir werden das gesamte System mit allem, was daran hängt, einfrieren und strippen. Datenbombe! Und wenn das Ding darauf programmiert ist, daß es bei einem Anschlag alles hinschmeißt?«

»Ich ... aber bestimmt ...« Der Schweiß auf der Stirn des Häckers war deutlich zu erkennen.

»Hör mir gut zu. Wenn wir auch nur *ein* Partikel dieser Daten verlieren, das geringste Teilchen, werde ich dir höchstpersönlich das Herz aus dem Leib reißen und es dir unter die Nase halten. Hast du mich verstanden?«

Celestino nickte und schluckte sichtlich. Dread brach die Verbindung ab und durchsuchte dann seine Dateien nach einer Musik, die seine gute Laune wiederherstellen konnte.

»... Der Kerl hat einen Hirnriß, so breit wie der ganze Kopf.«

Der formlose Sim, der die Beinha zur Linken darstellte, beugte sich leicht vor. »Er ist in seinem Job sehr fähig.«

»Er ist ein nervöser Pinscher. Ich lasse jemand einfliegen, die ihm auf die Finger schauen soll. Keine Widerrede. Ich setze euch nur freundlicherweise davon in Kenntnis.«

Ein langes Schweigen trat ein. »Es ist deine Entscheidung«, sagte eine der beiden schließlich.

»Allerdings, verdammt nochmal.« Das rote Licht blinkte wieder, aber diesmal in einem erkennbaren Rhythmus. »Entschuldigt mich bitte. Ich muß einen Anruf entgegennehmen.«

Die beiden Schwestern nickten und waren augenblicklich verschwunden. An ihrer Stelle erschien einer der Apparatschiks des Alten Mannes - ein Replikant, soweit Dread sehen konnte, im üblichen ägyptischen Karnevalskostüm.

»Der Herr über Leben und Tod, der Höchstanbetungswürdige, der im Westen Gekrönte befiehlt dir, vor ihm zu erscheinen.«

Dread unterdrückte ein Stöhnen. »Jetzt? Kann er nicht einfach so mit mir reden?«

Der Bote zuckte nicht mit der Wimper. »Du bist nach Abydos bestellt«, sagte er und verschwand. Eine ganze Weile saß Dread einfach tief atmend da, dann stand er auf und streckte sich, um seine Anspannung loszuwerden - der Fehler, Frustration und Ärger am Alten Mann auslassen zu wollen, konnte schmerzhafte Konsequenzen haben -, und warf einen ziemlich bekümmerten Blick auf die Zigarre, jetzt größtenteils graue Asche auf dem Grund der Keramikschale, die er als Aschenbecher benutzt hatte. Er setzte sich wieder hin, nahm eine bequeme Position ein, da die Launen des Alten Mannes oft stundenlange Wartezeiten mit sich brachten, und schloß die Augen.

Vor ihm erstreckte sich das mächtige Hypostylon von Abydos-Olim, dessen massige, turmhohe Säulen durch das Licht unzähliger flackernder Lampen noch dramatischer wirkten. Er sah, wie der Thron des Gottes auf dem Podest am anderen Ende der Halle über die gebeugten Rücken von tausend Priestern hinausragte wie eine vulkanische Insel aus dem Ozean. Dread knurrte verdrießlich und setzte sich in Bewegung.

Obwohl er die Schakalsohren an seinem Kopf nicht wirklich fühlen und seine Hundeschnauze nicht wirklich sehen konnte, obwohl die Priester die Gesichter am Boden behielten, während sie ihm auswichen, und kein einziger ihm einen Blick zuwarf, nicht einmal verstohlen, fühlte er sich zornig und gedemütigt. Die Aktion sollte in einigen Stunden losgehen, aber verzichtete der Alte Mann deswegen vielleicht auf ein paar von seinen albernen Zeremonien und kürzte das Ganze ein bißchen ab? Natürlich nicht. Dread war sein Hund, der der Stimme seines Herrn zu folgen hatte, und mußte das immer wieder eingebleut bekommen.

Als er die Halle ganz durchschritten hatte und sich vor dem Thron auf alle viere niederließ, ging ihm kurz, aber beglückend die Vorstellung durch den Kopf, ein Streichholz an die Mumienbinden des alten Dreckskerls zu halten.

»Erhebe dich, mein Diener.«

Dread stand auf. Selbst wenn er sich auf das Podest gestellt hätte, hätte er neben der Gestalt seines Arbeitgebers zwerghaft gewirkt.

Immer muß er mir klarmachen, wer oben ist.

»Berichte mir vom Luftgottprojekt.«

Dread bezähmte seine Wut, holte tief Luft und gab einen Bericht über den Stand der letzten Vorbereitungen. Osiris, der Herr über Leben und Tod, hörte dem Anschein nach mit Interesse zu, aber obwohl sein leichenartiges Gesicht regungslos wie immer war, machte der Alte Mann auf Dread einen irgendwie abgelenkten Eindruck: Seine bandagierten Finger spielten ganz leicht auf den Lehnen seines Thronsessels, und einmal ließ er sich von Dread etwas wiederholen, das schon beim erstenmal völlig klar hätte sein müssen.

»Die Verantwortung für diesen stupiden Programmierer trägst du«, erklärte Osiris, als ihm Celestinos Anruf geschildert worden war. »Triff Maßnahmen, die verhindern, daß er zum schwachen Glied in unserer Kette wird.«

Dread kochte innerlich. Als ob man ihm das sagen müßte! Mit Mühe gelang es ihm, seine Stimme im Zaum zu behalten. »Eine Spezialistin, die ich von früheren Einsätzen her kenne, ist schon unterwegs. Sie wird Celestino überwachen.«

Osiris winkte ab, als ob das alles völlig selbstverständlich wäre. »Es darf nicht mißlingen. Ich habe trotz deiner vielen Entgleisungen großes Vertrauen in dich gesetzt. Es darf nicht mißlingen.«

Trotz seiner brodelnden Erbitterung wurde Dread hellhörig. Der Alte Mann schien besorgt zu sein - wenn nicht wegen dieser Sache, dann wegen einer anderen. »Wann hätte ich dich je enttäuscht, Großvater?«

»Du sollst mich nicht so nennen!« Osiris nahm seine Arme von den Lehnen und kreuzte sie über der Brust. »Ich habe dir mehrfach erklärt, daß ich diese Anrede von einem Diener nicht dulde.«

Dread konnte sich ein wütendes Zischen nur schwer verkneifen. Nein, sollte der alte Dreckskerl doch sagen, was er wollte. Es gab ein längerfristiges Spiel - der Alte Mann hatte es ihm selber beigebracht -, und dies war vielleicht der erste Riß im Abwehrwall seines Gebieters.

»Ich bitte um Verzeihung, o Herr. Alles wird geschehen, wie du es befiehlst.« Er senkte seinen großen schwarzen Kopf, bis seine Schnauze die Steinplatten berührte. »Habe ich etwas Neues getan, das deinen Unmut erregt?« Er überlegte kurz, ob die Stewardeß ...? Nein. Ihre Leiche konnte noch nicht einmal gefunden worden sein, und dieses eine Mal hatte er darauf verzichtet, seine Signatur zu hinterlassen - Kunst unter der Knute der Notwendigkeit.

Der Gott von Ober- und Unterägypten neigte den Kopf. Einen Moment lang meinte Dread, tief in den Augen des Alten Mannes die messerscharfe Intelligenz blitzen zu sehen. »Nein«, sagte er schließlich. »Du hast nichts getan. Ich bin vielleicht voreilig in meinem Zorn. Ich habe zur Zeit sehr viel zu tun, und ein Großteil davon ist unangenehmer Natur.«

»Ich fürchte, ich würde deine Probleme wahrscheinlich nicht verstehen, Herr. Ein Projekt wie dieses zu leiten, das du mir übertragen hast, beansprucht schon meine sämtlichen Fähigkeiten - die Komplexität dessen, womit du dich befassen mußt, kann ich mir gar nicht vorstellen.«

Osiris setzte sich auf seinem großen Thron zurück und blickte über den Saal. »Nein, das kannst du nicht. In diesem Augenblick - genau in diesem Augenblick! - versammeln sich meine Feinde in meinem Ratssaal. Ich muß ihnen gegenübertreten. Es läuft eine Verschwörung gegen mich, und ich weiß noch nicht ...« Er verstummte, dann zuckte er mit seinem mächtigen Kopf und beugte sich vor. »Ist jemand an dich herangetreten? Hat man dir Fragen über mich gestellt, dir Angebote gemacht, damit du Informationen lieferst oder dich an etwas beteiligst? Ich garantiere dir, so schrecklich mein Zorn jeden treffen wird, der mich verrät, meine Großzügigkeit gegen meine treuen Diener ist noch größer.«

Vor Angst, etwas Übereiltes zu sagen, blieb Dread lange Sekunden stumm. Der alte Teufel hatte noch nie so offen geredet, sich ihm gegenüber noch nie sorgenvoll oder verletzlich gezeigt. Er wünschte, er könnte die Szene irgendwie zur späteren eingehenden Betrachtung aufzeichnen, doch ihm blieb nichts übrig, als jedes Wort und jede Geste seinem schwachen menschlichen Gedächtnis einzuprägen.

»Niemand ist an mich herangetreten, Herr. Ich versichere dir, ich hätte es sofort gemeldet. Aber wenn ich irgend etwas tun kann, um dir zu helfen - Informationen beschaffen, Verbündete, denen du nicht traust, aus dem Weg ...«

»Nein, nein, nein.« Mit einem ungeduldigen Schwenken seines Geißelszepters schnitt Osiris seinem Diener das Wort ab. »Ich werde damit nach meiner bewährten Manier verfahren. Du wirst deinen Teil tun, indem du dafür sorgst, daß das Luftgottprojekt abläuft wie geplant.«

»Selbstverständlich, Herr.«

»Geh jetzt. Ich werde noch einmal mit dir reden, bevor die Aktion anläuft. Besorg jemanden, der diesen Programmierer genau im Auge behält.«

»Ja, Herr.«

Der Gott schwenkte seinen Krummstab, und Dread wurde aus dem System befördert.

Er blieb lange im Sessel sitzen und ignorierte drei Anrufe, während er darüber nachdachte, was er gerade gesehen und gehört hatte. Schließlich stand er auf. Unten hatten die Aufräumleute ihre Vorbereitungen beendet und stiegen in ihren Lieferwagen.

Dread schnippte den Zigarrenstummel vom Balkon in das dunkle Wasser und ging ins Haus zurück.

»Guck, wir müssen bloß die Enden noch einmal festbinden, dann sind wir fertig.« Fredericks hielt eine Handvoll sich ringelnder Schlingpflanzen und Ranken in die Höhe. »Da draußen gibt's Wellen, Orlando, und wer weiß was noch. Haie - vielleicht Meeresungeheuer. Komm schon, die paar Handgriffe, die wir jetzt mehr machen, werden sich hundertmal rentieren, wenn wir auf dem Wasser sind.«

Orlando betrachtete das Floß. Es war recht ordentlich gemacht: feste, schwere Schilfrohre zu langen Bündeln verschnürt und diese wiederum zu einem langen Rechteck zusammengebunden. Wahrscheinlich würde es sogar schwimmen. Er tat sich nur schwer, großes Interesse dafür aufzubringen.

»Ich muß mich einen Moment hinsetzen.« Er taumelte in den Schatten der nächsten Palme und ließ sich in den Sand fallen.

»Na schön. Ich mach's. Das kennen wir ja schon.« Fredericks ging an die Arbeit.

Orlando hob eine zitternde Hand hoch, um seine Augen vor der Sonne abzuschirmen, die zwischen den Palmblättern hindurchschien. Die Stadt war zur Mittagszeit anders; den ganzen Tag über veränderten sich mit dem Wandel des Lichtes fortwährend die Farben und die Metallreflexionen, wurden die Schatten kürzer und länger. Gerade jetzt, wo die goldenen Dächer ihrem eigenen Schatten entstiegen wie einem lehmigen Boden, sah sie aus wie eine riesige Pilzkolonie.

Er ließ seine Hand sinken und lehnte sich an den Stamm der Palme. Er war sehr, sehr schwach. Er konnte sich leicht vorstellen, sich im Sand einzuwühlen wie eine Baumwurzel und sich nie wieder zu bewegen. Er war von seiner Krankheit erschöpft und lustlos, und er wußte nicht, wie er noch so eine Nacht wie die letzte durchstehen sollte, eine Nacht voller Wirren und Schrecken und Wahnvorstellungen, allesamt unverständlich und alles andere als erholsam.

»Okay, ich hab alles doppelt verschnürt. Hilfst du mir wenigstens, es zum Wasser zu tragen?«

Orlando starrte ihn lange an, aber Fredericks' rosiges, unglückliches Gesicht wollte einfach nicht weggehen. Er stöhnte. »Ich komme.«

Das Floß schwamm wirklich, wenn auch einzelne Teile hartnäckig unter der Wasserlinie blieben, so daß es nirgends einen trockenen Sitzplatz gab. Aber wegen des warmen Wetters war das nicht allzu schlimm. Orlando war froh, daß er Fredericks wenigstens dazu gebracht hatte, die

Wand der Palmwedelhütte mitzunehmen, unabhängig davon, wie kurz die Fahrt nach Ansicht seines Freundes werden würde. Orlando legte sie gekippt über sich und Fredericks, so daß sie an ihren Schultern lehnte. Sie hielt die schlimmste Nachmittagssonne ab, aber trug wenig dazu bei, die Hitze in seinem Kopf und seinen Gelenken zu kühlen.

»Mir geht's nicht sehr gut«, sagte er leise. »Wie gesagt, ich hab 'ne Lungenentzündung.« Das war so ziemlich das einzige Gesprächsthema, das er anzubieten hatte, aber er bekam es selbst schon langsam satt. Fredericks stach verbissen mit einem improvisierten Paddel ins Wasser und entgegnete nichts.

Erstaunlicherweise - wenigstens für Orlando - bewegten sie sich tatsächlich langsam auf die Stadt zu. Durch die Querströmung trieben sie unverkennbar ab, so daß sie nach Orlandos Einschätzung auf die Nordseite der Küste zuhielten, aber die Abdrift war gering; es konnte durchaus sein, daß sie ans andere Ufer kamen, bevor die Strömung sie aufs offene Wasser - wahrscheinlich eines Ozeans - hinaustrug. Und wenn nicht ... tja, Fredericks wäre enttäuscht, aber Orlando sah nicht so recht, was das für einen Unterschied machen würde. Er gaukelte mit stündlich schwindenden Kräften durch eine Art Zwischenwelt, und die Welt, die er hinter sich gelassen hatte (und die ihm wunderlicherweise immer noch ab und zu als die »reale« erschien), war keineswegs besser.

»Ich weiß, daß du krank bist, aber könntest du trotzdem ein Weilchen zu paddeln versuchen?« Fredericks gab sich alle Mühe, nicht vorwurfsvoll zu klingen; wie aus weiter Ferne bewunderte Orlando ihn/sie dafür. »Mir tun echt die Arme weh, aber wenn wir uns nicht weiter anstrengen, wird die Strömung uns vom Strand wegtreiben.«

Es war schwer zu entscheiden, was mehr Energie kosten würde, zu streiten oder zu paddeln. Orlando machte sich an die Arbeit.

Seine Arme waren schlaff und schwach wie Nudeln, aber die eintönige Tätigkeit, das Paddel einzutauchen, durchzuziehen, hochzuheben und wieder einzutauchen, hatte etwas Beruhigendes. Nach einer Weile versetzte ihn die Monotonie im Verein mit den tanzenden Reflexionen der Sonne und seinen Fieberdelirien in eine Art Traumzustand, so daß er das Steigen des Wassers erst bemerkte, als Fredericks aufschrie, sie würden sinken.

Wachgerüttelt, aber immer noch abgepuffert von seiner träumerischen Entrücktheit blickte Orlando auf das Wasser, das jetzt bis zum Schritt über seinen Lendenschurz schwappte. Die Mitte des Floßes war gesunken, oder die Seiten waren gestiegen; jedenfalls war das Transportmittel mittlerweile zum größten Teil unter Wasser.

»Was sollen wir tun?« Fredericks klang wie jemand, der glaubte, daß das alles noch einen Wert hatte.

»Tun? Sinken, nehme ich an.«

»Bist du jetzt völlig abgescännt, Gardiner?« Fredericks, der sichtlich gegen die Panik ankämpfte, schaute zum Horizont. »Eventuell können wir den restlichen Weg schwimmen.«

Orlando folgte seinem Blick und lachte. »*Du* scännst wohl! Ich kann kaum paddeln.« Er betrachtete das gespaltene Schilfrohr in seiner Hand. »Viel nützen tut's uns eh nicht mehr.« Er warf das Paddel weg. Es spritzte ins Wasser und ploppte wieder an die Oberfläche, wo es sich weitaus vertrauenerweckender auf den Wellen wiegte als das Floß.

Fredericks schrie erschrocken auf und streckte sich danach, als könnte er den Vorgang umkehren und es durch die Luft zurückholen. »Ich faß es nicht! Warum hast du das gemacht?« Voll hektischer, entsetzter Energie nahm er wieder das Floß in Augenschein. »Ich hab eine Idee. Wir gehen ins Wasser, aber wir nehmen das Floß zum Festhalten - du weißt schon, wie die Bojen im Schwimmkurs.«

Orlando hatte nie einen Schwimmkurs oder sonst etwas besucht, wovon seine Mutter befürchtete, es könnte seinen brüchigen Knochen schaden, aber ihm war nicht nach Streiten zumute. Auf das Drängen seines Freundes hin glitt er vom Floß ins kühle Wasser. Fredericks sprang neben ihm hinein, stemmte sich dann mit der Brust gegen die herunterhängende Kante des Floßes und fing in einer Art und Weise zu strampeln an, die seinen früheren Lehrern alle Ehre machte.

»Kannst du nicht auch treten, wenigstens ein bißchen?« keuchte er.

»Das mach ich schon«, entgegnete Orlando.

»Was ist bloß mit der ganzen Thargorkraft passiert?« japste Fredericks. »Dem ganzen Drachentötermumm? Komm schon!«

Selbst Erklärungen abzugeben, war anstrengend, und gelegentliche Salzwasserladungen im Mund machten die Sache nicht besser. »Ich bin krank, Frederico. Und vielleicht ist die Verstärkung in diesem System nicht so hoch, wie ich's gewohnt bin - ich mußte immer schon die Taktorenoutputs sauhoch stellen, damit es so gut funktionierte wie bei jemand Normalem.«

Sie hatten erst wenige Minuten gestrampelt, als Orlando spürte, wie seine Kräfte ihn endgültig verließen. Seine Beine bewegten sich langsamer, dann gar nicht mehr. Er hielt sich hinten am Floß fest, doch selbst das fiel ihm schwer.

»Orlando? Ich brauch deine Hilfe!«

Die Stadt, die vorher direkt vor ihnen gelegen hatte, war inzwischen nach rechts gewandert. Das Stück blaues Wasser zwischen dem Floß und dem Strand jedoch war nicht merklich schmäler geworden. Sie trieben aufs Meer hinaus, begriff Orlando, so wie er auch innerlich abtrieb. Sie würden immer weiter vom Land abkommen, bis die Stadt zuletzt gänzlich verschwunden wäre.

Aber das ist nicht fair. Die Gedanken schienen in langsamen Stößen zu kommen, genau wie die Wellen. *Fredericks will leben. Er will Fußball spielen und Sachen unternehmen - will ein richtiger Junge sein, genau wie Pinocchio. Und ich hindere ihn bloß daran. Ich bin der Junge von der Schlaraffeninsel.*

»Orlando?«

Nein, nicht fair. Er muß so fest treten, um auch mein Gewicht zu schieben. Nicht fair ...

Er ließ los und glitt unter Wasser. Es war erstaunlich einfach. Die Oberfläche schloß sich über ihm wie ein Augenlid, und einen Augenblick lang empfand er vollkommene Schwerelosigkeit, vollkommene Entspanntheit und eine gewisse dumpfe Selbstzufriedenheit über seinen Entschluß. Da wurde er an den Haaren gepackt und so heftig nach oben gezerrt, daß ein feuriger Schmerz ihn durchfuhr und er den Hals voller Meerwasser bekam. Prustend kam er an die Oberfläche.

»Orlando!« kreischte Fredericks. »Was zum Teufel machst du da?«

Er klammerte sich mit einer Hand an das Floß, damit er Orlandos - Thargors - lange schwarze Haare fest im Griff behalten konnte.

Jetzt tritt keiner mehr, dachte Orlando traurig. Er spuckte Salzwasser und konnte mit Mühe und Not einen Hustenanfall verhindern. *Es nützt überhaupt nichts.*

»Ich bin ... ich kann einfach nicht mehr«, sagte er laut.

»Halt dich am Floß fest«, befahl Fredericks. »Halt dich am Floß fest!«

Orlando gehorchte, aber Fredericks ließ ihn trotzdem nicht los. Eine Weile trieben sie einfach Seite an Seite dahin. Das Floß stieg und fiel mit den Wellen. Bis auf den stechenden Schmerz an seiner Kopfhaut hatte sich nichts geändert.

Auch Fredericks hatte einen Mundvoll Meerwasser abbekommen. Seine Nase lief, seine Augen waren rotgerändert. »Du wirst dich nicht drücken. Nein, das wirst du nicht!«

Orlando brachte eben genug Kraft auf, um den Kopf zu schütteln. »Ich kann nicht ...«

»Du kannst nicht? Du verdumpfter Saftsack, du hast mir wegen dieser verdammten Scheißstadt das Leben zur Hölle gemacht! Da hast du sie jetzt! Und du willst einfach aufgeben?«

»Ich bin krank ...«

»Na und? O ja, o ja, echt traurig und so. Du hast irgendeine abartige Krankheit. Aber *da* ist der Ort, wo du hinwolltest. Du hast davon geträumt. Es ist praktisch das einzige, woran dir was liegt. Also entweder hilfst du mir, an den Strand da zu kommen, oder ich werd dich abschleppen, wie ich es in dem dämlichen Schwimmkurs gelernt hab, und dann ertrinken wir *alle beide*, fünfhundert Meter von deiner verdammten Stadt entfernt. Du elender Feigling!« Fredericks schnaufte so angestrengt, daß er kaum zu Ende sprechen konnte. Er hing bis zum Hals im Wasser an dem schaukelnden Floß und funkelte ihn böse an.

Orlando fand es irgendwie amüsant, daß jemand wegen einer Lappalie wie dem Unterschied zwischen Weiterschwimmen und Untergehen so in Wallung geraten konnte, aber er empfand auch eine leichte Verärgerung darüber, daß Fredericks - Fredericks! - ihn einen Feigling nannte.

»Du willst, daß ich dir helfe? Ist es das, was ich tun soll?«

»Nein, du sollst das tun, was dir dermaßen wichtig war, daß du mich in diese verdumpfte, idiotische Fen-fen reingeritten hast.«

Wieder fand er es leichter, zu schwimmen als zu streiten. Außerdem hielt Fredericks ihn immer noch an den Haaren, so daß Orlandos Kopf in einem unangenehmen Winkel abgeknickt war.

»Okay. Laß los.«

»Keine Tricks?«

Orlando schüttelte müde den Kopf. *Da will man einem 'nen Gefallen tun ...* Die Brust an den Floßrand gedrückt, fingen sie wieder an zu treten.

Die Sonne stand sehr niedrig am Himmel, und ein kühler Wind setzte den Wellen Schaumkronen auf, als sie endlich an der ersten Buhne vorbei und aus der Querströmung heraus waren. Nach einer kurzen Erholungspause ließ Fredericks Orlando auf das eingesunkene Floß steigen und mit den Händen paddeln, während er selbst weiter Außenbordmotor spielte.

Als sie die zweite Buhne erreichten, waren sie schon nicht mehr allein, sondern lediglich das kleinste Fahrzeug in der Hafeneinfahrt.

Andere Boote, manche offensichtlich mit Motoren ausgerüstet, andere mit windgeblähten Segeln, waren nach der Arbeit des Tages auf dem Heimweg und brachten beim Überholen mit ihrem Kielwasser das Floß bedenklich zum Schaukeln. Orlando stieg ins Wasser zurück.

Über ihnen und ringsherum gingen allmählich die Lichter der Stadt an.

Sie debattierten gerade darüber, ob sie versuchen sollten, eines der vorbeifahrenden Boote auf sich aufmerksam zu machen, als Orlando den nächsten Fieberschub kommen fühlte.

»Wir können nicht versuchen, dieses Floß bis an den Kai zu bringen«, erklärte Fredericks. »Es kommt bestimmt irgendein großes Schiff durch, und im Dunkeln werden die uns nicht mal sehen.«

»Ich glaube, alle ... großen Schiffe kommen da ... drüben rein«, sagte Orlando. Er hatte Mühe, genug Luft zum Sprechen zu bekommen. »Guck.« Auf der anderen Seite des Hafenlabyrinths, durch mehrere Molen getrennt, wurden zwei große Schiffe, eines davon eine Art Tanker, von Schleppkähnen in den Hafen gezogen. Näher dran, sehr viel kleiner als der Tanker, aber immer noch ziemlich groß und eindrucksvoll, schwamm ein Prunkschiff. Trotz seiner Erschöpfung konnte Orlando nicht die Augen davon abwenden. Mit seinem bunten Schnitzwerk und einem am Bug aufgemalten Zeichen, das wie eine Sonne mit einem Auge darin aussah, schien es einer anderen Zeit anzugehören als die übrigen Schiffe im Hafen. Es hatte einen einzelnen hohen Mast und ein flaches viereckiges Segel. Laternen hingen in der Takelage und am Bug.

Während Orlando diese seltsame Erscheinung noch anstarrte, schien die Welt in einen größeren Schatten einzutauchen. Die Laternen verschwammen zu blendenden Sternformen. Er wunderte sich noch kurz darüber, wie plötzlich aus der Abenddämmerung finstere Mitternacht geworden war, und bedauerte es, daß die Einwohner der Stadt ihre sämtlichen Lichter ausgemacht hatten, dann spürte er, wie das Wasser wieder an ihm hoch und über ihn hinweg glitt.

Diesmal merkte Orlando es kaum, als Fredericks ihn herauszog. Das Fieber hatte ihn erneut gepackt, und er war so zerschlagen, daß er es undenkbar fand, es könnte jemals wieder loslassen. Ein fernes Nebelhorn war ein formloser Tonbrei in seinen Ohren, der abflaute und doch nicht ganz aufhörte. Fredericks sagte irgend etwas Dringendes, aber Orlando wurde nicht daraus schlau. Auf einmal erschien ein unvorstellbar grelles Licht, und die Finsternis wurde von einer viel schmerzhafteren und schrecklicheren Weiße vertrieben.

Der Scheinwerfer gehörte einem kleinen Boot. Das kleine Boot gehörte der Hafenpolizei der großen Stadt. Die Polizisten waren nicht brutal, aber sie hatten entschieden kein Ohr dafür, was Fredericks zu sagen hatte. Sie schienen speziell nach Fremden Ausschau zu halten, und die beiden Wasser tretenden Männer mit ihrem selbstgebastelten Floß entsprachen offenbar der Beschreibung. Als sie Orlando und Fredericks an Bord zogen, unterhielten sie sich miteinander; Orlando verstand die Worte »Gottkönig« und »Hoher Rat«. Es machte den Eindruck, als ob er und Fredericks wegen irgendeines Verbrechens verhaftet würden, aber es fiel ihm immer schwerer, dem Geschehen um ihn herum zu folgen.

Plötzlich ragte das Prunkschiff über ihnen auf. Während das Patrouillenboot auf den Kai des Großen Palastes zutuckerte, strich sein verzierter Rumpf an ihnen vorbei, aber bevor sie das Schiffsende erreicht hatten, verlor Orlando das Bewußtsein.

Kapitel

Der Herr von Temilún

NETFEED/NACHRICHTEN:
Panik wegen Containerfleischvergiftung in Großbritannien
(Bild: aufgebrachte Menge vor einer Fabrik in Derbyshire)
Off-Stimme: Eine Welle von Erkrankungen mit tödlichem Ausgang hat in der Zuchtfleischindustrie Großbritanniens ein Chaos ausgelöst. Bei einem Lebensmittelunternehmen, Artiflesh Ltd., kam es zu Angriffen auf Fahrer, und es wurde sogar ein Werk niedergebrannt.
(Bild: Salmonellen unter dem Mikroskop)
Schuld an den Todesfällen soll der Salmonellenbefall einer "Mutter" sein, der ursprünglichen Rindfleischmatrix, aus der sich bis zu hundert Generationen Containerzuchtfleisch gewinnen lassen. Eine solche "Mutter" kann die Quelle von vielen tausend Tonnen Zuchtfleisch sein ...

> »Atasco!« Renie erhob abwehrend die Hände, aber der Mann, deren Gefangene sie waren, betrachtete sie nur mit leichtem Befremden.

»Du kennst meinen Namen? Das überrascht mich.«

»Warum? Weil wir bloß kleine Leute sind?« Jetzt, wo sie das erste wirkliche Gesicht - so wirklich, wie ein Simgesicht überhaupt sein konnte - hinter Otherland vor sich hatte, verging alle ihre Furcht. Eine kalte Wut erfüllte sie und gab ihr das Gefühl, neben sich zu stehen.

»Nein.« Atasco wirkte ehrlich verblüfft. »Weil ich nicht dachte, daß mein Name allgemein bekannt wäre, wenigstens außerhalb gewisser Kreise. Wer bist du?«

Renie legte den Arm auf !Xabbus Schulter – mehr zu ihrer eigenen Beruhigung als zu seiner. »Wenn du das nicht weißt, werde ich es dir ganz bestimmt nicht sagen.«

Der Gottkönig schüttelte den Kopf. »Du bist eine höchst impertinente junge Frau.«

»Renie ...?« begann Martine, aber in dem Moment witschte etwas mit hoher Geschwindigkeit über den Boden des Ratssaales, ein irisierender Streifen, der ganz knapp an Renie und !Xabbu vorbeihuschte, bevor er im Schatten verschwand.

»Ah!« Während er die seltsame Erscheinung mit den Augen verfolgte, wich der Unmut aus Bolívar Atascos Gesicht. »Da ist es schon wieder. Weißt du, was das ist?«

Renie konnte seinen Ton nicht recht einschätzen. »Nein. Was?«

Er schüttelte den Kopf. »Ich habe nicht die leiseste Ahnung. Na ja, das stimmt nicht ganz – ich habe eine Vermutung, was es darstellt, aber nicht, was es *ist*. Es ist ein Phänomen von hoher Komplexität, der ungeheuren Komplexität des Systems. Nicht das erste und höchstwahrscheinlich nicht das letzte und nicht das merkwürdigste.« Er stand ein Weilchen sinnend da, dann wandte er sich wieder Renie und ihren Freunden zu. »Vielleicht sollten wir dieses unbefriedigende Gespräch abkürzen. Es gibt noch viel zu tun.«

»Folter?« Renie wußte, daß sie den Mund halten sollte, aber die Monate des Leids und der Wut ließen sich nicht verdrängen; sie fühlte sich hart und scharf wie eine geschliffene Klinge. »Brandbomben in Wohnungen legen, Kinder ins Koma versetzen und alte Frauen totprügeln ist noch nicht befriedigend genug?«

»Renie ...«, begann Martine wieder, aber Atascos zorniger Aufschrei unterbrach sie.

»*Es reicht!*« Seine Augen waren nur noch schmale Schlitze. »Bist du wahnsinnig oder was? Was bildest du dir ein, in meine Welt zu kommen und solche Beschuldigungen zu erheben?« Er wandte sich an Martine. »Bist du ihre Gouvernante? Wenn ja, dann hast du versagt. Der Affe hat bessere Manieren.«

»Der Affe hat vielleicht mehr Geduld«, sagte Martine leise. »Renie, !Xabbu, ich glaube, wir haben einen Irrtum begangen.«

»Einen Irrtum?« Renie war verwundert. Vielleicht hatte Martine durch ihren traumatischen Eintritt in diese Simwelt eine Art Amnesie erlitten, aber sie ihrerseits erinnerte sich nur zu gut an Atascos Namen.

Auf jeden Fall brauchte sie bloß einen Blick auf dieses arrogante, aristokratische Gesicht zu werfen, das er sich ausgesucht hatte, um alles über ihn zu wissen. »Ich glaube kaum, daß es hier einen Irrtum gibt, höchstens den, daß er meint, wir würden bei alledem auch noch höflich bleiben.«

!Xabbu kletterte auf einen der Stühle und von dort auf den riesigen Tisch. »Eine Frage, Herr Atasco. Warum hast du uns hergeholt?«

Er nahm den redenden Affen kommentarlos hin. »Ich habe euch nicht hergeholt. Ihr seid selber hergekommen, möchte ich meinen.«

»Aber warum?« beharrte !Xabbu. »Du bist der Herrscher über diese bizarre Welt. Warum nimmst du dir die Zeit, mit uns zu sprechen? Was meinst du denn, was *wir* wollen?«

Atasco zog eine Augenbraue hoch. »Ihr seid hierherbestellt worden. Ich habe demjenigen, der euch herbestellt hat, gestattet, meine Stadt und meinen Palast zu benutzen - der Einfachheit halber und, na ja, weil ich einige seiner Befürchtungen teile.« Er schüttelte den Kopf, als ob das alles auf der Hand läge; seine hohe Federkrone schwankte. »Warum ich mit euch spreche? Ihr seid Gäste. Aus Höflichkeit natürlich - etwas, worauf ihr anscheinend verzichten könnt.«

»Soll das heißen ...« Renie mußte kurz innehalten, um zu überlegen, was das überhaupt heißen konnte. »Soll das heißen, daß du uns nicht hergeholt hast, um uns etwas anzutun oder uns zu bedrohen? Daß du nichts mit dem Zustand zu tun hast, in dem sich mein Bruder befindet? Mit den Leuten, die Doktor Susan Van Bleeck umgebracht haben?«

Atasco blickte sie lange an. Das edle Gesicht war immer noch majestätisch herablassend, aber sie spürte ein gewisses Zögern. »Wenn die schrecklichen Taten, von denen du sprichst, der Gralsbruderschaft zur Last gelegt werden können, dann bin ich wohl nicht ganz ohne Schuld«, sagte er schließlich. »Eben deshalb, weil ich befürchte, daß ich unwissentlich zu diesen üblen Machenschaften beigetragen haben könnte, habe ich mein geliebtes Temilún als Versammlungsort zur Verfügung gestellt. Aber ich bin nicht persönlich für die von dir genannten Taten verantwortlich, um Gottes willen, nein.« Er drehte sich um und ließ seinen Blick über den weitläufigen Saal schweifen. »Herrgott, was sind das für seltsame Zeiten! Nur wenige Fremde verirren sich je hierher, und jetzt werden viele kommen. Aber es ist eine Zeit des Wandels, nehme ich an.« Er wandte sich ihnen wieder zu. »Wißt ihr, welcher Tag morgen ist? Vier Bewegung. Wir haben unsere Zeitrechnung von den Azteken übernommen, müßt ihr wissen. Aber es ist ein hochbedeutsamer Tag, das Ende der Fünften Sonne - das Ende eines Zeitalters. Die meisten meines Volkes haben den alten Aberglauben vergessen, aber das liegt natürlich daran, daß es in ihrer Zeit tausend Jahre gedauert hat.«

Ist er verrückt? fragte sich Renie. *Ich rede von getöteten und versehrten Menschen, und er redet vom aztekischen Kalender.*

»Aber du sagtest, wir wären ›herbestellt‹ worden.« !Xabbu breitete seine langen Arme aus. »Bitte, von wem denn?«

»Da müßt ihr auf die anderen warten. Ich bin der Gastgeber, aber ich bin nicht derjenige, der euch ausgewählt hat.«

Renie war zumute, als ob die Welt sich urplötzlich in der Gegenrichtung drehte. Sollten sie einfach diesem Mann Glauben schenken, daß er irgendwie auf ihrer Seite war? Wenn das stimmte, wieso dann dieses ganze undurchsichtige Gehabe? Sie zupfte an dem Knoten, aber erblickte keine unmittelbare Lösung. »Also das ist alles, was du uns sagen kannst, obwohl du hier der Oberhäuptling bist?« fragte sie schließlich und handelte sich damit einen vorwurfsvollen Blick von !Xabbu ein.

Atasco hatte seine anfängliche Abneigung nicht überwunden, aber gab sich Mühe, ihr entgegenkommend zu antworten. »Derjenige, der euch gerufen hat, hat lange und mit großer Vorsicht gearbeitet - nicht einmal ich weiß alles, was er getan oder sich überlegt hat.«

Renie runzelte die Stirn. Sie würde sich nicht dazu bringen können, den Mann zu mögen, soviel stand fest - er erinnerte sie an einige der übelsten südafrikanischen Weißen, die Reichen, raffinierte, diskrete Erben des Ancien régime, die ihre Überlegenheit niemals zum Thema machen mußten, weil sie sie schlicht für selbstverständlich hielten -, aber sie mußte sich eingestehen, daß sie ihn möglicherweise falsch beurteilt hatte.

»Okay. Wenn ich mit meinen Anklagen vorschnell war, bitte ich um Entschuldigung«, sagte sie. »Bitte versteh mich. Erst die Anschläge, denen wir knapp entkommen sind, und dann finden wir uns auf einmal hier wieder, wo wir von Polizisten herumgestoßen werden ...«

»Herumgestoßen? Stimmt das?«

Sie zuckte mit den Achseln. »Nicht brutal. Aber auf jeden Fall haben sie uns nicht das Gefühl gegeben, geehrte Gäste zu sein.«

»Ich werde ihnen einen Verweis erteilen. Milde natürlich - sie müssen Autonomie haben. Wenn der Gottkönig zu heftig reagiert, wird das ganze System gestört.«

Martine machte schon seit einiger Zeit den Eindruck, etwas sagen zu wollen. »Du hast diesen Ort ... gebaut, ja? Er gehört dir?«

»Wachsen lassen wäre vielleicht zutreffender.« Seine frostige Miene taute auf. »Ihr seid mit dem Bus gekommen, wie ich höre. Das ist schade - ihr habt weder die prächtigen Kanäle noch den Hafen gesehen. Möchtet ihr, daß ich euch etwas über Temilún erzähle?«

»Ja, sehr gern«, sagte Martine hastig. »Aber zuerst noch etwas. Ich habe massive Probleme, meine Eingabe zu filtern - die Rohdaten sind geradezu erschlagend. Könntest du ... gibt es eine Möglichkeit, das zu regulieren? Ich fürchte, es ist zu viel für mich.«

»Ich denke schon.« Er verstummte, aber es war mehr als eine Redepause; sein Körper erstarrte einfach, ohne eines der kleinen Zeichen erkennen zu lassen, die ein lebendiger, aber stiller menschlicher Körper aufweist. !Xabbu sah Renie an, und die zuckte mit den Achseln; sie wußte nicht, was Atasco machte, und war sich auch nicht ganz sicher, wovon Martine redete. Auf einmal erwachte Atascos Sim schlagartig wieder zum Leben.

»Es läßt sich machen, glaube ich«, sagte er, »aber nicht ohne weiteres. Du erhältst die gleiche Informationsmenge wie die anderen, und da ihr alle auf derselben Leitung seid, kann ich deine Eingabe nicht ändern, ohne auch die der anderen zu senken.« Er schüttelte den Kopf. »Wir müssen dich irgendwie auf einer anderen Leitung wieder hereinholen. Das darf allerdings erst geschehen, wenn ihr mit Sellars gesprochen habt. Ich weiß nicht, was er für euch geplant hat, und es könnte sein, daß ihr auf absehbare Zeit nicht mehr in das Netzwerk hineinkommt.«

»Sellars?« Renie bemühte sich um eine ruhige Stimme; der Mann legte offensichtlich Wert auf einen höflich-förmlichen Gesprächston. »Ist er derjenige, der ... uns herbestellt hat, wie du sagtest?«

»Ja. Ihr werdet ihn bald kennenlernen. Wenn die anderen eintreffen.«

»Die anderen? Was ...?«

Martine unterbrach sie. »Ich werde kein zweites Mal in das Netzwerk eintreten. Nicht, wenn es bedeutet, daß ich das Sicherheitssystem passieren muß.«

Atasco neigte den Kopf. »Ich könnte dich selbstverständlich als mein Gast hierherbringen - ich hätte euch alle als meine Gäste herbringen können und habe das auch angeboten, aber Sellars war strikt dagegen.

Der Grund war irgend etwas mit dem Sicherheitssystem. Ihr müßt mit ihm darüber reden, da ich das nicht ganz begriffen habe.«

»Was war das für ein Ding?« fragte Renie. »Dieses sogenannte Sicherheitssystem hat unsern Freund umgebracht.«

Zum erstenmal wirkte Atasco echt schockiert. »Was? Was soll das heißen?«

Renie, ergänzt von !Xabbu und Martine, erzählte ihm, was geschehen war. Als sie fertig war, marschierte Atasco schon einige Zeit im Saal auf und ab. »Das ist ja grauenvoll. Seid ihr sicher? Könnte er nicht einfach einen Anfall des Herzens gehabt haben?« Durch die Erschütterung verstärkte sich sein Akzent und wurde sein Englisch ein wenig ungenauer.

»Es hatte uns alle«, erklärte Renie fest. »Singh sagte, es wäre lebendig, und ich weiß nicht, wie man es sonst beschreiben könnte. *Was ist das für ein Ding?*«

»Es ist das neuronale Netzwerk - die Grundlage des Gralsnetzwerksystems. Es wurde zusammen mit den Simulationen herangezüchtet, glaube ich. Ich weiß nicht viel darüber, das war nicht meine Aufgabe. Aber es sollte auf keinen Fall ... das ist schrecklich. Wenn es stimmt, was ihr sagt, dann ist Sellars keine Sekunde zu früh dran. Mein Gott! Schrecklich, schrecklich!« Atasco hatte aufgehört, hin und her zu marschieren, und blickte jetzt aufgeregt in die Runde. »Ihr müßt hören, was er zu sagen hat. Ich würde die Sachen nur durcheinander bringen. Aber wie es aussieht, hat er recht - wir haben zu lange in unserer isolierten Privatwelt gelebt.«

»Erzähle uns von diesem Ort, den du ... hast wachsen lassen«, sagte Martine.

Renie war befremdet. Sie wollte mehr über diesen mysteriösen Sellars hören, über das Ding, das !Xabbu den Allverschlinger genannt hatte, aber Martine zog es offenbar vor, sich von einem reichen Spinner einen Vortrag über sein Hobby halten zu lassen. Sie sah !Xabbu hilfesuchend an, aber der bedachte Atasco gerade mit einem innigen und aufmerksamen Blick, der auf dem Gesicht eines Pavians besonders widerlich wirkte. Sie gab einen leisen Ton der Mißbilligung von sich.

»Temilún?« Das Gesicht ihres Gastgebers hellte sich ein wenig auf. »Aber natürlich. Ihr seid von Aracataca gekommen, nicht wahr? Aus dem Wald. Was hattet ihr für einen Eindruck von den Menschen, die ihr gesehen habt? Waren sie glücklich? Gut ernährt?«

Renie zuckte mit den Achseln. »Ja. Sah so aus.«

»Und nicht ein Wort Spanisch. Keine Priester – na ja, heutzutage ein paar aus Übersee, aber sie tun sich schwer, Leute in ihre fremdartigen und ungewohnten Kirchen hineinzubringen. Jedenfalls kein nennenswerter Katholizismus. Und alles wegen der Pferde.«

Renie sah !Xabbu an, doch der blickte ebenfalls verwirrt. »Pferde?« fragte sie.

»Oh, es ist höchst elementar, verehrte ... wie war noch dein Name?«

Renie zögerte. *Wer A sagt, muß auch B sagen*, entschied sie. *Wenn er das alles vorspiegelt, dann stecken uns diese Leute noch lässiger in die Tasche, als wir dachten.* Und wenn die Gralsbruderschaft ihren Wohnblock anzünden und Jeremiahs Kredkarten sperren lassen konnte, dann war ihr Name vermutlich auch niemandem verborgen. »Irene Sulaweyo. Renie.«

»... Elementar, verehrte Irene.« Offensichtlich war dies eines seiner Lieblingsthemen, denn Atasco schien seine frühere Antipathie völlig vergessen zu haben. »Pferde. Das einzige, was Amerika fehlte. Das Urpferd, nicht wahr, starb hier aus – ›hier‹, das heißt in meiner Heimat im realen Leben, aber *nicht* in der Welt von Temilún. Als die großen Reiche Altamerikas in der wirklichen Welt entstanden – die Reiche der Tolteken, Azteken, Mayas, Inkas, unserer Muiscas hier –, da hatten sie etliche Nachteile, wie sie die Zivilisationen des Tigristales oder des Mittelmeerraumes nicht hatten: langsamere Verkehrsverbindungen, keine großen Wagen oder Schlitten, da es keine starken Zugtiere gab, weniger Bedarf an breiten, ebenen Straßen, daher weniger Druck, das Rad zu erfinden, und so weiter.« Er fing wieder an, hin und her zu marschieren, aber diesmal energisch beschwingt. »In der wirklichen Welt kamen die Spanier nach Amerika und fanden es pflückreif vor. Nur ein paar hundert Männer mit Gewehren und Pferden unterwarfen sich zwei Kontinente. Das muß man sich mal vorstellen! Also habe ich Amerika ein zweites Mal geschaffen. Aber diesmal starb das Pferd nicht aus.« Er nahm seine gefiederte Krone ab und stellte sie auf den Tisch. »Alles verlief hier anders. In der von mir erfundenen Welt bauten die Azteken und andere Völker schon zu einem früheren Zeitpunkt viel ausgedehntere Reiche, und nachdem Handelsschiffe aus Altphönizien bei ihnen gelandet waren, traten sie über die Meeresstraßen mit anderen Zivilisationen in Kontakt. Als das Schießpulver aus dem Fernen Osten in den Vorderen Orient und nach Westeuropa gelangte, brachten die Schiffe des Tlatoani – des aztekischen Kaisers, wenn du so willst – es auch mit nach Amerika.«

»Aber ... diese Leute haben *Mobilfone*!« Gegen ihren Willen wurde Renie in Atascos Phantasiewelt hineingezogen. »Wie alt ist diese Zivilisation?«

»Diese Simulation ist nur wenig hinter der realen Welt zurück. Wenn es außerhalb dieses Palastes auf der anderen Seite des Ozeans ein wirkliches Europa gäbe, befände es sich am Anfang des einundzwanzigsten Jahrhunderts. Aber Christus und der westliche Kalender sind niemals hierhergelangt, und deshalb nennen wir diesen Tag Vier Bewegung in der Fünften Sonne, obwohl das Aztekenreich vor langer Zeit unterging.« Er lächelte voll kindlicher Freude.

»Aber genau das verstehe ich nicht. Wie kann es sein, daß du irgendwann in der Eiszeit, oder was weiß ich, wann, angefangen hast und jetzt in der Gegenwart bist? Willst du mir erzählen, daß du dieses Ding seit sowas wie zehntausend Jahren beobachtest?«

»Ah, ich verstehe. Doch, allerdings.« Das gleiche selbstzufriedene Lächeln. »Aber nicht alles in der regulären Geschwindigkeit. Es gibt eine Makroebene, auf der die Jahrhunderte nur so vorbeirauschen und ich Daten nur in großen, allgemeinen Klumpen sammeln kann, aber wenn ich wirklich etwas verstehen will, kann ich die Simulation auf das normale Tempo drosseln oder sie sogar anhalten.«

»Du spielst Gott, mit anderen Worten.«

»Aber wie konntest du jeden einzelnen dieser Leute erschaffen?« fragte !Xabbu. »Man würde für jeden doch bestimmt ziemlich lange brauchen.« Er klang ehrlich interessiert; Renie dachte zunächst, er wollte verhindern, daß sie ihren Gastgeber weiter gegen sich aufbrachte, aber dann fiel ihr das heißersehnte eigene Ziel des Buschmanns ein.

»In einem System wie diesem erschafft man keine Individuen«, erklärte Temilúns Gottkönig. »Jedenfalls nicht jeden einzeln. Diese Simulation ist gewachsen – genau wie alle anderen in diesem gesamten Netzwerk. Die Lebenseinheiten beginnen als simple Automaten, Organismen mit sehr elementaren Regeln, aber je mehr man ihnen gestattet, zu interagieren, sich anzupassen und sich zu entwickeln, um so komplexer werden sie.« Seine Geste schloß ihn selbst und die anderen drei ein. »Wie es für das Leben überhaupt gilt. Aber wenn unsere Automaten eine bestimmte Komplexitätsstufe erreichen, können wir gewissermaßen die rauhen Kanten abfeilen und haben dann eine Art fraktalen Samen für eine künstliche Pflanze oder ein künstliches Tier – oder sogar für einen künstlichen Menschen -, der sich so auswächst, wie seine individuellen Erbanlagen und Umweltbedingungen es diktieren.«

»Das ist so ziemlich das gleiche, was im Netz ohnehin läuft«, sagte Renie. »Alle großen VR-Installationen basieren in der einen oder andern Form auf Datenökologien.«

»Ja, aber sie haben nicht die Leistungsstärke, über die wir verfügen.« Er schüttelte nachdrücklich den Kopf. »Sie haben nicht das Potential zur Komplexität, zu ausgeprägter Individualität. Aber das wißt ihr inzwischen, nicht wahr? Ihr habt Temilún gesehen. Ist es in seiner Mannigfaltigkeit nicht so lebensecht, so authentisch wie jeder beliebige Ort in der wirklichen Welt, den ihr kennt? Das bringt man im Netz nicht zustande, einerlei wieviel Geld und Mühe man hineinsteckt. Die Plattform wird es nicht tragen.«

»Schon, aber die Sicherheitssysteme im Netz bringen auch niemand um.«

Atascos Gesicht mit den hohen Backenknochen wurde zornrot, aber gleich darauf nahm es einen eher betrübten Ausdruck an. »Ich kann keine Verteidigung vorbringen. Ich habe so lange nur die Ergebnisse beobachtet, daß ich, fürchte ich, den Preis übersehen habe, den die Sache fordert.«

»Aber was ist dieser Ort eigentlich? Ein Kunstprojekt, ein wissenschaftliches Experiment - was?«

»Alles zusammen, würde ich meinen ...« Atasco unterbrach sich und blickte über ihre Schultern hinweg. »Entschuldigt mich einen Moment.«

Er ging an ihnen vorbei um den Tisch herum. Die große Tür am anderen Ende des Saales war aufgegangen, und die Wachen brachten drei weitere Personen herein. Zwei davon hatten weibliche Körper, die dem Martines glichen, dunkelhäutig und schwarzhaarig wie die einheimische Bevölkerung von Temilún. Die dritte war eine sehr hochgewachsene Gestalt, von Kopf bis Fuß in einem extravaganten, auffälligen schwarzen Kostüm. Federn, Rüschen und lange spitze Stiefel verliehen diesem Neuankömmling die Silhouette eines altertümlichen höfischen Stutzers; eine eng anliegende schwarze Lederkapuze umschloß den ganzen Kopf des Fremden und ließ nur ein knochenweißes, sexuell undefinierbares Gesicht mit blutroten Lippen frei.

Sieht aus wie jemand aus so 'ner gräßlichen Ganga Drone Band, entschied Renie.

Atasco begrüßte die neu Hinzugekommenen. Bevor er damit fertig war, setzte sich die Erscheinung in Schwarz demonstrativ von den anderen ab und schlenderte zur hinteren Wand des Raumes, um die Wandmalereien in Augenschein zu nehmen. Atasco wies den anderen beiden Plätze an und kehrte zu Renie und ihren Freunden zurück.

»Temilún ist Wissenschaft und Kunst in einem, denke ich«, fuhr er fort, als ob es die Unterbrechung gar nicht gegeben hätte. »Es ist mein Lebenswerk. Es hat mich schon immer beschäftigt, was aus meiner Heimat geworden wäre, wenn die Spanier sie nicht erobert hätten. Als mir klarwurde, daß es nur eine Frage des Geldes war, die Antwort darauf zu finden, zögerte ich nicht. Ich habe keine Kinder. Meine Frau lebt für denselben Traum. Habt ihr sie schon kennengelernt?«

Renie schüttelte den Kopf. Sie hatte Mühe mitzukommen. »Deine Frau? Nein.«

»Sie ist irgendwo hier in der Nähe. Sie hat ein sagenhaftes Talent für Zahlen. Ich kann ein Muster erkennen, eine Hypothese dazu aufstellen, aber sie ist diejenige, die mir die harten Fakten sagt, wie viele Bushel Reis auf dem Temilúner Markt verkauft wurden oder wie die Dürre sich auf die Stadtflucht der Bevölkerung auswirken wird.«

Renie hätte sich eigentlich gern abgewendet und mit den anderen Gästen geredet - sofern »Gäste« das richtige Wort war -, aber sie hatte mit einer gewissen Verspätung begriffen, daß sie trotz all seiner Exzentrizität auch von Atasco Sachen erfahren konnte. »Du hast also eine ganze Welt geschaffen? Ich hätte nicht gedacht, daß dazu alle Prozessoren im Universum ausreichen würden, ganz egal, was für eine phantastische neue Netzwerkarchitektur man hat.«

Er hob die Hand zum Zeichen, daß er gnädig geruhte, etwas auszuführen, was sich eigentlich von selbst verstehen sollte. »Ich habe nicht die ganze Welt erschaffen. Was hier existiert«, er breitete seine Arme aus, »ist vielmehr das Zentrum einer größeren Welt, die es nur in Datenform gibt. Die Azteken, die Tolteken, sie waren nur Information, die Temilún in seinem Wachstum beeinflußte, obwohl es eine Zeitlang richtige aztekische Oberherren hier gab.« Er wiegte den Kopf, als schwelgte er in angenehmen Erinnerungen. »Sogar die Muiscas, die auf dem Höhepunkt ihres Reiches diese Stadt erbauten, existierten weitgehend außerhalb der Grenzen dieser Simulation - ihre Hauptstadt und größte Metropole war Bogotá, genau wie in der wirklichen Welt.« Er schien den Ausdruck allgemeiner Verwirrung in Renies Gesicht auf etwas Bestimmtes zu beziehen. »Die Muiscas? Du kennst sie vielleicht als Chibchas, aber das ist eigentlich der Name der Sprachfamilie, nicht des Volkes. Nein?« Er seufzte - ein Töpfer, der gezwungen war, mit mangelhaftem Ton zu arbeiten. »Auf jeden Fall befinden sich nicht ganz zwei Millionen humanoide Instrumente in dieser Simulation, und die übrige Welt, die Temilún umgibt, ist lediglich ein extrem kompliziertes System von Algorithmen ohne telemorphe Darstellung.« Er legte leicht die Stirn in Falten. »Ihr sagtet, ihr wärt aus Aracatacá gekommen, nicht wahr? Das zum Beispiel liegt sehr nahe an der Nordgrenze der Welt, könnte man sagen. Natürlich würde man den Rand der Simulation nicht sehen - so primitiv ist sie nicht! Man würde das Wasser sehen und jenseits davon die Illusion eines Stücks Land.«

»Demnach besteht dieses ganze Netzwerk - dieses Otherland - aus solchen Orten?« fragte Martine. »Aus den Träumen und Eitelkeiten reicher Männer?«

Atasco schien an der Frage keinen Anstoß zu nehmen. »Ich nehme es an, obwohl ich mich nicht sehr oft aus meinen eigenen Gefilden hinausbegeben habe - was wohl nicht verwunderlich ist, wenn man bedenkt, wie viel Blut und Schweiß von mir in dieses Projekt geflossen ist. Einige der anderen Bereiche sind ... nun ja, ich persönlich finde sie geschmacklos, aber wie unsere Wohnungen Bastionen des Privatlebens sein sollten, so wohl auch unsere Welten. Ich wäre sehr ungehalten, wenn jemand herkäme und mir erzählen wollte, wie ich Temilún zu führen hätte.«

Renie beobachtete den schwarzgekleideten Fremden, der sehr ostentativ niemand anders beachtete. War er jemand, der genauso herbestellt worden war wie sie? Warum? Zu welchem Zweck sollten Leute in dem virtuellen Reich dieses himmelschreiend monomanischen Atasco versammelt werden? Und wer in aller Welt war Sellars?

Renies Grübeleien wurden unterbrochen, als die Türflügel abermals aufschlugen und noch ein paar Leute eingelassen wurden. Einer schien in Polizeigewahrsam zu sein, denn zwei Wächter im langen Umhang hatten ihn in die Mitte genommen, aber gleich darauf erkannte Renie, daß die beiden ihn beim Gehen stützten. Er wurde auf einen Stuhl befördert, wo er in sich zusammensackte wie ein krankes Kind, was merkwürdig war, weil er den unglaublich muskelbepackten Körper eines olympischen Turners hatte. Ein kleinerer Freund stand dicht an seiner Seite und schien ihm aufmunternde Worte zuzusprechen. Diese beiden und noch ein dritter mit einem glänzenden Roboterkörper blieben da, als die Wächter sich wieder verzogen. Bolívar Atasco trat auf sie zu, um auch diese Nachzügler zu begrüßen.

Renie starrte die Neuen an. Irgendwie kam ihr der muskulöse, schwarzhaarige Sim bekannt vor. Sie wollte sich gerade umdrehen, um !Xabbu zu befragen, als sie eine leichte Berührung am Arm spürte. Eine Frau aus der vorigen Gästegruppe, eine kleine, runde Person in einem temilúnischen Sim, stand neben ihr.

»Verzeih die Störung. Ich bin ganz durcheinander. Darf ich einen Moment mit dir reden?«

Unwillkürlich faßte Renie die Fremde prüfend ins Auge, aber es war unmöglich, in der VR irgendwelche Rückschlüsse auf jemanden zu ziehen. »Selbstverständlich. Setz dich doch.« Sie führte die Frau zu dem Stuhl neben Martine.

»Ich ... ich verstehe nicht, wo ich bin. Der Mann da sagte, wir seien in seiner Simulation, aber so eine Simulation wie diese habe ich noch nie gesehen.«

»Das hat keiner von uns«, versicherte Renie ihr. »Man lebt vermutlich in einem vollkommen andern Universum, wenn man derart steinreich ist.«

Die Frau schüttelte den Kopf. »Es ist alles so merkwürdig. Ich wollte Hilfe für meine arme Enkelin finden und dachte, ich hätte eine Informationsquelle entdeckt, die mir Aufschluß darüber geben könnte, was ihr zugestoßen ist. Ich habe mich so sehr bemüht, die Wahrheit in Erfahrung zu bringen. Aber statt Informationen zu bekommen, befinde ich mich auf einmal in ... ich weiß nicht wo.«

!Xabbu streckte neben ihr den Kopf hoch. »Ist deine Enkelin krank?« fragte er. »Schläft sie und läßt sich nicht wecken?«

Die Frau wich zurück, aber Renie hatte den Eindruck, daß es mehr wegen der Abruptheit der Frage war als wegen !Xabbus Affengestalt. »Ja. Sie liegt seit vielen Monaten im Krankenhaus. Die besten Spezialisten in Hongkong wissen nicht, was ihr fehlt.«

»Das ist die gleiche Situation wie bei meinem Bruder.« Renie schilderte, was Stephen widerfahren war und wie sie und ihre Freunde nach Temilún gelangt waren. Die Frau hörte gespannt zu, wobei sie ab und zu leise Töne des Erschreckens und der Betroffenheit von sich gab.

»Ich hatte gedacht, ich wäre die einzige!« rief sie aus. »Als mein kleiner Liebling krank wurde, meine Blume, da hatte ich das sichere Gefühl, daß es irgendwie mit dem Netz zusammenhing. Aber meine Tochter und ihr Mann, ich vermute, sie glauben, daß ich den Verstand verloren habe, auch wenn sie zu gut sind, um es auszusprechen.« Ihre Schultern bebten. Renie begriff, daß sie weinte, obwohl ihr Sim keine Tränen zeigte. »Entschuldigt. Ich hatte Angst, ich könnte tatsächlich wahnsinnig werden.« Sie wischte sich die Augen. »Oh! Jetzt habe ich euch belästigt und euch nicht einmal meinen Namen genannt. Wie unhöflich von mir! Ich heiße Quan Li.«

Renie stellte sich und ihre Freunde vor. »Wir sind von alledem genauso überrascht wie du. Wir dachten, wir brechen in das Privatgelände unserer Feinde ein. Vermutlich sind wir das auch irgendwie, aber dieser Atasco benimmt sich nicht sehr wie ein Feind.« Sie schaute zu ihrem Gastgeber hinüber, der sich mit dem schwarzgekleideten Fremden unterhielt. »Wer ist das da neben ihm - der mit dem Clownsgesicht? Ist er mit dir gekommen?«

Quan Li nickte. »Ich kenne ihn nicht - ich bin mir nicht einmal sicher, daß er ein Er *ist*.« Sie kicherte, dann legte sie sich die Hand auf den Mund, als wäre sie über sich selbst erschrocken. »Er wartete draußen, als die Wächter uns brachten, mich und die Frau dort drüben.« Sie deutete auf die andere temilúnische Simfrau. »Ihren Namen kenne ich auch nicht. Wir sind alle zusammen hereingekommen.«

»Vielleicht ist er Sellars«, meinte !Xabbu.

»Nein, ist er nicht«, warf Martine geistesabwesend ein. Sie schaute mit immer noch ungerichteten Augen zu der hohen Decke hinauf. »Er nennt sich ›Sweet William‹. Er ist aus England.«

Renie bemerkte nach einem Moment, daß sie den Mund aufhatte. Selbst bei einem Sim sah das nicht sehr ansprechend aus. Sie schloß ihn. »Woher weißt du das?«

Bevor Martine antworten konnte, erklang das schurrende Geräusch von Stühlen auf Steinfliesen, und alle drehten sich um. Atasco hatte sich an das Kopfende des langen Tisches gesetzt, wo sich ihm eine kalte temilúnische Schönheit in einem weißen Baumwollkleid zugesellt hatte, deren einziger Schmuck ein prachtvolles Halsband mit blauen Steinen war. Renie hatte sie nicht eintreten sehen; sie vermutete, daß es sich um Atascos Gattin handelte, das Zahlengenie.

»Willkommen im Ratssaal von Temilún.« Atasco breitete segnend die Arme aus, während die übrigen Gäste sich setzten. »Ich weiß, daß ihr von überallher und mit ganz verschiedenen Absichten gekommen seid. Ich wünschte, ich hätte die Muße, mich mit jedem einzelnen von euch zu unterhalten, aber unsere Zeit ist knapp. Dennoch hoffe ich, daß ihr wenigstens kurz die Gelegenheit hattet, etwas von dieser Welt zu sehen. Sie hat dem interessierten Schaulustigen viel zu bieten.«

»Heiliger Strohsack«, murmelte Renie, »hör auf zu quasseln!«

Atasco machte eine kurze Pause, als ob er sie gehört hätte, aber sein Gesichtsausdruck war eher ratlos als verärgert. Er flüsterte seiner Frau etwas zu, und diese flüsterte zurück. »Ich weiß nicht so recht, was ich euch erzählen soll«, sagte er laut. »Derjenige, der euch herbestellt hat, müßte eigentlich mittlerweile hier sein.«

Der glänzende Robotersim, der Renie vorher schon aufgefallen war, stand auf. Sein grotesk vielteiliger Panzer hatte überall scharfe Spitzen. »Trans duppiges Zeug«, sagte er in verächtlichem Goggleboytonfall. »Weckerfällig bis dorthinaus. Ich geh ex.« Er vollführte mit seinen chromblitzenden Fingern eine Reihe von Gesten und war dann offensichtlich entgeistert, als nichts geschah. Bevor noch jemand etwas sagen konnte, leuchtete ein gelbliches Licht hell neben den Atascos auf. Mehrere der Gäste stießen überraschte Schreie aus.

Die Gestalt, die neben Bolívar Atasco stand, als das Leuchten sich gelegt hatte, war ein konturloser, humanoider weißer Fleck, der aussah, als ob jemand dort die Materie des Ratssaales weggerissen hätte.

Renie war unter denen gewesen, die geschrien hatten, aber nicht wegen des abrupten Auftritts der Erscheinung. *Ich hab das Wesen schon mal gesehen! Im Traum? Nein, in diesem Club – Mister J's.*

Eine Erinnerung, die fast verschüttet gewesen war, kam zurück, die Erinnerung an ihre letzten, halb ohnmächtigen Momente in den Tiefen des gräßlichen Clubs. Dieses Wesen hatte ... ihr geholfen? Es war alles sehr nebulös. Sie drehte sich Bestätigung heischend zu !Xabbu um, aber der Buschmann beobachtete den soeben Eingetroffenen mit gespannter Aufmerksamkeit. Die neben ihm sitzende Martine blickte vollkommen fassungslos drein, wie in einem finsteren Wald verirrt.

Selbst Atasco wirkte bestürzt über die Art der Ankunft. »Ah. Du ... du bist es, Sellars.«

Der leere Fleck am höchsten Punkt des weißen Lochs schien sich im Saal umzuschauen. »So wenige«, erklang es traurig. Renie fühlte, wie sich ihr die Nackenhaare sträubten: Sie hatte diese hohen, beinahe weiblichen Töne in der Tat im Trophäengarten von Mister J's gehört. »Wir sind so wenige«, fuhr die Stimme fort, »nur zwölf insgesamt, unsere Gastgeber eingerechnet. Aber ich bin dankbar, daß überhaupt welche hier sind. Ihr habt sicher viele Fragen ...«

»Allerdings«, unterbrach derjenige, den Martine Sweet William genannt hatte, lauthals. Er sprach mit einem grotesk übertriebenen, theatralischen nordenglischen Akzent. »Zum Beispiel, wer zum Fickfack du bist und was zum Fickfack hier eigentlich gespielt wird.«

Das leere Gesicht verriet nichts, aber Renie meinte, eine leichte Amüsiertheit in der leisen Stimme zu hören. »Ich heiße Sellars, wie Herr Atasco schon sagte. Wie viele von euch bin ich zur Zeit auf der Flucht, aber dieser Name zumindest ist kein Geheimnis mehr, das ich hüten müßte. Was deine zweite Frage betrifft, junger Mann ...«

»Na, na, na! Vorsicht mit den Titulaturen, mein Lieber.«

»... werde ich mich bemühen, sie zu beantworten. Aber das kann ich leider nicht in ein, zwei Sätzen machen. Ich muß euch um etwas Geduld bitten.«

»Bitten und bekommen ist zweierlei«, sagte Sweet William, aber winkte Sellars, fortzufahren. !Xabbu, der vielleicht einen besseren Blick haben wollte, sprang vom Stuhl auf den Tisch und hockte sich dicht neben Renie.

»Ich bin so etwas wie ein Experte für Datenbewegungen von einem Ort zum anderen«, begann Sellars. »Viele Leute beobachten Daten für einen bestimmten Zweck - Finanzmarktdaten, um Geld zu vermehren, meteorologische Daten, um das Wetter vorherzusagen -, aber meinem persönlichen Interesse entsprach es von jeher, die Muster selbst als Phänomene an sich zu betrachten und nicht im Hinblick auf das, was sie darstellen.«

Renie merkte, wie Martine auf dem Stuhl neben ihr steif wurde, aber auf dem Gesicht ihrer Gefährtin war nichts zu erkennen als derselbe verwirrte Blick.

»Anfänglich«, fuhr Sellars fort, »war mein Interesse an den Mustern, die uns heute hierhergeführt haben, in der Tat fast rein ideell. So wie ein Dichter die Art und Weise beobachten mag, wie Wasser läuft und spritzt und sich sammelt, ohne daß er das praktische Interesse eines Klempners oder eines Physikers hat, so fasziniert mich seit langem schon die Art und Weise, wie Information fließt, sich sammelt und weiterfließt. Aber auch einem Dichter fällt es auf, wenn der Abfluß verstopft ist und das Waschbecken überläuft. Ich bemerkte, daß es bestimmte sehr weitgreifende Datenflußmuster gab, die nicht mit dem übereinstimmten, was ich von den regulären Abläufen in der Informationssphäre wußte.«

»Was hat das alles mit uns zu tun?« fragte die Frau, die zusammen mit Quan Li gekommen war. Ihr Englisch hatte keinerlei persönliche

Färbung. Renie fragte sich, ob das der akustische Effekt einer Übersetzungssoftware war.

Sellars unterbrach seine Ausführungen kurz. »Es ist wichtig, daß ihr meinen Weg versteht, sonst werdet ihr die Gründe für euren auch nicht verstehen. Bitte hört mich bis zu Ende an. Danach könnt ihr, wenn ihr wollt, hier weggehen und braucht nie wieder an diese Sache zu denken.«

»Soll das heißen, daß wir keine Gefangenen sind?« fragte die Frau.

Die Leere namens Sellars wandte sich Bolivar Atasco zu. »Gefangene? Was hast du ihnen erzählt?«

»Anscheinend haben einige Polizisten meinen dringenden Wunsch, daß die Neuankömmlinge hier in den Palast gebracht werden, falsch aufgefaßt«, sagte der Gottkönig hastig. »Es kann sein, daß meine Anweisungen ein wenig mißverständlich waren.«

»Nicht zu glauben«, bemerkte seine Frau.

»Nein, ihr seid keine Gefangenen.« Sellars sprach sehr entschieden. »Ich weiß, daß es euch allen nicht leicht gefallen sein kann, herzukommen ...«

»Außer mir«, flötete Sweet William und fächelte sich mit seiner schwarzen Handschuhhand zu.

Renie riß der Geduldsfaden. »Still jetzt, zum Donnerwetter! Warum kann hier niemand einfach mal zuhören? Menschen sind tot, andere liegen im Sterben, und ich will hören, was dieser Sellars zu sagen hat!« Sie schlug mit der flachen Hand auf den Tisch und funkelte Sweet William an, der sich auf seinem Stuhl zusammenkauerte wie eine naß gespritzte Spinne, daß seine Federn und Spitzen nur so zitterten.

»Friede, Amazonenkönigin«, sagte er, die Augen vor gespieltem Entsetzen weit aufgerissen. »Ich halt schon den Rand.«

»Es kann euch allen nicht leicht gefallen sein, herzukommen«, wiederholte Sellars. »Auf jeden Fall war es sehr schwierig, euch hier zu versammeln. Deshalb hoffe ich, daß ihr mich bis zu Ende anhört, bevor ihr euch entscheidet.« Er hielt inne und tat einen tiefen, ächzenden Atemzug. Renie war eigenartig berührt. Hinter dem bizarren weißen Sim steckte ein lebendiger Mensch, jemand mit Ängsten und Sorgen wie jeder andere. »Wie gesagt, mir fielen rätselhafte Muster in dem virtuellen Universum auf, das manche Leute die Datensphäre nennen, übermäßige Aktivitäten in bestimmten Bereichen, vor allem massive Zugriffe auf Fachmediatheken, und das plötzliche Verschwinden vieler erstklassiger

Netzwerk- und VR-Spezialisten von ihren Arbeitsplätzen. Ich begann, mir diese Vorfälle genauer anzuschauen. Auch Geldgeschäfte nahmen eigenartige Bahnen: Aktien wurden unerwartet abgestoßen, Firmen plötzlich liquidiert und andere gegründet. Ich entdeckte nach langwierigen Nachforschungen, daß die meisten dieser Vorgänge von einer einzigen Gruppe kontrolliert wurden, wobei diese Leute ihre Transaktionen so gut kaschiert hatten, daß ich nur mit Glück und einer gewissen Begabung, Muster zu erkennen, auf ihre Spur kommen und ihre Namen in Erfahrung bringen konnte.

Diese Leute, reiche und mächtige Männer und Frauen, waren ein Konsortium, das sich die Gralsbruderschaft nannte.«

»So 'ne christliche Kiste«, meinte der robotische Goggleboy. »Geil auf Gott und so.«

»Ich konnte an ihren Aktivitäten nichts besonders Christliches feststellen«, bemerkte Sellars. »Sie gaben unvorstellbare Geldmengen für technische Entwicklungen aus und bauten anscheinend ... *irgend etwas*. Was dieses Etwas war, konnte ich nicht herausfinden. Aber ich hatte jede Menge freie Zeit, und meine Neugier war geweckt.

Ich betrieb diese Ermittlungen etliche Jahre lang, und das ungute Gefühl, das ich hatte, nahm zu. Es kam mir unwahrscheinlich vor, daß irgend jemand so viel Aufwand und Mittel in eine Sache steckte, wie die Bruderschaft das getan hatte, und es dennoch geheimhielt. Zunächst vermutete ich dahinter das langfristige Projekt, ein Unternehmen von Null aufzubauen, aber nach einer Weile ließ die schiere Menge an Geld und Zeit, die in diese unsichtbare Anlage floß, das Ganze unmöglich erscheinen. Wie konnte diese Bruderschaft unzählige Milliarden ausgeben, das Vermögen ganzer Familien und das lebenslang aufgehäufte Kapital vieler der reichsten Leute der Welt zwei Jahrzehnte lang einfach in ein metaphorisches Loch kippen, ohne dabei etwas einzunehmen, und dennoch darauf hoffen, daß es sich irgendwie rentierte? Was für ein Vorhaben konnte jemals eine derartige Investition lohnen?

Ich erwog andere Ziele, welche die Bruderschaft haben könnte, darunter einige, die so verstiegen waren wie im abgeschmacktesten Netzthriller. Regierungen stürzen? Diese Leute stürzten ohnehin schon Regierungen mit der gleichen Leichtigkeit, mit der normale Leute den Arbeitsplatz oder die Garderobe wechselten. Die Welt erobern? Wozu? Diese Leute besaßen bereits alles, was ein Mensch sich wünschen konnte – Luxus und Macht in unvorstellbarem Ausmaß. Einer aus der Bruderschaft, der Finanzier Jiun Bhao, kann an seinem persönlichen Einkommen gemessen als das fünfzehntreichste Land der Welt gelten.«

»Jiun Bhao!« Quan Li war entsetzt. »Ist er einer der Männer, die meiner Enkelin das angetan haben?« Sie wackelte erregt auf ihrem Stuhl hin und her. »Sie nennen ihn ›Kaiser‹ – die chinesische Regierung tut nichts ohne sein Einverständnis.«

Sellars neigte den Kopf. »Ganz genau. Aber warum sollten solche Leute irgend etwas unternehmen wollen, um das weltweite Gleichgewicht der Macht zu stören, fragte ich mich. Sie tragen und verkörpern diese Macht. Was taten sie eigentlich, und warum taten sie es?«

»Und?« fragte Sweet William. »Ich mach den Trommelwirbel, mein Lieber. Die Antwort lautet?«

»Es gibt immer noch mehr Fragen als Antworten, fürchte ich. Als ich anfing, Gerüchte über etwas aufzuschnappen, das sich Otherland oder Anderland nannte, angeblich das größte und stärkste Simulationsnetzwerk der Welt, begriff ich endlich das Was. Aber das Warum ... das ist nach wie vor rätselhaft.«

»'ne Revolvernetzstory von 'ner geheimen Verschwörung?« fragte der chromstählerne Kampfroboter. »Mit Aliens und so? *Trans* scänniges Zeug, Äi.«

»Das ist es allerdings«, erwiderte Sellars, »eine Verschwörung. Wenn es das nicht wäre, warum dann dieser immense Aufwand, es geheimzuhalten? Aber wenn ihr meint, ich wäre bloß ein Panikmacher, erinnert euch bitte an den Umstand, der die meisten von euch überhaupt hierhergeführt hat. Die Bruderschaft hat ein ungewöhnliches Interesse an Kindern.«

Er machte eine Pause, aber der Saal blieb still. Sogar Atasco und seine Frau lauschten gebannt.

»Als mir einmal klar war, wen ich beobachten mußte, und ich anfing, die Namen der heimlichen Herren von Anderland herauszufinden, konnte ich mich auf die Suche nach spezifischeren Informationen machen. Ich entdeckte, daß mehrere der führenden Mitglieder der Organisation sich außerordentlich stark für Kinder interessieren, aber in einer Art und Weise, die sogar noch bizarrer und extremer ist als Pädophilie. Wenn man sich die Unmengen der von ihnen gesponserten medizinischen und soziologischen Forschungsprojekte anschaut, die Zahl der Kinderärzte, die kurzfristig bei Unternehmen mit Verbindungen zur Bruderschaft angestellt waren, die Zahl der jugendorientierten Einrichtungen - Adoptionsagenturen, Sportvereine, interaktive Netzwerke -, die von bruderschaftsnahen Tarnorganisationen gegründet oder aufgekauft wurden, dann sieht man, daß dieses Interesse eindeutig professionell, allumfassend und auf erschreckende Art unerklärlich ist.«

»Mister J's«, murmelte Renie. »Diese Schweine.«

»Genau.« Sellars nickte mit seinem obersten leeren Fleck. »Ich bitte um Verzeihung«, sagte er. »Ich brauche für meine Ausführungen länger als gedacht.« Er rieb sich die Stelle, wo seine Stirn sein mußte. »Ich habe so lange darüber nachgedacht, und jetzt merke ich, daß es furchtbar viel zu berichten gibt.«

»Aber was können sie mit diesen Kindern wollen?« fragte Quan Li. »Ich bin sicher, du hast recht, aber was wollen sie?«

Sellars erhob die Hände. »Ich wünschte, ich wüßte es. Die Gralsbruderschaft hat das stärkste und beste Simulationsnetzwerk gebaut, das man sich vorstellen kann. Gleichzeitig hat sie Tausende von Kindern manipuliert und gesundheitlich geschädigt. Ich habe immer noch keine Ahnung, warum. Im Grunde habe ich euch alle hergeholt, weil ich die Hoffnung hatte, daß wir gemeinsam auf Antworten kommen könnten.«

»Das war eine prima Show, Amigo«, sagte Sweet William jovial. »Und ich bewundere die liebevollen Details außerordentlich, wenn auch der Trick, mich am Offlinegehen zu hindern, allmählich doch seinen Reiz verliert. Warum trägst du deine kleine Gruselgeschichte nicht den Nachrichtennetzen vor, statt uns alle zu Akteuren in diesem drittklassigen Krimi zu machen?«

»Am Anfang habe ich genau das versucht, was du vorschlägst. Zwei Reporter und drei Rechercheure wurden getötet. Die Nachrichtennetze brachten gar nichts. Ich kann nur deshalb hier zu euch sprechen, weil es mir lange Zeit glückte, anonym zu bleiben.« Sellars tat abermals einen langen Atemzug. »Ich fühle mich mitschuldig an diesen Todesfällen, aber sie haben mich gelehrt, daß dies nicht bloß ein Spleen von mir ist. Es ist ein Krieg.« Er ließ seinen Blick über sämtliche Gesichter am Tisch schweifen. »Die Mitglieder der Bruderschaft sind zu mächtig und zu eng verflochten. Aber bei meinen Bemühungen, andere an entsprechenden Ermittlungen zu interessieren, hatte ich schließlich doch noch kolossales Glück. Einer der Rechercheure fand und kontaktierte

Bolívar Atasco und seine Frau Silviana. Obwohl sie es ablehnten, die Fragen des Rechercheurs zu beantworten, erregte die Art ihrer Ablehnung meine Aufmerksamkeit, und ich trat meinerseits an sie heran. Ich hatte nicht auf Anhieb Erfolg.«

»Wir hielten dich für einen Wahnsinnigen«, sagte Silviana Atasco trocken. »Ich ziehe die Möglichkeit nach wie vor in Betracht, Señor.«

Sellars neigte seinen formlosen weißen Kopf. »Zum Glück für uns alle hatten sich die Atascos, die unter den Gründungsmitgliedern der Gralsbruderschaft waren, mehrere Jahre zuvor von der eigentlichen Gruppe zurückgezogen und waren aus dem Vorstand ausgetreten. Ihre Beteiligung in Form dieser Simulation, Temilún, erhielten sie aufrecht, aber ansonsten hatten sie mit den Geschäften des Konsortiums nichts mehr zu tun. Señor, Señora, vielleicht möchtet ihr ein wenig von euren Erfahrungen berichten?«

Bolívar Atasco zuckte zusammen; er schien mit den Gedanken woanders gewesen zu sein. Er blickte hilflos seine Frau an, die mit den Augen rollte.

»Es ist ganz einfach«, sagte sie. »Wir brauchten für unsere Arbeit eine höher entwickelte Simulationsanlage. Mit den bestehenden technischen Möglichkeiten waren wir so weit gekommen, wie es ging. Eine Gruppe reicher Männer - damals waren noch keine Frauen in der Gruppe - trat an uns heran. Sie hatten von frühen Temilúnversionen gehört, die wir mit dem Nonplusultra der damaligen technischen Möglichkeiten geschaffen hatten. Sie planten, die umfassendste Simulationsplattform zu bauen, die je ein Mensch ersonnen hatte, und sie holten uns dazu, damit wir den Bau dieser Plattform mit beaufsichtigten.« Sie warf ihre Oberlippe auf. »Sie waren mir von Anfang an unsympathisch.«

Sie würde einen besseren Gottkönig abgeben als ihr Gatte, entschied Renie.

»Sie behinderten mich in meiner Arbeit«, fügte Bolívar Atasco hinzu. »Ich will damit sagen, daß es bei einer derart großen und schnellen Anlage völlig unbekannte Komplexitätsfaktoren gibt. Aber als ich Fragen stellen wollte, als ich herausfinden wollte, warum bestimmte Sachen gerade auf die Art gemacht wurden, wie die Bruderschaft es beschlossen hatte, und nicht anders, da wollte man mir die Hände binden. Also erklärte ich meinen Rücktritt.«

»Sonst nichts?« Die Frau mit der übersetzt klingenden Aussprache hörte sich zornig an. »Du hast bloß gesagt: ›Das gefällt mir nicht‹, und bist zurückgetreten, aber hast an deinem großen Spielplatz festgehalten?«

»Wie kannst du es wagen, so mit uns zu reden?« herrschte Silviana Atasco sie an.

»Dies alles ... die Sachen, von denen Sellars spricht«, ihr Mann beschrieb mit den Händen vage allumfassende Kreise, »davon wußten wir nichts. Als Sellars uns ansprach, hörten wir zum erstenmal davon.«

»Bitte.« Sellars bat gestikulierend um Ruhe. »Wie die Atascos sagen, hatten sie keine Ahnung. Ihr könnt hart über sie urteilen, wenn ihr wollt, aber wir sind mit ihrer Erlaubnis hier, deshalb wäre es vielleicht besser, mit diesem Urteil zu warten, bis ihr alle Fakten kennt.«

Die Frau, die den Zwischenruf gemacht hatte, setzte sich mit zusammengepreßten Lippen zurück.

»Laßt mich rasch fertig erzählen, diese Sitzung dauert ohnehin schon zu lange«, fuhr Sellars fort. »Ich trat also an die Atascos heran. Mit viel Aufwand konnte ich sie schließlich davon überzeugen, daß sich um die Gralsbruderschaft und Anderland Geheimnisse rankten, die sie nicht kannten. Mit Hilfe ihres Zugangs zum Netzwerk konnte ich weitere Ermittlungen anstellen - nicht viele allerdings, weil ich es nicht wagte, Aufmerksamkeit auf die Atascos oder mich zu lenken. Ich begriff rasch, daß ich auf mich allein gestellt nichts ausrichten konnte. Andererseits konnte ich nicht verantworten, noch mehr Menschen in den Tod zu schicken.

Ich kann die Macht der Bruderschaft gar nicht genug herausstellen. Ihre Mitglieder haben gewaltige Besitztümer in allen Teilen der Welt. Sie kontrollieren, oder beeinflussen zumindest, Armeen, Polizeikräfte und staatliche Gremien in allen Ländern der Erde. Sie erledigten diese Rechercheure so rasch, wie ein Mann eine Fliege totschlägt, und wurden dafür so wenig bestraft, wie so ein Mann bestraft würde. Wer würde sich mit mir gegen solche Feinde verbünden, und wie konnte ich mit ihnen in Kontakt kommen?

Die Antwort fand sich ziemlich leicht, wenigstens auf die erste Frage. Menschen, die durch die Umtriebe dieser Leute gelitten hatten, würden helfen wollen, Menschen, die durch die unerklärliche Verschwörung der Bruderschaft Freunde und Angehörige verloren hatten. Aber ich traute mich nicht, noch mehr Unschuldige zu gefährden, und außerdem brauchte ich Leute, die besondere Fähigkeiten für einen solchen Kampf besaßen, denn Betroffenheit allein würde nicht, wird nicht ausreichen. Deshalb dachte ich mir eine Aufgabe aus, wie in einem alten

Märchen. Wer in der Lage war, Temilún zu finden, war auch geeignet, mir zu helfen, die Machenschaften der Bruderschaft aufzudecken.

Ich hinterließ Hinweise, streute Samen aus, schickte dunkle Botschaften in digitalen Flaschen. Etliche von euch erhielten zum Beispiel ein Bild von der virtuellen Stadt der Atascos. Ich legte diese Köder an obskuren Orten aus, aber stets im Dunstkreis der Aktivitäten der Bruderschaft, so daß diejenigen, die auf eigene Faust Ermittlungen anstellten, dort darüber stolpern konnten. Aber ich war gezwungen, diese Hinweise zeitlich zu befristen und unbestimmt zu halten, auch um die Atascos und mich zu schützen. Und einerlei, zu welcher Entscheidung hinsichtlich meiner Person und meiner Hoffnungen ihr sonst kommen mögt, dürft ihr, die ihr Temilún erreicht habt, stolz sein. Ihr habt ein Rätsel gelöst, an dem vielleicht tausend andere gescheitert sind.«

Sellars hielt inne. Mehrere der Anwesenden meldeten sich zu Wort.

»Warum können wir nicht offline gehen?« wollte der Freund des schwarzhaarigen Barbaren wissen. »Das ist das einzige Rätsel, das ich gern gelöst hätte. Ich hab versucht, mich auszustöpseln, und es war wie auf dem elektrischen Stuhl! Mein richtiger Körper liegt irgendwo in einem Krankenhaus, aber ich bin immer noch angeschlossen!«

»Das höre ich zum erstenmal.« Selbst über das Raunen der Gäste hinweg klang Sellars überrascht. »An diesem Ort geschehen Dinge, die noch keiner von uns versteht. Ich würde niemanden gegen seinen Willen festhalten.« Er hob seine formlosen weißen Hände hoch. »Ich werde versuchen, die Sache aufzuklären.«

»Na, hoffentlich!«

»Und was war das für ein *Ding*?« fragte Renie. »Das Ding, das uns packte – ich weiß nicht, wie ich es sonst ausdrücken soll –, als wir in die Simulation eintraten. Es hat den Mann umgebracht, der uns hergebracht hat. Atasco sagt, es sei ein neuronales Netzwerk, aber Singh meinte, es wäre lebendig.«

Andere am Tisch flüsterten untereinander.

»Auch darauf weiß ich keine Antwort«, gestand Sellars. »Es gibt ein neuronales Netzwerk im Herzen von Anderland, das ist richtig, aber wie es funktioniert und was unter den Umständen ›lebendig‹ heißen könnte, sind weitere unaufgedeckte Geheimnisse dieses Ortes. Deshalb brauche ich eure Hilfe.«

»Hilfe? Du brauchst weiß Gott Hilfe.« Sweet William erhob sich mit wippenden Federn und markierte einen ironischen Kratzfuß. »So, ihr

Lieben, meine Geduld ist so ziemlich am Ende. Ich darf mich höflich verabschieden. Ich werd mir was Warmes fürs Bettchen suchen und möglichst schnell vergessen, daß ich diesen Quark jemals gehört hab.«

»Aber das kannst du nicht!« Der breitschultrige, langhaarige Mann mit den filmreifen Muskelpaketen stand wacklig auf. Seine Stimme war tief, aber seine Redeweise paßte nicht recht dazu. »Begreift ihr denn nicht? Begreift ihr denn alle nicht? Das hier ... das ist der Rat von Elrond!«

Der angemalte Mund zog eine Schmollgrimasse. »Was brabbelst du da zusammen?«

»Kennst du Tolkien nicht? Das ist es, haargenau! Ein Ring, sie zu knechten, ein Ring, sie alle zu finden!« Der Barbar geriet sichtlich in Wallung. Renie, die ihrerseits gerade Sweet William hatte anfahren wollen, schluckte ihren Groll hinunter und sperrte die Augen auf. Die Erregung des Mannes hatte beinahe etwas Verrücktes, und einen Moment lang überlegte Renie, ob er vielleicht geistesgestört war.

»Ach, 'ne Geschichte von *der* Sorte«, sagte Sweet William geringschätzig. »Ich hab mich schon gefragt, was es mit diesem Kraftmeierlook auf sich hat.«

»Du bist Orlando, stimmt's?« Sellars klang still erfreut. »Oder sollte ich Thargor sagen?«

Der Barbar stutzte verwundert. »Orlando wär mir lieber. Ich hab mir den Thargorsim nicht ausgesucht - nicht hierfür, meine ich. Ich hatte ihn einfach, als ... als wir hier ankamen.«

»*Da* hab ich ihn schon mal gesehen!« flüsterte Renie !Xabbu zu. »TreeHouse! Weißt du noch? Das fliegende Frühstück konnte diesen Sim nicht ausstehen.«

»Es freut mich, daß du hier bist, Orlando.« Sellars war wieder ernst. »Ich hoffe, die anderen werden bald genauso denken wie du.«

»*Scän* denkense, sonst gar nix«, sagte der verchromte Goggleboy. »Er cräsht, du cräshst, ich geh ex, basta.« Stachelige Fäuste in stachelige Hüften gestemmt, stand er auf wie ein mürrisches metallenes Stachelschwein.

Orlando ließ sich nicht entmutigen. »Geh nicht! So läuft das doch immer. Leute, für die's keine Hoffnung zu geben scheint, aber von denen jeder was zu geben hat. Zusammen lösen sie das Rätsel und bezwingen den Feind.«

»Eine Horde hoffnungsloser Schwachköpfe, die sich zusammenrotten, um eine scheinbar aussichtslose Aufgabe zu bewältigen, meinst du das?« Sweet William klang ätzend. »Ja, wirklich, das hört sich genau wie 'ne Geschichte nach deinem Geschmack an, Süßer – aber als Beschreibung von 'nem paranoiden Kult wär's genauso gut. ›O nein! Nur wir wenigen Schlauberger verstehen, daß die Welt vor dem Untergang steht. Aber wenn wir in diese Abflußrohre da kriechen und unsere speziellen Alufolienmützen aufsetzen, werden wir als einzige gerettet werden.‹ Erspart mir bitteschön das Theater. Ich nehme an, jetzt wollt ihr alle der Reihe nach eure bejammernswerten Lebensgeschichten erzählen.« Er legte sich die Hand auf die Stirn, als würde ihn das alles fürchterlich mitnehmen. »Na schön, ihr Herzchen, ihr könnt euer spinniges Teekränzchen ohne mich beenden. Würde jemand bitte diesen Quatsch ausschalten, der mein Befehlsinterface blockiert?«

Bolívar Atasco straffte sich urplötzlich auf seinem Sitz, dann stand er auf und machte ein paar taumelnde Schritte. Renie dachte, er wäre über den zynischen Sweet William erbost, aber Atasco erstarrte mitten in der Bewegung mit ausgestreckten Händen, als müßte er Balance halten. Ein erwartungsvolles Schweigen trat ein.

»Er scheint einen Augenblick offline gegangen zu sein«, sagte Sellars. »Vielleicht ...«

Martine fing an zu schreien. Sie hielt sich den Kopf, fiel auf die Knie und heulte wie eine Umweltalarmsirene.

»Was ist?« rief Renie. »Martine, was ist los?«

Silviana Atasco war genauso bewegungslos geworden wie ihr Mann. Sellars starrte erst sie an, darauf Martine und verschwand dann wie eine geplatzte Seifenblase.

Mit !Xabbus Hilfe hievte Renie die Französin auf einen Stuhl und versuchte von ihr zu erfahren, was passiert war. Martine hörte auf zu schreien, aber konnte nur stöhnen und sich hin und her wiegen.

Die Versammlung war in ängstlicher Verwirrung auseinandergelaufen. !Xabbu redete rasch, aber leise in Martines Ohr. Quan Li fragte Renie, ob sie helfen könne. Der Goggleboy und Sweet William stritten heftig. Sellars war fort. Die regungslosen Gestalten der Atascos standen am Kopfende des Tisches.

Aber auf einmal rührte sich Bolívar Atasco.

»Seht!« rief Renie und deutete mit dem Finger auf ihn.

Die Figur mit der Federkrone streckte ganz weit die Arme aus und beugte krampfartig die Finger. Sie tat einen torkelnden Schritt nach vorn, dann lehnte sie sich unsicher an den Tisch wie ein Blinder. Der Kopf sank auf die Brust. Alle Gäste verstummten, die Augen gespannt auf Atasco gerichtet. Der Kopf kam wieder hoch.

»*Ich hoffe, keiner von euch denkt daran abzuhauen.*« Es war nicht Atascos Stimme, sondern die eines ganz anderen, eine Stimme ohne jede Wärme, mit breiten, klanglosen Vokalen. Sogar der Gesichtsausdruck war minimal anders. »*Ein Fluchtversuch wäre eine ausgesprochen dumme Idee.*«

Das Wesen, das sich des Sims von Atasco bemächtigt hatte, wandte sich der erstarrten Form von Silviana Atasco zu. Es versetzte ihr einen leichten Schubs, und ihr Sim stürzte vom Stuhl auf den Steinboden, ohne die steife Sitzhaltung aufzugeben.

»*Ich fürchte, die Atascos mußten uns frühzeitig verlassen*«, sagte die kalte Stimme. »*Aber keine Bange. Wir denken uns was aus, um euch weiter gut zu unterhalten.*«

Kapitel

Die singende Harfe

NETFEED/PRIVATANZEIGEN:
Gesucht: Gesprächspartner
(Bild: InserentIn M.J., Asex-Standardsim)
M.J.: "He, ich wollt bloß mal hören, ob irgendwer da draußen ist. Hat irgendwer Lust, sich zu unterhalten? Ich fühl mich halt, na ja, einsam und hab gedacht, vielleicht fühlt sich noch jemand da draußen einsam …"

> Er hatte sich den Kopf angestoßen, was es schwer machte, an etwas anderes zu denken. Er fiel, und der Große Kanal sprang und wirbelte auf ihn zu. Auf einmal spürte Paul über den Schmerz und die funkelnde Dunkelheit hinweg, wie die Welt sich mit einem gewaltigen Ruck, der ihn durchzupeitschen und in Stücke zu schlagen schien, *seitlich* verschob.

Einen Augenblick lang hielt alles an. Alles. Das Universum lag in einem unmöglichen Winkel in der Kippe, unter ihm der Himmel wie eine Schüssel aus blauem Nichts, die rote Erde und das Wasser über seinem Kopf schräg in die Ferne laufend. Gally hing festgefroren im Raum, der kleine Körper ganz verzerrt und die Hände weit von sich geschleudert, so daß eine davon Pauls Finger berührte. Pauls anderer Arm war über seinem Kopf bis zum Handgelenk im glasigen Wasser des unbewegten Kanals versunken; ein erstarrter Spritzer stand manschettenartig am Unterarm hoch.

Es ist … alles … stehengeblieben, dachte Paul. Plötzlich brannte ein großes Licht durch alles, was er sah, ließ es in Nichts aufgehen, und er fiel wieder.

Einen Moment Finsternis, den nächsten blendende Helle - Finsternis, Helle, Finsternis in immer schneller werdendem stroboskopischen

Wechsel. Er fiel durch etwas hindurch, fiel irgendwo *dazwischen*. Er spürte Gally ganz knapp außer Reichweite, spürte das Entsetzen des Jungen, aber war machtlos, es irgendwie zu lindern.

Dann hatte er urplötzlich wieder festen Boden unter sich, war auf Händen und Knien auf kaltem, hartem Stein.

Paul blickte auf. Eine weiße Wand erstreckte sich vor ihm, leer bis auf ein riesiges rotschwarzgoldenes Banner. Einem Kelch entwuchsen verschlungene Rosen. Eine Krone schwebte darüber, unter der in kunstvollen Lettern »*Ad Aeternum*« geschrieben stand.

»Ich ... war hier schon mal.« Obwohl er nur murmelte, lösten die langsamen, erstaunten Worte kleine Echos an der hohen Decke aus. Seine Augen füllten sich mit Tränen.

Es war nicht nur das Banner, nicht nur das zunehmende Gefühl von Vertrautheit. Noch andere Gedanken überschwemmten ihn, Bilder, Empfindungen, die auf die ausgedörrte Erde seines Gedächtnisses fielen wie ein erfrischender Regen.

Ich heiße ... Paul Jonas. Ich bin ... ich bin in Surrey geboren. Mein Vater heißt Andrew. Meine Mutter heißt Nell, und sie ist sehr krank.

Die Erinnerung faßte an ehemals leeren Stellen Wurzeln, trieb aus und blühte. Ein Spaziergang mit seiner Großmutter an einem schulfreien Tag, und der kleine Paul, der hinter einer Hecke spielte, er wäre ein brummender Bär. Sein erstes Fahrrad mit plattem Reifen und krummer Felge, und das schreckliche Gefühl der Scham, weil er es kaputt gemacht hatte. Seine Mutter mit ihrem chemischen Atemfilter und ihrem Blick müder Resignation. Die Art, wie der Mond eingerahmt in den Zweigen eines knospenden Pflaumenbaumes vor seiner Wohnung in London hing.

Wo bin ich? Er betrachtete prüfend die kahlen weißen Wände, das Banner mit den eigenartig changierenden Farben. Neue, ganz andere Erinnerungen stiegen in ihm auf, scharf und grell und schroff wie die Scherben eines zerbrochenen Spiegels. Ein Krieg, der Jahrhunderte zu dauern schien. Schlamm und Angst und eine Flucht durch fremdes Gebiet, unter fremden Menschen. Und dieser Ort hier auch. Er war hier schon einmal gewesen.

Wo bin ich gewesen? Wie bin ich hierhergelangt?

Alte Erinnerungen und neue verwuchsen, aber in ihrer Mitte lag eine Narbe, ein kahler Fleck, den sie nicht zudecken konnten. Die Wirrnis in seinem Kopf war schrecklich, aber am allerschrecklichsten war dieses Nichts.

Er kauerte sich nieder und hielt sich mit beiden Händen die Augen zu, rang um Klarheit. Was konnte geschehen sein? Sein Leben ... sein Leben war ganz *gewöhnlich* gewesen. Schule, Studium, ein paar Liebeleien, zu viel mit Freunden zusammen gewesen, die mehr Geld hatten als er und sich die ausgedehnten mittäglichen Freß- und Saufgelage und die langen Nächte eher leisten konnten als er. Ein nicht besonders sauer verdienter Abschluß in ... er brauchte einen Augenblick ... Kunstgeschichte. Eine Stelle als kleiner Hilfskustos in der Tate Gallery, korrekter Anzug, steifer Hemdkragen, Besuchergruppen, die über die Installation »Der neue Genozid« mit der Zunge schnalzen wollten. Nichts Ungewöhnliches. Er war Paul Robert Jonas, er war alles, was er hatte, aber das machte ihn immer noch nicht zu jemand Besonderem. Er war niemand.

Warum das alles?

Geisteskrankheit? Eine Kopfverletzung? Konnte es einen derart detaillierten, einen derart beschaulichen Wahnsinn geben? Nicht daß es immer ruhig und friedlich gelaufen wäre. Er hatte Monster gesehen, gräßliche Ungetüme - er erinnerte sich so deutlich an sie wie an die Wäscheleine auf dem Dach vor dem Fenster seiner Studentenwohnung. Monster ...

... *Ein ungeheures Rasseln, Malmen, Dampfen* ...

Von jäher Angst erfüllt stand Paul auf. Er war schon einmal an diesem Ort gewesen, und etwas Schreckliches wohnte hier. Sofern ihn nicht eine unbegreifliche Fehlerinnerung täuschte, ein Déjà-vu mit gebleckten Zähnen, war er *hier* gewesen und war dies kein sicherer Ort.

»Paul!« Die Stimme klang schwach, weit weg und schrill vor Verzweiflung, aber er erkannte sie, noch bevor er wußte, aus welchem Teil seines Lebens sie kam.

»Gally?« Der Junge! Der Junge war bei ihm gewesen, als sie aus diesem fliegenden Schiff gefallen waren, aber unter dem Ansturm der wiederkehrenden Erinnerungen hatte Paul zugelassen, daß dieses Wissen ihm entglitt. Und jetzt? Wurde das Kind von diesem gewaltigen, unfaßbaren Ungetüm verfolgt, dem Maschinenriesen? »Gally! Wo bist du?«

Keine Antwort. Er zwang sich aufzustehen und eilte auf die Tür am anderen Ende des Saales zu. Dahinter die nächste Vorspiegelung von Realität und Erinnerung, beinahe schmerzhaft eindringlich. Staubige Pflanzen erstreckten sich in alle Richtungen, strebten den Dachbalken entgegen, wucherten die hohen Fenster fast gänzlich zu. Er verlief sich in einem Urwald, einem Zimmerdschungel. Jenseits davon – er wußte es, er erinnerte sich – war ein Riese ...

... Und eine *Frau*, eine herzzerreißend schöne Frau mit Flügeln ...

»Paul! Hilfe!«

Er stürzte in die Richtung, aus der die Stimme des Jungen gekommen war, durch das Gewirr der trockenen, gummiartigen Zweige hindurch. Blätter zerfielen ihm unter den Händen zu Pulver und vermehrten den Staub, der bei jeder seiner Bewegungen aufstob und durch die Luft wirbelte. Das Dickicht teilte sich vor ihm, und die wegschnellenden und zum Teil schon bei der bloßen Berührung zerbröckelnden Zweige gaben den Blick auf einen Käfig mit schlanken goldenen Stäben frei. Die Stäbe hatten schwarze und graue Flecken und waren von dunklen Ranken umwunden. Der Käfig war leer.

Trotz seiner Angst um den Jungen überkam Paul eine große Enttäuschung. Dies war der Ort, an dem *sie* gewesen war. Er erinnerte sich lebhaft an sie, an das Schimmern ihrer Flügel, ihre Augen. Aber jetzt war der Käfig leer.

Nein, fast leer. In der Mitte, fast begraben unter einem Wust von Kletterpflanzen, Wurzeln und Laubmulch, glitzerte etwas. Paul hockte sich hin, schob seinen Arm durch die fleckigen Stäbe und streckte ihn aus, so weit er konnte. Seine Hand schloß sich um etwas Glattes, Kühles und Schweres. Als er es hochhob und durch die Stäbe zog, erklang eine Folge silberheller Töne.

Es war eine Harfe, ein schwungvoller goldener Bogen mit goldenen Saiten. Während er sie in der Hand hielt und darauf starrte, erwärmte sie sich in seinen Fingern und fing dann an zu schrumpfen und sich einzurollen wie ein Blatt am Feuer. Kurz darauf war sie so winzig wie eine Zwanzig-Penny-Münze.

»Paul! Ich kann nicht ...« Der gellende Schmerzensschrei, der folgte, brach hart und abrupt ab. Vor Schreck zitternd fuhr er hoch, schloß die Faust um das goldene Ding und schlug sich mit Gewalt einen Weg durch die zerkrümelnde Vegetation. Er war erst wenige Schritte weit gekommen, als vor ihm eine Tür aufragte, die fünfmal so hoch war wie er. Er berührte sie, und sie schwang nach innen auf.

Der gewaltige Raum dahinter, so groß wie eine Flugzeughalle, hatte eine Holzbalkendecke und rohe Natursteinwände. Mächtige Räder drehten sich langsam; große Hebel gingen auf und nieder. Zahnräder von der Größe eines Doppeldeckerbusses griffen in noch größere Zahnräder, deren voller Umfang nicht zu erkennen war, aber deren Zacken durch riesige Schlitze in den Wänden hereingewandert kamen. Die Halle roch nach Öl und Blitz und Rost und klang nach langsamer Zerstörung. Der Lärm, das tiefe, stetige Knarren, das die wuchtigen Wände erzittern ließ, der monotone Hammerschlag großer niedergehender Gewichte, war das Lied eines unfaßbaren, unstillbaren Hungers, einer Maschinerie, die selbst die Fundamente von Raum und Zeit zerfressen konnte.

Gally stand auf dem einzigen freien Platz in der Mitte der Halle. Zwei Gestalten hatten ihn eingekeilt, eine dünne und eine ungeheuer dicke.

Von Verzweiflung wie umnachtet schritt Paul auf die Gruppe zu. Gally wehrte sich, aber die beiden hielten ihn mühelos fest. Der Dünne war ganz aus blinkendem Metall, eine unmenschliche Erscheinung mit Klauenhänden und einem augenlosen Kopf wie ein Kolben. Sein Gefährte war so dick, daß seine straff gespannte ölige Haut beinahe durchsichtig war und einen talgigen gelblich-grauen Schimmer hatte wie eine alte Prellung.

Der Große verzog einen Mund voll abgebrochener Hauer zu einem solchen Grinsen, daß die Winkel in den teigigen Backen verschwanden. »Du bist zu uns zurückgekommen! Den ganzen weiten Weg - und aus freien Stücken!« Der Mund lachte, und die Backen wackelten. »Stell dir das vor, Nickelblech. Wie er uns vermißt haben muß! Zu schade, daß der Alte Mann nicht hier ist, um diesen Augenblick zu genießen.«

»Nur recht und billig, daß der Jonas zurückkommt«, sagte der Metallische, wobei in seinem rechteckigen Mund eine innere Klappe auf- und zuging. »Leid sollt's ihm tun, daß er uns so viel Scherereien gemacht hat, der ungezogene Kerl. Er sollte uns um Verzeihung bitten. Bitte uns um Verzeihung!«

»Laßt den Jungen los.« Paul hatte die beiden noch nie gesehen, aber er kannte sie so gut und haßte sie so sehr wie das Krebsgeschwür, das seine Mutter langsam umgebracht hatte. »Ich bin's, den ihr haben wollt.«

»Du liebe Güte, wir wollen schon lange nicht mehr bloß dich«, sagte die metallische Kreatur. »Stimmt's, Wabbelsack?«

Der Dicke schüttelte den Kopf. »Gib uns erst mal, was du da in der Hand hast. Dafür geben wir dir dann den Jungen.«

Paul spürte die harten Kanten der Harfe an der Haut seiner Finger. Warum wollten sie einen Handel machen? Warum die Umstände, hier in ihrem Machtbereich?

»Tu's nicht!« rief Gally. »Sie können nicht ...« Das Ding, das Wabbelsack genannt worden war, verstärkte den Griff seiner schneckenartigen Finger um den Arm des Jungen, und dieser wand sich und kreischte und zuckte, als ob er auf ein unter Strom stehendes Bahngleis gefallen wäre.

»Gib es uns«, sagte Nickelblech. »Dann wird der Alte Mann vielleicht großzügig sein. Früher hattest du's mal gut, Paul Jonas. Du könntest es wieder gut haben.«

Paul hielt es nicht aus, Gallys aufgerissenen Mund und schmerzgepeinigte Augen anzuschauen. »Wo ist die Frau? Es war eine Frau in dem Käfig da.«

Nickelblechs nahezu blankes Gesicht warf Wabbelsack einen langen, schweigenden Blick zu, dann rotierte es wieder zu Paul herum. »Weg. Geflohen – aber nicht weit, nicht lange. Willst du sie wiedersehen? Das läßt sich machen.«

Paul schüttelte den Kopf. Er wußte, daß solchen Versprechungen nicht zu trauen war. »Laßt einfach den Jungen los.«

»Erst wenn du uns gibst, was du in der Hand hast.« Wabbelsack versetzte Gally wieder in qualvolle Zuckungen. Entsetzt hielt Paul ihm die Harfe hin. Beide Gesichter, Chrom und Kerzenwachs, glotzten sie gierig an.

Die Halle bebte. Einen Moment lang dachte Paul, die gewaltige Maschinerie hätte einen Defekt bekommen. Doch als die Wände selbst in Fetzen zu gehen schienen, überkam ihn plötzlich eine größere Furcht.

Der Alte Mann ...?

Aber Nickelblech und Wabbelsack sahen ebenfalls mit offenen Mäulern zu, wie selbst die geometrischen Ebenen ringsherum verrutschten. Paul stand immer noch mit seiner ausgestreckten Hand da, und Nickelblech machte unversehens einen unmöglich langen Schritt auf ihn zu und grapschte mit seiner blitzenden Klaue nach der Harfe. Gally, der zu Boden gesunken war, schlang seine Arme um Nickelblechs blanke Beine, und die Kreatur stolperte und fiel mit lautem metallischen Dröhnen hin.

Die Halle und Paul und alles bebte erneut, zerfiel und stürzte in sich zusammen.

Er hing ein weiteres Mal starr über dem Himmel im Raum, sah wieder den Großen Kanal und die rote Wüste über seinem Kopf ausgespannt – aber wo Gally gewesen war, war die Luft neben ihm jetzt leer. Die Hand, deren ausgestreckte Finger Gally berührt hatten, war jetzt zur Faust geschlossen.

Noch während er ganz perplex den abrupten Übergang von dem Maschinensaal des Riesen zurück in diese vollkommene Stasis zu begreifen versuchte, erwachte die Welt zum Leben. Farben gerieten in Fluß. Festkörper wurden Luft, und Luft wurde Wasser, das Paul mit einem großen, kalten Schlürfen verschlang.

Er strampelte aus Leibeskräften. Seine Lungen waren zum Platzen voll, aber fingen schon an zu schmerzen. Die nasse Schwärze ringsherum war kühl und schwer. Er wußte nicht, wo oben und unten war. Er sah einen trüben Schein, ein Gelb, das Sonnenlicht sein konnte, und schwamm mit Schlängelbewegungen wie ein Aal darauf zu. Einen Moment lang umgab ihn das Licht, dann war er wieder im Finstern, aber diesmal war die Kälte mörderisch. Er erblickte abermals Licht, ein kühleres Blau, und arbeitete sich dahin empor. Beim Aufsteigen sah er die schlanken Spitzen dunkler Bäume und einen grauen, bewölkten Himmel. Da stieß seine Hand irgendwo an und prallte zurück. Heftig tretend drängte er sein Gesicht dem Licht entgegen und krallte mit den Fingern, aber etwas Festes lag zwischen ihm und der Luft und hielt ihn im kalten Wasser gefangen.

Eis! Er schlug mit den Fäusten dagegen, aber es bekam nicht einmal einen Sprung. Seine Lungen waren voll brennender Kohlen, sein Kopf voll erdrückender Schatten.

Ertrinken. Irgendwo, irgendwie, ohne je zu wissen warum.

Das Wissen wird mit mir sterben. Das Wissen vom Gral. Der sinnlose Gedanke huschte durch sein sich immer mehr verdunkelndes Bewußtsein wie ein glänzender Fisch.

Das Wasser saugte ihm alle Wärme aus dem Leib. Er spürte seine Beine nicht mehr. Er preßte sein Gesicht gegen das Eis und betete um eine Lufttasche, aber ein winziger Atemversuch bescherte ihm nur noch mehr nasse Kälte. Es war zwecklos, noch länger zu kämpfen. Er öffnete den Mund, um das Wasser zu schlucken, das seine Qual beenden würde, und versuchte vorher noch ein letztes Mal, das Stück Himmel über ihm ins Auge zu fassen. Etwas Dunkles legte sich über das Loch, und im selben Moment krachten das Eis und der Himmel und die Wolken auf ihn nieder, so daß er zurückprallte und erschrocken den verbrauchten Atem aus seinem ringenden Körper entließ. Er schnappte unwillkürlich nach frischer Luft, und Wasser schoß in ihn ein, füllte ihn, erstickte ihn, löschte ihn aus.

> Ein Vorhang zitterte, eine flackernde rote und gelbe Trennwand. Er versuchte, sie deutlich in den Blick zu bekommen, aber es ging nicht. Wie angestrengt er auch starrte, sie wurde nicht schärfer, sondern blieb weich und konturlos. Er schloß die Augen und erholte sich einen Moment, dann schlug er sie auf und versuchte es noch einmal.

Er spürte eine Berührung, aber es war ein merkwürdig distanziertes Gefühl, als ob sein Körper unerhört lang wäre und die Verrichtungen an einem sehr weit entfernten Teil vorgenommen würden. Er überlegte, ob er vielleicht ... Er kam nicht auf das Wort, aber dafür tauchte das Bild eines Krankenhauszimmers auf, der Geruch von Alkohol, ein scharfer kleiner Schmerz wie von einem Insektenstich.

Betäubt. Ob er betäubt worden war? Aber warum machten sie das ...? Er war ...

Der Fluß. Er versuchte sich aufzusetzen, aber konnte nicht. Die zarten Verrichtungen, so sanft, so fern, gingen weiter. Er bemühte sich abermals um ein scharfes Bild und erkannte endlich, daß er auf die tanzenden Flammen eines Feuers starrte. Sein Kopf schien nur durch wenige Nerven mit seinem Körper verbunden zu sein: Er spürte etwas unter sich und konnte angeben, daß die Oberfläche rauh und unbequem war, aber sein Körper war taub, und das Unbehagen war rein spekulativ. Er versuchte zu sprechen, aber brachte nur ein leises Japsen heraus.

Wie gerufen schob sich ein Gesicht quer in seine Sichtlinie. Es hatte einen Bart und buschige Brauen. Die braunen, tief in den schattigen Höhlen liegenden Augen waren rund wie die einer Eule.

»Du bist kalt«, sagte das Gesicht mit tiefer und ruhiger Stimme. »Sterbenskalt. Wir werden dich wärmen.« Das Gesicht glitt wieder aus seiner Blickbahn.

Paul kratzte die wenigen Gedanken zusammen, auf die er kommen konnte. Er hatte abermals überlebt, bis jetzt wenigstens. Er besann sich auf seinen Namen und alles, was ihm wieder eingefallen war, als er vor dem Banner mit der Rose und dem Kelch gekniet hatte. Aber wo er gewesen war, blieb ihm nach wie vor verschlossen, und wo er sich im Augenblick befand, war ein neues Geheimnis geworden.

Er versuchte abermals vergeblich, sich aufzusetzen, aber schaffte es immerhin, sich auf die Seite zu wälzen. Das Gefühl kam langsam in seinen Körper zurück, Salven von Nadelstichen überall an den Beinen, die rasch schlimmer wurden – er wurde abwechselnd von Schüttelanfällen und Schmerzkrämpfen gepeinigt. Wenigstens konnte er endlich hinter den Vorhang aus Feuer schauen, obwohl es eine Weile dauerte, bis er verstand, was er vor sich hatte.

Der Mann, der ihn angesprochen hatte, und ein halbes Dutzend andere bärtige, hohläugige Gestalten kauerten in einem Halbkreis um das Feuer. Sie hatten eine steinerne Decke über sich, aber befanden sich nicht in einer Höhle, sondern eher unter einem tiefen Felsüberhang in der Flanke eines Berges. Jenseits der Öffnung lag eine Welt von nahezu vollkommener Weiße, eine tief verschneite Welt, die sich bis zu einer zackigen Gebirgskette in der Ferne erstreckte. Am Fuße des Hangs, vielleicht eine halbe Meile entfernt, erblickte er das dünne graue Band des zugefrorenen Flusses und das schwarze Loch, aus dem diese Männer ihn gezogen hatten.

Er schaute an sich hinunter. Der Mann, der gesprochen hatte, zerschnitt Pauls nasse Sachen mit einem schwarzen Stück Stein, das so behauen worden war, daß es die Form eines Blattes hatte. Er war außerordentlich kräftig gebaut und hatte breite Hände und flache Finger. Bekleidet war er mit einem Wust von zottigen Tierfellen, die er sich mit Sehnenschnüren an den Leib gebunden hatte.

Neandertaler, dachte Paul. *Es sind Höhlenmenschen, und dies ist die Eiszeit oder sowas. Es ist wie eine verdammte Museumsinstallation, nur mit dem Unterschied, daß ich darin lebe. Fünfzigtausend Jahre entfernt von allem, was ich kenne.* Ein schreckliches Wehgefühl durchlief ihn. Er war lebendig, aber irgendwie hatte er sein Leben verloren, sein wirkliches Leben, und war anscheinend dazu verurteilt, auf ewig durch irgendein grauenhaftes Labyrinth zu irren, ohne je zu wissen warum. Tränen schossen ihm in die Augen und rannen ihm über die Wangen. Sogar das Zittern und die Schmerzen in seinen wieder erwachenden Nerven vergingen vor dem übermächtigen Leid des totalen Verlustes.

Gally ist fort. Vaala ist fort. Meine Familie, meine Welt, alles fort.

Er rollte sein Gesicht gegen den Stein, hielt eine Hand davor, um sich vor den Blicken der starrenden bärtigen Männer abzuschirmen, und weinte.

Als das Steinmesser schließlich durch das letzte Stück seines Hemdes schlitzte, war Paul so weit, daß er sich hinsetzen konnte. Er schleifte sich etwas näher an das Feuer heran. Ein anderer seiner Retter reichte ihm ein großes Fell, das nach Fett und Rauch stank, und dankbar wickelte er sich darin ein. Sein Schüttelkrampf klang allmählich zu einem schwachen, aber anhaltenden Beben ab.

Der mit dem Messer hob Pauls zerschlissene Sachen auf, die steif vor Eis waren, und legte den Haufen mit einer gewissen ängstlichen Sorgfalt auf die Seite. Dabei klickte etwas gegen den Stein und rollte glitzernd heraus. Paul stutzte, dann hob er es auf, drehte es in seiner Hand hin und her und beobachtete, wie die goldenen Facetten im Feuerschein funkelten.

»Wir sahen dich im Wasser«, sagte der Messerschneider. »Wir hielten dich für ein Tier, aber Vogelfänger sah, daß du kein Tier warst. Wir zogen dich aus dem Wasser.«

Paul umschloß mit den Fingern das juwelartige Ding. Es wurde warm, und auf einmal erfüllte eine sanfte Stimme die Höhle, so daß er zusammenfuhr.

»*Wenn du das gefunden hast, bist du entkommen*«, sagte sie. Paul schaute sich um, weil er dachte, seine Retter müßten zu Tode erschrocken sein, aber sie betrachteten ihn nach wie vor mit der gleichen leicht besorgten Zurückhaltung. Nach einer Weile wurde ihm klar, daß sie die Stimme nicht hörten, daß sie zu ihm allein sprach. »*Wisse*«, sagte sie, »*daß du ein Gefangener warst. Du befindest dich nicht in der Welt, in der du geboren wurdest. Nichts um dich herum ist wahr, und dennoch kann das, was du siehst, dich verletzen oder töten. Du bist frei, aber man wird dich verfolgen, und ich kann dir nur in deinen Träumen helfen. Du darfst dich nicht fangen lassen, bis du die anderen findest, die ich dir schicke. Sie werden auf dem Fluß nach dir suchen. Sie werden dich erkennen, wenn du ihnen sagst, daß die goldene Harfe zu dir gesprochen hat.*«

Die Stimme verstummte. Als Paul seine Hand aufmachte, war das glänzende Ding verschwunden.

»Bist du ein Flußgeist?« fragte der Messerschneider. »Vogelfänger hält dich für einen Ertrunkenen, der aus dem Land der Toten zurückgekehrt ist.«

»Aus dem Land der Toten?« Paul ließ den Kopf auf die Brust sinken. Er fühlte die Last der Erschöpfung, schwer wie der steinerne Berg über ihnen. Sein jähes Auflachen klang überschnappend, und die Männer scheuten brummend und raunend zurück. Wieder verschleierten Tränen ihm den Blick. »Land der Toten. Das trifft es so ziemlich.«

Kapitel

Johnnys Dreh

NETFEED/SPORT:
TMX macht olympische "Geste des guten Willens"
(Bild: Die TMX/Olympia-Flagge weht über dem Athenäum in Bukarest)
Off-Stimme: Telemorphix, Inc., hat nach eigenen Aussagen eine "Geste des guten Willens" gemacht, um seinen Streit mit dem Internationalen Olympischen Komitee und der Regierung der Walachischen Republik beizulegen. Statt "Telemorphix Olympische Spiele Bukarest" zu heißen, wie das Unternehmen ursprünglich gefordert hatte, wird das sportliche Ereignis nunmehr unter dem offiziellen Namen "Olympische Spiele Bukarest, gesponsert von Telemorphix" abgehalten werden.
(Bild: TMX-PR-Chefin Natasja Sissensen)
Sissensen: "Wir respektieren die olympische Tradition der friedlichen Einigung, und wir denken, daß wir uns die Sache einen ziemlich beachtlichen Ölzweig haben kosten lassen. Allerdings sollte das IOC nicht vergessen, daß es auf der Welt nichts umsonst gibt. Jedenfalls soweit ich weiß."

› Der Mond war nur ein schmaler Fingernagel über der schwarzen Bahia de Barbacoas. Mit ihren orangegelben Scheinwerfern rundherum leuchtete die Insel heller als alle Gestirne am Himmel. Dread lächelte. Sie war ein Nest voll juwelenglänzender Eier, und er war das Raubtier. Er hatte vor, diese Lichter in seinem Maul zu zermalmen und auszulöschen.

Dread stellte das *Exsultate Jubilate* an, ein altes Musikstück, das wie Strom pulsierte und von freudiger Ekstase überfloß. Er bedauerte es, vorprogrammierte Musik nehmen zu müssen, aber er hatte zu viel zu tun, und wenn er heute abend seine Starrolle spielte, blieb ihm keine Zeit, seinen eigenen Soundtrack zu komponieren. Mozart würde es tun müssen.

Er befingerte seine T-Buchse voll wölfischer Freude, die Glasfaserleine los zu sein. Er legte die Hände auf die Knie und spürte überdeutlich das robuste Neopren seines Anzugs und die winzigen Sandkörnchen an seinen Händen. Dann schloß er die Augen, damit er die wichtigen Dinge sehen konnte.

»Spur eins, bitte melden.«

Ein Fenster mit einem Blick auf das kabbelige Wasser von hoch oben ging in der Finsternis auf. »Listo«, erklärte der Mann auf Spur eins. »Bereit.«

»Spur zwei.«

... Das nächste Fenster, ausgefüllt von einem düsteren Umriß, den er nur deshalb als ein nichtreflektierendes Boot erkannte, weil er es selbst gekauft hatte. Davor eine Gruppe schattenhafter Gestalten, die bäuchlings im Sand lagen. Eine der Gestalten bewegte sich ein wenig: eine Nachtbrille blitzte. »Bereit, Jefe.«

»Spur drei.«

... Ein Geräteaufbau vor der abblätternden Wand einer gemieteten Wohnung, jede Box mit der widerlichen stumpfschwarzen Oberfläche, die bei trendigen Hardwareheads zur Zeit wieder in war. Sonst nichts.

Was zum Teufel ...?

Es dauerte mehrere Sekunden, bis ein kahlrasierter Kopf auftauchte und Celestinos Stimme in Dreads Schädelknochen vibrierte. »Ich habe eben noch eine allerletzte Korrektur gemacht, Jefe. Ich bin jetzt bereit.«

Wohl eher einen allerletzten Schlottergang zum Lokus. Dread rief auf einer geschützten Nebenleitung das Zimmer neben dem Gearlabor an. Ein Frauengesicht, rund und blaß unter flammend roten Haaren, erschien.

»Dulcy, was ist los? Wird er's hinkriegen?«

»Er ist ein Schwachkopf, aber kompetent, wenn du verstehst, was ich meine. Ich bin hier. Du kannst ruhig loslegen.«

Er war froh, daß er sie hinzugezogen hatte. Dulcinea Anwin war teuer, aber nicht ohne Grund. Sie war clever und tüchtig und hätte mitten durch die Schlacht von Waterloo spazieren können, ohne mit der Wimper zu zucken. Eine Sekunde lang ging es ihm durch den Kopf, wie sie sich wohl als Opfer machen würde. Ein interessanter Gedanke.

»Spur vier.«

Der Beobachtungsbalkon, auf dem er selbst noch vor wenigen Stunden gestanden hatte, erschien vor seinen geschlossenen Lidern. Anders als Celestino wartete der Mann dort auf den Anruf. »Bereit zum Einhaken.«

Dread nickte, obwohl weder die Köpfe in den Datenfenstern noch das Dutzend anderer Männer bei ihm am dunklen Strand sein Gesicht sehen konnten. Er öffnete die Augen und rief den Lageplan auf, der die wirkliche Isla del Santuario nur wenige Kilometer vor ihm mit seinen Neonlinien überlagerte. Perfekt. Alles, wo es hingehörte.

Achtung, Aufnahme!

Er stellte das *Exsultate* lauter, und einen Moment lang war er in der karibischen Nacht allein mit dem Mond, dem Wasser und der silberhellen Stimme des Soprans.

»Spur vier - Haken rein.«

Der Mann im Strandhaus gab einen Sicherheitscode ein und sprach dann ein Wort in sein Kehlkopfmikro. Auf dieses Signal hin injizierte Dreads Kontaktmann bei ENT-Inravisión das Programm, was er geliefert bekommen hatte, in das Telecomnetz von Cartagena, eine einfache, wenn auch kriminelle Handlung, für die der Angestellte SKr 15 000 auf ein Auslandskonto bekommen würde.

Der Code stellte die Verbindung zu einem unauffälligen Parasiten im Haussystem der Isla del Santuario her, den eine unzufriedene Mitarbeiterin des vorigen Sicherheitsunternehmens in ihrer letzten Dienstnacht für stolze SKr 40 000 dort gepflanzt hatte. Zusammen stellten die beiden im Informationssystem der Insel einen vorübergehenden Datenzapfer her. Entweder das System selbst oder menschliche Wachsamkeit mußten den Zapfer eigentlich binnen zehn Minuten ausfindig machen, aber länger würde Dread auch nicht brauchen.

»Hier ist vier. Haken ist drin.«

Der Mozart berauschte ihn. Freude durchströmte ihn wie kühles Feuer, aber er ließ sich seine Hochstimmung nicht anmerken.

»Gut. Spur drei, anfangen rauszuziehen.«

Celestino nickte eifrig mit dem Kopf. »Mit Vergnügen, Jefe.« Der Gearspezialist schloß die Augen und tanzte mit seinen Fingern komplizierte Figuren, um die Ein-/Ausgabeverbindungen herzustellen.

Dread bezähmte seine Stimme. »Ich will die Kanäle sehen, sobald du sie hast.« Er entwickelte langsam einen geradezu irrationalen Haß auf diesen tuntigen Schwachkopf mit seiner militärischen Vergangenheit. Das war fast so schlecht wie zu großes Vertrauen.

Er schloß wieder die Augen und sah zu, wie die Sekunden auf der Zeitanzeige vertickten. Während Celestino sein unsichtbares Datenorchester dirigierte, womit er für Dreads zynisches Auge nur die Erhabenheit des *Exsultate* profanierte, waren die anderen Fenster statisch und warteten auf seine Befehle. Er genoß das Gefühl. Zu den seltenen Gelegenheiten, bei denen sie sich über ihre Arbeit unterhielten, bezeichneten einige der anderen auf seinem äußerst kleinen Fachgebiet das, was sie taten, als »Kunst«. Dread hielt das für überheblichen Blödsinn. Es war einfach Arbeit, wenn auch zu Zeiten wie jetzt aufregende, befriedigende, anspruchsvolle Arbeit. Aber etwas derart Geordnetes und Vorgeplantes konnte man nicht als Kunst bezeichnen.

Die Jagd dagegen – das war Kunst. Es war eine Kunst des richtigen Augenblicks, eine Kunst der ergriffenen Gelegenheit, eine Kunst des Muts und des Schreckens und der blinden, scharfen Schneide des Lebens. Die beiden ließen sich gar nicht vergleichen. Das eine war ein Job, das andere war Sex. Man konnte gut in seinem Job und darauf stolz sein, aber niemand würde jemals eine Bestleistung auf dem einen Gebiet mit der Ekstase des anderen verwechseln.

Celestino war wieder in seinen Schädelknochen. »Das Rausziehen läuft, Jefe. Willst du eine Leitung ins Sicherheitsnetz haben?«

»Herrgott, selbstverständlich! Meine Güte! Spur eins, bitte melden.«

Das Fenster der Spur eins zeigte abermals schwarzes Wasser, diesmal von noch höher oben. »Fünfzehn Kilometer entfernt. Nähern uns.«

»Haltet euch bereit.«

Kurz darauf schwoll die Musik zum Crescendo an. Eine Reihe winziger Fenster blinkte am Rand seines Gesichtsfeldes auf.

»Spur drei, welches ist der Rundspruchkanal?«

»Der zweite von links«, antwortete Celestino. »Derzeit still.«

Dread stellte ihn ein und prüfte nach, nicht weil er dachte, der Gearmann sei *derart* inkompetent, sondern weil er in dieser einzigartigen, hochfliegenden und gottgleichen Verfassung war – er wollte jedes Fünkchen, jedes fallende Blatt unmittelbar unter Kontrolle haben. Wie Celestino gesagt hatte, herrschte auf dem Kanal völlige Funkstille.

»Spur eins, los.«

Die Stille hielt noch ein paar Augenblicke an. Dann hörte er das Knistern eines Funkgeräts in seinem Ohr. Um sicherzugehen, stellte er in seiner Leitung zur Spur eins den Ton ab, aber er konnte ihn nach wie vor über den Sicherheitskanal der Isla del Santuario hören. Er lauschte mit den Ohren des Objekts.

»Mayday! Santuario, könnt ihr mich hören?« Es gab eine kurze Verzögerung zwischen dem Spanisch des angeblichen Piloten und der Übersetzung von Dreads System, aber er war schon zufrieden – unter einer professionellen Machofassade klang der Schauspieler so, daß man ihm die Panik ohne weiteres abnahm. Die Beinhas hatten eine gute Wahl getroffen. »Santuario, könnt ihr mich empfangen? Hier ist XA 1339 aus Sincelejo. Mayday! Könnt ihr mich hören?«

»Hier ist Santuario, XA 1339. Wir haben euch auf dem Radar. Ihr seid zu nahe. Bitte dreht nach Osten ab, und verlaßt unsere Sperrzone.«

Dread nickte. Höflich, aber prompt und entschieden. Der neue Sicherheitsdienst der Insel war sein Geld wert.

»Wir haben unseren Heckrotor verloren. Santuario, könnt ihr mich hören? Wir haben unseren Heckrotor verloren. Erbitten Landeerlaubnis.«

Die Pause war nur kurz. »Ausgeschlossen. Dies ist eine Luftsperrzone, zugelassen vom UN-Luftverkehrsgesetz. Schlage vor, ihr fliegt Cartagena an, Flughafen oder Hubschrauberlandeplatz. Es sind nur ungefähr fünf Kilometer.«

Der wütende Aufschrei des Piloten war höchst überzeugend. Dread mußte lachen. »Verdammte Schweine! Ich schmiere ab! Ich komme nicht bis Cartagena! Ich habe vier Passagiere und zwei Mann Besatzung, und ich kann das Ding kaum noch in der Luft halten.«

Die Isla del Santuario fuhr fort, ihrem Namen keine Ehre zu machen. »Tut mir sehr leid, XA 1339, aber das verstößt gegen meine ausdrücklichen Anweisungen, ich wiederhole, gegen meine ausdrücklichen Anweisungen. Noch einmal: Fliegt Cartagena an. Wenn ihr hier zu landen versucht, sind wir gezwungen, euch als Angreifer zu behandeln. Hast du verstanden?«

Als der Pilot wieder sprach, war seine Stimme hart und bitter. Der ohrenbetäubende Lärm, der einige seiner Worte zerhackte, klang ganz eindeutig nach einem mörderisch rüttelnden Turboprop-Helikopter. »Ich kann das Ding ... verdammte Rotor ... nicht mehr. Wir schmieren ab. Ich sehe zu ... eure kostbare Insel stürzen. Ich hoffe ... in der Hölle schmoren.«

Eine andere dringende spanische Stimme schaltete sich ein. Dread überprüfte die blinkenden Lichter und vergewisserte sich, daß es einer der Nebenkanäle des Inselsicherheitsdienstes war.

»Sichtkontakt, Chef. Der Heckrotor ist beschädigt, wie er gesagt hat. Er kommt sehr nahe ans Wasser, fliegt zickzack. Sie könnten auf die Klippen stürzen ... O mein Gott, sie stürzen ab!«

Aus großer Ferne scholl ein dumpfes Scheppern über das dunkle Wasser, wie wenn ein Holzhammer auf einen festgehaltenen Gong schlägt. Dread lächelte.

»Sie sind in unserem Gebiet abgestürzt, Chef. Der Helikopter ist nicht in Flammen aufgegangen, es kann also Überlebende geben, aber die Zerstörer-U-Boote werden in wenigen Minuten bei ihnen sein.«

»Scheiße. Bist du sicher, daß sie in unserer Zone sind, Ojeda?« Dem Kommandanten des Inselwachdienstes paßte es offensichtlich gar nicht, in diese Zwickmühle gebracht zu werden.

»Ich kann den Helikopter sehen, Chef. Er hängt immer noch auf den Klippen, aber bei den Wellen wird er sich nicht lange halten können.«

Der Kommandant studierte die ersten Bilder, die die ferngesteuerten Kameras sendeten, und als er sah, daß sein Beobachter recht hatte, fluchte er abermals. Dread glaubte genau zu wissen, was dem Mann durch den Kopf ging: Seit zwanzig Jahren waren Sicherheitskräfte auf dieser Insel, auch wenn sein Arbeitgeber den Auftrag erst vor kurzem bekommen hatte. Zwanzig Jahre, in denen nichts Gefährlicheres geschehen war, als daß ein paar einheimische Fischer versehentlich beinahe in die Sperrzone geraten wären. Er hatte soeben einer Maschine in Not die Landeerlaubnis verweigert - ganz legal, aber trotzdem. Konnte er diese Legalität auf die Spitze treiben und auch noch zulassen, daß etwaige Überlebende des Absturzes von den automatischen Abwehr-U-Booten getötet wurden? Und, was wahrscheinlich noch entscheidender war, konnte er das vor seinen Männern tun und dennoch im Fall einer echten Sicherheitskrise noch mit ihrem Respekt rechnen?

»Schweinebande!« Er hatte es beinahe bis zu dem Punkt hinausgezögert, wo jedes Handeln zu spät kam. »U-Boote blind machen - das ganze U-Jagd-Netz abstellen! Yapé, ein Boot soll so schnell wie möglich los und nach Überlebenden suchen! Ich ruf den Boß an und sag ihm Bescheid.«

Angebissen. Dread sprang auf. »Spur zwei, Einsatz.« Er winkte seiner Hälfte des Invasionskommandos, einem Dutzend Männern in Neoprenanzügen. Noch bevor er die Hand wieder unten hatte, liefen sie bereits mit dem Boot ins Wasser. Er spurtete hinter ihnen her. Seine eigene Arbeit hatte begonnen.

Das Boot glitt still über die Bucht und vorsichtig zwischen den Minen hindurch. Ihre Such-und-Zerstör-Funktion war deaktiviert worden, aber deswegen konnte trotzdem eine bei zufälligem Kontakt explodieren. Dread saß hinten und war ausnahmsweise einmal damit einverstanden, daß jemand anders das Sagen hatte. Er hatte Wichtigeres zu tun, als ein Boot zu steuern.

Wo ist er? Er schloß die Augen und stellte die Musik aus. Die Leitung zum Haken im Sicherheitssystem der Insel war immer noch offen; er hörte den Kommandanten mit dem Rettungsboot sprechen, das soeben von der anderen Seite der Insel aufbrach. Bis jetzt hatte noch niemand den Datenzapfer entdeckt, aber das würde in Kürze ohnehin gegenstandslos sein: Die Sicherheitskräfte würden den abgestürzten Hubschrauber in wenigen Minuten erreicht haben. Sofern er nicht sehr stark beschädigt war, würden sie rasch feststellen, daß er ferngesteuert gewesen war. Sie würden merken, daß man sie zum Narren gehalten hatte.

Wo? Er ließ sich in seinen inneren Denkstrom zurückfallen, tastete nach dem prekären ersten Zugriff - nach dem bestimmten Puls, dem elektronischen Herzschlag, der ihm zeigen würde, wo er zupacken mußte.

Er hatte seine besondere Fähigkeit, den *Dreh*, wie er es nannte, bei seiner ersten Pflegefamilie entdeckt. Eigentlich war der Dreh das zweite Wunder gewesen: Das erste war, das man ihn überhaupt in Pflege genommen hatte. Im Alter von sieben Jahren hatte er bereits drei Menschen getötet, alles Kinder ungefähr in seinem Alter. Nur einer der Morde war als solcher erkannt worden, allerdings hatte man ihn auf einen tragischen, aber nur momentanen Verlust der Selbstkontrolle zurückgeführt; an den anderen beiden Todesfällen hatte man dem Zufall die Schuld gegeben. Das war natürlich alles Unsinn. In beiden Fällen hatte Dread - der damals noch nicht diesen melodramatischen Namen führte - tagelang einen Hammer im Hosenbund getragen und auf eine Gelegenheit gewartet. Daß er die beiden Opfer nach dem Einschlagen der Köpfe noch einmal angegriffen und eine eiserne Treppe hinuntergestoßen hatte, war eine letzte Aufwallung von Wut gewesen und kein frühreifer Versuch, seine Tat zu verheimlichen.

Auch ohne Mord auf seinem Konto wäre es dem Jugendamt von Queensland nicht leicht gefallen, das Kind unterzubringen. Allein schon seine Herkunft (seine Aboriginemutter eine Alkoholikerin und Prostituierte, sein Vater ein philippinischer Pirat, den man nicht lange nach der Transaktion, aus der Dread hervorgegangen war, gefangengenommen und ohne viel Federlesens hingerichtet hatte) war Grund genug, daß die Behörde in Frage kommenden Pflegeeltern inoffiziell einen höheren Satz bieten mußte - als Anreiz sozusagen. Aber, wie die Vermittlungsbeamten rasch einsahen, um den jungen Johnny Wulgaru vom Hals zu bekommen, lohnte es sich, den Etat zu überziehen. Johnny war eine Bombe, die jederzeit losgehen konnte.

Die Vorgeschichte der ersten Episode, bei der er an etwas *gedreht* hatte, war überraschend alltäglich gewesen. Aus Zorn über seine grausame Mißhandlung der Hauskatze hatte seine Pflegemutter ihn einen kleinen schwarzen Bastard genannt. Er hatte etwas vom Tisch geschlagen, und sie hatte ihn gepackt, um ihn in seinem Zimmer einzusperren. Als sie ihn durchs Wohnzimmer schleifte, hatte sein Wutgeheul einen Höhepunkt erreicht, und auf einmal hatte der Wandbildschirm geflackert und war ausgegangen.

Sehr zum Leidwesen seiner Vormünder erwies sich der Schaden an der inneren Elektronik als irreparabel und mußten sie fast einen Monat ohne Verbindung zur Außenwelt auskommen, ehe sie es sich leisten konnten, ihn zu ersetzen.

Sie hatten den Vorfall nicht mit ihrem Mündel in Zusammenhang gebracht, obwohl sie wußten, daß er zu anderen, weitaus prosaischeren Gewalttaten fähig war. Aber Johnny selbst hatte es gemerkt und sich gefragt, ob es Magie sein könnte. Ein paar Experimente hatten bewiesen, daß es Magie - oder wenigstens so gut wie - war, und anscheinend besaß nur er diese Fähigkeit. Ein einziger Tag in seinem dunklen Zimmer mit dem Pad seines Adoptivvaters hatte ihm gezeigt, daß er es auch machen konnte, ohne wütend zu sein, wenn er bloß die richtigen Sachen in der richtigen Weise dachte.

Er hatte die Fähigkeit mehrere Jahre lang nur für Lappalien - kleinere Akte von Vandalismus, gehässige Vergeltungsmaßnahmen - und in einer Reihe weiterer Pflegefamilien angewandt. Auch als seine Geheimnisse dunkler und schrecklicher wurden, dachte er nie daran, seine Gabe, an den Dingen etwas zu *drehen*, zu weitergehenden Zwecken zu benutzen als zu Bildstörungen von Sicherheitskameras am Schauplatz eines Raubes - oder am Schauplatz einer Jagd, denn mit denen hatte er angefangen, noch bevor er geschlechtsreif geworden war. Erst als der Alte Mann ihn unter erheblichem finanziellen Aufwand aus dem Jugendgefängnis herausgeholt und hintereinander in mehrere Heilanstalten bugsiert hatte, von denen die letzte dem Alten Mann mehr oder weniger gehörte, hatte Dread begriffen, daß er den Dreh auch für weitergehende Ziele einsetzen konnte ...

Das Boot prallte in die Höhe, und einen Moment lang wurde er unsanft in die wirkliche Welt zurückgeholt. Dread schob den Himmel, das Wasser, die schweigend neben ihm hockenden Männer beiseite. *Wo ist er? Zurück. Stop.*

Aber diese Verwendungsart war viel schwieriger als die einfache Zerstörung, die er ganz am Anfang praktiziert hatte, oder die spätere Taktik, elektronische Teile einfach zu blockieren. Was er heute nacht drehen wollte, verlangte Fertigkeiten, die er noch immer nicht vollkommen beherrschte, obwohl er fast ein Jahr in einem der Labors des Alten Mannes damit zugebracht hatte, eine zermürbende Übung nach der anderen durchzuexerzieren, begleitet von den jovialen Ermunterungen von Wissenschaftlern in weißen Kitteln, deren hilfsbereites Gehabe nicht über die darunter sitzende Furcht vor ihm hinwegtäuschen konnte. Er hätte nicht sagen können, welchen Machtzuwachs er mehr genossen hatte.

Finden, dann zupacken. Schließlich hatte er den Datenzapfer erwischt, ergriff ihn geistig, ließ sein Denken um ihn herum und in ihn hinein gleiten und eruierte ihn dabei. Das mechanische Eindringen in das elektronische Nervensystem der Insel, das sein Gearteam vollbracht hatte, war ein entscheidender erster Schritt gewesen: Er mußte so weit wie möglich im Sicherheitssystem drin sein, bevor er mit seiner eigenen Arbeit beginnen konnte. Schon jetzt bereitete ihm die nötige Feinkontrolle Kopfschmerzen. Wenn er seine Fähigkeit länger als eine kurze Weile betätigte, meinte er, den Dreh selbst glühend heiß und wund in seinem Gehirn spüren zu können wie eine entzündete Drüse.

Wie ein Jagdhund, der eine Witterung aufnimmt, durchforschte er das unerklärliche innere Dunkel des Drehs, bis er genau die elektronischen Pulse fand, die er brauchte, und verfolgte dann ihren Pfad zurück, ging dem Datenstrom bis zu seiner Quelle in den zentralen Prozessoren und dem Hauptspeicher des Sicherheitssystems nach. Prozessoren waren nur elektronische Artefakte, eigentlich nicht so viel anders als einfachere Dinge wie Überwachungskameras oder Pkw-Zündungen – nichts weiter als Apparate gesteuert von elektrischen Impulsen. Dread wußte, daß es ein Kinderspiel wäre, heftig daran zu drehen, ihnen einen Stoß von solcher Stärke zu versetzen, daß das System sich abschaltete, aber wenn er sonst nichts gewollt hätte, hätte er diesem Esel Celestino seine Datenbombe lassen können. Er mußte durch seinen eigenen Schmerz hindurchgehen, um etwas weitaus Subtileres und Nützlicheres zu schaffen: Er mußte die Seele des Systems finden und sie zu seiner eigenen machen.

Das System war komplex, aber seine logische Struktur war von anderen nicht verschieden. Er fand die gesuchte Gruppe elektronischer Tore und gab jedem einzelnen einen kleinen Schubs. Sie widerstanden ihm, aber selbst der Widerstand sagte ihm etwas. Er hatte jetzt alles außer dem Datenstrom ausgeblendet - sogar die sinnlosen Geräusche des Sicherheitsfunks und von der Nacht und den Wellen, die seinen physischen Körper umgaben, waren fort. Er drückte abermals gegen die Tore, jetzt immer nur gegen eines, wobei er sich alle Mühe gab, die Wirkung jeder Veränderung zu taxieren, bevor er sie vornahm. Er arbeitete minuziös, obwohl sein Kopf so heftig pochte, daß er am liebsten geschrien hätte. Das letzte, was er wollte, war, das System zum Absturz zu bringen.

Endlich, in einer von blutroten Migräneblitzen durchschossenen Schwärze, fand er die richtige Sequenz. Als die metaphorische Tür weit aufschwang, wallte in seinem Innern ein dunkles Glücksgefühl auf, das beinahe stärker war als der Schmerz. Er hatte aus seinem eigenen Willen ein unbeschreibliches *Etwas* erschaffen, einen Dietrich zur Öffnung eines unsichtbaren, unfaßbaren Schlosses, und jetzt tat sich ihm das gesamte System der Isla del Santuario auf wie eine Zehn-Kredite-Hure und war bereit, seine Geheimnisse preiszugeben. Erschöpft quälte Dread sich in die andere Welt zurück - in die Welt außerhalb des Drehs.

»Spur drei«, sagte er heiser. »Ich bin in der Hauptader drin. Anschließen und sortieren.«

Celestino knurrte eine nervöse Bestätigung und begann, Ordnung in die Ströme der Rohdaten zu bringen. Dread schlug die Augen auf, beugte sich über die Reling und erbrach sich.

Das Boot war nur noch einen halben Kilometer von der Insel entfernt, als er wieder zusammenhängend denken konnte. Er schloß die Augen - beim Anblick der Datenfenster vor dem Hintergrund der Wellen wurde ihm gleich wieder schlecht - und inspizierte die Ergebnisse seiner Infiltration, die nackten Abläufe von Santuarios Infrastruktur.

Die diversen Scanner und Prüfpunkte der Sicherheitsmaschinerie lockten ihn einen Moment, aber nachdem er in den Planungsstadien der Aktion mit obsessiver Genauigkeit vorgegeben hatte, was wann abzuschalten war, bezweifelte er, daß selbst Celestino die Sache noch verpfuschen konnte. Er warf auch einen kurzen Blick auf die Standardprogramme, die die äußeren Bedingungen des Anwesens regelten, aber keines davon war im Augenblick wichtig. Nur eine Sache war ungewöhnlich, aber genau darauf hatte er es auch abgesehen. Irgend jemand - beziehungsweise zwei Jemande, nach den gepaarten Eingabestellen zu schließen - war mit einem LEOS verbunden, einem erdnah umlaufenden Kommunikationssatelliten, und eine Riesenmenge Daten floß dazwischen hin und her.

Unser Objekt hält sich im Netz auf, wie es aussieht. Aber was zum Teufel macht er dort, daß er so viele Gigas bewegen muß?

Dread überlegte einen Moment. Er hatte bereits alles, was er brauchte. Dennoch erschien es ihm nicht geraten, eine derart hochintensive Auslastung ungeprüft zu lassen. Und wenn diese emsige kleine Biene tatsächlich das Objekt war, konnte Dread vielleicht überdies einen Hinweis darauf erhalten, warum der Alte Mann den Tod des Luftgottes wollte. Ein bißchen Information war nie verkehrt.

»Spur drei, hake mich in einen der hochaktiven Punkte dort ein - ich glaube, es ist das Labor des Objekts. Wenn es VR ist, was er empfängt, dann will ich keine volle Immersion, sondern nur ein Eigenperspektivfenster und Ton.«

»Alles klar, Jefe.«

Dread wartete eine ganze Weile, dann ging vor der Schwärze seiner geschlossenen Lider ein anderes Fenster auf. Darin erstreckte sich vor ihm ein Tisch mit vage indianisch aussehenden Gestalten zu beiden Seiten. Ungefähr auf halber Höhe saß ein Affe auf dem Tisch, und der Blick des Objekts huschte immer wieder dorthin. Dread empfand eine nahezu kindliche Freude. Er hockte unbemerkt auf der Schulter seines Opfers wie ein unsichtbarer Dämon - wie der Tod persönlich.

»*... daß die meisten dieser Vorgänge von einer einzigen Gruppe kontrolliert wurden*«, sagte gerade jemand neben ihm. Die ruhige, ernste Stimme war nicht die des Objekts. Vielleicht einer der akademischen Freunde des Patrón. Eine Gruppe mit sich selbst beschäftigter Wissenschaftler, die irgendein kleines Symposium abhielten.

Er wollte schon hinausgehen, doch die nächsten Worte schlugen ihm entgegen, als ob sie geschrien wären. »*... Diese Leute, reiche und mächtige Männer und Frauen, waren ein Konsortium, das sich die Gralsbruderschaft nannte ...*«

Dread sah und hörte mit rapide wachsendem Interesse zu.

»Spur drei«, sagte er nach wenigen Augenblicken, »dies hier offen halten. Wird das aufgezeichnet?«

»Nur was du siehst, Jefe. Ich kann versuchen, alles zu kopieren, was ein- und ausgeht, aber ich glaube nicht, daß unser Speicherplatz ausreicht, von der Bandbreite ganz zu schweigen.«

Dread öffnete die Augen. Das Boot war beinahe im Bereich der Grenzscheinwerfer. Er mußte sich jetzt um andere Dinge kümmern; die meisten Einzelheiten konnte er sich noch besorgen, wenn sie das Objekt erst einmal in ihrer Gewalt hatten. »Dann laß gut sein. Aber es sind noch eine Menge anderer Leute bei dieser Versammlung. Krieg raus, ob es Sims sind, und wenn ja, von wo sie reinkommen. Aber zuerst halt dich bereit, die Abschaltung der Abwehranlagen einzuleiten, sobald ich es befehle.« Er überprüfte die Spur zwei, deren Crew in ungefähr der gleichen Entfernung auf der südöstlichen Seite der Insel wartete. Die Meldungen, die über das Wachband der Insel kamen, verrieten ihm, daß die Rettungsmannschaft den Trick mit dem Hubschrauber jeden Moment entdecken mußte.

»Spur drei - abschalten.«

Die Grenzscheinwerfer erloschen. Ein Sturm entrüsteter Schreie erhob sich auf dem Wachband, aber da der Abschaltvorgang nunmehr lief, redeten sämtliche Funkstellen mit niemand anders als mit sich selbst - und mit Dread.

»Spur zwei, los geht's.«

Er gab dem Führer seines eigenen Bootes ein Signal, und dieser warf den Motor an, so daß sie mit voller Fahrt über die hubbelige Brandung auf den Strand zuflitzten. Sobald sie im seichten Wasser waren, rollten sich seine Männer auch schon über die Seite, und der erste an Land bestrich den Strand und die Hausmauern mit geräuschlosen ELF-Waffen. Diejenigen von der Wachmannschaft der Insel, die keine Schutzanzüge gegen extreme Niederfrequenzen anhatten, fielen zu Brei geschüttelt um, bevor sie auch nur ahnten, was sie getroffen hatte.

Während er seinen Männern ans Ufer folgte, stellte Dread alle außer den unbedingt notwendigen Bildern ab, aber die Stimmen aus der virtuellen Konferenz des Objekts ließ er in seinem Kopf weiterlaufen. In ihm formte sich bereits eine Idee.

Die Insel war so finster, daß Dread sich nicht einmal die Mühe machte, den Strand hochzurobben. Drei weitere Wachposten erschienen in ELF-

Schutzanzügen auf dem Steg vor dem nächstgelegenen Wachhaus, und einer hielt eine superstarke Taschenlampe hoch, weil er wahrscheinlich herausfinden wollte, was mit den Generatoren der Insel passiert war. Dread gab ein Zeichen. Die schallgedämpften Trohner machten ein Geräusch, als würde man einen Stock über einen Lattenzaun ziehen; die Wächter fielen um. Die Taschenlampe prallte vom Steg und trudelte blinkend auf den Strand.

Am Portikus des Haupthauses war der Widerstand erbittert, aber Dread hatte es jetzt nicht mehr so eilig. Das Objekt war immer noch in seiner Simulation abgeschottet, und da Celestino die Türschlösser fernverriegelt und einen Datenschild über das Objekt gelegt hatte, um Anrufe vom Wachdienst zu vereiteln, hatte der Luftgott keine Ahnung, daß seine Burg genommen worden war.

Immerhin dafür, wie sie ihren Vertrag erfüllte, mußte Dread Atascos neue Sicherheitstruppe bewundern. Die Männer kämpften verbissen – das halbe Dutzend, das aus dem befestigten Wachhaus neben der Eingangstür das Feuer erwiderte, schien imstande zu sein, eine weitaus größere Armee als die Dreads abzuschlagen. Jedoch gute Sicherheitsarbeit erforderte mehr als Tapferkeit: Kluge Voraussicht war ebenfalls vonnöten. Einem der Angreifer gelang es, eine Brandgranate durch eine Schießscharte zu stecken, auch wenn er sich dabei eine tödliche Verletzung zuzog. Als sie gleich darauf explodierte, war die Hitze so groß, daß selbst die Stahlplexfenster weich wurden und sich nach außen wölbten.

Das Team von Spur zwei, das seinen Angriff von der Rückseite des Komplexes gegen die Wachdienstzentrale führte, würde noch ein wenig brauchen, bis es sich durchgekämpft hatte, aber Dread war ganz zufrieden. Von zwei Angriffstrupps mit je fünfzehn Mann hatte es, soweit er wußte, nur drei Einsatzkräfte erwischt und davon nur eine tödlich, und dabei war die Aktion zu fünfundsiebzig Prozent abgeschlossen. Gegen ein Sicherheitsaufgebot, wie es sich ein reicher Stinker wie Atasco leisten konnte, war das mehr als akzeptabel. Während seine beiden Sprengmeister Halbkugeln aus Anvax-Hammergel an der wuchtigen Vordertür verkabelten, hörte er noch einmal kurz bei seinem ahnungslosen Opfer hinein.

»... *Gralsbruderschaft hat das stärkste und beste Simulationsnetzwerk gebaut, das man sich vorstellen kann.*« Es war wieder die ruhige, hohe Stimme, die von jemand neben Atasco kam. »*Gleichzeitig hat sie Tausende von Kindern manipuliert und gesundheitlich geschädigt. Ich habe immer noch keine Ahnung, warum. Im Grunde habe ich euch alle hergeholt, weil ich die Hoffnung hatte, daß wir gemeinsam auf Antworten kommen könnten.*«

Dread fand das Ganze immer spannender. Wenn Atasco diese kleine Verschwörung nicht anführte, wer dann? Ob der Alte Mann wußte, daß sie schon so weit fortgeschritten war?

Das Sprenggel wurde gezündet. Eine Stichflamme beleuchtete kurz die in der Vorhalle verstreuten Leichen, als die Haupttür nachgab und nach innen fiel. Dread stellte das Fenster ab, das ihm die Eigenperspektive des Objekts lieferte; auf dem Tonkanal meldete Spur zwei kurz die erfolgreiche Einnahme der Wachdienstzentrale.

»Das wär's, meine Herren«, sagte er vergnügt. »Wir haben unsere Einladungen vergessen, deshalb müssen wir uns selber reinlassen.«

Als er durch den verschmorten Türrahmen trat, blieb er einen Moment stehen, um die in Schutt gelegte Sammlung von Steinmetzarbeiten der Mayas zu inspizieren, die leider zu nahe am Eingang gestanden hatte. Er wies den größten Teil seines Trupps an, nach verbliebenen Wachmännern zu suchen und das Hauspersonal zusammenzutreiben, dann nahm er sich einen Sprengmeister und zwei Kampfsoldaten und begab sich zum Labor im Keller.

Während der Sprengstoffspezialist sich kniend vor der Labortür zu schaffen machte, hörte Dread wieder in die Besprechung hinein, aus der mittlerweile ein chaotisches Stimmengewirr geworden war.

»Spur drei«, sagte er, »in etwa einer Minute wird die Leitung des Objekts frei werden. Ich will, daß sie unbedingt offen bleibt und daß die übrigen Gäste, wenn irgend möglich, so lange in der Simulation gehalten werden, bis wir festgestellt haben, wer sie sind. Ist das klar?«

»Jawohl, verstehe.« Celestino klang angespannt und aufgeregt, was Dread einen Moment lang beklommen machte, aber bis jetzt war an dem Kolumbianer nichts auszusetzen. Nur ein Ausnahmemensch bekam nicht wenigstens ein bißchen Herzflattern, wenn er an einem kriminellen bewaffneten Überfall großen Stils teilnahm.

Dread und die anderen verzogen sich nach hinten in den Flur, dann drückte der Sprengmeister auf seinen Sender. Die Wände bebten nur ein klein wenig, als das Hammergel die schwere Sicherheitstür verbog, so daß sie wie eine vertrocknete Scheibe Brot aussah. Sie stießen sie mit dem Fuß beiseite und traten ein. Der weißhaarige Mann, der still in einem Polstersessel gelegen hatte, hatte offenbar die Vibration der kontrollierten Explosion gefühlt und war dabei, sich aufzurappeln. Seine Frau, die auf der anderen Seite des Labors in ihrem Sessel lag, war immer noch in die VR eingetaucht, kenntlich an ihren sanften Zuckungen.

Bolívar Atasco, der sich noch nicht völlig aus der Simulation mit ihrer Lähmung der äußeren physischen Reaktionen gelöst hatte, stolperte ein wenig. Er blieb stehen, taumelte und starrte Dread an, als meinte er, ihn erkennen zu müssen.

Du bist soeben dem Todesengel begegnet, und er ist ein Fremder. Er ist immer ein Fremder. Dieser Spruch aus irgendeinem obskuren Interaktivdrama kam Dread plötzlich in den Sinn, und er mußte grinsen. Als Atasco den Mund aufmachte, um etwas zu sagen, winkte Dread mit dem Finger, und der Soldat neben ihm schoß dem Ethnologen zwischen die Augen. Dread trat vor, zog die Buchse aus Atascos Neurokanüle und deutete dann auf die Frau. Der andere Soldat trat gar nicht erst näher heran, sondern stellte seine Trohner auf Automatik und mähte sie nieder, daß das Kabel aus ihrem Hals flog und sie wie ein blutiger Sack auf den Boden plumpste. Auftrag ausgeführt.

Dread musterte die beiden Leichen kurz und schickte dann die beiden Schützen nach oben zu den anderen. Er schaltete sich gerade rechtzeitig in die Simulation zurück, um eine neue Stimme zu hören.

»*Ein Fluchtversuch wäre eine ausgesprochen dumme Idee.*«

Es war eine unbekannte Stimme, die durch einen Übersetzer lief. Er brauchte ein Weilchen, um zu erkennen, daß es Celestinos war.

»*Ich fürchte, die Atascos mußten uns frühzeitig verlassen*«, sagte der Gearmann durch Atascos enteigneten Sim. »*Aber keine Bange. Wir denken uns was aus, um euch weiter gut zu unterhalten.*«

»Scheißkerl!« schrie Dread. »Gottverdammter Idiot, mach, daß du da rauskommst!« Keine Reaktion. Celestino hatte den Befehlskanal nicht an. Wut dehnte sich in Dread aus wie siedender Dampf. »Dulcy! Bist du da?«

»Bin ich.«

»Hast du eine Kanone?«

»Äh ... ja.« Ihre Stimme deutete darauf hin, daß sie immer eine dabeihatte, aber sie nicht benutzte.

»Geh rein und erschieß das miese Schwein! Sofort!«

»Erschießen ...?«

»Sofort! Womöglich hat er gerade den wichtigsten Teil dieser ganzen Sache himmelhoch in die Luft gejagt. Mach zu. Du weißt, daß ich dich decken werde.«

Nachdem sie ohnehin schon hoch in Dreads Achtung stand, stieg Dulcinea Anwin hiermit noch höher. Er hörte keinen Laut mehr von ihr, bis auf dem Tonkanal von Spur drei etwas mit lautem Knall explodiert war.

»Und jetzt?« Schwer atmend war sie wieder in der Leitung. »Meine Herren, das hab ich noch nie gemacht.«

»Dann sieh nicht hin. Geh wieder ins Nebenzimmer, du kannst dich auch von dort reinschalten. Ich will wissen, wer in dieser Simulation ist. Such mir die Leitungen nach außen. Vor allen Dingen müssen wir eine dieser Leitungen kriegen - nur eine -, in die wir uns einhaken können.«

Sie holte zitternd Atem, dann hatte sie sich gefaßt. »Alles klar.«

Während er wartete, untersuchte Dread das Labor der Atascos. Teures Zeug. Unter anderen Umständen hätte es ihm nichts ausgemacht, einiges davon mitgehen zu lassen, obwohl es strikt gegen die Anweisungen des Alten Mannes gewesen wäre. Aber er roch einen fetteren Braten. Er gab dem Sprengmeister, der im Gang stand und eine schlanke schwarze Zigarre rauchte, ein Zeichen.

»Verkabeln.«

Der Mann drückte die Zigarre am Boden aus und heftete dann Klümpchen aus Anvax-Gel an mehrere über das Zimmer verteilte Punkte. Sobald Dread und Dulcy Atascos Festspeicher völlig leergeräumt hatten, würde er den Sprengsatz fernzünden.

Er stieg gerade die Treppe hinauf, als Dulcy Anwin sich wieder online meldete. »Ich hab eine gute und eine schlechte Nachricht. Welche zuerst?«

Sein Grinsen war ein Reflex, eher Hunger als Humor. »Ich kann eine schlechte Nachricht verkraften. Es hat heute abend noch nicht viele gegeben.«

»Ich krieg die meisten von diesen Leuten nicht zu fassen. Es scheint mehrere verschiedene Setups zu geben, aber die meisten sind aufspürsicher. Es sind keine Replikanten, würde ich meinen, aber sie benutzen eine Art Blindrelaissystem - es sind wenigstens zwei anonyme Router im Spiel, dazu andere, noch merkwürdigere Sachen. Wenn ich sie alle ein paar Tage lang an einem Ort hätte, könnte ich was aufdröseln, aber ansonsten keine Chance.«

»Sie fangen schon an, sich zu verlaufen. Wahrscheinlich sind sie in wenigen Minuten offline. Aber du hast gesagt ›die meisten‹. Ist das die gute Nachricht?«

»Ich hab einen davon im Visier. Vom Objekt als Gast reingeholt. Kein Relais, keine trickreichen Umwege. Der Haken ist schon drin.«

Dread tat einen tiefen Atemzug. »Prima. Das ist sehr gut. Ich will, daß du die Person rasch aufspürst und dir dann ihren Index reinholst. Kriegst du das hin?«

»Wann soll das geschehen?«

»Sofort. Ich will, daß du mit diesem Haken den Benutzer, oder die Benutzerin, abschaltest und offline beförderst und dann den Sim selbst in Besitz nimmst. Überflieg den Index – ganz schnell, wir erstellen später eine bessere Version –, und merk dir, was du kannst. Egal, wer er oder sie ist, das bist dann *du*. Alles klar?«

»Du willst, daß ich mich als diese Person ausgebe? Was ist mit der ganzen Datenarbeit, die wir zu tun haben?«

»Die mach ich selber. Ich muß sie selber machen. Keine Bange, ich schick demnächst eine Ablösung. Menschenskind, wenn ich die Daten erst einmal unter Dach und Fach habe, werde ich dir diesen Haken wahrscheinlich persönlich abnehmen.« Der Schmerz in seinem Kopf, die Nachwirkung des Drehs, war inzwischen fast völlig vergangen. Dread hatte plötzlich das Bedürfnis nach Musik und erzeugte eine donnernde, martialische Melodie. Er hatte etwas, was der Alte Mann nicht hatte, hielt es fest zwischen den Zähnen und würde es bis zum Jüngsten Tag nicht loslassen. »Wenn von den andern Teilnehmern der Konferenz, oder was es sonst war, welche in der Simulation bleiben, bleibst du auch. Verhalte dich schweigsam. Zeichne alles auf.« Er schmiedete bereits eifrig Pläne. Sobald er wußte, wo die Person hinter dem Sim lebte, würde er ihn oder sie überprüfen und sich vorknöpfen, nicht unbedingt in dieser Reihenfolge. Er hatte jetzt einen Platz in der ersten Reihe – ach was, jubilierte er innerlich, eine Hauptrolle – bei einer mysteriösen Verschwörung, vor der der Alte Mann eine Heidenangst hatte. Außerdem schienen die Verschwörer viel mehr als er selbst darüber zu wissen, was der Alte Mann und seine Freunde im Schilde führten. Es war überhaupt nicht abzusehen, als wie wertvoll sich die kleine List letzten Endes erweisen würde.

Meine Zeit ist endlich gekommen. Er lachte.

Aber er mußte alles kristallklar haben, narrensicher. Selbst die tüchtige Frau Anwin konnte in diesem ganzen Durcheinander einen Fehler machen. »Hast du auch bestimmt alles verstanden?« fragte er sie. »Du läßt diesen Sim um jeden Preis weiteragieren, bis ich dich ablöse. Du *bist* diese Person. Und mach dir wegen der Überstunden keine Sorgen - es soll dein Schade nicht sein, Dulcy Baby.« Er lachte wieder. Seine anfänglichen Vorstellungen von Dulcinea als Opfer waren von dem Gedanken an eine Jagd abgelöst worden, die gottvoller war als alles, was er vorher hätte ahnen können. »Mach dich dran. Ich komme, sobald ich diese Sache hier zu Ende gebracht habe.«

Mit großen Schritten nahm er die Treppe und durchmaß die riesige Eingangshalle. Es gab Daten zu sichten, jede Menge Daten. Er mußte sich darum kümmern, bevor er sich weiter mit dem Sim beschäftigen konnte, mußte so viel davon durcharbeiten, wie er konnte, bevor sie an den Alten Mann und seine Bruderschaft gingen. Er wollte plötzlich sehr dringend wissen, was Atasco gemacht und was Atasco gewußt hatte. Das bedeutete noch einmal eine Nacht ohne Schlaf, aber das war es zweifellos wert.

Am Fuß der Haupttreppe hockte die steinerne Statue eines Jaguars, klobig und expressionistisch, auf einem Sockel. Dread tätschelte sein fauchendes Maul, damit es ihm Glück brachte, und nahm sich noch vor, die Beseitigung von Celestinos Leiche auf die Aufgabenliste des Aufräumkommandos zu setzen.

Kapitel

Ein neuer Tag

NETFEED/NACHRICHTEN:
Krittapong USA verlangt mehr Sitze
(Bild: das Capitol in Washington, C.m.)
Off-Stimme: Krittapong Electronics, USA, droht
damit, den US-Senat mit einem Filibuster lahm-
zulegen, wenn es keine stärkere Vertretung erhält.
(Bild: Krittapong-PR-Chef Porfirio Vasques-Lowell
auf einer Pressekonferenz)
Vasques-Lowell: "Im Repräsentantenhaus richtet sich
die Sitzeverteilung nach der Bevölkerungszahl, und
die größten Bundesstaaten erhalten die meisten
Sitze. Der Senat ist das Organ der Wirtschaft.
Krittapongs Bruttowert hat sich in dem Jahrzehnt
seit der Verabschiedung des Industrial Senate
Amendment wenigstens verfünffacht, deshalb stehen
uns auch mehr Sitze zu. Ganz einfach. Und wir
würden auch gern einmal ein Wörtchen mit unseren
Kollegen im britischen House of Enterprise reden."

> Die Merkwürdigkeiten nahmen kein Ende. Orlando, der sich zwischendurch einmal aufgerafft hatte, um den anderen die Situation begreiflich zu machen, konnte jetzt nur noch mit stierem Blick zusehen, wie der Wahnsinn im Raum eskalierte.

Ihre Gastgeber waren verschwunden – die Atascos aus ihren virtuellen Körpern, Sellars ganz. Eine Frau gegenüber am Tisch gab ein anhaltendes Schmerzensgeheul von sich, das ebenso herzzerreißend wie furchterregend war. Einige der Gäste in ihren Sims saßen wie Orlando völlig sprachlos da. Andere schrien sich an wie Irrenhäusler.

»Fredericks?« Er drehte seinen hämmernden Kopf und schaute nach seinem Freund. Die nächste Fieberwelle kroch an ihm hoch, und trotz des unglaublichen Chaos mußte er auf einmal gegen das zähe Ziehen des Schlafs ankämpfen. »Fredericks? Wo bist du?« Der wehleidige Ton seiner Stimme war ihm zuwider.

Sein Freund tauchte hinter dem Tisch auf, die Hände über den Ohren. »Die ganze Chose dumpft *ultra*, Orlando. Wir müssen hier raus.«

Das Schreien legte sich, aber das aufgeregte Geplapper ging weiter. Orlando gab sich einen Ruck. »Wie denn? Du hast mir erzählt, wir könnten nicht offline gehen. Außerdem, hast du nicht gehört, was dieser Sellars gesagt hat?«

Fredericks schüttelte mit Nachdruck den Kopf. »Hab ich, aber es interessiert mich nicht. Komm.« Er zog Orlando am Arm, als es plötzlich still im Raum wurde. Über Fredericks' Schulter hinweg sah Orlando, daß Atasco sich wieder bewegte.

»*Ich hoffe, keiner von euch denkt daran abzuhauen.*« Jemand steckte in dem Sim, aber es war nicht Atascos Stimme. »*Ein Fluchtversuch wäre eine ausgesprochen dumme Idee.*«

»O nein. O Gott«, stöhnte Fredericks. »Das ist doch ... wir sind ...«

Am oberen Ende des Tisches geschah etwas. Es geschah so schlagartig, daß Orlando es gar nicht richtig mitbekam, aber Atascos Frau verschwand aus seinem Blickfeld. »*Ich fürchte, die Atascos mußten uns frühzeitig verlassen*«, fuhr die neue Stimme mit einem hörbaren Gefallen an der eigenen Verruchtheit fort, das an einen Trickfilmbösewicht erinnerte. »*Aber keine Bange. Wir denken uns was aus, um euch weiter gut zu unterhalten.*«

Eine ganze Weile rührte sich niemand. Ein erschrockenes Raunen lief durch die Schar der Gäste, als Atasco - oder die Hülle, die Atasco vorher beherbergt hatte - sie einen nach dem anderen ins Auge faßte. »*So, jetzt sagt mir schön eure Namen, und wenn ihr euch kooperativ zeigt, werde ich vielleicht gnädig sein.*«

Die exotische Frau, die Orlando schon vorher aufgefallen war, die hochgewachsene mit der Hakennase, die er im stillen Nofretete getauft hatte, schrie: »Fahr zur Hölle!« Durch seinen Fiebernebel hindurch bewunderte Orlando ihren Mut. Mit ein klein wenig Phantasie konnte er sich das alles beinahe als ein besonders kompliziertes und ausgefallenes Spiel vorstellen. In dem Fall wäre Nofretete eindeutig die »Kriegerprinzessin«. Sie hatte sogar einen Famulus, falls der sprechende Affe zu ihr gehörte.

Und ich? Gibt es eine Kategorie »Sterbender Held«?

Fredericks hielt den Arm von Orlandos Sim so fest umklammert, daß er trotz der betäubenden Krankheit und der vermittelnden Apparatur den Schmerz tatsächlich fühlen konnte. Er versuchte abermals, den Griff seines Freundes abzuschütteln. Es war Zeit, sich zu erheben. Es war Zeit, auf den Füßen stehend im letzten Gefecht zu sterben. Thargor hätte auf die Art abgehen wollen, auch wenn er bloß eine imaginäre Figur war.

Orlando stand schwankend auf. Die Augen des falschen Atasco richteten sich auf ihn, doch plötzlich kippte der Kopf mit der Federkrone nach vorne, wie von einer unsichtbaren Keule getroffen. Der Gottkönig erstarrte abermals, dann stürzte er blitzartig zu Boden. Wieder erhob sich ein entsetzter Tumult unter den Gästen. Orlando tat ein paar benommene, taumelnde Schritte, dann nahm er sich zusammen und ging durch den Saal auf Nofretete und ihren Affenfreund zu. Er mußte sich an dem schwarzgekleideten Clown namens Sweet William vorbeischieben, der sich mit dem funkelnden Kampfrobotersim stritt. Sweet William warf Orlando einen verächtlichen Blick zu, als sie Schulter an Schulter stießen.

Dieser Spinner wäre genau der richtige für den Palast der Schatten, dachte Orlando. *Mann, wahrscheinlich würden sie ihn dort zum Papst machen.*

Als er bei Nofretete ankam, hatte Fredericks, der ganz deutlich inmitten dieses Irrsinns nicht alleingelassen werden wollte, ihn eingeholt. Die dunkelhäutige Frau kauerte neben der Frau, die geschrien hatte, hielt ihre Hand und versuchte sie zu beruhigen.

»Hast du eine Ahnung, was hier läuft?« fragte Orlando.

Nofretete schüttelte den Kopf. »Aber etwas ist offensichtlich schiefgegangen. Ich denke, wir müssen hier irgendwie raus.« Er war sich nicht sicher, aber er hatte das Gefühl, ihr Akzent hörte sich afrikanisch oder karibisch an.

»Endlich mal ein vernünftiges Wort!« sagte Fredericks grimmig. »Ich bin schon ...«

Er wurde von einem überraschten Aufschrei unterbrochen. Alle drehten sich zur Eingangsseite um, wo der weiße Schemen von Sellars' Sim wieder aufgetaucht war. Er streckte seine formlosen Hände in die Luft, und die Leute in seiner Nähe wichen ängstlich zurück.

»Bitte! Hört mir zu!« Zu Orlandos Erleichterung klang er ausgesprochen nach Sellars. »Bitte, wir haben nicht viel Zeit!«

Die Sims drängten sich vor und sprudelten sofort Fragen heraus. Nofretete schlug mit den Fäusten auf den Tisch und forderte lautstark Ruhe. Ein paar andere unterstützten sie - darunter zu Orlandos Überraschung auch Sweet William. Binnen kurzem war es still im Raum.

»Ich weiß nicht wie, aber offenbar ist man uns auf die Spur gekommen.« Sellars gab sich alle Mühe, ruhig und gefaßt zu klingen, aber es gelang ihm nur schwer. »Die Insel - der Wohnsitz der Atascos in der wirklichen Welt - ist überfallen worden. Unsere Gastgeber sind beide tot.«

Die Person im Roboter ließ einen Schwall drastischer Goggleboyflüche vom Stapel. Jemand anders schrie vor Schreck auf. Orlando spürte ringsherum die Hysterie hochschlagen. Wenn er sich wie sein normales Thargor-Ich gefühlt hätte, wäre es jetzt an der Zeit gewesen, ein paar von diesen Säfteln ein bißchen Verstand und Selbstbeherrschung einzubleuen. Aber nicht nur fühlte er sich nicht wie Thargor, er war selber einigermaßen entsetzt.

Sellars suchte die Panik niederzuhalten. »Bitte. Denkt daran, der Überfall findet in Cartagena in Kolumbien statt - in der wirklichen Welt, nicht hier. Ihr seid nicht in unmittelbarer Gefahr. Aber wir dürfen uns nicht ausfindig machen lassen, sonst wird die Gefahr sehr, sehr real werden. Ich nehme an, daß dieser Anschlag das Werk der Gralsbruderschaft ist und daß diese Leute wissen, wonach sie suchen. Wenn dem so ist, bleiben uns nur wenige Minuten, bevor sie uns zu fassen haben.«

»Was sollen wir also tun?« Es war der Affe, dessen singsangartige Stimme ruhiger war als die aller anderen. »Wir haben kaum angefangen, über Anderland zu sprechen.«

»Anderland? Was soll dieses unsinnige Gewäsch?« schrie die Frau, die vorher auf Atasco losgegangen war. »Wir müssen hier raus! Wie kommen wir offline?« Wie geplagt von unsichtbaren Insekten fummelte sie an ihrem Nacken herum, aber konnte ganz offenbar ihre Neurokanüle nicht finden.

Der nächste Tumult brach aus, weil allem Anschein nach auch sonst niemand die Simulation verlassen konnte. »Ruhe!« Sellars erhob die Hände. »Wir haben kaum noch Zeit. Wenn eure Identitäten geschützt bleiben sollen, muß ich mich an die Arbeit machen. Ich kann nicht hierbleiben, und ihr genauso wenig. Temilún wird euch keine Zuflucht bieten - die Bruderschaft wird es in Stücke reißen. Ihr müßt fort und nach Anderland hinein. Ich werde zusehen, daß ihr verborgen bleibt, bis ihr einen Weg findet, das Netzwerk ganz zu verlassen.«

»Aber wie sollen wir denn fort, und sei es nur aus dieser Stadt?« Genau wie ihrem vierbeinigen Helfer gelang es Nofretete nicht schlecht, ihre Emotionen im Zaum zu halten, aber Orlando konnte hören, wie ihr die Zügel zu entgleiten drohten. »Dieses Temilún ist so groß wie ein kleines Land. Sollen wir bis zur Grenze laufen? Und wie kommt man hier überhaupt von einer Simulation zur andern?«

»Der Fluß ist die Grenze«, sagte Sellars, »aber er ist auch der Übergang von einer Simulation zur nächsten.« Er stockte einen Moment und dachte nach, dann beugte er sich über Atascos Sim, der leblos auf den Steinplatten lag. Als er sich wieder aufrichtete, hielt er etwas in der Hand. »Nehmt dies – es ist Atascos Siegelring. Unten im Hafen liegt, glaube ich, ein königliches Staatsschiff.«

»Das hab ich gesehen«, rief Orlando. »Es ist groß.«

»Denkt daran, Atasco ist hier der Gottkönig, der Herr und Gebieter. Wenn ihr es mit seinem Ring befehlt, werden sie euch auf den Fluß hinausfahren.« Sellars reichte Nofretete den Ring. Eine neue Welle lähmender, benebelnder Wärme rollte durch Orlandos Körper. Seine Augen fielen halb zu.

»Zur Abwechslung mal 'ne Flußpartie?« ereiferte sich Sweet William. »Was ist das für ein Film, Huckleberry Fickfackfinn? Wo sollen wir hinfahren? Du hast uns da reingeritten, du Irrer – wie willst du uns wieder rausholen?«

Sellars streckte beide Hände aus, so daß es mehr wie eine Segnung aussah als wie ein Appell, Ruhe zu bewahren. »Wir haben keine Zeit mehr zum Reden. Unsere Feinde sind schon dabei, die Abwehr zu durchlöchern, die ich aufgebaut habe. Es gibt viel, was ich euch noch sagen muß. Ich werde alles tun, um euch wiederzufinden.«

»Uns *wiederfinden*?« Fredericks trat einen Schritt vor. »Du wirst nicht wissen, wo wir sind?«

»Wir haben keine Zeit mehr!« Zum erstenmal wurde Sellars laut. »Ich muß los. Ich *muß* los!«

Orlando zwang sich, etwas zu sagen. »Gibt es irgendwas, womit wir diese Leute aufhalten können – oder wenigstens rausfinden, was sie treiben? Wir können nicht ... nicht auf die Suche gehen, ohne ein Ziel der Suche zu haben.«

»Ich war auf das hier nicht vorbereitet.« Sellars holte bebend Atem; seine formlose Gestalt schien regelrecht einzufallen. »Es gibt einen Mann namens Jonas. Er war ein Gefangener der Gralsbruderschaft, die sein Bewußtsein in einer Simulation festhielt. Es gelang mir, ihn in seinen Träumen zu erreichen. Ich verhalf ihm zur Flucht. Sucht nach ihm.«

»Nach irgend'nem seyi-lo Netzheini solln wir rumschnüffeln?« Der Kampfroboter fuchtelte mit den Armen, daß die scharfen Klingen an den Gelenken blitzten. »Während die uns abmurksen wollen? Du crählst echt *trans*!«

»Nicht zu glauben, daß ich mit diesem Blechjüngling hier was gemeinsam haben soll«, sagte Sweet William mit einem Anflug von Panik in der Stimme, »aber ich muß ihm recht geben. Wovon redest du eigentlich?«

Sellars hob abermals beide Arme hoch. »Jonas weiß etwas - er muß etwas wissen! Die Bruderschaft hätte ihn längst umgebracht, wenn er nicht wichtig wäre. Findet ihn! Los jetzt!«

Der Chor der Fragen erhob sich erneut, aber Sellars' Sim leuchtete jäh auf und verschwand.

Fredericks schüttelte niedergeschlagen den Kopf. »Das ist fürchterlich - wie 'ne Geschichte, in der alles schlecht ausgeht.«

»Wir müssen los.« Orlando faßte den Arm seines Freundes. »Komm - was haben wir für eine Wahl?« Er sah, daß Nofretete und der Affe ihrer Freundin auf die Füße halfen. »Wir gehen mit ihnen.« Er stand auf, aber brauchte einen Moment, um sicher zu sein, daß er sich auf den Beinen halten konnte. Das Fieber hatte ein wenig nachgelassen; er fühlte sich schwach, aber sein Kopf war klarer. »Wir gehen zum Schiff, wie Sellars gesagt hat.« Orlando erhob seine Stimme. »Ihr andern könnt machen, was ihr wollt. Aber *ich* würde nicht hierbleiben, solange sie mich noch nicht aufgespürt haben. Also wer mitkommt, soll mir folgen.«

Sweet William schlug sich seinen Umhang über die Schulter. »Oi, Herzblättchen, wer hat *dich* denn zum Kronprinz gekürt?«

Der Affe war wieder auf den Tisch gehopst. »Die Zeit für Debatten ist um«, sagte er. »Dieser Mann hat recht - kommt mit oder bleibt hier.«

»Wir können nicht einfach hier rausstürmen.« Nofretete runzelte die Stirn. »Wenn wir das tun, werden sie hier drin nachforschen kommen.«

»Nachforschen?« Die Frau auf der anderen Tischseite hatte einen leicht schrillen Ton. »Sie forschen doch schon nach uns - das hat er eben erklärt.«

»Ich meine die Leute *hier*«, sagte Nofretete. »Draußen in der realen Welt hat die Bruderschaft, oder wer auch immer, Atasco kaltgestellt.

Aber hier drin wissen die Bürger von Temilún nicht, daß sie nicht real sind, und es kümmert sie überhaupt nicht, was im RL passiert. Sie meinen, wir hätten eine Unterredung oder sonstwas mit ihrem König. Wenn wir rauspreschen wie auf der Flucht, schaffen wir es nie bis zum Hafen.«

Orlando nickte langsam, und seine ursprüngliche hohe Meinung von ihr kletterte noch eins höher. »Versteckt den Körper«, sagte er. »Beide Körper.«

Es dauerte eine ganze Weile, denn in der Simulation hatten die verlassenen Sims die Schwere und Sperrigkeit von Leichen - von Leichen in fortgeschrittener Totenstarre, wie Orlando feststellte, während er half, Frau Atasco vom Fleck zu bewegen, deren eckige Sitzhaltung die Aufgabe noch erschwerte. Das bißchen Kraft, das er noch besaß, schwand beim Herumzerren der Körper rasch dahin, und er hatte keine Ahnung, wie weit sie zu gehen hatten. Er trat seine Position als Ad-hoc-Leichenträger an Fredericks ab und beteiligte sich dafür an der Suche nach einem geeigneten Versteck. Der Pavian entdeckte hinter einem Wandschirm einen kleinen Vorraum, und die übrigen verfrachteten dankbar die Sims der Atascos hinein.

Trotz Sweet Williams offensichtlichem Mißfallen schloß sich die Schar Orlando und Nofretete an. »Verhaltet euch jetzt ruhig!« sagte die hochgewachsene Frau, als sie an die Tür kamen.

Die Wachen traten zurück, als die Gäste hinausdefilierten. Orlando vermerkte anerkennend, daß Fredericks bei aller Niedergeschlagenheit eine starre, undurchdringliche Miene bewahrte. Einige der anderen jedoch konnten ihre Furcht weniger gut verbergen, und die scharfen Blicke der Wachen aus nächster Nähe taten ein Übriges. Jemand hinter Orlando versuchte, ein Schluchzen zu unterdrücken, und auch die Wachen hörten es, denn ihre Köpfe fuhren herum und hielten Ausschau nach der Herkunft des Geräuschs.

Orlando trat auf den Leibgardisten mit dem höchsten Helm und dem längsten und leuchtendsten Federumhang zu, in dem er den Hauptmann vermutete. Er ging innerlich sein Mittlandvokubular nach Wörtern durch, die passend melodramatisch klangen.

»Unseren Anliegen ward nicht stattgegeben«, sagte er. »Der Große und Heilige in seiner Weisheit beschied uns, die Zeit sei noch nicht reif.« Er hoffte, er hörte sich enttäuscht und dabei doch geehrt an, daß ihnen überhaupt eine Audienz gewährt worden war. »Gesegnet sei er.«

Der Hauptmann der Leibgarde zog eine Augenbraue hoch. Mit flatternden Troddeln und Spitzen trat Sweet William vor, und die andere Braue des Hauptmanns ging ebenfalls nach oben, während Orlandos Herz sich in die Gegenrichtung bewegte. »Ja, gesegnet sei er«, sagte die schwarzgewandete Erscheinung mit einem ziemlich respektablen Versuch, demütig zu klingen. »Ehrlich gesagt, hat unsere bescheidene Gesandtschaft ihn verärgert, und wiewohl er seinen Zorn gütigst bezähmt hat, damit wir in unser Land zurückkehren und unseren Herren den Willen des Gottkönigs mitteilen können, ist sein Mißfallen über unsere Herren groß. Er läßt befehlen, ihn bis Sonnenuntergang nicht zu stören.«

Im Geiste kreuzte Orlando sich Sweet Williams Namen an. Der Bursche war flink und gewieft, wenn er wollte, das mußte man ihm lassen.

Der Hauptmann schien nicht restlos überzeugt zu sein. Er befingerte die steinerne Schneide einer Axt, die trotz aller Anzeichen modernerer Technik ringsherum durchaus keinen zeremoniellen Eindruck machte. »Aber es ist bereits Sonnenuntergang.«

»Ach«, sagte Sweet William, kurzfristig aus dem Konzept gebracht. »Sonnenuntergang.«

Orlando sprang ein. »Unsere Beherrschung eurer Sprache ist sehr mangelhaft. Zweifellos meinte der Gottkönig ›Sonnenaufgang‹. Auf jeden Fall wünschte er, nicht gestört zu werden.« Orlando beugte sich in schönster Verschwörermanier vor. »Unter uns gesagt, er war sehr, *sehr* ungehalten. Ich möchte nicht derjenige sein, der seine Gedanken unterbricht und ihn noch ungehaltener macht.«

Der Hauptmann nickte leicht, die Stirn weiter gerunzelt. Orlando schloß sich dem Ende der Schar an, das Sweet William bildete.

»Nicht schlecht, mein Lieber«, flüsterte William bühnenreif über die Schulter, als sie außer Hörweite waren. »Wir könnten zusammen auftreten - ›Die zwei Virtualos‹ oder so. Kannst du singen?«

»Geh weiter«, sagte Orlando.

Als sie die Rotunde direkt vor dem Ausgang erreicht hatten, eilte Orlando nach vorn. Die hochgewachsene Frau war deutlich verstimmt über das langsame Tempo ihrer behinderten Freundin, aber tat ihr Bestes, um eine würdevolle Haltung zu bewahren.

»Weißt du, wohin wir von hier aus gehen?« fragte Orlando flüsternd.

»Keine Ahnung.« Sie sah ihn kurz an. »Wie heißt du? Du hast es schon mal gesagt, aber ich hab's vergessen.«

»Orlando. Und du?«

Sie zögerte, dann sagte sie: »Ach Gott, das ist jetzt auch schon egal. Renie.«

Orlando nickte. »Ich hab dich im stillen Nofretete genannt. Renie ist einfacher.«

Sie warf ihm einen befremdeten Blick zu, dann betrachtete sie ihre langfingerige Hand. »Ach so. Der Sim. Na klar.« Sie sah zu den riesigen Türflügeln auf, vor denen sie angekommen waren. »Und jetzt? Sollen wir uns einfach draußen vor der Tür umtun und fragen, wo der Hafen ist? Aber selbst wenn wir es erfahren, wie kommen wir dorthin? Ich weiß, daß es Busse gibt - ich bin in einem gefahren -, aber irgendwie kommt es mir verrückt vor, mit dem Bus ums Leben zu fliehen.«

Orlando drückte gegen die Tür, aber bekam sie nicht auf. Erst als Fredericks sich mit dagegenstemmte, schwang sie weit auf und gab den Blick auf eine mit Straßenlaternen gesäumte Allee frei, die vom Fuß der breiten Treppe ausging.

Orlando war schon ein wenig kurzatmig. »Mit dem Bus zu fliehen, wäre nicht das Verrückteste, was uns bis jetzt passiert ist«, sagte er.

»Und es wäre wahrscheinlich auch nicht das Schlimmste«, fügte Fredericks hinzu.

> Felix Jongleur, derzeit häufiger Osiris genannt, Herr über Leben und Tod, versuchte sich darüber klarzuwerden, wo er sich befand.

Seine Verwirrung war nicht die eines Menschen, dessen Bewußtsein getrübt war oder der sich verirrt hatte, sondern vielmehr ein ziemlich verzwicktes philosophisches Dilemma, denn sie betraf eine Frage, mit der er sich oft in Zeiten der Muße herumschlug.

Was er rings um sich herum erblickte, war die monumentale Großartigkeit des Westlichen Palastes, durch dessen hohe Fenster ewiges Dämmerlicht schien. Vor ihm zu beiden Seiten des Tisches saßen die zwei Reihen von Tiergesichtern, die seine Mitarbeiter darstellten, die Götterneunheit. Aber wenn er einen tiefen, besinnlichen Atemzug im Westlichen Palast tat, verrichteten gleichzeitig seine tatsächlichen Lungen aus Fleisch und Blut, zusammen mit seinem übrigen Körper, ihre Arbeit in einer abgedichteten Überdruckkammer im höchsten Turm seines abgeschiedenen Anwesens in Louisiana. (Die Lungen wurden in ihrer Tätigkeit von einigen der besten medizinischen Gerätschaften unterstützt, die man sich mit Geld kaufen konnte, denn die Lungen des Gottes waren sehr, sehr alt, doch das war die Crux eines vollkommen anderen metaphysischen Problems.) Somit blieb wie immer die Frage bestehen: Wo war *er*, Felix Jongleur, der Beobachter, der weißglühende Punkt im Zentrum der Kerzenflamme?

In dem Maße, als sein fleischlicher Körper in der wirklichen Welt angesiedelt war, befand er sich im südlichsten Teil der Vereinigten Staaten. Aber geistig lebte er nahezu ausschließlich in virtuellen Welten, hauptsächlich in seiner Lieblingswelt, einem imaginären Ägypten mitsamt einem Pantheon von Göttern, deren Oberhaupt er war. Wo also befand er sich in Wahrheit? An den Ufern des Lake Borgne in Louisiana in einem neugotischen Phantasieschloß, errichtet auf trockengelegtem Sumpfland? In einem elektronischen Netzwerk in einem noch phantastischeren Schloß im mythischen Westen Ägyptens? Oder an noch einem anderen, schwieriger zu benennenden oder zu lokalisierenden Ort?

Jongleur unterdrückte ein leises Seufzen. An diesem Tag war ein solches Herumspintisieren ein Zeichen fast unverzeihlicher Schwäche. Er war ein wenig beklommen, obwohl das kaum verwunderlich war: Was in dieser Zusammenkunft geschah, würde Auswirkungen nicht nur auf das Ziel seines Lebens, sondern möglicherweise auf die Geschichte der Menschheit im ganzen haben. Das Gralsprojekt, einmal abgeschlossen, würde geradezu unglaublich weitgehende Konsequenzen haben, deshalb war es unerläßlich, daß er die Kontrolle behielt: Seine persönliche entschlossene Weitsicht war schon so lange bestimmend, daß das Projekt ohne ihn gut und gern zum Scheitern verurteilt sein konnte.

Er fragte sich, ob der Widerstand gegen seine lange Herrschaft über die Bruderschaft zum Teil vielleicht nichts weiter war als die Sucht nach Neuheit. Bei ihrem ganzen Reichtum und ihrer ungeheuren persönlichen Macht hatten die Mitglieder der Neunheit noch viele andere allzumenschliche Anfälligkeiten erkennen lassen, und es war schwer, die Geduld mit einem Projekt zu behalten, das sich schon über so viele Jahre hinzog.

Vielleicht hatte er ihnen in letzter Zeit nicht genug Schaueinlagen geboten.

Eine Bewegung weiter unten am Tisch riß ihn aus seinen Gedanken. Eine groteske Gestalt mit dem glänzenden Kopf eines Käfers erhob sich und hüstelte höflich. »Könnten wir vielleicht anfangen?«

Jongleur war wieder Osiris. Der Herr über Leben und Tod neigte sein Haupt.

»Zunächst einmal«, sagte der Käfermann, »ist es mir ein Vergnügen, abermals in eurer Gesellschaft zu sein – unter Gleichen.« Der runde braune Kopf drehte sich und beäugte die ganze Runde. Der Gott konnte sich kaum das Lachen über das bemühte Gehabe politischer Würde verkneifen, das durch die opaken Glupschaugen und die zitternden Mundwerkzeuge stark an Wirkung einbüßte. Osiris hatte Ricardo Klements Gottpersona sorgfältig ausgewählt: Der Käfer Chepri war ein Aspekt des Sonnengottes, aber dem zum Trotz war er immer noch ein Mistkäfer, ein Wesen, das sein Leben damit zubrachte, Bällchen aus Scheiße zu rollen, womit der Argentinier aufs trefflichste charakterisiert war. »Wir haben heute so viel zu diskutieren, daß ich keine Zeit mit überflüssigen Worten verschwenden möchte.« Klement wackelte mit dem Kopf wie ein Insekt hinter der Ladentheke aus einem Kinderbuch – ein besonders passender Vergleich, da sein riesiges Vermögen dem Schwarzmarkthandel mit Organen entstammte.

»Dann laß es.« Sachmet schob ihre Krallen heraus und kratzte sich geziert am Kinn. »Was hast du für ein Anliegen?«

Falls der Käfer erkennbare Gesichtszüge besessen hätte, wäre der Blick, den er ihr zuwarf, vielleicht wirkungsvoller gewesen. »Ich möchte den Vorsitzenden um einen Bericht über den Fortgang des Luftgottprojekts bitten.«

Osiris schluckte abermals ein Kichern hinunter. Der Argentinier hatte sich in bezug auf die Luftgottsache zu einer totalen Nervensäge entwickelt, weil sie seiner Meinung nach auf seinem Territorium stattfand, und gab in einem fort schlechte Ratschläge und wertlose persönliche Empfehlungen ab. Dennoch war Osiris ganz bewußt bestrebt gewesen, dankbar für diese ganze Hilfe zu erscheinen. Eine Stimme war immerhin eine Stimme.

»Zum großen Teil dank deiner hilfreichen Beratung, Ricardo, läuft alles sehr gut. Ich rechne noch vor Ablauf der Sitzung mit einer aktualisierten Meldung und würde daher gern eine eingehendere Behandlung bis dahin aufschieben – wenn dir das recht wäre …?«

»Selbstverständlich, Herr Vorsitzender.« Der Käfermann verbeugte sich und nahm wieder Platz.

Osiris beobachtete Ptah und Horus, die sich sehr still hielten. Er vermutete, daß die Amerikaner noch einen kleinen Gedankenaustausch auf dem Nebenkanal führten, und fragte sich, was sie wohl dazu bewogen hatte, in diesem Fall so eifrig auf die Vorverlegung der monatlichen Sitzung zu drängen.

Die normalen Tagesordnungspunkte waren rasch abgehakt - Organisierung eines Konsortiums, um besser bestimmte UN-Beschränkungen der Umladung von Edelmetallen umgehen zu können; Ankauf eines frisch privatisierten Verteilernetzes in Westafrika zu einem Vorzugspreis; Bestechung oder Beseitigung einiger Zeugen in einem indischen Gerichtsverfahren. Osiris kam schon der Gedanke, er könnte seine amerikanischen Rivalen überschätzt haben. Er rechnete jederzeit mit positiven Meldungen aus Kolumbien und überlegte sich gerade, wie die Ankündigung wohl am besten zu inszenieren sei, als der gelbgesichtige Ptah abrupt aufstand.

»Bevor wir zum Ende kommen, Vorsitzender, gibt es noch eine Sache.«

Der Gott versteifte sich kurz und praktisch unmerklich. »Ja?«

»Auf der letzten Sitzung hatten wir ein Gespräch über die verschollene Versuchsperson, wenn du dich vielleicht erinnerst, den Mann, der irgendwie innerhalb des Gralssystems verschwand. Wir sind intern bei TMX auf einiges gestoßen, und deshalb dachten wir, es wäre vielleicht angebracht, daß du uns erzählst, wie *deine* Untersuchung des Vorfalls vorankommt.« Sein Lächeln war dünnlippig, aber breit. »Auf diese Weise wird die Bruderschaft auf den neuesten Stand gebracht, und wir können notwendige Informationen austauschen.«

Aha. Der Draht war jetzt zu erkennen, was bedeutete, daß Wells und Yacoubian die Falle für unentrinnbar halten mußten. Osiris ging innerlich rasch die jüngsten Entwicklungen durch, von denen es wenige gab. Worauf zielten sie ab?

»Ich habe Agenten innerhalb des Systems an die Arbeit gesetzt, wie ihr wißt«, sagte er. »Sie haben einige unvollständige Identifizierungen vorgenommen, von denen allerdings leider keine für eine Wiederauffindung ausreichte. Wahrscheinlich waren sie bloß Häufungen statistischer Ähnlichkeiten.« Er drehte sich leicht, um vor allem Thot, Sachmet und den Rest des asiatischen Kontingents anzusprechen: Osiris wußte, daß die Asiaten persönliche Garantien schätzten. »Dennoch bin ich der festen Überzeugung - der *festen* Überzeugung -, daß wir in nicht allzu langer Zeit Ergebnisse in der Hand haben werden.« Er wandte sich wieder Ptah zu, wobei er seine Hände ausbreitete wie ein Vater, der sich über seine jungen und übereifrigen Söhne mokiert. »So, und was hast du dem hinzuzufügen?«

»Während einer TMX-Sicherheitskontrolle - aus einem völlig anderen Anlaß übrigens - stießen wir auf einige Anomalien in den Zugriffsprotokollen des Gralsprojekts. Einfach ausgedrückt, es hat inkorrekte Zugriffe gegeben.« Ptah sprach das gewichtig aus und wurde mit entsprechenden Tönen der Besorgnis von den Anwesenden belohnt. »Bitte beachtet, daß ich ›inkorrekt‹ sage und nicht ›unbefugt‹. Ja, natürlich seid ihr alle schockiert. Das ist gut so. Unser Vorsitzender wird mir beipflichten, wenn ich sage, daß die Energien und Gelder, die in den Schutz des Gralsprojekts geflossen sind, von seiner Geheimhaltung ganz zu schweigen, immens waren - so daß wir es für absolut sicher hielten.«

Osiris blieb still. Ihm gefiel die Richtung nicht, die die Sache nahm. Wenn Wells vor der versammelten Elite der Bruderschaft eine Sicherheitspanne in seinem eigenen Zuständigkeitsbereich zugab, dann mußte er meinen, etwas in der Hand zu haben, woraus er Kapital schlagen konnte - ansonsten hätte er es einfach begraben. Die entkommene Versuchsperson interessierte außer Osiris niemand besonders.

»Das ist sehr schlimm.« Sobeks Krokodilskopf schoß vor. »Sehr schlimm. Wie konnte das geschehen?«

»Zugang zum System kann man nur auf zwei Wegen erhalten«, erläuterte Ptah. »Nämlich mit einer Befehlserlaubnis von mir oder dem Vorsitzenden.« Er deutete eine leicht ironische Verbeugung in Osiris' Richtung an. »Selbst diejenigen meiner Mitarbeiter oder des Vorsitzenden, die täglich mit dem Projekt arbeiten, müssen die Erlaubnis einholen, bevor sie die Arbeit antreten, und jedesmal wieder, wenn sie sich nach einer Pause wieder einloggen wollen. Diese Erlaubnis hat die Form eines ständig wechselnden Codeschlüssels, der von hermetisch abgeschirmten Blackbox-Codegeneratoren erzeugt wird. Es gibt nur zwei. Einen habe ich. Den andern hat der Vorsitzende.«

Sobek bewegte seinen langen Kopf auf und nieder. Als Herrscher über einen westafrikanischen Staat, dem er und seine Familie seit Jahrzehnten alles verfügbare Gold und Blut abpreßten, war ihm der Gedanke der Zentralisierung von Machtbefugnissen unmittelbar einleuchtend. »Komm zur Sache. Was hat das damit zu tun, daß jemand unser Projekt mißbraucht?«

»Genau wie der Zugang zum System streng beschränkt ist, so bedarf auch jede Änderung am System der Codeautorisierung durch einen von uns beiden.« Ptah wählte seine Worte sorgfältig, damit auch solche wie Sobek mitkommen konnten, deren Platz in der Bruderschaft weniger auf persönlicher Eignung als auf finanziellen Mitteln beruhte. »Wenn das Entkommen der Versuchsperson kein dummer Zufall war, dann muß es gelenkt gewesen sein. Wenn es gelenkt war, dann bedurfte der Vorgang der Zustimmung. Das System duldet *keinerlei* äußere Modifikation, der die Zustimmung fehlt.«

Osiris tappte noch immer im Dunkeln, aber er fühlte, daß Ptah auf etwas zusteuerte, was er anscheinend für einen tödlichen Schlag hielt. »Ich denke, das Wesentliche ist uns jetzt klar«, sagte er laut. »Vielleicht könntest du nach diesen allgemeinen Ausführungen nunmehr konkret werden. Was genau hast du entdeckt?«

Horus stand auf, und seine goldenen Augen funkelten. »Anomalien, wir haben Anomalien entdeckt. Handlungen, ausgeführt von zwei verschiedenen TMX-Mitarbeitern in der Woche vor dem Entkommen der Versuchsperson, oder wie du den Kerl sonst nennen willst.« Der amerikanische General hatte das diplomatische Geschick einer Rinderstampede; Osiris kam zu dem Schluß, daß Wells sich seiner Sache ziemlich sicher sein mußte, wenn er zuließ, daß sich sein Kumpan an dem Angriff beteiligte, zumal wenn Wells' eigene Angestellte irgendwie mitschuldig waren. »Wir sind zwar noch nicht exakt darüber im Bild, durch welche Mitwirkung der beiden die Versuchsperson von unserm Radar verschwinden und im System untertauchen konnte, aber wir sind uns verdammt sicher, *daß* sie dazu beigetragen haben. Es gibt keine Erklärung für ihre Handlungen, keine anderweitig festzustellenden Resultate, und es ist uns auch nicht ersichtlich, welchen Grund sie für diese Handlungen hatten. Nun ja, das stimmt nicht ganz. Tatsächlich gab es einen recht plausiblen Grund für sie, so zu handeln, wie sie es taten.«

Der Herr über Leben und Tod gedachte nicht, einem Emporkömmling effektvolle dramatische Pausen zu gönnen. »Wir hängen alle gebannt an deinen Lippen, ganz bestimmt. Sprich weiter.«

»Sie hatten beide codierte Anweisungen vom Vorsitzenden.« Horus wandte sich von der Runde am Tisch ab und faßte Osiris ins Auge. »Von dir.«

Osiris blieb absolut unbewegt. Mit Aufbrausen waren weder die flüsternden Stimmen noch die Zweifel zum Schweigen zu bringen. »Was soll das heißen?«

»Sag *du* uns das, Vorsitzender.« Das war Ptah, mit kaum verhohlener Befriedigung. »Sag *du* uns, wie eine Versuchsperson – eine Person, die *du* im System drinhaben wolltest, und zwar ohne daß du es für nötig hieltest, uns irgendwelche Gründe mitzuteilen – durch codierte Anweisungen, die nur *du* erzeugen kannst, freikommen und der Überwachung entfliehen konnte.«

»Jawoll«, sagte Horus, der es nicht lassen konnte, noch einmal nachzutreten, »vielleicht klärst du uns freundlicherweise auf. Ein Haufen Leute haben einen Haufen Geld in dieses Projekt investiert. Sie möchten vielleicht erfahren, ob du beschlossen hast, es zu deinem persönlichen Spielplatz zu machen.«

Osiris spürte den Schock in der Runde, die wachsende Wut und Unzufriedenheit, die sich zum Großteil gegen ihn richtete. Sogar Thot, der sich gewöhnlich so still hielt, daß er fast unsichtbar war, rutschte auf seinem Stuhl hin und her.

»Soll ich das so verstehen, daß ihr *mich* beschuldigt? Ich soll die Flucht dieser Versuchsperson eingefädelt haben? Und ihr erwartet, daß ich auf diesen gefährlichen Unsinn reagiere, für den es keine Indizien gibt als eure Aussagen?«

»Seien wir nicht voreilig«, bemerkte Ptah ölig. Osiris hatte den Eindruck, er bedauerte es bereits, Yacoubians Leine so locker gelassen zu haben. »Wir haben keinerlei formelle Beschuldigung gegen dich erhoben. Aber wir möchten der Bruderschaft die Ergebnisse unserer Ermittlungen einsehbar machen, und sie werfen in der Tat ein paar ernste Fragen auf.« Er machte eine Geste, und vor jedem der Anwesenden erschien ein kleiner leuchtender Punkt, der die vorgelegten Dateien anzeigte. »Ich glaube, die Beweislast liegt bei dir, Vorsitzender, wenigstens so weit, daß du erklären müßtest, wie dein Code mit Anweisungen in Verbindung kommen konnte, die keinen andern ersichtlichen Zweck haben als den, die Flucht der Versuchsperson zu erleichtern.«

Unter dem milden Dauerlächeln seiner Maske nutzte Osiris die lange Pause dazu aus, rasch die Berichte durchzugehen, die Wells soeben zugänglich gemacht hatte. Die Details waren unerfreulich.

»Es ist hierbei noch etwas anderes im Spiel als einfach Befürchtungen hinsichtlich dieser Versuchsperson«, sagte er schließlich. Es würde seine Chancen erheblich verbessern, wenn er der Sache einen persönlichen Beigeschmack geben konnte – die Amerikaner waren nicht furchtbar beliebt. »Gehe ich nicht recht in der Annahme, daß ihr meinen Führungsstil in gewisser Weise untauglich findet?« Er wandte sich an die ganze Runde. »Gewiß habt ihr alle die Unzufriedenheit unseres Kameraden mit meiner Leitung bemerkt. Der Demiurg Ptah war unter den Göttern Ägyptens der schlaueste, und unser Vertreter hier ist genauso schlau. Bestimmt muß er häufig das Gefühl haben, er könnte es besser machen, und wenn er mich nur abgesetzt bekäme, könnten er und der wackere Horus die Bruderschaft mit der nötigen Straffheit führen.« Er legte ein bitteres Grollen in seine Stimme. »Er ist natürlich ein Narr.«

»Bitte, Vorsitzender.« Wells klang amüsiert. »Das ist leere Rhetorik. Wir brauchen Antworten.«

»Ich habe es niemals so eilig wie du.« Osiris schlug seinen gelassensten Ton an. »Manchmal jedoch komme ich bei den gleichen Positionen an wie du, auch wenn ich mit meiner Gangart etwas länger brauche. Dies ist zum Beispiel so ein Fall.«

»Was soll das jetzt schon wieder heißen?« Jetzt war es an Ptah, konsterniert zu klingen.

»Schlicht dies: Wenn es stimmt, was ihr sagt, dann verdiene ich das Vertrauen der Bruderschaft nicht. Darin sind wir uns einig. Genauso wenig kann das Projekt ohne Solidarität unter uns vorangehen. Deshalb schlage ich vor, daß wir die Sache so eingehend untersuchen, wie wir nur können, was bedeutet, daß wir *sämtliche* Fakten unter die Lupe nehmen, und daß wir dann die Sache zur Abstimmung stellen. Heute. Wenn die Bruderschaft gegen mich votiert, werde ich auf der Stelle zurücktreten. Einverstanden?«

Horus nickte energisch. »Klingt okay.« Ptah stimmte ebenfalls zu, allerdings etwas langsamer, als witterte er eine Falle. Osiris konnte keine Falle stellen – er war von den Enthüllungen der letzten paar Minuten immer noch ziemlich perplex –, aber er hatte vor langer Zeit einmal beschlossen, daß es besser sei, mit den Zähnen im Hals des Feindes zu sterben, als den Schwanz einzuziehen. Bis jetzt war ihm das eine wie das andere erspart geblieben.

»Fangen wir an«, sagte er. »Dein Bericht macht zwar einen bewundernswert gründlichen Eindruck, aber ich bin sicher, die Bruderschaft würde gern die beiden Mitarbeiter persönlich hören.« Er erhielt nickende Zustimmung von seinen anderen Gästen, die er mit einer würdevollen Neigung seines maskierten Hauptes entgegennahm. »Du hast sie selbstverständlich in Gewahrsam genommen.«

»Selbstverständlich.« Ptah war wieder guter Dinge, ein schlechtes Zeichen. Osiris hatte halb gehofft, daß die vorangegangenen internen Vernehmungen bei TMX zu heftig gewesen waren. Es war schwierig, aufgrund der Aussagen toter Zeugen einen Schuldspruch zu fällen, selbst mit holographischen Aufzeichnungen - Daten ließen sich heutzutage so leicht manipulieren. Zwar war auch die Echtzeit-VR nicht gegen Manipulationen gefeit, aber der Vorgang war sehr viel komplizierter.

»Schön, dann sei so gut und führe sie vor. Einzeln, versteht sich. Und da das, was ihr vorbringt, einer Anklage gegen mich gleichkommt, werdet ihr erlauben, daß *ich* das Verhör führe, nicht wahr?«

»Selbstverständlich«, stimmte Ptah zu, doch diesmal war es sein falkenköpfiger Kumpan, dem dabei unwohl zu sein schien. Osiris bezog eine kleine Befriedigung aus diesem Anzeichen dafür, daß sie ihn in mancher Hinsicht immer noch fürchteten und vor seiner legendären Verschlagenheit auf der Hut waren. Er würde sein Bestes tun, um dieses Unbehagen zu rechtfertigen.

Der Herr über Leben und Tod winkte, und der Tisch verschwand; die Neunheit saß nunmehr in einem Kreis, jedes Mitglied auf seinem thronartigen Stuhl. Einen Moment später sprangen in der Mitte des Kreises zwei Gestalten ins Bild, eine stämmig, die andere schlank, beide unbeweglich wie Statuen. Sie wirkten recht menschlich und damit unter den gespannten Tiergesichtern eigentümlich fehl am Platz. Wie es sich für Sterbliche im Land der Götter gehörte, waren sie nur halb so groß wie die kleinste Person der Neunheit.

»Meine Mitarbeiter Shoemaker und Miller«, sagte Ptah. »Ihr findet alle persönlichen Einzelheiten in den Unterlagen.«

Osiris beugte sich vor und streckte einen Mumienfinger aus. Der älter Aussehende der zwei, bärtig und kräftig gebaut, zuckte, als erwachte er aus dem Schlaf.

»David Shoemaker«, psalmodierte der Gott, »deine einzige Hoffnung ist, alle Fragen mit vollkommener Ehrlichkeit zu beantworten. Ist das klar?« Die Augen des Mannes weiteten sich. Er war ohne Zweifel nach seiner letzten Vernehmung sofort in die Schwärze des Zwangsschlafs befördert worden. Ein solches Erwachen, dachte Osiris, mußte gelinde gesagt verwirrend sein. »Ich sagte: Ist das klar?«

»Wo ... wo bin ich?«

Der Herr der beiden Länder bewegte die Hand. Der Mann wand sich vor Schmerzen, die Augen zusammengepreßt und die Zähne starrkrampfartig gebleckt. Nach diesem kurzen Schub künstlich herbeigeführter Qual beobachtete Osiris das konvulsivische Zusammenziehen der Muskeln des Mannes in dem Wissen, daß die anderen Mitglieder der Bruderschaft es ebenfalls beobachteten. Es schadete nicht, sie daran zu erinnern, was er vermochte. Er *war* hier ein Gott, mit Kräften begabt, die die anderen nicht besaßen, nicht einmal auf ihren eigenen Territorien. Es schadete nicht, sie daran zu erinnern.

»Ich werde es noch einmal versuchen. Deine einzige Hoffnung ist, alle Fragen mit vollkommener Ehrlichkeit zu beantworten. Verstehst du mich?«

Der bärtige Mann nickte. Sein Sim, generiert von der Holozelle, in der man ihn eingesperrt hatte, war vor Angst schon ganz weiß im Gesicht.

»Gut. Versteh bitte auch, daß das, was ich mit dir machen kann, von normalen Schmerzen verschieden ist. Dein Körper wird davon keinen Schaden nehmen. Du wirst nicht daran sterben. Das heißt, ich kann dich der Folter so lange unterziehen, wie ich will.« Er hielt inne, um das einsinken zu lassen. »Jetzt wirst du uns alles über die Ereignisse erzählen, die zu deinem Eingriff in den normalen Ablauf des Gralssystems führten.«

Im Laufe der nächsten Stunde veranstaltete Osiris mit Shoemaker eine minuziöse Untersuchung seiner und Glen Millers Arbeit als Systemtechniker im Otherland-Netzwerk. Zögernde Antworten, auch Denkpausen, in denen der Gefangene sich an irgendeine Einzelheit zu erinnern versuchte, hatten die sofortige Aktivierung des Schmerzreflexes zur Folge, den Osiris häufig wie eine Orchesternote hielt, je nach seiner Einschätzung, welche Dauer prompte und ehrliche Antworten fördern würde. Trotz der fortwährenden messerscharf schneidenden Qualen blieb Shoemaker bei der Geschichte, die er bereits dem TMX-Sicherheitsdienst erzählt hatte. Er habe einen ihm ordnungsgemäß erscheinenden Befehl erhalten, die Ortungselemente zu modifizieren, die Daten über den jeweiligen Aufenthalt der Versuchsperson innerhalb des Systems zurückmeldeten, aber habe nicht wissen können, daß die Veränderungen die Ortung irgendwann unmöglich machen würden. Der Befehl habe den Anschein erweckt, durch ordnungsgemäße Führungskanäle zu kommen - wobei jedoch die Überprüfung bei TMX hinterher ergeben hatte, daß die Zustimmungen von oben ziemlich offensichtliche Fälschungen waren -, und habe als entscheidendes Kriterium die nicht imitierbare Autorisierung durch den Vorsitzenden enthalten.

Der Vorsitzende, der lebende Herr der beiden Länder, war nicht davon erbaut, abermals belastet zu werden. »Wenn du ein Spion im System wärest, könntest du natürlich genau dasselbe behaupten. Und wenn deine Schmerzschwelle hoch genug wäre, könntest du es weiter behaupten, einerlei was für Botschaften ich in dein Zentralnervensystem einspeise.« Er runzelte die Stirn über den keuchenden, zitternden Simuloiden. »Es könnte sogar sein, daß du so etwas wie einen posthypnotischen Block oder eine neuronale Modifikation erhalten hättest.« Er wandte sich an Ptah. »Ich nehme an, du hast beide Männer durchleuchten lassen?«

Das gelbe Gesicht lächelte. »Steht alles in den Unterlagen. Keine erkennbaren Mods.«

»Hmmm.« Osiris machte abermals eine Geste. Ein Aufgebot glitzernder metallischer Arme sproß aus dem Fußboden und hielt den Gefangenen in ausgestreckter Rückenlage fest. »Vielleicht ist ein subtileres Vorgehen angebracht.« Eine weitere Geste ließ noch mehr Gliederarme entstehen, jeder von transparenten Röhren durchädert und am Ende in einer riesigen Nadel auslaufend. »Ich entnehme deinem Personalprofil, daß du eine Aversion gegen ärztliche Prozeduren und Medikamente hast. Vielleicht wegen schlimmer Erfahrungen in der Kindheit?« Er streckte den Finger aus: Einer nach dem anderen senkten sich die Arme wie die Beißwerkzeuge eines absonderlichen, giftigen Insekts und stachen die Nadeln in diverse weiche Teile im Körper des Gefangenen. »Vielleicht hilft dir das, deine Geschichte nochmal zu überdenken, denn ich finde sie beklagenswert unzulänglich.«

Der Gefangene, der zu kämpfen gehabt hatte, seine Stimme zu finden, fand sie. Während verschiedene farbige Flüssigkeiten durch die Röhren zu pulsen und erbarmungslos auf ihn zuzuquellen begannen, stieß er einen markerschütternden Schrei aus. Als dann um die Einstichmale schwarzgrüne Flecken entstanden und sich unter seiner Haut ausbreiteten, erreichte Shoemakers ohrenbetäubendes Kreischen einen neuen, höheren Grad der Raserei.

Osiris schüttelte den Kopf. Er dämpfte die gellenden Schreie des Mannes zu einem leisen Piepsen und erweckte dann den zweiten Gefangenen zum Leben. »Ich werde dir nicht sagen, wo du bist, du kannst es dir also sparen, danach zu fragen.« Der Gott wurde allmählich ziemlich böse. »Statt dessen wirst du *mir* etwas erzählen. Siehst du deinen Freund?«

Der zweite Mann, dessen dichte schwarze Haare und hohe Backenknochen auf eine asiatische Abstammung hindeuteten, nickte mit schreckensstarren großen Augen.

»Also, Miller, ihr beide wart wirklich sehr ungezogene Jungen. Ihr habt das ordentliche Funktionieren des Gralsprojekts gestört, und was am schlimmsten ist, ihr habt das ohne Autorisierung getan.«

»Aber wir waren autorisiert!« brüllte Miller. »Mein Gott, warum glaubt uns denn niemand?«

»Weil es leicht ist zu lügen.« Osiris spreizte die Finger, und Miller war augenblicklich von einem gläsernen Würfel umgeben, der dreimal so hoch war wie er. Mehrere Mitglieder der Neunheit beugten sich vor wie Zuschauer bei einem bunten Unterhaltungsabend. »Aber es ist nicht leicht zu lügen, wenn man mit aller Kraft darum ringt, nicht verrückt zu werden. Deine Akte gibt an, daß du eine krankhafte Furcht vor dem Ertrinken hast. Während du also darüber nachdenkst, wer dich zu diesem lustigen Streich angestiftet hat, gebe ich dir die Gelegenheit, dieser Furcht einmal richtig auf den Grund zu gehen.«

Der Würfel begann sich mit Wasser zu füllen. Der Gefangene, der wissen mußte, daß sein physischer Körper immer noch irgendwo in den Telemorphix-Büros in Haft war, während lediglich sein Geist gemartert wurde, aber der aus diesem Unterschied keinen Trost zu ziehen vermochte, begann an die durchsichtigen Wände zu schlagen.

»Wir können dich hören. Sag uns, was du weißt. Schau hin, das Wasser geht dir schon bis zu den Knien.«

Während das brackige Wasser ihm bis zur Taille, zur Brust, zum Hals stieg, brabbelte Miller in schrillen Tönen etwas über die Anweisung, die er erhalten habe, den Thalamusdoppler einzuschalten - für einen Test, wie er gemeint habe. Er habe keine Sekunde damit gerechnet, daß der Doppler noch angekoppelt gewesen war und daß diese Verrichtung die Loslösung der Versuchsperson besiegeln würde. Noch während er notgedrungen in die Höhe sprang, um mit dem Mund über Wasser zu bleiben, schwor er, er wisse nicht mehr, als was ihm befohlen worden sei.

Der Würfel füllte sich schneller. Der Gefangene hielt sich mit hektischem Hundepaddeln über Wasser, aber mit jedem Augenblick kam er der Decke des Würfels näher und wurde die Lufttasche kleiner. Osiris unterdrückte ein Seufzen. Das Grauen dieses Millers war so greifbar, daß es ihm beinahe Unbehagen bereitete, aber der Mann dachte nicht daran, seine Geschichte zu ändern. Noch unangenehmer war, daß der

Herr über Leben und Tod das Vertrauen der versammelten Bruderschaft rapide verlor.

Der Würfel war jetzt ganz gefüllt. Das verzweifelte Toben des Gefangenen, das seinen Gipfel erreicht hatte, hörte schlagartig auf, und Miller nahm einen großen Schluck des grünlichen Wassers, um schneller das Ende herbeizuführen. Gleich darauf nahm er noch einen. Der Ausdruck kopfloser Panik in seinem Gesicht verstärkte sich abrupt.

»Nein, du wirst nicht sterben. Deine Lungen werden brennen, du wirst um Atem ringen, du wirst um dich schlagen, aber du wirst nicht sterben. Du wirst so lange nicht aufhören zu ertrinken, wie ich es will.« Osiris konnte die Enttäuschung in der Stimme nicht verhehlen. Er sah zu dem anderen Gefangenen hinüber, einem geschwollenen Klumpen schwarzen, pusteligen, kaum noch als menschlich zu erkennenden Fleisches, in dem immer noch ein Dutzend Nadeln steckten und der immer noch durch ein unförmiges Loch schrie, das einmal ein Mund gewesen war. Das war jetzt alles nebensächlich. Diese Männer wußten nichts.

Im Vorgefühl des Sieges stand Ptah auf. »Wenn der Vorsitzende keine weiteren Fragen an diese beiden bedauernswerten Kreaturen hat, möchte er vielleicht jetzt die Gelegenheit nutzen, dem Rest der Bruderschaft eine Erklärung zu geben?«

»Gleich.« Während er so tat, als würde er den rasenden Kampf der beiden TMX-Angestellten mit Interesse verfolgen, überflog er eilig den Bericht, den Wells und Yacoubian vorgelegt hatten. Seine Expertensysteme hatten das Material nach Anomalien durchkämmt und hatten eine kurze Liste von Punkten zusammengetragen, die weiterer Klärung bedurften. Während die überlagerten Daten über sein Gesichtsfeld zogen, legte sich eine große Schwere auf ihn. Die Expertensysteme hatten nichts als kleine Unstimmigkeiten zutage gefördert, Aussagediskrepanzen, die wenig mehr anzeigten als menschliche Schlampigkeit und Ungenauigkeit. Alles andere stimmte mit Wells' Interpretation überein. In wenigen Momenten würden die Zügel der Bruderschaft und des Gralsprojekts den Händen des obersten Gottes entgleiten. In seinem Kokon aus Metall und kostspieligen Flüssigkeiten regte sich Felix Jongleurs wirklicher Körper, schien sein Herz sich zu plagen. Osiris, der unsterbliche Gott, fühlte auf einmal sein Alter.

Seine Kollegen murmelten, ihre Geduld war erschöpft. Wieder ging er lustlos den Bericht durch und versuchte, auf etwas zu kommen, womit er erst einmal den Kopf aus der Schlinge ziehen konnte. Hartnäckig leugnen? Zwecklos. Verzögern? Er selbst hatte Eile gefordert, weil er gehofft hatte, daß Wells und Yacoubian für einen richtigen Showdown nicht vorbereitet wären. Er konnte diese Forderung nicht widerrufen, ohne todsicher alles zu verspielen. Konnte er das Projekt selbst als Druckmittel benutzen? Womöglich würden die anderen sich schwertun, es ohne seine Kenntnisse und vor allem ohne seine Kontrolle über den Andern zu Ende zu führen, aber ein abgebrochenes Gralsprojekt nützte ihm nichts, und ohne die Mittel der Bruderschaft konnte er die Arbeit, die darin eingegangen war, kein zweites Mal machen. Nicht rechtzeitig.

Verzweifelt rief er abermals die Autorisierungen auf, hoffte wider alle Vernunft, etwas zu erspähen, was seinen Expertensystemen entgangen war. Die eingebetteten Daten stimmten, die autorisierten Arbeitsaufträge waren echt, und der Autorisierungscode war eindeutig auf seinen eigenen Apparaten generiert worden.

»Vorsitzender? Wir warten.« Ptah war guter Laune. Im Vergleich zu ihm hatte er alle Zeit der Welt.

»Einen Moment noch.« Osiris starrte auf die Daten, die er vor sich hatte, und sagte sich geistesabwesend, daß keiner aus der Bruderschaft erkennen konnte, was er tat, daß sie ihn nur bewegungslos dasitzen sahen. Fragten sie sich, ob er vielleicht einen Kollaps hatte? Er holte sich noch weitere Unterlagen herbei und verglich sie mit den flammenhellen Zahlen vor seinen Augen. Irgendwo - es hätte in einem anderen Universum sein können - begann sein Herz schneller zu schlagen, als ob ein uraltes Tier aus dem Schlaf erwachte.

Selbst die besten Expertensysteme konnten Sachen ungeprüft voraussetzen.

Osiris fing an zu lachen.

»Vorsitzender?«

Es war zu schön. Er gönnte sich einen Augenblick stillen Jubels. »Ich möchte die Aufmerksamkeit der Bruderschaft auf die fraglichen Codesequenzen richten.« Er schwenkte die Hand. Zahlen erschienen Zeile um Zeile auf der am nächsten stehenden dachhohen Säule des Ratssaales, in den Stein gemeißelt wie die anderen Namen der Macht an den Wänden und Türen des Westlichen Palastes. Das paßte: Diese Ziffernreihen waren die Zauberformeln, die Jongleurs großartigsten und kühnsten Traum bargen. »Bitte vergewissert euch, daß dies die von euch vorgelegten Sequenzen sind, die Sequenzen, die die Techniker autorisierten und das Entkommen der Versuchsperson ermöglichten.«

Ptah und Horus wechselten einen Blick. Der ibisköpfige Thot antwortete. »Es sind dieselben, Vorsitzender.«

»Gut. Wie ihr im Bericht seht, sind zwischen den längeren, zufallsbestimmten Abschnitten andere, nicht zufällige Zahlenfolgen eingebettet. Diese Folgen bezeichnen die Art von Anweisung, um die es sich handelt, das Datum und die Uhrzeit, die autorisierende Person und so weiter.«

»Aber wir haben längst festgestellt, daß dieser Code von deinem Generator kam. Du hast es selbst zugegeben!« Horus konnte seine Ungeduld und Aggression nicht mehr zügeln.

Wenn seine Totenmaske es gestattet hätte, hätte er ihn angegrinst. »Aber du kennst nicht alle Sequenzen und ihre Bedeutung. Gewiß, dies *ist* eine autorisierte Anweisung und sie *ist* von mir gekommen - aber sie ging nicht an diese beiden ... Kreaturen.« Er deutete auf den unablässig Ertrinkenden und den Batzen aus zuckendem Schleim und wandte sich dann wieder an Horus. »Sie gingen an *dich*, Daniel.«

»Wovon redest du, zum Teufel?«

»Sämtliche von mir generierten Anweisungen enthalten eine kurze Sequenz, die angibt, an wen sie adressiert sind. Diese hier wurden an den militärischen Arm der Bruderschaft geschickt, nicht an TMX. Jemand ist in *dein* System eingedrungen, Daniel. Diese Person hat wahrscheinlich Anweisungen eher unwichtiger Art abgefangen - vielleicht irgendwas im Zusammenhang mit der Sache in New Reno, die Daten würden ungefähr stimmen -, sie leicht modifiziert und dann die codierten Autorisierungen dazu benutzt, völlig andere eigene Anweisungen an die technische Abteilung von TMX zu geben.«

»Das ist ja absurd!« Horus langte ins Leere, weil er auf seinem RL-Schreibtisch nach einer Zigarre griff.

Ptah war ein wenig vorsichtiger. »Aber kein Mensch hat gewußt, daß du so mit deinen Autorisierungen verfährst, Vorsitzender. Ist das nicht ... machst du es dir nicht ein bißchen leicht?«

Osiris lachte erneut. »Bring alle Unterlagen herbei, die du willst. Laß uns ältere Autorisierungen ganz genau unter die Lupe nehmen. Dann sag mir, daß es sich anders verhält.«

Ptah und Horus sahen sich an. Im Westlichen Palast trat Schweigen ein, aber der Herr der beiden Länder war sich ziemlich sicher, daß die Auseinandersetzung auf dem Nebenkanal urplötzlich höchst hitzige Formen angenommen hatte.

Als sie schließlich eine Stunde später abstimmten, gab es keine Gegenstimmen: Sogar Ptah und Horus bewiesen Selbstüberwindung - oder politische Klugheit - und votierten dafür, daß er weiter als Vorsitzender im Amt blieb. Osiris war sehr zufrieden. Die Ambitionen der Amerikaner hatten einen schweren Dämpfer aufgesetzt bekommen, so daß sich beide eine Zeitlang bedeckt halten würden. Erst waren anscheinend ihre eigenen Systeme infiltriert worden, und dann hatten sie auch noch ihrem ehrenwerten Vorsitzenden die Schuld zuschieben wollen.

Besonderen Spaß machte es ihm, Horus anzuweisen, er möge seine Sicherheitsvorkehrungen verstärken und sich daran machen, die Infiltration zu lokalisieren und zu definieren. »Und wenn ihr schon mal dabei seid, könnt ihr gleich diese beiden da beseitigen.« Er deutete auf Miller und Shoemaker, von denen mittlerweile nichts anderes mehr kam als blubbernde Geräusche. »Ich schlage einen Autounfall vor. Zwei Kollegen auf dem Weg zu irgendeinem gräßlichen TMX-Betriebsausflug zur Hebung der Arbeitsmoral. Ihr wißt schon, was ich meine.«

Ptah willigte mit steifer Würde ein und gab seinem Sicherheitsdienst Bescheid. Die beiden Sims verschwanden, wodurch der Raum gleich ein viel vorteilhafteres Aussehen bekam.

Als Chepri sich auf seine Hinterbeine stellte und die erste von, wie zu befürchten stand, einem ganzen Rattenschwanz von Ehrenerklärungen an den wiedergewählten Vorsitzenden abzugeben begann - um mit dem ganzen Nachdruck eines beharrlichen Kotkugelrollers klarzustellen, *er* habe nie den geringsten Zweifel gehabt, *ihn* hätten die Vorwürfe gleich stutzig gemacht und so weiter -, erhielt der Gott ein Signal auf einer Sonderleitung nach außen. Sein priesterlicher Lakai, in seiner Litanei der Ehrentitel nach den ersten paar Singsangphrasen rüde unterbrochen, verkündete, daß Anubis eine dringende Mitteilung zu machen habe.

Ohne daß die anderen seine abgelenkte Aufmerksamkeit bemerkten, nahm Osiris den Bericht seines Untergebenen entgegen, während der Käfermann weiter seine Leier abspulte. Sein junger Diener wirkte merkwürdig beherrscht, was Osiris ein wenig beunruhigte. Nach einem solchen Triumph hätte Dread eigentlich sein übelstes großspuriges Gehabe an den Tag legen müssen. War er in Atascos Dateien auf etwas gestoßen, was ihn auf dumme Gedanken gebracht hatte?

Zudem bestand das Problem des tatsächlichen Gegners, der Person, die die TMX-Sicherheitsvorkehrungen so klug unterlaufen und Paul

Jonas befreit hatte. Allein darüber würde er viele Stunden eingehend nachdenken müssen. Aber sei's drum: Osiris hatte gewußt, daß es irgendwo da draußen einen Feind gab, und in gewisser Hinsicht freute er sich darüber. Die Amerikaner hatten sich jedenfalls als untaugliche Herausforderer erwiesen.

Als Anubis mit seinem Bericht fertig war und sich abmeldete, gebot Osiris mit seiner mullumwickelten Hand Ruhe. Chepri brach mitten in seiner Lobeshymne ab; er blieb einen Moment lang verdattert stehen und ließ sich dann auf seinen Stuhl nieder.

»Vielen Dank, lieber Freund, für diese erhebenden Worte«, sagte der Gott. »Ich werde sie niemals vergessen. Aber jetzt habe ich eine frohe Botschaft für euch. Wie ich soeben erfahre, wurde das Luftgottprojekt erfolgreich zum Abschluß gebracht. ›Schu‹ ist mitsamt seinem inneren Zirkel neutralisiert worden, und wir sind im Besitz seines Systems. Die Verluste - an Daten - sind geringfügig und die Aufräumarbeiten beendet. Mit einem Wort, ein voller Erfolg.«

Der Westliche Palast hallte von Jubelrufen und Glückwünschen wider, und zum Teil waren sie sogar ehrlich gemeint.

»Ich denke, dies ist genau der richtige Tag, um bekannt zu geben, daß wir in die Endphase des Gralsprojekts eingetreten sind.« Er hob seine andere Hand. Die Wände des Westlichen Palastes versanken. Die Neunheit saß jetzt inmitten einer endlosen, dämmerigen Ebene. »In nur wenigen Wochen wird unsere Arbeit abgeschlossen sein und werden wir endlich die Früchte unserer langen Mühen ernten können. Das Gralssystem kann binnen kurzem in Betrieb genommen werden. Jetzt sind wir *wahrhaft* Götter geworden!«

Ein roter Schimmer erschien am fernen Horizont. Osiris breitete seine Arme aus, als ob er ihn hervorgerufen hätte - was auch tatsächlich der Fall war. Ein dramatischer Paukenwirbel erscholl, ein donnerndes Crescendo vieler Schlaginstrumente.

»*Freut euch, ihr Mitglieder der Bruderschaft! Unser Tag ist gekommen!*«

Die große Scheibe der aufgehenden Sonne stieg langsam zwischen die Gestirne empor, bleichte den Himmel, goß Gold über die Ebene und badete die hungrigen, erhobenen Tiergesichter in Feuer.

> Der Hafen war nur eine kurze Strecke von der breiten Eingangstreppe des Palastes entfernt, vielleicht weniger als eine halbe Meile, nach den

Takelagelichtern zu urteilen, die zwischen den Gebäuden glitzerten. Orlando und seine neuen Gefährten taten ihr Bestes, eine geschlossene Gruppe zu bilden, bevor sie sich zu Fuß auf den Weg machten.

Der totale Scän! tobte Orlando innerlich. *Das hier ist eine VR-Simulation, die gewaltigste, von der je ein Mensch gehört hat – und wir müssen zu Fuß gehen!* Aber etwaige Hintertürchen für einen augenblicklichen Ortswechsel oder sonstige nützliche Tricks zur Realitätsgestaltung, die in die Struktur von Temilún eingebaut sein mochten, blieben Orlando und den anderen verschlossen. *Wenn wir bloß einen der Atascos dabeihätten ...*

Sie marschierten so schnell, wie sie konnten, ohne sofort den Eindruck ängstlicher Hast zu erwecken. In der Stadt herrschte zu dieser frühen Abendstunde reges Leben: Auf den Straßen wimmelte es von motorisierten und pedalgetretenen Fahrzeugen, die steinernen Bürgersteige waren voll von temilúnischen Bürgern auf dem Heimweg von der Arbeit. Doch selbst in diesem Gedränge von Pseudomenschen erregte die Fußgängerschar Aufmerksamkeit. Das war kein Wunder, fand Orlando, denn es gab wenig Städte, ob virtuell oder nicht, in denen jemand mit einer derart schrillen Garderobe wie Sweet William nicht wenigstens einen kurzen Blick auf sich gezogen hätte.

Die hochgewachsene Renie gesellte sich zu ihm. »Glaubst du, Sellars meinte, daß wir in eine andere Simulation übersetzen, sobald wir auf dem Wasser sind? Oder müssen wir tagelang fahren?«

Orlando schüttelte den Kopf. »Ich hab keinen blassen Dunst.«

»Was soll sie dran hindern, uns auf dem Fluß zu erwischen?« fragte Fredericks an Orlandos Schulter vorbei. »Schließlich werden sie sich nicht ewig aus diesem Thronsaal raushalten, und wenn sie nachschauen gehen ...« Er stockte, und seine Augen wurden weit. »Fen-fen! Was passiert eigentlich, wenn wir hier getötet werden!«

»Wir werden offline befördert«, begann Renie, aber zögerte dann. Der Pavian, der neben ihr auf allen vieren dahinhoppelte, blickte auf.

»Du denkst, wenn wir jetzt nicht offline gehen können, gibt es auch keine Garantie, daß ein virtueller Tod etwas daran ändert?« fragte er. »Oder ist dir noch etwas Schlimmeres eingefallen?«

Sie schüttelte heftig den Kopf. »Das kann nicht sein. Es kann einfach nicht sein. Schmerz ist eine Sache – das könnte schlicht hypnotische Suggestion sein –, sogar künstlich hervorgerufene Komas will ich glauben, aber es will mir nicht in den Kopf, wie etwas, was einem in der VR passiert, einen umbringen können soll ...« Sie hielt abermals inne.

»Nein«, sagte sie nachdrücklich, als steckte sie etwas in eine Schublade und machte sie zu. »Wir haben später Zeit, über alles zu reden. Im Moment hilft uns das nicht.«

Sie eilten schweigend weiter. Da die Hochhäuser der Innenstadt jetzt den Blick aufs Wasser versperrten, lief Fredericks als Kundschafter voraus. Der Surrealität der Situation wehrlos ausgeliefert, merkte Orlando, daß er Renies Pavianfreund anstarrte.

»Wie heißt du?« fragte er den simulierten Affen.

»!Xabbu.« Der Name hatte einen Klick- und dann einen Schlucklaut am Anfang. Orlando konnte nicht sagen, ob der erste Buchstabe ein G, ein H oder ein K sein sollte. »Und du bist Orlando.« Der Blick auf seinem Gesicht konnte ein Pavianlächeln sein. Orlando nickte. Er war sicher, daß die Person hinter dem Affen eine interessante Geschichte zu erzählen hatte, aber er hatte nicht die Kraft, sehr viel darüber nachzugrübeln. Später, wie Renie gesagt hatte. Später würde Zeit zum Reden sein.

Falls es ein Später gibt.

Fredericks kam zurückgeeilt. »Es ist gleich um die Ecke«, meldete er. »Das Schiff ist voll erleuchtet. Was machen wir, wenn es nicht abfahrtbereit ist, Orlando?«

»Es ist abfahrtbereit«, erklärte er kategorisch. Er wußte es selber nicht, aber er würde den Teufel tun, diesen Leuten noch weitere Ängste in den Kopf zu setzen. »Ich hab's gesehen, als wir gebracht wurden.«

Fredericks warf ihm einen zweifelnden Blick zu, aber hielt den Mund.

»Tschi-sin, tschi-sin, Mann«, murmelte der Robotersim klagend und befingerte seinen anodisierten Hals auf der Suche nach seiner Can. »Die wern uns kaschen, uns was tun, irgendwie. Das is herb, Äi, echt trans herb.«

Das Staatsschiff lag an einem besonderen Kai, ein farbenfroh leuchtendes und reich verziertes Prachtstück inmitten der brutalen Funktionalität der Hafenanlagen. Beim Anblick des eleganten Schiffes fühlte Orlando, wie die Schwäche in seinen Gliedern ein wenig nachließ, wie der dumpfe Schmerz im Kopf abklang. Das Prunkschiff würde sie davontragen, fort an einen Ort, wo ihre Feinde sie nicht finden konnten. Dort würde er sich ausruhen, wieder zu Kräften kommen können.

Renie blickte über Orlandos Schulter nach hinten und stocherte mit dem Finger in der Luft herum, als ob sie ein sehr kleines Orchester dirigierte.

»Was machst du da?« fragte Fredericks.

»Ich zähle. Wir sind neun. Kommt das hin, oder waren wir mehr, als wir vom Palast los sind?«

Fredericks schüttelte den Kopf. »Ich weiß nicht. Daran hab ich nicht gedacht.«

»Das hätten wir tun sollen.« Renie ärgerte sich ganz deutlich, aber allem Anschein nach über sich selbst. »Wir könnten unterwegs jemand verloren haben.«

»Dann können wir auch nichts mehr machen«, sagte Orlando entschieden. »Hoffen wir, es ist jemand an Bord, der das Ding in Fahrt setzen kann.«

Wie als Antwort begann sich oben an der Landungsbrücke, die von der Kaitreppe zum Schiff hinaufführte, eine Gruppe zu versammeln. Während Renie unten ihren Trupp zusammenscharte, lösten sich zwei der Gestalten auf dem Schiff von den übrigen und kamen die Gangway hinunter auf sie zu. Einer, dessen Umhang von silbernen Fischschuppen schillerte, machte den Eindruck eines einigermaßen hohen Tieres. Orlando überlegte kurz, ob er der Kapitän war, aber kam zu dem Schluß, daß niemand ein Leben auf See verbringen und eine so offensichtlich nicht vom Wetter gegerbte Haut haben konnte. Der andere Mann, ein Unteroffizier mit einem kleinen schlichten Umhang, der offensichtlich eine Art Leibwächter in der temilúnischen Marine war, trug ebenfalls eine jener großen und abschreckenden Steinäxte im Gürtel und auf der anderen Seite eine Pistole mit Perlmuttgriff im Halfter.

Renie hielt den Ring hoch. »Der Gottkönig schickt uns. Er gab uns dies und befiehlt dir, uns dorthin zu bringen, wo wir es wünschen.«

Der Würdenträger beugte sich vor und inspizierte den Ring, wobei er die Hände respektvoll angelegt behielt. »Das sieht allerdings aus wie das Siegel des Höchsterhabenen. Und wer, wenn ich fragen darf, seid ihr?«

»Wir sind eine Delegation aus ...« Renie zögerte.

»... der Bananenrepublik«, ergänzte Orlando hastig. »Mit dem Auftrag, den Höchsterhabenen um eine Gunst zu ersuchen.« Er blickte nach oben. Am Ende der Gangway brachte der Trupp wartender Matrosen das Kunststück fertig, gleichzeitig stramm stillzustehen und das Geschehen neugierig zu verfolgen. »Jetzt sollen wir mit einer Botschaft an unsere Gebieter zurückkehren.«

»Aus der Ba...« Der Würdenträger schüttelte den Kopf, als wäre das alles zu viel für ihn. »Dennoch ist es sehr sonderbar, daß man uns nicht Bescheid gegeben hat.«

»Der Gottkönig - der Höchsterhabene, wollte ich sagen - hat die Entscheidung eben erst getroffen ...«, begann Renie.

»Selbstverständlich.« Der Würdenträger verbeugte sich. »Ich werde den Palast kontaktieren, um die Auslaufgenehmigung zu erhalten. Bitte verzeiht mir - ich darf euch nicht an Bord lassen, bevor das geschehen ist. Ich bitte untertänigst um Vergebung für die Unannehmlichkeit.«

Renie blickte hilflos erst !Xabbu und dann Orlando an.

Orlando zuckte mit den Achseln und hatte Mühe, eine bleischwere Müdigkeit abzuschütteln. Er hatte es halb geahnt, daß so etwas passieren würde - daß er nicht im Thargorsim herumlaufen konnte, ohne sich damit bestimmte Verantwortungen anzulachen. Er schob sich etwas näher an den Leibwächter heran. Der Mann hatte die Pistole an der anderen Hüfte, außer Reichweite. Voll Bedauern schloß Orlando seine Finger um die Steinaxt, riß sie aus dem Gürtel und stieß gleichzeitig den überrumpelten Unteroffizier von der Gangway.

»Faßt ihn«, sagte er und schubste den Würdenträger auf Renie und die anderen zu. Die Matrosen oben an Deck hatten ihre Schußwaffen gezogen und brüllten vor Überraschung. Orlando verließ sich darauf, daß die Furcht, diesen offensichtlich wichtigen Mann zu verletzen, sie daran hindern würde zu schießen. Er durfte jedoch nicht zulassen, daß sie sich andere Methoden der Festnahme überlegen konnten. »Folgt mir!« rief er, während er bereits die Brücke hinaufsprintete.

»Was hast du vor?« schrie Fredericks.

Orlando antwortete nicht. Wenn er von etwas eine Ahnung hatte, dann von virtuellem Nahkampf, und sein persönliches Motto Nummer eins lautete: »Kein überflüssiges Geschwätz.« Jetzt mußte er einfach beten, daß der Thargorsim trotz der Krankheit seines Trägers und der Behinderung durch ein ungewohntes System etwas von der ihm zugedachten Stärke und Schnelligkeit behalten hatte.

»Helft ihm!« brüllte Fredericks von unten. »Die bringen ihn um!«

Orlando sprang vom oberen Ende der Gangway mit einer Flugrolle aufs Deck und mähte die ersten beiden Matrosen von den Beinen. Er zog die Axt blitzschnell im Bogen herum und merkte, wie die Schneide sich ekelerregend in den Knochen fraß, als er einem anderen Matrosen die Kniescheibe zerschmetterte, aber er fühlte bereits seine normalerweise bruchlosen Reflexe stocken. Die drei Körper, die sich um ihn herum auf dem Deck krümmten, gaben ihm einen Moment lang dringend benötigte Deckung. Was er noch an Kraft hatte, und das war viel weniger, als er sonst in diesem Sim gewöhnt war, schwand rasch; schon jetzt brannte der Atem in seinen Lungen. Kaum war er auf den Knien, da sprang ihm auch schon jemand auf den Rücken und warf ihn so heftig nieder, daß er mit der Stirn aufs Deck knallte. Machtlos fühlte er, wie seine Glieder erschlafften, doch dann zwang er sich, noch einmal die Beine anzuziehen und in die Hocke zu gehen.

Der Mann auf seinem Rücken versuchte, ihm einen Arm um den Hals zu legen. Während Orlando darum rang, ihn abzuwehren, erschien dicht vor seinem Gesicht eine Hand mit einer Pistole. Orlando hieb mit der Axt danach und wurde von einem Schmerzensgeheul belohnt; die Pistole schlidderte unter der Reling hindurch ins Wasser. Mit einer schnellen Duckung schleuderte er den Mann auf seinem Rücken zu Boden, dann langte er an den Gürtel des Mannes, dessen Kniescheibe er soeben zertrümmert hatte, und zog ihm die Pistole aus dem Halfter.

Schatten umringten ihn, bedrängten ihn mehr und mehr. Der Impuls zu schießen, diese bedrohlichen Gestalten wegzupusten, war sehr stark, aber sie waren so viel lebensechter als seine üblichen Feinde, daß er zu seinem eigenen Verhängnis zögerte. Er warf die Pistole die Brücke hinunter. »Nehmt sie!« keuchte er und hoffte, einer seiner Gefährten würde sie auf der dunklen Gangway liegen sehen. Er wußte nicht, ob er laut genug gerufen hatte; sein Kopf füllte sich mit Echos.

Mehrere andere Männer nutzten die Chance und packten ihn an Beinen und Armen. Ein weiterer ließ sich auf ihn drauffallen, rammte ihm ein Knie ins Kreuz und umklammerte mit starken Fingern seine Kehle. Ringend gelang es ihm, ein paar von seinen Angreifern wegzuschleudern, aber an ihrer Stelle stürzten sich die nächsten auf ihn. Er kämpfte wie wild darum aufzustehen, aber schaffte es nur, sich umzudrehen und mit hochgerecktem Gesicht verzweifelt nach Luft zu schnappen. Die Lichter in der Takelage des Staatsschiffes verzerrten sich und flackerten in der immer schwärzer werdenden Dunkelheit in seinem Kopf, als wären sie Sterne, die ihre verlöschenden Strahlen in die ewige Nacht des Weltraums hinaussandten.

Komisch ist das, dachte er. *Sterne, Lichter ... alle nicht wirklich ... alle wirklich ...*

Etwas hämmerte auf seinen Kopf, ein dumpfes, rhythmisches Krachen, das seinen ganzen Schädel erschütterte. Jeder dröhnende Schlag war wie ein schwarzer Guß, und jedesmal stieg der Wasserstand höher.

Er hörte jemand schreien, die Frau - wie hieß sie noch gleich? Egal. Der Atem, das Leben wurde ihm aus dem Leib gequetscht, und er war froh, es loszulassen. Er war so müde, so schrecklich müde.

Er meinte, Fredericks nach ihm rufen zu hören, aber er konnte nicht antworten. Das war tatsächlich ein bißchen traurig. Fredericks hätten die Lichter gefallen - Sterne, es waren Sterne, nicht wahr? -, es hätte ihm gefallen, wie tapfer sie in der Dunkelheit brannten. Fredericks würde ihm fehlen ...

Er war an einem Ort, einem Zwischenort, wie es schien. Vielleicht war es ein Warteort. Er konnte über die ganze Sache keinen sehr klaren Gedanken fassen, und im Moment spielte es sowieso keine Rolle.

Er lag irgendwo, soviel merkte er, aber er stand auch und überblickte eine gewaltige Schlucht. Eine ungeheure, schwarzglänzende Wand fiel unter ihm steil ab in ein wirbelndes Nebelmeer, so daß ihr Ende nicht abzusehen war. Auf der gegenüberliegenden Seite der Schlucht, durch die aufsteigenden Nebelschwaden undeutlich zu erkennen, lag die goldene Stadt. Aber irgendwie war es nicht dieselbe Stadt, die er vorher gesehen hatte - die Gebäude dieser Stadt waren höher und merkwürdiger als alles, was er sich hätte vorstellen können, und zwischen den Wendeltürmen huschten winzige strahlende Gestalten hin und her, leuchtende Lichtpünktchen, die Glühwürmchen hätten sein können. Oder Engel.

Es ist schon wieder ein Traum, dachte er und hörte verdutzt, daß er es laut gesagt hatte. Sicherlich sollte er hier nicht sprechen, irgendwer lauschte, das wußte er, irgendwer - oder irgendwas? -, der ihn suchte, irgendwer, dem er nicht begegnen wollte.

Es ist kein Traum, sagte ihm eine Stimme ins Ohr.

Er schaute sich überrascht um. Auf einem glänzigen Buckel der glatten schwarzen Substanz saß ein Insekt von der Größe eines kleinen Hundes. Es bestand ganz und gar aus glitzernden Silberdrähten, aber war dennoch irgendwie lebendig.

Ich bin's, Boß, sagte es. *Ich versuch schon seit Stunden, dich zu erreichen. Ich hab dich aufgedreht bis zum Anschlag und kann dich trotzdem kaum hören.*

Was ... Es war so schwer zu denken. Der wattige Nebel war irgendwie auch in seinen Kopf hineingelangt. *Wo* ...

Mach schnell, Boß, sag mir, was du willst. Wenn jemand reinkommt und sieht mich auf deiner Brust sitzen, schmeißt er mich in den Recycler.

Ein Gedanke, klein und flirrig wie die fernen Lichter, zog ihm durch den Kopf. *Beezle?*

Sag schon. Was ist los?

Er rang darum, sich zu erinnern. *Ich ... ich bin irgendwo gefangen. Ich kann nicht raus. Ich kann nicht zurück.*

Wo, Boß?

Er kämpfte gegen die Wellen der Benommenheit, der Dunkelheit an. Die ferne Stadt war jetzt fort, und der Nebel stieg weiter. Es kostete ihn schon Mühe, das Insekt überhaupt zu sehen, obwohl es nur eine Armlänge entfernt saß. *An dem Ort, den ich gesucht habe.* Er wollte sich auf einen Namen besinnen, den Namen eines Mannes, etwas mit A ...?

Atasco, sagte er. Die Anstrengung war schier übermenschlich. Einen Augenblick später hatte sich das Insekt verflüchtigt. Orlando blieb mit dem Dunstschleier und der Bergwand und dem zunehmenden Dunkel allein.

Kapitel

Blaues Feuer

NETFEED/UNTERHALTUNG:
Hell- oder Dunkelseher?
(Bild: die Eingangsmontage aus "So wird's kommen!")
Off-Stimme: Die VIP-Hellseherin Fawzi Robinette
Murphy, Moderatorin der beliebten Netshows "Das
zweite Gesicht" und "So wird's kommen!", hat
angekündigt, daß sie sich zur Ruhe setzen wolle,
weil sie "das Ende der Welt" vorhergesehen habe.
(Bild: Murphy beim Einsteigen in eine Limousine)
Auf die Frage, worin der Unterschied zu den früher
von ihr prophezeiten Weltuntergängen bestände,
hatte Murphy eine kurze und schlagende Antwort.
(Bild: Murphy am Eingangsportal zu ihrem Haus in
Gloucestershire)
Murphy: "Darin, daß es diesmal wirklich kommen
wird."

> Das vorbeigleitende Küstenpanorama, dichtes Dschungelgrün und langwurzelige Bäume an den Rändern von Sandbänken, war ihr nicht völlig fremd - Renie hatte Plätze an der afrikanischen Küste gesehen, die nur wenig anders aussahen. Was ihr zu schaffen machte, während sie einen Schwarm Flamingos wie ein zum Stützpunkt zurückkehrendes Luftgeschwader in einen Salzsumpf niedergehen sah, das leuchtende rosa Gefieder vom Zwielicht getrübt, war das Wissen, daß nichts von alledem real war.

Es ist schlicht zu viel, um wahr zu sein. Es ist ... verführerisch, jawohl, das ist es. Sie beugte sich über das Geländer. Der frische Wind kühlte sie bis auf die Teile ihres Gesichts, die von der V-Tank-Maske bedeckt waren. Und sogar diese eigentümliche Taubheit - eine Art taktiler blinder Fleck, tot für die Welt, die sie ringsherum erblickte - fing an nachzulassen, als ob ihr Gehirn allmählich lernte, die Erfahrungslücken zu ergänzen, genau wie bei einem richtigen blinden Fleck im Auge. Ab und zu hätte sie schwören können, daß sie den Wind tatsächlich auf ihrem Gesicht fühlte.

Es war schwer, die Vollständigkeit dieses Traums nicht zu bewundern, das unglaubliche Maß an Können und Einsatz, das darin eingegangen war. Sie mußte sich daran erinnern, daß Atasco, der Mann, der den Bau dieses Wunders veranlaßt hatte, unter den Feudalbaronen von Anderland vielleicht noch der beste gewesen war. Bei aller Arroganz und Selbstverliebtheit hatte er wenigstens die elementare Menschlichkeit besessen, beim Verfolgen seiner eigensüchtigen Ziele niemandem etwas zuleide zu tun. Die anderen ... Sie dachte an Stephens schöne braune Beine, wie verkümmert sie waren, an die Arme, die jetzt dünnen Stöcken glichen; sie sah Susans zerschlagenen Körper vor sich. Die anderen, die diesen Ort gebaut hatten, waren Ungeheuer. Sie waren Menschenfresser, die sich ihre Burgen aus den Gebeinen ihrer Opfer bauten.

»Ich muß ein schreckliches Geständnis machen, Renie.«

»!Xabbu! Hast du mich erschreckt!«

»Entschuldige.« Er kraxelte neben sie auf die Reling. »Willst du meinen schändlichen Gedanken hören?«

Sie legte ihm eine Hand auf die Schulter. Sie unterdrückte den Impuls, ihn zu streicheln, und ließ die Hand einfach in seinem dichten Fell liegen. »Natürlich.«

»Seit ich hier bin, von Anfang an, habe ich natürlich Angst um unsere Sicherheit, Angst auch vor dem größeren Bösen, von dem dieser Sellars sprach. Aber fast genauso stark ist in mir die ganze Zeit über eine große Freude.«

Renie wurde auf einmal unsicher, worauf er hinauswollte. »Freude?«

Er drehte sich um sein Hinterteil und deutete mit einem langen Arm auf die verdämmernde Küste, eine seltsame Geste für einen Pavian. »Weil ich jetzt gesehen habe, daß ich meinen Traum verwirklichen kann. Bei allem Bösen, das diese Leute verübt haben oder planen - und mein Herz sagt mir, daß dieses Böse in der Tat sehr groß ist -, haben sie doch auch den Anstoß dazu gegeben, daß etwas ganz Erstaunliches geschaffen wurde. Mit solcher Macht könnte ich, glaube ich, mein Volk wahrhaft lebendig erhalten.«

Renie nickte langsam. »Das ist kein schändlicher Gedanke. Aber was diese Macht betrifft - nun ja, Menschen, die darüber verfügen, schenken sie nicht weiter. Sie behalten sie für sich. Wie sie es von jeher getan haben.«

!Xabbu entgegnete nichts. Während das letzte Tageslicht verglomm, verweilten sie zusammen an der Reling und sahen zu, wie der Fluß und die Küste ein ununterscheidbarer Schatten unter den Sternen wurden.

Sweet William schien an seiner Rolle ein perverses Vergnügen zu finden. »Der reinste Johnny Icepick bin ich.« Er fuchtelte drohend mit der Pistole vor dem Kapitän und dem Marineattaché des Gottkönigs herum, jenem Würdenträger, der sie an der Gangway abgefangen hatte. Die beiden zuckten zurück. »Normalerweise ist das gar nicht meine Nummer, ihr Süßen, aber ich könnte Geschmack dran finden.«

Renie fragte sich, was den Temilúnis mehr Angst einjagte, die Waffe, oder daß William wie ein Todesclown aufgemacht war. »Wie weit sind wir vom Ende des Gewässers entfernt, weißt du das?« erkundigte sie sich bei dem Kapitän.

Er schüttelte den Kopf. Er war ein kleiner Mann, bartlos wie alle anderen, aber sein Gesicht zierten schwarze Tätowierungen, und er hatte einen eindrucksvoll großen steinernen Lippenpflock. »Immer wieder fragst du das. Es gibt kein Ende. Auf der anderen Seite dieses Wassers liegt das Land der bleichen Männer. Wenn wir an der Küste weiterfahren so wie jetzt, werden wir die Karibik überqueren«, Renie hörte, wie ihre Übersetzungssoftware einen Sekundenbruchteil stockte, bevor sie den Namen wiedergab, »und ins Reich der Mexicas kommen. Es gibt kein Ende.«

Renie seufzte. Wenn, wie Atasco gesagt hatte, die Simulation eine definitive Grenze hatte, dann durften die Replikanten das nicht wissen. Vielleicht hörten sie einfach auf zu existieren und tauchten dann auf der »Heimreise« wieder auf, angefüllt mit passenden Erinnerungen.

Sicher, das gleiche könnte auch für mich gelten. Und wie würde ich das je erfahren?
Wenn es schon schwerfiel, die Küste anzuschauen und sie für eine rein digitale Realität zu halten, so war es doch noch schwerer, sich den Kapitän und den königlichen Attaché als artifizielle Lebewesen vorzustellen. Eine Küste, und wäre sie voll des üppigsten Pflanzenlebens, ließ sich fraktal erzeugen, auch wenn dieses Maß an Reichtum und Genau-

igkeit alles in den Schatten stellte, was sie je gesehen hatte. Aber Menschen? Wie konnten selbst die raffiniertesten Programmierkünste, die evolutionsgenauesten KL-Environments eine solche Vielfalt, eine solche scheinbare Authentizität zustande bringen? Der Kapitän hatte schlechte Zähne, die ganz belegt waren, weil er ständig die Blätter irgendeines Krautes kaute. Er trug einen Fischwirbel, offenbar ein beliebtes Schmuckstück, an einer Kette um seinen dicken Hals. Der Attaché hatte ein dunkles Feuermal hinter dem Ohr und roch nach Süßholz-Toilettenwasser.

»Bist du verheiratet?« fragte sie den Kapitän.

Er kniff die Augen zusammen. »Ich war mal. Nahm den Abschied, weil sie es wollte, blieb drei Jahre in Quibdó an Land. Ich hielt's nicht mehr aus und meldete mich wieder. Da verließ sie mich.«

Renie schüttelte den Kopf. Eine ganz gewöhnliche Seemannsgeschichte, fast schon klischeehaft. Aber die leise Bitterkeit in seiner Stimme, die dem Narbengewebe über einer alten Wunde glich, verriet, daß er sie unbedingt glaubte. Und *jede einzelne Person* in dieser Simulation, in der ganzen unabsehbaren Zahl von Simulationen, aus denen dieses Anderland bestand, hatte ihre eigene Geschichte. Jede hielt sich für lebendig und einzigartig.

Es war schlicht nicht zu fassen.

»Hast du eine Ahnung, wie man dieses Schiff steuert?« fragte sie Sweet William.

»Ganz simpel.« Er grinste faul und reckte sich. Versteckte Glöckchen bimmelten. »Es hat so einen Griff. Drücken, ziehen, vorwärts, rückwärts - könnt ich im Schlaf machen.«

»Dann befördern wir diese beiden und den Rest der Mannschaft von Bord.« Das heftige Auffahren des Attachés verdutzte sie einen Moment, bis sie das Mißverständnis erkannte. »In den Rettungsbooten. Es scheint jede Menge zu geben.«

»Aye, aye.« William salutierte zackig. »Jederzeit, Frau Admiral.«

Das Bett in der weitläufigen Prunkkabine des Höchsterhabenen hatte eine Größe, wie sie himmlischer Hoheit angemessen war. Martine und Orlando lagen an den beiden Rändern, wo sie für die gut erreichbar waren, die sie pflegten, und hatten immer noch drei bis vier Meter seidene Laken zwischen sich.

Orlando schlief, doch es sah Renie nicht nach einem gesunden

Schlaf aus. Der Atem des starken Mannes ging rasselnd durch seinen offenen Mund ein und aus, und die Muskeln in den Fingern und im Gesicht zuckten. Sie legte ihre Hand auf die breite Stirn, aber fühlte nichts Ungewöhnlicheres als die nackte Tatsache virtueller Taktilität.

!Xabbu kletterte aufs Bett und berührte das Gesicht des Mannes, aber er schien es aus einem anderen Grund zu tun als Renie, denn er ließ seine feine Affenhand lange dort liegen.

»Er sieht sehr krank aus«, sagte Renie.

»Er ist krank.« Der schlanke Mann namens Fredericks blickte von seinem Sitz an Orlandos Seite auf. »Schwer krank.«

»Was hat er? Ist es etwas, was er sich draußen geholt hat – im RL, meine ich? Oder kommt es daher, daß er in dieses Netzwerk eingetreten ist?«

Fredericks schüttelte grämlich den Kopf. »Er hat was Schlimmes. Im realen Leben. Irgendeine Krankheit, bei der man schnell alt wird – er hat mir den Namen gesagt, aber ich hab ihn vergessen.« Er rieb sich die Augen; als er weitersprach, war seine Stimme leise. »Ich glaube, im Moment hat er 'ne Lungenentzündung. Er hat gesagt ... er hat gesagt, er müßte bald sterben.«

Renie betrachtete das beinahe comicartige Gesicht des schlafenden Mannes, das breite Kinn und die langen schwarzen Haare. Schon nach der kurzen Bekanntschaft tat ihr der Gedanke seines Todes weh; hilflos und elend wandte sie sich ab. Zu viele Opfer, zu viele leidende Unschuldige, nicht genug Kraft, irgend jemand zu retten.

Quan Li, die Martines Hand gehalten hatte, stand auf, als Renie um das riesige Bett herumkam. »Ich wünschte, ich könnte mehr für deine Freundin tun. Sie ist jetzt ein wenig ruhiger. Ich dachte daran, ihr zu trinken zu geben ...« Sie führte den Satz nicht zu Ende; es war auch nicht nötig. Wie alle anderen mußte Martine in der wirklichen Welt mit Nahrung und Flüssigkeit versorgt werden. Wenn nicht, konnte weder die Chinesin noch sonst jemand ihr irgendwie helfen.

Renie setzte sich auf die Bettkante und legte einen Arm um Martine. Die Französin hatte auf dem ganzen Weg zum Schiff kein Wort gesagt, und nachdem sich Sweet William die von Orlando fortgeschleuderte Pistole geschnappt und sie dem Attaché an den Kopf gesetzt hatte, um ihre Beförderung zu erzwingen, war Martine zusammengebrochen. Renie hatte sie mit Quan Lis Hilfe an Bord getragen – um den wuchtigen Orlando zu schleppen, hatten drei Matrosen anpacken müssen –, aber ansonsten fiel ihr nichts ein, was sie hätte tun können. Woran Martine litt, war noch mysteriöser als der Zustand des jungen Mannes.

»Wir setzen den Kapitän und die Mannschaft in Boote und lassen sie frei«, sagte Renie nach einer Weile.

»Sind wir genug, um das Schiff zu segeln?« fragte Quan Li.

»William meint, daß es so ziemlich von allein fährt, aber ich nehme an, wir brauchen ausreichend Leute, um Wache zu halten.« Stirnrunzelnd überlegte sie einen Augenblick. »Wie viele sind wir, hab ich gesagt? Neun?« Sie drehte sich um. !Xabbu kauerte immer noch neben Orlando, die Hände auf dem mächtigen Brustkasten des Mannes gespreizt. Sein Patient schien ein wenig entspannter zu ruhen. »Also, hier drin sind wir zu sechst. Sodann William, obwohl er fast für zwei zählt.« Sie lächelte matt halb Quan Li an und halb still vor sich hin. »Der Robotermann - wie nennt er sich gleich, T-Four-B oder so ähnlich? Und die Frau, die in die Takelage hochgestiegen ist, um Ausschau zu halten. Ja, neun. Außerdem wäre eine komplette Besatzung wichtiger, wenn wir eine Ahnung hätten, wohin wir unterwegs sind ...«

Sie brach ab, als sie merkte, daß der sanfte Druck an ihren Fingern stärker wurde. Martines Augen waren offen, aber immer noch ungerichtet.

»Renie ...?«

»Ich bin hier. Wir sind auf dem Schiff. Wir sind hoffentlich bald aus dieser Temilúnsimulation draußen.«

»Ich ... ich bin blind, Renie.« Sie preßte die Worte mit großer Anstrengung aus sich heraus.

»Ich weiß, Martine. Wir werden alles tun, um dir irgendwie ...« Ein sehr fester Druck ließ sie innehalten.

»Nein, du verstehst nicht. Ich bin blind. Nicht bloß hier. Ich bin schon sehr lange blind.«

»Du meinst ... im richtigen Leben?«

Martine nickte langsam. »Aber ich habe ... es gibt an meinem System Modifikationen, die es mir ermöglichen, mich im Netz zu orientieren. Ich sehe die Daten auf meine Weise.« Sie machte eine Pause; das Sprechen fiel ihr offensichtlich schwer. »In mancher Hinsicht kann ich dadurch meine Arbeit besser machen, als wenn ich sehen könnte, verstehst du? Aber jetzt ist alles ganz schlecht.«

»Wegen der Informationsdichte, wie du sagtest?«

»Ja. Ich ... seit ich hier bin, ist es so, als würden mir die Leute laufend in beide Ohren schreien, als würde mich ein starker Wind herumwehen. Ich kann nicht ...« Sie legte ihre zitternden Hände vors Gesicht. »Ich werde wahnsinnig. Ach, lieber Gott, hilf mir, ich werde wahnsinnig.« Ihre Züge verzerrten sich, obwohl ihr keine Tränen in die Simaugen traten. Ihre Schultern bebten.

Renie konnte nichts tun, als die Weinende zu halten.

> Zwei große Rettungsboote faßten die fünfunddreißig Mann Besatzung des Schiffes einigermaßen bequem. Renie stand an Deck, fühlte das Rütteln der Maschinen unter den Füßen und sah zu, wie der letzte Matrose mit fliegendem schwarzen Zopf von der Leiter ins Boot sprang.

»Bist du sicher, daß ihr nicht noch ein Rettungsboot braucht?« rief sie zum Kapitän hinunter. »Dann hättet ihr es nicht so eng.«

Er sah sie mit einem Blick an, der deutlich sagte, daß ihm ein derart weichherziges Piratentum unbegreiflich war. »Es ist nicht weit bis zum Ufer. Es wird gehen.« Er kaute auf seinem Lippenpflock und sinnierte, ob er schweigen sollte oder nicht. »Wisse, daß die Patrouillenschiffe sich nur deswegen ferngehalten haben, weil sie nicht das Leben der Besatzung gefährden wollten. Sobald wir in Sicherheit sind, werden sie euch binnen weniger Minuten anhalten und entern.«

»Wir fürchten uns nicht.« Renie versuchte, zuversichtlich zu klingen, aber von ihrer ganzen Schar machte nur !Xabbu einen wirklich ruhigen Eindruck. Der kleine Mann hatte in der Kapitänskajüte ein langes Stück Schnur gefunden und konstruierte unbekümmert eine seiner verzwickten Fadenfiguren.

Renies Vorhaben, die Geiseln freizulassen, bevor das Schiff den Rand der Simulation erreicht hatte, war Gegenstand einer langen Debatte gewesen, aber sie hatte eisern darauf beharrt. Sie wollte nicht das Risiko eingehen, die Temilúnis aus ihrer Welt hinauszuversetzen. Vielleicht konnte die Otherlandmaschinerie diese besonderen Umstände nicht kompensieren, so daß sie aufhörten zu existieren. Das schien ihr einem Massenmord gleichzukommen.

Der Kapitän zuckte mit den Achseln und setzte sich. Er gab einem seiner Männer das Signal, den Motor anzulassen. Das Boot setzte sich in Bewegung und tuckerte dann mit zunehmender Geschwindigkeit hinter dem Boot des Attachés her, das nur noch ein weißer Punkt vor dem dunklen Hintergrund war.

Ein Lichtstrahl schnitt von der anderen Seite des Staatsschiffes durch den Nebel und huschte über den unbesegelten Mast.

»Da sind sie schon«, sagte William. Er hielt seine konfiszierte Pistole hoch und betrachtete sie traurig. »Die wird gegen die Königliche Federwischmarine nicht viel ausrichten können, was?«

Weitere Lichter erschienen, diese allerdings ortsfest wie tief hängende Sterne. Mehrere große Schiffe kamen hinter ihnen rasch näher. Eines gab auf einer Dampfpfeife einen langen, tiefen Ton von sich, daß Renie die Knochen vibrierten.

!Xabbu hatte seinen Bindfaden beiseite getan. »Vielleicht sollten wir uns überlegen ...«

Er hatte keine Gelegenheit, seinen Vorschlag fertig zu formulieren. Etwas zischte an ihnen vorbei und platschte vor dem Bug ins Wasser. Unmittelbar darauf leuchtete in der Tiefe ein Feuerball auf, der das Wasser in einer Fontäne aufspritzen ließ und an der Oberfläche als ein dumpfes Bumsen zu hören war.

»Sie schießen auf uns«, schrie Fredericks aus einer der Luken. Renie zeichnete ihn im stillen für Albernheit vor dem Feind aus, als sie bemerkte, daß die explodierende Granate vor ihnen in der Tiefe eine unerwartete Nachwirkung hatte. Im Wasser glitzerten neonblaue Punkte.

Renie hielt den Atem an. Sie versuchte sich auf den Namen des Roboter-Goggleboys zu besinnen, der im Ruderhaus des Schiffes postiert war, aber kam nicht darauf. »Sag dem Dingsbums da oben, volle Kraft voraus!« schrie sie. »Ich glaube, wir sind da!«

Die nächste Granate flog über sie hinweg und zischte näher als die vorige ins Wasser. Von dem Aufschlag ging ein Ruck durch das Schiff, so daß Renie und William sich an der Reling anklammern mußten. Dennoch spürte sie, daß das Schiff an Fahrt gewann.

Sie lehnte sich hinüber und spähte in die dunklen Wogen. Das funkelnde blaue Licht war jetzt zweifellos heller. Es sah aus, als ob ein ganzer Schwarm von exotischen biolumineszierenden Fischen das königliche Prunkschiff umringt hätte.

Etwas explodierte direkt unter ihnen. Der gesamte Vorderteil des Schiffes stieg in die Höhe, wie von einer riesigen Hand emporgedrückt. Renie fiel aufs Deck und kam ins Rutschen. Das Schiff neigte sich zur Seite, doch dann schien es wie ein lebendiges Wesen sein Gleichgewichtszentrum zu finden und stieß geradewegs in ein Wellental hinab.

In dem sich ringsherum auftürmenden Wasser pulsierte blaues Licht, so daß es lebendig zu sein schien.

Es *war* lebendig, es war elektrisch aktiv, strahlend und von vibrierender, flirrender Vitalität erfüllt ...

Alle Geräusche des Meeres und des Schiffes und der explodierenden Granaten hörten schlagartig auf. In vollkommener Stille und einem absolut blauen Leuchten fuhren sie hinüber.

Renies erster Gedanke war, sie wären im zeitlosen Nu einer Explosion steckengeblieben, im öden Kern eines Quantenereignisses, das niemals enden würde. Das helle Licht, eher weiß jetzt als blau, blendete sie so sehr, daß sie vor Schmerz die Augen schließen mußte.

Als sie sie einen Moment später vorsichtig öffnete, war das Licht immer noch da, aber sie begriff, daß es nur die Helligkeit eines ganz normalen Tageshimmels war. Sie hatten die Nacht in Temilún hinter sich gelassen.

Ihr zweiter Gedanke war, daß die letzte Explosion wohl das gesamte Oberteil des Prunkschiffes weggesprengt hatte. Sie schaukelten immer noch auf dem Wasser, und die Küste, die jetzt in kristallklarem Tageslicht lag und deren bestürzend riesige Bäume breit und hoch wie Wolkenkratzer waren, war sehr deutlich zu sehen, aber es gab keine Reling mehr, über die man blickte.

Renie stellte fest, daß sie auf den Knien lag und sich dort, wo vorher die Reling gewesen war, an etwas festhielt, das krumm und faserig und so dick wie ihr Arm war. Sie robbte sich herum und schaute, was mit dem Rest des Prunkschiffs passiert war, mit dem Ruderhaus, dem königlichen Gemach ...

Ihre Gefährten lagen inmitten von etwas, das groß und flach war, aber ansonsten keinerlei Ähnlichkeit mit einem Schiff hatte – mit seinen Rippen und Dellen sah es aus wie eine riesige moderne Skulptur, ein Ding, das sich an den Rändern hochbog und unter Renies Hand die steife Konsistenz von Krokodilsleder hatte.

»!Xabbu?« sagte sie. »Alles in Ordnung mit dir?«

»Wir haben alle überlebt.« Er hatte immer noch seinen Paviankörper. »Aber wir ...«

Der Rest seines Satzes ging in einem anschwellenden Brummen aus der Höhe unter. Sie starrte die Fläche an, auf der sie alle lagen, die Ausgefranstheit der sich vom Wasser wegkrümmenden Ränder, und erkannte, womit das Ding, auf dem sie dahintrieben, eine Ähnlichkeit hatte. Es war keineswegs ein Schiff, sondern ...

»Ein ... *Blatt?*«

Das Brummen wurde immer lauter und erschwerte das Nachdenken. Die riesenhaften Bäume an der fernen Küste ... das würde es erklären. Sie waren gar keine Täuschung, Verzerrung und Entfernung hatten nichts damit zu tun. Aber war hier einfach alles viel zu groß, oder waren sie und ihre Gefährten ...?

Das Dröhnen gellte ihr in den Ohren. Aufblickend sah Renie ein Wesen von der Größe eines einmotorigen Flugzeugs über sich dahingleiten, einen Augenblick flügelschlagend auf der Stelle verweilen, so daß der Wind sie beinahe zu Boden gestreckt hätte, und dann wieder lossausen, wobei die Flügel wie Buntglas in der grellen Sonne schimmerten.

Es war eine Libelle.

> Jeremiah sah, wie er zum x-ten Mal die Schränke in der Küche nach Sachen durchstöberte, von denen sie beide wußten, daß sie nicht da waren.

»Herr Sulaweyo?«

Renies Vater riß die nächste Tür auf und schob mit nervöser Verbissenheit Großhandelsbehälter und verschweißte Rationspakete beiseite. Als er ein Loch freigeräumt hatte, langte er hinein, bis die Regalkante in seine Achselhöhle schnitt, und tastete blind im hinteren Teil des Schrankes herum.

»Herr Sulaweyo. Joseph.«

Er blickte sich mit rotgeränderten Augen zu Jeremiah um. »Was is?«

»Ich möchte ein bißchen Hilfe haben. Ich sitze schon seit Stunden an der Konsole. Wenn du mich ablösen würdest, könnte ich uns was zu essen machen.«

»Will nix essen.« Long Joseph machte sich wieder an die Suche. Nach einer Weile fluchte er, zog seinen Arm zurück und fing dann ein Regal tiefer mit der gleichen Prozedur an.

»Wenn du nichts essen mußt, ich muß. Außerdem ist das deine Tochter da im Tank, nicht meine.«

Ein Kanister mit Sojamehl kippte vom Bord und knallte auf den Boden. Long Joseph wühlte weiter in dem freien Raum vor der Rückwand des Regals herum. »Erzähl du mir nix von meiner Tochter. Ich weiß, wer da im Tank is.«

Jeremiah Dako gab einen Laut zorniger Erbitterung von sich und wandte sich zum Gehen. Er blieb in der Tür stehen. »Ich werde nicht ewig hier sitzen und diese Bildschirme anstarren. Ich kann nicht. Und wenn ich einschlafe, wird niemand ihren Herzschlag kontrollieren und niemand darauf aufpassen, daß die Tanks richtig funktionieren.«

»*Verdammt!*« Eine Riege von Plastiksäcken rutschte vom Bord und fiel herunter. Einer riß, und eine schwefelgelbe Wolke Eipulver puffte über den Betonboden. »Ein verdammter Scheißladen!« Long Joseph fegte weitere Säcke vom Regal, dann stemmte er einen Container in die Höhe und schmiß ihn so heftig hin, daß er hochsprang, bevor er an der rückwärtigen Wand liegenblieb. Zäher Sirup sickerte unter dem verbeulten Deckel hervor. »Was zum Teufel is das hier für'n Dreck?« brüllte er. »Wie soll hier einer leben, in 'ner gottverdammten Höhle unter der Erde?« Long Joseph hob einen weiteren Container hoch, als wollte er ihn hinpfeffern, und Jeremiah verzog schon das Gesicht, aber statt dessen senkte er den Behälter wieder und starrte ihn an, als wäre er ihm soeben von einem Besucher aus dem All überreicht worden.

»Guck dir diesen Schwachsinn an!« sagte er und hielt ihn Jeremiah zur Prüfung hin. Jeremiah rührte sich nicht. »Guck, da steht ›Corn Porridge‹. Die haben hier scheiß Mieli Pap in Zehn-Gallonen-Dosen! Genug Maispampe, um 'nen Elefant mit zu ersticken, aber nich ein einziges Bier!« Er lachte rauh und ließ den Behälter auf den Boden plumpsen. Er rollte schwerfällig gegen eine Schranktür. »Scheiße. Ich will was zu trinken haben. Ich bin schon ganz ausgetrocknet.«

Mit weit aufgerissenen Augen schüttelte Jeremiah den Kopf. »Hier ist keins.«

»Das weiß ich. Ich weiß es. Aber manchmal muß ein Mann einfach nachschauen.« Long Joseph blickte von der Schweinerei am Boden auf. Er schien den Tränen nahe zu sein. »Wenn du schlafen willst, geh schlafen. Zeig mir, was ich mit der verdammten Maschine machen muß.«

»... Das ist alles. Herzschlag und Körpertemperatur sind die eigentlich wichtigen Sachen. Du kannst sie rausholen, indem du einfach hier drückst – dann gehen die Tankdeckel hoch –, aber deine Tochter hat gemeint, das sollten wir nur tun, wenn sie in ernster Gefahr wären.«

Long Joseph starrte die zwei mit Kabeln behängten Sarkophage an, die jetzt beide aufrecht standen. »Ich pack's nich«, sagte er schließlich.

»Was soll das heißen?« Jeremiahs Stimme klang gereizt. »Du hast gesagt, du würdest für mich aufpassen - ich bin erschöpft.«

Der andere Mann schien ihn nicht zu hören. »Genau wie bei Stephen. Genau wie bei meinem Jungen. Hab sie direkt vor mir, aber kann sie nich anfassen, kann ihr nich helfen, kann gar nix machen.« Er blickte finster. »Hab sie vor mir und kann nix machen.«

Jeremiah sah ihn eine Weile an. Sein Gesicht wurde weich. Er legte sachte die Hand auf Long Josephs Schulter. »Deine Tochter versucht zu helfen. Sie ist sehr tapfer.«

Joseph Sulaweyo schüttelte die Hand ab, die Augen starr auf die Tanks gerichtet, als ob er durch die dichten Fibramicgehäuse schauen könnte. »'ne dumme Gans isse. Meint, bloß weil sie 'ne Studierte is, weiß sie alles. Aber ich hab probiert, ihr zu sagen, daß man sich mit so Leuten nich anlegt. Wolltse nich hören. Keiner von denen hört, nie nich.«

Plötzlich verzerrte sich sein Gesicht, und er blinzelte unter Tränen. »Alle Kinder weg. Alle Kinder weg, weg, weg.«

Jeremiah setzte an, abermals die Hand auszustrecken, dann zog er sie zurück. Nach einem langen Schweigen drehte er sich um und schritt zum Fahrstuhl. Der andere Mann blieb mit den stummen Tanks und den leuchtenden Bildschirmen allein.

Dank

Dieses Buch zu schreiben, war entsetzlich kompliziert, und ich habe vielen Leuten für ihre Unterstützung zu danken, vor allen Dingen aber den folgenden, die entweder dringend benötigte Hilfe bei den Recherchen leisteten oder wieder einmal eines von Tads Mammutmanuskripten durchackerten und hinterher aufbauende und nützliche Sachen zu sagen hatten:

Deborah Beale, Matt Bialer, Arthur Ross Evans, Jo-Ann Goodwin, Deborah Grabien, Nic Grabien, Jed Hartman, John Jarrold, Roz Kaveney, Katharine Kerr, M. J. Kramer, Mark Kreighbaum, Bruce Lieberman, Mark McCrum, Peter Stampfel, Mitch Wagner.

Ein herzlicher Dank geht wie immer an meine geduldigen und aufmerksamen Lektorinnen Sheila Gilbert und Betsy Wollheim.

Klett-Cotta
Die Originalausgabe erschien unter dem Titel »Otherland«
bei Daw Books, Inc. New York
© 1998-2001 Tad Williams
Für die deutsche Ausgabe
© J. G. Cotta'sche Buchhandlung Nachfolger GmbH, gegr. 1659,
Stuttgart 1998-2002
Fotomechanische Wiedergabe nur mit Genehmigung des Verlags
Printed in Germany
Kassette und Umschlag: Dietrich Ebert, Reutlingen
Gesetzt aus der 11 Punkt Prospera von
Offizin Wissenbach, Höchberg bei Würzburg
Druck und Bindung: Clausen & Bosse, Leck
ISBN 3-608-93425-1 (Bände 1-4)

Erste Auflage dieser Ausgabe, 2004

J.R.R. Tolkien:
Der Hobbit oder Hin und zurück
Aus dem Englischen von Wolfgang Krege
311 Seiten, gebunden, ISBN 3-608-93805-2

Es war ein schöner Morgen, als ein alter Mann bei Bilbo anklopfte. »Wir wollen hier keine Abenteuer, vielen Dank«, wimmelte er den ungebetenen Besucher ab. »Überhaupt, wie heißen Sie eigentlich?« – »Ich bin Gandalf«, antwortete dieser. Und damit dämmerte es Bilbo: Das Abenteuer hatte schon begonnen.
Vor mehr als sechzig Jahren hat Tolkien die Geschichte von Bilbo und dem Drachenschatz für seine Kinder niedergeschrieben. Und seit dieser Zeit ist Bilbos gefährliche Reise ein Klassiker der Fantasyliteratur.

J.R.R. Tolkien:
Der Herr der Ringe
Aus dem Englischen von Wolfgang Krege
3 Bände broschiert im Schuber
zus. 1347 Seiten, ausklappbaren Faltkarten, ISBN 3-608-93544-4
Dünndruckausgabe in einem Band mit den Anhängen und Register
1.236 Seiten, Leinen mit Schutzumschlag, Rotschnitt, zwei Lesebändchen, 60 zweifarbige Illustrationen, Fadenheftung, Goldprägung, zwei ausklappbare Faltkarten, ISBN 3-608-93222-4

Das legendäre Rote Buch der Westmark ist längst verschollen, und nur Teile davon existieren in verschiedenen späteren Abschriften. Eigentlich war es Bilbos Tagebuch, das er nach Bruchtal mitnahm und das später Frodo zusammen mit eigenen Notizen ins Auenland zurückbrachte. Diese Fragmente und Anhänge, vor allem die Hobbits betreffend, und dazu einzelne Lieder und Gedichte, die häufig an den Rand der Manuskriptseiten gekritzelt waren, sind die wichtigsten Quellen für die Geschichte des Ringkriegs.
Tolkien spielt mit diesen fiktiven Quellenverweisen, gibt vor, sein epischer Roman einer Abenteuerreise von vier Hobbits ins Land des Bösen sei ein historischer Bericht. So wird Mittelerde ein reales Land.

»Ein Phänomen: ein Märchen als Epos, als Riesenroman, in dem Menschen und Zwerge, Elfen und Baumgeister, Dämonen, Ungeheuer und Magier um Bestand oder Untergang einer erfundenen Welt kämpfen – und worin doch mit Akribie des Chronisten, mit fiktiver Detailkenntnis die Fiktion beschrieben wird, als wäre sie Realität.«
Walter Hilsbecher /Süddeutscher Rundfunk

der hörverlag

Kopfhörer statt Neurokanüle

Die größte Hörspielproduktion der Radiogeschichte.
Mit mehr als 250 Schauspielern u.a.
Nina Hoss, Ulrich Noethen, Sophie Rois,
Sylvester Groth u.v.a

Michael Lucke

Walter Adler und Ulrich Noethen

Walter Adler im Studio

Williams, Tad
Otherland - Stadt der goldenen Schatten
Hörspiel ca. 330 Min.
ISBN 3-89940-116-6
6 CD
29,95 EUR /
51,70 sFr *

*Alle Preise verstehen sich als unverbindliche Preisempfehlung.
Der Hörverlag GmbH, Lindwurmstraße 88, 80337 München,
Tel. 089/21069420, Fax 089/21069425, info@hoerverlag.de
www.derhoerverlag.de